CW01333696

LA SAGA DE CHARLEMAGNE

CLASSIQUES MODERNES

LA SAGA DE CHARLEMAGNE

Traduction française des dix branches
de la *Karlamagnús saga* norroise

*Traduction, notices, notes et index
par Daniel W. Lacroix*

Ouvrage publié avec le concours du Centre National du Livre

La Pochothèque
LE LIVRE DE POCHE

© Librairie Générale Française, 2000, pour la présente édition.

En souvenir des moments dérobés à la vie en famille ...
pour Violette, Joséphine
et leur valeureuse maman, er hón unnasta mín er.

Lesit hefir verit um stund
af hinum ágætasta herra Karlamagnúsi keisara
ok hans köppum, góðum mönnum til gleði,
en nú munu vér þessu næst þann enda gera á þessu máli,
at sá maðr hafi þökk af guði er skrifaði eða skrifa lét, ok sá er sagði,
ok allir þeir er til hlýddu.

INTRODUCTION

La *Saga de Charlemagne* est présentée ici pour la première fois à un public français sous sa forme complète. Le titre même, *Karlamagnús saga* dans la langue d'origine, indique que nous avons affaire à un récit composé en Scandinavie, *saga* signifiant « histoire » en langue norroise, la langue commune utilisée au Moyen Âge en Norvège, dans ses colonies et en Islande. Cette saga rassemble de nombreux récits se rapportant à la légende de Charlemagne, et non au Charlemagne historique. Elle n'est pas une œuvre originale, car c'est une traduction réalisée au XIIIe siècle à partir d'œuvres étrangères, pour l'essentiel des chansons de geste françaises, qui sont parvenues en Norvège dans des manuscrits anglo-normands venus d'Angleterre.

Cette traduction de plusieurs épopées françaises appartenant au cycle du roi Charlemagne s'inscrit dans une entreprise littéraire de grande ampleur dont le promoteur semble avoir été le roi de Norvège Hákon IV Hákonarson, qui régna de 1217 à 1263. La cour d'Henri III Plantagenêt a pu représenter pour Hákon un modèle de vie courtoise à imiter, notamment dans ses préoccupations artistiques. Ce dernier était moins intéressé que ses prédécesseurs par les genres littéraires scandinaves traditionnels, notamment la poésie d'éloge, le fameux art scaldique qui ne brillait plus alors du même éclat qu'à son apogée, au Xe ou au XIe siècle ; il a donc favorisé la diffusion des œuvres à la mode au début du XIIIe siècle en Angleterre ou en France, essentiellement des récits en vers. Dans plusieurs traductions, il est mentionné que le roi Hákon a expressément demandé la traduction du texte en question, en particulier dans la *Tris-*

trams saga[1] qui traduit le *Roman de Tristan* de Thomas d'Angleterre, dont un manuscrit précise que la traduction, due à un certain frère Róbert, a été réalisée en 1226. D'autres récits bretons ont également été traduits sous son règne : *Érec*, *Yvain* et *Perceval* de Chrétien de Troyes, et un recueil de lais (dont ceux qu'on attribue aujourd'hui à Marie de France). Parmi ces traductions, on rencontre aussi quelques œuvres plus isolées comme *Floire et Blancheflor*, le fabliau intitulé *Le Mantel mautaillié* et une version de *Partonopeus de Blois*, et surtout un nombre important de chansons de geste. Celles-ci n'appartiennent pas toutes à la *Saga de Charlemagne*, puisque celles qui ne concernent pas Charlemagne de près n'ont pas été intégrées dans le recueil. Il s'agit de versions d'*Élie de Saint-Gilles*, *Floovent*, *Beuve de Hantone* et *Renaut de Montauban*.

Sous le règne de Hákon ont donc également été traduites les chansons de geste contenues dans la *Saga de Charlemagne*. Les conditions dans lesquelles ces traductions ont été réalisées nous sont inconnues, si bien qu'on en est réduit à des hypothèses à partir des manuscrits dont nous disposons aujourd'hui et qui sont bien postérieurs au XIIIe siècle. On ne sait donc pas si la saga découle d'un recueil de chansons déjà constitué pour tout ou partie avant d'être arrivé en Norvège. Rien ne prouve formellement d'ailleurs que ces traductions ont été réalisées en Norvège, et l'on ne sait rien des traducteurs, ni leur nombre, ni la chronologie de leur travail, ni leur contrée d'origine. Enfin, les œuvres sur lesquelles ils ont travaillé sont assez mal connues, du moins dans la version dont a disposé le traducteur, et certaines sont même totalement perdues.

Ces nombreuses inconnues ont bien entendu suscité l'intérêt de nombreux spécialistes par le passé, et l'étude de la *Saga de Charlemagne* s'est longtemps réduite à une enquête sur la

---

1. Voir notre traduction, *Tristan et Iseut. Les poèmes français, La saga norroise*, éd. et trad. Ph. Walter et D. Lacroix, Paris, Le Livre de Poche (« Lettres gothiques », n° 4521), 1989, pp. 495-666 ; ou celle de R. Boyer, dans *Tristan et Yseut, les premières versions européennes*, Paris, Gallimard (« Bibliothèque de la Pléiade »), 1995, pp. 1073-1105.

genèse du recueil. Ces grandes études, souvent prodigieuses d'érudition, reposent très souvent sur le postulat implicite de la supériorité des versions françaises originales, même si elles n'existent plus, les traductions scandinaves (ou autres) ne servant que de repères subalternes permettant de cerner imparfaitement une pureté originelle. En vérité, les traductions norvégiennes d'œuvres françaises sont placées à la marge de deux grands domaines d'étude, ce qui les a desservies. Les romanistes ne les lisent pas pour elles-mêmes (et généralement pas dans le texte), mais comme une source d'information éclairant les œuvres françaises, et les scandinavistes les abordent avec précaution comme des œuvres étrangères moins dignes d'intérêt que les chefs-d'œuvre témoignant du génie scandinave – quand ils n'en minimisent pas l'influence sur la littérature norroise originale.

Le temps paraît donc venu de lire cette saga pour ce qu'elle est, un vaste recueil de légendes épiques composé au fil du temps, en Norvège d'abord, puis en Islande, sur plusieurs siècles. Le résultat constitue donc une vaste fresque qui prend tout son relief si on ne la morcelle pas pour mieux en souligner le caractère composite, inégal et parfois même peu cohérent. Mieux vaut lire la saga comme un long roman à épisodes qui raconte la vie de Charlemagne de sa naissance à sa mort au travers de ses nombreux exploits et de ses quelques revers. L'histoire de cet empereur de légende est celle d'un succès personnel – succès politique, diplomatique et militaire – et d'un succès collectif : Charlemagne entouré des vaillants preux qu'il a choisis et d'un peuple qui lui est presque tout acquis défend la cause du christianisme avant toute autre. À ce titre, Dieu le soutient indéfectiblement et communique régulièrement avec lui. À l'apogée de son règne, Charlemagne et les pairs de France incarnent un rêve idéal d'empire chrétien triomphant et pacifié, que nul danger extérieur ou intérieur ne viendrait troubler. Mais à lire la saga de plus près, la tâche de Charlemagne est difficile et la fresque comprend plusieurs zones d'ombre ménageant un net contraste avec les moments d'euphorie, de triomphe et de gloire.

Le royaume de Charlemagne est entouré de dangers sans cesse renaissants venant des peuples non chrétiens qui entourent l'empire, et malgré les succès de l'empereur, ils sont toujours prompts à relever la tête et à reprendre la lutte, car Charlemagne est un souverain respecté, craint, mais il est aussi beaucoup envié et ses adversaires souhaitent tous se venger enfin de leurs défaites. Les chefs païens successifs désirent donc le placer sous leur joug et étendre leur empire, et les Francs sont perpétuellement en guerre. La *Saga de Charlemagne* relève en effet assurément du genre épique. La toile de fond de ces récits est une lutte entre le christianisme et une religion de fantaisie qui ressemble moins à l'islam qu'à un décalque du paganisme antique ; à l'est, la puissance de Constantinople attire également la convoitise des Francs, car la chanson de geste superpose l'époque de Charlemagne et celle des Croisades. Inlassablement des hostilités éclatent, les deux camps se mobilisent et les chrétiens finissent par écraser les païens avec l'aide de Dieu qui se manifeste par des miracles. Le récit se plaît tout particulièrement à l'évocation des exploits individuels des pairs de France et le motif du combat en duel, traité sur le mode hyperbolique, se répète à plaisir sous la forme d'un affrontement acharné d'où sortent vainqueurs quelques monstres de courage au corps résistant.

Le style de la chanson de geste française se définissait essentiellement par l'utilisation de motifs et de formules stéréotypés qui ménageaient une place importante au grandissement épique en faveur des Francs chrétiens et au détriment des étrangers païens. On retrouve dans la saga de nombreuses traces stylistiques provenant des textes d'origine, mais elles se trouvent diluées dans une prose où l'art subtil de la laisse a disparu, et le phénomène semble s'être accentué au fil des abrègements postérieurs de la traduction originale – vont dans le même sens de nombreux ajouts souvent assez plats et redondants qui apparaissent dans le manuscrit le plus tardif. Malgré une rhétorique fort réduite, la grandeur des héros demeure dans la saga, car le genre épique départage sans nuance vainqueurs et vaincus, mais la valeur des vaincus est nécessaire pour donner du brillant aux faramineux succès des Francs. Les meilleurs des païens sont si proches d'eux que certains peuvent même être récupérés dans le droit chemin sans coup férir, par la seule séduction de la foi chrétienne et de la gloire de Charlemagne. Mais cette vision utopique est rare et généralement les bataillons païens doivent être décimés un à un avant que la fuite des survivants se précise, tâche ingrate que les héros épiques exécutent sans ciller, sans quoi l'ennemi ne s'avouerait jamais vaincu.

La diplomatie et la guerre sont les préoccupations majeures de Charlemagne, et la saga laisse peu de place pour le divertissement, si ce n'est dans la branche VII, mais on relève tout de même de nombreux traits courtois typiques tels qu'en contiennent souvent les chansons de geste postérieures à 1150. Quelques personnages féminins (et quelques séducteurs) viennent donc égayer un univers viril fait de muscles, de fer et de sang. Ces sourires sont isolés tant la tâche impartie aux Francs est harassante et dangereuse. Les scènes de conseil alternent donc avec les longues descriptions des guerres menées par Charlemagne. Ces successions d'épisodes assez comparables peuvent bien entendu apparaître comme répétitives et lassantes pour un lecteur moderne qui les découvre pour la première fois. Cependant, une lecture attentive fait apparaître des différences notables de tonalité d'une branche à l'autre, et surtout le cours des événements obéit à une structure proche de la tragédie, car les chansons françaises n'ont pas seulement été traduites en norrois et mises bout à bout au hasard, elles sont intégrées dans un recueil qui possède une cohérence malgré une apparence un peu hétéroclite. Il convient donc d'examiner ce recueil de plus près pour repérer cette vision orientée du règne de Charlemagne. Les dix branches de l'édition Unger sont les suivantes :

— Branche I : *Vie de Charlemagne*. Ce texte nous présente un premier panorama du règne de Charlemagne depuis la mort du roi Pépin jusqu'à la désignation des pairs de France par le roi Charles. La branche apparaît comme une compilation d'épisodes empruntés à diverses chansons de geste, dont certains seront repris et détaillés ensuite dans d'autres branches (tels la guerre contre les Saxons, le voyage en Orient ou l'expédition d'Espagne). Charlemagne réussit donc à imposer son autorité et à accumuler les victoires, mais non sans difficultés, tout d'abord à cause de conjurés et de rebelles qui s'opposent à lui. En outre, Charlemagne n'est pas exempt de tout péché et au début de son règne, il commet avec sa sœur un acte incestueux dont va naître Roland. À partir de là, la thématique de la faute initiale doit rester à l'esprit du lecteur jusqu'à la catastrophe finale de Roncevaux. En effet, nous sommes en présence d'un imbroglio familial complexe et dangereux. La sœur de Charlemagne épouse ensuite Milon, puis momentanément le comte Ganelon. La fin de la branche met donc en place les acteurs du drame futur : en effet, Ganelon nourrit pour Roland une haine féroce du jour où ce dernier passe une nuit chez son épouse. Leur différend passe ensuite inaperçu dans les branches correspondant à l'apogée du règne (IV-VII), mais resurgira au début de la branche VIII et amènera la disparition des pairs de France dans le piège de Roncevaux ; après quoi, Charlemagne restera bien seul et quelque peu affaibli dans les dernières années de son règne.

Si cette branche dérive d'un texte français déjà homogène racontant en abrégé toute l'histoire de Charlemagne, il est possible que les derniers chapitres en aient été reportés à la fin de la saga, après Roncevaux, de façon à pouvoir insérer les différentes campagnes de Charlemagne entre ces prémices et la vieillesse de l'empereur.

— Branche II : *Olive et Landri*. Ce récit qui développe le thème de l'épouse injustement accusée a été traduit d'un récit anglais vers la fin du XIIIe siècle et a été tardivement placé à cet endroit de la *Saga de Charlemagne*. L'histoire est plus proche du conte que de la chanson de geste et a été rattachée artificiellement à la légende de Charlemagne, mais Olive est présentée comme la sœur de l'empereur. Celui-ci joue d'ailleurs un rôle dans le dénouement heureux et apparaît alors comme un souverain qui sait faire régner la justice et la morale. Après une première branche longue, diverse, lourde de conséquences graves pour l'avenir, la branche II apparaît donc comme une parenthèse de détente avant le début des opérations militaires de grande ampleur qui dès lors n'auront plus de cesse.

— Branche III : *Ogier le Danois*. Un nouveau héros, Ogier, est intégré non sans difficulté à l'entourage de Charlemagne et il joue un rôle décisif dans la première grande guerre que raconte la saga. Les païens sont défaits et les jeunes héros francs triomphent. L'histoire est traduite d'une chanson de geste perdue, dont *La Chevalerie d'Ogier de Danemarche* est proche.

— Branche IV : *Le Roi Agolant*. Les traducteurs norrois ont combiné deux sources différentes, la chronique dite *du Pseudo-Turpin* et la *Chanson d'Aspremont*. Cette superposition a été rendue possible par le fait que l'adversaire de Charlemagne s'appelle Aigolandus dans l'une et Agolant dans l'autre, l'ensemble de la campagne des Francs étant situé en Espagne et non pas en Italie (comme dans *Aspremont*). Le manuscrit A présente une version dans laquelle la fusion des deux sources reste imparfaite tant du point de vue de la logique narrative que sur un plan stylistique. Par contre, le manuscrit B que nous avons choisi de traduire a remanié l'ensemble qui paraît moins composite et plus cohérent.

La branche IV est la plus longue de la saga et elle raconte la plus mouvementée et la plus riche en épisodes des entreprises militaires de l'empereur Charlemagne. Ce récit épique nous mène au cœur de l'affrontement entre les païens et les chrétiens, au travers d'épisodes militaires acharnés mettant aux prises une grande quantité de personnages déterminés et valeureux dans les deux camps. Malgré leur ténacité, les païens subissent défaite sur défaite jusqu'à la mort de leur roi Agolant. Quand Aspremont tombe, Charlemagne est parvenu au faîte de sa puissance.

— Branche V : *Guiteclin le Saxon*. Après avoir vaincu les

païens d'Espagne, Charlemagne doit reprendre la guerre contre ceux de Saxe. L'histoire a été traduite d'une *Chanson des Saxons* aujourd'hui perdue, peut-être la source de la *Chanson des Saisnes* de Jean Bodel. Le récit montre l'importance prise par Roland auprès de l'empereur qui a besoin de son secours pour faire tomber le siège dont il est victime, mais Roland lui-même, si preux soit-il, n'est pas un sujet irréprochable. L'on voit déjà poindre son goût excessif pour la conquête et le combat, qui le mène parfois à désobéir à l'empereur lui-même — celui-ci doit le frapper de son gant pour le ramener à ses devoirs. Ce geste déjà présent dans la branche I avait alors un sens différent, puisque dans la chronologie de la saga Roland était encore un jeune homme manquant d'expérience. Il apparaît désormais que les énormes qualités de Roland ont un envers qui peut mettre l'empire en péril.

— Branche VI : *Otuel*. La source de ce récit est une *Chanson d'Otinel*. Charlemagne repart en campagne contre les païens d'Italie alors qu'il projetait une expédition en Espagne contre le roi Marsile – la conclusion de cette entreprise militaire, la bataille de Roncevaux, est racontée ensuite dans la branche VIII et l'on voit donc déjà les premiers signes annonçant la fin de cette période euphorique de succès ininterrompus. La fin de l'histoire est visiblement très abrégée. Il se peut qu'un copiste islandais ait trouvé quelques longueurs dans cette nouvelle suite d'épisodes guerriers. Charlemagne rentre à nouveau victorieux en France, ignorant qu'il vient d'achever la dernière campagne de ce type.

— Branche VII : *Le Voyage de Charlemagne à Jérusalem et à Constantinople* est la traduction d'une version de la chanson de geste du même nom. De retour d'Italie, l'empereur ne part pas encore pour l'Espagne mais pour l'Orient. Là-bas, le patriarche de Jérusalem le rappelle d'ailleurs à l'ordre. Parvenu au sommet de sa gloire, Charlemagne a voulu aller à Jérusalem pour visiter les Lieux saints et en rapporter des reliques, et à Constantinople pour mesurer la puissance de l'empereur byzantin, le seul souverain chrétien capable de rivaliser avec lui. Il rentre une fois de plus couvert d'honneurs et de richesses, ayant cette fois montré que son œuvre n'était pas seulement militaire mais également politique et diplomatique. Il est désormais parvenu au sommet de son rayonnement, et pourtant plus proche que jamais de son malheur.

— Branche VIII : *La Bataille de Roncevaux*. Voici donc la traduction d'une version de la *Chanson de Roland*. On suit de près le *Roland* d'Oxford jusqu'au vers 2569, c'est-à-dire après la mort de Roland, quand des songes prémonitoires avertissent Charlemagne que de nouveaux épisodes se préparent. Mais la suite fait ici apparaître des éléments empruntés à d'autres sources, car la saga ne contient ni l'épisode de Baligant ni le procès de Ganelon pourtant annoncés par le symbolisme des rêves de l'empereur, comme si un remanieur avait voulu épurer la tragédie en supprimant tout rebondissement après le désastre. En effet, l'affrontement entre Ganelon et Roland réapparaît enfin après tant de victoires qui avaient masqué le différend qui les oppose. Roland est donc trahi par Ganelon et dans ce contexte militaire délicat, son orgueil de guerrier, jadis fustigé par Charlemagne, lui interdit d'appeler l'empereur au secours. Le héros épique devient alors héros tragique : il est victime de circonstances qui le dépassaient au départ, mais il est le responsable principal du drame final. Roland ne faillit pas à sa mission car les Francs de son détachement restent victorieux et maîtres du champ de bataille, mais tous y ont trouvé la mort. L'empereur se retrouve seul et vieillissant, même s'il conclut cette guerre sans avoir perdu la face.

— Branche IX : *Guillaume au Court Nez*. Cette courte branche contient la traduction d'une version du *Moniage Guillaume*. Il se peut que, dans un premier état de la traduction, les derniers épisodes de la branche I aient été recyclés ici, après la mort de Roland. Ce court récit fait apparaître un autre héros, un survivant, Guillaume au Court Nez, et son intérêt est de nous permettre de mesurer à quel point les choses ont changé après le désastre de Roncevaux. Charlemagne est vieux, tout comme Guillaume, et celui-ci décide même d'abandonner le siècle pour servir Dieu. Face à une nouvelle attaque des païens, l'empereur est esseulé et mis en difficulté faute de preux nouveaux aussi vaillants que les anciens. La relève des pairs de France apparaît en effet comme quasiment impossible, et il faut que le vieux Guillaume revienne incognito soutenir l'armée impériale pour qu'elle triomphe enfin. La victoire est toujours là : mais beaucoup plus difficilement acquise que par le passé.

— Branche X : *Miracles et signes divers – Mort de Charlemagne*. Cette branche repose sur l'addition de deux sources réunies dans le manuscrit B : les premiers chapitres proviennent du *Speculum historiale* de Vincent de Beauvais et les deux derniers relatent la mort de l'empereur. Cette fin est peut-être celle de la branche I, qui a été reportée ici. L'épopée cède donc progressivement la place à des thèmes religieux à partir de la branche IX et cette perspective se confirme ici. L'empereur qui est plus qu'un chef de guerre invaincu en ressort grandi.

Au terme de cette longue suite de récits, l'impression dominante est donc que les traducteurs, copistes et remanieurs de cette saga ont efficacement œuvré à la gloire du Charlemagne légendaire sans en faire pour autant un surhomme. La grande ambition qui les a animés, la difficulté de la tâche qu'ils ont accomplie et l'ampleur de leur vision sont bien à la mesure du héros dont ils recueillent toute l'histoire, et il nous paraît bien mesquin de leur reprocher quelques menues erreurs de traduction – quelle traduction peut en être exempte ? Il faut enfin rendre grâces à ces clercs islandais qui pendant les siècles les plus sombres de leur histoire (à partir du XIVe siècle) ont continué de copier et recopier cette saga et tant d'autres, alors qu'il n'en est quasiment rien resté dans le royaume des successeurs du roi Hákon.

Présentation des manuscrits norrois
de la *Saga de Charlemagne*

Fragments isolés retrouvés en Norvège et conservés aux Archives du royaume de Norvège à Oslo :

— NRA 61 (datation : vers 1250 ou seconde moitié du XIIIe siècle) : fragments de 2 feuilles contenant de petits passages de la branche VIII, dialecte norvégien mais copie probablement islandaise.

— NRA 62 (début ou milieu du XIVe siècle) : fragments de 12 feuilles contenant de petits passages des branches IV, VI et VII ; manuscrit islandais.

— NRA 63 (seconde moitié du XIVe siècle) : quatre fragments contenant des passages de la branche VII ; manuscrit islandais.

Autres fragments :

— þjms 180 (dernier quart du XIVe siècle) : une page conservée dans un manuscrit islandais, contenant un fragment de la branche IV.

— Un autre fragment analogue existe encore, mais difficile à lire et non publié.

Manuscrits complets accidentellement fragmentaires aujourd'hui :

Les manuscrits, tous islandais, se répartissent en deux familles, A et B, auxquelles se rattachent d'ailleurs respectivement NRA 62 et NRA 63. Le recueil qu'est la *Saga de Charlemagne* n'est pas exactement le même dans les deux familles, A paraissant plus proche d'un état antérieur de la traduction et B constituant une révision islandaise du recueil :

— A (AM 180 c fol ; parchemin, datant de 1400 environ ou un peu avant) : il contient les branches I (mais débute au milieu du chapitre XVII), et III-VII (il s'interrompt au milieu du chapitre XVI), avec quelques lacunes.

— a (AM 180 a fol ; parchemin, début du XVe siècle, dérivant de la même source que A) : il contient les branches I et III-VIII, avec parfois d'importantes lacunes, et s'achève un peu avant la fin de la branche VIII.

Ces deux manuscrits contiennent une version de la branche IV qui est proche des versions originales traduites, mais peu satisfaisante pour un lecteur moderne. Nous avons préféré traduire la version de B, plus remaniée mais plus cohérente (voir la présentation de cette branche).

— B (AM 180 d fol. ; papier, environ 1700) : il contient la branche I (avec une importante lacune sans doute déjà présente dans le manuscrit utilisé par le copiste et signalée par un blanc), les branches III-X (IV faisant l'objet d'un remaniement), puis un récit plus tardif, *Olif et Landres*, qu'une note demande de replacer en II, et quelques chapitres qui doivent trouver leur place au début de la branche X. Unger a suivi ces indications pour parvenir à un total de dix branches.

— b[1] (AM 531, 4° ; papier, XVIIe siècle) : b[1] et B dérivent directement ou indirectement de la même source. Le manuscrit est complet mais comprend des lacunes et *Olif et Landres* constitue bien la branche II.

— b[2] (Lbs 156, 4° ; papier, achevé en 1687) : il est très proche de b[1] et n'a pas été édité intégralement. Quelques chapitres sont une traduction islandaise de la *Krønike* danoise.

En effet, la *Saga de Charlemagne*, sous une forme ancienne aujourd'hui perdue, a été traduite et compilée dans d'autres langues scandinaves :

— en suédois, cinq manuscrits du XVe siècle contiennent des versions des branches VII et VIII – celle-ci se termine sur un épisode (la belle Aude) qui a disparu des manuscrits islandais.

— en danois, une *Karl Magnus Krønike*, dont le plus ancien manuscrit date de 1480, compile huit branches et donne une image de la *Saga de Charlemagne* qui correspond au plan de la famille A. Les ajouts de la famille B n'y apparaissent pas (*Olif et Landres* est absent, de même que les chapitres supplémentaires de la branche X), mais la *Krønike* contient entre VIII et IX des épisodes absents de B, qui devaient figurer dans les parties aujourd'hui manquantes de A et a. Nous avons préféré ne pas restituer ces parties qui appartiennent aujourd'hui à une autre œuvre.

Árni Magnússon, le grand collectionneur islandais de manuscrits anciens (1663-1730), a connu et répertorié les manuscrits dont nous disposons aujourd'hui, et il en possédait trois autres qui ont été détruits en 1728 dans l'incendie qui ravagea Copenhague, ville où il était professeur et où se trouvait sa collection :
— le manuscrit sur lequel B avait été copié ;
— un codex ancien de petit format (dont la perte est regrettable) ;
— un manuscrit in-4°, récent et fragmentaire.

D'autres manuscrits ont bien sûr existé, mais ils ont dû disparaître au XVIe siècle dans les troubles qu'a connus l'Islande au moment de la Réforme – moment en outre où l'usage du papier s'est répandu et où le parchemin a été réutilisé à toutes fins utiles en raison de la rareté du cuir dans l'île [1].

Note sur la traduction

La seule édition complète de la *Saga de Charlemagne* a été réalisée au XIXe siècle par C. R. Unger. Pour les branches I, III, VII et IX, l'édition récente d'A. Loth permet de vérifier les lectures d'Unger. Celui-ci a eu pour souci de présenter une saga complète et lisible en continuité, en prenant pour manuscrit de référence A ou a, ou à défaut B ou b. Il est en tout cas impossible de suivre un seul manuscrit en délaissant les autres, car aucun n'est complet. Unger a donc choisi branche par branche le meilleur des manuscrits disponibles en donnant les variantes des autres manuscrits en note. Dans quelques cas, il a préféré intégré ces variantes dans le texte courant en rejetant

---

1. Voir les romans de Halldor Kiljan Laxness, *La Cloche d'Islande*, trad. R. Boyer, Paris, Flammarion (« GF », n° 659), 1991, et de G. Lapouge, *L'Incendie de Copenhague*, Paris, Albin Michel, 1995.

en note celles de son manuscrit de base. Il a en outre normalisé la graphie comme l'ont fait tous les éditeurs anciens de la littérature norroise. A. Loth a édité en parallèle A et B, sans normalisation orthographique, ainsi que les fragments plus anciens, et donné les variantes de a, b[1] et b[2]. La traduction française d'A. Patron-Godefroit, qui s'appuie sur cette édition, suit le même principe du respect absolu des manuscrits : A et B sont donc traduits en parallèle et les variantes ne le sont pas.

Il nous a semblé que ce principe ne pouvait pas être retenu dans le cadre d'une collection qui ne s'adresse pas qu'à des spécialistes, et nous avons tenu à présenter au plus grand nombre de lecteurs une traduction unique, de façon à rendre cette œuvre accessible, lisible dans la continuité et, espérons-le, attrayante. Comme l'avait fait C. B. Hieatt pour sa traduction anglaise intégrale, nous avons donc utilisé l'édition Unger, mais en consultant celle d'A. Loth et toutes les autres corrections dont nous avons pu prendre connaissance. Comme nos prédécesseurs, nous donnons des variantes en note et intégrons parfois certaines d'entre elles dans le texte courant. Nos choix recoupent le plus souvent les leurs, mais pas toujours, et nous délaissons de nombreuses variantes secondaires. Pour la branche IV qui est de loin la plus volumineuse, les divergences entre les manuscrits A et B sont telles qu'il n'est plus possible de les suivre en parallèle au travers d'un jeu de variantes ; nous avons donc choisi de traduire uniquement la version de B au détriment total de l'autre, la longueur du texte nous interdisant de présenter les deux versions à la suite, d'autant que le profit d'une double lecture nous a semblé incertain. Nous reviendrons plus précisément sur cette question dans la présentation de cette branche. Nous donnerons de même, branche par branche, des indications plus précises sur nos choix et sur l'utilisation des signes typographiques permettant de repérer les retouches apportées au manuscrit de base. Nous avons parfois hésité dans le détail, mais il nous a semblé impossible de faire autrement. Nous avons également découpé à notre manière le texte en paragraphes et donné des titres aux chapitres.

De toute façon, il est délicat de traduire une œuvre qui est elle-même une traduction, parfois médiocre, d'originaux aujourd'hui perdus, qui se présente dans des manuscrits récents et parfois divergents, et qui contient plus d'un passage peu clair. Le style, le vocabulaire et les idées sont généralement simples, mais il demeure qu'on saisit parfois difficilement le contenu d'une phrase ou le sens d'un passage dans lequel on pressent une corruption quelconque, en particulier dans des chapitres très abrégés ou visiblement mal saisis par le traducteur ou un copiste postérieur. Dans cette tâche, nous avons bénéficié des efforts des traducteurs antérieurs auxquels nous rendons hommage ; les spécialistes qui ont examiné leur travail ont aussi proposé des corrections très utiles – leurs successeurs ne manqueront pas de relever nos erreurs, ce dont nous retirerons le plus grand profit.

L'orientation de notre traduction est cependant assez différente de celle de P. Aebischer ou de celle d'A. Patron-Godefroit (pour ne retenir que les principales traductions françaises antérieures). En effet, P. Aebischer a intégré ses traductions dans des études portant en définitive sur les épopées françaises et il a souvent pris le parti d'un mot à mot parfois un peu raboteux permettant à un romaniste ignorant le norrois d'avoir sous les yeux la trace la plus fidèle possible de l'original traduit. A. Patron-Godefroit a également donné une image aussi fidèle que possible du texte norrois dans un souci de précision scientifique, quitte par exemple à ne pas harmoniser les temps verbaux ou la graphie des noms propres, ou à dédoubler les verbes introduisant le discours direct (il dit : « ..., dit-il, ... »). Nous avons essayé, pour notre part, de traduire dans une langue française plus naturelle et moins décalquée du norrois. La langue étant stylistiquement peu élaborée dans la saga (hormis quelques grandes périodes dans des passages traduits du latin), nous avons choisi comme équivalent une langue française ordinaire, laissant même parfois apparaître quelques traits de langue parlée dans les dialogues, mais aussi neutre que possible et dépourvue à la fois d'archaïsmes et de modernismes anachroniques : ainsi, nous n'utilisons que rarement l'imparfait du subjonctif, mais nous avons généralement préféré le registre linguistique littéraire traditionnel (tel le passé simple), et même un peu ancien, aux usages du français le plus contemporain, qui nous venaient pourtant naturellement à l'esprit – certains passages mériteraient une traduction dans le registre burlesque ! Sans avoir la moindre prétention littéraire, nous avons avant tout souhaité, une fois de plus, rendre la saga le plus lisible possible sans que l'étrangeté de la langue retienne l'attention au détriment de l'intérêt du récit.

À ce titre, nous avons pris une option périlleuse à propos des noms propres qui abondent dans cette saga. Nous les avons traduits comme le reste du texte. Pour plusieurs raisons, il ne nous paraissait pas satisfaisant de les transcrire tels qu'ils se présentent dans les manuscrits norrois. Tout d'abord, les graphies divergent parfois d'un manuscrit à l'autre, et même d'un passage à l'autre d'un même manuscrit. En outre, les noms de la geste française ont été transposés et donc scandinavisés dans la saga, et se présentent sous des formes exotiques, tels Pippin, Karlamagnús, Oddgeir, Romaborg, Jorsalaborg, Spanialand, etc. Il paraît naturel et indispensable de redonner à Pépin, Charlemagne, Ogier, Rome, Jérusalem, Espagne leur apparence graphique familière, sans quoi on peut ne pas reconnaître certains noms. La tâche est aisée pour tous les noms courants, dont les noms de lieux existant encore aujourd'hui et les noms de personnages qui possèdent une graphie stable en français moderne, tels Roland, Naimes, Guillaume. Par contre, il est vrai qu'on entre dans des difficultés parfois inextricables pour les noms plus rares qui n'ont pas de graphie bien établie en français moderne, comme les noms de païens. Nous avons alors adopté la graphie qui nous semblait la plus courante en nous référant aux traductions modernes des chansons de geste où ces personnages apparaissent, ou à défaut au texte des chansons elles-mêmes (comme *Aspremont* pour la branche IV). Enfin, pour les noms les plus isolés et souvent les plus déformés, dans lesquels on ne reconnaît rien de connu, nous avons fait de notre mieux pour les traduire et les intégrer dans la langue française, en suivant le plus souvent les hypothèses étymologiques formulées par exemple par P. Aebischer. Quelquefois, nous les avons maintenus à l'identique pour peu qu'ils ne provoquent pas un effet d'exotisme linguistique scandinave abusif. Ces choix ont été constamment embarrassants et nous avons peut-être parfois restitué à tort tel ou tel toponyme sous un nom d'apparence obscure. De toute façon, nous avons systématiquement donné dans les notes les graphies telles qu'elles apparaissent dans les manuscrits norrois, de la façon la plus détaillée possible, et en ajoutant parfois à titre de comparaison des graphies tirées des textes français – mais l'index des noms est établi à partir des graphies francisées et standardisées. Le lecteur moderne peut souhaiter suivre le fil du récit sans être continuellement arrêté par des obstacles de nature philologique ou linguistique, et il se passera des notes, mais un chercheur s'intéressant à tel ou tel nom appartenant au domaine épique, dans une optique d'histoire littéraire ou d'enquête linguistique, pourra toujours s'y reporter.

D. L.

BIBLIOGRAPHIE GÉNÉRALE

(Une bibliographie plus détaillée sera donnée branche par branche.)

A/ ÉDITIONS DES MANUSCRITS

L'édition de référence que nous avons utilisée est celle de C. R. UNGER qui a reconstitué une version complète et continue en consultant tous les manuscrits (sauf b² dont il ne disposait pas) ; l'édition donne les variantes rejetées en note et les fragments de manuscrits isolés plus anciens en annexe. Plus récemment, cette édition a été reprise par Bjarni VILHJÁLMSSON dans une édition en islandais moderne. Enfin, pour les seules branches I, III, VII et IX, Agnete LOTH a réédité naguère en parallèle tous les manuscrits en prenant pour base A, B et les fragments plus anciens, sans les retoucher, et en donnant en note les variantes de a, b¹ et b².

Karlamagnús saga ok kappa hans, éd. C. R. UNGER, Christiania, 1860.

Karlamagnús saga ok kappa hans, éd. Bjarni VILHJÁLMSSON, Reykjavík, 1960, 3 vol.

Karlamagnús saga. Branches I, III, VII et IX, éd. bilingue (texte édité par A. LOTH, trad. par A. PATRON-GODEFROIT, avec une étude de P. SKÅRUP), Copenhague, Det Danske Sprog- ok Litteraturselskab, 1980.

« Skinnblað úr Karlamagnús sögu », éd. J. BENEDIKTSSON, *Skírnir*, 126, Reykjavík, 1952, pp. 209-213 (fragment þjms 180).

Il existe aussi une édition en fac-similé du manuscrit a :
Karlamagnus Saga and some religious texts. AM 180 a and b fol. Éd. E. F. HALVORSEN, Copenhague, Rosenkilde et Bagger, 1989 (« Early Icelandic Manuscripts in Facsimile », 18).

B/ TRADUCTIONS ANTÉRIEURES

La seule traduction antérieure complète est nord-américaine :
Karlamagnús Saga. The Saga of Charlemagne and his Heroes, trad. C. B. HIEATT, Toronto, Pontifical Institute of Mediæval Studies, 3 vol., 1975 et 1980 (« Mediæval Sources in Translation », 13, 17 et 25) – lire également le compte rendu d'A. GODEFROIT (*The Saga-Book of the Viking Society for Northern Research*, 19, 2-3, 1975-1976, pp. 325-328).

Certaines branches ont déjà fait l'objet d'une traduction française complète :
Textes norrois et littérature française du Moyen Âge, II. *La première branche de la* Karlamagnús saga ..., trad. P. AEBISCHER, Genève, Droz, 1972 (« Publications romanes et françaises », 118) – lire le compte rendu d'A. J. GILBERT et W. G. VAN EMDEN (*Cahiers de civilisation médiévale*, XVI, 1973, pp. 149-154) et celui d'I. SHORT et M. THOMAS (*Romance Philology*, 30, 1976, pp. 210-221).
Rolandiana Borealia. La Saga af Runzivals bardaga [= branche VIII] *et ses dérivés scandinaves comparés à la* Chanson de Roland, trad. P. AEBISCHER, Lausanne, Rouge et Cie, 1954 (Université de Lausanne, « Publications de la Faculté des lettres », XI).
Karlamagnús saga. Branches I, III, VII et IX, éd. bilingue, trad. A. PATRON-GODEFROIT (cf. *supra*).

La *Saga de Charlemagne* a aussi été connue en France au travers de résumés qui ont fait date :

PARIS, Gaston, « La *Karlamagnus-saga*, histoire islandaise de Charlemagne », *Bibliothèque de l'École des chartes*, 25ᵉ année, t. V, 5ᵉ série (1884), pp. 89-123, et 26ᵉ année, t. I, 6ᵉ série (1885), pp. 1-42.

C/ Versions scandinaves dérivant de la *Saga de Charlemagne*

Version danoise : *Karl Magnus' Krønike*, éd. P. LINDEGÅRD HJORTH, Copenhague, Schultz, 1960 (« Universitets-Jubilæets danske Samfund »).
Version suédoise : *Karl Magnus enligt Codex Verelianus sagan och Fru Elins bok*, éd. D. KORNHALL, Lund, Svenska Fornskrift-Sällskapet, 1957.
Pour les autres textes dérivant moins directement de la *Saga de Charlemagne*, notamment les *rímur* islandaises et les *folkeviser*, voir K. TOGEBY, « L'influence de la littérature française sur les littératures scandinaves au Moyen Âge » (cf. *infra*).

D/ Études générales touchant la légende de Charlemagne et les chansons de geste

(Les ouvrages touchant plus particulièrement la *Chanson de Roland* sont mentionnés dans la présentation de la branche VIII.)

Charlemagne et l'épopée romane. Actes du VIIᵉ congrès international de la Société Rencesvals, Paris, Les Belles Lettres, 1978.
Grundriss der romanischen Literaturen des Mittelalters, vol. III, *Les Épopées romanes* (fasc. I, 2, A. 1. 1.), Heidelberg, C. Winter, 1981.
La Technique littéraire des chansons de geste. Colloque international, Paris-Liège, Les Belles Lettres, 1959 (« Bibliothèque de la Faculté de philosophie et lettres de l'université de Liège »).
L'Épopée, sous la direction de J. VICTORI, Turnhout, Brepols, 1987 (« Typologie des sources du Moyen Âge occidental », 49).

BÉDIER, Joseph, *Les Légendes épiques, recherches sur la formation des chansons de geste*, Paris, 1908-1913, 4 vol.

BOUTET, Dominique, *Charlemagne et Arthur, ou le Roi imaginaire*, Paris, Champion, 1992.

— *La Chanson de geste. Forme et signification d'une écriture épique du Moyen Âge*, Paris, PUF, 1993.

GAUTIER, Léon, *Les Épopées françaises*, Paris, 1878-1894 (2e éd. en 4 vol.).

LOT, Ferdinand, *Études sur les légendes épiques françaises*, Paris, Champion, 1958.

MANDACH, André de, *Naissance et développement de la chanson de geste en Europe. I, La Geste de Charlemagne et de Roland*, Genève, Droz / Paris, Minard, 1961.

PARIS, Gaston, *Histoire poétique de Charlemagne*, Paris, 1865.

RYCHNER, Jean, *La Chanson de geste. Essai sur l'art épique des jongleurs*, Genève, Droz / Lille, Giard, 1955 (« Société de publications romanes et françaises », LIII).

SICILIANO, Italo, *Les Origines des chansons de geste*, Paris, Picard, 1951.

— *Les Chansons de geste et l'épopée : mythes, histoire, poèmes*, Turin, Società Editrice Internazionale, 1968 (« Biblioteca di Studi francesi », 3).

SUARD, François, *Chanson de geste et tradition épique en France au Moyen Âge*, Caen, Paradigme, 1994.

WILMOTTE, M., *L'Épopée française, origine et élaboration*, Paris, 1939.

Le sujet est vaste et cette bibliographie succincte peut être complétée au moyen des guides bibliographiques de référence :

BOSSUAT, Robert, *Manuel bibliographique de la littérature française du Moyen Âge*, Melun, d'Argences, 1951 ; *Supplément* (1949-1953), avec le concours de J. MONFRIN, Paris, d'Argences, 1954 ; *Second supplément* (1954-1960), Paris, d'Argences,

1961 ; *Troisième supplément*, par F. VIEILLARD et J. MONFRIN, Paris, Éd. du CNRS, 1986-1991, 2 vol.

Bulletin bibliographique de la Société Rencesvals, Paris, Nizet, publication annuelle depuis 1958.

E/ ÉTUDES GÉNÉRALES TOUCHANT LA *SAGA DE CHARLEMAGNE*

Nous choisissons quelques titres dans une abondante production critique en privilégiant les études les plus récentes. Pour les autres, se reporter au guide bibliographique de référence : *Bibliography of Old Norse-Icelandic Romances*, établi par Marianne E. KALINKE et P. M. MITCHELL, Ithaca et Londres, Cornell University Press, 1985 (« Islandica », XLIV).

1°) Les relations littéraires entre l'Angleterre ou la France et la Norvège au Moyen Âge :

Les Relations littéraires franco-scandinaves au Moyen Âge. Actes du colloque de Liège (avril 1972), Paris, Les Belles Lettres, 1975 (« Bibliothèque de la Faculté de philosophie et lettres de l'université de Liège », 208).

Traductions norroises de textes français médiévaux, études réunies par P. SKÅRUP, *Revue des langues romanes*, t. CII, 1, 1998.

JOHNSEN, Arne Odd, « Les relations intellectuelles entre la France et la Norvège (1150-1214) », *Le Moyen Âge*, t. LVII, 1-2, 1951, pp. 247-269.

HELLE, Knut, « Anglo-Norwegian Relations in the Reign of Håkon Håkonarson (1217-1263) », *Mediæval Scandinavia*, I, 1968, pp. 101-114.

KALINKE, Marianne, « Norse Romance *(Riddarasögur)* », *Old Norse-Icelandic Literature. A Critical Guide*, éd. C. J. Clover et J. Lindow, Ithaca et Londres, Cornell University Press (« Islandica », XLV), 1985, pp. 316-363.

LEACH, Henry Goddard, *Angevin Britain and Scandinavia*, Cambridge (Mass.), 1921.

SKÅRUP, Povl, « La matière de France dans les pays du Nord », *Charlemagne in the North*. Proceedings of the Twelfth International Conference of the Société Rencesvals (Édimbourg, 4-11 août 1991), Édimbourg, Société Rencesvals British Branch, 1993, pp. 5-20.

SCHLAUCH, Margaret, *Romance in Iceland*, Princeton, Princeton University Press / New York, The American-Scandinavian Foundation / Londres, G. Allen et Unwin Ltd, 1934.

TOGEBY, Knut, « L'influence de la littérature française sur les littératures scandinaves au Moyen Âge », *Grundriss der romanischen Literaturen des Mittelalters*, vol. I, *Généralités* (B, chap. VI), Heidelberg, C. Winter, 1972, pp. 333-395.

2°) Études générales traitant de la *Saga de Charlemagne* (nous ne reprenons pas systématiquement les introductions, commentaires et notes des éditions et traductions citées ci-dessus) :

FOOTE, Peter G., *The Pseudo-Turpin Chronicle in Iceland. A Contribution to the Study of the Karlamagnús saga*, Londres, University College, 1959 (« London Mediæval Studies », 4).

HALVORSEN, Eyvind Fjeld, *The Norse Version of the Chanson de Roland*, 1959, Ejnar Munksgaard, Copenhague (« Bibliotheca Arnamagnæna », XIX).

— « L'histoire poétique de Charlemagne dans les pays du Nord » (trad. R. Boyer), *Charlemagne et l'épopée romane*. Actes du VIIe Congrès international de la Société Rencesvals (Liège, 28 août-4 septembre 1976), Paris, Les Belles Lettres, 1978 (« Bibliothèque de la Faculté de philosophie et lettres de l'université de Liège », 225), pp. 59-75.

HIEATT, Constance B., « *Karlamagnús saga* and the *Pseudo-Turpin Chronicle* », *Scandinavian Studies*, XLVI, 1974, pp. 140-150.

— « Some unidentified or dubiously glossed loanwords in *Karlamagnús saga* and their implications for translators and sources studies », *Scandinavian Studies*, L, 1978, pp. 381-388.

— « Charlemagne in Vincent's Mirror : The *Speculum histo-

riale as a Source of the old norse *Karlamagnús saga* », *Forilegium, Carleton University Annual Papers on Classical Antiquity and the Middle Ages*, I, 1979, pp. 186-194.

— « The Redactor as Critic : An Analysis of the B-Version of *Karlamagnús saga* », *Scandinavian Studies*, LIII, 1981, pp. 302-319.

KJÆR, Jonna, « *Karlamagnús saga* : la saga de Charlemagne », *Revue des langues romanes*, t. CII, 1, 1998, pp. 3-23.

SKÅRUP, Povl, « Contenu, sources, rédactions », *Karlamagnús saga. Branches I, III, VII et IX*, éd. bilingue (cf. *supra*), pp. 331-355.

STORM, Gustav, *Sagnkredsene om Karl den Store og Didrik af Bern hos de nordiske Folk*, Christiania, 1874.

BRANCHE I

Vie de Charlemagne

La première branche de la *Saga de Charlemagne* porte un titre *(Vie de Charlemagne)* aujourd'hui entériné par les spécialistes, mais qui ne figure pas dans les manuscrits : le début du texte est absent de A, a et b[1] ; B qui contient le premier chapitre ne donne pas de titre particulier car il semble que la dénomination de *Saga de Charlemagne et de ses preux* s'applique à l'ensemble des dix branches. À vrai dire, la branche I constitue à elle seule une sorte de *Saga de Charlemagne* en abrégé, et elle peut paraître imparfaitement rattachée à celles qui suivent. Sa nature particulière nous amène inévitablement à réfléchir à la façon dont ce vaste recueil a pu être constitué à la fin du XIIIe siècle, et de fait elle est avec la branche VIII *(La Bataille de Roncevaux)* celle qui fut la plus commentée, qui fit couler le plus d'encre et qui alimenta le plus d'hypothèses. Les problèmes qu'elle pose sont d'ailleurs beaucoup plus complexes que pour la version norroise de la *Chanson de Roland*.

Nous verrons par la suite que l'on réussit assez bien à discerner les sources des autres branches, que celles-ci soient globalement homogènes (branches II, III, V, VII, VIII, IX) ou non (branches IV et X) et que nous possédions ou non aujourd'hui les chansons de geste utilisées par les traducteurs norrois. Il n'en va pas de même avec cette *Vie de Charlemagne* pour laquelle nous n'avons pas de texte correspondant dans la littérature française. Il s'agit d'un récit de la vie légendaire de Charlemagne depuis la mort de son père Pépin jusqu'à une campagne d'Espagne et la désignation des douze pairs de France. Après la branche I, les branches III-IX racontent un à un les divers épisodes de la geste de Charlemagne et de ses preux, au nombre desquels Roland, Ogier et Olivier tiennent une place prééminente (la branche II étant tout à fait à part). La branche X sert enfin de conclusion à l'ensemble. Or, l'auteur du recueil ayant juxtaposé des traductions de chansons de geste françaises, les branches III-IX traitent chacune d'un épisode en particulier et possèdent une grande autonomie les unes par rapport aux autres sans se répéter, à tel point que l'ensemble reste discontinu malgré les efforts des auteurs de la version B, qui ont relié les branches entre elles par des renvois et des annonces, ce qui donne tant bien que mal une impression de progression suivie.

La branche I, par contre, ne dérive pas d'une chanson de geste identifiable, car elle représente une compilation de la matière de France à partir de diverses traditions épiques. Son auteur aurait procédé à un travail de son cru afin de présenter en abrégé tout ou partie de la légende du célèbre empereur. On peut peut-être s'en faire une idée en mettant bout à bout la branche I et des morceaux de récit analogues contenus dans les dernières branches (VIII-X), ainsi que dans des parties de la saga aujourd'hui seulement conservées dans les traductions en suédois ou en danois. Il est possible qu'une telle *Vie de Charlemagne* ait existé sous cette forme, relatant son règne de façon synthétique depuis l'accession de l'empereur au pouvoir jusqu'à sa mort, mais il est curieux qu'on n'en ait retrouvé aucune trace ailleurs, ni en français ni en norrois. On peut aussi imaginer que cette compilation ait été élaborée en Scandinavie à partir de chansons de geste françaises de façon à constituer une introduction à la saga, mais cette hypothèse a été rejetée par plusieurs spécialistes récents de la question (dont P. Aebischer, E. F. Halvorsen, C. B. Hieatt, P. Skårup), qui croient à la traduction d'un original français (par contre, K. Togeby est sceptique et préfère attribuer la branche I à l'auteur du recueil). Nous nous rangeons à leur avis, car si des chansons de geste ou d'autres œuvres ont circulé en Norvège au XIIIe siècle, elles ont été plutôt traduites qu'adaptées, et l'on voit mal comment un auteur norvégien aurait acquis une telle familiarité avec les gestes françaises qu'il pût les résumer et les combiner de façon si convaincante. En outre, le texte norrois de la branche I résulte certainement d'une traduction en raison des scories qu'il présente et que l'on rencontre aussi dans les autres branches, telles que des passages peu clairs résultant généralement d'incertitudes dans la compréhension de l'original ; et l'on ne rencontre à aucun moment la fermeté et la clarté d'une synthèse savante rédigée au moment de la composition complète du recueil. L'impression dominante que produit la lecture de la saga est celle d'un pur collage réalisé à partir de récits hétérogènes (la *Vie* et les chansons qui suivent), et un rédacteur appliqué aurait facilement pu les mettre en perspective de façon plus précise et plus soignée.

Aucun repère chronologique ne permet de reconstituer les étapes de l'élaboration de la *Saga de Charlemagne* sous sa forme actuelle. On constate seulement qu'à côté de la synthèse de la vie de Charlemagne, plusieurs chansons de geste ont été traduites (et non adaptées) moyennant un certain nombre de passages condensés ou supprimés, à quoi il faut ajouter des traductions fusionnant deux textes originaux (la branche IV notamment). La *Saga de Charlemagne* apparaît en tout cas aujourd'hui comme résultant de l'association de ces deux ensembles ou de ces deux démarches, la synthèse et les chansons de geste complètes juxtaposées. La synthèse semble avoir été démembrée de façon à fournir un cadre général dans lequel les chansons de geste ont été placées en fonction d'un souci chronologique approximatif. La branche I apporte donc à l'ensemble une présentation générale de Charlemagne, de ses premières actions politiques, de la naissance de Roland et de ses exploits en compagnie d'autres chevaliers prometteurs – l'indiscipline passagère du jeune héros et son différend avec Ganelon permettant de mettre en place les éléments d'une tragédie qui trouve sa conclusion à Roncevaux.

Si la *Vie de Charlemagne* dérive bien d'un récit français du XIIe ou du XIIIe siècle compilant la geste de Charlemagne, il est patent que ce récit a été utilisé pour les besoins de la cause, peut-être abrégé, certainement tronqué. On a l'impression que le clerc qui a composé la *Saga de Charlemagne* l'a suivi et repris autant qu'il a pu, présentant parfois deux versions de faits apparentés, une abrégée dans la branche I, une autre développée sous la forme d'une branche entière, quitte à laisser quelques incohérences résultant du rapprochement de textes d'origines diverses : c'est le cas de *Guiteclin le Saxon* et du *Voyage à Jérusalem et à Constantinople*, les récits consacrés dans la branche I à la campagne d'Espagne et à Ogier le Danois étant différents des épisodes qui seront racontés ensuite. Par contre, le dernier chapitre de cette première branche, quelle qu'en soit l'origine, a été choisi de façon fort avisée, puisqu'il met en présence Charlemagne et Turpin, et qu'il relate la désignation des douze pairs. Nous sommes donc à un moment crucial du règne, et tout paraît soigneusement mis en place pour les succès futurs de l'empereur et de ses preux.

Si nous acceptons l'hypothèse d'un montage utilisant dans un premier temps une synthèse relatant la vie de Charlemagne, nous devons supposer que l'auteur de la saga a remplacé certaines parties de celle-ci par des chansons de geste correspondantes. En effet, on imagine mal que cette synthèse n'ait pas raconté le drame de Roncevaux. Les autres branches ont pu être rajoutées plus librement, et la branche II l'a été seulement au moment où la chanson a été remaniée en Islande et où la version B a été composée. Du fait que la fin de la saga n'est plus conservée que dans les manuscrits de la famille B, il est difficile de savoir aujourd'hui exactement ce qui a pu constituer la fin de la saga dans la version A, mais les traductions en danois et suédois permettent de s'en faire une idée assez précise, bien qu'elles soient très abrégées.

Elles laissent penser que la version A possédait une branche finale constituée à l'image de la branche I d'épisodes relatés de façon synthétique, mais postérieurs à la mort de Roland. La mort de l'empereur serait le dernier d'entre eux, alors que la version B n'aurait conservé que *Guillaume au Court Nez* et la *Mort de Charlemagne*, le remanieur rajoutant par contre des chapitres inspirés du *Speculum historiale* de Vincent de Beauvais ou d'autres œuvres savantes marquées par son influence. Nous aboutissons donc à l'hypothèse d'une *Vie de Charlema-*

gne découpée en trois, le début et la fin étant conservés dans notre saga et le milieu remplacé par un choix de chansons de geste. Il est dommage que la fin de A (ou a) soit perdue, car un examen attentif de cette branche finale eût permis de transformer cette probabilité en certitude. Pour notre part, nous butons toujours sur l'énigme de la disparition de la *Vie* sous sa forme première et entière, œuvre de synthèse cohérente et originale, qui n'a pourtant été conservée ni en français, ni en norrois, ni en une autre langue ; il n'existe même plus aucune trace des épisodes centraux éliminés, notamment le récit de la trahison de Ganelon et de l'embuscade de Roncevaux.

Il n'est pas possible de reconstituer avec plus de certitudes les conditions dans lesquelles le recueil qu'est la *Saga de Charlemagne* a été composé, et l'origine de la branche I reste incertaine. Il est sûr par contre que la branche I et les suivantes ne relèvent pas exactement du même genre littéraire puisque les branches III-IX sont des traductions en prose norroise de chansons de geste du XIIe siècle et leur nature propre demeure dans la saga qui les associe en un vaste cycle où chacune garde son autonomie. La branche I semble plus proche des réécritures compilant sous forme de chronique continue des récits antérieurs, telles qu'il en existe aussi en français à partir du XIIIe siècle – dans la littérature norroise, les sagas royales sont d'ailleurs composées selon le même processus à la même époque. L'association de ces deux types de récit au hasard des découpages dont nous avons parlé donne à la saga une apparence d'hétérogénéité flagrante lorsque l'on passe de la branche I aux autres.

Les clercs islandais qui ont composé la version B semblent avoir eu pour souci d'y remédier à moindres frais, retouchant le recueil ponctuellement tout en conservant à chaque partie son contenu propre. Ainsi ils ont ajouté quelques phrases de liaison faisant apparaître une continuité d'une branche à l'autre, ont supprimé les chapitres XLIII-LIX de la première branche qui devaient leur sembler recouper le contenu des suivantes, ont remanié la branche IV en retouchant plus nettement un récit composite et sont peut-être responsables de l'abrègement d'autres parties de la saga – nous ne négligeons pas pour autant l'intervention adventice de copistes. En tout cas, s'il est presque certain que la version A contenait après Roncevaux des passages supplémentaires qui ont disparu de la version B, il paraît difficile d'attribuer à une sorte d'érosion naturelle du texte ces disparitions. Elles nous paraissent plutôt résulter de choix concertés, comme l'abrègement de la branche I, le remaniement de la branche IV, l'ajout d'une branche supplémentaire en deuxième place ou la transformation de la branche X. Et pour rajouter une hypothèse à une liste déjà longue, nous pensons qu'il est possible que ces remanieurs aient voulu, par leurs interventions, donner plus de netteté à la structure tragique qui parcourt l'ensemble de la saga sans être totalement cohérente.

La branche I met en effet en place tous les éléments du drame qui se jouera à Roncevaux, et dans cette optique la version B possède peut-être plus de force émotionnelle que n'en avait la version A qui présentait des épisodes d'une moindre intensité dramatique entre Roncevaux et la vieillesse de l'empereur. Le témoignage des versions danoise et suédoise laisse penser, on l'a dit, que le genre initial de la chronique reprenait après Roncevaux pour présenter de façon synthétique des épisodes divers jusqu'à la mort de l'empereur. Or dans la version B, la fin de l'empereur arrive de façon plus précipitée et donc plus pathétique. La branche VIII relate une *Chanson de Roland* centrée sur la trahison de Ganelon et la mort de Roland, et privée de l'épisode de Baligant et du procès de Ganelon ; après quoi, la branche IX, très courte, montre l'isolement et les difficultés de la fin du règne du vieil empereur. La dernière branche, enfin, termine la saga sur une sorte d'apothéose de Charlemagne. L'efficacité littéraire est certaine même si le recueil manque toujours d'homogénéité ; la fin de la version B en atténue tout au moins les effets les plus voyants du fait que nous ne repassons pas de façon significative du récit détaillé au récit synthétique – c'est le pendant de l'abrègement de la fin de la première branche. Ces transformations s'accompagnent sans doute du sacrifice d'épisodes qui apportaient peut-être une suite et une conclusion à des passages antérieurs, comme à propos de la guerre de Saxe, d'Aude ou d'Ogier.

Il reste que la branche I, malgré son appartenance à un genre littéraire un peu différent des autres et son caractère tronqué, a finalement été associée au mieux aux autres branches de la *Saga de Charlemagne*. Elle est en effet indispensable à la suite, ce qui a pu justement faire supposer qu'elle ait été écrite comme une introduction aux récits qui suivent. Elle a pour fonction de nous présenter de nombreux personnages, tels que Charlemagne, Roland, Olivier, Ogier ou Ganelon. Elle nous dévoile également l'origine d'éléments qui deviendront ensuite récurrents dans les autres récits, dont Aix-la-Chapelle, capitale de Charlemagne, les épées Courte, Almace et Durendal, ou les douze pairs de France. Elle nous présente enfin le thème général de la saga : Charlemagne monte non sans mal sur le trône avec l'aide de Dieu et le soutien du pape, puis il assoit son autorité sur son royaume avant de se lancer, à partir du chapitre XLV, dans des opérations militaires extérieures au service de la foi chrétienne, en Italie, en Saxe, en Espagne et même en Orient (les branches III, IV, V, VI, VIII et IX relateront plus en détail cette interminable lutte contre les « païens »). Son rayonnement s'étend jusqu'à Jérusalem et Constantinople, comme la branche VII le confirmera d'une manière inattendue.

La branche I dériverait donc d'une œuvre indépendante qui au départ n'avait rien à voir, nous semble-t-il, avec les autres parties de la *Saga de Charlemagne*, et la preuve en est qu'elle contient également de nombreux éléments qui n'ont pas de rapport avec ce qui suit, tel le thème du chevalier au cygne (chapitre XLVIII). Cette *Vie* semble en effet avoir consisté en une sorte de somme rassemblant le plus grande nombre d'épisodes possible, plus ou moins directement liés à la geste de Charlemagne, et dans la saga le récit glisse de l'un à l'autre de façon assez souple bien que parfois l'ensemble paraisse un peu artificiel, comme à propos de Girart le Cygne. Le principe quantitatif de la somme devient aussi caricatural quand l'auteur décide de rassembler d'interminables listes de noms propres qui témoignent à coup sûr d'une très bonne connaissance de la matière épique – mais à qui doit-on l'attribuer au juste ? Ces listes montrent bien que le récit tourne au registre exhaustif et à la collection laborieusement constituée. Leur intérêt narratif est certes de nous faire admirer l'importance d'un personnage historique qui a rassemblé autant de monde autour de lui. Mais leur intérêt littéraire va au-delà et elles possèdent une dimension poétique, si l'on veut bien y voir un exercice d'onomastique destiné à nous faire rêver sur des noms anciens, parfois inconnus et exotiques. Lorsque le procédé énumératif est lancé, le résultat tourne presque à la pure fantaisie verbale. Les noms propres ne désignant par définition que des personnes, le public non spécialiste est vite confronté à un langage qui n'a plus de sens, s'il n'a pas en tête un dictionnaire des personnages. Le texte est alors constitué d'une masse verbale qui donne le vertige et qui prolifère librement indépendamment de toute connexion à une signification autre que vaguement connotative. Ce sont des noms certes, mais à travers eux le langage paraît momentanément s'autoproduire et gagner son autonomie matérielle au détriment du sens. En cela, ces passages rejoignent une des tendances constantes de la poésie médiévale depuis les troubadours jusqu'aux derniers rhétoriqueurs [1]. Cet effet est encore plus net en norrois du fait que beaucoup de ces noms devaient ne rien évoquer du tout auprès d'un public scandinave.

La somme laisse enfin percevoir de quelle façon elle a pu être composée et à partir de quelles sources : son auteur paraît raconter tout d'abord des épisodes situés à l'intérieur du royaume avant de montrer l'action de Charlemagne à l'extérieur. Les chapitres XLVI-LIX résument donc librement divers

---

1. Voir les travaux de P. Zumthor, par exemple : *Langue et techniques poétiques à l'époque romane*, Paris, Klincksieck, 1963 ; *Langue, texte, énigme*, Paris, Le Seuil, 1975 ; *Le Masque et la Lumière. La poétique des grands rhétoriqueurs*, Paris, Le Seuil, 1978. Voir également D. W. Lacroix, *L'Hermétisme poétique, son utilisation et ses effets dans les littératures médiévales*, thèse soutenue à l'université de Paris IV-Sorbonne, février 1994.

sujets de chansons de geste racontant les campagnes militaires de l'empereur. Dans les chapitres I-XLV, la tonalité est très différente et l'auteur de cette synthèse semble s'inspirer d'autres sources, peut-être plus récentes ; la thématique est plus proche en tout cas du cycle épique des vassaux révoltés que du cycle du roi. En effet, Charlemagne doit dans les premières années de son règne faire face à des complots et des rébellions : Rainfroi et Heudri conspirent avec douze conjurés pour le tuer et l'éliminer du pouvoir (chap. I-XXV), Varner se rebelle ensuite contre lui (chap. XXVIII-XXXII), puis Girart de Vienne se révolte à son tour (chap. XXXVIII-XLII). Malgré tous ces obstacles, Charlemagne est couronné, puis sacré empereur, et la suite du recueil ne nous montrera plus d'adversaires contestant l'autorité de Charlemagne de l'intérieur du royaume des Francs.

L'épisode de Girart de Vienne marque son succès définitif et scelle l'union des barons derrière l'empereur. En effet, au travers du personnage de Girart, la branche aborde ici clairement le thème des vassaux rebelles pour donner plus d'éclat au succès personnel de Charlemagne : Girart a défié Charles, et l'empereur, aidé du tout jeune Roland, assiège Vienne (chap. XL). Olivier, le neveu de Girart, va affronter Roland en combat singulier. Sommes-nous devant les prémices d'une effroyable guerre civile ? En fait, la situation se rétablit bien vite au travers d'actes qui fondent à eux seuls le triomphe de l'empereur car il a réussi à réunir autour de lui une élite aristocratique qui ne lui fera plus défaut désormais : Olivier et Roland deviennent frères d'armes, et Aude, la sœur d'Olivier, devient la fiancée de Roland. Peu après, l'empereur reçoit trois épées hors du commun, dont Durendal qu'il offre à Roland (chap. XLIII-XLV), et qui seront des symboles de la puissance de ses pairs dans la suite de la saga (à la fin de la branche VIII, après Roncevaux, l'empereur jettera à l'eau Durendal, signifiant ainsi clairement le déclin de cette puissance). Ainsi, Charlemagne ayant non sans mal réussi à s'imposer à ses opposants, son œuvre extérieure peut commencer, et il sera aidé dans cette vaste entreprise militaire par les douze pairs qu'il désigne à l'extrême fin du récit.

Cette branche I nous relate donc la prise de pouvoir de Charlemagne et la fondation de sa puissance. Or, il apparaît que celle-ci, si inébranlable qu'elle paraisse désormais, recèle en elle quelques failles que le temps et les circonstances finiront par révéler. Pour s'opposer à la trahison du comte Rainfroi, Charlemagne a donc dû faire cause commune avec le voleur Basin, péché véniel assurément. L'image de l'auguste souverain est surtout entachée par l'union coupable qu'il a consommée avec sa propre sœur et qui aboutira à la naissance de Roland. L'inceste, péché capital, est clairement présenté dans la saga (chap. XXXVI), et même si Charlemagne obtient le pardon en bénéficiant de l'intervention de l'ange Gabriel, son prestige est terni par cette faute, et il se confirme que le récit se rapproche de la geste des vassaux en révolte contre un roi qui n'est pas irréprochable. À l'intérieur même de la saga, les conséquences de cet acte funeste seront extrêmement lourdes pour son auteur.

La saga n'invente rien en la matière et se fait l'écho d'une tradition ancienne qui apparaît dans plusieurs chansons de geste, mais rarement aussi explicitement. Le texte ne présente pas pour autant Charlemagne comme un personnage particulièrement luxurieux, et cette action déplacée est bien la seule dont on puisse lui faire grief dans le registre des vices à caractère sexuel. Il apparaît comme victime d'un désir passager sans motivation ni fondement, qui paraît purement relever d'une intervention du démon : « Il la mena dans sa chambre à coucher et dormit près d'elle de telle façon qu'il ressentit du désir pour elle au point qu'ils s'unirent. Il se rendit ensuite à l'église et alla se confesser ... » La mère de Roland est ensuite donnée en mariage au duc Milon d'Aiglent et tout paraît rentrer dans l'ordre, mais la faute initiale, dans une implacable logique tragique, amène des rebondissements malheureux jusqu'à la mort de Roland et l'incommensurable deuil de son père.

La fatalité à l'œuvre fait donc que Gile, la sœur de Charlemagne, épouse Ganelon en secondes noces. Le bonheur du couple est alors trop beau pour être crédible dans ce contexte (chap. LIV) : « Ganelon aimait Roland comme son fils, et Roland aimait Ganelon comme son père, et ils se lièrent par le serment de la fraternité jurée. » Nouveau rebondissement qui fait resurgir le thème incestueux sur un mode mineur de façon tout à fait inattendue : Ganelon et Gile seraient cousins. Ils doivent se séparer et ont vite fait de se remarier chacun de son côté, mais la mauvaise fortune complique encore cet imbroglio familial : alors que Charlemagne a confié une mission à Roland qui doit rentrer en France, celui-ci s'arrête à Châteaulandon, chez Ganelon, où il trouve en Geluviz, la nouvelle femme de son ancien beau-père, une tentatrice rusée et déterminée qui l'entraîne à consommer à son tour le péché de chair (chap. LVI). Par cet acte non voulu, il trahit à la fois Aude, sa fiancée, et son serment envers Ganelon. Charlemagne et son lignage paraissent donc maudits et victimes d'une fatalité sans visage. Au terme de cette phase d'instabilité, les personnages sont pris dans un drame dont les données simples, limpides et irrémédiables sont désormais acquises ; et Charlemagne à qui son fils a tout avoué ne peut que déclarer à Naimes (chap. LVII) : « De toute évidence Ganelon hait Roland. » Le différend qui révèle à Charlemagne cette haine inattendue préfigure donc les affrontements qui conduiront à la trahison de Ganelon à Roncevaux. L'empereur, victime d'une faute dont les conséquences le dépassent, ignore que le succès de sa cause sera fondé sur le sacrifice de son fils et rien dans les branches II-VII ne viendra rappeler au lecteur que la douleur du deuil sera l'envers de tant de triomphes.

Dans la *Saga de Charlemagne*, il nous paraît donc indispensable de mettre en rapport la fin de la branche I avec la branche VIII, notamment les violents échanges entre Roland et Ganelon. Il se peut même que ces scènes trouvent dans cette optique une clé valant également pour le *Roland* d'Oxford, comme l'a jadis suggéré Mme R. Lejeune. On sait aussi que parmi les rares chansons de geste explicitant clairement le péché de Charlemagne figure le *Ronsasvals* occitan (conservé dans un unique manuscrit du XIVe siècle). Après la mort de Roland, la longue déploration de Charlemagne s'achève sur l'aveu de son péché :

« Bels neps, yeu vos ac per lo mieu peccat gran	« Beau neveu, je vous ai eu, c'est mon grand péché,
de ma seror e per mon failhimant,	de ma sœur, c'est ma faute,
qu'ieu soy tos payres, tos oncles eyssamant,	et je suis ton père en même temps que ton oncle,
e vos, car senher, mon nep et mon enfant[1]. »	et tu es, cher seigneur, mon neveu et mon enfant. »

Nous aurons l'occasion de voir dans la branche VIII de la saga un autre point de rapprochement entre ces deux textes pourtant si éloignés par leur origine géographique : après la mort de Roland, l'empereur préfère jeter à l'eau la fameuse épée de son fils que nul désormais n'est digne de porter, geste qui fait inévitablement penser à celui d'Arthur à la fin de *La Mort le roi Artu*, roman qui clôt le cycle du *Lancelot-Graal*, sans qu'il soit possible de décider si un texte a influencé l'autre et dans quel sens aurait pu s'exercer une influence. Or, ce cycle arthurien est lui aussi parcouru par la thématique du péché, et parmi les fautes du roi on rencontre l'inceste entre frère et sœur, comme pour Charlemagne : Mordret est en effet le fils d'Arthur et de Morgue, sa sœur, de l'aveu même du roi[2]. Or bien que ces motifs soient incontestablement communs, leur signification diffère nettement et l'analogie n'est que superficielle, car l'empire de Charlemagne n'est pas profondément atteint par la souillure du péché, et la saga ne s'achève pas sur une guerre civile conduisant le royaume à la ruine, comme c'est

---

1. *Le Roland occitan. Roland à Saragosse ; Ronsasvals*, éd. et trad. G. Gouiran et R. Lafont, Paris, Christian Bourgois, 1991 (10/18, « Bibliothèque médiévale », n° 2175), vv. 1624-1627, pp. 236-237.   **2.** *La Mort le roi Artu*, éd. J. Frappier, Genève, Droz / Paris, Minard, 1964 (« Textes littéraires français », 58), chap. 164, p. 211. Trad. française : *La Mort du roi Arthur*, trad. M.-L. Ollier, Paris, UGE, 1992 (10/18, « Bibliothèque médiévale », n° 2268), p. 253.

le cas dans le monde arthurien. L'empire de Charlemagne est certes ébranlé par la défaite de Roncevaux, mais ne s'effondre pas après la mort de Roland, même si son épée doit disparaître. Celle-ci n'est d'ailleurs pas ici un symbole de souveraineté car elle représente la vaillance et la sainteté d'un individu hors du commun et donc incomparable.

La faute de Charlemagne apparaît donc comme isolée et semble difficile à interpréter politiquement ou théologiquement. Elle semble simplement signifier que Charlemagne reste un homme et donc un pécheur en puissance ; il n'est ni un surhomme ni exactement un saint, mais il représente le modèle parfait du roi chrétien avec ses forces et ses faiblesses. L'origine du désir charnel qu'il ressent pour sa sœur reste un mystère tant le texte est laconique. Nous noterons seulement qu'il s'inscrit pour lui dans un contexte d'immaturité du point de vue sentimental et sexuel. En effet, le roi a perdu sa mère peu de temps auparavant (chap. XXXIII), alors qu'il est longtemps resté dans son giron avant d'affronter le complot de Rainfroi (à la mort de Pépin il a déjà trente-deux ans) ; il est ensuite sacré empereur (chap. XXXV) et à ce moment l'on s'attend à le voir enfin se marier, d'autant qu'on ne lui prête aucune liaison. Le péché qu'il commet intervient donc pour lui dans un temps de répit et de solitude qui précède celui des grandes entreprises, et la sexualité jusqu'ici occultée se réveille brutalement avec une force inanalysable à l'intérieur du genre épique médiéval. La violence du désir pur qui brutalement se fait jour en lui s'exerce en effet sur la seule femme vivant alors dans son entourage proche, preuve que l'univers épique est entièrement masculin et funestement incapable d'intégrer en lui la moindre féminité avec qui ouvrir un dialogue amoureux. La crise passée, l'empereur finit par se marier avant de partir pour Jérusalem de façon à obtenir le pardon de ses péchés (chap. XLIX), et l'ordre des choses semble rétabli. Son épouse rentre alors dans l'ombre et il ne sera plus question des amours de l'empereur. Quand la branche VII fera apparaître furtivement celle-ci, elle sera vitupérée et présentée sous un jour défavorable ; de même, la femme de Ganelon est une pure pécheresse. La femme paraît ainsi représenter le danger, l'occasion de faute et presque l'incompréhensible dans divers passages de la saga, face à quoi l'agressivité butée des hommes est souvent la seule réponse – hormis dans les branches marquées par une influence courtoise.

Dans ce contexte où Charlemagne est impuissant à maîtriser des pulsions irrationnelles, sa faute n'est en tout cas pas inexpiable et le père et son fils entretiendront ensuite de bonnes relations, à l'inverse d'Arthur et de Mordret. Roland n'est donc pas l'héritier d'une faute paternelle et si la désobéissance du jeune héros, chevalier de fraîche date et adoubé avant l'heure, peut provoquer la colère de Charlemagne, celle-ci demeure très mesurée (chap. XXXIX). La réaction de Charlemagne à l'impétuosité excessive de Roland diffère d'ailleurs d'un manuscrit à l'autre, et en raison de l'intérêt particulier du passage, nous traduisons en parallèle les deux versions. Le manuscrit A, confirmé par la traduction danoise, semble représenter la tradition la plus ancienne dans laquelle Charlemagne est magnanime et pardonne aisément à Roland de lui avoir désobéi en s'attaquant à un homme sans en avoir la permission, faute qui relevait pourtant de la peine capitale. Tous les autres manuscrits, et en particulier ceux du groupe B, concluent l'épisode par une sentence prononcée par Naimes qui condamne Roland à se faire rogner les ongles, à défaut d'être mis à mort. Ce châtiment donne plus de relief à l'épisode et aggrave la culpabilité de Roland. Sa faute met en péril l'action de Charlemagne et fait apparaître au premier plan le défaut majeur de Roland : dès le début de sa carrière, il est trop impatient de se battre et son goût pour le combat l'amène à privilégier l'action au détriment de la sagesse et de la raison. Cette initiative personnelle intempestive préfigure bien évidemment son refus d'appeler du renfort lorsque les Francs seront pris dans le piège de Roncevaux, car la branche VIII nous montrera que l'empereur est conscient des responsabilités de Roland dans le massacre des Francs. La version B nous montre donc un souverain moins accessible à une complaisance coupable envers un jeune effronté et faisant appliquer la loi à tous, précieusement aidé par Naimes qui est sans états d'âme et qui le guide en la circonstance comme il le guidera sur le champ de bataille de Roncevaux. Après cette retouche islandaise de l'histoire, Roland n'est donc plus un chevalier favori du roi pour des raisons indicibles et l'image du souverain en sort grandie d'autant que le châtiment est bénin ; la cohérence générale de la structure dramatique s'en trouve également renforcée. On peut enfin supposer qu'un public norvégien ou islandais ait eu du mal à accepter qu'une proclamation solennelle de l'empereur puisse rester impunément bafouée, tant la mentalité juridique la plus tatillonne imprégnait ces sociétés.

Si grands soient-ils, Charlemagne et Roland restent des hommes faillibles, victimes de forces qui les dépassent et pris dans le fil d'une histoire qu'ils ne maîtrisent pas totalement malgré l'ampleur admirable de leurs efforts. Par sa dimension tragique, leur histoire n'en est que plus poignante.

Note sur la traduction

La première branche de la *Saga de Charlemagne* est conservée dans les manuscrits A, a, B, b[1] et b[2], mais aucun n'est complet :

— A commence au début du chapitre XVII et sert à partir de là de base dans l'édition Unger.

— a débute quelques lignes après le commencement du chapitre XXXVIII et se termine à la fin du chapitre XLII.

— B contient les chapitres I-XLII avec des lacunes (notamment les chapitres XII-XXII), et se termine sur une conclusion. Les chapitres XLIII-LIX du manuscrit A ont donc, semble-t-il, été exclus volontairement. B sert de base à l'édition Unger avant le début de A, soit pour les chapitres I-XI.

— b[1] correspond à B, mais ne possède pas le premier chapitre ; la grande lacune de B y est plus courte (chap. XX-XXII). Il sert de base à l'édition Unger pour les chapitres XII-XVI, absents de A et de B.

— b^2 correspond à b^1, mais des parties manquantes ont été remplacées par des traductions islandaises des chapitres correspondants, très abrégés, pris dans la traduction danoise (chap. I et XLIII-fin).

Nous avons traduit la saga d'après la transcription de C. R. Unger en tenant compte de l'édition plus récente d'A. Loth. À moins de se contenter de fragments, il est impossible de s'en tenir à un manuscrit unique. Quand un passage est contenu dans plusieurs, nous donnons dans les notes la traduction d'un choix de variantes. Elles sont très nombreuses pour les chapitres contenus dans les deux groupes de manuscrits, mais ne sont pas toutes très significatives. Nous n'avons donné une traduction en parallèle des deux versions que pour une partie du chapitre XXXIX car le sens de l'épisode (la punition de Roland) diffère radicalement de l'une à l'autre. Enfin, nous insérons quelquefois des variantes à l'intérieur du texte courant, comme le fait d'ailleurs Unger, mais nous les distinguons par les signes suivants :

[...] : encadre une insertion en A d'une variante venue de la famille B.

< ... > : encadre une insertion en A d'une variante venue de a.

< ...] : encadre une insertion en A d'une variante venue de a + famille B.

C'est dans la branche I que la traduction des noms propres et leur normalisation graphique posent le plus de problèmes, en raison de leur nombre et de leur complexité (en particulier dans les longues listes). Non sans hésitations, nous avons transposé tout ce qui pouvait l'être raisonnablement et maintenu les graphies d'origine dans les cas les plus obscurs. Nous admettons les réticences que peuvent susciter ces choix.

Bibliographie particulière à la branche I

Œuvres apparentées à certaines parties de la branche I

— *Chanson de Basin* (original français perdu) ; il existe une version néerlandaise :
Die historie van Coninck Karel ende Elegast. L'histoire du roi Charles et d'Elegast, éd. et trad. française H. Van Dijk et F. Van der Schaff, Groningue, Egbert Forsten, 1994.

Voir : Rombauts, E., « Le *Karel ende Elegast* néerlandais et la *Chanson de Basin* », *Études germaniques*, 31, 1976, pp. 369-391.

— « *Girart de Vienne* » *par Bertrand de Bar-sur-Aube*, éd. W. G. Van Emden, Paris, Société des anciens textes français, 1977 (« SATF », n° 94).

Voir : Louis, René, *De l'histoire à la légende*, t. II, *Girart, comte de Vienne, dans les chansons de geste :* Girart de Vienne, Girart de Fraite, Girart de Roussillon, Auxerre, 1947, 2 vol.

Van Emden, W. G., « Rolandiana et Oliveriana. Faits et hypothèses », *Romania*, t. 92, 1971, pp. 507-531 ; lire également la réponse de P. Aebischer, « Rolandiana et Oliveriana, Sur le résumé du *Girart de Vienne* ... », cf. *infra*.

— *La Guerre des Saxons* : voir la branche V de la *Saga de Charlemagne*.

Voir également : Foulon, Charles, *L'Œuvre de Jean Bodel*, Paris, PUF, 1958, pp. 395-401.

— *Le Chevalier au cygne. La Naissance du Chevalier au cygne*, in : *The Old French Crusade Cycle*, éd. E. J. Mickel et J. A. Nelson, vol. I-II, Alabama, University of Alabama Press, 1977-1985 (ou bien *La Chanson du Chevalier au cygne et de Godefroy de Bouillon. I. Le Chevalier au cygne*, éd. C. Hippeau, Paris, 1874).

— *Le Voyage de Charlemagne à Jérusalem et à Constantinople* : voir la branche VII de la *Saga de Charlemagne*.

— *L'Entrée d'Espagne,* éd. A. Thomas, Paris, Société des anciens textes français, 1913 (« SATF », n° 60).

Autres œuvres du même type que la branche I :

— Voir les versions en danois et en suédois présentées dans la bibliographie générale (C).

L'entreprise qui consiste à synthétiser toute la vie de l'empereur Charlemagne en un récit continu a des équivalents dans la littérature française ou latine, par exemple :

— L'*Historia Karoli Magni et Rotholandi*, dite aussi *Chronique du Pseudo-Turpin* (milieu du XIIe siècle), qui peut avoir servi de modèle à l'auteur du recueil norvégien car ce texte fut connu en Scandinavie avant la *Saga de Charlemagne* et a fourni le début de la branche IV ; éd. C. MEREDITH-JONES, Paris, Droz, 1936 (rééd. Genève, 1972).

— La *Chronique rimée* de Philippe Mousket qui doit être contemporaine de l'élaboration des traductions norvégiennes des gestes françaises (milieu du XIIIe siècle) ; éd. F. de REIFFENBERG, Bruxelles, 1836-1838 et 1845 (« Coll. de chroniques belges inédites », sér. in-4°).

Voir également : WALPOLE, Ronald N., *An anonymous Old French Translation of the Pseudo-Turpin Chronicle...*, Cambridge (Mass.), 1979 (« Mediæval Academy Books », 89).

— *Philip Mouskés and the Pseudo-Turpin Chronicle*, Berkeley/ Los Angeles, University of California Publications in Modern Philology, 26, 4, 1947.

Voir également sur un plan plus général : HORRENT, Jules, « L'histoire poétique de Charlemagne dans la littérature française au Moyen Âge », *Charlemagne et l'épopée romane*, I. Actes du VIIe congrès international de la Société Rencesvals, Paris, Les Belles Lettres, 1978, pp. 27-57.

TRADUCTIONS ANTÉRIEURES DE LA BRANCHE I

Voir la Bibliographie générale, B.

ÉTUDES PARTICULIÈRES PORTANT SUR LA BRANCHE I OU SUR SES SOURCES

AEBISCHER, Paul, *Textes norrois et littérature française du Moyen Âge. I. Recherches sur les traditions épiques antérieures à la* Chanson de Roland *d'après les données de la première branche de la* Karlamagnús saga, Genève, Droz / Lille, Giard, 1954 (« Société de publications romanes et françaises », XLIV).

— « Les différents états de la *Karlamagnús Saga* », *Fragen und Forschungen im Bereich und Umkreis der Germanischen Philologie*, Berlin, 1956, pp. 298-322.

— « Raimbaud et Hamon. Une source perdue de la *Chanson de Roland* », *Le Moyen Âge*, vol. LXIII, 1957, pp. 23-54 (repris dans *Rolandiana et Oliveriana*, Genève, Droz, 1967, pp. 35-55).

— « Deux récits épiques antérieurs au *Roland* d'Oxford : l'*Entrée d'Espagne* primitive et le *Girard de Vienne* primitif », *Études de lettres*, sér. III, t. I, 1968, pp. 4-35.

— *Textes norrois et littérature française du Moyen Âge*, II. *La première branche de la* Karlamagnús saga. Traduction complète du texte norrois, précédée d'une introduction et suivie d'un index des noms propres cités, Genève, Droz, 1972 (« Publications romanes et françaises », 118).

— « Rolandiana et Oliveriana : Sur le résumé du *Girard de Vienne* conservé par la première branche de la *Karlamagnús saga* ; une ultime mise au point », *Revue belge de philologie et d'histoire*, t. 51, 1973, pp. 517-533.

BÉDIER, Joseph, *Les Légendes épiques, recherches sur la formation des chansons de geste*, Paris, 1908-1913, vol. III, pp. 3-38.

BRONGERS, M. C. A., « *Karel ende Elegast* en de Oudnoorse *Karlamagnús Saga* », *De nieuwe taalgids*, 65, 1972, pp. 161-180.

DUGGAN, Joseph J., « The Thief Basin and the Legend of Charlemagne », *Actes du VIIIe Congrès international de la Société Rencesvals*, Pampelune, Institución Príncipe de Viana, 1981, pp. 107-115.

HIEATT, Constance B., in : *Karlamagnús Saga...* Vol. I, Part I. *Karlamagnus*, Introduction, pp. 41-52 (cf. bibliographie générale, B).

— « Reconstructing the Lost *Chanson de Basin* : was it a *Couronnement de Charlemagne* ? », in : *Romance Epic : Essays on a Medieval Literary Genre*, éd. H.-E. Keller, Kalamazoo, 1987 (« Studies in Medieval Culture », 24), pp. 103-114.

KOK, Petra, « Konu Renfreis versus Eggeris Wijk », *Charlemagne in the North*. Proceedings of the Twelfth International Conference of the Société Rencesvals (Édimbourg, 4-11 août 1991), Édimbourg, Société Rencesvals British Branch, 1993, pp. 45-52.

RUITER, Jacqueline de, « Structural devices in the *Karlamagnús Saga*, illustrated by the "Basin" episode », *Charlemagne in the North, op. cit.*, pp. 81-88.

SCHLYTER, Kerstin, « Reinfrei, Heldri et Basin dans la première branche de la *Karlamagnús saga* », *Travaux de linguistique et de littérature publiés par le Centre de philologie et de littératures romanes de l'université de Strasbourg*, XVIII-1, 1980, pp. 401-412.

TOGEBY, Knut, « L'influence de la littérature française sur les littératures scandinaves au Moyen Âge », *Grundriss der romanischen Literaturen des Mittelalters*, vol. I, *Généralités*, Heidelberg, C. Winter, 1972, pp. 356-359.

Sur le péché de Charlemagne :

BRAULT, Gerard J., « The Legend of Charlemagne's Sin in Girart d'Amiens », *Romance Notes*, t. 4, 1962-1963, pp. 72-75.

DEMOULIN, A., « Charlemagne, la légende de son péché et le choix de Ganelon pour l'ambassade », *Marche romane*, XXXV, 1975, pp. 105-126.

GAIFFIER, Baudouin de, « La légende de Charlemagne. Le péché de l'empereur et son pardon », *Recueil de travaux offerts à M. Clovis Brunel*, Paris, Société de l'École des chartes, 1955, pp. 490-503.

KELLER, Hans-Erich, « Le péché de Charlemagne », *L'Imagi-

naire courtois et son double. Actes du VIe congrès triennal de la Société internationale de littérature courtoise (Fisciano-Salerno, 24-28 juillet 1989), éd. G. Angeli et L. Formisano, Naples, Editrice scientifiche italiane, 1991, pp. 39-60.

LEJEUNE, Rita, « Le péché de Charlemagne et la *Chanson de Roland* », *Studia philologica. Homenaje ofrecido a Dámaso Alonso*, II, Madrid, 1961, pp. 339-371.

RONCAGLIA, Aurelio, « Roland e il peccato di Carlomagno », *Studia in honorem M. de Riquer*, Barcelone, Quaderns Crema, 1986, pp. 315-348.

D. L.

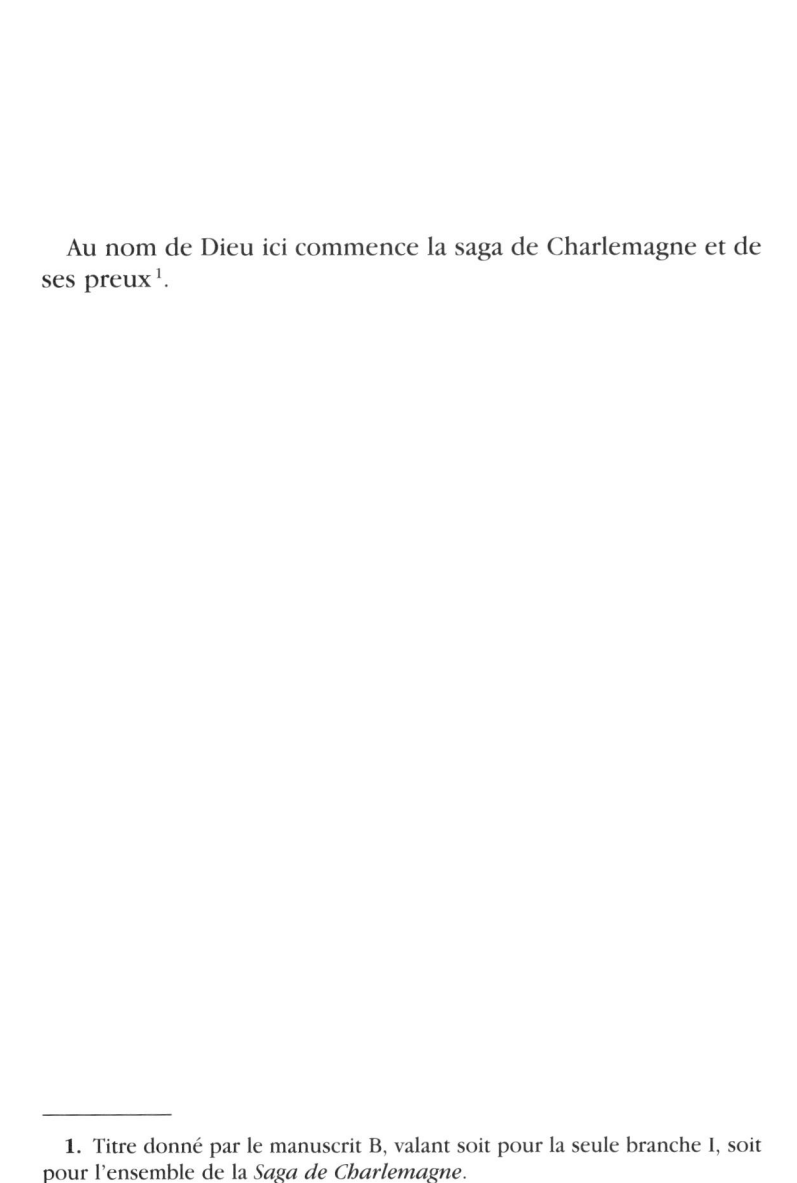

Au nom de Dieu ici commence la saga de Charlemagne et de ses preux[1].

---

[1]. Titre donné par le manuscrit B, valant soit pour la seule branche I, soit pour l'ensemble de la *Saga de Charlemagne*.

Vie de Charlemagne

Chapitre I — Mort du roi Pépin

Le roi nommé Pépin[1] a régné sur la France[2], roi sage, populaire et extrêmement puissant ; il avait pris pour reine une femme nommée Berthe[3], que l'on appelait Berthe au Grand Pied. Ils eurent un fils du nom de Charles[4], et deux filles : l'aînée se nommait Gile[5], et la cadette Bélissent[6]. Charles avait trente-deux ans quand le roi Pépin mourut.

Après la mort du roi, des hommes qui avaient été ses chevaliers voulurent assassiner Charles, mais Dieu tout-puissant qui avait destiné à cet excellent prince le plus élevé des honneurs royaux dans le monde entier, s'opposa à cette entreprise, et il envoya son ange annoncer à Charles qu'ils avaient résolu de le tuer. Ce dernier rendit alors visite à ses conseillers et leur fit part de sa vision. Ils s'en réjouirent, mais ils s'indignèrent vivement que cette trahison ait été tramée ; ils ne surent cependant pas tout de suite quelle décision prendre avant de savoir qui étaient ces traîtres. Ils conseillèrent alors à Charles de commencer par se mettre en sûreté, et après cela ils partirent tous ensemble en secret ; ils allèrent en Ardenne[7] chez le chevalier qui se nomme Drefia[8], et lui dirent ce qui les amenait.

C'était un homme bon, loyal, très puissant et fort riche, et il affirma qu'il ne romprait jamais ses engagements envers Charles. Charles demanda alors quelle décision il devait prendre au

---

1. Norrois : Pippin. Pour faciliter la lecture du récit, nous transposons tous les noms propres qui ont un équivalent certain en français. Les noms qui ne sont pas traduits ne sont donc pas accompagnés d'une note, sauf pour indiquer des variantes. **2.** Frakland. **3.** Berta. **4.** Karl. **5.** Gilem. **6.** Belesem. **7.** Ardena. **8.** Le même personnage s'appelle Thierry d'Ardenne dans la branche III.

sujet de ses sœurs. Drefia lui demanda de les envoyer chercher, « et je les garderai car je suis ton vassal, et mes biens sont à ta disposition ». Charles répondit : « Je n'ai personne pour cette mission, et je te demande d'envoyer quelqu'un ou d'y aller toi-même, mais en secret, afin qu'aucun de nos ennemis n'apprenne que nous sommes ici. »

Après cela, Drefia alla chercher les princesses ainsi que deux autres jeunes filles : l'une s'appelait Aude[1], c'était la fille du duc Huidelon[2], l'autre s'appelait Beatrix, fille du comte Oton d'Allemagne[3]. Et lorsqu'elles arrivèrent, Charles se réjouit de leur venue. Quand ils eurent bien soupé, ils allèrent se coucher.

Lorsque Charles fut endormi, un ange de Dieu vint à lui et lui demanda de se lever et d'aller voler. Il lui parut étrange que l'ange lui ordonne de faire cela : comment devait-il procéder pour commettre un acte dont il était incapable ? L'ange lui dit qu'il devait envoyer chercher Basin le voleur, et qu'ils devaient partir tous les deux ensemble, « parce que de cette façon tu peux conquérir ton royaume et préserver ta vie et ton honneur, et tout peut concourir à cette fin ». Quand il s'éveille, il raconte son rêve, et on fait aussitôt chercher Basin jusqu'à ce qu'on le trouve.

La première fois que Basin vit Charles, il eut peur ; mais Charles se leva aussitôt en se dirigeant vers lui, et lui dit : « Sois le bienvenu, Basin ! Nous allons devenir camarades et compagnons de route, et nous allons voler tous les deux ensemble. » Basin répondit : « Seigneur, je serai heureux d'être ton serviteur. » Charles accepta, et Basin entra dans sa suite. Et après que Charles l'eut pris comme homme de confiance, il fit venir près de lui son conseiller qui s'appelle Naimes[4], et lui dit qu'il voulait partir avec Basin pour voler, ainsi que Dieu le lui avait ordonné par l'intermédiaire de

---

1. Oden. 2. Videlun. 3. Valam d'Alemavi. Au chapitre V, « Videlun » est associé avec « Hatun » ; « Valam » semble être une erreur de copie.
4. Le nom de Naimes se trouve sous diverses formes : ms. A : Namlun, ms. B : Naflun.

son ange. « À présent, je veux qu'ensemble, Drefia et toi, vous gardiez soigneusement mes sœurs pendant que je serai parti en voyage. » Ils acquiescèrent et jurèrent par Dieu et [par leur foi][1] qu'ils les [garderaient soigneusement]. Ce [Naimes] était le fils de Huidelon.

Chapitre II — Trahison du comte Rainfroi

[2]Après cela, Charles et Basin se préparèrent à partir le lendemain matin, et Naimes et Drefia les accompagnèrent un bon moment sur le chemin du départ. Naimes mit en garde Basin de ne jamais appeler Charles par son vrai nom. Il demanda de quel nom il devait alors l'appeler, et Naimes répondit : « Tu l'appelleras Magnus[3], car si ses ennemis le découvrent, je les crains. » Charles dit que cela pouvait bien aller. Naimes prit un anneau d'or à sa main, le donna à Charles et lui dit : « Quoi qu'il t'arrive, écris une lettre, scelle-la avec l'anneau d'or et envoie-la-moi, je la reconnaîtrai alors. » Puis ils embrassèrent Charles les larmes aux yeux, et ils se séparèrent.

Ils traversèrent alors l'Ardenne à cheval jusqu'à la cité qui s'appelle Tongres[4], et ils passèrent la journée dans la forêt au pied du château dans la maison d'un pauvre couple ; la nuit venue, ils entrèrent dans la cité à cheval en passant sous un mur en ruine, et descendirent de cheval à cet endroit. Magnus resta garder les chevaux, tandis que Basin se rendit dans le palais du comte qui s'appelle Rainfroi[5]. Il avança en silence et tendit l'oreille : tous ceux qui se trouvaient à l'intérieur dormaient. Il se dirigea vers un coffre, l'ouvrit et s'empara de tout

---

1. Le manuscrit B contient ici des lacunes de très faible ampleur qu'il est possible de combler grâce au manuscrit b[2].   **2.** Le manuscrit b[1] commence ici.   **3.** Magnús.   **4.** Tungr.   **5.** Renfrei.

un chargement d'or, d'argent, et d'habits de qualité. Il le porta à son compagnon Magnus et lui demanda qu'ils s'en aillent. Magnus répondit : « Il n'en est pas question. Maintenant je vais y aller et voir ce qu'il en est au juste. » Basin répondit alors : « J'irai avec toi, car tu n'as jamais encore volé, et je veux à présent te l'enseigner. » Ils menèrent leurs chevaux dans une cachette à l'écart de façon que personne ne puisse les entendre, puis ils entrèrent dans le palais.

Basin dit alors à Charles : « Reste ici comme je te le demande, et ne bouge pas jusqu'à ce que je revienne près de toi. » Basin le conduisit ensuite près du lit du comte Rainfroi, et le fit rester entre la cloison et la tenture. Basin se rendit alors dans l'écurie de Rainfroi, et voulut prendre son cheval. Mais quand le cheval s'aperçut de sa présence, il se mit à s'ébrouer et à secouer sa crinière, et il fit tant de bruit que Rainfroi s'éveilla et demanda au palefrenier de s'enquérir de ce qui arrivait au cheval. Lorsque Basin entendit cela, il grimpa sur une poutre et s'y étendit de tout son long. Le palefrenier vint près du cheval qui ne voulut pas se calmer jusqu'à ce que tous ceux qui se trouvaient là fussent réveillés.

Le comte Rainfroi demanda ce qui arrivait au cheval, mais il ne s'aperçut de rien. Le garçon alla se coucher, et tous s'endormirent sauf le comte. Il dit à [sa femme : « Il y a une chose que je veux te dire, femme, et que tu dois garder cachée.

— Sire, dit-elle, tel est mon devoir][1].

— Tu sais, dit-il, que le roi Pépin est mort à présent ; mais il a laissé un fils qui s'appelle Charles. C'est un homme si ambitieux qu'il veut s'assujettir tous les peuples ; il a l'intention de se faire sacrer roi à Noël à Aix[2], et de porter la couronne. Mais nous, les douze hommes les plus puissants du royaume, nous avons fait le serment que nous le vaincrions et que nous ne supporterions ni sa tyrannie ni son arrogance. Nous allons l'abattre de la façon que je vais maintenant t'expliquer : nous

---

1. B contient ici une lacune.   2. Eiss.

avons fait fabriquer douze poignards à double tranchant de l'acier le plus dur, et le soir de Noël, lorsqu'il aura réuni sa cour, nous le tuerons, lui et tous ses hommes. Puis nous rassemblerons tous nos amis, et on me sacrera roi ici à Tongres. »

Sa femme répondit alors : « Sire, il ne convient pas que vous agissiez ainsi, car toi et tes parents, vous avez toujours servi ses ancêtres ; et pour cela tu dois être son vassal. Ne commets pas cette mauvaise action, sois plutôt son ami loyal, sinon tu le paieras, et ta descendance aussi.

— Tais-toi, folle, dit-il, il en sera comme il a été décidé. »

La femme dit : « Quels sont ces amis auxquels tu te fies tant, pour des projets aussi graves, que vous allez vous opposer au roi légitime, à qui par sa naissance reviennent le royaume et les honneurs ?

— Le premier homme, répondit-il, est Heudri[1] mon frère ; le deuxième Anzeals de Hoenborg, le troisième Isenbard[2] de Trèves[3] et avec lui son compagnon Reiner[4], le quatrième Segbert de Salzbourg[5] – avec leur aide, nous nous emparerons de la Bavière[6], de l'Allemagne[7] et de la Lombardie[8] –, le sixième[9] est Tankemar de Vensoborg et Tamer[10] son frère, le huitième est Ingelrafn de Rodenborg[11] – grâce à eux trois, je vais m'emparer du Danemark et de la Frise –, le neuvième est Roger d'Orléans[12], le dixième Fouquart de Pierrepont[13], le onzième est Roger d'Hirson[14], le douzième est Vadalin de Breteuil[15] – grâce à eux quatre, nous nous emparerons du Poitou[16] et de la Normandie[17], de la Bretagne[18], de l'Anjou[19] et du Maine[20], de Beauvais[21], de Dukames près de Paris, de Leons[22] et de

---

1. Heldri. 2. Isinbarðr. 3. Iref (B), Tref (b). 4. Reiner (A. Loth lit : Reinir) (B), Remus (b¹), Remer (b²). 5. Salimborg. 6. Bealfer. 7. Alemannia. 8. Langbarðaland. 9. Il faut supposer que Reiner est donc le cinquième et Tamer sera le septième. 10. Tamr (selon Unger) (B), Tanir (b). 11. C. B. Hieatt propose : Rothenbourg. 12. Rozer af Orlaneis. 13. Folkvarðr af Pirapont (Pierrepont dans l'Aisne ?). 14. Rezer d'Irikun (Ireçon dans l'Aisne, moderne Hirson ?). 15. Valam af Brittollis (Breteuil-sur-Noye dans l'Aisne ?). 16. Petta (B), Peitu (b). 17. Nordmandi. 18. Bretland. 19. Angiam (B), Angliam (b). 20. Me-niam. 21. Bealfes. 22. C. B. Hieatt propose : Laon.

Carthage[1] tout entière. Heudri mon frère sera duc, et moi-même empereur de Rome[2]. »

La femme dit : « Seigneur, de quelle manière avez-vous arrêté ce projet ? »

Il répondit : « Ainsi : nous avons fait serment par tous les saints que nous serions tous d'accord pour tuer Charles le jour même de son sacre. Nous irons dans sa chambre à coucher, chacun portant son poignard dans sa manche, et nous l'attaquerons tous en même temps.

— Sire, dit-elle, votre entreprise est mauvaise et misérable, du fait que vous avez tous été les vassaux de son père, le roi Pépin, et qu'il a fait de vous des hommes puissants ; vous lui rendez honteusement les grands honneurs qu'il vous a accordés. Ah ! ah ! Charles, c'est un grand malheur que tu doives périr aussi indignement ! »

Le comte se mit en grande colère et lui donna des coups de poing sur la bouche et le nez jusqu'au sang ; mais elle se pencha hors du lit car elle ne voulait pas tacher les draps de sang. Charles recueillit le sang dans son gant droit, et elle se recoucha dans le lit.

Basin descendit alors discrètement de la poutre, fit le tour du palais et il obtint par ses ruses le résultat suivant : tous les gens du palais s'endormirent. Puis il se rendit auprès du lit du comte, prit son épée et revint ensuite près de Magnus, lui demandant de venir avec lui ; il lui dit que le comte et tous les autres hommes dormaient. Basin prit alors une selle et une bride appartenant au comte, s'en alla de nouveau près du cheval dans l'intention de s'en emparer, mais le cheval s'ébroua comme précédemment, ne se laissant pas faire, et Basin ne put pas s'en approcher. Il s'en courrouça vivement et fit mine de vouloir donner un coup d'épée au cheval. Mais Magnus l'arrêta, lui prit la bride, la passa au cheval, puis il le sella. Celui-ci resta alors tranquille comme s'il était enraciné dans le sol. Il monta ensuite le cheval. La femme s'éveilla à ce moment-là et vit une grande lueur dans le palais ; elle éveilla le comte et le lui dit. Il bondit en direction des portes,

---

1. Kartaginem.   2. Romaborg.

et cela lui parut étrange. En effet Basin avait ouvert le palais, et les portes étaient de ce fait battantes.

Chapitre III — Confirmation de Charles

Après cela, ils se rendirent auprès de leurs chevaux, et attachèrent leur butin sur le cheval de Basin ; Magnus monta le cheval du comte, et Basin celui que Charles avait monté auparavant. Ils revinrent alors à la maison du pauvre homme où ils avaient séjourné auparavant, et ils y restèrent quelque temps. Le pauvre homme garda leurs chevaux et leurs biens. Lorsqu'ils eurent mangé à satiété, ils allèrent dormir ; le pauvre homme ferma les portes. L'ange de Dieu apparut de nouveau à Magnus et lui dit : « Pars le plus vite possible réconforter ta mère et ta sœur, car elles sont très affligées de ta disparition. Ta mère porte un enfant, car elle est tombée enceinte peu de temps avant la mort de ton père, et elle va donner le jour à une fille qui s'appellera Adaliz. »

Après cela, le roi s'éveilla et remercia Dieu de cette révélation ; il réveilla Basin et lui dit de se préparer. Celui-ci demanda où ils devaient aller ; « À Poitiers[1] chez ma mère. » Ensuite ils partirent laissant une grande partie du butin au pauvre homme, et ils voyagèrent toute la nuit.

À midi ils arrivèrent à la ville, s'avancèrent devant la porte du palais de la mère du roi et descendirent là de cheval. Basin resta dehors et garda les chevaux, et Magnus entra dans le palais et se dirigea vers l'endroit où la reine était couchée. Elle trouva étrange qu'il se déplace seul ; elle se leva vers lui et l'embrassa. Ensuite ils s'assirent sur le lit, et elle lui demanda d'enlever ses vêtements. Il lui demanda de faire mener tout d'abord leurs chevaux à l'écurie, et d'envoyer chercher son compagnon. Elle

---

1. Pettisborg (B), Peituborg (b) : Poitiers, ou Bitburg en Rhénanie (?).

ordonna à Bérard[1] le palefrenier de soigner les chevaux et de bien s'en occuper. Charles voulut alors aller chercher Basin, mais la reine lui demanda qui était Basin. Il répondit que c'était son meilleur ami. La reine demanda à son serviteur Hugues[2] d'aller le chercher. Lorsque Basin entra, Charles se leva en sa direction et lui demanda de s'asseoir près de lui sur le lit. La reine dit : « Est-ce là ton compagnon ?

— Oui, dit-il, c'est mon meilleur camarade et ami. »

Basin dit : « Magnus, allons-nous passer la nuit ici ?

— Dis-moi, dit-elle, donnes-tu à Charles ce surnom ? »

Il répondit : « Il a eu grand besoin de ce surnom à cause de ses ennemis qui veulent le trahir. »

Elle lui demanda alors à lui-même comment il avait pris connaissance de cela. Il répondit : « Par la grâce de Dieu, parce que son ange me demanda d'aller voler en compagnie du voleur Basin. »

Mais elle s'en alarma et demanda s'il était chrétien. Il dit qu'il avait été baptisé mais pas confirmé. À ces mots, elle envoya aussitôt des hommes à Trèves[3] auprès de l'archevêque Roger, afin qu'il vînt la trouver. Quand l'archevêque arriva, il se réjouit du retour de Charles.

La reine dit à l'archevêque : « Je vous ai envoyé chercher, seigneur, parce que je voudrais que vous confirmiez mon fils Charles, et que vous changiez son nom. » L'archevêque dit qu'il en serait ainsi selon la volonté de Dieu. Il s'habilla aussitôt comme pour une messe, et demanda s'il allait s'appeler Charles. Elle répondit qu'il avait été baptisé de ce nom, « mais Basin et lui ont changé son nom, et disent qu'il s'appelle maintenant Magnus ». L'archevêque dit : « À présent, il peut vraiment porter le nom de Charlemagne[4]. » Il le confirma ensuite de ce nom, et le bénit.

---

1. Berarðr (B), Berarin (b¹).   2. Hugi.   3. Trevisborg (B), Treverisborg (b).   4. Karlamagnús.

Chapitre IV — Les traîtres sont découverts

Cela accompli, l'archevêque Roger, la reine et Charlemagne se réunirent à part ; la reine dit alors : « Mon cher fils, tu te nommes maintenant, par la volonté de Dieu, Charlemagne ; dis-nous maintenant, à monseigneur l'archevêque et à moi, où tu as été ces temps-ci. »

Il commença alors à raconter toute l'histoire, et relata précisément comment s'était passé son voyage. La reine lui demanda d'envoyer chercher Naimes mais il répondit qu'il ne voulait faire savoir à personne qu'il était venu là. L'archevêque dit qu'il devait rester là en secret pour le moment, et que la reine envoie chercher Naimes. Elle appelle alors son messager Jadunet [1], et lui demande d'aller porter la lettre de Charlemagne. L'archevêque écrivit la lettre, et il y porta les noms de tous les traîtres : Rainfroi, Heudri, Anzeals [2] et Isenbard son compagnon, Segbert, Tankemar et Tamer [3], Ingelrafn et Roger [4], Fouquart, Roger [5] et Vadalin. Charlemagne demanda si Jadunet était digne de confiance, et sa mère dit qu'il n'y avait pas d'homme plus sûr que lui. Charlemagne prit alors la lettre et la scella avec l'anneau d'or de Naimes, puis la confia au messager. Celui-ci la porta à Naimes et à Drefia, et il leur demanda de se rendre au plus vite auprès de l'archevêque et de la reine. Lorsque Naimes vit la missive, il reconnut le sceau et ouvrit la lettre ; et quand il vit les noms des traîtres, il fut très étonné que ceux qui étaient devenus de puissants hommes grâce à son père veuillent le trahir.

---

1. Jaduneth.   2. Andeals.   3. Tranr.   4. Rozer (Roger d'Orléans).
5. Rezer (Roger d'Hirson).

Chapitre V — Mission de l'archevêque Roger

Ils chevauchèrent ensuite vers Poitiers où ils trouvèrent Charlemagne ; aussitôt ils se réunirent en conseil privé avec l'archevêque Roger et la reine. Charlemagne leur demanda alors à tous comment il devait réorganiser le gouvernement du royaume après la mort de son père. L'archevêque dit alors qu'il devait envoyer chercher Huidelon de Bavière, le père de Naimes, le comte Oton [1], qui sont les plus grands chefs d'Allemagne, hommes sages et de bon conseil. L'archevêque demanda de faire ce voyage à Charles, qui y consentit volontiers ; l'archevêque se prépara immédiatement et fit ensuite route jusqu'à Prümm [2].

Le duc et le comte s'y trouvaient déjà tous les deux, et ils étaient inquiets pour leur seigneur Charles et ses sœurs, ainsi que pour leurs filles qui se trouvaient avec eux, et qu'ils croyaient avoir perdues. Tandis qu'ils discutaient de cela, arriva l'archevêque Roger ; son arrivée les réjouit fort. Ils se levèrent à sa rencontre et l'embrassèrent. Ils s'assirent ensuite tous ensemble, et le comte Oton demanda : « D'où venez-vous, seigneur ? » L'archevêque répondit : « Je viens de Poitiers, de chez la reine Berthe et son fils Charles ; ils vous saluent au nom de Dieu et au leur, et ils vous demandent d'aller les trouver au plus vite. » Ils se réjouirent de ces nouvelles, partirent sur-le-champ et se rendirent auprès de Charlemagne. Leurs retrouvailles furent joyeuses, et ils embrassèrent tous deux Basin sur l'ordre de Charlemagne.

Chapitre VI — Charlemagne invite toute la noblesse à son couronnement

Ils se rendirent tous ensuite dans une chambre, et Charlemagne prit la parole : « Je suis maintenant parfaitement chrétien,

---

1. Hatun.   2. Prumensborg (Prümm en Rhénanie ?).

et je me nomme Charlemagne, car j'ai été confirmé sous ce nom ; je veux que vous le sachiez. À présent je vous demande d'être amis avec Basin. » Tous le promirent.

Naimes prit alors la lettre, la confia à l'archevêque et lui demanda de la lire. Ainsi fit-il, citant nommément tous ceux qui voulaient trahir Charlemagne et expliquant comment ils avaient l'intention d'attenter à sa vie. Ils trouvèrent tous étrange que ces hommes veuillent le tuer, alors qu'ils auraient dû être ses meilleurs soutiens. Le comte Oton demanda comment il avait appris cela. Il répondit : « Par la grâce de Dieu, et grâce aux talents de Basin. » Il leur raconta alors tout ce qui s'était passé : comment ils étaient allés voler, comment ils avaient découvert qu'ils avaient fait confectionner douze poignards pour l'assassiner, et que Rainfroi serait roi de France[1].

Huidelon demanda : « Ont-ils quelque moyen de se justifier ? » Charlemagne déclara qu'ils n'en avaient pas, parce qu'ils s'étaient condamnés eux-mêmes. « Seigneur, dit-il, comment as-tu découvert cela ?

— Par la femme de Rainfroi, dit-il, qui s'est opposée à lui ; il se courrouça, et lui donna des coups de poing sur les dents jusqu'au sang. J'ai recueilli le sang et l'ai mis dans mon gant droit. En partant, j'ai pris son cheval de façon qu'il s'en aperçoive sans savoir qui l'avait pris. »

Naimes demanda alors s'ils avoueraient. Charlemagne déclara qu'ils ne pourraient nier, « car, dit-il, quand je serai allé à Aix pour me faire couronner, que ma garde y sera venue, et que je serai assis sur mon trône dans mon palais, tous viendront à moi comme pour me rendre leur hommage, comme ils le firent à mon père, et ils chercheront à m'assaillir quand je serai seul et que ma garde sera partie alors qu'ils auront une grande troupe avec eux ».

Naimes dit : « Nous devons élaborer un plan de riposte. » Basin dit : « Je vais vous donner un bon conseil. Prévenez tous les chefs qui se trouvent dans votre royaume, et faites-les venir

---

1. Valand (terme désignant habituellement la France dans les sagas : terre des Gaulois).

ici chacun accompagné d'une grande troupe ; et ensuite établissez un plan tous ensemble. »

Naimes dit que c'était un bon conseil, et « il est bon d'assurer sa sécurité ». Charlemagne demanda qui il fallait inviter en premier. L'archevêque nomma alors le pape Milon acompagné de la troupe romaine. Naimes demanda : « Quand voulez-vous vous faire couronner, seigneur ? » Charlemagne répondit : « Dans un délai de trois semestres, le dimanche de la Pentecôte, si Dieu le permet, et si vous pensez que cela convient, parce que nous aurons ainsi assez de temps pour réunir une armée ; mais qui dois-je envoyer à Rome [1] pour faire appel à notre pape et aux Romains ? » L'archevêque Roger se proposa pour ce voyage.

Charlemagne le remercia, et lui demanda d'ordonner à tous ses vassaux de venir. « Ordonne à Ranzeon de Vizstur [2] de venir, le plus noble de mes amis, ainsi qu'à Hugues de Lombardie [3], Pevin [4] et Marter de Boniface [5], Hugues de Moren, Milon duc de Pouille [6], Maurus de Mundio, Gimen et Totea [7], Dreia [8] roi de Poitiers [9], Herburt le Fort de Bourgogne [10] et Vildimer [11] son frère, Bernard [12] comte de Markun [13] et Hugues son neveu, William [14] comte de Clermont [15] et le comte Estvendil [16]. Demande-leur de venir avec une troupe et des armes, comme s'ils devaient combattre pendant sept ans entiers. »

L'archevêque demanda où ils devaient se rendre. « À Aix », dit-il. Charlemagne demanda alors qui il devait envoyer en Bretagne [17], et Basin se proposa pour y aller. Charlemagne désigne alors les chefs qui prendront part au voyage : en premier Ged-

---

1. Rómaborg.   **2.** Ranzion af Vizir (b¹), Ranzeen af Vizitur (b²).   **3.** Hugi af Langbarðalandi. Hugues représente à chaque fois Hugi.   **4.** Peum (b).   **5.** Bonifatiusborg.   **6.** Pul.   **7.** Roceam (b¹).   **8.** Drefi (B), Drefa (b¹) – mais Dreia ailleurs.   **9.** Pettursborg, ou Peitursborg (B) ; Petraborg (b¹), Peitoborg (b²) : Poitiers ?   **10.** Burgonis (B), Burgonia (b¹).   **11.** Vallimar (b¹).   **12.** Bjarnarðr (B), Bjarni (b).   **13.** Malkun (b¹), Mascua (b²) : Marchais, canton de Sissone (Aisne) ?   **14.** Vilhjálmr.   **15.** Clerimunt (B), Olerimt (b¹), Erlimint (b²).   **16.** Ostoendis (b¹), Estoendil (b²).   **17.** Bretland.

Charlemagne invite toute la noblesse à son couronnement 73

don de Bretagne[1], Ivi[2] son fils, Theobald son cousin, et Hoël comte de Nantes[3], Heimir[4] duc d'Angels, Jofrey comte de Suz et Valtir comte de Beisborg[5], Roger[6] comte d'Andror[7], Bernard de la ville de Gunel[8], Tebun de Mansel[9] et Baudouin[10] son parent, Roger d'Orléans[11], Vaduin de Beduers, Guazer de Terus[12] et Ganelon[13], le duc Hugon[14], Fouquart de Pierrepont[15], Roger[16] de Nido, Segbert de Breteuil[17], Rozalin de Bavière[18] et Richard le Vieux de Normandie[19], et le comte d'Acre[20], Saer duc de Romenia[21] et Constantin de Dullo[22], Varin de Poer[23] et Baudouin[24] comte de Flandre[25], Ingelrafn de Rodenborg, Tankemar de Veisus[26] et Tamer[27] son frère, et Vazier de Hollande[28], Raimbaud[29] le Frison et Lodver d'Utrecht[30], Fouquin[31] de Testanbrand, Gérard de Homedia[32], le comte Roger[33] et Gérard[34] comte de Drefia, Rensalin[35] comte de Rasel[36] et Herfi duc de Cologne[37], Hollonin[38] comte de Imlla[39] et le comte Bartholomeus, et Gillibert comte de Kasena, Vazalin comte d'Utrecht[40] et Herman[41] comte de Los, Rainfroi de Tongres[42] et son frère Heudri[43], Reiner[44] comte de

---

1. Geddon af Bretollia : Oedon, seigneur des Bretons ? **2.** Jun (b¹), Via (b²). **3.** Hontes (B), Hantes (b¹). **4.** Haenin (b¹), Haeran (b²). **5.** Valtir af Beisborg (B), Borisborg (b¹) : Gautier de Blaives ? **6.** Rozer. **7.** Andros (b¹), Andres (b²). **8.** Gimel (b¹). **9.** Tebun af Mansel : Gibouïn le Mancel ? **10.** Baldvini. **11.** Roser af Orliens. **12.** Guazer af Terus : Gautier de Termes ? **13.** Venelun. **14.** Hugi : Hugon de Paris ? **15.** Pirapont. **16.** Rozer. **17.** Brittollia. **18.** Bialfer. **19.** Rikarðr af Norðmandis. **20.** Akursborg. **21.** Romenia : Romeny-sur-Marne, Aisne ? **22.** Konstantinus af Dullo. **23.** Varin af Poer : Garin le Pouhier ? **24.** Beluin. **25.** Flaemingjaland. **26.** Veisus : sans doute l'équivalent de Vensoborg (cf. chap. II). **27.** Ou : Tanier. **28.** Holand. **29.** Reimbaldr. **30.** Löðver af Uterkr (B), Utrekt (b). **31.** Folkvini (B), Folkvarð (b). **32.** Geirarðr af Homedia : sans doute l'équivalent de Geirarðr af Numaia (Gérard de Nimègue). **33.** Rozer peut-être le même que Roger d'Hirson cité parmi les conjurés au chap. II. **34.** Geirarðr. **35.** A. Loth lit : Rensalm. **36.** Tasel (b¹), Tast (b²). **37.** Koln. **38.** A. Loth lit : Hollovin ; Hervin (b). **39.** A. Loth lit : Ivilla ; Juilla (b) selon Unger. **40.** Trekt. **41.** A. Loth lit : Hermar (B) ; Herman (b). **42.** Renfrei af Tunger. **43.** Helldri. **44.** Reiner (A. Loth lit : Reinir).

Bruzals[1] et de Lofagio[2], le duc de Lens, Fridmont[3] et son frère Talmer, Markis[4] de Tabar, Vazalin de Flecken[5] et Fouquin comte de Kretest, Jofrey comte de Thuns[6] et Vigard comte de Dyrbo, Reinir de Mont[7] et Erpes[8] comte d'Eysa, Baudouin[9] comte de Vino, Arnulfus de Blancea[10], Sævini comte de Dari[11] et Fulbert comte de Tangber[12], Philippus de Misera son parent, Robert de Clermont[13] et Lambert de Monfort[14], Raimon de Toulouse[15], Richard comte de Provence[16], Girart le Vieux de Roussillon[17] et Frémont le Vieux de Rougemont[18], Engelier de Gascogne[19], Ivorie et Ive[20], Beuve[21]-sans-Barbe et Landres[22] duc d'Anzeis, Varun comte de Means, Segbert de Salzbourg et Anzeals de Hoenborg, Isenbard de Trèves[23].

Chapitre VII — Préparation du sacre

Charlemagne demanda alors à l'archevêque d'écrire des lettres pour convoquer tous ces hommes ; il fallait aussi que le pape Milon fasse venir les archevêques et les évêques suffra-

---

1. Brusial (b) : Bruxelles ?   2. Louvain ?   3. Fridmund.   4. Marskes (b¹), Marscis (b²) – on peut aussi comprendre : le marquis de Tabar.   5. Fleskin (b). Vazalin de Trekt et Vazalin de Flecken (et même Vaduin de Beduers ?) peuvent être des variantes du nom de Vadalin cité au chap. II parmi les conjurés.   6. Thuns (B), mais Chims (b¹) et Chimz (b²).   7. Reinir af Fialli. *Fjall* signifie « mont » en norrois ; P. Aebischer et C. B. Hieatt proposent un rapprochement avec Mons-en-Laonnois (Aisne), A. Patron-Godefroit avec Mons dans la province belge de Hainaut.   8. Apes (b¹), Erphes (b²).   9. Baldvini.   10. Blancea (Unger) ou Blantea (Loth) (B), Blanzea (b¹), Blansoa (b²).   11. Vari (b¹).   12. Tangber (Unger) ou Langber (Loth) (B), Langber (b).   13. Roðbert af Klerimunt – « Philippus de Misera et Robert son parent » selon b.   14. Lambert af Munfort.   15. Reimundr af Tolosa (Unger) ou Reinindr (Loth).   16. Rikarðr af Provinzia.   17. Geirarðr af Rosilia.   18. Fremund gamli af Rauðafjall. Rauðafjall : littéralement « Mont-Rouge » ou « Rouge-Mont » – Rougemont (Aisne) ?   19. Engiler (B), Engeler (b¹), Eingilier (b²) ; Gastun (B), Gaskun (b).   20. Ifori et Ivi (B), Iva et Ivore (b).   21. Bovi.   22. Le héros de la branche II s'appelle aussi Landres.   23. Trifers (B), Trivers (b). Isenbard figure également dans la liste des conjurés.

gants, ainsi que tous les Romains puissamment armés, « parce que j'ai besoin de leur aide, et si Dieu veut m'élever, alors j'élèverai la sainte chrétienté et soutiendrai les évêchés pauvres, et je prendrai parmi mes pairs et mes chapelains en France, tous ceux de ses clercs qu'il voudra ». Charlemagne lui demanda d'écrire dans toutes les lettres des formules de salutation et des déclarations de grande amitié, « et je leur demande de venir tous auprès de moi à la prochaine Pentecôte, chacun d'eux étant équipé au mieux en hommes, en armes et en vêtements ; et je veux être alors couronné roi ».

L'archevêque rédigea les lettres comme il l'avait demandé, et il y inscrivit tous les noms. Lorsque les lettres furent prêtes, l'archevêque lui demanda de les sceller, et elles furent toutes scellées avec le sceau de la reine et l'anneau d'or de Naimes. L'archevêque prit ensuite celles qu'il devait emporter avec lui et les tint sous sa garde, et Basin en fit de même avec celles qui lui revenaient. Naimes se proposa pour aller en Saxe[1], mais Charlemagne ne le voulut pas. Drefia proposa de partir, mais le roi leur dit qu'ils devaient rester tous deux à la maison pour garder ses sœurs, « mais je ne sais pas, dit-il, qui je vais envoyer là-bas ». Oton lui demanda d'envoyer chercher Gérard de Nimègue[2], « c'est un bon chevalier, un homme sage et ton ami ». Naimes approuva ce conseil ; ainsi fut fait, et il vint.

Après cela, la reine envoya Jadunet[3], le messager, à la ville de Puleis[4] avec des lettres. Il partit et arriva là, trouva [le duc chez lui] et lui remit la lettre ; il la fit lire à Vilbald son chapelain. Elle disait ceci : « Charles, fils de Pépin, et la reine Berthe envoient les salutations de Dieu et les leurs à leurs parents, l'archevêque Fréri[5] et Herfi[6] son frère, en toute amitié. Notre requête est que vous veniez au plus vite auprès de nous, et que vous nous portiez secours avec deux mille hommes équipés comme s'ils allaient combattre une armée païenne. Vivez dans la paix de Dieu. »

Le duc fit bon accueil à cette demande et l'archevêque Fréri

---

1. Saxland.   **2.** Gerarðr af Numaia.   **3.** Jadunech.   **4.** Paleis (b).
5. Freri.   **6.** Herfi duc de Cologne.

dit ceci : « Assurément nous devons y aller comme Charles le souhaite ; il nous envoie une demande pour deux mille hommes, mais nous irons avec trois mille. » Le comte dit qu'il aurait quarante vassaux bien équipés, « chacun d'eux aura au poignet soit un faucon, soit un autour, soit un épervier, soit l'un des meilleurs oiseaux trois fois mués ; et de beaux chiens à loutre, des petits chiens et des chiens rapides à sanglier ». L'archevêque dit alors : « J'aurai avec moi deux évêques, cinq abbés et quinze clercs, et tous seront beaux et brillants ; ainsi qu'un millier et demi de chevaliers avec tous leurs serviteurs, et tous mes palefreniers, quarante porteurs de flambeaux, des pages, des échansons et des sergents ; et j'en supporterai personnellement tous les frais, de sorte qu'il n'en coûtera pas à Charles la valeur d'un cheval. » Le duc dit : « Tu as une bonne idée, et j'aurai également un millier et demi de chevaliers avec toutes leurs armes et leurs chevaux, et tous leurs serviteurs, et des palefreniers, des échansons, des connétables, dix archers, et tous mes chasseurs avec des chiens de toutes les races que je possède, et des acrobates qui nous divertiront, la cour et nous. »

Après cela, ils préparèrent leur voyage ainsi qu'ils l'avaient projeté ; puis ils demandèrent à leurs épouses et aux gens de leur maison de vivre dans la paix de Dieu. Ils se mirent ensuite en route et chevauchèrent ; ils firent sonner leurs trompettes, et dix mille chevaliers les accompagnèrent sur le chemin, mais nul ne pouvait dire combien il y avait là d'abbés, de moines, de clercs, des jeunes et des vieux. Quand ils furent parvenus à une distance de quatre milles de la ville, le duc arrêta les chevaux et demanda à la foule de revenir en arrière, et il envoya les palefreniers leur chercher des gîtes. L'archevêque descendit de son cheval, prit son étole et la croix, et bénit la foule avant qu'ils s'en retournent ; et eux logèrent dans la ville de Mystur[1]. Le lendemain de bon matin l'archevêque chanta la messe et il se rendit ensuite à Poitiers, où se trouvaient Charlemagne, sa

---

1. Mystursborg : Münster ?

mère et toute leur suite. L'archevêque Roger était parti pour Rome, Basin pour la Bretagne, et Gérard[1] pour la Saxe et la Flandre.

Chapitre VIII — Réception à Poitiers

Le duc Herfi et l'archevêque, ainsi que toute leur suite, furent dignement logés pendant la nuit à Poitiers. Le lendemain matin ils entendirent une messe, et le duc et l'archevêque ordonnèrent à tous leurs hommes de servir dignement Charlemagne ; ils se rendirent ensuite dans le palais où il se trouvait en compagnie de la reine Berthe, sa mère, et de leur nombreuse suite. Le duc et l'archevêque saluèrent dignement Charlemagne et la reine, et ils furent très heureux de se retrouver. La reine prit l'archevêque par la main, et Charlemagne le duc, et ils s'assirent dans la chambre à coucher.

Oton et Huidelon, Naimes et Drefia, ainsi que l'évêque de Mystur et le sire Valtir[2], évêque d'Intreitt[3], et ceux qui venaient de Saxe avec l'archevêque de Cologne, cinq abbés et quinze clercs, entrèrent tous dans le palais en leur compagnie. L'archevêque dit alors : « Charlemagne et la reine nous ont mandé de leur venir en aide avec deux mille hommes, mais nous sommes venus avec trois mille pour vous honorer, et nous voulons vous servir de toutes nos forces, parce que tu es le roi légitime de ton peuple. » La reine le remercia de tout l'honneur et du respect qu'ils témoignaient à Charlemagne, son fils, « mais je vous adresse une prière, dit-elle ; soyez-lui de bon conseil, car c'est ce dont il a le plus besoin ». Alors le duc Herfi et l'archevêque se levèrent tous les deux et jurèrent fidélité à Charlemagne, et tous ceux qui étaient présents à l'intérieur devinrent ses vassaux, puis ils allèrent au palais où se trouvaient les chevaliers.

---

1. Geirarðr (B), Girarðr (b¹), Geyrarðr (b²). **2.** Valur (b¹), Valtyr (b²). **3.** Intrent (b) – Valtir apparaît plus loin comme évêque de Nasten.

Charlemagne se leva sur une table et accueillit toute la foule qui était venue, et il les remercia tous de la bienveillance qu'ils lui manifestaient. Ensuite il leur dit à tous : « Je veux que vous sachiez que je suis à la fois baptisé et confirmé, et je m'appelle maintenant Charlemagne ; à présent je veux que vous me juriez tous fidélité. » Ainsi firent-ils, et en retour il leur promit sa protection et son amitié durant tout le temps de son règne. Il les pria ensuite de se rendre dans leurs chambres, car ils étaient fatigués. Mais le duc Herfi et l'archevêque, Huidelon et Oton, Naimes et Drefia, l'évêque William[1] et Valtir, l'évêque de Nasten, restèrent avec Charlemagne.

Le reine Berthe prit alors Charlemagne par la main, et l'emmena pour un entretien privé ; elle lui dit : « Je ne sais pas quelle est la cause de ceci : cela fait maintenant un demi-mois que ton père Pépin est décédé, et depuis je ne me sens pas bien ; j'ai parfois chaud, parfois froid, je mange et bois peu. Je ne sais si c'est dû à sa mort, ou aux soucis que j'ai eus à la suite de ton départ, ou à quelque chose d'autre. » Charlemagne répondit : « Ma mère, dit-il, ne sois pas triste, car un ange de Dieu est venu à moi, et il m'a dit que tu enfanterais une fille, et qu'elle s'appellerait Adaliz ; ce sera pour toi un réconfort certain, et je veux que nous le disions à nos amis. » Ainsi fit-il, et ils remercièrent Dieu.

Chapitre IX — Charlemagne consulte ses barons

Après cela, il leur demanda conseil pour savoir quelle résolution il devait prendre, et leur dit les difficultés qu'il avait à pallier. L'archevêque lui demanda d'où il tenait ces informations, et il répondit que Rainfroi en personne les lui avait données. L'évêque Valtir lui demanda où il les lui avait révélées. « Dans

---

1. Vilhjálmr – sans doute l'évêque de Mystur précédemment cité.

son palais, dit-il, une nuit où j'étais sorti voler avec Basin. Celui-ci subtilisa un chargement de ses richesses, et moi je pris son cheval et du sang qui avait coulé du nez et de la bouche de sa femme. Il l'avait frappée parce qu'elle avait pris parti en ma faveur, et j'ai ici le gant dans lequel le sang a coulé. Et tandis que je m'en allais, il s'en aperçut, mais sans savoir qui c'était. » L'archevêque demanda s'il avait gardé [le cheval[1]. « Oui, dit-il, il est sous bonne garde ; le roi Drefia l'a placé sous sa surveillance.] »

Le duc Herfi demanda à Charlemagne de lever une armée, mais il dit qu'il l'avait déjà fait, et il lui expliqua que l'archevêque Roger était allé à Rome chercher le pape et les Romains, que Basin était allé en Bretagne, Gérard en Saxe et en Flandre « pour chercher mes barons que j'espère voir arriver ici pour le dimanche de Pentecôte ». L'archevêque Fréri lui demanda pourquoi il avait une telle confiance en Basin, ce voleur. Mais Naimes dit que c'était un homme courtois et de grande prouesse, et « son intelligence et son jugement, grâce à la miséricorde de Dieu, lui ont permis de faire ces découvertes, et il est à présent son vassal ».

Chapitre X — Charlemagne part pour Aix

Il arriva un jour que le duc Herfi converse avec Charlemagne : « Nous devons aller à Aix[2] et fortifier la cité au moyen de châteaux, de magasins et de remparts ; et nous serons alors plus près de Rome pour obtenir des nouvelles, car il n'y a pas de meilleure armée dans ton royaume, et les gens du lieu transporteront alors par cette route du vin et de la nourriture, et tout ce qui est nécessaire. » Charlemagne demanda à sa mère

---

1. s'il avait gardé le sang. « Oui, dit-il, le roi Drefia a fait placer le cheval sous sa surveillance. » (B) – nous traduisons la leçon de b.   2. Eiss (Unger), Eirs (Loth).

de venir avec lui, et ils se préparèrent et partirent le troisième jour avec tout leur équipage. La reine demanda au comte Bartholomeus de rester garder sa cité. Drefia partit avec le cheval, secrètement, de nuit, pour la cité de Prumeth[1], et il pria Robert[2], son frère, de garder le cheval de façon que personne n'en sache rien.

Le comte Oton retourna chez lui, ainsi que Huidelon, afin de surveiller ses tours et ses autres biens ; et ils préparèrent à temps leur voyage auprès de Charlemagne avec des chevaliers, des archers, des sergents, des charpentiers et des forgerons, qui portaient des lances et des épées, des broignes, des heaumes et des écus, du grain et de la viande, du vin et des vêtements, et d'autres fournitures dont ils avaient besoin. Ensuite, ils envoyèrent chercher leurs chevaliers, si bien qu'ils en avaient chacun près de trois cent mille. Ils demandèrent alors à leurs épouses de garder leurs domaines ainsi que leurs autres biens sous la surveillance de ceux de leurs amis qui restaient chez eux. Les hommes du comte sonnèrent de leurs cors et de leurs trompettes, et ils n'eurent de cesse qu'ils ne soient parvenus auprès de Charlemagne. Les habitants de la cité les accompagnèrent jusqu'au fleuve qui s'appelle Ermasteis[3] ; ils le traversèrent et pousuivirent au travers du pays jusqu'à la cité d'Ardenne[4], et ils envoyèrent Gothsvin pour leur préparer un logis.

Quand ils parvinrent à la ville, se trouvaient déjà là Charlemagne et la reine, ainsi que leur suite. Charlemagne envoya alors chercher ses sœurs, et Naimes partit en compagnie de cinquante[5] chevaliers pour aller chercher les princesses, et elles vinrent auprès de leur mère et de leur frère. Et c'était pour eux un si grand bonheur que Charlemagne et sa mère sortirent à leur rencontre et les embrassèrent avec une grande joie, et ils restèrent là tous ensemble durant la nuit. Charlemagne dit à sa sœur Gile de surveiller son gant ; elle le prit et le tint dans sa main,

---

1. Même ville que Prumensborg (Prümm ?) au chap. V ?   2. Roðbert.   3. *Vatn* désigne un lac ou un fleuve – Mustela (b) : la Moselle ?   4. Ardensborg (B), Ardenam (b¹), Ardenu (b²).   5. deux cents (b).

et elle demanda ce qu'il y avait dedans, trouvant cela étrange. Mais il dit qu'elle l'apprendrait plus tard, et elle l'enferma dans son coffret d'argent et chargea la fille du comte Huidelon de garder la clé, lui demandant de la lui rendre lorsqu'elles seraient arrivées à Aix.

Le lendemain matin, ils s'habillèrent et allèrent à l'église, et l'archevêque chanta lui-même la messe ; il prit la croix et bénit toute l'assemblée. Charlemagne appela alors près de lui Naimes et Drefia, et tous les sergents, et il leur demanda d'aller à Aix en les devançant pour leur préparer des tentes et des logis, et pour dire à Macharius, l'intendant, et à Vinant[1] de préparer pour la troupe des provisions en suffisance. Ils partirent en avant avec trois cents hommes, et firent tout ce qui leur avait été demandé.

Chapitre XI — Charlemagne s'installe à Aix

Au matin, Charlemagne arriva à Aix avec toute sa troupe, ce qui représentait dix mille chevaliers. Tout avait été correctement et richement préparé ; le matin[2], ils préparèrent leurs logis. Charlemagne alla à la chasse et parcourut la contrée à cheval afin de la visiter ; elle lui parut très agréable, et il dit qu'il y viendrait souvent.

Ensuite il fit venir des charpentiers et des maçons de valeur, et il vint trois cents artisans avec tous leurs outils. Charlemagne dit à Vinant et à Macharius de faire couper tous les poiriers qu'ils trouveraient, et de les faire apporter tous dans des chariots, « et tout le bois de qualité que nous pouvons obtenir, faites-le porter chez nous ; je vais faire bâtir un grand palais ». Il demanda ensuite à ses conseillers à quel endroit le palais devait se dresser. Naimes lui proposa de le situer près du

---

1. Macharius (Unger) ou Matharius (Loth) (B), Matharia (b²) ; Vinlant (b²).   2. pendant huit jours (b).

fleuve, disant qu'il valait mieux construire les habitations à la limite de la montagne et de la rivière, et l'église dans la forêt ; à droite, un grand château, et à gauche, les habitations où demeureraient les hommes puissants qui l'accompagneraient toujours. C'est ce qu'il fit faire.

Lorsque l'église fut achevée, l'archevêque vint avec les prêtres et il la consacra à la gloire de sainte Marie, et il accorda le pardon au nom de Dieu à tous ceux qui étaient présents à la consécration de l'église, et à tous ceux qui y viendraient emplis de foi dans les douze mois suivants, pour tous les péchés qu'ils avaient commis depuis leur baptême ; et chaque clerc qui se trouvait là devait chanter chaque jour, pour le salut de tout le peuple chrétien, pendant les douze mois à venir, le Credo, le Pater noster et les sept psaumes. Et l'on chanta un Te Deum. Ensuite il plaça l'église sous la responsabilité de Charlemagne et de la reine, afin qu'ils la protègent et l'entretiennent. Puis il condamna à l'excommunication immédiate ceux qui viendraient là en traîtres.

Après cela, ils allèrent à l'endroit où devait se dresser le palais, et l'archevêque bénit le site, les matériaux de construction, la forêt et le fleuve.

Chapitre XII — Les constructions réalisées à Aix

On dit qu'on avait réuni à présent à Aix une telle quantité de pierre et de bois que les artisans et les ouvriers étaient tous très occupés[1]. Charlemagne leur assigna des tâches à tous, et les hommes avaient beaucoup à faire. On dit que l'église fut tout entière construite en blocs de marbre recouverts de cuivre,

---

1. « at smiðir ok verkmenn allir hefði nóg at [gera-Karlamagnús...] ». Le manuscrit B s'interrompt à partir de *at* jusqu'au deuxième tiers de notre chapitre XXII ; le manuscrit A ne commençant qu'au chapitre XVII, les éditeurs doivent se reporter à b¹ (Unger) ou à b¹ et b² (Loth).

d'argent et de plomb, et dorés partout où cela semblait avantageux. Charlemagne fit une inspection et trouva que l'église était de piètre dimension, et il pria Dieu de la faire grandir de façon que toute sa cour puisse y contenir à l'aise pour implorer sa pitié ; et c'est ce qui se passa par la volonté de Dieu.

Ensuite ils poursuivirent leur travail de construction, et Charlemagne fit bâtir douze habitations magnifiques. On dit qu'il y avait là une très belle vallée herbeuse, et il y fit construire une piscine de telle sorte qu'elle pouvait être chaude ou froide selon le désir ; et elle était entourée de murs de marbre. Il demanda aux artisans de bien travailler, et leur dit qu'il les paierait d'autant mieux.

Chapitre XIII — Rainfroi et Heudri viennent à Aix

Lorsque Rainfroi et son frère Heudri apprirent que Charlemagne faisait construire à Aix d'aussi magnifiques maisons, ils s'y rendirent avec cent hommes pour se rendre compte ; et ils chevauchèrent jusqu'à la tente de Charlemagne et le saluèrent. Il pria Dieu de les aider pour autant qu'ils soient ses fidèles amis, et il leur demanda s'ils étaient ses vassaux. Ils répondirent que tel était le cas. Il dit alors : « Je serai couronné ici à Aix le dimanche de la Pentecôte, et je veux que vous soyez présents tous les deux, parce que dans mon royaume il n'est pas d'homme plus puissant que vous. »

Rainfroi était là debout, il réfléchit et ne répondit rien. Naimes jeta un regard au duc Herfi qui le regarda également. Charlemagne déclara : « N'ayez aucune inimitié envers moi, car je pourrais vous faire payer cher toute votre malveillance. » Heudri répondit : « Sire, nous viendrons et nous ferons tout ce que vous ordonnerez. » Ensuite ils prirent congé et s'en allèrent.

Chapitre XIV — Naissance d'Adaliz

Maintenant est arrivé le moment où la reine doit mettre son enfant au monde ; et par la volonté de Dieu, elle donna le jour à une belle petite fille. On le fit savoir à Charlemagne qui vint voir l'enfant accompagné de l'archevêque, du duc Herfi et de toute la cour. Ils rendirent tous grâces à Dieu humblement. L'archevêque baptisa l'enfant, et le comte Huidelon et une très honorable dame lui servirent de parrain et de marraine ; la fille fut appelée Adaliz [1].

Chapitre XV — Le voyage de l'archevêque Roger chez le pape

L'archevêque Roger est à présent arrivé à Rome auprès du pape, et il lui apporte les salutations de Charlemagne et de la reine. Il l'informe de tous les événements touchant Charlemagne qui viennent de se produire, et lui remet la lettre. Le pape la lut et dit qu'il ferait ce qu'on lui demandait.

Il envoya une lettre à ses douze vassaux de Rome, leur demandant de se préparer comme il convenait et en grande pompe afin de l'accompagner au couronnement de Charlemagne à Aix le dimanche de Pentecôte. Et il nomma pour cela six mille chevaliers, légats, évêques suffragants, abbés et tout spécialement des cardinaux et des évêques, leur demandant d'être tous arrivés à Aix avant qu'il y arrive lui-même. Tous firent ce que le pape demandait.

L'archevêque Roger prit alors congé du pape pour s'en aller, et le pape prit l'étole et la croix, et le bénit de la bénédiction de Dieu et du saint apôtre Pierre ; l'archevêque baisa sa main et se retira à son logis. Il se prépara ensuite à partir.

---

1. Adalist (b²).

Chapitre XVI — Le voyage de Basin

À présent, il faut parler du voyage de Basin. Il arriva en Bretagne et y trouva Geddon, un chef important, et il lui remit la lettre portant le sceau du roi et de la reine. Geddon obtint six comtes pour le voyage, et fut le septième. Un archevêque s'en alla avec lui, accompagné de douze autres évêques comme le pape l'avait ordonné, et quinze mille chevaliers comme Charlemagne l'avait demandé dans la lettre transmise par Basin.

Basin prit ensuite congé et se rendit à Gajadum [1], et il rencontra messire Godfrei [2] en France. Il remit les lettres à tous les chefs comme on le lui avait ordonné, et ils se préparèrent chacun dans la mesure de ses moyens, sauf Varner de Pierrepont [3] – il feignit d'être malade sur le conseil de Fouquart –, Roger d'Hirson et Vadalin de Breteuil [4].

Chapitre XVII — Le voyage de Gérard

Gérard de Nimègue est à présent arrivé en Flandre [5] auprès de Baudouin Serens [6] à Arras [7]. Il le trouva là et lui transmit les salutations de Charlemagne et de la reine comme il sied à un ami de le faire ; et il lui demanda de venir à son couronnement en renouvelant à son égard l'affection qu'il portait au roi Pépin, son père, qui lui avait donné sa sœur pour épouse [et lui avait

---

1. Garadum (b²).   **2.** Geofrei (b²).   **3.** Pirapunt (B et b¹), Pirapart (b²).   **4.** Vazalin af Bretollia (b¹), Vazalinz (b²).   **5.** Ici commence le manuscrit A que nous prenons désormais pour base. Les chapitres XVII-XIX sont aussi contenus dans les manuscrits b¹ et b² – avec d'importantes variantes pour le chapitre XVIII (cf. *infra*). Les chapitres XX-XXII (deuxième tiers) ne sont contenus que dans A, car B ne reprend qu'au troisième tiers du chapitre XXII, b¹ et b² au début du chapitre XXIII.   **6.** Baldvini Serens – selon A. Patron-Godefroit, Serens proviendrait du surnom de Baudouin Ier comte de Flandre : Balldvinus Ferreus.   **7.** Arrazborg.

procuré un domaine] [1]. Il lui remit la lettre que lut Frémont, son chapelain. Il répondit qu'il irait, mais accompagné de plus d'hommes qu'on ne le lui demandait ; il dit qu'il aurait trois évêques et dix abbés selon l'ordre du pape, et cinquante mille [2] chevaliers : « Charlemagne est le neveu de ma femme, et j'entends le servir bien volontiers. J'ai deux fils, ses cousins Arnulf [3] et Baudouin [4] ; [ils me suivront et le serviront], et ils deviendront riches grâce à sa puissance. »

Il envoya ensuite deux chevaliers avec une lettre portant son sceau au comte de Buluini [5], au comte de Gines [6] et au comte de Palsborg [7], à Robert de Péron [8] et à Bertrand de Henaug [9], et aux évêques et abbés de son royaume ; il leur enjoignait de venir en grande pompe comme Charlemagne leur en avait donné l'ordre. Gérard prit congé et s'en alla en Saxe auprès d'autres chefs comme on le lui avait ordonné, et il leur remit une lettre à chacun. Et lorsque toute l'armée fut réunie à Aix, elle comprenait quatre cent mille [10] chevaliers, sans compter les troupes du pape. Gérard rentra chez lui à Nimègue [11] et se prépara dès lors un noble équipage. Il rassembla vingt mille chevaliers et se rendit à Aix ; il y parvint un mois avant le reste de l'armée.

---

1. Nous traduisons entre [...] des fragments de récit qui n'apparaissent pas dans le manuscrit A, mais qui nous semblent s'intégrer parfaitement dans le déroulement du passage. Des variantes de moindre intérêt sont rejetées en note ; et nous ne faisons pas mention de celles qui nous semblent insignifiantes.   **2.** quatre mille (b).   **3.** Örnolf (A), Arnulf (B).   **4.** Baldvini.   **5.** Buluini n'est nommé qu'en A : Boulogne ?   **6.** Gines n'est nommé qu'en A : Gênes ? – donc Renier de Gênes ?   **7.** Pulsborg (b) – donc Milon de Pouille ?   **8.** Roðbert af Perun (A), af Peron (b) : de Péronne ?   **9.** Bertram af Henaug (A), Bertum af Henog (b) : de Hainaut ?   **10.** six mille cent dix (b).   **11.** Numaia (A), Numas (B).

Chapitre XVIII — Hamon de Galice et Raimbaud le Frison deviennent frères jurés [1]

Il y avait un homme qui s'appelait Hamon de Galice [2], un homme de valeur ; il se rendit auprès de Charlemagne dès qu'il apprit qu'il devait être couronné. Il alla à Aix accompagné de soixante [3] chevaliers. La rivière qui se trouvait sur sa route s'appelle la Meuse [4] ; il n'y avait là ni gué, ni pont, ni bateau. Ils durent alors longuement délaisser leur route en suivant le fleuve. Là ils rencontrèrent un homme qui s'appelait Raimbaud le Frison [5]. Lorsqu'ils le trouvèrent, Raimbaud demanda à leur chef quel était son nom [6]. Hamon répondit : « Je suis quelqu'un qui peut te maîtriser avec une moitié de lance ! » Raimbaud dit qu'il ne poursuivrait pas son chemin qu'ils ne se soient mesurés l'un à l'autre afin de savoir lequel des deux l'emporterait sur l'autre par la force. Hamon lui demanda de reculer quelque peu avec sa troupe, et « je vais en faire autant ; donnons-nous du champ, et que nos chevaliers restent neutres. Lançons-nous l'un contre l'autre et voyons par l'épreuve lequel de nous deux l'emporte : que celui d'entre nous qui l'emporte devienne le maître de l'autre ».

Raimbaud recula à deux portées de flèche. Tous deux étaient bien armés ; ils piquèrent leurs chevaux à coups d'éperon et s'élancèrent l'un contre l'autre. Chacun frappa dans le bouclier

---

1. Les variantes qui séparent le manuscrit A de b[1] et b[2] sont si nombreuses pour ce chapitre (et beaucoup d'autres) qu'il n'est plus possible de les intégrer toutes dans le cours de la traduction ou en note. C. R. Unger édite les deux versions en parallèle, ce que traduit P. Aebischer ; A. Loth et A. Patron-Godefroit ont systématiquement édité et traduit en parallèle les deux séries de manuscrits A et B ; C. B. Hieatt s'en tient au manuscrit A et indique sommairement en note les différences notables entre A et les autres manuscrits. Nous donnerons également en note les variantes qui nous paraissent les plus intéressantes.   2. Eim af Galiz (A), Heimar af Galizu (b[1]), (H)eimar (b[2]).   3. quarante (b).   4. Moysa (A), Möisa (b).   5. Reinbaldr friski (A), Reimbald (b).   6. En b, la dispute éclate ainsi : « Hamon dit alors à Raimbaud : "Toi, l'homme, laisse-moi traverser la rivière le premier !" Raimbaud répond : "Quel homme es-tu pour que je te laisse passer le premier ?" »

de l'autre de telle façon que le bois de leurs lances se brisa. Ils tirèrent alors leur épée du fourreau, et chacun frappa sur la tête de l'autre de telle manière que l'épée se ficha dans le heaume. Lorsque Raimbaud vit que Hamon était un tel chevalier, il conçut de l'amitié pour lui, recula de quarante pas et lui demanda comment il s'appelait. Il répond : « Je m'appelle Hamon de Galice, et laisse-moi traverser le fleuve ; je veux être ton ami, et mes chevaliers aussi, parce que je veux me rendre auprès de Charlemagne à Aix. » Raimbaud répond : « Je veux moi aussi aller à cet endroit. » Hamon dit qu'ils devaient prêter le serment de la fraternité jurée[1]. Ainsi firent-ils ; ils déposèrent leurs armes, s'assirent et discutèrent.

Après cela, ils se rendirent à Aix et envoyèrent en avant deux chevaliers auprès de Charlemagne afin qu'il leur réserve un endroit où loger. Celui-ci les envoya à Naimes et à Drefia pour s'occuper du logement, et ils furent correctement et noblement logés. Ils se rendirent ensuite auprès de Charlemagne, et Naimes les accompagna jusqu'à sa tente, lui demandant de les recevoir et de les honorer. C'est ce qu'il fit, et ils firent acte de soumission envers lui ; il dit qu'il les honorerait autant que ses conseillers le lui permettraient. Ensuite ils prirent congé et regagnèrent leur logis.

---

1. Le serment qui unit Hamon et Raimbaud provient sans doute de la version originale, mais il se trouve que cette pratique sacrée fut très importante dans la Scandinavie païenne, et encore après la christianisation. À ce sujet, cf. R. Boyer, *Le Monde du double : la magie chez les anciens Scandinaves*, Paris, Berg International (« L'Ile verte »), 1986, pp. 148-149. Plusieurs sagas décrivent les rites de la fraternité jurée, notamment la *Saga des frères jurés* (*Fóstbrœðra saga*, chap. II) – cf. *Sagas islandaises*, trad. R. Boyer, Paris, Gallimard (« Bibliothèque de la Pléiade »), 1987.

Chapitre XIX — Dernières arrivées à Aix

La pape Milon envoya ses hommes en avant auprès de Charlemagne afin de lui préparer un endroit où loger ; celui-ci les envoya à Naimes et à Drefia. Ils lui attribuèrent une belle plaine[1] pour se loger, et Dreia, roi de Poitiers[2], fut placé à côté. Alors le pape y alla en sa compagnie, et avec les gens de Gascogne[3] et toute la troupe venant de cette région. Juste après arrivèrent Geddon de Bretagne et son armée, puis Baudouin Serens[4] et tous les Flamands, les Saxons et leur armée, puis Richard le Vieux de Normandie et toute son armée. Naimes indiqua à chacun d'eux l'endroit où il devait se mettre.

Arrivèrent alors Rainfroi et Heudri, les dix autres conjurés et cent mille chevaliers. Naimes les plaça tous au milieu de la plaine, et ils s'en tenaient à leur intention d'accomplir leurs volontés.

Chapitre XX — Charlemagne loge ses barons

Maintenant toute la troupe est installée, et elle est très nombreuse. Les gens du pays vinrent vendre là au marché toutes sortes de provisions, si bien que rien ne manquait. Charlemagne[5] dormit toute la nuit jusqu'au jour ; il se leva et se rendit à son palais qui était alors achevé. Il fit placer un grand aigle sur le palais pour montrer que la France occupe la première place dans son empire.

Les douze demeures qu'il avait commandées sont toutes

---

1. une belle demeure (b).   **2.** Dreia af Peitrs (A), Drefe af Pells (b).
3. Veskunia (A), Valkuma (b¹), Vaschuma (b²).   **4.** Serins (A).   **5.** « Um [nottina hvíldi Karlamagnús...] » – ici commence une vaste lacune dans les manuscrits b¹ et b². Comme le manuscrit B ne reprend qu'au troisième tiers du chapitre XXII, A est seul à contenir les chapitres XX-XXII.

achevées : dans l'une se trouve le logis de la reine, dans la deuxième se trouve le duc Herfi de Cologne, dans la troisième Huidelon de Bavière, dans la quatrième Oton d'Allemagne, dans la cinquième Baudouin Serens, dans la sixième Dreia roi de Poitiers[1], dans la septième Geddon de Bretagne, dans la huitième Jofroi d'Anjou[2], dans la neuvième Richard le Vieux de Normandie, dans la dixième l'archevêque Roger, dans la onzième le pape Milon, et Charlemagne lui-même dans le grand palais, et avec lui Naimes et Dreia, Raimbaud le Frison, Hamon de Galice, Gérard de Nimègue. Le soir, Basin arriva et se rendit auprès de Charlemagne étant donné qu'il était son vassal.

Charlemagne ordonna alors à tous ses forgerons de faire une masse d'acier qui servirait aux jeunes gens pour y éprouver leurs épées. Ils apportèrent là deux blocs de marbre et les placèrent face à face ; ils prirent ensuite de l'acier et le posèrent dessus, et ils le brisèrent en morceaux et le placèrent entre les blocs. Ensuite ils amenèrent là dix chars remplis de charbon, prirent des silex et les placèrent autour ; ils firent du feu et le mirent dedans, et ils prirent ensuite vingt soufflets, les disposèrent tout autour et soufflèrent. Un grand feu prit et tout l'acier se mit à bouillonner et ruissela, formant une coulée, devant la clôture qui marquait l'entrée du palais.

Il dit alors à ses hommes de surveiller le palais afin que personne n'y entre sans sa permission. Il envoya ensuite chercher le pape et tous les chefs éminents, et il leur demanda de venir auprès de lui et de sa mère pour le conseiller. Lorsqu'ils y vinrent, ils s'embrassèrent tous et furent ravis de se retrouver.

---

[1]. Peites. [2]. Geofrey af Aldegio.

Chapitre XXI — Charlemagne révèle la conspiration à ses barons

Charlemagne prit alors la parole : « Chers amis, dit-il, vous m'avez fait un grand honneur en venant ici. Je veux à présent vous révéler un secret : sont venus ici des hommes qui ont l'intention d'attenter à ma vie demain, alors que leur puissance provient du pouvoir de mon père. » Le pape demanda qui ils étaient, et il les nomma tous. Le pape se signa alors et demanda comment il l'avait appris. Il lui dit qu'ils s'étaient prêté serment l'un à l'autre, et que chacun devait avoir un poignard à double tranchant en acier dans sa manche « afin de me tuer avec quand ils viendraient ici ; et maintenant je veux que vous me donniez un conseil salutaire ». Jofroi d'Anjou[1] dit que Naimes devait tous les prendre par le bras portant le poignard, et les conduire dans un cachot, « et qu'il apporte les poignards devant toi ; ensuite prends conseil auprès de tes amis afin de déterminer ce que tu dois faire ». On fit ce qu'il avait conseillé.

Il envoya ensuite des hommes pour annoncer à tout le monde qu'il serait couronné roi le lendemain matin, et il imposa la paix entre tous ces hommes : si quelqu'un volait ou commettait quelque autre méfait, il ne serait jamais si puissant qu'il ne soit pendu ou décapité. Tous firent alors le serment de respecter cette paix en tout point.

Chapitre XXII — Sacre de Charlemagne

Le lendemain matin, Charlemagne fut adoubé chevalier. Le pape le revêtit de beaux habits, le parant au mieux comme il convenait. Dreia, roi de Poitiers, l'adouba chevalier, lui passa

---

1. Geofrey af Andegio.

une broigne, lui plaça un heaume sur la tête, le ceignit de l'épée et lui suspendit au cou un écu bleu. Il prit ensuite un grand cheval arabe et le fit monter dessus ; sur le cheval, il parut grand à tous, et ils remercièrent Dieu qu'un homme aussi petit que Pépin pût avoir un fils aussi grand que Charlemagne. Le roi Dreia prit alors la parole : « Tu es à présent un chevalier, dit-il, que Dieu te prenne maintenant en bonne garde. » Il arma ensuite cent autres jeunes chevaliers avec lui.

Ensuite le pape et tous ses clercs s'habillèrent pour la messe ; puis il prit sa croix, bénit tous les chevaliers en armes sur leur cheval et dit à Charlemagne qu'il devrait respecter scrupuleusement la loi de Dieu. Charlemagne prit sa lance, la jeta au loin et dit à Jofroi d'Anjou qu'il devrait veiller à toujours porter son étendard contre les païens et soutenir la chrétienté. Geddon de Bretagne reçut de lui son écu, le comte Oton prit sa broigne, Baudouin Serens prit son épée, Huidelon de Bavière reçut de lui son heaume. La reine, avec la permission de Charlemagne, fit de Naimes un comte puissant. Le pape consacra alors les vêtements royaux et la couronne de France[1], et il en revêtit Charlemagne. Richard le Vieux de Normandie et Hugon duc de Paris marchaient tous deux à ses côtés.

Charlemagne offrit quarante villages à sainte Marie pour l'entretien de sa chapelle à Aix. Il offrit ensuite au pape sa tête, son esprit et toute sa personne, s'engageant en même temps auprès du Saint-Esprit à soutenir la chrétienté et la loi de Dieu. Puis ils le menèrent à son trône. Le roi Dreia et le duc Herfi de Cologne s'assirent devant lui. Le pape lui-même chanta la messe. Roger archevêque de Trèves[2] lut l'épître, l'archevêque Fréri lut l'évangile, et ils étaient tous deux revêtus de leurs ornements ; Bernard de Romeis[3] et l'archevêque de Reims[4] portaient les candélabres, et les archevêques, les évêques suffragants, les cardinaux, les légats, les abbés et tous les clercs chantaient noblement. Le roi et ses sept cent mille chevaliers firent des offrandes, et il y eut très grande quantité d'offrandes à la messe du pape.

---

1. Franz.   2. Trivers.   3. Bjarnarðr af Romeis.   4. Reins.

Pendant la messe, le pape monta dans le chœur avec quarante de ses clercs les plus réputés, et toutes les autres personnes qui se trouvaient là restèrent assises en silence. Le pape prononça ces sages paroles ainsi que maintes autres [1] : « Je vous ordonne à tous, au nom de Dieu, de l'Esprit-Saint et de sainte Marie [2] d'obéir au roi Charlemagne et de bien le soutenir, parce qu'il est le roi légitime du monde entier. » Il les bénit tous et accorda le pardon pour tous les péchés commis depuis le baptême, à ceux qui étaient venus là avec une vraie foi, et à tous ceux qui y viendraient par amour pour la foi dans les douze mois. Il excommunia ensuite tous ceux qui étaient venus là avec de mauvaises intentions, ou en traîtres, ou qui ne voulaient pas être fidèles au roi Charlemagne. Par trois fois il jeta

---

1. Cette formule pourrait être le signe qu'une partie du discours du pape a été résumée par rapport au texte initial. On rencontre en effet des formules analogues dans la *Tristrams saga*, quand le texte du *Roman de Tristan* de Thomas d'Angleterre n'a pas été conservé intégralement dans la traduction norroise. Cf. par exemple, dans le dernier extrait du roman anglo-normand, un monologue d'Iseut :

« Suspire e dit : "Lasse, caitive !	(« Elle soupire et dit : "Hélas ! Malheureuse que je suis ! Quelle douleur pour moi d'être encore en vie car je ne connais que le mal dans ce royaume étranger. Tristan, puissiez-vous être maudit ! [...]" »)
Granz dolz est que jo tant sui vive,	
Car unques nen oi se mal nun	
En ceste estrange regiun.	
Tristan, vostre cors maldit seit !	
[...]" »	

(Ms. Douce, vv. 83-87 – le monologue se poursuit jusqu'au vers 132.)
La saga se contente de ceci :
« Elle soupira profondément et dit dans la douleur de sa peine : "Je suis misérable, la plus malheureuse des créatures. Pourquoi ai-je dû vivre si longtemps pour supporter de si nombreux tourments dans un pays étranger ?" Et elle faisait alors de nombreux reproches à Tristan en des termes durs [...] » (*Saga de Tristan et Yseut,* chap. 90.)
Les deux extraits sont cités d'après *Tristan et Iseut. Les poèmes français, la saga norroise,* éd. et trad. Ph. Walter et D. Lacroix, Paris, Le Livre de Poche (« Lettres gothiques »), 1989, pp. 398-401 et 650.   2. Le manuscrit B reprend ici en parallèle avec A ; A contient quelques formules manquant dans B.

de sa main un cierge allumé[1], puis il alla à l'autel et chanta la messe jusqu'à la fin.

Ensuite il quitta les ornements de la messe, prit le roi Charlemagne par la main et le conduisit à l'autel[2]. Fréri, l'archevêque de Cologne, lui ôta la couronne de la tête et en prit soin ; il fit de même avec tous les habits du couronnement, et il le revêtit d'une fourrure blanche. Ils allèrent ensuite au palais et se mirent à table pour le repas. Le pape bénit le repas. Lorsqu'il fut repu, le roi se retira dans sa chambre à coucher accompagné de ses barons, et fit surveiller le palais[3].

Chapitre XXIII — Échec de la conspiration

À présent les hommes étaient prêts à s'emparer des traîtres à mesure qu'ils arriveraient. Les premiers furent Rainfroi et Heudri ; Naimes et Macharius[4] s'emparèrent d'eux deux et saisirent leurs poignards. Arrivèrent alors Isenbard et Anzeals[5] dont s'emparèrent Drefia et Basin. [Arrivèrent ensuite Segbert et Tankemar, dont s'emparèrent Raimbaud et Hamon[6]. Arrivèrent ensuite Tamer et Ingelrafn, dont s'emparèrent Huidelon et Oton, et Roger d'Hirson et Fouquart, dont s'emparèrent le duc Herfi et Gérard. Arrivèrent ensuite Roger d'Orléans et Vadalin, dont s'emparèrent Baudouin et Vinant.] On chargea ensuite des hommes de les maîtriser tous, et ils les conduisirent devant le roi et sa cour. Ils prirent les poignards à double tran-

---

1. Par ce geste l'anathème est jeté sur les excommuniés.   2. à son trône (B).   3. La lacune des manuscrits b[1] et b[2] s'interrompt ici.   4. Makarias (A), Macharias (B), Macharras (b[1]), Matharias (b[2]) – Macharius, associé à Vinant, apparaît aux chapitres X et XI.   5. Askalin (A), Andeals (B), Anzeals (b[1]), Andcealz (b[2]) – Isenbard est habituellement associé à Anzeals dans les listes des chapitres précédents. Reiner, cité au chapitre II, n'apparaît plus ici. La suite de la liste n'est pas donnée dans A.   6. Simir (B), Eimar (b[1]), Eymir (b[2]).

chant dans leur manche et les montrèrent. Les captifs ne surent que répondre.

Naimes prit alors la parole : « Vous pouvez voir ici les traîtres et leurs poignards avec lesquels ils comptaient tuer le roi Charlemagne. » Rainfroi dit qu'il mentait. Charlemagne répondit : « Je vais vous mettre à l'épreuve », et il fit venir sa sœur Gile. Elle lui remit le gant rempli de sang. Charlemagne demanda alors à Rainfroi s'il reconnaissait le sang. Rainfroi dit qu'il tenait des propos étranges.

Charlemagne répondit : « Tu as agi de façon encore plus étrange. Ceci est le sang de ta femme ! » Il dit qu'il n'avait jamais vu son sang. Charlemagne déclara : « Rainfroi, ne te souviens-tu pas que lorsque tu étais couché dans ton lit chez toi à Tongres, tu affirmas que tu me tuerais à la Noël avec ces poignards, moi et toute ma cour, aidé de ton frère Heudri et des dix hommes qui sont ici avec toi, et que tu irais ensuite à Tongres pour y être couronné roi ? Tu devais devenir empereur et ton frère Heudri, duc de Mayence et de Bavière [1]. Mais cela déplut à ta femme et elle te demanda de lui donner le nom de tes compagnons qui te conseillaient cela, et tu nommas alors tous ceux qui sont ici à présent. Elle te demanda de renoncer à ce forfait, mais tu te mis en colère et tu la frappas au point qu'elle en saigna [2]. J'étais là et j'ai recueilli le sang dans mon gant. »

Rainfroi dit que sa femme l'avait trahi. Mais Charlemagne jura qu'il était un menteur « car j'étais là quand Basin s'empara de tes richesses et de ton épée, et moi j'ai pris le sang et ton cheval ». Rainfroi répondit : « Je pensais que vous auriez eu honte de voler. » Charlemagne pria Drefia de faire amener le cheval, ce qu'il fit. Charlemagne demanda alors à Rainfroi s'il reconnaissait le cheval. Alors il avoua tout.

Le duc Herfi ordonna de les jeter au cachot et de les pendre le lendemain matin. Naimes affirma qu'ils avaient de nombreux partisans à la cour et dit qu'il ne fallait pas les laisser aller libre-

---

1. Megenz, Bealver (A), Meginza, Bealfer (B), Megmenza (b[1]), Megmenska (b[2]).   2. et elle se pencha hors du lit (B).

ment. Charlemagne[1] demanda qui voulait garder ces gens, et Baudouin Serens, Dreia roi de Poitiers et Geddon de Bretagne dirent qu'ils les prendraient sous leur autorité. Après cela, le duc Herfi partit avec leurs troupes réunies, et il arrêta chacun d'eux chez lui car il les connaissait tous. Mais ils pensèrent qu'on s'amusait avec eux et ils demandèrent pourquoi on les arrêtait. Herfi dit que leur seigneur avait été arrêté « parce que vous avez trahi Charlemagne ». Ils regrettèrent de ne pas l'avoir su plus tôt, auquel cas ils ne se seraient pas laissé arrêter.

Chapitre XXIV — Les traîtres sont décapités

Au matin, le pape et le roi Charlemagne[2] se rendirent à l'église avec leur suite ; le pape fit chanter la messe à son légat, un homme de bien et très fidèle, qui s'appelait Gilles[3] et était originaire de Provence[4]. Le pape leur donna sa bénédiction et ils revinrent ensuite au palais.

Le roi Charlemagne distribua alors à ses barons des terres et d'autres biens, et les remercia de leur bonne volonté. Le pape adressa de nombreuses paroles d'amitié au roi Charlemagne, le plaça sur son trône et lui demanda d'être un gardien scrupuleux des lois chrétiennes. Ensuite le roi Charlemagne[5] eut un entretien privé avec le pape et avec tous les autres barons de haut rang qui étaient venus là. Il leur demanda alors un bon conseil sur l'attitude qu'il devait adopter à l'égard des traîtres[6]. Il dit qu'il les avait tous vus, qu'ils avaient apporté des poignards avec lesquels ils entendaient lui prendre la vie, « vous avez entendu qu'ils ont avoué leur forfait, et vous pouvez voir

---

1. Charlemagne demanda alors à Baudouin, au roi Drefia et à Geddon de les arrêter avec leurs troupes (B).   2. Naimes, le pape et l'empereur (B).
3. Gilia (A) – le nom n'est pas donné en B.   4. Provincia.   5. Charlemagne remercia monseigneur Milon le pape et tous les autres barons d'être venus (B).   6. Le comte de Flandre répondit qu'ils avaient tous vu les poignards avec lesquels ils entendaient trahir Charlemagne (B).

maintenant ici les poignards ; jugez-les à présent pour cela en toute justice ». Mais tous répondirent qu'ils voulaient qu'il juge par lui-même « en fonction des preuves que tu as ».

Il nomma alors l'un [1] des chefs de sa troupe avec quatre cents chevaliers pour pendre les douze. Ils leur attachèrent les mains derrière le dos avec des lanières en cuir de cerf et les conduisirent comme des voleurs, de manière qu'ils ne s'échappent pas. Il revint alors à l'esprit du roi Charlemagne que cette décision déplaisait à la femme de Rainfroi, et il ordonna qu'ils soient décapités et non pendus. Ils firent ainsi, et ils les laissèrent tous étendus là ; ensuite ils s'en allèrent et retournèrent auprès du roi. Charlemagne [2] demanda ce qu'il fallait faire de ceux qui les avaient suivis. Naimes [3] dit qu'il devait les garder en prison, [et c'est ce qui fut fait].

Chapitre XXV — Charlemagne récompense ses barons

Charlemagne fit venir Basin et lui remit son gant droit en lui disant : « Tu auras Tongres, la femme de Rainfroi, son comté et tous ses biens. » Basin s'avança, prit le gant et embrassa son pied [4]. À l'archevêque Roger il donna Trèves, et le pape lui-même le remercia pour l'aumône qu'il avait faite à la chrétienté. À Naimes il donna Wurtzbourg, Salzbourg [5], et tout le comté alentour, et il plaça vingt mille chevaliers sous son autorité. Celui-ci accepta ce cadeau et s'inclina à ses pieds [6], tout comme Huidelon son père, ainsi que le comte d'Allemagne, Raimbaud le Frison, Hamon de Galice, le comte Basin, Dreia le prévôt et trois cents chevaliers, tous par amour pour Naimes, et le roi s'en réjouit.

Naimes pria le roi de lui donner la montagne qui se trouve

---

1. quatre (B).   2. Naimes demanda (b).   3. Charlemagne lui dit (b).   4. sa main (B).   5. Ozborg, Salenborg (A), Orzborg, Salenamborg (B), Oëzborg (b).   6. Il s'approcha, lui baisa la main et le remercia pour ce cadeau (B).

entre la Meuse et la Sambre[1] afin d'y édifier un château, « et la France en sera plus puissante ». Il lui donna aussi la forêt qui s'y trouve[2], et Foma[3] avec toute la forêt qui s'y trouve, ainsi que la Famenne[4]. « Je te construirai, dit Charlemagne, trois châteaux entre la Meuse et l'Ardenne. » Naimes leur donna son nom, ce que Charlemagne voulut bien pour honorer Naimes. Charlemagne lui donna une lance, un étendard blanc et en outre le titre de comte, et il appela le château Namur[5]. Charlemagne dit alors : « Tu vois à présent combien j'ai d'amitié pour toi. » Il le remercia et lui demanda de lui donner les hommes de sa terre qu'il détenait en prison, « car ils ne sont coupables d'aucun crime ». C'est ce que fit Charlemagne, et il donna ses hommes à Basin, ainsi qu'à l'archevêque Roger. Ils l'en remercièrent, les retirèrent du cachot et leur firent prêter serment[6] au roi Charlemagne.

Il fit de Hamon de Galice son connétable, et lui confia la garde des poignards des traîtres ; il fit également sortir du cachot tous les autres et les plaça sous son autorité.

Chapitre XXVI — Autres récompenses octroyées par Charlemagne

Raimbaud le Frison fit des avances à Bélissent[7], la sœur du roi Charlemagne, et la demanda en mariage[8]. Étant donné que le roi

---

1. Muso, Sambr (A), Musus (B), Musu (b¹), Muzu (b²). **2.** et lui demanda de faire édifier trois châteaux entre la Meuse et l'Ardenne, et Naimes construisit ensuite le château qui s'appelle Nafrus (B). **3.** Les Fagnes (?). **4.** Faumana. **5.** Namrus (A), Nafrus (B) – Namur selon P. Aebischer. **6.** ils jurèrent au roi qu'ils n'avaient pris part à aucune trahison dirigée contre lui (B). **7.** à Gile (Unger : Gelem, Loth : Gelein) (A) – mais Raimbaud épouse Bélissent en B, et elle apparaît comme son épouse en A par la suite, cf. chap. XXXIII. **8.** L'empereur Charlemagne convoqua de nouveau tous ses barons et commença ainsi son discours : « Chers seigneurs, dit-il, j'ai deux sœurs sous ma protection, et maintenant je souhaite marier l'une d'elles, avec votre conseil, à un homme vaillant, Raimbaud le Frison. » Ils trouvèrent tous que c'était une bonne décision (B).

connaissait déjà à la fois son lignage et sa conduite, il fut décidé qu'elle lui était donnée avec un vaste territoire qui s'appelle Veisa[1], que Tankemar avait possédé, et tous ses biens ainsi que ceux de son frère Tamer, et quatre comtés en pleine possession, l'ensemble du Lingeraf[2] et tout le territoire qui va de la Flandre au Danemark[3], et trois lances avec un étendard blanc.

Charlemagne demanda au pape de lui donner certains de ses clercs comme chapelains. Il lui donna Gilles, homme de bien et très fidèle – il était légat de Rome – et en second Turpin, frère du comte Oton – il devait devenir chancelier du roi[4] ; il lui donna deux hommes pour servir dans sa chapelle : l'un s'appelait Vibald et l'autre Baudouin. Le roi Charlemagne l'en remercia bien. Il dit alors à l'archevêque Fréri qu'il devait nommer pour sa chapelle autant de chanoines qu'il en fallait. Il désigna alors quarante chanoines et quatre prêtres. Le roi Charlemagne fonda un monastère pour hommes[5] et un pour femmes, l'un et l'autre richement dotés.

Ensuite il adouba chevaliers quatre-vingts garçons qui étaient venus [de Cologne] avec l'archevêque Fréri et le duc Herfi. Le roi Charlemagne choisit alors pour rester près de lui Beuve-sans-Barbe[6], Ivorie et Ive[7], Engelier de Gascogne[8], Bérenger et Oton[9], Gérin et Gérier[10], Samson et Anselin, Gautier de Termes[11], Achart de Mesines[12], Hoël de Nantes[13], Geofrey d'Orléans[14], Oton de Champagne[15], Ganelon de Châteaulandon[16],

---

1. Précédemment Vensoborg et Veisus. **2.** Lingeraf (A), Lingerafn (B). **3.** et ce domaine s'étendait depuis la Flandre jusqu'au Danemark (B). **4.** il devait garder le sceau de l'empereur et s'occuper de la rédaction des lettres, c'est pourquoi l'on peut à juste titre l'appeler chancelier du roi (B). **5.** un couvent de moines noirs (B). **6.** Bofi. **7.** Iforia, Ivin (A), Ivora, Ivi (B). **8.** Engeler af Vaskunia (A), Engiler af Gastun (B), Engeler af Gaskun (b¹), Eingilier af Gascun (b²). **9.** Baering af Hatun (A) [= de Hatun, erreur probable pour : et Hatun], Baering ok [et] Hatun (B). **10.** Gelin, Gerer (A), Gerin, Geres (B). **11.** Valter af Terins (A), Valltari (B). **12.** Akarð af Mesines (A) – Valltari d'Akard (B) par erreur sans doute. **13.** Naanaz (A). **14.** Orliens (A). **15.** Hatun af Kampaneis (A) (Unger) (Loth : Otun). **16.** Venelun af Kastalandum (A) (Unger) (Loth : Vehelun), Guenelun af Kastalundum (B), Guenelum (b¹), Guenilum (b²).

Ernaut de Beaulande[1], Bérard de Peduers[2], Odun de Marke[3] et Vaker de Kornelia[4]. Il garda toujours avec lui ces vingt chevaliers[5], car c'étaient de bons compagnons[6].

Huidelon, Naimes, Oton, Raimbaud le Frison, Turpin, Gilles devinrent ses conseillers. Il avait avec lui chaque jour sept cents chevaliers, et il se choisit parmi eux des serviteurs pour ses appartements. Il fit de Robert, le frère de Dreia, le maître de ses palefreniers. Maintenant il s'est doté de toute la suite dont il a besoin.

Chapitre XXVII — Les barons rentrent chez eux

Il demanda ensuite à tous les chefs qui étaient venus là de maintenir la paix dans son pays ; il pria en même temps le pape et toute sa troupe de se trouver à Rome dans un délai de douze mois, et dit qu'il voulait être sacré empereur à ce moment-là. Le pape lui en fit la promesse immédiatement. Ensuite il les remercia tous d'être venus et leur donna la permission de rentrer chacun dans son domaine. Le pape prit alors son étole, son anneau et la croix, et il les bénit tous en leur demandant à tous de se montrer obéissants envers le roi Charlemagne ; après quoi, chacun rentra dans son pays.

Le roi Charlemagne resta là et poursuivit les travaux de construction de son église jusqu'à ce qu'elle soit achevée. Naimes alla chez lui pour fortifier ses châteaux et surveiller son domaine. Hamon de Galice se rendit à Hirson avec trois cents

---

1. Arned af Bollandi (A), Arnald (B). **2.** Beirarðr af Peduers (A), Berard (B), Beralld (b¹). **3.** Odun af Marke (A) (Unger) (Loth : Marki), Oduin (B). **4.** Vaker af Kornelia (A), Vasker (B). **5.** Il avait toujours avec lui douze de ces chevaliers (B). **6.** « bons compagnons » : le terme norrois (góðir drengir) renvoie à une notion importante dans la mentalié nordique ancienne : le camarade fidèle et sûr ; cf. R. Boyer, *Le Christ des barbares. Le monde nordique (IXe-XIIIe siècle)*, Paris, Éd. du Cerf (« Jésus depuis Jésus »), 1987, pp. 145-150.

chevaliers afin de veiller sur le château et sur toute la contrée ; Hugon duc de Paris retourna dans son pays en sa compagnie, et Hamon gagna Hirson avec sa troupe.

Chapitre XXVIII — Varner se rebelle contre Charlemagne

Maintenant Varner de Pierrepont[1] a appris que Charlemagne avait été désigné comme roi, et qu'il avait fait tuer ceux qui étaient contre lui ; il lui vint alors à l'idée de considérer qu'il avait un grand pouvoir, qu'il était un homme puissant, qu'il possédait de nombreux châteaux forts et les trois villes de Reims, Laon et Amiens[2], et qu'il était le chef de tous les territoires entourant ces cités. Il entendit rapporter que le roi avait pris Hirson, et il en fut mécontent.

Il se leva un matin et se rendit à Pierrepont avec cent chevaliers ; il prit le château et y installa sa troupe. Ensuite il commanda la levée d'une armée dans son pays et obtint deux mille chevaliers. Puis il se rendit à Orléans, occupa le château, prit la cité et la fortifia ; il imposa aux habitants de la ville et à tous les gens du pays de lui prêter serment, et il fit garder le château. Il se rendit ensuite à Breteuil et y fit la même chose, de même qu'à Hirson, et il avait l'intention de se dresser contre le roi Charlemagne. Il dit qu'il posséderait toutes ces cités, ainsi que le territoire qui les entoure, avant de se soumettre à lui.

---

1. Varner af Pirafunt (A), Varner (Unger)/Varnir (Loth) af Pirapont (B).
2. Reins, Loun, Anuens (A).

Chapitre XXIX — Varner met en cause Charlemagne

Hamon de Galice apprend la nouvelle que le pays dont il a été nommé connétable a été tout entier conquis. Il envoya alors des hommes auprès de Varner pour lui demander de se soumettre au roi Charlemagne et de garder ensuite son domaine [en paix]. Varner en fut courroucé et il envoya à Hamon sa lettre et son sceau ; il disait que Charlemagne avait été choisi roi injustement, puisqu'il était voleur, et « je soutiendrai cette vérité dans un duel contre Hamon ou Raimbaud le Frison ».

Hamon prit cette lettre et la porta au roi Charlemagne qui demanda : « Varner me fait cette proposition et me traite de voleur ? Il a tort d'agir de la sorte. » Raimbaud demanda quel message Varner avait envoyé. « Il a pris mes villes et me traite de voleur et de roi injustement désigné, et pour cette raison il veut me provoquer en duel, moi ou mes hommes. » Raimbaud déclara : « Fais-moi un cadeau ! » Le roi demanda à quel cadeau il pensait. Raimbaud répondit : « Laisse-moi me battre contre lui. » Et Charlemagne lui permit de mener à bien cette action honorable, et pria Dieu de le soutenir dans cette tâche.

Raimbaud alla ensuite trouver Hamon, et ils s'en allèrent tous deux avec quatre cents[1] chevaliers, accompagnés de Turpin, auprès de Naimes. Ils lui dirent que Raimbaud devait se battre en duel contre Varner. Naimes exprima son étonnement et demanda si le duel avait été fixé. Raimbaud répondit que c'était entendu. Ils prirent congé et voulurent partir. Naimes répondit : « Je vais vous accompagner avec sept mille chevaliers, afin qu'il ne vous prenne pas en traître. »

De là, ils allèrent tous ensemble à Hirson et ils y passèrent la nuit.

---

1. six cents (B).

Chapitre XXX — Varner persiste

Le lendemain matin, Naimes envoya des hommes à Laon auprès de Varner pour lui dire qu'il aille à Aix et se soumette au roi, et que s'il ne voulait pas, il perdrait la vie. Lorsque Varner entendit cela, il se mit en colère et jura par la puissance de Dieu que s'il envoyait encore des hommes portant des messages pareils, il leur crèverait les deux yeux. Les messagers demandèrent s'il voulait se battre en duel contre Raimbaud le Frison pour défendre l'affirmation que le roi avait été sacré injustement ou qu'il était voleur. Il admit qu'il l'avait traité de voleur.

Gérard de Nimègue faisait partie des messagers ; lorsqu'il entendit cela, il en fut si scandalisé qu'il eut envie de dégainer son épée, mais il ne voulut pas commettre un acte qu'on aurait pu tenir pour insensé, et il fixa le duel entre eux. Gérard demanda quand ils s'affronteraient, et Varner répondit : « Mardi, sous les murailles de Pierrepont, en combat singulier. » C'est ce qu'il leur dit à son retour.

Chapitre XXXI — Raimbaud se prépare pour le duel

Raimbaud se leva de bonne heure le mardi matin et se prépara bien ; il alla se confesser et reçut la communion et la bénédiction. Turpin lui demanda au nom de Dieu de se battre en duel pour le roi Charlemagne, puis célébra ses offices et embrassa Raimbaud en souvenir du baiser que Dieu donna à ses apôtres lorsqu'il eut vaincu l'enfer.

Ils sonnèrent ensuite de leurs trompettes et s'éloignèrent d'Hirson de quatre milles à travers la forêt qui s'appelle Eisa [1],

---

1. Frisant (B).

et là Raimbaud revêtit sa broigne. Turpin plaça le heaume sur sa tête, Naimes lui ceignit l'épée, Hamon lui suspendit l'écu au cou, Gérard lui donna la lance. Il sauta alors sur son cheval tandis que Turpin lui tenait l'étrier ; son cheval était blanc comme toutes ses armes. Il était lui-même blanc, grand et fort.

Gérard prit son écu et sa lance, et il se rendit à l'endroit où ils devaient s'affronter. Naimes avait armé son cheval et il chevaucha dans la forêt de façon à pouvoir s'approcher au plus près sans que personne puisse le remarquer [1].

Chapitre XXXII — Raimbaud l'emporte sur Varner

Varner est à Pierrepont. Il a entendu la messe, s'est confessé et a communié. Il est noir, tout comme son cheval, toutes ses armes, ses vêtements et son étendard [2]. Il chevaucha à la rencontre de Raimbaud le Frison et lui demanda s'il voulait se réconcilier avec lui au nom du roi Charlemagne, à la condition qu'il conserve toutes ses possessions ainsi que Pierrepont, Orléans et Breteuil ; il dit cela par raillerie. Raimbaud répondit : « Tu as parlé de manière insensée : tu as traité le roi de voleur [et tu as prétendu qu'il avait été désigné injustement], et c'est ce qui a provoqué un duel entre nous. Je serai le défenseur de mon seigneur, le roi Charlemagne, avec l'aide de Dieu ; ou alors va à Aix, deviens le vassal de Charlemagne et accepte son pardon. » Mais Varner lui répondit sur un ton railleur et affirma qu'il ne serait jamais son vassal.

Après cela, ils prirent leurs armes et s'élancèrent l'un contre l'autre. Varner renversa aussitôt Raimbaud de son cheval et lui dit qu'il devait se rendre et s'avouer vaincu. Raimbaud dit qu'il n'en

---

1. Naimes était aussi venu à cheval avec sept cents chevaliers (b[1] : six mille) ; ils chevauchèrent dans la forêt en allant au plus près possible du duel, et ils se cachèrent là (B). **2.** il avait lui-même les cheveux et la peau noirs (B).

ferait rien. Puis Raimbaud planta sa lance dans la cuisse de Varner d'un coup si ferme qu'elle y demeura fichée, et il tira alors son épée. Mais Varner se pencha, saisit sa lance et frappa Raimbaud à la main droite. Raimbaud riposta et le frappa à la tête de telle façon qu'il tomba de son cheval, assommé. Il enfonça ensuite son épée sous la broigne de Varner jusqu'au cœur, et celui-ci en mourut [1].

Gérard prit la lance, l'écu et le cheval du mort et les emporta ; Naimes prit le corps avec le reste de l'armement et tous les vêtements pour les amener au roi Charlemagne à Aix, et on les transporta devant le roi. Lorsque le roi Charlemagne vit cela, il remercia Dieu [et l'apôtre Pierre].

Le lendemain matin Raimbaud se leva de bonne heure, ainsi que dix mille chevaliers, et ils allèrent à Laon [2]. Ils dirent au comte Manases [3], le père de l'épouse de Varner, qu'il devait emmener sa fille Aien et aller avec elle auprès du roi Charlemagne – ce qu'il fit. [Elle se plaça, elle et ses biens, sous l'autorité du roi, et il accepta bien volontiers.] Charlemagne prit Aien par la main et la donna à Hamon de Galice, avec toutes les possessions de Varner, Hirson et Pierrepont, et son propre domaine la Galice elle-même. Hamon la prit pour épouse là à Aix [et la troupe qui avait suivi Varner prêta serment à Charlemagne].

Le roi Charlemagne se rendit à Orléans et porta là la couronne. Il envoya Naimes à Amiens [4] pour prendre possession de la cité, et il fit jurer par serment à tous les gens qu'ils obéiraient au roi. Et Charlemagne rentra à Aix.

Chapitre XXXIII — Décès de la reine Berthe

Lorsque Charlemagne arriva à Aix, la reine était malade et elle vécut encore huit [5] nuits [, puis elle mourut]. Quand Nai-

---

1. avec peu de gloire (B).   2. Leunz (A), Leons (B) – Laon ? (précédemment : Loun).   3. Manase (B), Manasse (b[1]).   4. Ammiensborg.   5. sept (B).

mes rentra chez lui, il fut très affecté du décès de la reine. Charlemagne fut également malheureux. On mit le corps en bière, on l'apprêta bien, on le transporta à Arieborg[1] et on l'enterra au milieu de l'église à côté de la tombe du roi Pépin. Le roi Charlemagne chargea trente chanoines et quatre prêtres de chanter des requiem pour le salut de leur âme, et rentra ensuite à Aix.

Raimbaud prit sa femme Bélissent et s'en alla en Frise[2] avec elle.

Chapitre XXXIV — Beuve-sans-Barbe vient à la cour

À ce moment-là, Beuve[3]-sans-Barbe de Vienne vint à la cour du roi Charlemagne, avec son fils, cent chevaliers et cent écuyers, et il demanda au roi d'armer son fils chevalier. Charlemagne le fit, et arma également tous les écuyers qui l'accompagnaient, par amour pour lui. Charlemagne demanda alors au duc Beuve d'aller à Rome[4], et de prier le roi Oton d'Espolice[5] de venir avec lui le dimanche de la Pentecôte, et il dit qu'il serait couronné à ce moment-là. Le duc Beuve partit aussitôt comme le roi l'ordonnait, et Girart[6], son fils, resta là pendant ce temps.

Le duc Beuve alla trouver le roi Oton et lui transmit le message du roi Charlemagne. Le roi Oton lui promit de faire le voyage. Tandis que le duc Beuve s'en revenait, il attrapa une maladie qui le conduisit à la mort.

Le roi Charlemagne demanda à Umant de Lamburg[7] de bien

---

1. Arieborg (A) (Unger) (Loth : Aarieborg), Ariesborg (B) – selon P. Aebischer : Erinsburg (Niedermarsberg, Westphalie). **2.** Frísland. **3.** Bofi (A), Bovi (B). **4.** Rómaborg (A), Spoliaborg (B) (Espolice). **5.** Hatun af Spolia. **6.** Geirarðr. **7.** Umant af Lamburg (A), Vinant (Unger) (Loth : Vivant) af Landberg (B), Lamberg (b) – Limbourg ?

élever[1] sa sœur Adaliz, et il remit sa sœur Gile aux soins de Macharius, pour qu'il veille bien sur elle.

Chapitre XXXV — Charlemagne est sacré empereur

Après cela, le roi Charlemagne prépara son voyage à Rome. Il partit de Saxe[2] avec cent mille chevaliers et sa cour, et il alla à Rome avec tous les barons de Saxe. Robert, archevêque de Reims, et l'évêque de Miliens[3] moururent au cours de ce voyage.

Le roi Charlemagne se rendit avec sa cour à l'église Saint-Pierre et s'y fit couronner. Le pape avait revêtu ses ornements ; il prit la couronne, la plaça sur sa tête et le bénit. Oton, le roi d'Espolice, portait son épée, Dreia, le roi de Poitiers[4], portait sa lance ; le duc de Bretagne et le duc de Bavière marchaient à ses côtés lorsqu'il s'avança vers l'autel pour s'offrir lui-même à Dieu. Ensuite ils le conduisirent à son trône, et il s'assit sur le trône de l'apôtre Pierre.

Le pape monta dans le chœur et prêcha ; il les remercia de leur venue et leur ordonna en signe d'obéissance à Dieu, à sainte Marie et à l'apôtre Pierre de vivre en paix et chrétiennement avec Charlemagne, l'empereur de Rome. Il alla ensuite à l'autel et chanta la messe. Il enleva alors la couronne de la tête de l'empereur Charlemagne, ainsi que tous les vêtements du couronnement, et il les plaça ; et Naimes prit sous sa garde la lance et l'épée. Ils allèrent ensuite tous au palais.

Lorsqu'ils eurent ôté leurs vêtements, arriva un homme qui annonça le décès du duc Beuve et des évêques[5]. Le roi Charlemagne ressentit cela comme une grande perte, et il donna

---

1. son fils (B) : celui de Beuve, Girart ; B ne mentionne aucune des sœurs de Charlemagne.   **2.** Saxland.   **3.** Miliens (A), Reinssand (B) – Nilenis au chap. XXXVI (B).   **4.** Peitrs (A), Petinsborg (B), Petursborg (b[1]).
5. Robert de Reims et l'évêque de Reinssand (B).

Vienne[1] à son fils Girart en succession de son père, ainsi que le duché et les prérogatives de comte, avec deux compagnies et des étendards blancs. Il lui donna ensuite pour épouse Hermenjart[2], fille de Varner de Muntasaragia. Il alla alors trouver le roi Charlemagne accompagné par le roi Oton, par Dreia roi de Poitiers [, et par soixante ducs et deux cents comtes, venus par amour pour Girart] ; et ils embrassèrent la main du roi et le remercièrent [de ce don et] de l'honneur qu'il lui avait fait.

Girart alla ensuite à Muntasaragia, prit sa femme [Hermenjart] et gagna Vienne avec elle.

Chapitre XXXVI — Conception et naissance de Roland

Ensuite le roi Charlemagne fit venir près de lui Turpin[3], son chapelain, et lui donna le siège archiépiscopal de Reims, et à Richard[4], son secrétaire, le siège épiscopal de Miliens[5]. Le pape les consacra tous les deux ; ils prirent ensuite congé et rentrèrent chez eux.

Le roi Charlemagne se rendit à Aix et y trouva sa sœur Gile. Il la mena dans sa chambre à coucher et dormit près d'elle de telle façon qu'il ressentit du désir pour elle au point qu'ils s'unirent[6]. Il se rendit ensuite à l'église et alla se confesser auprès d'Egidius de tous ses péchés, sauf celui-là. Egidius le bénit et il alla à la messe.

Or tandis qu'il assistait à la messe basse, survint Gabriel, l'ange de Dieu, qui posa un écrit sur la patène. Il était dit dans l'écrit que le roi Charlemagne n'avait pas confessé tous ses péchés : « Il a couché avec sa sœur et elle donnera le jour à un fils qui s'appellera Roland[7] ; il la mariera à Milon d'Aiglent[8],

---

1. Viana (A, B), Vienna (b[1]), Viona (b[2]).   **2.** Ermengard (A), Ermingerd (B).   **3.** le frère d'Oton, comte d'Allemagne (B) – précision absente de b[1] et de b[2].   **4.** Rikarðr.   **5.** Nilenis (B).   **6.** qu'ils s'unirent et firent l'amour (B).   **7.** Rollant.   **8.** Milon af Angrs (A) (Unger) (Loth : Angers), Angres (B).

Conception et naissance de Roland

mais sept[1] mois après qu'ils auront partagé le même lit, elle enfantera. Et il doit savoir qu'il est son fils, et pourtant celui de sa sœur ; et qu'il veille à faire bien garder le garçon car il en aura besoin. »

Egidius prit l'écrit de la patène, alla immédiatement, revêtu des ornements, auprès du roi Charlemagne, et le lut devant lui. Il avoua, tomba à ses pieds et demanda le pardon ; il promit qu'il ne commettrait jamais plus ce péché et fit tout ce que l'écrit lui ordonnait : il maria sa sœur à Milon et fit celui-ci duc de Bretagne[2].

L'enfant vit le jour sept mois plus tard. Charlemagne envoya Naimes et Gilles[3] le chercher, et ils le portèrent à l'église d'Aix. L'abbé Ligger[4] le baptisa, l'appela Roland, et le confia aux chanoines pour l'élever, et il demanda à l'abbé [Varin] son parrain de bien veiller sur lui et de lui apprendre à lire. L'abbé le prit et le confia à quatre nourrices.

Et lorsqu'il eut sept ans, l'abbé l'amena à Charlemagne. Charlemagne constata qu'il était beau et fort ; il s'en réjouit grandement, fit venir Roland près de lui et lui demanda : « Me connais-tu ? » L'enfant répondit : « Je te connais, seigneur, tu es [l'empereur Charlemagne,] mon oncle maternel. » À ces mots, Charlemagne éclata de rire et dit à Dreia[5] le prévôt et à Gérard de Nimègue qu'ils devaient veiller sur lui ; et Naimes leur demanda de venir souvent chez lui avec le garçon, « car je suis son tuteur[6] ».

---

1. douze (A), sept (B) – faut-il choisir la nature ou le surnaturel qui sauve les apparences ? Quelques lignes plus loin, il est bien question de sept mois. 2. Brettanna (A), Brittannia (B) – que devient alors Geddon de Bretagne ? 3. et Salea (B) – erreur de copiste pour « Gilia » ? 4. Nom absent en B : Ligier ? 5. Drefion (B). 6. son premier maître (B).

Chapitre XXXVII — Une réception en l'honneur de Roland

Après cela, le roi Charlemagne alla à Orléans accompagné du prince Roland et des deux gardiens du garçon. Le roi envoya chercher Milon, son beau-frère, et Gile, sa sœur, afin qu'ils viennent à la cour, et ils vinrent accompagnés de sept mille[1] chevaliers et rencontrèrent là Roland. Il leur tardait beaucoup de le retrouver étant donné qu'ils n'avaient pas d'autre enfant. Le roi Charlemagne les embrassa tous les deux, les installa sur le trône à ses côtés et fit appeler Roland.

Ses précepteurs l'amenèrent là élégamment habillé d'une tunique faite de belles peaux choisies sur le ventre de la bête, et en dessous d'une chemise taillée dans la meilleure toile de lin ; il portait des chaussures en cuir de Cordoue faites en peau de lion. Gérard et Dreia l'amenèrent entre eux deux, et Charlemagne fit venir avec lui, pour le divertir et l'honorer, quarante fils d'hommes puissants, dont voici les noms : Baudouin et Arnulf[2], fils de la sœur du roi Charlemagne, William fils de Dreia[3] roi de Poitiers, Estant fils d'Oton, Auberi de Bourgogne[4], Reinar fils du duc de Paris, Hugues fils de Gautier de Termes[5] et Gautier son frère, Bertrand[6] et Haim de Bordeaux[7], Aumeri de Bern[8] et Lambert[9] son frère, Manaser[10] fils du comte de Clermont[11], Veler de Bavière[12] frère de Naimes, Pépin et Charles son frère, fils du duc de Cologne[13], Jocelin de Provence[14], Baudouin de Blesborg[15], Bernard[16] fils d'Otram[17] de Pur-

---

1. sept cents (B). 2. Baldvini, Aurnolfr (A) ; Arnulfr (B). 3. Dregvi (B), Drefja (b). 4. Anherri af Burgunia (A) (Unger) (Loth : Auherri af Borgunia). 5. Hugi ; Valtir af Ternis (A), Valteris (B). 6. Bertram. 7. Eimund af Burdelia (A). 8. Aumeri af Berin – Bertram, Eimund, Amon af Bern (B). 9. Landbert (B). 10. Manases (B). 11. Deremunt (A), Slaremunt (B), Klaremunt (b). 12. Veler af Bealfer (A), Vildri (B), Veldre (b). 13. Pippin, Karl ; Koln. 14. Jozelin af Provencia (A) (Unger) (Loth : Puencia), Jotelin de Provintia (B), Jocelin (b). 15. Blaives ? 16. Bernarðr (A), Bjarnarðr (B) (Unger) (Loth : Biarardr). 17. Otrain (b).

sals, Jozeran[1] fils de Ralf d'Utrecht[2], Richard fils de Richard le Vieux de Normandie, Benzalin fils de Hugues de Puntis[3] et Todbert[4] son frère, Theobald[5] fils de Segrin d'Aspremont[6], Robert fils de Robert d'Anjou[7], Hugues fils de Hugues de Nenza[8] et son frère Reinar, Vazer fils de Geofrey de Korlin, Makin fils du duc d'Ansers[9], Gérard[10] et Teorfi son frère, Arnulf[11] fils de Gérard de Defa[12], Arnulf[13] fils du comte de Los[14] et Lödfer[15] son frère, Godefroi[16] fils du comte de Bruxelles[17], Fromont fils d'Aflen[18], Pierre[19] fils de Robert de Serun, Segun fils du comte de Vegia[20], Fouquin fils du roi d'Espolice[21]. Tous ceux-là accompagnèrent Roland devant le roi Charlemagne[22].

Milon se leva pour aller à sa rencontre, le prit dans ses bras et l'embrassa ; il le porta à Gile et l'assit entre eux deux. Ils restèrent assis de la sorte toute la durée de la fête. Mais à la fin de la fête, Gile demanda au roi qu'il permette que Roland vienne avec eux en Bretagne, de façon que les gens aient la possibilité de faire sa connaissance [: « les gens l'aimeront davantage »]. Il lui accorda immédiatement ce qu'elle demandait. Ils prirent ensuite congé et rentrèrent chez eux, et les quarante fils des hommes les plus puissants rentrèrent tous en France avec Roland.

---

1. Jozdram (B) (Unger) (Loth : Jordram), Jozaram (b[1]), Rosaram (b[2]). **2.** Ralf af Utrefs (A) (Unger) (Loth : Rafl), Rolf (B). **3.** Bensalin (B), Puntif (B). **4.** Theobaldus (B). **5.** Theobaldus (B) (Unger) (Loth : Theoballdr). **6.** Segrin af Aspremunt (A), Segnir de Feniza (B). À partir de là, la liste des manuscrits B est très différente : « Theobaldus fils de Segnir de Feniza et Reinir son neveu, Gerpes de Gimunarfjall [*i. e.* : Mont Gimon (?)], Vallter [Loth : Valcer (b[1]), Valtijr (b[2])] fils de Geofrei de Torlin [Gud(e)frei af Korlin (b)] ». **7.** Angeo. **8.** Nenza (A) (Unger) (Loth : Venza). **9.** Ansers (A) (Unger), Anteis (B) (Unger) (Loth : Auteis), Anzeis (b[1]), Anceis (b[2]). **10.** Geirarðr. **11.** Aurnolfr (A), Arnulfr (B). **12.** Geirarðr af Defa (A) (Unger) (Loth : Gerrardr) – sans doute le même personnage que Geirarðr af Drefia présent dans l'énumération du chap. VI. **13.** Ornolfr (A), Arnulfr (B). **14.** Clos (b). **15.** Lödver (B). **16.** Gudifrey (A), Gudifreyr (B). **17.** Brusela (A + B), Brusilia (b[1]), Brasilia (b[2]). **18.** Fromundr ; fils de Fromund (B). **19.** Pétr. **20.** Fria (B). **21.** Spolia (A), Sublia (B). **22.** C. B. Hieatt fait remarquer que le compte est juste en A (40 fils), mais reste incomplet en B (36). Nous n'en comptons que 39 en A.

Lorsque Milon rentra chez lui à Aiglent[1] avec Gile [sa femme] et en compagnie de Roland, de grandes réjouissances eurent lieu[2], et ils firent prendre soin de lui et de toute sa suite avec les plus grands honneurs possibles. Et le roi Charlemagne retourna à Aix.

Chapitre XXXVIII — Girart de Vienne défie Charlemagne

Girart de Vienne se lance maintenant dans de perfides agissements, et se met à s'en prendre partout au roi Charlemagne, son seigneur, et à ses hommes. Lorsque le roi Charlemagne fut au courant de cela, il lui envoya un message lui demandant de venir le rencontrer à Aix ou à Laon[3] ou à Orléans, s'il voulait conserver Vienne ou ses biens ou sa vie. Lorsque le message parvint à Girart, celui-ci lui répondit : « Mon père tenait Vienne, et il en avait hérité de Gondebeuf[4], son frère, qui l'avait prise aux païens[5] ; et elle n'est jamais entrée dans les possessions du roi, et je ne l'y ferai pas entrer[6]. Mes parents et moi la possédons depuis bien trente ans. »

Charlemagne se mit en grande colère, réunit une armée et

---

1. Angler (A), Angver (B), Angres (b). 2. on put voir une grande joie se manifestant partout en grande pompe (B). 3. Leon. 4. Gundeblif (A), Gundilibolf (B). 5. « en | hann vann af heiðnum mönnum... » : le manuscrit a commence ici. 6. et elle n'est jamais entrée dans les possessions du roi et elle n'y entrera pas encore (B) – le manuscrit A (« ok kom aldri i konungs eign, ok eigi mun ek koma » – Unger) ne donne pas de sujet au premier verbe, alors que tous les autres donnent « elle » (Viana) ; pour le second verbe A et a donnent « je » et les manuscrits B donnent « elle ». Peut-on s'en tenir strictement à A et traduire : « il ne passa jamais dans la propriété du roi, et je ne le ferai jamais » (A. Patron-Godefroit) ? Nous comprenons, comme C. B. Hieatt semble-t-il, que le premier sujet est bien « elle », et nous gardons « je » en second en supposant que la construction est très ramassée ou elliptique.

alla à Vienne ; il avait sept cent mille[1] chevaliers et il assiégea la ville de telle sorte que personne ne pouvait [entrer ni] sortir. Il fit proclamer et répandre à coups de trompette dans toute l'armée que personne ne s'en irait avant qu'il ait pris Vienne ; et il demanda à tous d'obéir à ses ordres et de prendre soin de leurs armes et d'eux-mêmes, de sorte que personne ne subisse de dommage sans son aval. Il jura par sa barbe que celui qui ne respecterait pas ces dispositions le paierait cher, et il imposa la paix entre ses hommes.

Le duc Milon arme maintenant son fils Roland chevalier, et quarante autres devinrent chevaliers avec lui[2] ; et il les équipa tous convenablement et leur ceignit l'épée. Mais Roland était si jeune et si petit qu'il suspendit l'épée à son cou. Il leur procura quatre maîtres chargés de superviser leurs serviteurs[3] : le premier s'occupait de la boisson, le deuxième faisait office d'intendant, le troisième d'économe, et le quatrième de connétable. Il leur donna beaucoup d'argent et les envoya auprès du roi Charlemagne en leur demandant de se loger près de la tente de Naimes, de ne rien entreprendre sans qu'il le leur conseille, et de l'avoir comme conseiller. Ensuite ils emballèrent leurs vêtements et Roland embrassa son père et sa mère. Ils sonnèrent ensuite de leurs trompettes, sautèrent sur leur cheval, prirent congé et quittèrent Aiglent ; et ils arrivèrent à Vienne à midi[4].

---

1. sept mille (B). **2.** Le duc Milon fit partir son fils Roland de leur domaine pour aller retrouver l'empereur Charlemagne, avec les quarante jeunes gens qui l'avaient accompagné jusque-là (B). **3.** quatre hommes vaillants pour les escorter : [...] le deuxième était chargé de la nourriture, le troisième de leur trouver des logements [...] (B). **4.** au soir (B).

Chapitre XXXIX — Rixe entre Roland et Bernard d'Auvergne

À ce moment-là, arriva un chevalier <venu d'un château[1]>[2], et il chevaucha à travers Peitena[3] à leur rencontre. Roland vit qu'il se logeait[4] avec d'autres chevaliers. Roland demanda qu'on lui donne ses armes ; il s'arma rapidement, prit son écu, sa lance et son étendard, monta sur son cheval et chevaucha[5] hors de la ville pour faire une tournée d'inspection.

Il demanda qui ce chevalier cherchait et comment il s'appelait. Celui-ci dit qu'il s'appelait Bernard d'Auvergne[6], et qu'il était parent du duc Girart, « et comment t'appelles-tu ? » <, dit-il.> Il répondit : « Je m'appelle Roland, je suis le neveu de Charlemagne ; faisons en sorte d'unir nos efforts pour réconcilier Charlemagne et Girart, et qu'il renonce à Vienne. » Bernard répondit : « Ne dis pas cela, car Girart n'est pas pressé de se réconcilier ; ou bien es-tu venu ici pour cela ?

— Non, dit Roland, je suis venu pour savoir ce dont je suis capable. »

Bernard répond : « Tu peux à présent éprouver ta valeur ! »

Roland avait appris à tirer l'épée en Bretagne. Ils piquèrent leur cheval à coups d'éperon, s'élancèrent l'un contre l'autre et chacun frappa <l'écu de l'autre] de telle sorte que les hampes des lances se brisèrent, mais ni l'un ni l'autre[7] ne tomba de cheval. Roland prit alors l'épée à son cou et la dégaina. Bernard dégaina aussi l'épée dont il était ceint, mais Roland le frappa sur la tête de telle sorte qu'il tomba de cheval et s'évanouit. Ensuite Roland sauta de son cheval et le frappa une seconde

---

1. de la ville (B).   **2.** Nous intégrons au texte tel qu'il se présente dans le manuscrit A certaines variantes : [...] quand elles proviennent des manuscrits B et b, < ... > quand elles proviennent de a, < ...] quand elles proviennent de a + B et b.   **3.** Peitenia (a) – selon C. B. Hieatt : « possibly the river Peiten ».   **4.** qu'il ne se logeait pas [...] (a).   **5.** et rencontra le chevalier (B).   **6.** Bernarðr af Averna (A), Auverna (a).   **7.** « ni l'un ni l'autre » : leçon de a ; celle de A : « ils tombèrent tous deux » est incompatible avec la suite.

fois de telle sorte qu'il n'était presque plus de ce monde ; [lorsqu'il revint à lui,] il remit son épée, se rendit à Roland et demanda grâce[1]. Roland donna sa parole, monta sur son cheval et fit grâce à Bernard. Tous les Francs se demandaient qui pouvait être l'homme qui venait au campement à cheval avec Roland. Ils descendirent de cheval, et Roland demanda à Bernard d'ôter sa broigne.

[2]<Peu après Naimes vint trouver Roland, le salua et lui souhaita la bienvenue. « Il se trouve, cher compagnon, dit-il, que tu as enfreint les dispositions du roi Charlemagne ton parent ; il les a prises et a juré par sa barbe que si quelqu'un avait l'audace de maltraiter un homme avant que son ordre en ait été donné, il ne perdrait rien moins que la vie. Il me paraît probable qu'il en soit irrité contre toi. À présent nous allons aller trouver le roi Charlemagne et essayer de vous réconcilier. »

Après cela, Naimes alla trouver le roi Charlemagne et lui demanda de lui accorder un don. Le roi demanda de quoi il s'agissait. Naimes répondit : « Pardonne à Roland, ton parent, pour la première faute qu'il ait commise en ne respectant pas tes dispositions : il a vaincu Bernard d'Auvergne. » Charlemagne lui demanda d'aller le chercher au plus vite. Naimes partit et les amena tous chez le roi. Roland avait Bernard avec lui.

Naimes mena Roland devant le roi et dit : « Voici ton neveu, accueille-le et pardonne-lui cette action. » Charlemagne l'embrassa, se réjouit et dit : « Je te pardonne pour cette faute, mon cher neveu. »

....

Naimes arriva alors au galop auprès de Roland et lui demanda comment il s'appelait. Il dit qu'il s'appelait Roland et

---

1. il demanda qu'on ne le tue pas. Roland dit qu'il ne le tuerait pas (a + B), monta sur son cheval (a), et lui donna le sien (a + B). **2.** Nous plaçons entre <...> un passage d'un grand intérêt, dans lequel les divergences sont très importantes entre A d'un côté, qui est isolé, et tous les autres manuscrits de l'autre. Exceptionnellement une double traduction en continu s'impose : la version de A est placée en premier, et celle de a confirmée par B-b est donnée ensuite.

qu'il était le neveu de Charlemagne. Naimes lui demanda de l'accompagner jusqu'au campement, ce qu'il fit. Naimes blâma vivement Roland d'avoir enfreint les dispositions de Charlemagne : « Il a juré par sa barbe blanche que si un chevalier prenait ses armes, il en ferait justice lui-même ; et je vais à présent t'infliger un châtiment pour cela : je vais te fouetter. » Il ôta ses vêtements et se coucha sur le lit [, et Naimes le frappa].

Naimes alla trouver Charlemagne et lui demanda de lui accorder un don. Le roi demanda de quoi il s'agissait. Il répondit : « Pardonne à l'homme qui n'a pas respecté tes dispositions. » Charlemagne pardonna immédiatement. Naimes dit alors que c'était son neveu Roland, « il s'est emparé de Bernard ; cependant, il ne peut pas en être quitte sans châtiment. Prononce cette sentence : fais-lui rogner les ongles[1]. » Charlemagne dit : « Tu as donné un sage conseil, et il en sera ainsi. Va le chercher immédiatement. »

Naimes le conduisit là avec tous ses compagnons. Roland avait Bernard avec lui. Naimes le mena devant le roi et dit : « Voici ton parent, seigneur ! » Charlemagne fit venir le garçon à lui, l'embrassa, se réjouit [de le voir] et dit à Naimes : « Roland est à présent jugé, exécute donc ton jugement. » Naimes lui coupa les ongles et dit : « Le jugement a maintenant été exécuté ; appelle ton neveu et pardonne-lui [cette faute]. » Le roi dit : « Cher neveu, je te pardonne pour cette faute, et je cesse d'être en colère contre toi. »>

....

Il les assit ensuite tous auprès de lui, et demanda s'ils étaient logés. Roland dit qu'ils logeaient chez Naimes. Charlemagne demanda à Naimes de veiller à leur confort. Roland prit Bernard et le remit au roi, mais lui demanda cependant de ne pas le tuer. Charlemagne dit : « Bernard restera avec moi et ne sera pas tué puisque c'est toi qui l'as vaincu ; au contraire, je vais lui

---

1. Expression consacrée. Couper les ongles de quelqu'un est considéré comme un acte infamant qui réduit sa puissance personnelle.

donner l'Auvergne[1] et en plus la dignité de comte. » Bernard fit alors acte de soumission envers le roi Charlemagne, et le roi lui donna un étendard blanc, une lance et un comté comprenant Clermont[2] et toute l'Auvergne[3] ; et il lui demanda de [toujours] rester [par la suite] avec Roland et de renforcer son armée.

Chapitre XL — Charlemagne et Roland assiègent Vienne

Le lendemain matin, Roland alla trouver le roi Charlemagne, son parent[4], et lui dit : « S'il vous plaît, allons armer nos troupes et rendons-nous à Vienne pour voir si nous pouvons la prendre. » Le roi dit qu'il en serait ainsi. Après cela, on sonna des trompettes et l'armée attaqua la ville. Mais elle était si fortifiée qu'ils l'assiégèrent pendant sept années d'affilée, et il ne se passa pas un jour sans qu'ils se battent. Roland organisa un jeu : il dressa un mât et y suspendit un écu, et il faisait chevaucher ses hommes qui devaient frapper l'écu de leur lance.

Girart et Olivier[5], son neveu, se trouvaient dans la ville avec une grande armée. Une fois, ils sortirent[6] de la ville avec dix mille chevaliers pour regarder le jeu. Roland avait disposé sous les murs de la ville dix mille chevaliers tout armés. Girart s'avance à présent sur son cheval, tout en armes, et il renverse le jeu pour leur faire honte. Roland s'avance à présent sur son cheval avec son armée, et aussitôt s'engage un très grand combat. Olivier fonce sur l'homme qui s'appelle Lambert[7] et le fait

---

1. Il sera le bienvenu parmi nous puisque mon neveu l'a vaincu pour moi, et je vais lui donner Avernaborg (B).   **2.** Idremunt (A), Klarimont (B), Klaremunt (b[1]), Claramt (b[2]).   **3.** Avernaland (A).   **4.** Roland demanda au roi d'accéder à une requête. Il accepta (a).   **5.** Oliver (A) (Unger) (Loth : Olifer), Olifer (B).   **6.** ils sortaient chaque jour (B).   **7.** Lambert af Bern (B seul).

tomber de son cheval à terre. Girart était un bon chevalier ; il brandit son épée, tua beaucoup d'hommes et en poursuivit d'autres. Mais Roland se mit alors à pratiquer un nouveau jeu [1], et ils se livrèrent une grande bataille. Roland frappa de son épée l'homme qui portait l'étendard de Girart, derrière le heaume, sur la nuque, de telle façon que l'épée se ficha dans le nez.

Le roi Charlemagne revêtit alors ses armes, ainsi que toute l'armée, et ils s'apprêtaient à les rejoindre à cheval ; mais lorsque Girart vit cela, il retourna dans la ville. <Charlemagne et sa troupe> [atteignirent la ville et se battirent contre eux ; dix-neuf chevaliers de la troupe de Charlemagne tombèrent, et onze [2] de celle de Girart] avant qu'ils parviennent à la ville. Olivier prit Lambert et le transporta avec lui dans la ville. Ils se séparèrent au soir, et les uns et les autres enterrèrent leurs morts. Le roi Charlemagne tint pour un grand dommage que Lambert ait été pris.

Chapitre XLI — Olivier prépare son duel contre Roland

Le lendemain matin, de bonne heure, Girart se leva et appela Olivier, son neveu, et il lui dit : « Tu vas aller trouver le roi Charlemagne, et tu emmèneras avec toi Lambert le Berruier [3], [son parent,] afin d'implorer son pardon envers nous. Et j'entends me placer en son pouvoir et accéder à sa pitié [4], parce que je suis son vassal et qu'il m'a adoubé chevalier et m'a pourvu d'une autorité et d'un domaine ; et je ne veux pas détenir son parent. » Olivier s'en alla et porta au roi ces nouvelles.

---

1. Roland se mit alors à hurler à tue-tête et galvanisa l'armée, et ils chargèrent très violemment (B).   2. dix-neuf chevaliers de sa troupe périrent (A) – sont seules mentionnées les pertes de Girart.   3. Lambert Berfer (A), L. af Berfer (a).   4. me soumettre à lui (a + B).

Charlemagne répondit que Girart était un vrai traître. Olivier se mit en grande colère et dit qu'il n'existait pas d'homme contre lequel il ne veuille pas se battre en duel pour soutenir qu'il n'était pas un vrai traître. Roland se mit dans une telle colère contre Olivier que toutes ses veines palpitèrent, et il jura que Girart avait renié sa foi. Olivier répondit : « Je te ferai revenir sur tes paroles d'une manière affreuse : allons nous mesurer l'un à l'autre [1] ! »

Ils décidèrent ensuite que leur duel aurait lieu sous les remparts de Vienne. Le comte Lambert appela Naimes et dit que ce projet était très malvenu, « étant donné que Roland est le fils de la sœur de Charlemagne, et Olivier le fils de la sœur de Girart ; et il vaudrait mieux qu'ils se réconcilient, et que Girart tienne Vienne, toutes ses possessions et ses terres, de l'autorité du roi Charlemagne ». Naimes dit que c'était bien parlé. <Lambert> se proposa pour aller à Vienne trouver Girart [2].

Chapitre XLII — Roland et Olivier deviennent frères jurés

Ensuite Olivier et Lambert allèrent tous deux rencontrer Girart. [Ils arrivèrent dans la ville, trouvèrent le duc et le saluèrent. Il leur fit bon accueil.] Il demanda ce qu'ils avaient fait. Olivier dit qu'on l'avait traité de menteur et de parjure, « et je serai le contradicteur de cette affirmation ; je me suis engagé à me battre en duel contre le neveu de Charlemagne ». Lambert répondit : « Renonçons à cette folie ; tu as une sœur [3], <une belle jeune fille,] qui s'appelle Aude [4], donne-la en mariage à

---

1. « et fixons le lieu du duel ici sous les remparts. » Et Roland accepta. (B).
2. Lambert dit : « Allons tous deux, Olivier et moi, trouver Girard, et sachons ce qu'il dit. » C'est ce qu'ils firent (B).   3. Girart, tu as une nièce, une belle jeune fille, qui s'appelle demoiselle Aude (B).   4. Adein (A), Auda (B).

Roland et soyez amis. Soumets-toi à Charlemagne et remets-lui la ville. » Girart dit qu'il devait retourner et annuler le duel, « si Roland y laisse la vie, Charlemagne le supportera difficilement, et si je perds mon neveu, je ne serai plus jamais heureux. Qu'il épouse Aude, ma nièce, et soyons amis ; elle est la fille du comte Renier[1] de Laramel[2]. Que je tienne Vienne et tout honneur du roi, et je veux être son vassal. »

Le comte Lambert alla trouver Charlemagne, [lui rapporta toutes les paroles de Girart] et lui demanda d'annuler le duel à la condition que Roland épouse la nièce du duc, Aude, et qu'Olivier et lui deviennent amis, car c'étaient tous deux de bons compagnons. <Naimes déclara que c'étaient de bonnes paroles de réconciliation.] Le roi répondit alors : « Veillez à ce que mon neveu en retire un grand honneur. » Naimes reprit : « Vous devez aller sur le champ de bataille, et lorsqu'ils seront prêts à se battre et venus sur le champ, leur prendre leurs lances, car vous en avez le pouvoir[3]. Allez ensuite à Vienne[4], et réconcilions-nous complètement. » Lambert partit alors et transmit cette proposition à Girart, qui l'accepta.

Le lendemain matin Roland et Olivier étaient tous deux équipés de leurs armes et parvenus sur le champ. Le roi Charlemagne en personne arriva à cheval, leur prit leurs lances et partit pour Vienne. Naimes et Lambert menèrent alors Roland et Olivier devant le roi ; ils l'embrassèrent tous deux et se jurèrent fraternité l'un à l'autre. Roland jura également à Aude de la prendre pour épouse si Dieu lui donnait[5] le temps de le faire ; et elle jura d'épouser Roland, et Girart et Olivier jurèrent avec elle[6].

---

1. Reinaldr af Laramel (A), Reinarr af Kaliber [Hieatt : Calabre] (B), Reimarr (b²).   **2.** C'est pourquoi je veux donner à Roland demoiselle Aude en mariage, la sœur d'Olivier, pour sceller la réconciliation. [...] Roland et Olivier s'aimeront de tout cœur le reste de leur vie après cela (B).   **3.** parce que vous avez le pouvoir de décider s'ils se battent ou non (B).   **4.** Entrez ensuite dans la ville, parce qu'elle vous appartient (B).   **5.** « ef guð gaefi | honum líf til. » – Le manuscrit a s'interrompt ici pour la branche I.   **6.** La fin de ce chapitre est un peu différente dans les manuscrits A et B : la branche I se termine ici pour le groupe B par quelques formules de conclusion rapide. À partir du chapitre suivant (XLIII) nous ne disposons plus que de A. La fin

Chapitre XLIII — Malaquin d'Ivin offre des épées à Charlemagne

Maintenant le roi Charlemagne est parvenu à Vienne et la réconciliation est totale entre lui et le duc Girart. Peu après vint là Malaquin d'Ivin qui demanda au roi Charlemagne de libérer son frère Abraham, étant donné qu'il était resté en prison plus de quatorze ans, « et j'ai trois épées qui sont sans doute excellentes. Galant [1] le forgeron anglais les a fabriquées et les a recui-

---

de la branche est la suivante en B : « Le duc Girart demanda au roi Charlemagne de cesser sa colère contre lui ; tout se passa bien, et ils parvinrent à une parfaite réconciliation. Roland jura à demoiselle Aude qu'il ne prendrait d'autre femme qu'elle, si Dieu lui donnait le temps de le faire ; et elle lui jura sur sa foi qu'elle ne prendrait d'autre homme que lui, avec le consentement de ses parents Girart et Olivier. Charlemagne reste maintenant à Vienne aussi longtemps qu'il lui plaît, et cette réconciliation se maintient entre eux tous aussi longtemps qu'ils vécurent. »
1. Personnage légendaire bien connu dans toute l'aire germanique : par exemple, Wēlund en Angleterre (évoqué notamment au début de *La Plainte de Deor*, poème anglo-saxon), puis Galant ; Völundr en Scandinavie, Wieland en Germanie, etc. Ce forgeron hors pair et roi des Elfes est emprisonné par un roi (Nīðhād en Angleterre, Níðuðr en Scandinavie) qui lui enlève l'anneau magique lui permettant de voler, et parfois une épée, et qui le torture pour l'obliger à forger des armes ; le forgeron se venge en tuant cruellement les fils du roi et en séduisant sa fille, puis parvient à fuir en s'envolant. Le public scandinave pouvait-il le reconnaître sous la forme qu'il a prise dans les chansons de geste françaises ? Faber (« fantaisie du traducteur norrois », pour P. Aebischer – voir sa traduction p. 48, avec des références bibliographiques supplémentaires) est-il un avatar lointain du roi de la légende ? En Scandinavie, Völundr est le héros d'un poème eddique peu ancien (datant sans doute du XIIe siècle), la *Völundarkviða* (*Chant de Völundr*) ; dans la strophe 18, le forgeron regrette en ces termes l'épée que le roi vient de lui voler : « À la ceinture de Nídudr / Étincelle l'épée, / Celle que j'acérai / Du mieux que je le sus, / Celle que je trempai / Du mieux que je le pus ; / Cette épée scintillante / À jamais m'est ôtée, / Je ne la vois point par Völundr / À la forge portée » (trad. R. Boyer, *L'Edda poétique*, Paris, Fayard (« L'espace intérieur »), 1992 [2e éd.], pp. 567-578).

tes dans le feu de la forge pendant sept ans, et le roi Faber m'en donna à titre de caution sept cents besants d'or : les épées étaient bonnes et saintes[1]. À présent je voudrais te donner les épées en te demandant de libérer mon frère ». Charlemagne accepta à condition que les épées soient aussi bonnes qu'il le disait. Malaquin déclara qu'elles étaient encore meilleures, « car aucun empereur n'en porta de pareilles auparavant ».

Le roi Charlemagne fit alors venir le duc Girart et dit : « Accorde-moi un don. » Girart répondit : « Il n'est rien à Vienne que je te refuse. » Charlemagne dit : « Donne-moi Abraham d'Ivin. » Girart et Olivier allèrent le chercher et l'amenèrent devant le roi. Le roi remercia bien Girart, et le remit entre les mains de Malaquin. Ce dernier s'avança vers le roi et le remercia bien ; il prit ensuite les épées et les lui remit, après quoi il rentra chez lui.

Le roi les remit à Difa, son trésorier, afin qu'il les garde. Il fit ensuite sonner ses trompettes, et chacun s'en retourna dans son pays ; Charlemagne rentra chez lui à Aix.

Chapitre XLIV — Charlemagne essaie les épées

Dès son retour chez lui, le roi Charlemagne fit venir Naimes et lui demanda de lui apporter les épées que Malaquin d'Ivin lui avait données. Ensuite il tira les épées de leur fourreau et les examina ; elles lui parurent bonnes. Après cela, il alla jusqu'à la masse d'acier qui se trouvait devant son palais, et il donna avec l'une des épées un coup ample comme une main, et la masse s'ébrécha un peu. « On voit bien, dit le roi, que c'est une bonne épée ; elle s'appellera Courte[2]. » Puis il donna avec une

---

1. La dernière phrase me paraît peu claire. **2.** Kurt – future épée d'Ogier, nommée Courte ou Courtain dans l'épopée française ; mais C. B. Hieatt fait remarquer que pour un public scandinave *kurt* a parfois le sens de *Kurteisi* : courtoisie.

deuxième un coup ample comme une main ou plus, et il l'appela Almace[1], disant qu'elle était bonne pour abattre les païens. Il frappa alors avec la troisième et il emporta un éclat d'acier plus grand que la moitié d'une jambe d'homme ; il déclara : « Cette épée s'appellera Durendal[2] », et il la garda avec lui car il l'aimait beaucoup.

Chapitre XLV — Charlemagne offre Durendal à Roland

Maintenant le roi Charlemagne est chez lui ; lui parvint alors une lettre du pape disant que les Lombards et les Bretons s'étaient lancés dans de grandes hostilités qui faisaient beaucoup de mal aux Romains. Le roi en fut très mécontent. Il envoya une lettre demandant à tous les belligérants de venir le trouver dans la vallée de la Maurienne[3], et il jura par sa barbe que celui qui ne voudrait pas venir pour se réconcilier serait pendu. Il partit et fit sonner ses trompettes. Lorsqu'il parvint dans la vallée de la Maurienne, tous ceux à qui il avait envoyé le message étaient arrivés. Il demanda à tous de se réconcilier s'ils voulaient rester en vie, et il ordonna au pape de régler leur différend.

La nuit suivante, alors que Charlemagne était couché dans son lit, l'ange Gabriel vint à lui et lui dit que son épée contenait une sainte relique précieuse, « il y a dedans une dent de l'apôtre Pierre, des cheveux de Marie Madeleine, du sang de l'évêque Blaise ; tu la donneras à Roland, ton parent, et elle sera en bonnes mains. » Charlemagne fit ce que lui ordonnait l'ange : il remit l'épée à Roland, l'en ceignit, lui donna un coup sur la nuque et

---

1. Almacia – future épée de Turpin.   2. Dyrumdali – future épée de Roland ; C. B. Hieatt (trad., t. I, p. 133, note 3) : « the saga apparently derives the name from O. N. *dyrum*, "dear", "precious", and *dali*, from *dalr*, "valley", which could be used of a dent. »   3. Moniardal.

dit : « Mon cher neveu, prends maintenant Durendal et profites-en mieux que quiconque en gardant à l'esprit que Dieu donna à ses apôtres le séjour du paradis. » Le lendemain matin, le pape se rendit à Rome pour réconcilier les belligérants.

Charlemagne envoya alors Roland et Olivier à Nobles[1] pour assiéger le roi Forré[2], et il leur donna deux cents chevaliers. Ils s'en allèrent et assiégèrent la ville. Une grande guerre opposait alors l'Espagne[3] et les chrétiens, et le roi Forré se prépara à résister vingt ans dans la cité.

Chapitre XLVI — Rébellion du roi Guiteclin

Lorsque le roi Charlemagne fut revenu chez lui à Aix, lui parvint de Saxe la nouvelle que le roi Guiteclin[4] avait pris Mutersborg[5] et l'avait tout entière incendiée, et qu'il avait pris et maltraité l'évêque. Le roi Charlemagne en fut si affecté qu'il n'avait jamais été aussi triste depuis la mort de sa mère. Il leva immédiatement une armée et partit pour la Saxe.

Mais lorsqu'il parvint au Rhin[6], il ne put traverser, car il n'était pas guéable et il n'y avait ni pont ni bac. Ensuite il fit mesurer la largeur du fleuve et ordonna à l'armée de construire un pont par-dessus. Il ordonna aux Lombards et aux gens de Pizara de tailler la pierre et de la transporter ; les Bourguignons fabriquèrent les outils, les Bavarois coupèrent des chênes et les transportèrent, les Ardennais devaient construire le pont et tous les autres apporter leur aide. Ils y travaillèrent et restèrent là durant trois années, mais rien n'était achevé hormis la livraison des matériaux.

Le roi dit alors : « Un homme vaillant a un grand prix : si

---

1. Nobilisborg. 2. Fulr – roi sarrasin. 3. Spania. 4. Vitakind – Vitaclin dans la branche IV, Guitalin dans la branche V. 5. Münster ? 6. Rin.

Roland avait été là, le pont serait construit et le roi Guiteclin serait mort. »

Chapitre XLVII — Roland et Olivier conquièrent Vauclère

Il commanda ensuite qu'on aille chercher les frères jurés Roland et Olivier et leurs troupes. Ils vinrent immédiatement trouver le roi Charlemagne, et les retrouvailles furent joyeuses ; il leur demanda de faire construire le pont. Ils s'en chargèrent aussitôt ; ils firent tailler la pierre, puis la firent placer dans le fleuve. Ils placèrent une pierre sur l'autre, et coulèrent du plomb entre elles en guise de mortier ; ils fabriquèrent des chaînes de fer partant de chaque côté du pont perpendiculairement à la rive, et ils fixèrent leurs extrémités au sol. Roland et Olivier réussirent à réaliser cela en un semestre, de sorte que toute l'armée put traverser aisément.

Ensuite Roland et Olivier traversèrent avec leurs troupes, et ils firent creuser un grand fossé de façon que les Saxons ne puissent pas passer avec leur armée pour rattraper Charlemagne, et ils firent construire des habitations tout autour. Charlemagne traversa alors le pont avec son armée en direction de Vauclère[1]. Le roi Guiteclin se trouvait là ; il n'osa pas les attendre, alla à Trèves et y resta trois ans.

Alors Roland, le comte Olivier et Beuve-sans-Barbe[2] se rendirent à Vauclère avec trois cent mille chevaliers, et Roland envoya Beuve à la porte de la ville avec dix mille chevaliers. L'homme qui avait la ville en charge s'appelait Sævini, et il se porta contre lui avec les habitants de la ville. Lorsque Roland vit cela, il fonça au galop et ils parvinrent à conquérir la ville et à capturer Sævini. Puis Roland laissa Beuve dans la ville pour

---

1. Vesklaraborg.   **2.** La mort de Beuve a pourtant été mentionnée au chap. XXXIV.

qu'il la garde avec vingt mille chevaliers, et Olivier et lui-même revinrent à la cité de Trémoigne[1].

Ils y trouvèrent le roi Charlemagne et lui dirent qu'ils avaient conquis Vauclère, et ils remirent Sævini en son pouvoir. Le roi les remercia et leur demanda de se rendre à Trèves[2], de prendre la ville et de tuer Guiteclin. Roland s'en réjouit beaucoup et ils sonnèrent de leurs trompettes. Dieu accomplit un grand miracle en faveur du roi Charlemagne : tous les remparts de la cité s'effondrèrent. Charlemagne entra dans la ville avec toute son armée ; ils tuèrent Guiteclin et libérèrent la Saxe, puis ils allèrent à Vauclère et y passèrent la nuit. Le roi Charlemagne y laissa Beuve en le préposant à la surveillance du pays avec cent mille hommes.

Le roi Charlemagne envoya Gérard chez lui à Nimègue pour qu'il lui prépare une fête, car il avait l'intention de s'y trouver le dimanche de la Pentecôte ; et lui-même rentra d'abord chez lui à Aix.

Chapitre XLVIII — Girart le Cygne épouse Adaliz

Alors que le roi Charlemagne se trouvait à une fenêtre de son palais et regardait dehors en direction du Rhin, il vit un cygne sortir de l'eau. Il avait une corde de soie passée au cou, et un bateau était attaché après. Sur le bateau il y avait un chevalier bien armé qui portait un écrit au cou. Et lorsque le chevalier atteignit la terre, le cygne s'en repartit, et personne ne l'a plus revu depuis.

Naimes alla à la rencontre de l'homme, le prit par la main et le mena devant le roi. Le roi Charlemagne demanda son nom à cet homme, mais il ne connaissait pas la langue locale et lui

---

1. Trimonieborg – C. B. Hieatt propose Trémoigne qui est nommée dans la *Chanson des Saisnes*, soit Dortmund (voir branche V).   **2.** Tremonieborg – erreur pour Triverisborg.

remit l'écrit. L'écrit disait que Girart le Cygne[1] était venu pour le servir afin d'obtenir une terre et une femme. Naimes prit ses armes et ses vêtements, et les mit de côté. Le roi Charlemagne lui offrit un bon manteau et alla ensuite à table.

Lorsque Roland vit ce chevalier nouveau venu, il demanda quelle sorte d'homme c'était. Le roi Charlemagne lui répondit que Dieu lui avait envoyé ce chevalier. Roland demanda comment il s'appelait. Charlemagne dit qu'il s'appelait Girart le Cygne. Roland répondit : « Assurément cet homme est noble. » Le roi ordonna qu'on le serve bien.

Girart était un homme sage et il servit bien le roi Charlemagne ; chacun le tint pour un homme de bien. Il apprit rapidement la langue locale. C'était un bon chevalier et un excellent homme. Le roi Charlemagne lui fut de bon conseil ; il lui donna sa sœur Adaliz en mariage et le fit duc d'Ardenne[2].

Chapitre XLIX — Charlemagne prépare son mariage et un pèlerinage

Peu après, le roi Charlemagne envoya un message au duc Huidelon de Bavière, lui demandant de venir le trouver à Aix. À son arrivée, Charlemagne l'accueillit avec joie et l'invita à un conseil avec Roland son parent, Olivier et Girart le Cygne, Herfi duc de Cologne et l'archevêque Fréri, l'archevêque Turpin et l'évêque de Trèves, Hamon de Galice et le comte Oton, le roi de Poitiers, le duc de Paris et le comte de Flandre.

Le roi Charlemagne prit alors la parole : « Chers amis, je suis à présent, par la grâce de Dieu, roi de France et empereur de Rome ; maintenant, avec votre conseil je compte me marier et épouser la fille de Huidelon duc de Bavière, Aude[3], la sœur de Naimes. » Ils répondirent tous que cette décision leur semblait bonne.

---

1. Geirarðr svanr.   **2.** Titre précédemment porté par Drefia.   **3.** Adeini.

Le roi Charlemagne célébra ensuite ses noces avec elle et l'épousa. Trois archevêques les marièrent. Lorsqu'ils eurent passé deux ans ensemble, ils eurent un fils qui fut appelé Lohier[1]. Lorsque l'enfant fut né, Charlemagne fit la promesse de faire le voyage de Jérusalem[2] pour visiter le sépulcre de Notre-Seigneur et lui demander le pardon et la rémission de ses péchés.

Il se prépara et décida à l'accompagner dans ce voyage le duc Huidelon son beau-père, Oton et Naimes, l'archevêque Turpin et Gérard de Nimègue, Gilles son chapelain et ses serviteurs, ainsi que trois cents chevaliers ; et il chargea Beuve-sans-Barbe et Girart le Cygne de veiller sur la Saxe, Olivier sur le royaume de France et Roland sur l'empire de Rome.

Chapitre L — Charlemagne à Constantinople

Le roi Charlemagne partit ensuite pour Jérusalem et revint par Constantinople[3]. Les Turcs et les peuples païens étaient alors en guerre contre le roi des Grecs pour lui voler ses trésors. Quand le roi des Grecs vit le roi Charlemagne, il s'en réjouit et les invita tous chez lui ; et il demanda au roi Charlemagne de lui prêter main-forte pour se battre contre les païens. Charlemagne dit qu'il ne retournerait pas chez lui avant qu'ils ne soient convertis et qu'une bonne paix ne soit conclue. L'empereur des Grecs lui en fut très reconnaissant, mais les païens n'y prêtèrent aucune attention et se préparèrent à les affronter témérairement. Ils livrèrent bataille et la plus grande partie du peuple païen périt.

Le roi Charlemagne, Naimes et leurs troupes capturèrent tous les chefs païens et les menèrent au roi des Grecs. À cette occasion le roi Charlemagne subit de grandes pertes en hom-

---

1. Lööver.   **2.** Jórsala.   **3.** Miklagarð – mot à mot : la Grande Cité.

mes : là tomba le duc Huidelon, beau-père du roi Charlemagne, et cinquante chevaliers avec lui, ainsi que trois autres barons.

Le roi païen s'appelait Miran ; il prêta serment au roi des Grecs dans les conditions dictées par le roi Charlemagne : il devait lui donner tous les douze mois quinze cents marcs d'or, dix mules et sept chameaux. Puis le roi Charlemagne prit congé pour rentrer dans son pays, mais le roi des Grecs lui proposa de lui donner Constantinople et de devenir son sujet. Le roi Charlemagne répondit : « Que Dieu ne m'ordonne pas de faire cela, étant donné que tu es l'empereur et le chef de tous les chrétiens. Je voudrais plutôt te demander de me donner quelques saintes reliques que j'emporterai chez moi en France. »

L'empereur déclara qu'il le ferait volontiers. Il lui donna un morceau du suaire de Notre-Seigneur, avec lequel il s'était essuyé après avoir parlé au peuple, et ses chausses, un morceau de la sainte Croix, la pointe de la Lance qui avait été fichée dans son flanc, et la lance de saint Mercure [1]. Le roi Charlemagne s'inclina à terre de sorte que ses mains touchaient le sol ; il prit ensuite congé et revint dans son pays, heureux et louant Dieu. Le roi des Grecs l'accompagna sur la route jusqu'à la ville où se trouve le bras de saint Grégoire [2]. Ils s'embrassèrent et se séparèrent ensuite.

Charlemagne rentra en France. Ils parvinrent à Trèves et allèrent de là à Aix. Ils y laissèrent les chausses, et le suaire fut laissé à Compiègne [3], la sainte Croix à Orléans ; la lance et la pointe de lance, il les garda et les fit enchâsser dans le pommeau de son épée. Il appela celle-ci Joyeuse [4] en raison de ce qu'il lui avait donné, et c'est pour cela que tous les chevaliers qui s'encouragent au combat s'écrient : Monjoie [5].

---

1. Merkurius. 2. Gregorius – « le *Bras Saint George* étant, non point une relique, mais la dénomination, au Moyen Âge, de l'Hellespont », P. Aebischer, *Les Versions norroises du « Voyage de Charlemagne en Orient ». Leurs sources*, Paris, 1956, p. 96. Il faut en outre supposer une confusion entre Gregorius et Georgius. 3. Komparin (Unger) (Loth : Kumparin). 4. Giovise. 5. Mungeoy. L'explication correspond à ce qui est dit dans la *Chanson de Roland* (vv. 2503-2511).

Chapitre LI — Charlemagne se prépare à partir pour l'Espagne

Peu de temps après que le roi Charlemagne fut rentré chez lui, alors qu'il était couché dans son lit à Aix pendant la nuit, l'ange Gabriel vint à lui et lui demanda de lever des troupes dans tout son pays afin de se mettre en route pour l'Espagne. Le roi Charlemagne fit ce que Dieu lui ordonnait. Il fit circuler un ordre dans tout le pays et fit se préparer ses hommes comme s'ils devaient partir pour toujours, en prenant avec eux femmes et enfants.

Les Francs vinrent trouver le roi Charlemagne et lui demandèrent que leurs femmes et leurs filles puissent rester à la maison, afin que l'on ne déshonore pas leurs filles dans l'armée. Mais le roi Charlemagne jura par sa barbe blanche que jamais un homme, si puissant soit-il, ne coucherait avec la fille d'un homme ordinaire sans l'épouser ; « et si cette inégalité se présente de telle sorte qu'il n'estime pas digne de lui de l'épouser, alors je jugerai le cas entre eux ».

Ensuite, il leur accorda un délai de deux ans pour qu'ils se préparent. La troisième année, dix fois cent mille chevaliers étaient prêts. Le roi Charlemagne ordonna alors à ses hommes de prendre de nombreux chariots chargés de noix et de grain à semer en Espagne, et il leur dit que cela aurait poussé avant leur retour s'ils ne réussissaient pas à christianiser le pays.

Le roi Charlemagne se mit alors en route avec son armée et parvint au fleuve qui s'appelle la Gironde[1] ; et ils ne trouvèrent là ni gué ni bac, et ils ne savaient pas comment traverser. Alors le roi Charlemagne tomba en prière et demanda à Dieu de leur faciliter le passage du fleuve, s'il voulait qu'ils aillent en Espagne. Dieu accomplit alors un miracle pour le roi Charlemagne : une biche blanche traversa le fleuve à gué et ils chevauchèrent à sa suite.

---

1. Gerund.

Le roi Charlemagne envoya alors Roland et Olivier en avant, et avec eux toute l'élite de l'armée, afin d'assiéger Nobles.

Chapitre LII — Olivier tue le roi Forré

Lorsqu'ils arrivèrent là, le roi Forré avait disposé une grande armée contre eux. Roland dit à Olivier : « Veux-tu entendre une folie, compagnon ? » Olivier répond : « J'en ai entendu suffisamment, mais qu'est-ce ? » Roland répond : « Charlemagne, mon parent, nous a demandé de ne pas tuer le roi Forré qui n'a pas encore été fait prisonnier. » Olivier répond : « Honni soit celui qui le sauve, si l'on peut s'en emparer. »

Ensuite ils s'armèrent tous, et disposèrent leur armée en trois corps comprenant chacun cent mille hommes ; Roland et Olivier se trouvaient dans un quatrième. Le roi Forré était entouré de sept mille chevaliers, tous bien armés et répartis en sept divisions. Roland et Olivier piquèrent leur cheval des éperons et galopèrent en avant en tête de leur colonne à la rencontre du roi Forré. Le roi Forré porta un coup de sa lance dans le bouclier d'Olivier, de sorte qu'elle y resta fichée. Mais Roland le vengea bien : il planta sa lance au milieu du bouclier du roi, traversant le bouclier et le flanc, et le renversa de son cheval. Au même moment, Olivier asséna de son épée sur la nuque du roi Forré un coup qui traversa le heaume et le crâne pour s'arrêter dans le menton. Arriva ensuite toute leur armée et une grande partie de la troupe des païens fut tuée, y compris ceux qui se trouvaient dans la ville. Ils prirent la ville et la placèrent sous surveillance pour le roi Charlemagne.

Ensuite Roland, Olivier et toute leur troupe s'en allèrent laver et sécher tout le champ de bataille afin que le roi Charlemagne ne voie pas le sang à son arrivée. Il arriva alors dans la ville prise et demanda où était le roi Forré. Roland dit qu'il avait été tué. Le roi en fut courroucé et il lui donna un coup de son gant sur le nez au point qu'il en saigna, parce qu'il leur avait donné l'ordre de le lui livrer vivant.

Chapitre LIII — Le roi Marsile tue Basin et Basile

Le lendemain, ils se rendirent à Monjardin[1] et assiégèrent la ville. Lorsque le roi de Cordes[2] apprit que le roi Forré avait été tué et la ville de Nobles prise, et que l'empereur de Rome se dirigeait vers eux avec une armée et qu'il assiégeait Monjardin, ils se préparèrent et se portèrent contre eux avec une grande armée. Quand Charlemagne l'apprit, il ordonna aux hommes de sa troupe de briser les hampes de leurs lances et de ficher tous les morceaux en terre. Dieu accomplit alors ce miracle : des rameaux et des feuilles se mirent à pousser dessus, et ce qui était auparavant un champ devint une forêt. Ensuite, ils s'armèrent et chevauchèrent contre eux, et ils tuèrent une grande quantité de païens. Le roi s'enfuit dans sa ville de Cordes[3], mais Charlemagne se rendit à Monjardin et prit la ville.

Puis il se rendit à Cordes, força la ville et la conquit, et tua le roi. De là, il se rendit à une ville située au milieu de l'Espagne, qui s'appelle Sarragosse[4]. Le roi régnant sur la ville s'appelait Marsile[5]. Celui-ci envoya des hommes à la rencontre de l'empereur Charlemagne, et annonça qu'il voulait se convertir à la religion chrétienne et se soumettre à lui, « à condition qu'il consente à me laisser gouverner mon royaume ».

Le roi Charlemagne s'en réjouit et remercia Dieu, et il demanda qui il devait envoyer pour juger de ses intentions. Roland se proposa pour y aller. Le roi refusa et envoya Basin ainsi que Basile[6], son frère, pour accomplir cette mission. Lorsqu'ils parvinrent devant le roi Marsile, ils lui transmirent le message du roi Charlemagne : il garderait son pays s'il consentait

---

1. Mongardigborg. 2. Kordr. 3. Korda. 4. Saraguz. 5. Marsilius. 6. Basilius.

à devenir chrétien. Le roi Marsile en fut très courroucé, et il fit arrêter et exécuter les deux frères. Le roi Charlemagne prit très mal cet acte.

Chapitre LIV — La sœur de Charlemagne se remarie deux fois

Arriva alors un homme qui annonça au roi Charlemagne le décès du duc Milon d'Aiglent[1]. Le roi considéra que c'était une grande perte et demanda à qui il allait donner sa sœur Gile en mariage. Or Naimes lui conseilla de la marier à Ganelon parce qu'il venait de perdre son épouse. Il obtint alors la main de Gile, et le roi Charlemagne lui donna le comté de Corbeil[2]. Ils eurent ensuite un fils nommé Baudouin[3]. Ganelon aimait Roland comme son fils, et Roland aimait Ganelon comme son père, et ils se lièrent par le serment de la fraternité jurée.

Mais par la suite des clercs découvrirent un lien de parenté au troisième degré des deux côtés entre Ganelon et Gile, et ils furent alors séparés. Charlemagne la donna en mariage au duc Efrard[4], et ils eurent deux fils Adalrad[5] et Efrard[6] ; et Ganelon épousa la sœur du duc Efrard.

Chapitre LV — Charlemagne reçoit de mauvaises nouvelles de France

Là-dessus, arrivèrent auprès du roi Charlemagne des messagers venus de France, qui lui annoncèrent que des exactions et

---

1. Milun af Anglers (Unger) (Loth : Anglerz).   **2.** Korbuillo – Corbeil est une suggestion de P. Aebischer.   **3.** Baldvini.   **4.** Efrarðr (Unger) (Loth : Efredr).   **5.** Aðalraðr.   **6.** Efrarðr (Unger) (Loth : Efradr).

des vols avaient eu lieu. Le roi Charlemagne envoya Roland chez lui afin de pacifier le pays.

Avant cela, lorsque le roi Charlemagne eut conquis Trémoigne et tué le roi Guiteclin, il envoya une lettre au roi Gaufroi[1] de Danemark, lui expliquant qu'il tenait de lui le Danemark, et qu'il devait lui envoyer comme otages Ogier[2] son fils et Erber son échanson ; s'il refusait, il devrait subir la présence d'une armée. Quand Gaufroi apprit cela, il n'osa pas s'y opposer et envoya les otages à Aix, en priant Charlemagne et la reine de bien les traiter ; ils acceptèrent avec obligeance.

Chapitre LVI — Roland en France

Lorque Roland partit pour rentrer chez lui à Aix, le roi Charlemagne lui demanda de transmettre ses salutations à la reine et à Lohier son fils « et je veux que tu me ramènes Ogier le Danois et mes épées Courte et Almace, et que tu pacifies le pays comme il faut ». Ganelon demanda à Roland d'aller chez lui à Châteaulandon et de transmettre ses salutations à Geluviz sa femme.

Roland prit congé, se rendit à Aix et pacifia le pays ; il transmit à la reine les salutations du roi Charlemagne et lui demanda de lui remettre Ogier le Danois et les épées afin qu'il les ramène au roi.

Ensuite Roland prit congé et alla à Châteaulandon. Il fut là bien reçu, il y fit régner la paix comme on le lui avait ordonné, et il transmit à l'épouse de Ganelon ses salutations. Alors que Roland et Geluviz étaient assis ensemble et buvaient, elle lui dit que Ganelon lui avait ordonné de lui réserver un bon accueil : « À présent, je veux t'envoyer au cours de la nuit une belle jeune fille que j'ai là, et qui est de haut lignage ; elle ne

---

1. Jofrey.   2. Oddgeir.

viendra pas avant que toute la cour soit endormie, et tu auras l'occasion de t'amuser avec elle à ton gré. » Roland répondit : « Je te prie de n'en rien faire, car j'ai juré à Aude, la sœur d'Olivier, que je n'aurai aucune femme hormis elle, et si Dieu veut que je revienne sain et sauf d'Espagne, je l'épouserai. » Mais elle déclara qu'elle la lui enverrait assurément. Il lui demanda de faire comme il lui plaisait.

Après cela, ils allèrent se coucher. Roland était fatigué et il tomba immédiatement endormi. Lorsque tout le monde fut endormi, Geluviz[1] se leva, prit son manteau et alla près du lit dans lequel dormait Roland ; elle lui palpa les jambes des pieds aux genoux, mais il ne réagit pas. Elle se glissa ensuite dans le lit, s'allongea près de lui et se mit à le caresser et l'embrasser. Il se tourna vers elle et la posséda deux fois. Elle lui parla et lui dit qu'elle l'aimait beaucoup, « et je ferai tout ce que tu veux ». Il n'en fut pas ravi car il avait donné sa parole à Aude, et il la remercia de sa bonne volonté. Il lui demanda ensuite comment elle s'appelait. Elle répondit qu'elle était Geluviz, la femme de Ganelon, « et tu peux avoir de moi tout ce que tu veux ». Il se leva et se repentit d'avoir trahi son compagnon, et il lui demanda de s'en aller.

Il se leva de bonne heure et partit sans prendre congé. Il alla à Orléans, et de là regagna l'Espagne. Il alla trouver Naimes et lui apprit toutes les nouvelles – notamment que la femme l'avait trompé. Naimes lui demanda de garder soigneusement le secret à ce sujet, et d'aller se confesser ; il lui dit qu'il jeûnerait en sa compagnie. Roland déclara qu'il en parlerait lui-même à Ganelon, « parce que j'ai promis de lui révéler tout ce qui allait mal dans sa maison, et rien n'est aussi grave que ce que j'ai fait ». Naimes en fut fâché.

Ensuite Roland, seul à seul avec Ganelon, lui raconta tout ce qui s'était passé. Ganelon lui demanda de garder soigneusement le secret à ce sujet et lui dit qu'il ne lui en garderait pas rancune du fait qu'elle était elle-même responsable. À partir de

---

1. Geluviss.

là, il fut malintentionné à l'égard de Roland, et il pensa qu'il ne serait plus jamais heureux de toute sa vie à cause du déshonneur qu'il lui avait causé.

Chapitre LVII — Ganelon calomnie Ogier

Après cela, Naimes et Ganelon se rendirent auprès du roi Charlemagne et lui dirent que Roland et Ogier étaient arrivés. Charlemagne demanda qu'on aille les chercher et ainsi fut fait. Arrivés devant le roi, ils le saluèrent. Puis il prit connaissance des nouvelles et ils répondirent que tout était calme. Roland dit qu'il avait exécuté les ordres du roi et le roi l'en remercia.

Tandis que le roi était installé à table entre Roland d'un côté et Ganelon de l'autre, Charlemagne demanda s'il devait adouber Ogier chevalier. Roland déclara que c'était bienvenu, étant donné qu'il était à la fois grand et fort. Ganelon répondit alors en lui suggérant de plutôt le pendre. Le roi en fut surpris et il demanda quelle raison il avait pour proposer cela. Ganelon répondit qu'il aimait la reine. Le roi en fut très fâché.

Lorsque le roi fut rassasié, il convoqua Naimes en privé, et il lui répéta ce que Ganelon avait dit. Naimes répondit alors : « Tu ne dois pas le croire, je connais une autre histoire plus véridique. » Le roi demanda de qui il s'agissait. Naimes le pria de garder le secret. Le roi affirma que personne n'en saurait rien[1]. Naimes dit : « Demande à Roland quel accueil lui a réservé la femme de Ganelon. » Charlemagne interrogea Roland qui lui raconta toute la vérité. Le roi répondit à Naimes : « De toute évidence Ganelon hait Roland. » Naimes ajouta : « Ne l'écoute pas et adoube le Danois chevalier. » Le roi déclara qu'il en serait ainsi.

---

1. Sans explication, A. Loth lit « Rollant... », et A. Patron-Godefroit traduit : « Rollant avait déclaré que personne ne le saurait » (p. 102).

Chapitre LVIII — Ogier et Teorfa sont adoubés chevaliers

Après cela, le roi demanda qu'on lui procure une broigne et un heaume ; il prit son épée Courte, en ceignit Ogier et suspendit un écu à son cou. Ensuite il demanda qu'on lui procure un cheval ; on lui amena un cheval de couleur grise, qu'il avait reçu en Espagne. Mais quand le roi vit ce cheval, il dit : « Je vais garder ce cheval pour moi, et il s'appellera Tencendur[1]. » On mena alors un grand cheval roux qui avait appartenu au roi Forré, et il l'offrit à Roland. On amena un troisième cheval de couleur brune, grand et beau, Broiefort[2] ; il l'offrit à Ogier et il lui donna l'accolade en lui frappant le cou. Il lui remit ensuite les habits de chevalier.

L'archevêque Turpin demanda au roi Charlemagne de lui procurer des armes pour combattre le peuple païen. Il déclara qu'il le ferait bien volontiers. Ensuite le roi lui fit revêtir une broigne, lui plaça un heaume sur la tête et le ceignit de son épée Almace. Puis on lui amena un cheval noir qui avait appartenu au roi de Cordes. L'archevêque Turpin sauta alors à cheval et Roland lui remit une lance. Ensuite il s'avança devant le roi Charlemagne revêtu de ses armes, salua le roi et s'inclina devant lui. Tous les Francs s'écrièrent en même temps en disant : « Nous avons là un clerc tout-puissant ! »

Roland demanda alors au roi Charlemagne s'il voulait bien lui permettre d'adouber chevalier Teorfa, frère de Jofroi d'Anjou[3]. Le roi Charlemagne lui répond : « Mon cher neveu, fais comme bon te semble. » Roland offrit alors à Teorfa son cheval Châtelain[4], qui était le meilleur de toute la France. De la même manière il lui donna des habits de chevalier et il l'adouba en compagnie de dix-neuf autres chevaliers, tous de haut lignage.

---

1. Tengardus.   **2.** Brocklafer.   **3.** Geofrey af Mundegio – erreur probable pour Geofrey af Andegio ; cf. chap. XX-XXII.   **4.** Kastalein.

Chapitre LIX — Charlemagne choisit les douze pairs

Un jour que le roi Charlemagne était assis dans son palais entouré de ses vassaux, il leur parla : « Par la grâce de Dieu et si vous le voulez bien, je désire choisir douze chefs pour conduire mon armée et aller affronter bravement les païens. » Ils lui répondirent tous en le priant de s'en occuper.

Le roi déclara alors : « Je veux donc désigner en premier Roland mon parent, en second Olivier, en troisième place l'archevêque Turpin, en quatrième Gérier[1], en cinquième Gérin, en sixième Bérenger[2], en septième Oton[3], en huitième Samson, en neuvième Engelier[4], en dixième Ive[5], en onzième Ivorie[6], en douzième Gautier[7]. Je place ces chefs à la tête de mon armée pour combattre les païens en mémoire de l'ordre que Dieu donna à ses douze apôtres de prêcher sa parole dans le monde entier ; et semblablement je veux que chacun d'entre vous apporte à l'autre force et secours dans tous les dangers, comme si vous étiez frères de sang. » Ils acceptèrent cette mission avec joie.

Ici s'achève la première branche de la saga du roi Charlemagne.

---

1. Geres.   2. Baeringr.   3. Hatun.   4. Engeler.   5. Ivun.
6. Iforias.   7. Valter.

BRANCHE II

Olive et Landri

La deuxième branche de la *Saga de Charlemagne*, *Olive et Landri*, est assez courte (18 chapitres), et nous emmène dans un univers bien éloigné de la geste de Charlemagne, puisqu'elle relate une histoire de calomnie provoquée par l'ambition et la lubricité d'un enchanteur, l'infâme traître Milon. Le roi Hugon et son épouse Olive mènent une vie heureuse jusqu'à ce que Milon jette son dévolu sur la reine et, devant ses refus, recoure à la magie pour la prendre dans un piège. Placé devant des faits qui semblent probants, le roi est convaincu de l'infidélité de son épouse qu'il a trouvée au lit, enlacée avec un autre homme, et malgré sa bonne foi, la reine ne réussit pas à le convaincre de son innocence. Le parti des méchants triomphe un temps, car la reine est jetée dans un effroyable cachot, alors que Milon convainc le roi d'épouser sa fille en secondes noces, puis de chasser Landri, le fils né de sa première union. Mais à partir du chapitre XII, un renversement se dessine dans l'histoire. Landri, avec l'aide de sa fidèle nourrice, réussit peu à peu à affirmer sa vaillance, et parvient enfin à sauver sa mère et à se venger des traîtres malgré l'habileté de leurs enchantements.

Dans ses grandes lignes, cette histoire repose sur une trame connue par d'autres récits. Trois œuvres existant encore aujourd'hui la relatent : notre saga, la chanson de geste française *Doon de la Roche*, composée à la fin du XIIe siècle, et qui est conservée dans un manuscrit unique du XVe siècle, et le roman castillan du XVe siècle *Istoria de Enrrique, fi de Oliva*. Il est bien difficile de reconstituer les étapes menant d'une source première (ou de plusieurs ?) à ces trois textes, dont aucun en tout cas n'est la source directe de l'autre. L'histoire littéraire pourtant est cette fois un peu plus claire en raison des informations données par le traducteur norrois dans le prologue de la saga : Bjarni Erlingsson, qui fut l'un des plus importants seigneurs de la Norvège à la fin du XIIIe siècle et au début du XIVe, partit en mission diplomatique pour l'Écosse durant l'hiver 1286-1287, car le roi de Norvège Eiríkr Magnússon était alors marié à la fille du roi Alexandre III d'Écosse qui venait de mourir. Il aurait donc entendu raconter là l'histoire d'Olive et de Landri et l'aurait fait traduire de l'anglais en norrois. On peut ainsi supposer l'existence d'une romance anglaise assez populaire à l'époque et dérivant certainement d'une chanson de geste française. Tout le reste est hypothétique et demeure difficile à cerner.

Il apparaît donc que ce petit récit a été traduit après les autres branches de la *Saga de Charlemagne*, et sa facture relève bien du « style tardif, plein d'expressions stéréotypées[1] ». Il est vrai que la narration peut apparaître comme plate, et que le style est assez lâche. Le traducteur ne paraît pas avoir recherché la complication, et a visiblement renoncé à trouver des équivalents permettant de transposer les effets de rythme produits par l'utilisation du vers dans l'original moyen-anglais. Quelques formules semblent cependant être décalquées du style typique des romances en vers, en particulier les parenthèses dans lesquelles l'auteur invoque Dieu pour qu'il punisse les méchants[2].

La *Saga d'Olive et de Landri* ne pouvait donc pas faire partie de la *Saga de Charlemagne* sous sa forme première. Le manuscrit A ne contient d'ailleurs pas cette branche que nous ne trouvons donc que dans les manuscrits du groupe B. La place de ce récit est en outre variable à l'intérieur du groupe : il se trouve à la fin dans le manuscrit B et une note indique qu'il faut lire la branche entre la *Vie de Charlemagne* et *Ogier le Danois* ; l'auteur du manuscrit b la replaça donc logiquement à cet endroit,

---

1. K. Togeby, « L'influence de la littérature française sur les littératures scandinaves au Moyen Âge », *Grundriss der romanischen Literaturen des Mittelalters*, Heidelberg, C. Winter, 1972 (vol. I : Généralités, B, chap. VI, p. 372).   **2.** Cf. trad. C. B. Hieatt, p. 164.

à la suite de quoi l'éditeur Unger en fit la branche II, et c'est également là que nous la traduisons.

Même si ce *þáttr* (récit court) est quelque peu artificiellement intégré dans la *Saga de Charlemagne*, il demeure que la branche entretient des liens avec le reste de la geste de l'empereur. Olive, en effet, est fille du roi Pépin et sœur de Charlemagne. L'empereur est bien entendu étranger au fond de l'histoire, mais il joue dans la saga un rôle secondaire, bien que non négligeable : Charlemagne apparaît tout d'abord au milieu de l'histoire comme l'un des témoins du jugement d'Olive, et il accepte la sentence sans renoncer à l'hypothèse de son innocence et donc d'une vengeance toujours possible contre des calomniateurs ; il joue par la suite un rôle plus important dans la dernière phase de l'action, car l'appui qu'il apporte à Landri apparaît comme déterminant : c'est lui qui cautionne par son prestige la vengeance du fils bafoué et le châtiment du traître. Il apparaît donc comme le garant toujours clairvoyant du droit et de la justice, et il gagne en importance entre le milieu et la fin du récit. Tout porte à croire que cet arrière-plan impérial a été ajouté en Norvège afin de mieux rattacher l'histoire d'Olive et de Landri à la geste de Charlemagne. Cette branche est donc un élément rapporté, mais le collage est finalement assez réussi.

Les commentateurs sont cependant très réservés à l'égard de l'intérêt de ce texte, car ils ne réussissent jamais à se départir du préjugé selon lequel la valeur d'une œuvre littéraire médiévale se mesurerait à l'aune de son ancienneté – et même plus précisément l'idée diffuse qui sous-tend beaucoup d'analyses est que l'œuvre intéressante se présente sous une forme supposée originale, alors que les dérivés perdent de la valeur à mesure qu'ils s'éloignent de la source première érigée en référence absolue. Ainsi, les traductions norroises ne peuvent tirer leur intérêt que des chansons de geste françaises et dans la mesure où elles les reflètent fidèlement. Mais un petit *þáttr* norrois tardivement traduit d'une romance anglaise, elle-même dérivée d'une source française, est *a priori* soupçonné de contaminations dangereuses. Qu'on l'intègre à une compilation commencée antérieurement achève de le rendre suspect, d'autant que la complexité de sa genèse en amont et de la tradition manuscrite en aval défie la sagacité des historiens de la littérature.

Sans être assurément un grand texte, cette branche II n'est cependant pas sans intérêt pour qui accepte de la découvrir telle qu'elle se présente, en mettant entre parenthèses les stemmas et les notes philologiques. Sa lecture fait alors découvrir une histoire certes assez convenue qui reprend le thème de la reine injustement accusée d'adultère – on le trouve aussi dans d'autres chansons, notamment la *Chanson de la reine Sébile*[1]. Le récit est sans surprise et desservi par la pauvreté du style. Il demeure que ce texte n'est assurément pas terne en raison de la violence qu'il met en scène constamment. Le récit s'ingénie en effet à multiplier complaisamment les détails cruels et sordides : l'amant présumé d'Olive est décapité dans de grands jets de sang qui maculent le lit de la reine, son cadavre encore dégouttant de sang est ensuite violemment jeté par terre devant toute l'assistance, Landri est sauvagement balafré par Milon, Olive est emmurée vivante dans une espèce de caveau hermétique rempli de bêtes venimeuses, la fille de Milon est décapitée, son fils Malalandri piétiné par le cheval de Landri, et Milon finit dans le caveau dévoré par les bêtes venimeuses. Cette violence est sans doute à la mesure du traître Milon et de sa descendance, lesquels maîtrisent tous la sorcellerie la plus noire puisqu'ils connaissent l'art de composer des breuvages magiques, et peuvent se transformer à leur guise (la fille de Milon devient ainsi momentanément serpent dans une lutte digne du *Merlin l'Enchanteur* de Walt Disney !).

Il est sûr que le texte repose sur un manichéisme radical que souligne la fin du récit : les traîtres sont anéantis et les victimes réhabilitées grâce à l'intervention de Charlemagne. Cependant,

---

1. Cf. M. de Riquer, *Les Chansons de geste françaises*, Paris, Nizet, 1957², pp. 224-226 et 268-270.

le roi Hugon apparaît comme un personnage ambigu qui échappe à ces catégories : il est convaincu que sa femme l'a trahi à cause de ce qu'il a cru découvrir en tombant dans le piège de Milon, mais il est aussi une victime se laissant trop aisément séduire et tromper, et il porte une lourde part de responsabilité puisqu'il a refusé d'accorder à la reine le bénéfice des ordalies qui pouvaient l'innocenter ; la reine le laisse mourir seul alors qu'elle est sauvée, ne lui pardonnant pas son aveuglement coupable.

Le manichéisme oppose surtout les forces du mal, incarnées dans les personnages de Milon, de sa fille et de son petit-fils, et la foi en Dieu qui anime Olive et son fils. Le récit prend ainsi une valeur exemplaire, montrant le triomphe final de Dieu qui a sauvé la reine et aidé le jeune Landri dans sa lutte disproportionnée contre Milon et les siens. Le récit est d'ailleurs jalonné d'interventions de l'auteur qui attire notre attention sur cette dimension édifiante. Mais les innocents qui ne perdent pas espoir et triomphent à la fin sont en fait très isolés, car dans leur ensemble les nobles, que représente très bien Hugon, se laissent porter par les apparences sans pouvoir s'opposer aux manigances démoniaques des représentants du Malin – à l'exception notable du chef des gardes de la reine et de Charlemagne.

Mais cette leçon finale ne donne pas une image complète de l'œuvre, car le plus saisissant nous paraît être, ici comme ailleurs dans la *Saga de Charlemagne*, la puissance des fantasmes que peut faire naître un personnage féminin isolé dans un univers masculin. Olive, par son refus de céder à Milon et par l'accusation d'adultère qui la met en cause, polarise sur elle toute l'agressivité latente d'un monde viril fasciné par l'image qu'elle représente, et incapable de la respecter et de la comprendre. La violence la plus acharnée paraît être le seul langage par lequel les hommes peuvent s'adresser à elle dès qu'elle est descendue du piédestal où la placerait le discours courtois. La personne de la reine attire ainsi toutes les souillures que permet son statut de réprouvée, et l'on comprend qu'en vérité les hommes qui l'entourent, si nobles soient-ils, règlent à travers elle d'autres comptes, ce qui les empêche de découvrir une vérité qui est à leur portée.

Le corps même de la reine, qui est pourtant chaste et innocent, est soumis sans cesse à un regard obscène sur lequel l'auteur ne dit rien à son public, comme dans le récit des malheurs de certaines saintes. Ainsi, Milon cherche à l'aguicher en se présentant à elle comme un amant plus fougueux que son vieux mari, et ne parvenant pas à ses fins il la drogue et la dénude, puis la met au lit et la place dans les bras d'un homme noir et misérable (ce qui la dégrade tout particulièrement de son point de vue) ; il encourage le roi qui la découvre enlacée dans les bras de cet homme à la décapiter sur-le-champ, et c'est lui qui imagine le supplice de l'enfermement dans le caveau.

Ces excès dignes du Grand-Guignol discréditent bien entendu Milon, mais cette violence dirigée contre le corps de la reine ne caractérise pas ce seul personnage. Les épreuves qu'Olive imagine elle-même pour se disculper sont d'une cruauté particulière, car elles reposent sur des tortures raffinées et sadiques propres à susciter l'intérêt du roi : entrer toute nue dans un bûcher rempli de métal fondu, être jetée d'une tour pour aller retomber dans un pré hérissé de pieux acérés, être noyée en pleine mer. Plus significatif encore d'un imaginaire érotique pervers, elle est jetée en pâture à une assistance masculine en train de banqueter, quand elle se présente devant tous ses parents et amis venus pour la juger : elle s'avance peu vêtue, pieds nus, sans couvre-chef, exposée aux regards réprobateurs et goguenards ; Milon peut alors la traiter impunément de putain, et son père Pépin la repousse à coups de pied, lui fracturant deux côtes. Par la suite, son fils Landri lui arrache des cris, certes involontairement, en lui perçant le sein d'une flèche égarée.

Face à une telle hostilité dont le texte décrit les effets avec une certaine complaisance, il apparaît que le parcours d'Olive se caractérise bien par une longue suite de souffrances récompensées par une fin heureuse dans un couvent, conformément à une thématique hagiographique. Cependant, la démonstration chrétienne n'avait pas besoin d'une telle cruauté pour convaincre ; en vérité, cette cruauté fait l'objet d'une fascination trouble de la part de l'auteur qui la condamne pourtant. Derrière ce qui est dicible et évident, c'est-à-dire le châtiment d'une femme apparemment convaincue d'adultère, et face aux calomniateurs sa victoire finale inspirée par la foi en Dieu, le texte nous permet de saisir les fantasmes d'une gent masculine embarrassée de complexes, de frustrations et de blessures intimes et secrets, et qui n'attendait qu'une victime offerte pour se défausser sur elle de toutes les causes de son malaise. Olive est tellement la victime idéale que l'on comprend pourquoi l'aveuglement est aussi général autour d'elle. La force de Milon réside justement dans sa capacité à flatter dans l'homme ses plus bas instincts et à en légitimer l'assouvissement impunément.

Certes, ce petit récit n'est pas unique en son genre de ce point de vue, car la misogynie est générale dans les chansons de geste et dans les œuvres apparentées, mais il demeure que ces fantasmes masculins s'expriment ici de façon particulièrement saisissante.

NOTE SUR LA TRADUCTION

La traduction s'appuie sur le texte établi par Unger à partir de B (la branche est absente de A). Nous avons lu les variantes tirées de b (b^1 seulement, étant donné que b^2 n'est pas pris en compte dans cette édition, et que la branche n'a pas été éditée par A. Loth), mais elles sont d'un faible intérêt, car b a une nette tendance à abréger B. Dans quelques rares cas, nous avons intégré dans la traduction, entre crochets droits, quelques mots tirés de b absents de B. Cette branche contient peu de noms propres. Nous les avons normalisés selon notre habitude quand ils sont très proches de ceux de la tradition française (ex., Karlamagnús = Charlemagne), mais nous ne transposons pas ceux qui n'évoquent que vaguement les personnages contenus dans la version française ou espagnole (ex., Aglavia ≠ Audegour/Aldigon).

Bibliographie particulière à la branche II

Œuvres apparentées

Doon de la Roche, éd. P. Meyer et G. Huet, Paris, Société des anciens textes français, 1921.
Historia de Enrrique, fi de Oliva, éd. P. de Gayangos, Madrid, Sociedad de Bibliófilos Españoles, 1871.

Traduction antérieure de la branche II dans son intégralité

En anglais : in Smyser, H. M., et Magoun Jr, F. P., *Survivals in Old Norwegian of Medieval English, French, and German Literature...*, Baltimore, Waverly Press, 1941 (« Connecticut College Monograph », 1), pp. 3-27.

Études particulières portant sur la branche II ou sur ses sources

Campbell, Kimberlee A., *The Protean Text : A Study of the Versions of the Medieval French Legend of Doon and Olive*, New York/Londres, 1988 (« Garland Monographs in Medieval Literature », 1).
Hieatt, Constance B., in *Karlamagnús Saga...* Vol. I, Part II, *Olif and Landres*, Introduction, pp. 163-175 (*cf.* bibliographie générale, B).
Larsen, Henning, « Olive and Landres », *Journal of English and Germanic Philology*, XL (1941), pp. 526-529.
Skårup, Povl, « Er *Bevers saga* og *Olif et Landres* oversat fra engelsk ? », *Gripla*, IV (1980), pp. 65-75.
Smyser, H. M., « The Middle English and Old Norse Story of Olive », *Publications of the Modern Language Association of America*, 56 (1941), pp. 69-84.
— « Olive Again », *Modern Language Notes*, 61 (1946), pp. 537-549.

WILSON, R. M., « More Lost Literature in Old and Middle English », *Leeds Studies in English and Kindred Languages*, V (1936), pp. 1-49.

WOLF, Ferdinand, « Über die Olivia-Sage », *Denkschriften der kaiserlichen Akademie der Wissenschaften zu Wien* (Philos.-Hist. Classe, VIII), Vienne, 1857, pp. 263-268.

D. L.

Olive et Landri

Prologue

L'histoire qui commence ici n'est pas l'une de ces calembredaines que les gens inventent pour se divertir ; elle est au contraire véridique comme il apparaîtra par la suite. Monseigneur Bjarni Erlingsson de Bjarkö[1] trouva cette histoire écrite et contée en anglais en Écosse, lorsqu'il y séjourna durant l'hiver qui suivit la mort du roi Alexandre[2]. Le royaume revint alors à Margaret[3], fille du brillant seigneur Éric[4], roi de Norvège, fils du roi Magnus[5], et ladite Margaret était la petite-fille d'Alexandre. Monseigneur Bjarni fut envoyé à l'ouest pour cette raison, afin d'assurer la stabilité du royaume et sa fidélité à la princesse.

Afin que l'histoire soit plus accessible aux gens, et qu'ils puissent en retirer plus de profit et de plaisir, monseigneur Bjarni la fit traduire de l'anglais en norrois. En outre, en la lisant, les gens peuvent mesurer combien il peut être important d'être fidèle et attaché à Dieu, quelle récompense reçoit celui qui est éprouvé par des calomnies de toutes sortes, et comment cela se termine pour lui bien que durant un temps il soit soumis à des influences démoniaques.

Cette histoire s'intéresse particulièrement à la dame la plus courtoise qui a montré en ce temps-là la plus grande fermeté, et aux pires scélérats qui aient jamais été et qui la mirent gran-

---

1. Bjarni Erligsson de Bjarkey – grand seigneur norvégien.   **2.** Alexander – Alexandre III d'Écosse, mort en 1286.   **3.** Margrét.   **4.** Eirekr – Eiríkr Magnússon (1280-1299) a moins encouragé la diffusion de la littérature courtoise en Norvège que ses prédécesseurs.   **5.** Magnús Hákonarson (1263-1280) poursuivit par contre l'œuvre entreprise précédemment par son père Hákon Hákonarson (1217-1263), en continuant de faire traduire en norrois des textes français ou anglais.

dement à l'épreuve, sans compter les nombreuses ramifications qui se greffent ensuite là-dessus.

Chapitre I — Hugon épouse Olive

Cette histoire part d'un roi glorieux et puissant, qui se nomme Hugon, et qui en outre porte le titre de duc de la vallée appelée Munon. De nombreux seigneurs servaient ce roi, comtes, barons, chevaliers et autres hommes de haut rang. Ce roi était bon chrétien, tout comme la plupart de ses hommes. Il y avait auprès du roi un chevalier nommé Milon[1], et le livre dit qu'il avait reçu l'excommunication divine de prêtres, de pasteurs et de tous ceux qui ont reçu la tonsure.

Ce roi était comblé, hormis qu'il ne s'était jamais marié et qu'il ne s'était donné aucun héritier. En ce temps-là, l'illustre seigneur roi Pépin[2] régnait sur la France[3] ; il avait une fille qui s'appelait Olive[4]. Elle était parée et pourvue de nombreuses qualités, spécialement la fidélité et la constance dans les épreuves que sa chair eut à supporter, ce qui apparaîtra plus tard dans la suite de l'histoire. Olive avait été élevée de la manière très honorable qui lui convenait.

Le puissant roi Hugon par lequel nous avons commencé l'histoire entendit parler de cette princesse, l'excellente Olive ; aussi envoie-t-il au roi Pépin des messagers chargés de lui demander la main de la princesse Olive. Lorsqu'ils sont arrivés devant le roi Pépin et lui ont transmis leur message, il reçoit chacun d'eux comme il convient, et les informe qu'il désire que le roi Hugon vienne en personne. Les messagers reviennent et en informent le roi. Il se met aussitôt en route avec une honorable suite, et chevauche dignement pour aller trouver le roi Pépin ; et il est reçu

---

1. On trouve dans *Doon de la Roche* : Tomile, et dans *Enrrique, fi de Oliva* : Tomillas. Milon est cependant un nom de traître dans diverses chansons de geste françaises.   **2.** Pippin.   **3.** Frakkland.   **4.** Olif.

en grande pompe et en grand honneur. Le roi Hugon ne s'en va pas qu'il n'ait été fiancé avec Olive, fille du roi Pépin.

Puis le duc rentre et prépare son mariage sans rien épargner pour l'occasion, à un moment où son renom est plus grand que jamais. Il invite alors à cette fête une foule et une quantité de gens de tout son royaume, vaste comme il est ; et tous les hommes qui ont été invités viennent au jour dit.

Chapitre II — Naissance de Landri

Pépin, roi de France, et ses barons viennent à la cour du duc au jour fixé ; la princesse Olive est du voyage. Le duc vient alors à cheval au-devant d'eux, accompagné de ses meilleurs hommes ; il salue le roi Pépin très obligeamment, ainsi que l'excellente princesse Olive qui est arrivée là. Tous les hommes de bien se sont réjouis en voyant son visage et son apparence avenante ; elle les salua tous de manière agréable et avenante avec des paroles courtoises, aussi tout le monde appela sur elle la bénédiction de Dieu.

Se trouvaient également dans la suite de Pépin maint autre homme de bien, maint archevêque, évêque suffragant, comte et baron. Tous les membres de cette cour furent honorablement traités et convenablement installés, et ce fut alors le plus beau des mariages à tous points de vue. Personne ne fut à cette occasion outragé ou injurié, au contraire tous furent honorés par de magnifiques cadeaux. Maint jongleur était venu là, et l'on put voir de nombreux vêtements offerts[1] ; beaucoup de plats coûteux furent servis : des grues, des cygnes, des paons, et quantité d'excellent gibier de toutes sortes, accompagnés de la boisson qui convenait, servie dans de grandes coupes d'or,

---

1. C'est-à-dire offerts aux jongleurs en récompense – cf. par exemple *Guillaume de Dole* de Jean Renart, vv. 723-724.

et apportée par des pages stylés. L'on pouvait voir beaucoup de torches et de chandelles.

Lorsque les gens furent au comble de la réjouissance et que le soir approcha, dame Olive fut menée à son lit ; les jeunes gens exécutèrent des danses raffinées à la fois dans la grande salle et dans les chambres. Chacun se rendit alors également dans ses appartements tout rempli de joie. Cette fête s'acheva en grande pompe, chacun rentra ensuite chez soi, quittant les autres en toute amitié.

Le roi et la reine ne restèrent pas longtemps ensemble qu'ils n'eurent un fils ; et quand ce temps fut venu, elle donna naissance à un garçon grand et beau. Tout le monde se réjouit de cette maternité aussi bien à la cour qu'au-dehors, et aussitôt le garçon fut apporté à l'église où il fut baptisé et dénommé Landri[1]. Et lorsqu'il retourna auprès de sa mère, elle fut transportée de joie et dit : « Landri mon fils, te voilà baptisé et béni de Dieu ; je te donne à présent toutes mes bénédictions. » Les gens de cette époque jugeaient bon que l'on donne à son enfant sa bénédiction pour lui porter chance.

Quelques années se passent alors ainsi.

Chapitre III — Le roi s'en va dans la forêt

Il est dit qu'un jour où le roi était assis à table, il tint ces propos à ses hommes qui se trouvaient dans la grande salle : « Je voudrais trouver un homme dans ma cour qui dans la journée parte dans la forêt me chasser une biche ; et toute raillerie mise à part, je veux que vous sachiez que pour me divertir, j'irai moi-même dans la forêt dans la matinée avec ceux de mes hommes qui préfèrent cela à rester chez eux, et qui savent tendre un arc et décocher des flèches. »

---

1. Landres.

Quand le duc eut dit ces paroles, se leva un puissant chevalier qui s'appelait Ingelbert – c'était le chef des gardes de la reine ; il dit : « Seigneur roi, si je vous accompagnais dans la forêt, qui assurerait alors le service de ma dame la reine et la surveillerait, elle que vous aimez par-dessus tout ? » Le roi répondit : « Seigneur Ingelbert, tu sais que j'ai un intendant [1] qui garde tous mes trésors ; il se nomme Milon – puisse-t-il gagner le courroux divin, dit le livre, pour la façon dont il va servir la reine ! –, j'ai toujours trouvé en lui un fidèle serviteur. »

Au matin, dès le point du jour, tous les chevaliers et les écuyers se préparèrent pour cette partie de chasse dans la forêt du roi, qui devait lui procurer sa noble prise ; et toute la suite du roi s'en alla alors si massivement qu'il ne resta personne à la maison pour servir la reine, hormis le seul traître Milon.

Chapitre IV — Le traître Milon à l'œuvre

Tandis que le roi s'en était allé, il se passa ici comme dans beaucoup d'autres endroits que le méchant feu et la perfide fumée ne peuvent rester si longtemps cachés à l'intérieur qu'ils ne finissent par apparaître extérieurement. Il en était ainsi du perfide traître Milon qui conçut immédiatement l'idée de faire avancer ses plans. Mais Dieu, qui n'oublie jamais ses serviteurs, veilla sur cette bonne reine et la protégea de toute la honte terrestre que ce maudit vilain voulait lui infliger. Milon, échauffé par sa méchanceté, se rendit à l'endroit où demeurait la reine, et quand il l'eut trouvée, il se mit à genoux et s'inclina, mais son cœur et son esprit débordaient de tromperie.

Il salua la reine en ces termes : « Salut à vous, ma dame Olive, la plus fidèle de toutes les femmes, et la plus belle qui ait jamais

---

1. « stivarðr », terme emprunté de l'anglais, cf. « steward ».

été créée de chair et de sang. Je vous ai longtemps servie et vous m'avez tenu en haute estime, mais je ne puis pas vous servir ainsi plus longtemps, bien que telle soit la volonté de votre mari ; il est à présent un vieux chevalier, de sorte qu'il ne peut plus vous procurer de joie ni la nuit ni le jour. Par contre, vous constatez que je suis un chevalier jeune et distingué, et vous êtes jeune, ma dame ; nous aurions beaucoup de joie à vivre ensemble. Vous devez aussi savoir que j'ai quinze [1] chevaliers sous mon pouvoir, et je possède dans mes trésors tant d'or et d'argent que je ne peux pas en savoir la quantité. Toutes ces richesses, je vais te les donner pour que tu sois ma bien-aimée en secret. »

Écoutez maintenant la réponse de la reine : « Es-tu devenu fou, Milon, ou as-tu perdu tout discernement ? Plût à Jésus-Christ le fils de Marie que je n'entende plus de telles paroles de ta bouche, et que Dieu sache qu'aujourd'hui même tu seras pendu devant ma porte. » Et elle ajouta : « Seigneur Jésus-Christ, tu sais bien que j'ai plus d'or et d'argent que je ne peux en apporter sur la balance ; pourquoi tromperais-je mon cher bien-aimé, le seigneur Hugon, avec un homme qui est plus méchant que lui, alors qu'il ne deviendra jamais semblable à ce maudit scélérat ? »

Lorsque Milon l'enchanteur [2] entendit la reine prononcer de telles paroles, il retourna à sa demeure disgracié et déshonoré comme il le méritait. Il ouvrit un de ses coffrets contenant de l'or et des bijoux, et prit une belle coupe en érable avec un couvercle. Dans cette coupe il mit un breuvage qui était une sorte de poison, et quand il l'eut préparé comme il le souhaitait, il revint trouver la reine, tomba à genoux devant elle, et lui susurra les mêmes mots qu'il lui avait dits auparavant. La dame, cette fois comme précédemment, le vitupéra pour sa vilaine requête. Il changea alors son histoire et dit : « Ma douce dame, je vous demande, pour l'amour de Dieu, que vous pardonniez les folles paroles que je vous ai dites auparavant, parce

---

1. quinze cents (b). **2.** « trúðr » désigne normalement un jongleur en norrois ; cf. l'analyse de ce terme par C. B. Hieatt, trad., pp. 185-186.

que – je peux m'en trouver bien – j'ai fait cela uniquement pour éprouver votre amour fidèle. »

Lorsque la reine entendit ces mots, elle rit et dit : « Milon, si tu n'as fait cela que pour me tester par amusement, je te pardonnerai avec joie. » Quand le maudit traître entendit les paroles de la reine, la méchanceté en son cœur l'inspira et il dit : « À présent, ma dame, vous m'avez pardonné ces folles paroles ; c'est pourquoi je vous demande de m'accorder votre bienveillance, et de boire avec moi dans cette coupe – je saurai alors que vous n'allez pas me dénoncer devant le roi – comme il est courtois et comme il importe de le faire. » La reine répond : « Sache bien, Milon, que je ne suis capable d'aucune traîtrise ; c'est pourquoi je boirai volontiers avec toi dans cette coupe, à condition que tu t'abstiennes de me dire de telles folies de nouveau. » Milon dit : « Buvez maintenant, ma dame, la moitié à ma santé, et je boirai ensuite à notre entente. »

La reine lui demanda de boire en premier. Milon prit alors la coupe, la leva jusqu'à ses lèvres et fit semblant de boire, mais rien de ce qu'il y avait dedans ne passa entre ses dents. Il tendit la coupe à la reine et lui demanda de boire, disant qu'il en avait à présent avalé la moitié. La reine prit la coupe à deux mains, ne pensant pas à mal, la plaça contre ses lèvres et but.

Lorsqu'elle eut bu, elle tomba dans un coma profond et lourd : elle avait perdu conscience et ne pouvait bouger aucun membre. Milon prit alors la reine et la déshabilla complètement : elle était aussi nue que le jour où sa mère la mit au monde. Après quoi, il la prit dans ses bras et la transporta dans la chambre où se trouvait le lit du roi. Ce lit était recouvert d'une riche literie, telle qu'il seyait au beau corps d'Olive, et le traître voulut alors la déshonorer. Mais, grâce à la protection de Dieu, il n'en obtint pas plus qu'auparavant, et de tout cela ce maudit enchanteur ne retira que honte et peine.

Il sortit alors de la demeure et arriva au marché, où il rencontra un pauvre homme qui n'avait pas belle apparence car il était noir comme du charbon sur tout son corps. Milon lui dit : « Pauvre garçon, viens avec moi et je te donnerai une riche récompense : de l'or rouge aussi beau que le meilleur qui soit rangé dans le trésor du roi, et avec cela la plus belle dame qui vit jamais le jour sera ta bien-aimée. » L'homme à la face noire, dans laquelle rien n'était blanc hormis les dents et les yeux, répond alors : « Si quelque fils de preux me voit en possession de beaucoup d'or, il aura vite fait de me jeter sous terre ; voici maintenant plus de sept jours que je n'ai pris ni nourriture ni boisson, et je préférerais pour le moment me rassasier de nourritures et de boissons plutôt que d'une quantité d'or ou d'une femme. »

Milon emmène à présent cet homme noir à son château, et lui donne la meilleure nourriture qu'il puisse trouver. Puis Milon reprit la coupe dans laquelle la reine avait bu, contenant le même breuvage, et il alla trouver l'homme noir et lui parla en ces termes : « Porte-toi bien, pauvre garçon ; j'ai bu la moitié de cette coupe à ta santé. » L'homme noir répond : « Dieu vous remercie, seigneur, de bien vouloir boire à ma santé, à moi, un pauvre garçon. »

Milon place alors la coupe devant sa bouche et fait comme s'il buvait le premier, puis passe la coupe à l'homme noir, lequel prend la coupe de ses mains noires, la place contre sa bouche et boit tout ; en effet, il avait grand-soif et but à satiété. Quand la coupe eut quitté ses lèvres, il tomba subitement dans le coma, de sorte qu'il perdit toute conscience et ne put plus marcher ni se lever.

Milon ne laisse pas sa méchanceté et ses outrages en repos : il prend l'homme noir et lui enlève ses habits – il était aussi nu que le jour où sa mère le mit au monde. Il prend ensuite ce misérable, le transporte dans la pièce où dormait la reine, et le met dans le lit auprès de la reine. Il prend ses mains noires et les place autour du cou blanc de la dame, et prend celles de la reine qu'il place autour du cou de l'homme noir.

Nous les laissons à présent couchés tous deux ensemble comme morts, et nous allons nous intéresser au roi Hugon.

Chapitre V — Retour du roi

Le roi revient à présent chez lui, et il regagne sa demeure et ses appartements en grande pompe. Il fait mener devant les portes de son palais les animaux de toutes sortes qu'il a pris. Or il y avait une loi dans ce pays, que voulaient encore respecter les hommes puissants ainsi que certains parmi les pauvres ; elle stipulait que si un chevalier rentrait chez lui avec du gibier qu'il avait chassé, sa dame devait venir le trouver et prendre ses flèches et son arc, et s'il revenait de guerre, elle devait aller prendre sa lance et son bouclier.

Dame Olive manquait au roi, car elle avait l'habitude de toujours venir à sa rencontre quand il rentrait. Le roi Hugon dit alors : « Où est Olive, ma douce dame ? Pourquoi ne vient-elle pas dans la grande salle avec les autres pour nous accueillir à notre retour ? » Milon répondit : « Allez vous laver les mains, seigneur, puis mettez-vous à table ; il sera temps d'aller retrouver la reine quand vous vous serez restauré. »

Le roi se lava tout de suite les mains et se mit à table avec ses hommes. Dès le premier plat dont le roi goûta, il oublia tout l'amour qu'il avait pour la reine, et la plupart des hommes qui étaient assis dans la salle oublièrent leur affection pour elle. Lorsque le roi fut rassasié, il dit pour être entendu de tous : « Où est Olive ma reine ? Pourquoi ne vient-elle pas nous trouver ? Est-elle prise de vin, ou a-t-elle la migraine, ou joue-t-elle avec mon fils Landri, de sorte qu'elle ne peut quitter sa chambre ? »

Milon dit : « Elle n'est pas prise de vin, elle n'a pas la migraine et elle ne joue pas avec votre fils Landri, ce qui pourrait l'empêcher de venir vous retrouver. Jésus-Christ fils de Marie sait qu'elle a un soupirant autre que vous ; et si vous ne me croyez pas, allez y voir vous-même.

— Milon, dit le roi, puis-je croire l'histoire que tu me racontes ? Dieu m'est témoin que si tu mens sur ce sujet, je te ferai pendre au plus haut des arbres. »

Aussitôt le roi repousse si violemment la table devant lui que toutes les coupes et les plats d'argent volent par terre. Il saisit son épée tranchante et se rend directement en compagnie de l'exécrable Milon dans la pièce où dormait la reine. Quand ils arrivent devant le lit, Milon soulève la soie qui couvrait le visage de la reine, et dit : « Regardez bien, seigneur, comme ils sont couchés ici et comme ils dorment. » Voyant cela, le roi dit : « C'est là un étrange appariement, cet affreux homme noir et cette belle dame couchés ici ensemble. Je ne crois pas que cet homme noir soit venu dans son lit depuis longtemps. »

Milon répond : « Seigneur, il est souvent venu dans son lit, mais je n'ai pas osé vous le dire avant que vous puissiez le constater par vous-même, parce que je pensais que vous ne me croiriez pas si vous ne le voyiez pas. » Le roi dit : « Pourquoi dorment-ils si profondément qu'ils ne peuvent pas s'éveiller ?

— Seigneur, dit Milon, ils se sont levés de bonne heure et sont sortis se divertir ; ils prirent ensuite une gorgée de vin, allèrent se coucher et se donnèrent du plaisir, car ils ne pensaient pas que vous reviendriez si vite.

— Olive, dit le roi, je t'ai aimée passionnément, mais tu m'as bien mal récompensé ; pourtant, je ne te ferai pas exécuter aujourd'hui. Milon, ajouta-t-il, prends ces bras blancs et éloigne-les de ce cou noir, car je vais couper cette tête noire dans l'instant. »

Milon le fit, et le roi leva son épée tranchante et coupa la tête de l'homme noir. Lorsque le sang jaillit du cou, le roi vit dans chaque goutte de sang une bougie ardente s'enflammer. Il dit alors : « Dieu m'est témoin, Milon, que tu m'as poussé à tort à faire de cet homme un saint.

— Non, dit Milon, Dieu m'est témoin qu'il n'est pas un saint homme ; c'est plutôt elle qui est une si grande sorcière qu'[elle aurait le pouvoir de faire][1] flotter les pierres sur l'eau et couler

---

1. Cette branche, absente de A, a été éditée par Unger à partir de B. Les variantes que présente b sont d'un faible intérêt, mais quelques-unes méritent d'être intégrées dans la traduction : nous les plaçons entre crochets droits.

les plumes au fond. Puisque votre épée est dégainée, seigneur, coupez-lui la tête comme à l'autre.

— Cela ne se fera pas », dit le roi.

Chapitre VI — La reine se défend

À ces mots du traître, dame Olive s'éveille, et voit un triple spectacle, le pire qui se puisse : premièrement elle voit sa literie toute rougie de sang, deuxièmement elle voit dans son lit l'homme noir étendu mort et décapité de façon inconvenante, troisièmement elle voit son seigneur et époux se tenant devant elle l'épée dégainée et prêt à la frapper – mais qui pourrait le lui reprocher ? Vous allez à présent entendre les premières paroles que prononça la reine à son réveil : « Jésus-Christ, accorde-nous ta bénédiction et ton aide ! Que fait cet homme noir ici dans mon lit ?

— Dieu m'est témoin, sale putain, dit Milon, que c'est ton soupirant et que tu trompes mon seigneur le roi depuis longtemps. »

La reine répond : « Dieu, le seigneur du ciel, à qui n'échappe aucun mensonge, m'est témoin que tu profères contre moi un grand mensonge. Il existe dans ce pays des lois établies stipulant que les femmes doivent se soumettre à une épreuve afin de se défendre si elles sont calomniées. Seigneur roi, ajouta-t-elle, je me défendrai en démontrant que Milon m'a calomniée : faites allumer un grand feu et chauffez-y du cuivre à un degré aussi élevé que possible. Je serai aussi nue que le jour où ma mère m'a mise au monde. Laissez-moi m'asseoir dans ce feu en m'y enfonçant au point qu'il atteigne mon menton, et sans en sortir avant que tout le métal soit froid autour de moi. Si je sors de ce feu sans avoir été brûlée et que mon corps soit indemne, alors vous pourrez voir, seigneur, qu'on m'a calomniée et que je suis une épouse fidèle. »

Le roi avait généralement coutume d'accepter ce que la reine lui demandait, mais cette fois il ne voulait absolument pas accéder à sa volonté en raison du méchant Milon. Quand la reine vit qu'elle avait échoué, elle dit : « Mon seigneur, je vous ai proposé une épreuve me permettant de me défendre et vous ne voulez pas l'accepter ; je vais à présent vous offrir une autre épreuve. Les tours de votre palais sont très hautes, faites apporter ici une grande catapulte, et là-bas dans la plaine faites installer des épées et des lances en rangs serrés et pointes en l'air ; puis faites-moi jeter du haut de cette tour en bas dans le terrain sur les épées et les lances. Si je peux atterrir sur l'herbe sans que ces armes me blessent, et que je me relève saine et sauve, alors vous pourrez constater, mon seigneur, que je suis une épouse fidèle et que l'on m'a calomniée. »

Il en ressortit à nouveau que le roi ne voulut absolument pas en raison du méchant Milon qui l'en dissuada. Quand la reine vit cela, elle ne voulut absolument pas renoncer. Elle dit : « Seigneur roi, je vous ai proposé à présent deux épreuves me permettant de me défendre, et vous ne voulez accepter ni l'une ni l'autre ; maintenant je vous en propose une troisième, telle qu'il ne fut proposé à aucune dame courtoise de l'accomplir : prenez un bon bateau et trouvez des hommes d'équipage, jetez-moi dans le bateau et faites-les ramer loin en mer avec moi dedans, jusqu'à ce que l'on ne puisse plus voir la terre nulle part, puis qu'on me jette dans cette eau salée, et qu'ils regagnent la terre à la rame, sur le bateau, en me laissant en arrière ; et si je peux revenir de la mer à la terre, saine et sauve, sans l'aide de quelque bateau, vous pourrez alors voir par la grâce de Dieu que je vous ai fidèlement aimé et que Milon m'a calomniée comme un traître répugnant. »

Le roi ne voulait absolument pas entendre dire qu'elle était fidèle. Le méchant Milon dit alors : « Ne prêtez pas attention, seigneur, à ses tentatives pour se défendre par une épreuve. Je tiens à vous dire que c'est la plus grande des sorcières, à tel point qu'elle peut voler en l'air sans plumes et même aller aussi vite qu'elle veut sans s'arrêter. »

Bondit alors un chevalier qui s'appelait Ingelbert[1] de Dynhart. Il était le premier des gardes de la reine. Il frappe alors si fort Milon à l'œil, l'infecte canaille, qu'il tombe au milieu du feu – et ce fut bien pire qu'il en ressorte – et il dit : « Répugnante canaille, tu mens à propos de ma dame comme un exécrable personnage. Elle n'est pas une sorcière comme tu le prétends, et pour le prouver, je me propose de me soumettre à une épreuve au nom de ma dame, ici, dans l'instant. Milon, dit Ingelbert, va te préparer immédiatement du mieux que tu peux, avec du fer, de l'acier et la meilleure armure. Monte sur ton meilleur cheval afin de pouvoir chevaucher hardiment. Je vais venir t'attaquer monté sur une mule, sans la moindre armure, et je ne veux ni chausses ni chaussures, bien que ces équipements soient adaptés à un chevalier ; et je ne veux rien porter sur moi si ce n'est une chemise et une culotte, et sur ma tête rien d'autre que mes cheveux libres. Je n'aurai à la main qu'un bâton de bois. Si nous nous rencontrons et que je t'abatte de ton cheval sous les yeux de mon seigneur et de ses chevaliers, chacun saura alors que ma dame est innocentée de ces calomnies. »

Quand le roi entendit ces paroles, il dit : « Je veux assister à cette rencontre. Vous allez vous mesurer l'un à l'autre. »

Chapitre VII — Échec de l'ordalie. Hugon s'adresse à Pépin

Les deux chevaliers vont alors se préparer pour le duel selon ce qui a été convenu. Lorsqu'ils se rendent sur le pré au pied du château, le roi Hugon et ses chevaliers viennent les retrouver, tandis que d'autres gens vont dans la tour et sur les créneaux afin de voir ce duel. Milon pense qu'il va rapidement

---

[1]. Engilbert ici, mais Ingelbert est plus fréquent ailleurs.

mener à bien ce qu'il souhaite ; il pique des éperons son cheval et chevauche en toute hâte. Mais messire Ingelbert [chevauche] en face avec fermeté, ayant confiance en Dieu. Et il arriva en ce cas comme dans tous que celui qui a une foi inébranlable en Dieu et dans le droit obtient toujours la victoire. En effet, dès le premier assaut qui mit aux prises ces chevaliers, par la grâce de Dieu, Milon fut abattu de son cheval et chuta à terre, disgracié et déshonoré devant tout un chacun.

Quand il se releva, il alla devant le roi et lui dit : « Seigneur, vous pouvez à présent constater ce que je vous ai dit en mesurant l'étendue de ses pouvoirs de sorcière, puisque je n'ai pas pu dégainer mon épée une seule fois pour frapper cette canaille, et que je suis tombé au sol, alors que j'ai souvent fait mes preuves au milieu de braves chevaliers et obtenu la victoire, comme vous l'avez souvent vu et entendu dire. » C'est ainsi que cette vile canaille réussit à embobiner le roi par ses mensonges, comme il l'a fait précédemment, l'amenant à exiler ce bon chevalier Ingelbert et à lui interdire de se représenter devant lui.

Le roi convoqua à présent les meilleurs de ses hommes qui se trouvaient là, et il leur ordonna de décider de quelle manière la reine devait être exécutée, car le roi voulut tenir pour vrai tout ce que le maudit Milon avait dit. Étant donné qu'ils craignaient le roi, aucun n'osa décider ou dire autre chose que ce qu'il voulait ; certains demandèrent qu'on la brûle dans un feu, d'autres qu'on la décapite, d'autres encore qu'on la fasse écarteler vivante. Chacun y alla de sa proposition, mais peu en avancèrent de bonnes.

Le méchant Milon se leva alors – que Dieu le honnisse et l'accable de honte ! – et dit : « Elle ne connaîtra aucun des châtiments que vous venez de suggérer ; je vous propose plutôt, seigneur, que vous fassiez construire une solide maisonnette en pierre et mortier, assez vaste, grande et haute pour qu'elle puisse s'asseoir et se lever. Ensuite placez-la à l'intérieur, et nous dissuaderons ainsi d'autres femmes de trahir leur mari. »

Un chevalier du roi se leva alors. Il s'appelait Arneis. Il était sage et preux en toutes choses. Il dit au roi : « Je suis tenu, seigneur, de vous donner de bons conseils, du fait que je suis votre chevalier. Ne tuez pas la reine aujourd'hui conformément à l'avis qui vient d'être formulé. Songez bien au fait qu'elle est issue d'une grande famille : le roi Pépin, qui est éminent et puissant, est son père, la reine Berthe est sa mère, Charlemagne[1] est son frère, et maint autre homme de valeur est lié à elle par des mariages ou des amitiés. Je vous conseille à présent, seigneur, dit encore Arneis, de les envoyer chercher en leur demandant de venir chez vous par amitié et courtoisie, et choisissez de bons messagers pour accomplir cette mission ; et s'ils viennent tous ensemble à votre palais, faites exécuter le conseil qu'ils vous auront donné. Mais si vous tuez la reine, vous allez encourir l'inimitié de tous ses parents. »

Le roi écouta les paroles du chevalier. Il accepta le conseil que cet homme fidèle lui donnait, et fit aussitôt rédiger une lettre pour le roi Pépin et tous les autres qui avaient été nommés : il leur demandait en des termes courtois de venir chez lui, disant qu'il avait grandement besoin de leur venue, mais il ne voulait pas leur expliquer de quoi il s'agissait avant qu'ils viennent eux-mêmes. Il envoya ces paroles par ses messagers, lesquels accomplirent toute sa volonté durant ce voyage.

Chapitre VIII — Olive est répudiée

Le duc Hugon fait maintenant préparer la grande réception offerte à toute cette assemblée constituée d'hommes de haut rang. Et quand le temps de leur venue fut arrivé, le roi chevaucha à leur rencontre avec tous ses hommes, et il conduisit avec les honneurs le roi Pépin et toute sa troupe à son palais. Lorsqu'ils y furent parvenus, la salle était équipée comme il convenait, les tables étaient mises et toute la nourriture était à

---

1. Magnús.

disposition. Là-dessus, les rois se lavèrent les mains et se mirent à table. La salle était aussi remplie qu'il se peut d'hommes très puissants. On apporta des boissons de toutes sortes dans de grandes coupes d'or, et des plats précieux furent apportés par des serviteurs stylés. Le piment, le claret[1] et les meilleurs vins ne manquaient pas, et par le premier plat dont ils mangèrent, le maudit Milon fit en sorte que tous oublient l'amitié qu'ils portaient à la reine Olive.

Lorsque les rois furent rassasiés, ainsi que tous ceux qui se trouvaient dans la salle, le roi Pépin dit : « Où est notre fille Olive ? Pourquoi ne vient-elle pas dans la salle se montrer et faire plaisir à tous ces gens qui sont venus ici ? » Quand le méchant Milon entendit ces paroles, il sortit par la porte et resta dehors un moment.

Or, alors que le roi Pépin espérait que dame Olive viendrait dignement accompagnée des jeunes femmes de sa suite, elle vint dans la salle seule. À présent, écoutez ce que je vous dis : elle vint absolument seule, comme si elle avait jailli d'un rocher. Elle était vêtue d'une fine tunique en poil de chameau, de sorte que l'on pouvait remarquer qu'elle avait le physique d'une femme de classe. Elle était nu-pieds sur la pierre dont le sol était dallé. Ses cheveux enveloppaient sa tête que ne couvrait ni coiffe ni bonnet. Dame Olive se tint debout sur le sol de la pièce, comme si on l'avait amenée là pour jouer la folle et faire rire tout le monde.

Milon l'enchanteur réveille sa méchanceté et se rend à l'endroit où il sait que le corps de l'homme noir gît. Il le soulève et le porte dans la salle à l'endroit où la dame se tient, et il le jette à ses pieds avec une telle violence que toutes les veines éclatent dans des jets de sang. Milon, le déloyal personnage, dit alors – que Dieu le honnisse ! – : « Dieu m'est témoin, sale putain, que celui-ci était ton soupirant, et que tu as longuement caché ce vilain dessein à mon seigneur le roi. »

Quand ces paroles furent entendues dans la salle, tous se

---

[1]. Piment et claret sont des vins mélangés d'aromates et de miel.

turent, pensant que c'était la vérité. Le roi Hugon dit alors : « Dans cette salle sont rassemblés beaucoup d'hommes de bien, qui sont venus ici à ma demande. Je vous affirme en toute vérité que j'ai trouvé cet homme noir couché au lit près d'Olive, votre fille, roi Pépin ; et j'aimerais avoir votre conseil, ainsi que celui de tous les autres hommes de bien, afin de déterminer quelle condamnation elle doit encourir. »

Le mieux pourvu, dit la Bible, est celui qui connaît pour lui-même une heureuse situation sans être victime des mensonges d'hommes méchants ; cependant, il est heureux, celui qui a à défendre une juste cause, et Dieu est avec lui, car quoi qu'un homme ait fait de mal ou de bien, cela finit toujours par ressortir, même s'il doit souffrir momentanément.

À présent les parents qu'Olive a sous les yeux la haïssent tous, et celui qui fut son père précédemment ne veut plus maintenant être apparenté à elle, et tous ses proches parents ne veulent plus maintenant reconnaître aucun lien de parenté avec elle. Elle était tellement devenue un objet de mépris pour tous que personne ne voulait lui procurer la moindre consolation. Cette fidèle épouse, dame Olive, voit bien maintenant que tous ses parents et amis la haïssent, et elle ne sait que faire. Elle pénètre pourtant plus avant dans la salle et se place aux pieds de son père, le roi Pépin. Quand il vit cela, il en fut si courroucé qu'il la repoussa du pied si violemment sur le sol qu'elle eut deux côtes cassées au côté.

Son fils Landri se trouvait aussi dans la pièce et jouait sur le sol. Milon vit ce que le roi Pépin faisait – il repoussa rudement Olive loin de lui sur le sol ; il ne voulut plus alors retenir sa méchanceté, il se rendit auprès du garçon et le frappa au front avec un bâton de telle sorte que le front se fendit, et tant qu'il vécut cette balafre fut toujours visible.

Le roi Hugon demanda alors à nouveau que tous se prononcent sur la mort qu'elle devait recevoir. Mais tous se turent, n'ayant rien à proposer.

Chapitre IX — Olive est emmurée vivante

Charles[1], son frère, le futur empereur Charlemagne[2], prit alors la parole, c'était le plus sage d'entre tous : « Je te conseille, roi Hugon, de la faire amener dans la maison de pierre que Milon et toi avez donné l'ordre de construire à douze milles de la ville. On ne lui donnera aucune nourriture hormis du pain noir et une coupe d'eau, et que l'un et l'autre soient de la plus mauvaise qualité. Puis laissez-la seule à cet endroit sept ans entiers ou plus, si Dieu veut qu'elle vive. Et quand ce temps sera écoulé, si elle est en vie et en bonne santé, Dieu et les hommes de bien sauront que je pense que vous l'avez calomniée. »

Le méchant Milon dit alors : « Nous souhaitons appliquer ces conseils, mais pourtant il manque encore quelque chose : il faut rassembler dans cette maison toutes sortes de serpents, crapauds et autres bêtes venimeuses, et ils seront tous à l'intérieur près d'elle, tout ce que l'on peut trouver dans les bois, les forêts et les tas de pierres. »

Tous acceptèrent qu'il en soit ainsi, puis on alla assister à la construction de la maison avec de solides pierres et du mortier. Quand l'ouvrage fut achevé et que la reine allait y être conduite, elle dit au roi : « Seigneur, vous avez l'intention de me mener à cette maison que vous avez fait construire, et de m'y installer ; je vous demande de m'accorder la permission d'embrasser mon fils Landri. » Le roi y consentit, puis elle embrassa son fils et dit : « Honte à moi, fils chéri, d'être obligée de me séparer de toi ; c'est pour moi la plus cruelle des souffrances. Mais s'il arrive que par la volonté de Dieu je te revoie un jour, je te reconnaîtrai assurément du fait que ton front a reçu un coup le jour où je suis chassée. »

Le méchant Milon dit au roi : « Ne laissez pas cette femme s'attarder et parler avec son fils Landri. » La reine dit : « À pré-

---

1. Karl. 2. Karlamagnús.

sent, tous mes parents et mes amis m'ont abandonnée ; où puis-je me réfugier si ce n'est auprès de vous, seigneur Jésus-Christ, qui n'abandonnez aucun de ceux qui vous aiment. Vous connaissez les accusations qui ont été portées contre moi : jugez vous-même, mon Seigneur, toute ma cause, et faites éclater la vérité dans mon intérêt en votre saint nom, de sorte que ni moi ni ma progéniture nous ne soyons plus foulées au pied par Milon, ce maudit traître. Faites éclater ici votre sentence souveraine de sorte que votre cher nom soit d'autant plus célébré qu'elle sera connue et garantie dans toute la chrétienté. »

Quand elle eut dit ces mots, elle fut menée à la maison et placée à l'intérieur ; on lui porta un pain fait de la pire farine, et une coupe remplie de mauvaise eau. Puis la maison fut refermée de la façon la plus hermétique, elle n'avait aucune porte.

Laissons-la à présent, telle une morte, tant que Dieu le permet, et tournons-nous vers la conversation du roi Hugon et du maudit Milon.

Chapitre X — Hugon épouse la fille de Milon

Peu de temps après, le roi Hugon fait venir chez lui tous les hommes importants de son royaume, et lorsqu'ils sont arrivés, le roi leur parle d'affaires touchant le droit et le gouvernement. Mais Milon manigance encore, poussé par sa méchanceté. Il convoque un jour dans ses appartements tous les conseillers du roi qui étaient venus là, et leur parle en ces termes : « Bons seigneurs, vous n'êtes pas sans savoir que mon seigneur le roi est sans femme à présent ; mon idée est que nous lui disions de se trouver une reine au plus tôt, sans quoi nous le quitterons. »

Ils approuvèrent cette idée et demandèrent au méchant traître d'en parler en leur nom ; et un jour que le roi les avait convoqués à un conseil, Milon se leva et dit au roi : « Seigneur, dit-il, ces hommes de bien qui sont assis ici m'ont chargé d'un message disant qu'ils sont décidés à vous quitter si vous ne vous trouvez pas une reine au plus vite, car le pays serait sans héritier s'il vous arrivait malheur. » Le roi Hugon répondit : « J'accomplirais assurément ce vœu si j'étais sûr de la mort d'Olive. »

Le traître jura qu'elle était morte depuis longtemps, « et je veux que vous sachiez que j'ai une fille. Elle a reçu une excellente éducation, et c'est la plus belle jeune fille qui fut jamais faite de chair et de sang. Elle se nomme Aglavia[1] – Dieu la honnisse ! dit la Bible –, j'ai sous mon pouvoir la terre de quinze[2] chevaliers, et tant d'or et d'argent que je n'en sais pas le compte moi-même. Je veux offrir, mon seigneur, tout cela en dot à ma fille. » Le méchant Milon argumenta si bien auprès du roi que celui-ci écouta et accepta ce funeste projet : il se fiance avec elle et l'amène chez lui sans discernement. Tous ceux qui lui adressaient la parole repartaient avec une fâcheuse impression, et quand elle vint à la cour, tous la maudirent.

Milon fit alors préparer ce mariage, le pire en son genre dont on ait parlé, car tous ceux qui y vinrent furent grandement déshonorés. Quand au soir le roi et la reine allèrent se coucher ensemble, furent respectés non pas les commandements de Dieu, mais plutôt les avis du méchant Milon. Tous les gens présents trouvèrent qu'ils s'attardaient trop longtemps à ce mariage, et chacun fut heureux de regagner son domaine.

Chapitre XI — Landri est chassé par son père

Le roi et la reine ne vécurent pas longtemps ensemble avant d'obtenir un enfant, mais personne à la cour du roi ne célébra l'événement ni ne s'en félicita. Cet enfant fut porté à l'église,

---

1. On trouve dans *Doon de la Roche* : Audegour, et dans *Enrrique, fi de Oliva* : Aldigon.   **2.** de centaines de chevaliers (b).

baptisé et dénommé Malalandri[1]. Il parut honteux à tous que ce lâche grandisse et se forme rapidement, et à l'âge d'un an, il était extraordinairement rusé : il rampait à reculons en longeant les murs et mordait les gens aux pieds et aux jambes. Plus il avançait en âge, plus il empirait. Il refusait régulièrement de se battre contre les enfants des hommes puissants, mais s'il pouvait y arriver, il cherchait toujours à se comporter mal à l'égard des enfants des pauvres gens. Il était toujours en mesure de griffer et de mordre, et il voulait avoir tout ce qu'il voyait, tant ce lâche était vilainement insupportable en toutes choses.

Les fils du roi, Landri et Malalandri, grandirent à sa cour, et un certain temps s'écoula ainsi. Il arriva un jour, comme il peut bien arriver souvent, que le roi Hugon était assis dans son palais avec ses chevaliers, et l'enchanteur Milon allait et venait afin de divertir les gens, et on lui demanda lequel des deux fils du roi était le plus avancé en bravoure et en âge. Milon dit que Landri était le plus avancé en âge, mais Malalandri, son petit-fils, le plus avancé en bravoure. Milon entend que Landri est plus vanté en toutes choses que son petit-fils, et cela lui déplaît beaucoup.

Un jour, il va trouver le roi et dit : « Pendant combien de temps voulez-vous que le fils de cet homme noir grandisse à votre cour ? car, que Dieu m'assiste, il n'a jamais été de votre engeance, et je vous conseille de ce fait de l'éloigner de vous, car vous pouvez être heureux avec votre fils Malalandri tant qu'il vit. » Le maudit enchanteur parvient à si bien argumenter devant le roi que celui-ci demande à son fils Landri de quitter sa vue et de ne jamais revenir. Lorsqu'il entend ces paroles de son père, il en est très affecté et quitte le palais, se demandant où il va aller.

---

1. Malalandres – on trouve dans *Doon de la Roche* : Malingre, et dans *Enrrique, fi de Oliva* : Malidre. Le nom Malalandres apparaît nettement comme l'antithèse de Landres, son équivalent en négatif – voir dans les chansons de geste françaises tous les noms propres connotés négativement commençant par Mal-, par exemple une dizaine de noms sarrasins dans le *Roland*.

Il se souvient alors de sa nourrice qui l'a élevé autrefois. C'était une vieille femme intelligente et pleine de ressources. Elle s'appelait Siliven[1] et possédait une demeure et un grand domaine ; sa demeure était toute proche du palais du roi. Il tourne ses pas vers cet endroit et en arrivant devant sa nourrice, la salue en ces termes : « Dieu vous protège, Siliven ma nourrice ; je veux que vous sachiez que mon père le roi m'a chassé de chez lui, et m'a interdit de jamais reparaître à sa vue. » Entendant ces mots, elle dit : « Tu es le bienvenu, Landri, mon fils adoptif. Je t'apporterai tout le bien que je puis, et je serai très heureuse que tu parviennes à ta pleine maturité et qu'il t'advienne beaucoup de bonnes choses. »

Landri demeura là sept années entières, et Siliven fit tout ce qui pouvait le mieux le satisfaire. Un matin Landri se leva de bonne heure, et eut l'idée d'aller se divertir en pratiquant l'art de la chevalerie, car il le connaissait parfaitement ; et quand il fut sorti, Siliven sa nourrice le rencontra. Elle le salua poliment et dit : « Cher Landri mon fils, tu es un jeune homme séduisant et intelligent, le plus beau qu'il ait jamais été donné à des yeux humains de voir ; j'aimerais beaucoup apprendre du bien sur ton compte, et savoir quelle sorte d'homme tu vas être. Je vais te dire une nouvelle : demain, se tiendra un jeu au pied du château de ton père ; maints jeunes hommes doivent s'y réunir. Ils ont une balle pour jouer, et celui qui peut lancer trois fois la balle d'affilée sans que personne s'en empare entre-temps, emporte le prix et reçoit les honneurs de tous. Tu vas y aller, Landri, et montrer quel est ton courage et ta vaillance. »

Lorsque Landri entendit cela, il dit : « Que Dieu m'assiste, nourrice. Je me rendrai demain à ce jeu et me distinguerai. »

---

1. En français : Sylvaine ?

Chapitre XII — Landri apprend à rendre coup pour coup

La journée passe et la nuit arrive, et Landri se couche pour dormir. Lorsqu'il fait jour, il se lève, s'habille et se prépare pour le jeu. Lorsqu'il est prêt, il va trouver sa nourrice et lui souhaite le bonjour, puis ajoute : « Ma chère nourrice, je vais aller à ce jeu dont vous m'avez parlé hier. Je reviendrai dès que je pourrai. »

Elle s'éloigna de lui un moment et revint aussitôt, et elle lui demanda de l'attendre. Il se tourna vers elle, et elle lui dit : « Je compte réussir à te faire emporter un message de ma part à ce jeu. » Elle leva la main droite et lui assena en pleine figure une gifle si violente qu'il crut que ses deux yeux jaillissaient de sa tête, tant le coup était puissant. Elle dit : « Je t'ai donné ce coup, Landri, pour que tu te souviennes que je te demande, au nom de Dieu et de sainte dame Marie, de ne jamais plus recevoir de coup de personne, homme ou femme, hormis ton père et ta mère. Si quelqu'un d'autre ose agir ainsi, alors rends-lui la pareille violemment, et fais cela en mémoire de moi. »

Landri part à présent de chez sa nourrice, et ne s'arrête pas avant d'arriver aux prés qui s'étendent au pied du château de son père. Il voit là devant lui des jeunes gens jouer avec un gros ballon. Landri descend de son cheval et l'attache à un arbre, puis entre dans le jeu. Il se fraie un chemin au milieu des garçons, et parvient à l'endroit où la mêlée est la plus compacte autour du ballon. Il ne s'arrête pas avant de s'être emparé du ballon et de l'avoir emporté loin d'eux. Lorsque c'est fait, il le relance au milieu de la mêlée, se précipite lui-même dessus et parvient à l'obtenir une nouvelle fois. Landri dit alors : « Si j'avais emporté le ballon la première fois que je m'en suis emparé, vous auriez pu dire que j'avais injustement gagné la partie, étant donné que je ne suis pas connu de la majorité d'entre vous. Mais maintenant j'ai gagné la manche une seconde fois ; c'est pourquoi je vais le relancer au milieu de vous tous, et si je parviens à m'en emparer et à l'emporter une troisième fois, vous saurez tous alors que j'ai gagné la partie en toute justice et sans tricher. »

Landri lance le ballon au milieu de la mêlée pour la troisième manche, et un instant après il peut s'en emparer et l'emporter loin d'eux, et il en est très heureux. Mais tandis que Landri s'est dégagé de la mêlée, Malalandri son frère le rencontre, et il lui déplaît que l'autre ait pu s'emparer du ballon. Il lève la main droite et assène à Landri, son frère, un coup si bien donné qu'il lui semble entendre chanter dans ses oreilles. Landri se souvient alors de ce que sa nourrice lui a dit et lui a fait avant qu'il parte de la maison. Il lève la main droite et frappe Malalandri si violemment que tous les os de sa face se brisent. Ce coup était si rude que la plus grande partie des dents qu'il avait dans la bouche tombèrent par terre.

Landri dit alors : « Dieu m'est témoin, frère, que le coup que je t'ai donné vaut trois fois celui que tu m'as donné. »

Chapitre XIII — Landri se retire dans la forêt

Le roi et ses chevaliers étaient debout dans le château et regardaient la partie en bas, pensant savourer là le plus beau des divertissements. Se trouvait là également près du roi le maudit Milon. Il vit l'affrontement des frères et dit au roi : « Seigneur, voyez-vous que le fils de votre concubine a frappé le fils de votre épouse légitime ? Faites venir les deux garçons devant vous, puis faites arrêter ce méchant qui a frappé votre fils, et faites-le emprisonner dans un cachot. »

Le roi fait venir Landri avec les autres garçons. Quand il fut entré, le roi dit à ces garçons qui étaient à son service : « Dépêchez-vous, emparez-vous de ce vaurien, attachez-le et jetez-le dans un cachot. » Certains disent qu'il faut l'arrêter, mais d'autres critiquent le fait qu'il soit puni. Landri, qui était intelligent et beau, dit alors : « Dieu, le fils de Marie, m'est témoin, père, que si vous continuez à dire que je dois aller dans un cachot, je vais d'abord vous saisir si violemment par la barbe qu'elle va rester dans ma main et que la peau va suivre. » Là-dessus Landri passe la porte de telle façon que personne n'ose mettre la main sur lui. Son père lui signifie alors pour la seconde fois qu'il ne doit plus reparaître à sa vue.

Landri quitta alors ces lieux et retourna chez sa nourrice. Il la salua bien et lui dit : « Je n'ose pas rester ici plus longtemps, car mon père est en colère contre moi, et je ne veux pas que tu sois amenée à souffrir à cause de moi s'il apprend que je demeure ici. » Le jeune homme prend alors son arc et ses flèches à la main, puis embrasse sa nourrice. Elle était très peinée de son malheur, et lui souhaita bon voyage, pleurant sans arrêt et priant le Seigneur pour qu'il le guide là où il trouverait le meilleur accueil.

Le jeune homme s'en alla alors dans la forêt et parcourut cette forêt en tous sens sans trouver aucun homme ni aucun lieu de séjour, et la nuit il se couchait dans les mêmes habits qu'il avait portés dans la journée. Ce garçon possédait une technique dont je veux dire un mot : il savait parfaitement tirer les oiseaux pour se nourrir. Mais lorsqu'il voulait manger cette nourriture, il n'avait pas de feu pour rôtir la viande à sa disposition. Et bien qu'il fût tenaillé par la faim, il ne voulait pas manger cru, car il n'y était pas habitué. Il se dit alors à lui-même : « Que vais-je faire à présent ? Je préférerais me rassasier de nourriture et de boisson plutôt qu'avoir tout l'or qui se trouve dans la demeure de mon père. Écoutez-moi donc, mon Seigneur tout-puissant, sauvez-moi de ces difficultés et ne me laissez pas souffrir plus longtemps ; au contraire, guidez-moi vers un endroit où je serai libéré de cette faim. »

Le jeune homme progresse dans la forêt. Il parvient alors en haut du bois, et peut voir au loin devant lui car une plaine s'étend en dessous. Parvenu sous un arbre élevé, il lève sa main droite devant ses yeux car il avait le soleil en plein visage. Il voit devant lui dans la plaine un endroit où quatre nains étaient assis et mangeaient. Devant ce spectacle, il se réjouit grandement car il espère une amélioration de sa situation. Il avance alors à pas de loup d'arbre en arbre, et s'arrête non loin d'eux.

Il entend un nain dire à son compagnon : « Mange bien, car de cette serviette je peux tirer la meilleure nourriture que nous puissions souhaiter, et de notre pot la boisson la meilleure que nous désirions trouver. »

Landri dit alors : « Il me serait très utile, Seigneur, d'avoir et de garder ces objets-là. » Il considère que ce sera de deux choses l'une : il obtiendra assez de nourriture de ces nains ou périra tout de suite de leur main. Il prend son courage à deux mains et saute en avant avec la plus grande énergie. Parvenu à eux, il saisit dans ses mains à la fois la serviette et le pot. Quand les nains le voient arriver sur eux si vivement à l'improviste, ils en sont si épouvantés qu'ils bondissent dans leur trou[1] et fuient le regard de Landri.

Chapitre XIV — Landri retrouve sa mère

Lorsque Landri se fut emparé du pot et de la serviette en question, il sut très bien ce qui lui restait à faire : il s'assit par terre et étendit la serviette devant lui. Toute la nourriture qu'il voulait avoir et qu'il désirait se trouvait à sa disposition sur la serviette, pareillement toute la boisson qu'il voulait avoir se trouvait à sa disposition dans le pot. Il fut satisfait de son succès et se réjouit grandement en son cœur. Lorsqu'il eut assez mangé et assez bu, il plia la serviette au mieux et l'attacha à un pan de sa chemise, et il fixa le pot sous sa ceinture car il allait encore en avoir besoin. Comme il pensait à partir, deux nains sortirent de leur cachette et s'écrièrent : « Écoute, Landri, homme séduisant et intelligent, rends-nous notre serviette et notre pot puisque tu es maintenant rassasié de nourriture et de boisson.

---

1. Nous retrouvons ici les caractéristiques habituelles des nains des légendes médiévales : l'objet fournissant des nourritures inépuisables, sans doute d'origine celtique, et l'appartenance de ces êtres au monde souterrain – cf. Claude Lecouteux, *Les Nains et les Elfes au Moyen Âge*, Paris, Imago, 1988, pp. 58-60 et 105-109.

— Non, répondit Landri, Dieu m'est témoin que vous ne récupérerez ni la serviette ni le pot, si j'y peux quelque chose. »

L'un des nains dit à l'autre : « Cher frère, laissons-le aller son chemin, car j'ai encore deux autres serviettes et deux autres pots. Et je sais, dit le nain, qu'il va rapidement arriver auprès de la femme la plus chère qui vit jamais le jour.

— Qui est-elle ? dit l'autre nain.

— Elle s'appelle dame Olive, dit-il ; c'est la femme la plus fidèle au monde, et elle est la mère de Landri. »

Quand le jeune homme entendit ces mots, il se souvint que lorsqu'il était enfant chez lui, sa mère s'appelait ainsi, mais il n'avait jamais appris qu'elle se trouvait dans un cachot. Landri dit : « Vous savez, Jésus-Christ, que j'ignorais jusqu'ici que ma mère soit dans une situation si difficile qu'elle se trouve prisonnière dans un cachot. À présent je vous demande, mon Seigneur, par votre saint nom, que vous me guidiez aujourd'hui jusqu'à elle et jusqu'à la maison où elle est emprisonnée. »

Landri s'éloigne maintenant de cet endroit, et entre dans la grande forêt, allant et venant ici et là. Il parvient enfin dans un lieu où il voit un espace opaque, et il trouve là une maison faite de pierre et de mortier ; il n'avait jamais vu auparavant une telle opacité. Il fait le tour de la maison et croit bien qu'il n'y trouvera aucune porte, tant elle est solidement fermée. Il voit qu'elle n'a aucune ouverture à part un petit trou, et il voit installé dans ce trou un petit oiseau qui chante si joliment que c'est un plaisir de l'entendre. Il a été la seule joie d'Olive depuis qu'elle a été enfermée dans cette maison.

Landri tend alors son arc dans l'intention de tuer l'oiseau. Il tire dans le trou qu'il y avait au mur de la maison, et la flèche vient se ficher dans le sein de sa mère si violemment qu'elle en pousse un cri et hurle : « Jésus-Christ, ayez pitié de moi, quel est celui qui me frappe si cruellement que je n'ai jamais reçu un tel coup ? Je suis restée trop longtemps dans cette forêt : maintenant, un homme me prend pour cible et me tire dessus avec son arc et ses flèches ! »

Lorsque Landri entend ces paroles, il lui dit : « Qui es-tu, toi qui es couchée là-dedans ? tu dois vivre ici avec peu de moyens de subsistance, que ce soit pour manger ou pour boire. Mais si tu es de bonne famille, renvoie-moi ma flèche. » Et la dame répondit : « Je te demande de me dire, en ce qui concerne tes qualités courtoises, qui tu es et de quel lignage, et si tu me le dis je te renverrai ta flèche. » Landri dit alors : « Tu me demandes de te dire, pour ce qui concerne ma courtoisie, d'où je suis issu, et je ne vais pas te le cacher. J'appartiens à la maison du duc Hugon qui tient la vallée de Munon, et je suis venu ici pour fuir sa tyrannie.

— Cher homme, dit la dame, si tu es de la maison du duc, je te demande de me dire si son fils est en vie, celui qui s'appelle Landri, et que tu le salues chaleureusement de ma part, car c'est mon propre fils ; et dis-lui que, si je pouvais être aussi libre et à même de me déplacer que lui, j'irais le voir de mes yeux. »

Landri dit alors : « Je n'encourrai aucune honte car je ne vais pas te cacher mon nom. Que l'on m'appelle Landri, fils du roi Hugon. » La dame dit : « Je pourrais très facilement te reconnaître si tu étais mon fils, car lorsque l'on m'a jetée ici, son front avait reçu un coup donné par le maudit Milon. » En entendant ses mots, il comprit que celle qui se trouvait dans la maison était sa mère, il réfléchit à ce qu'il devait faire et comment il allait la faire sortir de là, étant donné qu'il n'avait pas d'arme en fer ni de masse ni d'autre outil lui permettant d'abattre la maçonnerie.

Il revint alors dans la forêt et chercha afin de trouver un arbre qui s'appelle linore [1], et qui est aussi dur que le fer le plus dur. Il entre à présent dans un endroit sombre, et trouve rapidement cet arbre et le taille de son coutelas avec joie. Il retourne ensuite à la maison où se trouve sa mère, et se met aussitôt à taper contre le mur aussi fort qu'il peut jusqu'à ce qu'il ait descellé une pierre, puis l'une après l'autre, jusqu'à ce qu'il puisse voir sa mère et qu'il y ait assez de lumière dans le cachot.

Alors, quand il voulut entrer, il vit une grande quantité de serpents, de crapauds et autres bêtes venimeuses dans la maison

---

[1]. « linore » (B), « livore » (b) – le terme fait penser à l'ivoire. C. B. Hieatt suggère l'ébène.

près de sa mère. Il osait d'autant moins avancer qu'il osait à peine regarder sa mère à cause de toutes ces bêtes venimeuses qui l'entouraient. Elle dit à Landri : « Cher fils, ne sois pas effrayé par ces bêtes. Elles ne te feront aucun mal, car les serpents qui sont là, les grands comme les petits, ainsi que les autres bêtes venimeuses qui m'ont été apportées ici pour me faire du mal alors que j'étais enfermée dans cette maison [1] – tu sauras qu'en vérité Dieu me fit une grâce très précieuse avec ces bêtes : le jour, elles sortaient d'ici en rampant jusqu'à l'herbe pour se nourrir, et la nuit elles se couchaient tout autour de moi et protégeaient mon corps du froid ; et si ces serpents n'avaient pas été là, je serais morte depuis longtemps. »

La reine se leva alors, avança vers son fils, l'embrassa et dit : « Landri, sois le bienvenu, mon fils ; que faisais-tu dans cette forêt pour te déplacer ainsi seul sans serviteur ? » Landri répondit : « Ma chère mère, je ne vais pas t'en cacher la raison. Mon père m'a chassé de sa vue, de ce fait je n'ose pas rester là-bas. » La dame dit : « Cher fils, je prendrai volontiers de la nourriture et de la boisson, s'il y en a à disposition.

— Ma chère mère, dit-il, je peux t'en donner avec l'aide de Dieu, car aujourd'hui j'ai pris à des nains une serviette ainsi qu'un pot grâce auxquels tu pourras très bien te nourrir. »

Il installe alors la serviette et le pot devant sa mère, dame Olive, et des nourritures de toutes sortes, accompagnées de fines boissons, se trouvent à sa disposition, magnifiquement préparées.

« Maintenant, mon fils, j'ai besoin d'habits, dit-elle.

— Ma mère, dit-il, je vais te donner ma tunique et mon surcot, et tous mes autres vêtements je compte te les donner aussi, sauf ma chemise et ma culotte. Tu pourras quitter ces habits et en trouver de meilleurs, si Dieu le veut bien. »

Lorsque la dame eut revêtu les vêtements en question, elle dit : « Mon fils, est-ce que Siliven, ta nourrice, est encore en vie ?

---

1. Cette longue phrase comporte assurément une rupture de construction dans le texte tel que l'édite Unger à partir de B (b présente un autre ordre des mots à certains endroits). Il nous paraît préférable de ne pas masquer cette rupture dans la traduction.

— Oui, Dieu m'en est témoin, dit-il, elle est bien en vie et elle m'a beaucoup apporté ; je suis resté avec elle de nombreuses années.

— Mon cher fils, dit la dame, retourne au plus vite auprès de ta nourrice, salue-la chaleureusement de ma part, dis-lui que je suis vivante et demande-lui de te donner quelque bon conseil au sujet des calomnies qui ont été répandues sur notre compte. Je vais rester ici pendant que tu iras là-bas, s'il peut en être ainsi.

— Je ferai très volontiers, dit-il, tout ce que tu souhaites. »

Il laisse la serviette et le pot à sa mère, et lui souhaite bonne chance. Puis il prend son arc et s'éloigne, et il ne s'arrête pas qu'il ne soit revenu chez sa nourrice qu'il salue avec des mots gentils. Quand elle le voit, elle est très heureuse et joyeuse de son arrivée, et Landri dit : « Olive, ma tendre mère, m'a dit de te saluer chaleureusement de sa part et te demande de lui donner quelque bon conseil afin qu'elle puisse se libérer de cette affreuse calomnie qui a été répandue sur son compte, et que cette tache puisse enfin être lavée.

— Cher fils, dit-elle, tais-toi immédiatement, et ne parle pas comme un insensé ; par mon salut, tu me remémores la plus grande souffrance que j'aie connue dans ma vie, car elle est morte depuis de longues années.

— Nourrice, dit Landri, je t'assure qu'elle vit et qu'elle se porte bien, mais si tu ne me crois pas, viens la voir de tes propres yeux.

— Mon fils, dit Siliven, puisque tu me dis cela en me l'assurant à ce point, je veux bien te croire, et je vais te donner le meilleur conseil que je puisse. »

Chapitre XV — La reine s'en prend à Landri

« À présent, tu vas préparer au plus vite ton voyage et aller trouver le roi Charlemagne, ton oncle, parce que le roi Pépin, ton grand-père, est mort à présent, et tu ne t'arrêteras pas avant d'avoir trouvé Charlemagne. Dis-lui que ta mère, dame Olive, est vivante et que tu l'as trouvée ; dis-lui et raconte-lui tout ce qui s'est passé ensuite. Je vais te donner un beau coursier, une bonne armure et de bonnes armes, afin que tu puisses accomplir ta mission vite et bien. »

Et lorsque Landri est prêt, il prend son coursier et prend congé de sa nourrice. Il chevauche jusqu'à ce qu'il parvienne à une forêt profonde, chantant et se réjouissant grandement. Parvenant à une clairière près d'un étang, il vit un pèlerin assis au-devant de lui, qui lui parut revenir de Jérusalem parce qu'une palme était posée par terre devant lui.

Ce pèlerin était en train de manger, et quand Landri parvint jusqu'à lui, le pèlerin lui dit : « Beau jeune homme, descends de ton cheval et assieds-toi près de moi ; mangeons tous les deux ensemble et ton coursier pourra très bien brouter pendant ce temps. » Landri pensa qu'il n'y avait là aucun piège ; il descendit de son cheval et s'assit près du pèlerin parce qu'il n'avait pas mangé et qu'il en avait envie. Mais au moment où Landri allait se servir, le pèlerin disparut complètement de sa vue, ainsi que toute la nourriture et son bon coursier qu'il avait laissé près de lui. Tous ses vêtements avaient tout aussi bien disparu, et il restait assis dans la plaine aussi nu que le jour où sa mère l'avait mis au monde. Landri dit alors : « Je me suis placé dans la situation la plus honteuse qu'aucun homme connût jamais, et si je rencontrais un bandit maintenant et qu'il ait à la main un gourdin, il pourrait me chasser du pays du fait que je n'ai ni vêtement ni arme. »

Alors, étant donné que Landri n'avait pas grand-chose à faire, il retourna chez sa nourrice car il avait toujours trouvé là du réconfort. Il se lève, fait demi-tour et retourne chez elle nu, alors qu'il en était parti élégamment vêtu et monté sur un beau cheval. Au moment où il entre dans la cour, Siliven, qui était assise dehors sur le seuil, voit entrer Landri, son fils adoptif. Elle lui dit : « Ne t'inquiète pas, mon fils, car je sais mieux que toi ce qui t'est arrivé, qui t'a joué un tour et comment tout s'est déroulé. Je te demande de toujours bien garder à l'esprit une chose : ne laisse jamais s'éloigner à jeun un ami ou un parent qui t'est cher, ainsi on ne te jouera jamais de tour. La crapule qui t'a joué un tour était ta belle-mère, qui a suffisamment de talents en matière de tromperie – que Dieu la honnisse ! Je vais à présent te donner un bon coursier qui te sera de grand secours en toutes difficultés, ainsi qu'un bon équipement et de bonnes armes, et une épée dont tu te ceindras, qui se nomme Mimung – le coursier se nomme Kleming. Si tu chevauches dans une rue ou sur une autre voie, et qu'une personne avenante veuille te parler ou te retarder, tire sur ta bride et fais faire demi-tour à ton cheval afin de pouvoir regarder quelle sorte de maître enchanteur ce peut être, et si le cheval prend le mors aux dents, prends-y bien garde, et laisse ton cheval galoper à son gré, mais dégaine ton épée de son fourreau, et si cette méchante créature voit cela, et qu'elle veuille te faire du mal, tous ses pouvoirs seront neutralisés. »

Landri prend à présent le bon coursier et les beaux vêtements en question que sa nourrice lui a donnés, et s'en va une nouvelle fois tout réjoui. Il parvient enfin sur une lande où se trouve un profond lac, et voit une petite église qui se dresse près du lac avec un chœur de belle facture. Un vieil homme sort de l'église à sa rencontre, vêtu d'un manteau noir. Il dit à Landri : « Veux-tu desseller ton cheval et t'arrêter, et venir dans l'église écouter la messe ? Ton voyage ne s'en déroulera pas plus mal pour autant. »

Lorsque Landri entendit les paroles du vieil homme, il saisit sa bride et galopa en direction de l'église aussi vite qu'il put, mais quand il crut être arrivé à l'église monté sur son bon cheval, il était arrivé bien plutôt dans un courant puissant et profond, de telle sorte qu'il n'aurait jamais pu regagner la terre s'il n'avait pas eu un coursier si fort et si vaillant. Lorsqu'il fut revenu sur la terre, l'église et l'homme avaient disparu, et il ne vit là que la plaine.

Il s'éloigne à présent et parvient enfin à une belle plaine où il rencontre une troupe de chevaliers et trouve de beaux boucliers étendus sur le sol. Les chevaliers lui demandèrent de rester là alors qu'ils chevauchaient vers lui venant de tous les côtés, qui de l'est, qui de l'ouest, qui du nord, et enfin un vieil homme vint dans sa direction. Il était habillé de noir, il était monté sur un cheval noir et toutes ses armes étaient noires ; il portait à la main un épieu gros et long. Ce vieil homme dit à Landri : « Salut à toi, tourne ton cheval vers moi et viens jouter avec moi. Tu pourras prouver dans cette rencontre quel vaillant homme tu peux être. »

Landri tire alors sur sa bride et fait faire demi-tour à son cheval en direction du vieil homme afin de voir quelle sorte de maître enchanteur il était. Le coursier prend immédiatement le mors aux dents et galope à toute vitesse en direction du vieil homme. Du fait que ce lâche était très rusé et doté d'un savoir extrêmement étendu, il quitta l'apparence humaine qu'il avait prise auparavant, et se transforma alors en un gros serpent, et il avait l'intention de tuer ainsi Landri. Mais comme le cheval de celui-ci était âgé et expérimenté, et que Dieu le lui avait envoyé pour l'aider contre cette sorcellerie, le coursier arrêta fermement son élan sur le serpent et lui brisa tous les os avec ses sabots.

Cette maudite femme n'eut alors d'autre ressource que de se traîner misérablement jusqu'à chez elle, comme elle le méritait ; et elle appela alors son père Milon et son fils Malalandri, et leur dit : « J'ai de grandes nouvelles à vous annoncer, et qui sont mauvaises : j'ai été honteusement maltraitée par Landri comme vous pouvez le voir, et il peut maintenant nous faire grand mal à nous tous. Réfléchis, mon père, à la manière dont tu peux protéger ta vie, car Landri est à présent allé trouver le roi Charlemagne, son parent, ainsi que tous ses plus proches parents. De ce fait, formons le projet de le tuer quand il viendra ici : allez tous deux à sa rencontre dans la rue et ne le laissez pas passer. Toi, mon père, avance-toi vers lui par-devant et saisis sa bride fermement comme si tu voulais lui parler ; toi, Malalandri, arrive par-derrière et frappe si vivement que Landri ne s'en relève jamais plus. »

Laissons à présent ces lâches parler entre eux à leur gré, et retournons à Landri qui accomplit sa mission.

Chapitre XVI — Landri tue la reine et son fils

Landri chevauche à présent jusqu'à ce qu'il trouve le roi Charlemagne, son oncle, et le roi le reçoit honorablement. Landri raconte tout à Charlemagne, son parent, qui fait venir maint homme de bien et de haut rang pour leur révéler la nouvelle que Landri, son parent, lui a apprise : dame Olive est en vie. Quand ils entendent ces mots, ils remercient grandement Dieu pour sa sainte miséricorde, et demandent au roi de donner un bon conseil à son parent. Le roi approuve et dit : « Landri, mon parent, devra pour cette fois faire un court séjour près de nous, et devra partir tôt demain matin pour aller chez lui trouver son père et lui annoncer ma venue, et nous, nous partirons peu après tous ensemble pour aller trouver le roi Hugon. »

Dès qu'il fit jour, Landri se leva, s'habilla et s'apprêta à partir. Dès qu'il eut mangé et qu'il fut tout à fait prêt, il prit congé de l'empereur Charlemagne et reçut de lui de magnifiques cadeaux. Il monta sur son bon coursier et s'éloigna du domaine. Maint homme de qualité l'accompagna sur le chemin et ils se séparèrent de lui ainsi.

Mais Landri chevauche à présent aussi vite qu'il peut et il ne s'arrête pas avant d'être arrivé chez lui dans la ville, s'avançant jusqu'à l'endroit où se tiennent Milon et Malalandri qui l'attendent dans la rue. Quand il parvient auprès d'eux, l'enchanteur Milon se dirige vers lui et saisit sa bride en lui disant qu'il veut lui parler, tandis que Malalandri arrive par-derrière armé d'une épée tranchante dans l'intention de le frapper. Cette fois comme la précédente, ce bon coursier que Dieu lui a envoyé lève ses deux pattes arrière et frappe Malalandri si violemment à la tête que son crâne se brise et sa cervelle expulsée de sa tête gît aux pieds du cheval.

Voyant cela, Milon lâche la bride, si épouvanté qu'il bondit chez lui. Là-dessus, Landri avance au galop par les rues et rencontre sa belle-mère juste après. Il lève son épée et lui coupe la tête en disant : « Dieu m'est témoin que jamais plus tu ne me trahiras. »

Chapitre XVII — Olive est sauvée, Milon est châtié

L'empereur Charlemagne arrive alors avec sa troupe. Landri salue le roi comme il se doit et ils se rendent au palais. Charlemagne rencontre là Hugon, son beau-frère, avec quelques chevaliers. Quand ils se retrouvent, chacun d'eux salue l'autre aimablement et le duc Hugon demande à Charlemagne de demeurer là aussi longtemps qu'il lui semble bon. Ils rentrent alors dans le palais tous les deux en compagnie de leurs hommes.

Quand ils eurent pénétré à l'intérieur, ils y rencontrèrent l'enchanteur Milon assis sur un siège posé sur le sol de la salle, et dès qu'il vit Landri, il l'interpella à haute voix et dit : « Pardonne-moi, Landri, et ne me tue pas, au nom de Dieu et de dame sainte Marie. » Landri dit alors : « Milon, j'accepte, au nom de Dieu, que nous t'accordions une trêve, tous les autres et moi, durant toute la journée. Mais je veux que tu dises devant tout l'auditoire comment est advenue cette grande calomnie dont ma mère a souffert à cause de toi, et d'où elle est partie. »

Tout le monde à la cour prêta alors attention, et Milon se mit à raconter la vérité et dit tout ce qui était arrivé au début, comment il voulait amener la reine à forniquer avec lui, et quelle réponse elle lui avait opposée, puis de quelle manière il l'avait ensorcelée au moyen d'une boisson et comment il avait placé l'homme noir dans le lit près d'elle. Lorsque ce vil traître eut révélé tous les forfaits qu'il avait perpétrés contre la reine, Charlemagne demanda à tous les hommes qui se trouvaient là de décider ce que l'on devait faire de ce méchant traître. Certains demandèrent qu'on le brûle, d'autres qu'on le pende, d'autres qu'on le décapite, d'autres demandèrent qu'on l'écartèle vivant, mais tous étaient d'accord pour qu'il connaisse la pire mort qui se puisse trouver.

Landri dit alors : « Bons seigneurs, je ne veux pas que Milon soit livré à aucune des mises à mort dont vous avez parlé, ni par moi ni par d'autres ; je préfère qu'il subisse la même condamnation qu'il prononça contre ma mère. Qu'il soit jeté dans le même cachot où ma mère fut placée, que cela lui fasse du bien ou du mal, qu'il aille au même endroit et y reste sept ans ou plus, s'il peut vivre jusque-là ; ensuite qu'il soit pendu à un gibet. »

Tous ceux qui étaient là approuvèrent cette sentence. Milon fut alors solidement enchaîné et mené à ce cachot qui se trouvait à douze milles de la ville. Quand ils y arrivèrent, ils trouvèrent la fidèle dame Olive qui allait aussi bien, voire mieux, que le jour où elle était arrivée là. Ils réservèrent un accueil triomphal à la fidèle reine Olive, et remercièrent grandement Dieu, comme il se devait, de la trouver en bonne santé et indemne malgré la multitude de bêtes venimeuses qui se trouvaient à l'intérieur. Ils se saisirent alors de l'enchanteur Milon, l'installèrent et refermèrent complètement le cachot. Après qu'ils se furent éloignés du cachot, ils entendirent Milon hurler d'effroi et dire que les bêtes venimeuses l'attaquaient et dévoraient sa chair jusqu'à l'os.

Et ici se termine le récit concernant Milon.

Chapitre XVIII — Conclusion de l'histoire

Ils prennent alors la fidèle reine et la conduisent chez elle avec grand plaisir, la menant dans la demeure du roi qui l'avait prise pour épouse quand elle était encore jeune fille. Quand la dame arrive dans la cour, le roi vient lui-même très aimablement à sa rencontre, accompagné de tous ses hommes, et lorsque la dame et le roi se rencontrent, il dit : « Olive, je suis aussi heureux de te voir que je pourrais l'être si Dieu en personne arrivait, et nous devons tous le remercier grandement de nous avoir sauvés d'une telle épreuve, car il ne peut pas se trouver d'exemple montrant qu'il soit arrivé à un homme avant nous ce qui nous est arrivé à tous les deux. »

La dame répond alors : « Loué soit Dieu tout-puissant de m'avoir sauvée. Mais toi, tu ne t'es pas comporté noblement en croyant ce traître plus que moi, et si mon Seigneur ne m'avait pas témoigné plus de pitié que toi, je serais morte depuis longtemps. À présent Landri, mon fils, par la volonté de Dieu, a vengé mes souffrances. Je veux maintenant que le seigneur Charlemagne, mon cher frère, et mon fils bien-aimé, Landri, ainsi que tous les autres qui écoutent mes paroles, sachent que je compte me rendre dans un cloître et y servir Dieu tant que je vivrai, et m'acquitter ainsi envers Dieu du fait qu'il m'ait sauvée de la calomnie qui était répandue sur mon compte, accomplissant toutes les œuvres de charité que Dieu m'inspirera. »

Ainsi advint-il qu'Olive se rende dans un cloître de nonnes et termine là sa vie de belle façon. Le roi Charlemagne rentra chez lui dans son royaume, estimé et honoré, et chargé de splendides cadeaux. Peu après mourut le roi Hugon, et Landri prit en main le royaume à sa suite ; il le dirigea avec succès et longtemps, et on le tenait pour un chef excellent.

Ce récit s'achève ici en formulant la prière que Jésus-Christ bénisse celui qui l'a écrit, de même que celui qui l'a raconté, et tous ceux qui l'ont écouté et vu, et qui ont bien voulu y prendre du plaisir.

BRANCHE III

Ogier le Danois

La troisième branche de la *Saga de Charlemagne*, *Ogier le Danois,* est la traduction norroise d'une partie seulement de la geste d'Ogier le Danois : les enfances du héros (c'est-à-dire ses premiers exploits). *La Chevalerie d'Ogier de Danemarche*, chanson de geste française du début du XIIIe siècle, débute par une partie très proche de notre texte (vv. 1-3100), mais qui est suivie des autres aventures du fameux Ogier. Il est certain que ces deux versions des enfances d'Ogier s'inspirent d'une même source, peut-être une chanson des *Enfances Ogier* composée à la fin du XIIe siècle ; mais comme pour les autres branches de la *Karlamagnús saga*, les certitudes s'arrêtent là, et la porte est ouverte à de multiples hypothèses quant aux relations des diverses œuvres mettant en scène Ogier (cf. les études mentionnées ci-dessous).

La branche II de la *Karlamagnús saga* étant vraiment à part comme on l'a vu, la branche III nous permet pour la première fois de saisir la méthode de l'auteur qui a agencé la *Karlamagnús saga* sous la forme de vaste cycle que nous lui connaissons aujourd'hui. Dans la branche I, de nombreux personnages sont déjà apparus, notamment Ogier (chap. LV-LVIII), et plusieurs thèmes ont été brièvement mis en place, par exemple la lutte des Francs contre les païens ; or cette branche s'achève quand Charlemagne a réuni autour de lui les meilleurs preux du royaume. La branche III raconte donc les premières aventures de l'un d'entre eux, et d'autres histoires suivront. Le plan de l'ensemble de la collection est de nature chronologique, mais chaque chanson a gardé son unité et son autonomie dans l'ensemble.

Le processus de collage est discret mais demeure visible, et si le compilateur a remédié à quelques incohérences d'une branche à l'autre, certaines inconséquences sautent aux yeux.

Par exemple, la branche I nous a déjà raconté l'adoubement d'Ogier, et il est possible que cet épisode ait disparu de la branche III pour éviter une répétition fâcheuse, car la *Chevalerie Ogier* mentionne bien cet adoubement (v. 760, soit chap. XIII de notre branche III). De ce fait les deux branches s'enchaînent assez harmonieusement en apparence, mais il reste surtout flagrant que les branches proviennent d'œuvres différentes. Ainsi, de nombreux preux dont la branche I souligne l'importance sont absents de la troisième, notamment Roland. Inversement la branche I ne mentionne qu'un fils de Charlemagne, Lodver, alors que la branche III met en scène Charlot. Les noms varient même d'une branche à l'autre : le cheval d'Ogier est tantôt Brocklafer, tantôt Befoli /Berfolen/Bifolen (Broiefort dans la traduction) ; son épée est baptisée d'abord Kurt, puis Kurtein (Courte et Courtain). De franches divergences apparaissent même : cette épée provient de Malaquin d'Ivin qui la donna à Charlemagne, lequel la donne à Ogier (branche I), ou bien elle passe de Caraheu à Ogier (branche III). Nous nous rangeons donc plutôt à l'avis de Povl Skårup contre celui de Knud Togeby (pour se référer uniquement à des critiques récents) : il nous semble que ces divergences auraient pu être gommées si la branche I avait été composée *a posteriori* et placée au début de la *Karlamagnús saga* en guise de présentation générale des personnages et des thèmes développés ensuite. On a plutôt l'impression, en effet, que la *Vie de Charlemagne* est un texte indépendant que l'on a interrompu après l'énumération des pairs de France, afin que l'intégration de diverses chansons de geste paraisse plus naturelle à ce moment.

Il est bien difficile d'autre part de décider pour quelle raison la branche III ne raconte que les enfances d'Ogier. On peut bien sûr supposer que le traducteur disposait d'une chanson relatant seulement cette partie de la geste. Mais il faut aussi remarquer qu'une version complète de cette geste eût peut-être été plus difficile à intégrer dans la *Karlamagnús saga*, et il n'est pas impossible que la suite des aventures d'Ogier ait été volontairement délaissée. Ainsi, la branche III indique bien qu'Ogier est au centre d'autres aventures, mais qui ne seront pas racontées : « Il existe encore mainte autre histoire au sujet d'Ogier, mais nous arrêtons ici cette saga » (ms. B) ; « c'est pourquoi il réapparaît dans toute l'histoire du roi Charlemagne » (ms. b). Il est vrai qu'Ogier apparaît ici et là dans les autres branches de la *Karlamagnús saga*, et un autre épisode mettant en scène les personnages d'Ogier, de Charlemagne et de Naimes, plus âgés, provenant peut-être d'une version plus ancienne de la branche I, est même conservé dans la *Karl Magnus' Krønike* danoise – traduction d'une version de la *Karlamagnús saga* – (chap. LXXXIII), et situé après la bataille de Roncevaux[1]. La thématique de ce bref épisode qui n'apparaît plus dans les manuscrits de la *Karlamagnús saga* se rapproche de celle de la branche III (guerre contre les païens d'Italie, Ogier sauvant une situation compromise par Charlot), ce qui peut expliquer qu'il ait été finalement écarté.

De même, dans la *Chevalerie Ogier*, après les enfances du héros, l'intrigue se complique, faisant d'Ogier un héros en révolte contre Charlemagne. Le violent conflit qui les oppose tient au fait que Charlot a tué Baudouin, fils d'Ogier, et que Charlemagne se refuse à châtier son fils. Or, on ne sait trop ce que les traducteurs et compilateurs scandinaves ont connu de cette intrigue au départ de laquelle Baudouin tient une place centrale, mais il est possible qu'ils aient peu à peu réduit la place de ce fils dans la branche III, puisque dans la *Karlamagnús saga,* sa présence ne s'impose plus : Ogier entre bien en conflit avec Charlot, mais sans que leur affrontement dégénère, ce qui peut tenir au fait que le compilateur ait voulu intégrer la geste d'Ogier dans un parcours ascendant de Charlemagne. À ce moment-là, il parvient tout juste au faîte de sa puissance et il ne peut pas encore être contesté. Ainsi, dans la *Chevalerie Ogier*, la conception secrète de Bauduinet est racontée assez précisément dans la laisse 2 ; par contre, dans la *Karlamagnús saga*, les manuscrits A mentionnent tout juste qu'Ogier a un

---

1. Voir P. Aebischer, *Textes norrois et littérature française du Moyen Âge*, I, Genève/Lille, Droz, 1954, pp. 25-26.

fils, et les manuscrits B n'en parlent plus. Cette branche III nous donne donc une image très singulière de la geste d'Ogier.

Par ailleurs, la branche III ne s'achève pas de la même façon dans les deux familles de manuscrits. Dans le groupe A, l'histoire s'achève dès la fin de la guerre entre Francs et païens, qui fait suite à la mort de Brunamont. Dans le groupe B, quelques chapitres supplémentaires relatent un rebondissement de l'action : le roi Amiral est tué, et sa fille Gloriande tombe momentanément aux mains du roi Féridant. Bien que ces événements soient aussi absents de la *Chevalerie Ogier* et n'aient pas de source connue, tout porte à croire qu'ils n'ont pas été ajoutés tardivement à la fin de la branche III, ms. B. En effet, on les trouve aussi dans la *Karl Magnus' Krønike* danoise, et le dernier chapitre du manuscrit A donne vraiment l'impression d'avoir été abrégé, peut-être suite à un accident dans la tradition manuscrite[1]. Enfin, il est impossible que ces chapitres aient été inventés en Scandinavie, et quelle que soit leur source, leur présence dans la branche III apporte une cohérence interne à l'ensemble des enfances d'Ogier, si l'on examine cette saga d'un point de vue littéraire.

Au début de la branche III, au cours d'une campagne menée en Italie contre Amiral, le roi des païens, Charlemagne ne réussit pas à remporter la victoire à cause de la traîtrise d'Alori, et de l'impatience et de l'orgueil de Charlot qui se lance dans une expédition secrète sans en référer à personne, et en refusant l'aide d'Ogier qu'il jalouse. La faute de Charlot se limite ici à cet excès juvénile qui culmine dans une vive altercation avec Ogier devant le roi Charlemagne (chap. XIX) ; elle aura tout de même pour conséquence l'échec de Charlot face aux païens et sa fuite piteuse, et surtout la capture d'Ogier. Ces événements interviennent à peu près au milieu de la branche (chap. XXVII-

---

1. Voir E. F. Halvorsen, *The Norse Version of the* Chanson de Roland, Copenhague, Munksgaard (« Bibliotheca Arnamagnæana », XIX), 1959, pp. 53-64 ; K. Togeby, *Ogier le Danois dans les littératures européennes*, Copenhague, Munksgaard, 1969, p. 96.

XXVIII), et la suite relate les différentes tractations qui en découlent, pour s'achever par la libération d'Ogier (chap. XLVI, version B). Chacune de ces deux parties se conclut donc par une épreuve de force mettant aux prises les héros de chaque camp dans des combats singuliers. Dans la première (chap. XXII-XXVIII), Charlot affronte Sadome, et Ogier affronte Caraheu, mais les chrétiens sont vaincus à la suite de l'intervention irrégulière de Danemont, fils du roi Amiral. Dans la seconde, Brunamont, le champion du roi Amiral, est vaincu dans des conditions régulières par Ogier qui assure ainsi le triomphe des chrétiens. Mais encore faut-il que ceux-ci se réconcilient entre eux, notamment Ogier et Charlot, et qu'une bataille générale, plus significative que des combats singuliers, consacre la victoire d'un peuple, et d'une religion, sur l'autre. La fin de la branche dans la version B (chap. XLVII-LIV) apporte une vraie conclusion à tout ce qui précède : on y voit les trois héros de cette saga, Ogier, Caraheu et Charlot, partir ensemble en guerre contre l'inique roi Féridant, et triompher définitivement des méchants que représentent le traître Danemont et Féridant, le régicide. Ainsi, tout rentre dans l'ordre : non seulement les païens ont été vaincus, mais en outre le jeune arrogant est excusé et les traîtres châtiés.

On peut d'ailleurs presque dire que dans cette saga les valeurs chevaleresques comptent plus que les choix religieux ; c'est pourquoi Caraheu, bien qu'il soit déterminé à ne pas trahir sa foi païenne (selon la terminologie des chansons de geste qui assimilent l'islam aux cultes païens), apparaît comme un héros aussi estimable qu'Ogier, supérieur sans doute à Charlot. Sa religion, qu'il défend tout en admettant ses limites (chap. XLVII) – le texte est tout de même d'inspiration chrétienne ! –, ne l'empêche pas d'être un vaillant preux. Trois héros combattent donc ensemble pour la bonne cause à la fin de la saga, mais la géométrie propre à cette branche repose surtout sur des couples antithétiques : les deux rois Charlemagne et Amiral, puis chez les chrétiens la prouesse d'Ogier s'opposant à l'inexpérience maladroite de Charlot, et chez les païens le loyal

Caraheu s'opposant à Brunamont, brute inquiétante. L'opposition manichéenne des bons et des méchants culmine dans l'affrontement entre Ogier et le païen Brunamont. Or, chacun des deux fait l'objet d'un portrait présent seulement dans la version B : Brunamont (chap. XXXVII) prend dans la saga l'apparence d'un sorcier redoutable qu'on « qualifierait de troll s'il venait ici dans les pays du Nord », tandis qu'Ogier est le modèle même du héros chevaleresque, à la fois grand, fort, adroit et vaillant (chap. XXXIX). Ainsi certains détails, telles la sorcellerie attribuée à Brunamont ou la présence d'un terme tel que « berserkr » (guerrier-fauve ; chap. XXVII), sont si proches de motifs fréquemment utilisés dans les sagas des Islandais [1] qu'on peut soupçonner qu'ils résultent d'ajouts ponctuels opérés en Scandinavie, peut-être afin de donner un relief supplémentaire à une histoire dont l'intrigue est par ailleurs un peu mince et ponctuée par des récits de bataille et de tractation assez plats, reposant sur les procédés convenus du style épique.

À côté des héros d'épopée, un autre personnage joue pourtant un rôle important, et même central à certains moments. Gloriande, la fille du roi Amiral, apparaît, comme souvent dans la chanson de geste française, tel un objet de conquête fascinant placé entre les deux camps et suscitant la vaillance de plusieurs chevaliers. Fiancée de Caraheu, la belle Sarrasine est aussi promise par son père à Brunamont et devient la prisonnière de Féridant. Ses relations avec Ogier sont aussi ambiguës, du moins au départ. Dès le premier affrontement entre Caraheu et Ogier, Caraheu la présente à son adversaire, lui proposant de la lui offrir s'il était lui-même vaincu (chap. XVIII). Leur combat singulier s'engage sous ses yeux, et il la lui montre en lui proposant une récompense s'il accepte de trahir les Francs (chap. XXII). Ogier ne la dédaigne pas, cherchant même peut-être à rendre Caraheu jaloux en lui assurant qu'il se battra pour

---

1. Ces sagas ont été composées au XIIIe siècle en Islande, et mettent en scène des Islandais célèbres ayant vécu généralement au Xe siècle. Les plus importantes sont traduites en français : *Sagas islandaises*, trad. R. Boyer, Paris, Gallimard (« Bibliothèque de la Pléiade »), 1987.

elle dont il a reçu des salutations ; Caraheu, encouragé par ces propos, va même jusqu'à la lui promettre en récompense s'il trahissait les siens (chap. XXIV). Gloriande est donc un objet de prix à conquérir, à posséder et à échanger ; mais elle est toujours là, spectatrice dont la seule présence est de nature à décupler l'énergie des chevaliers. Gloriande, enfin, tient en outre parfaitement sa place parmi les héros de la saga qui partagent les mêmes valeurs courtoises : elle s'intéresse donc au sort d'Ogier tout autant que Caraheu, et plaide en sa faveur auprès de son père, ce qui amène son frère à déchaîner contre elle toute la violence misogyne que nous avons déjà rencontrée dans la branche II. Face à Brunamont, elle montre ensuite sa prudence et sa finesse d'esprit, en le poussant facilement à affronter Ogier en combat sigulier sous le prétexte de la conquérir ; mais derrière son dos elle prie pour qu'il soit vaincu par Ogier (dans la seule version B, qui lui donne de ce fait plus d'ampleur).

Les chapitres supplémentaires de la version B confirment et précisent les deux aspects de ce personnage, et sont essentiels à ce titre dans l'ensemble de la saga : vue superficiellement de l'extérieur, elle attire la concupiscence de tout fringant chevalier, mais elle est en vérité absolument fidèle et loyale envers son fiancé Caraheu, à qui elle adresse une lettre grave et digne quand elle est prisonnière d'un inconnu, envisageant même de se suicider. Son image s'en trouve grandie. On l'a dit, tout finit par rentrer dans l'ordre : Ogier tue Féridant, et Caraheu et Gloriande trouvent une belle récompense finale dans la fondation d'un prestigieux et fécond lignage.

L'un des plus beaux épisodes de cette saga, qui met en scène la princesse Gloriande, est située plus haut dans le récit, au moment où elle est encore considérée comme un objet de marchandage, presque au même titre qu'un fief, un cheval ou une épée. Après la bataille qui a mis aux prises Charlot et une troupe de païens (chap. XXXV), elle se trouve sur son chemin et lui parle avec astuce, se vengeant au passage de l'indélicatesse de Caraheu qui était prêt à l'offrir à Ogier. En effet, elle charge Charlot de transmettre à son bien-aimé, alors auprès de Charlemagne, un message piquant, qui doit le rendre jaloux et l'inciter à rentrer à Rome au plus vite : elle laisse entendre avec malice que Caraheu a mis fin à leur amour par son attitude, alors qu'elle a Ogier sous sa garde, « et qu'il l'apprécie » (version B). Elle n'est donc pas victime, mais actrice au premier chef, laissant seulement les plaisirs du combat aux hommes qu'elle observe depuis les remparts d'un château, et qui vont et viennent en se poursuivant. On peut alors peut-être se demander dans quelle mesure ce regard si lointain, qui est suivi par une réplique si fine et si décalée par rapport aux événements racontés dans ce chapitre, ne correspond pas à une certaine prise de distance à l'égard des exploits militaires, ce qui peut paraître bien incongru dans une œuvre consacrée aux enfances d'Ogier le Danois !

Note sur la traduction

La traduction s'appuie sur le texte établi par Unger à partir de A et de B (la branche est conservée dans A, a, B, b^1 et b^2). Nous avons pu consulter l'ensemble des variantes étant donné que tous les manuscrits ont été récemment édités par Agnete Loth. Ces manuscrits présentent quelques différences entre eux, et pour en tirer une traduction unifiée, il a été nécessaire d'opérer des choix délicats entre des variantes parfois assez éloignées les unes des autres, puisque notre projet n'était pas de traduire fidèlement tous les manuscrits en parallèle comme l'a fait Annette Patron-Godefroit. Le plus souvent, nous avons suivi les choix d'Unger, en particulier le découpage des chapitres tirés de A, qui se trouve donc être le même que dans la traduction anglaise – il nous paraît utile de garder le même système de référence pour tous ceux qui auront à utiliser une traduction ou l'autre. Nous avons en outre intégré dans la traduction, entre crochets droits, de nombreuses variantes tirées de B, b^1 ou b^2, car ces manuscrits sont souvent plus intéressants que A pour cette branche, comme l'a déjà remarqué C. B. Hieatt, et comme nous venons de le souligner. Quelques rares compléments pris dans a sont traduits entre barres simples. Parfois aussi, nous avons donné en note la traduction d'une variante non retenue. Par contre, nous avons laissé de côté toutes les variantes qui ne nous paraissaient pas importantes d'un point de vue littéraire. Les derniers chapitres (XLVI-LIV) sont absents de A, et pour ceux-ci nous avons donc utilisé seulement B et ses dérivés, tout en donnant en annexe la fin abrégée du récit contenue en A. Cette branche contient beaucoup de noms propres qui se présentent de surcroît sous des formes qui varient d'un manuscrit à l'autre, et à l'intérieur de la *Karlamagnús saga*, d'une branche à l'autre ; toutefois, il est moins malaisé qu'ailleurs de les normaliser, car la plupart se trouvent également dans des œuvres françaises, notamment dans *La Chevalerie d'Ogier de Danemarche*.

BIBLIOGRAPHIE PARTICULIÈRE À LA BRANCHE III

ŒUVRES APPARENTÉES

La Chevalerie d'Ogier de Danemarche, éd. M. EUSEBI, Milan, Cisalpino, 1963 (cité ici sous la forme *Ch.O*).
Les Œuvres d'Adenet le Roi, t. 1 : *Les Enfances Ogier*, éd. A. HENRY, Bruges, 1956.

ÉTUDES (NOUS CHOISISSONS QUELQUES TITRES DANS UN VASTE ENSEMBLE)

EUSEBI, Mario, « Saggio comparativo sull'*Uggeri* del manoscritto Marciano fr. XIIIe la leggenda del Danese nella *Karlamagnús saga* e nella *Karl Magnus Krönike* », *Cultura Neolatina*, XXI (1961), pp. 141-145.
HIEATT, Constance B., « Ogier the Dane in Old Norse », *Scandinavian Studies*, XLV (1973), pp. 27-37.

— in *Karlamagnús Saga* ... Vol. I, Part III. *Oddgeir the Dane*, Introduction, pp. 230-238 (cf. bibliographie générale, B).

SKÅRUP, Povl, « Contenu, sources, rédactions », in *Karlamagnús Saga. Branches I, III, VII et IX...*, *op. cit.*, pp. 352-353.

TOGEBY, Knud, *Ogier le Danois dans les littératures européennes*, Copenhague, Munksgaard, 1969.

VAN EMDEN, W. G., « The new Ogier corpus », *Medieval Scandinavia*, 12 (1988), pp. 122-146 [compte rendu très fouillé des deux ouvrages précédents].

VORETZSCH, Carl, *Über die Sage von Ogier dem Dänen und die Entstehung der Chevalerie Ogier*, Halle, 1891.

D. L.

Ogier le Danois

Chapitre I — Inimitié entre Charlemagne et Gaufroi

Nous allons maintenant parler quelque temps des rapports du roi Charlemagne et d'Ogier[1] le Danois. [Ogier eut un fils dénommé Baudouin[2], ce fut l'homme le plus distingué de toute la France, et le plus apprécié, aussi longtemps qu'il vécut.] Gaufroi[3], père d'Ogier le Danois, était mal aimé du roi Charlemagne, car il avait souvent conclu des accords de paix avec lui, et les avait à chaque fois rompus.

La dernière fois, il fut stipulé dans leur accord que le roi Charlemagne garderait son fils Ogier en otage. Gaufroi appréciait peu son fils à cause de [son épouse], belle-mère d'Ogier, et il accepta avec plaisir. Mais dès qu'Ogier fut parti, son père fit arrêter des hommes de Charlemagne, et fit périr les uns par le fer et les autres par pendaison ; et il faisait tout ce qu'il pouvait pour causer du tort au roi Charlemagne.

Chapitre II — Charlemagne menace de s'en prendre à Ogier

Un matin, Charlemagne se leva et se rendit à l'église Saint-Omer[4] où il écouta la messe. Puis il alla à son château et convo-

---

1. Oddgeir.   **2.** Baldvini.   **3.** Jofrey.   **4.** Ordines (A), Andomarus (B).

qua Ogier le Danois et Ganelon[1], son gardien, ainsi que ses hommes les plus puissants. Il dit alors à Ogier : « Ton père a mal agi envers moi et envers mes hommes. À présent c'est toi qui vas payer pour cela, en perdant à la fois les mains, les pieds et tous les membres. » Ogier répondit : « Par la volonté de Dieu et par la tienne, tu peux faire mieux que ce que tu viens de promettre, parce que tu sais qu'il est dégradant pour toi de me détruire. Mon père m'a envoyé ici en tant qu'otage parce qu'il a peu d'affection pour moi, et les paroles envieuses et malintentionnées de ma belle-mère Bélissent[2] sont la cause de tout. »

Ogier fit alors appel à l'entourage du roi pour lui venir en aide, et leur demanda de lui obtenir la grâce et le pardon du roi. Ils acceptèrent avec empressement, et douze comtes tombèrent dans le même temps aux pieds du roi, lui demandant tous ensemble d'avoir pitié d'Ogier. Mais le roi jura par sa barbe que même si tout l'or du monde lui était offert en retour, il n'obtiendrait pas sa grâce.

Chapitre III — Charlemagne veut faire pendre Ogier

Au même moment, entrèrent précipitamment deux chevaliers distingués et sévères. C'étaient des messagers venus de Rome[3]. Le roi les reconnut immédiatement, les salua et leur demanda quelles étaient les nouvelles. Ils avaient beaucoup de choses importantes à annoncer : « Amiral[4], le roi de Babylone[5], occupe Rome, et il n'y a pas de cathédrale ni de chapelle qu'il n'ait mise en pièces. »

Le récit de ces nouvelles attrista profondément le roi Charle-

---

1. Guenelun (A), Guin (Unger)/Gunius (Loth) (B), Gilimer (b[1]), Gunner (b[2]).   2. Belisent.   3. Rómaborg.   4. Ammiral.   5. Babilon.

magne. Il fit venir deux comtes, Salomon[1] et Rénier[2], et leur confia la garde d'Ogier le Danois. Il leur demanda d'aller à Rome pour y rassembler les notables[3], et élever de grands piliers sur la plus haute montagne qui se trouve là, « et Ogier y sera pendu ». Et il jura par saint Denis[4], son seigneur, qu'il inciterait ainsi tout autre à faire attention en lui livrant son fils en otage.

Chapitre IV — Charlemagne rassemble ses troupes

Après cela, le roi Charlemagne fit apporter ses sceaux, et rédiger des lettres pourvues de marques d'authenticité pour toutes les provinces depuis la garnison qui s'appelle Orient[5] jusqu'à Kormilie[6], et depuis les Alpes[7] jusqu'à la ville qui s'appelle Leutizia[8], disant : « Qu'aucun homme pouvant porter les armes, ni jeune ni vieux, ne reste en arrière. »

Lorsque toutes ces troupes furent arrivées à Paris[9] auprès de Charlemagne et qu'elles furent équipées d'armes comme pour la bataille, Charlemagne trouva là Alain le Bavarois venant du pays qui s'appelle Nantes[10], et le comte Simon, ainsi que vingt mille combattants. Le roi Charlemagne leur demanda alors s'ils voulaient bien lui venir en aide ou non. Ils répondirent d'une voix comme un seul homme, disant qu'ils allaient lui prêter main-forte, et ajoutèrent qu'ils ne lui feraient jamais défaut, « car nous sommes tous tes vassaux ».

Ils firent sortir de Paris une armée irrésistible, et n'installèrent pas de campement de nuit avant la ville appelée

---

1. Sölmundr (Unger) (A et B)/Saulmundr (Loth) (A).   **2.** Reiner (A), Remund (B).   **3.** une grande foule de gens (B).   **4.** Dionisius.   **5.** C. B. Hieatt suggère : Lorraine.   **6.** Kormialr (Unger)/Kornnale (Loth) (B), Konniale (b¹), Conmâle (b²). C. B. Hieatt suggère : Cormeilles ?   **7.** Mundíafjall (le mont de Mundia). Le terme désigne les Alpes.   **8.** Letiza (B). Lutèce ?   **9.** París.   **10.** Reconstitution hypothétique à partir de « Elon inn baeverski... Nautol » (A), « beverski... Nautes » (B).

Lausanne[1], de ce côté-ci des Alpes. Le roi Charlemagne prit là ses quartiers pour la nuit avec vingt mille combattants, et son armée se dispersa dans tout le pays, établissant des campements et des abris en feuillage.

Chapitre V — Charlemagne franchit la montagne

Charlemagne examina alors la montagne, et elle lui parut terrible à franchir à cause de ses pics et de ses hauteurs, du gel, de la neige et des glaces. Il s'adressa alors au Dieu du ciel en disant : « Père glorieux, toi qui toujours as été, es et seras, aide-moi dans le franchissement de cette montagne qui me remplit tant d'anxiété. »

Dieu entendit sa prière et il savait ce dont il avait besoin. Il lui envoya rapidement un grand secours et un bon guide. Au milieu de l'armée, sous les yeux de toute la troupe, arriva un cerf bondissant, blanc comme neige, qui avait quatre[2] rayons lumineux sur la tête ; puis il gravit la montagne à la course. Le roi Charlemagne comprit immédiatement qu'il devait lui être envoyé pour les aider. Le roi fit aussitôt plier les tentes et les campements, et charger ses chevaux et ses mules ; et ils se préparèrent à faire route au travers de la montagne. Puis ils voyagèrent durant six jours d'affilée au travers de la montagne, et ne perdirent ni chevaux ni mules, ni écuyers ni serviteurs ; et il n'est pas mentionné qu'ils installent un campement de nuit avant d'avoir atteint le flanc sud de la montagne.

---

1. Hypothèse partant de : Losena (A), Lutina (B), Lucina (b[1]), Lulina (b[2]).
2. sept (B).

Chapitre VI — L'exécution d'Ogier est suspendue

À présent le roi Charlemagne, avec toute l'armée, avait fait planter ses tentes ; [on] but du bon vin, et il réjouit ainsi toute sa troupe. Il fit alors venir Ogier, son otage, et ceux qui le gardaient l'amenèrent devant le roi qui dit : « Ton père a mal agi envers moi, cependant tu bénéficieras d'une grâce jusqu'à ce que je rentre à Paris. » Tous les hommes se réjouirent des paroles que le roi dit à Ogier, selon lesquelles il lui laisserait la vie sauve.

À ce moment arriva un jeune homme du nom d'Alori, venant de la cité qui s'appelle Biterne[1] ; il se dépêcha de parler dès qu'il vit le roi et dit ceci : « Il faut vous annoncer, seigneur, des nouvelles importantes et mauvaises : dans tout le royaume de Rome, vous pourrez rencontrer le peuple païen ; Amiral, le roi en chef, et Danemont[2] son fils ont envahi votre royaume et ont pris des otages dans toute la région des Pouilles[3]. »

Lorsque le roi entendit ces paroles, il en fut grandement affligé et appela aussitôt son armée, demandant qu'ils se préparent rapidement à se mettre en marche. Ils s'équipèrent immédiatement avec de bonnes broignes et des armes de toutes sortes – l'on pouvait voir des trésors de maintes sortes rassemblés là – et ils se tournèrent vers la Lombardie[4].

Chapitre VII — Naimes prend Ogier à son service

Les Francs chevauchent maintenant vaillamment et hardiment, et ne s'arrêtent pas avant d'avoir atteint la ville qui s'appelle Sutre[5]. À cet endroit le pape Milon vient au-devant de Charlemagne, apportant avec lui les saintes reliques de l'apôtre

---

1. Biterna. **2.** Danamund (A), Danamunt (B). **3.** Púlsland (A), Ulland (B). **4.** Lungbarðaland. **5.** Frustra (A), Sustra (B).

Pierre[1] et de maint autre saint. Le roi et toute sa troupe s'agenouillèrent devant lui et le remercièrent vivement d'être venu à leur rencontre. Le pape Milon annonça à Charlemagne que les païens avaient dévasté une grande partie de sa terre. Le roi répondit : « Que Dieu exerce sur eux sa vengeance, et je me vengerai d'eux si je peux. »

Le roi fait venir près de lui ceux de ses chefs dont les noms suivent : Salomon, Rénier, le duc Fromont[2], le duc Naimes[3], Gaifier de Bordeaux[4], Richard du Mans[5], Ganelon le Français[6] – c'étaient les principaux chefs parmi tous ses barons. « Seigneurs, dit Charlemagne, nous allons nous préparer à affronter l'armée des païens. Je dirigerai moi-même les opérations et je mettrai ma vie en jeu. »

Le duc Naimes dit alors : « Seigneur, prête-moi Ogier le Danois, ton otage, pour porter mes armes et me servir d'écuyer aujourd'hui, parce que Gadamont[7], mon neveu, est malade et ne peut pas m'accompagner. » Le roi répondit : « Il est mon otage, et ce sera un crime s'il m'échappe. » Le duc Naimes répondit : « Je vais le cautionner en gageant ma foi et tout le domaine qui dépend de moi.

— Qu'il en soit ainsi », dit le roi.

Le duc Naimes dit ensuite : « Ogier, prépare-toi, tu vas venir avec moi. » Quand Ogier entendit ces paroles, il en fut tout réjoui et prit ensuite la parole : « Loué sois-tu, Père du ciel, qui toujours as été et qui seras éternellement, du fait que ma situation ait évolué de telle sorte que je fasse désormais partie des hommes de bien, et que je serve dans l'armée du roi en personne. Je prends cet engagement que je vais tenir : quel que soit l'endroit où nous rencontrerons tous ensemble les païens, tant que j'aurai un cheveu sur la tête et que mon cheval sera en vie, personne ne me passera devant en première ligne. »

---

1. Pétr. 2. Fremund. 3. Nemes. 4. Jofrey af Bordela (A), af Bordall (B). 5. Rikarŏr af Mens (A), af Mars (B). 6. Guenelun valski (A). B contient un nom très différent : Guarin hinn vaski (Garin le Vaillant), Goarin (b¹), Jōarin (b²). 7. Guadamunt (A), Guadamund (B), Guaramund (b¹) – Grandoisnes dans *Ch.O.*

Le roi est prêt ainsi que toute son armée, et ils chevauchent une grande partie de la journée sans apercevoir l'armée païenne.

Chapitre VIII — Les Francs se préparent à combattre

Vous allez à présent entendre quelle est l'arrogance des païens. Le fils d'Amiral, le roi en chef de Babylone, qui se nomme Danemont le Brave, quitte Rome à cheval avec vingt mille chevaliers ; les mêmes à la fois se sont emparés d'une grande partie du royaume de Charlemagne, et ont fait prisonniers des femmes, des enfants et des jeunes filles [1]. Ces malheureux ont appelé l'aide de Dieu et demandent que le roi Charlemagne vienne les délivrer des souffrances que leur infligent les païens.

Un homme vient maintenant trouver le roi qui l'avait envoyé en éclaireur, et il parle ainsi : « Je vous dis en vérité, seigneur, que des païens se trouvent sur vos terres, et qu'ils sont prêts à engager une bataille contre vous. » Le roi demande alors au duc Naimes et aux autres chefs ce qu'il doit faire. Le duc Naimes répond avant tous les autres chefs et dit à haute voix : « Nous allons nous préparer immédiatement à la bataille et avoir à l'esprit un seul souci : frapper fort et nous rougir les deux bras de sang jusqu'aux épaules, et ne laisser en aucune façon les païens nous repousser. »

Alori, dont on a fait mention auparavant, demande à porter la bannière du roi Charlemagne dans la bataille, et le roi le lui accorde, mais c'est une mauvaise décision car il n'y a pas de plus grand lâche dans tout le royaume, et à cause de lui des Francs seront tués, [déshonorés] et mis à mal de maintes façons.

---

1. à la fois des hommes et des femmes, jeunes et vieux (B).

Chapitre IX — Danemont exhorte ses troupes

Les païens voient à présent l'armée du roi Charlemagne, et sa bannière, dans une vallée qui se trouve à leur droite, et vingt mille chevaliers en armes auprès d'elle. Le prince Danemont, le païen, s'adresse à ses troupes : « Je reconnais ici la bannière du roi Charlemagne. Lançons maintenant un terrible assaut, et que chacun fasse ce qu'il peut. »

On pouvait alors voir de nombreuses bannières, des rouges et bleues, et des multicolores. Les Francs auraient obtenu la victoire ce jour-là, n'eût été la couardise d'Alori.

Chapitre X — Traîtrise d'Alori

Voici les Francs qui chevauchent avec leur armée contre les païens, et de même les païens contre eux. L'on peut voir là maint coup d'épée [et de hache], maint bouclier fendu, mainte broigne déchirée, mainte lance brisée, ainsi que des épieux et toutes sortes d'armes de jet. Alori, la bannière à la main, pense en lui-même comme un vil félon traître à son seigneur : « Ces païens sont redoutables et difficiles à combattre, et il y a peu à espérer ici. »

Il fait alors venir près de lui un puissant chef qui était de ses parents, du nom de Chernuble[1], originaire de Lombardie[2]. Alori lui dit ce qu'il avait en tête : « Je propose que nous nous retirions avec notre troupe, étant donné qu'il est évident à présent qu'aucun d'entre nous n'obtiendra la victoire dans cette bataille. »

Puis ils s'enfuient, la lâcheté au cœur, avec cent hommes

---

1. Proposition d'A. Patron-Godefroit pour Gernublus (A), Genob (B) ; C. B. Hieatt pense à Gilibert. **2.** Langbarðaland.

parmi ceux qui les suivaient. Quand il voit cela, Danemont s'écrie à l'adresse de ses hommes : « Attaquons durement, dit-il, le porte-enseigne du roi Charlemagne est en train de fuir, ce qui nous montre qu'ils vont rapidement tous céder. » Là-dessus ils s'emparèrent du duc Naimes, le meilleur chef dans l'armée de Charlemagne, d'un second homme du nom de Beuve[1], de Samson le puissant duc[2], et de beaucoup d'autres hommes appartenant à la troupe de Charlemagne. Les païens assaillirent durement les Francs, mais ceux-ci se défendirent avec efficacité et courage.

À cet instant, un bon chevalier du nom de Salomon vint près du roi. Il plaça immédiatement son bouclier devant le roi et dit : « Tu as commis une erreur, roi, lorsque tu as donné la bannière à porter à Alori, le pire des hommes de ton armée, et les païens ont dans l'idée que nous allons prendre la fuite ; mais nous sommes ici face à une alternative, nous allons soit obtenir la victoire, soit trouver la mort. » Le roi Charlemagne dit ensuite : « J'éprouve une grande peine pour les chefs que les païens nous ont pris, le duc Naimes et les autres qui l'accompagnaient. » Le roi ajouta : « Attaquons vaillamment, [vengeons-les,] et que chacun combatte aussi longtemps qu'il peut. » [Et c'est ce qu'ils font.]

Mais les païens en face sont nombreux et vaillants, et ils tuent à ce moment le chef qui s'appelle Anquetin[3], Droon[4] le Vieux, et en troisième Morant son frère ; et ils décimèrent si massivement la troupe qui entourait le roi qu'il se retrouva seul, à pied, au milieu d'un millier de païens. Il demanda alors l'aide de Dieu, brandit son épée, se protégea de son bouclier et se défendit face aux païens mieux qu'un sanglier dans la forêt face à une meute de petits chiens, lorsqu'ils l'attaquent avec acharnement.

Là-dessus, sept cents hommes, des Francs, armés jusqu'aux dents, vinrent au secours du roi Charlemagne ; ils dressèrent un rempart de boucliers autour de lui et lui donnèrent un bon

---

1. Bofi (A), Boven (B).   2. « le troisième chef » (A) me paraît peu clair.
3. Asketill.   4. Dorunt (A), Dorun (B), Doran (b).

cheval à monter, comme il convenait. Il n'eut pas peur pour sa vie, car il avait alors confiance dans ses troupes.

Chapitre XI — Ogier arrive avec sa propre troupe

Il faut à présent parler d'Ogier le Danois. Il se trouvait de l'autre côté à la lisière d'un bois escarpé, non loin de la bataille, en compagnie d'un millier d'écuyers. Il monta sur une hauteur et regarda le combat. Il vit très peu d'hommes près du roi, et d'un autre côté vit qu'Alori s'enfuyait avec la bannière du roi et cent Lombards.

Il se hâta de revenir près de ses compagnons et leur révéla ce qu'il avait vu : « À présent, si je peux donner mon avis[1], nous allons couper la route à Alori afin de l'empêcher d'emporter d'ici des armes[2] ou des chevaux ; puis nous irons porter secours au roi et obtenir soit un redressement de la situation, soit la mort. »

Ils acceptèrent avec joie[3], puis chevauchèrent en direction des fuyards. Dès qu'ils se rencontrèrent, Ogier demanda à Alori pourquoi ils fuyaient, et ce qui leur était arrivé. Alori répondit : « Le roi Charlemagne a été pris et notre troupe a péri. À présent, nous devons nous retirer. » Ogier lui répondit : « Tu mens misérablement, et la vérité est plutôt que tu n'as pas eu le courage de résister et que tu es un vrai traître à ton seigneur. » Il se saisit alors de lui et le fit tomber de son cheval ; il lui asséna un coup de poing derrière la tête, et il lui retira sa broigne, lui arracha son bouclier des mains et prit son épée incrustée d'or à sa ceinture.

Ogier interpella ensuite ses compagnons – ils[4] étaient mille écuyers : « Emparons-nous d'eux, dépouillons-les de leur

---

1. À présent, je veux que (B). **2.** des armes, des protections ou des chevaux (B). **3.** d'accomplir sa volonté (B). **4.** « Þeir | váru » – le manuscrit a commencé ici seulement pour cette branche.

armure et ne leur laissons pas emporter d'ici des armes ou des chevaux. » Ils firent alors ce qu'il avait ordonné. Après cela, il les adouba chevaliers avec les armes des fuyards ; et quand les boucliers vinrent à manquer, ils arrachèrent l'écorce des arbres et s'en firent des protections.

Ogier prit la bannière du roi dans sa main et ils chevauchèrent vers le champ de bataille. Ogier se plaça à la tête de cette troupe composée des écuyers devenus chevaliers et de maint autre chevalier.

Chapitre XII — Ogier attaque les païens

Le roi Charlemagne est maintenant en mauvaise posture dans la bataille, et les païens l'attaquent sans répit. Le roi dit alors à ses hommes : « Il est clair à présent qu'Alori a montré sa mauvaise nature, car il est traître à son seigneur. Si Dieu me permet de revenir en France, il n'obtiendra rien de mon royaume qui ait la valeur d'un sou, ni lui ni les siens. À présent nous allons frapper comme des preux, [et que chacun fasse ce qu'il peut] tant qu'il en reste un debout. »

À cet instant, les païens cédèrent et se replièrent sur Rome. Mais Danemont avait capturé le duc Naimes, Huidelon le Vieux[1], et en troisième lieu le duc Samson, et il les emmenait attachés près de lui, installés sur des bêtes de somme.

Ogier le Danois se tenait près de [l'endroit où ils passaient], et [les païens] ne s'en rendirent pas compte avant qu'[Ogier et les siens] poussent le cri de guerre contre eux. La panique se répandit dans les rangs des païens quand ils entendirent le cri des Francs. Puis Ogier chevaucha contre un des rois des païens qui s'appelait Falsaron ; il surveillait les chefs de l'armée de Charlemagne qui avaient été pris. Ogier le frappa de sa lance,

---

1. Edolon (Unger)/Edelon (Loth) (A), Edulon (B).

le renversa de son cheval et le jeta mort à terre. Puis [il libéra les chefs et les délivra des mauvais traitements des païens[1], puis ils avancèrent] et abattirent des centaines de païens.

Ensuite, il retourna au combat auprès de l'armée du roi Charlemagne avec toute sa troupe. Lorsque Charlemagne vit où son étendard se dirigeait en toute hâte, il appela Salomon et Rénier et dit : « Nous avons accusé Alori inconsidérément : le voici revenu avec ses troupes pour nous porter secours. »

Chapitre XIII — Ogier est honoré par Charlemagne

Accourut ensuite un jeune homme qu'Ogier avait nouvellement adoubé chevalier. Le roi Charlemagne le reconnut très bien et l'appela à haute voix : « Dis-moi, chevalier, d'où arrivent ces hommes [qui viennent nous porter secours] ? » Le jeune homme répondit au roi : « C'est Ogier le Danois, votre otage ; il a adoubé chevalier un millier d'écuyers, et il arrive maintenant pour vous porter secours. Il est allé récupérer vos chefs que les païens avaient faits prisonniers et dont vous pensiez qu'ils avaient été tués. Il a également vaincu tous les Lombards qui fuyaient avec Alori, votre porte-enseigne. » Le roi Charlemagne répondit alors : « Dieu soit loué pour ces nouvelles ! Ogier nous a bien aidés, moi et mes hommes, par la grâce de Dieu ; à présent, nous allons chevaucher hardiment et aller prêter main-forte aux écuyers. »

Ensuite le roi Charlemagne se mit en route avec son armée, et il repoussa les païens jusqu'aux Alpes. Ogier suivait toujours le roi de près. Le roi dit alors à Ogier : « Prends ici un cheval de prix, et je te ferai en outre l'honneur de devenir le premier des pages de ma maison ; tu pourras prendre part à mes décisions toutes les fois que tu le voudras, et tu seras mon porte-

---

[1]. il s'approcha des chefs qui avaient été faits prisonniers, et ils abattirent (A).

enseigne aussi longtemps que tu vivras. » Ogier remercia le roi pour ces présents et voulut se jeter à ses pieds, mais le roi prit Ogier par la main, le releva et ne voulut pas le laisser s'agenouiller.

Un chef nommé Sadome[1] fit demi-tour et dit à Ogier : « Qui es-tu, preux chevalier monté sur ce bon cheval, toi qui poursuis si obstinément les fuyards ? Je suis intrigué par ce qui arrive à cette bannière que tu tiens dans ta main : tôt ce matin, quand nous sommes arrivés au combat, cette bannière a fui, ainsi que tous ceux qui étaient placés sous elle ; puis elle est revenue, et la bataille a été beaucoup plus acharnée qu'auparavant, et nous devons à présent nous enfuir. Je te demande maintenant, au nom du Dieu auquel tu crois, de m'expliquer [en vérité] pourquoi les choses se sont passées ainsi. »

Ogier répondit alors : « Un homme appelé Alori fut le premier ce matin à porter la bannière, et il s'est enfui en raison de sa lâcheté et de sa couardise, et nous, un millier d'écuyers, nous étions près de là. Nous leur avons demandé ce qui se passait, et ils nous firent une réponse dure à entendre si elle était véridique : le roi Charlemagne avait été fait prisonnier et toute son armée avait été massacrée. Nous les avons ensuite dépouillés de leur armure et leur avons pris tout ce qui avait de la valeur, des chevaux et des armes, de même que cette bannière ; et nous l'avons ramenée sur le champ de bataille et nous vous avons causé un grand dommage. »

Sadome répondit alors : « Je vais rapporter ces nouvelles à Amiral, le roi en chef, et je te convoque pour un duel contre le roi qui s'appelle Caraheu[2] – il dispose d'une armée constituée d'une grande quantité d'hommes venus de nations de toutes sortes, et c'est un chevalier de valeur. » Ogier répondit alors : « Puisque tu vantes à ce point son mérite [ainsi que son armée], dépêche-toi d'aller le trouver, et demande-lui de se rendre avec des hommes à l'endroit prévu pour le duel dans ce pays. S'il veut se battre avec moi, qu'il vienne là ; et que la victoire revienne à celui d'entre nous que Dieu choisira. »

---

1. Soddome (a), Sadomi (B, selon A. Loth). **2.** Karvel.

Chapitre XIV — Charlot vient rejoindre son père

La ville où le roi descendit après cette bataille se nomme Sutre. Il s'entretint avec ses hommes et leur demanda de lui conseiller ce qu'il devait faire à présent. Certains demandaient qu'ils reprennent les hostilités, mais d'autres qu'Ogier affronte seul Caraheu. Arriva alors Charlot[1], le fils du roi Charlemagne, accompagné d'une grande quantité de jeunes gens distingués venant de France. Le roi Charlemagne en personne alla à sa rencontre, et l'embrassa ; puis il lui demanda : « Quand es-tu arrivé ici, mon fils, et depuis combien de temps es-tu adoubé chevalier ?

— Cela fait six semaines, dit Charlot ; le premier jour de Pâques, le duc Thierry d'Ardenne[2] me donna ces armes, et me demanda d'aller vous trouver avec toute la troupe que je pourrais constituer.

— Que Dieu lui rende grâces, ainsi qu'à toi, dit-il ; nous avons besoin de bons guerriers, du fait que les païens ont tué une grande quantité des nôtres. »

Charlot répond à son père : « Avant demain midi, je porterai mes armes contre Rome, et avec mes hommes nous allons nous mesurer aux païens afin de savoir qui aura l'honneur de la victoire. »

Chapitre XV — Charlot et les païens se préparent au combat

Il faut à présent parler du roi Charlemagne et de son armée. Il a amené son campement si près de Rome qu'il voit tout ce qui s'y passe. La nuit suivante, Charlot s'adressa à ses troupes

---

1. Karlot. 2. Terri af Ardena – on trouve dans la branche I un Drefia duc d'Ardenne, qui semble être le même personnage.

et dit : « Préparez-vous au plus vite, armez-vous et allons affronter les païens. »

Un homme qui se nomme Guielin[1] répond au fils du roi : « Demandons à Ogier le Danois de se joindre à nous. » Charlot répond : « Évitons absolument que ce Danois retire du prestige de cette bataille. Je veux la livrer moi-même en compagnie de mes troupes. »

Dès qu'ils se furent éloignés, ils rencontrèrent un païen qui espionnait leur troupe. Il épia la troupe de Charlot et se hâta de retourner auprès de Caraheu pour lui apprendre que des chrétiens s'étaient préparés pour se battre contre eux. Quand Caraheu apprit ces nouvelles, il convoqua deux chefs, Masan[2] et Susabran[3], et leur demanda de préparer leur armée et de se porter contre Charlot, le fils du roi. Sept mille païens furent aussitôt en armes et ils se disposèrent à livrer bataille aux chrétiens.

Mais le roi Charlemagne ne connaissait pas les intentions de son fils, car Charlot ne voulait pas qu'il fût mis au courant.

Chapitre XVI — Charlemagne fait un rêve

La nuit où Charlot quitta le camp, le roi Charlemagne se trouvait dans sa tente, et il fit un rêve où il se voyait lui, son fils Charlot, le duc Naimes et Ogier le Danois. Il lui sembla qu'ils étaient à quatre dans une forêt, qu'ils y étaient venus pour chasser, et qu'eux quatre avaient tué de grandes bêtes. Mais ils virent alors trois lions qui se jetaient sur eux furieusement et qui les attaquaient avec acharnement, mais eux se défendaient avec efficacité et courage. Enfin, il crut voir que les lions l'emportaient sur son fils Charlot, et juste après sur le duc Naimes.

---

1. Guibilin (A), Guiddilin (a), Guibel (B). 2. Masan (A), Marsan (B, selon A. Loth). 3. Susabran (A), Kusabran (B) – on trouve dans *Ch.O* Sorbrin et Corsuble.

Il lui sembla alors qu'Ogier le Danois s'interposait et que, ce faisant, il abattait deux lions, mais le troisième s'enfuyait et il le poursuivait longuement [dans des lieux désolés].

Au moment où le roi s'éveilla, toutes les chandelles qui se trouvaient dans la tente et qui auparavant brûlaient, s'éteignirent ; et sept de ses pages bondirent prestement et vinrent près de son lit. Le roi leur dit alors : « Beaucoup de choses m'ont été révélées à l'instant. » Puis il demanda « Où est Charlot mon fils ? » Ils répondirent qu'il était parti à la rencontre des païens, « et nous avons dans l'idée qu'il aura besoin de votre aide avant que vous le revoyiez, car maintenant les païens et lui sont peut-être en train de se livrer bataille ».

Chapitre XVII — Combat opposant Charlot et les païens

[Il faut dire maintenant que] les païens chevauchent hardiment [contre les chrétiens], et ceux-ci[1] ne s'en aperçoivent pas jusqu'au moment où les païens poussent leur cri de guerre contre eux. Ensuite, ils se rencontrèrent et se lancèrent dans un combat acharné.

Cela dura toute la journée, et il est dit qu'il n'y eut jamais en une journée d'affrontement plus rude que celui que les Francs soutinrent alors. Ils avaient sept cents hommes, alors que les païens en avaient vingt mille[2]. On pouvait voir là des hampes de lances brisées, des heaumes fendus, des boucliers en pièces et des broignes déchirées.

Au même moment arriva Caraheu à cheval ; il s'écria à haute voix et parla en ces termes : « Où es-tu, Ogier, le preux du Danemark ? Avance-toi donc vers moi, et mesurons nos qualités chevaleresques ! » Un duc qui s'appelait Ernaut[3] le Sage lui

---

1. et Charlot ne s'en aperçut pas (B).   2. sept mille (B).   3. Erlant (A), Erland (B), Erlon (b).

répondit alors : « Valeureux combattant, l'homme après lequel tu demandes n'est pas ici, mais [il y a pourtant ici un homme à sa place, |qui maintenant te parle,| et qui par amitié pour lui désire venir se battre contre toi] [1]. »

Ils piquèrent alors des éperons, foncèrent l'un sur l'autre, brisèrent la hampe de leur lance, mais aucun des deux ne tomba de cheval. Puis ils se précipitèrent l'un vers l'autre une seconde fois, et chacun fendit le bouclier doré de l'autre. Ils combattirent longtemps sans qu'aucun des deux |renverse l'autre de son cheval et le mette en fuite.| Finalement, leurs hommes les séparèrent.

Il résulta de leur affrontement que les Francs perdirent ce jour-là maints combattants de valeur avec armes et chevaux. Un chevalier de la troupe de Charlot fut blessé à mort et abandonna le champ de bataille ; il ne s'arrêta pas avant d'être parvenu devant le roi Charlemagne. Le chevalier dit alors : « Seigneur, avant le lever du jour nous sommes partis d'ici à sept cents chevaliers, en compagnie de votre fils Charlot, pour aller au-devant des païens, et j'ai le pressentiment que peu d'entre nous restent en vie. »

Quand le roi Charlemagne entendit ces nouvelles, il appela Ogier le Danois et lui donna l'ordre d'aller porter secours à Charlot. Ogier lui répondit : « J'irai très volontiers là où vous voudrez [2] bien m'envoyer. » Puis il se prépara, revêtit ses armes, fit prendre sa bannière pour qu'on la porte devant lui. Il partit à cheval accompagné de sept cents chevaliers, et il ne s'arrêta pas avant d'être arrivé en bas d'une hauteur où il captura immédiatement les gardes des païens et les fit tous exécuter.

---

1. La fin de cette phrase présente de nombreuses variantes de détail d'un manuscrit à l'autre, et A paraît le moins satisfaisant. Nous préférons la leçon de B en y intégrant quelques mots empruntés au manuscrit a (entre traits droits).   2. À partir d'ici une page est manquante dans le manuscrit a.

Chapitre XVIII — Caraheu défie Ogier en duel

Charlot en appelle maintenant à ses troupes et à Dieu tout-puissant, et parle ainsi : « Père glorieux, toi qui éternellement as été et seras, aide-nous, moi et mes troupes, dans ta grandeur, à surpasser nos ennemis aujourd'hui. Plût à Dieu qu'Ogier le Danois fût ici ! »

Là-dessus il porta son regard du côté droit, et vit sortir d'un bois dans un vallon la bannière d'Ogier et l'armée des Francs. Lorsque Ogier arriva sur le champ de bataille, les païens s'alarmèrent, et ils semblaient avoir perdu l'esprit et faisaient mauvaise figure. Les Francs les attaquèrent hardiment, à coups de lance et d'épée, et tuèrent une grande masse de païens ; la déroute gagna leurs rangs plus vite qu'on ne pouvait l'espérer. Caraheu s'enfuit avec les autres, parce qu'il voyait que ses chances de succès devenaient moindres que celles des chrétiens [du moment qu'Ogier venait se joindre à eux].

Ogier se précipita vers Caraheu et lui dit : « Qui es-tu, chevalier, toi qui as tué tant de nos hommes ? Comment t'appelles-tu ? Pourquoi prends-tu la fuite sans me défier ? » Il répondit : « Je m'appelle Caraheu ; si tu veux te battre avec moi seul à seul, je te convoque à Rome pour m'affronter en duel. Notre roi en chef possède une fille qui se nomme Gloriande[1] ; elle a un visage gai et joli, elle est ma bien-aimée et ma fiancée. Elle va assister à notre rencontre, et regarder notre combat. Si tu l'emportes sur moi, je persuaderai le roi Amiral afin que tu obtiennes la jeune femme, et personne ne s'y opposera.

— Si tel est ton désir, dit Ogier, j'irai auparavant trouver le roi Charlemagne afin d'obtenir son accord pour aller là-bas [et me battre en duel]. Si j'obtiens son accord, ce que tu demandes se réalisera assurément. »

Ensuite, ils se séparèrent, et Caraheu s'en alla avec son armée ; ils ne s'arrêtèrent pas avant d'être parvenus auprès du

---

1. Gloriant.

roi Amiral et ils dirent qu'ils étaient vaincus. Ogier arriva aussitôt au fleuve qui s'appelle le Tibre [1] ; il le traversa et rencontra là le roi Charlemagne.

Le roi chevaucha au travers des troupes et ne s'arrêta pas avant d'avoir trouvé son fils Charlot. Le roi avait un bâton à la main et il voulait le frapper à la tête ; et c'est ce qui serait arrivé si deux ducs ne l'en avaient empêché. Il dit : « Tu es un homme de rien et tu as mal disposé de mon armée ; à présent, les païens vont se vanter et se réjouir de ce qu'ils t'ont vaincu et qu'ils nous ont déshonorés. » Mais Charlot répondit à son père : « Nous avons obtenu la victoire, et les païens ont pris la fuite ; n'en soyez donc pas courroucé. »

Chapitre XIX — Charlot accepte un duel contre Sadome

Parlons à présent de Caraheu. Il dit au roi Amiral : « Je veux te donner un conseil profitable, roi : envoie un messager au roi Charlemagne, un qui à la fois soit vaillant, éloquent, ne reculant devant rien, et demande-lui qu'il garde son royaume sans prendre le tien, ou alors il aura affaire à ton armée. » Le roi demanda : « Lequel de mes hommes va bien vouloir entreprendre une expédition aussi périlleuse ? » Caraheu répond : « Je veux bien y aller, si tu y consens, roi. » Le roi Amiral dit alors : « Cela ne me paraît pas bienvenu, car je crains que tu ne subisses de mauvais traitements. » Caraheu répond : « Le roi Charlemagne est un si bon [et si grand] chef qu'il n'acceptera pas qu'on touche à moi plus qu'à l'un de ses membres. »

Là-dessus, Caraheu commença ses préparatifs. Il s'habilla : ses vêtements étaient taillés dans le meilleur velours, et pour son manteau l'on ne sait pas en quel tissu il était fait – mais on

---

1. Tifr.

le trouve dans une île située dans la moitié sud du monde, et il est produit par les vers. Là-dessus, on amena une mule pourvue d'une selle, la meilleure qui soit dans l'armée du roi Amiral.

Il sauta en selle, et chevaucha sans s'arrêter jusqu'à ce qu'il arrive chez le roi Charlemagne ; il le salua courtoisement en disant : « Que le Dieu auquel croient les Francs, et qui règne sur la gloire céleste, bénisse et protège le roi Charlemagne et tout son royaume et son empire, ainsi que [ses chevaliers, et] plus que tous Ogier le Danois. Notre roi en chef, Amiral, m'envoie ici pour vous apporter l'offre suivante : que tu lui laisses posséder Rome en paix, puisque cette terre lui revient par héritage, et que tu n'en revendiques pas la propriété ; si tu n'y consens pas, alors je te jure par ma foi que vous pouvez vous attendre à devoir livrer bataille contre le roi Amiral et son armée, et tu pourras alors savoir qui a le droit pour lui. »

Caraheu ajouta[1] : « J'ai une affaire à régler avec Ogier le Danois ; accorde-lui la permission, roi, de venir se battre en duel avec moi : si le combat tourne de telle sorte qu'il l'emporte sur moi, le roi Amiral quittera Rome, et tu jouiras d'une paix illimitée avec ses hommes tout le restant de ta vie. » Ogier répondit : « Je suis prêt à participer à ce duel. »

Mais Charlot dit à Ogier : « Tu m'as gravement offensé, puisque j'avais dans l'idée de prendre part à ce duel – moi, et non pas toi. » Caraheu répondit alors : « Tu es un homme très envieux ; voici ce que je te dis : je ne me battrai jamais avec toi, et ne prendrai pas mon bouclier pour t'affronter. »

Charlot dit alors à Ogier : « Je t'interdis d'affronter les païens sans ma permission. » Caraheu dit alors à Charlot : « Que penses-tu de ceci ? Puisque tu aspires [tant] à participer à un duel, je vais t'opposer au roi couronné qui se nomme Sadome ; vous vous battrez en duel entre vous deux.

— Je veux bien, dit Charlot, si Ogier considère qu'il peut en être ainsi. »

---

1. B présente une leçon assez différente. L'intervention de Caraheu ne s'interrompt pas et il continue simplement par ces mots : « L'autre possibilité est que vous donniez à Ogier la permission... »

Ogier répond : « J'y consens, si le roi Charlemagne le permet. » Le roi répond : « Il me paraît convenable qu'Ogier affronte Caraheu en duel, mais il ne me paraît pas juste que mon fils affronte Sadome, étant donné qu'il est encore jeune et qu'il peut à peine manier les armes et porter une armure [face à un champion tel que Sadome]. » Charlot rétorque : « Tu fais de moi piètre louange, père, puisque tu me considères comme incapable [au point que je puisse à peine manier les armes] ; mais je jure par le saint apôtre Pierre, que je ne rentrerai pas avant d'avoir affronté Sadome sur le champ de bataille ; et que la victoire revienne à celui d'entre nous que Dieu choisira. » Le roi Charlemagne dit alors à Caraheu : « Il n'y a pas d'autre solution : vous vous rencontrerez[1]. »

Caraheu s'en alla ensuite, et ne s'arrêta pas avant d'être arrivé à Rome. Une foule bigarrée vint à sa rencontre et ils lui demandèrent comment son voyage s'était passé. Il dit au roi Amiral : « Nous allons livrer bataille, Sadome et moi, et contre nous il y aura deux braves combattants, Charlot, le fils du roi Charlemagne, et Ogier le Danois. S'ils l'emportent sur nous, tu devras te retirer, roi Amiral, et ne plus jamais t'opposer au roi Charlemagne [; mais si nous obtenons la victoire, tu posséderas Rome et ce royaume]. »

Là-dessus, ils s'armèrent tous deux, et furent prêts pour la bataille.

Chapitre XX — Double duel à Rome

Parlons maintenant de Charlot, le fils du roi. Il se prépare prestement et [le roi seul le] revêt de ses armes. Le duc Naimes arme Ogier le Danois : tout d'abord il lui met sa cotte à doubles mailles,

---

1. Dis au roi Amiral que j'accepte le duel dans les conditions que vous avez établies auparavant (B).

puis il place un heaume sur sa tête, fait dans le meilleur acier ; le parement qui se trouvait sur le heaume valait dix livres d'argent.

On amena alors un cheval qui était le meilleur de l'armée du roi Charlemagne. Ogier monta sur le cheval [sans se tenir ni à l'étrier ni à l'arçon de la selle]. Il prit sa lance dans sa main, ainsi que sa bannière qui se nomme Gaifier[1]. Il est maintenant bien armé, mais Charlot l'est encore mieux s'il est possible.

Ils chevauchent ensuite vers le Tibre, montent sur un bateau, et se rendent dans l'île où les duels doivent se tenir. Voilà les quatre champions venus sur le champ de bataille. Pourtant tout n'était pas exempt de fraude du côté païen, bien que ce fût [contre la volonté et] à l'insu de Caraheu et de Sadome.

Chapitre XXI — Machination de Danemont

Il faut à présent parler de Danemont, le fils du roi [Amiral]. Il va à sa tente et dit à ses hommes ce qu'il a en tête : « Caraheu a mal agi envers nous, car il a emmené avec lui ma sœur Gloriande sur le lieu du duel sans mon accord ; je sais que leur amour en est la raison. Cependant, je ne pense pas que ce soit une mauvaise action en tout point, étant donné que nous n'avons pas de combattant aussi brave que Caraheu dans tout le royaume du roi Amiral, et l'enjeu est important pour nous : si nous perdons ces deux guerriers hors pair, il ne nous sera plus possible de livrer bataille au roi Charlemagne ensuite. Mon idée est que nous placions nos troupes dans l'île où ils vont s'affronter en duel, et que nous nous cachions dans le bois qui se trouve à côté ; si nous voyons que nos hommes vont être vaincus, nous leur porterons secours, et nos ennemis seront rapidement surpassés. »

Les chevaliers de Danemont approuvèrent son plan ; ils allè-

---

1. Gafers – bannière qu'avait confectionnée la fille du roi Ginver (B), Gimner (b[1]).

rent ensuite dans l'île et se cachèrent dans les bois adjacents. Il est regrettable qu'Ogier et Caraheu n'aient pas su [qu'on les trahissait, car s'ils l'avaient su, on aurait longtemps gardé en mémoire la façon dont ils en eussent tiré vengeance [1]].

Chapitre XXII — Le duel s'engage entre Ogier et Caraheu

Voilà maintenant ces quatre champions sur le champ de bataille, prêts au combat. Caraheu pique son cheval à coups d'éperon. Il est plus agile qu'on ne saurait dire. Il chevauche vers Ogier et lui dit : « Je vais te montrer ma bien-aimée, celle dont j'ai fait l'éloge devant toi. Vois-tu le bel olivier qui se trouve là dans le bois ? Elle est assise dessous. Si tu veux renoncer à ton Dieu, et devenir le vassal du roi Amiral, ajouta-t-il, je te donnerai les fiefs qui s'appellent Perse et Coroscane [2], ainsi que toutes les possessions qui vont avec. »

Ogier répond alors : « Tu tiens là des paroles insensées et indignes d'un vaillant guerrier. Le roi Charlemagne m'a envoyé ici de sa part afin de préserver ses lois, reconquérir ses terres héréditaires pour les replacer sous son contrôle, et m'opposer à vos exactions et à vos ambitions. Mais ta bien-aimée me paraît extrêmement belle et courtoise, comme on l'attend de la part d'une fille de roi, et à cause d'elle je m'approcherai aujourd'hui de très près de ta broigne ; tu vas te rendre compte ainsi que tu n'as jamais échangé de coups avec moi auparavant. »

Chacun d'eux pique à présent son cheval à coups d'éperon, et ils se battent durement pendant un long moment : chacun assène à l'autre de puissants coups sur son bouclier doré. Ils

---

[1]. n'en aient rien su, car ils auraient tiré vengeance de cette trahison (A).
[2]. Persia, Choruskana (A) ; Persida, « borg er Choruscana heitir » (la cité qui s'appelle Choruscane) (B).

combattirent si longuement qu'ils durent l'un comme l'autre descendre de cheval ; les voilà tous deux à pied, et ils cessèrent le combat pour cette fois, et se reposèrent.

Chapitre XXIII — Duel opposant Charlot et Sadome

Le roi Sadome voit maintenant que Caraheu et Ogier se battent durement. Il pique des éperons son cheval qui se nomme Bruant, chevauche hardiment contre Charlot, mais le fils du roi l'attaque bravement[1] ; ils se percutent à coups de lance et se frappent à coups d'épée, et leur affrontement est rude.

Sadome, le roi païen, dit à Charlot : « Abandonne tes armes, car je suis en passe de te vaincre. Ton père a commis une folie en t'envoyant dans cette île pour m'affronter ; après sa mort, la France sera dépourvue d'héritier à cause de toi, car nous allons conclure notre duel de telle façon que tu ne seras jamais plus héritier de rien.

— Tu parles de façon irritante et insensée[2], dit Charlot ; tu dis ce que tu voudrais voir advenir, et non ce qui va arriver. Tu connais mal les coups des Francs. Vois-tu Gloriande, la fille du roi, qui est assise près de nous sous ce bel olivier ? Elle est à la fois belle et courtoise, mais les vertus chevaleresques d'Ogier sont telles qu'il va la conquérir avant la tombée du soir, et qu'il obtiendra d'elle tout son amour. Ainsi, j'aurai vu se réaliser ce que j'ai rêvé et qui m'a été envoyé par saint Pierre l'Apôtre : je vais l'emporter sur toi, et tes menaces n'aboutiront à rien. »

Sadome répond alors : « Honni soit l'homme qui veut croire que vous allez l'emporter sur nous deux[3] : Caraheu est un chef si éminent et un preux de si grande valeur qu'il a par le passé vaincu seul trente rois de grande vaillance, l'emportant en com-

---

1. Le manuscrit a reprend ici. 2. comme un homme ivre (B).
3. que tu vas me vaincre ou qu'Ogier va l'emporter sur Caraheu (B).

bat singulier. Et je vois maintenant Caraheu chevauchant avec dextérité[1]. Il ne craint rien pour lui-même, il craint seulement qu'il ne m'arrive quelque chose, mais je lui viendrai en aide si le besoin se présente. »

Charlot répondit alors : « Tu ne pourras pas lui venir en aide, du fait que tu ne pourras même pas t'aider toi-même, et si je n'abats pas ton bouclier à terre avant la tombée du soir, je te donne cent marcs d'argent. »

Sadome répondit alors : « Tu auras le flanc ensanglanté avant que tu ne me fasses lâcher mon bouclier. »

Chapitre XXIV — Retour au duel opposant Ogier et Caraheu

Parlons à présent d'Ogier et de Caraheu. Ils ont engagé le combat une seconde fois, et les voilà tous [les quatre] à pied, s'affrontant en combat rapproché. L'attaque est rude et violente, laissant peu de moments de répit ; les uns se protègent, les autres frappent. Ogier porta un coup sur le heaume de Caraheu, et cette fois le coup ne mordit pas dans son heaume, mais s'arrêta dans son bouclier, le fendant du haut jusqu'à la poignée, et il aurait porté plus haut si Caraheu ne s'était pas écarté.

Ogier dit alors : « Écoute, Caraheu, tu devras t'approcher plus près si tu veux te venger, ou bien penses-tu que ce coup soit digne d'une vengeance ? » Caraheu dit alors : « Je suis encore en pleine forme et prêt à me battre, et tu vas en avoir la preuve avant que notre combat s'achève. » Ogier répondit alors : « Nous n'en sommes pas encore à nous quitter, et tu dois savoir que Gloriande, la fille du roi, m'a envoyé aujourd'hui ses salutations, et à cause d'elle, tu vas recevoir de moi des coups

---

1. vaillamment (B).

encore plus valeureux que ceux que tu as déjà pris[1]. Tu dois savoir, ajouta-t-il, qu'on les voit bien sur ton heaume, car j'ai enlevé par mes coups tous les ornements qui se trouvaient dessus, à la fois l'or, l'argent et les pierres précieuses, et s'il n'était pas en acier dur, je t'aurais à présent décollé la tête du buste, et tu n'aurais plus besoin de vanter Gloriande, la fille du roi, ni devant moi, ni devant d'autres. »

Caraheu répondit alors : « Tu n'as pas bien parlé ; tu vas t'être vanté bien à tort pour ce coup, car tu n'attendras pas longtemps avant d'en recevoir un bien plus fort si je peux réaliser ce que j'ai en tête. » Caraheu frappa alors Ogier ; il arracha la plupart des ornements de son bouclier, le fendit tout du long par ce coup jusqu'à la poignée et l'épée ne s'arrêta pas avant de se ficher dans le sol[2]. Caraheu dit alors à Ogier : « Tu as eu tort de venir ici, car il m'apparaît maintenant, en te voyant, que tu n'en réchapperas pas ; je peux l'affirmer du fait que la vertu de cette épée est telle que lorsque quelqu'un a été blessé par elle, il est impossible de trouver personne pour le soigner. Je suis le roi de Perse[3], reconnais ta défaite – écoute mon conseil – et abandonne tes armes ; accepte d'être mon sujet et reçois de ma main la moitié du royaume dont j'ai parlé précédemment. Il me déplairait d'abréger la vie d'un vaillant combattant tel que toi. En outre, tu recevras Gloriande, la fille du roi, avec une grande dot. »

Ogier répondit : « Tu prononces de vilaines paroles en me demandant de trahir mon seigneur. Gloriande, la fille du roi,

---

1. et elle m'a demandé d'épargner son bien-aimé par égard pour elle, et grâce à elle tu ne vas pas recevoir de moi des coups plus forts que ceux que tu viens de prendre ; à voir ton heaume, il est clair qu'il en a reçu de rudes étant donné qu'ont été arrachés par les coups tous les ornements qui... (B).

Il est difficile de choisir ici entre A et B, mais on peut comprendre qu'Ogier redouble de courage et d'agressivité face à Caraheu en pensant qu'une victoire totale lui assurera définitivement la possession de Gloriande ; peut-il vraiment songer à ménager Caraheu pour la séduire et la conquérir en vertu d'un arrangement qui va contre la logique guerrière ?   2. jusqu'à la poignée, et l'épée s'y arrêta du fait que la poignée était en acier, sans quoi elle aurait fendu tout son bouclier (B).   3. Tabitaland (A), Rabitaland (a), Persidaland (B).

est belle et très noble, mais son père a commis une grande folie en la plaçant sous ta garde, car tu ne pourras pas lui être d'un grand secours du fait que d'ici peu il ne te restera plus aucune issue. Mais par égard pour elle, je te laisse un petit répit ; prends désormais bien soin de toi, car d'ici peu tu le paieras. » Ensuite, Ogier frappa Caraheu avec la bonne épée que le duc Naimes lui avait donnée, et il partagea son heaume en deux de telle sorte que le coup s'arrêta dans l'omoplate, lui infligeant une sévère blessure.

Les espions qui se trouvaient dans la forêt virent cela, et jurèrent par leur Dieu Mahomet[1] qu'ils assistaient à la fin de Caraheu. À présent, tout le champ de bataille est illuminé par les pierres précieuses qu'ils ont arrachées aux boucliers et aux heaumes.

Chapitre XXV — Retour au duel opposant Charlot et Sadome

Il faut à présent parler de l'affrontement opposant Charlot et Sadome. Ils se battent en un autre lieu. Le fils du roi [attaque] et porte maintenant au roi des païens un coup qui lui déchire le côté gauche du visage à partir des yeux, et qui vient toucher l'os du menton ; et tout aurait été emporté s'il ne s'était pas reculé en toute hâte.

Charlot dit alors à Sadome : « Je viens de te donner en peu de temps ce que je t'ai promis, et j'épargne du travail à tes hommes car ils n'auront plus besoin de te raser la barbe du côté gauche tout le restant de tes jours. Tu auras l'air d'un monstre si tu te présentes ainsi devant votre souverain [Amiral], d'autant que tu ne partiras pas d'ici avant la tombée du soir. Je vais t'infliger cette punition, car l'espérance que tu formules,

---

1. Maumet.

que Mahomet, ou d'autres de vos idoles, te porte secours, ne t'aidera guère. »

Sadome dit alors : « Ne te vante pas en parlant de notre séparation : on verra bien [avant ce soir] lequel de nous deux porte son bouclier le plus fièrement. »

Chapitre XXVI — Intervention de Danemont et de ses hommes

Il faut dire à présent que Caraheu et Ogier se mettent à se battre, et leur affrontement est des plus violents. Caraheu dit alors : « Il est sûr que tu es d'un grand courage, car j'ai vaincu trente rois en combat singulier, et ils étaient plus vaillants les uns que les autres, et j'ai partagé et distribué leurs armes [et leurs vêtements]. Aucun d'eux ne te valait ni par le courage ni par les qualités chevaleresques. Je veux à présent te demander [quelque chose qui nous convient à tous deux] : que nous arrêtions le combat pour la soirée, et que nous le reprenions demain matin de bonne heure. Tu gagneras l'amitié du roi Amiral si tu fais ce que je te demande, et il t'offrira de beaux cadeaux. »

Ogier répondit : « Pour la première fois, je viens de t'entendre prononcer de vilaines paroles[1], car je suis venu ici pour servir l'apôtre Pierre et le roi Charlemagne, et je trahirais mon seigneur si je t'épargnais d'une manière ou d'une autre en tout ce qui touche la chevalerie. Mais si tu admets que tu es vaincu, abandonne alors tes armes et suis-moi devant le roi Charlemagne. »

Caraheu répond alors : « Jamais je ne me soumettrai à toi, tant que je peux respirer et me tenir debout, ni à personne d'autre.

---

1. des paroles presque de désespoir (B).

— Quoi que tu aies en tête, dit Ogier, je t'assure en vérité que nous n'abandonnerons pas le combat avant que l'un ou l'autre de nous deux ne reste sur le champ de bataille. »

Caraheu répond alors : « Reprenons à présent le combat pour la troisième[1] fois, car je suis plus agile qu'un cerf[2] et plus féroce qu'un fauve. »

Ils s'affrontent maintenant violemment, et toutes leurs protections sont détruites : heaumes, broignes et boucliers. Ensuite ils échangent des coups et s'infligent de nombreuses plaies de telle sorte que les blessures graves se multiplient, et chacun d'eux est presque dans un état critique. À cet instant, Danemont, le fils du roi Amiral, surgit de la forêt, accompagné de trente chevaliers, et il s'attaque immédiatement à Ogier [et à Charlot]. Celui-là est à pied du fait qu'il n'a pas pu saisir son cheval. Mais dès que Caraheu et Sadome voient cela, ils abandonnent leurs armes et refusent d'affronter Charlot et Ogier, parce que cet acte est contraire à leur volonté, et ils ne les en remercient pas.

Chapitre XXVII — Fuite de Charlot

Charlot et Ogier sont maintenant en mauvaise posture, et pourtant ils se défendent vaillamment et abattent de nombreux païens autour d'eux ; ils se protègent derrière un mur de cadavres. Sont à présent tombés la plupart des trente païens, et ceux qui sont encore en vie sont grièvement blessés. Intervient alors un guerrier-fauve[3], le meilleur chevalier de la troupe des

---

1. quatrième fois (a et B). **2.** qu'un ours (B). **3.** Nous traduisons ainsi *berserkr*, guerrier dont la férocité a des origines magiques ; cette notion typiquement germanique a donné naissance à un motif littéraire convenu dans les sagas islandaises. Nous rencontrons là un rare exemple d'adaptation du récit à la culture scandinave (sur les *berserkir*, cf. par exemple R. Boyer, *Le Monde du double : la magie chez les anciens Scandinaves*, Paris, Berg International (« L'Ile verte »), 1986, pp. 46-48 et *passim*).

païens, qui s'appelle Morlant[1]. Il attaque Ogier violemment, et leur combat touche à sa fin. Ce démon s'approche si près de lui que le péril est pour lui à son comble. Charlot voit maintenant leur combat et le voilà qui chevauche vers Morlant. Il lui donne un coup de lance et le transperce, et d'un coup lui coupe [ensuite] la tête.

Là-dessus, arrivent à cheval quarante[2] chevaliers païens qui les assaillent immédiatement avec violence. [Ogier dit alors à Charlot[3]] : « Retire-toi en l'état, va trouver le roi Charlemagne[4], et dis-lui que je ne cours aucun risque. » À cet instant, Charlot s'enfuit en sautant dans le fleuve Tibre, mais son cheval nagea sous lui et Dieu le protégea : il le sauva en faisant venir à son secours | un petit bateau avec | deux hommes appartenant à l'armée du roi Charlemagne, qui lui firent traverser le fleuve[5].

Chapitre XXVIII — Ogier prisonnier

Il faut à présent parler d'Ogier. Il est en grande difficulté au milieu de quarante païens. Il frappe des deux côtés et abat plus de la moitié[6] de leur troupe, jusqu'au moment où il est si éprouvé qu'il doit déposer les armes tant à cause des blessures que de l'épuisement, quoiqu'il lui en coûte beaucoup. Les choses se passèrent ainsi que dit le proverbe : personne ne peut rien face à la multitude.

À propos de Danemont, on dit qu'il ne voulut pas approcher d'Ogier à une distance telle que la pointe de son épée le touche, tant que celui-ci avait les armes à la main. Ogier fut alors

---

    1. Mordant (a).   **2.** trente (A), mais quarante (a et B) et chap. XXVIII. **3.** Charlot dit (A) (Loth)/(Unger : Karvel ? – *i. e.* Caraheu).   **4.** va trouver ton père (B).   **5.** Dans le manuscrit a, le chapitre qui suit est le XXIX et non pas le XXVIII.   **6.** abat vingt d'entre eux (B).

fait prisonnier et il est à présent [pour la première fois] à la merci des païens.

Chapitre XXIX — Peut-on sauver Ogier ?

Il faut à présent suivre deux fils narratifs. Charlot est maintenant arrivé chez son père et il lui apprend ce qui s'est passé : les païens les ont trahis en rompant la trêve et Ogier a été pris, « mais je me suis enfui en vertu d'un commun accord passé avec lui, afin de vous apprendre ces nouvelles ».

Le roi Charlemagne fut attristé à l'écoute de ce récit [1], et dit : « Je déplore la disparition d'Ogier, car [si nous le perdons,] nous n'avons pas d'aussi vaillant preux dans tout notre royaume, et il est peu probable qu'un autre chevalier aussi vaillant naisse jamais en France [2]. » Charlot répond alors : « Ne sois pas peiné, père, nous allons le venger, le duc Naimes, Tere de Vidon [3], le duc Huidelon en troisième, et moi qui serai le quatrième de l'expédition. Nous allons choisir pour cette expédition les hommes les plus braves, et nous partirons à la poursuite des païens, ne nous arrêtant pas avant de leur avoir repris Ogier, que cela leur plaise ou non, animés par notre vaillance. »

Les Francs répondirent : « L'idée d'aller reprendre Ogier de cette façon ne nous paraît pas bonne, car il doit être maintenant au milieu de nombreux milliers de païens, s'il est vraiment plus vivant que mort ; et la vie d'une seule personne nous coûtera cher si nous perdons quantité d'hommes pour elle, [et que nous la récupérions sans pour autant améliorer notre situation. C'est pourquoi] il nous convient d'agir avec prudence en cette affaire, et de ne chercher à nous venger que si nous parvenons à progresser par rapport au point où nous en sommes. Il est

---

1. « déplora beaucoup la perte d'Ogier » (A), mais nous préférons la leçon de a et B qui évite une répétition.   2. Franz.   3. d'Utrent (B).

mauvais, quand on saute, de retomber en arrière du point d'où l'on a pris son élan. »

Le duc Naimes et beaucoup d'autres sages qui se trouvaient à la cour du roi Charlemagne dirent alors que plus de quatre cents écus seraient fendus et ceux qui les portent trouveraient la mort avant qu'on abandonne Ogier le Danois[1], « pourtant, nous ne sommes pas opposés à la réalisation de cette expédition, dit Naimes [, et je conclurai mon intervention en affirmant que nous ne nous vengerons d'aucun païen, si nous ne tirons pas vengeance | de ces traîtres | qui se sont emparés d'Ogier, car lui nous vengerait[2]]. Nous sommes ainsi plutôt favorables à cette expédition ».

Chapitre XXX — Amiral refuse de libérer Ogier

Il faut à présent parler d'Ogier : les païens l'ont emmené à Rome, et ils arrivèrent à la lisière d'une forêt, un bel endroit. Ils l'y installèrent sous un arbre nommé olivier, en lui enlevant toutes les armes qu'il portait. Il leur semblait qu'il s'était bien défendu, et ils se disaient l'un à l'autre : « Voulez-vous voir Ogier le Danois, le meilleur chevalier qui ait existé en France ? » Vinrent alors l'admirer des gens de toutes sortes : des Turcs[3] et des Torkobus[4], des Frisons[5] et des peuples païens de toutes origines.

Ils l'amenèrent ensuite devant le roi Amiral, et tous dirent comme un seul homme : « Roi, prends bien soin de tirer vengeance de cet homme pour tous les crimes qu'il a commis envers toi et envers nous. Avant-hier il a tué le meilleur homme

---

1. avant qu'on récupère Ogier dans ces conditions (a et B).   2. « dit Naimes, car il tirerait vengeance de tels traîtres s'il participait à un conseil tel que le nôtre » (A), mais nous préférons le leçon de a et B qui nous paraît plus claire. 3. Tyrkir.   4. Torkubus (a) – nom absent en B.   5. Frísir.

Amiral refuse de libérer Ogier

de notre peuple, et a abattu quantité d'autres hommes que nous devrions tous bien venger. » Le roi Amiral répondit alors[1] : « Même si tout l'or du monde était offert pour lui, il ne serait pas libéré ; au contraire, je vais l'écarteler vivant. »

À cet instant arriva Caraheu, [le cœur lourd,] et il interpella le roi par son nom : « Seigneur roi, dit-il, je me suis battu en duel pour toi afin d'assujettir des pays à ton pouvoir, et de défendre les lois de nos dieux, Mahomet et maint autre. [J'ai accordé une trêve à Ogier en ton nom, en vertu de laquelle personne ne s'en prendrait à lui.] Mais ton fils m'a outrageusement offensé et ridiculisé, et les Francs me traiteront de preux sans valeur et de criminel[2]. Lorsque sa troupe est arrivée sur le champ de bataille avec arrogance, sans qu'on le leur demande et sans nécessité[3], ils emmenèrent Ogier, le vaillant preux, par traîtrise et sans prouesse. À présent, seigneur roi, je veux te demander, au nom de l'amitié qui nous a unis, que tu accordes à Ogier, le valeureux preux, la permission de partir en paix, sain et sauf, et de rentrer auprès du roi Charlemagne. Tu seras honoré [par tous les peuples, les chrétiens et les païens], si tu fais ce que je demande. »

Le roi Amiral répond : « Le mois passera avant que j'accorde cela. Et je t'affirme que je ne le libérerai pas pour toute la puissance du monde. » Caraheu reprend : « Je vais te faire une déclaration, et elle sera véridique : je suis le chef de ces mille chevaliers, et je t'affirme que tu n'as rien à attendre ni de moi ni de ma troupe, quelque difficulté que tu aies à affronter, si tu n'accordes pas à Ogier la liberté d'aller où il veut, avec tout son équipement et son armure. » Le roi répond : « Honni soit qui prend garde à cela, même si tu mets tes menaces à exécution. »

---

1. Le roi Amiral jura par ses dieux (B).   2. de traître (a et B).   3. Il est venu avec sa troupe sur le champ de bataille, rempli d'arrogance, et à mon insu (B).

Chapitre XXXI — Caraheu menace Amiral

Les paroles du roi mirent Caraheu en grande colère, et il regagna sa tente. Les meilleurs de ses hommes vinrent le trouver, et ils lui demandèrent comment les choses s'étaient passées pour lui ; il jura par Mahomet, son Dieu, que les choses s'étaient mal passées pour lui : « Ogier a été trahi en période de trêve, et c'est Danemont, le fils du roi Amiral, l'homme le plus lâche de toute notre armée, qui a fait cela. Armez-vous au plus vite, allons chercher Ogier, et tuons tous ceux qui s'y opposent, qu'ils se présentent en plus grand ou en plus petit nombre que nous. »

Un roi du nom de Rodoan[1] lui répond – il règne sur l'Égypte[2], contrée située bien au-delà du pays de Jérusalem[3] : « Tu es un bon et vaillant roi, Caraheu, dit-il, ne mets pas en colère le roi Amiral, laisse passer la nuit sur ta fureur et mets ton courroux en repos ; demain matin de bonne heure, tu tiendras un conseil en convoquant les meilleurs de tes hommes, et tu enverras ensuite des messagers auprès du roi Amiral, lui demandant qu'il relâche Ogier. S'il n'y consent pas, romps l'amitié et tous les accords qui te lient au roi[4], et nous agirons ensuite conformément à tes souhaits, car nous voulons tous vivre et mourir avec toi, si tel est notre lot. »

Chapitre XXXII — Gloriande plaide pour Ogier

Parlons maintenant d'Ogier. Les païens l'admirent. Un groupe arrive tandis qu'un autre repart, chacun disant à l'autre : « Ce Danois est un modèle de courtoisie. »

---

1. Rodan (A), Roduam (a), Roddan (B). **2.** Egyptaland. **3.** Jórsalaland. **4.** S'il n'y consent pas, sors de sa suite et ne lui apporte jamais plus aucun soutien (B).

Peu de temps après arriva Gloriande, la fille du roi. Elle [vit Ogier triste et[1]] s'adressa à lui en usant de douces paroles, courtoisement, lui demandant de ne pas être malheureux, « car je sens confusément que ta situation peut prochainement s'améliorer ». Elle parla alors à son père : « Roi, ce preux distingué est maintenant à ta merci ; arrange les choses pour lui[2], car il n'a aucun parent à la cour du roi Charlemagne, et même s'il est maltraité, peu de gens seront scandalisés. Il est l'auteur de nombreuses actions héroïques et de hauts faits de toutes sortes, et nous ne connaissons personne aujourd'hui qui soit plus vaillant que lui. Caraheu, ton ami, est très peiné qu'Ogier soit en prison et que tu ne lui accordes pas ce qu'il demande [: libérer cet homme]. Agis donc noblement, père, accorde-lui la liberté par égard pour moi, et laisse-le partir sain et sauf. Tu en seras honoré [aussi bien dans ce pays qu'à l'étranger, et] aussi loin que la nouvelle en parviendra. »

Mais Danemont était là, il se mit en colère en entendant ces paroles et dit : « Vile graine de putain, tu as trop parlé à tort et à travers ; arrête-toi immédiatement. Je jure par Mahomet, notre Dieu, que si nous n'étions pas sous la juridiction du roi, je t'aurais mise en pièces à coups d'épée. » La fille du roi fut très affectée d'entendre ces paroles ; elle pâlit et parla en ces termes : « Danemont, mon frère, tu es bouffi d'arrogance et tu crois que personne ne peut être ton égal, mais ta tyrannie ne durera pas toujours. Il te fut inutile d'avoir la garde de vaillants preux, et il t'est arrivé ce que tu méritais quand tu as perdu trente chevaliers qui sont restés en arrière, alors que toi tu as pris la fuite lâchement cette fois-là. Ensuite, tu as rassemblé quarante chevaliers et tu en as perdu la moitié ; et vous fûtes à peine capables de vous emparer d'un homme seul [à pied], et qui plus est tu n'as pas osé t'avancer vers lui tant qu'il brandissait ses armes, à ce qu'il m'en a semblé. »

Le roi Amiral fit alors venir deux de ses pages, Effrin et

---

1. Nous complétons A à partir de a et b, mais nous lisons en B : « Elle vit Ogier, en conçut de la tristesse et... »   2. à ta merci ; il est digne d'un roi de bien le traiter (B).

Sobin[1], et leur dit : « Surveillez Ogier jusqu'au matin, et s'il vous échappe, vous le paierez de votre vie.

— Seigneur roi, dirent-ils, nous le garderons de telle sorte qu'il ne formera aucun espoir d'évasion. »

Gloriande, la fille du roi, leur dit en secret : « Vaillants chevaliers, je vous demande que vous surveilliez bien Ogier le Danois sans le maltraiter. » Ils lui répondirent favorablement, disant qu'ils le garderaient aussi bien qu'ils se garderaient eux-mêmes.

Chapitre XXXIII — Caraheu va trouver Charlemagne

Parlons maintenant de Caraheu. Le lendemain matin, il se leva de bonne heure, alla trouver le roi Amiral et lui dit : « Tu sais, roi, quelles victoires j'ai remportées pour toi : maintes contrées assujetties à ton pouvoir, maints combats menés [en ton nom]. Maintenant, je veux te demander de libérer Ogier, le vaillant preux, et de le laisser partir en paix. »

Le roi Amiral répond : « Il ne faut pas espérer qu'il soit libéré d'ici la fin du mois ; ou plutôt je t'affirme qu'il ne sera pas libéré que je n'aie pris Paris et Orléans[2]. » Caraheu reprend alors : « Je t'affirme que tu ne prendras jamais Paris, si tu n'es pas assisté par d'autres preux, pas plus qu'Orléans. Ne vois-tu pas, roi, que le roi Charlemagne est venu ici [avec une grande armée] ? Pour le moment tu n'as aucune chance de sortir de Rome, pas plus que tes hommes, même s'ils le désirent, et l'opinion des Francs est que tu es maintenant vaincu. À présent, je veux savoir ce qu'il en est d'Ogier, si je vais obtenir ce que je demande ou s'il n'y a pas d'espoir. »

Le roi Amiral lui répond alors : « Il n'y a rien à espérer, parce que demain matin au point du jour je le ferai pendre. Même pour la plus grande vallée remplie d'or il ne sera pas sauvé, et

---

1. Elfidan (A), Elfidalin (a et B) ; Sobin (A), Sodin (a), Sobim (Unger)/Sobun (Loth) (B), Sobni (b).   2. Orliens.

tu ne voudrais pas être condamné à la même peine que lui[1]. »
Puis le roi Amiral appelle ses hommes et leur dit d'ériger un gibet.

Ces paroles affligèrent beaucoup le roi Caraheu. Il quitta le roi et alla retrouver ses hommes. Il exécuta sans tarder ce qu'il avait en tête. Il bondit sur son cheval, s'éloigna en toute hâte et ne s'arrêta qu'une fois parvenu auprès du roi Charlemagne. Les Francs s'avisèrent tout de suite de son arrivée, et furent tous étonnés, aussi bien les Poitevins que les Bretons, ceux de Normandie que ceux d'Anjou[2], chacun disant à l'autre : « Celui qui arrive ici est le guerrier-fauve [qui a combattu Ogier en duel. Il est heureux qu'il soit venu ici car] nous allons maintenant le mettre à mort. »

Il chevauchait énergiquement, et personne ne pouvait l'atteindre, et il ne descendit pas de cheval qu'il ne soit parvenu à la tente du roi. Il le salua en des termes corrects et polis, puis lui dit : « Tu constateras que je ne trahirai pas Ogier ; je suis à présent venu ici me placer sous votre protection avec la volonté suivante[3] : tu devras m'infliger la même mort que tu auras appris que le roi Amiral aura infligée à Ogier, car je ne veux pas que toi ni tes hommes me soupçonniez d'être responsable de la trahison qui a été perpétrée contre lui. Et nos hommes ne doivent pas le penser non plus, car ni Ogier ni moi ne désirions nous trahir l'un plus que l'autre[4]. »

Le roi Charlemagne lui répondit alors : « [Tu fais bien, vaillant preux,] sois le bienvenu [parmi nous], ami, [tant que tu voudras rester ici] », et il lui montra un bon siège, comme il convenait.

---

1. tu ne voudrais pas connaître la même mort que lui (B). **2.** Peitu (Unger)/Peito (Loth) (A) ; brezkir (Unger)/brezker (Loth) (A), ebreskir (B) ; Norðmandi ; Angio. **3.** « je suis venu ici auprès de ton honneur et dans ton royaume, dans les dispositions suivantes : toi et tous tes hommes, vous devez savoir que je suis venu ici de mon plein gré et de ma propre initiative » (A). La leçon de B nous paraît plus claire. **4.** car il n'aurait pas été juste que je le trahisse (B).

Chapitre XXXIV — Amiral reste inflexible

Il convient maintenant de parler des païens. [On dit que les sujets et tous les gens dont Caraheu était le chef furent très peinés de son départ[1],] et plus de vingt mille chevaliers se rassemblèrent ; ils allèrent tous trouver le roi Amiral et dirent : « Seigneur, rends-nous justice. Caraheu avait passé un accord avec Ogier, mais Danemont, ton fils, l'a enlevé au roi Caraheu par trahison et lâcheté. À présent, agis comme il convient, roi, accorde à Ogier la permission de partir en paix, et laisse-le aller retrouver le roi Charlemagne, son seigneur [, libre et sans contrainte, et avec tous ses biens]. »

Mais un roi du nom de Galatien[2] s'opposa à ce qu'Ogier soit libéré de prison. Il dit au roi Amiral : « Si tu veux que je te donne un bon conseil, ne laisse jamais partir Ogier, car personne ne vous a fait autant de mal, à toi et à tes hommes, et il en fera encore s'il est libéré. » Mais Sadome, le roi qui avait affronté Charlot, le fils de Charlemagne, en duel, ne le remercia pas de ces paroles, et il dit à Galatien : « Tu prononces des paroles de la plus grande bassesse en t'opposant à la grâce d'Ogier le Danois. Le roi Amiral a trop d'affection pour toi, Galatien, car il y a peu tu as tué trois des meilleurs chefs de notre empire, tous parents à lui ; et tu as manigancé le meurtre de Constant[3] le Courtois. Tu tenais le bassin quand son sang a coulé et qu'il fut tué. Mais Caraheu est un preux si vaillant et si courtois qu'il aime mieux trouver la mort plutôt que trahir des gens protégés par une trêve. »

Sadome se précipita alors sur Galatien, et lui donna un coup par les dents de telle sorte qu'il en tomba trois de sa bouche et que le sang coula jusque sur son habit. Deux rois et quatre ducs bondirent alors, s'interposèrent en les empêchant de se

---

1. « des païens. Ils prirent mal la défection de leur roi et seigneur » (A). La leçon de B nous paraît mieux convenir par rapport à ce qui suit.   2. Galathien (A), Galadirin (B), Galaditin (b).   3. Constanti[us] (A), Constant (a et B)/Ornstant (Loth) (a).

battre, et ils firent la paix entre eux sans que le roi Amiral s'aperçoive de rien. Se levèrent alors deux rois, Rodoan et le vieux Geosner[1], ainsi que tous les meilleurs chefs de l'armée païenne ; ils s'avancèrent vers le roi Amiral et lui dirent : « Il nous déplaît que tu aies dû te séparer de Caraheu, un preux si fameux qu'on ne saurait en achever l'éloge. Nous voulons à présent te donner le conseil de faire revenir Caraheu parmi nous et d'accorder à Ogier le Danois la permission de partir. »

Le roi Amiral leur répond en disant qu'il ne les remercie pas pour l'avis qu'ils viennent de formuler, et « même si vous m'abandonnez tous, j'aurai rassemblé, avant la fin du mois[2], une armée aussi grande que la vôtre ; et j'irai ensuite faire prisonnier le roi Charlemagne[3] et m'assujettir tout son royaume ».

Chapitre XXXV — Bataille entre Charlot et les païens

Il convient à présent de parler de Caraheu. Il est maintenant à la cour du roi Charlemagne, hautement estimé, et il jouit de la faveur [et de l'estime] du roi Charlemagne [et de toute sa cour].

Caraheu s'adresse au roi Charlemagne « Pourquoi accordes-tu aux païens un si long répit ? Écoute mon conseil : lance chaque jour tes hommes à l'attaque des païens [car ils le méritent]. » Le duc Naimes et le comte Huidelon répondent : « Tu dis vrai, Caraheu ! », et le roi lui-même approuva leurs paroles, affirmant qu'il n'avait jamais vu [ni entendu parler] d'un homme qui fût son égal, et il dit à Caraheu : « Cher ami, crois en Dieu, renonce à tes erreurs[4] et deviens mon vassal ; je te donnerai la cité qui s'appelle Muntolim[5]. » Caraheu répond :

---

1. Geofreyr (B). B et a mentionnent trois rois en ajoutant Madan. **2.** avant la fin de la quinzaine (a et B). **3.** tuer le roi Charlemagne (B). **4.** au paganisme (B). **5.** Muntoloim (a), Minthoim (B), Manthomi (b²).

« Je me laisserai démembrer plutôt que de trahir mon Dieu Mahomet, ou d'abandonner ses lois. »

Le roi Charlemagne suivit[1] alors le conseil de Caraheu et dit à son fils Charlot : « Prépare-toi au plus vite, ainsi que ton armée, et va affronter les païens. » [Charlot fut tout de suite prêt et il n'avait pas une troupe de plus de quarante guerriers.] Ils allèrent leur chemin jusqu'à Rome et s'arrêtèrent à la lisière d'une forêt. Charlot et toute sa troupe revêtirent alors leurs armes, des broignes et des heaumes de qualité. Mais le roi Charlemagne envoya derrière eux cent chevaliers, parce qu'il considéra qu'ils n'étaient pas assez nombreux.

Les païens étaient sur leurs gardes et ils les remarquèrent immédiatement. Ils s'armèrent immédiatement et chevauchèrent contre eux. Puis un [dur] combat s'engagea, et l'on pouvait voir de grands coups que se donnaient les Francs et les païens. Les Francs étaient vaillants et agiles, et les païens étaient rudes et intrépides. Il y eut là un grand massacre, et telle fut la conclusion de leur affrontement : les païens s'enfuirent, voyant qu'ils n'avaient pas d'autre solution, et ils passèrent à côté d'un château qui se trouve à l'extérieur de Rome.

Gloriande, la fille du roi, se trouvait dans ce château et était montée sur les remparts afin d'observer. Elle avait regardé leur affrontement et reconnu son frère Danemont, et elle vit que Charlot, le fils du roi Charlemagne, était à sa poursuite. Elle interpella ensuite Charlot poliment et dit : « Qui es-tu, chevalier, toi qui as l'audace de poursuivre le fils du roi Amiral, et qui t'es aujourd'hui distingué au milieu de toute l'armée ? »

Charlot s'arrêta et lui répondit : « Qui es-tu, jolie demoiselle, qui me parles si vivement ? Cela fait un long moment que j'entends tes paroles. » Elle répondit : « Je suis Gloriande, la fille du roi, et je voudrais que tu me dises s'il y a un homme à la cour du roi Charlemagne qui s'appelle Caraheu. Il fut mon bien-aimé durant un temps, et je voudrais que tu lui rapportes mes paroles, et lui dises que tout cet amour que nous parta-

---

1. rejeta le conseil (B, d'après A. Loth).

gions, il l'a tué ; et j'en attribue la responsabilité à lui et pas à moi. Dis-lui aussi que j'ai sous ma garde Ogier le Danois, et qu'il ne manque de rien [1]. Maintenant, je te donne un bon conseil, éloigne-toi d'ici, car plus de vingt mille païens font route vers ici [à ta recherche], et tu ne pourras pas leur résister. »

Charlot fit alors demi-tour avec sa troupe et [franchit le Tibre [2]]. C'était le meilleur parti à prendre étant donné qu'il n'était pas déshonorant de fuir alors : il avait remporté la victoire sur les païens [ce jour-là], et il y avait peu d'espoir qu'il puisse en réchapper vivant s'il était resté plus longtemps. [Il retourna ensuite auprès du roi Charlemagne.]

Le roi Amiral s'enfuit à Rome et vingt rois vinrent à sa rencontre, tous lui demandant comment les choses s'étaient passées. Il répondit : « Les choses ont mal tourné. Nous avons pris la fuite et avons perdu une grande partie des chevaliers de notre armée. Nous ne pouvons en rendre responsable que Caraheu, car il m'a couvert de honte et nous a tous abandonnés. » [3]

Chapitre XXXVI — Amiral reçoit du renfort

Au même moment, sept messagers s'avancèrent devant le roi Amiral. Ils descendirent tous de cheval et lui dirent en le saluant : « Seigneur roi, réjouis-toi et sois heureux, car nous avons de bonnes nouvelles à t'annoncer : de grands secours t'arrivent du pays des hommes qui s'appellent Robiens [4], et de ceux qui s'appellent Barbares [5], ainsi que le roi | du pays

---

1. et qu'il l'apprécie (B).   **2.** revint en France (A).   **3.** Danemont, le fils du roi, chevaucha jusqu'à Rome avec la troupe des rescapés. Il alla trouver le roi Amiral, son père, et lui dit ce qui s'était passé. Le roi désapprouva leur expédition et dit qu'on ne pouvait en rendre responsable que Caraheu, « étant donné qu'il nous a trahis et s'est retourné contre sa religion » (B).   **4.** Robiani (A), Robians (a).   **5.** Barbare (A).

nommé | Cordoue[1] [, qui s'appelle Féridant[2]], et un autre chef, Svef[3], qui est du pays nommé Monjardin[4]. [Ils ont une armée invincible, et] cette troupe était prête à se mettre en route le premier jour du mois d'avril (que nous appelons mois unique[5]). Ils sont maintenant arrivés dans la cité nommée Bari[6], qui se trouve dans les Pouilles[7] ; c'est là que nous les avons quittés. Ils ont tant de dromonts et de galères que nul ne peut les dénombrer. Ces gens sont si redoutables que depuis le temps du géant Gondoleas[8] personne n'a été aussi intrépide qu'eux[9]. Ils ne redoutent qu'une chose, que le roi Charlemagne n'ait pas le courage de les attendre, et ils pensent qu'il s'enfuira dès qu'il apprendra qu'ils sont venus se joindre à vous. »

Lorsque les messagers eurent achevé de parler, Danemont, le fils du roi Amiral, se leva et fit un discours en ces termes : « Ils se sont mal informés, s'ils croient ce qui ne sera pas, à savoir que le roi Charlemagne n'ait pas le courage de les attendre. J'ai participé à trois batailles générales contre lui, et à chaque fois j'ai perdu plus de vingt mille hommes, sans compter les affrontements secondaires livrés à maintes reprises. C'est pourquoi je fais un serment que je tiendrai : je n'en entreprendrai pas une quatrième contre lui[10]. Et nous voulons donner à notre père le conseil de rentrer dans son pays et de ne pas perdre plus d'hommes qu'il n'en a déjà perdu[11], car il faut plutôt s'attendre, me semble-t-il, à ce que personne ne puisse soutenir une bataille contre le roi Charlemagne. Et s'il ne veut pas prendre en compte notre conseil, il sera cause pour lui-même

---

1. Cordes (A), Tordes (B, selon A. Loth), Kordes (b[1]). 2. Peridan (b[1]). 3. Sueifr (A), Sueipr avec son armée (a), Svef (B). 4. Mongandium (A), Mondangim (B) (Unger)/Mundangin (Loth) (B), Mondangin (b) (Loth). 5. « einmánuð », mois unique, *i. e.* dernier mois d'hiver en Scandinavie, correspondant à mars-avril. 6. Baor (A), Bera (B). 7. Púlsland. 8. Gonduleas (a) (Loth). 9. si redoutables qu'il n'y a pas d'hommes plus cruels (B). 10. je ne lèverai pas une quatrième fois mon bouclier contre Charlemagne (B). 11. rentrer dans son pays, s'il ne veut pas y perdre sa vie et celle de ses hommes (B).

et pour toute son armée de dommages [bien plus grands qu'il n'en a subi auparavant]. »

Le roi Amiral répond à son fils : « Je sais en toute certitude que [1], quoi qu'en disent les gens, tu n'es absolument pas mon fils, car tu es couard et dépourvu de toute qualité, et il ne convient pas qu'un fils de roi soit ainsi ; et je te dis en vérité que dès que nous aurons conquis la France et une grande partie du royaume de Charlemagne, de ce royaume tu ne recevras pas plus que la valeur d'une pièce de monnaie nommée proentun [2]. »

Danemont répond alors : « Je n'ai jamais entendu prononcer de telles sottises ; d'ici, il y a quinze jours de voyage pour aller jusqu'aux Alpes, et autant pour aller à Paris en France, et tu dois savoir qu'ensuite il y a encore un long chemin pour aller au château de Saint-Martin [3], que les Bretons sont adroits à manier les armes, et qu'aucun d'entre vous ne voudra plus les affronter que je ne l'ai fait. Si j'étais à présent dans le pays du Nord [4], à la cité de Saint-André [5], ou en un autre endroit tranquille, je ferais le serment de ne jamais revenir à Rome ou à Antioche [6], pas plus que dans les Pouilles ni à Constantinople. Mais je ne suis ni lâche ni peureux, même si mon père le prétend, car j'ai fait l'expérience du courage et de la chevalerie des Francs, et je ne connais pas d'hommes au monde qui soient meilleurs preux qu'eux. [7] »

---

1. Le saint Mahomet sait que (B).   2. proventum (a).   3. Martein.
4. Norðrland.   5. Proposition pour : « at Andres stofu ».   6. Antiocha (A), Antiokia (a).   7. La version de B s'éloigne de plus en plus de celle de A, et il n'est plus possible de compléter A à partir de détails pris à B. Nous suivons prioritairement A, étant donné qu'il est plus proche de *Ch.O.* (choix également adopté par C. B. Hieatt qui suit pourtant ordinairement B pour cette branche) : « Tu parles de façon très scandaleuse, père, car je pense que ni toi ni aucun de tes hommes, vous ne désirez plus affronter les païens que je ne l'ai fait moi-même ; et vous ne conquerrez jamais la France ni un autre royaume du roi Charlemagne, car dès que tu vois la bannière du roi Charlemagne, tu n'oses plus t'avancer de la largeur d'un pied. Et je suppose que tu n'auras besoin de rien moins que de vanité et d'arrogance si tu l'emportes sur eux, et il se vérifiera que tes fanfaronnades ont plus d'effet assis sur une chaise que monté sur un cheval. Même si j'ai souvent été vaincu par

Pendant qu'ils étaient en train de mener cette discussion, arrivent | avec leurs troupes | les hommes qui ont été précédemment mentionnés. Et dès que le roi Amiral prit connaissance de leur arrivée, il sortit de la cité pour aller à leur rencontre, et il leur fit bon accueil tout en les remerciant de leur venue. Ils lui demandèrent immédiatement ce qu'il savait du roi Charlemagne à la barbe blanche[1]. Le roi Amiral répondit : « Il est en route, et il veut nous livrer bataille. » Ils dirent : « Ce sont de bonnes nouvelles, car rien ne nous tient plus au cœur que d'affronter le vieux, et il admettra qu'il n'a jamais été attaqué aussi durement qu'il va l'être cette fois-ci, s'il nous attend[2]. »

[Ces paroles rendirent le roi Amiral si euphorique qu'il ne savait plus ce qu'il faisait.]

Chapitre XXXVII — Intervention de Brunamont

À présent les effectifs de l'armée du roi Amiral se sont beaucoup accrus, et le roi qui s'appelle Brunamont[3] est venu le rejoindre, accompagné de vingt mille[4] combattants. Il ne règne sur aucun pays car il ne le veut pas[5]. Il a passé toute sa vie à se battre et a toujours été un grand chef de guerre. Les troupes qui le suivent ne peuvent rester sans combattre, et si elles n'ont pas d'autres guerres, elles se battent entre elles.

[Il était de haute stature, de méchante nature, noir de che-

---

les Francs, c'est plus dû à leur vaillance qu'à ma lâcheté, et définitivement je pense et dis qu'il n'est pas d'hommes plus forts qu'eux. »

1. où se trouvait le roi Charlemagne aux cheveux blancs (B). 2. C'est une bonne nouvelle, dirent-ils, nous craignions une seule chose, qu'il n'ose pas nous attendre ; et pourtant il a agi comme un fou en ne s'enfuyant pas dès qu'il a appris notre expédition. Il va se rendre compte que dès notre première rencontre il devra livrer bataille (B). 3. Burnament (Burnamend, Burnamenth [Loth]) (A et B), Burnement (a). 4. trente mille (B). 5. aucun pays, mais porte cependant le titre de roi (B).

veux et de peau. Il ne mangeait que de la nourriture crue, et ne buvait que du vin coupé de sang. Il avait des yeux jaune doré comme un chat, et pourtant avait une vue plus pénétrante la nuit que le jour. C'était un homme possédant en abondance des charmes magiques, des talents de sorcier et d'enchanteur. On le qualifierait de troll s'il venait ici dans les pays du Nord[1].]

Dès que cet homme fut arrivé, le roi Amiral fit venir en conseil tous ses hommes et leur fit part de ses intentions. Cela terminé, Brunamont se rendit à sa tente et revêtit ses armes. Il passa d'abord sa broigne qui brillait comme si elle eût été faite des plus précieuses pierreries, [et qui était de dix-huit couleurs ;] et il ceignit son épée[2]. Ses hommes amenèrent son cheval – l'on n'a jamais entendu parler d'un meilleur cheval, n'eût été qu'il fût à ce point ensorcelé ; il s'appelle Broiefort[3], et il a perdu quatre [fois ses] dents. Brunamont monta le cheval et se mit en route tout seul, ne s'arrêtant pas avant d'avoir franchi le Tibre. Son cheval avait la vertu d'être aussi capable de nager sur la mer ou sur un lac, tout en portant son cavalier, que de courir sur la terre ferme.

Alors les choses tournèrent mal pour les chrétiens, rien que de très mauvais. Le duc Naimes, le comte Huidelon et Jofroi[4] en troisième – c'était aussi un chef important – étaient partis à la chasse au faucon, et ils avaient si bien réussi leur chasse qu'ils avaient chargé un cheval avec les oiseaux qu'ils avaient pris. Et alors qu'ils retournaient à leur tente [avec leur chasse], arriva sur eux Brunamont qui les interpella en criant d'une

---

1. On ne trouve trace de cette description pittoresque ni dans les manuscrits A/a ni dans *Ch.O.* Son contenu montre qu'elle a sans doute été ajoutée en Scandinavie dans la famille B. Au sujet des magiciens dans le monde scandinave ancien, cf. R. Boyer, *Le Monde du double : la magie chez les anciens Scandinaves*, Paris, Berg International (« L'Ile verte »), 1986, pp. 99-141. Dans ce chapitre, d'autres détails contenus en B seulement pourraient également avoir été ajoutés en Scandinavie.   2. « – elle avait appartenu au roi Nabuchodonosor, faisait une brasse de longueur entre la poignée et la pointe, et n'avait jamais été arrêtée dans son élan » (B) – les mêmes précisions sont données en A au chapitre XLIV.   3. Bifolen (A), Berfolinn (a), Befoli (B).   4. Jofrey/Jofreyr.

forte voix et leur demanda de l'attendre. Jofroi se trouvait le plus près de lui et il se retourna contre Brunamont. [Jofroi le frappa de sa lance, mais Brunamont fit masse et la hampe de la lance se brisa sur son bouclier. Brunamont planta son épée dans la cuisse de Jofroi, le souleva de sa selle et le bascula par-dessus ses épaules si violemment que tous ses os se brisèrent lorsqu'il toucha le sol. Brunamont saisit alors son cheval et l'emmena[1].] Naimes montait le cheval qui s'appelle Morel[2], il chevaucha à la poursuite de Brunamont, et Huidelon fit de même. Mais Brunamont n'en filait que plus vite, et leurs chevaux ne purent pas | courir aussi rapidement que celui de Brunamont.

Quand ils virent qu'ils ne pouvaient pas | le rattraper, ils regagnèrent leur tente. Mais leur armée était restée en arrière dans une forêt[3], sept cents chevaliers qui venaient d'être adoubés. Lorsqu'ils virent Brunamont et comprirent qu'il emmenait le cheval de Jofroi, ils se précipitèrent à sa poursuite en sortant de la forêt et lui prirent le cheval, mais il leur échappa de peu[4]. Quand il passa près d'eux, un jeune homme venant de la cité appelée Tokum[5] alla à sa rencontre. Brunamont chevaucha dans sa direction [et lui asséna un coup de poing sur l'oreille de telle sorte que tout son crâne éclata en morceaux, puis] il s'empara du cheval qu'il menait. (Mais il faut préciser à propos du cheval de Brunamont qu'il était possédé par des êtres malfaisants, des diables vivants, et c'est pour cette raison qu'il était si | vif et si | agile que les Francs ne purent absolument pas l'approcher.) Il ne s'arrêta qu'une fois arrivé à Rome.

Le roi Amiral vint à sa rencontre et lui demanda les nouvelles. Il expliqua que son expédition s'était bien passée et dit au roi

---

1. Ils s'affrontèrent durant un moment, et leur combat s'acheva ainsi : Jofroi fut désarçonné et Brunamont prit son cheval (A).   2. Mores. 3. Mais une partie de leur armée se trouvait ce jour-là dans la forêt (B).   4. Mais Brunamont chevaucha alors si rapidement qu'en un clin d'œil il fut hors de leur vue (B).   5. qui avait mené le cheval de son maître à une source (B).

qu'il avait tué deux chevaliers parmi les chrétiens et pris deux chevaux, les meilleurs qui soient dans l'armée du roi Charlemagne, « et j'ai à présent démontré ma vaillance aux Francs, mais je veux te montrer le cheval que je leur ai pris – l'autre s'est échappé ». Le roi Amiral répond en disant à Brunamont : « Maintenant on peut voir quel preux et quel grand chef tu es ; je te donne à présent ma fille Gloriande, et la France t'appartiendra, car je constate qu'il te sera aisé de la conquérir. » Brunamont répond : « Tel était mon but en venant ici, et pas autre chose. [En effet, il me semble qu'il est à la portée d'hommes braves de combattre le roi Charlemagne et ses hommes, et il va s'attirer une grande malchance en ayant eu l'outrecuidance de m'attendre chez lui.] »

Il prit ensuite le gant du roi et le remercia | grandement | de ce don [1]. Mais les proches de Caraheu se disaient l'un à l'autre : « Il est bien dommage que Caraheu, notre chef, n'ait pas connaissance de ce qui vient de se passer, à savoir que Gloriande, la fille du roi, sa bien-aimée, est maintenant promise à un autre homme. Et nous savons bien que s'il avait été en vie et libre, il l'aurait étreint pour son malheur, s'ils s'étaient rencontrés. Ah, si seulement le Danois était libéré de son cachot, il accomplirait des prouesses par égard pour Caraheu, s'il savait cela, en défendant la fille du roi contre Brunamont, ce mauvais homme [2] ! »

---

1. Le roi Amiral lui remit son gant en signe de la conclusion de leur accord (B). 2. « promise à un autre homme, et s'il le savait, on peut escompter qu'il le récompenserait sans douceur pour le gant, avant que celui-ci aille dans les bras de Gloriande ! » L'un d'eux dit alors : « Disons-le au Danois, et voyons s'il veut faire quelque chose par égard pour le roi Caraheu. » Cet homme se rendit à la demeure de la fille du roi (B).

Chapitre XXXVIII — Réaction d'Ogier et de Gloriande

Nous en sommes maintenant au moment où Ogier et la fille du roi jouent aux échecs. Arriva alors un homme de la cour [et la fille du roi lui demanda quelles étaient les nouvelles. Il répondit : « Les mauvaises nouvelles se succèdent sans arrêt.

— Quelles sont-elles ? dit-elle, Caraheu est-il mort ?

— Il aimerait mieux être mort, | répondit-il, | plutôt que de savoir qu'un autre homme va obtenir sa fiancée. »

La fille du roi s'empourpra à ces mots, exactement comme le rouge se répand avant le lever du soleil dans le ciel le plus clair, et Ogier repoussa l'échiquier d'un coup de genou et dit[1]] : « Caraheu, mon ami, le meilleur preux et le plus courtois, la situation est grave si un homme autre que toi est en passe d'obtenir ta bien-aimée. Et tout cela à cause de la loyauté et des qualités chevaleresques dont tu as fait montre à mon égard. [Si j'en avais la possibilité, cet homme recevrait un coup de mon épée et ressentirait le choc de ma lance avant que cela ne se réalise.] Mais maintenant, fille de roi, je voudrais que tu obtiennes de ton père qu'il me permette de lui dire quelques mots, et je voudrais proclamer devant toute l'armée du roi que cet homme, Brunamont, a reçu ce cadeau injustement[2], et qu'il n'est pas possible qu'un homme obtienne la fiancée d'un autre à moins qu'on n'ait appris sa mort. »

La fille du roi répond : « Je vais y parvenir, car cela ne me tient pas moins au cœur qu'à toi. » Ogier la remercia. Après cela, elle se leva immédiatement et alla trouver son père, le roi Amiral.

---

1. un homme... qui leur apprit de quelle manière le roi Amiral avait changé d'idée, et ils furent tous deux très mécontents de ces nouvelles. Ogier parla en ces termes (A).   **2.** t'a obtenue injustement (B).

Chapitre XXXIX — Rencontre de Gloriande et de Brunamont

Le roi fit bel accueil à sa fille, [l'assit près de lui] et lui parla en ces termes : « Ma fille, je t'ai donnée en mariage à un roi considéré comme l'homme qui porte le heaume et la broigne avec le plus de vaillance, et aucun preux n'a jamais ceint son épée mieux que lui. » La fille du roi répond alors : « Je souhaite pleinement que tu prévoies pour moi ce qui te paraît le mieux convenir, mais je pense que si Caraheu apprend cela, l'autre me paiera cher ; mais où est le preux roi que tu as pressenti pour m'épouser, père ? »

Brunamont répond alors : « Tu as devant toi, fille de roi, l'homme qui a été pressenti, et je t'épouserai en l'honneur de Mahomet[1] notre Dieu. Je te donnerai la France [et Paris] en cadeau de noce, et je te remettrai le roi Charlemagne [enchaîné et] vaincu. » La jeune femme réplique alors : « Tu me fais un cadeau de choix, s'il en va comme tu le dis. Poutant, je te dirai une chose vraie si tu ne le prends pas mal : mon père détient en prison un homme de la troupe du roi Charlemagne, et je pense que sur le champ de bataille il ne reculera pas devant toi de la largeur d'un pas. »

Brunamont reprend alors : « C'est ce que nous verrons [si je suis chanceux], car je vais obtenir du roi Amiral la permission que nous nous rencontrions en combat singulier pour l'amour que j'ai conçu pour toi ; et je peux te promettre que je te rapporterai sa tête en revenant du champ de bataille et que je te la remettrai[2]. » La fille du roi répond : « Tu parles bien, si le combat tourne comme tu le promets. Dès que l'issue sera certaine, notre mariage aura lieu immédiatement. »

Gloriande dit alors à son père : « Ogier le Danois souhaiterait te parler, si tu lui en donnes la permission. Ce serait bien si

---

1. Terogant (B).   **2.** si je ne te ramène pas sa tête du champ de bataille, fais-moi alors jeter dans le plus infect cachot de Rome (B).

nous l'amenions à adopter notre religion – à mon avis, ce peut être le cas ; et tu serais alors en bons termes avec lui. »

Le roi lui donna son accord, et envoya sept hommes le chercher. Ils lui dirent que le roi lui permettait de venir lui parler. Ogier s'en réjouit et alla ensuite trouver le roi. Pour cela, il se prépara auparavant avec habileté, comme il convenait.

[Ogier était, comme on l'a dit précédemment[1], de plus haute stature que les autres hommes. Il avait le visage clair et viril, les cheveux blond roux et qui ondulaient en formant des boucles. Il était doté d'une telle puissance qu'il n'était jamais près d'être à bout de forces s'il était confronté à des êtres humains. Il était adroit et vaillant dans tous les arts du combat, qu'il ait à le montrer dans les tournois ou dans les combats singuliers. Ogier était alors élégamment habillé et bien mis, tel que Gloriande, la fille du roi, l'avait paré.]

Chapitre XL — Brunamont défie Ogier en duel

Lorsqu'il se présenta devant le roi Amiral, [il le salua courtoisement] et dit : « Seigneur roi, tu as été malavisé envers ta fille en la promettant à cet homme [que l'on peut à peine appeler homme en raison de tous ses pouvoirs néfastes, et en rompant l'accord passé avec le roi Caraheu que nous connaissons comme étant le meilleur des preux[2] ;] et tu lui causes une honte et un déshonneur immenses. Mais tu n'aurais pas dû lui faire cela, parce qu'il [t'a longtemps été d'une grande utilité et] a conquis pour toi par sa vaillance maint pays. Tu seras d'accord pour dire que l'homme à qui tu l'as donnée doit sans tarder y mettre le prix pour l'obtenir ; et même s'il n'y a pas

---

1. Toute cette description est absente de A, et n'a de prédécent ni dans cette branche ni dans les deux premières. 2. cet homme, et en la prenant à Caraheu, un preux intrépide tel que lui (A).

d'autre bras que le mien pour en tirer vengeance, vengeance sera tout de même obtenue[1]. »

Lorsque Brunamont entendit ces mots[2], il en fut irrité et dit : « Écoute-moi, tu mets de l'ardeur à défendre cette cause. J'ai appris que Caraheu et toi, vous étiez des compagnons et des héros de valeur égale, et j'ai traversé la mer pour la raison que j'avais entendu dire qu'il ne valait même pas la peine qu'aucun chevalier porte son bouclier pour t'affronter[3]. Mais si tu oses te mesurer à moi et défendre la bien-aimée de Caraheu par amitié pour lui, alors je te défie te venir te battre en combat singulier contre moi. J'obtiendrai du roi qu'il [t']accorde la permission de participer à ce duel, et en outre que le roi Amiral et tous les autres païens te laissent aller librement où tu voudras, si tu l'emportes sur moi dans notre épreuve. | Va chercher ton équipement, et nous nous armerons dans l'île désignée pour le duel. | »

Ogier répondit alors : « Les clauses seront identiques pour nous deux. Si tu t'imposes dans notre combat, tu obtiendras la jeune femme, et Caraheu ne pourra plus formuler ni espoir ni demande par rapport à elle[4]. »

Chapitre XLI — Ogier prévient Caraheu

Ogier appelle maintenant l'écuyer de la princesse Gloriande[5], qui se nomme Rémond[6], et dit : « Dépêche-toi, selle un cheval et rends-toi à la cour du roi Charlemagne ; ne t'arrête pas avant d'avoir un entretien avec Caraheu. Dis-lui que j'ai défié en duel pour son compte l'homme qui se nomme Brunamont, et nous avons décidé que nous n'en reviendrions pas

---

[1]. Et si vous voulez me permettre de me battre en duel contre lui à la place de Caraheu, il devra y mettre le prix avant de l'obtenir (B). [2]. les menaces d'Ogier (B). [3]. j'avais entendu dire que tu étais un chevalier à nul autre pareil (B). [4]. répond alors : « Je viendrai au duel conformément à l'engagement que nous avons pris. » (B) [5]. son écuyer (B). [6]. Remund.

tous les deux vivants ; et la raison en est qu'il a l'intention de prendre pour lui la princesse Gloriande, et il nous déplairait qu'un autre homme obtienne la bien-aimée [de Caraheu], si nous pouvons y faire quelque chose. »

Rémond ne tarda pas à partir et il ne s'arrêta qu'une fois arrivé à la tente du roi Charlemagne. Les hommes qui montaient la garde lui demandèrent quel message il apportait. Il dit apporter un message pour Caraheu. Il fut alors amené auprès de Caraheu. Il présenta les salutations de la fille du roi et d'Ogier, et il lui transmit les informations qu'il avait.

Caraheu fut affligé de ce que le roi Amiral ait rompu l'accord qui avait été passé entre eux. Il alla ensuite trouver le roi Charlemagne et lui demanda la permission d'aller à Rome, disant qu'un devoir impérieux l'y appelait. Le roi répondit : « Fais bonne route et reviens-nous quand tu voudras. »

Chapitre XLII — Caraheu revient à Rome

Caraheu se rendit alors rapidement à Rome. Plus de vingt mille personnes, ses parents et amis, sortirent de la cité pour venir à sa rencontre, et tous lui demandèrent comment les choses s'étaient passées. Il dit ce qu'il en était, que tout s'était bien passé et que le roi Charlemagne lui avait accordé la permission d'aller où il voulait, « mais il me semble que le roi Amiral n'a pas agi noblement en promettant ma fiancée à un autre homme, et il est sûr que c'est contraire à ma volonté ».

Ses proches lui dirent qu'à leur idée le roi Amiral ne permettrait aucune alternative, « mais Ogier, le meilleur des preux, comme on pouvait s'y attendre, a défié Brunamont en duel pour ton compte. Il entendait défendre Gloriande dans ton intérêt et mettre sa vie en jeu ». Caraheu répondit : « Que tout aille toujours bien pour ce vaillant preux ! Je serai son défenseur, mais c'est plutôt à moi qu'il incombe de mener ce duel. »

Il alla ensuite trouver le roi Amiral, et tous les gens qui étaient là le regardèrent avec étonnement, mais le roi lui adressa de violents reproches et dit : « Tu as mal agi, Caraheu, si tu as renié Mahomet, notre Dieu, et si tu as foi dans le Dieu des chrétiens. » Caraheu répondit : « Je ne l'ai pas encore fait. Mais voici une autre affaire, roi, concernant ton ami Brunamont : il a fait montre d'une trop grande impudence en s'attribuant ma fiancée contre ma volonté, mais je crois que cela se retournera contre lui, car j'ai pensé que personne n'aurait l'audace de venir m'affronter sur le champ de bataille. »

Brunamont entendit ses paroles, se leva et dit : « Caraheu, ton honneur[1] est brisé, et je n'ai pas à traiter avec toi étant donné qu'un homme du nom d'Ogier s'est proposé pour m'affronter. Il a pris ta place et je veux mener ce duel contre lui comme il a été décidé, si tu acceptes d'être son garant. » Caraheu répond : « Je désire mettre en gage tous les pays et les royaumes que je tiens du roi Amiral, pour garantir qu'il ne rompra pas l'accord que vous avez passé entre vous. »

Caraheu envoya quatre hommes chercher Ogier, lui demandant de venir le trouver. Dès qu'il reçut cette demande, il se rendit aussitôt à l'endroit où se trouvait Caraheu ; on fit tout de suite ce qui avait été établi précédemment [, et de très bons équipements furent apportés là].

Chapitre XLIII — Caraheu prépare Ogier pour le duel

Caraheu s'avança alors et équipa Ogier avec les meilleurs équipements qui puissent être : tout d'abord il lui passa une bonne broigne, puis il mit sur sa tête un heaume tout recouvert de pierres précieuses, et il lui dit : « Je te donne mon épée, et

---

1. ton bâton (B).

je vois qu'il t'appartient de la porter ; je jure par ma foi et par Mahomet notre Dieu, que je ne la donnerais pas à mon frère ni à aucun autre de mes parents, même s'ils m'offraient quatre voitures chargées d'or. Cette épée s'appelle Courtain[1], prends-la et fais-en bon usage. »

Ogier prit l'épée et remercia Caraheu pour ce cadeau. Il sauta ensuite sur son cheval et chevaucha vers Rome, jusqu'à l'île où devait se dérouler le duel. Mais le roi Charlemagne intervint dans l'affaire et envoya des hommes[2] dans les bois qui se trouvent à proximité du lieu du duel, leur demandant de veiller à ce que les païens n'aient aucune chance contre Ogier, s'ils s'avisaient comme précédemment de le trahir[3].

Chapitre XLIV — Brunamont se prépare pour le duel

Ogier était à présent arrivé sur les lieux du duel et se tenait là. Brunamont s'arma vite et bien, revêtit d'abord sa broigne [large et longue], plaça un heaume sur sa tête – celui qui avait appartenu à Nabuchodonosor[4] – et ceignit l'épée qui avait appartenu à Éléon le Fort[5]. Cette épée avait une longueur d'une brasse entre la poignée et le tranchant, et n'avait jamais été arrêtée dans l'élan d'un coup, où qu'il tombe. Puis on lui amena son cheval Broiefort[6] tout caparaçonné et il monta dessus [, et il chevaucha ensuite vers le champ de bataille].

Arriva alors Gloriande, la fille du roi, qui lui dit : « Bruna-

---

1. Kurtein – à propos de cette épée, cf. branche I, chap. LVIII. 2. mille hommes (B). 3. à ce que, si Ogier l'emportait, les païens ne puissent s'emparer de lui en le prenant par traîtrise dans un guet-apens (B). 4. Nabagudunosor (A), mais Helenus inn sterki (B). 5. Eleon (A)/Elon (a), mais Nabogodonosor (B) – la répartition des noms propres en B, qui est l'inverse de celle de A, est conforme à ce qui est dit dans ce manuscrit au chapitre XXXVII (l'épée aurait appartenu au roi Nabuchodonosor). 6. Berfolen (A), Befolen (a), Befoli (B).

mont, tu es un homme très éminent ; fais de ton mieux, montre ta valeur et fais-la connaître, mais épargne Ogier le Danois [par égard pour moi]. » Brunamont répond alors : « Je te dis ceci en vérité : je ne le tuerai pas [1] ; à ta demande, je te le ramènerai vivant. » La fille du roi répond : « Tu parles bien, Brunamont, nous nous unirons dès que cela sera fait. »

Ensuite, il s'éloigna pour gagner le lieu du duel, et Gloriande invoqua alors son Dieu [en ces termes [2] : « Prête-moi attention, Dieu puissant et bienveillant, toi qui as créé la terre et la mer [3], et toutes choses qui croissent sur terre sous le ciel, toi qui gouvernes et fortifies dans ton infinie miséricorde la volonté de l'homme de bien pour qu'il réussisse, mais abats et humilies l'arrogance et la malignité des méchants, fais tomber ta colère la plus terrible sur ce mauvais homme, le vil Brunamont ; ne le laisse jamais revenir, si ce n'est pour sa honte la plus humiliante, et pour son déshonneur le plus infamant. »]

Chapitre XLV — Ogier et Brunamont s'affrontent en duel

Là-dessus, Brunamont vit au-devant de lui l'endroit où se trouvait Ogier, et il s'écria à haute voix : « Tu es venu ici pour ton malheur, car je vois que tu portes à présent la mort sur toi, et je vais te tuer de mon épée. Mais si tu acceptes de déposer les armes, de renier ton Dieu et de t'avouer vaincu – ce que tu es –, je t'accorderai la vie sauve par égard pour la fille du roi, étant donné qu'elle m'a demandé d'avoir pitié de toi, si tu l'ac-

---

1. Dame, je sais que je peux lui donner la mort au premier coup, si je veux, mais à ta demande, je l'épargnerai (B). 2. et lui demanda de ne jamais le voir revenir (A) – il est clair une fois de plus que la version B fait apparaître, par rapport à *Ch.O.* et A, des différences (peut-être des modifications purement scandinaves ?) qui ont pour effet de dramatiser le récit. 3. le ciel et la terre (b).

ceptes. » Ogier le remercia, l'invitant à prendre la récompense qui lui paraîtrait la plus importante, « pourtant, je veux faire un peu l'essai de tes armes auparavant, et je ne m'avouerai vaincu qu'après l'avoir été[1] ».

Ils piquèrent alors leur cheval à coups d'éperon et foncèrent l'un sur l'autre ; ils s'attaquèrent l'un l'autre de leur lance [avec la dernière violence], en brisèrent le bois en deux, mais aucun des deux ne fut abattu de sa monture. Ils tirèrent ensuite leur épée du fourreau, et Brunamont donna un coup à Ogier, qui arracha une grande partie de son heaume. Mais Brunamont ne donna guère de suite à son coup, et Ogier se recula, sans quoi il eût été tué. Les Francs et les païens qui les guettaient virent leurs actions et craignaient chacun pour son champion.

Ogier enragea à ce coup que lui avait porté Brunamont, et son impression était qu'il constatait qu'il était un preux vaillant et habile à manier les armes. Il fit alors l'essai de son épée, voulant savoir s'il était efficace de frapper avec Courtain, et il donna à Brunamont un coup qui lui arracha tout le côté droit de son heaume de telle sorte que le sourcil fut emporté avec le morceau de heaume – Mahomet ne lui fut pas d'un grand secours cette fois-là ! – et l'épée ne fut arrêtée que par la poignée du bouclier.

Brunamont dit alors : « Maudite soit ta vie tout autant que ton corps ! Je n'ai jamais rencontré de chevalier qui me cause d'aussi importantes blessures avant toi. » Ogier réplique : « Tu connaîtras bientôt pire. Cela est peu en comparaison de ce qui suit et qui sera fait pour satisfaire Gloriande[2], la fille du roi, dont tu as le projet de faire ta bien-aimée[3]. »

Brunamont répond alors : « Nous allons nous frapper l'un l'autre à tour de rôle. » Puis il frappa Ogier et lui arracha le nasal du heaume, mais celui-ci ne reçut aucune blessure cette fois-ci. Brunamont s'écria alors à haute voix : « Tu es mort,

---

1. je peux difficilement renoncer sans avoir rien essayé, et nous verrons comment les choses tournent, car je veux bien expérimenter la morsure de ton épée, même si elle est de grande taille (B).   **2.** pire. J'ai fait ceci par égard pour Gloriande (B).   **3.** qui est ta bien-aimée, dis-tu (B).

Ogier, et la fille du roi est maintenant hors de ta garde ! » Ogier répondit : « Tu délires à présent ! », et il lui asséna un coup sur le heaume, mais l'épée ripa sur le heaume, ce qui était très fâcheux, et se ficha dans le sol ; et celui-ci ne fut pas blessé cette fois-ci.

Brunamont frappe alors Ogier et lui arrache tout le heaume ainsi que d'un côté toute la chevelure avec la peau du crâne, mais grâce à Dieu l'épée n'entra pas plus profondément ; cependant il était tout recouvert de sang. Ce coup le mit hors de lui et il frappa Brunamont : il fendit son heaume, le coup se prolongea jusqu'aux épaules et il le laissa pour mort.

Les païens dirent alors : « Brunamont est tombé mort et Ogier a pris son cheval et son épée. » Ils avaient tous un grand attachement pour ces objets de valeur. Chacun d'eux prit alors la route pour retourner chez soi[1]. Ogier prit alors la tête de Brunamont, l'attacha à sa selle, [prit également son cheval,] et alla trouver Caraheu et la fille du roi, auxquels il remit la tête. Ils le remercièrent beaucoup de ce présent[2].

---

1. « Les païens, voyant cela, prirent peur et s'enfuirent chacun de son côté, tandis que les chrétiens poussaient des cris de victoire » (B). Le manuscrit A fait apparaître ici une phrase mentionnant l'arrivée du pape Milon, qui est placée plus loin en B : « Le pape Milon arriva là avec deux mille chevaliers et alla au-devant d'Ogier, menant procession et portant avec lui un bras de l'apôtre Pierre et mainte autre relique. » À partir de maintenant, en outre, la fin du récit diverge notablement de la fin de la première partie de Ch.O. qui présente une autre conclusion aux laisses 91-92, car en A la saga s'achève par une conclusion rapide au chapitre XLVI, alors que l'histoire connaît en B quelques développements supplémentaires. La numérotation des derniers chapitres traduits de B est conforme à l'édition Unger et à la traduction de C. B. Hieatt.   2. À partir d'ici, comme le fait Unger, il est plus simple de suivre la version de B, plus étendue. Nous traduisons en intégralité le dernier chapitre de A en annexe.

Chapitre XLVI — Ogier rejoint Charlemagne

Caraheu se rendit alors auprès du roi Amiral à qui il montra la tête en disant : « Seigneur, écoute mon conseil salutaire et loyal : apprête-toi à rentrer au plus vite à Babylone[1], et cesse de lutter pour conquérir le domaine d'autres rois, car je me suis fait à moi-même le serment – que je tiendrai – de ne plus faire la guerre au roi Charlemagne et à ses hommes. Mais si tu souhaites attaquer un autre roi, quel qu'il soit, alors je suis prêt à te suivre avec mes hommes. Par contre, si tu ne veux pas écouter mon conseil, j'irai auprès du roi Charlemagne avec tous les gens qui veulent bien me suivre, et tous unis, nous te ferons la guerre ; et nous ne nous arrêterons pas avant d'avoir reconquis Rome et placé sous son contrôle tout le royaume de Babylone[2]. »

Le roi Amiral répondit alors : « Caraheu, tu n'as pas besoin de me parler si durement, car je veux suivre tes conseils en tout point, et je constate que tu m'es loyal en tout. Je ne pourrai jamais combler ton absence, si tu me quittes. » Caraheu lui dit alors : « Je veux te demander d'accorder à Ogier le Danois la permission d'aller retrouver le roi Charlemagne avec ton amitié. Libère-le convenablement en lui offrant de beaux cadeaux et des objets de prix, comme il convient, car il a œuvré avec bonheur pour ton honneur en contrecarrant le funeste projet que tu avais formé de donner ta fille Gloriande à ce sorcier malfaisant. »

Le roi Amiral fit alors charger quatre chameaux de toutes sortes d'objets de valeur, aussi bien des perles de grand prix que des pierres précieuses possédant des vertus magiques, et il les donna à Ogier ; et le roi l'invita à aller où il voulait avec sa permission. Ogier remercia grandement le roi de ses cadeaux, et ils se souhaitèrent bonne route l'un à l'autre. Ensuite Ogier alla trouver Gloriande, la fille du roi, et prit congé d'elle, et elle

---

1. Babilonia.   **2.** Serkland (b) (le pays des Sarrasins).

lui offrit de beaux cadeaux. Après cela, Ogier et Caraheu allèrent trouver le roi Charlemagne.

Le pape Milon fit alors partir une procession au-devant d'Ogier avec des reliques et des hymnes, et toute l'armée du roi Charlemagne alla au-devant de lui. Le pape et le roi Charlemagne le conduisirent jusqu'à sa tente.

Chapitre XLVII — Caraheu refuse de se convertir

Le pape Milon entreprit alors de prêcher la foi au roi Caraheu, et il fit à ce sujet un discours rempli de belles paroles. Mais lorsque le pape eut achevé son discours, Caraheu répondit en ces termes : « Tu as présenté ton sujet de façon belle et éloquente ; je constate qu'une grande force surnaturelle vous vient en aide, à vous les chrétiens, et je sais que votre religion est tout à la fois meilleure, plus belle, plus pure et plus puissante que la nôtre, c'est pourquoi je serai toujours l'ami des chrétiens où que je me trouve. Mais étant donné que j'ai porté dans notre religion le nom de preux, qui m'a été donné, il est inutile que tu me prêches votre foi ; je sais déjà qu'elle est meilleure. Cependant, je ne veux pas laisser tomber si bas ma réputation de preux que j'abandonne le roi Amiral et renie Mahomet, mon Dieu, en qui croient mon père et tous mes parents. Et puisque j'ai dit que je ne manquerai à l'amitié de personne, il me semble que personne ne trouvera convenable que je manque à mon Dieu, même si je sais qu'il en existe un autre plus grand et plus puissant que lui. On dit chez nous qu'il appartient au preux d'aider l'homme le plus faible. Je veux vous dire le vrai en un mot : dans les dispositions d'esprit où je suis, je me laisserais brûler vivant dans le feu plutôt que de renier Mahomet, mon Dieu, et le roi Amiral. »

Chapitre XLVIII — Caraheu reçoit un message de Gloriande

Tandis qu'ils discutaient de cela, arriva un homme au galop, qui reçut la permission de s'avancer parce qu'ils virent que c'était un messager. Il alla immédiatement à la tente dans laquelle se trouvait le roi Charlemagne. On lui demanda les nouvelles et il demanda où était Caraheu. On le lui dit. Il entra alors dans la tente et avança jusqu'à l'endroit où se trouvait Caraheu. Il lui transmit les salutations de la princesse Gloriande et lui remit une lettre à la main. Celui-ci brisa aussitôt le sceau et lut la lettre.

Elle disait ceci :

« Au courtois roi Caraheu, son ami, Gloriande, la fille du roi Amiral, envoie ses meilleures salutations ainsi que sa pleine affection.

Depuis qu'Ogier et toi vous êtes partis d'ici, nous connaissons un malheur soudain et une anxiété causée par la méchanceté sans limites et la traîtrise félonne du roi de Cordoue et des complices de son entreprise, dans le funeste dessein qu'ils ont depuis longtemps conçu. Celui-ci est maintenant parvenu à sa pleine réalisation, car la première nuit qui a suivi votre départ, ils vinrent avec toute leur armée jusqu'à la chambre dans laquelle le roi Amiral, mon père, était en train de dormir ; et ils brisèrent la porte et exécutèrent le roi ainsi que tous les hommes qui se trouvaient à l'intérieur. J'ai été emmenée comme prisonnière et je suis à présent à la merci du roi Féridant[1] de Cordoue. Chaque jour ils préparent leur voyage et ils comptent revenir dans leur pays d'origine avec le butin qu'ils ont pris.

Si tu n'as pas oublié le nom de la princesse Gloriande, je voudrais te demander que tu précipites ton retour, car Mahomet le puissant sait que j'aime mieux qu'une épée tranchante

---

1. Feridans.

me passe au travers du cou plutôt que de consentir à prendre pour époux un homme autre que toi, et j'ose d'autant plus le dire que toutes les créatures iront contre leur nature plutôt que je renonce à toi. Bonne chance dans la vie. »

À la lecture de cette lettre, Caraheu devint tout pâle. Ogier se trouvait près de là et il lui demanda quelle nouvelle il venait d'apprendre. Il lui dit ce qu'il avait lu dans la lettre. Ogier dit alors : « Compagnon, ne sois pas affligé, car je te fais un serment, et je le tiendrai : je ne mangerai plus rien que cette honte ne soit vengée, sinon j'attendrai ma mort. »

Se trouvait aussi à proximité Charlot, le fils du roi, qui parla à Ogier en ces termes : « Je jure par ma foi et devant saint Denis[1] de France que je t'accompagnerai dans cette expédition et ne te quitterai pas tant qu'il y aura un souffle de vie dans ma poitrine ou dans celle de l'un ou l'autre d'entre nous. »

Caraheu les remercia beaucoup pour ces paroles et alla trouver le roi Charlemagne à qui il apprit la nouvelle.

Chapitre XLIX — Rêve prémonitoire de Caraheu

Le roi lui offrit alors de partir avec toute son armée afin de venger cet outrage. Caraheu répond alors qu'il faudra du temps[2] pour mettre sur le pied de guerre[3] tant d'hommes et une grande armée, « et cela ne nous est pas possible pour la raison qu'Ogier a dit qu'il ne mangerait plus rien avant que vengeance soit obtenue. À présent, avec ta permission, je vais

---

1. Dionisius.   **2.** Caraheu remercia grandement le roi pour son offre, mais dit qu'il faudrait (b).   **3.** « Peysa » n'a pas ordinairement ce sens. A. Patron-Godefroit traduit plus justement : « mettre en déroute », mais ce sens ne convient pas au passage. C. B. Hieatt traduit : « to prepare... to rush forth ». La présence d'une variante juste avant laisse à penser que le texte est peu sûr.

m'en aller, avec ton fils Charlot, et je pense que soit il nous sera permis, en vertu de ta bonne fortune, de laver cet outrage, soit personne n'en tirera jamais vengeance autrement, car cette nuit j'ai rêvé que je décochais trois flèches vers Rome, et il me semblait qu'elles atterrissaient toutes sur la plus haute tour de la maison dans laquelle se trouvaient le roi Féridant et tous ses plus puissants hommes. J'avais l'impression que des flammes s'élevaient de l'endroit où les flèches avaient atterri. Je me suis réveillé au moment où le feu embrasait toutes les maisons. C'est à cause de cela que je sais que nous devons être trois dans cette entreprise, avec ton consentement, et les prendre dans un feu qui triomphera d'eux entièrement. »

Le roi décida qu'il en irait comme il voulait[1]. Il faut dire qu'ensuite Ogier, Caraheu et Charlot se préparèrent, et il est inutile de parler de leur équipement, sinon pour dire que leur équipement était autant supérieur à l'équipement des autres qu'ils étaient meilleurs et plus vaillants que les autres hommes qui vivaient dans le monde à cette époque-là.

Chapitre L — La bataille s'engage contre les païens

Ils vont à présent leur chemin, n'ayant avec eux que trois écuyers comme troupe. On ne dit rien de leur voyage jusqu'à ce qu'ils arrivent à une forêt. Un homme arriva alors au galop vers eux, c'était un chevalier de la troupe du roi Caraheu. Il était grièvement blessé et ils constatèrent immédiatement qu'il sortait juste d'une bataille. Ils lui demandèrent ce qui se passait, d'où il venait et pourquoi il était dans un tel état.

Il dit que le roi Amiral était mort et que la fille du roi se trouvait à la merci du roi Féridant de Cordoue, « et lorsque Danemont, le fils du roi Amiral apprit cela, il rassembla une

---

1. Le roi demanda à Caraheu qu'il parte comme il voulait (b).

armée, et nous étions tous tes hommes avec lui, et nous avons marché contre eux. Ils s'aperçurent immédiatement de notre arrivée et nous assaillirent avec toute leur armée. Nous avons aussitôt engagé le combat, au matin, dès le point du jour, et plus de la moitié de notre troupe est tombée là, mais je me suis enfui et Danemont fut grièvement blessé. Hâtez-vous donc si vous souhaitez apporter quelque secours à ceux qui sont restés là-bas ».

Il leur indiqua alors l'endroit où se déroulait la bataille, et dès qu'il eut dit ces mots, il glissa de son cheval et tomba mort à terre. Caraheu dit alors : « Grâce à un tel homme, j'ai obtenu du roi Amiral de grands honneurs. »

Ils chevauchèrent à présent à toute allure et ne s'arrêtèrent qu'une fois parvenus sur le champ de bataille. On dit qu'ils chevauchèrent immédiatement en direction des païens, prirent position tous ensemble et en peu de temps ils abattirent une si grande quantité d'entre eux qu'on ne le croirait pas si on les comptait. Dès que Danemont s'aperçut de la présence de ses hommes, il encouragea vivement l'armée, et ce fut alors la plus dure des batailles. Des hommes tombèrent alors dans les deux camps, et pourtant en plus grand nombre du côté du roi Féridant.

Il y avait un homme appelé Jaskomin [1], il était originaire de la ville de Damas [2] et on dit qu'il n'existait pas de meilleur chevalier dans tout Damas. Cet homme était le premier d'entre tous à avoir porté les armes contre le roi Amiral, et il avait affirmé qu'il ne fuirait jamais devant personne. Il avait deux fils, l'un s'appelait Thoilus [3] et l'autre Zabulon ; ils étaient tous deux durs et difficiles à affronter.

---

1. Ja(s)komin.   **2.** Damaskus.   **3.** Þoilos/Þoilus/Þoilis (A, Unger)/Þoilis (A, Loth), Zoilas (b¹), Soilas (b²).

Chapitre LI — Combat contre Jaskomin et ses fils

Il faut dire à présent que Jaskomin chevaucha vers l'endroit où se trouvait Ogier, et lui porta un coup de lance. Ogier brandit son bouclier pour parer le coup, et le bois de la lance se brisa contre le bouclier. Ogier lui porta alors un coup qui traversa son bouclier et sa broigne, si bien que le fer lui entra dans le corps. Son fils Thoilus se trouvait près de là et il frappa Ogier d'un coup qui lui emporta un quart de son bouclier et sa lance se brisa. Lorsque Caraheu vit cela, il fit faire demi-tour à son cheval et donna un coup à Thoilus, qui porta sur son épaule droite et trancha le bras ; et l'épée glissa sur son flanc et entra dans la jambe au-dessus du genou, la tranchant. Thoilus tomba alors de cheval et ne se releva plus.

Zabulon arriva alors et voyant que son père était sévèrement blessé et que son frère avait été tué, il frappa en direction de Caraheu. Mais Charlot, le fils du roi, se trouvait près de là derrière lui, et il le frappa au bras au moment où il brandissait son épée et le lui trancha, alors que Zabulon ne lui infligea aucune blessure. Jaskomin était assis sur son cheval car il était grièvement blessé. Il vit alors le malheur de ses fils, et on dit qu'il frappa Caraheu et lui fendit complètement son bouclier ; l'épée pénétra dans sa cuisse et Caraheu en fut sévèrement blessé. Ogier le frappa alors et le coup tomba sur son cou de telle sorte qu'il coupa à la fois sa tête et celle du cheval qu'il montait, et il dit : « Misérable créature, d'où te vient l'impudence de porter les armes contre moi ? »

Zabulon restait à présent le seul survivant parmi les trois. Il s'enfuit alors et se rendit à l'endroit où se trouvait le roi Féridant, et il lui apprit la mort de son père et de son frère.

Chapitre LII — Intervention du roi Svef

| Le roi Svef, qui a été mentionné précédemment, était [1] | un proche parent du roi Féridant de Cordoue et son porte-enseigne. Svef parla à Zabulon en ces termes : « Tes parents et toi, vous avez été plus forts en querelle et en ruse qu'en vaillance et en prouesse, et le déshonneur vous arrive bien plus tard qu'on ne pouvait s'y attendre. Je sais en vérité que si le roi Féridant ne vous avait pas tenus en si grand honneur, je vous aurais depuis longtemps infligé une honte telle que celle que vous venez de subir ne serait rien à côté, car vous avez été pleins de fausseté, de fourberie, de ruse, de méchanceté et de malignité. »

Zabulon répond alors : « Honnies soient ta langue trop longue et ta tête infâme ! D'où tiens-tu cette impudence de parler en ces termes de mes parents et de moi ? Car tu dois savoir qu'un bon à rien pire que toi n'a jamais vu le jour en ce monde ; tes actes et tes jugements ne valent rien, tu es lâche et couard, malhonnête et malveillant, roublard et retors, faux et félon – un condensé parfait des pires vices. Tu sais bien que tu n'aurais jamais osé dire des paroles telles que celles que tu viens de prononcer il y a un instant, tant que mes parents et moi étions tous vivants et capables de porter les armes. »

Svef dit alors : « Que je sois tel que toi si je ne te fais pas payer ces paroles ! » Svef donna alors à Zabulon un coup qui lui arriva sur le cou et lui trancha presque la tête. Le roi Féridant dit alors : « Tu viens de me causer une grande perte, Svef, et si tu ne m'en donnes pas compensation par quelque action héroïque, tu ne porteras plus mon enseigne. » Svef répond alors : « Je ne suis pas digne de porter ton enseigne, si je ne t'en donne pas compensation de la manière qui t'agrée. »

À présent se livre une rude bataille, et maint homme tombe

---

1. On mentionne à présent un homme qui s'appelle Svef. Il est originaire du pays nommé Monjardin. C'est un... (B) – cette présentation répète effectivement celle du chapitre XXXVI.

dans chaque camp ; pourtant Ogier et ses compagnons se mettent en évidence.

Chapitre LIII — Mort de Danemont et de Svef

Il faut à présent parler de Svef : il chevaucha à l'attaque jusqu'à ce qu'il atteigne Danemont, le fils du roi. Dès qu'ils se rencontrèrent, Svef frappa Danemont d'un coup de lance, mais Danemont brandit son bouclier pour se protéger et ne reçut aucune blessure pour cette fois. Danemont frappa alors Svef si violemment que l'épée se brisa sur le heaume au-dessous de la garde, mais Svef ne fut pas blessé pour cette fois. Svef dit alors : « Tu as brisé dans ma main l'étendard du roi Féridant. »

Après cela, Svef frappa Danemont et fendit tout son heaume et sa tête, et l'épée se ficha dans ses dents. Svef poussa alors de hauts cris et dit : « Attaquons maintenant vaillamment ! Danemont, le fils du roi, est tombé ! » Caraheu entendit ses cris et comprit ses paroles ; il dit alors : « Que Mahomet, mon Dieu, me refuse de profiter de Gloriande, la fille du roi, si je ne venge pas son frère ! » Il dirigea alors son cheval vers Svef, l'interpella et dit : « Si tu es de sexe masculin plutôt que féminin, alors attends-moi, Svef ! »

Mais l'autre fit demi-tour et se dirigea vers l'endroit où se trouvait le roi Féridant. Caraheu frappa dans sa direction et ne l'atteignit pas, mais le coup porta sur la croupe du cheval de telle sorte qu'il tomba sous lui. Caraheu multiplia les coups sans arrêt, ne cessant que lorsqu'il put laisser Svef pour mort.

Chapitre LIV — Ogier tue Féridant

Il faut à présent parler d'Ogier le Danois. Il est monté sur son cheval et chevauche maintenant contre le roi Féridant, et le roi contre lui. Ils se battirent longuement sans qu'aucun des deux blesse l'autre, car le roi était un chevalier de grande valeur. Ogier dit alors : « De deux choses l'une : soit tu n'es pas d'aussi bonne qualité, Courtain, que le disait Caraheu, soit je n'ai pas suffisamment eu foi dans les secours à ma disposition, comme j'en avais les moyens ; maintenant on va savoir ce qu'il en est. »

Ogier frappa alors le roi Féridant et le fendit en deux par le milieu de telle sorte que le coup s'arrêta dans la selle. Ogier dit alors : « On pouvait s'attendre à ce que Caraheu n'eût pas porté cette épée, s'il n'avait su qu'elle tranchait bien. » Lorsque le roi fut tombé, toute l'armée qui l'avait suivi prit la fuite. Mais Caraheu dit qu'on ne devait pas poursuivre[1] les fuyards, « car ce sont tous des hommes à moi et à nous, ainsi que toute l'armée qui avait suivi Danemont, le fils du roi ». Tous ceux qui voulaient obtenir grâce se tournèrent alors vers Ogier et Caraheu.

Ils chevauchent à présent jusqu'au château où Gloriande, la fille du roi, se trouve emprisonnée. Ils forcèrent immédiatement le château et l'emmenèrent. Puis ils chevauchèrent et pénétrèrent dans la cité, et toute l'armée du roi Féridant se soumit à Caraheu. Caraheu offrit alors de nouveau à Ogier et à Charlot maint cadeau, et la princesse Gloriande fit de même ; après quoi ils retournèrent auprès du roi Charlemagne.

Caraheu s'apprêta à partir, et fit route avec son armée jusque dans les Pouilles, puis il traversa la mer et parvint à Babylone. Là il fut désigné roi, et une grande famille royale descend de Caraheu et de la princesse Gloriande.

Ogier et Charlot revinrent à Paris, en France, avec le roi Char-

---

1. demanda qu'on ne poursuive pas (b).

lemagne. Ogier fut son porte-enseigne aussi longtemps qu'il vécut et régna. Il existe encore mainte autre histoire au sujet d'Ogier[1], mais nous arrêtons ici cette saga.

Annexe — Chapitre XLVI et dernier dans le manuscrit A – Ogier rejoint Charlemagne et la saga se termine

Caraheu se rendit alors auprès du roi Amiral à qui il remit la tête en disant : « Voici mon conseil, seigneur : rentrons dans notre empire et dans nos pays, et cessons de lutter pour conquérir le domaine d'autres rois, car je vous le dis tout de suite, mon idée est que nous ne reprenions jamais la guerre contre le roi Charlemagne. Mais si vous souhaitez aller attaquer un autre pays, quel qu'il soit, à ce moment-là je suis prêt à vous suivre avec mes hommes. Je veux aussi vous demander que vous fassiez grâce à Ogier et lui permettiez de retourner auprès du roi Charlemagne, et avec votre amitié. Libérez-le comme un vaillant preux en lui offrant des cadeaux et des objets de prix. »

Le roi Amiral accepta tout ce qui avait été dit : il libéra honorablement Ogier en lui offrant des cadeaux somptueux. Ensuite Caraheu prit soin du retour d'Ogier comme il convenait, et celui-ci salua le roi Amiral avec déférence et courtoisie. Caraheu et la fille du roi gratifièrent Ogier d'objets de prix en quantité. Puis Caraheu fit route en compagnie d'Ogier, et alla trouver Charlemagne ; il prit congé de lui et de tous ses hommes en toute amitié, et reçut en outre de beaux cadeaux et maint objet de valeur.

Après cela, le roi Amiral rentra chez lui à Babylone avec toute son armée, et on ne rapporte pas que le roi Charlemagne et lui se soient jamais plus combattus de la façon qui est relatée dans

---

1. aussi longtemps qu'ils vécurent tous deux, c'est pourquoi il réapparaît dans toute l'histoire de Charlemagne (b).

ce récit. Le roi Charlemagne retourna chez lui en France lorsqu'il eut restauré la foi et l'ordre dans le royaume de Rome après les grandes destructions qu'il avait eu à subir à une époque ; il y resta en paix quelque temps.

Ici s'achève la deuxième[1] branche de la saga du roi Charlemagne.

---

1. Le manuscrit A ignore la branche II de notre traduction, *Olive et Landri*.

BRANCHE IV

Le Roi Agolant

La quatrième branche de la *Saga de Charlemagne*, *Le Roi Agolant*, est un texte composite constitué de deux œuvres originellement distinctes. Le début est la traduction d'une partie importante de l'*Historia Karoli Magni et Rotholandi*, dite aussi *Chronique du Pseudo-Turpin*, qui constitue le livre IV du *Liber Sancti Jacobi*. Cette chronique latine composée au XIIe siècle se donne en effet pour auteur l'archevêque Turpin, ami de Charlemagne ; elle rassemble des traditions épiques relatives aux expéditions d'Espagne en les insérant dans une œuvre de propagande cléricale en faveur du pèlerinage de Saint-Jacques de Compostelle et de la croisade d'Espagne (qui était dirigée contre les Arabes musulmans installés dans la péninsule Ibérique). Cette œuvre a été très largement diffusée et traduite dans toute l'Europe à partir du XIIe siècle, et il n'est pas étonnant que nous la rencontrions en Scandinavie également, où elle a pu commencer à circuler dès la fin du XIIe siècle (voir P. Foote). Son influence y a été importante et A. de Mandach a émis l'hypothèse qu'elle ait servi de modèle à la composition de notre saga. Il apparaît en tout cas que la lutte de Charlemagne contre le roi Aigolandus en Espagne, qui est relatée dans cette chronique, a intéressé de près l'auteur du recueil qu'est la *Saga de Charlemagne*. En effet, Roland y est jeune encore et cette expédition trouve légitimement sa place au centre de la saga.

La *Chanson d'Aspremont*, chanson de geste française composée à la fin du XIIe siècle, fournit la suite de la branche IV ; elle a été partiellement traduite en norrois et placée à la suite de la *Chronique du Pseudo-Turpin*. La combinaison de ces deux œuvres différentes ne va pas de soi, mais il se trouve que les deux rois sarrasins qu'affronte Charlemagne dans deux gestes différentes portent des noms (Aigolandus et Agolant) qui se confondent dans la traduction norroise, et le contenu d'*Aspre-

mont peut donc constituer la suite de la *Chronique de Turpin*, moyennant quelques retouches des deux textes. Dans la version A de la saga, qui représente l'état le plus proche des traductions initiales avec quelques lacunes, ces deux traductions restent juxtaposées et l'ensemble manque assurément de cohérence. Quand un remanieur, sans doute islandais, a composé la version B à la fin du XIIIe siècle, il a eu pour souci constant de pallier ces inconvénients ; comme nous l'avons déjà dit, il a rajouté des formules reliant les branches entre elles, abrégé certaines parties au début et à la fin du recueil, et il a réécrit la branche IV de façon à la rendre plus homogène. C'est cette version seule que nous avons pris l'option de traduire.

Nous avons en effet estimé qu'il n'était pas possible de présenter dans le cadre de ce volume la traduction en parallèle des deux versions, étant donné la longueur de cette branche qui constitue presque un tiers de l'ensemble de la saga. L'éditeur C. R. Unger édite d'ailleurs les deux versions à la suite et non en parallèle, et C. B. Hieatt, la traductrice nord-américaine, a pris pour base la version B mais donne après chaque chapitre la traduction de la partie correspondante dans la version A. Ce faisant, elle est amenée à démembrer celle-ci car l'ordre et le nombre des épisodes diffèrent entre l'une et l'autre. L'éditeur de la version islandaise moderne, Bjarni Vilhjálmsson, a également choisi de n'éditer que la version B. Puisqu'il nous fallait aussi faire un choix, il nous a semblé que la version la plus proche des originaux ne présentait pas le plus grand intérêt, car le *Pseudo-Turpin* et *Aspremont* sont des œuvres que nous avons conservées et auxquelles nous avons encore aujourd'hui accès directement. Certes, il est intéressant d'en lire la traduction norroise comme source d'information secondaire, car il est vrai que les traductions ont été réalisées à partir de versions proches de celles que nous connaissons aujourd'hui, mais pas strictement identiques. Cependant, l'intérêt de la branche IV-A reste faible dans cette perspective, alors qu'il est essentiel de s'appuyer sur l'état le plus ancien de la traduction pour les branches dont les originaux sont aujourd'hui perdus.

Pour qui veut lire la *Saga de Charlemagne* comme une œuvre littéraire à part entière, structurée et signifiante, la version B est à tous points de vue plus satisfaisante, bien qu'elle soit plus récente, car elle s'accorde plus clairement avec le reste du recueil et prend ainsi plus de sens à l'intérieur de cette vaste fresque. Dans la version A, la branche IV représente sans doute le maillon faible du recueil et celui-ci reste une juxtaposition une peu brute de textes épiques relatifs à Charlemagne dont le centre fait ici apparaître un collage voyant. Dans la version B, un travail de réécriture constant mais discret apporte à l'ensemble des lignes de force guidant le lecteur ; la branche IV devient centrale dans la mesure où elle relate la plus longue des campagnes de Charlemagne, celle qui assure le triomphe de l'empereur et conforte définitivement l'importance de certains personnages autour de lui, Roland au premier chef, qui remporte là une victoire éclatante. Il faut admettre cependant que même dans la version B, l'hétérogénéité des sources traduites demeure visible, et par sa longueur même et ses nombreuses répétitions, l'histoire du roi Agolant n'est peut-être pas au premier abord la plus séduisante du recueil pour un lecteur moderne. Cet argument renforce à nos yeux la légitimité de nos choix de traduction. Quelle que soit la version proposée à la redécouverte, il demeure que la branche IV impressionne par sa longueur et sa relative monotonie thématique ; il nous a donc semblé superflu d'en proposer une double lecture qui n'eût guère enrichi la compréhension générale de la saga.

Nous n'aborderons pas ici dans le détail la question de la genèse de la version A et nous renvoyons le lecteur à l'étude liminaire de C. B. Hieatt. Il est cependant utile de préciser comment les deux sources de cette branche ont été utilisées. La version A est un peu plus courte que B. Les chapitres I-XXIII représentent la traduction des chapitres I-XVIII du *Pseudo-Turpin*. Cette partie ne s'achève bien sûr pas sur la mort du roi Agolant qui reparaît dans les chapitres XXIV-CXXIV correspondant aux vers 3372-3378 et 3668-10486 de la *Chanson d'Aspremont* – dans une version plus proche des manuscrits BN 25529 et 1598 ou B. L. Lansdowne 782, que de celui édité jadis par L. Brandin. La traduction des deux sources est assez fidèle, moyennant bien sûr quelques abrègements, surtout dans la partie *Aspremont*, et certaines transpositions, dont la plus notable est la localisation de la montagne d'Aspremont en Espagne et non plus en Italie. Le cent vingt-cinquième et dernier chapitre dérive par contre du *Pseudo-Turpin* et la fin d'*Aspremont* semble ne pas avoir été traduite. Cependant, nous ne savons pas si ces deux œuvres ont été traduites intégralement et séparément puis combinées ensuite, ou si l'auteur de la branche IV-A en est également le traducteur – auquel cas il a pu opérer son montage à partir des sources mêmes dont il n'aurait traduit que ce dont il avait besoin. Il n'est pas sûr non plus que ce montage ait été réalisé en Norvège car il est fort possible que des clercs islandais connaissant le *Pseudo-Turpin* aient conçu le projet d'en insérer une partie dans *Aspremont* en l'abrégeant.

Il est tout aussi difficile de savoir au juste sur quel texte travailla l'auteur de la version B. Par rapport à A, son travail d'ajustement le mène en tout cas à laisser de côté certains passages comme la lutte de Roland contre le géant Ferakut, qui est placée à la fin de la partie *Turpin*, juste avant le début d'*Aspremont*. Ces sept chapitres très autonomes ont dû lui paraître constituer une digression gênante par rapport au sujet de la branche. Celle-ci est en effet centrée sur l'affrontement de Charlemagne et d'Agolant, et le remanieur islandais a visiblement voulu donner le plus grand relief à cette longue guerre. Une autre initiative va sans doute dans le même sens. Il faut rappeler que la disparition des derniers chapitres de la branche I dans la version B peut s'expliquer par un parti pris esthétique. On a en effet l'impression que le remanieur ne veut pas déflorer le sujet des branches à venir et qu'il cherche à éviter toute répétition gênante. En effet, les chapitres LI-LIII de la branche I-A racontent déjà brièvement une expédition d'Espagne débouchant sur la mort du roi Forré et une vengeance de Marsile qui prépare le sujet de *La Bataille de Roncevaux* (branche VIII). Or, le roi Forré est encore vivant dans la branche IV (chapitre XXIV) ! Enfin, le remanieur islandais, dans cette branche comme dans les autres, a souvent rajouté ici et là des formules qui ont peut-être pour but de rendre le texte plus clair et plus lisse – parfois, il en devient aussi plus plat. En tout cas, la version B est au total un peu plus longue que sa source. Elle ne se contente d'ailleurs pas de la remanier de l'intérieur.

En effet, à y regarder d'encore plus près, l'auteur de la version B semble avoir emprunté certains passages, notamment à teneur religieuse, à des œuvres édifiantes autres que la *Chronique du Pseudo-Turpin*, à savoir le *Speculum historiale* de Vincent de Beauvais (compilation de récits historiques, dont la *Chronique du Pseudo-Turpin*, composée au XIIIe siècle) et la *Tveggja postola saga Jóns ok Jacobs* (XIIIe siècle), qui raconte la vie de saint Jean et de saint Jacques à partir de sources latines telles que le *Pseudo-Turpin* et Vincent de Beauvais (voir E. F. Halvorsen cité dans la bibliographie générale, P. Foote et P. Hallberg). Enfin, ce remanieur est visiblement un homme cultivé, amateur de poésie scaldique, car il introduit à quelques reprises des formules poétiques typiques de l'ancienne poésie norroise à l'intérieur de sa réécriture en prose, et l'on en vient presque à regretter qu'il n'ait pas eu plus d'audace pour de telles initiatives qui redonnent de la vivacité à une prose stylistiquement assez pauvre, dans les récits de bataille tout au moins.

Malgré le travail du remanieur islandais, le lecteur remarquera toujours le passage de la partie *Turpin* à la partie *Aspremont*. Les chapitres I-XXV sont en effet restés proches de la *Chronique du Pseudo-Turpin*, car la thématique proprement espagnole y demeure très visible. En outre, sur le plan stylistique, cette branche accorde une large place aux grandes périodes très construites rhétoriquement et imitées du latin, notamment dans les passages les plus marqués par la culture cléricale (par exemple aux chapitres I-IV et XII). Ceux-ci sont plus nombreux dans la première partie de la branche. La suite du texte, du chapitre XXVI au chapitre LXXVI, nous ramène dans l'espace de la chanson de geste et les combats relèguent le discours édifiant au second plan. Cependant, certains moments cruciaux occasionnent des discours prononcés publiquement par Charlemagne ou par le pape, dans lesquels nous retrouvons la même veine rhétorique marquée par la solennité et la grandiloquence (notamment aux chapitres XLI et LXIII). Même les conseillers d'Agolant utilisent une rhétorique ample et majestueuse pour persuader leurs semblables, lors de la longue scène de conseil située dans un moment capital pour les païens (chapitre LIX). La *Saga de Charlemagne* ne connaît guère d'autres moments aussi éloignés stylistiquement de la sècheresse caractéristique des sagas islandaises, et nous avons essayé de conserver toute l'abondance rhétorique de ces passages bien qu'elle puisse gêner un lecteur moderne.

De fait, *Le Roi Agolant* se caractérise à tous points de vue par la recherche d'effets voyants propres à impressionner le lecteur et relevant de l'essence même du genre épique. Malgré l'impression de ressassement un peu lassant qu'on retire d'une lecture attentionnée de ce texte, il demeure que la branche IV possède une force incomparable qui tient à l'ampleur de l'affrontement qui nous est ici dépeint. Cette branche est la plus longue de toute la saga et nulle guerre n'est aussi violente que celle menée par Agolant et son fils Aumont contre Charlemagne et ses preux. La branche ménage une progression dans l'intensité des affrontements qui se décomposent en trois actes. La partie *Turpin* (chapitres I-XXV) met en place les données de l'action en présentant les personnages et les causes de leur lutte. La voie diplomatique ne donnant rien malgré plusieurs rencontres entre Charlemagne et Agolant, une première phase des combats amène un triomphe complet des chrétiens. La partie *Aspremont* se greffe parfaitement là-dessus du point de vue de la cohérence narrative. La seconde partie du récit (chapitres XXVI-LVII) se présente en effet comme une suite logique de la guerre que vient relancer Aumont, fils d'Agolant ; symétriquement, le camp des Francs s'enrichit de l'arrivée du duc Girart de Bourgogne. L'action conjuguée des deux chefs du camp chrétien, Charlemagne et Girart, amène un triomphe total sur les forces d'Aumont et la mort de celui-ci au cours d'un duel indécis qui l'oppose à l'empereur en personne. Le troisième acte enfin (chapitres LVIII-LXXVI) remet aux prises l'armée d'Agolant et celles de Charlemagne et de Girart, mais l'affrontement final est longtemps retardé comme par un effet de suspens délibéré. En effet, les deux camps mettent longtemps à se déterminer (côté païen) et à se préparer (côté chrétien). Les dix derniers chapitres présentent enfin la bataille acharnée qui se prolonge sur plusieurs jours. Plusieurs figures de combattants hors pair se dégagent alors dans les deux armées, mais surtout Roland pour les Francs et Ulien pour les Africains. Le récit s'achève enfin sur la mort d'Agolant et le triomphe de Charlemagne.

Une grande pureté thématique caractérise donc cette branche qui ne traite que d'un seul sujet, la guerre, à tel point qu'on ne croise pas le moindre personnage féminin intéressant, puisque les femmes que mentionne le récit sont réduites à l'état servile de récompense attribuée à des preux méritants (chapitres XXXVII, LXII) ou exercent le plus vieux métier du monde et ont pour rôle de souiller les idoles païennes (chapitre XXXVI) – les éléments courtois qui émaillent d'autres branches sont donc très rares. On peut noter aussi que la partie *Aspremont* se limite strictement au thème guerrier et la branche ne contient aucune trace de merveilleux, tel le griffon de l'original français. De même, toute trace de division dans le camp des Francs a disparu ou presque, et rien ne peut laisser deviner un conflit latent entre Charlemagne et Girart puisque dans la saga ce dernier ne commence pas par refuser de prêter main-forte à l'empereur. Certes, on se rend bien compte de certaines réticences dans le monde chrétien à venir soutenir l'expédition impériale, mais le camp chrétien apparaît plus que jamais uni autour de son chef et plus encore autour de la cause chrétienne.

Dans ce camp, les Francs et les Bourguignons se côtoient sans se mélanger certes, mais cette séparation paraît constituer une astuce narrative habile. Les lieux où l'action se déroule sont nombreux dans ce récit, et par un effet de construction qui s'apparente en quelque façon à l'« entrelacement » à la manière de Chrétien de Troyes, l'on passe, d'un chapitre à l'autre, de l'armée impériale au camp païen, puis à la troupe de Girart. Ces trois armées de tailles très inégales suivent chacune leur route sans se rencontrer toutes ensemble, hormis à l'extrême fin des opérations – mais alors il ne reste plus que des cadavres chez les païens. Cet éclatement de l'action est particulièrement net dans la partie *Aspremont* et il est rendu possible par le rôle que joue la montagne dans la topographie des lieux du combat. Les deux derniers actes prennent place, en effet, dans un lieu abstrait qui n'a plus rien d'italien et qui se définit presque comme un espace géométrique pur associant le plan horizontal d'une immense plaine et le plan vertical d'un mont abrupt. Trois troupes se meuvent donc dans ces lieux désolés et à l'écart de toute société et, le rapport des armées étant de deux contre un, les païens sont voués à l'échec quel que puisse être le nombre colossal de leurs combattants, car ils sont perpétuellement attaqués sur deux fronts à la fois. Ces mouvements subtils trouvent leur aboutissement à la fin, dans la réunion de tous les protagonistes au sommet de la montagne, Agolant se retrouvant seul face aux hommes de Charlemagne et à ceux de Girart.

Ce n'est donc que par une lecture savante partant des sources du récit que l'on peut repérer dans le chapitre XXXVIII une allusion à un conflit possible entre les deux grands chefs chrétiens : Girart est arrivé à Aspremont sans que l'empereur ait été prévenu, et leurs troupes, ne se reconnaissant pas, en viennent à se battre, mais grâce à Dieu, comme le dit le passage, le pire est évité et tous fraternisent avant qu'il y ait mort d'homme. Dieu est en effet omniprésent dans cette branche et les Francs lui doivent tout, ce qui leur interdit de se diviser du moment qu'ils sont aussi peu nombreux face à la puissance païenne.

En effet, cette branche est certainement celle où la dimension religieuse de l'œuvre de Charlemagne est la plus évidente. La guerre menée par l'empereur contre les païens d'Espagne s'inscrit dans un contexte plus vaste : au travers de ces hommes, se poursuit la longue lutte de la foi chrétienne contre les forces du mal cherchant à l'anéantir. L'Espagne jadis convertie par saint Jacques et ses disciples doit être reconquise par Charlemagne, et l'importance de sa tâche fait de l'empereur des Francs l'équivalent des grands rois de la Bible. Saint Jacques est son ami et Dieu lui-même l'aide continuellement, au point de lui envoyer en renfort trois de ses saints. Sans cette aide divine, les Francs n'eussent jamais pu triompher, tant leurs troupes sont réduites face aux Sarrasins. Leur victoire reste donc celle de Dieu plus que des pairs de France, même si leur courage, leur abnégation et leur sacrifice sont admirables.

L'enjeu premier de la guerre est religieux du point de vue chrétien, et les combattants francs n'ont rien à gagner dans ces combats si ce n'est l'honneur de défendre le Christ et de mourir pour lui. De nombreux thèmes sont ici communs à l'épopée et à la littérature hagiographique. Les miracles sont fréquents dans la partie *Turpin* (chapitres XVIII, XX, XXIV) et se poursuivent lorsque la guerre fait rage, car Dieu tient à sauver quelques-uns de ses plus ardents défenseurs et la seule vue de sa croix portée par Turpin sème la panique dans les rangs païens. L'influence de la littérature édifiante est aussi présente, et plus artificiellement, notamment dans la leçon de charité du chapitre XII. La façon dont sont représentées toutes les divinités s'apparente enfin à ce que racontent également les vies de saints. En effet, le Dieu vivant, éternel et invincible s'oppose aux idoles de bois que le héros épique, comme le saint, finit par briser. Les efforts des païens pour satisfaire leurs dieux en les couvrant d'or et de pierreries sont donc bien dérisoires face au vrai Dieu omnipotent. Leur éclat est trompeur et leur sort infamant : ils finissent ballottés comme de vulgaires pantins, pendus par le cou et livrés aux courtisanes. La façon dont ils sont décorés les apparente à des reliques chrétiennes, mais ils ne sont habités par aucune force divine. À la richesse incommensurable des ennemis s'oppose la beauté singulière des parures de Charlemagne, qui attestent la suprématie de sa foi, dans l'étonnant portrait situé au milieu des combats (chapitre

XL). Nous y trouvons déjà presque plus une statue d'église qu'un personnage vivant et en action. Mais Charlemagne n'est pas un saint, car de vrais saints combattent à ses côtés et son aura propre n'enlève rien aux prérogatives du clergé que représentent le pape et l'archevêque Turpin au cœur même de la lutte.

L'importance religieuse de l'enjeu explique le caractère continuellement manichéen de la présentation des deux camps : d'un côté les défenseurs du Christ parés de presque toutes les qualités, de l'autre des représentants attardés du paganisme. En effet, hormis les noms de Mahom et Mahomet, il n'est absolument pas question de l'islam dans cette geste, mais d'une transposition du paganisme ancien en pays sarrasin. La religion des ennemis de Charlemagne semble se réduire à une croyance dans les pouvoirs d'une triade d'idoles formée de Mahomet, Mahom et Terogant. Les chansons de geste ne sont généralement pas plus précises dans la peinture de la religion sarrasine, et notre texte lui-même ne contient aucune analyse théologique de détail. L'erreur des païens se mesure avant tout en termes politiques. Leur présence en Espagne apparaît comme un abus de pouvoir abominable, alors que nul ne leur conteste l'Afrique. À partir de là, la querelle religieuse se réduit en un rapport de forces sans aucune controverse théorique de fond. Les vainqueurs de la guerre gagnent le droit de chasser et d'exterminer les vaincus et ne cherchent guère des conversions, notamment dans la partie *Aspremont*, qui est la plus sanglante.

Le Roi Agolant nous présente en effet des combats très meurtriers car l'extermination des Sarrasins vaincus est de règle. La violence absolue est en effet le seul rapport possible entre des forces aussi antagonistes, et elle tourne quelquefois à la cruauté et au sadisme, comme lorsque le seigneur Claires, le neveu de Girart, déclare : « Tranchons la chair et les os, répandons le sang et offrons une proie suffisante au corbeau et au loup, et nous obtiendrons honneur et victoire ! » Nous sommes bien en plein registre épique : seule la force virile prime et ses excès en sont valorisés à plaisir, quitte à ressasser jusqu'à la lassitude les mêmes hyperboles caricaturales montrant des corps fendus en deux de la tête au ventre, des crânes arrachés et des cadavres empilés. Il n'y a pas d'autre victoire possible si ce n'est par l'anéantissement de l'adversaire, débouchant parfois sur la profanation de son cadavre comme lorsque des parties du corps d'Aumont sont envoyées à son père.

Cependant, si horribles que soient les actes des chrétiens, ils s'inscrivent dans un contexte où la guerre est totale et où les deux adversaires ont le même comportement ; mais la frénésie guerrière ne doit pas être confondue avec une quelconque volonté *a priori* d'exterminer l'ennemi et un goût pervers du meurtre. Les héros épiques sont des êtres de démesure dans le combat, mais leur motivation a en fait peu de fondement psychologique ou idéologique. Certes, la foi sépare les adversaires, mais celle-ci est présentée de façon très schématique et se confond avec l'appartenance à un camp. En tout cas, les adversaires qui s'entretuent n'ont pas de haine viscérale à l'encontre des personnes, des ethnies ou des races en soi, car le monde païen est presque un décalque en négatif du monde chrétien. Ils se détestent en tant qu'adversaires et n'hésitent pas à manier l'ironie la plus noire les uns à l'égard des autres, mais Charlemagne admet qu'Aumont eût fait un grand preux s'il avait été chrétien, et il accueille avec satisfaction la conversion de Balan. Les chrétiens ne contestent même pas le droit aux païens d'être autres, mais les deux blocs s'opposent et se déchirent impitoyablement pour fixer les limites de leurs empires. Or dans l'optique du récit, les païens sont dans leur tort et leur entêtement aveugle les conduit à la mort. Il est rare que les critiques formulées contre les païens deviennent plus fondamentales et elles n'apparaissent guère que dans la partie *Turpin* qui laisse apparaître l'idéologie des clercs chrétiens historiquement hostiles aux musulmans.

Même si le récit est écrit pour justifier et célébrer l'issue de la guerre en légitimant ses horreurs, l'impression que produit la lecture de cette branche est pourtant plus nuancée qu'il y paraît au premier abord. D'une part, les chrétiens ne sont pas irréprochables, surtout dans la partie *Turpin* qui fait apparaître quelques-unes des critiques traditionnellement adressées par l'Église à l'encontre de la noblesse. Ainsi, quand le moraliste chrétien réfléchit aux causes des premiers succès d'Agolant en Espagne (chapitre IX), il envisage d'éventuelles insuffisances dans l'œuvre de Charlemagne, et surtout dans la noblesse chrétienne qui aurait manifesté peu d'enthousiasme pour venir périr en terre espagnole dans l'intérêt du Christ. De même, Charlemagne semble touché par la remarque piquante d'Agolant qui constate qu'une partie du peuple chrétien vit dans un état de dénuement complet. Charlemagne justifie alors la pauvreté de certains, mais s'empresse pourtant d'améliorer leur sort. Plus grave est de voir mille chrétiens succomber au péché de cupidité et payer incontinent cette faute de leur vie (chapitre XXIII). Enfin, il est patent que l'armée de Charlemagne est réduite au point qu'il doive dans la hâte adouber chevaliers des jeunes gens prématurément et quelle que soit leur naissance, et affronter les païens dans des conditions déplorables ; et l'on soupçonne le moraliste d'avoir eu raison de fustiger l'indifférence coupable de certains seigneurs chrétiens.

D'autre part, le camp païen est riche de personnages intéressants et variés. Hormis l'efficacité exceptionnelle de Roland et l'expérience redoutable de Girart dans l'art de la guerre, les chevaliers du Christ ont bien peu de relief personnel dans cette branche et, à part Charlemagne, les chrétiens apparaissent comme des personnages sûrs d'eux, monolithiques et donc relativement pauvres du point de vue de leur intérêt psychologique. Les chefs païens constituent par contre un groupe d'hommes passionnants, car ils sont par définition pris dans une contradiction fondamentale qui fait d'eux des hommes à part entière ayant avec les chrétiens nombre de valeurs communes, mais mal inspirés et malfaisants. Leur communauté apparaît ici comme particulièrement diverse et même divisée, ce qui les affaiblit face à l'unité presque parfaite des chrétiens – compte tenu du fait que Girart mène ici une action autonome à l'égard de Charlemagne, mais en accord avec l'empereur.

La division des païens touche le sommet de la hiérarchie politique et militaire, puisque Aumont, mû par une ambition dévorante, mène sa propre action sans en référer à son père qu'il cherche à supplanter et à remplacer avant l'heure. Mal entouré et mal conseillé, il apparaît comme le principal responsable de l'effondrement total de son camp, car après une première défaite dans la partie *Turpin*, son père Agolant est rentré en Afrique et a revu ses ambitions à la baisse par rapport à l'Espagne. Agolant a presque l'épaisseur d'un personnage tragique, car il incarne finalement une ligne modérée que l'échec de son fils le force à abandonner bon gré mal gré pour se lancer dans une entreprise aventureuse et vouée à l'échec. Face aux défaites répétées, de nombreux païens sont gagnés par le doute et sont prêts à renoncer à l'Espagne, mais le parti de la sagesse ne parvient pas à triompher face à l'orgueil aveugle des plus ambitieux qui rêvent jusqu'aux derniers instants de soumettre la chrétienté jusqu'à Rome. La plus longue scène de cette branche (chapitre LIX) met justement aux prises les tenants des deux politiques lors d'un conseil où les orateurs se livrent à des assauts d'éloquence pour juger Magon et Esperant qui ont quitté la bataille et abandonné l'étendard d'Aumont. L'assemblée statue sur leur sort et prononce leur arrêt de mort : ils périront écartelés d'horrible façon comme des traîtres le méritent. Mais les plaidoiries de leurs partisans s'appuient sur l'idée que l'armée chrétienne est invincible quoi qu'on en pense, ce qui peut excuser leur retraite. Ces dissensions amèneront la défection d'une partie des hommes d'Agolant, qui ne voient plus aucun intérêt dans cette guerre menée au détriment de leur clan et perdue d'avance.

Des témoins des combats décrivent en effet à plusieurs reprises à Agolant la façon dont les Francs triomphent, si défavorable que leur soit le rapport des forces. Mais les jusqu'au-boutistes, les grands chefs de guerre d'Agolant, tels Mandequin, Achar de Flor, Calides ou Ulien, se refusent à abandonner la lutte dès lors que ce rapport leur reste théoriquement favorable et qu'ils croient la victoire à portée de la main, et ils réussissent à chaque fois à persuader Agolant de poursuivre la guerre. Funeste entêtement qui permet aux chrétiens de les anéantir totalement. Aumont et Agolant ne sont pas, par contre, des personnages aveugles et butés. Leurs propos montrent bien leurs doutes profonds et leur évolution face aux événements. Après avoir été défait par Girart, Aumont prend par deux fois la parole pour vitupérer l'inconséquence de ses chefs qui lui paraissent plus aptes à écraser l'ennemi en paroles qu'en actes (chapitre XXXIII). Le bilan qu'il tire de son action dans la grande tirade qui suit (chapitre XXXIV) montre sa grande lucidité devant toutes les fautes qu'il a commises et qu'il reconnaît, et ses regrets sincères confèrent une sombre dimension pathétique à des propos dont la profondeur et la subtilité désorientent ses proches. Bien qu'il poursuive son action sans hésiter, il a pressenti au fond de lui-même qu'elle est mal fondée, que leur cause est perdue et qu'ils n'échapperont pas à leur destin.

Le roi Agolant lui-même semble connaître une évolution analogue. Alors qu'il apparaît tout d'abord comme le plus puissant souverain que le monde païen connaisse et qu'il commence par l'emporter aisément sur les chrétiens en Espagne, la suite du récit nous montre son déclin progressif. Il est tout d'abord incapable de freiner les ambitions et les entreprises hasardeuses de son fils, mais il doit les poursuivre presque à son corps défendant. Son déclin se dessine ensuite en deux temps : d'un point de vue personnel, il s'effondre en voyant la tête de son fils mort (chapitre LXV) et reconnaît qu'il a eu tort de lui donner trop de pouvoir trop tôt ; la défaite de ses dieux le laisse perplexe : il écoute sans répondre le messager Galindre qui lui fait un résumé honnête et précis des fondements de la foi chrétienne tels qu'il les a découverts auprès de Charlemagne. Sa fin est ensuite analogue à celle de son fils. Il se lance trop tard dans une violente diatribe contre des conseillers, tel Ulien, qui l'ont conduit dans une impasse (chapitre LXXI), mais sa mauvaise foi cache mal alors l'aveu de ses propres erreurs et faiblesses. À partir de là, il paraît totalement dépassé par des événements dont il a deviné l'issue : il ne soupçonne pas la trahison d'Amustene et assiste impuissant à la défaite successive de ses différents bataillons, croyant tragiquement que les troupes qui l'ont fui viendront l'épauler. Devant l'inéluctable conclusion d'une guerre dont il n'a pas su maîtriser le cours, il se retrouve seul au sommet d'Aspremont contre toutes les forces chrétiennes réunies. Ses derniers moments (chapitre LXXV) ne manquent pas de grandeur, car il prononce d'amers propos dans lesquels il reconnaît sa défaite sans accepter de se livrer. Il lutte donc jusqu'au bout de ses forces en refusant l'offre de conversion que lui fait Charlemagne, et meurt en preux combattant sous les coups conjugués de Girart et de Roland. Nul doute que les amateurs de sagas islandaises ont apprécié ce personnage qui a tort de bout en bout, mais qui assume sans ciller le lot que lui a attribué le destin. Le triomphe de Charlemagne eût paru terne s'il n'avait pas eu à lutter contre des adversaires de sa trempe.

Les païens ont tort, comme le dit et répète la *Chanson de Roland*. C'est Dieu qui les punit par le moyen des armes chrétiennes, mais d'un point de vue humain, rien ne les distingue des chrétiens, car les passions qui les divisent et qui les affaiblissent existent également dans le camp opposé. La *Saga de Charlemagne* accorde peu de place à ces thèmes, hormis dans la branche I, mais les chansons de geste du cycle des vassaux révoltés se plaisent à décrire les discordes internes au royaume de France, la cupidité de certains, les trahisons des autres, la cruauté du plus grand nombre. Ce qu'on voit ici du monde païen, notamment l'interminable scène de conseil et la violence des affrontements entre différents clans opposés, n'est pas sans faire penser à une œuvre telle que la *Chanson de Girart de Roussillon* par exemple.

En outre, Dieu accorde sa grâce à quelques individus même parmi les païens. Dans leur camp, Balan est de ceux-là et son rôle dans l'action nous semble capital du point de vue des idées que véhicule le récit. En effet, selon elles, il apparaît que les païens sont responsables de leurs fautes et méritent à ce titre d'être châtiés, du fait que l'amour de Dieu leur est accessible mais qu'ils préfèrent volontairement demeurer dans l'erreur.

Ils sont pécheurs moins parce qu'ils ne connaissent pas Dieu, car les païens de l'Antiquité ne le connaissaient pas plus, mais parce qu'ils ne veulent pas le connaître. Certains parmi eux y parviennent pourtant, tel Balan ici ou Otuel dans la branche VI, et ils montrent clairement la voie aux autres, mais la plupart restent sourds et rejettent cette planche de salut. Leur fin douloureuse et cruelle peut donc susciter l'effroi et même une certaine admiration, mais sans doute pas la compassion, sauf peut-être pour ceux d'entre eux qui ont entrevu la raison de leur échec, tels Aumont et Agolant qui ont constaté la supériorité du Dieu des chrétiens, se sont interrogés sur leurs échecs et ont reçu quelques lueurs du christianisme. Certains chefs païens s'intéressent en effet à la religion des Francs, ce qui montre que la vérité du christianisme triomphant finit toujours par fasciner un honnête homme, mais aussi que les païens sont beaucoup plus ouverts d'esprit que les chrétiens dont l'horizon mental est borné de certitudes. Le parcours de Balan est le plus abouti. Il fait partie des quelques païens à avoir côtoyé de près les chrétiens, comme aussi Galindre et même Agolant, mais contrairement à eux il sait tirer profit de ce qu'il voit et se persuade peu à peu de la supériorité de la foi chrétienne qu'il finit par embrasser. Il était en effet essentiel qu'à côté des horreurs de la guerre, le christianisme montre aussi un visage moins belliqueux et plus accueillant à l'égard de ses ennemis quand ils découvrent leur erreur. Balan ne se convertit pas, en effet, par pur calcul politique, pour monnayer sa traîtrise et se retrouver du côté des vainqueurs ; il demande à être baptisé parce que le message du Christ l'a séduit et convaincu. Sans trahir son camp qu'il continue tout d'abord de soutenir, il prévient maintes fois Aumont des dangers qu'il encourt, mais celui-ci reste sourd à cette bonne parole et court droit à sa perte. Ses dernières paroles sonnent comme l'aveu tragique de son erreur : « Je jure par Mahomet, Terogant, et tout le pouvoir de nos dieux, que votre Dieu est plus puissant que tous les autres dieux si vous êtes tous les deux sains et saufs en me quittant. »

Il reste à dire que cette branche IV, malgré ses répétitions et ses longueurs, ne se résume pas en une suite monotone d'épisodes guerriers traités sur le mode de l'hyperbole épique tendant parfois à sa propre caricature. Nous venons de signaler la richesse de certains personnages et nous pouvons aussi souligner la beauté et l'originalité de certaines scènes grandioses. Ainsi, alors que Charlemagne s'apprête à prendre du repos après avoir mené tant d'expéditions, il voit passer en rêve une immense constellation qui parcourt toute l'Europe d'est en ouest et lui indique quelle destination il doit prendre (chapitre I). Ce songe impressionnant est suivi d'autres dans lesquels saint Jacques, puis saint Denis viennent le visiter pour le prévenir de ce qu'il doit faire et de ce qui va lui arriver. Quand les combats sont engagés, le récit abonde à la fois en exploits courageux et spectaculaires et en beaux discours grandiloquents, tous situés dans des décors magnifiques, car à côté de la pureté géométrique des lieux, la toile de fond est constamment incrustée d'or, de pierreries et de lumières. Les idoles païennes ont été redécorées de neuf et brillent plus que jamais (chapitre VIII). Une telle lumière émane de la décoration des armes païennes que lorsque l'armée d'Aumont est en route, toute la plaine en resplendit (chapitre XLII). Dans le campement d'Aumont, la tente de celui-ci est une pure merveille que les Francs découvrent avec étonnement (chapitre LVII) : « Elle était brodée d'or et d'argent. Sur le devant avaient été placées quatre escarboucles d'où émanait une lumière entourant la tente, de telle sorte qu'il n'était pas utile d'allumer de chandelles à cet endroit pendant la nuit ou la soirée. [...] Lesdites escarboucles produisaient un rayonnement si grand que la vallée tout autour en était éclairée de telle manière qu'il n'était pas possible de prendre par surprise un homme montant la garde. Les hommes de l'empereur avaient également suffisamment de lumière pour ce qu'ils avaient à faire. »

Cette richesse et cette maîtrise technique sont bien entendu factices et la fascination qu'elles peuvent exercer est de nature démoniaque, mais le charme d'un tel lieu est si puissant que les chrétiens préfèrent l'occuper plutôt que de le détruire. Comme nous le reverrons dans la branche VII à Constantinople, l'ailleurs lointain fascine l'imaginaire épique. Un peu comme le palais du roi Hugon, la tente d'Aumont recèle des merveilles de technique. On dirait en effet que les païens ont déjà mis au point un système télévisuel de surveillance (chapitre LXI). Balan explique en effet à Charlemagne comment fonctionne l'écran permettant de voir ce qui se passe aux alentours : « Je veux vous parler d'une caractéristique technique de cette tente, que ni vous ni aucun de vos hommes n'avez remarquée. Levez les yeux vers la boule surmontant le poteau central et vous pourrez voir sur la partie supérieure un dragon coulé dans de l'or ; sur le dragon vous pouvez voir une glace dont le pouvoir est tel que si un homme la regarde fixement, il voit ce qui se passe sur la mer ou sur la terre aux alentours. À présent, cher seigneur, regardez dans le miroir et vous aurez tôt fait de voir une innombrable flotte faire voile vers la terre, de lourds dromonts, de longs vaisseaux, des galiotes, ainsi que de puissants navires de guerre. »

Ces prodiges techniques tout comme les lueurs émanant des armes des païens ou de leurs idoles décorées de frais peuvent impressionner, séduire et même troubler l'esprit de quelques centaines de chrétiens coupables de cupidité qui reviennent sur le champ de bataille piller les cadavres des païens (chapitre XXIII). Ce péché leur vaut une mort immédiate, montrant en quelle estime il faut tenir ces fausses richesses. En fait, il ne faut pas confondre l'ingéniosité humaine avec la toute-puissance de Dieu, ni les dorures avec la lumière céleste. Celles-ci finissent par triompher de façon éclatante, ce qui ternit et dévalue définitivement le luxe païen qui est purement matériel, poudre aux yeux alimentant les passions humaines et conduisant à la déchéance morale. Alors que la victoire des chrétiens se précise (chapitre LXVII), il est un moment prodigieux où apparaît la vraie lumière divine. Elle illumine alors le champ de bataille avec une force qui éteint définitivement le brillant superficiel des artifices païens : « La plus violente des mêlées se produit alors. Les chevaliers de Dieu dégainent leur épée, qui sont si brillantes et tranchantes qu'il en émane des éclats de lumière, et ils abattent les païens de tous côtés. Lorsque le combat est fermement lancé et que des Africains s'effondrent alors que d'autres se défendent avec vaillance, le beau seigneur archevêque Turpin arrive face aux païens, portant la sainte croix au-dessus de laquelle resplendit à ce moment-là la sublime puissance de la miséricorde divine : elle brille de façon si éclatante qu'elle rayonne en tous sens comme la lumière du soleil, et elle paraît aux ennemis de Dieu si grande et si terrible qu'ils n'osent pas regarder dans sa direction et préfèrent la fuir aussi loin qu'ils peuvent, jusqu'à ce que tout le bataillon de Mandequin se soit dispersé. »

Quelques moments d'enchantement font donc contraste avec les nombreuses scènes d'horreur pure que contient cette branche, et l'on s'aperçoit finalement que le remanieur qui a composé la version B n'a pas manqué de talent pour mettre en valeur ce que ses sources contenaient de meilleur. *Le Roi Agolant* constitue donc une étape décisive dans la geste de Charlemagne et à partir de cette victoire acquise de haute lutte, l'étoile de l'empereur est parvenue à son zénith et elle va y rester jusqu'à la branche VIII, *La Bataille de Roncevaux*. En effet, cette terrible épreuve montre que Charlemagne a su s'entourer de jeunes preux dont la valeur est maintenant garantie, et sa troupe comprend même quelques chevaliers tout fraîchement adoubés. Roland s'affirme comme le meilleur de tous et le récit nous montre comment il s'empare de Durendal et de sa corne Olifant. L'empereur paraît donc avoir devant lui un avenir radieux puisque l'Espagne est enfin pacifiée. De fait la guerre contre les Saxons (branche V) ou contre les païens d'Italie (branche VI) ne présentera pas les mêmes difficultés.

Il nous semble pourtant que quelques signes isolés, mais terriblement clairs, nous rappellent que Charlemagne n'échappera pas, quelque succès qu'il remporte, à sa destinée tragique. Ainsi, au moment même où ses troupes écrasent les païens d'Agolant, l'empereur dit à Ogier (chapitre LXIII) : « Étant donné, cher ami, que je connais l'ardeur et la hardiesse de

Roland, mon parent, et que je sais que souvent il ne prend pas garde à ce qui peut lui arriver en raison de son courage et de son dévouement envers nous, je te demande de veiller sur lui de près dans cette bataille et de lui apporter toute l'aide que tu peux. En effet, je n'aime personne plus que lui, et ce serait par conséquent pour moi une grande peine s'il lui arrivait quelque chose, car quoique Roland soit encore jeune, il n'est pas de plus grand preux que lui. » Peu après (chapitre LXXIV), Roland, débordant d'énergie, se met à sonner dans sa trompe Olifant avec une force incroyable et le concert des Francs est si affreux que leurs ennemis en sont épouvantés. Sans qu'ils puissent en avoir conscience, hormis un vague pressentiment de Charlemagne, les Francs viennent donc de remporter une victoire qui ne constitue que le premier volet d'un diptyque espagnol dont le pendant sera dévoilé bien plus tard au cours du désastre de Roncevaux. *A posteriori,* la victoire sur le roi Agolant aura donc un goût bien amer, et il apparaîtra que les voies du Seigneur sont plus obscures qu'on ne pouvait le croire en voyant Charlemagne dominer le monde du haut de la montagne d'Aspremont.

NOTE SUR LA TRADUCTION

Comme nous l'avons dit, la branche IV de la *Saga de Charlemagne* existe en deux versions différentes. Les manuscrits A et a conservent un premier état de la traduction (partielle) de la *Chronique du Pseudo-Turpin* et de la *Chanson d'Aspremont.* Les manuscrits de la famille B conservent un remaniement postérieur de ces traductions. Les différences entre A et B sont telles qu'il n'est pas possible de suivre les deux versions en parallèle. Étant donné que nous avons choisi de traduire seulement la version B, nous n'avons pris en compte que les variantes du manuscrit b éditées par Unger, car on ne peut plus parler de variantes entre A et B. Cependant, à titre de comparaison, nous donnons les formes des noms propres contenues en A quand cela paraît utile, puisque nous traduisons toujours les noms propres identifiables. Pour cette normalisation des noms, nous nous appuyons sur la *Chronique du Pseudo-Turpin* et sur la *Chanson d'Aspremont*. Les notes contiennent donc les noms tels qu'ils apparaissent à la fois en B (parfois A) et dans les sources de la traduction qui sont désignées comme suit : *Ps. T.*, *Ch. d'A.*

Les variantes que présente le manuscrit b sont peu nombreuses et généralement d'un faible intérêt littéraire. Nous en traduisons quelques-unes en note et en intégrons aussi certaines dans la traduction courante ; elles apparaissent alors entre crochets droits [...] et le texte correspondant de B est donné en note.

BIBLIOGRAPHIE PARTICULIÈRE À LA BRANCHE IV

ŒUVRES APPARENTÉES

Historia Karoli Magni et Rotholandi (dite *Chronique du Pseudo-Turpin*, livre IV du *Liber Sancti Jacobi*), éd. C. MEREDITH-JONES, Paris, 1936 (réimp. Genève, 1972).

— éd. R. MORTIER, dans *Les Textes de la « Chanson de Roland »*, vol. 2 : *Chronique de Turpin et Grandes Chroniques de France*, Paris, 1941.

— éd. A. HÄMEL et A. de MANDACH, *Der Pseudo-Turpin von Compostela*, Munich, 1965 (« Bayerische Akademie der Wissenschaften : Philosophisch-historische Klasse », Sitzungsberichte 1965-1).

— éd. H. W. KLEIN, Munich, 1986 (« Beiträge zur romanischen Philologie des Mittelalters », 13).

La Chanson d'Aspremont, éd. L. BRANDIN, Paris, Champion, 1921-1922 (nouv. éd. revue 1970), 2 tomes (« CFMA », 19 et 24).

ÉTUDES IMPORTANTES OU RÉCENTES PORTANT SUR LES SOURCES DE LA TRADUCTION NORROISE

BANCOURT, P., « Le visage de l'autre : étude sur le sens de la *Chanson d'Aspremont* », *Senefiance*, t. 25, 1988, pp. 45-56.

BECKER, Philipp August, « *Aspremont* », *Romanische Forschungen*, t. 60, 1947-1948, pp. 27-67.

MANDACH, André de, *Naissance et développement de la chanson de geste en Europe. I. La Geste de Charlemagne et de Roland*, Genève, Droz, 1961.

— *Naissance et développement de la chanson de geste en Europe. IV. La Chanson d'Aspremont...*, Genève, Droz, 1980.

— « La "Chronique de Turpin", livre IV du *Liber Sancti Jacobi*, ou l'épopée au service de l'idéal chrétien », *Charlemagne in the North*. Proceedings of the Twelfth International Conference of the Société Rencesvals (Édimbourg, 4-11 août 1991), Édimbourg, Société Rencesvals British Branch, 1993, pp. 189-196.

MOISAN, André, « L'exploitation de la Chronique du Pseudo-Turpin », *Marche romane*, t. 31, 1981, pp. 11-41.

— « L'exploitation de l'épopée par la Chronique du Pseudo-Turpin », *Le Moyen Âge*, t. 95, 1989, pp. 195-224.

ROEPKE, Fritz, *Studien zur Chanson d'Aspremont*, Greifswald, 1909.

SPIEGEL, G., « Pseudo Turpin, the Crisis of the Aristocracy and the Beginnings of Vernacular Historiography in France », *Journal of Medieval History*, t. 12, 1986, pp. 207-223.

SZOGS, S., *Aspremont, Entwicklungsgeschichte und Stellung innerhalb der Karlsgeste*, Helle, 1931.

VAN EMDEN, Wolfgang G., « "La Chanson d'Aspremont" and the Third Crusade », *Reading Medieval Studies*, 18, 1992, pp. 57-80.

VAN WAARD, Roelof, *Études sur l'origine et la formation de la* Chanson d'Aspremont, Groningue, 1937.

ÉTUDES PORTANT PLUS SPÉCIFIQUEMENT SUR LA TRADUCTION NORROISE ET SON CONTEXTE

FOOTE, Peter G., *The Pseudo-Turpin Chronicle in Iceland : a Contribution to the Study of the Karlamagnús saga*, Londres, 1959.

— « A Note on the Source of the Icelandic Translation of the Pseudo-Turpin Chronicle », *Neophilologus*, t. 43, 1959, pp. 137-142.

HALLBERG, Peter, *Stilsignalement och författarskap i norrön sagalitteratur*, Göteborg, 1968 (« Nordistica Gothoburgensia », 3), chap. XV, pp. 104 *sqq*.

HIEATT, Constance B., in *Karlamagnús Saga...* Vol. II, Part IV. *King Agulandus*, Introduction, pp. 9-33 (cf. bibliographie générale, B).

— « *Karlamagnús Saga* and the *Pseudo-Turpin Chronicle* », *Scandinavian Studies*, t. 46-2, 1974, pp. 140-150.

SKÅRUP Povl, « Om den norrøne oversœttelse i Karlamagnús Saga af den oldfranske Chanson d'Aspremont », *Opuscula* VI, Copenhague, 1979 (« Bibliotheca Arnamagnæana », vol. XXXIII), pp. 79-103.

D. L.

Le Roi Agolant

Prologue

Au nom de notre Seigneur Jésus-Christ, commence ici une branche de la saga du fameux seigneur Charlemagne, empereur, fils de Pépin roi de France. On y explique clairement de quelle manière ledit empereur Charlemagne libéra, avec l'aide de Dieu et grâce à l'intercession de saint Jacques[1], l'Espagne[2] et la Galice[3] de la tutelle des Sarrasins et des Africains. D'un bras puissant Dieu rendit sa liberté à l'Espagne parce qu'il destinait à ce royaume l'honneur unique et sans fin de la présence de son saint ami, l'apôtre Jacques, frère de Jean[4]. Et à la demande expresse du seigneur Charlemagne, afin que les exploits accordés par Dieu en son temps au profit de sa miséricorde et du succès éclatant des chrétiens soient gardés en mémoire pour la louange et la gloire de Dieu, et qu'ils servent à la connaissance véritable et au réjouissement quotidien de tous les hommes à venir dans le monde, l'ami le plus intime de l'empereur, le fameux seigneur Turpin, archevêque de Reims[5], raconta la libération de l'Espagne. L'évêque révèle dans la lettre qu'il écrivit à Leofrandus, diacre d'Aix-la-Chapelle[6], qu'il a été témoin direct des grands miracles que Dieu réalisa au vu de tous en faveur de son peuple, en réponse à la demande et au mérite de saint Jacques ; la lettre de l'évêque expose ceci dans les termes suivants :

« Turpin, par la grâce de Dieu, père et directeur des chrétiens de Reims, et compagnon du fameux seigneur Charlemagne[7],

---

1. Jakobus. **2.** Hispania. **3.** Galicia. **4.** Jón. **5.** Rensborg. **6.** Achisborg. **7.** Karolus Magnus.

envoie à Leofrandus, diacre d'Aix-la-Chapelle, d'aimables salutations au nom de Jésus-Christ, fils de Dieu.

« Vous m'avez envoyé un mot à l'époque où j'ai été quelque peu souffrant à cause de blessures dans la cité de Vienne[1], et vous me demandiez de raconter fidèlement comment le très puissant seigneur Charlemagne avait conquis l'Espagne en la libérant de la tutelle sarrasine. Étant donné qu'à cette époque j'étais quelque peu empêché, je ne pensais pas pouvoir mener à bien ce que vous m'aviez demandé ; à présent il me souvient de cette tâche à accomplir par égard pour le Dieu céleste, en l'honneur de saint Jacques à qui cette affaire importe tout particulièrement, et pour la gloire éternelle de l'empereur Charlemagne.

« Du fait que je discerne votre bienveillance, à la fois par amour pour Dieu, par affection pour l'apôtre Jacques et par attachement à l'égard de l'empereur, je vais commencer mon récit en expliquant dans quelles circonstances cette affaire a débuté, puis j'exposerai en détail un à un les événements qui se déroulaient à cette époque en Espagne, et les glorieux miracles que le seigneur Dieu montra à tous afin de fortifier ses chrétiens, ainsi que l'éclatante victoire qui fut accordée à l'empereur contre les ennemis de Dieu et contre les siens, malgré les grandes souffrances de ses hommes et le sang qu'ils versèrent, et les actions vertueuses que l'empereur réalisa en l'honneur de Dieu et du saint apôtre Jacques, en bâtissant des églises et de saints monastères durant les quatorze années qu'il demeura en Espagne ; toutes ces choses que j'ai vues de mes yeux, je vous les envoie couchées par écrit par amitié pour vous.

« Vous avez écrit que tout ce qui s'est passé entre les chrétiens et les païens en Galice n'est pas consigné en entier dans les annales qui se trouvent dans la cité de Saint-Denis, or il se peut fort bien que celui qui a composé les annales en question, n'ait pas été témoin direct des événements qui se sont déroulés là et qu'il ait écrit *a posteriori* à partir d'un récit entendu

---

1. Vehenna.

auprès d'hommes qui n'étaient pas aussi dignes de foi qu'il le pensait. Mais j'espère que Dieu veillera à ce que ma version ne soit pas en désaccord avec les annales en question.

« Que le vrai Dieu vous garde et assure votre santé et votre bienveillance. »

Ainsi parle l'archevêque Turpin, après quoi il commence le récit de l'affaire susdite.

L'excellent apôtre du Seigneur, l'éminent Jacques, fils de Zébédée[1], prêcha tout d'abord l'évangile de Dieu dans l'ouest de l'Espagne, éclairant les âmes obscures de la lumière éclatante de la vraie foi, mais la grande dureté et la rudesse des mœurs des gens de ce pays n'évoluèrent guère dans le sens de la douceur malgré les admonestations de l'apôtre, tout spécialement du fait que tous les hommes en vue du royaume s'élevèrent violemment contre le salut qu'il leur apportait, méprisant totalement son enseignement. Et du fait que le sublime Jacques, ami chéri de Dieu, comprit que son œuvre et sa peine ne portaient guère de fruits dans ces conditions, il s'en retourna avec ses disciples dans son pays d'origine, c'est-à-dire la contrée de Jérusalem[2], dans le but d'y accomplir, par la volonté de Dieu, la belle victoire d'un glorieux martyre dû à la rude cruauté des détestables Juifs, supportant par amour pour Dieu une mort atroce dans les tourments causés par le tranchant d'une épée, sous le règne du malfaisant Hérode Agrippa.

Mais suite à la victoire de l'apôtre, le Seigneur Dieu fit transporter de façon tout à fait miraculeuse son très saint corps, accompagné de sept disciples, depuis Jérusalem[3] jusqu'en Espagne, établissant en sa pleine souveraineté que le même peuple qui précédemment avait rejeté le doux enseignement de l'apôtre de son vivant, recevrait une aide véritable due à la proximité de son corps après sa mort ; et les pays et royaumes que l'apôtre s'était appropriés en y imposant la marque de sa

---

1. Zebedeus.   **2.** Jórsalaland.   **3.** Afsala (B), Jórsala (b).

présence corporelle, lui appartiendraient aussi longtemps que le monde serait habité. Ce dessein de vérité s'accomplit de belle façon, car la miséricorde de Dieu, œuvrant de concert avec les miracles sublimes de Jacques et la prédication salutaire de ses disciples, convertit toutes les régions de l'Espagne à la foi chrétienne, conférant tous les honneurs au corps de l'ami de Dieu ; et on l'enterra à l'endroit que les gens du pays appelaient en ce temps-là Librarum Domini, mais qui se nomme maintenant Compostelle [1].

La sainte foi fleurit alors longuement de bonne et belle façon en Espagne, jusqu'à ce que les Sarrasins et les Almoravides impies déchaînent leur fureur guerrière contre le royaume en question en se livrant à des pillages et à des massacres, brûlant les cités et les châteaux, abattant les églises et les autres lieux sacrés, tuant tout homme qui se refusait à renier son Dieu ; et ces suppôts de Satan ruinèrent si entièrement la sainte chrétienté que c'est à peine s'il se trouvait encore une personne dans ces contrées qui rendît les honneurs dus au vrai Dieu et à son saint ami Jacques.

Les Sarrasins tinrent l'Espagne sous leur honteuse tutelle durant une longue période se terminant avec Charlemagne, et en raison de la nuée immonde qui à cette époque se répandit sur tous les pays susnommés – elle s'élevait des cultes impies qui se tenaient quotidiennement en tous lieux, célébrant lamentablement de maudites idoles – furent recouverts les rayonnements lumineux émanant de joyaux, c'est-à-dire l'excellent renom, fleur des miracles de saint Jacques, chacun d'eux ayant plus de prix que tous les trésors de ce monde ; et en cette terre ils restèrent enterrés profondément et dans le secret aussi longtemps que la providence divine l'ordonna.

À présent est connu partout le récit honteux racontant de quelle manière les maudits Sarrasins ont étendu leur pouvoir sur l'Espagne et la Galice, aussi commence ici la partie suivante expliquant dans quelles circonstances Dieu tout-puissant a

---

1. Compostella.

coupé les buissons épineux ainsi que les mauvaises herbes dans le champ de son très cher ami, Jacques le glorieux.

Chapitre I — Saint Jacques apparaît à Charlemagne

Comme le plus célèbre seigneur qui ait jamais été dans les pays du Nord, Charlemagne, qui le premier de tous les rois francs détint l'empire de Rome, allait avoir subjugué militairement un puissant royaume en Italie et maint autre pays : Angleterre [1], France [2], Allemagne [3], Bourgogne [4], Lotharingie [5] et beaucoup d'autres qui s'étendent entre les deux mers, ainsi que soumis à l'empereur de Rome d'innombrables cités précédemment contrôlées par les Sarrasins, il eut l'intention de renoncer à la guerre et de prendre du repos après avoir œuvré durement, et de ne plus mettre en danger sa personne et ses hommes dans des batailles et des combats.

Lorsque l'empereur a arrêté définitivement ce projet en son cœur, au cours d'une nuit il lui est donné de voir, s'étendant au-dessus de son lit, une constellation en mouvement d'une ampleur extraordinaire, qui sort de la mer de Frise [6], passe entre la Germanie [7] et la Gaule [8], l'Italie [9] et l'Aquitaine [10], poursuit tout droit au-dessus de la Gascogne [11], du Pays basque [12], et de la Navarre [13], et continue plein ouest vers l'Espagne et la Galice. Le seigneur Charlemagne, voyant la constellation en question plusieurs fois dans la nuit, pense en homme sage qu'un spectacle si rare doit signifier quelque chose d'important.

Lorsqu'il a longuement médité sur ce sujet, lui apparaît une nuit en songe un excellent homme, élégamment vêtu, d'apparence éclatante et de contenance distinguée, qui s'adresse à l'empereur en des termes affectueux, disant : « Mon cher fils,

---

1. Anglia.   **2.** Francia.   **3.** Þýverskan.   **4.** Burgundia.   **5.** Lotaringia.   **6.** Frisia.   **7.** Theothonia.   **8.** Gallia.   **9.** Italia.   **10.** Akvitania.   **11.** Gaskunia.   **12.** Balda.   **13.** Nafaria.

que fais-tu ? » Charlemagne entend qu'on le salue si poliment en des termes très courtois, et il estime qu'il ne doit absolument pas rester silencieux en retour, aussi répond-il : « Qui es-tu, cher seigneur, pour me saluer si affectueusement ? »

L'homme magnifique répond : « Je suis l'apôtre Jacques, fils adoptif de mon Seigneur Jésus-Christ, fils de Zébédée, frère de Jean l'Évangéliste. Jésus, fils de la sainte Vierge Marie, m'appela à lui sur la mer de Galilée[1] dans sa pitié inexprimable, mais Hérode, le roi impitoyable, me fit couper la tête à coups d'épée. Mon corps repose en Espagne à l'insu de la plupart des gens, dans la région de Galice, royaume placé maintenant sous la tutelle méprisante des Sarrasins et des Almoravides. Or je suis très étonné que tu ne libères pas mon pays de leur tutelle, alors que tu as assujetti à la chrétienté de Rome tant de royaumes, de cités et de villes. Aussi dois-tu savoir que de même que Dieu t'a fait plus puissant que tout autre roi au monde, de même il t'a aussi fixé pour tâche de libérer mon domaine de la tutelle des peuples païens, action par laquelle tu recevras une brillante couronne de gloire éternelle.

« Voici aussi la signification de la constellation qui t'est apparue : tu dois traverser ces pays avec ta grande armée jusqu'en Espagne, la débarrasser de cette méchante nation et libérer ce pays de son méprisable assujettissement aux païens. En outre, tu iras de bon gré sur ma tombe pour y bâtir et y élever ma chapelle. Après toi, tous les peuples d'Italie s'y rendront en pèlerinage, recevant de Dieu, en retour, la rémission de tout péché, et proclamant avec la permission de Dieu les grandes merveilles et les miracles inouïs dont il aura permis la réalisation en sa toute-puissance ; et l'on fera ce voyage jusqu'à la fin des temps. Pars donc au plus vite, dit l'apôtre Jacques à l'empereur Charlemagne, car je serai ton soutien et je t'apporterai de l'aide au cours de cette expédition en cas de besoin. Je rendrai ton œuvre fertile à la face de Dieu et j'obtiendrai de lui pour toi, à titre d'honneur, une gloire éternelle dans le ciel. Ton

---

1. Galilea.

nom sera loué à jamais et restera célèbre aussi longtemps que le monde durera. »

À ces mots, l'apôtre disparaît de la vue de l'empereur, et celui-ci s'éveille en pensant à la vision en question avec grande joie. Pourtant il retarde l'expédition d'Espagne un petit moment, espérant recevoir confirmation de ce qu'il va obtenir conformément aux promesses de l'apôtre ; aussi l'apôtre Jacques se manifeste-t-il à lui une deuxième et une troisième fois, dans les mêmes circonstances que la première.

L'empereur, convaincu par la troisième apparition de l'apôtre, ne veut en aucune manière retarder plus longtemps son expédition ; il fait annoncer dans toutes les contrées environnantes qu'il convoque maint homme de haut rang, au nombre desquels se trouve le fameux seigneur Turpin, archevêque de Reims, qui est le premier à consigner cet événement. En outre, l'empereur convoque tout aussi bien une grande masse de gens ordinaires, et lorsqu'ils sont tous rassemblés en un même lieu, il leur raconte en détail toutes les apparitions de l'apôtre Jacques, déclarant au demeurant qu'il a l'intention de mener son armée en Espagne, et d'en chasser la maudite racaille qui est restée trop longtemps dans le domaine du Seigneur et de son saint ami Jacques. En entendant cela, tout le monde approuve avec empressement, louant Dieu pour sa miséricorde.

Chapitre II — Charlemagne accomplit sa mission en Espagne

Au moment qu'il convient, lorsque le glorieux seigneur Charlemagne, l'empereur, a convenablement et noblement préparé son armée, il se met en route en traversant la France, cheminant jusqu'à ce qu'il parvienne dans une région d'Espagne où se trouve la cité appelée Pampelune[1]. C'est une grande cité

---

1. Pamphilonia.

entourée de très puissantes murailles. Charlemagne en fait le siège pendant trois mois, mais en raison de la grande puissance de la cité, il ne peut la vaincre par aucune ruse ni aucun artifice de guerre. Lorsque l'empereur voit que toute intelligence humaine échoue en cet endroit, il se tourne vers le tout-puissant Dieu du ciel pour solliciter son assistance, disant : « Seigneur Jésus, écoute ma prière et fais tomber cette cité en mon pouvoir pour honorer ton saint nom, car c'est pour ta foi que je suis venu en ce pays afin de le libérer de la domination honteuse des nations païennes. En outre, je fais appel à toi, glorieux Jacques, te demandant de me venir en aide maintenant, et de m'assister convenablement ; et si tu m'apparais vraiment, abats alors les puissants murs de Pampelune. »

Lorsque l'empereur a dit ces mots, tous les gens se trouvant à proximité voient s'effondrer en un clin d'œil les très puissants murs de la cité, si bien que l'empereur et ses hommes peuvent y entrer sans être arrêtés. Les vils Sarrasins sont alors contraints d'abandonner la cité contre leur volonté. L'empereur Charlemagne les place alors devant l'alternative suivante : soit ils embrassent la vraie foi, soit ils trouvent une mort immédiate. Ceux qui acceptent la foi chrétienne y gagnent d'être honorés et libérés ; quant aux autres, il les fait tous décapiter, les jeunes comme les vieux.

Lorsque les Sarrasins qui habitent les contrées voisines apprennent de quelle manière miraculeuse les murs de Pampelune se sont effondrés, et avec quelle rapidité toute sa puissance a été ruinée, ils s'alarment au plus profond de leur cœur, tant et si bien qu'en raison de la grande peur d'origine divine qui submerge à présent leur âme, ils sortent de leur maison en courant pour aller au-devant de l'empereur, emportant avec eux des tributs et des impôts, lui offrant leurs personnes et tout ce qu'ils possèdent pour qu'il en dispose à son gré. Les païens admirent les troupes de Charlemagne en raison de leur beauté, de la magnificence de leurs équipements et de leur parfaite noblesse ; c'est pourquoi ils accueillent dignement ces hommes en déposant leurs armes très pacifiquement.

Charlemagne se hâte maintenant de cheminer par la route la plus directe pour aller sur la tombe de saint Jacques à Compostelle – qui était en ce temps-là un tout petit fortin délabré. Compostelle se trouve à l'ouest de la Galice, tout près de la mer qui s'appelle mer de Padrón[1]. Ainsi l'empereur va jusqu'à la mer et y jette son épieu tranchant, rendant grâces à Dieu tout-puissant et au saint apôtre Jacques d'avoir pu mener sa grande armée dans cette partie du monde aussi loin qu'il lui incombe.

Après cela, Charlemagne rebrousse chemin, libérant ensuite toute la terre d'Espagne et de Galice des païens. En ce temps-là, il y avait en Galice treize cités y compris Compostelle, et vingt-six en Espagne, au nombre desquelles se trouvait une cité nommée Guadix[2], dans laquelle est enterré Torquatus[3], fameux martyr de Dieu, qui avait été auparavant le serviteur de l'apôtre saint Jacques – pour l'honorer, comme il est écrit en toute vérité, l'olivier qui s'élève près de la tombe du martyr donne chaque année, à titre de cadeau divin, le jour de sa fête, de belles fleurs pleinement épanouies. Les cités en question, ainsi que toutes les contrées environnantes, les domaines et les royaumes, les villages et les châteaux, l'empereur les place tous sous sa tutelle, dans certains cas avec facilité et au terme d'un bon accord de paix, dans d'autres par l'habileté et l'intelligence clairvoyante, dans d'autres encore au travers de grands périls et de grandes souffrances – tout particulièrement pour quatre cités qui se nomment : Venzosa, Kaparia, Sonora et Oda, et une cinquième nommée Lucrina, qui se trouve dans la Verte Vallée[4].

Il assiège celle-ci en dernier pendant trois mois, mais ne peut la vaincre par aucun artifice ni aucune action d'éclat jusqu'à ce qu'il en appelle à saint Jacques pour l'assister, lui demandant d'abattre la puissance de Lucrina comme précédemment celle de Pampelune, ce qui se produit véritablement de telle façon qu'aucun des solides remparts de la cité ne peut résister à l'in-

---

1. Perxotium (B), Perocium (B) – Petronum (*Ps. T.*).   **2.** Atennoa (B), Acennoa (b) – Ace(i)ntina (*Ps. T.*).   **3.** Torkvatus (B), Torqilatus (B).   **4.** Valle veride.

tervention de l'apôtre de Dieu. En conséquence des grandes souffrances qu'il a endurées pour conquérir ces cités, il les maudit, elles et leur fondation, et Dieu confirme son acte de telle sorte qu'une fontaine tout à fait immonde, contenant des poissons noirs et hideux, jaillit dans ladite cité de Lucrina ; et plus personne n'ose ensuite habiter ces cinq cités en raison des paroles proférées par l'empereur.

Quant aux idoles, aux temples et aux autels que l'empereur trouve en Espagne, il les fait brûler, détruire ou abattre ; et tous les païens qui acceptent de se détourner de leur état antérieur d'incroyance, le fameux seigneur Turpin, l'archevêque, les baptise suivant le conseil de l'empereur, après avoir ramené à leur religion antérieure tous ceux qui ont oublié la foi qu'ils ont préalablement reçue des apôtres de Jacques. Mais tous ceux qui sont si misérables qu'ils préfèrent connaître une mort immédiate plutôt que recevoir la vraie foi, ils sont tués ou emmenés en esclavage.

Tout cela ayant été convenablement mené à bien, Charlemagne reprend le chemin de l'ouest jusqu'à Compostelle en rassemblant tous les meilleurs artisans de son pays qui se puissent trouver, et il fait construire un grand monastère de belle facture en témoignage de reconnaissance à l'égard de saint Jacques. Quand l'église est achevée, il lui confère l'honneur de nombreux ornements : de bonnes cloches, de beaux livres, de magnifiques instruments sacerdotaux et autres équipements de toute beauté. Il y établit pour le service quotidien une congrégation d'hommes purs obéissant à la règle de saint Isidore, et il dépose là quantité de vivres pour les périodes de jeûne et de liberté, pour que ceux qui servent là puissent avoir en abondance ce dont ils ont besoin. Il fait tout aussi bien construire de saintes églises partout dans le pays, prodiguant largement pour de telles actions les grandes quantités d'or et d'argent que lui ont offertes les rois et autres chefs de l'Espagne.

Lorsque Charlemagne a passé trois années dans ce pays, se consacrant à des œuvres comme celles que l'on vient de mentionner, il révèle à ses hommes qu'il désire rentrer en France, et remettre l'Espagne à la garde de Dieu tout-puissant, sous la surveillance fidèle de saint Jacques.

Chapitre III — Charlemagne remercie saint Denis

Le royaume d'Espagne étant libéré et l'ordre y étant rétabli, le fameux seigneur Charlemagne quitte l'Espagne avec son armée, emportant avec lui de grandes quantités d'or et d'argent en Gaule [1]. Il visite la demeure de saint Denis [2], l'ami de Dieu, qui est enterré dans la célèbre cité de Paris. Il rassemble tous les habitants de la cité et des alentours, et il porte à leur connaissance la fameuse victoire que Dieu tout-puissant a accordée, grâce à l'intercession de saint Jacques, permettant la libération de l'Espagne. Il dit que, contre toute attente, ils ont subi de faibles pertes pour y parvenir, face à une si grande masse de Sarrasins, qui est facile à trouver dans le pays. L'empereur les pousse tant et si bien qu'entendant de telles nouvelles, tous adressent des louanges au Dieu immortel ainsi qu'à son très cher ami, l'apôtre Jacques, patron de l'Espagne. Il dit aussi qu'en témoignage de reconnaissance et en gage d'amitié pour Jacques, il a l'intention, avant de s'en aller, de faire construire dans la cité de Paris une église pour célébrer sa gloire. En outre, il révèle également qu'il désire accroître le prestige de saint Denis et de son église, qui existe déjà à Paris même à cette époque, pour le remercier de l'aide qu'il pense que Denis lui a apportée au cours de cette expédition.

Voilà ce qu'il fait, de telle sorte que tous les gens sont pleinement d'accord pour tout ce que l'empereur désire faire.

---

1. « í Galiciam », certainement pour « í Galliam ».   **2.** Dionisius.

Chapitre IV — Saint Denis apparaît à Charlemagne

La nuit qui suit les événements que l'on vient de relater, l'empereur Charlemagne s'est rendu à l'église Saint-Denis, où il passe la nuit à veiller, priant Dieu[1] qu'il lui accorde son soutien. L'empereur prie tout spécialement d'un cœur bien intentionné afin que saint Denis obtienne de Dieu la rémission des péchés pour l'âme des hommes qui sont tombés en Espagne face aux armes païennes. Une fois cette supplique achevée, l'empereur tombe endormi, et immédiatement saint Denis lui apparaît, s'adressant à lui avec de douces paroles : « Charles, ta supplique a été entendue, car j'ai obtenu de Dieu, grâce à l'intercession de ton ami Jacques, que tous ceux qui, suivant tes exhortations, sont tombés à cette époque en Espagne, ou qui tomberont demain, obtiennent le pardon pour tous leurs péchés, grands et petits. »

Là-dessus, Denis s'en retourne, et l'empereur s'éveille, rendant grâces à Dieu tout-puissant ; et dès le matin venu il révèle sa vision. Tous écoutent et font l'éloge de Dieu omnipotent pour cet acte de miséricorde. Puis l'empereur fait construire une église à Paris en l'honneur de Jacques.

Après cela, l'empereur quitte Paris pour se rendre à Aix-la-Chapelle[2], cité où il demeure le plus souvent lorsqu'il est de retour en France ; c'est pourquoi il y fait construire une immense église de la plus belle facture possible, pour le prestige et la gloire de la sainte Vierge Marie, mère éternelle de Dieu. En cet endroit, il fait bâtir une seconde église en l'honneur de l'apôtre Jacques, et une troisième église dédiée à Jacques est construite dans la cité de Toulouse[3]. Charlemagne fait ériger une quatrième église à la gloire de Jacques entre la cité de Dax[4] et Saint-Jean de Sorde[5] – près de cette église se trouve une route qui s'appelle Chemin de saint Jacques[6].

Maintenant l'empereur Charlemagne a accompli ces œuvres

---

1. Dieu et d'autres (B). **2.** Aquigranum. **3.** Tholosa. **4.** Aza. **5.** « staðr hins heilaga Johannis er kallast Sordue ». **6.** Via Jacobita.

sous l'inspiration de l'Esprit saint, pour son salut et celui des autres ; vous pouvez entendre, à la suite de cela, ce qu'a fait un autre chef, animé par un tout autre esprit, pour assurer son renom.

Chapitre V — Présentation du roi Agolant

En ce temps-là, régnait sur l'Afrique [1] un roi païen qui s'appelait Agolant [2], homme grand et fort. Il épousa une femme de haut rang, comme il convenait à un tel roi. C'était une femme avisée, courtoise, très séduisante, à tel point qu'on n'eût pas pu en trouver de plus belle dans tout l'empire d'Afrique. Agolant et elle avaient un fils qui s'appelait Aumont [3]. C'était un jeune homme bouffi d'arrogance et d'orgueil, raide et rude, dur et habile au combat, comme on le verra par la suite.

Le roi Agolant était extrêmement puissant, à tel point qu'il ne fut donné à aucun roi païen de posséder un plus grand empire, car plus de vingt rois couronnés devaient lui payer tribut, alors même que certains d'entre eux régnaient sur plusieurs royaumes. Parmi les chefs qui en ce temps-là régnaient en Afrique, beaucoup étaient de très proches parents d'Agolant, et certains des amis très intimes. Son empire s'étendait sur d'innombrables peuples, bien qu'ici l'on ne mentionne le nom que d'un petit nombre d'entre eux, à savoir : les Sarrasins, les Maures, les Almoravides, les Éthiopiens, les Nardes, les Africains, les Perses [4]. Les sages païens disent que même si le plus rapide des mulets, choisi dans le pays de Jérusalem, faisait route durant toute une journée d'été, il ne pourrait pas boucler le tour de son royaume.

Aumont, le fils d'Agolant, était le plus grand des hommes, beau à voir, accompli, et en raison de l'affection que portait

---

1. Affrica. 2. Agulandus. 3. Jamund. 4. Saraceni, Mauri, Moabite, Ethiopes, Nardi *(sic)*, Affricani, Perse.

Agolant à son fils, il le fit couronner et il plaça maint chef à son service, mais il ne devait prendre les rênes du pouvoir dans le royaume qu'après la mort de son père.

Chapitre VI — Agolant prend conseil auprès de ses hommes

Lorsque Aumont a reçu cet honneur, il devient de plus en plus hautain, et rassemble autour de lui pour l'assister des jeunes gens malavisés dont il cherche à faire ses compagnons, et dont il suit volontiers les conseils, alors qu'ils ne peuvent donner de bons conseils ni à lui ni à eux-mêmes. Il persiste dans son attitude à bien des égards, au grand déplaisir d'Agolant, prenant en amitié des hommes qui ont été chassés du service de son père suite à des accusations légitimes. Mais en raison de l'affection qu'Agolant porte à son fils, et de la grande crainte qu'il inspire, personne n'ose trouver à redire à sa conduite en quoi que ce soit.

Ainsi vont ses affaires, jusqu'à ce qu'Agolant apprenne en toute vérité comment l'empereur Charlemagne a libéré l'Espagne des Sarrasins d'une main puissante, ce qui le met dans une grande colère. Il convoque en un lieu tous ses conseillers et tous les hommes de très haut rang, et il leur dit ce que l'on peut entendre ici : « Chers seigneurs, je pense que vous avez tous appris que notre dépendance qui s'appelle Espagne et que notre peuple a longuement détenue, est à présent sortie de notre tutelle grâce au triomphe rencontré par les chrétiens. En effet, on rapporte en toute vérité que leur chef qui s'appelle Charlemagne a osé, par hostilité à notre égard et à l'égard de notre Dieu, attaquer l'Espagne ; et il a abattu les hommes, ravagé les cités, détruit les temples, brisé les dieux et complètement interdit leur culte, et il a imposé à tout le pays cette religion qui déplaît à mon cœur. À présent, ayant appris de telles nouvelles, je me suis quelque peu inquiété en moi-même, ne sachant pas très bien quelle résolution va vous sembler la plus judicieuse à prendre, et je souhaiterais maintenant en savoir plus à ce sujet. »

Là-dessus, se lève un roi nommé Ulien. C'était un homme gros et fort, très violent en paroles et prompt à s'irriter si quelque chose s'opposait à lui. Il en imposait en raison de son grand royaume et de sa puissante famille, car il était le neveu d'Agolant ; c'est pourquoi il parle de façon effrontée en ces termes : « Agolant, il sied mal à un roi si puissant que vous de faire grand cas du fait que l'Espagne, le pays le plus misérable qui soit, ait été enlevée à votre grandeur, étant donné que vous pouvez la regagner dès que vous le voulez, ainsi qu'autant d'autres possessions chrétiennes que vous le souhaitez ; et beaucoup de vos preux doivent vous paraître meilleurs chevaliers que moi, mais Mahomet[1] sait qu'il n'y a pas dans l'armée des Francs d'hommes si grands que je n'aille pas les affronter audacieusement à deux ou trois à la fois. Ne craignez pas, seigneur, de mener votre armée en Espagne ; je vous assure en toute vérité que toute leur puissance ne résistera pas plus que ce petit brin de paille que j'écrase dans ma grosse main. »

Ainsi parle l'arrogant Ulien, qui ne sait absolument pas ce qu'il dit. Agolant répond : « Tu parles bien, Ulien, mon neveu ; il en est sans doute ainsi, et je peux avoir une entière confiance dans tes qualités chevaleresques et dans celles de mes autres preux. Du fait qu'Aumont, mon fils, est un homme noble à qui il appartient désormais de régner sur un grand royaume, bien que je ne veuille en aucune manière partager mon pouvoir, je n'entends pas conquérir seulement l'Espagne, car en plus je compte placer l'Italie sous sa souveraine autorité et établir son trône à Rome, qui passe pour être la meilleure cité dans ces contrées.

« Pour que cela advienne, nous allons rendre hommage à nos dieux afin qu'ils résistent avec nous et qu'ils tirent vengeance

---

1. Makon.

de tous les outrages contre nos ennemis et les leurs. Même si beaucoup de nos dieux sont grands, quatre d'entre eux ont cependant le plus grand prestige, à savoir le souverain Mahom, le puissant Mahomet[1], le grand Terogant[2] et le fort Jupiter. Ce sont les quatre que nous allons inviter à nous accompagner dans cette expédition, et comme ils vont nous assister en nous accordant leur pleine attention, nous les honorerons au mieux en retour, pour leur plus grande gloire, comme nous y sommes tenus, c'est-à-dire en les parant tous de l'or le plus brillant, en rehaussant celui-ci des pierres les plus précieuses et en le décorant de gravures de la plus belle facture. Or étant donné que dans toute l'Afrique l'on ne peut trouver ni artiste assez talentueux, ni matériau assez précieux pour convenir à ces dieux, je vais envoyer des hommes en Arabie où toutes les plus précieuses richesses sont produites en suffisance, l'or et les pierreries. Ils chercheront les artistes les plus habiles qui soient en ce pays, afin qu'ils décorent nos dieux avec les plus beaux matériaux qu'on puisse y trouver. En effet, il convient en vérité que, de même que nous avons un plus grand royaume que tout autre roi au monde, de même aussi les dieux que nous célébrons doivent être décorés de façon plus éclatante et avec des matériaux de meilleur choix que tout autre dieu. »

Quand le roi a achevé son discours, tous bondissent en une clameur, disant : « Plaise à tous nos dieux de nous aider, bon roi, et de vous inviter dans leur demeure pour tous les honneurs que vous leur faites afin de leur rendre gloire ! »

Le roi lève ensuite le conseil, et chacun rentre chez soi.

---

1. Machon et Maumet, deux réalisations du même nom, sont pris ici pour deux dieux différents.   2. Terrogant.

Chapitre VII — Agolant et son fils reçoivent des conseils

Agolant envoie à présent des messagers en Arabie avec ses dieux, et ils demeurent partis aussi longtemps qu'on pouvait s'y attendre. Pendant le temps de leur voyage, de nombreux amis viennent trouver Agolant, le poussant à mener son armée en Espagne au plus vite, et il reçoit favorablement leur avis, disant que dès que les dieux seront revenus, il préparera son armée.

En outre, Aumont est tout autant poussé par ses amis pour qu'il devance maintenant son père, et agrandisse son pouvoir. Mais il en fait peu de cas, et laisse à Agolant seul le soin de porter la responsabilité de cette expédition, pensant que ce n'est pas très important même s'il[1] en retire quelque déshonneur ; si le cas se présente, il projette dans sa grande arrogance de partir à l'attaque audacieusement et de conquérir tout le royaume pour lui-même avec l'appui de ses hommes, car il croit entrevoir que la raison première qui pousse Agolant à lutter pour l'empire contre les chrétiens est qu'il compte l'éloigner d'Afrique ; et il estime que son père veut le priver de son patrimoine.

Chapitre VIII — Agolant prépare son expédition en Espagne

À l'approche du retour des messagers, Agolant chevauche loin à leur rencontre en grande pompe pour faire honneur aux dieux, parce qu'il est très curieux de voir le nouvel aspect de leur [beauté[2]] et de leur décoration. Dès qu'il les voit si splen-

---

1. « Il » peut renvoyer à Aumont ou à Agolant – b précise « son père ».
2. réputation (B).

dides qu'on ne saurait trouver leur équivalent, il est près d'en perdre la raison à cause de la joie débordante qui gagne son cœur. En effet, les hommes sages appartenant aux nations païennes dirent qu'avec les pierres précieuses, l'or et l'argent qui décoraient ces maudites idoles, l'on aurait pu aisément acheter sept des plus puissantes cités.

Quand Agolant revient à lui – la pire des choses ! –, il dit alors à ceux qui se trouvent près de lui : « Qui a vu des dieux aussi puissants que ceux-ci ? Non, non, assurément personne ! Et s'ils regardent leurs ennemis et les nôtres d'un œil courroucé et en fronçant les sourcils, toute la force de ceux-ci tombera en poussière, car ils ont déjà permis un succès en récompense de nos actes : Charlemagne a quitté l'Espagne pour retourner dans son pays, ce royaume a été laissé sans chef, aussi convient-il avant toute autre chose que nous montrions à Charlemagne et à l'Espagne une petite partie de notre puissance. S'il est besoin d'une plus grande force, ce que les dieux ne permettront pas, on en aura bien assez à notre disposition. »

Tous disent que c'est ce qu'il faut faire.

Agolant fait à présent résonner le son aigu des trompettes, et il rassemble une grande masse de gens venant des cités voisines et choisit ensuite parmi eux autant d'hommes qu'il lui plaît pour l'accompagner. Quand l'armée est prête, Agolant quitte sa cité à grand train, et se dirige vers la mer. Sont alors rapidement préparés des bateaux nombreux et grands, et chargés des plus fins produits dont on puisse avoir besoin : nourritures et boissons, or et argent, chevaux et équipements, et autres objets de toutes sortes. Chacun embarque alors et prend la place qui lui est fixée. Le roi Agolant s'enorgueillit de sa puissance, car il croit à présent être assuré que rien ne peut l'atteindre du fait qu'il a l'appui des quatre dieux précédemment nommés, dont il espère l'entier soutien – ce qu'il obtiendra de moins en moins à mesure qu'il s'y fiera davantage.

Se trouvent là Aumont, son fils, et beaucoup d'autre chefs, rois, comtes et barons. Dirigent plus particulièrement l'armée ceux dont les noms suivent : Texphin[1] roi d'Arabie[2], Bacales[3] roi d'Alexandrie[4], Avit roi de Bougie[5], Aspin[6] roi d'Agapie, Fantin[7] roi du Maroc[8], Alfing[9] roi de Majorque[10], Maimon[11] roi de La Mecque, Ebrahim[12] roi de Séville[13]. En leur compagnie, le roi Agolant s'éloigne de l'Afrique avec sa flotte. Son expédition est tout à fait spectaculaire, car lorsqu'un beau soleil brille sur les vaisseaux parfaitement équipés, avec leur dragon doré à la proue, leur girouette étincelante, leurs voiles tout particulièrement magnifiques avec leurs couleurs variées, rouge comme le sang ou blanc comme la neige[14], la mer en réfléchit l'éclat sur un large espace.

Si Agolant pouvait rentrer en Afrique en si grande pompe, tout irait bien pour lui – et mieux que ce qui l'attend !

Chapitre IX — Le succès d'Agolant et ses raisons profondes

Dès que cet ennemi de Dieu arrive en Espagne avec son peuple, tout y change rapidement, car l'empereur Charlemagne n'est pas à proximité mais chez lui en France, et le pays n'a plus de chef. C'est pourquoi ces suppôts de Satan attaquent le

---

1. Gezbin (B), Texbin (b), Texphin (A), Terhpin (a) – Texephinus (*Ps. T.*). 2. Arabia. 3. Bakales (A) – Burrabellus (*Ps. T.*). 4. Alexandria. 5. Bugie. 6. Ospin (A) – Ospinus (*Ps. T.*). 7. Famni (B), Fantin (b), Partin (A) – Fatimus/Fatinus (*Ps. T.*). 8. Marab (B), Marak (A). 9. Alfuskor (a) – Aphinorgius (*Ps. T.*). 10. Mariork (B), Maiork (A). 11. Manio (B), Mamonon (A) – Maimonen/Mamonen (*Ps. T.*). 12. Ebravit (B), Ebraid (A), Ebiauin (a) – Ebraum/Ebrahim (*Ps. T.*). 13. Sibil (B), Sibilus (A) – Sibilia (*Ps. T.*). 14. Description impressionnante, mais d'un bateau typiquement scandinave ! Voir par exemple O. Crumlin-Pedersen, M. Schou Jørgensen et T. Edgren, « Les bateaux et les transports », dans le catalogue de l'exposition *Les Vikings... Les Scandinaves et l'Europe 800-1200* (Grand Palais, Paris, 2 avril-12 juillet 1992), Paris, AFAA, 1992, pp. 42-46 ; R. Boyer, *La Vie quotidienne des Vikings (800-1050)*, Paris, Hachette, 1992, pp. 131-192.

troupeau de Dieu et son très saint apôtre [Jacques] avec de grands moyens d'action : ils ruinent toute la chrétienté, tuant les chrétiens ou les chassant en exil, et établissent à la place un paganisme honteux avec des cultes diaboliques rendus à de maudites idoles.

Mais qu'allons-nous pouvoir penser de la raison pour laquelle Jacques, le saint apôtre de Dieu, assure de cette manière la garde de l'Espagne qu'il prit en charge au moment où Charlemagne rentra en France : il laisse encore son pays tomber sous la tutelle et le contrôle des maudits païens, et accepte que les églises soient détruites et que des temples avec des autels impies soient bâtis ? En effet, Jacques sait parfaitement qu'aucun honneur n'est rendu à Jésus, son cher maître, tant que les fils de Hel[1] gouvernent. Quelle raison a-t-il de supporter de si grands tourments, si ce n'est qu'il pense que l'empereur Charlemagne n'a pas consenti, en menant la guerre en Espagne, tous les efforts qui lui incombent pour obtenir dignement la couronne qui attend l'empereur dans le royaume céleste et, d'autre part, que les hommes qui ont donné leur vie pour la liberté de Jacques qui appartient à la maison du Christ, ainsi que de Charlemagne, ont été bien moins nombreux que l'apôtre ne l'avait pensé, et ainsi il désire qu'une rude bataille soit livrée et qu'il puisse emmener avec lui dans le royaume céleste ceux qui lui plaisent et qui défendent son pays ? Il peut avoir aussi une troisième raison : le sud du pays subit la rude oppression de la masse violente des maudits païens, aussi est-il nécessaire qu'ils subissent un recul dans le monde et rentrent chez eux dans le domaine damné de leur cher Mahomet et des autres en qui ils croient.

Pour de telles raisons tenant aux dispositions divines, l'apôtre Jacques attend que le roi Charlemagne prenne connaissance de la vérité : le roi Agolant est venu d'Afrique pour s'en prendre

---

1. Hel correspond à une sorte d'enfer dans la mythologie scandinave ancienne et désigne ensuite l'enfer dans la littérature chrétienne. Nous conservons ici cette formule car, comme quelques autres, elle est issue de l'imaginaire de l'ancienne poésie eddique.

à Dieu ; confronté à ces nouvelles, Charlemagne se prépare de la manière que l'on va dire maintenant.

Chapitre X — Charlemagne rassemble ses hommes

Au moment où les événements qui viennent d'être mentionnés se déroulent en Espagne, le fameux seigneur Charlemagne se tient à Aix en France. Quand il apprend ces nouvelles affligeantes, il ressent une grande peine en son cœur et s'enflamme d'une ardeur venant d'un zèle divin. Il fait aussitôt circuler un message par lettre dans tout son royaume, ordonnant à tous les chefs de venir au plus vite à Aix avec toutes leurs forces, et en raison de la grande affection et de la réelle obéissance qui unit les sujets du roi à leur seigneur, chacun hâte son départ selon ses ordres, les grands comme les humbles, pour se rendre à l'endroit indiqué. Les plus proches arrivent au plus vite.

Quand beaucoup de grands chefs francs sont rassemblés à l'endroit fixé, mais cependant pas tous ceux qui ont été appelés, loin s'en faut, l'empereur lui-même se lève et parle en ces termes : « Que Dieu vous récompense, chers seigneurs, pour l'obéissance dévouée que vous me rendez pour l'amour de Dieu ; de ce fait, je vous assure que pour beaucoup d'entre vous, vous aurez plus que moi la chance d'être honorés comme je le suis, en accomplissant nuit et jour mes volontés et mes ordres de plein gré, au point d'offrir avec une satisfaction égale, par affection pour Dieu et pour moi, votre vie ainsi que tout ce que vous possédez d'autre, et que le vrai Dieu vous accorda, lui qui récompense toute bonne action.

« Je vais à présent vous expliquer la raison pour laquelle je vous ai rassemblés aujourd'hui. Bien des motifs d'affliction sont parvenus à mes oreilles, car l'on rapporte en toute vérité que la religion chrétienne que la terre d'Espagne, propriété de mon ami saint Jacques, reçut de Dieu avec notre aide, est maintenant ruinée et foulée aux pieds par un chien de païen, roi d'Afrique, du nom d'Agolant. Et du fait que je comprends que saint Jacques va compter sur moi et sur mes hommes pour encore une fois s'opposer à eux et libérer son pays, en son honneur et pour notre salut, écoutez bien, mes chers amis : je vais emmener cette armée en Espagne et prendre tout ce que la providence divine m'attribuera, une belle victoire ou une mort rapide, car j'ai la conviction que saint Jacques pense que nous nous sommes bien assez longtemps reposés.

« Maintenant, bien que les forces que Dieu va nous envoyer en renfort ne soient pas encore toutes arrivées, nous allons pourtant préparer notre troupe en la dotant des meilleurs chevaux, armes et armures, et mener notre armée en territoire espagnol, à l'endroit qui nous semblera le plus propice pour attendre les détachements qui peuvent arriver ensuite. J'espère aussi que, si les païens apprennent que nous sommes près d'eux, ils s'en iront sans demander leur reste. »

Tous ceux qui entendirent l'empereur tenir de tels propos jurèrent d'une seule voix : « Seigneur Dieu, c'est avec joie que nous désirons suivre vos résolutions en cela et en toute autre affaire, aussi longtemps que Dieu nous prêtera vie, car de longue date votre providence nous a beaucoup assistés, tant spirituellement que matériellement ; de ce fait, nous sommes convaincus qu'il en sera encore ainsi par la volonté de Dieu et avec l'aide de l'apôtre saint Jacques. »

Chapitre XI — Énumération des barons de Charlemagne

Après cela, l'empereur Charlemagne prépara son armée convenablement et noblement, de façon telle que jamais personne n'eût pu y trouver à redire ; il partit ensuite en expédition hors de France en compagnie d'une troupe si imposante qu'elle était sans équivalent dans toute l'Italie. Cette armée comptait des chefs de si grande valeur qu'il n'y en avait pas de meilleurs.

L'un d'entre eux, le premier et le plus éminent, était le fameux seigneur Turpin, archevêque de Reims, dont il a été question précédemment ; il était tout particulièrement chargé par Dieu et par l'empereur de baptiser les hommes, consacrer les églises et guider les gens sur la voie du salut. Le second chef était Milon, duc d'Aiglent[1], le beau-frère de l'empereur, qui à cette époque commandait son armée. Le troisième preux était Roland[2], neveu de Charlemagne ; il était alors comte de la cité du Mans[3], et avait avec lui quatre mille chevaliers parmi les plus vaillants. Le quatrième chef était Olivier[4], le comte de Genève[5] ; c'était le fils du comte Renier[6], et il avait trois mille braves chevaliers. Le cinquième preux était Arastang[7], roi de Bretagne, avec sept mille chevaliers. Le sixième chef était Engelier[8], duc de la cité d'Aquitaine[9]. Cette cité d'Aquitaine fut premièrement construite par l'empereur Auguste[10], d'après ce que rapportent les hommes du passé ; une grande contrée avec des châteaux forts est placée sous son contrôle, elle tire son nom de la cité et s'appelle Aquitaine. Quatre mille combattants suivaient Engelier, experts dans le maniement de toutes les armes, mais qui excellaient surtout dans le tir à l'arc. Le septième était Ogier[11] le Danois avec dix mille bons chevaliers. Le huitième était Naimes le Courtois, duc de Bavière[12], avec cinq mille hommes. Le neuvième était Gondebeuf[13], roi de Frise[14], avec quatre mille hommes. Le dixième était Lambert de Berri[15], chef puissant, avec deux mille hommes. Le onzième était Samson, duc

---

1. Milun hertogi af Angler.   2. Rollant.   3. Ornonianens (B), Cenoman (A) – Cenomannicus (*Ps. T.*).   4. Oliver.   5. Gebenens (B), Gibben (A), Gilin (a) – Gebennens (*Ps. T.*).   6. Ramerus (B), Reiner (A) – Reinerus (*Ps. T.*).   7. Arastagnus (B), Arakstan (A) – Arastagnus (*Ps. T.*).   8. Engiler – Engelerus (*Ps. T.*).   9. Aquitania.   10. Augustus.   11. Oddgeir – O(t)gerius (*Ps. T.*).   12. Nemes af Bealuer (B), Naunan af Beiare (A), Naunal af Berare (a) – Naaman dux Baioriae (*Ps. T.*).   13. Gundabol (B), Gundebol (b), Gandebeld (A) – Gande(l)boldus (*Ps. T.*).   14. Frísa.   15. Lanbertus af Biturika (B), Lambert af Biturika (A).

de Bourgogne[1], avec deux mille hommes. Le douzième était Estout[2], comte de Langres[3], avec trois mille combattants.

En compagnie de ces hommes et de bien d'autres encore, le seigneur Charlemagne fit route jusqu'à ce qu'il arrive dans la ville ou la cité qui se nomme Bayonne[4]. Il resta là un moment avec son armée, attendant les chefs qui devaient arriver plus tard. C'est pourquoi il faut relater après cela l'événement qui se produisit en cet endroit de la manière que l'archevêque Turpin, qui a raconté cette affaire, l'a rapporté dans son récit, lequel débute comme suit.

Chapitre XII — Leçon de charité

Tandis que l'empereur Charlemagne demeurait dans la cité de Bayonne, un chevalier de l'armée, nommé Romaric[5], tomba malade, et quand il fut près de mourir, il se confessa et reçut le corps du Seigneur et les saints sacrements. Après cela, Romaric fit venir près de lui un chevalier quelque peu apparenté à lui, et lui dit : « Cher ami, prends ce beau cheval qui m'appartient, vends-le un bon prix et donne tout l'argent aux pauvres pour mon salut dès que je serai mort. »

Puis Romaric mourut et le chevalier vendit le cheval cent pièces d'argent[6] qu'il prit pour lui sans les donner aux pauvres. Il préféra dépenser tout l'argent du destrier en peu de jours, en boisson, nourriture et vêtements, ne comptant pas en donner la plus petite partie à un pauvre.

Lorsque trente jours se furent écoulés après la mort de Romaric, il apparut en songe au chevalier en question et lui parla en ces termes d'un ton cassant : « Tu es couché là et tu

---

1. Burgundia (B), Burgunia (A). 2. Eystult (B et A), Gistubert (b) – Estultus comes lingonensis (*Ps. T.*). 3. Lingunia (B). 4. Benona (B), Baion (A). 5. Romaticus (B), Romarik (A) – Romaricus (*Ps. T.*). 6. « cent skilling[s] » précisément.

m'as fait du mal par ta cupidité, car tu dois savoir que quand j'ai quitté cette vie, mon Sauveur m'a pardonné tous mes péchés, dans sa miséricorde, parce que j'avais donné mon cheval pour le réconfort de ses rejetons. Mais du fait que tu t'es emparé de cette aumône sous l'effet d'une méchante cupidité, les pauvres de Dieu n'ont pas profité du réconfort que je leur apportais pour mon salut, et j'ai eu à supporter de nombreuses souffrances durant tout le temps qui s'est écoulé depuis ma mort. À présent la miséricorde divine a établi que tu viendrais demain prendre ma place, et que je serai mené dans le repos du paradis. »

Le chevalier effrayé s'éveille ensuite, et révèle immédiatement ce qui est apparu à ses yeux. La chose semble étrange et très inquiétante à toutes les personnes qui l'écoutent, et tandis qu'ils parlent de cette affaire entre eux, ceux qui se trouvent à proximité entendent une violente commotion dans les airs, accompagnée de grands cris affreux, tout comme si des lions rugissaient, des loups hurlaient ou des taureaux mugissaient, et en cet instant même ce chevalier est enlevé aux regards des gens, et jamais personne ne l'a revu vivant.

Lorsque le bruit de cet événement inouï se répand dans l'armée, maint homme part à sa recherche, à pied comme à cheval, quatre jours durant, et on ne le trouve en aucune manière. Mais douze jours plus tard on trouve son corps déchiqueté sur une montagne située à trois jours de voyage de l'endroit d'où il avait disparu. Tout le monde comprend alors que la commotion aérienne que l'on a entendue, était due à des âmes impures qui dans leur cruauté avaient jeté là le corps de ce pauvre homme, en emmenant son âme avec elles dans l'endroit prévu pour son éternel tourment.

Par ces faits, est clairement révélé combien est lourde aux yeux de Dieu la faute qui consiste à s'emparer par cupidité des aumônes que font les hommes de bien pour le salut de leur âme, que les auteurs de tels actes soient des parents ou des étrangers, car il n'est pas de réparation pour ces actes en raison du châtiment que mérite celui qui commet un tel crime, alors que la sainte Église et les pauvres ont besoin de ce qui leur appartient ; en outre, il donnera réparation pour l'âme de l'autre personne après sa mort, du fait que ce qui, pensait-elle, devait assurer son réconfort, se transforme pour elle en grande souffrance. À partir de là on peut aussi comprendre qu'il est de première nécessité que ce qu'un chrétien donne durant sa vie, ou qu'une autre personne donne après sa mort, pour son âme, soit versé au plus vite, car aussi longtemps que l'acte de charité est en suspens, l'âme n'en profite absolument pas, attendu qu'elle subit des tourments jusqu'à ce que soit réalisé ce qui a été promis.

Ici s'achève ce récit, et ensuite nous allons revenir à Agolant.

Chapitre XIII — Agolant tient conseil

À présent il faut dire à propos d'Agolant qu'il parcourt tout le territoire espagnol pour le mettre à sac : il détruit cité après cité, château après château, il abat le christianisme[1] pour le remplacer par le paganisme, comme il a été dit précédemment. Il conquiert une puissante tour qu'il enlève aux chrétiens dans des affrontements si violents que, même si de vaillants preux avaient été préposés à sa garde, on aurait eu de la peine à rassembler des forces telles qu'il soit vaincu. Aumont, le fils d'Agolant, prend cette tour pour en assurer la protection avec ses hommes, mais il va pourtant de l'avant avec Agolant, jusqu'à ce que – au moment où l'empereur Charlemagne se trouve à Bayonne – ils arrivent à une plaine plate et vaste, qui est traversée en son milieu par la rivière qui s'appelle Céa[2], et établissent là leur campement.

Dès qu'Agolant a appris de source sûre que Charlemagne se trouve à Bayonne, il convoque tous ses conseillers ensemble et

---

1. les églises (b).   2. Segia (B et A), Seggja (b), Seggia (A) – Ceia (*Ps. T.*).

leur parle ainsi : « Chers seigneurs, à présent nous ne devons pas ignorer que Charlemagne, le roi chrétien, a conçu en son esprit le projet arrogant de venir nous rencontrer, mais son idée me paraît tout à fait surprenante, s'il compte s'emparer de cette terre et nous en chasser honteusement ; aussi doit-on envisager qu'il ne connaisse pas notre force et la toute-puissance de nos dieux. Mais conseillez-moi sur ce qu'il y a de mieux à faire maintenant. »

Comme Agolant sollicite l'avis de ses chefs, ils lui donnent des conseils très inégaux. Certains disent qu'il n'y a qu'une chose à faire : mener toute l'armée au plus vite contre Charlemagne et le contraindre par la force à retourner dans son royaume ; ou bien encore on conseille de le tuer, disant qu'il sera alors récompensé pour son impudence. Deux chefs se manifestent tout particulièrement dans ce conseil : Ulien, précédemment nommé, et Mandequin[1] le Fort – il était si grand qu'on pouvait dire qu'il ressemblait plus à un géant qu'à un homme ordinaire.

Mais s'interpose entre eux le roi qui se nomme Balan[2]. C'était un homme d'un caractère noble, il était sage et sûr, hardi en paroles et éloquent. Il parle en ces termes à Agolant : « Chef tout-puissant, tout le monde sait qu'il serait dégradant pour votre seigneurie de tuer cette petite troupe de chrétiens qui va suivre Charlemagne, mais votre honneur et votre gloire s'en trouveraient augmentés si vous l'ameniez à accepter de se soumettre à votre pouvoir au moyen de belles promesses et de douces paroles, lui signifiant qu'en l'occurrence il ne serait plus question pour vous de l'attaquer ; et s'il est un homme sage, comme je le crois volontiers, il saura percevoir votre si grande bienveillance et acceptera votre arbitrage avec des remerciements, plaçant sa personne et son royaume sous votre garde. Qu'il ne veuille pas cela, et il sera bon et convenable qu'il connaisse une dure chute. C'est pourquoi mon conseil est que vous envoyiez un messager audacieux et subtil à l'empereur,

---

1. Madequin.   2. Balam.

tel qu'il mène la mission que vous lui confiez avec fermeté, qu'elle lui plaise ou non, et qu'il comprenne précisément les propos de l'empereur et de ses hommes. »

Agolant répond : « C'est là le meilleur conseil, et ainsi fera-t-on. Or je ne vois personne qui convienne mieux pour ce voyage que toi, Balan, c'est pourquoi tu vas partir. Tu prendras autant d'hommes pour t'accompagner qu'il te semble bon. Examine au mieux quelles sont l'ampleur et la force de leur armée, et tout ce que tu verras d'important pour nous. » Balan dit alors : « Je suis votre serviteur et je suis forcé d'accomplir vos ordres, aussi ferai-je volontiers ce voyage suivant votre volonté. »

Chapitre XIV — Balan va trouver Charlemagne

Balan prépare ensuite pour lui-même et pour ses hommes les plus beaux équipements qui soient, armes et vêtements, et il voyage jusqu'à ce qu'il arrive à Bayonne. Il descend de cheval et se rend devant l'empereur dès qu'il en a l'autorisation. Bien que Balan n'ait jamais vu l'empereur Charlemagne auparavant, il remarque très bien où il est assis parmi les autres ; aussi s'adresse-t-il à l'empereur en disant : « Soyez en paix, vaillant chef des nations chrétiennes ! »

L'empereur le reçoit bien, lui demandant qui il est. Il répond : « Je m'appelle Balan, au service du très puissant roi Agolant, dépêché par lui auprès de votre armée, et porteur d'un message. Du fait que sa seigneurie a appris que vous étiez à proximité, il lui semble qu'on ne peut comprendre votre mission que si vous cherchez à le rencontrer avec déférence comme il vous appartient de le faire. Comme il croit qu'il est possible que vous n'osiez guère lui demander pardon, de même que vous savez que vous l'avez offensé, il me charge de vous dire qu'il vous pardonnera volontiers, bien que vous vous soyez emparé de l'Espagne, qui, selon lui, lui appartient de plein droit. Non seulement il ne fait pas cas des désagréments qu'il a à supporter à cause de cela, mais il vous offre encore d'emporter de son royaume tout un trésor d'or et d'argent à votre gré, si vous consentez maintenant à vous soumettre volontiers à son pouvoir sans faire de difficulté, et en lui donnant ainsi réparation pour les fautes que vous avez antérieurement commises. Par contre, si vous refusez d'accepter avec reconnaissance une offre de paix telle que jamais auparavant un tel chef n'en formula, et si vous vous élevez avec arrogance contre sa seigneurie, alors croyez-en mes paroles : aucun endroit dans toute l'Espagne n'est si sûr que vous y échappiez à son pouvoir ; et même si vous étiez beaucoup plus puissant et que vous ayez une armée une fois et demie plus grande que celle d'aujourd'hui, vous ne parviendriez pas pour autant à la moitié de la puissance d'Agolant. »

Lorsque Balan a tenu de tels propos, l'empereur lui répond courtoisement, comme il en était coutumier, quoique aient été prononcées à son encontre quelques paroles blessantes, et il dit ceci : « Tu transmets le message de ton chef convenablement et fidèlement ; c'est pourquoi tu peux rester près de nous quelque temps et te reposer. Mais dis-moi, cher ami, où se trouve Agolant, ton maître ? » Balan répond : « Exactement dans la plaine qui s'étend le long de la rivière appelée Céa, et il attend que vous y arriviez. »

L'empereur lui dit alors : « Dieu tout-puissant soit loué, ainsi que saint Jacques, car j'ai l'intention d'aller là-bas dès que Dieu me le permettra. Mais Agolant a tort de s'imaginer que je n'oserais pas demander à celui auquel j'aurais fait du tort de me pardonner ; cependant ce ne serait pas à Agolant, mais bien plutôt à mon Seigneur Jésus-Christ, que je suis tenu de servir du mieux qu'il m'est possible, parce que j'ai commis maintes fautes graves à son encontre, mais pas du tout contre Agolant. »

Ils arrêtent là leur conversation, et Balan demeure quelque peu auprès de Charlemagne, examinant à part soi les coutumes et les comportements des chrétiens, qu'il apprécie tous grandement ; il croit comprendre que leur religion est beaucoup plus admirable que celle des nations païennes. Et lorsqu'il a appris sur tous ces sujets ce qu'il désire, il s'apprête à partir. L'empereur, apprenant cela, fait avancer toute une troupe de chevaux beaux et bien équipés, et il dit à Balan : « Cher ami, prends-en autant que tu veux, et rapporte mes paroles au roi Agolant : je compte prendre dans son trésor autant d'or et d'argent qu'il le jugera lui-même suffisant, mais sans lui accorder le moindre honneur en retour. »

Chapitre XV — Balan rend compte de sa mission à Agolant

Balan chemine à présent jusqu'à ce qu'il arrive au campement d'Agolant, descend de cheval devant la tente du roi, se présente devant Agolant, le salue et lui dit : « Charlemagne, le roi chrétien, vous envoie cette formule de salutation : vous devez l'attendre en ce lieu, si le courage ne vous fait pas défaut. » Rempli de colère, Agolant parle en ces termes : « As-tu vu Charlemagne, cet être bouffi de présomption ?

— Assurément, dit Balan, il va bien physiquement et moralement à tous points de vue, hormis qu'il lui semble que votre rencontre a été trop longtemps différée. Je n'ai jamais vu homme plus admirable que lui, et pour vous dire le vrai, il a une très petite troupe à côté de la vôtre, mais je n'ai jamais connu d'hommes plus vaillants qu'eux ni mieux pourvus en équipement militaire. Et je n'ai entendu formuler qu'une seule crainte, celle que vous n'osiez pas les attendre. C'est pourquoi je vous déconseillerais de prendre le risque d'une bataille contre eux, car ce que j'avance est sensé : jamais de la vie vous ne pourrez conquérir leur royaume ni les mettre en fuite. »

Quand Agolant et ses hommes entendent le messager prononcer de telles paroles, ils se mettent très violemment en colère contre lui et disent : « Tu mérites assurément une grande punition pour ta malhonnêteté, car tu as trahi Agolant, ton chef, et tu t'es laissé corrompre par les chrétiens et tu es devenu leur ami. De ce fait, on ne saurait accorder la moindre attention à tes propos. Mais dis-nous donc quelle est l'importance de l'armée de Charlemagne. » Balan répond : « À quoi me sert-il de vous dire quelque chose, du moment que vous ne voulez croire que ce que vous voyez ? Sachez donc en vérité qu'il a une armée plus d'une fois et demie inférieure à celle d'Agolant, et pourtant il obtiendra sur vous une victoire totale. »

Quand Agolant entend cela, il convoque son fils Aumont et lui parle en ces termes : « À présent je suis assuré que les chrétiens n'ont pas des forces comparables aux nôtres, c'est pourquoi tu te rendras avec ton armée dans le château fort que tu as pris sous ta garde, et tu le surveilleras du mieux que tu pourras. Balan, le messager, ira avec toi, ainsi que nos quatre dieux, car je vois que mon armée seule suffira contre Charlemagne. »

On fait ce qui a été dit : Aumont quitte son père pour ne plus jamais le revoir avant d'être revenu dans la contrée ténébreuse, dans l'enfer[1] même. Agolant reste là avec ses hommes dans la vallée susmentionnée.

Chapitre XVI — Charlemagne et Agolant conviennent de se rencontrer

Après que le messager Balan a quitté Bayonne, l'empereur Charlemagne convoque tous ses chefs et leur parle en ces termes : « Nous sommes restés quelque temps dans cet endroit à attendre nos troupes, mais elles n'arrivent toujours pas ; or, du fait que j'ai la certitude qu'Agolant a été mis au courant de notre expédition,

---

1. helvíti.

il n'est pas improbable qu'il dirige sa grande armée vers ici pour venir nous attaquer, et pour ne pas nous laisser enfermer ici comme des renards au terrier, nous devons partir d'ici et aller à l'endroit que Dieu et saint Jacques nous indiqueront. »

C'est ce qui est fait : ils quittent la cité avec toute leur armée et partent à la recherche d'Agolant très scrupuleusement ; et ils finissent par arriver dans une belle plaine. Là, les Francs aperçoivent le campement des païens qui est magnifique à voir avec ses couleurs multiples. Dès que Charlemagne voit cela, il rend grâces à Dieu tout-puissant et à saint Jacques en disant : « Louange et gloire à toi, Dieu sublime, qui nous as menés ici par le droit chemin à la rencontre de tes ennemis, avec l'aide de ton saint apôtre ! Pour cela, je te jure, mon Seigneur, que je ferai construire une église en ton honneur dans cette plaine, si je réussis à débarrasser ce pays des païens. » La promesse faite par l'empereur fut très bien respectée, car un très beau monastère fut par la suite construit en ce lieu grâce à l'empereur, et il fut consacré à deux martyrs de Dieu, Facundus et Primitivus.

Charlemagne fait dresser là des tentes, et cela fait, il demande à ses hommes les plus avisés, l'archevêque Turpin, Roland son parent, et le duc Milon, ce qu'il y a lieu de faire à présent. L'archevêque Turpin répond : « Seigneur, personne n'a de conseil à vous donner, mais je peux vous dire ce que je souhaite. Selon moi, il vous sied parfaitement et il est de meilleur rapport que vous alliez rencontrer le roi des païens pour parlementer avec lui et savoir s'il accepte d'embrasser la vraie foi ou, les choses restant ce qu'elles sont, d'abandonner le pays et de rentrer dans son royaume. S'il ne veut renoncer à rien, il ne reste pas d'autre possibilité que tester leur valeur dans une bataille. » L'empereur dit que c'est ce qu'ils vont faire, et des hommes portant ce message vont à présent trouver Agolant.

Dès qu'Agolant sait que Charlemagne est arrivé, il se réjouit et se dit qu'il va bientôt obtenir ce qu'il désire ; il ordonne à toute l'armée de s'équiper et de se préparer au mieux au combat, disant que ses hommes vont maintenant mettre la main sur de l'or, de l'argent, des terres et des biens mobiliers. Mais lorsque parvient à Agolant le message disant que l'empereur lui demande d'avoir un entretien pacifique avec lui, il lui semble probable que Charlemagne agit ainsi parce qu'il souhaite se soumettre à son pouvoir ; c'est pourquoi il accepte.

Les hommes qui ont porté le message reviennent auprès de l'empereur et lui disent comment les choses se sont passées avec Agolant : il prépare son armée au combat, mais accepte pourtant l'entretien. L'empereur fait armer ses hommes et les plus beaux équipements ne manquent pas, à en juger par rapport à ce que chacun voudrait avoir. L'empereur dit qu'ils vont se rendre pacifiquement à l'entretien, tout en étant prêts quoi qu'il arrive.

Chapitre XVII — Rencontre de Charlemagne et d'Agolant

Lorsqu'ils sont prêts de part et d'autre, ils s'avancent dans la plaine qui sépare les deux campements. L'empereur Charlemagne chevauche au-devant de son armée, et Agolant de l'autre côté chevauche droit dans sa direction, car chacun d'eux est aisément repérable dans l'armée en raison de sa stature et de son armure. Quand ils sont parvenus si près l'un de l'autre que chacun peut parfaitement saisir les paroles de l'autre, l'empereur Charlemagne s'adresse à Agolant en lui disant : « J'ai beaucoup à me plaindre de toi, Agolant, du fait que, poussé par une méchante cupidité, tu m'as pris traîtreusement mes terres d'Espagne et de Gascogne, et que tu as en outre tué tous les chrétiens que tu as pu et qui souhaitaient fuir pour rejoindre ma souveraineté ; tu as détruit mes cités et mes châteaux, et ravagé par le fer et le feu tout ce pays que j'avais conquis par la puissance de Dieu et de saint Jacques, et converti à la loi chrétienne. »

Quand Agolant entend que Charlemagne parle dans la langue des Arabes[1], qu'il connaît lui-même parfaitement, il se

---

1. Arabiamenn.

réjouit vivement et dit ceci à l'empereur : « Je te demande, chrétien, de me dire pour quelle raison tu as pris à mon peuple ce pays que tu n'as jamais possédé, pas plus que ton père et ton grand-père. » Charlemagne répond : « Parce que Dieu tout-puissant a libéré ce pays de votre tutelle, païens, le plaçant sous la loi chrétienne ; mais vous l'avez dépossédé de son bien, c'est pourquoi j'ai été obligé de le restituer au peuple chrétien, ainsi que toute autre terre que j'ai pu, car toutes les nations païennes doivent légitimement se plier à notre loi. »

Agolant dit alors : « Il est tout à fait injustifiable que nos terres soient placées sous la tutelle de votre peuple, du fait que nous avons une loi bien plus estimable que la vôtre. Nous célébrons également le puissant Mahomet, envoyé de Dieu, et nous respectons ses commandements ; en outre, nous avons des dieux tout-puissants qui nous révèlent l'avenir par l'entremise de Mahomet. Nous les célébrons et les honorons, et nous tenons d'eux vie et puissance. Si vous les regardiez, ils vous plairaient beaucoup. »

Charlemagne répond alors : « Tu te fourvoies assurément, Agolant, dans cette foi qui est la tienne, car nous respectons les commandements de Dieu, alors que vous respectez une croyance mensongère. Nous croyons en un seul Dieu, père, fils et saint esprit, et vous croyez en un démon qui habite vos idoles. Nos âmes, après la mort corporelle, vont trouver une joie éternelle, si nous respectons la vraie foi en réalisant des actions vertueuses, mais vos âmes à vous, qui croyez dans des idoles, vont supporter des tourments éternels, brûlant sans fin dans le séjour même de l'enfer ; l'on peut saisir par là que notre loi est meilleure que la vôtre. Dans ces conditions, choisis entre deux solutions : fais-toi baptiser avec toute ton armée et sauve ainsi ta vie, ou bien viens te battre avec moi, et tu trouveras alors une vilaine mort. »

Agolant répond : « On ne me verra jamais me faire baptiser et renier ainsi la toute-puissance de Mahomet ; mon peuple et moi, nous allons plutôt vous affronter, tes hommes et toi, à condition que la foi de ceux qui trouveront la victoire soit jugée la meilleure, et que la victoire apporte un honneur éternel à celui qui l'emportera et une éternelle honte à celui qui perdra. Et si je suis vaincu vivant, toute mon armée et moi nous recevrons le baptême. »

Charlemagne répond alors : « Je suis ravi qu'il en soit ainsi, mais afin que tu n'attribues pas votre victoire à la puissance des hommes plutôt qu'à la vertu de la vraie foi, ce combat prendra la forme d'un duel de sorte que nous nous battrons un contre un, vingt contre vingt, et ainsi de suite jusqu'à ce que l'épreuve semble concluante. » Agolant est d'accord pour que les choses se déroulent ainsi.

Ensuite, Charlemagne envoie vingt chevaliers contre vingt païens, et l'issue de cet affrontement est que tous les païens succombent. Puis quarante s'avancent de chaque côté, et tous les païens succombent. Après cela, ils chevauchent cent contre cent, et comme précédemment les païens succombent. Enfin, ils chevauchent mille contre mille, et la plupart des païens succombent, mais quelques-uns s'enfuient. Quand ils en sont là, tous les chrétiens louent leur seigneur comme il convient. Mais Agolant vient trouver Charlemagne après avoir conclu la paix, et il proclame que ces faits montrent clairement que la loi chrétienne est plus estimable que les croyances des nations païennes, c'est pourquoi il accepte de venir le lendemain matin recevoir la vraie foi. Ils se séparent dans ces conditions, et ils retournent chacun dans son campement.

Chapitre XVIII — Nouvelle rencontre de Charlemagne et d'Agolant

Lorsque Agolant revient à son campement, il raconte à tous ceux qui se trouvent là comment les choses se sont passées avec Charlemagne, et comment il en est arrivé à l'idée de recevoir le baptême ; et il demande à ses hommes d'en faire autant.

Beaucoup acceptent, mais certains refusent. Dès le lendemain Agolant se rend au campement de Charlemagne, et il arrive juste au moment où il est attablé en compagnie des hommes de sa suite. Quand Agolant pénètre dans la tente de l'empereur, il regarde tout autour de la table, et du fait que des gens de toutes conditions sont assis avec l'empereur : des évêques, des moines, des chanoines, des prêtres, des chevaliers, il s'étonne fort que toutes ces personnes soient si diversement vêtues, aussi demande-t-il précisément à l'empereur ce qu'est chacun d'eux. Charlemagne lui explique chaque chose l'une après l'autre en disant : « Les hommes que tu vois revêtus d'un habit magnifique d'une seule couleur sont des évêques et des prêtres, et on les appelle docteurs de notre loi ; ils nous libèrent de nos péchés par la grâce de Dieu et nous bénissent au nom de Dieu. Ceux que tu vois en habits noirs sont des abbés et des moines, ils prient pour nous nuit et jour. Ceux qui sont habillés en blanc s'appellent des chanoines, ils ont les mêmes activités que les précédents et ils ont grande réputation de clercs.

— Je n'entends rien à de tels sujets, dit Agolant, et il ne me serait pas venu à l'idée d'être assisté de si près, même si une assistance pareille se fût traînée à ma suite. Mais dis-moi donc qui sont ceux qui sont assis le plus à l'arrière, sur la terre brute, qui n'ont devant eux ni table ni serviette, et peu de nourriture et de boisson, très misérablement vêtus à côté des autres. »

Charlemagne répond : « Ce sont les messagers de notre Seigneur Jésus-Christ, et ils se nomment tout spécialement rejetons de Dieu ; nous en invitons quotidiennement un nombre de treize à notre banquet, en mémoire de notre Sauveur et des douze apôtres qui l'accompagnèrent du temps où il allait et venait ici sur la terre. »

Agolant dit alors : « Tous ceux qui ont une place à table avec toi, et que tu appelles tes hommes, ont à suffisance de quoi manger et de quoi boire, et des vêtements magnifiques, mais ceux que tu appelles tout spécialement hommes de Dieu et messagers divins, tu les fais asseoir par terre, loin de toi, honteusement pourvus en nourriture, boisson et vêtements – fait surprenant !

Et il sert mal son seigneur, celui qui reçoit si honteusement ses messagers. C'est pourquoi je dis que la loi que tu loues et que tu dis bonne, est mauvaise. Honte à moi si j'abandonne mes croyances antérieures pour me placer sous une pareille loi ! »

Charlemagne répond : « Agolant, ne te laisse pas détourner de tes bonnes intentions par cet état de choses, car il est conforme à une disposition de Dieu et ne contrevient pas à ses commandements : les pauvres doivent avoir une nourriture et des vêtements qui leur permettent de vivre, mais non pas être repus de friandises coûteuses et abondantes, ni aller excellemment vêtus, parce que si tel était le cas, on ne pourrait plus les appeler pauvres, et ils ne porteraient plus en eux leur humilité à la manière dont le Maître lui-même et ses disciples daignèrent la porter. Or il établit les choses de sorte qu'ils doivent garder une vraie humilité par la pauvreté, et ne pas s'enorgueillir de grandes richesses ni d'existences fortunées. »

Agolant refuse de prêter attention à de tels arguments ; il demande plutôt la permission de partir et propose en outre à Charlemagne une bataille générale. Il revient ensuite à son campement. Mais l'empereur Charlemagne fait dorénavant améliorer la situation des pauvres qui suivent l'armée.

À ce moment, il ordonne aux gens de son armée de préparer au mieux leurs armes et leurs chevaux, ce qu'ils font. Quand ils sont tous fin prêts, la nuit précédant la bataille, ils plantent leur lance dans la plaine qui s'étend devant le campement. Or au matin, lorsque les chrétiens vont reprendre chacun sa lance, beaucoup d'entre elles ont développé de l'écorce, de bouleau en particulier, et de très belles fleurs. Tous ceux qui voient cet événement sont tout étonnés et l'attribuent à la grâce de Dieu ; ils coupent ensuite le bois de la lance aussi près du sol qu'ils le peuvent. Et l'on dit en vérité qu'à partir des souches des bois de lance coupés qui restèrent dans le sol, poussèrent de beaux arbres, droits comme des hampes, pourvus de maintes branches et de belles feuilles, comme on peut le voir. La plupart de ces arbres étaient des frênes, et tant de lances étaient fleuries qu'il y en aurait eu assez pour quatre mille hommes.

Chapitre XIX — Balan sauve Naimes

Lorsque de part et d'autre les chrétiens et les païens eurent formé leurs rangs, ils chargèrent dans le fracas et le tumulte des armes, car des deux côtés on sonna du cor et de la trompette. L'on pouvait voir là des échanges de coups acharnés. Chevauchaient en tête de l'armée de Charlemagne ceux qui portaient les lances fleuries susmentionnées. Le Seigneur Dieu avait établi qu'ils recevraient tous en ce jour la belle couronne du martyre. Milon, duc d'Aiglent, était l'homme le plus important parmi ceux qui allaient rejoindre Dieu au cours de cette bataille.

Charlemagne chevaucha hardiment en direction des rangs des païens et il tua maint homme de son épée qui se nomme Joyeuse[1]. Mais les Sarrasins attaquèrent l'empereur de telle façon qu'ils tuèrent son cheval sous lui. Il se défendit alors vaillamment avec deux mille de ses hommes au milieu d'une grande quantité de Sarrasins. Mais grâce à la providence de Dieu et de saint Jacques il revint dans ses rangs sain et sauf. De nombreux païens tombèrent ce jour-là, ainsi qu'autant de chrétiens qu'on en a mentionné auparavant. Et quand la bataille cessa à la tombée du jour, chacune des armées retourna dans son campement.

Les païens avaient alors fait prisonnier le plus vaillant chef de l'armée de Charlemagne, Naimes, duc de Bavière. Juste à ce moment-là arriva auprès d'Agolant le messager Balan, déjà nommé. Il était envoyé par Aumont qui demeurait alors dans la tour, afin de s'informer de ce qui s'était passé entre les chrétiens et les païens ; et quand il sut en vérité ce qui venait de se passer, à savoir que Charlemagne avait perdu son meilleur cheval dans la bataille et que Naimes, l'un de ses preux, était maintenant détenu par les païens, il lui revint en mémoire à quel point les Français[2] l'avaient bien reçu et à quel point l'empereur l'avait

---

1. Gaudiola.   2. Franzeisar.

royalement choyé lorsqu'il avait été envoyé chez eux par le père et le fils, Agolant et Aumont. C'est pourquoi il considéra qu'il était tenu de lui témoigner de la bienveillance en retour de leurs bonnes manières, s'il en avait la possibilité ; et c'est ce qu'il fit.

Ainsi, au moment où Agolant est parvenu à sa tente et que le duc Naimes a été amené à ses pieds et condamné par lui à subir une mort rapide, Balan arrive devant Agolant avec les gens de sa suite et parle ainsi : « Seigneur, songez à la façon dont Charlemagne a agi à mon égard, quand je fus envoyé par vous. Il avait la possibilité de me faire tuer s'il avait voulu. À présent, agissez de même en votre loyauté : laissez la vie sauve à ce vaillant homme, renvoyez-le sain et sauf à son chef et manifestez en cette occasion votre magnanimité. »

Agolant répond : « Non, Balan, laisser cet homme libre ne peut dépendre de ta seule parole. » Balan dit alors : « Eh bien, même si vous n'acceptez pas de le libérer contre de simples paroles, l'argent ne manquera pas pour acheter sa libération. Prenez autant d'or et d'argent, de chevaux et de vêtements de prix que vous en voulez vous-même pour cet homme. Si cela ne sert à rien, sachez alors que vos hommes seront nombreux à avoir le nez qui saigne avant que cet homme soit tué ! »

Quand Agolant entend un si beau discours et en outre la menace déterminée de Balan, il parle en ces termes : « Emmène cet homme avec toi, Balan, et verse-nous la somme que tu as accepté de payer. » C'est ce qu'il fait, et il prend le duc Naimes sous sa garde, mais il fait préparer à la place autant de biens qu'il plaît à Agolant. En effet, bien qu'il soit tenu d'agir ainsi, en cours de route l'argent en suffisance ne lui fait pas défaut pour faire libérer un homme, sous la forme qu'il préfère le recevoir, et en outre il est si populaire qu'il a à sa disposition tout ce qu'il veut bien demander. Cela fait, Balan dit au duc Naimes : « À présent, va retrouver Charlemagne et porte-lui mes salutations ; comme j'ai entendu dire qu'il a perdu son cheval, emmène avec toi ce cheval blanc que je veux lui offrir. Je crois qu'il n'y en a pas de meilleur dans l'armée des païens, ou qui puisse mieux l'accompagner au combat. »

Naimes le remercie comme il convient de ce qu'il a fait, et s'en va trouver Charlemagne. Il lui apporte les salutations de Balan, ainsi que le cheval, et il explique avec quelle bravoure il s'est élevé pour obtenir sa libération. L'empereur se réjouit de voir Naimes, car il a été très affecté de sa disparition, et il dit ceci : « Dieu soit loué, ainsi que saint Jacques, qui t'ont libéré, cher ami, de la soumission aux Sarrasins, et si telle est leur volonté, je prie pour que tu ne te retrouves jamais dans une si fâcheuse situation. Mais il est bien dommage qu'un preux aussi valeureux que Balan ne doive jamais connaître son Créateur. »

Tandis qu'ils s'entretiennent de ces sujets, on annonce à l'empereur que quatre marquis sont arrivés de Rome pour lui prêter main-forte, avec quatre mille chevaliers parmi les meilleurs – Charlemagne les attendait à Bayonne. L'empereur se réjouit de tout à la fois : la libération de Naimes et leur arrivée. Il faut dire à propos de Balan qu'il se hâte de s'éloigner de l'armée d'Agolant quand Naimes s'en est allé, et il va trouver Aumont à qui il rapporte ce qu'il a appris au sujet des relations entre chrétiens et païens.

Chapitre XX — Charlemagne rend visite à Agolant déguisé

Lorsque Charlemagne apprend que quatre chefs accompagnés d'une grande troupe sont venus soutenir l'empereur, il lui semble que sa situation n'est plus ce qu'elle a été. C'est pourquoi il s'en retourne avec son armée et va jusqu'à la cité qui s'appelle Agen[1], car il lui semble préférable de se battre à cet endroit où il sera confronté à des forces moins importantes. Et bien que cette cité d'Agen possède de puissantes murailles,

---

1. Agenna.

il n'y a pas là de forces pour résister ; de ce fait, Agolant l'a conquise et s'y est établi ensuite avec son armée. Il lui semble alors qu'il s'est emparé d'une place si sûre pour qui doit la protéger, qu'il n'existe personne qui soit assez fort pour causer du dommage à la plus petite partie de sa puissance ; et il est tellement bouffi d'orgueil et d'arrogance qu'il imagine que tout va aisément suivre ses désirs.

Ainsi, il envoie des hommes à Charlemagne et il lui propose de l'or et de l'argent pour qu'il abandonne son royaume et devienne son vassal. Mais quand l'empereur entend cette proposition d'Agolant, il ne la refuse pas, disant qu'il viendra probablement répondre à sa proposition. Les choses étant ainsi, les messagers rentrent et disent à Agolant que Charlemagne a bien reçu leur message ; et il se réjouit fort de ce qu'ils lui disent, si bien qu'il croit maintenant que tous ses projets sont à sa portée s'ils se rencontrent.

Quand les messagers sont partis, le fameux seigneur Charlemagne élabore de nouveaux plans, car il comprend en vérité, en raison du maître sublime auprès de qui il a pris des leçons de comportement, que cette proposition d'Agolant a été conçue d'un cœur malhonnête ; c'est pourquoi il prend la décision que Dieu lui inspire. Il s'éloigne de son armée en secret avec soixante-dix chevaliers et chevauche jusqu'à ce qu'il parvienne à la montagne qui se trouve près de la cité d'Agen, d'où l'on a une vue plongeante sur la cité. Là il descend de cheval, ôte tous ses vêtements royaux et met d'autres habits. Il enlève le fer de sa lance, passe son bouclier en travers dans son dos, et se prépare en tout point à la manière des messagers, prenant un seul chevalier pour l'accompagner. Il descend ensuite de la montagne en quittant ses hommes à qui il demande de l'attendre à cet endroit. Cette expédition de Charlemagne repose en vérité sur une foi assurée et une grande confiance dans la grâce de Dieu, car il va avec un autre homme se placer de lui-même entre les mains de ses ennemis. En outre, il sait que l'honneur et la liberté de la sainte chrétienté dépendront du fait que son expédition se déroulera sans encombre, et il faut bien croire que saint Jacques ne s'est pas éloigné de l'empereur à ce moment-là, car il se rend hardiment à la cité.

Des gardiens venant de la cité courent vers eux et leur demande qui ils sont. Ils disent qu'ils sont des hommes de l'empereur Charlemagne envoyés à Agolant. Et dès que ces paroles sont entendues, on les conduit dans la salle où Agolant et ses chefs sont assis. Quand ils parviennent devant le roi, ils le saluent et lui parlent ainsi : « Nous sommes envoyés à vous par Charlemagne avec la mission de vous dire qu'il est venu ici comme il l'a promis avec soixante chevaliers, et il accepte volontiers d'abandonner son royaume et de devenir votre vassal ; c'est pourquoi il vous demande de venir parlementer avec lui avec également soixante chevaliers. » Quand Agolant entend cela, il parle ainsi : « Vous vous êtes bien acquittés de votre mission. Dites à Charlemagne qu'il attende bien, car je viendrai assurément. »

L'empereur sort de la cité après cela, en examinant également de quelle manière il serait le plus aisé de la conquérir, car c'est là son but principal en venant à Agen. Puis il quitte la cité pour rejoindre ses hommes sur la montagne, monte sur son cheval et rentre au campement au plus vite. Que venons-nous d'entendre si ce n'est une œuvre de Dieu tout-puissant, puisque Charlemagne ne fut pas reconnu par Agolant alors qu'il s'entretint avec lui peu de temps après l'avoir vu, comme il a été dit précédemment ? Dieu soit loué pour cela et pour toutes les œuvres qu'il accomplit quotidiennement dans sa toute-puissance contre toute vraisemblance ordinaire !

Dès que Charlemagne est sorti de la cité, le roi Agolant rassemble une grande armée et part avec sept mille[1] chevaliers pour aller à l'endroit où Charlemagne, pense-t-il, se trouvera avec peu d'hommes, et il a l'intention de tuer l'empereur. Quand il parvient en ce lieu, son expédition se solde par l'issue qu'elle mérite : il échoue dans sa tentative pour s'emparer de Charlemagne, mais il a manifesté sa malhonnêteté et sa mau-

---

1. quatre mille (b).

vaise foi. Ainsi, il retourne à la cité dans la honte et le déshonneur. Son âme est plus dégradée qu'auparavant, c'est là ce qu'il mérite ; elle ne change pas, si ce n'est en pire ! Et il attend dans ces conditions ce que sa bassesse va rapidement lui rapporter.

Chapitre XXI — Combats entre Charlemagne et Agolant

Dès que Charlemagne revient à son campement, il ordonne à son armée de se préparer au plus vite et il l'emmène ensuite jusqu'à la cité d'Agen. Or du fait que celle-ci est entourée d'une puissante enceinte et qu'elle est très efficacement protégée de l'intérieur, il assiège la cité pendant six mois sans parvenir à rien, et au septième mois, quand tous les artifices et machines de guerre que les commandants ont l'habitude d'utiliser pour prendre les cités et les châteaux sont convenablement et habilement mis en place, l'empereur fait appel à l'apôtre saint Jacques pour qu'il daigne apporter son saint secours aux chrétiens, de façon que cette cité soit conquise pour sa gloire[1], et que soient repoussées les bandes de pillards qui s'en sont illégalement emparées.

L'apôtre entend bien la requête de l'empereur, de telle sorte que les Francs portent une attaque si violente, grâce au soutien de l'apôtre, qu'il apparaît à Agolant qu'il ne lui reste aucune autre issue, s'il veut sauver sa vie, que fuir la cité avec ses hommes et toutes les troupes qui peuvent les accompagner. Les choses se déroulent ainsi qu'il s'enfuit de la cité une nuit avec toute son armée, en passant par les venelles les plus étroites de la cité, pour se rendre dans la cité nommée Saintes[2]. Il s'y enferme en la fortifiant, considérant que tout va bien désormais, du moment qu'il a échappé à l'attaque des Français.

---

1. pour leur gloire (B).   **2.** Santun (B), Samtun (b), Santunes (A) – Sanctonas (*Ps. T.*).

Mais quand Charlemagne comprend qu'Agolant s'est enfui de la cité, il y entre en grande pompe, triomphant superbement ; et il fait tuer tous les Sarrasins qui refusent de se faire baptiser et de devenir ses sujets. Charlemagne demeure dans la cité quelque temps jusqu'à ce qu'il apprenne où se trouvent Agolant et les Sarrasins. Il marche alors contre eux avec son armée et assiège la cité. La cité de Saintes se trouve tout près de la rivière nommée Charente[1], de telle sorte que celle-ci donne sur un chemin proche de la cité.

Charlemagne offre deux possibilités à Agolant : abandonner la cité ou se battre. Or Agolant préfère se battre contre Charlemagne plutôt que d'abandonner la cité sans avoir tenté quelque chose ; de ce fait, on se prépare des deux côtés au combat. Agolant sort de la cité à cheval, et l'empereur chevauche à son encontre. Ils livrent la plus dure des batailles et beaucoup d'hommes tombent de part et d'autre. Mais du fait que l'apôtre saint Jacques se tient auprès des combattants qui le servent, la bataille tourne au massacre pour les Sarrasins, de telle sorte qu'un grand nombre d'entre eux périssent, car à quelque endroit que Roland et ses compagnons les touchent de leurs armes, il n'est pas utile de leur mettre un pansement ; c'est pourquoi les païens sont rapidement à la fois épouvantés et épuisés, et se replient dans la cité en la refermant derrière eux à toute force.

Les chrétiens établissent alors leur campement autour de la cité, là où se trouve la rivière. Et quand Agolant comprend qu'il ne peut pas tenir la cité, il prend la fuite au cours d'une nuit en passant par la rivière, car aucun autre chemin ne lui paraît plus propice à la retraite. Dès que les Francs comprennent cela, ils les poursuivent avec de grands moyens et tuent le roi d'Agapie, le roi de Bougie et près de quatre mille païens. Mais Agolant s'enfuit avec toute son armée jusqu'à la cité de Pampelune, déjà nommée. Charlemagne l'a fait reconstruire et l'a dotée de puissants remparts après la grande ruine qu'elle eut à subir à

---

1. Karant – Charanta (*Ps. T.*).

l'occasion de l'attaque perpétrée contre Jacques, comme on l'a relaté précédemment. Et du fait qu'Agolant comprend que cette cité est une puissante place forte, il a l'idée de s'y installer.

En effet, il envoie maintenant ses hommes dans les régions qui, selon lui, lui fourniront le plus probablement des renforts, car au cours des trois affrontements qui ont mis aux prises les Français et les Sarrasins, il a perdu une grande quantité d'hommes ainsi qu'un bon nombre de ses preux ; et pour cette raison, il convoque une grande armée, en s'adressant là où il peut obtenir des hommes. Mais à cause de l'orgueil qui demeure en son cœur, il ne supportera pas que l'on donne quelque information à Aumont au sujet du cours de ses affaires, car il considère que ce serait pour lui une grande honte si quelqu'un de vieux et mûr, comme lui, allait accepter l'aide d'un jeune homme ; et il préfère essayer de voir une quatrième fois comment va tourner l'affrontement qui l'oppose aux chrétiens.

C'est pourquoi il envoie un message à Charlemagne, lui disant qu'il attend sa venue dans la cité de Pampelune.

Chapitre XXII — Le pape prête main-forte à Charlemagne

L'empereur Charlemagne est à présent établi dans la cité de Saintes déjà nommée, et il apprend ce qu'il est advenu d'Agolant, et qu'il rassemble autour de lui une grande armée. Du fait que l'apôtre saint Jacques avait demandé à de nombreux combattants de le suivre, pris dans l'armée qui accompagnait l'empereur en Espagne, celui-ci envoie des hommes portant une lettre à Rome, priant le seigneur apostolique, le pape en personne, qu'il daigne, par amour pour Dieu, lancer une expédition à partir de Rome afin de libérer la sainte chrétienté en Espagne grâce au plus grand renfort de troupes qu'il pourra lever en France. En outre, il ordonne que tous les esclaves et les serviteurs de France, ainsi que leur famille, soient libérés de toute sujétion, et que ceux qui sont enchaînés ou emprisonnés soient graciés et libérés ; quant à ceux qui se sont attiré le mécontentement et la défaveur de l'empereur pour de bonnes raisons, il leur propose d'être rappelés dans son amitié. En outre, tous les bandits et les voleurs peuvent retrouver la tranquillité et obtenir grâce, s'ils acceptent de renoncer à leurs agissements et de se joindre à la troupe des chevaliers de Dieu, l'empereur promettant en outre de rendre leurs biens à ceux qui en ont subi la perte, et d'enrichir les pauvres. Et au moyen de messages rapides à faire suivre, il invite à participer à cette expédition à la fois amis et ennemis, autochtones et étrangers, savants et ignorants, jeunes et vieux, promettant à ceux qui se plieront à son ordre qu'ils recevront de lui des honneurs terrestres, et d'éternelles récompenses de Dieu en personne, de façon que, grâce à la puissance divine et à leur soutien, il puisse triompher de manière éclatante des ennemis de Dieu en Espagne.

Dès que ce message de l'empereur parvient à monseigneur le pape, il accepte volontiers sa requête et fait circuler ces ordres au plus tôt en Italie ; il place dans sa suite maint bourgeois de Rome même, leur chef étant le préfet[1] Constantin[2]. En outre, monseigneur le pape prend le morceau de la croix du Seigneur qui est honorée et glorifiée à Rome même, et il a l'intention de la prendre avec lui afin de porter secours aux chrétiens. Il part ensuite de Rome accompagné d'une suite magnifique, comme il convenait à un tel seigneur.

De nombreux chefs viennent chaque jour se joindre à la suite de monseigneur le pape, car dès qu'ils apprennent ce que l'empereur ordonne et désire, chacun s'apprête et prépare son armée aussi rapidement qu'il peut. Monseigneur le pape fait route jusqu'à ce qu'il parvienne avec sa suite à proximité de l'empereur. Mais dès que Charlemagne apprend l'arrivée du seigneur apostolique, il loue Dieu tout-puissant et sort de la

---

1. « prosectus » (B), « perfectus » (b).   2. Constantinus.

cité où il est installé avec son armée, à la rencontre de monseigneur le pape ; il l'accueille en toute affection et joie et le conduit à sa tente en grande pompe, et il lui raconte dans le détail ce qui s'est passé entre Agolant et lui jusqu'à son arrivée.

Comme toute l'armée de l'empereur se réunit en un même lieu, il y a là grande presse, à tel point qu'il est rapporté en toute vérité que son armée occupe une zone d'une longueur et d'une largeur correspondant à deux journées de marche, et à une distance de douze milles on peut entendre le bruit des hommes et le pas[1] des chevaux. Toute cette armée, l'empereur la mène à Pampelune. Marche en tête le chef qui se nomme Ernaut de Beaulande[2], avec son armée ; puis vient le comte Estout avec son armée, puis Arastang roi de Bretagne, puis Renaut d'Aubespin[3] accompagné de sa suite, puis Gondebeuf roi de Frise avec son armée, puis Ogier le Danois, et ainsi de suite, un chef suivant l'autre, et enfin l'empereur Charlemagne et monseigneur le pape avec le gros de l'armée.

Quand Charlemagne arrive à Pampelune, il veut encore une fois savoir tout d'abord si Agolant accepte d'abandonner la cité, et au cas où il refuserait, il l'invite à se battre. Agolant préfère se battre et demande à Charlemagne de l'attendre un peu, le temps qu'il prépare son armée pour la bataille. Il obtient satisfaction. L'empereur constitue cinq bataillons et place Ernaut de Beaulande à la tête du premier. L'empereur avait une armée plus grande et mieux équipée que celle des païens, et pour cette raison Agolant partage son armée en quatre bataillons, de sorte qu'on raconte que celui-ci a cent mille hommes, alors que les chrétiens en ont cent trente-trois mille.

---

1. le hennissement (b).   2. Arnald af Berid (B), af Bernald (A), af Bernind (a) – Arnaldus de Berlanda/Bellanda (*Ps. T.*).   3. Arinald de Albaspina (B), Reinald (b) – Reinaldus de Albo Spino (*Ps. T.*).

Chapitre XXIII — Victoire de Charlemagne sur Agolant

Lorsque Charlemagne a constitué ses bataillons selon ses vœux, il adresse à l'armée maintes paroles d'encouragement, de façon que chacun en particulier se comporte comme un preux doit le faire et y gagne à la fois des richesses en ce monde, ainsi que des honneurs et du renom, et de la part du Roi des rois une récompense éternelle et permanente. Ensuite monseigneur le pape s'avance et bénit toute l'armée, en promettant en outre à tous ceux qui iront bravement de l'avant sous la bannière du roi, qu'ils bénéficieront de la rémission de leurs péchés en offrant tout à la fois leur vie et leur corps pour défendre Dieu tout-puissant et son saint apôtre Jacques[1], ce qui est la raison pour laquelle cette armée est venue à cet endroit ; et tous l'acceptent comme on les y encourage.

Dès qu'Agolant a fini de préparer son armée, il sort de la cité pour se rendre sur la plaine. L'on peut entendre alors le tumulte et le fracas des armes, car ni les uns ni les autres ne se privent de faire résonner les trompettes et sonner les cors, poussant de puissants cris de guerre, si bien que leur rencontre fait trembler la terre tout autour sur un vaste espace. Ernaut de Beaulande est le premier à attaquer dans cette bataille avec son bataillon et il chevauche hardiment contre le bataillon sarrasin le plus proche. C'est le plus vaillant des hommes, et toute sa troupe est bien équipée tant en armes qu'en armures. En effet, il frappe à droite et à gauche dès que les armées se rencontrent, il chevauche en s'ouvrant un chemin au travers de la foule des païens, causant la mort de nombreux hommes, et il progresse si efficacement avec les hommes de sa troupe qu'ils ont vite fait de percer le premier bataillon d'Africains. Un autre bataillon d'Agolant chevauche contre eux et résiste un peu avant de connaître le même sort que le premier.

---

1. Une importante lacune du manuscrit b débute ici.

Lorsque Agolant voit la grande défaite de ses hommes, il se courrouce en son cœur et jette toutes ses troupes à la fois dans la bataille. Mais quand les Francs voient cela, ils ne veulent pas se priver de progresser et contrôlent bravement le champ de bataille, de telle sorte qu'ils encerclent les païens avec leurs troupes et en tuent beaucoup, en frappant à coups d'épée, en donnant des coups de lance, les abattant l'un à côté de l'autre comme de jeunes arbres, jusqu'à ce qu'Agolant soit saisi d'une grande peur due au fait qu'il voit que les chrétiens obtiennent un grand succès dans cette bataille et que toute la plaine est jonchée des cadavres de ses hommes, alors que ceux qui vivent encore tremblent et frissonnent de peur, et ne tardent pas à être prêts à fuir, chacun le plus vite qu'il peut. Il comprend ainsi qu'il n'y a rien d'autre à faire que chercher à fuir.

C'est ce qu'il fait : il prend la fuite avec une petite troupe capable de l'accompagner à ses bateaux, et il met le cap vers l'Afrique, peu glorieux, mais très apeuré. Il est maintenant satisfait même si son fils Aumont montre sa valeur face aux Francs, aussi s'établit-il dans la cité qui s'appelle Visa, en compagnie de la reine et du reste de sa troupe. Dès que les Français s'avisent de la fuite des païens, ils les poursuivent hardiment et les tuent si rapidement que peu de païens parviennent à s'échapper. Tant de sang est répandu en ce jour qu'on en a jusqu'à la cheville. Le roi Altumaior[1] et Ebrahim de Séville s'enfuient avec une petite troupe et se cachent dans des montagnes voisines. Certains cherchent à trouver refuge dans la cité de Pampelune, mais ils n'y trouvent guère de secours, car dès la fin de la bataille, Charlemagne entre dans la cité et fait mettre à mort tout enfant d'origine sarrasine qu'on peut saisir.

Après cette bataille et cette belle victoire que Dieu et saint Jacques ont accordées à Charlemagne, il se rend avec son armée à un pont sur l'Arga[2], s'y installant pour la nuit. Mais au cours de cette même nuit certains partent furtivement à l'insu de Charlemagne pour revenir par cupidité à l'endroit où se

---

1. Altomant (B), Astumaior/Estimaior (A), Altumaior (a) – Altumaior (*Ps. T.*). **2.** Argua, Arga (*Ps. T.*) ; il s'agit donc de Puente la Reina.

trouve le champ de cadavres, et ils s'emparent de grandes quantités d'or et d'argent qui se trouvent à profusion par la plaine, ainsi que d'autres richesses. Or tandis qu'ils étaient sur le chemin du retour, leur tombent dessus par surprise les deux rois précédemment nommés, Ebrahim et Altumaior, ainsi que des Sarrasins en fuite ; ceux-ci les attaquent et les tuent jusqu'au dernier de telle sorte que près de mille chrétiens tombent à cet endroit-là. Les païens pensent avoir réussi au mieux et ils s'éloignent dans la nuit, ne s'arrêtant qu'après être parvenus à Cordoue [1].

Quand l'empereur apprend ce qui s'est passé, il est mécontent de leur expédition parce qu'à cause de la folie et de la cupidité de ces hommes, les Sarrasins ont pratiqué une énorme brèche dans leurs rangs.

Chapitre XXIV — Victoire de Charlemagne sur Forré

Le lendemain de cette bataille que le fameux seigneur, l'empereur Charlemagne, livra contre Agolant, qui s'était à présent enfui dans son pays en quittant l'Espagne, l'empereur découvrit qu'un chef de Navarre [2], qui se nommait Forré [3], était parvenu au pied de la montagne que les gens du pays appellent Monjardin [4]. Ce chef formait un seul désir : trouver Charlemagne et se battre avec lui, car quand Forré apprit la venue de l'empereur en Galice, il craignit qu'il ne vienne visiter son royaume de Navarre ; c'est pourquoi il avait rassemblé une troupe et projetait d'aller à la rencontre de Charlemagne et de le vaincre sur le champ de bataille, si tout se passait comme il le souhaitait.

Quand l'empereur apprend cela, il mène immédiatement son armée à cette montagne et propose à Forré de se placer sous sa tutelle, mais lui propose en retour qu'ils se battent. Ainsi on

---

1. Corduba. 2. Nafaria. 3. Furra. 4. Garzdin (B), Garðin/Gardin/Garzin (A) – Garzin (*Ps. T.*).

se prépare des deux côtés à se battre, mais la nuit précédant la bataille, l'empereur s'éveille dans sa tente et adresse à Dieu et à l'apôtre saint Jacques une prière bienveillante afin qu'il obtienne la victoire au cours de cette bataille, et il prie en outre pour que Dieu lui révèle, en signe de sa grâce, combien de chrétiens vont trouver la mort dans cette lutte contre les païens. Dieu tout-puissant daigne miraculeusement apporter ses lumières à cette requête de l'empereur, car le lendemain matin, quand l'armée est prête, l'on peut voir sur les armures une croix rouge marquée à l'épaule des hommes que la divine providence a destinés à la mort.

Lorsque l'empereur Charlemagne voit une si sublime marque, telle qu'on ne peut pas cacher le grand nombre de ceux qui vont périr par les armes s'ils vont livrer bataille, il désire savoir dans quelle mesure cet état de fait peut être changé si d'autres décisions sont prises à leur sujet ; il rassemble dans son oratoire tous ceux qui portent cette marque, et il les enferme ensuite, après quoi il va se battre contre les Navarrais. L'on peut dire en deux mots au sujet de leur affrontement que Forré succombe, et quatre mille païens avec lui, et personne du côté chrétien.

Mais quand le soir arrive, l'empereur retourne à son campement et ouvre le lieu dans lequel les chevaliers ont été enfermés, et il contemple l'arrêt divin admirablement exécuté de telle sorte que les hommes qui ont été placés là le matin en bonne santé et valides, sont tous retrouvés morts à son retour. Cet événement montre que nul ne peut échapper à l'heure du trépas que Dieu assigne à chacun.

Charlemagne conquiert ensuite la Navarre ainsi que les contrées qui s'étendent à proximité.

Chapitre XXV — Victoire de Charlemagne sur Ebrahim et Altumaior

Peu de temps après que les deux rois Ebrahim et Altumaior, qui avaient fui la dernière bataille que Charlemagne livra contre Agolant, furent arrivés dans la cité de Cordoue, comme il a été dit précédemment, ils considérèrent qu'ils devaient venger la honte que Charlemagne avait infligée à Agolant ; et de ce fait ils rassemblèrent une grande armée constituée de peuples païens et de puissants rois. Ils étaient d'autant plus nombreux qu'ils ne croyaient pas combattre eux-mêmes contre l'empereur, et du fait qu'il suffisait de vouloir, ils rassemblaient leurs forces, chacun dans la mesure de ses moyens, jusqu'à ce qu'ils aient le courage de se battre contre lui. De la sorte, les rois font passer à Charlemagne un message disant qu'ils attendaient sa venue à la cité de Cordoue.

Dès que l'empereur entend cela, il dirige son armée dans cette direction, et quand il parvient à proximité de la cité, les chefs en sortent pour marcher contre lui qui se trouve environ à trois milles, et ils mettent leurs troupes en ordre. Ils placent au-devant de l'armée les fantassins équipés de façon très étonnante : ils ont une longue barbe noire et sur toute la tête ils portent des cornes, ils sont hideux sous quelque angle qu'on les voie, de sorte qu'ils ressemblent plus à des diables ou à d'autres monstres terribles qu'à des hommes. Ils portent chacun une grande trompette et un tambour creux, ainsi que des petites clochettes qui tintinnabulent de façon aiguë. C'est ainsi qu'ils attendent l'empereur.

Dès que celui-ci parvient aussi près qu'il lui semble judicieux, il dispose son armée en trois bataillons, plaçant dans le premier les hommes les plus vaillants et jeunes, équipés de bons chevaux, dans le second des fantassins, et dans le troisième des chevaliers. Lorsque les premiers rangs de chaque camp entrent en contact, les païens accomplissent leur devoir, ils se précipitent vers les Français en poussant de grands cris, en sifflant, hurlant, jurant et produisant toutes sortes de vilains bruits : ils frappent sur leurs tambours, font retentir les clochettes, soufflent dans les cors et les trompettes et frappent sur les tambourins. Quand les chevaux des chrétiens entendent les bruits maudits produits par ces monstres et voient leur apparence terrible, ils prennent le galop immédiatement et fuient comme fous et furieux, de sorte que les cavaliers ne peuvent en aucune manière les ramener à la bataille. Leurs ennemis font un tel vacarme que tout homme monté à cheval est à présent contraint de fuir malgré qu'il en ait : ces maudits rejetons ennemis produisent un fracas, un tumulte et une clameur si effrayants qu'il semble qu'on n'a jamais rien entendu d'aussi prodigieux. Il faut plus de temps pour en juger bien, mais les païens chassent les bataillons de Charlemagne de telle sorte que nul n'est assez preux et valeureux pour opposer à présent la moindre résistance, et ainsi les Sarrasins repoussent les Français, comme autant de fuyards, dans la montagne qui se trouve à deux milles de la cité.

Les chrétiens font alors de la montagne une place forte, et s'apprêtent à recevoir les païens s'ils veulent les attaquer, ce que voyant, les Sarrasins retournent à la cité. Après cela, les chrétiens établissent leur campement dans la montagne et attendent ainsi le matin. Dieu et saint Jacques ont si bien protégé leurs hommes qu'aucun ne perdit la vie ce jour-là face aux païens. Le matin de bonne heure, l'empereur rassemble les conseillers les plus avisés et leur demande ce qu'il faut décider à présent. Or tous disent qu'ils ne voient pas beaucoup de solutions, mais affirment qu'ils écouteront volontiers tout ce qu'il veut proposer. Charlemagne ordonne que tous les cavaliers de l'armée mettent un voile de lin léger sur la tête de leur cheval de façon qu'il ne puisse pas voir le spectacle rare, prodigieux et hideux de l'apparence des Sarrasins. En outre, ils feront boucher à la cire ou par tout autre moyen les oreilles des chevaux, de façon qu'ils n'entendent pas le vacarme et les vilains cris produits par les païens. Et quand cela est fait, les chrétiens chevauchent hardiment en descendant la montagne pour aller au-devant des Sarrasins.

Ils s'en réjouissent car ils comptent jouer aux Français le même tour que la veille. Mais il n'en est pas ainsi car même s'ils envoient en avant leurs monstres produisant les pires bruits possibles, les chevaux des chrétiens tiennent bon malgré leur remue-ménage. De ce fait, une grande bataille se livre à présent, car dès que les Français peuvent les atteindre de leurs armes, ils sont heureux de payer vaillamment ce qu'ils pensent leur devoir en récompense ; en effet, la veille, quand ils étaient contraints de fuir, ils se disaient qu'ils n'épargneraient ni la tête ni le tronc des païens si Dieu leur en donnait la chance une autre fois.

Une grande quantité de Sarrasins succombent là, et tous ceux qui le peuvent cherchent à échapper à l'assaut des Français et se pressent autour de l'étendard des païens. Il se présente comme suit : un grand chariot bien équipé se tient au milieu de l'armée, précédé par huit bœufs, et une haute hampe portant une bannière rouge s'en élève. Or la coutume des Sarrasins est de ne pas fuir de la bataille tant qu'ils voient la bannière debout ; et quand l'empereur comprend cela, il chevauche en direction de l'armée des païens, aidé par la vertu de Dieu au travers du cheval blanc que Balan lui a envoyé. Il s'ouvre un large passage jusqu'à la bannière, fait tournoyer sa bonne épée qu'il abat sur le chariot et coupe en deux la hampe. La bannière alors s'effondre, comme on peut s'y attendre, et il regagne ensuite son bataillon. À partir du moment où les Sarrasins voient leur bannière abattue, ils s'alarment et fuient sans attendre. Mais les chrétiens les poursuivent en poussant des cris et en les pourchassant, et chacun d'eux abat les païens l'un après l'autre, de sorte qu'en ce jour ils tuent huit mille païens, dont le roi de Séville.

Mais Altumaior s'enfuit dans la cité de Cordoue avec deux hommes, refermant derrière lui toutes les portes. Le matin suivant, il dit à ses hommes qu'il ne leur reste plus qu'à se soumettre au pouvoir de l'empereur et à devenir ses sujets, ce qu'ils acceptent tous, du fait qu'à présent ils n'ont pas de meilleure solution. Altumaior livre ensuite la cité à Charlemagne à la condition que lui et tous ceux qui le suivent reçoivent le baptême, et qu'il détienne ensuite la cité de l'empereur aussi longtemps qu'il vivra, et qu'il soutienne l'empereur de toutes les façons qu'il pourra. Il en va ainsi dorénavant. On a parlé depuis quelque temps du cours des relations entre Charlemagne et Agolant, et l'on va maintenant examiner un moment ce qui se passe dans le reste de l'Espagne à cette époque.

Chapitre XXVI — Aumont organise son armée

Il faut partir du moment où Aumont, le fils d'Agolant, a quitté son père et est allé demeurer dans la tour. Peu de temps après, il envoya le messager Balan auprès d'Agolant afin de s'informer de ce qui lui arrivait, comme on a pu l'entendre raconter plus haut. Quand Balan revint, et qu'il dit à Aumont ce qu'il avait appris, Aumont refusa absolument de rester plus longtemps au même endroit avec la grande armée qu'il avait.

De ce fait, il partage sa troupe en trois parties. Il en prend une pour l'accompagner, un groupe composé de vingt mille hommes. Il établit deux chefs à la tête de la deuxième, Balan, maintes fois nommé, et le roi Triamodès, son parent, accompagnés de maints rois, ducs et comtes ; ils ont la plus grande partie de l'armée avec eux, c'est pourquoi Aumont les éloigne de la tour en les envoyant dans des parties reculées du royaume, tandis qu'il se rend lui-même dans la région qui se trouve le plus près de Charlemagne. Il a avec lui les quatre dieux principaux précédemment nommés, en qui repose toute leur foi, c'est pourquoi Aumont compose principalement son armée d'hommes jeunes sans expérience de la guerre et du combat. Quant à la troisième partie de son armée, la plus petite, il lui confie la garde de la tour.

Ces bandes de routiers se répandent à présent dans toute l'Espagne, et leur passage cause de grands dommages au troupeau de Dieu, car ils tuent les chrétiens et volent les biens partout où ils le peuvent. Du fait qu'Aumont conduit cette armée-ci, il faut tout particulièrement parler de son expédition, car c'est autour de lui que des événements notables peuvent le plus probablement advenir.

Chapitre XXVII — Charlemagne envoie des espions

Dès qu'Aumont quitte la tour, il va déshonorer et abattre les chrétiens avec une grande ardeur, de sorte que nul ne peut lui résister, et il soumet mainte cité et maint château par le feu et le fer ; et il est si farouche et si malintentionné dans ses agissements qu'il fait honteusement périr les hommes les plus vaillants qui refusent de renier leur Dieu et de s'incliner devant de maudites idoles, et il ordonne qu'on coupe les seins des femmes si elles ne se rendent pas à leurs infâmes désirs, ce qui explique que beaucoup de gens se convertissent au culte de ces fausses idoles. En outre, il s'empare d'une telle quantité d'or, d'argent et d'autres biens précieux qu'on ne saurait en dire la somme.

Du fait que les persécutions perpétrées par Aumont se développent dans tout le pays, l'empereur Charlemagne en apprend la nouvelle à l'endroit où il se trouve, mais en raison des désordres auxquels il a à faire face dans le même temps et dont on a parlé précédemment, il ne croit pas pouvoir se porter contre Aumont. C'est pourquoi il convoque deux rois : l'un des deux s'appelle Salomon et il est chef de la Bretagne, l'autre s'appelle Droon[1] et gouverne la Gascogne. L'empereur leur parle en ces termes : « Du fait que je ne peux pas aller affronter Aumont, le fils d'Agolant, aussi prestement qu'il le faudrait, et m'élever contre les destructions qu'il inflige au pays de mon ami Jac-

---

1. Droim.

ques, je vous nomme chefs de la troupe qui sera envoyée auprès d'Aumont pour l'épier de façon qu'il ne fonde pas sur nous à notre insu. Et s'il se trouve que vous rencontriez quelques-uns de ces hommes formant un détachement pas trop important, vous aurez alors avec vous une troupe qui vous semblera parfaitement apte à résister, mais envoyez-nous un message au plus vite, dès que le besoin s'en fera sentir et qu'il vous semblera plus judicieux de vous arrêter. »

Ils y consentent volontiers, prennent pour les accompagner plus de trente mille hommes et cheminent jusqu'à ce qu'ils entrent en contact avec l'expédition d'Aumont. A la suite de cela, ils dressent leur campement à proximité d'une montagne qui s'appelle Aspremont[1] ; ils y installent dix mille hommes pour en assurer longuement la garde, qui sont très bien pourvus en équipements militaires de toutes sortes, et ils montent sur une crête qui permet de franchir la montagne et parviennent ainsi sur l'autre versant où ils s'arrêtent, car depuis cet endroit la vue est vaste, et ils voient également la tour d'Aumont. Ils rangent leur troupe en bataillons et veulent être prêts au cas où il viendrait à proximité.

Chapitre XXVIII — Sévère défaite d'Aumont

Juste au moment où l'expédition des espions de l'empereur est partie, Aumont assiège une cité tenue par le roi qui se nomme Calabre[2] : il la conquiert et tue le roi. Après cela, il fait demi-tour et revient à la tour avec ses hommes. Ils se vantent beaucoup et pensent s'être bien comportés du fait qu'ils ont converti beaucoup d'hommes à leurs dieux – mais ils en ont cependant tué un plus grand nombre encore – en plus des richesses prises au cours de l'expédition en quantité telle qu'on

---

1. Aspremont.   **2.** Kalabre.

ne pourrait avoir besoin de plus. Ils vont leur chemin jusqu'à ce qu'ils trouvent devant eux les Francs qui montaient la garde à flanc de montagne, comme on l'a dit précédemment. Aumont voit qu'ils ont mis en ordre leurs troupes et qu'ils sont bien moins nombreux que ses hommes, c'est pourquoi il incite ses chefs à les attaquer.

Mais quand les chrétiens voient arriver les troupes d'Aumont, ils restent calmes et déterminés, ne modifiant en aucune façon leur position ; ils comptent livrer bataille aux païens si ceux-ci le désirent, en s'attaquant à eux vaillamment et en leur résistant fermement et énergiquement. Comme il ne vient pas à l'esprit d'Aumont que cette troupe puisse leur causer quelque dommage, si l'on en fait l'épreuve, il fait avancer ses archers au premier rang et leur ordonne de tirer sur les Français à jets tendus et soutenus ; en outre, des jeunes gens s'élancent à cheval pour frapper avec de gros épieux. Mais les Francs ont des boucliers si résistants que rien ne les traverse, ni les coups de lance ni les jets de flèches denses.

Lorsque Aumont voit que cela ne sert à rien, il encourage ses chevaliers et leur ordonne de porter un rude assaut. Mais quand les chrétiens voient qu'Aumont fait avancer les forces qu'il y a là, ils dégainent l'épée et abaissent la lance, et ils présentent une si rude résistance qu'aussitôt la fuite gagne les rangs des païens, car leurs armes sont à la fois rigides et solides, si bien qu'aucun bouclier ne leur résiste. La bataille tourne alors au massacre pour l'armée païenne, car les Français dévalent la pente avec tant d'entrain que tous ceux qui se trouvent devant connaissent une mort rapide s'ils se refusent à fuir. Ainsi ceux qui sont à l'avant se tournent les premiers vers la fuite, mais étant donné que ceux qui n'ont pas encore vu combien les armes des Français peuvent mordre profondément, tiennent bon, ceux qui perdent courage rencontrent tout d'abord de grandes difficultés dans leur fuite, du fait que les uns s'avancent contre eux et les autres se tiennent derrière eux, et eux-mêmes se trouvent là pris entre les deux.

À partir de là, les chevaliers de Dieu ont la possibilité de couper la tête et le bras des païens du reste de leur corps. Les espions de Charlemagne avancent en créant une telle brèche qu'ils arrivent droit sur le bataillon d'Aumont, tuent son porte-enseigne nommé Hector et le font tomber lui-même de cheval de façon très infamante. Quand les Africains voient tout ce qui vient d'arriver en même temps, ils ne s'attendent pas l'un l'autre, mais fuient chacun dans l'état où il est. Certains partent dans la montagne, d'autres cherchent à atteindre la tour, mais la plupart bondissent dans la rivière qui traverse une vallée proche du champ de bataille. Il faut dire à propos d'Aumont qu'après être tombé en arrière il se redresse rapidement et saisit un cheval qui court dans la plaine ; il le monte et quitte au galop la bataille qui se présente comme le pire des carnages, abandonnant de façon dérisoire les dieux eux-mêmes et toute la richesse qu'il a auparavant malhonnêtement amassée, et il se dirige vers la tour, ne désirant rien d'autre que l'atteindre. Quand un très vaillant chevalier franc voit cela, il se lance à la poursuite d'Aumont avec l'épée pointée sur le rapide cheval qu'il monte, et il le pourchasse jusqu'à la tour. Juste au moment où Aumont bondit à la porte de la forteresse, le chevalier le rejoint et le frappe ; l'épée touche le cheval à l'arrière de l'arçon de la selle. Aumont se jette à l'avant du cheval à l'instant même où il entend l'épée fendre l'air.

Le coup était si puissant que le chevalier n'aurait pas eu besoin d'en donner d'autres s'il l'avait touché à la tête comme il l'escomptait, car il découpa le cheval en deux par le milieu, de telle sorte que la partie avant suivit Aumont dans la cour alors que l'arrière retomba dans le pré. Ils se séparèrent de la façon suivante : le chevalier retourna auprès de ses hommes et Aumont resta là dans la honte et la détresse. Les chrétiens avaient tué tous ceux qu'ils avaient pu et mis en fuite tous les autres, si bien que le champ de bataille était entièrement libre et débarrassé des troupes païennes.

Chapitre XXIX — Les Francs se réjouissent de leur victoire

Les Francs allèrent ensuite voir les chariots décorés qui étaient chargés d'or et d'argent et d'autres objets de valeur ; ceux-ci n'étaient plus gardés, et ils eurent à partager un grand et précieux butin. Les chrétiens aperçurent alors un chariot dépassant tous les autres, car il était recouvert de tissu de très grand prix et paré d'or rouge sur toute sa surface. C'est pourquoi ils allèrent auprès de lui, levèrent la couverture et trouvèrent là les quatre diables rassemblés : ils se tiennent l'un près de l'autre, ce sont les quatre dieux des nations païennes, qu'Agolant avait fait décorer à grand luxe avant de partir pour l'Espagne, comme on peut le trouver rapporté plus haut.

Quand les chevaliers chrétiens trouvent ces ennemis, ils s'en félicitent ; ils les saisissent dédaigneusement et les jettent à terre en les arrachant du chariot. Ils ne trouvent pas, bien qu'ils regardent ces monstres droit dans les yeux, qu'ils soient grandement ébranlés, comme Agolant s'en est vanté quand ils lui revinrent d'Arabie ; en effet, il avait dit qu'il lui semblait probable que, si les chrétiens regardaient leur terrible apparence, tout leur courage serait anéanti. Or l'expérience prouve à présent tout le contraire, puisque les chrétiens érigent quatre grands poteaux, passent un nœud coulant aux pieds de chaque dieu, les montent au poteau, puis les laissent retomber dans le vide. Ils se comportent ainsi à leur égard de façon que si des païens se trouvent à proximité, ils puissent voir leur misérable balancement. En outre, ils les couvrent de crachats et les frappent à coups de tronc d'arbre et de pierres, les traitant de la façon la plus honteuse et cependant justifiée.

Les Français se réjouissent grandement de tout ce que Dieu leur a accordé, et ils retournent auprès des rois susnommés Droon et Salomon, emmenant avec eux les biens et toutes les autres richesses dont ils se sont emparés au cours de cette expédition. Ils racontent en détail tout le déroulement du combat qui a les a opposés à Aumont, leur montrent les richesses et leur demandent d'en disposer à leur gré. Tous sont d'accord pour que les richesses attendent l'arrivée de l'empereur Charlemagne, et que cette affaire soit réglée de la façon qui lui plaira le mieux.

Là-dessus nous allons laisser la troupe des espions de l'empereur se reposer un moment, et nous allons parler d'un seigneur que Dieu tout-puissant et saint Jacques daignent envoyer pour libérer leur pays et apporter renfort et secours à l'empereur Charlemagne.

Chapitre XXX — Girart vient épauler Charlemagne

Au moment où se déroulaient dans la divine chrétienté les événements qui viennent d'être relatés, le chef nommé Girart[1], fils du roi Beuve[2], régnait sur la Bourgogne[3]. Le seigneur Girart demeurait dans la cité qui se nomme Fréri[4] ; c'était un chef d'un grand prestige, à tel point qu'en son temps il n'y avait pas de meilleur seigneur que lui dans ces contrées, car il surpassait la plupart des rois tant par la puissance que par la sagesse. C'était l'homme le plus vaillant du monde, accompli en tout, puissant, pas trop grand, courtois dans son comportement, aimable et gentil envers les hommes de bien, mais sévère et très dur à l'égard de ses ennemis.

Le seigneur Girart était à présent très déclinant, au point qu'il était parvenu à l'âge de cent ans, dont quatre-vingts passés à servir dans des entreprises chevaleresques. Il maniait les armes avec la plus grande hardiesse et avait livré mainte bataille, et Dieu lui avait accordé tant de bonne chance et de victoires qu'il n'y avait pas de champ de bataille où il vînt sans y remporter une belle victoire. Il avait une riche épouse et qua-

---

1. Girarð. **2.** Bonivus (B), Boy (A). **3.** Borgundia. **4.** Freriborg (B), Franeborg (A).

tre fils, dont deux étaient en ce temps-là d'excellents chevaliers ; le plus âgé s'appelait Bernard[1] et le plus jeune Rénier[2]. Le troisième fils de Girart s'appelait Milon[3], le quatrième Girart[4] ; ils étaient jeunes et n'avaient pas encore pris l'armure. Le seigneur Girart avait une sœur qui était mariée au chef nommé Milon[5] ; ils avaient deux fils : Boson[6] et Claires[7]. Le seigneur Girart les avait pris chez lui jeunes, et il les éleva convenablement et honorablement, leur apprenant à être habiles en de nombreux domaines et courtois, jusqu'au jour où il les fit chevaliers et les plaça à la tête d'une grande troupe.

Lorsque Girart apprit les désordres que les Africains causaient en Espagne, et que pour cette raison l'excellent seigneur Charlemagne, l'empereur, était allé là-bas délivrer la chrétienté avec toutes les forces qu'il avait pu rassembler, il s'avisa que ce serait une action vertueuse devant Dieu que d'aller là-bas au soir de sa vie avec ses troupes pour porter secours à l'empereur, et lutter contre les peuples païens. Et comme le fameux apôtre Jacques vit que son pays avait besoin de la venue du duc, il fortifia tant ce projet dans le cœur du seigneur Girart qu'il rassembla une belle et grande armée et prépara son expédition en Espagne, choisissant dans son royaume quinze mille combattants pourvus du meilleur matériel : armes, armures et chevaux, et tout autre équipement utile. Ils furent accompagnés par une grande quantité de jeunes gens qui n'avaient pas encore pris les armes ; et les deux fils de la sœur du duc prirent part à cette expédition, ainsi que ses quatre fils précédemment nommés et bien d'autres hommes puissants.

Le seigneur Girart chemine avec sa troupe jusqu'à ce qu'ils arrivent en Espagne. Dès qu'ils y arrivent, il lui parvient aux oreilles avec quel acharnement Aumont, le fils d'Agolant, a foulé aux pieds le peuple chrétien, et il apprend également que la plus puissante tour du royaume est sous son contrôle, alors que l'empereur Charlemagne se trouve dans un autre lieu très éloigné. Comme le seigneur Girart croit comprendre que la tête

---

1. Bernarðr. 2. Aemers, mais par la suite Reiner. 3. Milun.
4. Girarð. 5. Milun. 6. Boz. 7. Klares.

et source de la puissance de tous les païens doit se trouver là où est Aumont, il ne veut tenter un assaut en aucun endroit avant celui où se trouve leur guide ; aussi dirige-t-il sa troupe dans la direction de la tour d'Aumont. Il bénéficie de cette faveur du sort que c'est la nuit qui suit le grand désastre subi par Aumont face aux espions de l'empereur, comme il a été dit plus haut, qu'il arrive avec son armée si près de la tour qu'ils ne sont séparés que par un jet de flèche. Ils établissent leur campement tout autour de l'endroit et attendent ainsi jusqu'au matin. Le lendemain, le duc fait équiper son armée et ordonne que chacun soit prêt à résister si Aumont sort de la tour. Cet ordre est mis à exécution.

Chapitre XXXI — Aumont prépare sa revanche

Il faut dire à propos d'Aumont que dans la tour où il se trouve il prend très mal le déshonneur qu'il a subi face aux chrétiens pour la première fois qu'il les affronte : il a dû abandonner les dieux en personne et la plus grande partie de la troupe qui le suivait. Et quand on lui dit que des chrétiens ont installé leurs tentes tout près de l'endroit où il demeure, entendre cette nouvelle n'améliore guère son état d'esprit ; au contraire, une grande colère l'envahit à présent, il adresse maint reproche à ses hommes et attribue à leur couardise et à leur peu de vaillance la honte qu'il a dû endurer : ils l'estiment autant que les Francs qui se vantent à ses dépens, et établissent leur camp aussi près du fait qu'ils pensent maîtriser parfaitement leur plan. En effet, il ne lui vient pas à l'esprit que certains viennent assiéger sa tour sans être ceux qui, la veille, l'ont mis en fuite de façon particulièrement infamante. C'est pourquoi il conçoit l'idée de se venger de cette funeste expédition en assaillant hardiment les chrétiens et en les repoussant d'un bras puissant.

Ainsi il ordonne que tous ceux qui se trouvent dans la tour se préparent à donner l'attaque, et c'est ce qui est fait.

Mais quand le seigneur Girart s'aperçoit qu'Aumont a l'intention de donner l'assaut à ses troupes, il dit ceci à ses hommes : « Chers amis, suivez mon conseil qui vous sera bien utile. Quand ils vont sortir de la forteresse pour venir vous attaquer, vous n'allez pas chercher à offrir une entière résistance dans les premiers temps, si ce n'est en vous protégeant du mieux possible de leur assaut, et vous les laisserez s'avancer aussi loin que possible de la tour, car je souhaiterais la leur prendre aujourd'hui si Dieu le veut. Ainsi nous allons nous appliquer à nous approcher de la tour à mesure qu'ils s'en éloigneront, et s'il arrive que nous réussissions à nous placer entre eux et la tour, chacun de nous en particulier fera alors usage de ses armes avec la plus grande vaillance. »

Tous acceptent d'accomplir ses ordres, et disent qu'ils suivront volontiers son conseil et qu'ils n'épargneront pas la chair et les os des païens.

Chapitre XXXII — Aumont est vaincu par Girart

Quand Aumont est prêt, il fait sortir toute l'armée de la tour et s'élance contre les chrétiens avec une grande détermination. Les païens décochent des flèches dures comme de l'acier au moyen d'arcs turcs, donnent des coups de lance et frappent de leur épée, s'imaginant anéantir les chrétiens dès le premier assaut. Mais les hommes du seigneur Girart respectent le plan qu'on leur a indiqué : ils se défendent convenablement et tiennent bon, mais cèdent un peu de terrain de façon que les païens progressent avec hardiesse en réussissant une certaine percée. Il se produit pendant un moment que les Africains chargent énergiquement sans rien gagner pour autant, tant que le seigneur Girart ne les prend pas habilement à revers. En effet, tandis qu'ils se lancent dans des attaques de la plus grande violence, il s'est déplacé vers la tour avec une grande masse d'hommes et il vient prendre les païens par l'arrière après avoir poussé un grand cri de guerre, encourageant ses hommes à l'attaque. Tous ceux qui l'entendent font immédiatement demi-tour, dégainent leur épée et frappent vite et fort de sorte qu'aucun bouclier ne résiste.

Dès que les païens font connaissance avec les blessures et les coups cinglants que leur infligent les épées tranchantes, il n'y a pas longtemps à attendre avant que la fuite gagne leur troupe, et chacun se replie heureux de ce qu'il peut trouver, Aumont tout autant que les autres, et ils se dirigent vers la cité qui s'appelle Hamne. Mais les chrétiens poursuivent hardiment les fuyards et tuent beaucoup de païens ; les deux neveux du seigneur Girart, Boson et Claires, déjà nommés, prennent la tête de cette poursuite et abattent une quantité de païens tout particulièrement importante. Le seigneur Girart défend l'accès de la tour à ceux qui veulent venir y trouver refuge.

Quand Aumont voit ses hommes tomber en masse, il est envahi à la fois par le chagrin et la colère et considère que les affaires vont mal ; il fait faire demi-tour au cheval sur lequel il est monté, et a l'intention de venger les morts. Il fixe son solide bouclier contre lui-même au plus serré et saisit à deux mains la grosse lance qu'il tient ; il donne des éperons à son cheval en bondissant vers un chevalier de valeur et vient le frapper. Ce chevalier est Claires, le neveu de Girart, et comme il voit la violente attaque d'Aumont et s'aperçoit qu'il est à la fois grand et fort, il se consulte et lance son cheval à toute vitesse contre lui ; il abaisse avec agilité sa lance pour l'assaut. Quand ils se rencontrent, Aumont vient frapper Claires comme on l'a dit, et le fer touche l'extérieur du bouclier. Claires fait tourner son cheval et la lance s'arrache du bouclier de telle façon qu'il n'est pas blessé. Au même moment Claires frappe Aumont avec une telle force que celui-ci tombe en arrière de façon très infamante et que le beau casque qu'il avait sur la tête est souillé de terre et de boue. Quand Aumont se relève, il ne voit pas de meilleure issue que de fuir par la rivière déjà mentionnée, qui coule à proximité, et il s'échappe en la traversant malgré qu'il en ait. Il les quitte de telle façon que Claires se saisit du cheval blanc que montait Aumont.

Après que toute l'armée païenne a été exterminée, sauf quelques-uns qui se sont débandés, Claires revient à la tour. Le seigneur Girart l'a placée sous son autorité et a tué tous les païens qui se trouvaient là. Ne manquent là ni les nourritures, ni les boissons, ni les richesses ; il y en a assez pour que chacun puisse y faire son choix. À présent l'armée de Girart se réjouit grandement, car il considère que tout s'est bien passé pour leur premier combat contre les Africains.

Chapitre XXXIII — Colère d'Aumont

Il faut dire à propos d'Aumont que dès qu'il a traversé la rivière, il s'enfuit dans un endroit où il croit trouver un secours efficace. Toute la troupe qui a pris la fuite se reforme rapidement autour de lui. Aumont est en grande colère : beaucoup de ses hommes sont abattus, démoralisés et blessés, et ils disent ceci entre autres choses : « Nous sommes misérables et malheureux à cause de la malchance qui s'est abattue sur nous. Nous avons perdu tous nos dieux, l'or, l'argent et la plus grande part de la troupe qui suivait Aumont, ainsi que des rois, des comtes et d'autres hommes de haut rang de notre royaume ; eh bien, qu'allons-nous faire à présent ? »

Puis ils vont à l'endroit où se trouve Aumont, livide. Il ôte son armure car il est épuisé et trempé, après quoi ils lui disent ceci : « Seigneur, que faut-il envisager de faire à présent ? » Il répond en grande rage : « Malheur à vous ! Qu'avez-vous besoin de venir me demander conseil ? Jamais de toute ma vie je ne pourrai me consoler de la peine que m'a causée votre déloyauté. Vous vous vantez de vos qualités chevaleresques à domicile, dans mes salles et mes chambres, lorsque vous êtes assis en train de faire chère lie et de boire mon meilleur vin ; vous dites que vous allez vous emparer de la France et vous partager entre vous toutes les possessions des chrétiens en les tuant ou les chassant en exil. J'ai cru bien imprudemment vos lâches vantardises et les conseils de ces misérables qui me poussèrent à aller dans ce pays avec une grande et belle armée, car maintenant ils m'ont trahi et m'ont infligé un déshonneur si grand que l'Afrique ne pourra jamais le laver. »

Quand Aumont a prononcé ces paroles, il fait venir auprès de lui l'homme qui se nomme Butran[1] et dit : « Bondis sur le cheval le plus rapide que tu trouveras dans notre armée, et chevauche en toute hâte jusqu'à ce que tu trouves nos rois Balan et Triamodès. Dis-leur de venir nous trouver au plus vite avec toutes les troupes qui les suivent et en ajoutant tous ceux qu'ils pourront trouver. Raconte-leur également en détail tous les événements qui nous sont arrivés. »

Le messager accomplit les ordres qu'il a reçus : il monte sur son cheval et chevauche jour et nuit par les monts et les plaines jusqu'à ce qu'il trouve l'armée païenne. Il va tout d'abord à la tente du conseiller Goran[2], et il lui explique toute l'infortune qui s'est abattue sur Aumont. Cette histoire fait rapidement le tour de l'armée. Pour cette raison, tous les chefs de l'armée se rassemblent, et Butran leur raconte en détail ce qui s'est passé depuis leur départ, et leur dit également qu'Aumont leur demande de venir le trouver avec toutes les forces qu'ils pourront rassembler.

Quand Balan entend ces propos de Butran, il songe en lui-même à quel point sont fausses les croyances dans les maudites idoles, et puissante et grande la foi des chrétiens, c'est pourquoi il est touché en son cœur par la venue de l'Esprit saint, car Dieu tout-puissant l'a prédestiné à recevoir sa grâce en raison de l'action charitable rapportée plus haut, qu'il accomplit en homme de bien en faveur du duc Naimes lorsque celui-ci

---

1. Butram/Butran (B), Butran (A).   2. Goram – fils de Balan selon a (chap. XXIV).

était à la merci d'Agolant et condamné à mort par lui. Ainsi il adresse souvent à Dieu d'un cœur ému une prière secrète que vous pouvez entendre ici : « Père très haut, Dieu tout-puissant que les chrétiens louent et honorent, je reconnais que tu es le souverain du monde entier et le créateur de toute chose ; et du fait que je crois en toute vérité que les événements dont je viens de prendre connaissance ont été causés par ta puissance contre la vraisemblance ordinaire, puisqu'une poignée d'hommes a triomphé d'une telle multitude, je te demande, en ton amour bienveillant, que ta terrible colère ne s'abatte pas sur le pécheur que je suis, comme je le mérite, mais attends-moi plutôt dans ta grande patience, et ne sépare pas mon âme de mon corps avant que je sois baptisé et consacré à toi. »

Ainsi parle-t-il, les yeux remplis de larmes, et Dieu écoute volontiers cette prière et l'exauce, comme il apparaîtra plus loin dans l'histoire.

Chapitre XXXIV — Tirade d'Aumont

Lorsque Butran a révélé aux païens le message et la volonté d'Aumont, ils répondent favorablement, lèvent le camp et vont le trouver avec toute l'armée, tout en envoyant des hommes là où ils espèrent pouvoir obtenir quelque renfort. À l'endroit où Aumont est assis, en proie à la tristesse et à la colère, arrivent ensemble des quantités innombrables de païens venant de peuples divers ; et quand Aumont apprend leur arrivée, il part au-devant d'eux avec les chefs qui étaient à ses côtés et, leur parlant à haute voix, ordonne que toute l'armée prenne position dans la plaine. Après cela, il fait venir les rois et les comtes, les ducs et tous les chefs de l'armée, et s'avance à cheval à l'ombre d'un orme qui se trouve à proximité, descend de cheval et prend place dans un trône. Il est blême et livide, de telle sorte que tout l'éclat de son apparence a disparu.

Tirade d'Aumont

Puis il dit à tous ceux qui peuvent l'entendre : « Vaillants chefs, j'ai d'importantes nouvelles à vous annoncer, car j'ai rencontré de grandes difficultés du fait que lorsque nous nous sommes séparés, je suis sorti de la tour que mon père avait placée sous mon autorité avec une grande armée, et nous avions pris nos dieux pour nous donner de la force. La situation tourna si bien en notre faveur pendant un temps que nous avons converti quantité d'hommes au service des dieux, et collecté un très grand butin : or, argent et autres objets de prix. Mais un mois s'étant écoulé, nous avons fait demi-tour et rencontré des espions de Charlemagne. Ils nous ont attaqués si violemment que nous n'avons pas pu leur résister. Ils ont tué Hector, mon porte-enseigne, le plus vaillant des chevaliers, et maint autre ; or je n'ai jamais entendu dire par mes ancêtres que si peu d'hommes aient mis en fuite une troupe aussi grande que la nôtre. Je me suis échappé d'extrême justesse, car ils ont tué mon meilleur destrier sous moi et m'ont fait tomber en arrière de façon infamante, et dès que j'en ai trouvé un autre je me suis rendu à la tour en hâte, abandonnant les dieux et toutes les autres richesses. Mais ils m'ont poursuivi jusqu'à ce qu'en bondissant dans la tour j'échappe au coup qui m'était destiné, et qui toucha mon cheval ; et ils me causèrent une frayeur terrible, car depuis que je suis en mesure de porter les armes, je n'ai jamais échappé à la mort d'aussi peu.

« Du fait que j'ai fui en laissant Mahomet et les dieux, ceux-ci ont dirigé contre moi leur courroux et ont permis que les chrétiens installent leur campement de nuit tout près de moi pour m'humilier et accroître mes soucis. Quand j'ai appris cela, nous avons réfléchi à ce sujet et avons décidé de venger les affronts qui nous ont été faits, mais nous avons d'autant moins obtenu quelque amélioration de notre situation, qu'elle est devenue pour nous encore plus difficile qu'avant. En effet, maint vaillant preux y laissa la vie, et en outre nous avons été chassés de la tour de telle façon que jamais par la suite nous n'avons pu espérer la reconquérir. Nous avons ensuite pris la fuite, pâles comme de la filasse, et j'ai été une fois de plus renversé en arrière de façon si déshonorante que mon heaume brillant en fut souillé jusqu'au nasal. Je n'ai pas eu d'autre expédient que de me jeter dans la rivière qui coule à proximité, et je me suis entièrement mouillé ; je n'ai trouvé aucun secours avant de l'avoir traversée, exténué par tous ces efforts.

« Tel est le mauvais sort qui m'a été imparti, comme vous avez pu l'entendre à l'instant, vaillants preux, et de façon tout à fait justifiée, car mon père ne pourra jamais me punir assez pour lui avoir maintes fois désobéi : il voulait toujours que je prenne conseil auprès de mes meilleurs parents, mais j'ai éloigné très loin de moi les meilleurs hommes et attiré à moi des fils de vauriens, leur offrant honneurs et bonheur, leur donnant pour épouses de riches femmes avec de grandes propriétés. Mais ils m'en ont mal récompensé, car par deux fois j'ai fait l'expérience de leur service, et cette expérience a été décevante pour moi à chaque fois. Si je retourne dans mon royaume, j'espère pouvoir leur offrir la récompense qu'ils méritent, car c'est à cause de leur lâcheté que j'ai perdu mes quatre dieux, et de ce fait une grande peine et un grand tourment habitent mon cœur : je ne veux plus porter de couronne de feuilles sur la tête dorénavant, je n'écouterai plus désormais le doux chant des oiseaux ni le divertissement des instruments à cordes raffinés, je ne verrai plus les faucons voler ni les chiens de chasse courir, et je ne solliciterai plus l'amour joyeux d'une dame, du fait que j'ai perdu et que je n'ai plus mes tout-puissants seigneurs Mahomet et Terogant. Et comme je ne pourrai plus jamais les voir désormais, à moins que vos qualités chevaleresques certaines ne m'y aident, je vous demande d'aller les chercher, et si l'entreprise réussit, le plus malheureux d'entre vous possédera alors des richesses en suffisance. »

Les chefs répondent alors : « Seigneur Aumont, comportez-vous convenablement et virilement. C'est la peine qui vous fait prononcer de telles paroles, mais sachez que tous les chrétiens qui ont l'impudence de venir lutter contre nous seront morts sous peu, et vous pourrez constater de vos propres yeux que nous avons le courage de les tuer. Aussi ne tardez pas, préparez votre armée au plus vite. » Aumont les remercie pour ces belles promesses et monte sur son destrier le plus rapide, qui appartenait à son père Agolant.

Il forma ensuite les bataillons et désigna les chefs de l'armée. À la tête du premier bataillon il plaça le messager Balan, assisté de quatre rois ; ils avaient une armée de soixante mille hommes. Beaucoup étaient bien équipés en armes, toutefois d'autres n'avaient pas de broigne mais une forte cotte de cuir. Dans cette troupe se trouvaient beaucoup d'archers grands et forts, avec des flèches très rigides. Triamodès, le neveu d'Agolant, dirigeait le second bataillon. Il avait avec lui une très grande quantité d'hommes intrépides au combat : l'on pouvait voir dans ce groupe des épées très tranchantes, des cottes de mailles de qualité, des broignes solides, des heaumes magnifiques, des arcs turcs rigides avec des flèches bien faites, chacun d'eux ayant une hache pendant à l'arçon de la selle. Or, bien qu'à présent ils se comportent avec superbe et qu'ils entendent rechercher les espions français, ils n'auraient pas dû se vanter de leur sort.

Deux rois, Rodoan[1] et Salatiel, surveillaient le troisième bataillon, assistés de puissants chefs. Ils avaient soixante mille hommes bien équipés. Il y avait là des heaumes incrustés d'or et de pierres précieuses, des boucliers peints, de grosses lances avec une oriflamme brodée d'or, de beaux chevaux avec des équipements décorés. Le roi Cador[2] dirigeait avec son compagnon Amandras le quatrième bataillon, et ils avaient soixante mille hommes. Ils portaient chacun un heaume doré, une broigne argentée, et avaient une selle incrustée d'émaux et un mors décoré. Il y avait là maint païen débordant d'orgueil et de prétention, se vantant mensongèrement au-delà de toutes limites, bardé de bonnes manières et d'oripeaux mondains, mais si nombreux qu'ils semblent être, leur arrogance allait être rapidement rabaissée.

---

1. Rodan. 2. Kador.

À la tête du cinquième bataillon se trouvaient deux chefs, les rois Baldan[1] et Lampal[2]. Ils avaient tous les deux une troupe à la fois nombreuse et bien pourvue en tous équipements militaires : armes, boucliers, chevaux, armures. Deux rois, Magon et Esperant[3], prirent sous leur garde le sixième bataillon. Ils étaient puissants et de grande famille. Du fait qu'Aumont ne voulait pas s'engager dans une réflexion portant sur chacun de ces groupes pris en particulier, il confia la garde de sa bannière à ces rois-ci qui présentaient les meilleures garanties pour en assurer au mieux la protection. Il plaça cent mille hommes auprès d'eux pour leur prêter main-forte, tous bien équipés à leur manière. En effet, il avait l'intention de donner l'assaut partout où il lui plairait. En outre, on rapporte qu'il avait la meilleure épée qui fût portée en ce temps-là, qui se nomme Durendal[4], ainsi que l'instrument à vent produisant un son aigu fait dans la corne Olifant, deux objets que Roland prit après sa mort.

Quand les chefs de l'armée furent nommés, Aumont chevaucha en avant, sépara chaque bataillon du suivant et conduisit l'armée jusqu'à ce qu'ils arrivent dans la vallée qui s'étend au pied de la montagne d'Aspremont. Il y avait là une grande plaine que l'on pouvait voir de loin. En effet, il fallait un très grand espace pour que toute leur armée puisse y tenir, et l'on dit qu'ils avaient une armée ne comprenant pas moins, tout compris, de sept fois cent mille hommes. Aumont fait dresser de belles tentes de bonne qualité à cet endroit, car la puissance des païens était si grande qu'elle n'était pas diminuée ni amoindrie, bien qu'Aumont eût été auparavant dépossédé à deux reprises de grands trésors, car ils avaient pris tout cela aux chrétiens.

Mais l'on décrira plus tard avec quel soin la tente d'Aumont fut montée. À présent, il faut éclairer ce qu'il advient des espions de Charlemagne, dont il fut question plus haut.

---

1. Baldam (B), Balda (A). **2.** Lampas. **3.** Alfreant/Asperant (B), Asperan (A). **4.** Dýrumdali.

Chapitre XXXV — Salomon cherche un messager

Après la belle victoire que les chrétiens obtinrent sur Aumont en restant sur leur garde, comme on l'a dit, ils allèrent trouver les rois Droon et Salomon et leur rapportèrent leur expédition. Du fait qu'il parut probable à tous qu'Aumont rassemblerait une armée invincible s'il le pouvait, ils envoyèrent peu après des espions sur la montagne d'Aspremont, pour éviter que les païens ne puissent arriver à leur insu. Et dès qu'ils arrivèrent à leur poste de garde, ils purent voir la vaste plaine recouverte par l'armée païenne ; en outre, ils aperçurent un petit détachement très bien équipé près de la montagne, mais formant une troupe différente. Comme ils ignoraient totalement l'arrivée du seigneur Girart, ils pensèrent que c'étaient des espions païens. En outre, ils entendaient une grande agitation du côté de l'armée.

De ce fait, ils descendirent de la montagne et se dirigèrent vers la tente de Salomon. Leur chef dit au roi : « Par ma foi, nous avons sûrement une bataille en perspective, car nous avons vu l'armée païenne – cela représente une si grande masse qu'ils recouvrent la plaine sur un large espace – et ils sont tout près de nous. » Quand ces nouvelles parvinrent aux chrétiens, plus d'un montra immédiatement quelle sorte de preux il était, car ceux qui étaient rudes et courageux se réjouirent en leur cœur d'aller affronter les païens, alors que les autres immédiatement pâlirent et furent par avance gagnés par la peur.

Le roi Droon, apprenant que les païens sont proches, fait venir Salomon et lui dit : « Seigneur, envoyons un messager au roi Charlemagne, pour l'informer de ce qui se passe. Il faut à présent regarder la vérité en face : les païens comptent lui reprendre le pays s'il ne se hâte pas de s'y opposer. Du fait que tous te doivent obéissance, choisis pour cette expédition celui qui te plaît. » Salomon répond qu'il va suivre ce conseil. Après cela, il se tourne vers le chevalier qui se nomme Richer[1] et lui

---

1. Riker.

parle ainsi : « Vaillant preux, va porter la nouvelle de la difficulté où nous sommes et dis à Charlemagne de venir au plus vite à notre secours, car il n'est personne qui soit plus cher à l'empereur que toi. »

En entendant ces mots, Richer rougit quelque peu, presse sous lui l'étoffe qui se trouve sur sa selle et répond : « Honte à moi cent fois si je prends garde à tes paroles, Salomon, et si je pars d'ici au galop alors que je vais y recevoir le nom de chevalier, car cette expédition convient à quelqu'un qui ne peut être d'aucun secours, même si l'on en a besoin ici, et qui veut préserver son corps et sa vie. Or si je perds mon âme pour répondre aux attentes de mon corps, il me sera difficile de me mettre en valeur devant Dieu et ses saints. C'est pourquoi je ne m'abstiendrai pas de décliner la proposition, et je vais plutôt obtenir ce que je peux, et assurer à mon âme une place auprès des apôtres de Dieu, et en particulier l'apôtre Jacques, en l'honneur duquel je me comporterai en preux, de même que tous les autres hommes loyaux, car aucun lâche ne peut me perturber au point où j'en suis. »

Ainsi parle Richer, et Salomon appelle un bon chevalier dans ce détachement, qui s'appelle Amauri[1]. C'est un homme sage et courtois, natif de la cité nommée Berri[2]. Salomon lui dit : « Toi qui es le plus courtois des chevaliers, va trouver l'empereur et apporte notre message. » Il répond : « Écoute, roi, ce que je te dis : au moment où ma broigne sera déchirée, mon bouclier brisé, mes éperons cassés, mon épée si émoussée qu'elle ne pourra plus trancher, mon corps si affaibli et si exténué que je ne pourrai plus être d'aucune utilité, alors j'accomplirai cette mission. Mais si tu veux épargner ta personne, rends-toi toi-même à l'endroit où tu m'envoies. »

Après cela, Salomon appelle Godefroi[3] le Vieux et lui dit : « Cher compagnon, détermine-toi vite et prends le cheval rapide sur lequel tu es monté pour aller trouver l'empereur et lui apporter de nos nouvelles. » Il répond incessamment : « Par

---

1. Manri.   **2.** Birra.   **3.** Gudifrey.

ma foi, je ne ferai cela à aucun prix ! Ne vois-tu pas que j'ai une bonne armure et un beau cheval, et s'il plaît à Dieu je défendrai hardiment ce que Dieu m'a donné en garde et je lui offrirai tout à la fois mon âme et mon corps, s'il en décide ainsi ; mais toi, Salomon, si tu crains de mourir, sauve ta vie en accomplissant cette mission. »

Quand Salomon entend une telle réponse, il lui semble que cette mission ne se fera pas aisément, mais il veut essayer encore et pense qu'elle sera entreprise avec plaisir s'il y a de l'argent à la clé. Il s'adresse à un homme qui s'appelle Antelme le Rouge[1]. Il est avancé en âge comparativement aux autres. Il lui parle en ces termes : « Antelme, va dire à notre roi qu'il nous porte secours. » Antelme répond : « Quelle aide attends-tu de lui ? » Salomon répond : « Tu sais parfaitement que nous n'avons pas de forces comparables à la puissance irrésistible des païens, à moins qu'il ne vienne nous prêter main-forte. Si tu fais ce que je désire et pars en mission, je te donnerai un château avec toute la contrée environnante et une suite de cinq cents chevaliers. »

Antelme dit alors : « Tu dois être un roi extrêmement riche du fait que tu es si généreux, mais tu as eu tort de penser que j'allais me rendre là-bas pour y gagner le nom d'infâme à cause de l'argent que tu m'offres, et entendre dire par mes compagnons et mes pairs que j'ai fui d'ici par couardise. Non, tu ne me joueras ce tour à aucun prix ; je ne suis pas ton sujet et je n'irai pas à cet endroit à ta demande et suivant tes désirs. Je servirai plutôt Dieu tout-puissant de mon propre chef, et dans ces conditions je compte, à la place, entreprendre avec mes camarades tout ce dont il nous chargera. Mais si tu as peur de mourir, enfuis-toi maintenant au plus vite tant que tu peux sauver ta vie selon tes propres vœux, de telle sorte que ce qui t'arrivera ensuite ne te pèsera pas au point que tu ne puisses le supporter, mais sera conforme à ce que tu souhaites le plus volontiers. »

---

[1] Antilin.

Lorsque Salomon entend ces paroles d'Antelme, il se met quelque peu en colère en lui-même, mais veut d'autant moins renoncer, aussi appelle-t-il un homme pour la cinquième fois, Bertrand de Mutir[1], et dit : « Noble chevalier, tu iras assurément dire au roi Charlemagne qu'il envoie sans délai vingt mille chevaliers en armes à notre secours, puis qu'il vienne avec toute son armée. Si par contre il répugne à nous croire et refuse ce plan, nous connaîtrons, lui et nous tous, un tel déshonneur qu'il ne pourra pas le laver de sitôt. » Bertrand répond : « Seigneur Salomon, avant de me charger de cette mission, tu aurais dû te demander si j'étais ton esclave ou non, car il t'aurait fallu donner cet ordre à des hommes soumis à toi et n'osant pas s'y opposer, mais pas à moi. En effet, je ne veux en aucune manière m'en aller d'ici avant que soit terminée la bataille qui aura probablement lieu sans tarder. Mais Salomon, est-ce que tu ne serais pas, à ce qu'il me semble, blême et blafard, pâle et livide, sous l'effet de la crainte, et est-ce que tu ne tremblerais et ne chancellerais pas par manque de courage ? En fait, si tu n'as pas l'audace de te battre, sauve ta vie du mieux que tu peux en accomplissant cette mission. »

Devant ces paroles insultantes, Salomon se met en grande colère, saisit ses armes, et le chevalier fait de même, ce qui rend leur situation extrêmement périlleuse. Un archevêque nommé Samson s'en rend compte, chevauche hardiment vers eux et dit : « Chers amis, ne vous comportez pas si monstrueusement, ayez plus de sagesse et ne vous battez pas, étant donné que vous êtes frères, chrétiens tous les deux. Écoutez plutôt ce que je dis, car je résoudrai volontiers le différend qui vous sépare et j'accomplirai cette mission dont personne d'autre ne veut. En effet, je n'ai jamais appris à porter noblement les armes des chevaliers, et je n'ai jamais vaincu un homme sur le champ de bataille. »

Ils accèdent à la proposition de l'archevêque et abandonnent toute agressivité belliqueuse.

---

1. Bertram af Mutirborg.

Chapitre XXXVI — Samson va chercher Charlemagne

Quand l'archevêque Samson est prêt, il monte sur un beau cheval et part tout seul, chevauchant jusqu'à ce qu'il arrive à l'endroit où l'empereur Charlemagne a fait dresser ses tentes. En effet, dès la fin de la guerre qu'il avait eu à mener dans cette partie de l'Espagne, et dont on a dit quelques mots précédemment, il envoya son armée à la recherche du bataillon d'espions qu'il avait envoyé contre Aumont. À l'arrivée de Samson, l'empereur se tient dehors devant sa tente, et fixe une jolie bannière à sa lance. Samson descend de cheval, il est très fatigué. Il vient se présenter à Charlemagne et le salue en lui disant : « Bonjour, seigneur ! Le roi Droon et le roi Salomon, ainsi que toute leur suite, vous envoient leurs salutations au nom de Dieu et au leur, et vous demandent de venir les trouver dès que possible. »

L'empereur voit son aimable apparence et dit : « Dieu t'apporte la joie, archevêque Samson, ainsi qu'à tous les amis de Dieu et aux miens ! Mais quelle nouvelle peux-tu annoncer pour avoir piqué si fort ton cheval à coups d'éperon qu'il en est tout ensanglanté ?

— Seigneur, dit-il, il y aurait beaucoup à dire, si j'en avais le loisir, mais croyez-moi, car je ne vais pas vous mentir. Les païens sont très proches, et se sont si bien préparés que vous pouvez vous attendre sous peu à une bataille, vous et vos hommes. »

L'empereur dit alors : « Dieu tout-puissant, envoie-nous là-bas au plus vite, et puissions-nous alors recevoir encore beaucoup de précieux conseils grâce à l'aide de mon ami Jacques. Bien que les païens veuillent le déposséder des honneurs et des faveurs que Dieu lui accorda dans le royaume terrestre, ils n'y parviendront pas, car tant que Dieu me prêtera vie ainsi qu'à mes hommes, je ne renoncerai jamais, aussi longtemps qu'il en sera besoin, à défendre son pays et son autorité contre ses ennemis. De ce fait, que tout homme en mesure de porter les armes dans notre armée se prépare pour cette expédition. »

L'on peut à présent entendre de grandes sonneries de trompettes. Tous s'arment et montent sur leur cheval comme l'empereur l'ordonne. Chevauche en avant le groupe qui se présente le premier, puis les autres se suivent l'un l'autre ; à la fin marchent les jeunes et les pages avec les tentes, la nourriture, la boisson et d'autres choses utiles à une armée. L'empereur chemine jusqu'à ce qu'il parvienne dans la vallée qui s'étend au pied de l'autre versant de la montagne d'Aspremont. Se trouvent là pour l'attendre Droon et Salomon. Leur rencontre les réjouit grandement.

L'empereur arrête son armée à cet endroit et il s'informe de ce qui est arrivé au cours de leur expédition après qu'ils se sont séparés. Les rois racontent ce qui s'est passé entre les espions et Aumont : les Francs, dont le nombre a été précédemment donné, rencontrèrent les païens au milieu de la montagne, tuèrent une grande quantité d'hommes d'Aumont, le contraignirent à la fuite de façon infamante, prirent un important butin ainsi que les quatre dieux que les païens révéraient ; Aumont s'enfuit alors dans la tour qui se trouve de l'autre côté de cette montagne, et il a depuis lors rassemblé une quantité incommensurable de païens.

Quand l'empereur entend tout cela à la suite, il rend grâces à Dieu tout-puissant en disant : « Louange et gloire à toi, Jésus, fils de la Vierge Marie, pour tes actes charitables, car en toute vérité j'affirme que le peuple païen n'aurait pas pu connaître une telle défaite face à la troupe si réduite de tes chevaliers, si tu ne leur avais pas accordé ton aide et ne leur avais pas envoyé en renfort le glorieux seigneur, l'apôtre Jacques, qui prit possession de ce royaume par ta volonté et qui en restera le propriétaire. »

Il dit encore ensuite : « Chers amis, quelle solution avez-vous arrêtée au sujet des maudites idoles ? » Ils répondirent : « Seigneur, uniquement les laisser attendre votre venue.

— Soyez-en remerciés, dit l'empereur, amenez-les donc et faites-les-nous voir. »

On s'exécute, et quand l'empereur les voit splendides

comme elles sont, il dit : « Ont été bien mal utilisés les matériaux de qualité qui ont servi à décorer ces démons, et l'Ennemi aveugle trop le cœur de ceux qui les prennent pour leurs dieux. Du fait qu'ils ne méritent pas le grand honneur d'être brisés par la main d'hommes de grande valeur, que les prostituées et les filles de joie les prennent avec elles et en fassent ce qu'elles veulent, s'appropriant tout l'or, l'argent et les pierres précieuses qu'elles peuvent tirer de leurs décorations. »

C'est ce qui est fait. Quand les dieux sont arrivés entre leurs mains, elles s'en réjouissent et croient qu'on leur fait un grand honneur ; elles prennent ensuite leurs jarretières, les tressent en faisant un nœud coulant au bout, les attachent au cou des dieux et les traînent ensuite par les rochers abrupts et les précipices, les menant finalement dans leurs[1] demeures. Cela fait, elles prennent de forts gourdins, les brisent en petits morceaux et procèdent à la répartition du butin. Elles sont si nombreuses à prendre part à ces opérations que chacune reçoit un lot ne valant pas plus que la moitié d'une petite pièce.

Cela terminé, l'empereur fait sonner le rassemblement de ses troupes qui étaient très dispersées, et fait venir près de lui le porte-enseigne Fagon. Ce Fagon est un homme sage et vaillant au combat, c'est pourquoi il mène un grand détachement de bons chevaliers. Il a été le porte-enseigne de l'empereur pendant trente-trois ans ; il sait parfaitement servir son seigneur, aussi l'empereur le chérit-il. C'est pourquoi celui-ci lui parle en ces termes : « Seigneur Fagon, vois comme cette armée est une belle et grande armée que j'ai confiée aujourd'hui au pouvoir et à la providence de Dieu. Prends donc mon maître étendard doré, car je vais monter sur la crête et observer l'armée de nos ennemis, pendant que tu resteras ici avec l'armée. »

C'est ce que fait l'empereur : il s'éloigne de l'armée, prenant avec lui pour l'accompagner Ogier le Danois, le duc Naimes, un comte flamand et Bérenger[2] le Breton, et bien d'autres. Mais avant que Charlemagne ait franchi la crête et observé ce

---

1. « par les rochers ... leurs » – passage corrigé par Unger.   2. Bæring.

qui se passe de l'autre côté de la montagne, il convient d'expliquer ce qu'il advient au même moment de ceux qui occupent la tour.

Chapitre XXXVII — Girart rassemble ses troupes

On a dit comment le seigneur Girart s'empara de la tour d'Aumont et mit en fuite celui-ci, après quoi il s'installa dans la tour afin de la garder, et comme il ne se fiait guère aux païens, il mit en place un puissant service de garde jour et nuit. Un jour où ses hommes étaient sortis se divertir, ils entendirent au loin les trompes et les trompettes des païens, puis ils virent un grand nuage de poussière s'élever de la terre foulée par leurs chevaux et de grands rais de lumière éclairant le sol, qui émanaient des décorations dorées de leurs armures.

Quand la nouvelle en fut rapportée au seigneur Girart, il fit retentir soixante coups de trompette et rassembla ses troupes en dehors de la tour sur la plaine plate et large. Étaient exposés là des équipements de toutes sortes : des broignes dotées de protections sûres, belles à voir et encore meilleures à essayer, des boucliers rigides fabriqués de diverses façons, des heaumes dorés rehaussés de pierres précieuses[1], des épées tranchantes faisant plaisir à voir en acier bien trempé, des lances solides portant de belles oriflammes pendantes. On amena aussi de beaux chevaux portant des harnais d'apparence courtoise et seyante, particulièrement bien entraînés au combat. Chacun s'équipa selon ses moyens, puis monta sur sa selle dorée.

Le seigneur Girart se prépara ainsi : il ôta sa chemise de dessous et revêtit une forte cotte de cuir sur laquelle il passa une broigne qui descendait jusqu'à ses pieds ; elle était de si bonne qualité qu'elle ne céda jamais. Il plaça sur sa tête un heaume, cei-

---

1. Le manuscrit b reprend ici après une longue lacune.

gnit son épée, prit une lance dans sa main, puis monta sur un destrier de grande valeur. Après cela, il s'adressa à haute voix à son armée dans laquelle régnait à présent une grande agitation, demandant qu'on écoute ce qu'il avait à dire, ce qui se fit immédiatement car il était si populaire que chacun voulait être assis ou rester debout selon ce qu'on savait lui plaire le mieux.

Le seigneur Girart parle en ces termes à tous ses hommes : « Écoutez, preux glorieux, honorables et consacrés à Dieu tout-puissant ! J'ai porté le bouclier et l'épée comme aucun autre chevalier pendant quatre-vingts ans au moins, et j'ai souvent livré bataille pour défendre mon honneur et mon ambition personnelle. Mais Dieu, le créateur de toutes choses, m'a accordé une grande faveur : la bannière que mes parents et ancêtres ont portée, celle utilisée aujourd'hui dans notre expédition, n'est jamais venue sur un champ de bataille sans que j'obtienne la victoire. Et comme durant toute ma vie écoulée je me suis hardiment dressé pour défendre mon honneur et mon royaume, je comprends que Dieu doit m'avoir envoyé ici parce qu'il veut que je le serve dans les derniers jours de ma vie en retour de ce qu'il m'a accordé durant tout ce temps, ainsi qu'à beaucoup d'autres.

« En outre, je veux vous remercier, mes bons amis, pour l'obéissance et la bonne volonté dont vous avez continûment fait preuve à mon égard, depuis que j'ai eu à vous commander. De plus, je demande à chacun d'entre vous de faire face selon ses moyens, car la vie consacrée au service fidèle de Dieu est véritablement bénie. Acceptons donc avec joie tout ce qu'il décrète à notre sujet, la vie ou la mort, car ceux qui offrent leur vie pour l'amour de Dieu recevront une belle récompense dans le royaume céleste. Et s'il lui plaît que nous revenions victorieux dans notre royaume, j'ai alors assez de richesses et de belles jeunes femmes pour vous en offrir, avec les plus grands honneurs que chacun voudra bien choisir. »

Tous le remercient grandement pour ses belles promesses. Le seigneur Girart dispose ensuite son armée en trois bataillons. Il place à la tête de l'un ses deux neveux Boson et Claires, et à la tête d'un autre ses fils Bernard et Rénier, et dirige lui-même le troisième. En outre, il leur fait jurer à tous en joignant leurs mains qu'ils n'oseront pas abandonner la place qui leur a été assignée sans en avoir reçu l'autorisation du duc. Ainsi équipés, ils s'éloignent de la tour pour descendre dans la vallée jusqu'à ce qu'ils parviennent à la plaine plate qui s'étend au pied de la montagne d'Aspremont, juste au moment où l'empereur Charlemagne sort de l'armée avec Ogier le Danois et d'autres, afin d'observer les troupes païennes, comme il a été relaté juste avant. Nous y revenons à présent.

Chapitre XXXVIII — Rencontre de Girart et de Charlemagne

À propos de Charlemagne il faut maintenant dire qu'il gravit cette pente ou crête qui a été mentionnée précédemment, et arrivé en haut, il voit l'armée païenne ainsi que la tour dont Girart avait assuré la garde ; il voit également alors l'enseigne du duc, et celui-ci vient de placer son armée autour d'elle. Du fait que l'empereur n'attendait absolument pas la venue du duc, il pense que cette troupe est composée de païens, et dit : « Que le Seigneur défende et garde sa troupe ! Je vois assurément des païens, et ceux-ci doivent avoir été envoyés pour épier nos moyens par ceux qui sont à cheval au bas de la pente ; ils se comportent comme des gens très puissants. C'est pourquoi, prends ton cheval, Ogier le Danois, et va voir de quelle sorte est leur expédition.

— Volontiers, seigneur, comme vous voulez », dit Ogier.

Et il éperonne son cheval. Le duc Naimes, le comte flamand et Bérenger le Breton l'accompagnent ; ils serrent leur bouclier contre eux et abaissent leur forte lance à oriflamme dorée[1].

Mais Girart, voyant ces hommes charger, appelle Boson et

---

1. à large oriflamme (B).

Claires ainsi que ses deux fils Bernard et Rénier, et s'adresse à eux en ces termes : « Mes très chers parents, le moment est venu de se mettre au service de Dieu. Voyez-vous quatre chevaliers chevauchant vers nous ? Ils ne doivent certainement pas être les moindres d'entre les païens, et si vous les jetiez à terre, ce serait une belle action chevaleresque et tout particulièrement insigne. Aussi, chevauchez de l'avant au nom de Dieu ! »

Ils répondirent : « Nous ferons cela avec plaisir, comme vous le demandez, bien que la mort soit assurée ; mais leur lot ne nous paraît pas préférable au nôtre. À la volonté de Dieu ! »

Ces quatre chevaliers chevauchent hardiment, menant une charge des plus rudes. Il fut ainsi donné à Claires d'affronter Ogier, et le Danois assène un coup de lance si violent à Claires sous la poignée du bouclier qu'il éclate et que les morceaux volent partout au loin par la plaine. Claires, de son côté, frappe Ogier au-dessus de la poignée du bouclier avec une telle force que celui-ci se fend, et que la broigne fait un bruit de déchirure, mais sans céder. Et bien qu'Ogier tombe rarement à la renverse en joutant, il est néanmoins désarçonné cette fois-ci. De ce fait, Claires bondit de son cheval ; ils dégainent tous deux leur épée et le combat s'engage.

Quand Boson voit ce que Claires réalise, il se précipite sur le comte flamand. Ils foncent l'un sur l'autre si violemment qu'ils sont l'un et l'autre désarçonnés ; ils dégainent leur épée et Boson assène un grand coup sur le heaume du comte. L'épée rebondit et tombe sur l'épaule, la broigne cède et il reçoit une blessure grave au point qu'ensuite il ne pourra pas participer à la prochaine bataille. Là-dessus, le duc Naimes chevauche contre Rénier, et Bérenger contre Bernard : le résultat de leur affrontement est que Bernard est jeté à terre et que Bérenger se dégage de sa selle, et qu'ils dégainent leur épée et se livrent un rude combat. Naimes et Rénier se précipitent l'un sur l'autre – l'un est jeune et l'autre plus avancé en âge ; chacun d'eux avance si vaillamment qu'ils ne s'épargnent pas l'un l'autre.

Durant un moment ils ne s'adressent pas la parole, et leur situation serait devenue extrêmement périlleuse si la suite de l'action avait été comparable à son début, mais Dieu prend si bien soin de ses hommes que, quoiqu'ils soient l'un comme l'autre pleinement déterminés à triompher de l'adversaire, aucun d'eux ne subit un dommage plus grave que celui infligé au comte, dont on vient de faire mention. À présent, du fait que la grâce de Dieu veille sur eux, Ogier le Danois a l'idée de poser une question à son adversaire et dit : « Qui es-tu, chevalier ? » Le chevalier répond : « Je m'appelle Claires et je suis le neveu du célèbre duc Girart de Bourgogne, qui est venu ici au pied d'Aspremont il y a quelques jours afin de servir Dieu tout-puissant et de tuer les païens. Mais qui es-tu, toi ? » Il répond : « Je m'appelle Ogier et je suis le fils adoptif de l'empereur Charlemagne. » Claires dit : « Mon cher ami, sois le bienvenu ! » Il jette son épée au loin et s'approche de lui avec beaucoup d'humilité, et Ogier se précipite vers lui et l'embrasse avec joie.

À côté d'eux, le duc Naimes demande à son adversaire qui il est. Le jeune chevalier répond : « Je suis le fils du seigneur Girart et l'on m'appelle Rénier. Nous sommes venus ici au pied de la montagne il y a quelques jours afin de porter nos boucliers contre les païens. » Naimes dit alors : « Cessons ce combat, cher ami, car je suis le meilleur ami de Charlemagne. » Après quoi ils jettent leurs épées et vont l'un vers l'autre, levant les bras en signe de paix. Les chevaliers agissent tous de cette manière, et lorsque Charlemagne et Girart, qui ont vu leur combat, s'en aperçoivent, ils sont très étonnés et s'avancent l'un et l'autre au-devant de leur armée, et quand ils arrivent l'un près de l'autre et se reconnaissent, leur rencontre amène une grande joie de part et d'autre.

Chapitre XXXIX — Charlemagne dispose ses troupes

Dès que Charlemagne et Girart se rencontrent, l'empereur demande ce que le duc peut lui dire au sujet des païens. Il répond : « Rien, seigneur, si ce n'est ce que vous savez : ils ont rassemblé une armée irrésistible, et en outre je veux vous dire que la tour que vous pouvez voir là, et qu'Aumont a momentanément occupée, est sous mon contrôle ; et je la place, avec quinze mille bons chevaliers très bien équipés, sous votre autorité clairvoyante. » L'empereur remercie le duc de cet acte, lui demandant de quelle manière il s'est emparé de la tour, et celui-ci lui dit tout ce qu'il en est. Charlemagne dit alors : « Loués soient Dieu et saint Jacques ! Mais il me semble que personne ne saurait diriger ta troupe mieux que toi, [c'est pourquoi] je veux te confier la tour et tout ce qui va avec aussi longtemps que tu resteras ici. » Girart accepte.

À cet instant arrive Fagon, le porte-étendard de Charlemagne, avec toute l'armée. Un grand tumulte et une forte clameur s'élèvent au moment où tant d'hommes se rassemblent en un même endroit. L'empereur monte sur une hauteur et dit à haute voix : « Vous tous, amis de Dieu, mes amis, écoutez bien mes paroles ! Dieu tout-puissant a assurément rassemblé ici une grande quantité d'hommes de provenances diverses par égard pour son très cher ami l'apôtre Jacques, afin de libérer son pays de l'infâme oppression des Africains, et je constate que beaucoup sont venus à la fois par égard pour Dieu et pour moi, mais certains uniquement par affection pour Dieu, roi du ciel[1] ; beaucoup veulent pourtant se placer sous ma direction et sous mon autorité. C'est pourquoi nous devons prier Dieu pour qu'il nous permette de régler convenablement cette situation de façon que son honneur s'en trouve grandi et non pas diminué. Et si je reviens en France victorieux, chacun recevra une récompense pour ce qu'il aura fait selon son mérite. » Le seigneur Girart répond : « Nous souhaitons volontiers, seigneur

---

1. Cette branche IV de la *Karlamagnús saga* ne contient pas l'épisode conservé dans *Ch. d'A.*, au cours duquel Girart commence par refuser de soutenir l'action de Charlemagne. Resurgissent toutefois ici et là des réticences de la part des Bourguignons, qu'on ne saurait comprendre sans se référer à la source de la traduction.

renommé, obéir à votre autorité, en espérant que cela sera profitable tant à nos âmes qu'à nos corps. »

Ensuite l'empereur dispose son armée en bataillons. Il y a quatre mille hommes dans le premier, à la tête desquels se trouvent le roi Salomon, Jofroi[1], Anquetin[2] et Huon, comte d'Eleus[3]. Ils ont deux bannières blanches comme neige et ils sont très bien équipés en chevaux, armes et armures. Ils joignent tous leurs mains, jurant qu'ils mourraient plutôt que de fuir.

Dans le second bataillon il y a sept mille hommes, et Gondebeuf[4], roi de Frise[5], dirige cette troupe. On peut voit là mainte oriflamme aux couleurs bigarrées, des broignes blanches, des heaumes brillants, des épées étincelantes avec des poignées dorées, et des boucliers rouges.

Dans le troisième bataillon il y a quinze mille hommes, en étaient les chefs le duc Naimes, Lambert[6] et Richer, le vaillant chevalier. Ils ont des armures de très bonne qualité, recouvertes d'or brillant, des boucliers magnifiques, de grosses lances avec une oriflamme flottante.

Dans le quatrième bataillon il place vingt mille vaillants chevaliers ; leur chef est le bon et loyal seigneur Garnier[7], accompagné de beaucoup d'autres. Dans cette troupe ils portent des heaumes durs comme de l'acier, des broignes claires comme de l'argent, ainsi que des oriflammes dorées et rouges.

Trente mille hommes constituent le cinquième bataillon, à la tête desquels sont placés deux rois, un duc et deux comtes ; et il est vraisemblable qu'Aumont devra s'y prendre à deux mains avant que leur troupe cède.

Le sixième bataillon est dirigé par un vieux chef plein de sagesse, Droon, le roi de Gascogne[8], et il a quatre mille hom-

---

1. Jofreyr.   **2.** Ankerin.   **3.** Hugi jarl af Eleusborg (B), Oleansborg (b) – la *Chanson d'Aspremont* contient un Huon del Mans et un Huon de Clarvent : est-ce l'un de ces personnages ou ce nom provient-il d'une autre source ?   **4.** Gundilber (B), Gundibol (b).   **5.** Frísa.   **6.** Lampart (B), Lampart af Freriborg (A) – C. B. Hieatt suggère un rapprochement avec Lambert de Berri.   **7.** Vernes (B), Vernis (A).   **8.** Droim konungr af Gaschunia.

mes. Sa troupe est très bien pourvue en armures, et ils ont des chevaux bien plus rapides que beaucoup d'autres. Tout leur équipement est solide et pourtant raffiné. Sept ducs appartiennent à ce bataillon, tous forts et hardis combattants.

Le septième bataillon est constitué de maintes nations, les Saxons et les Germains du Sud, les Français et les Flamands, les Lotharingiens [1] ainsi que des chevaliers venant des Pouilles et de Sicile [2]. Il y a là Fagon, le porte-enseigne [de l'empereur], et un autre [chevalier], Ogier de Castra [3]. Ce bataillon est constitué de soixante mille hommes, et cette troupe doit être menée par le très célèbre seigneur Charlemagne, fils de Pépin roi de France. Se trouvent là au premier rang de puissants chefs, le duc Roland, Ogier le Danois et d'autres égaux à ces derniers.

L'armée chrétienne a été maintenant décrite. Aumont et son père Agolant vont avoir la preuve qu'il aurait mieux valu pour eux rester chez eux, car aussi longtemps que Dieu le permettra, ceux-là les affronteront bravement, de telle sorte qu'ils y perdront tous leurs espoirs et qu'ils subiront une telle défaite à cause de leur cupidité, qu'ils auront pour seul désir de maudire et dénoncer ceux qui les auront poussés à cette expédition.

Chapitre XL — Portrait de Charlemagne

Lorsque Charlemagne a disposé ses troupes, il descend de cheval et va sous un arbre qui porte de nombreuses branches et donne une grande ombre. Il est habillé de telle façon qu'il porte une chemise de prix taillée dans un tissu de très grande qualité, qui s'appelle osterin [4] ; il porte par-dessus un manteau

---

1. Lotaringi.   2. af Púl ok Cicilia.   3. Oddgeir or Kastram (B), Karstram (A).   4. eximi (B), esterin (b), osterin (A) – C. B. Hieatt note justement qu'« osterin » est un mot d'ancien français désignant une étoffe de pourpre importée d'Orient.

rouge de ciclaton[1], bordé de fourrure blanche comme neige. Il a sur la tête une capuche ou un chaperon de zibeline, orné à la mode française avec de longs galons ou des bandelettes, et réalisé avec le plus grand soin ; la pointe s'élevant au-dessus de la capuche porte des boutons dorés réalisés avec art. Ses chausses sont taillées dans la meilleure étoffe de pourpre, brodée d'or fin, et ses larges pieds sont glissés dans des chaussures élégantes fabriquées comme il faut.

Charlemagne ôte son manteau et enfile une broigne très solide faite dans des matériaux très coûteux, car elle est brillante et claire par l'effet de l'argent qui est de la plus grande pureté ; elle est par endroits rouge, verte ou dorée. Elle n'a jamais cédé. Par-dessus, il revêt une forte cotte de cuir. Son heaume est placé sur sa tête, trésor si important qu'on ne peut en trouver de tel ni dans l'armée des chrétiens ni dans celle des païens : il est façonné dans l'acier le plus dur qu'un forgeron puisse trouver ; il est magnifique à voir, et une garniture court tout autour du heaume, portant des motifs floraux et végétaux ciselés, et tout incrustée de pierreries du plus grand prix. Le heaume est recouvert de tant de pierres possédant des vertus extraordinaires que celui qui le porte sur sa tête n'a pas à craindre la mort. On lui ceint ensuite l'épée qui se nomme Joyeuse. Cette épée est très belle, à la fois grande et solide, et porte une inscription en lettres d'or allant d'un bord à l'autre.

Ainsi équipé, l'empereur monte sur le destrier blanc que Balan lui a envoyé. Maint homme puissant l'aide à chausser ses étriers et il s'avance au milieu de l'armée. Plusieurs milliers d'hommes prêtent attention à l'empereur quand il est revêtu de ses armes et monté sur son cheval, car c'est un homme très imposant, d'apparence raffinée et pourtant martiale, grand et beau à voir, avec des yeux perçants, large d'épaules, bien découplé et solide gaillard, le plus fort des hommes, et sachant parfaitement bien porter son bouclier. Quand Girart voit l'empereur, il dit à ceux qui se trouvent près de lui : « Ce seigneur

---

1. Mot d'ancien français : soie ou étoffe précieuse servant à faire les manteaux.

n'est pas un chef parmi d'autres. Il porte à juste titre le nom d'empereur des chrétiens, car il n'y a pas d'homme comme lui dans le passé et il est probable qu'il n'y en aura pas d'autre. »

Chapitre XLI — Discours de Charlemagne et du pape

Lorsque l'empereur Charlemagne est monté à cheval, prêt pour le combat, et que l'armée tout autour est si parfaitement et si élégamment équipée qu'il est justifié de dire que sa troupe, nombreuse comme elle est, se met en route en grande pompe – en effet, il n'en est pas un dans cette grande masse qui ne porte un camail sous son heaume –, il a maintenant l'impression que la bataille sera livrée bientôt ; c'est pourquoi il veut encore encourager ses hommes au moyen d'arguments séduisants, afin de fortifier à la fois leur âme et leur corps, et il parle en ces termes : « Vous savez tous parfaitement que Dieu tout-puissant a envoyé son fils unique ici, dans le royaume terrestre ; il fut engendré en ce monde par la sainte et pure Vierge Marie afin de porter secours à toute l'humanité qui auparavant s'était perdue dans le péché du premier père, Adam. Il passa ici-bas trente-trois ans et reçut de Jean le Baptiste le saint baptême, et il ordonna qu'on le donne à tous ceux qui voulaient devenir ses serviteurs, promettant à ceux qui suivraient ses commandements la grande récompense d'une félicité sans fin, telle qu'aucun homme mortel ne saurait l'expliquer ni la décrire, mais menaçant des tourments épouvantables du feu éternel ceux qui voudraient les enfreindre et ruiner son royaume, la sainte chrétienté, à laquelle il imprima sa marque par son sang versé.

« Il est à présent évident pour tous que deux chefs païens, Agolant et Aumont, sont venus ici nous trouver depuis l'Afrique afin d'abattre la loi chrétienne et de déshonorer les lieux saints de Dieu, de nous tuer ou de nous chasser en exil pour s'installer ensuite dans l'héritage du Christ et dans ce fief qu'il nous a attribué, à nous ses enfants. Puisqu'il nous a envoyés ici pour défendre sa gloire et son honneur, pénétrons-nous donc de l'idée que nous devons le servir, ou bien pensons à quel point nous devons le récompenser. Il supporta maintes peines et maintes souffrances pour notre secours, et en outre les railleries, les reproches et les agressions, les blessures, les tortures et le supplice de la croix ; il se laissa transpercer les mains et les pieds par de gros clous de fer, et son sang de la plus grande pureté coula de ces blessures. Il reçut cinq blessures au côté droit, dues à la pointe d'une lance, et de chacune coula du sang et de l'eau ; et l'homme qui le frappa de la lance retrouva immédiatement une vue claire quand ses mains ensanglantées touchèrent ses yeux, alors qu'auparavant il était aveugle.

« Voyez, chers amis, quels actes, et de quelle importance, accomplit votre Rédempteur pour vous secourir, et c'est pour cette raison que nous allons marcher contre ses ennemis avec joie, exposer notre vie en faveur de la sainte chrétienté et être tués par les armes des païens si telle est la volonté de Dieu. Si vous faites cela, la récompense d'une félicité perpétuelle nous attend ; nous brillerons alors d'un grand éclat, et nous nous réjouirons tous ensemble auprès de Dieu tout-puissant éternellement. »

Après ce discours de l'empereur, le pape s'avance devant l'armée et parle ainsi : « Écoutez-moi, mes fils, je suis votre père établi par le Bon Dieu comme médecin de vos âmes, aussi croyez-moi, je ne vous mentirai pas. Votre Seigneur Jésus-Christ, quand il était de ce monde, choisit douze apôtres pour l'accompagner ; leur chef était l'apôtre Pierre à qui Dieu accorda tant de pouvoir que ce qu'il lia ou délia devait être défait ou lié dans le ciel et sur terre. Sachez sans aucun doute qu'il se tient prêt à vous donner de la force et à vous ouvrir les portes du paradis céleste, si vous marchez bravement sous la bannière de l'empereur, tout particulièrement ceux qui maintenant souhaitent se repentir de leurs péchés. Et afin d'ôter tout doute de vos cœurs, je vous absous de tous vos péchés en vertu du pouvoir que Dieu m'a conféré en place du saint apôtre Pierre, vous donnant pour pénitence de frapper les païens à toute force, n'épargnant ni leurs bras ni leurs pieds, leur tête ou leur tronc, et recevant pour cela la vraie récompense auprès de Dieu lui-même. »

Tous acceptent avec joie ces conditions et trouvent une grande force dans les promesses de monseigneur le pape, qu'ils remercient ainsi que l'empereur pour leurs excellents encouragements. Monseigneur le pape lève sa main droite et bénit toute l'armée, puis s'éloigne les larmes aux yeux.

Le seigneur Girart s'approche de l'empereur et s'adresse à lui en ces termes : « À présent vous pouvez voir distinctement, seigneur, l'armée païenne. Aussi faites marcher contre eux votre premier bataillon et j'arriverai avec mon armée, car j'aimerais bien parvenir au milieu des troupes païennes, si telle est la volonté de Dieu, et savoir ce que mes hommes et moi pouvons obtenir en cette affaire. » L'empereur répond : « Allez-y avec la bénédiction de Dieu, cher ami, et retrouvons-nous sains et saufs, si Dieu le veut ! »

L'empereur conduit son armée dans la vallée en bas et attend là ce qui peut se présenter, en appelant sincèrement à la pitié de Dieu et à l'aide du seigneur saint Jacques l'apôtre.

Chapitre XLII — Les armées se rencontrent

Après cela, nous allons parler ici des païens : comme ils voient l'armée des chrétiens approcher, le premier bataillon s'avance, mené par Balan ; ils produisent un si grand vacarme et de telles clameurs qu'on les entend de loin : ils font retentir des trompettes aiguës, des cors puissants et de grosses trompes, frappent sur des tambours et sur des boucliers. Ils font flotter au vent d'innombrables oriflammes de diverses couleurs ; en outre, leurs équipements brillent : heaumes dorés, broignes argentées, boucliers luisants, de sorte que leurs armes font resplendir les deux côtés de la plaine. En tête chevauche Balan, déjà maintes fois nommé ; il avait enfilé par-dessus sa broigne un doublet taillé dans la meilleure étoffe de pourpre afin d'être aisément reconnu. À côté de lui chevauchent quatre rois qui ont juré par leur foi de retrouver les quatre dieux principaux, Mahomet, Mahom, Terogant et Jupiter, sans quoi ils ne reviendront pas. Ceux-ci sont tellement gonflés d'orgueil que tous leurs équipements rougeoient sous l'or.

Dès que les bataillons sont arrivés tout près les uns des autres, les chrétiens font retentir un cri de guerre perçant et chacun encourage l'autre à l'attaque. À cet instant une grande peur se répand dans l'armée païenne, de sorte que beaucoup parmi ceux qui sont devant pensent avoir peu de chances de gagner quoi que ce soit ; leurs jambes tremblent maintenant et ils s'affolent. Or s'ils vont affronter les Français aussi effrayés, ils auront vite fait de trouver un lieu de repos convenable !

Le comte Huon qui menait le premier bataillon de Charlemagne, et ses quatre compagnons montent à l'assaut hardiment, quittant leur rang pour aller affronter les quatre rois qui ont été mentionnés plus haut, et enflammés par la grande ardeur que leur apporte le Saint-Esprit, ils lancent leurs traits si puissamment vers ce groupe que trois rois tombent étendus morts par la plaine. Mais Balan frappe le comte Huon et le renverse sur le dos, or du fait que Dieu l'en empêche, il ne réussit pas à faire couler son sang. Dans ce gage de victoire que Dieu et saint Jacques accordent à leurs troupes à la première charge, les Français puisent force et joie ; ils se lancent avec un grand entrain.

La bataille commence à faire rage, s'élèvent un grand vacarme et un fracas tumultueux, on entend des froissements et des craquements dans les assauts, car les Francs donnent des coups si rudes qu'un lâche n'a pas intérêt à se trouver en face. Ils frappent si violemment avec leurs lances acérées qu'aucune protection ne résiste. Maint fier preux chute honteusement de cheval de telle sorte qu'il ne pourra jamais se remettre debout.

Les selles sont détruites et les chevaux galopent quand ils ont perdu leur seigneur. Les heaumes contenant des os brisés, les bras et les pieds sont arrachés aux corps. Tout se passe si bien pour les Français que ceux qui auparavant ont quelque peu perdu courage deviennent maintenant si incisifs et intrépides qu'il n'y a pas plus vaillants qu'eux dans les assauts.

Ainsi ce peuple maudit périt en masse jusqu'à ce que leurs adversaires parviennent là où se trouvent les archers païens. Ces misérables chiens leur offrent une résistance incisive, leur tirant dessus violemment et sans répit avec leurs arcs turcs, de sorte que le péril est sur eux, mais au même moment s'avancent Roland, le cher parent de l'empereur, et Ogier le Danois, avec leurs pairs. Ils chargent immédiatement les archers avec une telle bravoure que ceux-ci reculent de leur place sur une distance qui n'est pas inférieure à quatre jets de flèche, ne pouvant trouver un secours ni dans leurs arcs ni dans leurs lances dures comme de l'acier, car Roland leur porte de durs coups ; c'est pourquoi un grand nombre de païens succombent, ainsi que quelques chrétiens, mais en petite quantité par rapport aux autres.

Chapitre XLIII — Girart attaque

Il faut dire à propos de Girart que dès qu'il eut mis en place son armée, il chercha à attaquer l'aile droite des Africains, et il est clair qu'il n'offrira pas d'occasion de se reposer à ceux qui sont là devant. Le seigneur Girart parle en ces termes à ses hommes : « Frappez fort dès que vous serez en contact avec l'armée, et cherchez à voir si les épées que j'ai apprêtées pour vous peuvent en quelque manière s'enfoncer dans le cou épais des païens. Ne craignez rien car je suis Girart, et je vais vous accompagner bravement dans l'attaque. En effet, heureux le serviteur de Dieu maintenant et pour l'éternité ! »

Ils répondent : « Vous allez pouvoir juger à l'épreuve qui se découragera en premier, nous ou nos armes ! » À ces mots, le seigneur Claires bondit en avant, déployant sa bannière au bout d'une lance épaisse qu'il tient de la main droite. Il éperonne le cheval qu'il a pris à Aumont, et il se précipite sur un puissant roi africain nommé Angalion[1]. Il lui porte un coup qui traverse le bouclier, la broigne et le corps, le projetant mort à terre, et il appelle à voix haute en disant : « Chers compagnons, regardez ! Cet orgueilleux nous a balisé la plaine en répandant le sang de son cœur. Attaquez bravement, les autres ne sont pas bien plus loin. Remboursons aujourd'hui le pain et le vin dont Dieu nous rassasie quotidiennement ! Tranchons la chair et les os, répandons le sang et offrons une proie suffisante au corbeau et au loup, et nous obtiendrons honneur et victoire ! »

Ils suivent ses exhortations : ils dégainent leur épée, donnent de grands coups aux païens et frappent efficacement sans demander d'aucune manière si leur adversaire est un roi ou un esclave. Au même moment, Girart le Vieux se tourne contre un grand chevalier qui avait auparavant tué maint chrétien ; il le frappe d'un coup de lance et le soulève de sa selle, le faisant voler à terre en disant ces mots : « Celui qui m'a créé m'est témoin que tu ne tueras jamais plus mes hommes ! » Il chevauche ensuite d'une façon si martiale que tous ceux qui l'affrontent tombent morts.

Cette partie de la bataille occasionne un grand massacre, de sorte que succombent à la fois hommes et chevaux, et la troupe du duc perd aussi quelques hommes. Ainsi nous allons abandonner un temps ce côté et dire quelques mots du comportement d'Aumont.

---

1. Guilimin (B), Giulion (A).

Chapitre XLIV — Ogier le Danois affronte Aumont

Quand la bataille s'engage au matin, Aumont s'est éloigné de son maître étendard pour se rendre au milieu du bataillon, brandissant l'épée Durendal ; et il frappe les chrétiens de tous côtés avec une telle force que ni bouclier ni broigne n'offre de protection, du fait que son épée tranche aussi bien l'acier et la pierre que la chair et les os. De ce fait, il inflige de grandes pertes au détachement de l'empereur, si bien que quand il voit ses bataillons plier et céder, il devient de plus en plus furieux et enragé. Ogier le Danois se trouve le voir et dit : « Dieu tout-puissant, c'est une grande souffrance pour moi que ce vil païen doive vivre si longtemps et tuer maint vaillant preux ! »

Là-dessus, il fait faire demi-tour à son cheval, serre son bouclier contre lui et dispose sa lance pour l'attaque en se précipitant vers l'endroit où se trouve Aumont ; il est accompagné d'Anquetin de Normandie[1]. Quand Aumont voit cela, il dit à son oncle Morant[2] : « Par ici, chevauche vers nous un homme de petite taille ; cher parent, qu'a-t-il en tête hormis chercher à mourir ? Il va bientôt y parvenir ! »

Ainsi ils chevauchent les uns contre les autres[3] et dès que les chevaux se rejoignent, chacun d'eux assène dans le bouclier de l'autre un violent coup avec une telle force qu'aucun d'eux ne peut se vanter de son lot, car ils tombent tous deux très loin de leur cheval. Ogier dégaine son épée et Aumont Durendal. On peut maintenant penser en vérité qu'Ogier est exténué, à moins que Dieu ne le sauve !

Mais dans le même temps Anquetin chevauche en direction d'un grand et puissant païen qui se nomme Boidant[4], et il le frappe si fort sur le heaume que son crâne se fend jusqu'aux dents ; il le jette à terre, mort, et saisit le cheval qu'il montait pour le donner à Ogier. Celui-ci le monte prestement et avec

---

[1]. Arnketill or Norðmandi.   [2]. Moram (B), Morlant (A), Bolant (a).
[3]. il chevauche à leur encontre (B).   [4]. Boland (B), Bolant (A).

agilité. Aumont s'éloigne de lui et va en hâte retrouver ses hommes.

Chapitre XLV — La bataille dure jusqu'au soir

La bataille est maintenant extrêmement violente et meurtrière, et pourtant le plus grand tohu-bohu se fait toujours entendre à l'endroit où Roland fait son chemin par la force avec ses pairs, tant ils sont experts pour trancher la chair et les os. C'est pourquoi les protections sont détruites, les chevaliers blessés, les chevaux épuisés, et les Africains perdent courage et souhaitent se retirer, car leur armée subit des pertes par milliers et la plaine est toute recouverte de corps d'hommes, de chevaux et d'armures, à tel point que sur pas moins de deux milles ni homme ni cheval ne peut poser le pied sur la terre nue.

Et que dire de plus, sinon que durant toute cette journée, depuis le moment où la bataille s'engagea le matin de bonne heure, la même tourmente dura sans discontinuer jusqu'à l'arrivée de la nuit. L'apôtre saint Jacques invita en ce jour de nombreux chrétiens de la troupe de Charlemagne à venir profiter d'une vie de félicité, les récompensant largement par la joie éternelle pour ce qu'ils avaient accompli dans la journée.

Quand le soir tomba et que l'obscurité arriva, le corps à corps cessa et l'empereur se replia dans une petite vallée avec certains de ses hommes. Il fut alors vivement peiné du fait que deux rois aient perdu la vie, ainsi que plus de quarante comtes et ducs, et quantité d'autres hommes. Il n'était pas peiné à cause de leur mort, parce que leur récompense ne lui aurait pas paru évidente, mais parce qu'ils restaient d'autant moins nombreux pour défendre le pays qu'ils étaient partis auprès de Dieu en plus grande quantité.

Chapitre XLVI — Balan critique Aumont

Le seigneur Girart prend ses quartiers de nuit sous un abri rocheux. Il a perdu trois mille de ses hommes, cependant tous les plus vaillants chevaliers sont assis sur leur cheval, tout revêtus de leurs armes, très éprouvés par la fatigue et la soif ; mais d'autres chrétiens sont assis sur leur cheval au milieu du champ de bataille par-dessus des corps d'hommes morts. Personne n'est alors si puissant et de si haut rang qu'il ne tienne son cheval d'une main et son épée de l'autre. Personne ne se détend au point d'enlever son heaume de sa tête. Ni les hommes ni les chevaux ne mangent ni ne boivent. Nul n'a les yeux ensommeillés. En effet, tous pensent qu'il leur faut surveiller armes et chevaux, du fait qu'ils ne sont séparés des païens que par une étroite plaine. Tous passent cette nuit dans l'appréhension et la crainte.

À propos des païens, il faut maintenant dire qu'au moment où le soir tombe et où la nuit répand son obscurité, beaucoup abandonnent le champ de bataille, passent leur bouclier dans leur dos et prennent la fuite. Or quand Aumont voit cela, il se met en colère, les interpelle et dit : « Honte à vous, viles canailles ! Vous m'avez véritablement trahi ! Revenez et ne m'abandonnez plus ! » Mais bien qu'Aumont soit grand et appelle à haute voix, ils ne veulent pas rebrousser chemin, du fait qu'ils ont tant éprouvé les armes des Français en ce jour qu'ils ne vont jamais plus désirer les affronter, si ce n'est en attaquant avec des forces irrésistibles.

À cet instant le messager Balan se présente à Aumont ; il s'appuie sur la poignée de l'épée qu'il porte et dit : « Tu aurais dû suivre, Aumont, le conseil que je t'avais donné de te fier à ce que je disais, quand j'ai quitté Charlemagne, après que tu m'eus confié la mission d'aller observer l'armée des chrétiens, au lieu de connaître un déshonneur tel que celui qui t'a été infligé aujourd'hui ! Sache, en effet, que tout le premier bataillon que tu as envoyé à l'attaque ce matin a péri en entier et pourtant l'autre armée est un peu plus réduite – et certains ont pris la fuite. En fait, tout s'est passé comme je le disais ; je t'avais demandé alors de prendre garde, mais toi et les tiens vous avez d'autant moins accordé foi à mes paroles que vous avez prétendu que je m'étais laissé corrompre par les chrétiens pour vous trahir. Eh bien, à présent tu as appris en quelque manière lesquels disaient le plus la vérité : moi ou ces vantards arrogants et fiers qui affirmaient tenir dans leur main tout leur empire ! Maintenant tu sais par l'expérience tout ce qu'ils peuvent gagner pour toi ! »

Aumont répond : « Il est vrai, Balan, que je leur ai fait trop longtemps confiance, mais quelle décision vaut-il mieux prendre maintenant, cher ami ? » Balan répond : « Deux possibilités se présentent : l'une consiste à fuir ou à se soumettre à Charlemagne, et j'ai dans l'idée que ce serait le mieux pour tous ; l'autre est de résister avec détermination et d'accepter de mourir ici, car il n'y a pas de tromperie dans ce que je dis : tu ne vaincras jamais les Francs, et aucun peuple ne les égale en valeur et en chevalerie. Tu peux en effet les voir montés sur leurs chevaux et nous attendant. »

Aumont répond : « Il ne m'arrivera jamais d'abandonner la partie ou de fuir tant que nous avons une armée bien plus importante que la leur. »

Après cela, ils mirent fin à leur entretien.

Chapitre XLVII — La bataille reprend

Tôt le matin, au point du jour, beaucoup de givre se forme au moment où le soleil se lève. Aumont prépare pour la première attaque un bataillon comprenant vingt mille hommes, qu'il conduit lui-même ; en face d'eux s'avancent quatre mille Français – ils ne sont assurément pas assez nombreux. La bataille s'engage alors au milieu des cris et des clameurs. Beaucoup d'hommes sont très engourdis par le froid et les blessures, et pourtant ils reçoivent alors un rude traitement ! C'est pourquoi les chrétiens appellent au secours leur Créateur, car ils sont vraiment attristés par la mort de leurs compagnons.

Dès le commencement de la bataille, Aumont chevauche farouchement au-devant de l'armée chrétienne et il compte se venger des dommages que la veille il a selon lui subis. Il vient donner à Anselin de Varègne[1] un coup de sa lance épaisse, qui traverse son bouclier, sa broigne et son corps, et qui le projette à terre ; et il ne prête aucune attention à qui déplore sa chute ou sa mort. Balan s'élance ensuite et vient frapper un bon chevalier dont il traverse le bouclier et la broigne. À cet instant surgit Ogier le Danois avec une grande troupe de chevaliers. Quand Balan les voit, il retire sa lance et retourne auprès de ses hommes ; et celui qui avait reçu le coup n'est que légèrement blessé.

Ogier charge à présent avec bravoure, il frappe des deux mains. Il voit beaucoup de chrétiens tomber maintenant, de ce fait il ne prend nul repos ; il charge au milieu des bataillons païens et au cours de cette attaque il capture Butran qui a été précédemment nommé. Après cela, il regagne son bataillon et demande à l'interprète[2] ce qu'il peut dire au sujet des intentions d'Aumont. Il dit : « Aumont a l'intention de vaincre Charlemagne avec les troupes dont il dispose maintenant, ce que vous pouvez constater. »

Lorsque Ogier entend cela, il se précipite vers l'endroit où se trouve Charlemagne avec sa suite. Celui-ci n'est pas encore intervenu dans la bataille, car ceux qui ont engagé les hostilités sont ceux qui ont passé la nuit sur le champ de bataille. Dès que l'empereur voit Ogier, il commence par le saluer et lui demande comment les choses se passent alors. Il répond : « Bien, seigneur, par la volonté de Dieu ; pourtant, vous êtes en train de subir de grandes pertes car maint preux y laisse la vie. Mais nous, les compagnons qui sommes arrivés au matin, nous avons attrapé l'interprète d'Aumont, et il dit qu'Aumont

---

1. Anzelin or Varegniborg (B), Anteini i Varigneborg (A).   **2.** C'est-à-dire Butran qu'il vient de capturer.

préférerait perdre les mains et les jambes plutôt que d'abandonner la partie ou de faire passer un mot à Agolant, son père. Envoyez donc quelqu'un à notre campement et rassemblez ici tous les jeunes hommes ; s'ils viennent bien équipés, j'ai bon espoir que les païens faiblissent, car même s'ils sont nombreux, ils ont peu d'armures et s'avèrent mauvais combattants dès qu'on les attaque hardiment, alors que nos hommes sont pour beaucoup d'entre eux blessés et épuisés, mais attaquent pourtant avec une telle ardeur que beaucoup de païens succombent face à un seul d'entre eux. »

Lorsque l'empereur entend les paroles d'Ogier, il s'attriste en son cœur et dit : « Seigneur glorieux, Dieu tout-puissant, sous la tutelle et l'autorité de qui est placée toute chose créée, j'ai beaucoup de peine à voir que ce peuple que toi, mon Seigneur, m'as donné à gouverner, doive être massacré sous mes yeux par tes ennemis, lesquels n'ont jamais eu d'amour pour toi et ont toujours haï la sainte foi qui selon tes ordres doit être protégée et pratiquée. Ils veulent à présent détruire ton honneur et placer sous leur scélérate tutelle le royaume qui t'appartient, à toi et à tes amis. À présent une grande quantité de tes serviteurs gît sur le champ de bataille, de ceux qui formaient le projet de les punir de ce déshonneur et de purifier la sainte chrétienté de leur oppression. C'est pourquoi j'implore ta grâce afin que tu nous apportes de la force et fasses tomber ton courroux sur ces ennemis.

« En outre, j'en appelle à toi, Jacques, sublime apôtre de Dieu, afin que tu n'éloignes pas de nous le soutien que tu nous as maintes fois accordé depuis que nous sommes entrés à ton service. En effet, tu sais que tu es la raison et l'occasion première de ma venue ici ; or si tu laisses succomber ici toute ma suite, ce que tu m'as promis lorsque tu t'es manifesté à moi, à savoir que ton honneur s'accroîtrait dans ce pays grâce à mes exploits, risque de ne jamais aboutir. Dote donc tes chevaliers d'un courage inflexible et abats les maudits païens avec toute la force de ton grand pouvoir, de façon à amener par là tout le monde à louer la grâce de Dieu et ta protection éternelle. »

Quand l'empereur a terminé sa prière, il dit à Ogier le Danois : « Le conseil que tu as donné d'envoyer chercher toutes les troupes qui se trouvent dans le camp, sera suivi. Fais donc dire au roi Droon et au jeune Andefroi[1] qu'ils viennent me trouver. » Ceux-ci se présentent immédiatement à l'empereur qui leur dit : « Chers amis, allez au campement en toute hâte et dites que ma volonté est que tous les jeunes hommes et les pages se préparent au combat et viennent ensuite me trouver. » Ils acceptent volontiers, se rendent au campement et accomplissent la mission de Charlemagne comme il vient d'être dit.

À présent l'empereur prépare son bataillon pour son entrée dans la bataille. Il a encore une grande et belle armée. Il fait dresser son maître étendard. Il y a là Roland et maint autre chef. Lorsque Aumont voit la bannière dorée de l'empereur, il dit à ses hommes : « À présent vous pouvez voir l'arrogance de Charlemagne, car il se dirige encore vers la bataille avec sa troupe dans l'idée qu'il va nous vaincre. Attaquons donc bravement, car le rapport des forces doit encore être au moins de quatre contre un, et il me semble que leurs hommes ont plus d'ardeur que de prudence s'ils croient pouvoir vaincre la multitude que nous sommes. »

Lorsque Charlemagne arrive dans la bataille, il encourage ses troupes à venger leurs compagnons qui sont étendus morts sur la plaine. Le chevalier Salomon lance le premier assaut pour la troupe du roi et vient frapper d'un coup de lance le roi qui se nomme Bordant. Ce Bordant porte au cou une trompette aiguë, Olifant, et bien qu'il soit de grande taille et bien équipé, son armure ne lui est d'aucune aide : Salomon le projette à terre, mort, et saisit la corne dans le même mouvement et parvient à s'en emparer.

Quand Aumont voit que le roi succombe et qu'on emporte la trompette, il s'en irrite et bondit en direction de Salomon en disant : « Il aurait mieux valu pour toi, chevalier, que tu n'aies pas été enfanté, car tu vas perdre la vie ! » À ces mots, il brandit

---

1. Andelfreus (B), Andelfraeus (A).

haut l'épée Durendal, frappe sur le heaume d'un coup qui descend jusqu'aux épaules, prend Olifant et l'attache à son cou.

À cet instant surgit un bon chevalier nommé Anquetin, qui a l'intention de frapper Aumont. Mais celui-ci se tourne vivement et abat Anquetin d'un coup qui traverse les épaules, en disant : « Non[1], chrétien, il ne t'appartenait pas d'obtenir ma perte ! »

Lorsque les Francs voient le coup si puissant d'Aumont, beaucoup veulent trouver à faire quelque chose qui leur soit plus facile que de l'attaquer. La bataille devient maintenant extrêmement violente, et quand l'empereur apprend la mort d'Anquetin, il dit : « Puisse Dieu mettre à mort ce païen qui t'a tué, mon cher ami, et je souhaiterais pouvoir, avec l'aide de Dieu, venger ce qu'il t'a fait, car tu étais mon plus cher fils adoptif, toi qui m'as servi fidèlement depuis l'enfance. Que Dieu réjouisse ton âme, alors que nous qui restons en vie, nous devons attaquer avec vaillance comme s'ils étaient moins nombreux à affronter. »

À ces mots, il est affecté en son cœur, mais il est pourtant empli dans le même temps d'une ardeur divine et il appelle Roland son parent, lui disant : « Fions-nous maintenant à la grâce de Dieu et infligeons aux païens un assaut si véhément qu'ils soient entièrement repoussés ! » Il bondit ensuite l'épée brandie, et tranche les païens dans le vif.

Roland attaque de l'autre côté avec ses compagnons, et immédiatement à ce point de la bataille l'affrontement tourne au massacre du côté païen. Ils voient à présent leurs bâtons de bataille[2] transpercer les cœurs, de sorte que le sang se met à jaillir des plaies, les blessures font mal, les broignes se déchirent, les hommes[3] succombent ; et du fait que le secours de

---

1. Malheur ! (b).   2. « bâtons de bataille » = épées. Nous rencontrons ici une formule poétique typique de l'ancienne poésie scandinave, que l'on appelle *kenning*. La *kenning* élémentaire consiste dans le remplacement d'un mot par une expression à deux termes. La poésie scaldique abonde en *kenningar* parfois d'une complexité extrême. On a ici l'impression que le remanieur de la branche IV cherche à donner par là un souffle épique particulier à cette description.   3. « seggir », terme également emprunté au registre poétique traditionnel.

Jacques soutient les chrétiens dans cette partie de la bataille, il convient de s'en éloigner et de faire place au récit de ce qui se passe en un autre endroit.

Chapitre XLVIII — Autres aspects de la bataille

Il convient à présent de dire quelques mots de ce que fait le bon duc [Girart], car il ne faut pas s'imaginer qu'il dorme ou ne fasse rien pour la victoire, quand de telles entreprises sont en marche. Tôt le matin, quand la lumière du jour pointe à peine, il appelle ses parents Boson et Claires et d'autres chefs qui ont passé la nuit sous l'abri rocheux, comme on l'a dit auparavant, et il s'adresse à eux en ces termes : « Mes chers parents et amis, qu'allons-nous donc pouvoir faire maintenant que nous avons perdu beaucoup de nos combattants, alors qu'une dure bataille se présente, sinon nous en remettre tous à la providence divine et nous tenir prêts à abandonner nos vies à la mort par amour pour lui, comme il daigna, lui sublime et saint, supporter les affres de la mort par amour pour nous. Chevauchons donc bravement à l'encontre de la vile troupe des païens, et du fait que la plaine est toute recouverte de corps – de sorte qu'il n'est pas possible aux chevaux de s'avancer –, cinq mille de nos hommes vont laisser ici leur coursier en arrière en allant à la bataille, et nous qui sommes à cheval nous profiterons de toute l'assistance qu'ils pourront nous apporter. »

Tous acceptent d'exécuter les mesures qu'il a prises, après quoi le seigneur Girart s'en va à la bataille avec une armée qui au début ne dépasse pas deux mille hommes. Il lance sa troupe à l'aile droite du bataillon de l'empereur et se porte contre vingt mille païens qui avaient pris place à cet endroit. Sa charge est la plus violente car ni le chef ni ceux qui le suivent ne manquent de courage. Quand les Africains voient l'arrivée du duc, ils se blottissent à l'abri de leur heaume et de leur broigne. Les chrétiens se précipitent au galop, équipés de bons chevaux et de solides armures, ils frappent de leur lance, et donnent des coups d'épée si durs et si forts que les païens ne peuvent que se protéger devant leur assaut. Ceux qui se trouvent le plus à l'avant décochent des flèches rigides, mais les hommes du duc n'y prennent pas garde du fait qu'ils sont à présent à ce point soutenus par Dieu que le premier rang ne leur résiste pas. Ils sont en effet si enragés que chacun considère dans l'armée païenne que plus il s'éloigne d'eux, meilleur c'est. C'est pourquoi ils ne gardent pas leur place et se débandent.

Voyant cela, Girart force sa voix et dit : « Fameux chevaliers, prenez bien garde à vous et ne vous mêlez pas aux misérables païens. Tenons-nous ensemble du mieux possible de façon que chacun soutienne l'autre en restant en dehors de leur bataillon, et saisissons ce qui est à notre portée. Retirons-nous et attaquons d'autant plus fermement à l'endroit où ils cèdent le plus. » À ces mots, il donne des éperons à son robuste destrier, remue sa lance, frappe un puissant chef qui se nomme Macabrès[1] et traverse son bouclier, sa cotte, sa broigne et son corps ; il le projette à terre, mort, loin de son cheval, puis lève sa bannière en disant : « Regardez, païens, votre camarade qui s'est incliné devant mon grand âge ! » En outre, il dit à ses hommes : « Frappez fort, Dieu soutiendra votre bras de façon que vous puissiez bravement donner des coups d'épée tranchants. Les choses tournent maintenant de telle façon qu'il apparaît véritablement que notre cause est la plus juste. »

À ce moment-là, arrivent dans la bataille les cinq mille hommes auxquels le duc a demandé de descendre de cheval. Ils sont équipés des meilleures armes et donnent aux païens de grands coups en les frappant au moyen de leurs lances dures : ils leur décollent la tête du tronc, en tranchent certains en travers des épaules et coupent des mains et des pieds. De ce fait, l'on entend maintenant des cris plaintifs du côté païen car ils

---

1. Malchabrun.

succombent rapidement, désarmés devant ces chevaliers nouveaux venus, et nul n'a l'audace de placer sous leurs armes son corps replet plus d'une fois.

Il faut en outre préciser que le seigneur Girart dirige son attaque à l'endroit où se trouve le maître étendard d'Aumont, et que, pour ces deux raisons, les Africains assistent à des attaques extrêmement incisives, à tel point qu'ils pensent avoir expérimenté combien il est bon et plaisant d'essayer d'échanger des coups avec les Français ! Chacun s'enfuit où il peut, car les endroits propices à l'attaque et à la défense sont tenus par eux, et les païens s'entassent sur les morts où, très serrés, ils trouvent une place.

Quand le duc est arrivé tout près du bataillon qui entoure la bannière, ils opposent une ferme résistance pendant un temps, mais dès que les hommes du duc arrivent à toute force, le bataillon a vite fait de céder. Et quand les rois Magon et Esperant précédemment nommés, sous l'autorité et la garde desquels Aumont a placé le maître étendard, voient le duc si proche alors que leurs hommes tombent l'un après l'autre, ils discutent entre eux de la manière que vous pouvez entendre ici : « Ce que Balan avait dit précédemment des Francs s'est maintenant réalisé : personne ne les égale en valeur, car ce sont de si grands preux que tant qu'il y aura un souffle de vie dans leur poitrine ils ne s'avoueront jamais vaincus. Or Aumont montre à présent son arrogance et sa prétention ainsi qu'une stupidité inouïe, car il a osé livrer cette bataille sans son père Agolant ; et il est encore plus probable que cet orgueil lui est monté à la tête, et tous ceux qui suivent ses avis vont payer pour cette stupidité. Nous pouvons assurément être traités de fous si nous croyons gagner quelque chose dans cet endroit alors même qu'Aumont n'a pas le courage de venir ici nous aider. Mais qu'attendons-nous ici sinon la mort ? Et du fait qu'il néglige son maître étendard, il ne sert à rien que nous restions ici, car il vaut bien mieux chercher à sortir des présentes difficultés et aller trouver Agolant pour l'informer du cours des événements. »

Qu'ils aient parlé là longuement ou brièvement, ils tombent d'accord pour s'éloigner de la bannière sans faire savoir à Aumont ce qu'ils font. Ils sortent de la bataille très difficilement, lancent leurs chevaux au galop avec toute la détermination dont ils sont capables, et il n'y a rien à dire sur la suite de leur voyage.

Le seigneur Girart chevauche maintenant par un large chemin, suivi de ses neveux Boson et Claires, ainsi que d'autres chefs du plus haut rang, puis chacun de ses hommes l'un après l'autre ; et ils frappent d'un côté et de l'autre si bien que l'empilement des morts près d'eux s'élève haut des deux côtés. Quand le duc arrive là, il dit à ses hommes : « Frappez courageusement ! Le roi d'Afrique se figure à présent qu'il vous a vaincus et qu'il a ruiné votre pays et votre puissance, qu'il vous chassera en exil ou qu'il vous infligera de dures souffrances ! On va voir maintenant comme vous savez bien faire face pour vous défendre. Je suis vieux, et de ce fait il convient que vous souteniez mon âge et attaquiez d'autant mieux que vous êtes plus jeunes. »

Quand il est arrivé sous le maître étendard, il charge avec une ardeur si grande que tous pensent n'avoir jamais vu une telle attaque menée par un homme de son âge, car d'un coup il frappe à mort tous les païens que son épée peut atteindre ; de ce fait, en un court moment, plus de dix mille hommes tombent autour de la bannière.

Tous ceux qui le peuvent s'enfuient, pour ne jamais revenir par la suite sous cette bannière. Elle reste maintenant seule, dressée sur la plaine au moyen de quatre oliviers que les païens ont érigés, et elle tient grâce à la plate-forme sur laquelle elle est placée. Et quand toute la troupe de païens qui avaient la garde de la bannière est partie – certains fuient, mais la plupart sont tués –, les hommes du duc sont nombreux à être blessés et épuisés, et le seigneur Girart descend de cheval, exténué également. On s'approche alors de lui, on lui retire son armure, on lui ôte son heaume et on lui enlève sa broigne ; il s'assoit, épuisé par la tâche accomplie. Le sang dégoutte de son nez sur le heaume, et ses hommes sont affligés de voir cela, mais il leur dit : « Ne soyez pas affligés pour moi, car rien ne me peine si ce n'est qu'il y a encore trop de païens en vie. Aussi lancez-vous dans la bataille, allez bravement soutenir notre roi, et dès que j'aurai abattu cette bannière, j'irai vous rejoindre. »

Il faut maintenant abandonner ce lieu et expliquer ce qui se passe ailleurs.

Chapitre XLIX — Mort du duc Milon

L'empereur Charlemagne progresse avec ses hommes de façon spectaculaire. Il ignore complètement ce que fait Girart, car la mêlée est dense et très étendue. Aumont ignore également, du fait qu'il progresse et tue quantité d'hommes de son épée, ce qu'il advient de son maître étendard. Et du fait que ni les uns ni les autres ne peuvent poursuivre indéfiniment la même attaque, les hommes demandent à se reposer et les bataillons se défont, de sorte qu'une sorte de mince espace vide s'installe au milieu. La plus grande des batailles s'apaise alors, mais les vaillants chevaliers poursuivent des attaques.

Le roi Triamodès, parent d'Aumont, arrive alors au galop dans une charge violente, paré d'équipements de prix ; il porte une grosse lance avec une grande bannière et vient assaillir un chevalier français. Il traverse son bouclier, son corps et sa broigne, et le jette à terre, mort. Dès qu'il a retiré sa lance acérée, il ne met pas un terme à son attaque mais ajuste une seconde fois et vient frapper le bon seigneur Milon, le duc, frère de Bérenger le Breton ; il lui arrache les poumons et les entrailles accrochés au fer de sa lance. Il lève haut sa lance, trouve qu'il a parfaitement réussi, se félicite grandement et retourne auprès de ses hommes dans cet état d'esprit, poussant de grands cris en disant : « Seigneur Aumont, sois heureux et joyeux, regarde comme ma belle lance a joliment fleuri dans le sang chaud ! En effet, elle vient de transpercer la poitrine de deux preux chrétiens. Portez donc des attaques incisives, car tout ce royaume sera rapidement entre vos mains, du fait que désormais ils ne lèveront jamais plus leurs lances contre nous pour se défendre. »

Quand les chrétiens voient Milon mort, ils le pleurent beaucoup, du fait qu'il a été l'homme le plus incisif au combat, mais Bérenger le Breton en est tout particulièrement fâché, c'est pourquoi une grande colère emplit son âme ; il donne des éperons au cheval et galope après Triamodès en disant : « Attends, païen, si tu l'oses, car je veux venger mon frère. » Mais Triamodès fait comme s'il n'avait pas entendu, et refuse de se retourner. Aussi Bérenger frappe-t-il de sa lance par-derrière au milieu des épaules, dès qu'il a l'occasion de l'attaquer, de telle sorte qu'elle lui traverse le cœur ; il le tire ensuite vers lui avec agressivité, le soulève de sa selle et le fait voler par terre en disant très courroucé : « Tu dois bien être descendu de cheval à présent, bien que tu sois gros et gras, et tu ne te mettras plus droit sur tes pieds désormais ! Tu as tué mon frère, et tu trouves que tu as parfaitement réussi, mais à présent tu l'as si chèrement payé que jamais de la vie tu ne seras son héritier. »

Quand Aumont voit son neveu Triamodès étendu mort par la plaine, il pleure, regrettant sa mort, et prononce maintes paroles de plainte dans sa langue. Les Africains prennent le cadavre et le portent dans leurs bras au milieu de l'armée. Là, ils le pleurent et se lamentent.

Chapitre L — Désespoir d'Aumont

Ensuite, deux chevaliers sortirent d'un bataillon chrétien, Richer et Morant[1], l'un sur un cheval fauve de belle apparence, l'autre sur un cheval gris dont la crinière était d'une autre cou-

---

1. Margant (B), Marant (A).

leur. Morant donna un coup de sa lance au roi qui se nommait Macre[1]. Celui-ci avait un royaume au-delà du pays de Jérusalem, et il était plein d'arrogance et d'orgueil. Mais bien qu'il fût tout gonflé du poison de sa morgue, cela ne lui servit que très peu, puisque la lance acérée réussit promptement à traverser son corps ainsi que toute son armure. Richer passa sa lance au travers d'un proche parent d'Aumont, lequel avait apporté de son royaume la trompe très aiguë Olifant, qu'Aumont portait à présent à son cou. Quand Richer porta sa lance contre sa poitrine, Gizarid[2] eut l'idée de se déplacer vers l'avant, mais à ce moment-là Richer dégaina son épée et le frappa au cou, lui coupant la tête juste sous les yeux de tous les païens. Ces deux chevaliers, convenablement protégés par Dieu, regagnèrent leur place.

Quand Aumont vit ses deux parents morts, Triamodès et Gizarid, et toute la plaine jonchée par les cadavres de ses hommes – en effet, à l'endroit où la bataille se tenait, Dieu accorda sa grâce si généreusement que les chrétiens abattaient le peuple païen comme du bétail –, tout cela à la fois pesa si lourdement sur Aumont que son apparence s'assombrit, et il appela Balan dans un profond soupir en disant : « Il est sûr que j'ai été stupide lorsque je n'ai pas cru à tes paroles de vérité. Que va-t-il advenir de moi à présent ? Ont péri mes deux parents qui me poussèrent à venir dans ce pays ; j'ai cru pouvoir me fier à leurs qualités chevaleresques, mais maintenant ils sont étendus morts. Aussi, cher ami, donne-moi un bon conseil, car je ne sais pas quelle fin m'accordera ma malchance au bout du compte. »

Balan répondit : « Que t'étonnes-tu de suivre cette voie ? car les circonstances ne tourneront jamais favorablement, ni pour toi ni pour d'autres, du moment que l'on ne se contente pas du royaume que l'on possède, que l'on convoite bien plus de choses qu'il n'est raisonnable, que l'on s'en empare injustement et que l'on extorque le bien d'autrui. Du fait que tu es cupide, il te fallait à partir de là, ainsi qu'à tous ceux qui s'esti-

---

1. Mages (B), Mates (b et A). **2.** Gizariđ (B), Gizard (b), Garisanz (A).

maient être des chefs, accroître ta puissance et l'assurer, bien comprendre ce qui pouvait arriver, ne pas trop te réjouir malgré leurs grands succès, et enfin te comporter en homme malgré une certaine malchance. Du moment que je t'ai donné les meilleurs conseils que je pouvais, et que tu n'as voulu en retenir aucun, je n'ai plus rien à te conseiller ; chacun suit les conseils qui lui plaisent, mais jamais tu ne vaincras les chrétiens. »

Aumont répondit : « Quoi que les autres fassent, je ne croirai jamais que tu me trahisses. »

Il saisit ensuite la trompe qu'il porte au cou et souffle avec une telle force que la terre paraît en résonner tout autour. Il saisit son épée Durendal en donnant des éperons, et vient dans la bataille se porter contre un chrétien. Il lui assène un coup d'épée sur le heaume et le pourfend jusque dans le corps[1], et à côté de cela il mène une très rude attaque.

Chapitre LI — Mort de Salatiel et de Rodoan

À présent, la bataille reprend, et comme Dieu tout-puissant veut empêcher Aumont de causer la perte de ses ouailles, il veut également neutraliser ses agissements de troll[2] temporairement, et lui faire connaître les coups de boutoir du duc Girart, de façon que son état d'esprit vire désormais au pessimisme plus qu'à l'optimisme. C'est pourquoi un chevalier païen arrive sur un rapide coursier à l'endroit où Aumont porte une attaque très violente, et il l'emmène à l'écart de la mêlée, commençant son rapport ainsi : « Ah ! seigneur Aumont, une grande malchance nous accable de tous côtés ; une grande honte et un grand déshonneur se sont abattus sur toi et tes hommes aujourd'hui ! Je suis maintenant le seul survivant de

---

1. le ventre (b).   2. Troll : sorte de géant effrayant dans la mythologie scandinave ancienne ; cf. R. Boyer, *La Mort chez les anciens Scandinaves*, Paris, Les Belles Lettres, 1994, pp. 52-56.

tous ceux qui devaient veiller sur ta bannière. Ce matin, un détachement est venu nous attaquer, qui pouvait paraître peu important. Ils étaient principalement à pied, mais par contre mieux armés que d'autres : toutes leurs cottes de mailles étaient doubles ou plus encore, claires comme l'argent le plus brillant, si résistantes qu'on pouvait à peine les endommager ; ils n'avaient de heaume sur leur tête qui ne soit doré et incrusté de pierres précieuses, leurs épées étaient d'un acier resplendissant[1]. Un homme petit et trapu s'avança au-devant d'eux avec une grande détermination – je suis sûr qu'il était leur guide –, et ils affrontèrent nos hommes de telle façon qu'en peu de temps ils en tuèrent plus de dix mille. »

Arrivé à ce point, Aumont refuse d'en supporter plus et parle ainsi : « Tais-toi, méchant homme, sale esclave ! car tu ne sais pas ce que tu dis. Vais-je ajouter foi en quelque manière à ce récit selon lequel le prestige de mon maître étendard serait terni, alors que deux rois en qui j'ai toute confiance l'ont pris sous leur garde, et pas moins de cent mille hommes puissants ?

— Que cela te plaise ou non, tu vas en entendre maintenant davantage : ces rois se sont tous deux enfuis, la plus grande partie de leur troupe a été tuée, le maître étendard a été abattu et il est tombé aux mains des chrétiens. Crois-le maintenant si tu le veux, mais tout cela t'est bien arrivé. »

Quand Aumont comprend qu'il ne peut plus se dissimuler la vérité, une telle affliction envahit son cœur que peu s'en faut qu'il ne perde l'esprit. Un moment après, il fait venir deux rois païens, Salatiel et Rodoan, et leur dit d'un air souffrant : « Chers seigneurs, nous sommes honteusement frappés par des maux nombreux : nous avons perdu nos quatre dieux, la plus grande partie de notre troupe a été tuée, et en plus de cela nous sommes dépossédés du maître étendard lui-même que mon père m'a donné en témoignage de grande affection. À présent, du fait que vous avez peu participé à la bataille ou pas du tout, et que vous avez une bonne troupe bien équipée, accomplissez

---

1. Mot à mot « vert comme de l'herbe », expression norroise idiomatique.

donc votre service avec la plus grande bravoure, car l'armée du roi chrétien est en grande partie détruite, et beaucoup sont blessés, épuisés et capables de peu ; c'est pourquoi vous pouvez aisément l'emporter sur eux. Et si vous le faites, je ferai de vous les chefs les plus éminents de ce royaume. »

Salatiel répond alors : « Seigneur Aumont, n'ayez aucune crainte, car avant la tombée du soir, vous pourrez voir tous les Français morts ! » Aumont dit : « Ce spectacle plaira à mes yeux, car mon cœur sera alors délivré de toute douleur, peine et souffrance. »

Salatiel à présent se prépare : il prend ses armes, son arc et son carquois, et chevauche vers la mêlée avec sa troupe en ordre de bataille, en poussant de grands cris de guerre. Les chevaliers de Dieu doivent encore une fois supporter le rude jeu de Hildr[1]. Les deux armées subissent alors un grand massacre qui affecte de façon visible les Français, car le roi païen Salatiel, qui à la fois est intraitable et en impose par sa force, va et vient aux abords de la bataille comme un chasseur, se livrant à des activités diverses : il enfonce les armures et brise les os au moyen d'un gros gourdin qu'il porte à l'avant de sa lance, ou bien il décoche des flèches à toute vitesse, car il n'y a pas d'archer qui l'égale dans toute l'armée ; ni bouclier ni broigne ne résiste à ses tirs, car toutes les pointes de ses flèches sont empoisonnées, c'est pourquoi tout homme à qui il inflige une blessure sanglante trouve la mort.

Il se produit qu'Ogier le Danois se trouve remarquer les agissements de Salatiel, ce qui le contrarie beaucoup, et confiant dans la grâce de Dieu, il éprouve le désir de venir l'affronter ; il lance son cheval à toute allure et dès qu'il parvient à sa hauteur, il porte un coup de lance dans son bouclier rigide, et du

---

1. « rude jeu de Hildr », *kenning* désignant la bataille. Hildr est une valkyrie personnifiant le combat. Snorri Sturluson, le plus grand écrivain islandais du XIIIe siècle, a donné l'explication mythique de cette dénomination dans son *Edda*, dans les *Skáldskaparmál*. Cf. trad. Fr.-X. Dillmann, *L'Edda. Récits de mythologie nordique par Snorri Sturluson*, Paris, Gallimard, 1991 (pp. 131-132).

fait que Dieu veille sur lui, ce coup traverse le bouclier, la broigne et le corps, puis le projette à terre, mort.

Au même moment, le duc Naimes se précipite à l'avant, superbement équipé, assis sur un très beau cheval, et il rencontre le roi Rodoan[1] qu'il frappe si violemment d'un coup sur le heaume qu'aucune protection ne peut le préserver : il le pourfend jusqu'aux épaules, le précipitant ensuite à bas de son cheval.

Ogier et Naimes regagnent tous deux leur bataillon, et Aumont, voyant succomber ces deux hommes, dit : « Nous sommes à présent moins nombreux que nous ne l'étions il y a peu. »

Chapitre LII — Gautier vient trouver Charlemagne

Après la mort de Salatiel, la bataille connaît un moment de répit. L'empereur Charlemagne descend de son cheval et s'assoit, et fait venir ensemble les chefs survivants : Roland, Ogier, Naimes, Salomon, Huon, Richer ; il leur parle en ces termes : « Mes chers amis, de quelle importance peut être la troupe restant sous nos bannières ? » Ils répondent : « Nous ne le savons pas précisément, seigneur, mais nous ne croyons pas que ce chiffre soit inférieur à trente mille. » L'empereur répond : « Dieu sait que c'est peu en comparaison de ce qu'il faudrait, mais quelle conduite vaut-il mieux adopter ? » Roland et Ogier répondent : « Celle qui consiste à attaquer au mieux et à frapper les païens si fort qu'aucune protection ne résiste, et si Dieu tout-puissant veille sur ses chrétiens, comme nous le croyons, il nous accordera alors la victoire sur les païens. »

Tandis qu'ils discutent de cette manière, arrive là un chevalier monté sur un bon cheval de Gascogne. Il est équipé de telle façon

---

1. Rodan (b), Alfami (B).

qu'un épais tronçon de lance, doté d'une belle oriflamme avec des bandes pendant jusqu'au sol, est fiché en travers de son bouclier. Sa broigne est toute déchiquetée, sa cotte déchirée, son heaume cassé ; le sang coule des manches de sa broigne car il a reçu une sévère blessure entre les épaules, c'est pourquoi sa selle est couverte de sang. Le chevalier salue l'empereur convenablement et courtoisement en disant : « Dieu vous bénisse et vous fortifie, cher seigneur Charlemagne empereur ! »

Charlemagne porte son regard sur lui et dit : « Dieu te secoure qui que tu sois, je ne te connais absolument pas !

— Je m'appelle Gautier de Salastis[1] et j'appartiens à la troupe qui accompagne le seigneur Girart, lequel m'envoie auprès de vous et vous adresse les salutations de Dieu, les siennes, et celles de tous ses hommes.

— Que Dieu tout-puissant apporte la joie à ce vieux seigneur, mais où se trouve ce cher ami ?

— Juste au-dessous du maître étendard des païens, dit Gautier, aussi vif qu'un poisson, cruel comme un lion, joyeux comme un enfant ; il a abattu l'étendard, et quant aux hommes qui en avaient la garde, il en a tué quelques-uns et a mis en fuite tous les autres. »

L'empereur loue Dieu tout-puissant et il considère qu'à présent tout ira bien ; et grâce à l'aide de Jacques la situation s'améliorera rapidement.

Il convient donc maintenant de parler de ce qu'il advient du roi Droon et d'Andefroi, qui ont été envoyés au campement de l'empereur, comme il a été dit précédemment. Quant à Charlemagne, il va parler avec Gautier et se reposer un peu.

---

1. Valterus or borg Salastis (B), Salastius (A).

Chapitre LIII — Charlemagne lance une nouvelle attaque

Dès que le roi Droon parvint à la tente de l'empereur, le message de l'empereur fut proclamé : tous ceux qui pouvaient apporter quelque aide devaient revêtir le meilleur équipement qu'ils pourraient trouver, et venir prêter main-forte à l'empereur et aux chrétiens, aussi bien les seigneurs que les chevaliers, les conseillers et leurs serviteurs, les cuisiniers, les barbiers, les portiers et les gardes extérieurs, et tout homme capable de manier les armes.

La plupart se réjouirent de cela, car il y avait dans cette troupe beaucoup de jeunes gens qui brûlaient de voir les bataillons en ordre et d'éprouver leur valeur. Un grand tumulte s'éleva alors et on se changea promptement dans les campements ; le premier à s'approcher s'empara d'un très bon cheval avec des armes, les autres montèrent de vieilles haridelles à la démarche raide. En outre, ils découpèrent de beaux vêtements, des fourrures et des soieries, ou encore du linge de lin blanc, pour en faire des bannières. Chacun s'équipa comme il put, après quoi ils montèrent chacun sur son coursier. Beaucoup d'entre eux étaient forts et grands. Les plus en vue d'entre eux étaient les fils adoptifs de l'empereur, qui le servaient quotidiennement à table et dans sa chambre ; ils se nommaient Estor, Oton, Engelier et Graelent[1].

Ceux-ci marchent en tête en descendant la pente qui s'étend entre le camp et la bataille, et avant qu'ils arrivent dans la vallée, Droon et Andefroi s'avancent au-devant d'eux et parviennent auprès de l'empereur juste au moment où il est en train de parler avec Gautier, et ils le saluent à haute voix à la manière française en disant : « Dieu vous bénisse, très excellent seigneur empereur Charlemagne, fils de Pépin roi des Francs ! » Le roi les accueille en souriant et leur demande ensuite : « Nos jeunes gens sont-ils là ?

---

1. Estor, Otun, Engeler, Grelent (B) ; Estor, Otun, Bæringur, Rollant (A).

— Assurément, seigneur, disent-ils.
— Cela représente une force de quelle importance ? » dit l'empereur.

Ils répondent : « Près de quarante mille hommes. »

Lorsque l'empereur entend cela, il lève les bras, le regard dirigé vers le ciel, et rend grâces à Dieu en ces termes : « Loué sois-tu, roi de gloire éternel, ainsi que ton très cher apôtre saint Jacques, car je crois comprendre que notre affaire va se trouver rapidement changée du moment où tous ces hommes vont se porter contre l'armée païenne. C'est pourquoi abandonnons toute peine et toute crainte puisque Dieu va nous apporter son saint secours. »

Après cela, il demande au roi Droon de retourner auprès des jeunes et de leur dire que chacun prenne, dans les armes et les chevaux qu'il pourra trouver en quantité suffisante sur le champ de bataille, ce qui lui semblera convenir. Ainsi font-ils, et beaucoup jettent à présent l'équipement qu'ils avaient auparavant, et revêtent de nouvelles armures tout en prenant également de beaux chevaux qui avaient été abandonnés par leur seigneur. Lorsqu'ils sont tous bien équipés en armes et en armures, « précipitez-vous donc à l'avant comme des preux, dit le roi Droon, et attaquez vivement de façon que nous ayons le temps de venger nos amis avant la tombée du soir ! »

C'est ce qu'ils font : ils se précipitent en direction de la bataille impétueusement. Quand les païens voient ces hommes charger, ils sont très ébranlés en leur cœur et disent : « Personne ne nous a plus dit la vérité que le messager Balan : ce pays ne sera jamais conquis, car voici que foncent sur nous des gens qui n'ont pas pris part à la bataille auparavant, et leur attaque ne présage rien de bon. »

Quand les jeunes arrivent dans la bataille, on peut entendre là un grand vacarme, des cris et des clameurs, car bien qu'ils n'aient pas été adoubés chevaliers, ils savent pourtant user de la lame d'une épée pour asséner hardiment d'habiles horions. La bataille tourne immédiatement en défaveur de l'armée païenne, de sorte qu'ils tombent l'un sur l'autre, et qu'il n'y a plus de résistance ; tout se passe pour eux exactement comme ils l'ont pensé.

Aumont, voyant ce qui se passe à présent (le nombre des chrétiens s'accroît beaucoup alors que presque toute son armée a été tuée), perd espoir en son cœur de jamais pouvoir obtenir la victoire. Aussi inspecte-t-il les lieux pour trouver l'endroit le plus propice à la fuite, et au moment où il a l'intention de glisser vers le côté droit, le seigneur Girart surgit là[1] avec dix mille hommes ; de ce fait Aumont pense qu'il ne pourra absolument pas progresser aisément de ce côté, et il fait reculer son bataillon sur une distance d'au moins trois jets de flèche. Voyant cela, le seigneur Girart se tourne dans cette direction avec une troupe importante, et vient par-derrière lui ; immédiatement il tue encore une pleine charretée [de païens]. Aumont constate à présent qu'il n'y a aucun moyen de s'en sortir. Il se replie à l'arrière et se trouve là face à l'empereur Charlemagne et à ses hommes.

Chapitre LIV — Fuite d'Aumont

Lorsque les chrétiens ont pris position tout autour d'Aumont, et tué systématiquement les païens au point qu'il en reste peu debout, et que ceux qui peuvent y parvenir prennent la fuite, Aumont considère qu'il est en mauvaise posture, et il veut coûte que coûte en réchapper vivant s'il le peut. C'est pourquoi il cherche un endroit où les rangs des chrétiens soient très peu fournis et où la bataille soit très dispersée ; il s'en va par là avec difficulté et accompagné des deux rois, Goran et Mordoan[2]. Et s'il parvient cette fois à échapper aux mains des Français, il pourra s'en féliciter et dire à juste titre que jamais auparavant il ne s'est sorti d'un si mauvais pas.

---

1. immédiatement (B).   2. Mordoam.

Aumont s'enfuit à présent aussi vite que son beau cheval peut l'emporter, dévalant une petite pente rocheuse ; il a avec lui sa trompette aiguë, sa bonne épée, et une très grosse lance, si résistante et si dure qu'il est impossible de la briser – il est dit que la hampe était faite dans le bois qui s'appelle aulne. Il chevauche accablé par la peine, plaignant les malheurs que viennent de connaître ses hommes, et dit : « Si grand et puissant que j'aie cru être, je suis devenu misérable et infortuné, car je pensais que nul ne pourrait me vaincre, mais les choses ne se sont pas passées comme cela pour moi aujourd'hui. J'aurais mieux fait de me contenter de rester chez moi dans le royaume d'Afrique et de ne pas céder à l'outrecuidance à l'encontre des conseils de mon père. Je me suis assurément abandonné à l'orgueil quand j'estimais que rien ne pouvait me plaire hormis seulement porter une couronne sur ma tête, alors que mon père est en vie. J'étais un enfant mal éduqué quand j'ai prêté l'oreille à des conseils insensés. En raison de tout cela à la fois, ce jour douloureux s'est abattu sur moi à cause d'une puérilité si grande qu'il ne cessera jamais. »

Balan saisit parfaitement ce qu'Aumont marmonne et se met à lui parler en ces termes : « Des paroles telles que tu viens d'en prononcer seraient naturelles de la part d'une faible femme qui, remplie de chagrin, pleure son mari ou regrette la mort de son fils unique. Mais tu t'es avisé trop tard que l'orgueil accompagné de grande vaillance, et d'un autre côté la folie accompagnée de malchance ne vont pas bien ensemble, et quelles que soient tes lamentations, la situation reste ce qu'elle est. Et si tu regardes derrière toi, il te paraîtra souhaitable de faire autre chose que te répandre en lamentations, car huit Français te poursuivent et ont pour seul désir de s'emparer de ta vie. »

Aumont constate qu'il en va comme le dit Balan, du fait que Charlemagne s'était aperçu de leur retraite et avait lancé son coursier à leur poursuite. Il est suivi tout d'abord par Roland, Ogier, Naimes et quatre écuyers. Chacun d'eux chevauche maintenant aussi vite qu'il peut, jusqu'au moment où le cheval du roi Mordoan est complètement épuisé, de telle sorte qu'il avance mal malgré les piqûres d'éperon ou les coups de grosse lance.

Aumont dit alors : « Que faire à présent ? Je ne peux pas admettre de laisser en arrière mon maître, le roi Mordoan, aussi tournons-nous vaillamment contre nos poursuivants, désarçonnons-les et procurons ainsi des chevaux à nos compagnons.

— Tu n'obtiendras pas exactement ce résultat, dit Balan. Sauve-toi tant que tu le peux et laisse mourir celui qui est déjà mort ! »

Aumont ne prête alors aucune attention à ses paroles. Empli de colère, il fait faire demi-tour à son cheval, fait glisser son bouclier devant lui et brandit sa lance, et du fait que Naimes possède le cheval le plus rapide après celui de Charlemagne, c'est lui qu'Aumont rencontre le premier, et il vient asséner un coup de lance dans son bouclier et dans la cotte qu'il porte par-dessus sa broigne. Mais comme par l'effet de la providence divine elle ne cède pas, la puissance du coup fait tomber Naimes de cheval.

Au moment où Naimes est désarçonné, Ogier le Danois arrive et il frappe Goran[1] sur son heaume d'un bras si puissant que la tête se fend et l'épée s'enfonce jusque dans son ventre ; puis il le jette à terre, mort. Quand Aumont voit Goran à terre, il dégaine son épée brillante[2] et vise le milieu du heaume d'Ogier, mais celui-ci s'échappe et le coup s'abat plus en avant qu'Aumont ne l'escompte : l'épée vient frapper le cheval au-devant de la selle et le partage en deux, et Ogier accompagne la partie arrière jusqu'à terre. Mais Dieu assurément veille sur son chevalier, car si ce coup avait atteint sa tête, Aumont aurait bien vengé Goran. Aumont fait tourner son cheval et ne veut pas rester là longtemps ; il se replie en hâte car Charlemagne arrive alors.

Tandis qu'il s'éloigne, Balan revient à la charge, lançant son cheval à toute vitesse. Il tient sa lance à deux mains et il a

---

1. La suite de la scène ne se comprend que si l'on rappelle que Goran est le fils de Balan. **2.** tranchante (b).

l'intention de frapper Charlemagne, le plus courtois des empereurs. Quand celui-ci parvient à le voir, il donne de l'éperon à son cheval blanc et s'écarte plus vite que Balan ne s'y attend, le frappant le premier d'un bras puissant, si bien que Balan est désarçonné malgré qu'il en ait. L'empereur part immédiatement à la poursuite d'Aumont, et Balan bondit vivement et prestement dans l'idée de récupérer son cheval. Mais à présent c'est impossible, car le duc Naimes est venu là et il surveille le cheval de telle sorte que l'autre ne peut absolument pas s'en approcher. Ils dégainent l'un et l'autre leur épée et le plus dur des combats s'engage. Chacun frappe l'autre si violemment que des étincelles en jaillissent de leurs boucliers, en un corps à corps à la mesure de leur chevalerie. Lorsque Ogier voit cela, il se précipite, désireux de venir en aide à son camarade Naimes.

Voyant cela, Balan comprend que dans ces conditions il ne peut plus s'imposer, et il s'adresse à Naimes en ces termes : « Bon chevalier, cesse de m'attaquer, car tu obtiendras une bien petite victoire si tu me tues avec l'aide d'un autre, et j'affirme par celui qui m'a créé que je me ferai volontiers baptiser et bénir dans la vraie foi. Si Naimes, duc de Bavière, se trouvait assez près de nous pour que je puisse lui parler, j'ai bon espoir qu'en ce jour il viendrait m'accorder la faveur de son assistance efficace. »

Naimes dit alors : « Qui es-tu, chevalier, et quelle dette a contractée Naimes envers toi ? » Il répond : « Je m'appelle Balan. Agolant m'avait envoyé auprès de Charlemagne afin d'espionner ses troupes[1], quand il s'était arrêté à Bayonne, et je ne réclame pas à Naimes un bienfait allant au-delà de celui qu'il voudrait avoir réalisé. » Naimes dit alors : « Dieu tout-puissant soit loué ! Il a veillé sur moi de telle façon que je ne t'ai causé ni honte ni opprobre. »

Tandis qu'ils conversent, arrive Ogier brandissant une grosse lance dans l'intention de la passer au travers de Balan. Mais Naimes s'en aperçoit au dernier moment et saisit le bois de la

---

1. son camp (b).

lance qu'il a devant les mains, en disant : « Pour l'amour de Dieu et à ma demande, ne fais pas de mal à cet homme, car l'on ne saurait mieux rendre service à autrui que ce chevalier l'a fait pour moi, s'il est bien le Balan qui naguère s'est avancé si courageusement pour me venir en aide, à l'époque où j'étais prisonnier des païens, et où j'avais été mené devant Agolant et condamné par lui à mort. En effet, non seulement il proposa sa fortune pour me secourir, mais en outre il était prêt à risquer sa vie dans mon intérêt s'il y avait eu besoin. En plus de cela, il offrit à l'empereur le cheval blanc qu'il montait lui-même, et de ce fait je suis véritablement tenu de lui apporter toute l'aide que je peux et qu'il acceptera bien volontiers. »

Balan remercie le duc de ces paroles, affirmant en leur présence qu'il veut absolument renier sa fausse croyance antérieure. Or, alors qu'ils en sont arrivés à ce point de leur conversation, Roland fonce sur eux et voit le cheval de Naimes qui se tient dans la plaine devant lui. Il est empli d'une grande hargne car il croit que le duc est mort, c'est pourquoi il saisit le cheval, monte dessus et part au galop par le chemin, alors que le cheval qu'il montait précédemment s'écroule, mort d'épuisement.

Chapitre LV — Duel de Charlemagne et d'Aumont

Nous allons maintenant prendre l'histoire au moment où Charlemagne et Aumont s'éloignent des autres. Aumont galope de l'avant et les honneurs ont à présent changé de camp, car naguère pas moins de sept cent mille hommes l'accompagnaient, alors que maintenant il ne lui reste même plus un écuyer pour le servir.

Du fait que le cheval d'Aumont était le plus rapide, il se trouva que pendant un temps l'empereur ne parvint pas à le rattraper, jusqu'à ce qu'Aumont chevauche à l'ombre d'un petit bois d'aulnes. À cet endroit, il vit une petite source dont l'eau était parfaitement pure, jaillissant des racines d'un olivier qui se dressait là. À cause de son épuisement et de sa lassitude, il éprouva le désir de boire – ce qui se comprend parfaitement, car plus de trois jours s'étaient écoulés sans qu'il mange ni qu'il boive, pas plus qu'aucun autre participant à la bataille ; et il n'avait pas osé pendant ce temps-là retirer son heaume de sa tête. Voilà pourquoi il descendit à présent de cheval, enleva son heaume et posa son bouclier, les déposant près de l'olivier, après quoi il se baissa vers l'eau et but ; mais avant qu'il se soit relevé de la source, Charlemagne arriva de l'autre côté si soudainement qu'Aumont ne put pas saisir ses armes du fait que l'empereur les avait prises sous sa garde [, et il lui sembla qu'il avait été négligent en agissant ainsi].

Charlemagne dit alors : « Prends tes armes et monte sur ton cheval, car jamais le fils de qui que ce soit ne me reprochera d'avoir tué un homme désarmé en train de fuir, mais sache que tu paieras cher pour avoir bu inconsidérément. » Ainsi fit Aumont : il s'arma, monta à cheval, pressa son bouclier contre sa poitrine avec la plus grande fermeté et disposa sa lance en position d'attaque. Du fait qu'il était jeune homme, son cœur fut soulagé de son grand épuisement dès qu'il eut bu, si bien qu'il lui sembla alors qu'il n'avait aucun danger à craindre, aussi s'exprima-t-il en ces termes : « Mahomet m'est témoin, chevalier, que tu n'as pas trouvé ici un homme fuyant devant toi seul, mais tu as un cheval extrêmement rapide qui t'a emmené à une grande distance de tes compagnons, et tu es parfaitement bien pourvu en armes, car ta broigne est aussi belle que la fleur du pommier, et ton heaume est de si grande valeur que tous ceux qui voudraient avoir le même donneraient volontiers trois cités des plus riches pour l'obtenir, et tu dois être un homme de haut rang, car tu m'as véritablement montré que tu n'avais absolument pas été engendré par des gens ordinaires et que tu n'étais pas de basse extraction, en m'épargnant quand j'étais désarmé et en te comportant envers moi avec une parfaite courtoisie quand tu m'as rendu mes armes alors que tu les avais auparavant à ta disposition, et je te récompenserai largement pour cela. Aussi choisis l'un ou l'autre : remets-moi tes armes et tout particulièrement ton heaume de qualité, et retourne de ton propre gré auprès de tes hommes avec ma permission ; ou alors si tu veux renier ton Dieu et devenir mon vassal, tu feras un bien meilleur choix, car tous tes parents et amis seront bénis grâce à toi seul. Ce choix intéressant que je te propose ne pourrait être offert qu'à ceux qui ont fait pour moi ce que tu as fait. »

Charlemagne répond : « Tu fais bien, Aumont, mais en tout état de cause je n'accepterai pas ces conditions sans qu'une épreuve nous ait mis aux prises. » Aumont reprend avec quelque irritation : « Qui es-tu pour rejeter si rapidement une telle offre de ma part ? Dis-moi ton nom. » Charlemagne répond : « Pour rien au monde je n'en viendrai à dissimuler devant toi. Je m'appelle Charlemagne, fils de Pépin roi des Francs, empereur du peuple chrétien. »

Lorsqu'il eut entendu cela, Aumont se tut un moment comme s'il avait du mal à croire ces paroles, puis il dit : « Si ce que tu dis est vrai, il m'arrive alors ce que je pouvais espérer, et je n'estime pas toutes les peines que j'ai endurées au prix d'une demi-petite pièce, car je vais venger sur ta personne les peines que de maintes façons toi et tes hommes avez introduites dans mon cœur. Cependant, je vois la magnanimité qui t'anime, c'est pourquoi je me souviendrai encore de la courtoisie dont tu as fait montre à mon égard. Pour compenser les torts que j'ai subis, et pour assurer ta liberté et ta paix, remets en mon pouvoir Paris, l'empire de Rome, la Pouille et la Sicile, la Lotharingie, la France et la Bourgogne, la Bretagne et toute la Gascogne[1]. »

Charlemagne répond : « Dieu sait que tu entends être un très fort marchandeur, mais il ne convient absolument pas que tu gouvernes un si grand royaume, car tu es incapable de le diriger. J'espère que Dieu partagera aujourd'hui ses royaumes

---

1. París, Rómaríki, Púl, Sikiley, Lotaringia, Frakkland, Borgundia, Brittania, Gaskunia.

selon sa volonté, et il est probable que tu ne pourras pas te contenter de tes seules paroles. »

Aumont donne à présent des éperons à son cheval, gagnant en toute hâte l'autre bout du terrain, et ils se rencontrent en un tel choc que ni les étriers ni les sangles de selle ne résistent ; de ce fait, ils chutent tous deux à terre. Ils bondissent immédiatement, dégainent leurs épées et les brandissent avec agilité. Ils s'attaquent l'un l'autre avec la plus grande vaillance, et leur combat devient si violent qu'il n'y a jamais eu pareille lutte entre deux hommes. Ils ne sont cependant pas sur un pied d'égalité car l'empereur est très avancé en âge, alors qu'Aumont est jeune, rude et doté de la plus grande force. Ils se donnent de si puissants coups que les quartiers de leurs boucliers se détachent intacts. Là-dessus, l'empereur avance du pied droit et lève haut son épée dans l'intention de frapper sur le heaume. À cet instant, Aumont écarte la tête, et le coup tombe sur son épaule droite si lourdement que la broigne cède ; Aumont est grièvement blessé. Quand il ressent la douleur de la plaie, il se met en grande colère et attaque avec d'autant plus de violence.

Charlemagne s'aperçoit qu'à chaque fois que l'intensité du combat faiblit, Aumont darde des regards sur le heaume qu'il porte sur sa tête, et ainsi il comprend qu'il a à cœur de s'en emparer. Et c'est la vérité, car plus Aumont voit le heaume, plus il désire l'avoir, ce qui l'amène à dire : « Celui qui a placé un tel heaume sur ta tête t'estimait grandement, chrétien, car il est incrusté de pierres dotées d'un pouvoir tel que je ne peux pas te tuer tant que tu le portes. Assurément tu es habile et avisé en gardant ton bon heaume, si je ne parviens ni à l'enlever ni à l'endommager, ni à te l'arracher d'aucune manière ; et Mahomet m'est témoin que tu ne réussiras pas ton coup, du fait qu'il est hors de question qu'il reste plus longtemps en ta possession si je peux moi-même en décider. »

L'empereur dit : « Dieu m'est témoin qu'il ne t'appartiendra jamais, et il se déshonorerait lui-même, celui qui te le remettrait. »

À ces mots, Aumont jette les débris de son bouclier et il a

dans l'idée de mesurer sa force à celle de l'empereur. Il tient son épée d'une main et entend l'agripper de l'autre. Mais du fait que Charlemagne sait qu'il est exténué et qu'Aumont est puissant, il s'écarte habilement et Aumont échoue à chaque fois qu'il tente de l'agripper. Il en est ainsi jusqu'au moment où Aumont parvient à saisir le bas du bouclier et tire dessus, mais comme cela ne l'avance à rien, il saisit les attaches du heaume et tire, mais l'empereur tient de l'autre côté et résiste. Le bras de fer redouble d'intensité et le heaume en glisse de la tête de l'empereur. À présent, ils tirent dessus, l'un et l'autre tenant les attaches.

Alors qu'ils s'affrontent ainsi, l'empereur comprend qu'il sera vaincu s'ils luttent jusqu'à ce qu'il y ait un vainqueur. Il s'en désole en son cœur et tourne son esprit vers le Dieu du ciel, afin qu'il veille sur lui de façon que l'ensemble de la sainte chrétienté soit sauvée de la ruine et ne tombe pas sous la coupe des ennemis. Il a une confiance toute particulière en son cher ami, l'apôtre Jacques : il va l'aider dans une si grande épreuve. Et bien sûr sa prière et son invocation sont entendues de manière que Dieu éternel ne subisse pas le déshonneur qui s'annonce. Tout au contraire, celui-ci envoie à l'empereur un grand secours de la façon suivante : juste au moment où Aumont a tiré le heaume loin de lui, Roland surgit. Il porte un fort et gros tronçon de lance. Il bondit de son cheval en toute hâte, soulève son gourdin et assène un puissant coup sur le heaume d'Aumont.

Quand Aumont voit Roland, il ne cherche pas vraiment à parer son coup, si ce n'est qu'il s'adresse à eux deux en ces termes, tout bouffi et gonflé de colère : « Je jure par Mahomet, Terogant, et tout le pouvoir de nos dieux, que votre Dieu est plus puissant que tous les autres dieux si vous êtes tous les deux sains et saufs en me quittant. » Il lève ensuite l'épée qu'il tient dans l'intention de frapper la tête nue de l'empereur ; et au moment où il lève le bras, Roland donne un nouveau coup de gourdin de toutes ses forces sur son bras, avec une telle violence que l'épée tombe de sa main. Roland la saisit et n'a de cesse de frapper ; il frappe son heaume et le partage en deux, ainsi que sa tête, de telle façon que l'épée parvient jusqu'aux dents inférieures. Aumont tombe alors face contre terre pour ne plus jamais se relever.

Chapitre LVI — Charlemagne remercie Dieu

Dès qu'Aumont s'est effondré, l'empereur Charlemagne s'assied sur le pré, recru de fatigue, et il s'adresse à Roland en ces termes : « Je vous remercie, Dieu tout-puissant, de m'avoir envoyé un tel soutien dans l'épreuve, et tu as vraiment été amené par la chance, Roland mon parent, car Aumont m'aurait certainement vaincu si tu avais longtemps tardé à arriver. »

Roland prend pour lui le cheval, l'épée et le cor d'Aumont. Les Francs arrivent alors : Ogier, Naimes et leurs compagnons, et ils découvrent Charlemagne épuisé et Aumont mort. Parvenant devant l'empereur, Naimes s'adresse à lui : « Cher seigneur, Dieu soit loué que je vous voie sain et sauf, mais il était imprudent de poursuivre seul un preux tel qu'était Aumont, car vous avez pu voir à quel point il ne s'en allait pas comme un fuyard[1] : il m'avait jeté à terre et avait coupé en deux le cheval de mon cher compagnon Ogier le Danois, nous réduisant à l'état de chemineaux bons à rien. »

L'empereur répond : « Mon cher ami, réjouis-toi en ton cœur et rendons grâces à Dieu et à ses saints, car mon lot a été meilleur que celui que j'ai momentanément entrevu. En effet, ce païen m'a livré un si rude combat à cause du heaume que je portais, que je me sentais complètement à bout de forces si Dieu ne m'avait pas envoyé mon parent Roland. »

Après cela, ils vont chercher de l'eau pure et donnent à boire à l'empereur, puis ils nettoient le sang et la sueur de son visage,

---

[1]. A ajoute « mais plutôt comme le plus grand des Vikings » – qualificatif autant flatteur qu'inquiétant pour un amateur de sagas islandaises.

car Aumont avait si bien manœuvré que le visage de l'empereur avait reçu une large écorchure à l'endroit où l'attache du heaume s'était enfoncée. Ils vont ensuite là où repose le cadavre d'Aumont et voient son bras droit coupé et son crâne, avec le heaume, fendu jusqu'aux dents. Cela amène Naimes à s'adresser à Roland en des termes très amicaux : « Que Dieu fortifie le bras qui asséna à ce chien un coup si puissant ; aussi prends pour toi ce que tu veux de l'équipement d'Aumont, car nous sommes d'accord que tu mérites de profiter de ce que tu as conquis si vaillamment. »

Ils tournent le corps d'Aumont face contre terre et le transportent sous un olivier, jetant son bouclier sur lui, puis ils montent à cheval. Mais avant qu'ils s'éloignent, l'empereur se tourne vers Ogier et Naimes en disant : « Si cet homme avait été chrétien, aucun homme plus valeureux que lui n'aurait jamais été engendré en ce monde. » Naimes répond : « Maudits soient son père et sa mère qui l'engendra, et tous ceux qui le pleurent et se lamentent sur lui, alors qu'il est à présent livré à tous les diables pour l'éternité. »

Chapitre LVII — Baptême de Balan

L'empereur retourne maintenant auprès de ses hommes. Tout le peuple chrétien était grandement affligé et peiné du fait qu'ils avaient perdu l'empereur et ses hommes, et ne savaient pas ce qui leur était arrivé. L'armée païenne avait alors été mise en fuite, pour ceux du moins qui avaient pu en réchapper vivants.

L'empereur se rend ainsi au camp qu'ils avaient occupé, descend de cheval en face de la grande tente qui était celle d'Aumont et y pénètre en compagnie de ses compagnons. L'endroit était extrêmement bien pourvu, car l'on y trouvait toutes sortes de choses : des nourritures à profusion et la meilleure des boissons que l'on puisse se choisir ; ne manquaient ni l'or ni l'argent, non plus que les pierres précieuses, et il y avait de beaux services de table fabriqués à la fois à l'ancienne et de façon moderne ; on trouvait là en quantité les habits les plus précieux, taillés ou non, et il y avait un si grand choix d'équipements de guerre qu'il est malaisé de les énumérer.

Il parut bon aux Francs de se reposer là après cette longue fatigue et cette grande épreuve. Charlemagne et tous ses barons préférés s'assirent sur des sièges. Monseigneur le pape et des clercs étaient assis à côté de l'empereur dans cette tente, louant Dieu pour la victoire qu'il avait accordée à son peuple. Les Français se détendaient en mangeant et en buvant, ce qui les divertissait beaucoup. De grandes réjouissances se déroulèrent alors dans le peuple chrétien.

La tente qu'Aumont, fils d'Agolant, avait apportée du royaume d'Afrique avait été fabriquée avec un si grand art que les Francs pensaient n'avoir jamais vu un tel trésor. Mille chevaliers pouvaient s'asseoir à l'aise à l'intérieur sans compter les écuyers et serviteurs. La tente elle-même avait été faite dans les étoffes les plus précieuses et elle était brodée d'or et d'argent. Sur le devant avaient été placées quatre escarboucles d'où émanait une lumière entourant la tente, de telle sorte qu'il n'était pas utile d'allumer de chandelles à cet endroit pendant la nuit ou la soirée. On entendait là de beaux chants d'oiseaux et de la musique de flûte, et l'on voyait des pièces de jeu jouant d'elles-mêmes l'une avec l'autre pour le divertissement. Lesdites escarboucles produisaient un rayonnement si grand que la vallée tout autour en était éclairée de telle manière qu'il n'était pas possible de prendre par surprise un homme montant la garde. Les hommes de l'empereur avaient également suffisamment de lumière pour ce qu'ils avaient à faire. L'empereur et monseigneur le pape dormirent dans cette tente cette nuit-là.

Au matin, l'empereur demanda aux clercs de bénir de l'eau, et qu'elle soit répandue sur toute l'armée, puis tout autour de la tente à l'extérieur et à l'intérieur, et sur tout ce que les païens avaient auparavant tenu dans leurs mains. Cela fait, l'empereur alla se mettre à table avec toute son armée ; ils s'assirent et burent, passant la journée à se réjouir. Avant que les tables soient enlevées, trois hommes s'avancèrent devant l'empereur, le duc Naimes et Ogier le Danois menant entre eux deux le messager Balan. Ils le saluèrent courtoisement. L'empereur les accueillit cordialement, leur demandant qui était l'homme à la belle prestance qu'ils amenaient.

Il répond : « Je me nomme Balan, et j'avais été envoyé par Agolant et Aumont au moment où vous étiez installé dans la cité de Bayonne, et je vous avais envoyé un cheval blanc. Tout récemment j'ai eu l'impudence de venir vous attaquer, et vous m'avez désarçonné. Or, je comprends parfaitement, en raison des nombreux événements qui nous ont mis aux prises, que la religion que pratiquent les païens peut être plus justement nommée doctrine erronée que foi quelconque ; c'est pourquoi je veux à présent l'abandonner complètement et recevoir la vraie foi par le baptême, si vous voulez bien me l'accorder. Et vous devez bien savoir, votre Dieu m'en étant témoin, que cette intention était en mon cœur depuis déjà longtemps, même si j'ai sans cesse suivi mes compagnons jusqu'à aujourd'hui. »

Le roi répond : « Si tu es sérieusement déterminé à cela, comme tu le dis, je n'aurai aucune réticence à te faire donner le saint baptême si tu l'acceptes. » Il répond : « Dieu m'est témoin que telle est ma volonté sincère. »

Là-dessus, l'empereur explique le cas du messager Balan, et monseigneur le pape loue Dieu tout-puissant et déclare ceci à l'empereur : « Ne tardez pas, seigneur, à donner satisfaction à ce païen, car il est homme de bien, celui à qui Dieu fait la grâce de le retirer de la gueule du démon pour le rapprocher de lui. »

L'empereur ordonne immédiatement que des Francs préparent un profond bassin, et c'est ce qui est fait. Quatre évêques s'y rendent ensuite, ainsi que d'autres clercs, et ils consacrent ce bassin. Lorsqu'il est consacré, l'empereur demande à monseigneur le pape qu'il veuille bien célébrer le baptême de cet homme, ce qu'il fait volontiers. Il baptise Balan au nom de la

Sainte Trinité en lui donnant un nom, et il l'appelle Guiteclin[1] d'après le nom d'un puissant seigneur de l'empereur Charlemagne, qui était mort peu de temps auparavant. L'empereur le relève des fonts baptismaux et le revêt lui-même des meilleurs habits, lui donnant en outre un très riche manteau qu'il passe sur ses épaules.

Cet homme impressionna grandement tout le monde, car il était de belle apparence, de haute stature, puissant et courtois dans son comportement.

Nous avons maintenant fini de parler de Guiteclin pour le moment, et nous allons dire quelques mots concernant l'excellent seigneur Girart le Vieux. Après qu'il se fut emparé du maître étendard d'Aumont, il retourna à la bataille une autre fois, comme on l'a dit précédemment, et dès qu'il sut qu'Aumont fuyait, et que Charlemagne le poursuivait, il lança la plus vive des attaques et incita ses hommes à l'assaut, et ils pourchassèrent les païens en fuite loin de l'endroit où se trouvaient les autres[2]. Quand le soir commença à tomber, il ramena ses troupes vers la tour qu'il avait prise à Aumont, et que l'empereur avait placée sous son pouvoir pour tout le temps qu'il passait à faire la guerre en Espagne. Beaucoup de ses camarades étaient tombés, et maint homme était blessé. La fatigue due à la faim éprouvante et à la soif était générale. Tous prirent alors du repos et passèrent la nuit au calme. Le seigneur Girart dut se coucher dans sa tour avec ses hommes, tandis que le seigneur Charlemagne était installé dans la tente avec sa troupe. Ils laissèrent les hommes sains récupérer de leur fatigue et soignèrent les malades et les blessés ; ils se préparaient à toute éventualité pouvant se présenter à eux par la suite.

Mais à présent il faut dire quelques mots d'Agolant, et raconter de quelle belle et noble manière il accueille les deux rois Magon et Esperant qui avaient fui le maître étendard de son fils Aumont, quand ils arrivent chez lui.

---

1. Vitaclin (A et B), Vitaklin (a).   2. où ils se trouvaient auparavant (b).

Chapitre LVIII — Agolant retrouve Magon et Esperant

Pendant que les événements que nous venons de mentionner se déroulent en Espagne, le roi Agolant se tient avec une grande armée dans la cité qui se nomme Rise[1], dans la puissante Afrique, ne sachant pas ce qui se passe entre l'empereur Charlemagne et Aumont. Aussi mène-t-il grand train et joyeuse vie, pour la raison que deux puissants rois sont venus à la cité avec une forte flotte. L'un se nomme Bordant le Fort, et règne sur le pays qui s'étend au-delà de la contrée de Jérusalem ; l'autre se nomme Moadas[2].

Un jour durant leur visite, les rois Agolant et Bordant jouent aux échecs, et alors qu'ils ont longuement joué, le jeu tourne en défaveur d'Agolant ; il le prend mal et dit dans sa colère : « Quitte le jeu, car même si je mettais en jeu toute la Pouille, tu ne pourrais sûrement pas la gagner. » Le roi[3] répond avec malice comme esquissant un sourire : « Il n'en est pas ainsi, seigneur, car si j'étais à votre place, j'engagerais d'autant moins mon royaume que mon gant me semble mieux valoir que vos chances aux échecs. »

Tandis qu'ils discutent ainsi, arrivent au palais les rois Magon et Esperant, déjà nommés. Ils descendent de cheval et viennent trouver Agolant alors qu'il est à la table de jeu, et ils le saluent. En les voyant, il les reconnaît très bien et il leur demande quelles nouvelles ils pouvaient lui apporter. Ils répondent : « Seigneur, ce sont des nouvelles importantes.

— Quelles sont-elles ? dit Agolant, mon fils Aumont a-t-il conquis l'Espagne, tué le roi des chrétiens ou les a-t-il mis en fuite ?

— Il n'en est pas du tout ainsi, disent-ils ; ton fils s'est battu contre Charlemagne et nous pensons que la plus grande partie de l'armée que tu lui avais donnée pour l'accompagner a été anéantie. Il nous a confié la garde de son maître étendard ainsi

---

1. Frisa (ou Risa).   **2.** Modal (ou Moadas).   **3.** C'est-à-dire Bordant.

qu'une troupe qui ne comportait pas moins de cent mille hommes, mais le second jour de la bataille, un groupe nous a attaqués à l'improviste avec une violence incroyable. Leur chef était un homme de petite stature et corpulent, et il tua toute notre troupe et nous mit en fuite. Aumont ne défendit ni sa bannière ni nous. Ensuite nous avons cheminé nuit et jour jusqu'au moment présent. »

Agolant demande alors à Esperant avec colère : « Que peux-tu me dire d'Aumont ? » Il répond : « Par ma foi, je ne peux pas en dire plus que ce que je viens de raconter. » Quand Agolant entend les paroles du roi, il bondit tout bouffi de colère, renverse à terre la table de jeu, saisit un gros poteau dans l'intention de frapper le roi sur la tête, mais celui-ci s'écarte et le coup tombe sur une colonne de pierre avec une telle force qu'elle se brise. Agolant dit alors : « Vils traîtres, vous allez être pris sur-le-champ et vous serez pendus au gibet comme les pires des voleurs, ou vous endurerez une autre mort plus déshonorante encore pour la trahison que vous avez perpétrée à l'encontre de mon fils et de moi, votre roi. » Esperant répond : « Ton déshonneur s'accroîtra d'autant, et à juste titre, si tu nous fais mettre à mort sans juste raison ; la prétention qui est la vôtre, à toi et à Aumont, de triompher de Charlemagne, est vaine. »

Là-dessus, les rois sont appréhendés sur l'ordre du roi. Celui-ci se rend dans un grand palais, convoque tous les chefs de l'armée païenne et leur parle en ces termes : « Chers barons, vous êtes tous au courant de la grande lâcheté que ces deux rois ont commise à mon égard, en trahissant mon fils et en fuyant son maître étendard par faiblesse et couardise. Maintenant, afin que nul n'ose jamais plus commettre une telle félonie envers ses chefs, je vous demande sur votre vie que par égard pour la souveraineté qu'il m'appartient d'exercer sur vous, vous jugiez ces traîtres en prononçant une sentence juste et rapide, de sorte que leur acte ne reste pas plus longtemps impuni. »

Les barons répondent : « Nous ne manifesterons aucune désobéissance due à quelque défiance envers vous dans cette affaire. »

Vingt rois sortent ensuite du palais pour entrer dans un bâtiment annexe. Un grand nombre d'entre eux sont à la fois des parents et des amis des deux rois qui sont à présent dans les fers. Il se passe alors, comme c'est souvent le cas quand on discute d'une affaire délicate, que tous n'ont pas la même perception des choses : certains parlent en faveur des rois et veulent obtenir plus de mansuétude pour leur cas, mais d'autres s'y opposent et veulent agir en fonction de ce qui pourrait le plus agréer à Agolant, et leurs interventions vont dans des sens divers.

Il nous faut maintenant rendre compte rapidement[1] de l'intervention de chacun.

Chapitre LIX — Le conseil délibère

À présent, quand les rois déjà mentionnés se sont rassemblés en un même lieu, le roi Amustene[2] se lève le premier, car il est par son rang au-dessus de tous ceux-ci et il commande à une armée de vingt mille hommes. Il a deux fils, des hommes accomplis, et il est proche parent des rois [incriminés[3]]. Aussi entend-il prendre la parole en leur faveur pour obtenir l'adoucissement de leur peine, et il s'exprime ainsi en termes éloquents : « Attendu que sont réunis ici des hommes sages et avisés, il faut faire en sorte que chacun prête attention aux propos d'autrui avec application, et écoute patiemment ce qui est dit. Prenons dans le conseil de chacun ce qu'il contient de meil-

---

1. Compte tenu de la longueur du récit de ce conseil, il s'agit là d'une prétérition. Cette précaution oratoire semble destinée à masquer quelque peu l'abondance qui va suivre, de manière peut-être à prévenir une possible lassitude du public. Le prochain chapitre rendra fidèlement, en tout cas, le procédé des laisses parallèles que l'on rencontre à cet endroit dans la *Chanson d'Aspremont*.   2. L'« amustans » dans *Ch. d'A.* (v. 6223), soit un nom commun signifiant chef important.   3. Nous ajoutons cette dernière précision pour rendre le passage plus compréhensible.

leur et de plus sensé, rejetons ce qui est énervement, folie et précipitation, et suivons la voie de la sagesse en toute sérénité. Du fait que Magon et Esperant sont mes neveux, il ne convient pas que je m'étende sur leur cas, mais j'espère que personne n'est venu à ce conseil dans l'intention de prononcer un jugement qui les accable plus qu'il n'est juste, car je crains que s'ils sont soumis à quelque mauvais traitement, toute cette armée ne s'agite, et pas de façon limitée. »

Après avoir parlé ainsi, Amustene s'assied ; le roi Aquin[1] se lève et s'exprime avec véhémence : « Tu entreprends une bien lourde tâche, seigneur Amustene, si tu as l'intention d'obtenir par tes propos spécieux que ces hommes, même s'ils sont tes parents, ne subissent aucune peine. Il me semble, en effet, que leurs propres paroles les condamnent à mort dès lors qu'ils affirment qu'Aumont leur a fait l'honneur insigne de leur confier la garde de son maître étendard avec une grande troupe. Or nous pouvons tous constater qu'ils viennent d'arriver ici, alors qu'ils sont indemnes, et que leurs boucliers ne sont pas cabossés, ni leurs cottes déchirées, ni leurs heaumes ou leurs broignes fendus, ce qui montre de façon évidente qu'ils ont fui par couardise et lâcheté. Nous avons envoyé là-bas nos fils et nos parents, et nous pouvons assurément éprouver des craintes quant à leur situation, alors que toi, Amustene, tu penses pouvoir te réjouir et profiter du retour de tes parents. Mais tu connaîtras un autre sort, car juste sous tes yeux je prononce la sentence suivante : que l'on tire vengeance de toutes nos peines en les mettant à mort de façon infamante. »

Ainsi parle Aquin, après quoi il s'assied. Là-dessus le grand chef Galindre[2] le Vieux se lève – il régnait sur un grand royaume et gouvernait la grande cité qui s'appelle Sebastia[3] ; c'était un homme éblouissant, et il portait un manteau fait de l'étoffe la plus précieuse. Sa barbe était blanche et descendait sur sa poitrine. Quand il se mit à parler, tous lui accordèrent

---

1. Akvin (A) – Antelme ? (*Ch. d'A.*).   2. Galinger (B), Galingrerir/Galingres/Galingri (A) – sans doute tiré de Galindre (*Ch. d'A.*).   3. Nom absent de *Ch. d'A.*, Galindre y étant roi de Batre.

leur attention, car il était le plus éloquent chef de toute l'armée, homme posé, modéré, et hautement estimé de tous.

Il débute son intervention en ces termes : « Nobles seigneurs, je veux vous dire mon sentiment sur cette affaire. Ces rois étaient d'un haut rang, c'étaient des hommes valeureux et des combattants vaillants. À présent si vous voulez juger leur cas en toute justice, il me semble qu'il vaudrait mieux laisser cette affaire en suspens jusqu'à ce que nous soyons absolument certains de leur degré de culpabilité. Si Aumont revient vivant avec sa suite, qu'il juge leur si importante cause à son gré ; et si Mahomet ne veille pas sur ses chefs et qu'Aumont soit tombé ou mortellement blessé, jugez du mieux qu'il vous en semble. Si vous ne suivez pas mon conseil, je ne prendrai aucune part à vos actes. Vous savez par vous-mêmes que je ne jugerai cette affaire ni dans la hâte ni dans la précipitation, sans preuve conforme au droit ni d'autre sorte, et je ne servirai les desseins d'aucun homme, grand ou petit, en jugeant ce cas autrement que ne le prescrit le droit selon moi, quand bien même on m'offrirait un autre royaume aussi grand que celui sur lequel je règne aujourd'hui, et je ne serais absolument pas digne d'être entouré de tant d'honneurs si je jugeais mal cette affaire – il convenait que je vous le dise. Que s'exprime ici plus longuement celui qui sera mieux entendu, je me tairai pour cette fois. »

Se lève ensuite le roi Mordanturus qui dit : « Il semble que les choses prennent ici un tour surprenant : l'homme dont je pensais qu'il était parvenu au faîte de la sagesse en raison de son âge, doit avoir maintenant à peine dépassé le stade du fou furieux, et il en est de toi, Galindre, comme le dit le sage : le cœur se refroidit loin de l'esprit tout comme le corps se dessèche avec l'âge. Je m'étonne de la manière dont tu trouves légitime de faire attendre ou de retarder le verdict du procès de ces rois, prétextant qu'ils ne sont en rien coupables auprès d'Agolant et de son fils Aumont, alors que, conformément à l'ancienne réglementation des aventuriers de jadis [1] – telles sont les dispositions inscrites dans les

---

1. Par transposition, les vénérables règlements sont en fait attribués ici aux « hervíkingar », soit des Vikings partant à l'aventure faire du butin.

lois des guerriers –, aucun vaillant preux ne doit avoir l'impudence de fuir la bataille ou de quitter le maître étendard, et il doit supporter là ce qui lui advient, que ce soit vivre ou mourir. Si ces rois avaient été placés en tête de bataillon et avaient fui la bataille dans des conditions telles qu'ils n'aient pas surveillé le maître étendard sous l'effet de la crainte et de la terreur, on aurait pu envisager la chose avec indulgence, mais il n'en est pas question dans le cas présent puisqu'ils affirment avoir reçu la charge de s'occuper de l'enseigne, et l'avoir abandonnée ensuite, trahissant par là même leur seigneur. De ce fait, je suis d'accord pour dire qu'ils se sont condamnés par eux-mêmes à la mort la plus injurieuse. »

Après avoir prononcé ces paroles, il regagne sa place. Juste après se lève Gordiant de Galacie [1], contrée qui s'étend au loin dans le pays de Garsant. C'était un homme extrêmement puissant, barbe et cheveux poivre et sel, large d'épaules et pourvu de bras massifs, richement et noblement vêtu. Il dit à haute voix : « Nobles seigneurs, vous savez que je ne suis un enfant ni par l'âge ni par la clairvoyance, et de ce fait vous pouvez prêter attention à mon conseil. Ces rois sur le sort desquels nous sommes en train de statuer sont de bons chevaliers, et ce serait de ce fait un grand dommage que de les condamner à mort. Opposons-nous à cela, à moins que tel ne soit le jugement d'Aumont en personne, du fait principalement que nous ne savons pas à quelle mise à l'épreuve soumettre leur cas, et même si Aumont s'est opposé en maintes occasions à la volonté de son père et de nous autres barons, nous devons tout au moins lui faire honneur pour la raison qu'il est le fils de notre seigneur. Je vous demande à tous d'éviter de faire quoi que ce soit contre lui dorénavant. À présent, quoi que j'en dise et quels que soient mes vœux, il me semble probable que l'issue de cette affaire nous placera dans les pires difficultés. Dans ces conditions, je vais céder la parole et me taire pour cette fois. »

Quand Ulien, le parent d'Agolant, entend à quel point les

---

1. Gordiant, Galacia (B), Gordant, Galizia (b) – Gorant/Garilant (*Ch. d'A.*).

conseils des rois sont divergents, il ne peut plus rester silencieux, il se lève, s'agite et prend la parole avec une véhémence dont il est coutumier : « Écoutez bien ce que je vous dis : il est patent que vous ne vous accordez pas pleinement sur le jugement qu'Agolant, notre roi, nous a confié à tous, alors que nous sommes tenus d'exécuter ses ordres du fait que les dieux eux-mêmes ont fait de lui notre chef suprême. Je suis d'accord pour dire que la couronne qu'offrit Agolant à son fils Aumont fut une grande folie, qui renforça en lui une arrogance et un despotisme tournés contre lui-même et tous ses amis. Bien que nous n'ayons donné aucun conseil à ce sujet, la situation est maintenant conforme à ce qu'il a ordonné, et dans ces conditions vous pouvez voir, bons seigneurs, quelle infamie ces rois ont commise à son encontre : ils ont délaissé leur seigneur, l'ont abandonné et repoussé, et ils se sont séparés de lui d'une manière si inhumaine qu'alors qu'ils étaient plus honorés que les autres et qu'ils avaient reçu la garde de son maître étendard, ils s'enfuirent bassement et vilement, trahissant de la sorte leur maître. C'est pourquoi je juge qu'ils se sont condamnés à mort. À présent s'il y a ici quelqu'un d'assez audacieux pour disqualifier mon jugement, qu'il saisisse ses armes sans retard et s'en revête pour venir m'affronter, et je lui trancherai la tête à cet endroit même, prouvant ainsi la justesse de mon jugement. Si je ne fais pas ce que je viens de dire, qu'on me jette au fin fond d'un donjon et que j'y meure de faim ! »

Entendant ces paroles d'Ulien, les rois gardent le silence et se regardent l'un l'autre. Il s'assied et se tourne vers le roi nommé Pharaon en lui disant : « Je crois avoir maintenant suffisamment bien soutenu la volonté d'Agolant pour qu'aucun n'ose venir contester mes propos. »

Quand le silence a duré un moment, le roi Pantalis[1] se lève. Il a l'air très en colère du fait que ses parents ont été condamnés à mort, aussi parle-t-il d'une voix très haute de façon que tous ceux qui se trouvent là assis l'entendent : « Des paroles

---

1. Pantalas.

d'une grande impudence sont sorties de ta bouche, Ulien, quand seul devant tout le monde tu t'es déclaré en faveur de la condamnation à mort d'aussi valeureux chevaliers que Magon et Esperant. Tu entends remercier Agolant pour le vin fin que tu absorbes en quantité chaque jour, en faisant ce qu'il souhaite, ce qui tournera à votre grand déshonneur à tous les deux. À présent, que cela plaise ou non, je vais dire ce qui me paraît être le meilleur parti à prendre dans cette affaire, à savoir qu'Agolant, notre roi, attende que son fils Aumont revienne, ou bien qu'il apprenne de source sûre s'ils ont fui la bataille pour une bonne raison ou seulement par couardise, car par Mahomet, ni Agolant, ni toi, Ulien, ni personne d'autre n'est en mesure de juger ce cas avant cela ; et si je disposais de la force d'une armée aussi puissante que celle qui est maintenant rassemblée dans cette cité, je n'aurais pas l'audace d'oser provoquer des troubles alors que rien n'est prouvé. »

Ainsi parle Pantalis, et il va s'asseoir. Après lui se lève Gondrin le conducteur de char[1]. Il est gouverneur du royaume que possède le roi Tempier[2] et qui s'appelle Brugier[3], un grand pays très fortement peuplé. C'était un homme éloquent, très savant en matière de lois païennes et conseiller principal auprès du roi Agolant. Gondrin s'incline contre une colonne et dit : « Il ne convient pas que nous ne prenions pas en compte les déclarations et les souhaits d'Agolant, notre roi suprême, quand il nous demande en son autorité de prononcer une sentence sévère et juste à l'encontre des deux traîtres qui se trouvent ici, et qui ont conçu la folle pensée que leur grande félonie allait rencontrer notre agrément, alors que ces misérables et lâches scélérats ont abandonné leur seigneur qui leur avait donné autorité sur son maître étendard, les tenant pour des preux courageux. Du fait qu'ils se sont montrés malintentionnés et traîtres, je demande qu'ils soient pendus comme de méchants voleurs, et qu'ensuite leurs corps soient brûlés sur un bûcher, car tel est le comportement qu'il convient d'avoir

---

1. Gundrun hinn karueski (B), karneski (b) – Godrin/Gondres/Gondrul (*Ch. d'A.*). 2. Temprer. 3. Birangri (B), Hiangri (b).

avec des traîtres malfaisants. Même si Pantalis, leur parent, entend repousser nos jugements dès lors qu'ils vont contre ses souhaits, je ne mise pas un sou sur son arrogance et son orgueil. S'il en a l'audace, qu'il prenne son épée et vienne m'affronter ; et si je n'ai pas tôt fait de lui trancher le corps en deux, qu'il me fasse brûler dans le feu et répande mes cendres au vent, en chassant mes héritiers de leur patrie. »

Lorsqu'il a ainsi parlé, il s'assied. Se lève alors le courtois seigneur Achar de Flor[1], grand homme de guerre, et il parle en ces termes : « Tenons-nous-en à ce qui a été dit en premier, en évitant de brouiller cette affaire par notre emportement et notre acharnement. Exprimons plutôt avec dignité l'avis qui nous paraît le plus juste. Il eût mieux valu pour Agolant qu'il reste chez lui en paix et au calme dans son royaume d'Afrique, qui est si vaste et si grand qu'il suffit bien à un roi, au lieu de chercher avec cupidité à s'emparer du royaume d'un autre roi, ce qui ne lui est d'aucune utilité mais se solde par des pertes financières et humaines. Ce fut également une décision trop vite prise que de placer son fils Aumont à la tête d'un si grand nombre de vaillants preux, car tout homme connaissant son emportement peut tenir pour probable que non seulement ces deux rois peuvent en avoir été grandement dégoûtés, mais aussi tous ceux qui l'ont suivi dans sa folie. À présent, compte tenu du fait que Magon et Esperant, que vous condamnez à mort, sont de bons chefs qui ont souvent démontré leur loyauté et leur chevalerie à toute épreuve, je me porte garant, moi et mes biens, pour eux, de façon qu'ils restent en vie jusqu'au retour d'Aumont ; et si vous refusez cette proposition, je n'ai que cela à dire pour tout conseil en cette affaire. »

C'est ainsi qu'Achar achève son propos. Le roi Abilant[2] le Puissant répond à son intervention de la façon que vous pouvez entendre ici : « En vérité, Achar, tu ne fais pas des remontrances en des termes astucieux, au contraire tu formules ouvertement de violentes accusations, et si l'on réagissait comme il se doit,

---

1. Acharz or Amflor (B), Achaz (b), Ankaris or Amflors (A) – Achar(s)/Acar(s) (*Ch. d'A.*).   2. Adilant (b).

tu ne devrais plus jamais paraître aux yeux d'Aumont, ni recevoir le moindre honneur de son père Agolant, du fait que tu as dans l'idée d'obtenir par tes allégations spécieuses que nous transgressions les ordres de notre roi et ainsi le trahissions. Réfléchis-y et disparais sur-le-champ de notre vue ; va susurrer tes conseils à l'oreille de qui bon te semble, mais sache que l'on n'entendra jamais dire que ton intervention ait pu secourir ces rois, car il ne convient pas que leur cas échappe longuement à la sentence à cause des requêtes ou des souhaits de qui que ce soit.

« Maintenant, juste sous tes yeux, ils vont être attachés et frappés, et tes bras ne leur seront pas du moindre secours ; tout au contraire, quinze écuyers vont les punir pour leur déloyauté, de telle façon que chacun d'eux tiendra dans sa main une cravache rigide, avec de rudes lanières de cuir, pour les frapper avec force ; et si l'un d'entre eux leur donne un coup qui ne leur ensanglante pas le dos, il recevra immédiatement un coup de ma main droite en retour. Lorsque ces traîtres auront été torturés de la sorte, ils seront pendus, puis attachés à l'arrière d'un cheval pour être mis en pièces en étant traînés par les tertres et les rochers, et enfin brûlés sur un bûcher jusqu'à devenir cendres froides. Telle est ma sentence, à moi et à tous ceux qui veulent me suivre. Quant à toi, Achar, ainsi que tous ceux qui veulent le suivre, et prétendre que cette sentence est mauvaise, nous ne craindrons pas de vous condamner au même châtiment, car je vous accuse tous de sympathie envers cette trahison. S'il y a quelqu'un d'assez audacieux pour s'opposer à mon jugement, qu'il parle maintenant haut et clair. »

Le roi Melkiant[1] se lève alors, un homme audacieux dans ses interventions, ami intime du roi Amustene, qui s'exprime en ces termes : « Le fait est, Abilant, que tu es à la fois grand et fort, et naturellement il te semble, du fait que tu le penses ainsi, que nul ne va oser utiliser sa langue contre toi. Mais afin que tu te rendes compte que tu n'es pas encore parvenu à une telle

---

1. Melkiant/Melkeant/ Melcheant – Maladient (*Ch. d'A.*) ?

puissance, j'exprimerai sans crainte l'avis qui me plaît, de façon que tes compagnons et toi puissiez l'entendre clairement. Durant un temps, je me suis tu et j'ai écouté ce qui a été dit ici, et je crois que les plus sages semblent être les plus sévères envers la cause des rois, mais je crois que leur jugement a été formulé de façon véhémente et malintentionnée à l'égard d'Agolant – comme de les condamner à la peine capitale, bien qu'ils aient quitté le champ de bataille alors que leur mort était tout à fait assurée. Ne résistèrent-ils pas longtemps, se battant courageusement, jusqu'à ce que toute leur troupe eût péri ? Deux hommes pouvaient-ils en quelque manière opposer une rude défense et obtenir une très grande victoire dans ces conditions, alors qu'auparavant cent hommes n'avaient pu y parvenir ? Ils attendirent, mais ni Aumont ni personne d'autre ne vint à leur aide.

« Eh bien, dites-moi en toute sincérité qui, parmi vous qui êtes ici assis, serait vaillant et héroïque au point de ne pas penser à soi-même et de ne pas examiner en tous sens quelle serait la manière de fuir la plus convenable, dès l'instant que la mort lui semblerait certaine ? Je peux répondre pour moi-même : je ne le serais assurément pas. Et vous ne prêteriez pas attention à un homme qui n'est pas l'un de vos proches, quand bien même il serait votre chef, du fait que vous ne prendriez même pas en compte le fait que votre père ou votre mère soit resté entre les mains des ennemis, si vous pouviez plutôt sauver votre vie. Vous pourriez aussi considérer, si vous deviez rechercher le raisonnable, combien il est fréquent qu'une grande frayeur s'abatte sur le cœur de ceux qui participent à une bataille, alors qu'auparavant ils avaient démontré leur courage à maintes reprises, au point qu'ils ne désirent rien d'autre que prendre la fuite. Mais dès qu'ils sont sauvés de ce grand péril, ils se demandent eux-mêmes comment il est possible qu'ils aient été terrassés au point de fuir les armes de leurs ennemis. Ils aimeraient bien mieux avoir subi une mort immédiate plutôt que subir une telle dépréciation de leur valeur. De ce fait, il apparaît clairement à qui s'attache à examiner le cas correctement, que leur fuite n'est pas due à leur couardise mais bien plutôt à un accident soudain. Il me semble que ces rois ont été pris dans cet accident : ils cherchèrent à fuir dès lors qu'ils ne virent pas de meilleure issue, et ils ne se cachèrent pas dans des cavernes ou d'autres cavités enterrées comme des fuyards terrorisés, mais ils vinrent trouver le roi suprême en personne, parce qu'ils considérèrent que nul n'était plus indiqué pour venir en aide à Aumont que son père Agolant, du moment que celui-ci savait de quoi il avait besoin. À présent je juge d'autant moins qu'ils méritent la peine capitale pour cet acte, qu'ils me semblent mériter une belle récompense. »

Melkiant achève ainsi son propos et s'assied. Se lève alors un chef important et puissant, qui se nomme Sinapis[1] l'Avisé ; il dirige un grand royaume nommé Alpre[2] – Sinapis était le meilleur ami d'Agolant et il avait élevé son fils Aumont pendant une longue période. Il parle en ces termes : « Ton intervention, Melkiant, peut sembler raisonnable, si elle est appréciée rapidement par des insensés. Mais si elle est sérieusement examinée, elle se révèle de peu d'intérêt, du fait qu'elle provient de l'amitié excessive, connue de nous tous, que tu portes à ce roi félon que je vois assis ici près d'une colonne de pierre ; il est revêtu d'un habit rouge malséant du fait que durant toute sa vie il s'est mal comporté et a toujours été malhonnête envers son roi suprême, alors que j'ai toujours suivi le roi Agolant en toute loyauté et sincérité. Mais il est surprenant qu'un homme aussi sage qu'Agolant supporte ses agissements, du fait que maintenant celui-ci voudrait faire acquitter ces traîtres qu'il nomme ses neveux par un juste jugement, non seulement dans son intérêt mais également par égard pour d'autres gens comme lui. C'est pourquoi mon véritable souhait serait qu'Agolant chasse de son royaume tout d'abord cet homme qui suscite la ruse et la tromperie, ainsi que tous ses parents, eux qui ont manifesté leur désobéissance en cette affaire.

« Quant à Magon et à Esperant, je les condamne à endurer la

---

1. Synagon (*Ch. d'A.*). 2. Alpre (B), Alfre (A) – Halape (*Ch. d'A.*).

plus dégradante des morts, dans les pires conditions, que nous puissions leur infliger. Ils ne doivent pas être passés par les armes comme des preux, et ne doivent pas connaître le gibet comme de simples voleurs ; ils doivent au contraire être attachés à l'arrière de chevaux particulièrement indomptables et être traînés par toutes les rues, puis jetés dans une fosse d'aisances, de façon que leur faute soit connue de tous et qu'Aumont n'apprenne pas que nous gardons parmi nous ceux qui l'ont trahi en toute tranquillité. Cette sentence doit être exécutée au plus vite. Même si ma sentence te paraît mauvaise, Amustene, il doit en être ainsi ; et je sais parfaitement que mon conseil te déplaît au plus haut point, puisque tu deviens tout pâle, puis noir comme la terre. Tu devras encore te gonfler et devenir bouffi de ta colère rageuse avant de parvenir à soustraire tes amis à notre jugement, car je ne me rétracterai pas même si tu tiens ce jugement pour mauvais. Je couperai ta tête mensongère, ainsi qu'à toute autre personne s'opposant à ces déclarations. »

Quand l'intervention de Sinapis en est arrivée à ce point, Mandequin le Fort dit : « Il est inutile de continuer à parler de cette cause maintenant, car je souscris entièrement à la sentence prononcée par Sinapis. » Il se lève, va à l'endroit où Ulien est assis et lui prend la main en disant : « Allons trouver Agolant et annonçons-lui à quelle conclusion en est arrivée l'affaire des rois. »

C'est ce qu'ils font et ils trouvent le roi assis dans son palais sur un coussin de soie. Ils le saluent, puis Ulien lui dit : « Libérez votre cœur d'une lourde peine, car les deux traîtres ont été condamnés à une peine conforme à vos vœux. » Le roi demande : « Sont-ils condamnés à mort ?

— Assurément, seigneur, disent-ils, aussi ne tardez pas à les faire saisir et attacher entre deux chevaux, et faites-les écarteler. Faites-les ensuite traîner par ces bêtes de somme tout autour des rues de la cité, par les rochers et les tas de pierres, puis faites-les mettre en petits morceaux et jeter dans la pire des fosses d'aisances. »

Quand Agolant entend les paroles d'Ulien, il commence à retrouver la joie et ordonne qu'on dispose des rois comme il a été dit : ils sont très cruellement écartelés sous les yeux des hommes et des femmes, de telle façon que leur chair et leur sang se répandent tout au long des rues et des rochers.

Beaucoup considérèrent ce jugement comme très dur, bien que personne n'osât le dire ouvertement. Cette affaire fut la cause de grandes dissensions dans l'armée des païens.

Chapitre LX — Témoignage de Valdebrun

Le lendemain de ces événements, alors qu'Agolant était à table, arrivèrent à la cité cent hommes qui avaient fui l'armée d'Aumont, et dans cette troupe il ne se trouvait pas un homme qui ne fût grièvement blessé. Leur chef était un chevalier nommé Valdebrun[1]. Il entra dans le palais alors qu'il souffrait de blessures sérieuses. Il avait été touché par une hallebarde qui avait traversé sa broigne et sa cotte et avait pénétré jusqu'à l'os, et comme il marchait, le sang coulait à flots de cette blessure et de mainte autre jusque sur le sol de la salle. Il salua Agolant d'une voix basse et languissante à cause de la quantité de sang perdu, en disant : « Que tous vos dieux protègent votre royaume, mais prenez bien le temps de considérer le sort d'Aumont.

— Comment se fait-il que tu sois en si mauvais point, cher ami, dit Agolant, et quelle nouvelle apportes-tu ? »

Valdebrun répond : « Des événements importants se sont produits depuis votre départ, car après qu'Aumont eut pris sous sa garde votre tour fortifiée, nous avons cru pendant un temps que la situation se présentait sous un jour prometteur, au point que la première fois qu'Aumont sortit de la tour avec

---

1. Valdibrun.

vingt mille hommes jeunes et vaillants, en prenant pour les assister les dieux eux-mêmes, ce fut un succès tant par le butin que par rapport aux gens. De nombreux chrétiens se convertirent alors. Nous brûlions les cités et torturions les femmes et les hommes. Lorsque nos affaires eurent prospéré de cette façon, Aumont retourna à la tour avec une grande quantité de butin.

« Quand nous avons rencontré des espions de Charlemagne sur le flanc d'une montagne, nous avons pensé agir avec eux de la même manière qu'avec les autres, en leur ôtant la vie et en leur prenant leurs biens, mais l'issue fut tout autre, car ils nous attaquèrent si violemment qu'à la fin de notre affrontement ils avaient tué une grande quantité d'hommes et mis en fuite Aumont et nous tous, prenant tout l'or et l'argent au point de ne pas nous laisser la moindre petite pièce, s'emparant en outre des dieux en personne. Lorsque, pour la seconde fois, Aumont sortit de la tour avec son armée dans le but de venger le déshonneur et de regagner les dieux, nous avons été si honteusement mis en fuite que la tour nous fut enlevée, de sorte que nous ne pouvions trouver refuge nulle part.

« Puis Aumont rassembla ses troupes invincibles et alla faire la guerre à l'empereur lui-même, et la suite sera vite dite : nous avons combattu trois jours durant, et bien que les chrétiens soient peu nombreux en comparaison de notre masse, ils nous pressèrent si fort que finalement – tels sont les ultimes événements que j'ai pu connaître – ils mirent en fuite Aumont ainsi que trois rois, et tuèrent tout être humain de sorte que pas un seul ne put en réchapper. Telles sont mes nouvelles », dit Valdebrun.

À l'écoute de ces informations, Agolant ne se réjouit guère en son cœur ; dans sa grande peine il fait comme s'il n'avait pas bien entendu les propos tenus par Valdebrun, et il dit : « Je ne dois pas avoir bien saisi tes paroles, chevalier ; j'ai cru t'entendre dire que les dieux splendides qui dans mon esprit devaient nous apporter la force la plus grande, avaient été pris par les chrétiens. » Valdebrun répond : « Vous avez bien entendu, seigneur, d'autant qu'ils les arrachèrent à notre garde de telle façon que nous vîmes de loin le traitement incroyable qui leur était réservé ; là, dans l'ignominie et le déshonneur parfaits, les chrétiens les enlevèrent du noble chariot où ils se trouvaient jusque-là et les traînèrent à terre. Ils leur marchèrent dessus et les foulèrent sous leurs pieds. Ils crachèrent sur leur barbe et leur moustache recouvertes d'or, les frappèrent à coups de bâton et de pierres, et les pendirent par les pieds aussi haut que possible pour nous mortifier. Je ne les ai jamais vus à ce moment-là manifester peu ou prou leur force et leur pouvoir, et je considère que tous ceux qui croient en ces dieux sont abusés, car il est clair pour tout le monde qu'ils ne peuvent pas accorder une grande attention aux besoins d'autrui du moment qu'ils ne sont pas capables de se préserver d'un tel déshonneur. »

Agolant répond alors en grande colère : « Que peux-tu me dire au sujet de mon fils Aumont ? Est-il vivant ou mort ? » Valdebrun répond : « Je ne sais pas, mais il me semble qu'il a pris la direction de la cité de Benaris[1] en compagnie des autres fuyards, car je ne saurais imaginer que quelqu'un soit assez rempli d'audace pour tuer votre fils Aumont. Cependant, on ne peut absolument pas s'opposer à ce que font les Francs, du fait qu'il est impossible de trouver des preux plus vaillants qu'eux, et qu'ils sont en outre excellemment équipés en armes comme aucun autre peuple.

— Je ressens une grande peine en mon cœur, dit Agolant, de ne pas savoir ce qu'il est advenu d'Aumont ; quelle décision allons-nous prendre à présent ? »

Valdebrun répond : « Soit rester tranquille et n'exposer aux armes dangereuses des Français ni soi-même ni l'armée, soit les affronter au plus vite avec la plus grande armée que vous puissiez rassembler. » Agolant répond : « Mahomet m'est témoin qu'en toutes circonstances je ne renoncerai jamais à assaillir le pays et le royaume qu'ils ont soustrait à mon autorité ; au contraire, je

---

1. Beiuere (A), Befueris (a).

vais aller les attaquer, tuer chacun d'eux et m'emparer de tout leur royaume. »

Les tables sont immédiatement enlevées. Agolant fait venir tous les rois et chefs puissants des cités et villages à l'entour, et il dit à tous ceux qui peuvent entendre ses paroles : « Rois suprêmes d'Afrique, écoutez mes paroles et soulagez mon chagrin. Que chacun se prépare au plus vite ! Ne perdez pas courage ! Faites retentir vos cornes et vos trompettes aiguës, et rassemblez toutes vos troupes, car nous allons partir à l'assaut des Français, abattre leur arrogance et leur tyrannie, et venger le déshonneur qu'ils nous ont infligé de maintes façons, s'ils osent attendre notre arrivée. »

Mandequin répond aux paroles du roi : « Mahomet m'est témoin, dit-il, que si je vis assez longtemps, les chrétiens seront vite tués ! » Valdebrun répond alors : « Tu n'as pas besoin de te précipiter tant pour affronter Charlemagne, car tu n'achèveras jamais une expédition avec plus de dégoût, même s'ils ont un millier d'hommes et toi vingt fois plus. »

À la suite de cela, de nombreuses trompettes se font entendre dans toute la cité, dans un grand tumulte et au milieu des clameurs, car chacun se prépare et équipe son bataillon avec les meilleurs chevaux et les meilleures armes possible. Quand toute l'armée d'Agolant est rassemblée, celui-ci sort de la cité au milieu d'une foule innombrable et se dirige vers les bateaux. Il s'installe dans la meilleure cabine avec la reine son épouse, et vogue sous un vent agréable jusqu'à ce qu'il ait mené sa flotte dans un joli port d'Espagne. Celui-ci domine la grande rivière dont le cours traverse la vallée précédemment décrite en temps opportun, qui est située au pied de la montagne d'Aspremont, endroit où s'affrontèrent Charlemagne et Aumont.

Le moment venu, Agolant descend de bateau avec toute son armée, et il fait construire un grand et beau campement. Il laisse la reine à bord, la confiant à la garde d'une grande quantité d'hommes courtois. Comme ceux qui ont fui la bataille l'ont informé que Charlemagne pouvait se trouver non loin de cet endroit, il partage son armée en cinq bataillons et place à la tête de chacun d'eux l'un des chefs qui seront mentionnés par la suite.

Comment le fameux seigneur Charlemagne apprit l'arrivée d'Agolant, c'est ce qu'il faut à présent raconter.

Chapitre LXI — Guiteclin alerte Charlemagne

Charlemagne est dans la tente d'Aumont avec monseigneur le pape et d'autres seigneurs, alors que le reste de l'armée se trouve tout autour de la tente. L'empereur ignore totalement l'expédition d'Agolant jusqu'à ce que, le jour même où les Africains ont débarqué près du campement français, le seigneur Guiteclin, précédemment dénommé Balan et baptisé par Charlemagne comme il a déjà été dit, arrive auprès de l'empereur. Il le salue dignement en termes courtois et lui dit furtivement : « Noble seigneur, je demande que vous et monseigneur le pape me suiviez à l'écart des autres. »

C'est ce que fait l'empereur : il prend monseigneur le pape par la main, et ils sortent tous les trois ensemble de la tente, laissant les autres à l'intérieur. Guiteclin prend alors la parole : « Puisque s'est à présent réalisé ce que j'avais depuis longtemps à l'esprit, devenir un homme de Dieu et embrasser la vraie foi, moment à partir duquel je suis placé sous l'autorité de Dieu et sous la vôtre, il ne convient pas que je vous cache des choses quand je sais que la nécessité veut que vous les connaissiez ; et si je le faisais, je serais un vrai traître. Je veux vous parler d'une caractéristique technique de cette tente, que ni vous ni aucun de vos hommes n'avez remarquée. Levez les yeux vers la boule surmontant le poteau central et vous pourrez voir sur la partie supérieure un dragon coulé dans de l'or ; sur le dragon vous pouvez voir une glace dont le pouvoir est tel que si un homme la regarde fixement, il voit ce qui se passe sur la mer ou sur la terre aux alentours. À présent, cher seigneur, regardez dans le miroir et vous aurez tôt fait de voir une innombrable flotte faire voile vers la terre, de lourds dromons, de longs vaisseaux [1], des galiotes, ainsi que de puissants navires de guerre [2]. Le roi Agolant est arrivé là avec une armée irrésistible et ils accostent près de votre campement. En outre vous pouvez voir, si vous le voulez bien, qu'il débarque avec toute son armée, qu'il fait dresser des tentes et dispose sa troupe en quatre bataillons, se réservant le commandement d'un cinquième ; et il est évident qu'il ne retournera pas dans son royaume avant de vous avoir rencontré. »

L'empereur s'approche et voit tout comme Guiteclin l'a dit, ce qui l'amène à dire : « Dieu soit loué d'avoir placé à son service un homme tel que toi, Guiteclin. Maintenant envoie vite au duc Girart des messagers qui lui demanderont de venir me trouver. »

L'ordre est exécuté : des hommes sont envoyés dans la tour du duc. Dès que le seigneur Girart apprend le message de l'empereur, il se prépare et demande d'être accompagné par ses neveux Boson et Claires et ses deux fils précédemment nommés ; ils partent à cheval en direction du camp. Quand l'empereur apprend l'arrivée du duc, il sort à sa rencontre tout empli de joie et l'embrasse ; il lui prend la main droite alors que deux vassaux prennent la gauche, et ils le conduisent ainsi placé entre eux.

Charlemagne dit alors : « Que Dieu vous récompense pour tout le mal que vous vous êtes donné tout récemment en allant vaillamment combattre pour secourir sa chrétienté ! Mais je m'étonne qu'un chef tel que vous n'ait pas encore reçu le titre de roi. » Le duc Girart répond : « Je ne souhaite pas être nommé roi, car je ne pense pas mériter un tel honneur. Bien que je ne sois que duc, je parviens très bien avec l'aide de Dieu à maintenir l'indépendance et la paix de mon royaume en le protégeant tout autant contre les chrétiens, les Vikings et les païens. La couronne royale est justement réservée à celui qu'il plaît à Dieu de magni-

---

1. « snekkja » : long bateau scandinave rapide.   **2.** « langskip » : gros bateau de guerre scandinave.

fier par le service qu'il lui rend, par le soutien qu'il apporte à la sainte chrétienté et par la force qu'il donne à la loi et à la justice ; celui-ci détruit et méprise ce qui est mal et opposé à Dieu, il retient près de lui les hommes de bonne famille et écoute volontiers les conseils salutaires des gens dont il connaît la loyauté. Il convient qu'un roi gouverne, exerce pleinement son pouvoir et soit très généreux. Celui qui n'entend pas suivre cette voie, ne mérite absolument pas de porter le titre de roi. »

L'empereur dit : « Vous parlez bien, duc Girart, mais je suis persuadé que vous possédez ces qualités. »

Ensuite, tous les quatre ensemble, Charlemagne, monseigneur le pape, le duc et Guiteclin se rendent en un endroit. L'empereur informe alors le duc de toute la situation. Le duc regarde dans le miroir et voit aussitôt l'armée d'Agolant, partagée en cinq bataillons. Il dit alors à l'empereur : « Il est sûr qu'Agolant va venir ici, et il est probable qu'il entend venger son fils Aumont ; mais bien que son armée se présente comme une masse innombrable, notre Dieu est si puissant qu'il peut faire en sorte, devant l'intercession de son saint apôtre Jacques, que la troupe de ces chiens de païens soit repoussée par les armes de ses ouailles cette fois comme précédemment. Malheur à ceux qui vous abandonnent dans cette épreuve ! dit le duc à l'empereur. Au contraire, mes hommes et moi, quoique nous soyons à présent bien peu nombreux, allons attaquer si rudement les païens que nombre d'entre eux y gagneront un mauvais lot. »

L'empereur remercie le duc pour ses propos et dit : « Frère Guiteclin, tu as longtemps vécu auprès des Africains, aussi dis-nous clairement ce qu'il en est de leurs chefs et de leur équipement, et quels commandants Agolant va avoir placés à la tête de ses bataillons. » Guiteclin répond : « Assurément je connais bien les chefs d'Agolant ; de ce fait, je pourrai vous offrir une description fidèle de l'équipement de chacun d'eux avant la tombée du soir, et vous, réfléchissez à ce que je peux vous dire. »

L'empereur déclare qu'il en sera ainsi. Guiteclin commence à parler : « Vous voyez, seigneur, que tout près de nous, au sortir d'une forêt, se dressent maintes petites tentes taillées dans le plus blanc des lins ou la meilleure des soies, et au-dessus de la plus vaste des tentes vous pouvez voir une grande bannière de pourpre rouge. Elle appartient au puissant Mandequin. Dans tout le royaume d'Afrique on ne trouve personne qui soit plus grand et plus puissant que lui, et il emmène au combat des hommes puissants et expérimentés.

« De l'autre côté, face à la rivière, un autre bataillon d'Agolant s'est installé avec des tentes élégantes. Il est commandé, je pense, par Achar de Flor et son parent Manuel. Je reconnais parfaitement leur équipement, car j'ai souvent été en affaires avec Achar, et je tiens à vous dire qu'il a envoyé ses hommes les plus hardis au secours d'Aumont.

« En remontant le long de cette grande et sombre forêt vous pouvez voir de grandes tentes très pauvrement parées. Un peuple étrange les habite : il n'existe pas d'hommes plus malintentionnés et plus intraitables qu'eux. Ils sont haïs et méprisés de la plupart des braves de sorte que nul ne les aime. Ils se contentent d'un peu de pain, qui plus est de basse qualité ; ils mangent toujours en retard comme des êtres sans foi ni loi. Ils n'estiment pas les chevaux ni les bonnes armures. Leur nourriture est constituée de gibier à poil et à plume. Il n'y a pas d'archers qui leur soient supérieurs car rien ne peut échapper à leurs traits ; ils ne se fient pas à leurs lances et font peu de cas des épées et des haches. Ils sont si rapides qu'aucun cheval ne les égale. Qu'il s'agisse de poursuivre une troupe en fuite, et ils y vont avec plaisir, mais s'ils fuient, ils hurlent comme des chiens, et sont rapidement vaincus. Leurs chefs sont le puissant roi Calides d'Orfanie[1] et Foriades.

« La falaise qui se dresse sur le rivage de l'autre côté est recouverte d'un très grand nombre de tentes pourvues de boules dorées. Le peuple qui s'est installé là provient d'un pays unique. Ils se nourrissent de meilleur vin et de meilleur pain que les autres nations. Ils ont de l'or, de l'argent et des pierres précieuses en abondance. Ils ont belle allure, sont courtois

---

1. Kalades af Orfanie (a), Orfama (b) – Calides d'Orcanie/Orfamie (*Ch. d'A.*).

dans leurs manières, bien pourvus en harnais et intrépides au combat. Ils sont menés par deux chefs, héros de grande valeur, Eliadas[1] et Pantalis.

« En cinquième position, seigneur, vous pouvez voir distinctement où se dresse le maître étendard d'Agolant. Je suis sûr que de nombreux rois et de puissants chefs ont été placés dessous pour le garder, et je pense que les hommes puissants d'Afrique sont venus ici si massivement qu'il n'en reste pas beaucoup là-bas.

« À présent, je vous ai dit ce que je sais de plus certain, et à partir de là il vous appartient de réfléchir à ce que vous comptez faire, mais il me semble que l'alternative est à présent la suivante : soit vous placez votre royaume sous l'autorité d'Agolant, soit vous le défendez vaillamment avec les forces que vous donne Dieu. »

Charlemagne répond : « Non, mon cher ami, jamais, tant que Dieu me prête vie, je ne livrerai mon royaume aux païens. Sois grandement remercié, Guiteclin, pour le service que tu viens de nous rendre. »

Chapitre LXII — Charlemagne obtient des renforts

Lorsque l'empereur Charlemagne a pris connaissance de ce qu'il en est de l'armée d'Agolant, il s'adresse au seigneur Girart : « Réfléchissez, seigneur Girart, à l'attitude que nous devons adopter maintenant que nous savons qu'Agolant ne va pas tarder à venir nous attaquer, ne nous laissant pas le temps d'envoyer chercher des troupes dans notre pays. Toutefois, bien que je n'aie qu'une petite armée, je n'ai pas l'intention de fuir. »

Le duc répond : « Seigneur, Dieu et son apôtre Jacques sou-

---

1. Abadas (b).

tiendront vos bonnes résolutions. Cependant vous avez beaucoup de jeunes gens susceptibles de monter à l'assaut, mais qui n'ont pas encore l'expérience du combat ; pour cette raison, faites sonner la trompette par toute l'armée et mobilisez tous les jeunes qui peuvent porter les armes et revêtir une armure, de haut et de bas lignage, et donnez-leur à tous des équipements. Que l'empereur dépêche des hommes de confiance dans tous les endroits environnants, et qu'il rassemble aussi bien les clercs que les laïcs, les riches que les pauvres. Ne laissez personne en arrière s'il peut vous être utile, quel que soit son rang, sa puissance ou sa dignité. »

L'empereur le remercie pour son conseil et s'adresse ensuite à monseigneur le pape : « Du fait que je ne connais personne dans notre troupe qui ait plus à cœur que vous, saint père, de libérer la sainte chrétienté, je vous demande de vous procurer de dignes secours, d'appeler au combat de Dieu tous les gens que vous pouvez et de les préparer à se battre comme vous le souhaitez, car tous se doivent d'obéir à vos ordres. » Monseigneur le pape accède volontiers à la demande de l'empereur, et il va son chemin, suivi par les clercs.

Dès qu'il est parti, l'empereur fait venir quatre sonneurs de trompette et leur donne l'ordre d'aller répandre dans toute l'armée auprès de chacun l'annonce susdite. Dès que cette nouvelle se diffuse dans le camp, la plupart de ceux qui avaient pris part au précédent combat accourent auprès de l'empereur, bien pourvus en armes. À la suite de quoi chacun se précipite pour passer devant l'autre, croyant que le plus rapide jouerait le meilleur rôle, de sorte qu'en peu de temps une grande masse de jeunes gens est arrivée devant la tente de l'empereur.

Charlemagne dit alors à haute voix : « Loué soit Dieu tout-puissant, cette troupe est importante et convient à la protection de Dieu contre ses ennemis. En grand nombre, vos pères sont à présent décédés, et ceux qui vivent sont accablés par l'âge et de lourdes peines, c'est pourquoi nous voulons que vous preniez leur place, que vous deveniez chevaliers et que chacun en retire les honneurs qui lui sont dus. Que vous acceptiez cela avec joie et je vous rendrai si puissants que désormais vos parents vivront dans l'opulence, si Dieu nous permet de rentrer dans nos contrées sains et saufs. »

Les jeunes gens se réjouirent des promesses de l'empereur et acceptèrent d'accomplir sa volonté. Charlemagne dit : « Maintenant rendez-vous à l'endroit où gisent les cadavres et que chacun prenne pour soi une armure ainsi qu'un cheval et d'autres équipements pour chevalier. » C'est ce qu'ils font : ils vont à l'endroit où s'est tenue la bataille, passent entre les morts et y trouvent là quantité de belles armes, de heaumes dorés, de broignes argentées, de solides boucliers, d'épées de la meilleure qualité. Ils n'ont pas besoin d'un plus grand choix d'objets de cette sorte pour obtenir des affaires de valeur et ils dépouillent les morts là où ils gisent. En outre, ils s'emparent de beaux chevaux au mors émaillé et à la selle dorée. Ils regagnent ensuite le camp et donnent à leurs chevaux une quantité suffisante de grain pour la nuit.

Le lendemain matin, chacun prit son équipement et monta à cheval ; ils chevauchèrent tous ensemble jusqu'à la tente de l'empereur. Quatre écuyers occupaient les premières places : Estor, Bérenger, Oton et Engelier. Ils montrèrent un intérêt particulier pour le duc Roland, le jeune neveu de Charlemagne, aussi les adouba-t-il chevaliers en premier par affection pour leurs parents, puis les autres un à un. Tous ceux qui reçurent des armes furent relevés de leur condition servile et obtinrent la liberté et les honneurs qui reviennent aux chevaliers, c'est-à-dire être dispensé de tout tribut et impôt demandé aux gens ordinaires, ainsi qu'être à l'abri des exactions des puissants. Dans ces conditions, tous se placèrent sous l'autorité divine du saint apôtre Pierre et de l'empereur, à la suite de quoi ils embrassèrent la main droite de l'empereur, lui prêtant hommage et lui promettant de suivre ses ordres et sa volonté, et de soutenir la sainte chrétienté de toutes leurs forces.

Charlemagne appelle alors Roland, lui prend la main et l'embrasse avec grande affection, et lui dit : « Véritablement je suis tenu de t'aimer et de t'honorer plus qu'aucun autre, parce que sous le regard de Dieu, par l'effet de sa pitié, tu m'as sauvé la vie. C'est pourquoi je suis sûr que Dieu t'a accordé une destinée fortunée. De ce fait, je place sous ton autorité tous ces jeunes chevaliers, de façon qu'ils t'honorent comme leur chef. C'est la raison pour laquelle j'espère qu'ils vont défendre au mieux mon honneur de manière à triompher des ennemis de Dieu, du moment que tel est le chef de leur troupe. » Roland remercie l'empereur pour ces bonnes paroles et tous donnent volontiers leur accord.

Après cela, le seigneur Girart prit congé et s'en retourna. Il s'en alla à cheval avec ses parents jusqu'à la tour. Tous ceux qui se trouvaient là vinrent à sa rencontre joyeusement et lui demandèrent comment allait Charlemagne. Le duc répondit : « Louange et gloire à Dieu, car il a à la fois bonne santé et bon moral, mais il a pourtant en ce moment beaucoup à faire du fait qu'il adoube en masse des chevaliers de toute extraction sans leur demander s'ils sont riches ou pauvres. C'est pourquoi nous devrions suivre cet exemple et adouber chevaliers tous les jeunes gens qui suivent notre armée. »

Tous répondirent : « Dieu soutienne votre idée et qu'elle se réalise comme vous l'imaginez ! » Girart fait alors venir Anselin, un puissant chef, et s'adresse à lui : « Prends avec toi mes fils Milon et Girart et accompagne-les auprès de Charlemagne ; apporte-lui mes salutations et dis-lui en outre que je lui demande qu'il consente à adouber chevaliers mes fils. »

Anselin exécute les ordres reçus : il monte à cheval et chevauche jusqu'au camp de l'empereur ; il vient le trouver et le salue dignement. Il leur fait bon accueil. Anselin dit ensuite : « Le duc Girart vous envoie ses salutations et vous demande d'armer ses deux fils qui se tiennent ici devant vous. » Charlemagne répond : « C'est avec plaisir, cher ami, que je ferai ce qu'il demande car il n'est pas de preux portant plus vaillamment les armes que lui. »

Après quoi l'empereur prend par la main le jeune Milon, l'aîné des deux frères, et s'adresse à lui en disant : « Es-tu le fils de Girart, duc de Bourgogne ?

— Certainement, seigneur », dit-il.

Charlemagne dit alors à Enissent [1] le Breton : « Apporte-nous l'épée sur laquelle se trouve la sainte croix faite en or rouge. » Il s'exécute, prend l'épée et la donne à l'empereur. L'empereur la brandit et la regarde tout en disant ces mots au jeune Milon : « Du fait que tu es le fils du plus brave des chefs, au point que nul n'est plus fait que lui pour le titre de duc, il est vraisemblable que tu deviennes un bon chef. C'est la raison pour laquelle je vais t'honorer. Je te donne cette épée et en plus je place sous ton autorité le royaume de la cité d'Utili, qui est libre présentement, si ce n'est qu'une jeune femme le gouverne ; elle sera à toi et je ne crois pas qu'il se trouve femme plus belle qu'elle en cet endroit. Tu auras toujours notre amitié et tu figureras parmi mes meilleurs chevaliers. »

Après avoir dit cela, il ceignit l'épée à Milon et lui passa d'autres vêtements, et lui s'inclina devant l'empereur avec humilité et le remercia de cet honneur en prononçant de belles paroles. Là-dessus, on fit avancer le jeune Girart. C'était un homme vaillant, courtois par son éducation, qui faisait plaisir à voir, avec des bras puissants.

L'empereur dit : « Chevalier Enissent, porte-moi de là-bas la plus grande des épées que je possède. » Enissent prend l'épée et la dépose sur les genoux du roi. Charlemagne dit alors : « Cette épée appartenait à un très renommé fils de chevalier, qui en avait hérité à la mort de son père. Avec cette épée, il avait conquis les deux très puissantes cités de Gandie [2] et de La Loi [3], ainsi que le royaume qui s'étend autour d'elles. Du fait que toi, jeune Girart, tu jouis du plein droit d'être chevalier, je te ceins cette épée en ajoutant la meilleure armure. Qu'avec cette épée Dieu t'accorde une longue et bonne vie, la victoire et la volonté profonde de soutenir la chrétienté. »

En outre, on amène un cheval blanc équipé pour la guerre avec le plus précieux des harnais. L'empereur l'offre au jeune Girart en toute amitié.

---

1. Eisant (B), Nizant (A) – Enissent/Enisent (*Ch. d'A.*). 2. Gand/Gandre-/Gandri – Gandie/Candie (*Ch. d'A.*). 3. Lelei/Lalei – La Loi (*Ch. d'A.*).

Chapitre LXIII — D'autres renforts arrivent

Il faut à présent dire que monseigneur le pape, à la demande de l'empereur, parcourt les cités et les villages, les fermes et les châteaux, appelant à le suivre tout homme susceptible d'apporter de l'aide, jeune ou vieux, clerc ou laïc, moine ou serviteur, riche ou pauvre. Il se hâte cependant autant qu'il peut et retourne au camp au moment où Charlemagne a fini d'armer les jeunes gens ; voilà pourquoi il vient à la rencontre de monseigneur le pape, l'aide à descendre de cheval avec une parfaite courtoisie et le conduit dans la tente où tous s'assoient ensemble.

Lorsque l'empereur a pris connaissance de ce qu'a réalisé monseigneur le pape, il prend la parole disant à haute voix : « Loué soit Dieu pour sa miséricorde, car tous ceux qui tombèrent dans la précédente bataille, qu'il avait rappelés à lui en les enlevant à notre autorité, il les a maintenant remplacés par maints jeunes preux. Afin que nul ne se demande avec étonnement ce que nous sommes en train de faire en rassemblant des troupes et en adoubant de nouveaux chevaliers, qu'il soit connu de tous qu'Agolant est venu nous affronter avec une armée irrésistible ; il est probable qu'il considère qu'il a maintenant des griefs suffisants contre nous : la perte de son fils et de la plus grande partie de l'armée qui le suivait. Mais Dieu dans sa providence a fait qu'Agolant n'a jamais eu l'occasion de triompher lors de nos précédentes rencontres, et j'espère qu'il en sera encore ainsi. Bien que nous ayons une troupe sérieusement réduite à côté de lui, nous devons absolument éviter de succomber à la crainte, et avoir d'autant plus confiance en Dieu, nous en remettant à sa pitié et à l'intercession de saint Pierre. Nous devons maintenant nous incliner tout spécialement devant le soutien tout-puissant de son grand ami, mon cher apôtre Jacques, seigneur et maître de cette terre, lui demandant qu'il apporte clairement son assistance à ceux qui œuvrent pour lui, de sorte qu'il soit évident pour tous que ceux qui veulent se tenir vaillamment à son service ont en lui un défenseur déterminé.

« Or, nous allons rapidement devoir livrer une bataille dans laquelle nul ne peut être certain que le seigneur Dieu le maintiendra en vie ; de ce fait, notre prière et notre souhait, seigneur apostolique, est que vous chantiez une messe dans notre tente demain matin à la première heure, offrant le corps de notre Seigneur pour le salut du monde, et tout particulièrement pour le nôtre dans la situation où nous nous trouvons. Tous nos hommes recevront alors de votre main le saint sacrement, et forts de la rémission des péchés accordée par votre bénédiction, ils se prépareront au combat. Aussi, que tout un chacun se prépare maintenant à être digne des miracles divins. »

Monseigneur le pape remercie l'empereur pour ses paroles, et tous les autres font de même, et il accepte volontiers d'accomplir ses souhaits. À la pointe du jour, le pape et d'autres clercs se préparent à dire la messe. L'office divin, évangile compris, est chanté de belle et digne façon. Tous les chevaliers nouvellement adoubés vont alors devant l'autel et y déposent de grandes offrandes, de l'or et de l'argent – de quoi vivre longuement à l'aise en faisant attention. Et quand on en arrive à ce point de l'office où les gens vont recevoir le corps du Christ, les hommes d'Église s'avancent devant le saint autel les premiers, suivis par l'empereur, puis les autres l'un après l'autre. Avant que monseigneur le pape quitte l'autel, il prononce devant le peuple un beau discours parlant de la pitié multiforme de Dieu à l'égard de l'humanité, et montrant clairement quelle récompense obtiennent ceux qui servent fidèlement leur rédempteur. Il explique en outre quel malheur et quelle misère s'abattent sur ceux qui abandonnent et foulent aux pieds la sainte chrétienté ; il les exhorte tous au moyen de belles formules, et particulièrement les nouveaux chevaliers pour qu'ils se tiennent vaillamment sous la bannière de l'empereur, et promet pour cela à chacun la rémission de tous ses péchés.

Après cela, monseigneur le pape fait sortir de sa châsse la sainte croix du Seigneur, que nous avons mentionnée au début de ce récit, en disant qu'il l'avait apportée depuis Rome en Espagne. Quand elle est montrée, tous s'inclinent à terre avec une grande humilité, et vénèrent cette sainte relique qui a plus de valeur que toute pierre précieuse. Monseigneur le pape prend alors la parole, les yeux en larmes : « Mes fils, regardez de vos yeux cette relique sublime qui a été magnifiquement glorifiée par le sang pur de notre rédempteur ; c'est sur elle qu'il a souffert une mort cruelle pour nos péchés, et sous ce signe vous allez maintenant marcher dans l'espoir que vos ennemis invisibles prennent la fuite en vertu de son pouvoir, et que de la même manière les ennemis visibles de Dieu et de la sainte chrétienté soient confondus et que tout leur pouvoir soit réduit à néant, si Dieu consent à leur montrer sa grande sainteté. »

Ces paroles dites, il lève la main droite et leur donne à tous sa bénédiction. Chacun rentre ensuite à sa tente, se met à table, mange et boit à son gré. Les fils de Girart retournent à la tour et racontent au duc combien fut grande la munificence de l'empereur à leur égard, et aussi comment il s'est comporté ensuite avec les Francs. Monseigneur Girart se réjouit de l'honneur que l'empereur leur a témoigné.

Quand l'empereur est resté à table le temps qu'il lui plaît, il ordonne qu'on fasse sonner les trompettes de façon que chacun se prépare à la bataille avec son cheval, et quand cela est fait, il dispose son armée en cinq bataillons. Dans le premier bataillon, il désigne comme chef Roland, son parent, accompagné de douze pairs, plaçant trois mille hommes à sa suite. Pour le second bataillon, il nomme le roi Salomon et le duc Huon[1]. Il y a là des Bretons et ils ont la bannière que portait précédemment saint Malo[2] qui repose en Bretagne. Leur troupe comporte cinq mille hommes. Le troisième bataillon sera conduit par le roi Droon[3] de Gascogne, valeureux chef, et par le duc Naimes ; ils ont six mille hommes. Le quatrième bataillon est mené par un bon chef, Gondebeuf, roi de Frise ; Segris[4] et

---

1. Hugi. 2. Milun. 3. Droim – Driu, Drue(s) – Droon (*Ch. d'A.*).
4. Segis (A).

Enser[1] l'accompagnent avec des Saxons et des Normands. Charlemagne a l'intention de diriger le cinquième qui compte Fagon[2], le porte-étendard, Guiteclin et maint autre vaillant preux. On dit qu'alors il n'a pas plus de seize mille hommes dans son bataillon de tête, ou un peu plus.

L'empereur prend ensuite une longue canne dans sa main, monte sur son destrier de prix et sépare chaque bataillon de l'autre en les éloignant autant qu'il lui paraît bon. Et avant de faire faire demi-tour à son cheval, il appelle Ogier le Danois et lui dit : « Étant donné, cher ami, que je connais l'ardeur et la hardiesse de Roland, mon parent, et que je sais que souvent il ne prend pas garde à ce qui peut lui arriver en raison de son courage et de son dévouement envers nous, je te demande de veiller sur lui de près dans cette bataille et de lui apporter toute l'aide que tu peux. En effet, je n'aime personne plus que lui, et ce serait par conséquent pour moi une grande peine s'il lui arrivait quelque chose, car quoique Roland soit encore jeune, il n'est pas de plus grand preux que lui. »

Ogier répond : « J'accomplirai volontiers votre souhait, mon seigneur : je resterai près de lui, même si je ne vois aucune raison pour laquelle je doive le surveiller, puisqu'il est plus valeureux que moi en toutes choses bien que je sois plus âgé que lui. Que le Dieu des chrétiens agisse en tout ce qui nous concerne suivant sa pitié. »

Nous allons à présent en rester là et revenir à ce que nous avons laissé de côté précédemment.

Chapitre LXIV — Agolant envoie des messagers

Quand Agolant a fait établir son camp et disposé son armée en bataillons, il convoque sept rois qui étaient les plus avisés

---

1. Ensis (a). 2. Magan (B).

de ses conseillers et leur adresse ces paroles : « Je suis très étonné que mon fils Aumont ne vienne pas me trouver, car selon toute vraisemblance, à mon avis, il devrait être au courant de notre venue s'il se trouve quelque part aux alentours, et je dois vous dire que je soupçonne fort qu'il n'ait pas la liberté de venir. »

Mandequin le Puissant dit alors : « Seigneur, j'ai une chose très singulière à vous dire : il ne s'est pas passé une seule nuit depuis que nous avons mis le cap vers cette terre que je n'aie rêvé de choses prodigieuses et inouïes. J'ai eu l'impression de voir des chrétiens si étonnamment vêtus que de la tête au cou ils me paraissaient recouverts de l'acier le plus dur, de telle sorte qu'ils étaient à l'abri des blessures malgré les efforts et les veilles, et ils se comportaient à notre égard de façon si stupéfiante que le blanc et le rouge, c'est-à-dire la cervelle et le sang, me semblaient se mêler dans la tête de nos hommes. Maintenant je ne peux saisir ce qu'un tel rêve peut signifier. »

Ces propos semblèrent étranges au roi et il ne voulut pas formuler de réponse. Le roi Maladient[1] prit ensuite la parole : « Il est très surprenant, Agolant, de la part d'un roi aussi avisé que vous, de voir combien vous tardez à livrer bataille aux chrétiens, et que vous ne partiez pas au plus vite les affronter, peu nombreux comme ils sont. Il est sûr que ce Charlemagne a fait montre d'une grande audace dans son orgueil en s'en remettant à sa petite troupe pour vous attendre, mais il va de soi qu'il ne peut pas imaginer que vous avez tant de forces pour l'affronter. Et bien que notre situation en soit venue à ce point que nous avons l'impression d'avoir perdu bien assez de vaillants preux, néanmoins un plus grand nombre encore ne bougeraient pas d'ici si cela se pouvait. C'est pourquoi il faudrait encore une fois essayer de savoir si ce Charlemagne entend s'occuper de ses affaires et reconnaître ses actes, et lui dépêcher des hommes crédibles qui lui décriraient en détail notre force, notre puissance et notre nombre, et formuleraient ferme-

---

1. Maladien.

ment votre demande. S'il accepte de se soumettre à vous et de vous obéir, parfait ; mais s'il refuse le marché que vous lui proposez, qu'on le tue, lui et tous les Francs, du moment qu'ils font preuve d'arrogance et d'orgueil. »

Ulien demande alors : « Seigneur roi, ne tardez pas le moins du monde à réaliser les suggestions du roi Maladient, car voilà qui est bien et sagement conseillé. Désignez un second homme pour m'accompagner, et nous accomplirons cette mission point par point suivant vos prescriptions. »

Agolant répond à leurs propos et envoie chercher Galindre le Vieux. Il lui explique ce plan et lui demande de mener cette ambassade avec Ulien. Il accepte volontiers et se prépare de façon raffinée : il fixe à ses pieds des éperons parés d'or et passe un très précieux manteau ; il place sur sa tête une couronne rehaussée de pierres précieuses et monte sur une très puissante mule de sorte que plusieurs hommes maintiennent son étrier. Lorsque le vieil homme est en place, on lui met dans la main une branche d'olivier signifiant qu'il est un messager envoyé dans des intentions pacifiques. C'est un homme imposant car sa blanche barbe forme des tresses qui descendent bas sur sa poitrine, alors que ses cheveux au-dessous de sa couronne se répandent en boucles sur ses épaules. Ulien bondit sur un cheval rapide, tel qu'à l'épreuve il n'en est pas deux de meilleurs. Il a passé sur ses vêtements une cotte de soie parée de feuilles brodées au fil d'or. Il porte un bouclier émaillé d'or et tient la plus acérée des lances avec une grande et belle bannière.

Ils quittent ensuite Agolant, l'un des deux ayant pour tâche de formuler le message du roi avec calme et grande éloquence, tandis que l'autre doit être menaçant et user de paroles acerbes s'il en est besoin. Soit, ainsi chevauchent les deux messagers d'Agolant jusqu'à ce qu'ils parviennent à proximité du premier bataillon de l'empereur. Ulien fait flotter au vent sa bannière. Ils chevauchent tous deux les pieds bien calés dans les étriers, se montrant sous le meilleur jour, de façon à produire un plus grand effet auprès de ceux qui les regarderaient. Ils avancent fièrement, passant devant les trois premiers bataillons sans dire un mot, et même sans prêter la moindre attention à l'endroit qu'ils traversent.

Quand ils parviennent au niveau du bataillon principal, un homme grand et distingué monté sur un cheval gris s'avance vers eux ; Galindre l'interpelle à haute voix en lui disant : « Eh toi, l'homme qui arrive à cheval ! dis-moi précisément où se trouve Charlemagne, le roi des Francs. Je ne peux discerner qui il est, mais nous sommes envoyés à lui par le puissant roi Agolant. »

Ce chevalier en personne est le courtois seigneur Charlemagne ; il vient de partager sa troupe ainsi qu'il a été dit précédemment. Comme il entend la voix de l'homme, il fait aller son cheval dans sa direction et dit : « Mes bons amis, je suis ici tout près de vous, et vous n'avez pas besoin de me chercher loin ! » Galindre répond alors : « Je n'ai pas de salutations à vous transmettre, car notre roi n'a ni affection pour vous ni bienveillance à votre égard, pas plus qu'aucun de ses hommes. Écoutez donc le message que je vous apporte de sa part.

— Volontiers, cher ami, dit-il, accomplis ta mission en toute liberté comme tu le souhaites ; aucun de mes hommes ne vous maltraitera.

— Tu admettras, dit Galindre, la grande patience d'Agolant ; il te demande dans ces conditions de lui envoyer ses quatre grands dieux sains et saufs, et avec cela un tribut s'élevant à mille chevaux chargés d'or pur, d'argent et de pierres précieuses, ainsi qu'un nombre égal de jeunes filles vierges de la première beauté. Tu lui remettras tout cela pour prix de ta vie et de celle de tes hommes. Mais si tu veux garder ta position et ton royaume, il te demande d'ôter ta couronne de ta tête, de la dépouiller des ornements royaux, de te coiffer d'un foulard et d'aller nu-pieds, portant toi-même ta couronne à la main, d'avancer en marchant sur les genoux et de placer humblement ta tête sous son autorité. Si tu fais cela, nous, ses conseillers, nous nous inclinerons avec toi et demanderons qu'il ait pitié de toi. Je crois savoir qu'il te rendra volontiers ta position et ta couronne si tu acceptes de devenir son vassal. »

En entendant les paroles de Galindre, Charlemagne esquisse un sourire dans sa barbe et dit avec affabilité : « Tu transmets le message de ton chef de belle et courageuse façon, mais Dieu m'est témoin que le roi des païens m'a assigné une tâche extrêmement lourde : je rétribuerais mal mon seigneur pour les honneurs nombreux et importants qu'ils m'a accordés si par faiblesse je plaçais de moi-même la chrétienté sous l'autorité et le contrôle des peuples païens ; Charlemagne aurait vécu trop longtemps s'il achetait l'amitié d'un roi païen à un prix tel qu'il renie son Dieu, un roi immortel, pour servir et vénérer de maudites idoles muettes et mortes [1].

« Non, dit-il, Dieu interdit qu'il en soit ainsi ; et il faut vous dire en vérité que tant qu'il y aura un souffle de vie dans ma poitrine, je ne déposerai pas mon honneur et ma couronne sur les genoux d'Agolant, et l'on ne pourrait trouver dans notre royaume autant d'or et d'argent qu'il en réclame. Que Dieu ne nous laisse jamais concevoir égoïstement ce désir, hormis pour soutenir la sainte chrétienté et honorer les bons chevaliers. Quant aux belles jeunes femmes qu'Agolant voudrait qu'on lui fasse amener, elles sont à l'heure actuelle loin d'ici, enfermées dans des places fortes et des châteaux si sûrs que personne ne pourrait leur faire du mal ; enfin, il serait très inconvenant que des fiancées chrétiennes soient livrées à des hommes païens pour coucher avec eux et être déshonorées. Les quatre idoles dont vous dites qu'elles ont été vos dieux ne sont pas à présent en état de lui être renvoyées, étant donné qu'il y a quelques jours elles furent mises à la disposition de nos courtisanes qui les mirent en morceaux. »

Quand Ulien entend ce que dit le roi, il entre dans une violente colère : il fronce les sourcils, frémit, lève sa bannière et brandit sa lance, il s'incline sur l'arçon de sa selle et dit : « D'où te vient une telle audace en ton cœur pour recevoir de cette manière hautaine le message d'un si grand roi ? Il t'a présenté cette demande pour la seule raison qu'il lui paraît mesquin de te livrer à la mort,

---

1. et sourdes (b).

toi et ta troupe. Mais puisque tu rejettes sa bonne volonté, il ne fait pas de doute qu'Agolant est venu ici avec une armée irrésistible et qu'il entend tuer tous ceux qui t'accompagnent, te faire prisonnier toi-même, te passer de lourdes chaînes et t'emmener avec lui dans votre capitale à Rome ; là il fera couronner son fils Aumont et lui offrira le gouvernement de toute l'Italie, et il te réduira à l'esclavage avec tous les chrétiens – à moins que tu ne consentes à leur obéir avec plaisir. »

L'empereur répond alors en souriant : « Pensée très déraisonnable que de prétendre gouverner seul le monde entier ! Si Dieu le permet, Agolant fera d'autant moins couronner Aumont à Rome, qu'il ne lui sera pas donné d'y aller en marchant sur ses pieds. »

Galindre dit alors : « Seigneur roi, dites-moi sur quoi repose votre si grande confiance : votre armée est-elle sensiblement plus importante que ce que j'ai vu à présent ? Elle me semble très réduite, comparée aux forces d'Agolant, car son premier bataillon que conduit Mandequin est composé de vingt mille hommes à la fois grands et forts, et chaque autre en comprend un plus grand nombre encore. C'est pourquoi je ne vois qu'une issue : votre peuple sera dispersé comme les feuilles d'un arbre, et je suis amené à penser que c'est la mort qui s'exprime maintenant par votre bouche. »

L'empereur répond : « Peut-être en sera-t-il ainsi, mais tu ne peux pas voir notre plus grande force, car elle ne réside ni dans des hommes mortels ni dans des idoles, mais bien plutôt en un Dieu unique et en ses saints. »

Ulien répond : « Fais ce que demande Agolant, et fais préparer un tribut ! » Charlemagne dit : « Attendez patiemment un moment pendant que je délibère avec mes hommes. »

L'empereur retourne rapidement à sa tente et envoie au duc Girart un message lui demandant de venir le trouver. Dès que le message de l'empereur parvient au duc, il se met en route sans tarder avec ses parents, et avant d'arriver devant Charlemagne, il descend de cheval et va vers l'endroit où l'empereur est assis, et il se met à genoux et embrasse sa main droite en disant : « Que Dieu vous rende, mon cher seigneur, les honneurs que vous avez accordés à mes fils. «

L'empereur répond : « Tout cela était bien peu de chose en comparaison de ce que tu mérites. » Puis il lui dit que des messagers d'Agolant sont là, lui expliquant toute leur mission. Lorsque le duc a entendu cela, il dit : « Mon cher seigneur, maints conseils s'imposent : envoyez à Agolant la tête de son fils Aumont, il vaut tout de même mieux pour lui et il est beaucoup plus convenable de placer cette tête sur ses genoux plutôt que la vôtre avec la couronne. Je m'attends à ce que ce don l'ébranle très fortement et le meilleur est ce qui lui déplaît le plus. Mais ne craignons pas le moins du monde de nous battre, que chacun soutienne l'autre et Dieu nous tous ! Honte à celui qui ne met pas vaillamment en fuite vingt mille d'entre eux avec les dix mille qui me suivent ! »

L'empereur suit les conseils du duc : il envoie deux chevaliers, Baudouin et Richer[1], à l'olivier sous lequel gît le corps d'Aumont, et parvenus là ils détachent la tête du tronc ainsi que le bras droit avec l'anneau d'or au doigt. Ils prennent ces deux morceaux avec eux, laissant le corps derrière eux, et reviennent. Ils les jettent par terre aux pieds de l'empereur. Làdessus, le seigneur Charlemagne interpelle Galindre et Ulien à haute voix en disant : « Approchez, messagers, car le tribut est maintenant fin prêt. »

Au début, quand ils entendent parler de tribut, ils sont extrêmement contents, mais quand ils voient ce qu'il en est, ils éprouvent une émotion bien différente de ce à quoi ils s'attendaient. Charlemagne s'adresse alors à eux, la mine avenante : « À présent, bien que les affaires demandées par Agolant, votre roi, ne soient pas prêtes à lui être envoyées, les paroles d'un tel chef ne seront absolument pas méprisées, d'autant moins qu'il nous a envoyé des hommes de cette valeur. Aussi, prenez ces quatre objets précieux et portez-les à votre roi, à savoir la tête d'Aumont avec son heaume, et son bras avec l'anneau au

---

1. Baldvina, Riker.

doigt. Dites en outre à Agolant qu'il pourra prendre cela entre ses bras plutôt que la couronne d'or de l'empereur Charlemagne, et si Dieu le permet nous comptons lui infliger le même traitement qu'à Aumont. »

Quand Galindre voit la tête d'Aumont dans cet état, il soupire fort et dit : « Ah, seigneur Aumont ! quelle terrible parcours tu as suivi lorsqu'il t'est arrivé cela ! Mais qu'as-tu fait, maudit Mahom[1], pour que ton meilleur ami doive être si honteusement traité ? » Le roi répond : « On dirait qu'apparemment, quoiqu'il n'ait apporté aucune aide aux autres, il n'a pas pu se sauver lui-même d'une funeste fin de parcours. Prends et emporte donc, Galindre, ce que tu veux, la tête d'Aumont ou son bras[2], et porte-le à Agolant. »

À présent, bien qu'il ne souhaite prendre ni l'un ni l'autre, il emporte la main et Ulien la tête – quand on la lui apporte, son visage se renfrogne, il soupire fort et dit : « Mahomet m'est témoin qu'Agolant se vengera de façon éclatante de celui qui est parvenu à tuer son propre fils. Aussi prends mon gant, dit-il au roi, à titre de caution pour un duel, et désigne pour m'affronter le plus vaillant de tes hommes. Si je l'emporte sur lui, que tous acceptent notre foi, et s'il l'emporte sur moi, je me convertirai à votre religion. Et sache que si vous vous rencontrez, Agolant et toi, toute cette armée est condamnée à mort, par conséquent votre destinée est à son terme et entièrement ruinée. »

Charlemagne répond : « Maîtrise tes paroles et garde ton calme, cela vaudra mieux, car tu as les narines tellement dilatées que tu ne prends pas garde à ce qu'il convient que tu dises. Dieu régit notre destinée et non pas tes paroles, et selon toute probabilité il montrera qui dans cette affaire a raison, celui qui attaque ce pays ou moi qui le défends. À présent, porte la tête à Agolant avec ce message : jamais de la vie il ne portera de couronne dans la sainte Rome. »

Ils se séparent sur ces mots au grand déplaisir d'Ulien.

---

1. Makon.   2. la tête et le heaume d'Aumont ou son bras avec l'anneau au doigt (b).

Chapitre LXV — Agolant apprend la mort d'Aumont

Les messagers d'Agolant reviennent à présent chez eux moins réjouis qu'auparavant, et pourvus de moins de richesses qu'ils n'en escomptaient. Charlemagne ne va pas nu-pieds au-devant de leurs chevaux et ils ne sont pas suivis de belles jeunes femmes pour leur plaisir ; ils ne peuvent rien faire d'autre que regarder une tête sanglante et à tous points de vue peu avenante. Voilà pourquoi ils chevauchent lentement, la mort dans l'âme, jusqu'à ce qu'ils parviennent auprès du premier bataillon d'Agolant. Ils rencontrent en premier Mandequin qui les salue et leur dit : « Donnez-nous bien des nouvelles, dites-nous simplement comment va le puissant Charlemagne ; nous a-t-il envoyé nos dieux ? »

Quand Ulien entend ce que dit Mandequin, il se met en colère et refuse de répondre, à la suite de quoi Galindre dit : « Pourquoi te comportes-tu comme si tu avais perdu la tête ? Charlemagne ne se laissera dessaisir ni de tes dieux ni de rien d'autre d'intéressant. Aumont est mort, les dieux ont été mis en pièces. »

Mandequin répond : « Cessez de dire n'importe quoi ! Personne n'aurait l'audace d'infliger à notre roi un tel déshonneur et une telle vexation ! » Galindre dit : « Regarde ici la tête d'Aumont si tu ne me crois pas. Charlemagne a agi là avec discernement, car ni Agolant ni aucun d'entre nous n'aurait cru qu'Aumont était mort à moins de faire suivre des preuves manifestes. Regarde bien à présent l'anneau qu'Aumont portait à sa main. »

Quand Mandequin ne peut plus se cacher la vérité, il répond en soupirant : « Tout va mal tourner pour nous ! », et il se tire les cheveux. Tous ses compagnons gémissent à haute voix de façon pitoyable quand ils apprennent cela, à cause de la terreur et de la peur qui les envahissent.

Les messagers s'avancent ensuite jusqu'au second bataillon que mène Achar de Flor, et dès qu'il reconnaît la bannière en soie d'Ulien, il se porte dans sa direction et dit : « Bienvenue à nos camarades ! Les chrétiens et leurs chefs se sont-ils soumis à notre loi ? » Galindre répond : « Ce serait une grande folie de leur part, car toute notre foi est réduite à néant pour nous, alors qu'ils peuvent obtenir tous les succès qu'ils veulent. »

Achar de Flor répond : « Pourquoi faire si triste figure ? Jamais on ne verra une abomination telle que la mort d'Aumont ! » Galindre répond : « Sa mort est certaine comme tu peux le voir de tes propres yeux. Regarde ici sa main avec l'anneau. Ulien a sa tête et son heaume partagés en deux, que Charlemagne envoie à Agolant. » Achar et ses hommes en sont si abattus qu'ils ne savent presque plus comment se comporter.

Les messagers s'éloignent en direction du troisième bataillon que conduit Calides ; il se tourne vers eux en disant : « Que Mahom vous bénisse ! Il fallait bien s'attendre, Ulien, à ce que tu désires des honneurs, et pourtant ce sera comme il plaira à Agolant. Le farouche roi s'est-il soumis de bon gré au versement d'un tribut, et comment se fait-il que vous voyagiez avec une si faible escorte ? Les chevaux n'étaient-ils pas prêts ? »

Ulien prend mal ces moqueries qui lui semblent blessantes et il répond en grande colère : « Honte à vous qui jacassez tant ! Vraisemblablement tes compagnons et toi, Calides, vous allez rapidement apprendre quelle sorte de tribut les chrétiens entendent vous payer. Et si tu ne reçois pas d'autre aide, vous connaîtrez alors une défaite complète. Mais sache que nos dieux nous ont trahis et ont laissé tuer Aumont, alors qu'ils se sont laissés aller aux mains de courtisanes – elles se sont comportées scandaleusement avec eux et les ont mis en pièces. »

Calides n'est pas loin de perdre l'esprit quand il entend ce que dit Ulien, et il dit : « Maudit sois-tu, Mahom, pour avoir si peu veillé sur ton chef ! Qui désormais voudra chercher à avoir foi en un dieu tel que toi ? Honte à toi pour ta faiblesse ! Ceux qui te servent seront bien mal récompensés. »

Ils s'avancent ensuite jusqu'au quatrième bataillon, et dès qu'Eliadas[1] et Pantalis apprennent leur arrivée, ils se portent

---

1. Eliades.

dans leur direction et les saluent en disant : « Bienvenue aux messagers de notre roi ; où sont les belles jeunes femmes qu'a demandées Agolant ? Les jeunes gens auront plaisir à profiter de leurs étreintes. »

Galindre répond : « Les Francs ne sont pas d'un commerce aussi aisé que vous l'imaginez, et je pense qu'à leur avis vous méritez autre chose que vous amuser de leurs trésors. Maintenant, Pantalis, il est arrivé ce que beaucoup avaient prédit au moment où Agolant avait confié à son fils Aumont la tâche de diriger de si bons chevaliers, à savoir que suivre ses élans impétueux jusque dans ce pays nous conduirait tous à un grand malheur. En effet, le peuple chrétien a une si grande foi dans son Dieu qu'ils croient pouvoir tout réussir du moment qu'il les assiste. Je n'en ai pas compris grand-chose, mais je les ai beaucoup entendus parler de lui. Ils ont tué Aumont et toute sa troupe, ils ont détruit les dieux eux-mêmes et ils n'entendent honorer Agolant en aucune façon après l'humiliation et la honte qu'ils lui ont infligées, à lui et à tous ses amis. Voilà ce que nous avons à dire, et même encore bien plus. » Pantalis se tait et ne peut rien répondre.

Après cela, ils se rendent auprès du maître étendard d'Agolant. De nombreux grands chefs arrivent et les questionnent sans cesse pour avoir des nouvelles au plus vite, mais ils prennent un air grave et ne veulent rien dire à personne avant d'être devant Agolant. Or quand Agolant les voit arriver, il se réjouit grandement et commence par les saluer, demandant où est Charlemagne et s'il entend venir le trouver. Il leur demande de rendre compte de leur mission à haute voix et en détail. Galindre répond au roi : « Puisque vous le demandez, cela sera fait. Il est sûr que Charlemagne compte venir vous trouver, mais sans se soumettre au point de placer sous votre autorité sa couronne avec les honneurs royaux – il viendra plutôt pour vous livrer bataille. Et il est également vrai de dire que nous n'avons vu aucune sorte de peur affecter son cœur, et il n'a pas changé si peu que ce soit de couleur lorsque nous lui avons transmis notre message ; au contraire il était heureux et joyeux et a mis en place ses bataillons. »

Agolant répond alors laconiquement : « Nous a-t-il envoyé le tribut ?

— Oui, seigneur, dit Ulien, tel que vous pouvez le voir là. »

Il jette en avant le heaume avec la tête à ses pieds et dit : « Voilà le tribut que vous a envoyé Charlemagne. Ce n'est rien d'autre que la tête d'Aumont, et afin que vous ne soyez pas réduit à douter plus longtemps de la mort de votre fils, il fait suivre des preuves irréfutables que Galindre peut vous montrer. » Galindre dépose alors le bras sur le sol aux pieds du roi. Quand Agolant voit la tête d'Aumont, son cœur se brise de telle sorte que ses membres perdent toute force et il tombe de son siège en partant vers l'avant pour arriver sur la tête d'Aumont, totalement inconscient. Il gît jusqu'à ce que les gens se tenant tout autour le saisissent dans leurs bras. Quand il est presque entièrement revenu à lui, il dit dans de grands soupirs : « Hélas, mon fils ! tu fus engendré pour le plus grand des malheurs, car à cause de ton imprudence une violente douleur transperce le cœur de ton père. Mais cela est mérité, car je t'ai donné trop de raisons de t'opposer à moi lorsque j'ai posé la couronne sur ta tête. Jamais plus tu n'as suivi mon avis et tu as préféré conforter ton amitié pour des gens qui ne cherchaient à défendre ni mon honneur ni le tien, de sorte que tu as pris pour porte-étendard Hector, qui désirait me trahir, et les mains qui l'ont tué doivent être remerciées. »

Après cela, il dit à Galindre : « Où sont nos quatre dieux ? » Il répond : « N'espérez rien pour eux, seigneur, car les chrétiens s'en sont débarrassés de façon honteuse : des courtisanes s'en sont emparées, les ont traînés et attachés, les brisant en morceaux pour finir ; et je m'étonne qu'ils se soient laissé traiter de la sorte, ne manifestant pas le moindre signe de leur pouvoir, ce qui tend à prouver qu'ils sont bien moins puissants que nous ne le disons. S'ils en avaient eu la force, ils n'auraient jamais supporté de subir une telle infamie sans se venger. »

Quand Agolant entend cela, il lui semble qu'il n'est guère possible de sauver la situation, et il dit sous le coup de la souffrance tout autant que d'une grande rage : « Comment se peut-il que les choses aient tourné ainsi ? Avant de nous lancer dans une expédition contre ce pays, nous avons demandé l'aide des dieux qui nous avaient maintes fois secourus, et nous les honorions tant que nous les avions envoyés en Arabie pour y être entièrement décorés avec de l'or de la plus grande pureté et des pierres précieuses, pensant qu'ils nous assisteraient d'autant mieux ainsi ; mais à présent cet espoir s'est transformé en ce que nous pouvons voir. Que peux-tu me dire, Galindre, de Charlemagne ? »

Galindre répond : « Charlemagne m'a semblé être l'homme le plus remarquable qui soit, doté d'un regard pénétrant et d'une grande chance. J'ai beaucoup entendu parler de son Dieu : ils affirmaient qu'il est descendu du ciel dans les entrailles d'une sainte jeune femme qu'ils nomment Marie, disant qu'elle l'a porté dans ses entrailles durant de longs mois, et qu'elle l'a mis au monde comme un petit enfant ; et ils ajoutaient – ce qui me paraît aller contre toute vraisemblance – qu'après l'avoir porté et enfanté elle était toujours aussi vierge qu'avant. Ils disaient que ce garçon était comme les autres hommes et qu'il fut baptisé par un homme qui habitait dans le désert et se nommait Jean [1]. Après que Jésus fut baptisé, il prêcha la vraie foi, disaient-ils, mais les Juifs le prirent mal et firent tant et si bien qu'il fut torturé et cloué sur une croix, et il mourut comme tout homme, après quoi il se leva vivant d'entre les morts, remonta au ciel et prit place sur son trône pour y rester ensuite éternellement. Or ils disaient que tout homme qui croyait en lui pouvait recevoir son aide, et j'ai demandé ce qu'obtenaient ceux qui ne croyaient pas en lui. Ils dirent qu'ils brûlent dans un feu éternel. Ils disaient qu'ils avaient une si grande foi en leur Dieu qu'ils comptaient venir avec joie se battre contre vous, et que la victoire leur semblait assurée, mais je n'ai pas compris cette idée étant donné que, pour vous dire le vrai, seigneur, leur troupe ne doit pas représenter le tiers de la masse d'hommes que vous avez. »

---

1. Johannem.

Agolant répond : « La grande souffrance qui m'accable en raison de la perte de mon fils m'empêche de penser à ce que tu dis. »

Après cela, on enlève du heaume la tête ensanglantée et on l'apporte au roi. Il l'embrasse, la collant contre sa poitrine. Sa peine et son tourment sont ravivés et l'on peut dire à juste dire que dans tous les bataillons d'Agolant on peut entendre la même phrase que chacun dit aux autres : « Aumont est mort. » À cause de cela, la souffrance et les pleurs les envahissent tous. Pourtant, avec la permission de Dieu, cette cause de tourment sera peu de chose en comparaison de ce qui va rapidement leur arriver.

Chapitre LXVI — Intervention de Turpin

Là-dessus, il convient de dire que quand les messagers d'Agolant se sont éloignés, Charlemagne dit au duc Girart : « Très cher ami, je vais te donner avec plaisir la permission de retourner près de tes hommes pour les préparer à la bataille, car nous avons l'intention de faire sonner le signal de l'attaque immédiatement. »

Le duc répond : « Que la volonté divine et la vôtre soient faites, mais prenez tout particulièrement garde à ce que le premier assaut de vos hommes soit le plus percutant possible, car si les païens ne perçoivent en vous aucun signe de faiblesse, ils plieront rapidement. Et si Dieu dans sa miséricorde nous fait la grâce d'intervenir comme précédemment sur le lot qui leur sera accordé, je m'attends à ce qu'ils ne sortent pas victorieux de l'opération, car il en va généralement ainsi que ceux qui cèdent en premier ont le rôle le plus difficile. Si le premier bataillon se met en marche, que les autres le suivent avec d'autant plus de vaillance, et qu'ils se soutiennent ainsi l'un l'autre ; mais d'ici là, que chacun tienne bon du mieux possible sans suivre sa propre route. J'irai prendre part à l'assaut auprès de mes hommes comme Dieu s'y attend ; j'aimerais bien qu'on ne leur laisse pas une occasion de se ressaisir comme lorsque nous les avons rencontrés la première fois. »

L'empereur remercie le duc de ses conseils et dit qu'il espère que Roland, son parent, et ses pairs vont lui prêter main-forte. Ils se séparent ensuite : le duc s'en va de son côté et Charlemagne fait résonner sa trompette royale ; quand on l'entend, un grand tumulte et une grande panique gagnent l'armée. Chacun se rend à l'endroit et sous la bannière où il doit se trouver.

Quand l'armée est en place, monseigneur le pape arrive à cheval avec une grande escorte. Ils sont pour la plupart équipés d'armures et portent la croix du Seigneur. Du fait qu'on n'a pas encore déterminé qui doit porter cette précieuse bannière au combat, monseigneur le pape se tourne alors vers un combattant pris dans cette troupe, bien connu de lui, qui se nomme Mauri[1], et il lui parle en ces termes : « Cher ami, habille-toi comme il convient et porte aujourd'hui la croix du Seigneur au-devant de notre armée.

— Seigneur, dit-il, vous tenez des propos surprenants ; comment pourrais-je porter cette sainte croix, moi, un laïc ? Que vais-je alors conquérir avec les armes que vous m'avez procurées hier ? Je vous le dis, seigneur, je ne m'habillerai pas avec d'autres vêtements tant que ceux-ci ne m'auront pas fait défaut, et vous pourrez voir par vous-même que je servirai Dieu et vous-même avec tant de prouesse qu'ils coûteront cher aux païens. Aussi faites tenir la croix par un autre qui portera sa sainteté plus dignement. »

Monseigneur le pape appelle alors près de lui un homme de très haut rang et grand clerc, nommé Ysoré[2], et dit : « Mon fils, nous voulons que tu portes aujourd'hui la croix du Seigneur au-devant de notre armée.

— Saint père, dit-il, j'ai promis d'obéir à vos ordres, mais je vous demande de plutôt confier la croix du Seigneur à la garde

---

1. Erengi, Amauri (*Ch. d'A.*) ?   2. Ysopem.

d'un autre, car si je la porte, je pense ne pouvoir tuer que trop peu d'ennemis de Dieu et de vous-même de mon épée ; c'est pourquoi je vous demande de m'en libérer et m'en dispenser. Je fais le serment que les païens ne seront pas libres de poursuivre leur progression après m'avoir rencontré. »

Tandis qu'ils échangeaient ces propos, arrive un homme cossu, monté sur un beau cheval bai, extrêmement bien pourvu en armes, courtois d'apparence, se tenant à cheval de la plus noble façon, et doté d'épaules larges et de bras puissants. Celui-ci s'agenouille devant monseigneur le pape et dit : « Dieu vous bénisse et vous soutienne, saint père ! Il y a un moment, j'ai entendu dire que vous étiez dans l'embarras à cause de la sainte croix, et que vous ne trouviez personne qui accepte de la porter. À présent, avec votre permission, je vais résoudre cette difficulté et m'apprêter à porter la croix, ce qu'ils ont auparavant refusé comme étant une lourde charge. »

Monseigneur le pape le regarde et ne reconnaît pas l'homme au premier abord, car son armure cache son apparence. Il lui demande : « Qui es-tu, bon chevalier, et de quel royaume viens-tu, toi qui te proposes ainsi avec joie pour porter une relique si sublime et dissiper nos tracas ? » Il répond en plaisantant : « Seigneur, je suis né au nord des Pouilles dans le royaume du roi des Francs, et j'ai été moine pendant plus de dix ans dans le cloître de Jumièges[1] qui se trouve dans la cité de Kun[2]. C'est de là que j'ai été tiré pour devenir archevêque des chrétiens de Reims[3]. Vous connaissez sans doute mon nom, seigneur, car je me nomme Turpin. »

Monseigneur le pape dit : « Mon fils, bien évidemment je te connais. Veux-tu porter aujourd'hui cette sainte bannière ?

— Volontiers, dit-il, car il convient que nous, vos serviteurs, nous nous tenions vaillamment au-devant du combat de Dieu, pendant que vous appelez sur nous la miséricorde divine. »

Après quoi, l'archevêque descend de cheval et vient humblement embrasser le pied droit du pape, et il prend avec joie et

---

1. Umages/Uniages. **2.** Kun/Kuin/Kum – Roën (*Ch. d'A.*). **3.** Reimensis (B), Renensis (b).

bonheur la croix du Seigneur. Il remonte à cheval et gagne directement le premier bataillon. Dès que Roland, Ogier le Danois et les compagnons voient que l'archevêque Turpin est venu là avec la croix du Seigneur, ils descendent tous d'un bond de leur cheval, tombent à terre avec une grande humilité et honorent cette sublime relique, puis ils remontent à cheval.

Puisque nous en sommes à ce point, il est bon de dire maintenant quel soutien et quelle aide Dieu tout-puissant a ouvertement envoyés à la sainte chrétienté depuis son trône céleste en raison des mérites de son apôtre bien-aimé, car Jacques vit les efforts de Charlemagne et entendit les prières de l'empereur. Étant donné que maintenant il ne voit pas comment par des forces humaines sa terre peut être définitivement débarrassée de la guerre que mènent l'Ennemi et son compagnon Agolant, il demande à son sublime maître, le Seigneur Jésus, fils de la Vierge Marie, qu'il daigne lui envoyer quelques membres de son armée afin d'abattre comme il convient les suppôts arrogants du démon et de les mettre en pièces hardiment.

Cela est immédiatement accordé, car lorsque la croix de notre Seigneur Jésus-Christ arrive dans le premier bataillon, tous ceux qui peuvent regarder au-dessus de la masse des hommes et des reliefs du paysage voient que trois chevaliers revêtus d'armures brillantes, et montés sur des chevaux blancs, dévalent la montagne d'Aspremont si hardiment qu'ils ne freinent pas la course de leurs chevaux avant de s'arrêter juste au premier rang du bataillon de Roland, prenant place auprès d'Ogier le Danois. Et du fait qu'ils ne sont connus de personne, Ogier s'adresse à celui d'entre eux qui est devant, se demandant avec étonnement pour quelle raison ils sont venus là à une telle vitesse, et dit : « Eh ! toi, chevalier, qui es monté sur ce cheval blanc, le plus fier que j'aie jamais vu, dis-moi ton nom et de quelle cité tu proviens. Je dois ne t'avoir jamais eu devant moi. Qu'as-tu en tête pour chevaucher avec une telle impétuosité ? »

Le chevalier nouveau venu lui répond d'une voix bienveillante : « Calme-toi, cher ami, et parle de façon à être agréable ;

il est probable qu'il y a plus d'hommes dans le monde que tu ne peux en reconnaître. Mais si tu veux savoir mon nom, appelle-moi Georges[1], et les deux autres qui me suivent s'appellent Domin et Mercure[2]. Je ne te cacherai pas que nous sommes envoyés par notre roi afin d'aider votre troupe, et tu ne dois pas t'étonner si je me place à l'avant du bataillon, car en quelque endroit que je prenne part à une bataille, je mène toujours la première charge contre les ennemis, mais je veux aujourd'hui laisser celle-ci à ce jeune homme, parent de l'empereur, qui se tient près de nous, à la condition que la crainte n'entre jamais en son cœur et que des paroles de lâcheté ne sortent jamais de sa bouche, où qu'il se trouve placé. »

Quand Ogier croit comprendre clairement que ce sont des saints de Dieu, il s'incline bien bas devant eux et dit en se réjouissant : « Loué soit le seigneur que nous avons, lui qui montre si miséricordieusement sa sollicitude envers ses ouailles ! Mais je te demande, saint preux de Dieu, que tu veilles sur Roland, le neveu de l'empereur, comme il m'en avait confié la tâche. » Georges répond : « Lançons-nous à l'attaque tous ensemble vaillamment, et toi, ne dis rien de notre nature devant les autres. »

Roland entend leur conversation et loue Dieu tout-puissant de tout cœur ; il s'avance vaillamment entre eux et ils se tiennent ensuite tous ensemble.

Chapitre LXVII — Le combat s'engage

Aussitôt que les chevaliers de Dieu susmentionnés ont pris place dans le bataillon des Francs, ils voient où s'avance Mandequin avec son grand bataillon. Une grande confusion se développe alors, dans le vacarme et les clameurs, car les deux camps

---

1. Georgium.   **2.** Demitrius (B)/Demetrius (b) ; Mercurius/Merkurius.

poussent de puissants cris de guerre, sonnent des cornes et soufflent dans les trompettes, battent les tambours et font résonner les trompes ; un si grand tumulte naît de tous les cris de guerre réunis, des clameurs des hommes et des grandes sonneries des puissantes cornes, des fortes résonances des trompettes aiguës, du puissant tapage des grosses trompes, des cris de toutes sortes poussés par les chevaux et les mules avec quantité de tintements de belles cloches chantantes, que l'écho en retentit sur toutes les éminences et toutes les montagnes, et que la terre en tremble au loin, ébranlant chaque route à la suite. Il est sûr que l'on ne peut pas qualifier de lâches ceux qui se tiennent avec une parfaite constance au milieu d'un tel tumulte. Dieu place une force indescriptible dans le cœur de ses hommes au point qu'ils se réjouissent et s'enhardissent de tout cela comme s'ils allaient prendre part au plus fastueux des banquets.

De l'autre côté, une grande peur gagne le cœur de maints païens, dès qu'ils voient les bataillons des Français. Les bataillons à présent se rapprochent lentement, de sorte qu'une distance inférieure à la portée d'une flèche les sépare, et avant qu'ils ne se rencontrent, Mandequin lance au galop son puissant cheval en avant dans la plaine, comme pour éprouver s'il y a quelqu'un qui ait le courage d'oser venir l'affronter. Mais quand Georges voit Mandequin, il s'adresse à Roland en saisissant ses rênes et dit : « Regarde combien cet arrogant se flatte. Ne le crains pas, bien qu'il soit grand et fort. Examine comment tourne l'affrontement, car il convient que tu prennes part au premier assaut de cette bataille. » Roland s'incline et dit : « Si telle est la volonté de Dieu et la vôtre, j'accepte volontiers d'être le premier à rougir ma lame dans le sang des païens. »

Ensuite, en toute hâte, il pique à coups d'éperons le cheval qui avait appartenu à Aumont, saisit à deux mains sa lance, et serre son bouclier contre lui. Il chevauche aussi vite qu'il peut et vient frapper le bouclier de Mandequin avec sa lance. Étant donné qu'il est très lourd, Roland ne parvient ni à l'abattre de cheval ni à le faire vaciller si peu que ce soit. Mandequin frappe

Roland si violemment de sa lance qu'elle traverse le bouclier, mais comme Dieu le protège, la hampe se brise en trois morceaux et Roland n'est pas blessé.

Roland déborde de prouesse. Il dégaine sa bonne épée Durendal, et du fait que leur différence de taille est telle que Roland atteint difficilement sa tête, il se dresse aussi haut que possible et assène un coup d'épée au milieu du heaume de Mandequin, qui pourfend son tronc épais ainsi que son armure de haut en bas de telle sorte que l'épée vient s'arrêter dans le corps du cheval.

Un grand vacarme règne sur la plaine lorsqu'il s'abat sur le sol. Quand les païens voient leur chef à terre, ils sont pris de très violents tremblements et disent : « Seigneur Mandequin, dans aucun pays il n'y a d'homme plus grand et plus puissant que toi, mais une force étonnamment grande a été donnée à ce petit homme qui t'a énergiquement fendu en deux tout armé. Mahom est témoin que nous n'avons jamais vu un petit nain donner un tel coup, et si les autres Français sont d'une force semblable, Agolant connaîtra une âpre chute et toute l'Afrique sera bien vite dans la misère. »

Après la mort de Mandequin, Roland chevauche hardiment de l'avant en direction des païens et tue tout homme se trouvant devant lui. Quand Georges voit comment Roland se comporte, il dit : « Partons aider cet homme qui nous a ouvert la voie du champ de bataille avec tant de vaillance ! »

Là-dessus, les trois chevaliers de Dieu, Ogier le Danois et onze pairs s'élancent des deux côtés en direction de Roland, suivis par tout leur bataillon. La plus violente des mêlées se produit alors. Les chevaliers de Dieu dégainent leur épée, qui sont si brillantes et tranchantes qu'il en émane des éclats de lumière, et ils abattent les païens de tous côtés. Lorsque le combat est fermement lancé et que des Africains s'effondrent alors que d'autres se défendent avec vaillance, le beau seigneur archevêque Turpin arrive face aux païens, portant la sainte croix au-dessus de laquelle resplendit à ce moment-là la sublime puissance de la miséricorde divine : elle brille de façon si éclatante qu'elle rayonne en tous sens comme la lumière du soleil, et elle paraît aux ennemis de Dieu si grande et si terrible qu'ils n'osent pas regarder dans sa direction et préfèrent la fuir aussi loin qu'ils peuvent, jusqu'à ce que tout le bataillon de Mandequin se soit dispersé. Mais Roland et ses hommes tuent tant d'hommes en peu de temps qu'il est malaisé de le relater, car tant que ses pairs ne sont pas fatigués, il est vain d'espérer rester en vie si l'on se trouve devant leurs armes. Et comme il leur est donné de progresser plus loin, Roland pourra ainsi, par la force de la sainte croix et le soutien des trois amis intimes de Dieu, qui vont toujours à ses côtés, mettre en déroute le premier bataillon d'Agolant comme Dieu l'a décidé.

À présent, il convient de raconter ce que fait le brave duc Girart dans le même temps.

Chapitre LXVIII — Girart affronte Ulien

Lorsque Girart a quitté l'empereur Charlemagne, il chevauche en toute hâte pour rejoindre ses hommes ; il rassemble tous ses barons et leur donne l'ordre de se préparer pour la bataille. Ils sont tous si bien équipés en chevaux et en armes qu'aucune troupe ne souhaiterait être mieux et plus superbement équipée que celle que le duc a entretenue au moyen des honneurs que Dieu lui a attribués.

Il s'adresse aux jeunes gens qui ont récemment reçu leurs armes de chevalier et dit : « Jeunes gens, faites-vous rudes en vos cœurs et hardis au combat. S'il arrive que votre lance ne résiste pas ou se brise, prenez vite votre épée ; soyez aussi habiles à asséner des coups d'épée qu'à percuter d'un coup de lance, selon ce qui vous est le plus profitable. Ne craignez pas les méchants et vils Africains, poursuivez-les hardiment dans leur fuite, encouragez-vous l'un l'autre, car selon la volonté de notre rédempteur, nous regagnerons sur eux tout ce qu'ils ont possédé indûment, les terres et les richesses, l'or et l'argent, et j'espère en plus de cela une récompense plus grande et plus élevée de Dieu tout-puissant pour nos efforts et nos peines, car c'est un grand bien que d'offrir sa vie pour lui. »

Tous sont d'accord pour faire ce qu'il demande. Il place Boson et Claires, ses parents, en première ligne de son bataillon. Dès que les jeunes chevaliers sont montés à cheval, ils chevauchent avec empressement, considérant que le meilleur combattant sera celui qui pourra le premier rougir son fer en le plantant dans les durs os des païens.

Le duc avance à l'arrière de la troupe de Charlemagne et il pense, si la situation le permet, parvenir à proximité du maître étendard d'Agolant, car il lui semble préférable de combattre à l'endroit où le plus de forces sont réunies en face. Ainsi il s'engage dans un petit bois et ne veut pas avancer en compagnie des autres bataillons. Il avance sur la droite en direction du maître étendard d'Agolant. Mais quelques espions d'Agolant se trouvent dans ce bois et s'aperçoivent de la présence d'hommes du duc ; aussi l'un d'entre eux court-il jusqu'à ce qu'il parvienne auprès d'Agolant et lui remette son message avec empressement. Il dit : « Que Mahomet vous secoure, car maintenant vous allez en avoir besoin ! Une troupe de chrétiens extrêmement bien pourvus en armures se dirige vers vous, et si vous ne vous préparez pas à leur faire face, ils vous feront assurément souffrir. »

Quand Agolant entend cela, une panique prodigieuse l'envahit, car il a peur en son cœur, et tous ses pairs qui se sont réunis près de lui font de même. C'est grâce à la miséricorde de Dieu que les cent mille hommes que Dieu a placés sous sa bannière peuvent être gagnés par la crainte, alors qu'une troupe d'une centaine[1] d'hommes s'approche d'eux. Lorsque les païens voient arriver le convoi du duc et demandent ce qu'il y a lieu de faire maintenant, Ulien, précédemment mentionné, dit : « Seigneur, que tout ceci ne vous effraie pas. Ils ont peu

---

1. dix mille (b).

d'hommes et en nombre insuffisant pour nuire à votre honneur, car j'estime peu leur puissance. Prêtez-moi l'assistance de vingt mille chevaliers et j'irai leur procurer un hébergement pour la nuit ; si je ne les ai pas tous tués avant le coucher du soleil, que mes éperons soient fixés à l'envers à mes pieds, que l'on enlève son toupet à mon cheval et que je sois privé de toute marque d'honneur. »

Agolant répond : « Tu es un vaillant chevalier et tu es susceptible de me donner des conseils salutaires en me servant fidèlement, Ulien mon parent ; c'est pourquoi je m'attends à ce que tu m'aides avec tous tes talents de chevalier. Et si nous parvenons à conquérir ce royaume, il te sera donné d'y régner en tant qu'héritier d'Aumont ton parent. » Ulien répond : « Mahom m'est témoin que je n'en demande pas plus. » Il s'avance alors et embrasse sa main droite.

Galindre entend leur conversation et dit : « Il est surprenant, Ulien, que tu n'avoues pas ce dont tu es réellement capable. Réfléchis-y de façon à avoir une chance d'obtenir la victoire contre les Français, et souviens-toi de la façon dont ils firent peu de cas de ta forfanterie ; tout au contraire, tu es revenu quoi que tu en aies en portant la tête sanglante d'Aumont, et tu fus bienheureux de t'éloigner de leurs regards. »

Ulien prend très mal les paroles de Galindre, et sans la proximité d'Agolant ils s'affronteraient pour savoir qui prend le meilleur sur l'autre. Après qu'Ulien a pris congé du roi, il emmène avec lui vingt mille hommes bien équipés. La plupart d'entre eux ne portent ni broigne ni heaume. Leur équipement est composé de telle façon qu'ils portent une fine cuirasse de cuir et un casque surmonté d'un plumet sur la tête, un arc avec un carquois et une hache suspendue à l'arçon de leur selle ; ainsi équipés, ils partent à l'assaut des hommes du duc.

Lorsque le duc Girart voit leur convoi en marche, il rassemble ses hommes qui ont été auparavant quelque peu dispersés et il dit : « Soyons bien sur nos gardes et ne nous écartons pas les uns des autres. Serrons-nous le plus possible et formons un bataillon parfaitement compact de telle sorte qu'un bouclier touche l'autre et qu'une lance touche l'autre. Laissons-les venir nous attaquer et offrons-leur une résistance hardie. Protégeons-nous au mieux et que personne ne quitte sa place jusqu'à ce que les païens commencent à s'épuiser, et livrons-leur alors le plus vaillant des assauts. »

C'est ce qu'ils font et ils forment un bataillon si important et si compact que si l'on jetait un gant sur eux, il mettrait longtemps avant de toucher le sol. Quand Ulien arrive sur eux, le seigneur Claires, neveu du duc, s'élance à travers la plaine au milieu des bataillons, et il compte engager le premier cette bataille si quelqu'un veut se porter contre lui. Voyant cela, Ulien interpelle un chevalier qui s'appelle Jafert et dit : « Jafert, regarde ce chrétien qui s'avance avec tant d'assurance ; il est assurément mort de peur. Fonce sur lui par-derrière et abats-le devant toi, tout ce bataillon renoncera et tombera en ton pouvoir. »

Jafert accepte de le faire. Il pique son cheval à coups d'éperons, traverse la plaine au galop et vient frapper Claires en enfonçant si violemment sa grosse lance au travers de son bouclier que le coup atteint sa broigne alors que la lance se brise en deux.

« Regarde, chevalier, dit Claires, où tu viens d'arriver. » À ce moment, il lui porte un coup qui traverse son bouclier aux armatures de fer, sa broigne et son buste, et il le jette à terre, lui disant d'une voix retentissante : « C'est ainsi que mon vieux maître m'a appris à abattre l'arrogance ! » Il regagne ensuite sa place.

Ulien pousse ses hommes à l'assaut et les païens passent alors à l'attaque, mais leur succès tarde à venir car ils n'ouvrent aucune brèche dans la troupe du duc et tous ceux qui s'approchent ont vite fait d'être tués. Ainsi nul ne peut espérer se présenter plus d'une fois sous leurs armes. Un grand nombre de païens succombent et presque personne du côté du duc. Girart dit alors : « Attaquez hardiment et chassez hors de votre portée ces mauvais chiens qui n'ont plus de force. »

Ainsi font-ils. Ils lancent la plus violente des attaques, frappant de tous côtés dans les cris et les clameurs, chacun encourageant l'autre à plonger au plus vite son épée tranchante dans le cœur rempli de sang chaud des païens. Suite à cela, on peut rapidement constater une évolution : les Africains fuient sous la charge des hommes du duc qui tuent tous ceux qu'ils rencontrent. Ulien avance avec force, et quand il voit maint homme fuir, il crie d'une voix puissante en disant : « Honte à vous, sales fils de putain ! Faites demi-tour et ne nous déshonorez pas tous de la sorte, en fuyant en toute lâcheté sans vous défendre vaillamment ! » Bien qu'Ulien les interpelle à haute voix, ils n'agissent pas conformément à ce qu'ils entendent dire.

À présent le duc Girart se lance à l'assaut des païens et chevauche avec tous ses bataillons, et bien qu'il soit vieux, celui qui le rencontre doit abandonner tout espoir de vivre. Ainsi en peu de temps les hommes d'Ulien succombent centaine après centaine, millier après millier, de sorte que la plaine à perte de vue se recouvre de corps d'hommes.

Quand Ulien voit que la situation prend cette tournure et qu'il ne peut rien y faire, il se dit en lui-même : « Je suis misérable, que vais-je devenir ? Je pensais aujourd'hui m'emparer de toute l'Italie et attribuer ce royaume à mes vassaux, et en fait je dois m'enfuir comme un homme totalement abandonné par la chance. Non, que jamais je n'agisse comme un lâche ! » Il fait faire demi-tour à son cheval et vient frapper de sa grosse lance l'homme le plus près de lui, qu'il renverse mort à terre. Là-dessus, il chevauche en direction du beau chevalier Gautier[1] qui tuait de nombreux païens de son épée ; il lui donne un coup de lance qui transperce son bouclier et déchire sa broigne, et il le jette mort à terre. Il dit : « Mahomet m'est témoin que dorénavant tu ne défendras plus ce pays contre nous ! »

Il chevauche maintenant à l'extérieur, très courroucé de la perte de ses hommes. Il brandit son épée avec force et tue maint chevalier de Dieu. Il en abat certains de cheval de façon

---

1. Valterus/Valter.

honteuse et donne un coup de lance à d'autres. Au cours de son attaque, il désarçonne treize hommes et inflige au plus grand nombre des blessures mortelles. Quand Boson, le frère de Claires, voit quels grands dommages cause Ulien, son cœur s'emplit d'une grande vaillance et il désire démontrer sa capacité à empêcher la malfaisance[1] des païens. Aussi s'applique-t-il à le rencontrer et il interpelle Ulien d'une voix puissante en lui disant : « Attends-moi, je veux te rencontrer en combat singulier ! »

Ulien regarde le duc et voit qu'il est accompagné de nombreux chevaliers. C'est pourquoi il ne veut pas attendre et fuit à toute vitesse jusqu'à ce qu'il soit parvenu à une colline de sable. Il fait faire demi-tour à son cheval et interpelle le seigneur Boson en ces termes : « Chevalier, toi qui cherches après moi, viens ici car par ma foi je ne vais pas fuir plus longtemps devant toi ! »

Boson lance son cheval à toute vitesse dans sa direction alors que lui se porte à sa rencontre, et ils se percutent l'un l'autre si violemment qu'ils ne peuvent ni l'un ni l'autre rester en selle et tous deux sont désarçonnés. Le heaume doré d'Ulien est tout recouvert de terre. Ils se redressent tous deux d'un bond agile, car chacun cherche à se relever avant l'autre, et ils saisissent leurs armes. Quand Ulien jette un regard autour de lui, il voit accourir vers eux une foule de chevaliers qui viennent au secours du seigneur Boson. De ce fait, ne sachant comment faire face dans une telle situation, il se précipite vers son cheval, plante à ses pieds le bois de sa lance et bondit en selle ; puis il retourne à toute vitesse vers ses hommes. C'est ainsi qu'il s'éloigne de Boson pour cette fois.

Ulien fuit avec tous ses hommes en mesure de le faire, mais le seigneur Girart les poursuit énergiquement, tuant nombre d'entre eux de son épée. À présent, il lui appartient d'exploiter pour le moment un tel avantage sur la troupe d'Ulien comme il en a la possibilité, mais revenons à Georges et à ses compagnons.

---

1. « tröllskapr », soit le fait d'être un troll, un démon malfaisant.

Chapitre LXIX — Recul général des païens

Lorsque Roland a dispersé tout le bataillon de Mandequin, tuant une grande partie de l'effectif et mettant en fuite les autres, il se dirige immédiatement vers le second bataillon d'Agolant, que conduit Achar de Flor. On dénombre alors peu de pertes dans le détachement chrétien, mais les hommes et les chevaux sont épuisés. Quand Achar les voit arriver, il est stupéfait de la rapidité avec laquelle ils ont traversé le premier bataillon, mais du fait que sa troupe est très rude au combat et bien pourvue en armes, ils s'engagent dans l'affrontement avec détermination de sorte que la situation est maintenant très périlleuse si des renforts ne viennent pas soutenir Roland ; mais il faut expliquer d'où provient l'assurance de ces hommes.

L'empereur Charlemagne a placé à la tête du second bataillon le roi Salomon et le comte Huon. Lorsque la bataille s'engage, ils attendent de voir, comme il a été dit, comment les choses évoluent, si ce n'est qu'ils s'approchent en silence des combats. Ils peuvent alors rapidement entendre des coups et des chocs puissants, ce qui fait dire au comte Huon : « Seigneur Salomon, tu vas prendre sous ta garde le gros de notre troupe avec le maître étendard, et avec mille des meilleurs chevaliers je vais entrer dans la bataille et essayer d'apporter quelque aide à nos compagnons. Je pressens que Roland et Ogier ont beaucoup à faire. Plaise à Dieu qu'il ne leur arrive pas malheur ! »

Les choses se passent comme on vient de le dire : le comte Huon chevauche en compagnie de mille chevaliers. Ils ne sont pas équipés comme des vagabonds car ils ont des broignes résistantes et des heaumes solides, et leurs montures sont belles et fraîches. Huon demande au roi Salomon de les suivre hardiment et de leur prêter main-forte, ce qu'il accepte.

Le comte Huon est le plus impressionnant des hommes, de haute stature, et d'une prouesse et d'une vaillance infaillibles. Il pousse un grand cri de guerre et encourage ses hommes en disant : « Mes amis, ouvrons-nous hardiment une route jusqu'à nos hommes, frappons de si rudes coups qu'aucune protection n'y résiste, démontrons qu'il n'existe pas de plus vaillants preux que les Français ! »

C'est ce qu'ils font : ils donnent de l'épée de tous côtés, assènent des coups de lance puissants et répétés ; ils s'ouvrent un chemin et avancent jusqu'à ce qu'ils parviennent à l'endroit où se trouve Ogier le Danois. Quand Ogier voit le comte Huon, il lui dit ces mots : « Dieu soit loué ! Mes compagnons et moi avions grand besoin que vous arriviez ! » Le comte répond : « Plaise à Dieu que cette arrivée vous soit utile ! Je suis maintenant arrivé juste à l'endroit où j'avais le plus à cœur de venir ! »

Se déroule à présent la plus dure des batailles, car dans chaque camp on s'engage dans toute la mesure de ses moyens. De si nombreux chevaliers succombent du côté païen que la plaine à perte de vue est recouverte de leurs corps, de sorte que Roland démontre clairement ce dont Durendal est capable. En outre, les saints preux de Dieu, Georges et ses compagnons, s'avancent hardiment ; de nombreux païens sont contraints de tomber sous leurs armes.

Le comte Huon demande à Ogier le Danois qui sont les trois chevaliers qui s'avancent ainsi avec noblesse. Il répond : « Cher ami, ce sont les saints de Dieu, Georges, Domin et Mercure, qu'il a envoyés pour prêter main-forte à ses chrétiens. » Le comte est ravi d'entendre cela et il dit à haute voix : « Profitons de notre avantage autant que nous le pouvons, tendons le bras aussi loin que nous le pouvons, car l'aide de Dieu nous est maintenant pleinement acquise ! »

Tandis que la bataille fait rage, l'archevêque Turpin s'avance avec la croix du Seigneur au milieu du bataillon païen, et aussitôt se produit un changement comme précédemment : les troupes d'Achar qui auparavant s'étaient battues avec grande vaillance, commencent à se décourager lorsqu'elles aperçoivent la croix du Seigneur, alors que cette arrivée apporte de nouvelles forces aux chrétiens, et ils portent une si rude attaque que les païens se précipitent dans la fuite. Ainsi peut-on voir à présent quantité de boucliers fendus, et des païens par milliers abattus de leur cheval ; d'autres deviennent livides, les broignes se déchirent, les heaumes sont partagés en deux avec la tête.

Alors qu'Achar regarde ses hommes fuir et tomber de plus en plus vite, il voit en outre le roi Salomon qui arrive avec sa troupe, et en troisième position il voit arriver la sainte croix dans une éclatante lumière. Tout cela lui paraît être accablant et il dit à ceux qui se trouvent près de lui : « Un grand prodige se produit ici aujourd'hui, car nous ne pouvons absolument rien obtenir contre ces hommes de valeur. C'est pour nous une nouvelle rencontre désastreuse. Qui donc a vu pareille merveille : un arbre, que les chrétiens appellent croix me semble-t-il, inspire une si grande terreur à de vaillants combattants qu'ils ne sont plus capables de rien ? En effet, lorsqu'il parut devant notre bataillon, ce fut comme si nous avions perdu l'esprit, car nous ne pouvions pas voir avec nos yeux, et nous ne pouvions en aucune façon tourner nos regards vers sa lumière ni nous approcher de sa puissance. Nos esprits furent troublés et nous nous sommes comportés comme des fous et des déments, car plus nous le regardions, plus notre trouble croissait, et si le seigneur des chrétiens a été torturé sur cet arbre, il leur appartient assurément de l'honorer, car jamais à aucun moment une telle puissance n'a entouré nos dieux, et Mahomet m'est témoin que je ne vais pas rester ici plus longtemps ! »

Il tourne sa monture et s'enfuit en toute hâte, accompagné de tous ses hommes, de sorte qu'il ne reste plus personne dans les rangs. Mais les Francs pourchassent si sévèrement les fuyards qu'ils en tuent autant qu'ils peuvent, de sorte que dix mille hommes périssent dans cette poursuite. L'armée française se déploie alors sur un large espace si bien que chaque homme tue tout fuyard à sa portée, et ils poursuivent les païens dans tous les sens par les champs pierreux et les forêts, mais la plupart s'enfuient vers le troisième bataillon et s'arrêtent là. Roland était à l'avant des poursuivants, avec les onze autres pairs, Ogier le Danois, le comte Huon et bien d'autres qui comptaient parmi les plus braves. Les trois chevaliers de Dieu, avec l'archevêque Turpin et la sainte croix, suivaient derrière en fermant la marche.

Les Français atteignent ensuite le troisième bataillon des païens, que commande le roi Calides d'Orfanie ; il a avec lui une grande quantité d'hommes étant donné que son bataillon a été maintenant rejoint par Achar et un grand nombre de ceux qui ont fui avec lui. Roland dit alors à ceux qui l'accompagnent : « Portons-nous ardemment contre ces vils chiens qui se tiennent là devant nous, car il leur est difficile d'obtenir des succès comme des hommes braves. Ils n'apprécient nullement les heaumes dorés ni les broignes argentées. Ils préfèrent une pomme sûre pourrie à un harnais doré avec tout l'équipement. Faisons-leur comprendre que des chrétiens savent donner de l'épée ! »

Ensuite, ils poussent tous ensemble un grand cri de guerre et attaquent avec la plus grande ardeur. Bien que ceux qui se trouvent en face d'eux ne soient pas richement équipés d'armures de prix, ils leur opposent néanmoins une résistance acharnée, car ils sont si habiles à manier l'arc qu'on dirait que deux ou trois flèches quittent la corde en même temps. En outre, elles sont si violemment décochées qu'on ne trouve guère d'armure qu'elles ne transpercent. Ils causent de grands dommages dans la troupe de Roland, surtout du fait que maint vaillant preux est amené à abandonner maintenant sa monture à cause de leurs flèches empoisonnées, ce qui pourrait les mettre en grand péril si la pitié de Dieu ne veillait pas sur ses hommes.

C'est ce qui se produit, puisque juste à ce moment arrive le roi Salomon avec quatre mille chevaliers des plus vaillants, et ils portent un rude coup aux païens ; ils abattent beaucoup d'entre eux de leur cheval de façon honteuse. Les chrétiens qui précédemment étaient à pied peuvent alors se procurer de bons chevaux. Une nouvelle fois la plus rude des batailles s'engage. Alors ni les uns ni les autres n'épargnent leurs moyens. Tous les Francs se battent vaillamment, si bien qu'ils rougissent fréquemment leurs armes luisantes dans des flots rouges de sang ; cependant on peut tout particulièrement admirer la prouesse dont fait preuve Roland dans cette bataille, car il a un cœur fougueux comme un lion, le plus féroce des animaux. Il chevauche de groupe en groupe, frappant si bien à coups d'épée que le rude bâton de la bataille brise la forteresse du cœur[1] de maint homme, et il abat de nombreux païens par la plaine au point que cela paraît presque invraisemblable, car il brandit son épée avec une si grande énergie qu'il coupe en deux par le milieu de puissants hommes tout armés de telle sorte que les deux morceaux tombent de part et d'autre du cheval. Tous ses pairs provoquent de grands dommages. Ogier le Danois, le roi Salomon et le comte Huon n'épargnent ni la chair ni les os des païens. Quand Ogier voit comment Roland attaque, il dit : « Que Dieu donne force à ton bras : mieux vaut se tenir près de toi que loin ! »

Le roi Calides a fait dresser son étendard au milieu de son bataillon et Roland a pu le voir. Il appelle quatre jeunes chevaliers : Graelent, Estor, Bérenger et Oton – précédemment nommés – et il leur dit : « Chers compagnons, quelle résolution faut-il prendre maintenant ? Je vois où se dresse l'étendard du méchant Calides et j'aimerais bien l'abattre. Si nous réussissons à parvenir jusque-là, ce bataillon sera vite démantelé. »

Graelent répond : « Attaquons hardiment et nous parviendrons assurément à le détruire, car ceux qui sont préposés à sa garde ont des équipements qui ne valent rien. »

Roland dit : « Dieu récompense ta prouesse ! S'il nous accorde de recouvrer vivants nos possessions, tu en retireras grand honneur. »

Là-dessus les quatre preux s'élancent au-devant de leurs hommes et foncent au milieu du bataillon des païens, les chargeant si violemment qu'ils se dispersent massivement en donnant de l'éperon, si effrayés et épouvantés que le désespoir les envahit. Les événements se déroulent conformément aux prévisions de Graelent : beaucoup d'entre eux sont mal équipés pour faire face à leurs coups et leurs assauts, l'étendard est abattu et tous ceux qui en avaient la garde sont tués.

Quand Calides voit cela, la rage envahit son cœur et il attaque Graelent avec l'idée de lui porter un coup de lance, mais Grae-

---

1. Il ne faut pas moins de deux *kenningar* pour dire la vaillance de Roland : « le rude bâton de la bataille » = l'épée, « la forteresse du cœur » = la cuirasse.

lent esquive le coup en lui passant sa lance au travers du corps, et au moment où il s'apprête à le désarçonner, la hampe se brise, et il dégaine son épée et lui coupe la tête en disant : « Honte à toi, vil païen, lourd comme tu es, ma bonne lance s'est brisée, mais quoi qu'il en soit, tu viens de recevoir une blessure qu'aucun médecin venu d'Afrique ne soignera ! »

Roland lance son cheval au galop et rencontre Achar de Flor. Il baisse sa bannière et lui passe sa lance au travers de l'écu et de la broigne jusqu'au cœur, en disant : « Chevalier, tu te croyais habile en fuyant loin de notre bataillon, mais je veux te dire à présent que tu ne partiras pas d'ici sur tes pieds ! » Là-dessus Roland brandit son épée et le frappe d'un coup droit, puis de revers. Leur assaut se déroule si bien qu'en un petit moment ils tuent soixante païens et deux rois sans devoir verser une goutte de sang.

Comme Ogier a perdu de vue Roland, il s'attriste grandement, craignant qu'il n'ait été abattu de cheval ou mis à mort, et il appelle le comte Huon en disant : « Cher compagnon, cherchons sans retard notre meilleur camarade, car Roland a disparu de sorte que je ne sais pas ce qui lui est arrivé.

— Volontiers », dit le comte.

Ils chargent à présent dans la mêlée à l'endroit où se fait entendre un grand tumulte et un puissant fracas. Ogier s'écrie alors : « Dieu soit loué, je suis sûr de voir se dresser devant nous le heaume blanc de Roland ; allons-y et aidons-le. »

C'est ce qu'ils font, chevauchant jusqu'à ce qu'ils parviennent à l'endroit où Roland et ses compagnons mènent une offensive énergique. Roland dit : « Bienvenue, chers compagnons, arrêtons-nous ici tous ensemble ! » Ogier répond : « Mon cœur n'aurait jamais plus connu la joie si je t'avais perdu. »

À ce moment arrive l'archevêque Turpin avec la sainte croix, accompagné des trois chevaliers chers amis de Dieu. Un grand désordre gagne alors le bataillon de Calidès ; tous les païens ensemble s'écartent et se voilent la face dans leur bouclier dès qu'ils voient cette sainte relique. Ils se replient et se mettent à fuir dans les cris et les hurlements. Mais les Francs s'élancent à leurs trousses et les harcèlent par-derrière comme il convient, les abattant comme du bétail. Au cours de cette chasse ils en tuent plus de mille, les poursuivant par les vallées et les crêtes. Certains vont trouver refuge dans le bataillon d'Eliadas, et d'autres dans la montagne comme des moutons sauvages.

Mais qui peut décrire aux autres la joie que Dieu tout-puissant a accordée à ses serviteurs par les prodiges qu'il a montrés en ce temps-là ? En effet, bien que des païens grands et forts aient tenu tête aux chrétiens pendant un moment en mobilisant leur puissance et leurs vertus chevaleresques naturelles, toute leur valeur s'est dissoute et s'est réduite à rien dès que le Seigneur Dieu a fait paraître à leurs yeux le pouvoir de sa sainte croix, accordant en outre à ses amis de pouvoir de leurs yeux de chair regarder ses saints qu'il daigna leur envoyer, de sorte que par leur présence à leurs côtés et par la vision de la croix du Seigneur, les chrétiens furent à chaque moment autant fortifiés que les Africains affaiblis. Et quoique dans les troupes chrétiennes beaucoup d'hommes tombassent au combat, ils furent cependant très peu nombreux en comparaison de ce qui eût paru logique dans un contexte purement humain.

Chapitre LXX — Percée de Roland

Lorsque trois bataillons d'Agolant furent complètement vaincus par les chrétiens, Roland vint alors au quatrième que conduisaient Eliadas et Pantalis. C'étaient les meilleurs des guerriers et ils n'avaient jamais eu l'habitude de fuir le champ de bataille ; leur troupe était mieux équipée en armes et en armures, en valeur et en vaillance, qu'aucune autre dans l'armée d'Agolant.

Quand ils entendent de grands bruits et un fort tumulte, et voient des assauts et des poursuites près d'eux, ils sont très étonnés et s'adressent l'un à l'autre en ces termes : « Que se passe-t-il ici ? La situation ne peut pas être si mauvaise que des

Francs soient venus droit jusqu'à nous en traversant aussi rapidement trois bataillons formés de nos hommes, et si c'est le cas nos affaires vont mal. Mais quoi qu'il soit arrivé aux autres, nous ne serons jamais infortunés au point de nous comporter en lâches et en pleutres face aux chrétiens, car dans les trois premiers bataillons le plus apte des combattants ne devait pas être aussi bien pourvu en prouesse et en armes que le plus humble de notre troupe. »

Quand Roland a chassé les fuyards et qu'il est parvenu auprès du quatrième bataillon, il apparaît qu'il manque d'hommes du fait que ses compagnons ont été tués en grand nombre et que la plupart des survivants sont épuisés par les blessures et la fatigue. Il appelle alors un chevalier et lui dit : « Va trouver l'empereur Charlemagne et présente-lui mes salutations, et dis-lui aussi de venir rapidement nous aider ; décris-lui précisément la situation et notamment le grand soutien que Dieu tout-puissant lui a apporté aujourd'hui par sa sainte croix et par ses sublimes chevaliers. »

Il prend la route et Roland rassemble alors ses hommes en un bataillon compact, car ils s'étaient dispersés au cours de l'assaut. Le roi Salomon n'est pas encore arrivé et dans ces conditions le bataillon de Roland est trop réduit face à une si grande masse d'hommes, car Eliadas avait rassemblé cinq mille hommes au départ, auxquels se sont ajoutés ensuite certains des fuyards. Roland et ses pairs, Ogier et le comte Huon, se tiennent au-devant des chrétiens et poussent de grands cris de guerre. La plus rude des batailles s'engage alors pour la quatrième fois. Les païens les attaquent si violemment qu'il semble aux Francs qu'ils n'ont pas subi une telle épreuve jusqu'à ce jour, car ils sont à la fois agiles au combat et audacieux, et ils possèdent des armes de grande qualité.

Roland encourage ses hommes et tout particulièrement les jeunes chevaliers. Au cours du premier assaut, les pertes sont insignifiantes, et les survivants se comportent vaillamment. Graelent n'épargne pas les coups puissants donnés aux païens. C'est le plus fort des hommes. Quand la bataille atteint sa plus grande intensité, les chevaliers se disent entre eux : « Loué soit Dieu tout-puissant ainsi que le bon seigneur Charlemagne qui nous ont sauvés de l'asservissement et de l'oppression ! Nous avons eu de la chance. Chargeons le plus énergiquement possible tant que Dieu nous prête vie et force, car mourir rapidement avec vaillance vaut bien mieux que supporter que notre chef connaisse la honte et le déshonneur. » D'une voix puissante, ils s'écrient ensuite tous ensemble : « Qu'on ne compte pas parmi les preux l'homme qui s'épargne si peu que ce soit ! » Là-dessus ils assènent de si puissants coups qu'ils font céder tout autant les heaumes et les broignes.

À ce point du combat survient Salomon avec sa troupe, et il donne un violent assaut. L'on peut assurément voir ici des preux abattus, mais par la volonté de Dieu, les païens tombent de plus en plus vite et en grand nombre en comparaison des chrétiens. Roland met alors toutes ses forces à attaquer ceux qui se trouvent là [1]. Mainte bonne épée se brise dans ce combat. Les lances frappent si dur et si vite qu'on dirait une bourrasque. De nombreux vaillants preux sont honteusement désarçonnés, les boucliers sont si promptement brisés que beaucoup y perdent la vie, s'ils ont la malchance d'en être privés ; les broignes se déchirent, les heaumes sont fendus. Les hommes deviennent livides et leurs bras se fatiguent.

Il en fut ainsi un moment, après quoi vint se mêler au combat le roi Droon avec sept mille hommes. Ils étaient bien équipés en armes. Il vint se mêler à l'attaque dès son arrivée. Mais comme il fallait affronter une force irrésistible – on voyait alors que les pertes étaient réduites dans le bataillon d'Eliadas – et du fait que Dieu tout-puissant voulait signifier aux Français qu'ils étaient mortels et leur rappeler ce qu'ils lui devaient, et aussi qu'un détachement céleste venait étoffer leur petite troupe, ceux qui au matin étaient allés au combat les premiers étaient exténués, certains en raison de leurs blessures, mais le plus grand nombre à cause de la chaleur et de la transpiration

---

1. Roland et ceux qui se trouvent près de lui s'épuisent dans cette attaque soutenue (b).

abondante provoquée par un si grand labeur. En outre, les chevaux étaient épuisés de sorte que beaucoup furent alors abandonnés.

Alors que les choses en sont là pour eux, apparaît l'excellent seigneur archevêque Turpin avec sa sublime relique, accompagné des trois chevaliers de Dieu. Bien que les hommes de la troupe d'Eliadas paraissent nombreux, ils sont paniqués devant l'arrivée de la croix de la même manière que les autres précédemment ; aussi se disent-ils l'un à l'autre : « Malheur à ce porte-enseigne qui vient d'arriver, car son enseigne est d'une nature telle qu'elle touche les cieux, et elle est si brillante et terrible que personne ne peut la regarder. Nos affaires ne vont guère s'améliorer en sa présence, et bien que nous ayons eu auparavant des difficultés à mener le combat contre les Français, c'était néanmoins supportable pour des preux, mais à présent ce n'est plus tenable pour personne. Ainsi, faisons pour le mieux ; ne restons pas ici plus longtemps car la mort est certaine pour celui qui ne fuit pas. »

C'est ce qu'ils font. Ils lancent leur bouclier derrière eux, prennent la fuite et disloquent le bataillon. Dès que les chrétiens voient cela, ils les poursuivent hardiment et les tuent l'un après l'autre. Quand Eliadas voit que ses hommes fuient, et que les Français les pressent de toutes leurs forces, il déclare : « Jamais, durant tout le temps où j'ai pu me tenir au milieu de mes vaillants preux, je n'ai vécu un si misérable moment. La vérité est que ceux qui croient au Christ blanc sont puissants parce qu'ils peuvent conquérir tout ce qu'ils désirent. Je n'avais jamais envisagé devoir fuir le combat, mais à présent les choses en sont pourtant arrivées au point où cette issue est mauvaise, mais toute autre encore pire – et c'est bien pour celui qui aura auparavant fait mordre la poussière à l'un des grands preux de Charlemagne ! »

Là-dessus il dirige son cheval vers l'endroit où se trouvent les douze pairs qui massacrent les Africains de plus en plus rapidement, et il vient frapper de sa grosse lance le premier qu'il rencontre avec une telle violence qu'il lui déchire la broigne et lui fait éclater le cœur. Il le jette à terre, mort. Il dit ensuite à haute voix : « Mahomet et tous les dieux me sont témoins qu'à présent la situation n'est plus tenable. Je crois avoir vengé nombre de mes hommes en la personne de celui-ci qui vient de devoir s'incliner. »

Il donne de l'éperon à son cheval et s'enfuit au plus vite. Roland a pu voir ce qu'a obtenu Eliadas et il se lamente sur la mort de son pair en disant : « Dieu qui m'a façonné m'est témoin que tu n'en réchapperais pas, toi, le pire des païens, si mon cheval n'était pas aussi fatigué ! Cependant, tu en garderas un petit souvenir. »

Il saisit une lance et la dirige vers lui ; elle l'atteint par-derrière, se fichant dans l'arçon de la selle. Eliadas est légèrement blessé. Un chevalier qui le suivait dit alors : « Tu as reçu là un message, Eliadas ! » Il répond : « C'est surtout l'intention de celui qui me l'a envoyé qui me blesse, car si le coup qui vient de me toucher par-derrière m'avait touché par-devant, je serais certainement mort. Chevauchons au plus vite et n'attendons pas d'en recevoir un autre. »

Les Francs pourchassent les fuyards avec une telle vaillance qu'ils ne s'aperçoivent même pas que leurs chevaux s'effondrent d'épuisement. Ils continuent alors à pied, car ils continuent de tendre leurs bras vers l'avant aussi longtemps qu'ils le peuvent, sans jamais renoncer à abattre des païens et à les poursuivre. Que dire de plus ? Roland remonte finalement sur son cheval avec maint autre de ses compagnons, puis ils poursuivent un petit détachement de païens éloignés des autres. On raconte qu'ils les rassemblèrent tous en un cercle et les bloquèrent au milieu. Ils étaient alors si exténués qu'ils n'eurent pas la force de les attaquer et de même les autres n'eurent pas le courage de leur donner l'assaut ; les choses en restèrent là un moment des deux côtés.

Ils doivent attendre dans cette situation, et nous allons dire quelques mots du chevalier que Roland a envoyé à l'empereur, car il a chevauché en toute hâte comme on l'a dit précédemment, jusqu'à ce qu'il trouve Charlemagne et le salue en ces termes : « Dieu vous soutienne, honorable seigneur ; Roland, votre parent, vous salue et vous demande d'envoyer vos hommes au plus vite à son secours. »

L'empereur l'accueille bien, et dit : « Ton cheval est très fatigué, chevalier, mais quelles nouvelles as-tu à nous dire ?

— Elles sont nombreuses, seigneur, dit-il, d'abord trois bataillons de païens ont été démantelés ; le plus gros de la troupe a été tué et tous les autres mis en fuite. En outre, il faut dire que Roland, votre parent, a démontré aujourd'hui de si grandes qualités chevaleresques que c'est peu croyable. En effet, depuis le moment où il a engagé le combat au matin, il a maintenu la même énergie durant toute la journée jusqu'à ce que je l'aie quitté. Il était alors arrivé au quatrième bataillon, et il affrontait là une force invincible. Il faut aussi rapporter ce qui demeure le plus important : Dieu tout-puissant vous a aidé aujourd'hui d'une façon inouïe, car sa sainte croix est apparue au milieu de si grands miracles que plus de païens en moururent qu'on ne saurait dire. En outre, tôt le matin vinrent trois chevaliers qui allaient fièrement, et qui tuèrent les païens l'un après l'autre. Je ne sais pas qui ils étaient, car je ne leur ai pas parlé, mais j'ai entendu quelques-uns dire qu'ils étaient des saints envoyés par Dieu pour nous venir en aide. »

Quand l'empereur a entendu les paroles du chevalier, il est plus heureux qu'on ne saurait dire, et il s'agenouille sous les yeux de Dieu et dit en levant les bras au ciel : « Je devrais t'adresser, Dieu tout-puissant, des louanges bien plus grandes et des remerciements plus nombreux que je n'en trouve à dire. En vérité ta miséricorde surpasse toute chose. Béni sois-tu, Jacques, l'excellent seigneur, car toute la puissance que Dieu nous a montrée dans ce pays nous fut accordée en retour de tes sublimes prières et mérites. »

Après cela, il prend avec lui cinq chevaliers des plus vaillants et charge Fagon de veiller sur la troupe qui restait à l'arrière auprès de l'enseigne du roi, lui demandant de venir un peu plus tard. L'empereur et son escorte traversent maintenant à toute vitesse la plaine recouverte de cadavres. Tous sont étonnés devant l'importance du massacre qui s'est déroulé en un seul jour. Le seigneur empereur ne s'arrête pas avant d'être parvenu à l'endroit où Roland se tient sur ses gardes, prêt à l'affrontement comme il a été dit précédemment, car en quelque endroit que Charlemagne rencontre ses hommes, il demande où se trouve Roland. Mais ils répondent qu'ils ne savent pas au juste.

Lorsque Roland voit l'empereur approcher, il se dirige vers lui avec ses hommes. Les païens bondissent sur leurs pieds et prennent la fuite, et comme le jour est complètement tombé, on ne les poursuit pas. Quand l'empereur voit Roland complètement dépassé, il lui adressa la parole en plaisantant : « Comment se fait-il, cher parent, que tes bras soient si alourdis qu'ils ne puissent pas asséner un coup d'épée ? Ou alors tes armes sont-elles si émoussées qu'elles ne peuvent plus trancher ? »

Roland répond : « Je pense, seigneur, que c'est un peu les deux. » Charlemagne dit alors : « La force de maint homme s'épuiserait à réaliser une tâche inférieure à celle que vous avez accomplie aujourd'hui ; Dieu en soit loué ! À présent, il faut d'abord renoncer à se battre durant la nuit, même si le repos peut être court et difficile. Au matin, vous resterez au repos et mes hommes et moi, nous donnerons l'assaut aux païens. »

Ils répondent comme un seul homme : « Ne connaissons jamais la honte de rester à l'abri sous les tentes alors que vous vous battez ! Nous préférons rester auprès de vous et tomber, si Dieu le permet. »

Chapitre LXXI — Agolant apprend l'ampleur du désastre

Là-dessus, il faut parler d'Ulien : après qu'il eut été désarçonné par le seigneur Boson, il s'en alla à cheval dès qu'une monture put être dérobée, accompagné de ses hommes qui fuyaient le duc Girart. Ulien descend de cheval sous le maître étendard et va trouver Agolant. Les hommes du duc en sont venus à un tel point que son orgueil et sa fierté sont quelque peu entamés.

Il s'agenouille à présent et demande pardon à Agolant en disant : « Aujourd'hui, les choses ont mal tourné pour moi et j'ai connu la malchance : en effet, la troupe que vous m'aviez confiée a été en grande partie massacrée car les chrétiens sont d'une si grande vaillance qu'ils ne cèdent devant personne. »

Quand Agolant entend les paroles d'Ulien, il dit : « Ulien mon parent, comment se fait-il que ce soit un si petit oiseau qui chante à présent sur ton bateau ? L'opération ne s'est-elle pas terminée comme tu nous le promettais ce matin ? Les chrétiens contre lesquels tu es parti en guerre ce matin devaient tous être tués avant le coucher du soleil. J'ai l'impression à présent que dans cette entreprise tes paroles enjôleuses et spécieuses m'ont conduit trop loin ; je suis venu dans ce pays principalement parce que j'avais confiance dans ta valeur chevaleresque et dans celle d'autres qui prétendaient qu'ils allaient triompher partout, et les résultats me paraissent à l'opposé. Je vais te dire, Ulien, ce qui me semble nous être arrivé : l'homme qui se fie aux douces paroles d'une femme n'a pas le droit de gouverner un grand royaume, car la femme est toujours à l'affût d'une occasion d'abuser l'homme, et si elle trouve qu'il montre quelque complaisance envers sa volonté, elle s'y applique d'autant plus et ne cesse jamais de le mettre à l'épreuve jusqu'à ce qu'elle parvienne à le tromper et à le prendre au piège. Il en a été de même entre nous. Tu m'as aimé avec un état d'esprit féminin : tu as bu mon vin, tu as mangé mon pain, tu as vidé mes bourses et tu as éloigné de moi des hommes de valeur et de confiance, tu as placé sous ton autorité avec mon argent des gens ignobles, et tout cela je l'ai supporté patiemment en raison de notre grande proximité et du fait que je croyais que tu étais l'homme que tu te vantais souvent d'être. Mais réponds donc, Ulien mon parent, à la question que je vais te poser : comment se fait-il que ton heaume brillant soit tout terreux comme si tu t'étais tenu sur la tête ? »

Ulien répond : « Vous auriez mieux à faire qu'à m'humilier en paroles. En effet, bien que j'aie échoué, vos autres preux auront à peine obtenu une plus grande victoire, et si les chrétiens vous affrontent, on verra bien alors qui l'emporte, car sur les vingt mille hommes qui m'ont suivi, trois mille en ont réchappé et pas plus. »

Tandis qu'ils sont en train de discuter ainsi, Eliadas arrive devant Agolant, accompagné de trois mille hommes. Eliadas n'avait pas retiré de sa blessure la lance dont Roland l'avait frappé comme on l'a dit ; il avait abondamment saigné, au point que la selle sous lui était recouverte de sang, qui coulait jusque sur le cheval. Il salue Agolant, mais le roi ne reconnaît pas au premier abord qui il est et lui demande son nom. Eliadas répond : « Seigneur, il se peut que je [vous] sois inconnu, mais [vous] m'avez déjà vu : vient d'arriver ici Eliadas, fils du roi Nabor, votre parent. »

Agolant répond alors, courroucé, sans croire ce qu'on lui a dit : « Comment pourrais-tu être Eliadas, étant donné que je l'ai placé à la tête du quatrième bataillon qui est juste devant nous ? » Eliadas répond alors une seconde fois : « Vous pouvez croire aussi ce que je peux ajouter : ces quatre bataillons ont été entièrement démantelés et si entièrement dispersés qu'il ne reste plus personne, la plupart sont morts et les autres ont fui. Arrivent ici avec moi trois mille hommes, et quant aux autres je pense qu'il y a peu de survivants sur les quinze mille hommes que vous aviez placés sous mon autorité, sans compter que parmi eux nul n'est indemne. Jamais auparavant je ne me suis trouvé dans un endroit où le combat soit aussi rude. »

Agolant reste sans voix en entendant ces paroles, et il dit après un temps de silence : « Tu portes à notre connaissance, cher parent, de pénibles nouvelles. Mais que peux-tu dire de Mandequin ? » Eliadas répond : « Il est mort, c'est certain, et l'on m'a dit qu'il fut le premier de nos hommes à tomber.

— Quelle décision prendre à présent ? dit Agolant, Charlemagne aura-t-il l'audace de venir nous rencontrer ?

— Assurément, dit Eliadas, nous devons nous y attendre. Il

a certes une petite troupe puisqu'il a subi de lourdes pertes aujourd'hui, mais ils ont un cœur si bien trempé qu'ils donneront leur vie plutôt que de fuir ou de démériter. En conséquence, il n'y a qu'une chose à faire : placer des guetteurs aux quatre routes menant au maître étendard, de façon qu'ils ne puissent pas venir nous trouver pendant la nuit à notre insu, et se tenir prêts au combat au matin, à moins que vous ne souhaitiez vous replier aux bateaux et prendre la mer en laissant les choses en l'état. »

Agolant dit avec colère : « Ne profère pas des abominations, comme dire que je pourrais fuir devant Charlemagne et lui abandonner ce royaume que je possède de plein droit, alors que j'ai encore une troupe deux fois plus importante que la sienne, et plus encore ! On retiendra l'option qui consiste à établir une garde à toutes les routes menant jusqu'à nous. »

Il est dit qu'Agolant avait alors une armée qui ne comptait pas moins d'une petite centaine de milliers d'hommes au total. Il y avait là de nombreux rois couronnés, au nombre desquels se trouvait Amustene, précédemment nommé, plus par ruse et par crainte d'Agolant que par une quelconque bonne volonté, comme il en donna rapidement la preuve, du fait qu'il n'avait pas oublié quelle mort infamante avaient connue les rois Magon et Esperant (susmentionnés), ses parents proches. Dans ces conditions, il attendait l'occasion de rendre la pareille à Agolant et à ceux qui y avaient joué les premiers rôles, si la chance le lui permettait.

Pour cette raison, il va trouver ses amis et parents et leur parle en ces termes : « À présent, vous avez tous pris connaissance de ce qui s'est passé aujourd'hui. La plus grande partie de nos forces a été massacrée et Agolant a déclaré son intention de ne pas se retirer de cette bataille. C'est pourquoi nous croyons que ni lui ni aucun de ceux qui le suivent ne reviendront dans leur domaine. En outre, je tiens à affirmer devant vous, mes parents et amis, que la honte et le déshonneur qu'Agolant nous a causés à tous au travers de la mort ignoble de Magon et d'Esperant, nos amis, m'affligent tout particulièrement, et si lui ne sait pas si cela nous plaît ou non, nous, nous devenons de grands sujets d'opprobre pour notre famille, plus misérables que n'importe quel fuyard ! Je veux donc dire, pour ma part, que je ne compte pas laisser les choses en l'état plus longtemps, car ma résolution est qu'au point où nous en sommes nous abandonnions Agolant et prenions la mer pour rentrer chez nous. Cela se fera de telle façon qu'il n'ait aucun soupçon de ce projet, et si vous êtes d'accord, j'arrangerai l'opération à mon idée, et vous me suivrez quand je voudrai partir. »

Tous sont d'accord pour cela et considèrent que c'est là la meilleure astuce pour éviter de tomber aux mains des chrétiens et venger le déshonneur qu'on leur a causé.

Amustene se rend immédiatement auprès d'Agolant sur la montagne où se tient le maître étendard et lui dit : « Seigneur, j'ai entendu les conseils d'Eliadas et il me semble qu'il faut les suivre, mais du fait que ce serait une malchance qui nous causerait le plus grand dommage si les chrétiens venaient se placer entre les bateaux et nous, et s'en emparaient par la force, je me suis préparé avec mes hommes pour aller du côté où ils se trouvent. Je suis sûr que nul n'est plus apte à empêcher les Français de s'en emparer, s'ils se dirigeaient vers eux. Mais si dans un autre endroit un plus grand besoin de troupes apparaissait au moment où la bataille s'engagera, nous viendrons, soit mes fils, soit moi, vous porter secours. »

Agolant reçut favorablement cette demande et dit : « Tu as une bonne troupe, Amustene, et tu peux ainsi nous apporter un grand soutien ; fais comme tu as dit. » Amustene s'incline devant le roi et se retire. Il est suivi par sept chefs relevant de son autorité qui abandonnent le maître étendard. Il y a là trois rois couronnés. Il fait rassembler toute sa troupe au son des trompettes.

Il faut dire au sujet d'Amustene que dès que le combat s'engagea au matin, il se rendit aux bateaux, embarqua avec ses hommes et quitta l'Espagne pour gagner l'Afrique. Il brûla ou endommagea gravement les bateaux qu'il ne pouvait pas emmener, car il voulait enlever à Agolant tout espoir de trouver en eux une aide même s'il en avait besoin.

C'est ainsi qu'Amustene se sépare de son chef. La reine et mainte autre femme partent avec lui. Jamais un homme loyal et noble n'aurait quitté ainsi son supérieur, mais on doit cependant être sûr que cela découle de quelque disposition voulue par Dieu ou par saint Jacques, car ils auraient tué maint chevalier chrétien – la raison en est qu'il ne restait pas auprès d'Agolant d'autre détachement de cette qualité du point de vue de la vaillance et de l'équipement.

Amustene est sorti de cette histoire. Mais dès qu'il a quitté Agolant, celui-ci place le roi Gondrin, son premier conseiller, sur la seconde route menant à son maître étendard, lui donnant plus de vingt mille hommes. Au troisième endroit il place les chefs Moadas, fils du roi Aufiri[1], et Abilant, leur attribuant trente mille hommes. À la quatrième route se tient Ulien avec vingt mille hommes. Agolant se tient sous son maître étendard. Un double ou triple rang de soldats est installé là tout autour. Il apparaît assurément qu'il est difficile pour quelques hommes de les déloger tous d'un endroit qui a été fortifié de la sorte.

Ils se tiennent ainsi durant la nuit. Il y a plus de crainte, d'inquiétude et de peur dans leur cœur que de réjouissance et de joie d'aucune sorte. Il faut dire ensuite quelques mots à propos de l'empereur Charlemagne.

Chapitre LXXII — Charlemagne progresse notablement

L'empereur Charlemagne et tous ses hommes passent la nuit à cheval, chacun à l'endroit où il est arrivé. Aux premières lueurs du jour tous se rassemblent au même endroit ; arrivent

---

1. Aufira.

là monseigneur le pape avec son détachement et Fagon, le porte-enseigne. L'empereur passe alors son armée en revue, et ils ne sont pas plus de trente mille. La veille, trois des douze pairs ont succombé et beaucoup dans la troupe sont blessés. Charlemagne se prépare au combat et dispose quatre mille hommes pris parmi les meilleurs. Il compte mener lui-même ses troupes au combat le jour même, et demande à Roland, son parent, de rester au repos pour commencer, mais celui-ci répond : « Non, je vous le dis en vérité, par la miséricorde de Dieu, je ne suis pas aujourd'hui moins capable de donner des coups d'épée qu'hier. »

Quand la troupe de l'empereur est prête, l'archevêque Turpin va trouver monseigneur le pape et dit : « Je vous demande, seigneur apostolique, de prendre la sainte croix de notre Seigneur. Je voudrais me porter à l'avant avec mes hommes aujourd'hui et me servir vigoureusement de mon épée, car j'ai entendu Charlemagne et ses hommes dire que ce serait aujourd'hui de deux choses l'une par la volonté de Dieu : soit ils trouveraient tous la mort, soit ce pays serait libéré du joug païen. »

Monseigneur le pape dit : « Volontiers, mon fils ; je vais prendre la croix du Christ et la porter moi-même. Quant à toi et à tous tes hommes, allez-y avec la protection de Dieu et faites du mieux que vous pouvez. »

Après cela, l'empereur met en route toute sa troupe, hormis Fagon qu'il laisse en arrière pour garder sa bannière. On peut alors entendre résonner de nombreuses trompettes. Cela se passe juste au moment où le soleil commence à luire. Dès que les païens entendent les sonneries aiguës des trompettes et voient s'avancer le bataillon français et briller les armes, les boucliers et les heaumes dorés sur lesquels le soleil du matin darde ses rayons, une peur irraisonnée envahit leur cœur et ils se disent l'un à l'autre en particulier : « C'est incroyable : hier beaucoup d'hommes de l'empereur ont péri, et à présent son armée ne semble pas diminuée. »

Charlemagne chevauche au-devant de ses troupes avec les

quatre bataillons qui furent précédemment décrits. L'assaut est si puissant que le bataillon du roi Gondrin cède immédiatement dès qu'ils leur arrivent dessus. L'empereur dégaine alors son épée royale et ses hommes font de même. Ils frappent fort et sans arrêt, et tous ceux qui se trouvent devant eux doivent mourir ou fuir. Cette bataille commence dans un grand tumulte, dans le fracas et les cris. Il ne faut pas oublier que dès que le combat s'engage, les chevaliers de Dieu, Georges, Domin et Mercure, s'avancent au-devant des bataillons pour attaquer avec vaillance. Roland et ses compagnons, Ogier le Danois, Samson et Salomon, le comte Huon, le roi Droon, Gondebeuf, le duc Naimes, donnent un rude assaut. Aussitôt un massacre en résulte du côté païen.

L'empereur chevauche à l'avant avec un tel courage qu'il n'épargne personne. Il s'éloigne de ses hommes pour s'avancer au milieu du bataillon païen, où il trouve Gondrin. Il lui assène un coup sur le heaume. L'épée s'enfonce vivement et le tranche en deux, tout revêtu de ses armes, jusqu'au niveau du ventre. Quand les Africains reconnaissent l'empereur, ils l'attaquent de toutes leurs forces et tue son cheval sous lui. Charlemagne est à présent à pied dans une situation périlleuse, à moins que la pitié de Dieu ne vienne lui prêter un grand secours. C'est aussi pour cette raison qu'il se défend si vaillamment, tournant sans cesse sur lui-même comme une toupie, que personne n'ose l'attaquer.

Lorsque les Francs s'aperçoivent que l'empereur a disparu, une grande peine les envahit comme on pouvait s'y attendre. L'un d'entre eux, Bérenger le Breton, peut voir dans quelle difficulté il se trouve. Il s'y précipite à toute vitesse en disant : « Dieu tout-puissant, prends soin de nous en ta pitié ! » Dans le même temps il donne un coup de lance à un puissant chef qu'il transperce et renverse aussitôt à terre, et il saisit le cheval. Il s'avance alors jusqu'à l'endroit où l'empereur se défendait si rudement que les païens étaient repoussés à distance. Il descend de cheval et dit : « Que Dieu vous protège, mon puissant seigneur, faites attention, montez le plus vite possible sur le cheval qui se trouve près de vous. »

L'empereur fait ce qu'il demande. Il saisit d'une main l'arçon de la selle à l'avant et plante sa lance en terre, et il bondit si noblement sur le cheval qu'aucun chevalier n'aurait pu le faire plus courtoisement. Bérenger lui tient pendant ce temps son étrier ; il saute ensuite sur le cheval qui avait appartenu à un païen et retourne auprès de ses hommes. En voyant leur seigneur sain et sauf, ils se réjouissent plus qu'on ne saurait dire. Une courte pause intervient sur ces entrefaites.

Ensuite, un grand roi païen s'avance et encourage les Africains en disant : « La honte qui s'abat sur nous se répandra dans tous les pays qui apprendront que quelques hommes auront réussi à circonvenir l'immense masse de nos hommes. Ne laissons pas cela se produire ! Attaquons vaillamment ! Ne voyez-vous pas que les chrétiens sont en train de vider le champ de bataille que vous contrôlez, et ils font cela parce qu'ils pensent être vaincus ? »

Les Africains écoutent ses injonctions. Ils choisissent dans leur bataillon les hommes les plus forts et les mieux équipés. Ceux-ci se précipitent sur les chrétiens l'épée dégainée et livrent un si violent assaut que maint chevalier de Dieu doit y laisser la vie. Ils sont à deux doigts de céder. Lorsque Charlemagne voit cela, il dit : « Mon Seigneur, quelle est maintenant ton intention ? Que va-t-il se passer ? Comment la chrétienté gagnera-t-elle un jour la liberté si ses défenseurs doivent être ainsi abattus comme des moutons ? Donne-nous, mon Seigneur, la force d'abattre et de réduire l'arrogance hautaine de tes ennemis ! »

Lorsqu'il a prononcé ces paroles, arrive monseigneur le pape avec la croix du Seigneur ; il s'avance devant l'empereur et dit : « Cher seigneur, ne soyez pas abattu en pensant aux dispositions divines car bien que certaines choses n'aillent pas comme vous le souhaiteriez, la seule cause en est que Dieu souhaite vous éprouver dans la difficulté, mais il ne vous destine rien d'autre que la victoire, et elle sera d'autant plus sublime qu'il l'accordera au milieu de grands miracles divins. Regardez, seigneur, comme cette croix sublime brille en un grand bouquet dont nous tirons tous une force par la pitié de Dieu. »

Dès que la croix du Seigneur arrive sous les yeux des païens, elle apparaît dotée d'une puissance égale ou supérieure à celle de la veille. Les Africains qui se trouvent le plus près d'elle se retirent les premiers, et dès que les Français s'en aperçoivent, ils retrouvent de l'audace et ils les poursuivent vaillamment. Charlemagne conduit ses hommes à l'avant et les interpelle à haute voix : « Battez-vous bravement et vengez vos parents et amis ! »

Roland poursuit les fuyards, et dans cette poursuite sont tués et honteusement mis à mal autant de païens qu'il convient. Il n'est pas besoin de développer davantage : tout ce bataillon païen est entièrement dispersé, certains vont trouver refuge auprès du maître étendard d'Agolant, alors que d'autres se joignent au détachement de Moadas et d'Abilant. On peut à présent entendre les lamentations, les cris et les hurlements des Africains, car beaucoup souffrent de blessures graves.

Là-dessus, Charlemagne atteint le bataillon de Moadas, mais à présent nous allons d'abord nous désintéresser d'eux un moment.

Chapitre LXXIII — Le duc Girart lance une attaque

Il faut maintenant parler du vaillant seigneur duc Girart : il a passé la nuit dans la petite vallée qui se trouve à droite près du maître étendard d'Agolant. Au matin, il invite ses chefs à un conseil et dit : « À présent, braves chevaliers, il est probable que par la volonté de Dieu notre entreprise parvienne aujourd'hui à sa fin. C'est pourquoi nous n'allons en aucune façon nous ménager en ce jour. Je sais que nous sommes tout près de la montagne sur laquelle se tient le maître étendard des païens, et comme il sera difficile d'attaquer ce lieu, vous devez vous en rapporter à mon conseil. Quatre cents hommes pris parmi les plus forts d'entre nous et les mieux équipés vont descendre de cheval, se placer aussi près que possible l'un de l'autre, tenir leurs boucliers étroitement serrés au-dessus de leur tête, l'épée au côté, revêtus d'une broigne descendant jusqu'aux pieds, et ils lèveront leur lance devant eux. Vous allez monter de cette façon en vous abritant sous le rocher, et ceux qui sont à cheval bloqueront les alentours de l'extérieur à toute force. Si Dieu nous accorde de parvenir au pied du maître étendard avec une troupe ainsi disposée, cela suffira pour vaincre, et j'interdis qu'aucun de mes hommes donne un quelconque assaut, quelque opposition que nous rencontrions en face de nous, de façon à nous couvrir au mieux et à pouvoir progresser de cette manière au milieu d'eux. Je prévois qu'ils ne pourront pas faire grand-chose. »

Tous déclarent qu'ils veulent bien agir de la façon qu'il a établie. Après cela, ce qui vient d'être dit se réalise : les hommes à pied se rassemblent d'abord et ensuite les chevaliers à cheval se placent autour d'eux en rangs serrés, ils font route de la sorte en gravissant la pente qui se trouve entre les païens et eux. Ulien peut apercevoir leur progression, et il va trouver Agolant pour lui dire : « Les difficultés nous arrivent à présent de tous les côtés. Le détachement que j'ai rencontré hier se dirige sur nous ici et ceux qui les rencontrent sont assurément condamnés à mourir. »

Agolant répond : « Ce doit être notre camarade Amustene avec son escorte.

— Non, dit Ulien, je le sais bien – et c'est pourquoi vous devez vous opposer à eux –, ils ne peuvent pas venir ici vous trouver. »

Agolant dit : « Va tenir tête à leur troupe, Ulien ! »

Ulien s'exécute mais avec réticence, en compagnie de vingt mille hommes, et il part à l'assaut au milieu des grands cris et des clameurs. Quand le duc voit cela, il dit à ses hommes : « Ne faites pas attention à leurs cris et à leur vacarme. Restons attentifs et calmes. Laissons-les faire tout le bruit qu'ils veulent. Tenons bon dans ces conditions et hâtons-nous d'avancer, nous pouvons en tirer profit immédiatement. Mais regardez cet homme qui bondit furieusement à l'avant à l'abri d'un bouclier jaune. Il nous a farouchement attaqués hier, mais Dieu soit loué du fait que nous ayons pu lui proposer un arrangement convenable pour les dettes que nous avons contractées envers lui, et il me semble en outre probable qu'il obtienne aujourd'hui un tribut bien plus réduit qu'hier. C'est pourquoi je vous demande à tous d'agir comme je compte le faire moi-même : tuez tout homme qui aura l'audace de s'approcher si près que vos armes l'atteignent, mais ne quittez en aucun cas votre place. N'attaquez que ceux qui seront les plus à votre portée. »

Ils acceptent de faire comme cela. Ulien pousse ardemment à l'offensive et compte se venger maintenant des affronts qu'il a subis la veille. Les Africains poussent alors un grand cri de guerre, tirent des flèches, donnent des coups de lance, frappent à coups d'épée et jettent des pierres. Bien qu'ils progressent dans ces conditions, cela leur rapporte très peu car leurs adversaires ne cèdent pas leur place le moins du monde et tuent quantité de païens. Aucun de ceux qui se trouvent à passer devant leurs armes ne peut en rapporter des nouvelles !

Quand Ulien constate qu'une telle méthode ne vaut rien, et que les Africains perdent courage et évitent de s'approcher d'eux, il lui semble plus facile de les affronter dans un autre lieu. Il s'en va dans une autre direction, s'avance vers le bataillon de Moadas et prend position à cet endroit. Mais le duc Girart réalise ce qu'il avait projeté car les païens ne cessent de reculer à mesure que ses hommes attaquent, jusqu'à ce que le duc soit parvenu au-dessous du rocher sur lequel se trouve l'étendard.

Des païens sont alors montés à l'étendard et ils disent à Agolant : « Si les hommes qui viennent dans votre direction ne sont pas vaincus, vos hommes seront bientôt morts. » Lorsque le duc est tout près de réussir, il dit : « Dieu soit loué, sa pitié nous a bien gardés : nous n'avons perdu aucun homme, mais nous avons abattu de nombreux païens. Dans ces conditions, descendons de cheval et allons bravement affronter les païens ! De l'autre côté du rocher, j'entends de vives clameurs et un grand tumulte ; l'empereur doit être arrivé dans la place. À présent que chacun montre toute la prouesse dont il est capable. Que Dieu et la sainte croix nous accordent la victoire à la fin ! »

Ils montent à présent attaquer les païens en un bataillon compact, sans dire un mot. Ils portent un bouclier devant eux et brandissent des hallebardes aiguës, alors que les Africains viennent à leur encontre. La plus rude des batailles s'engage à nouveau à cet endroit. L'offensive se déploie lentement du côté du duc car il est difficile pour ses hommes d'attaquer en montant. De ce fait, de nombreuses pertes affectent sa troupe, mais bien plus encore du côté païen. Le jeu de Hildr[1] est alors de la plus grande dureté. Les plus en avant assènent des coups d'épée rudes et répétés, si bien que les pierres précieuses volent au loin en maint endroit[2], les heaumes bien équipés sont fendus en deux, les broignes se déchirent, l'acier cède, les preux perdent leurs couleurs sous l'effet des blessures graves que chaque camp inflige à l'autre.

Mais avant que l'attaque du duc n'aboutisse à un résultat lourd de conséquences, nous devons revenir à l'empereur et expliquer ce qu'il fait en compagnie de ses hommes.

Chapitre LXXIV — Mort d'Ulien

Lorsque les Africains voient que les chrétiens ont mis à mort et démantelé tout le bataillon du roi Gondrin, le conseiller d'Agolant, trente mille hommes s'élancent en grande colère. Leurs chefs sont Moadas et Abilant, hommes si hautains et si fiers qu'ils considèrent que nul homme n'est leur égal. Dans ces conditions, ils font sonner de grosses trompettes et font tout le bruit et le vacarme possibles en poussant des cris et en heurtant leurs armes ; ils comptent par ce moyen ébranler le

---

1. « Le jeu de Hildr » est une *kenning* désignant la guerre – Hildr étant l'une des valkyries. La *kenning* n'apparaît pas en b : la bataille est alors...
2. les pierres arrachées aux heaumes dorés (b).

grand courage des Français. Ils bandent leurs arcs rigides et décochent des traits si puissants que la corde en siffle. Mais les chrétiens ne sont pas autant effrayés qu'ils le pensaient, de sorte que dès que Roland entend leur vacarme, il prend sa trompe aiguë Olifant, la place entre ses lèvres et souffle si fort qu'on l'entend sous le maître étendard d'Agolant et dans toute l'armée. Tous les Francs l'imitent : chaque homme possédant une trompette se met à souffler. Leur cri de guerre semble aux païens beaucoup plus inquiétant qu'on n'aurait pu penser, car la peur et l'effroi envahissent un grand nombre d'entre eux.

Ce combat s'engage dans un grand fracas et occasionne de rudes affrontements entre vaillants preux. L'empereur Charlemagne charge avec une grande vaillance et ses adversaires se défendent avec fermeté. Les trois chevaliers de Dieu causent de grands dommages aux païens. Beaucoup d'hommes sont à présent désarçonnés, aussi bien des chrétiens que des païens ; ils tombent l'un sur l'autre si serrés que les tas de morts s'élèvent haut. Ogier le Danois, le duc Naimes, Salomon et Bérenger le Breton chargent violemment en direction du détachement païen. Il arrive alors qu'ils sont tous désarçonnés, et quand Charlemagne voit cela, il n'en est pas satisfait et invoque le ciel en disant : « Que fais-tu à présent, mon honorable seigneur Jacques, apôtre de Dieu ? Mes preux[1] vont-ils trouver la mort sous mes yeux ? C'est un grand sujet d'affliction, et je te dis en vérité, excellent défenseur de Dieu, que je ne connaîtrai plus un jour de joie après cela. »

Il s'élance ensuite en grande colère et frappe de tous côtés jusqu'à ce qu'il rencontre Abilant. Il lui assène un coup sur le haut du heaume avec son épée tranchante, et celle-ci ne s'arrête pas avant d'avoir atteint le milieu du ventre ; il le jette ainsi à terre. Pendant ce temps, Roland parvient à l'endroit où Ogier le Danois et ses compagnons, à pied, se défendent avec efficacité et bravoure. Roland est accompagné de Graelent, d'Oton et de quelques-uns des pairs avec cinq cents chevaliers. Lorsqu'il

---

1. Mes trois preux (B).

constate que ses camarades sont dans une telle situation, il dit : « Oh ! mes chers amis, Dieu m'est témoin que vous êtes à présent dans une situation difficile ; bravo à celui qui pourra alléger vos difficultés. » Ils repoussent les païens dans deux directions mais ceux-ci les entourent de tous côtés.

Graelent prend la parole : « Roland, mon maître, ces païens sont montés sur de très bons chevaux. Emparons-nous d'eux et donnons-les à nos hommes qui en ont besoin. » Roland répond : « Faisons ce que tu as dit. »

Là-dessus, il bondit sur un païen massif, passe sa lance au travers de son bouclier, de sa broigne et de son buste et l'expulse de sa selle en disant : « Toi, chien de païen, va dans ton pays ! » Il le renverse à terre, mort, saisit le cheval et le donne à Ogier en disant : « Tu t'es souvent montré courtois envers moi, et de ce fait je suis tenu de te rendre ces bienfaits. Prends, mon cher ami, le beau cheval que voici, que m'a donné Dieu, et monte dessus au plus vite. » C'est ce que fait Ogier.

Graelent s'avance pour affronter un autre chevalier dans un autre endroit. Il lui donne un si violent coup d'épée derrière le cou qu'il tranche la cotte de mailles, la broigne et le cou de telle sorte que la tête se décolle et s'en va rouler au loin. Il s'empare du cheval et le donne au duc Naimes, et il n'est pas besoin d'attendre longtemps avant que Salomon et Bérenger aient un cheval. Tous partent aussitôt à l'assaut ensemble et font le vide devant eux : ils tranchent en deux les païens par les épaules, décapitent certains, coupent à d'autres la main ou le pied, les amassant l'un sur l'autre sans s'occuper de savoir s'ils reposent sur le dos ou sur la face.

On en arrive à présent au point où les Africains n'ont plus besoin de se demander combien de puissants coups les Français peuvent leur infliger, étant donné qu'ils les massacrent impitoyablement, les poussant dans le profond chaudron qui a été préparé pour eux – c'est-à-dire l'enfer – dans lequel un vif bouillonnement brûlant ne connaît jamais ni répit ni fin.

Roland et sa suite progressent ainsi jusqu'à ce qu'ils s'avancent à droite et à gauche de l'empereur. Lorsqu'il aperçoit

Ogier et Naimes, il se réjouit et dit : « Louange et gloire à toi, sublime seigneur Jacques, tu viens véritablement d'emplir mon cœur de joie ! Attaquons donc, Roland mon parent, avec efficacité et vaillance ! Dieu tout-puissant va bien vite nous accorder la victoire. »

Il prend ensuite sa trompette royale et la fait résonner haut et clair de sorte que Fagon le porte-enseigne l'entend parfaitement alors qu'il est avec son détachement, c'est pourquoi il dit à ses hommes : « Dieu est témoin que Charlemagne paraît avoir besoin d'aide maintenant. J'ai assurément entendu le son de sa royale trompette. Aussi préparons-nous et allons en toute hâte aider l'empereur par tous les moyens dont nous disposons et attaquons les païens à grands coups, de façon qu'ils perdent tout courage. » Ils répondent : « Seigneur Fagon, agissons dans le sens que vous avez proposé. Dès que les païens malhonnêtes prendront connaissance de notre assaut, ils s'enfuiront comme des canards devant un autour, et ils y trouveront alors la mort et resteront étendus sur le dos, piétinés sous le pas des chevaux, la bouche ouverte. »

Le seigneur Fagon chevauche en compagnie de mille chevaliers. Ils sont extrêmement bien équipés en armes et en armures, et avant qu'ils engagent le combat, Fagon dit à son parent Raimon[1] : « Prends la bannière de l'empereur et garde-la au mieux. Je vais faire la preuve de l'efficacité du tranchant de ma bonne épée. » Fagon est assis sur un bon cheval gascon. Il porte sur la tête un excellent heaume rehaussé de pierres précieuses.

Il arrive dans la bataille au moment où Moadas se trouve à l'avant, poussant de grands cris de guerre pour encourager ses hommes. Ils leur donnent tout d'abord l'assaut si violemment que ceux qui se trouvent le plus à l'avant reculent devant eux et se bousculent les uns les autres. Mais Fagon affronte Moadas et il lui donne un si rude coup de lance dans le bouclier que celui-ci se casse, n'offrant aucune résistance. La lance transperce alors la broigne et s'enfonce en son cœur. Il le soulève

---

1. Remund.

de sa selle en disant : « Tu t'en vas là, grand homme, et tu n'iras pas plus loin ! » Il le rejette loin de lui et fait demi-tour prestement. Il dégaine son épée et assène un coup sur le heaume du roi Mathusalem[1], le tranchant en deux jusqu'aux épaules. Ensuite il interpelle ses hommes à haute voix : « Faites au mieux, n'épargnez ni l'épée ni la lance contre les païens ! Faisons-leur sentir que nous sommes capables d'autre chose que de manger et boire ! »

Ils font ce qu'il a demandé et abattent trois mille païens. Là-dessus la débandade gagnent les rangs des Africains dans ce secteur de la bataille. Ulien bondit à l'avant – il est venu dans le bataillon de Moadas comme on l'a dit précédemment –, il voit les Africains perdre entièrement courage et se replier à la suite de la mort de leurs chefs. C'est pourquoi il les interpelle en disant : « Vous vous acquittez bien mal envers Agolant des grands honneurs qu'il vous a accordés, en l'abandonnant ! N'accomplissez pas une action manifestement honteuse, telle que fuir plus loin que la portée de son maître étendard que vous voyez encore debout ! »

Malgré ses paroles, ils n'y prêtent aucune attention, chacun dirigeant plutôt ses regards vers l'endroit où il lui semble le plus probable de trouver de l'aide. Ulien frappe son cheval à coups d'éperon et bondit sur un bon chevalier nommé Édouard[2] ; il lui fend le heaume et le crâne d'un coup qui descend jusqu'aux dents. Après cela, il rencontre le brave chevalier Richer et lui donne un coup de lance dans le bouclier, mais quand [Richer] s'en aperçoit, il tourne son bouclier en travers avec une si grande force que la lance d'Ulien se brise au-dessus de l'emboîtement de la hampe, et il lui assène un coup d'épée sur le heaume ; au moment où il se fend, Richer dit : « Prends garde à toi, chevalier ! » Il assène ensuite un autre coup avec une telle vaillance qu'il pourfend Ulien jusqu'aux épaules et le renverse par terre.

À ce moment, monseigneur le pape, portant la croix de notre

---

1. Matusalem – Matefelon (*Ch. d'A.*).   2. Edvarð.

Seigneur, vient au-devant du bataillon. Il est accompagné des trois chevaliers de Dieu. Ils n'ont pas besoin alors d'unir leurs efforts, car une si grande crainte et une si grande terreur gagnent toute la troupe des païens que chacun abandonne sa place. Certains fuient dans la montagne ou dans la forêt, d'autres sous le maître étendard auprès d'Agolant qu'ils poussent à fuir. Une grande foule se rassemble là à présent du fait que l'empereur avec sa troupe est maintenant parvenu au pied du rocher. Tous fuient en montant se réfugier sous le maître étendard, mais le duc Girart attaque de l'autre côté, et il n'est plus qu'à deux portées de flèche de la bannière, ou à peine.

Chapitre LXXV — Mort d'Agolant

Agolant se tient toujours sous son maître étendard et il comprend que les choses tournent mal. Les chrétiens ont alors conquis tous les alentours. C'est pourquoi il s'avance sur le rocher, dégaine son épée et frappe de tous côtés avec une force telle qu'elle est inépuisable. Le seigneur Girart attaque vaillamment et parvient rapidement au maître étendard après qu'Agolant l'a quitté, et il l'abat en encourageant ses hommes avec la plus grande énergie. Succombent à ce moment plus de mille chevaliers, avant que l'enseigne soit abattue.

Lorsque les Francs voient l'enseigne abattue, leur courage et leur audace sont décuplés, et ils empilent les païens l'un sur l'autre. Un grand tumulte s'élève alors de tous côtés quand tous parviennent ensemble au même endroit.

Quand Agolant voit l'enseigne tomber, il est près d'en perdre l'esprit. Il n'attend pas que quelqu'un se saisisse de son étrier, il bondit incontinent sur un puissant cheval et se dégage de la foule, si courroucé et furieux qu'il sait à peine où il va. Agolant s'avance sur la route qui mène à la cité de Rise, et un grand fossé s'étend devant lui, si grand et si large qu'il ne peut en aucune manière le franchir. Il doit alors faire demi-tour, même s'il s'y refuse. Et quand le duc Girart s'aperçoit qu'Agolant s'est replié, il s'écrie à haute voix [de façon à être] entendu de ses hommes et de ceux de l'empereur : « Attaquons Agolant car il a pris la fuite ! Ne nous exposons jamais à la honte de le laisser s'échapper, car nous n'aurons pas une autre fois une meilleure chance de lui payer notre tribut. »

Après cela, il fait demi-tour d'un coup d'éperons et chevauche à sa poursuite en compagnie d'une grande troupe en se dirigeant vers l'endroit où Agolant se trouve, car comme il n'a pas pu franchir le fossé, il s'en est retourné sur le champ de bataille auprès de ses hommes. Les Africains se rassemblent là auprès de lui et le protègent par tous les moyens, alors que le duc charge, suivi en toute hâte par Boson, Claires et de nombreux Français.

La plus rude des batailles s'engage alors et de violents affrontements se produisent. Les païens tombent à un rythme soutenu, mais ceux qui le peuvent prennent la fuite. On peut voir à présent dans la plaine des courses et des poursuites : les Africains fuient et les chrétiens les pourchassent. L'empereur Charlemagne vient en aide au duc avec un important détachement formé d'hommes à lui. Mais avant que l'empereur arrive, un fidèle chevalier nommé Antoine[1], officier du duc, bondit et tue le cheval d'Agolant sous lui ; il retourne ensuite auprès de ses hommes.

Agolant est maintenant à pied et il voit ses hommes tomber près de lui de tous côtés, mais certains fuient. Il voit en outre Charlemagne et les Français chevaucher dans sa direction. Il perçoit à présent quelle difficulté vient s'ajouter à une autre, c'est pourquoi il déclare : « J'ai tout perdu alors que je croyais que j'allais posséder toute la France[2]. Je n'ai plus d'espoir de victoire ni de fuite. Que ceux qui le peuvent sauvent leur vie, mais pour moi il n'est pas d'autre possibilité que de me défendre tant que j'en ai les moyens, car mieux vaut pour moi tomber près de mes amis que fuir ce champ de bataille dans la défaite. »

---

1. Antonen (B), Anton (b).   2. Franz.

Après cela, il jette son bouclier et prend la garde de son épée à deux mains. Il frappe de telle sorte que tout homme placé devant lui trouve la mort jusqu'à ce que l'épée n'y résiste plus et se brise au-dessous de la garde. Aussitôt une autre épée lui est fournie par ses hommes, et il en va de même qu'auparavant : il en use avec une telle sauvagerie que le moment vient où il ne peut éviter qu'elle se casse. Finalement les Africains lui donnent une hache extrêmement solide – elle n'était utilisable que par des hommes d'une force supérieure. On dit que le manche de la hache était en corne renforcée de maint cercle de cuivre. Ni les boucliers garnis de cuivre ni les broignes à double épaisseur ne résistent face à elle.

L'empereur Charlemagne est maintenant arrivé avec sa troupe. Les païens périssent en totalité si bien qu'Agolant reste seul debout. Il oppose une résistance exceptionnelle et tue quantité de chevaliers jusqu'à ce que l'empereur interdise qu'on l'attaque. Il se tient alors tout seul, la hache à la main. L'empereur fait proposer à Agolant d'adopter la religion chrétienne et d'accepter le vrai Dieu. Mais il répond rapidement par ce message : « Il ne mène à rien de me faire une telle proposition, car je n'embrasserai aucune foi nouvelle et je ne renoncerai pas à mes dieux sous l'effet de la crainte. Aussi attaquez vaillamment en preux chevaliers, mais ma hache atteindra le premier attaquant. »

À cet instant bondit Claires, mais Agolant le frappe et partage son bouclier en deux de sorte que chaque moitié en retombe de son côté, et avant qu'il ait pu ramener à lui la hache, Claires lui porte un coup de lance si rude que la broigne cède et que l'arme parvient à s'enfoncer dans son corps. Mais Agolant saisit la hampe et la brise au-dessous de l'emboîtement.

Là-dessus le duc Girart lui assène un coup sur le heaume. L'arme ripe dessus, tranche l'épaule et vient se planter dans sa poitrine. Sous l'effet du coup, Agolant tourne son regard vers le bas. Il n'est alors pas besoin d'attendre longtemps avant que Roland se tourne vers lui et le frappe au cou de sa bonne épée Durendal avec une telle puissance que la tête et le cou sont détachés du tronc. Agolant tombe alors à terre, mort, bien qu'il ne l'ait pas voulu.

Les chrétiens poussent alors un grand cri de victoire et proclament si haut la mort d'Agolant qu'on l'entend dans toute l'armée. Une grande joie et un grand bonheur gagnent le cœur des chrétiens, et ils rendent mille grâces à Dieu tout-puissant.

Chapitre LXXVI — Repos de Charlemagne

Après la mort d'Agolant, l'empereur Charlemagne s'assied sur la plaine car il est très fatigué comme tous les autres. Il n'est pas facile de dire par combien de paroles reconnaissantes il loua le seigneur Jésus et son sublime apôtre Jacques pour l'aide évidente procurée par les prodiges qui se manifestèrent autour de la sainte croix et par l'arrivée visible des trois chers amis de Dieu. En effet, nul ne douta que Dieu tout-puissant les avait pris dans sa troupe céleste pour les envoyer, puisque sitôt la bataille achevée ils disparurent de la vue des gens et ne furent plus trouvables nulle part. Ce qui se passa en d'autres lieux lorsque les forces célestes se sont manifestées au travers de secours et d'aides venant des chers amis de Dieu peut être lu dans les sagas des saints [1].

Charlemagne va ensuite dans sa tente, invitant chacun à prendre du repos et à rester au calme après cette grande épreuve. Quand le moment est venu, il leur demande de se rendre au milieu des morts et de chercher où ses hommes ont péri ; et il ne s'en va pas avant qu'un office funéraire de la plus grande dignité ne soit prononcé en l'honneur de tous les chrétiens qui sont tombés dans cette bataille et dans la précédente. Quand ceci est achevé, il parcourt tout le pays d'Espagne et il rétablit la chrétienté là où c'est nécessaire en faisant construire des cloîtres et des églises aux endroits où Agolant et son fils Aumont les avaient précédemment détruits.

---

1. Voir donc les *Heilagra manna sögur*, éd. C. R. Unger, Christiannia, 1877, 2 vol.

[Il confia ensuite à ses hommes et à ceux qui s'étaient soumis à son pouvoir la charge de gouverner ce pays. Mais après cette grande bataille, les dommages furent tels pour tous les hérétiques dans ce pays qu'aucune résistance ne s'opposa plus à lui par la suite en Espagne. Le roi Charlemagne resta ensuite en paix et au calme, et mit son armée au repos, mais il fit transporter tous ceux qui avaient trouvé la mort dans des lieux saints pour les confier aux prières des clercs. Cela fait, on dit que le roi Charlemagne rentra chez lui en France et resta ensuite en paix durant quelques années. Il était alors très nécessaire qu'il rentre car il s'était produit de nombreux événements occasionnant des désordres.[1]]

---

1. Telle est la conclusion de la branche IV dans le manuscrit A. Nous la traduisons car elle est un peu plus développée que dans l'autre groupe de manuscrits. La source en est le *Pseudo-Turpin* comme au début de la saga.

BRANCHE V

Guiteclin le Saxon

La cinquième branche de la *Saga de Charlemagne*, *Guiteclin le Saxon,* est la traduction d'une chanson de geste proche de la *Chanson des Saisnes* de Jehan Bodel, qui fut composée dans le dernier tiers du XIIe siècle ; il se peut que ces deux récits aient la même source, une chanson de geste assonancée plus ancienne que l'œuvre de Jehan Bodel. Cette légende était en tout cas assez connue pour être racontée plusieurs fois dans la *Saga de Charlemagne*, sous forme abrégée dans les chapitres XLVI-XLVII de la branche I, et de façon plus détaillée dans la branche V. Mais seule la version A de la saga présente cette caractéristique de donner deux fois le récit de la même guerre, avec quelques différences toutefois, notamment la conclusion : Guiteclin est tué dans le feu de l'action dans la branche I, alors qu'il meurt en prison dans la branche V. L'auteur du recueil n'a apparemment pas été gêné par cette répétition et ces incohérences.

Il demeure en tout cas difficile d'apprécier le travail des auteurs du recueil à partir de l'état fragmentaire des manuscrits que nous possédons. En effet, nous ne connaissons la fin de la version A par aucun manuscrit ; la *Karl Magnus Krønike* danoise, qui en dérive, semble montrer que cette version contenait, après l'épisode de Roncevaux et la mort des pairs de France, des chapitres formant la suite et la fin de la branche I : Mort d'Aude, Guerre de Libye, Fin de la guerre de Saxe, Ogier le Danois, Guillaume au Court Nez, Lodarius, Mort de Charlemagne. Pour ce qui nous concerne ici, la version danoise raconte comment la reine Sibile, aidée de son fils, a essayé de venger Guiteclin en rouvrant les hostilités, mais sans succès : elle est finalement baptisée et donnée en mariage à Baudouin qui devient roi de Saxe. Dans la version A de la saga, il est donc probable que la guerre de Saxe ait été abordée trois fois, dans une version longue placée vers le centre du recueil et dans une version très abrégée partagée en deux épisodes placés de façon symétrique à l'intérieur d'une branche initiale et d'une branche finale, composées l'une et l'autre sur le mode de la compilation.

Dans la version B qui seule contient la fin de la *Saga de Charlemagne*, la part accordée à ces récits condensés est fortement réduite, puisqu'elle ne contient pas les derniers chapitres de la branche I (depuis le chapitre XLII), et après Roncevaux (branche VIII) ne subsistent que Guillaume au Court Nez (branche IX) et la Mort de Charlemagne (branche X, fortement modifiée). Il se peut que l'auteur de cette version ait voulu éviter que le sujet de la guerre de Saxe ou du voyage de Charlemagne en Orient ne soit traité une première fois en abrégé avant de faire l'objet d'un récit complet. En outre, après Roncevaux, la version B abandonne les sujets épiques pour montrer le vieillissement et l'isolement de l'empereur et il n'est plus question pour Charlemagne d'aller s'occuper d'affaires lointaines. La fin de cette version fait d'ailleurs apparaître l'influence de la littérature latine chrétienne et la thématique purement guerrière s'efface devant celle de l'hagiographie.

Pourtant, à l'intérieur de la branche V, les différences entre les deux versions restent mineures et nous sommes bien en présence ici d'une seule œuvre que les hasards de la traduction manuscrite ont pu légèrement modifier. Il est impossible de savoir si le texte que nous avons aujourd'hui est une traduction conforme à une source française ou a fait l'objet d'un remaniement ancien d'où dérivent toutes les copies conservées. Nous ne pouvons pas apporter de réponse satisfaisante à ces questions du fait que la chanson de geste française apparentée que nous possédons, la *Chanson des Saisnes* de Jehan Bodel, ne constitue pas la source de la traduction norroise, et qu'il nous manque un repère précis pour mesurer le travail du traducteur norvégien ou des copistes islandais – tous les éléments sûrs permettant d'éclairer les rapports entre les différentes versions de la guerre de Saxe ont déjà été repris dans une thèse de doctorat récemment soutenue par Hélène Tétrel et nous ne saurions en dire plus ici.

La branche V présente en outre la particularité d'avoir conservé deux citations en ancien français, aux chapitres XIV et XXVII-XXVIII du manuscrit A uniquement (voir notamment les études de P. Aebischer et d'E. von Richthofen, ou la thèse d'H. Tétrel), mais ces bribes d'ancien français ne nous apprennent quasiment rien quant à la genèse de notre texte. La première citation, plus intéressante, a été éditée par Unger comme une variante et nous la présentons à ce titre dans une note. Elle a été restituée plusieurs fois, et notamment par Gaston Paris sous la forme suivante – il est question d'Elmidan, frère de Guiteclin, le propriétaire d'une corne merveilleuse :

> Si porte un olifant, unkes melur ne fu,
> D'une bestie salvage qui n'at [someil el munt ?]

Le manuscrit semble conserver ici la trace d'une note du traducteur, car la suite en propose la traduction sans erreur apparente : « Nous ne voulons pas fausser le sens de cette phrase et disons : cet homme puissant possède une corne nommée Olifant, et il n'y a jamais eu de meilleure corne ; celle-ci a été prise sur un animal sauvage qui ne dort jamais. » Les autres manuscrits présentent la même traduction mais sans le commentaire prudent du traducteur.

La seconde citation est placée entre les chapitres XXVII et XXVIII, et n'est donnée par Unger que dans sa présentation de la branche V : « At vbia loyt a pasce, lardenais terri elis skot gillimer ebove learde », ce qui permet de retrouver encore deux vers français :

> Adoubet l'out a Pasce li ardenais Terris
> E l'escot Gillimer e Bove le hardi.

Le début du chapitre XXVIII nous donne en fait ensuite la traduction de ce fragment : « Il y avait un homme nommé Thierry. C'était un duc puissant. Il régnait sur le royaume qui se nomme l'Ardennais. Il avait adoubé chevalier le jeune Baudouin durant la semaine de Pâques, ainsi qu'un deuxième homme, Gilemer l'Écossais, qui était marchand, un troisième, le duc Beuve, et maint autre avec eux. »

Si le manuscrit A conserve bien quelques mots en ancien français suivis de leur traduction norroise, nous pouvons esquisser un jugement sur le travail des traducteurs norvégiens ou islandais : ils paraissent précautionneux et fidèles aux originaux qu'ils transposent en norrois, mais le passage du vers à la prose amène inévitablement un bouleversement stylistique important : le resserrement des formules qu'on constate dans le cadre des vers français s'efface au profit d'un développement verbal propre à la prose. Dans le « style de traducteur », sobre rhétoriquement, qui est le plus répandu dans la *Saga de Charlemagne*, la phrase norroise ne recherche pas l'ampleur pour autant et garde une souplesse et une fermeté remarquables, mais la linéarité inhérente à la prose donne un caractère plus fluide à l'expression et le texte tend à s'allonger. Dès lors, il se peut que la tentation des traducteurs ou des copistes postérieurs ait été d'élaguer un récit risquant de paraître déformé par une trop grande abondance. La tendance à l'abrègement est en tout cas constante dans notre saga et dans les autres traductions norvégiennes du XIIIe siècle. Au demeurant, la branche V est d'une interprétation délicate sur certains points du fait qu'on a l'impression que des éléments importants de l'œuvre originale ont disparu des versions norroises aujourd'hui conservées.

Guiteclin le Saxon relate un épisode situé durant l'apogée de la puissance de Charlemagne, à un moment où les pairs de France sont encore jeunes, impatients et peu dociles. En importance et en intérêt, la guerre de Saxe se situe juste après la guerre d'Espagne (branche IV), et débute d'ailleurs alors que les Francs sont encore en train d'assiéger la ville de Nobles quand leur parvient la nouvelle de l'agression de Guiteclin à Cologne. Après la guerre contre les païens d'Espagne, Charlemagne doit donc lutter contre ceux de Saxe, après quoi il fera campagne contre ceux d'Italie (branche VI). La guerre contre Agolant en Espagne et celle contre Guiteclin en Saxe sont assurément les plus difficiles pour les Francs, et les plus indécises.

Du point de vue des auteurs de chansons de geste, rien ne distingue les adversaires de Charlemagne où qu'ils se trouvent, la qualification de païens réunissant des peuples extrêmement divers sans souci de réalisme historique ou géographique. Les Saxons jurent donc par Mahomet, Apollin et Terogant comme les Sarrasins, et ils n'ont rien de particulièrement germanique. Ni leurs noms ni leurs mœurs ne les distinguent vraiment des païens d'Espagne ou d'Italie, et ce qu'on peut voir d'eux dans l'histoire est cette fois très flou et conforme à des poncifs littéraires. Cette image est la même dans toutes les branches de la saga bien sûr, mais la branche IV accorde une importance particulière à l'élément religieux du fait qu'elle s'inspire pour partie de la *Chronique du Pseudo-Turpin*, et saint Jacques est très présent aux côtés des Francs que Dieu assiste en permanence par de nombreux miracles. Par contre, la guerre contre Guiteclin n'est que secondairement une guerre de religion et la conversion de la Saxe n'est mentionnée qu'à l'extrême fin du récit en une phrase. Le conflit qui oppose les Francs et les Saxons a un fondement essentiellement juridique : à qui appartient la Saxe au juste ? Charlemagne et Guiteclin en revendiquent l'un et l'autre la propriété et leur différend dégénère en un grave conflit opposant deux hommes, et au-delà deux royaumes et accessoirement deux religions.

Comme pour les autres campagnes menées par Charlemagne, l'empereur est tout d'abord en position délicate du fait de la faiblesse numérique de ses troupes face aux ressources humaines inépuisables de ses adversaires, ce qui ménage un long effet d'attente avant que la victoire se dessine, celle-ci étant acquise *in extremis* grâce à la supériorité morale et religieuse de l'empereur qui justifie une intervention divine en sa faveur. Dans la branche V, Charlemagne est encore plus longuement en difficulté et il faut attendre la dernière bataille (chapitre XLIX) pour qu'il fasse appel à Dieu, que Dieu sauve Baudouin (chapitre LII) et que l'arrière-plan religieux de cette guerre soit mentionné. Précédemment, le pape Milon avait aussi exhorté les troupes de Roland à s'emparer de Garmasie en leur rappelant des exemples montrant la force des chrétiens (chapitre XII). En fait, les Francs restent intrinsèquement les plus forts et leur victoire paraît assez facile dès lors que leurs forces sont mises en place efficacement, et ils n'ont pas besoin de l'appui constant de Dieu comme en Espagne. C'est leur incapacité à se présenter unis face à l'ennemi, et leur imprudence qui les mettent si longtemps en danger. Le vrai miracle de ce récit tient au fait qu'ils réussissent à l'emporter malgré leurs nombreuses erreurs.

L'image des Francs est donc singulièrement contrastée et l'on comprend mieux dans ces conditions comment le désastre de Roncevaux sera un jour possible. Roland est un élément indispensable de l'armée de Charlemagne, et ce n'est que lorsqu'il décide de passer à l'action que la situation commence à se décanter en faveur des Francs (chapitre XLI). Mais Roland est aussi un chevalier plus indépendant et même insoumis que jamais. Le récit commence par la colère de l'empereur devant le refus de Roland de quitter Nobles pour aller arrêter les exactions de Guiteclin. Roland est giflé jusqu'au sang mais ne suit pas l'empereur, et il ne viendra le retrouver qu'après la prise de Nobles à quoi il tient tout particulièrement. Quand il parvient aux abords de la Saxe, Roland connaît tout d'abord la défaite et doit se replier avant de réussir à prendre Garmasie. Le temps des fâcheries paraît dépassé quand Charlemagne et Roland se retrouvent enfin (chapitre XVI) et l'on se demande comment Guiteclin va pouvoir leur résister, mais Roland échappe de nouveau au contrôle de l'empereur et son avant-garde va affronter l'ennemi de façon très imprudente (chapitre XVIII). Le roi, prévenu par un rêve prémonitoire, va chercher Roland très en colère, d'autant que celui-ci est blessé et indisponible pour longtemps. Le véritable ennemi des Francs est en eux et Roland paraît plus que jamais mis en cause.

Le roi Charlemagne n'est pas non plus irréprochable et l'on a finalement l'impression que les Francs méritent amplement leur sort. En effet, l'empereur a tenu à aller provoquer Guiteclin en allant chasser sur ses terres (chapitre II) alors qu'il n'a pas une armée suffisante et que Naimes le dissuade d'agir aussi inconsidérément. Mais rien n'y fait, et le roi, n'écoutant que son emportement, se met dans une situation très périlleuse dont il ne sort que grâce à Naimes en se réfugiant dans un château où il va longuement rester bloqué (chapitre IV-XV). Les Francs apparaissent donc comme plus humains et plus fragiles que jamais. Certes, le récit n'en vient jamais à relativiser leur mérite au point de présenter les Saxons sous un jour durablement flatteur, mais il souligne clairement les limites de leur efficacité.

Tout le deuxième tiers du récit (chapitres XVI-XXXVI) nous les montre, en effet, butant sur un obstacle infranchissable, piétinant et prêts à renoncer. Alors qu'ils avaient réussi à tirer le meilleur parti tactique possible de la montagne d'Aspremont, la topographie les arrête ici considérablement faute de moyens de traverser le Rhin. À l'abri sur la rive opposée, les Saxons occupent une position qui paraît inexpugnable et dont ils profitent pour empêcher la construction d'un pont voulue par Charlemagne. L'entreprise est arrêtée plusieurs fois et les païens causent alors de lourdes pertes à l'empereur, et celui-ci paraît singulièrement démuni durant la convalescence de Roland. Dieu n'intervient pas encore et les Francs ne peuvent alors compter que sur eux-mêmes. Deux jeunes barons venus d'Espagne, bons chrétiens ingénieux, parviennent momentanément à tourner la difficulté en construisant un énorme bateau comparable à l'arche de Noé (chapitre XXII). La construction du pont avance alors rapidement, mais les Saxons réagissent et détruisent ce bateau (chapitre XXVII). En fait, les Francs ne peuvent rien sans Roland et sans être unis, et Roland réagit enfin en se lançant avec une poignée d'hommes dans des opérations isolées qui débouchent sur des succès, mais ne mettent pas encore fin à la guerre, bien qu'il ait invoqué l'aide de Dieu.

Des combats individuels ne sauraient en effet régler un conflit international opposant deux rois. Ce n'est qu'après l'achèvement du pont, sous l'égide de Charlemagne et au terme d'une bataille générale opposant l'ensemble des deux camps, que la victoire finale peut se dessiner. L'ordre des choses ne paraît définitivement rétabli que tardivement, juste avant le combat final, quand Charlemagne, à la demande de Roland, dispose l'ensemble de ses troupes sur le terrain (chapitre XLVIII). Union des chrétiens, discipline et vaillance des barons, autorité et légitimité du souverain, toutes les conditions sont enfin rassemblées pour que les Francs triomphent. Le récit de la bataille en lui-même n'est guère développé dès lors que son issue est certaine, d'autant que les exploits militaires ne sont pas montrés ici de façon aussi complaisante que dans d'autres branches. Les combats individuels jouent d'ailleurs un rôle moindre car à de nombreuses reprises le récit décrit une guerre de position lente, incertaine et peu spectaculaire : à Nobles, dans le château où Charlemagne s'est replié, à Garmasie, et surtout autour du Rhin infranchissable.

Certes, la fureur guerrière apparaît par moments dans le récit, comme lorsque l'on rapporte à Charlemagne les exploits de Roland à Nobles : « Il faut dire que Roland a pris Nobles et abattu le chef qui dirigeait la cité, et j'ai ici sa tête pour vous la montrer, Roland vous l'a envoyée. Presque tous les enfants qui se trouvaient dans la cité ont été tués » (chapitre XVI). Mais cette démesure épique reste marginale dans la branche V où l'on compte peu de récits de combats, et ceux-ci sont décrits plus sobrement qu'ailleurs car les coups prodigieux sont rares. De même, les combattants sortant de l'ordinaire sont finalement peu nombreux, notamment chez les païens : Quinquennas, le redoutable Saxon, se soumet rapidement à Roland dès qu'il a perdu un bras ; Estorgant, Margamar et Elmidan sont plus difficiles à neutraliser lors du dernier combat, mais Baudouin et Roland réussissent à leur ôter la vie assez rapidement ; quant à Guiteclin, il se laisse persuader par Baudouin qu'il ne pourra rien obtenir et se rend sans coup férir, à la différence d'Agolant par exemple, pour mourir quelque temps plus tard au fond d'un cachot. Ainsi, si les Saxons ne sont pas les plus redoutables des adversaires, les responsabilités de Charlemagne et de Roland dans leurs nombreux revers n'en sont que plus graves.

Tout cela nous permet de mesurer à quel point *Guiteclin le Saxon* est loin d'être une pure épopée. Le récit fait en outre apparaître des éléments merveilleux et romanesques nombreux. Au-delà du Rhin, la Saxe apparaît comme un espace attirant pour qui vient de France, non pas véritablement exotique, mais plutôt fascinant par les trésors hors du commun qu'il recèle. Le premier de ces objets précieux suscitant la convoitise des Francs est la corne Olifant que possède Elmidan, le frère de Guiteclin. La *Saga de Charlemagne* attribue successivement deux origines au cor de Roland (voir l'article d'Ásdís Magnúsdóttir). La branche IV explique de façon assez confuse qu'elle a appartenu à Aumont, le fils du roi païen Agolant, avant d'être la propriété de Roland ; dans la branche V, cette corne merveilleuse vient toujours du monde païen, mais elle fait l'objet d'une description plus détaillée (chapitre XIV) qui explique l'origine de sa puissance quasi magique (elle produit un son aigu qui ébranle le sol et terrifie les hommes). Cette corne serait en fait une défense d'unicorne, animal exotique difficile à chasser, qui possède en outre sous sa corne une pierre magique, l'escarboucle [1]. Charlemagne attire l'attention de Roland sur cet objet précieux de façon à le motiver au combat, et de fait Roland finit par s'en emparer.

Du côté franc, la merveille apparaît aussi, mais elle est de nature rationnelle, et suscite plus l'admiration que l'enchantement. La construction du pont apparaît en effet comme un premier exploit, mais non pas tant d'un point de vue technique que militaire, car les Saxons ne cessent de décimer les troupes

---

1. La description s'appuie sur une source savante et elle correspond bien à ce que d'autres auteurs médiévaux disent de l'unicorne – voir Cl. Lecouteux, *Les Monstres dans la pensée médiévale*, Paris, Presses de l'univ. de Paris-Sorbonne, 1993 (« Cultures et civilisations médiévales », X), pp. 42-45.

chrétiennes. La prouesse technique est d'une autre sorte et consiste tout d'abord dans la création d'un énorme bateau sur le Rhin, qui permet de protéger les artisans au travail. Le plus beau et le plus impressionnant reste cependant la statue de l'empereur (chapitre XXII), qui est un vrai chef-d'œuvre artisanal. D'une part, la ressemblance est telle qu'on la confond avec son modèle et, d'autre part, la statue est si habilement conçue qu'un homme peut se loger à l'intérieur, parler et saisir sa moustache. Cette merveille de l'art fait penser aux sculptures que les Francs trouveront à Constantinople dans le palais du roi Hugon (branche VII). La statue de Charlemagne fonctionne ici comme un subterfuge efficace, car elle est placée au bout du pont et trompe les païens qui ne sont pas loin d'être découragés devant l'invincibilité de l'empereur. Cependant, ce leurre ne peut à lui seul apporter la victoire à Charlemagne, et l'ingéniosité ne saurait se substituer à la prouesse.

Les Saxons possèdent par contre de vraies merveilles qui échappent à l'entendement et, parmi les peuples païens que nous présente la *Saga de Charlemagne*, ils sont les seuls à côtoyer de si près un autre monde magique dont le Rhin pourrait bien constituer la frontière. C'est peut-être en cela qu'ils s'éloignent le plus des païens sarrasins, car les merveilles d'outre-Rhin apportent une coloration germanique à une Saxe par ailleurs très vague. Ainsi, les Saxons possèdent des chevaux extraordinaires : la reine Sibile en a acheté un excessivement cher et son tapis de selle provient du « monde des Elfes », mais elle le prête imprudemment à Alcain, l'un de ses soupirants, qui se le fait prendre par Baudouin ; Estorgant, parent du roi Guiteclin, en possède un autre encore plus extraordinaire – élevé au lait de dragon, mangeant de la viande crue, volé et revendu par des Vikings, d'une couleur indéfinissable et portant sur la tête une espèce de chevelure lui tombant sur les pattes. Baudouin finit par tuer Estorgant, mais l'on ne sait ce que devient l'animal merveilleux.

Ces motifs décorent la branche V de la saga sous forme de vestiges sans y jouer un rôle déterminant, et il est probable que cette dimension féerique était plus cohérente dans la source française. Cette forme de merveille nous fait en tout cas plus penser à une chanson de geste telle que *Renaut de Montauban* qu'au merveilleux chrétien qu'illustrent la *Chanson de Roland* ou la *Chanson d'Aspremont*. Le personnage de Quinquennas représente d'ailleurs un type d'adversaire différent du païen classique, car son armement est riche de sept couleurs et une partie de son équipement a une origine merveilleuse : « son cheval venait de la Frise sauvage, sa selle et sa bride venaient du pays des Elfes » (chapitre XXXVII). Mais toutes les merveilles de la Saxe ne résistent pas à la détermination et à l'efficacité des chrétiens, et un à un les chefs païens sont vaincus. La logique des Francs reste celle de la conquête et le merveilleux ne les intéresse qu'au travers d'objets précieux agréables à posséder. Leur curiosité ne va pas au-delà et l'œuvre ne prend pas le temps d'explorer un monde saxon dont on pressent les richesses à la périphérie de l'action.

L'exemple le plus net de cette incompréhension des deux peuples nous est donné au moment où la grande bataille finale se prépare. Alors que Charlemagne a disposé ses troupes, Roland est posté dans une forêt près du Rhin (chapitre XLIX). Suit alors la description d'un lieu raffiné, sorte de *locus amœnus* installé dans la verdure en bordure du fleuve ; des fontaines y ont été installées et des herbes bénéfiques plantées. C'est là que les femmes saxonnes vont boire et se rafraîchir, et la reine Sibile y vient pour assister confortablement à la bataille. On ne sait si Roland et sa troupe repèrent ou non l'endroit, et ce lieu suscite finalement une impression de mystère tant il est mal intégré à l'action. Il serait bien sûr possible de tenter une interprétation en profondeur du motif de façon à faire ressortir ses affinités avec d'autres lieux de féerie ou d'autres lieux courtois, mais ces références nous semblent très loin de la lecture que pouvaient faire de cette œuvre les clercs islandais du XIIIe siècle. La dimension épique, même encombrée d'apports extérieurs, semble leur avoir été plus accessible.

L'influence courtoise sur *Guiteclin le Saxon* est par contre plus visible et plus cohérente. Elle est surtout perceptible dans le texte au travers du personnage de la reine Sibile, épouse du roi Guiteclin. Celle-ci apparaît en effet comme une dame de mœurs assez libres, entourée de soupirants à qui elle accorde successivement son affection : Alcain, puis Quinquennas parmi les païens, et enfin Baudouin du côté chrétien. Sa féminité fait d'elle un personnage totalement à part dans l'univers viril de la chanson de geste ; tout à la fois séductrice et haïssable pour ces chevaliers en armes, elle n'entre guère dans l'opposition des deux camps et observe leur affrontement de l'extérieur. Son nom l'apparente aux prophétesses de l'Antiquité ou à certaines fées du Moyen Âge, et en effet elle est plus clairvoyante que ses congénères car elle ne croit pas en la défaite des Francs ; son franc-parler est donc insupportable à la cour de Guiteclin : le roi la gifle pour la faire taire (chapitre X), et Margamar ou Quinquennas critiquent ses propos (chapitres XIII et XL). L'univers épique est généralement misogyne, et Sibile, comme les autres rares personnages féminins des chansons de geste, en fait les frais.

La reine Sibile représente d'abord un fantasme masculin de séductrice à la beauté irrésistible, que tout chevalier rêve de conquérir, mais son personnage est plus complexe qu'il n'y paraît, sans qu'on sache, une fois de plus, ce qu'on peut attribuer à un projet littéraire conscient et ce qui est dû aux aléas de la conservation d'une traduction dont certains aspects ont peut-être été sacrifiés par incompréhension. La reine Sibile, comme les merveilles de Saxe, reste en fait très mystérieuse et son charme est dû en partie à la difficulté de saisir ses intentions. En effet, elle a choisi pour soupirant Alcain et se comporte avec lui comme une dame courtoise qui pousse son chevalier servant à s'illustrer au combat pour le bien commun (chapitre XXX), mais l'ami n'est pas à la hauteur de sa dame et il apparaît comme ridicule et inefficace. Les schémas courtois ne semblent donc pas probants, puisque Baudouin triomphe aisément d'Alcain.

Cependant tout chevalier qui la côtoie tombe irrésistiblement amoureux d'elle et le vainqueur, Baudouin, tombe sous son charme dès qu'il entend parler d'elle. À partir de là, la reine paraît avoir pris fait et cause pour les chrétiens et elle accepte en secret l'affection de Baudouin. Sa conversion se précise du moment où le roi, son mari, cède aux exigences pourtant exorbitantes de Quinquennas, et demande à la reine de l'accepter pour ami, alors qu'elle refuse ce rustre avec qui elle ne peut s'entendre (chapitre XL). La perspective courtoise paraît finalement imprégner toute une partie du texte pour peu qu'on admette que les valeurs courtoises n'ont de sens que du côté franc. Aucun Saxon ne paraît répondre aux attentes de Sibile, ni Guiteclin, ni Alcain, ni Quinquennas, qui tous finiront vaincus.

Or, le récit de la guerre de Saxe dans la saga met curieusement en scène à la fois Roland et son frère Baudouin, tous deux aussi vaillants l'un que l'autre. Des différences semblent pourtant les séparer. Roland reste le héros épique par excellence, le preux expérimenté et invincible sans lequel Charlemagne ne peut parvenir à ses fins, mais également l'homme têtu, orgueilleux et désobéissant, qui dessert par là même la cause qu'il défend. Baudouin apparaît comme un chevalier nouvellement adoubé que son frère et Charlemagne accueillent à bras ouverts, et qui va aussitôt démontrer sa bravoure. Il agit avec une petite troupe en parallèle avec Roland pendant la phase d'achèvement du pont, et obtient comme lui des succès, mais peu à peu il passe au premier plan au détriment de son frère en raison justement des liens qui l'unissent à Sibile. La motivation de Baudouin est donc double car il combat aussi pour l'amour de Sibile : « grâce à toi je suis heureux et joyeux, et je vais priver de la vie maint chevalier et attaquer cités et châteaux sans jamais fuir devant personne » (chapitre XLIV).

Roland, fidèle en quelque sorte à ses origines littéraires non courtoises, reste totalement étranger à ce genre de motivation, et l'attitude de son frère ne suscite chez lui qu'un amusement dépourvu d'ironie : « "Mais vous devez bien savoir que j'offre la reine Sibile à mon frère Baudouin !" Tous rirent en l'entendant dire cela » (chapitre XLI). Les compagnons d'armes de Baudouin sont par contre plus étroits d'esprit et se méfient de Sibile exactement comme le faisait l'entourage de Guiteclin : « Là-dessus arrivèrent Bérard et Beuve, et ils reprochèrent à Baudouin d'être en train de parler avec Sibile, disant qu'il était imprudent de se fier à une femme païenne » (chapitre XLIV). Rien n'altère la bonne entente entre les deux frères, mais on se demande si le texte ne cherche pas à suggérer la rivalité possible entre des héros reconnus tel Roland et une nouvelle génération porteuse d'idées différentes. Pour l'heure, même si Baudouin est promis à un bel avenir, Roland reste le meilleur des combattants, même sans le renfort de l'amour.

Les deux frères souhaitent en effet l'un et l'autre affronter Quinquennas, le héros des Saxons ; Baudouin désire abattre un rival amoureux, alors que Roland souhaite se battre contre un combattant dangereux pour les Francs. Or, c'est Roland qui l'affronte et le neutralise. Plus tard dans la bataille, les deux frères sont au premier plan et Roland s'impose face à Elmidan dont il récupère la corne merveilleuse. Baudouin, quant à lui, l'emporte sur Segun et Estorgant, mais il est mis en difficulté et doit faire appel à l'aide de Dieu et de Charlemagne ; il triomphe enfin de Margamar et obtient la reddition de Guiteclin sans combattre, et il remet alors le prisonnier aux mains de son frère. L'amour pour la reine Sibile a peut-être décuplé les forces de Baudouin, mais la thématique courtoise se greffe sur la matière épique sans invalider ses valeurs fondamentales. La réflexion bute cependant sur la fin surprenante du récit. Contrairement à ce qui s'était dessiné au fil de l'histoire, la reine Sibile ne se convertit pas au christianisme après la défaite des Saxons, et n'épouse pas Baudouin à qui elle semblait attachée.

Dans l'état où nous possédons aujourd'hui la *Saga de Charlemagne*, il se trouve donc que la conclusion de la branche V peut laisser le lecteur sur sa faim : il n'est pas indispensable de faire mourir Guiteclin au combat ou de voir ses fils tenter de le venger, mais les amours de Baudouin et de la reine Sibile s'achèvent d'une façon qui n'est pas plausible dans un récit épique de cette époque, ce qui renforce la conviction qu'une conclusion différente et plus complète s'est perdue en cours de route. En effet, le roi Charlemagne avait expressément promis à Baudouin la main de Sibile et le royaume de Saxe (chapitre XLIV) ; or à la fin de la guerre, nous voyons ici la reine fuir, dépitée, sans que personne s'intéresse plus à elle.

Pourtant, la reine semblait pencher du côté chrétien et elle a souvent critiqué ses congénères ; de même, la reine Sibile est ouverte aux idées chrétiennes et elle mentionne même par moments le Dieu chrétien. Ces bonnes dispositions préparent une fin conforme au thème de la belle princesse païenne, généralement sarrasine, que l'idéologie épique et chrétienne réussit à récupérer. Moyennant conversion au christianisme et mariage avec un héros, il est ainsi possible de fonder des dynasties nouvelles et qui ont quelque légitimité, dans des pays pourtant conquis au terme de guerres meurtrières. Baudouin et Sibile sont les analogues de Guillaume et Guibourc par exemple, mais dans un contexte fortement influencé par les idées courtoises.

Leur séparation finale apparaît donc comme un non-sens à tous points de vue, et il est difficile d'imaginer qu'un auteur du Moyen Âge ait pu vouloir, ou du moins accepter, une telle fin en assumant pleinement toutes ses implications, car la branche V se termine dans la hâte des Francs à rentrer chez eux après leur victoire, et cette précipitation donne une image bien décevante de Charlemagne, de Roland et de Baudouin, qui ne mettent pas en œuvre ce qu'ils avaient pourtant projeté. Malgré la victoire militaire, la campagne de Saxe se termine sur le double échec de l'amour courtois et de la foi chrétienne au profit d'un constat pessimiste. Les peuples restent séparés et murés dans leur différence, et les rapports de forces sont le dernier mot des relations internationales du moment que la religion chrétienne ne peut susciter aucune conversion spontanée et que les rapports humains entre individus cèdent devant le sentiment patriotique.

De telles vues remettraient en cause des pans entiers de la littérature de l'époque, et il est plus satisfaisant d'attribuer cette chute au goût amer au hasard de l'histoire littéraire ; mais si une fin plus consensuelle a circulé en Scandinavie, il nous paraît étonnant qu'on l'ait laissée perdre ou presque, puisque cette conclusion attendue n'apparaît que dans la *Karl Magnus Krønike* danoise – à moins d'essayer de cerner de plus près la mentalité des remanieurs islandais de la fin du XIIIe siècle, plus amateurs de vies de saints et de recueils d'exemples, comme le montre la branche X, que de récits romanesques ayant pour héroïne une séductrice. Dans l'incertitude où nous sommes, il n'est pas non plus déraisonnable d'attribuer cet abandon de la belle Sibile sur les routes de Saxe à l'indifférence de quelque clerc préoccupé de façon un peu obtuse par l'œuvre de Charlemagne et par elle seule.

D'ailleurs, la version B paraît plus centrée sur le personnage de Charlemagne et elle le présente davantage comme un héros digne et tragique. Il nous semble que la suppression de certains chapitres à la fin de la branche I et après Roncevaux aille dans ce sens (nous y reviendrons), et à l'intérieur de cette branche V où l'empereur est souvent mis en difficulté, la version B atténue par moments les critiques qu'il peut légitimement encourir. Par exemple, certaines attaques formulées contre l'empereur au début du récit, quand il entre en Saxe de façon imprudente avec trop peu d'hommes, sont atténuées dans les manuscrits B et b : la leçon de sagesse de Naimes est écourtée (chapitre IV) et les reproches des barons à l'encontre du roi ont disparu (chapitre XVI).

Par la suite, Charlemagne reste un peu au second plan du récit, car la situation militaire ne peut évoluer que grâce aux exploits individuels de ses barons, et ceux-ci se font attendre, mais c'est lui et lui seul qui parlemente avec le messager de Guiteclin, qui décide de la suite des opérations et qui dirige l'armée lors de la bataille finale. Dans la *Saga de Charlemagne*, *Guiteclin le Saxon* reste d'abord l'histoire d'un conflit personnel opposant le roi des Saxons et le roi des Francs. Malgré l'importance des éléments extérieurs qui viennent se greffer sur cette donnée fondamentale, ceux-ci n'ont qu'une valeur de divertissement par rapport au sens profond de la guerre de Saxe du point de vue des auteurs de la saga : c'est une victoire supplémentaire pour l'empereur, et elle est d'autant plus belle et précieuse qu'il n'aura plus à revenir combattre dans une Saxe définitivement pacifiée – mais l'indiscipline et la fierté excessive de Roland constituent un avertissement supplémentaire dans la tragédie qui se noue peu à peu à l'arrière-plan du récit. Dès le début de la branche suivante, Charlemagne envisage une nouvelle expédition en Espagne contre le roi Marsile, mais rien ne laisse vraiment deviner la catastrophe à venir tant que les succès font suite aux succès.

Note sur la traduction

La cinquième branche de la *Saga de Charlemagne*, *Guiteclin le Saxon*, est conservée intégralement dans les manuscrits A et b, et avec des lacunes dans les manuscrits B (lacune du chapitre XXXIX à la fin) et a (lacunes dispersées). Notre traduction s'appuie sur l'édition Unger qui est fondée sur le manuscrit A, mais celui-ci présente une version légèrement plus courte que les trois autres manuscrits. Quand ceux-ci s'accordent contre A, nous intégrons parfois dans la traduction, entre crochets dépareillés < ...] , des formules supplémentaires issues de a+B+b (chapitres I-XXXIX) ou de a + b (chapitres XXXIX-LV). Quand ces variantes se substituent à des variantes de A, ces dernières sont traduites dans les notes. Plus rarement nous empruntons des variantes à B+b seuls, que nous traduisons entre crochets droits [...], ou à a seul, que nous traduisons entre crochets en angle < ... >. Les variantes de B et b sont assez nombreuses, mais le plus souvent insignifiantes, et ne sont pas toutes traduites, même dans les notes. Nous avons normalisé les noms propres selon des principes que nous avons déjà définis (voir l'introduction générale), en nous appuyant cette fois sur la *Chanson des Saisnes* de Jehan Bodel. Quelques noms restent plus difficiles à interpréter et gardent leur apparence d'origine.

Bibliographie particulière à la branche V

Œuvres apparentées

Jehan Bodel, *La Chanson des Saisnes*, éd. A. Brasseur, Genève, Droz, 1989, 2 vol. (« Textes littéraires français », 369). (Texte cité sous l'abréviation *Saisnes*.)
La Chanson des Saxons, trad. A. Brasseur, Paris, Champion, 1992 (« Traductions des classiques français du Moyen Âge », 50).

Quelques études consacrées à la chanson de Jehan Bodel

Aebischer, Paul, « L'élément historique dans les chansons de geste ayant la guerre de Saxe pour thème », *Des annales carolingiennes à Doon de Mayence*, Genève, Droz, 1975 (« Publications romanes et françaises », 129), pp. 223-239.
Becker, Philipp August, « Jean Bodels Sachsenlied », *Zeitschrift für romanische Philologie*, t. 60, 1940, pp. 321-358 (repris dans *Zur romanischen Literaturgeschichte, Ausgewählte Studien und Aufsätze*, Munich, 1967, pp. 430-465).
Brasseur, Annette, « La part de Jehan Bodel dans la "Chanson des Saisnes", ou quatre rédactions en quête d'auteur », *Olifant*, t. 13, 1988, pp. 83-95.
— *Étude linguistique et littéraire de la « Chanson des Saisnes » de Jehan Bodel*, Genève, Droz, 1990 (« Publications romanes et françaises », 190).
Foulon, Charles, *L'Œuvre de Jehan Bodel*, Paris, PUF, 1958.
Meyer, Heinrich, *Die Chanson des Saxons Johann Bodels in ihrem Verhältnis zum Rolandsliede und zur Karlamagnússaga*, Marbourg, 1883 (« Ausgaben und Abhandlungen aus dem Gebiete der Romanischen Philologie », 4).
Sinclair, K. V., « Le gué périlleux dans la "Chanson des Saisnes" », *Zeitschrift für französische Sprache und Literatur*, t. XCVII, 1987, pp. 68-72.

SKÅRUP, Povl, « Jehan Bodel et les autres auteurs de la "Chanson des Saisnes" », *Revue romane*, 26, 1991, pp. 206-218.

SUBRENAT, Jean, « Monde chrétien, monde sarrasin dans la "Chanson des Saisnes" de Jehan Bodel », *De l'aventure épique à l'aventure romanesque. Hommage à A. de Mandach*, Berne et al., P. Lang, 1997, pp. 65-76.

THIRY-STASSIN, Martine, « Aspects de la foi et de la vie religieuse dans la "Chanson des Saisnes" de Jehan Bodel », *Charlemagne in the North*. Proceedings of the Twelfth International Conference of the Société Rencesvals (Édimbourg, 4-11 août 1991), Édimbourg, Société Rencesvals British Branch, 1993, pp. 209-221.

UITTI, Karl D., « Remarques sur la "Chanson des Saisnes" de Jean Bodel », *Actes du 13ᵉ congrès international de linguistique et philologie romanes* (Laval, 1971), Québec, 1976, t. 2, pp. 841-851.

ÉTUDES PARTICULIÈRES PORTANT SUR LA BRANCHE V

HIEATT, Constance B., *Karlamagnús Saga*... Vol. III, Part V, *Guitalin the Saxon*, Introduction, pp. 6-13 (cf. bibliographie générale, B).

MAGNÚSDÓTTIR, Ásdís R., « Le meilleur cor du monde ? L'Olifant dans la cinquième branche de la *Saga de Karlamagnús* », *Recherches et Travaux* (Université Stendhal), *Parler(s) du Moyen Âge*, 55, 1998, pp. 55-62.

PARIS, Gaston, « La *Karlamagnus-saga*, histoire islandaise de Charlemagne », *Bibliothèque de l'École des chartes*, 26ᵉ année, t. I, 6ᵉ série (1885), pp. 19 *sqq*.

RICHTHOFEN, E. von, « Les deux citations en ancien français du *Guitalin* perdu, insérées dans le texte de la *Karlamagnússaga*, » *Mélanges offerts à Rita Lejeune*, Gembloux, 1969, vol. II, pp. 855-857.

TÉTREL, Hélène, *L'Épisode de la guerre de Saxe dans la* Chanson des Saisnes *de Jean Bodel et dans la* Karlamagnússaga. *Avatars de la matière épique*. Thèse de doctorat soutenue le 18-12-1999 à l'Université de Paris IV-Sorbonne (riche mise au point bibliographique portant sur l'ensemble de la *Saga de Charlemagne* et sur les problèmes littéraires qu'elle pose).

D. L.

Guiteclin le Saxon

Chapitre I — Guiteclin envahit le royaume de Charlemagne

On raconte qu'ensuite le roi Charlemagne mena son expédition en Espagne et il était accompagné de Roland, son parent, et des meilleurs barons de[1] France ; l'expédition dura trois ans[2]. Puis il se rendit[3] à la cité qui se nomme Nobles[4] et ne put se rendre maître ni du chef qui commandait la cité ni de la cité, et il l'assiégea pourtant longuement. Or un dimanche, alors que le roi sortait de table[5], se présentèrent trois messagers venant de France qui donnèrent des nouvelles importantes : « Le roi Guiteclin[6] le Hautain, <roi païen] et grand ennemi de Dieu, disent-ils, est venu ravager votre pays ; il a brûlé la sainte cité de Cologne[7] et a fait tuer l'évêque Pierre[8] pour vous couvrir de honte – il l'a fait décapiter dans le but de vous déshonorer. »

---

1. Début du manuscrit a, qui n'est pas complet.   **2.** Le début de la branche est assez différent dans les manuscrits de la famille B : « On raconte et il est consigné dans les livres anciens que l'empereur Charlemagne a régné sur la France. Il était fils du roi nommé Pépin. C'était un grand homme de guerre et il porta l'offensive dans maint pays. On raconte qu'il mena une fois une opération militaire de trois ans en Espagne, et il était accompagné de Roland son neveu, du duc Naimes et des meilleurs barons qu'il y eût en France. » (B) / « Après que le très célèbre seigneur Charlemagne, l'empereur, eut libéré l'Espagne du joug du peuple païen, de la façon dont on l'a relaté il y a quelque temps, il revint à la cité... » (b).   **3.** Puis il revint à (a, B et b).   **4.** Nobilis.   **5.** avait soupé à satiété (a, B et b).   **6.** Guitalin (A)/ Gutelin (B)/Gvitelin (b).   **7.** Kolni.   **8.** Pétr.

Ces informations affligèrent grandement l'empereur Charlemagne et il dit à Roland son parent : « [1] Nous ne retrouverons pas la joie tant que nous n'aurons pas vengé cet outrage et ce dommage. » Roland répondit alors : « Votre idée est curieuse. Nous sommes ici depuis à peine un mois [2] et selon toute vraisemblance je ne pense pas partir d'ici pour tout l'or du monde, même si j'en reçois l'ordre, avant d'avoir conquis cette ville. »

Le roi répliqua alors : « Tu es un lâche, parent, et tu parles beaucoup en montrant peu de raison et peu de réflexion », et il lui jeta son gant au nez de telle sorte que trois filets [3] de sang coulèrent. Roland en aurait tiré une vengeance cruelle si le roi n'avait eu l'avantage de leur parenté et de sa dignité ; si un autre homme avait commis un tel acte, il l'aurait payé de sa vie.

Le roi fit ensuite [4] sonner de trente mille trompettes et cornes, fit démonter sa tente et lever le camp et retourna chez lui en France, mais Roland et de nombreux autres hommes [5] restèrent faire le siège de la cité. Le roi Charlemagne ne s'arrêta pas avant d'être parvenu à la sainte cité de Cologne ; c'était à Noël et il passa là Noël dans la joie et la fête.

Chapitre II — Charlemagne dévoile un plan d'action en Saxe

Le treizième jour, au soir, quand le roi <et ses hommes eurent] mangé à satiété, il appela ses barons et leur révéla son plan : « Demain matin, à la pointe du jour, je compte traverser le Rhin [6] et me livrer à une partie de chasse avec mes faucons ; et je compte aller dans le royaume du roi des Saxons et y enlever des otages. » Le duc Naimes répondit alors aux paroles du

---

1. Quelle résolution convient-il de prendre, car nous ne retrouverons pas la joie (B et b).   2. trois mois (a, B, b).   3. trois gouttes (B et b). 4. Le roi passa la nuit là, mais quand vint le matin (B et b).   5. maint autre homme de valeur (B).   6. Rín.

roi : « Tel n'est pas notre conseil, car le roi Guiteclin[1] prendra mal que tu pénètres dans son pays. » Le roi reprit alors : « Je ne m'occupe jamais de savoir s'il est fâché ou non[2]. Nous partirons demain matin avec nos chiens et nos faucons, et nous prendrons des grues et des cygnes, des oies et toutes sortes d'oiseaux. »

Mais il y avait un espion païen dans l'armée de Charlemagne, et la nuit venue, lorsque la lune fut levée, il sortit de l'armée du roi Charlemagne et traversa le Rhin, ne s'arrêtant qu'une fois parvenu à la tente du roi Guiteclin. Il s'écria alors à haute voix : « Puissant roi des Saxons, que Mahomet vous secoure[3] ! Je peux vous annoncer la nouvelle que vous êtes en mesure de capturer le roi Charlemagne si vous le souhaitez[4]. Il s'est vanté qu'il entrerait dans votre royaume contre votre gré et prendrait le gibier de votre chasse – et ferait encore plus s'il le pouvait. »

Lorsque le roi Guiteclin entendit ces informations, il en sourit, puis répondit en ces termes : « Le roi Charlemagne ne cherchera pas à entrer dans ma chasse sans mon congé dans les douze mois qui viennent. » L'espion répliqua alors : « Je vous dis en vérité, roi, que Charlemagne ne reviendra pas sur le rendez-vous qu'il a fixé. »

Lorsque le roi sut cela, il fit venir son frère qui se nomme Gozon[5] et un autre, Maceran[6], originaire du pays nommé Macédoine[7] ; il fit venir son fils, celui qui se nomme Defred[8]. « Armez-vous tous au plus vite, dit-il, et prenez avec vous trente mille Saxons parfaitement armés. Vous irez dans la forêt qui est nommée Trabia[9] et vous vous cacherez là. À l'arrivée du roi Charlemagne, vous l'appréhenderez et me l'amènerez enchaîné. »

---

1. Guiteclin le roi des païens (B et b).   **2.** Le fragment du manuscrit a s'achève ici.   **3.** ainsi que toute votre armée (B et b).   **4.** ce matin (B et b).   **5.** Gioza – Gozon *(Saisnes)*.   **6.** Maceram (A), Ceran (B), Maderan (b).   **7.** Macedonia.   **8.** Dyalas *(Saisnes)* ?   **9.** Trobat (B et b).

Chapitre III — Rencontre de Charlemagne et de Guiteclin

Au sujet du roi Charlemagne, il convient maintenant de dire qu'il se leva au jour et se rendit à l'église de l'apôtre Pierre où il écouta la messe. Lorsqu'elle fut chantée, il se prépara et un millier de chevaliers bien équipés se mirent en route avec lui ; il traversa ensuite le Rhin. Lorsqu'ils eurent traversé le fleuve, ils descendirent de cheval et chacun d'eux prit son faucon sur le poing. Ensuite, ils avancèrent et lâchèrent leurs faucons, et ils prirent des oiseaux de toutes sortes qui ont été précédemment énumérés. Mais les païens s'aperçurent aussitôt de leur présence et vinrent se placer entre le Rhin et eux avant qu'ils s'en avisent.

Quand on en arriva au milieu de la journée, le roi Charlemagne jeta un regard sur sa droite et vit une masse de païens sortir de la forêt, ceux qu'on a précédemment cités[1]. Le roi Charlemagne dit alors au duc Naimes : « Regarde cette grande troupe. Voici qu'arrive Guiteclin, le roi des Saxons, le païen, et il veut nous arrêter. » Naimes répondit alors : « Ce n'est pas que je ne t'aie pas prévenu au préalable et tu as commis là une grande folie en entrant dans ce royaume avec aussi peu d'hommes. À présent, nous allons tous être défaits à moins que Dieu, fils de Marie, ne nous secoure. La disproportion est grande entre nos troupes : ils sont trente mille et en face nous avons mille hommes[2]. »

Le roi Guiteclin arriva alors et dit au roi Charlemagne : « Tu es venu ici dans ma chasse sans en avoir le droit ! Tu vas laisser tous les oiseaux que tu as pris et te constituer prisonnier de toi-même. » Le roi Charlemagne se mit alors en colère, chevaucha en direction du roi Guiteclin et lui porta un coup de lance ; et ils se frappèrent l'un l'autre. Au cours de l'assaut, le roi Guiteclin fut presque désarçonné, mais les diables le secoururent

---

1. celle qu'on a précédemment citée (B et b).   2. Un nouveau fragment de a commence ici.

pour cette fois de sorte qu'il ne fut pas tué. Le duc Naimes se précipita à l'encontre de l'homme nommé Amalon[1] – celui-ci était originaire de la cité nommée Turin[2], il était conseiller et ami intime du roi Guiteclin. L'attaque fut rude de part et d'autre, mais finalement il arriva, comme il se devait, qu'Amalon chuta à terre, tombant mort de son cheval. Quel besoin de s'étendre ? En l'affaire, le roi des Saxons était vaincu[3] sans l'arrivée d'une troupe intacte avec mille[4] chevaliers qui le placèrent sur un cheval rapide.

Le roi Guiteclin héla ensuite ses hommes et dit : « Attaquez bravement, car je pressens à leur sujet qu'ils ne vont pas tarder à reculer. En effet, ils n'ont pas de troupes à nous opposer [pour cette fois[5]], et s'il nous échappe maintenant, il se moquera [et rira] de nous éternellement. » Ils jurèrent tous comme par la voix d'un seul homme : « Nous ne le laisserons jamais s'échapper car il nous semble que nous avons toute sa troupe dans notre main. »

Chapitre IV — Charlemagne se réfugie dans un château

Au sujet du duc Naimes, il faut dire à présent qu'il interpelle le roi Charlemagne : « Seigneur, nous sommes à présent dans une situation pénible, et on ne voit pas comment nous allons faire avec les païens, étant donné que la différence est grande entre notre troupe et la leur ; ton plan, roi, en est la cause principale. Or si tu avais suivi notre avis, notre situation se présenterait mieux qu'elle n'est à présent. Pourtant, il ne faut toujours pas tenir des propos de malheur car Dieu remédiera rapidement à notre situation s'il le veut. À présent, j'entrevois un plan, reprit Naimes, qui pourra nous tirer d'affaire si Dieu

---

1. Amalun. **2.** Turine. **3.** le roi païen (a et B), aurait été vaincu (B et b). **4.** trois cents. **5.** dans ce pays (A).

le veut. Je vois un château au-dessus de nous[1]. Il appartenait jadis à un géant, mais à présent mon avis est que nous nous y rendions pour y trouver refuge, que nous y prenions position et nous défendions ensuite comme des preux, ne nous rendant jamais aux païens aussi longtemps que l'un d'entre nous résistera. Pour nous nourrir, nous aurons nos chevaux et nos faucons tant[2] qu'il y en aura, et avant que nous mourions de faim, nous attaquerons les Saxons si rudement que ceux qui en réchapperont s'en souviendront à tout jamais. »

Ce plan parut excellent à Charlemagne et ils allèrent[3] au château se mettre à l'abri. Le roi Charlemagne demanda alors le silence et dit à ses barons qui l'accompagnaient : « Chers barons, dans quelle mesure avons-nous sauvé notre troupe ? » Ils dirent au roi qu'ils n'avaient perdu ni hommes ni chevaux, ni chiens ni faucons. Le roi Charlemagne répondit alors : « Les Saxons nous ont infligé une grande honte[4], et je crains que ceci ne soit pas vengé de longtemps. »

Le duc Naimes répondit alors : « Nous avons vu beaucoup d'entre eux nous poursuivre en ayant plus peur de nous que nous d'eux. En outre, cela ne sera pas porté à notre déshonneur, étant donné que la disproportion est grande entre leur troupe et la nôtre, et il faut surtout s'attendre à ce que nous ne réussissions pas à gagner grand-chose dans ce pays ; le plus fou est celui qui perd de vue sa souche[5]. Ainsi, que chacun veille à ses affaires tant que sa situation est florissante, car il est moins difficile de surveiller sa puissance que de l'acquérir en

---

1. dressé dans la pente (B et b).   2. Début d'une nouvelle lacune en a.
3. de telle sorte que certains assuraient la couverture et d'autres combattaient, jusqu'à ce qu'ils parviennent (B et b).   4. ont fortement désordonné nos lignes (B et b).   5. « ce n'est pas folie (dévalorisant, b) pour un homme, roi, d'être en mesure de voir sa souche et de savoir ce dont il est lui-même capable, car il est mauvais de se rasseoir après qu'on s'est levé » (B et b). Ces formules semblent faire allusion à un proverbe disant qu'il ne faut jamais perdre de vue la souche dont on est issu, et qu'on doit conserver précieusement ce qu'on a eu du mal à acquérir et qui est si vite perdu. Naimes reproche visiblement encore à Charlemagne de s'être mis en grand danger de façon totalement inconsidérée.

partant du commencement. Il est clair que Dieu est venu en aide au roi Charlemagne aujourd'hui : il n'a perdu aucun de ses hommes alors qu'il a tué quatre mille [1] hommes devant Guiteclin. »

Le roi Guiteclin survint alors [avec son armée] et installa sa tente et son camp au pied du château, et il en fit le siège. Le roi Guiteclin fit ensuite établir un ordre de mobilisation et le fit circuler dans toute la Saxe suivant quatre directions convergeant vers lui : il convoquait tout homme apte à combattre et capable de manier les armes.

Les païens attaquent alors immédiatement le château au moyen de tous les artifices qui se puissent trouver [2]. Mais ceux qui sont postés en face se défendent efficacement et vaillamment : ils jettent des pierres, lancent des projectiles et tuent les païens qui s'approchent du château, si bien que tout autour du château [3] et aussi loin que peut porter un jet de flèche le sol est recouvert par les corps des païens [4]. Le soir tombe à présent et le roi Guiteclin voit que de grandes pertes ont été infligées à son armée ; il leur donne l'ordre de regagner leurs tentes et de se reposer.

Chapitre V — Guiteclin assiège le château

La situation est maintenant sinistre pour ceux qui se trouvent à l'intérieur du château et ils n'ont plus rien du tout à manger [5]. À présent, les Saxons voient que leurs projectiles et leurs armes ne valent pas un sou. Le roi Guiteclin est un grand stratège. Pour l'heure, une innombrable armée de païens se trouve pos-

---

1. plus de quatre mille chevaliers (B et b).   **2.** à la fois avec des catapultes et des engins de toutes sortes (B et b).   **3.** les troupes les plus à l'avant se tiennent toutes à l'écart du château (B), ceux qui restent en vie s'en éloignent (b).   **4.** le sang et les corps (B et b).   **5.** ils n'ont pas de quoi nourrir un seul chevalier (B et b).

tée là, recouvrant tout l'espace depuis la porte du fort qui se nomme Turme[1], et ils ont l'intention de priver le roi Charlemagne de nourriture et de boisson.

Ils ont poursuivi cette action pendant six jours, se battant jour et nuit, et l'assaut donné et livré par les païens contre les autres fut si violent que ceux-ci pendant six jours n'eurent ni sommeil ni nourriture, car il n'y avait là rien à manger. Les Francs étaient à présent très ébranlés dans leurs résolutions et ne savaient pas quelle attitude adopter ni ce qui allait arriver ensuite. Leurs chevaux hennissaient [de faim] et ils rongèrent leur bride à tel point que leurs mors tombèrent par terre, leurs faucons râlaient affreusement et leurs chiens hurlaient ; cela les touchait plus que leur propre manque de nourriture. Le roi en était le plus affligé de tous car il voyait la misère et la souffrance de ses hommes et considérait qu'il était le principal responsable.

Chapitre VI — Charlemagne tente de desserrer l'étau

Il arriva alors qu'un jour le roi Charlemagne était monté aux créneaux pour regarder l'armée des païens et il interpella Guiteclin, le roi des Saxons ; toute l'armée fit aussitôt silence. Charlemagne prit alors la parole en ces termes : « Puissant roi des Saxons, quelles sont tes intentions à notre égard ? Laisse-nous sortir de ce château car nous sommes ici peu nombreux et mal équipés pour nous battre. Reçois de nous de l'or et de l'argent ou des otages pour cette fois, et tu peux t'attendre de notre part à ce que nous te rendions la pareille s'il arrive que tu aies besoin de la même chose, bien que pour toi cela semble improbable actuellement. »

Le roi Guiteclin écouta péniblement ces paroles et jura par

---

1. Turnit (B) – A seul ajoute : « et toute l'armée des Saxons qui est venue là est innombrable ».

Mahomet, son Dieu, qu'il n'obtiendrait à aucun prix ce qu'il demandait : « Tu seras plutôt tiré du château par ta barbe blanche et tu viendras avec moi dans la Frise sauvage [1], et là tu seras jeté dans le plus grand et le pire des donjons qu'il y a là. Tu mourras dans cet endroit et ne reviendras jamais dans ton royaume que j'obligerai à me verser un tribut. À Noël, chaque homme devra payer quatre pièces en circulation dans ton pays et à Pâques quatre autres, et tu n'en retireras rien de bon en retour. »

Le roi Charlemagne répondit alors : « Cet accord est inique et mauvais. Mais avec l'aide de l'apôtre Pierre, je serai pendu à un grand arbre plutôt que les Francs doivent te verser un tribut. » Lorsque le roi Charlemagne eut compris que le roi Guiteclin n'accepterait pas d'autres conditions [que celles qu'il avait dites], il redescendit dans le château et dit à ses hommes en souriant : « Armez-vous au plus vite, car je vois que là-haut sur le flanc de ce mont la troupe doit être moins compacte, et des hommes venant de tous côtés passent par là en portant des provisions au roi. Il nous faudrait, si nous pouvons, nous procurer quelque chose à manger en le leur prenant, et il vaut mieux succomber comme des preux plutôt que vivre dans la honte et être vaincus. »

Ensuite, ils ne tardèrent pas et sept cents chevaliers revêtus de broignes et portant des boucliers sortirent à cheval du château. Ils n'arrêtèrent pas leurs chevaux avant d'être parvenus au campement du roi Guiteclin, bondirent dessus et tuèrent une grande quantité de païens. Ils en piétinèrent sous les sabots de leurs chevaux plus de quatre cents et s'emparèrent de plus de quatre cents chevaux chargés de nourriture et de provisions. Mais ils furent pris en chasse par quantité de païens et il n'y eut pas d'autre issue que de fuir vers le château, et ils subirent là une violente attaque des païens. Ils auraient alors été vaincus si le roi Charlemagne n'était pas venu les rejoindre avec trois cents hommes qui étaient restés dans le château.

---

1. Traduction exacte de Villifrísland.

Ils rentrèrent ensuite au château avec leur butin. Ils s'étaient bien battus et étaient joyeux et heureux. À ce moment-là, le roi Guiteclin revint de la chasse, accompagné de vingt mille chevaliers, mais il fut très mécontent de la défaite de ses hommes. À présent, les difficultés du roi Charlemagne vont croissant pour la première fois, car il ne peut sortir de là s'il ne dispose pas de l'aide de Roland et de sa troupe.

Chapitre VII — Charlemagne envoie un messager à Roland

Le roi Charlemagne dit alors à ses hommes : « Dieu nous a beaucoup aidés en cette circonstance, et nous devons grandement l'en remercier et rester toujours constants dans son amour, de jour comme de nuit. Dieu nous a à présent offert de la nourriture et nous allons en chercher d'autre avant que celle-ci soit consommée. Maintenant je veux prier Dieu que Roland vienne avec son armée, et nous pourrons alors sortir d'ici[1] car il a une troupe nombreuse et les plus vaillantes de nos forces sont avec lui. Il est en train d'assiéger la cité de Nobles et il veut la prendre, mais c'est l'une des cités les plus fortifiées que nous connaissions. S'il apprend ce qui nous est arrivé, il lui prêtera une attention moindre et viendra plutôt nous trouver. »

L'homme qui se nommait Hermoen[2] répond alors : « Je suis prêt à accomplir cette mission, si vous le souhaitez, roi, car je connais toutes les langues et je ne craindrai personne tant que je serai monté sur mon cheval, en bonne santé. » Le roi Charlemagne le remercie bien et dit : « Je prévois que si tu parviens à accomplir cette mission de façon telle que nous puissions en retirer un bénéfice, je ferai de toi le seigneur d'un château et

---

1. Le début du chapitre jusqu'à ce point manque en B, et b présente une version plus condensée. 2. Ermen/Hermoen (A), Ermoen (B), Hermoin (b).

tu auras sous ta responsabilité tous les revenus ainsi que la contrée qui s'y rattachent. »

Là-dessus, Hermoen se prépare à partir et s'arme de façon efficace. Ils le font descendre avec son cheval par une ouverture qui se trouvait dans le château, et quand il atteint le sol il se met en place avec efficacité et agilité ; il va son chemin et les païens ne s'en aperçoivent pas avant qu'il soit arrivé auprès de l'armée.

Chapitre VIII — La mission d'Hermoen

Il y avait un homme nommé Esclandart[1]. C'était un homme puissant et un grand chef[2]. Il s'écria à haute voix en adressant la parole à Hermoen : « Qui es-tu ? Es-tu un voleur ? et pourquoi chevauches-tu si prestement et de nuit ? » Hermoen répondit : « Je suis l'un des hommes de Gafer[3] le Danois, de garde cette nuit, et tu as mal parlé en me traitant de voleur. Tu profites du fait que nous appartenions tous deux à la même troupe, autrement je te l'aurais fait payer. À présent, surveille mieux tes paroles une autre fois et je te pardonnerai cette insulte. »[4]

Il passa alors son chemin, et quand il eut presque traversé[5] ainsi l'armée des païens, il rencontra un chevalier. Celui-ci avait mené à la rivière un cheval de son seigneur[6] qui se nommait Aufart[7] le Danois. C'était le meilleur de l'armée du roi Guiteclin. Et quand Hermoen vit ce cheval, il désira vivement l'avoir et dit que soit il succomberait, soit il obtiendrait ce cheval[8]. Il chargea violemment le chevalier qui était monté dessus et lui

---

1. Deklandore (A), Elskandrat (B), Elsklandrat (b) et d'autres graphies – Escorfaut de Lutis *(Saisnes)*.   **2.** dans le pays des païens (B et b). **3.** Gafer (A), Margamar (B et b).   **4.** Le début du chapitre est quelque peu différent en B et b, mais le sens est le même.   **5.** quand il eut fini de traverser (B).   **6.** un cheval de son seigneur à une source. C'était le meilleur cheval (B et b).   **7.** Alfráðr (A) – Aufart de Danemarche *(Saisnes)*.   **8.** Le manuscrit a reprend ici.

coupa une main[1], puis il bondit sur le cheval et s'élança prestement, laissant courir son cheval en liberté [près de lui].

Chemin faisant, il arriva au fleuve Rhin[2], le franchit immédiatement et atteignit aussitôt la rive. Il chevaucha alors toute la nuit, ne s'arrêtant qu'une fois parvenu à la cité de Cologne[3]. Une grande foule vint à sa rencontre, constituée à la fois de Francs et de Bretons[4]. Quand ils prirent connaissance de son expédition, ils demandèrent des nouvelles du roi Charlemagne. Il répondit que la situation avait mal tourné et qu'il avait manqué de chance, « et il se trouve maintenant dans un château avec une petite troupe, et tout autour le roi Guiteclin assiège ce château avec son armée ».

Les gens du pays reçurent ce récit avec tristesse et l'archevêque était le plus peiné de tous. Hermoen dit alors à l'archevêque : « Seigneur, rédigez-moi une lettre pour Roland dans l'intérêt du roi Charlemagne et expliquez qu'il souhaite qu'il vienne le trouver avec toute la troupe qu'il pourra rassembler ; précisez dans la lettre que le roi n'a jamais eu davantage besoin d'une armée que maintenant, et mentionnez tous les détails que je vous ai révélés. » L'archevêque exécuta ce qu'il demandait.

Il partit alors en toute hâte, traversa la cité qui se nomme Étampes[5] et ne s'arrêta pas avant d'être parvenu à la cité de Nobles[6]. Il avait fatigué à mort sept chevaux tout en conservant son cheval sain et sauf. Roland se trouvait dans sa tente et jouait aux échecs [, et son adversaire était un homme nommé Guichart de Valbrun[7]]. Hermoen alla trouver Roland et se mit à genoux. Il lui apporta les salutations du roi Charlemagne et de l'archevêque de Cologne, à lui et à tous les barons qui étaient là, et lui donna la lettre. Celui-ci remit immédiatement la lettre à son chapelain en lui demandant de la lire, « et je veux savoir de quelle manière nous devons répondre ».

---

1. la tête (B et b). **2.** Rín. **3.** Kolne. **4.** et de Grecs (B). **5.** Stampes. **6.** à la cité d'Orléans (Orliens) et de là gagna la cité de Nobles (a). **7.** Giugarðr (a), Giugart (B), Gvibert (b) af Valbrun.

Cette lettre disait ceci : « [1] Le roi Charlemagne a grand besoin que vous alliez le trouver avec votre troupe, car il est à présent tragiquement assiégé dans un château. Le roi Guiteclin en bloque les abords autour de lui avec l'armée saxonne et il n'a aucune issue possible à moins qu'il ne reçoive votre aide, du fait qu'il dispose là-bas de peu d'hommes et qu'il est à court de provisions. »

Lorsque Roland entendit ces propos, il changea de couleur, devenant par moments blême comme l'intérieur d'une écorce de citron[2], et à d'autres rouge comme du sang. Il dit ensuite à ses hommes : « Il me déplaît que le roi Charlemagne, mon parent, soit vaincu par les païens, et il n'est pas bon que nous nous trouvions à présent aussi loin de lui. Armons-nous en hâte et attaquons la cité. Il n'est pas question de traîner. De deux choses l'une : nous prendrons la cité, ou bien nous n'en réchapperons pas vivants. »

Chapitre IX — Roland s'empare de Nobles

Ses hommes accomplirent alors ses ordres : ils s'équipèrent rapidement, plaçant un heaume doré sur leur tête et prenant en main leur bouclier et leur épieu. Ils donnèrent ensuite l'assaut à la cité avec la plus grande violence possible et, avant que le soir ne tombe, les habitants de la cité n'eurent d'autre issue que de se rendre à Roland avec joie et pourtant sous la contrainte.

Le lendemain matin, un conseil fut réuni et Roland expédia son armée auprès de Charlemagne tout en laissant quelques hommes pour qu'ils surveillent la cité. Il prit sous sa coupe

---

1. « L'archevêque de Cologne envoie ses salutations au nom de Dieu et au sien au comte Roland, neveu du roi Charlemagne, et à tous les barons qui sont avec lui. J'ai appris de source sûre que... » (B et b).   2. il avait par moments l'apparence d'un cadavre (B).

toute la contrée qui y était rattachée et en disposa pour faire restaurer la cité qu'ils avaient détruite. Il fit ensuite établir un ordre de mobilisation et le fit circuler dans les quatre directions convergeant vers lui : il convoquait tout homme apte à manier les armes en faisant le serment que si quelqu'un à qui il avait demandé de prendre part à cette expédition restait à l'arrière, celui-ci recevrait alors un coup mortel de Durendal, sa propre épée.

Ils allèrent ensuite à Cologne et y trouvèrent là Roman et Kemeren, le vaillant Olivier[1] et plusieurs centaines de chevaliers appartenant à la troupe du roi Charlemagne. Lorsque Roland les trouva là, il s'en réjouit[2] et fit route avec sa troupe durant la semaine de Pâques. Ils rencontrèrent alors un grand baron, païen comme un chien, qui revenait de l'étranger ; il voulait aller trouver le roi Guiteclin <et il y avait une grande amitié entre eux]. Il avait une grande armée et s'appelait Péron[3]. On prétendait qu'il était le plus énergique de tous les païens qui vivaient alors. Ils lui livrèrent une grande et rude bataille, et il périt avec toute l'armée qui le suivait.

À présent, le pape en personne, qui se nomme Milon[4], et Turpin, archevêque de Reims[5], viennent à leur rencontre. Roland fait immédiatement convoquer un conseil. Lorsque les gens sont assis à leur place, l'archevêque Turpin se lève et les remercie pour l'aide qu'ils apportent au roi Charlemagne, en leur disant : « Il ne faut pas espérer que nous puissions franchir le Rhin, car il n'y a là-bas ni gué ni pont qui nous permette de traverser ; et même si c'était le cas, le roi Guiteclin disposerait d'une grande armée face à nous, de sorte que cela ne nous mènerait à rien, et il causerait de telles pertes dans notre troupe que ce serait dramatique pour nous. Mais mon conseil est que nous allions à la cité qui se nomme Garmasie[6]. C'est la

---

1. Romam, Kemerem, Oliver (A), Freri, Erker, Romam, Oliver (a), le duc qui était là (B et b).   2. « il s'en attrista » (A), corrigé par Unger à partir des trois autres manuscrits qui s'accordent.   3. Perun (A), Perus (b). 4. Milun.   5. Turpin... af Reimsborg.   6. Garmasie (A), Garmaise (B et b).

plus importante de tout le royaume du roi Guiteclin, et ce serait un grand exploit et une belle manœuvre si nous pouvions nous en emparer. Si la chance vient vers nous, nous pourrons alors aller prêter main-forte au roi Charlemagne. »

Roland répond alors en disant que cela lui paraît être un excellent plan.

Ils agirent en conséquence par la suite et envoyèrent un messager au roi Guiteclin. Quand il se présenta devant le roi, il le salua et lui annonça que Roland était en route pour la cité de Garmasie avec une armée immense, et qu'il comptait prendre la cité, « et je vous demande de venir la défendre si vous le souhaitez ; il ne veut pas que cela vous prenne au dépourvu, considérant qu'en de telles circonstances il en serait blâmable ».

Ces nouvelles fâchèrent tant le roi Guiteclin qu'il n'en sourit pas à belles dents. Il fit venir près de lui la reine Sibile[1], la plus courtoise des femmes, et lui demanda quelle décision il convenait de prendre. Elle répondit : « Réjouis-toi et sois content, et ne crains rien. Tu as envoyé chercher ton fils et ton frère Elmidan, et tu ne manqueras pas de troupes dès leur arrivée. Il n'est pas de roi ni d'empereur qui ait l'audace de te tenir tête. »

Le roi la remercia vivement et il en fut tout particulièrement joyeux et content.

Chapitre X — Défaite des Francs

À cet instant même, arrive un homme nommé Margamar, et il dit au roi : « Seigneur, je souhaite que tu connaisses mon intention : j'ai dans l'idée de me rendre à la cité [de Garmasie] avec ma troupe, si telle est ta volonté ; je défendrai la cité con-

---

1. Sibilio/Sibilia – Sebile *(Saisnes)*.   2. et la surveillerai (A).

tre Roland et [surveillerai également le gué sur le fleuve[2]], de telle sorte qu'aucun Franc ne le franchira pour venir en aide au roi Charlemagne. » Le roi répond : « Ce projet sera retenu », et il le remercie beaucoup.

Margamar se prépara alors [à partir]. Il s'arma et toute sa troupe fit de même, après quoi ils se rendirent à la cité. Dans un autre lieu se trouvaient le pape, Roland et leur troupe, et ils prirent leurs quartiers de nuit non loin de la cité. Au matin, Roland dit à ses hommes de se préparer et de donner l'assaut à la cité.

Il y avait un homme nommé Gautier[1], qui était originaire de la zone frontière qui sépare la Saxe et la France. Il était en mission d'espionnage en compagnie de cent chevaliers au profit du fils du roi, qui se nomme Defred et de Maceran, un parent du roi Guiteclin. Lorsqu'il [fut arrivé dans la troupe de Roland et de ses hommes, et qu'il] eut appris leurs intentions, il se hâta de [retourner] auprès de son roi et lui donna ces informations.

Ensuite, les païens se hâtèrent et furent aussitôt les premiers en action. Avec une troupe considérable, ils se portèrent contre les hommes de Roland qui avaient franchi le fleuve en fin de journée, à savoir le duc Rénier[2] accompagné de vingt centaines[3] de ses hommes. Les païens vinrent les attaquer à leur insu et les surprirent sous leurs tentes. Ils en tuèrent quinze cents et avec les têtes des chrétiens ils constituèrent trois cents chargements. Ils les firent ensuite acheminer au roi Guiteclin en lui envoyant l'homme qui se nommait Dorgant[4]. Il alla se présenter au roi et dit : « Salut à vous, seigneur, que Mahomet vous protège ! Soyez heureux et joyeux ! J'ai à vous annoncer des nouvelles tout à la fois bonnes et importantes : Roland est défait, nous avons abattu la majeure partie de son armée et nous l'avons poussé dans le Rhin, ainsi que la troupe qui fuyait avec lui. »

---

1. Falteri (A), Valteri (a), Kalki (B), Falki (b). **2.** Reinir, Remund (a). **3.** « vingt mille » (a, B et b). La centaine représentait en fait 120 hommes. **4.** Dorgant (A et a), Drogant (B et b).

Le roi Guiteclin répondit alors : « Dis-tu le vrai, Dorgant, ou mens-tu ?

— Absolument, jusqu'ici je n'ai jamais eu pour habitude de mentir. »

Et il pria Mahomet de l'aider autant qu'il disait la vérité.

« Et nous en fournissons une autre preuve, car nous avons ici trois cents chevaux chargés de têtes de chrétiens. »

Lorsque le roi eut accordé foi à ces paroles, il en fut si enthousiasmé qu'il en perdit presque la raison et demanda s'ils avaient causé des destructions dans la cité. Il répondit : « Nous ne leur en avons absolument pas laissé la possibilité. » Le roi fit alors venir la reine Sibile et dit : « À présent, tu peux dire que presque tous les Francs ont été tués et vaincus, et que la France est tombée dans nos mains et dans celles de nos fils. »

La reine répondit alors : « <Ne te fie pas aux propos de ton chevalier, puissant roi des Saxons ! Modère ta joie, tu ne sais pas au juste quelle peut être l'issue de la lutte que tu mènes contre le roi Charlemagne, car les militaires font souvent des rapports partiaux et disent ce qu'ils appellent de leurs vœux sans savoir ce qui peut arriver[1].> Quoi qu'ils disent, Roland est sain et sauf, de même que le pape, l'archevêque et maint autre brave preux et vaillant baron. »

Le roi Guiteclin se mit en grande colère contre elle, la frappa si violemment qu'elle saigna sur sa tunique [et il la fit sortir brutalement de la tente]. Il fit ensuite seller le meilleur des chevaux de son armée et chevaucha jusqu'au château où se trouvait le roi Charlemagne. Il appela en haussant la voix et demanda au roi des Francs de lui prêter attention – il fut immédiatement écouté : « J'ai une nouvelle à t'apprendre : tes meilleurs chevaliers sont tous morts. Roland s'est jeté dans le Rhin avec la plus grande partie de la troupe qui le suivait. À présent, tu es toi-même vaincu, abandonne le château et viens donc te rendre à nous en bénéficiant de notre pitié ; pour prouver ces

---

1. Jusqu'à ce point, les propos de Sibile sont traduits d'après a, car ils manquent en A ; B et b les contiennent aussi, mais avec des variantes de détail.

affirmations, nous pouvons te montrer trois cents chevaux chargés des têtes de tes guerriers. »

Ces nouvelles affligèrent grandement les Francs, et le roi Charlemagne en fut de beaucoup le plus attristé. Ils montèrent tous en haut du château et éloignèrent du château le roi Guiteclin à coups de flèches. Naimes dit alors au roi[1] : « Ne te laisse pas envahir par la tristesse, car il est vain de se lamenter sur la mort ; l'homme doit survivre à l'homme et prêter attention à soi-même avant d'entretenir la mémoire en priant pour l'âme des trépassés. Mais nous allons tirer vengeance des païens, les frapper fort et séparer les têtes des torses comme ils l'ont fait à nos troupes. J'ai le pressentiment heureux d'un changement de notre situation avant qu'il soit longtemps : nous allons recevoir quelque bonne nouvelle au sujet de Roland. »

Chapitre XI — Rénier confirme la défaite des Francs

Il convient maintenant de parler de Rénier. Il s'est à présent extrait de l'armée en fuite et il porte de nombreuses traces des coups d'épée qu'il a reçus. Le pape Milon alla à sa rencontre et le salua. Il remarqua parfaitement qu'il avait livré bataille et toutes ses armes lui avaient été arrachées. Le pape demanda ensuite de ses nouvelles. Rénier répondit[2] que les hommes qui le suivaient étaient au nombre de vingt centaines : « Nous avions franchi le Rhin, et avant que nous ne nous en soyons aperçus plus de quinze mille païens étaient sur nous. Nous nous sommes battus et nous sommes défendus quelque temps, mais le résultat fut qu'ils abattirent quinze cents de nos chevaliers et que nous, les survivants, nous sommes jetés dans le Rhin, et nous en avons réchappé à grand-peine. »

---

1. Toute l'intervention de Naimes manque en B et b. **2.** « Il dit ce qu'il en était » (B et b) – les répliques de Rénier et d'Olivier ont disparu de la version B.

Olivier répliqua : « Vieux décrépit, quel besoin avais-tu d'aller bondir sur des boucliers comme si tu étais jeune, et quelle raison avais-tu de te précipiter sur les armes à la place d'autres hommes ? À présent, à cause de toi, nous connaissons le déshonneur et avons subi des pertes, et nous aurons du mal à nous considérer comme des hommes convenables tant que nous ne serons pas parvenus à en tirer vengeance. »

Chapitre XII — Prise de Garmasie

Il convient à présent de parler de Roland pour dire qu'il s'adresse à ses troupes : « Levez-vous en toute hâte, armez-vous et attaquez la cité ! Que chacun tienne à présent son rôle de preux, et je m'en remets à la faveur de l'apôtre saint Pierre et à la chance du roi Charlemagne à l'égard de cette cité. »

Avant qu'ils soient arrivés à la cité, le pape s'est levé, s'est adressé à l'armée et a donné de nombreux bons exemples : tout d'abord celui de Moïse [1], en expliquant de quelle manière il a triomphé du roi Pharaon par la puissance de Dieu. Il parla aussi de saint Simon [2] qui alla dans le pays qui s'appelle Carthage [3], et il leur dit comment la ville nommée Alle avait été conquise. Il leur raconta également de quelle manière un dromont que possédaient les païens avait été pris en mer de Grèce [4], « et à présent, vaillants preux, qu'il vous souvienne combien Dieu a accompli de miracles en faveur de ses amis et partez donc au combat sans crainte. Tous ceux qui périront ici, nous les relevons de tous leurs péchés confessés ; vous aurez l'espoir d'un éternel salut avant que votre sang sur la terre soit refroidi ».

Ils se rendirent ensuite à la cité, bénis au nom du Père, du Fils et du Saint-Esprit. Les Francs lancèrent ce jour-là une attaque virulente [– et nous n'avons jamais entendu parler d'une

---

1. Moysa.   2. Simone.   3. Kartago, Kartagine (a) – il peut s'agir de Carthage ou de Carthagène.   4. Grikkland.

attaque plus rude que cette fois-là]. Néanmoins, Roland et Olivier étaient faciles à repérer dans toute l'armée, car quoi qu'ils frappent, rien ne valait contre leurs coups, que ce soit un bouclier ou une broigne, et en peu de temps Roland et Olivier abattirent les murs de la cité, de sorte qu'on pouvait y faire entrer sept[1] chariots en même temps. À ce moment-là, les gens de la cité commencèrent à fuir en abandonnant la cité. Les Francs donnèrent l'assaut à la cité et certains poursuivirent les fuyards. Le roi Margamar prit la fuite en ayant été auparavant blessé à coups d'épée.

À présent, tous les Saxons qui se trouvaient dans la cité étaient vaincus, de même que le peuple qu'on nomme russe[2], celui qu'on nomme coman[3] et celui qu'on nomme normand[4] – c'étaient des étrangers –, celui qu'on nomme hongrois[5] et tharbongre[6], et il y avait là des Frisons[7]. Toute cette population prit la fuite[8], mais personne ne pourrait décompter les centaines de païens qui restèrent en arrière, morts.

Chapitre XIII — Margamar rejoint Guiteclin

À propos de Margamar, il faut dire qu'il va chez le roi Guiteclin et il le trouve dans sa tente. Dès que celui-ci le voit, il lui demande de ses nouvelles. Margamar en donne de nombreuses et d'importantes : « Les Francs ont conquis la cité de Garmasie et tué sous nos yeux des milliers et des milliers d'hommes. Roland est dans la cité et il en va pour nous tout autrement que s'il avait été tué ou noyé dans le Rhin, comme on nous l'a dit. »

À présent que le roi connaissait les nouvelles en détail, il en fut si affligé qu'il en perdit presque la raison, et il est dommage

---

1. quatre (B). **2.** Roos (A), Ros (a). **3.** Komant. **4.** Normam (A), Moram (a). **5.** Hungro (A), Hungr (a). **6.** Þarbungro. **7.** Frísir. **8.** Énumération absente de B et b.

qu'il s'en soit fallu de peu. Le roi Guiteclin appela alors la reine Sibile, et elle lui répondit par d'agréables paroles, faisant plus pour lui qu'il ne le méritait : « Puissant roi des Saxons, réjouis-toi, bien que les choses aient mal tourné. Roland est maintenant de retour comme je le soupçonnais, tes hommes ont été massacrés et une grande partie de ton pays a été conquise. Pourtant, il est opportun que tu ne renonces pas du fait qu'il te reste encore la plus grande et la meilleure partie de ton armée. »[1]

Le chef nommé Esclandart s'adressa alors à lui : « En cette affaire, la reine parle trop et se mêle de tout. J'ai envoyé lever des troupes dans mes terres ; nous espérons la venue de soixante mille hommes, et c'est le plus rude peuple qui soit au monde. Le roi Guiteclin ne doit pas redouter les Francs et nous regagnerons tous les territoires qui viennent de nous être pris ainsi que bien d'autres dans le royaume du roi des Francs. Je suis prêt à remettre la cité entre tes mains, si tu le souhaites, dès que mon armée arrivera. Roland n'aura pas l'audace de nous attendre et ils se retireront dès qu'ils apprendront que nous sommes en route. »

Le roi Guiteclin répondit alors : « Maintiens tes vœux et reçois en retour notre amitié et tous les territoires que tu souhaites. »

Chapitre XIV — Origine de la corne Olifant

À cet instant survient le frère du roi Guiteclin [qui vient du pays nommé Leutice[2]]. Il est suivi de milliers et de milliers de païens. C'est un [bon roi et il règne sur maint riche pays[3]]. Cet

---

1. Le chapitre s'arrête là en B et b.   **2.** Les Leutices sont un peuple slave habitant dans le Mecklembourg actuel.   **3.** « C'est un roi puissant et excellent. *Si porte vn olifant unkes melur ne clinie bestie saluage qui nat soni de morte*. Nous ne voulons pas fausser le sens de cette phrase et

homme puissant possède une corne nommée Olifant, et il n'y a jamais eu de meilleure corne ; celle-ci a été prise sur un animal sauvage qui ne dort jamais. <Un livre digne de foi explique que cet animal porte une seule corne, et elle se trouve au milieu de son front.> Il se nourrit dans des vallées profondes en été et l'hiver sur les plus hautes montagnes. Il en est ainsi pendant trente ans et il perd à ce moment-là sa corne. Cet animal s'appelle en latin *unicornium* et en norrois unicorne [1]. Il possède sous sa corne une pierre qui est la plus précieuse au monde. C'est avec douze d'entre elles qu'est faite la *Celestis Jerusalem* [, ce qui se traduit en norrois par Jérusalem céleste]. Cette pierre se nomme *carbunclus* et elle possède de nombreux pouvoirs. Cette sorte de corne se trouve dans la Grande-Inde [2] et c'est là que les chasseurs la trouvent, et encore rarement [3].

À présent Elmidan chevauche vers le château où se trouve le roi Charlemagne, et il réfléchit à la façon dont celui-ci pourrait être conquis au plus vite ; il en fait le tour et le tient pour peu de chose. Il souffle ensuite dans sa corne Olifant d'une façon si énergique que toute la terre paraît trembler [4] sous l'effet du son produit par la corne. Le roi Charlemagne entend le son de la corne qui lui paraît horrible [5]. Le roi Charlemagne dit alors : « *Deus optime, adjuva nos semper!* Que Dieu tout-puissant nous secoure toujours ! Je suis stupéfait du son de cette corne qui entraîne un fort écho et fait trembler toute la terre. C'est la corne du roi Elmidan, frère du roi Guiteclin. »

Le duc Naimes répond : « Il me semble probable qu'il est venu avec beaucoup d'hommes et nous devrons livrer bataille sans tarder ; celle-ci sera vite expédiée en notre faveur. »

---

disons : » (A) – sur cette phrase non traduite, voir la notice d'introduction à cette branche V.

1. « einhyrningr ». **2.** « á Jndialandi inu mikla ». **3.** Toute cette description est absente de B et b. **4.** à une distance de vingt milles dans toutes les directions (a, B et b), sur les monts et dans les vallées (a seul). **5.** La fin du chapitre manque en B et b.

Chapitre XV — Le roi Guiteclin se retire

À présent, il faut dire au sujet du roi Guiteclin que son vassal nommé Dorgant est venu le trouver. Il était allé espionner selon sa vieille habitude, et il lui apprend que Roland a franchi le Rhin avec toute l'armée des Francs [, « et ils sont maintenant prêts à vous livrer bataille »].

Lorsque le roi possède ces informations en détail, il fait venir son frère et lui demande quelle résolution il convient d'adopter. Celui-ci répond : « Il me semble opportun de transporter au-delà du Rhin tous nos trésors et nos objets précieux, nos femmes et nos enfants. »

Cette proposition fut ensuite adoptée et là-dessus ils firent retentir un millier de cornes et de trompettes, plièrent leurs tentes et levèrent le camp, chargèrent les chevaux, les mules et tous les animaux domestiques, et s'en allèrent. Ceux qui montaient la garde dans le château où se trouvait le roi Charlemagne eurent vite fait de s'en apercevoir et ils dirent au roi Charlemagne que les païens étaient partis. Ils s'en réjouirent comme on pouvait s'y attendre et les plus jeunes chevaliers voulurent alors immédiatement partir à leur poursuite et tuer tous ceux qu'ils pourraient atteindre.

Chapitre XVI — Charlemagne décide de construire un pont

Au cours de l'exécution de ce plan, arriva le messager que le roi Charlemagne avait envoyé auprès de Roland au moment où il faisait le siège de Nobles. [Dès que le roi Charlemagne le vit, il le salua[1]] et lui demanda comment les choses s'étaient pas-

---

1. Le roi le salua avant qu'il l'ait vu (A).

sées pour lui. Hermoen répondit alors : « Tout s'est bien passé, et mieux encore, je vous vois en bonne santé. Le pape Milon, Roland, votre parent, et tous les barons vous souhaitent d'aller bien[1] en vous faisant savoir qu'aucun homme en mesure de porter les armes n'est resté chez lui <depuis les Alpes jusqu'à la mer d'Écosse[2]>, et ceux-ci sont venus à votre secours. Hier de bonne heure, Roland a replacé Garmasie sous votre autorité, et j'y étais[3] avec lui. »

Le roi Charlemagne répond alors : « Tu es un valeureux compagnon, Hermoen, et tu arrives avec de bonnes nouvelles. Mais dis-moi – je suis curieux de le savoir – [quels résultats a obtenus Roland à Nobles[4]]. » Hermoen répond : « Il faut dire que Roland a pris Nobles et abattu le chef qui dirigeait la cité, et j'ai ici sa tête pour vous la montrer, Roland vous l'a envoyée. Presque tous les enfants qui se trouvaient dans la cité ont été tués. »

Lorsque le roi Charlemagne apprit ces nouvelles, il remercia Dieu et l'apôtre Pierre, et levant sa main vers le ciel, il dit : « Roland est un preux inestimable ! » Hermoen reprit alors : « Demain de bonne heure, vous pouvez espérer recevoir de bonnes nouvelles de Roland, et j'ai transmis votre message du mieux que j'ai pu.

— Dieu te récompense, dit le roi, et j'en ferai de même avec des biens. »

Il exhorte maintenant son armée en ces termes : « Levez-vous énergiquement, bons chevaliers, armez-vous rapidement et bouclez le château ! Courons sus aux païens et causons-leur tout le tort que nous pouvons ! »

C'est ce qu'ils firent ensuite. Ils s'en allèrent à cheval, tous revêtus de leur broigne, leur coururent après et tuèrent une grande quantité d'entre eux. Hermoen prit alors la parole : « Je vous suggère de ne pas poursuivre trop loin les païens en fuite, car il arrive souvent qu'ils se retournent violemment, et nous

---

1. vous envoient les salutations de Dieu, les leurs (a, B et b) et celles de tous les saints (a seul). **2.** « frá Mundíufjalli ok til ins Skozka sæs ». **3.** À partir d'ici, six pages manquent en a. **4.** ce qu'a fait Roland par la suite (A).

avons une trop petite troupe à opposer à l'armée des païens. On dit, et on a raison, que le mieux est de rentrer chez soi en bonne santé. Mon conseil maintenant est que vous vous contentiez de peu et fassiez demi-tour pour le moment. Allez à la rencontre du pape et de Roland, et mieux vaut que vous les trouviez au-dehors plutôt qu'ils vous trouvent enfermés. »

Le roi Charlemagne répond alors : « Hermoen, il te suffit de donner un conseil salutaire et celui-ci sera suivi. » Le roi chevauche ensuite en direction de Roland, son parent, et il le rencontre dans une belle plaine située sur le flanc d'un mont. La joie de leurs retrouvailles est grande[1] et il semble à chacun d'eux qu'il retrouve un revenant. Mais tous les barons et grands seigneurs reprochent au roi Charlemagne d'être venu dans le domaine des Saxons avec aussi peu d'hommes.

« Bons chevaliers, dit-il, Dieu soit loué, nous n'avons pas perdu de nos richesses pour la valeur d'une pièce ; au contraire, nos hommes ont dérobé aux païens la valeur de cent livres d'argent. »[2] Le roi Charlemagne remercie ensuite Roland pour l'aide qu'il lui a apportée, à lui et à sa troupe, et dit qu'il aurait eu du mal à sortir du château s'il n'avait pas reçu leur soutien, « et il faut vous dire que le Rhin est si difficile à franchir qu'on ne trouve ni gué ni bac pour le traverser, même en le suivant sur une distance de cent milles. Je veux maintenant, dit le roi, que nous trouvions les artisans les plus habiles dans le travail du bois et de la pierre, et que nous fassions construire un pont sur le Rhin par lequel nous et nos troupes pourrons passer ; et nous pourrons aller rappeler au roi Guiteclin le blocus qu'il nous a si longtemps infligé dans le château ».

Roland répond[3] : « Tu as bien parlé et tel est bien mon souhait, car nous ne parviendrons pas à nous en aller dans ces conditions, mais nous resterons douze mois ou plus, et verrons bien qui des païens ou de nous désire se retirer le premier. »

On engagea ensuite des artisans et les hommes les plus

---

1. et chacun saute au cou de l'autre (B et b). 2. Les reproches des barons et la réponse de Charlemagne manquent en B et b. 3. La plus grande partie des paroles de Roland est absente de B et b.

savants donnèrent leur avis sur la façon de construire ce pont. Ils pensaient qu'ils devaient le construire avec des pierres et du mortier, et bâtir dessus quatre-vingts fortins contenant chacun cent arbalètes. Ils envisageaient de s'en servir pour tuer les païens, s'ils attaquaient. Roland rétorque alors : « Faisons d'abord en sorte que le pont soit achevé ; mais quelle est l'importance de la troupe du roi Guiteclin ? »

Le roi Charlemagne répond : « Il a vingt-quatre mille hommes sans compter l'armée que possède son frère Elmidan et les autres rois qui l'accompagnent. Ce sont les plus difficiles des combattants et ils m'ont déjà livré quatre batailles, toutes importantes. Elmidan possède en outre une corne telle que tu n'en as jamais vu ni entendu mentionner de pareille jusqu'ici. Dès qu'il arrive sur le champ de bataille, il sonne de sa corne [1] et les monts et les collines, les vallées et les forêts en tremblent. Ce son donne du cœur à son armée [alors que les adversaires perdent une grande partie de leurs moyens, et beaucoup sont terrifiés]. Ils appellent cette corne Olifant.

— Je crois volontiers, dit Roland, qu'ils sont difficiles à affronter. Quant à l'histoire que tu viens de me raconter au sujet de cette corne [2] – ce puissant chevalier qui possède ce bien précieux – il aura affaire à moi si nous nous rencontrons dans la bataille. » Et il disait qu'il lui semblait préférable de mourir plutôt que [de ne pas pouvoir s'en emparer [3]]. Ils lancèrent ensuite toute l'armée le long du Rhin, vers l'amont, et ils cheminèrent pendant vingt jours [4] en progressant ; ils ne portaient pas leurs armures tant la route était mauvaise.

---

1. si haut et si fort que (b).   2. il n'y a pas d'alternative ; je serai amené à rencontrer dans la bataille le possesseur de cette corne (B et b). 3. plutôt que de ne pas voir la corne (A).   4. sans trouver de gué (b).

Chapitre XVII — Rencontre d'un ermite

Il arriva un jour[1] que l'archevêque Turpin et le comte Olivier étaient en tête du cortège. Ils longeaient le fleuve en compagnie de leurs troupes et chevauchaient sept milles en avant du roi. Ils découvrirent dans une vallée un anachorète qui s'était confortablement installé et possédait là une chapelle. Mais les païens avaient détruit[2] toute son installation qui se trouvait là auparavant, et c'était pour lui une grande perte. L'archevêque descendit de cheval, de même que la troupe qui le suivait, et ils allèrent à la chapelle où ils prièrent.

L'archevêque salua ensuite l'ermite et lui dit : « Que Dieu tout-puissant te protège ! » L'anachorète répondit : « Dieu vous fasse bon accueil et soyez tous bienvenus ! Il me semble qu'il y a des Francs ici. » Olivier lui répondit : « Nous appartenons à la suite du roi Charlemagne. » L'ermite reprit : « Tu dis la vérité et je sais que le roi Charlemagne veut franchir le Rhin[3], mais il faut encore faire cent milles avant de pouvoir trouver un pont qui permette de traverser, mais je veux être honnête avec vous : je me suis levé ce matin avant l'aube et j'ai vu un petit troupeau de cerfs roux traverser le Rhin [, et ils ne mouillèrent ni leurs cuisses ni leurs flancs[4]]. »

Les Francs s'en réjouirent et cherchèrent ensuite le gué. L'archevêque Turpin leva la main droite, se signa et s'avança le premier dans le fleuve. Béni soit le moment où fut engendré un pareil clerc de premier plan ! Olivier ainsi que toute leur troupe s'avancèrent ensuite et tous franchirent le Rhin et louèrent Dieu. L'archevêque dit alors : « Nous avons eu de la chance de trouver ce gué sur le fleuve, et les Saxons ne le connaissent pas. »

Ils virent alors Roland s'approcher du fleuve avec sa troupe, et ceux-ci traversèrent aussitôt le Rhin et atteignirent l'endroit

---

1. un dimanche (B et b). 2. brûlé (B et b). 3. mais on ne peut y parvenir du fait qu'il est d'une traversée difficile (B et b). 4. A contient à la place une formule peu claire, visiblement déformée.

où se trouvaient l'archevêque Turpin et Olivier, qui lui firent bon accueil. L'archevêque dit à Roland : « Nous souhaitons maintenant envoyer un homme au roi Charlemagne et lui faire connaître les circonstances dans lesquelles nous sommes placés à l'heure actuelle, en lui demandant de se hâter de venir nous trouver au plus vite. »

Roland répliqua alors : « Nous allons rejeter ce conseil, et nous ne t'avons jamais entendu proférer si grande folie[1]. Nous allons plutôt, dit Roland, changer de cap au plus vite, nous armer, chevaucher contre les païens et leur causer tout le tort que nous pouvons ; et il faut savoir[2] que nous allons leur porter une rude attaque. »

Ce conseil fut ensuite adopté et toute la troupe tourna à droite.

Chapitre XVIII — Bataille entre les chrétiens et les païens

À propos des païens, il convient maintenant de dire que les fils du roi Guiteclin se levèrent durant la nuit et s'armèrent, de même que leur troupe, et remontèrent le cours du Rhin, et ils prirent avec eux des milliers et des milliers d'hommes[3] dans les forêts qui se trouvaient à proximité du Rhin, où ils s'embusquèrent. Ils envoyèrent ensuite des espions. Ceux-ci grimpèrent sur des monts élevés et pénétrèrent dans des forêts épaisses, et il leur arriva de regarder à droite et ils virent de ce côté une grande quantité d'hommes ; ils furent immédiatement effrayés par l'éclat qui émanait de leurs armes. Ils firent aussitôt demi-tour et dirent : « Nous montions la garde et le long du

---

1. Les deux dernières répliques sont très abrégées en B et b. 2. «... il faut se demander dans quelle contrée nous allons porter cette attaque contre les païens. » Ce conseil fut ensuite adopté et ils remontèrent le Rhin pour aller affronter les païens (B et b). 3. cent hommes (B et b).

Rhin nous avons vu une armée importante et bien équipée ; il nous a semblé probable que ce soient des Francs. »

Le roi nommé Aufart répond alors : « Vous parlez là de Roland et de sa troupe. Nous allons à présent rester dans ces forêts, dit-il, et faire en sorte qu'ils ne nous remarquent pas, car je vois clair dans leur plan : ils vont certainement progresser par la route la plus directe en direction du roi Guiteclin et [lui] livrer bataille. Nous allons les attaquer par le flanc gauche et leur infliger tout le mal que nous pourrons. »

Les Francs chevauchent maintenant en hâte jusqu'à ce qu'ils parviennent au camp du roi Guiteclin et ils les prennent à l'improviste, bondissent sur leurs tentes et les écrasent sous les sabots de leurs chevaux[1]. Lorsque les païens s'éveillèrent, ils revêtirent leurs armes en hâte et se lancèrent dans la bataille. Or leur armée était nettement supérieure et Roland dut prendre la fuite. Les païens les poursuivirent et tuèrent une grande quantité de Francs. Ceux-ci étaient toujours à un contre dix, et quand ils voulurent passer le gué sur le fleuve, les fils du roi Guiteclin s'étaient placés entre le Rhin et eux. L'archevêque dit alors : « Il eût mieux valu ne pas venir ici, car je ne crois pas que nous gagnerons quelque chose en cette affaire. »

Roland et Olivier répliquèrent alors : « Telle peut être l'impression des couards, mais notre plan nous semble encore tout à fait prometteur ; comportons-nous pour notre part comme de valeureux preux ! L'alternative est simple : nous allons rester ici, ou survivre et nous échapper.

— Je vais attaquer leur porte-enseigne, dit Roland, et abattre leur bannière si j'en suis capable. »

Il piqua ensuite son cheval à coups d'éperon et chargea immédiatement celui qui portait la bannière. Il lui assena un coup qui le partagea en deux par le milieu et il l'abattit de son cheval, mort[2]. Roland fit alors faire demi-tour à son cheval car il vit que l'archevêque Turpin était en mauvaise posture, et en

---

1. et en tuent de nombreuses centaines (B et b).   2. et ils gagnèrent le gué aussitôt (B et b).

cet instant critique tomba parmi les Francs un duc nommé Mora qui était originaire de Lorraine [1].

Roland charge à présent un chef et il lui donne la mort de sa lance. Mais à ce moment surviennent les fils du roi Guiteclin et ils chargent tous deux Roland ; ils sont accompagnés par mille chevaliers. Roland est maintenant dans une situation difficile [2], mais il se défend de telle façon qu'il évite toute blessure pour lui-même et pour son cheval. Les chefs des Francs voient cela, l'archevêque Turpin, le comte Olivier, le messager Hermoen de Turon [3], et Morie de Blalensk [4], et le brave chef Fremikin, Guiart de Puer et le duc Odda, ainsi que Albra, son parent, Baudouin le Flamand [5], Joceran de Dormiens [6]. Dix-huit barons chrétiens s'avancent maintenant tous ensemble et il y a en face d'eux huit cents païens. Ils battent en retraite et leur troupe avance au-devant d'eux. Ils se défendent, de même que leur troupe [7], et parviennent difficilement à franchir le Rhin cette fois. Certains hommes de leur troupe restent cependant à terre et il en est de même du côté païen.

Chapitre XIX — Rêve de Charlemagne

À propos de Charlemagne, il convient à présent de dire qu'il reste couché longtemps dans la journée et dort. Mais son écuyer vient le trouver et veut le réveiller en disant : « C'est l'heure de manger, seigneur. Levez-vous et habillez-vous. » Le roi dit qu'il se sent mal, « et j'ai beaucoup rêvé de Roland, mon parent. Il me semblait qu'il était dans une forêt nommée

---

1. Loerenge.   2. « et il appelle ses compagnons, en premier l'archevêque Turpin. Dix-huit barons francs s'avancent alors... en face d'eux sept cents païens » (B et b). La version B ne contient ici aucune énumération.   3. Turonborg, soit : la cité de Turon.   4. Morie af Blalenskuborg, soit : de la cité de Blalenska.   5. Balduini enn flæmski.   6. Joceram af Dormiens.
7. si bien qu'ils ne reçoivent aucune blessure et (B et b).

Rêve de Charlemagne 573

Ardenne en compagnie de quatre[1] chasseurs, et il me semblait qu'il avait pris un sanglier[2] – je n'en avais jamais vu de pareil auparavant – et c'était comme s'il éprouvait presque de la difficulté à l'attraper. [En cet instant il m'a semblé voir le roi Guiteclin arriver et il emmenait Roland avec lui.] Il me semblait ensuite qu'arrivait là l'archevêque Turpin, accompagné de quatre cents chevaliers, et il parvenait à aller rechercher Roland et son cheval. Demandez donc à Roland de venir me trouver immédiatement car je ne l'ai pas vu depuis hier ! »

On alla alors chercher Roland, mais on ne le trouva pas ; il était alors parti, accompagné d'une importante troupe. À cet instant survint un jeune chevalier. Il était grièvement blessé et ses armes de protection lui avaient été arrachées. Il alla se présenter devant le roi Charlemagne et raconta les événements qui s'étaient produits : « Nous avons franchi le Rhin hier au soir, dit-il, et nous avons livré bataille au roi Guiteclin ; notre affrontement a tourné de telle façon que nous avons dû fuir, et parmi les nôtres ont péri le duc Bovin[3] et quantité d'autres grands preux ; de même Roland est grièvement blessé. »

Le roi Charlemagne en conçut du déplaisir, il fit seller un cheval et partit aussitôt à la rencontre de Roland, accompagné de beaucoup d'hommes. Lorsqu'ils eurent chevauché quelque temps, ils rencontrèrent la troupe de Roland, mais ils n'arrêtèrent pas leurs chevaux avant d'avoir trouvé Roland lui-même et ils le saluèrent convenablement. Le roi Charlemagne dit alors à Roland : « Ton orgueil et l'impatience de tes hommes vous ont placés dans une impasse, et il arrive souvent que tel est pris qui croyait prendre. Qu'espériez-vous ? Que les Saxons n'allaient pas oser vous affronter ni défendre leur pays ? J'ai aussi appris que le roi Guiteclin avait des fils, et qu'ils étaient tous deux vaillants, avisés et dotés de grandes qualités personnelles, ce que montrent vos armes : vos équipements vous ont été arrachés et vous êtes vous-mêmes blessés. »

Roland répondit alors : « Seigneur, tu ne dois pas te moquer

---

1. sept (B et b).   **2.** un cerf (b).   **3.** Bouin.

de nous, bien que les choses aient mal tourné pour cette fois. Tu ne sais pas bien si nous n'allons pas nous venger, car souvent celui qui est tombé se relève. » Ils allèrent alors au camp, pansèrent les plaies de Roland et firent chercher un chirurgien – ils étaient très inquiets pour ses blessures, se demandant comment elles allaient être réparées.

Chapitre XX — Les fils de Guiteclin rapportent des nouvelles

Il convient maintenant de parler des fils du roi Guiteclin : ils se présentent devant leur père et lui disent qu'ils ont tué tous les Francs qui constituaient l'armée de Roland, « nous l'avons lui-même blessé à mort et il en a réchappé difficilement, et s'est jeté dans le Rhin ; nous n'avons plus rien à craindre de lui ».

Le roi Guiteclin répond : « Soyez grandement remerciés de votre bravoure[1] ! »

Le roi Charlemagne est maintenant très attristé.

Chapitre XXI — La construction du pont est difficile

Un matin [de bonne heure], le roi Charlemagne se leva et alla trouver Roland. Il lui dit ses intentions : « Je souhaite maintenant lever le camp, rentrer en France, à Reims ou Paris, et y rester quelque temps car je déteste perdre mes hommes. » Roland répondit alors : « Tu te conduis[2] mal envers moi, parent. Je te demande au nom de Dieu et de l'apôtre saint Pierre que tu restes quelque temps ici et voies comment mes

---

1. durant ces douze mois (B et b). 2. Tu te sépares (B et b).

blessures vont guérir. Partons un matin et arrangeons l'affaire de la construction du pont. Nous souhaitons que tu fasses abattre le vieux château dans lequel tu fus retenu durant quelque temps ; offre à tous tes barons, à tes hommes et à tes chevaliers, une chance de collaborer personnellement à la construction du pont, et je compte leur promettre que l'achèvement du pont sera en bonne voie si tous y appliquent efficacement leur volonté ; le pont sera terminé avant qu'un mois soit écoulé et j'ai un pressentiment favorable à ce sujet. »

Charlemagne appelle les Romains[1] et dit : « Demain matin, vous allez commencer à construire le pont et établir un calcul complet de la profondeur et de la largeur du fleuve. Si vous ne le faites pas, vous perdrez tous les biens que vous avez reçus. »

Ils partirent accomplir cette mission, abattirent le château, le transportèrent au gué sur des chariots et se mirent à construire le pont. Mais les païens veillaient au grain[2] et les Francs ne purent s'imposer face à eux : certains furent blessés, certains tués et les autres prirent la fuite.

Le roi Charlemagne envoya alors une autre troupe, ceux qu'on nommait Allemands[3] et avec eux d'autres peuples divers, mais ils n'eurent pas plus de succès que les autres, et ils furent tout à la fois blessés et tués pour certains. Ils allèrent ensuite trouver le roi Charlemagne et lui apprirent ce qui s'était passé : ils ne parvenaient à rien[4] et suppliaient le roi Charlemagne de leur accorder sa pitié et le droit de se retirer. Ils passèrent la nuit là, et le lendemain matin, de très bonne heure, ils prirent la route.

Il y avait un chevalier qui se nommait Geofrey[5]. Il se rendit au campement du roi Charlemagne et lui dit que ces gens étaient partis sans avoir le congé du roi. Le roi fut mécontent et il demanda ensuite à Geoffrey de se lancer à leur poursuite

---

1. son armée (B et b). **2.** de l'autre côté du fleuve et tiraient abondamment sur les ouvriers du pont. Ceux-ci ne purent pas l'emporter car il y eut beaucoup de blessés et beaucoup de morts ; ils firent ensuite demi-tour (B et b). **3.** Alimans. **4.** pour l'heure (B et b). **5.** Geyfrey (A), Geffreyr (B), Geofreyr (b).

« et de les faire revenir de force auprès de nous. Prends mon sceptre d'or pour preuve que s'ils refusent de revenir, ni leurs enfants ni leurs femmes n'obtiendront leur héritage[1] en France, si je rentre ».

Il partit alors à leur poursuite et réussit à les trouver dans une belle forêt. Il leur parla alors durement et leur montra la preuve [du roi] ; il leur demanda alors de s'en retourner au plus vite. Les paroles menaçantes du roi les effrayèrent beaucoup et ils rentrèrent immédiatement. Quand ils se présentèrent devant le roi, ils implorèrent sa pitié et le roi la leur accorda aussitôt car c'était l'homme le plus accessible aux prières[2].

Le roi fait alors appel à Baudouin le Flamand[3], un grand baron, au baron Odda et à Milon de Valres[4] : « Braves preux, dit-il, vous allez nous prêter main-forte avec vos troupes pour construire le pont. » Ils acceptèrent immédiatement de faire ce que le roi Charlemagne demandait, et ordonnèrent aussitôt à leurs hommes de s'y rendre immédiatement. Les païens les frappèrent tout de suite et tuèrent cinq cents d'entre eux. Ceux [qui restaient] se réfugièrent auprès du roi Charlemagne et lui dirent tous les détails de leur expédition. Il en fut mécontent et dit : « Le soutien d'un [vaillant preux peut être[5]] capital, et je sais bien que nos hommes ne seraient pas blessés et tués de la sorte si Roland n'était pas si mal en point[6]. Mon avis est maintenant que nous abandonnions la construction du pont, car nous obtenons moins que rien, et chaque jour nos hommes sont tués sous nos yeux et nous n'en obtenons aucune vengeance. »

À ces mots, tous les peuples qui accompagnaient le roi Charlemagne se réjouirent et pensèrent qu'ils allaient pouvoir ren-

---

1. ni eux ni leurs enfants ne recevront leur héritage (B et b) ni leur patrimoine (B). 2. le meilleur des seigneurs (B). 3. le vaillant, un grand baron, duc de Burgis, et Milon (B et b). 4. Milun af Valres. 5. d'un seul homme est (A et a). 6. que si Roland n'avait pas été si mal en point, ce pont serait déjà construit, et il n'y aurait pas autant de blessés parmi nos hommes que maintenant (B et b).

trer chez eux, car ils avaient rencontré là maintes difficultés, et de taille.

Chapitre XXII — La construction du pont avance

Survinrent à cet instant deux beaux jeunes gens. L'un se nommait Espalrat[1] et l'autre Emalrat[2]. Ils étaient originaires d'Espagne, et c'étaient tous deux de bons chrétiens et des compagnons. Ils se présentèrent devant le roi Charlemagne, le saluèrent et lui dirent : « Nous savons que vous êtes très inquiet au sujet de la construction de ce pont. Nous souhaitons, roi, que vous écoutiez maintenant notre conseil, car nous sommes meilleurs artisans que les autres. En effet, nous pouvons aller dans l'eau comme des poissons. Si nous gagnons votre amitié pleine et entière, nous essaierons de construire ce pont, et nous y parviendrons, que cela plaise ou déplaise aux Saxons. »

Le roi Charlemagne répondit alors : « S'il peut en aller comme vous le dites, je ferai de vous des hommes aussi riches que vous le voudrez, et vous ne manquerez ni d'or ni d'argent. » Espalrat reprit alors : « Seigneur roi, mettez-vous en quête des bûcherons les plus habiles ; [envoyez-les dans la forêt et faites-leur abattre de nombreux gros arbres[3]], et faites transporter ceux-ci jusqu'au fleuve. »

Le roi fit exécuter les préparatifs conformément à leur conseil, et quand les arbres furent arrivés, ils y allèrent et construisirent un gros bateau – à tel point qu'on n'avait pas fait d'équivalent de ce bateau depuis l'arche de Noé[4]. Ce bateau faisait cinq cents pieds de long et trois cents aunes de large. Ils construisirent de nombreuses tours et dans chacune ils placèrent cent chevaliers tout en armes. Il y a maintenant tout lieu

---

1. Elspalrað/Alsparáð (A), Espaldar (B), Espalrat (b).   2. Emalraað (A), Einaldar (B), Emalrat (b).   3. faites-leur abattre une forêt, de nombreux gros arbres (A).   4. Noa.

d'espérer en l'achèvement du pont, que cela plaise ou déplaise aux Saxons. Ce bateau fut construit et tout équipé en un demi-mois, et il y avait cent arbalètes dans chaque tour placée sur le bateau, avec des hommes pour s'en servir. En deux jours[1] et demi, ils avaient construit deux grandes arches en pierre solides.

Ils taillèrent ensuite une statue de marbre représentant le roi Charlemagne et prirent ses plus beaux habits pour l'habiller. Elle était creusée à l'intérieur de façon qu'un homme puisse y tenir et parler depuis dedans comme il le voulait. Cette statue ressemblait tellement au roi Charlemagne qu'on avait du mal à les distinguer si l'on ne savait auparavant ce qui les différenciait. Autre astuce de fabrication : l'homme se trouvant à l'intérieur de la statue pouvait s'attraper[2] la barbe et la remuer. Elle tenait à la main le sceptre d'or et, le brandissant en direction des Saxons, elle les effrayait.

L'homme qui se trouvait dans la statue s'adressa aux païens en des termes virulents qui étaient justifiés. Il les traita de chiens et de fils de putain[3], leur demanda d'abandonner leur territoire et de se rendre[4]. La statue était placée sur l'arche de pierre qui regardait vers les Saxons, et les païens la criblaient de flèches et autres projectiles, mais aucun ne mordit dessus comme on pouvait s'y attendre. Les païens dirent alors : « Ce n'est pas un homme, mais un diable sur lequel les armes ne mordent pas. » Ils s'adressaient les uns aux autres, remplis de crainte et de terreur : « Le roi Charlemagne est en train de mener à bien la construction du pont, que nous le voulions ou non[5], et le roi Guiteclin commet une grande folie en ne prenant pas la fuite ; il aurait tout intérêt à agir ainsi, et nous encore plus. »

Ils envoyèrent ensuite un messager au roi Guiteclin avec pour mission de dire à celui-ci qu'ils ne pouvaient plus empêcher que le roi Charlemagne construise le pont. Dorgant

---

1. deux mois et demi (B et b).   **2.** lui attraper (B et b).   **3.** de femme publique (B et b).   **4.** au roi Charlemagne (B et b).   **5.** Ni cité ni château ne nous protégeront et (B et b).

accomplit cette démarche et il porta au roi ce message qui affligea grandement le roi Guiteclin.

Chapitre XXIII — Invectives entre Alcain et Margamar

Il fit alors venir le roi nommé Alcain[1]. Celui-ci régnait sur le pays nommé Almarie. Le roi Guiteclin lui demanda ce qu'il y avait de mieux à faire. Alcain répondit : « Il reste encore un mince expédient. Tu vas prendre deux rois couronnés et chacun d'eux aura quatre cents chevaliers. Je serai le [troisième[2]] et j'aurai seul une armée aussi importante que les deux autres. Nous irons au Rhin et empêcherons le roi Charlemagne de construire le pont ; s'ils franchissent le Rhin, nous les abattrons par centaines. »

Le roi Margamar répondit : « Tu as maintenant parlé haut et fort, mais tout ce que tu viens de promettre au roi Guiteclin ne pourra pas déboucher sur un succès. Tu te considères comme un vaillant preux, toi qui avec une seule épée abats soixante[3] chevaliers de Charlemagne ! Je suppose que tu te seras approché de plus près que tu n'es maintenant avant de réussir à t'emparer d'un seul de ses chevaliers[4], et par tes seules paroles[5], tant que tu y es, tu t'empares de Roland et d'Olivier, tu attaques les cités d'Orléans, de Cologne et les autres cités fortifiées du roi Charlemagne ; et tous deux, avec la reine Sibile, vous serez réunis en vous tenant étroitement embrassés dans un verger ! Tu dirigeras alors tout tout seul ! Tu ferais plus grand cas d'un seul baiser de la reine Sibile que de toute ta chevalerie ! »

---

1. Alkain.   **2.** cinquième (A).   **3.** avec tes armes abats quarante (B et b).   **4.** si tu dois parvenir à en tuer (B et b).   **5.** par tes seules paroles tu ne t'empareras pas de (B), ils ne vont pas s'incliner devant tes seules paroles, tu ne t'empareras pas de Roland ni d'Olivier, et tu n'attaqueras pas les cités (b).

Alcain répliqua alors : « Margamar, par ma foi, tu viens de dire beaucoup de choses fausses et tu m'as attaqué ! Le roi Guiteclin t'avait confié la garde de la cité de Garmasie en compagnie de plusieurs milliers de chevaliers, et tu l'as mal défendue et pas comme un homme honnête[1]. Le roi Guiteclin pensait que tu étais un roi et un rude chef, mais tu t'es révélé aussi couard qu'une chèvre, et les pays placés sous ton autorité ont connu le malheur. Il y a cinq nuits[2] de cela, les Francs ont tué la moitié de ta troupe et t'ont poursuivi comme une chèvre, ainsi que tous ceux qui te suivaient. La cité dont tu t'es enfui est maintenant occupée par les chrétiens et jamais plus elle ne sera sous le contrôle du roi Guiteclin. À présent, je te provoque en duel en raison de tes calomnies, car tu as dit des mensonges sur mon compte et sur celui de la reine Sibile, alors que je ne l'ai jamais déshonorée[3]. Si tu as quelques notions de chevalerie, tu ne te soustrairas pas à cette demande. Je te donne cette autre raison : on a fait de toi un roi, mais tu n'étais pas né pour le pouvoir. »

Chapitre XXIV — Rapport de Dorgant

Ils se séparèrent ensuite, se précipitèrent dans leurs tentes pour y revêtir leurs armes et se préparèrent l'un et l'autre au duel. Le roi Guiteclin survint alors, les sépara, leur interdit de se battre et leur dit : « Vous êtes des bons à rien et des fous ! Vous voulez me couvrir de honte en voulant vous battre l'un contre l'autre, mes compagnons. Je pense que vous aurez besoin de toute votre énergie avant qu'un demi-mois se soit écoulé, du fait que le grand et puissant Charlemagne est en train de construire son pont. » Ses compagnons répondirent :

---

1. pas de façon loyale (B et b). 2. quelques jours (B et b). 3. ni le roi Guiteclin ni sa femme (B), je n'ai jamais fait au roi Guiteclin l'offense de déshonorer sa femme (b).

« Nous ne voulons pas croire que les Francs osent pénétrer dans notre empire. »

Le roi Guiteclin dit alors à l'espion Dorgant : « Est-il vrai que le roi Charlemagne construit un pont sur le Rhin ? » Dorgant prêta alors serment[1] qu'il ne mentirait pas d'un mot au roi : « En effet, toute personne qui se rend là-bas, dit-il, peut voir jour et nuit le roi Charlemagne : il se tient sur une colonne de pierre[2] ; il tient à la main un bâton[3] et parle rudement à ses maçons. Le plus surprenant est de constater que tous les projectiles que nous lui avons envoyés semblaient ne rien lui faire du tout. Nous l'avons vu se saisir de sa barbe, et il l'a remuée dans notre direction et nous a adressé de vilaines paroles. Nous l'avons entendu prêter serment par sa barbe, priant pour tirer un tel profit de sa barbe blanche : sous peu, tu ne devrais plus rien avoir de ton royaume qui ait la valeur d'un étrier. »

Le roi Guiteclin répondit alors : « Nous irons discuter[4] avec le roi Charlemagne afin de savoir s'il aura l'impudence de vouloir nous déposséder des domaines dont nous avons hérité, et s'attribuer à lui-même injustement notre royaume. »

Chapitre XXV — Guiteclin va rencontrer Charlemagne

À propos du roi Guiteclin, il convient maintenant de dire qu'il alla trouver le roi Charlemagne et dès qu'il le vit, il s'adressa à lui : « Que ton propre Dieu te renverse et abatte l'arrogance de tes hommes et de toi-même ! Je souhaite te demander, roi Charlemagne, pourquoi tu nous vises et quelles charges tu as contre nous, car tu n'es pas l'héritier de ce royaume. » Le roi Charlemagne répondit alors : « La vérité est de dire,

---

1. par Mahomet et lui demanda de l'aider dans la mesure où il ne mentirait (B et b). 2. arche de pierre (B et b). 3. La suite des propos de Dorgant est absente de B et b. 4. rencontrer le roi (B).

roi Guiteclin, que la Saxe fait partie de mon patrimoine. Elle m'appartient de plein droit tout autant que Cologne, car mon père Pépin possédait la Saxe. »

Le roi Guiteclin répliqua alors : « Avant que tu m'en dessaisisses, il te faudra perdre plus de dix mille hommes de ton armée [1], et il te faudra perdre autant d'hommes de ton armée avant que le pont soit construit, ou plus. Et pour une autre raison, tu seras déshonoré à tel point que jamais auparavant il n'est arrivé à un roi des Francs ce qui va t'arriver avant la fin de notre affrontement. À titre d'épreuve, envoie-moi ici Roland, ton parent, de l'autre côté du Rhin. Tant il est vrai que Mahomet que je crois être mon plus grand protecteur me récompensera, si je peux m'en emparer, je le jetterai dans le pire des donjons qu'il y ait en Saxe, et il ne reviendra jamais tant que je vivrai [2]. Je crois que mes hommes l'ont bien cogné, s'il était tout à fait honnête sur son propre compte.

« Mais si tu n'es pas las de notre affrontement, du moment que j'ai tué quantité d'hommes sur toute la durée de la construction du pont – cela devrait bien te revenir à l'esprit – tu paieras cher aussi la Saxe avant de m'en déposséder. Quant à toi, roi ambitieux, dit Guiteclin, que ton Dieu associé à Mahomet, notre Dieu, te détruise ! Tu es le fils d'Örnolf [3] ; il t'a eu lorsqu'il rentrait de la chasse, et plus vite que prévu. Quand tu es né, tu as été jeté devant les portes de l'église Saint-Denis, et on t'a trouvé là [4] comme un enfant misérable. Mais à présent les diables t'ont doté d'une telle puissance que l'on t'appelle le roi des Francs. Pour l'heure, si les choses devaient mal tourner, il se pourrait tout de même que tu te contentes de ce que tu es maintenant, que tu remercies ton Dieu cent fois par jour pour rester comme cela et que tu ne désires plus nos terres ou celles d'autres rois ; que soit tenu pour scélérat celui qui te laisserait disposer de plus de biens que tu n'en as.

« Et même s'il se trouvait qu'il m'arrive quelque chose, je

---

1. dix mille chevaliers (B et b). **2.** de sa vie (B et b). **3.** fils naturel de Pépin (B et b). **4.** tu es né plus tôt que prévu et on t'a pris comme (B et b).

laisserais derrière moi deux fils ainsi que la reine Sibile. Ils sont plus braves l'un que l'autre, et si difficile qu'il soit de traiter avec moi, tu t'apercevras qu'ils sont l'un comme l'autre encore plus énergiques. Ils sont actuellement en train de venir me rejoindre avec cent mille chevaliers, et il y a aussi mon parent, qui se nomme Estorgant ; c'est mon oncle. Il mène avec lui le peuple qu'on nomme les Hongrois[1] et le peuple qu'on nomme les Albrondes[2], et cette troupe représente plus de cent mille hommes. Avant qu'il soit longtemps, nous vous montrerons cela. »

Chapitre XXVI — Réponse de Charlemagne

Lorsque le roi Guiteclin se tut, le roi Charlemagne se leva et dit : « Homme vil et sans foi, tu m'as insulté aujourd'hui et tu as grandement médit sur mon compte de maintes façons. Mais, si tu veux bien dire le vrai, tu sais que je suis le fils du roi Pépin et que je suis né de son épouse qui était d'ascendance royale par toutes les branches. Pépin, mon père, a tué ton père pour une juste raison et s'est assujetti tout le royaume de Saxe. Puis il te prit et te mena avec lui en France ; tu as reçu la foi, t'es converti[3] à Dieu et as renoncé aux idoles. Puis il t'a envoyé en Saxe et t'a confié la direction d'un royaume[4]. Une fois arrivé là-bas, tu as rejeté la chrétienté et t'es donné au diable, et tu t'es engagé dans de mauvaises voies. Maintenant nous allons construire notre pont, que cela te plaise ou non. »

Il appela ensuite ses chevaliers de Saint-Denis en France[5], et leur demanda de se préparer au combat au plus vite, « nous

---

1. Ungres (A), Hungres (B et b).   **2.** Almbrundens (A), Albrundres (B), Albrondes (b).   **3.** tu as reçu le baptême et t'es remis à Dieu (B et b). **4.** de façon tout à fait inavisée (b).   **5.** de Saint-Denis et de France (B et b).

allons maintenant conquérir la Saxe et tuer tous les païens que nous pourrons attraper ».

Le roi Guiteclin répondit : « Tu devras payer le prix fort pour cela avant d'y parvenir. Si je te rencontre dans une bataille, je te tuerai avec ces moustaches blanches que tu portes sur toi, et je te ferai payer ainsi la mort de mon père. » Le roi Charlemagne répliqua : « Je ne crains guère tes menaces et tu ne m'as pas encore infligé de trop grands dommages. »

Là-dessus, le roi Charlemagne prêta serment par Saint-Denis en France que ce serait de deux choses l'une : soit il conquerrait la Saxe, soit il n'en repartirait pas vivant.

Chapitre XXVII — Roland réagit

Le roi Guiteclin se tourne maintenant vers ses troupes et fait convoquer un conseil. Quand celui-ci fut réuni, il se leva dans l'assemblée et demanda conseil à ses hommes. Il leur parut judicieux que le roi fasse construire un grand et puissant château à la sortie du pont, « et nous appellerons ce château Regard[1] » – ce nom est à prendre dans le sens où il surveille tout le royaume du roi des Saxons.

Quand le château fut bâti, il en confia la garde à l'homme qui s'appelait Esclandart, et qui avait une armée de vingt mille hommes. [C'étaient d'excellents archers et[2]] ils tirèrent depuis dedans et firent de nombreuses victimes parmi les hommes du roi Charlemagne et dans la troupe qui travaillait à la construction du pont, et grâce aux ruses et artifices du démon ils ne s'arrêtèrent que lorsqu'ils eurent fendu et brisé le grand bateau sur toute sa longueur. Ils tuèrent alors un grand nombre de gens en une seule fois et le roi Charlemagne dut renoncer à la construction du pont qu'il le veuille ou non. Il n'y avait alors rien d'autre à faire.

---

1. Ekvarð (A), Feregarð (B et b).   2. Quand le château fut bâti (A).

Roland était toujours alité, souffrant des blessures que les païens lui avaient infligées, et il entendit un grand craquement, une clameur du côté des gens du pont et un fracas d'armes. Il appela son écuyer et demanda ce qui avait provoqué ce grand craquement qu'on avait entendu du côté des gens du pont. Celui-ci dit que cela venait des gens du pont ; il s'était effondré et il aurait mieux valu qu'il ne soit pas construit : beaucoup d'hommes avaient été mis à mal à cause de lui, « et maintenant le roi Charlemagne s'enfuit, ne voyant aucune autre solution ».

Quand Roland entendit ces paroles, il en fut très peiné et il s'adressa à Dieu à haute voix en ces termes : « Dieu, toi qui n'as jamais menti et qui es toujours le même, toi qui nous as libérés de l'enfer ; Dieu, toi qui façonnas Ève[1] à partir de la côte d'Adam – il est vrai qu'ils ont croqué la pomme défendue – or, autant que ceci est vérité, abats donc le roi Guiteclin avec toute sa troupe, car chaque jour il affaiblit[2] tes lois et ruine tes commandements. Toi, Seigneur, tu es puissant et tu apportes un soutien sûr à tous ceux qui accomplissent ta volonté et préservent ta loi jour et nuit. »

Roland dit alors à ses hommes : « Il est maintenant temps pour moi de me lever et de m'armer, et je n'ai que trop dormi. » Mais ses hommes lui répondirent : « Ne fais pas cela, pour l'amour de Dieu, car tu as reçu il y a peu des blessures dont nous pensions qu'elles pouvaient être mortelles ; or elles sont maintenant en très bel état, et nous te conseillons d'en prendre soin du mieux que tu peux. Ainsi, nous pourrons toujours obtenir quelques succès tant que nous te maintiendrons en bonne santé, mais s'il t'arrive quelque chose notre plan sera entièrement ruiné. »

Roland répondit alors : « Taisez-vous immédiatement ! Vos paroles n'auront ici aucun effet, car je vais partir et sans tarder, même si tous mes membres étaient disjoints les uns des autres. Je vous affirme que je vais aller au pont et découvrir ce qu'il

---

1. Evo (A), Evam (b).   2. fais disparaître le roi Guiteclin et toute son armée, car il s'emploie chaque jour à faire disparaître (B et b).

en est vraiment de ce fracas, et je voudrais connaître quelle est la troupe qui nous empêche de construire ce pont. »

Lorsque Roland et ses compagnons furent armés et qu'ils sortirent de leurs tentes pour aller au pont, ils rencontrèrent Baudouin[1], le frère de Roland, baron vaillant et expérimenté.

Chapitre XXVIII — Rencontre de Roland et de Baudouin

Il y avait un homme nommé Thierry[2]. C'était un duc puissant. Il régnait sur le royaume qui se nomme l'Ardennais[3]. Il avait adoubé chevalier le jeune Baudouin durant la semaine de Pâques, ainsi qu'un deuxième homme, Gilemer[4] l'Écossais, qui était marchand, un troisième, le duc Beuve[5], et maint autre avec eux[6]. Quand Roland constata l'arrivée de son frère, il alla lui sauter au cou et se réjouit de sa venue. Il dit que les Saxons lui avaient livré une grande bataille, « j'ai été grièvement blessé et les païens ont abattu une grande partie de notre troupe ».

L'homme nommé Bérard[7] lui répondit alors en lui disant : « Nous suivrons tous la même voie, car nous sommes venus ici pour vous apporter toute l'aide que nous pourrons et dont nous serons capables. » Baudouin dit alors : « Je souhaite voir ce pont dont on parle tant[8], et s'il arrivait que nous parvenions au-delà du Rhin, il me semblerait alors que ce serait meilleur que de recevoir une charge d'or. »

---

1. Baldvini. 2. Terri. 3. Ardenais. 4. Gillemer. 5. Bovi. 6. Ce début de chapitre n'est présent qu'en A. 7. Berarð. 8. sur lequel courent tant d'histoires (B et b).

Chapitre XXIX — Exploits de Baudouin

Toute leur troupe s'arma : ils prirent leur broigne, placèrent leur heaume sur leur tête et se ceignirent de l'épée. Ils bondirent à cheval et traversèrent le Rhin. Ils étaient au total huit cents [1] chevaliers et Dieu leur prêtait son soutien car ils n'y perdirent même pas la valeur d'une pièce.

Ils remontèrent ensuite le long d'un flanc de montagne et parvinrent dans une forêt, mais les païens ne les aperçurent pas avant qu'ils poussent le cri de guerre. Là-dessus, Roland s'élança contre un païen, lui arracha son bouclier et sa broigne, lui passa sa lance au travers et le renversa de son cheval, mort. Baudouin, son frère, leva son épée et pourfendit en deux un autre païen de telle façon que le coup pénétra jusqu'au cœur [2]. Bérard en tua un troisième. Au cours de cette attaque, ils tuèrent tant de païens que ceux-ci durent prendre la fuite, et les Francs durent fuir [3] le sang des païens partout où leurs affrontements avaient eu lieu.

Roland attaqua ensuite le château qui se trouvait au bout du pont. Il leur livra bataille [4] et abattit devant eux un millier [5] d'hommes. Esclandart n'eut alors d'autre possibilité que de fuir, mais il reçut tout de même un coup d'épée en travers auparavant. Bérard et Beuve [6] se lancèrent à sa poursuite, assistés d'un homme nommé Rigaut [7] – il était du pays qui s'appelle Boillus – et d'un qui se nommait Alimann le Vaillant.

Il faut dire que Baudouin était parti à la poursuite d'Esclandart et on appelait celui-ci roi ; il lui dit : « Le fait est, païen, que tu dois m'attendre, et Dieu serait en colère contre toi si tu ne m'attendais pas ; si tu as un peu de courage, attends-moi et

---

1. sept mille (B et b). 2. et au cours de ce mouvement chacun d'eux tua son homme, et les païens durent alors (B). 3. lorsqu'ils rencontrèrent le peuple païen (B et b). 4. Ils leur livrèrent bataille (B). 5. un nombre incalculable de païens (B et b). 6. « les frères Roland et Baudouin » (B et b). Dans ces manuscrits, la déclaration de Baudouin suit aussitôt, sous une forme résumée. 7. Rigald.

bats-toi avec moi, car on m'a dit qu'on t'appelle roi, et j'ai très envie que nous confrontions nos qualités chevaleresques. Mais je veux que tu saches que je suis le frère de Roland et que je m'appelle Baudouin. Je suis le neveu du roi Charlemagne et si tu m'abats, tu seras tenu en grande estime par le roi Guiteclin. »

Le roi Esclandart répondit alors : « Je ne suis pas prêt à me battre avec toi pour l'heure, mais tu es issu d'une bonne et forte famille et il est toujours mauvais d'avoir affaire à vous. Ce n'est pas à moi de prendre part à un combat contre toi, et je veux t'en dire la raison. J'ai reçu un coup d'épée tranchant[1] et si je n'étais pas blessé, tu ne trouverais pas parmi ceux qui croient en Mahomet d'homme plus désireux d'un duel que moi. Mais en fait, je ne disposerais pas de mes moyens du fait que j'ai perdu le sang que j'avais. »

Esclandart était monté sur un cheval venant d'Arabie[2] et qui était très vif, mais Baudouin s'approcha si près qu'il aurait pu blesser Esclandart, et pourtant ce ne fut pas le cas. Ils poursuivirent ainsi leur route jusqu'à ce qu'ils parviennent devant le roi Guiteclin. Esclandart tomba alors[3] aux pieds du roi Guiteclin. Vingt mille hommes se trouvaient assis là en compagnie du roi. Baudouin prit ensuite le cheval d'Esclandart et s'en alla avec, mais il fut poursuivi par une grande quantité de païens. Il se mit alors à prier Dieu, le Père de toute créature, en disant : « Dieu, toi qui créas Adam et Ève qui croquèrent la pomme interdite, je te demande de garder ma personne aujourd'hui[4] et de m'accorder la chance de voir [encore] le roi Charlemagne et mon frère Roland. »

Quand son cheval entendit le fracas des armes de l'armée païenne, il bondit aussi rapidement et agilement qu'un carreau s'envole, et il s'en alla ensuite[5] par les montagnes et les plaines

---

1. J'ai reçu un coup de lance dans l'aine (la joue, B), et le fer est ressorti par le dos (b et B). 2. Rabitalis. 3. de son cheval et se trouvaient assis là avec lui vingt mille hommes à la fois (B et b). 4. tout autant que ceci est vrai (B). 5. « ensuite vers les vallées qui se nomment Desoredlandes (B)/Desorelandes (b) » – la halte de Saragarie est absente de ces manuscrits.

qui se nomment Saragarie. Il échappa alors à leurs yeux plus vite que prévu et descendit là de cheval. Il permit à celui-ci de se ressaisir et de se reposer un moment, puis il remit la selle sur le dos du cheval et bondit dessus. Il se trouva alors qu'il jeta un regard derrière lui et vit la multitude des païens qui le poursuivaient, mais Baudouin les maudit et demanda à Dieu de les abattre, eux et leurs parents.

Il est à présent arrivé dans les vallées nommées Sorelandes[1], et ils ne parviennent pas à l'attraper du fait qu'il possède ce cheval qui est plus rapide qu'un cerf. Les païens font ensuite demi-tour.

Chapitre XXX — Sibile et Alcain

Il convient maintenant de parler de la reine Sibile. Elle était venue pour se rendre compte, lorsqu'elle rencontra l'un de ses soupirants nommé Alcain – c'était le fils du comte Amiral[2] de Babylone[3] – et elle lui adressa la parole en termes choisis et éloquents : « Alcain, tu as mal fait de te laisser déposséder d'un cheval par quelqu'un[4] ; à présent, je te charge, si tu veux bien, de trouver où il est allé. » Alcain répondit : « Si tu veux bien faire ce que je te demande, reine, je t'amènerai le cheval ainsi que celui qui l'a pris. Je te demande peu de chose en retour, ton amour et ta bienveillance. »

La reine reprit : « Je serais la plus timorée des reines si je t'empêchais de faire ce que tu demandes, pour autant que tu m'apportes la tête de celui qui l'a pris.

---

1. Sorelandes/Sorclandes (A), Desoredlandes (B), Desorelandes (b). On trouve aussi : Desborlandes, Desoklandres – une zone frontière ?   **2.** Ammiral.   **3.** Babilon.   **4.** Ce n'est pas Alcain, mais Esclandart, qui vient de se faire voler un cheval par Baudouin. La reine mentionne peut-être un autre épisode.

— Je déclare également, dit-il, que je serais le plus vil de tous les chevaliers si je ne réalisais pas ce que je t'ai promis. »

Alcain [1] revêtit alors ses armes en hâte et on lui amena ensuite son cheval – il avait été acheté à un marchand pour une somme de cent livres d'argent, vingt-sept manteaux de pourpre et sept cents pièces du pays nommées « budi » [2], à quoi s'ajoutaient de nombreux chevaux et des animaux appelés dromadaires, chargés d'or. La bride venait du pays nommé Albasan [3]. La selle avait été rapportée du pays appelé Afrique [4]. Le tapis de selle venait du monde des Elfes [5] et nul homme ne savait dans quel tissu il était fabriqué.

Chapitre XXXI — Alcain va chercher Baudouin

À présent Alcain bondit sur son cheval sans s'incliner ni sur les étriers ni sur la selle [6]. Il suspendit ensuite son bouclier à son épaule, protection épaisse et lourde. Il prit à la main sa

---

1. s'écria ensuite à haute voix en demandant qu'on lui apporte ses armes. Quatre fils de comte les lui apportèrent ensuite et il revêtit la broigne, posa un heaume sur sa tête – il était rutilant – et se ceignit de son épée dont le fourreau était tout doré. On lui amena alors un cheval noir qui avait été acheté à un marchand grec. La reine Sibile l'avait acheté pour elle-même en le payant cent mille livres d'argent, vingt-huit manteaux de pourpre et sept cents pièces du pays nommées « bozeraz » (« bazerar », b). Il avait fallu aussi donner cinquante des pièces nommées « buklus » (« bukli », b), de nombreux chevaux et de ces animaux appelés dromadaires, chargés d'or (B et b). **2.** Voir l'étude des monnaies de ce passage qu'a réalisée la traductrice C. B. Hieatt : « Some Unidentified or Dubiously Glossed Loan Words in *Karlamagnús Saga...* », *Scandinavian Studies*, 50, 1978, pp. 381-388. **3.** Albasam (A), Albansani (B). **4.** Affrika. Les références à l'Afrique et au monde des Elfes sont interverties dans les manuscrits B et b par rapport à A. **5.** Álfheimr. Sur la nature propre des Elfes, voir R. Boyer, *La Religion des anciens Scandinaves*, Paris, Payot, 1981, pp. 55 *sqq* ; Cl. Lecouteux, *Les Nains et les Elfes au Moyen Âge*, Paris, Imago, 1988. **6.** Alcain est un exemple de mauvais chevalier coureur de dames. Tous les détails ici notés font donc apparaître quelque humour.

lance à longue hampe sur le bois de laquelle il avait enroulé une manche dorée appartenant à la reine Sibile, qu'il gardait comme une preuve d'amour. Il s'en alla ensuite un peu plus lentement qu'un carreau décoché d'une arbalète[1]. Mais avant qu'il eût parcouru la distance d'un mille, il laissa derrière lui en s'en allant plus de vingt mille chevaux ; il arriva ensuite dans les vallées nommées Sorelandes où il trouva Baudouin. Dès qu'Alcain le vit, il s'écria à l'adresse de Baudouin : « Fais faire demi-tour à ton cheval, si tu es le frère de Roland, car nous entendons dire maintenant qu'il n'est pas d'aussi bon chevalier que toi. »

Baudouin répondit : « Je ne suis pas prêt car le bois de ma lance est cassé, et pour me défendre je n'ai que mon épée. Je te demande de m'accorder un délai jusqu'à ce que je puisse me préparer mieux ; affronte-moi une autre fois, si l'occasion s'en présente. » Alcain répondit : « Il ne faut pas y compter, car je vais te ramener vaincu à la reine Sibile, vivant ou mort. »

Comme l'on dit, l'instant qui passe est court, et tandis qu'ils discutaient de ce sujet, Baudouin se replia jusqu'à ce qu'il parvienne à l'endroit où se trouvaient quelques-uns de ses compagnons. Alcain dit alors à Baudouin : « Si tu refuses de déposer tes armes, quatre mille chevaliers arrivent ici à ta recherche et ils auront tôt fait de s'occuper de ta vie et de celle de tes hommes ; tu ne reverras plus le roi Charlemagne ni ton frère Roland. »

Baudouin répondit alors : « Cela n'est pas bien, du moment que je te demandais grâce il y a un instant, et maintenant tu menaces de me tuer ! À présent, je m'en remets à Dieu. » Alcain reprit : « Si tu me fais défaut ou que tu t'échappes, tu perdras ton renom. »

Baudouin répondit alors : « Tu piques mon courage ! Je t'affirme que je ne m'éloignerai pas plus loin que la longueur de ma taille, bien que je sois moins bien équipé que toi. Et j'espère, comme on dit, que les armes en action parviendront à leurs fins

---

1. qu'une flèche décochée d'un arc puissant (B et b).

si le courage ne manque pas. Bien que j'aie perdu ma lance, lâche sera celui qui redoute une épée si elle en croise une autre. »

À cet instant, Baudouin fit tourner son cheval et ils s'élancèrent l'un contre l'autre par deux fois, mais aucun des deux ne désarçonna l'autre. Au cours de la troisième charge, Alcain frappa Baudouin et le manqua ; Baudouin porta à Alcain un coup qui emporta son heaume et une grande partie de son bouclier, et il le renversa par terre. Avant qu'il se soit relevé, Baudouin prit son cheval et dit : « Je me suis maintenant emparé d'un si bon cheval que je ne le laisserai pas pour tout l'or du monde. »

À ce moment, Alcain se releva et demanda humblement que Baudouin, par amitié, lui rende son cheval, « et si tu veux bien m'accorder cela, je te donnerai un royaume en Espagne, car ce cheval appartient à la reine Sibile, l'épouse du roi Guiteclin, qui est la plus belle des femmes au monde. Par amour pour elle, je préfère perdre la vie plutôt que d'avoir été si malchanceux que j'aie dû abandonner ce trésor qui est le plus précieux au monde ».

Baudouin répondit alors : « Que soit tenu pour vil celui qui prêterait attention à cela ! Du fait que je t'ai demandé une seule chose et que tu me l'as refusée, tu n'obtiendras pas ce que tu demandes, car tu n'as pas voulu m'accorder ce que je te demandais. Si maintenant tu ne bénéficies pas de la faveur de la reine Sibile, tu devras y laisser la vie, mais je veux que tu dises à la reine Sibile qu'elle est la femme au monde que j'aime le plus en raison de sa beauté et de sa courtoisie. »

Ils se séparèrent alors pour cette fois.

Chapitre XXXII — Baudouin consulte ses compagnons

Baudouin poursuivit maintenant sa route. Il garda avec lui le cheval précieux et se ceignit de l'épée qui avait appartenu à

Alcain, et il détenait la manche dorée que la reine Sibile avait donnée à Alcain en témoignage de son amour. Il chevaucha encore longtemps avant d'apercevoir ses compagnons. Il les interpella et leur demanda d'attendre « du fait que, dit-il, une armée de Saxons arrive ici à notre poursuite, et nous allons nous retourner contre eux, si vous le souhaitez comme moi ; j'espère que nous obtiendrons la victoire sur eux. Mais si vous ne voulez pas faire demi-tour, je vous annonce une mort certaine ».

L'homme qui s'appelait Bérard répondit en disant à Baudouin : « Tu ne devrais pas chercher à piquer à vif mon courage à ce point, quoique tu te sois emparé d'un bon cheval par ta bravoure – et Dieu te permette d'en profiter de façon satisfaisante et pendant longtemps ! Mais je constate que tu me crois sans courage, or je pense qu'il en sera autrement ; lorsque j'aurai fait faire demi-tour à mon cheval[1], j'aurai vite fait de le perdre et de m'en procurer un autre. »

L'homme qui s'appelait Rigaut répondit aussi : « Mettons-nous en sûreté et préparons-nous à leur résister un moment, bien que la différence soit grande entre notre troupe et la leur. Mais si je vois l'un d'entre vous s'enfuir, je briserai ma hampe sur ses reins, et je demande à Dieu, si je ne [m'en venge pas[2]], de ne plus revoir le roi Charlemagne. »

Baudouin répondit alors : « Tu parles bien et comme un preux, et pénétrons-nous de l'idée que chacun doit mourir un jour, mais avant que cette échéance arrive, que chacun vende sa vie aussi cher qu'il peut. »

---

1. cheval, je n'épargnerai pas les païens (b).   2. si je ne me venge pas d'eux (A).

Chapitre XXXIII — Les Francs l'emportent sur les païens

À ce moment survinrent quinze hommes d'élite bien équipés. Baudouin et ses hommes s'étaient placés sur une hauteur et s'étaient mis à l'abri, mais Baudouin et ses hommes étaient sept en tout, alors que les Saxons étaient quinze. Bérard s'avança alors d'entre les Francs et vint frapper un homme qui se nommait Lunard[1] – il était originaire d'un pays nommé Folie ; il le pourfendit jusqu'aux épaules et le projeta au sol, mort. Là-dessus, Rigaut s'avança d'entre les Francs et abattit un grand chef, mais celui-ci n'est pas nommé. Alors Beuve s'avança d'entre les Francs et vint porter un coup de lance à l'homme qui se nommait Goduel[2] ; il le projeta à terre, mort, et frappa en outre son frère qui se nommait Adoe[3].

Cela provoqua la fuite des païens, et les Francs les poursuivirent jusqu'à ce qu'ils rencontrent Alcain, et ils ramenèrent avec eux maints bons chevaux et autres biens précieux dont ils s'étaient emparés. Les Francs se félicitaient à présent de leur expédition puisqu'ils avaient obtenu une grande victoire sur les Saxons.

Chapitre XXXIV — Conversation d'Alcain et de Sibile

À propos du roi Margamar, il convient maintenant de dire qu'il arriva à l'endroit où Alcain passait à pied, en compagnie d'une grande partie de sa troupe. Il adressa la parole à Alcain

---

1. Lunarð (A), Pinarð (B et b). 2. Goduel (A), Dogoel (B), Godoel (b).
3. « son neveu Badak » (B), Baldak (b) – ces deux manuscrits ajoutent ceci : « À présent, les Francs avaient parfaitement bien fait face et avaient tué dix berserkir, mais il en restait cinq » (sur le motif des berserkir, voir R. Boyer, *Les Sagas légendaires*, Paris, Les Belles Lettres, 1998, pp. 133-137).

et lui demanda où était le cheval « que la reine Sibile t'avait donné à titre de gage ». Alcain répondit en disant la pure vérité : « Le parent de Charlemagne m'a pris mon cheval et m'a d'abord renversé à terre, puis il a pris toutes les armes que j'avais. »

Margamar dit alors : « Tu avais promis à la reine Sibile, pour le prix de ses baisers, autre chose que la perte du présent qu'elle t'avait fait ! » Alcain répondit alors : « Roi Margamar, ne te moque pas de moi. J'ai un bon conseil à te donner à ce sujet. Il y a dans cette forêt un grand nombre de Francs ; ils sont en mission d'observation, et ils rendront ton voyage bien plus horrible que le mien et massacreront toute ta troupe. »

Ils prirent ensuite Alcain, l'installèrent sur une mule, et encore, une sans valeur, et l'amenèrent au camp du roi Guiteclin. La reine Sibile se tenait à l'extérieur, elle vit leur convoi et interpella Alcain : « Alcain d'Almarie, où est à présent l'homme que tu m'as promis et le cheval que je t'avais donné ? » Alcain répondit alors : « Tu dois écouter ceci : je l'ai longtemps poursuivi et lui ai demandé de m'attendre, mais il n'a pas voulu. J'ai couru après lui dans la forêt, mais il m'a échappé et je n'ai pas pu le trouver. Quant au cheval que tu m'avais donné, je l'ai confié à mon écuyer pour qu'il lui donne à boire, qu'il le lave et le peigne, car il était recouvert d'une sueur de sang[1]. »

La reine Sibile répliqua : « Tu dois me donner une autre version plus authentique de ce que tu as fait de mon cheval[2], mais je suppose qu'il ne nous reviendra pas et tu as dû être désarçonné – c'est évident à voir ton heaume : il était parfaitement doré quand tu es parti d'ici, alors que maintenant il est souillé de boue et de terre. J'ai la conviction que Baudouin t'a dépossédé du cheval, et il est maintenant arrivé entre de meilleures mains qu'entre les tiennes. Puisse-t-il le garder et en tirer le meilleur parti ! » Elle se dit ensuite à elle seule : « Je te confie, Baudouin, toute mon affection. » Puis elle dit à Alcain : « Tu

---

1. tout recouvert de sang (B et b).   2. que j'avais acheté à l'homme nommé Thebe (B).

n'es rien pour moi, Alcain, je t'appellerai désormais le chevalier inutile. »

Alcain s'éloigna alors et il lui sembla que sa vie était pire que la mort à cause des paroles qu'elle lui avait dites.

Chapitre XXXV — Charlemagne accueille Baudouin

Les Francs chevauchent maintenant en direction du campement du roi Charlemagne, et dès que Roland aperçoit son frère, il adresse de vifs reproches à Baudouin, lui demandant où il est allé et « qui t'a donné le cheval sur lequel tu es monté, à moins que tu ne l'aies volé ? Mais il est inutile de chercher où tu étais, tu dois être allé te présenter à la reine Sibile et tu le paieras cher ! »

Baudouin répond alors : « Ne te mets pas en colère, mon frère, car nous n'irons plus rencontrer la reine Sibile si tu y es opposé. » À ce moment arrive le roi Charlemagne et il accueille Baudouin, son parent, en lui proposant de rester avec lui aussi longtemps qu'il en ressentira la nécessité. Il lui demande d'où il vient[1] et qui l'a adoubé chevalier.

Baudouin répond : « C'est Thierry d'Ardenne, et furent adoubés avec moi Bérard, son fils, Gilemer l'Écossais et de nombreux autres. Il nous a envoyés auprès de toi afin de te prêter main-forte contre vos ennemis. »

---

1. À partir d'ici, la fin du chapitre manque en B et b.

Chapitre XXXVI — Le pont est achevé

La construction du pont reprend, et le peuple s'applique de nouveau à transporter des pierres dans des chariots et parvient à achever le pont en vingt jours contre la volonté des païens. Ils peuvent à présent franchir le Rhin avec leur troupe, s'ils le veulent. Tous les piliers qui sont placés sous le pont ont été taillés dans le meilleur des marbres et tout a été bâti à la chaux.

Le roi Charlemagne se prépare maintenant à franchir le pont avec toute son armée. Tous les Francs passent le lundi avec toute leur troupe[1]. Le mardi passe ce peuple qui s'appelle allemand[2]. Le mercredi passe celui qui vient du pays nommé Gascogne[3] et celui du pays nommé Aquitaine[4], ainsi que le peuple qui s'appelle flamand[5], celui qui s'appelle frison[6] et le comte[7] de Bretagne[8] avec sa troupe. Du jeudi après-midi jusqu'au dimanche passe le roi Charlemagne avec sa troupe.

Chapitre XXXVII — Apparition du païen Quinquennas

À propos du roi Charlemagne, il convient à présent de dire qu'il a franchi le Rhin avec toute son armée. Mais le roi Guiteclin s'activait et rassemblait autour de lui tous les rois, les ducs, les comtes et les propriétaires libres de son royaume. Il venait d'obtenir le renfort du roi suprême qui s'appelait Quinquen-

---

1. Les propriétaires libres traversent le pont le lundi avec leurs compagnons (B et b). **2.** Allamagne (A), le peuple originaire de Heauer (B)/de Bealfver (= Bavière) et du pays qui s'appelle Alamargie (b). **3.** Gasgon (A), Gaskunia (b). **4.** Equitanie. **5.** Eflaman (A), Efflamant (B), Afflamania (b). **6.** Efridon (A), Effrison (B et b). **7.** Aelin (B et b). **8.** Bretland.

nas[1] – il régnait sur le pays nommé Sarabla[2]. Ses armes étaient de sept couleurs : son bouclier était rouge, sa broigne bleue, son heaume doré, [son] épée aussi brillante que la pierre qui s'appelle cristal, sa lance avait été faite dans le meilleur acier tout rehaussé d'or, son cheval venait de la Frise sauvage, sa selle et sa bride venaient du pays des Elfes, et son tapis de selle avait été taillé dans la meilleure étoffe de pourpre ; à partir de là, on peut déduire que le reste de son équipement était aussi magnifique.

Tous ceux qui le voyaient étaient stupéfaits[3]. Ce roi païen se considérait comme le maître de tous les autres et il conçut cette arrogance à cause de son royaume et du nombre de ses hommes, et encore plus à cause de la reine[4] Sibile. Dès qu'il fut arrivé, il alla attaquer les chrétiens sans vouloir prendre conseil auprès du roi Guiteclin, du fait qu'il lui accordait peu de valeur. Mais Bérard, le fils de Thierry, montait la garde du côté des Francs, et dès que Quinquennas vit Bérard, il se mit à crier dans sa direction en disant : « Fils de Thierry d'Ardenne, si tu es aussi bon chevalier qu'on le dit, avance-toi vers moi et affrontons-nous de façon à savoir qui de nous deux l'emporte sur l'autre. »

Bérard entendit Quinquennas lui parler avec beaucoup d'excès et d'arrogance, et ils chevauchèrent ensuite l'un contre l'autre en donnant de l'éperon à leurs chevaux : Bérard frappa Quinquennas et le manqua, le pire des résultats ; Quinquennas donna un coup de lance dans le bouclier de Bérard et il le fit tomber de son cheval par terre. Quinquennas prit aussitôt son cheval et Bérard se défendit efficacement avec son épée, mais il était maintenant à pied. Il dit ensuite : « Approche, païen, car nous avons eu un affrontement de courte durée ! »

Quinquennas répondit : « Je ne veux pas avoir affaire à toi plus longtemps pour l'heure. Je préfère chevaucher vers la tente du roi Guiteclin et montrer à la reine Sibile, ma bien-

---

1. Quinkvennas et d'autres graphies.   **2.** Sarabla (A), Serabba (B), Sorabla (b).   **3.** et prétendaient n'avoir jamais vu un homme en tous points semblable à celui-ci (B et b).   **4.** de l'amour de la reine Sibile (b).

aimée, le cheval que je t'ai pris de force, car c'est la plus belle femme au monde. »

Chapitre XXXVIII — Quinquennas ne fait que des mécontents

Quinquennas s'éloigne à présent, mais l'homme qui s'appelle Beuve-sans-Barbe l'interpelle et lui demande de l'attendre. Quinquennas inspecte les alentours et du côté droit il voit un arbre qui se dresse très haut ; il se dirige vers lui et y attache le cheval qu'il a conquis, et il pique son cheval de ses éperons et chevauche à vive allure en direction de Beuve-sans-Barbe qu'il renverse de son cheval et projette à terre.

Il prit ensuite ce cheval et s'en alla en l'emmenant. Gilemer l'Écossais fut rapidement mis au courant de ces faits et il chevaucha immédiatement à la poursuite du païen qu'il interpella, lui demandant qu'il l'attende, et Quinquennas l'attendit aussitôt. Chacun des deux s'élança contre l'autre et ils s'affrontèrent violemment. Quinquennas aurait été défait s'il n'avait obtenu un soutien, quinze païens qui [sortirent de la forêt[1]]. Il se retira avec eux et s'en éloigna.

Mais Gilemer chevaucha en direction de l'homme qui était le plus accompli parmi ceux qui étaient sortis de la forêt ; et il lui donna un coup profond avec sa lance et le projeta à terre mort. Il prit ensuite son cheval et le donna à Beuve-sans-Barbe. Celui-ci le prit, remercia vivement et bondit sur son dos. Il chevaucha aussitôt en direction d'un païen, [brandit son épée, lui assena un coup et] le pourfendit par les épaules. Il amena ensuite son cheval à Bérard. Celui-ci bondit sur le cheval, et ils chevauchèrent alors, les trois ensemble, pour se rendre à leur camp.

Le premier homme qu'ils rencontrèrent fut Baudouin. Il

---

1. secoururent Quinquennas (A).

s'adressa à Bérard et dit : « Salut, dis-moi où est ton cheval et où tu étais. » Gilemer l'Écossais répondit : « Nous montions la garde et nous n'avons plus le cheval maintenant, car il a été tué devant nous. » Bérard répliqua alors : « Que soit tenu pour vil celui qui désire te le cacher ! [En effet, il arrive à ceux qui prennent part à des batailles de devoir par moments abandonner ce qu'ils avaient gagné et à d'autres de gagner quelque chose.] Pour te dire la vérité, j'avais aujourd'hui abandonné mon cheval à un chevalier – il s'appelle Quinquennas et il s'est beaucoup vanté d'avoir l'amour de la reine Sibile. »

Baudouin en fut très affligé et il dit à Gilemer : « Dis-moi, m'est-il possible de m'entretenir avec cet homme ?

— Je te réponds en toute assurance, dit Gilemer, que tu pourras l'approcher pour lui parler dès que tu voudras. »

Baudouin répondit : « Roland, mon frère, va forcément chercher à se mesurer à lui. » Il ajouta ensuite en aparté : « Dieu veuille que Roland ne me devance pas. »

Chapitre XXXIX — Désaccord entre Quinquennas et Guiteclin

À présent, il faut encore avant tout parler de Quinquennas. Il chevauche maintenant à toute vitesse jusqu'à ce qu'il parvienne à la tente du roi Guiteclin. Celui-ci [se lève aussitôt pour aller à sa rencontre et se tourne vers lui[1]], et il lui dit : « Bon chevalier, sois le bienvenu chez moi aussi longtemps que tu le voudras, et je te donnerai de nombreux châteaux et des cités, ainsi que tous les territoires qui s'y rattachent. »

Quinquennas répondit : « Tu m'annonces une grande folie, roi, et je ne veux pas demeurer chez toi même si tu m'offres

---

1. chevauche aussitôt à sa rencontre (A).

trente mille setiers d'or[1], si ce n'est à une seule condition : que tu m'accordes l'amour de la reine Sibile. »

Le roi répondit : « C'est une requête honteuse que de me demander mon épouse, et je sais bien que si quelqu'un d'autre avait formulé des paroles aussi scandaleuses, j'aurais eu vite fait de lui ôter la vie ; prends plutôt ce que je t'ai offert. »

Quinquennas répliqua en disant qu'il ne voulait accepter cela à aucun prix. Le roi Guiteclin repartit : « Je ne peux pas te la promettre ! » Quatre cents hommes se levèrent[2] alors et se mirent à genoux devant le roi Guiteclin en lui demandant tous d'accorder à Quinquennas ce qu'il souhaitait ; ils[3] lui dirent que ce serait là une bonne décision, et < : « Fais cela, roi, car> il est de la meilleure origine dont nous ayons entendu parler. »

Le roi Guiteclin dit : « Tu es un grand personnage et un bon roi, agis donc en conséquence, ne me demande pas mon épouse. » Quinquennas répondit alors : « Pour tout l'or du monde[4], je ne veux pas rester ici si tu ne m'accordes pas l'amour de la reine Sibile. » Quatre cents chevaliers bondirent alors et firent la même requête.

Le roi Guiteclin y réfléchit un moment, puis répondit : « Si toutefois tu présentes cette demande avec une telle insistance, je vais à présent t'accorder ce que tu demandes et requiers. » Et il prit son gant et le lui donna en gage. Quinquennas le prit et s'inclina pour le remercier.

Chapitre XL — Discussion entre Quinquennas et Sibile

À ce moment, la reine Sibile revint de la chasse à l'oiseau, accompagnée de plusieurs centaines de chevaliers. Quinze

---

1. Proposition s'appuyant sur l'hypothèse de l'éditeur islandais Bjarni Vilhjálmsson pour qui les « sistera » du texte norrois dériveraient du latin « sextarius ».   2. « bondirent » (B et b) – commence ici une longue lacune de B.
3. Le manuscrit a reprend ici.   4. tout ton royaume (a et b).

rois[1] vinrent à sa rencontre, la menèrent à la tente du roi Guiteclin et l'assirent sur son siège. Le roi Guiteclin passa son bras autour de son cou et l'embrassa, il porta sur elle un regard particulièrement doux et dit : « Reine Sibile, je t'ai trouvé un bien-aimé en la personne de ce grand personnage à qui nous ne connaissons pas d'égal dans le monde. Il s'appelle Quinquennas, vient du pays qui s'appelle Sarabla, et il a accompli aujourd'hui de grandes prouesses à l'encontre des Francs : il a renversé deux barons de leur cheval et a ramené ici les deux chevaux. »

La reine Sibile dit alors : « Seigneur roi, dit-elle, je crois volontiers qu'il est roi et vaillant preux, mais cependant, <si grand preux qu'il soit[2],] qu'il prenne bien garde aux armes de Roland et de Baudouin, son frère, le jeune chevalier, qu'ils tiennent pour l'homme le plus courtois d'ici jusqu'à la mer Rouge. »

Quinquennas répondit alors : « Reine, tu dis de grandes sottises. Si je ne t'amène pas les deux hommes vaincus et enchaînés, je t'offrirai alors ma tête et tu en feras ce qu'il te plaira[3]. »

À présent, Quinquennas demeure auprès du roi Guiteclin, tenu en grand honneur, et ils sont parfaitement heureux. Mais quoi qu'ils ressentent, la reine Sibile est pourtant triste et elle prie le Dieu des chrétiens[4] qu'il donne de la force à Baudouin et à Bérard afin qu'ils tuent Quinquennas avant qu'il ne l'ait approchée ; « si, par contre, ils ne triomphent pas de cet homme, le roi Charlemagne sera alors lui-même vaincu et toute la France avec lui. »

---

1. chevaliers (a), rois couronnés (b).   2. En raison de la lacune de B, le signe <...] ne signifie plus que l'accord de a et b contre A, manuscrit de référence.   3. et tu auras le loisir de séparer les membres les uns des autres (a et b).   4. et l'apôtre Pierre (a et b).

Chapitre XLI — Roland passe à l'action

Il convient à présent de parler de Roland, de son frère Baudouin et de Bérard : ils se lèvent avant le jour et chevauchent en compagnie des hommes [1] les plus accomplis. Ils vont dans une forêt et y restent [2]. À présent, Quinquennas se prépare aussi en un autre lieu, en compagnie de quatre cent mille chevaliers portant broigne et bouclier.

Roland était maintenant dans la forêt qui se nomme Clairvaux [3] ; il eut vite fait de s'apercevoir que les païens se déplaçaient et il savait que leur armée était considérable. Il interpella Baudouin et Bérard : « Bons chevaliers, voyez l'arrogance de Quinquennas et des Saxons ! [À présent, je voudrais que vous suiviez mon conseil :] je vais aller espionner avec ma troupe et montrer ma bannière aux païens, <et vous, restez cachés dans cette forêt]. Mais vous devez bien savoir que j'offre la reine Sibile à mon frère Baudouin ! »

Tous rirent en l'entendant dire cela.

Chapitre XLII — Roland rencontre Quinquennas

À présent, Roland chevauche avec sa troupe conformément à son plan et il montre sa bannière aux païens. Dès que Quinquennas l'aperçoit, il dit à ses hommes [4] en leur demandant de hâter le pas : « Si Mahomet veut bien nous soutenir, nous obtiendrons la victoire dans cette bataille. » Puis il frappe son cheval à coups d'éperon et va rapidement les trouver.

Quinquennas interpelle maintenant Roland et lui dit : « Qui es-tu, chevalier, toi qui montes la garde ? Es-tu un homme né

---

1. de cent chevaliers (a et b). 2. et ils envoient des espions en avant (a et b). 3. Klerovals. 4. prétendant voir une grande troupe de chrétiens (a et b).

libre ou non, et as-tu l'audace de te battre avec moi ? » Roland répond : « Je suis né dans la ville qui s'appelle Navarre[1], mon père est Vafa[2]. J'appartiens à une famille modeste et descends de gens pauvres, mais avant-hier j'ai été adoubé chevalier par l'homme qui s'appelle Beuve-sans-Barbe, et ensuite ils m'ont envoyé monter la garde et m'ont demandé d'observer si les Saxons attaquaient les chrétiens. À présent, je te demande de me laisser revenir en paix auprès de mes compagnons afin de leur dire ce qui s'est passé. »

Quinquennas répond alors : « Alors, abandonne tes armes et ton cheval et passe ton chemin ; ces armes, je les donnerai à mon valet d'écurie pour Noël ou pour Pâques ! »

Roland réplique alors : « C'est un jeu mal partagé[3], par ma foi, si je perds mon cheval aujourd'hui ; il n'est pas évident que j'en obtienne un nouveau demain, et il en est de même pour mes armes. Je préfère essayer de supporter la morsure froide des armes dans ma chair plutôt que d'abandonner les miennes sans en avoir fait l'expérience. »

Quinquennas entend maintenant que cet homme lui parle de façon prétentieuse et [, forçant sa voix,] il lui dit : « Nous voulons savoir si tu as l'audace de te battre contre nous ou non !

— Je veux tenter l'aventure, dit Roland, car il me déplaît d'abandonner mon épée rehaussée d'or dans les conditions présentes ; tu devras auparavant donner un coup ou deux ! »

Chapitre XLIII — Roland triomphe de Quinquennas

Alors, chacun des deux piqua son cheval de ses éperons et vint donner à l'autre un si violent coup de lance que toutes les pierres précieuses qui se trouvaient sur leurs boucliers furent arrachées. Quand Roland vit qu'il ne l'avait pas désarçonné, il

---

1. Nafari. **2.** Vafafur (a). **3.** « C'est mal parlé » (a et b).

en fut très courroucé [1] ; il dégaina son épée Durendal et assena sur son heaume un coup qui fit voler toutes les pierres qui se trouvaient dessus [2], et qui emporta la partie du heaume touchée et détacha le bras de l'épaule, le projetant au sol.

Quand Quinquennas s'aperçut qu'il était blessé, il le prit très mal et dit : « Je te conjure par le Dieu en qui tu crois de me dire la vérité : es-tu celui que tu as dit ou bien en est-il autrement ? Je veux savoir contre qui j'ai combattu. » Roland répondit : « Que soit tenu pour vil celui qui voudrait te cacher son nom. On m'appelle Roland en France [3], mais vous pouvez m'appeler ici comme vous voulez. Je suis parent avec le roi Charlemagne qui est puissant et qui a la barbe blanche, d'après ce que vous en dites. »

Quinquennas répliqua : « Tu t'es moqué de moi de façon abominable en ne me disant pas plus tôt que tu étais Roland, et tu as une épée telle que tout homme qui en reçoit des blessures ne peut jamais trouver de médecin qui les soigne. Voici mon épée que je t'abandonne, et je te promets que je ne me battrai jamais plus contre toi et ne prendrai pas garde aux moqueries des membres de la cour [4]. »

Lorsque Roland entendit cela, il esquissa un sourire et fonça [sur Quinquennas] ; il le frappa sur le nasal du heaume et le renversa de son cheval, le projetant au sol. Il l'emmena ensuite du champ de bataille à sa suite, vaincu, contre sa volonté.

Chapitre XLIV — Rencontre de Sibile et de Baudouin

À présent, les Saxons s'aperçoivent que leur chef est vaincu et ils attaquent violemment. Les Francs sortirent de la forêt à leur rencontre et se produisit là une grande bataille entre eux :

---

1. peiné (a et b).   2. et la boule d'or (a et b).   3. à Paris et dans la cité qui se nomme Orléans (a et b).   4. cour du roi Guiteclin (b).

certains frappaient et d'autres se protégeaient contre les Francs. Il arriva comme à chaque fois que les païens prirent la fuite et que les Francs poursuivirent les fugitifs [1] jusqu'à la tente du roi Guiteclin.

Ce jour-là, la reine Sibile était allée prendre son bain dans le Rhin, accompagnée de quatre cents suivantes. Lorsqu'elle rentra, elle porta son regard sur le flanc d'un mont et là vit de nombreux hommes [2] périr et d'autres fuir, et elle vit les Francs pourchasser les païens comme des chèvres. Elle reconnut là le cheval qui lui avait appartenu et elle vit Baudouin monté dessus. Il poursuivait un chevalier en descendant la rive du Rhin ; il lui donnait de grands coups de son épée et il lui donna la mort sur la rive du Rhin, le renversant de son cheval.

La reine Sibile dit alors : « Je te conjure, chevalier, par le Dieu en qui tu crois, de me dire ton nom. » Baudouin répondit : « Reine, je vais te le dire avec plaisir. Je m'appelle Baudouin, le chevalier jeune et adoubé de fraîche date ; je suis le frère de Roland et je suis prêt à me mettre à ton service si tu le veux bien. Je m'approcherais volontiers de toi, mais le fleuve est terriblement profond et infranchissable. »

La reine répondit : « Cher ami, il est difficile de venir jusqu'ici, mais dis-moi si tu as vu mon soupirant, Quinquennas le valeureux. Pour te dire la vérité, le roi Guiteclin, mon mari, m'a donnée à lui, et mon amour ne te sera jamais pleinement acquis tant que tu ne l'auras pas tué. » Baudouin reprit alors : « Dame, sois heureuse et joyeuse. Je ne pense pas qu'il demande jamais à t'embrasser et je crois que votre amour est brisé du fait que Roland, mon frère, l'a emprisonné dans sa tente ; et il porte aux pieds des fers si rigides qu'il n'y en a pas dans toute la Saxe qui ait une rigidité suffisante pour les briser. »

La reine ajouta : « Ce sont de bonnes nouvelles, et regarde maintenant devant car je vois une grande quantité d'hommes lancés à ta poursuite et voulant te détruire s'ils le peuvent. »

---

1. et s'emparèrent de bons chevaux et d'objets précieux (a et b).
2. une troupe par centaines d'hommes (a et b).

Baudouin répondit : « J'ai un bon cheval, reine, et je ne crains rien tant que je suis monté dessus ; c'est Alcain, ton bien-aimé, qui m'a laissé ce cheval avant-hier. »

La reine reprit : « Par ma foi, il me semble être arrivé dans de meilleures mains que la fois précédente ; puisses-tu en tirer un profit à la fois satisfaisant et durable auquel vient s'ajouter toute mon affection. » Baudouin répondit : « Je souhaite qu'il en soit ainsi et grâce à toi je suis heureux et joyeux, et je vais priver de la vie maint chevalier et attaquer cités et châteaux sans jamais fuir devant personne. Cela ira mal si tu entends des nouvelles contredisant ce que je te dis maintenant. »

La reine reprit : « Je t'en aime d'autant plus, et pour l'heure au revoir et porte-toi bien ; que celui qui a créé le ciel et la terre te protège ! » Là-dessus arrivèrent Bérard et Beuve, et ils reprochèrent à Baudouin d'être en train de parler avec Sibile, disant qu'il était imprudent de se fier à une femme païenne.

Chapitre XLV — Guiteclin apprend l'échec de ses hommes

À propos de Roland, il faut dire maintenant qu'il revint à sa tente et alla ensuite trouver le roi Charlemagne ; il lui dit : « J'ai un prisonnier à te remettre, cher parent, un des hommes les plus éminents qui soient dans l'armée du roi Guiteclin. Il s'appelle Quinquennas de Sarabla, c'est l'un des amoureux de la reine Sibile et un homme de la plus grande valeur. »

Le roi Charlemagne répondit alors : « Nous allons alors commencer par rompre l'amour qui le relie à la reine Sibile, et lorsque nous aurons vaincu[1] le roi Guiteclin, Sibile sera donnée à Baudouin et il dirigera alors la Saxe. »

À présent, il faut dire à propos des païens qu'ils fuient vers

---

1. tué (a et b).

la tente du roi Guiteclin et lui disent leurs malheurs. Mais le roi joue aux échecs en compagnie de son fils qui se nomme Justamont[1]. Contre eux joue un homme nommé Aspenon[2]. « Seigneur roi, disent-ils, avant tout laisse ton jeu, car sur quatre mille hommes, il n'en est pas revenu un millier parmi ceux qui étaient partis ce matin avec Quinquennas[3]. Roland a capturé Quinquennas et l'a mis aux fers. »

Ces nouvelles mécontentèrent vivement le roi. À ce moment arriva la reine et, dès qu'elle vit le roi Guiteclin, elle dit : « Je voudrais avoir mon cadeau, c'est-à-dire Quinquennas de Sarabla, le plus vaillant des chevaliers ! »

Chapitre XLVI — Mission de Dorgant auprès des Francs

Arrive maintenant Estorgant. Il a beaucoup d'hommes et il est difficile à affronter ; c'est l'oncle du roi Guiteclin. Celui-ci est heureux de sa venue et il avance à sa rencontre. L'autre demande quelle est l'importance de la troupe du roi Charlemagne. Guiteclin dit qu'il a beaucoup d'hommes et qu'il est difficile à affronter, « et il a toujours mené à bien ce qu'il voulait. À présent un pont a été construit sur le Rhin, que prennent tous ceux qui veulent s'attaquer à nous[4], et Olivier et Roland[5] ont dit que je n'aurai plus rien de mon royaume qui ait la valeur d'une pièce[6] ».

Estorgant répond alors : « Tous ceux qui se battent contre moi sont morts, et demain matin avant midi je montrerai à

---

1. Estamund (A et b), Istamund (a) – Justamon *(Saisnes)*. **2.** Aspenon (A), Asperon (a), Asphenon (b). **3.** et tous les survivants sont grièvement blessés (a et b). **4.** que nous le voulions ou non. Il a conquis une grande partie de notre pays ; ils ont tué plusieurs milliers d'hommes appartenant à notre troupe, et ils sont dans notre pays contre notre volonté (a) – b est proche. **5.** Olivier et ses hommes (a), ses hommes (b). **6.** la largeur d'un pied (a et b).

Charlemagne plus de cent mille chevaliers bien armés. » Ces arguments persuasifs réjouissent le roi Guiteclin ; il fait venir Dorgant, son messager, et lui dit : « Tu vas aller trouver le puissant roi Charlemagne, et tu lui diras ceci de ma part et sans rien cacher : qu'il se prépare à une bataille contre moi demain matin, s'il en est capable ; autrement, qu'il se retire de mon royaume aussi vite que possible. »

Dorgant répond : « Cela sera fait, seigneur, [les choses se passeront comme vous le dites. » Il bondit ensuite sur son cheval et alla] son chemin ; il ne s'arrêta qu'une fois parvenu devant le roi Charlemagne, et il lui dit : « Mon message est rapide, roi. Je suis envoyé par le roi Guiteclin pour vous dire qu'il vous invite à une bataille contre lui demain matin, si vous en êtes capable ; autrement, vous devez quitter son pays avec toute votre armée, si vous ne prenez pas le risque de l'affronter lors d'une bataille. Dites-moi [1] rapidement quel message je dois rapporter à notre roi Guiteclin.

— Tais-toi, fou, dit Charlemagne, que vas-tu me donner des conseils ! Si Dieu qui fut crucifié le veut, tu auras été maltraité avant que nous nous séparions.

— On verra bien, dit le messager, avant que le soir tombe, qui se bat le mieux de nos hommes ou des vôtres. Mais si vous saviez de quelle sorte est la troupe d'Esclandart, vous ne livreriez pas bataille au roi Guiteclin. [Il a soixante mille guerriers et ils sont parmi les pires à combattre.

— Tais-toi, insensé, dit le roi Charlemagne, en face je placerai les Lombards [2] et ils triompheront de toute sa troupe.] »

Dorgant ajoute : « Bon roi, soyez attentif à ce que je dis. Si vous connaissiez cette troupe qu'Estorgant, l'oncle de Guiteclin, a amenée avec lui, elle vous apparaîtrait comme impressionnante, car on peut y dénombrer quarante mille guerriers, et leurs chevaux recouverts de broignes comme eux-mêmes sont en nombre égal ; et ils vont abattre votre troupe tout autour de vous pour votre malheur.

---

1. Voyez vos hommes et prenez conseil auprès d'eux, et dites-moi (a et b). 2. Lumbarðamenn.

— Tais-toi, homme déraisonnable, dit le roi, je ne crois guère que j'en arrive là. Je vais placer en face mes hommes libres et ceux[1] d'Allemagne, ils savent parfaitement se battre avec leurs épées [venues de Lorraine[2]]. »

Le messager répond : « Une grande folie est dite, roi, quand quelqu'un d'autre a parlé ! Écoutez ce que je vous dis, ceci vous concerne : il y a auprès du roi Guiteclin un peuple qui s'appelle les hommes-lions[3], ils abattront vos hommes tous ensemble par centaines.

— Tais-toi, dit le roi, tu es un écervelé si tu imagines que nous n'ayons personne à leur opposer. Mes chevaliers de Normandie[4] seront en face, et si ceux-là s'affrontent à nos hommes, alors nos hommes obtiendront la victoire.

— Seigneur, dit-il, que vont faire les Turcs[5] ? Ce sont toujours des hommes rudes, en Angleterre[6] comme en Turquie[7]. Ils sont en tout soixante mille, et tous ceux d'entre vos hommes qu'ils rencontreront n'auront plus beaucoup de jours à vivre.

— Tais-toi, imbécile, dit le roi Charlemagne, tu as perdu la raison ; contre eux je placerai mes Bretons, ils sont rudes et déterminés dans l'attaque. [S'ils rencontrent votre troupe, pas un seul pied ne prendra la fuite.]

— Seigneur roi, dit-il, que ferez-vous des Saxons, car nous ne connaissons aucun peuple aussi habile aux armes que ceux-là, et cette troupe comporte quarante mille hommes[8], une très belle troupe. »

Le roi répondit : « Tais-toi, homme [sans esprit[9]], il y aura les Francs en face, et il est très bienvenu qu'ils se rencontrent[10].

---

1. hommes libres d'Allemagne (a et b). 2. Leoregia (a), Leoregna (b). 3. leoneskir (A), Leotenes (b) qui ajoute : « ce sont des hommes au caractère bien trempé et ils sont durs au combat, ils sont quarante mille en tout ». 4. Norðmandi (A), Normandi (a). 5. Tyrkir. 6. England. 7. Tyrkland. 8. « soixante mille hommes et ils ne manquent pas d'armes de guerre » (a) – b dit à peu près la même chose, mais revient à quarante mille hommes. 9. muet (b). 10. il est bon qu'ils se rencontrent, car ce sont nos voisins, et nous sommes habitués à avoir affaire par moments aux Saxons si les choses se présentent bien (a et b).

— Seigneur, dit Dorgant, à présent je voudrais avoir la possibilité d'apporter votre réponse au roi Guiteclin. »

Le roi Charlemagne dit : « Nous te l'accordons bien évidemment. »

Chapitre XLVII — Dorgant rend compte de sa mission

Il s'en alla ensuite et ne s'arrêta qu'une fois parvenu devant le roi Guiteclin. Dès que celui-ci le vit, il lui demanda s'il avait rencontré le roi Charlemagne.

« Oui, dit Dorgant, Mahomet m'est témoin que je l'ai trouvé et il te convoque à une bataille demain matin dès le lever du jour [, et ses hommes sont plus désireux de se battre qu'ils ne le sont de boire quand ils sont au comble de la soif, ou de manger quand ils sont au comble de la faim]. »

Estorgant répondit alors : « Tous ceux qui veulent s'approcher de nos armes sont condamnés à mort et voués à leur perte, et j'emmènerai Roland et Olivier avec moi à Léon [1]. » La reine Sibile répliqua alors : « Tu es devin, mais avant que le soir tombe, nous saurons si tu as de quoi te vanter ainsi [2] de ce que vous ramenez du champ de bataille. »

Cette nuit-là, les Francs montaient la garde dans les vallées qui se nomment Sorelandes. Au matin, avant l'aube, ils s'armèrent de broignes aux reflets sombres et de heaumes dorés. Ils bondirent ensuite sur leurs chevaux et partirent. Le messager Dorgant remarqua tout de suite le mouvement des Francs et prévint le roi Guiteclin. Le roi répondit : « Est-ce vrai, Dorgant ?

— Oui, dit-il, Mahomet m'est témoin que je vois le pape Milon et Roland.

---

1. Leon (A), Leris (a).   **2.** lesquels peuvent se vanter de leur lot (a et b).

— Dis-moi, dit [le roi Guiteclin[1]], combien d'hommes a le roi Charlemagne ? »

Dorgant répondit : « Mahomet m'est témoin qu'il en a beaucoup, mais le rapport est cependant toujours de cent de nos hommes contre un seul dans son armée. » Le roi Guiteclin reprit : « Cela me fait bonne impression ; Charlemagne avec sa barbe blanche saura certainement comment a tourné notre affrontement avant que nous arrêtions la partie. »

Le roi Guiteclin fit ensuite venir son frère Elmidan : « Tu iras dans la forêt qui se trouve là, accompagné de ta troupe. Si Mahomet et Terogant veulent nous aider, nous aurons un peu de chance, et dès que tu verras un combat ou bien nos adversaires perdre courage, tu veilleras bien à leur porter une attaque par-derrière. S'il arrive qu'ils se tournent vers toi, tu feras sonner ta corne Olifant[2], ce qui réjouira tes hommes, et nous saurons alors que tu as besoin de nous. Ce serait une grande prouesse si nous les mettions à genoux. »

Elmidan se rend alors dans les vallées qui se nomment Sorelandes[3] et s'y met en faction. Le roi Charlemagne se rend dans un autre endroit et le roi Guiteclin se trouve face à lui. Hermoen monte la garde du côté franc car il connaît le pays en détail. Il va trouver le roi Charlemagne et lui révèle le plan des Saxons. Aussitôt le roi Charlemagne appelle Baudouin, Bérard et Beuve-sans-Barbe et dit : « Maintenant nous allons voir clairement, bons chevaliers, qui montrera la plus grande prouesse dans cette bataille. »

Ils répondent : « Tu vas t'apercevoir que nous ne te ferons jamais défaut tant que nous serons en vie[4]. »

---

1. dit-il (A).   **2.** Olivant.   **3.** Dorgasane.   **4.** debout (a et b).

Chapitre XLVIII — Charlemagne met ses troupes en place

L'empereur Charlemagne [1] en personne et Roland son parent s'armèrent alors et montèrent sur leurs meilleurs chevaux. On avança Veillantif [2], le cheval de Roland, ce qu'on ne faisait jamais sauf en cas de nécessité. Roland dit alors au roi Charlemagne : « Seigneur, mettez vos troupes en place comme il vous plaît, et désignez ceux qui partiront à l'attaque des païens en première ligne. »

Le roi Charlemagne répondit alors : « Mes troupes marcheront en tête, puis les Flamands et les Frisons, et ensuite les Normands de la frontière. Quant à toi, Roland, vous marcherez, toi et ta troupe, contre Elmidan et sa troupe – il possède la meilleure corne au monde.

— Je suis satisfait, dit Roland, que nous nous rencontrions, et pourtant la différence est grande entre nos deux troupes [3]. »

Le roi Charlemagne dispose à présent toutes ses troupes, d'abord Roland, Olivier et les soldats qui constituent son propre bataillon ; en deuxième position se trouve le bataillon de Normandie ; en troisième celui auquel appartient Berin de Bourgogne [4] ; en quatrième la troupe du Poitou [5] ; en cinquième l'armée de Gascogne [6] et d'Anjou [7] ; en sixième la troupe composée de Bretons ; en septième celle composée de Normands ; en huitième la troupe des Picards [8] ; en neuvième celle composée de Flamands ; en dixième celle composée de gens de Léon [9] et d'Anglais ; en onzième celle composée de Francs – elle était de toute première qualité ; en douzième celle que formaient Roland et sa troupe [10].

---

1. Lorsque le roi Charlemagne eut appris que le roi Guiteclin se préparait à la bataille (a et b).   2. Veleantis (A), Velantif (a).   3. À partir d'ici, la fin de ce chapitre et le tout début du suivant manquent en b.   4. Burgunie.   5. Peitu.   6. Gaskun.   7. Angio (A), Anglis (a).   8. Puer – Puier/Pouhier, « Picards » *(Saisnes)*.   9. Leonsmenn – les gens de Laon ?   10. Roland et ses hommes sont bien mentionnés deux fois.

Chapitre XLIX — Les préparatifs se poursuivent

Le roi Charlemagne a maintenant disposé ses troupes et attribué une bannière à tous les carrés de cent hommes. Roland va dans la forêt, accompagné de vingt mille hommes, et ils n'étaient pas loin du Rhin. Il y avait là une belle pente. Un homme du nom de Marsen avait installé là de belles fontaines, et l'on dit qu'il n'avait pas existé de plus bel endroit au monde, car des herbes de toutes sortes qui étaient bénéfiques poussaient là. Il y avait là une fontaine principale, tout était vert à l'entour, on croyait voir la couleur de l'or à sa surface. Les femmes saxonnes avaient l'habitude d'y venir fréquemment, elles buvaient à la source et se rafraîchissaient. La reine Sibile était venue là, accompagnée d'une grande quantité de femmes, pour voir qui seraient les meilleurs, des Francs ou des Saxons.

Le roi Charlemagne chevauche maintenant avec son armée jusqu'à cette hauteur que nous avons mentionnée tout à l'heure, et il déploie sa bannière. Le roi Charlemagne chevauche à l'avant de tous ses hommes, et[1] il appelle l'homme qui se nomme Frémont[2], un autre baron qui se nomme Hémars[3], un troisième, Jofroi du Mans[4], et le comte de Bandolum[5], et il leur dit : « Dieu nous a toujours beaucoup aidés, et nous aurions maintenant grand besoin qu'il tende sa main sur nous[6]. À présent, que nous réussissions ou non[7], la France sera toujours bénie parmi tous les autres pays[8] ; ma couronne est faite en or et elle est si belle que le monde entier doit s'incliner devant elle. »

Tous les Francs approuvèrent et prièrent Dieu de protéger sa vie.

---

1. il apaise son armée, puis il parle à sa troupe : « Souvenons-nous, bons chevaliers, que Dieu nous a toujours aidés » (b).   2. Fremund.
3. Hemars.   4. Jofrey af Manses.   5. Bandölum (A), Ibansdölum.
6. car il sait que nous combattons pour sa chrétienté et sa liberté (b).   7. que nous en revenions ou pas (b).   8. La fin du chapitre manque en b.

Chapitre L — Les païens sont prêts

À propos du roi Guiteclin, il faut maintenant dire qu'il fait venir son frère Elmidan, Aufart de Danemark et son frère Gafer[1] : « Vous voyez, dit-il, l'armée de Charlemagne ?
— Nous la voyons, disent-ils.
— Si le roi Charlemagne peut me capturer, il détruira notre pays [, et je crois savoir quelle sentence il fera prononcer contre moi : il me fera couper la tête de son épée qui se nomme Joyeuse[2], et je le ferai condamner à la même peine si je peux l'attraper]. »
Les Saxons rétorquent alors : « Il paiera cher avant que cela n'arrive, [et les Francs seront tués avant que cela soit fait ;] notre conseil est de les attaquer le plus vivement possible et ne laissons pas s'échapper un seul être humain qui puisse en donner des nouvelles. »
Le roi répond : « Que Mahomet et Terogant vous bénissent pour vos paroles ! »
Il y avait un homme nommé Segun. Il était originaire de Babylone. C'était un homme très arrogant[3], sa morgue dépassait celle de l'âme humaine ordinaire. Il portait la bannière du roi Guiteclin sur laquelle était représenté un coq d'or[4] si beau et si brillant qu'il resplendissait à vingt mille lieues à la ronde quand le soleil luisait dessus.

---

1. Gunafer, sans doute le même personnage que Gafer (chap. VIII).
2. Jovis (a), Gaudiola (b).   3. un homme accompli et arrogant (a et b).   4. « gullhani » (A) – « gullari » (b), nom de la bannière de Charlemagne, est assurément une erreur.

Chapitre LI — La bataille s'engage

À présent, ils sont tous parvenus sur le champ de bataille, le roi Charlemagne et le méchant roi Guiteclin. On pouvait entendre là les sonneries des trompettes et le fracas des armes, lorsque Saxons et Francs se rencontrèrent. Le roi Charlemagne marchait en avant de tous les autres, ainsi que Baudouin, son parent, et Bérard ne tarda pas à attaquer.

Baudouin se rougit les bras pour la première fois sur la personne d'un chef païen ; il le renversa de cheval d'un coup de sa lance et le projeta au sol, mort. Bérard en attaqua un autre et lui fit suivre le même chemin qu'au précédent. Le roi Charlemagne s'écria d'une voix forte en disant : « Attaquez vaillamment, nous obtiendrons la victoire et les Saxons auront le mauvais lot, car[1] peu vont résister en face de nous, et que chacun se comporte comme un preux doit le faire. »

Le roi Guiteclin dit alors à sa troupe : « Vous savez bien que le roi Charlemagne parle contre le droit, lui qui veut se battre pour obtenir mon patrimoine et qui veut me déposséder de la Saxe. » Ses hommes répondirent : « Nous viendrons nous empiler les uns sur les autres avant que Charlemagne s'empare de votre royaume. » Le roi Esclandart dit alors : « <Gardons à l'esprit que nous réaliserons ce que nous venons de dire et] que soit tenu pour infâme entre tous les infâmes celui qui voudra passer pour lâche auprès des Francs. »

Il fonce ensuite sur l'homme qui s'appelle Godefroi[2], un puissant baron ; il lui donne un coup de lance et le renverse à terre, mort. Margamar, roi chez les païens, vient attaquer l'homme qui s'appelle Eli – il vient de la cité nommée Verdun, et il y était juge ; le roi Margamar le projette au sol, mort. [Il y

---

1. « "il agit dans son tort et veut m'interdire l'accès de mon pays." À présent, les Francs attaquent durement. Ils sont tous ensemble plus de cent mille guerriers alors qu'en face le roi Guiteclin possède des milliers et des milliers d'hommes, et il dit... » (a) – b est proche.   2. Godefreyr.

a un puissant chef dans la troupe païenne qui s'appelle Alfens, il abat le baron chrétien nommé Garnier[1].]

La bataille est rude maintenant et il est très probable que les Francs doivent subir un rude assaut avant que la Saxe soit conquise. À ce moment s'avance Segun, le porte-étendard du roi Guiteclin. C'était un grand chef, il était reconnaissable entre toutes ces foules innombrables aux équipements qu'il portait[2]. Cet homme hausse la voix et dit : « Où es-tu, Roland de France ? Tu es un couard, que ton Dieu t'abatte et qu'il humilie ton arrogance ! Tu as franchi le Rhin pour ton malheur et tu resteras ici étendu mort. »

Baudouin répond : « Que tes paroles soient fausses, païen ! » Il piqua son cheval à coups d'éperon, se dirigea vers le païen et dit : « Je suis le frère de Roland et je le défends contre ceux qui disent du mal de lui. Je souhaite ardemment me battre avec toi en l'honneur du saint apôtre Pierre. Dis-moi ton nom.

— Je m'appelle Segun et je suis originaire du pays qui se nomme Trémoigne[3]. Je ne veux pas me battre avec qui que ce soit avant d'en avoir reçu le congé du roi Guiteclin, parce que je suis le porte-étendard du roi Guiteclin, et c'est le plus grand des crimes que de ruiner l'honneur d'un roi pour cette raison ; les Saxons et maint autre peuple en seraient alors vaincus. Mais si tu en éprouves le désir et que le roi veuille m'en donner le congé, je te dis de façon certaine qu'il faudra s'attendre à ce que j'oppose une résistance et tu ne devras plus espérer aucune pitié de ma part. Il me semble scandaleux que tu puisses être le maître d'un cheval d'aussi grande qualité que celui sur lequel tu es monté, et si je ne te dépossède pas de ce cheval, je ne dois pas porter une couronne sur la tête ni tenir dans ma main l'étendard du roi. »

---

1. Garner. **2.** Des détails sont donnés en a et b : « il portait une broigne qui avait été fabriquée dans le pays des Elfes : un anneau était d'or et l'autre d'argent, et il n'existait pas d'arme qui ait prise sur elle. Cet homme portait l'étendard du roi Guiteclin : toutes les attaches et les clous étaient en or, et il était si large et si haut qu'il touchait le sol ». **3.** Trimonie (A), Termonie (a), Tremonie (b) – Tremoigne *(Saisnes)*, soit sans doute Dortmund.

Baudouin parla alors entre ses dents et jura par saint Pierre l'apôtre : « Si je ne te rencontre pas avant que tu m'aies pris mon cheval, j'estime n'avoir aucune valeur. » Il frappa son cheval à coups d'éperon et bondit sur Segun. Il lui donna un coup de sa lance en un lieu à proximité duquel se trouvaient mille hommes et il le projeta depuis son cheval jusque sur le sol[1]. Les païens en furent très affligés, mais les Francs s'en réjouirent.

Le roi Margamar contemple maintenant le malheur de Segun, et il chevauche [violemment] à l'attaque d'un Franc, le fait chuter de cheval, mort, et prend ensuite le cheval. Le roi Guiteclin l'en remercie et demande qu'ils soient plus nombreux à se comporter ainsi.

Chapitre LII — Les combats se poursuivent

Le roi Guiteclin dit alors au roi Charlemagne : « Où es-tu, roi pervers et ambitieux ? Si Mahomet, mon Dieu, veut bien m'aider, tu auras franchi le Rhin pour ton malheur. Si je peux te rencontrer sur le champ de bataille, je te traînerai par ces moustaches blanches que tu portes sur toi et t'emmènerai à la cité de Leutice[2]. »

Le roi Charlemagne entendit ces paroles. Il reconnut le roi Guiteclin à son équipement et chacun des deux remarqua l'autre. Il se trouva alors qu'ils chevauchèrent l'un vers l'autre et vinrent se frapper l'un l'autre : Guiteclin manqua le roi[3], alors que le roi Charlemagne porta un coup au roi Guiteclin et le renversa par terre. À ce moment arrivèrent plus de dix mille hommes et ils le placèrent sur un cheval, et cette troupe était dirigée par son oncle.

Celui-ci montait un cheval qui avait appartenu à un géant. Il

---

1. mort (a).   2. Liozisa (a), ma cité (b).   3. il valait mieux (a).

était né sur un mont qui est inconnu des hommes. Ce mont se trouve dans une montagne et un dragon avait nourri le cheval du lait de ses mamelles. Il ne voulait pas manger de grain comme les autres chevaux, il ne mangeait que de la viande fraîche et même crue. Des Vikings l'avaient capturé à l'intérieur des terres et avaient tué tous ceux qui le gardaient, ils avaient ensuite vendu ce cheval contre vingt châteaux et vingt cités avec tout le territoire qui s'y rattache. Il était noir d'un côté du dos, et de l'autre gris pommelé. Il était d'une très grande beauté et on aurait dit qu'il était sur tout son corps d'une couleur instable de fleur. Le toupet de poils sur sa tête était si long qu'il descendait jusqu'au fanon et on aurait dit qu'il était de la couleur de l'or. C'est Estorgant, parent du roi Guiteclin, qui le montait, et il menait une grande troupe.

Il arriva avec sa troupe au moment où le roi Guiteclin était à pied, il le fit placer sur un cheval et dit ensuite au roi : « On était près d'une catastrophe, mais maintenant je jure par Mahomet qu'ils paieront cher la Saxe ! » Il chevaucha ensuite vers l'avant, rapide comme un carreau qui vole [1], et il abattit sur le sol, mort, le chef nommé Veillantif [2]. Mais pourquoi développer ? Il abattit trois [3] barons au cours de son attaque et bien d'autres personnes d'importance moindre – néanmoins très vaillantes.

Le roi Charlemagne et ses hommes en furent très peinés [4]. À ce moment arriva Baudouin accompagné de sa troupe et il <les> encouragea à l'assaut ; il prêta serment par saint Denis [5], déclarant qu'il s'occuperait des païens de façon qu'ils prennent la fuite. Il chevaucha ensuite en direction d'Estorgant et ils s'affrontèrent en un combat acharné. Baudouin ne renonça pas avant qu'il ait trempé son épée dans le sang de son cœur et qu'il l'ait renversé à terre, mort.

Voici que s'avancent les fils du roi Guiteclin, Aufart et Justa-

---

1. et il piqua son cheval à coups d'éperon (a et b). **2.** Veliantif (A), Velantif (a). **3.** grands (a et b). **4.** Les Lombards et les Garopines, de même que les Francs, adressèrent des paroles de reproche au roi : il les maintenait là trop longtemps (a et b). **5.** Sendinem.

mont[1], et au cours de leur attaque tombent vingt Lombards et quarante[2] parmi ceux qui, du côté chrétien, s'appellent Noeas. S'avance maintenant à leur rencontre le roi Charlemagne, accompagné de Baudouin et de Bérard, et en face se trouvent les fils du roi Guiteclin. Cent chrétiens tombent dans ce combat, et vingt païens. On pouvait constater qu'une attaque peut difficilement être plus rude que celle-là. Les païens se disent alors entre eux : « Faisons des prouesses et vengeons-nous de nos sujets de consternation, car nous ne retrouverons pas d'occasion aussi favorable [qu'aujourd'hui où les chrétiens sont en petit nombre]. »

Cinquante chevaliers marchent ensuite à l'encontre du seul Baudouin, et il doit descendre de cheval, qu'il le veuille ou non. Baudouin est maintenant à pied. Il a besoin de l'aide de Dieu [et prie Dieu qu'il ait pitié de lui]. Il se défend ensuite courageusement comme on pouvait s'y attendre et il dit au roi Charlemagne : « Je suis maintenant dans une situation critique, parent, [au milieu de nombreux païens,] et il est bon de ne pas m'oublier. »

Le roi Charlemagne[3] ne tarda pas à aller lui porter secours. Baudouin vit un homme pour lequel il n'éprouvait aucune affection, c'était le roi Margamar. Celui-ci donna un coup de lance à Baudouin et le manqua – la meilleure des issues. Baudouin lui fit face et le frappa sur le haut du heaume : le coup emporta la partie touchée, trancha les cordons de la broigne qui étaient en or et l'épaule gauche. Il ne s'arrêta qu'en l'abandonnant mort. Il prit son cheval et bondit dessus, il interpella les païens et leur parla en termes violents. Il était alors aussi furieux qu'une bête sauvage[4].

Le roi Guiteclin fut attristé par la mort du roi Margamar[5]. Le roi Guiteclin mit sa corne à sa bouche et souffla avec une

---

1. Testamunt et le roi Effraim (a), Estamund et le roi Abeffra Enmon (b).   **2.** soixante (b).   **3.** Lorsque le roi Charlemagne vit que son parent se trouvait au milieu des païens, en difficulté, il ne tarda pas... (a et b).   **4.** et ne pouvait lui résister ni bouclier ni broigne (a et b).   **5.** si attristé qu'il en perdit presque connaissance (a et b).

grande énergie. Aussitôt Elmidan, le frère du roi Guiteclin, fit sortir son armée de la forêt et souffla dans sa corne [1].

Chapitre LIII — Roland l'emporte sur Elmidan

Roland reconnut le son de la corne. Il appela sa troupe et dit : « Allons maintenant participer à la bataille aussi énergiquement que possible. Je suis sûr que le roi Charlemagne a besoin de notre aide. » Ils firent ce qu'il demandait.

À présent, leur combat reprend aussitôt. Elmidan s'adresse à l'homme nommé Buten [2] – il gouvernait un grand royaume [3] : « Te semble-t-il judicieux que je souffle dans ma corne et encourage ainsi ma troupe ? » Il estima que c'était une bonne idée.

Il se mit ensuite à souffler. Toutes les montagnes des alentours en tremblèrent. Roland était au milieu de la troupe et il entendit l'horrible son produit par la corne ; il se dit en lui-même : « Je mise la chance de <mon seigneur saint Denis] sur la corne, et ce serait une grande prouesse si je m'emparais de cette corne. La troupe qui suit Elmidan est belle et importante, et si je ne fais pas l'essai de la mienne maintenant, j'ai alors perdu mon renom. »

Il chevaucha ensuite à l'encontre d'Elmidan alors qu'il soufflait dans sa corne, et le roi Charlemagne se trouvait en première ligne de cette troupe et ne s'abstenait pas de donner ni de recevoir de grands coups. Elmidan interpella Roland et lui demanda : « Où es-tu, pair des hommes de bien ? J'ai dans l'idée [4], dit-il, que tu as franchi le Rhin pour ton malheur, et je ne demande rien de mieux que notre rencontre. Je ne me soucie pas de vivre plus longtemps, sauf si je parviens à te vaincre. » Roland entendit ces paroles inconvenantes à son égard et il chevaucha vers lui en répondant à ses propos : « Écoute, chevalier vantard ! Comment t'appelles-tu ? »

---

1. sa corne Olivant (b).   **2.** Butrent (b).   **3.** il était son conseiller (a), conseiller de son roi (b).   **4.** Si Mahomet veut nous aider (b).

Il répondit : « Je m'appelle Elmidan et j'aimerais rencontrer Roland afin de me battre avec lui. Puisse Mahomet m'aider en ce que je souhaiterais vivement que nous nous rencontrions dans cette bataille. En effet, j'attache peu de valeur à la bravoure des combattants du roi Charlemagne, si je peux le mettre à genoux. » Roland répondit alors : « Tu es apparemment un homme preux et vaillant, et ta corne est fort belle, mais à présent je vais dévoiler mon état devant toi : je suis Roland, le parent de Charlemagne, et je me tiendrai pour un bon à rien[1] si je ne parviens pas à triompher de toi. »

À présent, Roland et Elmidan chevauchèrent l'un contre l'autre à toute vitesse, et l'on peut dire sans mentir que leur choc ne fut pas insignifiant. Le païen frappa Roland sur l'avant de son bouclier, mais Dieu, comme il l'a souvent fait, réalisa de grands prodiges pour l'amour du roi Charlemagne et de Roland : le coup glissa du côté gauche de Roland, déchira sa broigne et emporta le morceau, mais alors Dieu protégea Roland qui ne fut pas blessé[2].

Roland frappa alors le païen et lui arracha l'ombon de son bouclier et toutes les décorations qui se trouvaient dessus. Il lui porta ensuite un coup de lance et le fit tomber de son cheval. Le païen en fut ébranlé. Elmidan attaqua alors vivement Roland : il lui assena un coup sur le heaume et lui arracha toutes les décorations qui se trouvaient dessus[3]. Le coup traversa le cheval par l'avant de la selle de sorte que Roland tomba au sol en glissant par-dessus sa tête, et il se retrouva par terre en étant toujours debout.

Ils étaient à présent tous les deux à pied et Roland était particulièrement courroucé comme on pouvait s'y attendre. Il frappa ensuite le païen [de son épée Durendal], lui arrachant toutes ses protections, et le bras gauche partit avec. Elmidan tenait son bouclier de la main droite [et sur l'épée étaient représentées des images des dieux païens qui s'appellent

---

1. ne valant pas un gant (a et b).   2. et néanmoins il ne fut même pas désarçonné (a et b).   3. à la fois de l'or, de l'argent et des pierres précieuses.

Mahomet, Apollin, Jupiter et Terogant[1]. Le païen dit ensuite] : « Mahomet, mauvais dieu[2], sauve mon corps ! J'ai maintenant perdu un membre dont je pourrai difficilement me passer. Mais bien que je sois manchot, c'est sans honte pour moi, et je vais tout de même lui assener un coup tel que celui-ci paraîtra de toute beauté aux vaillants preux. »

Il arracha ensuite à Roland toutes ses protections et lui infligea une sévère blessure[3], mais Roland lui donna la réplique immédiatement et lui assena un coup qui décida aussitôt de l'issue de leur lutte : il lui trancha la tête et prit ensuite sa corne et son épée. [Roland dit alors] : « Je reconnais que si tu avais été chrétien, ta mort eût été à déplorer. »

Roland plaça ensuite la corne à sa bouche et sonna par trois fois, et ainsi toute les troupes chrétiennes et païennes surent que Roland détenait la corne et avait vaincu Elmidan. Le roi Guiteclin parla alors à ses hommes : « Bons chevaliers, il est inutile de rester ici, et que chacun cherche son salut dans la fuite avec ma permission. » S'avancèrent alors sept[4] écuyers de Roland qui menaient avec eux son cheval Veillantif.

Le roi Guiteclin s'enfuit, mais Roland le poursuit.

Chapitre LIV — Guiteclin se rend à Baudouin

Baudouin s'aperçoit alors que le roi Guiteclin s'enfuit. Il l'interpelle par trois fois et lui demande de l'attendre[5]. Lorsque le roi Guiteclin entend ces paroles, il fait faire demi-tour à son

---

1. Makon, Apollin, Jubiter, Terogant.   **2.** et toi, dédaigneux Apollin (a et b).   **3.** Il attaqua Roland et lui arracha toutes ses protections et tout ce que son épée rencontra sur le coup, et il lui infligea une blessure mortelle car le coup emporta toute la partie de sa chair qui avait été tranchée et vint s'enfoncer dans le sol. Mais Roland réagit au plus vite (a et b).   **4.** quatre (b).   **5.** lui dit : « Il est sage que tu m'attendes et fasses faire demi-tour à ton cheval. Si tu ne le veux pas, tu auras alors perdu ton renom et tu tomberas dans la troupe des fuyards » (a et b).

cheval ; ils s'élancent, viennent se donner un coup de lance et chacun fait tomber l'autre de son cheval. Les voilà tous les deux à pied, et le plus violent des assauts est en train de se donner. Plus de cent Francs arrivent maintenant, mais Baudouin leur demande de ne pas s'approcher plus près et il prend la parole pour formuler un vieux proverbe : « Un homme seul doit faire face à un homme seul, sauf s'il est peureux. »

Baudouin dit ensuite au roi Guiteclin : « La sagesse serait maintenant, roi, que tu viennes te placer sous notre autorité[1], sinon je vais te tuer. » Le roi voit qu'il n'a pas le choix et il se rend[2] à Baudouin et à ses hommes.

Chapitre LV — Suite et fin de la vie de Guiteclin et des siens

Il convient maintenant de parler[3] des fils du roi Guiteclin. Ils s'enfuient maintenant au-delà du Rhin[4] et parviennent à la tente que leur père avait occupée.

Ils profitèrent du fait qu'ils avaient des chevaux rapides, <au point qu'il était improbable qu'on puisse les rattraper en les poursuivant]. La reine Sibile s'aperçut <tout de suite> de leur arrivée et leur demanda ce qui s'était passé. Ils lui apprirent des événements à la fois nombreux et importants : le roi Guiteclin arrêté, Elmidan et le roi Margamar tués, <de même qu'Estorgant, le parent du roi Guiteclin, et de nombreux chefs et toute leur armée>. Ces nouvelles peinèrent et affligèrent tant la reine qu'elle en perdit presque connaissance. <Il est vrai de dire que celui qui se trouvait là pouvait entendre pleurer de

---

1. que tu abandonnes tes armes (a). 2. il abandonne ses armes et se trouve maintenant sous l'autorité de Baudouin et de ses hommes (a). 3. Après tous les événements dont il vient d'être question (b). 4. car ils désespèrent d'obtenir la victoire quand ils voient leur père prisonnier (b).

nombreuses femmes, les unes sur leur mari et les autres sur leur frère, les unes sur leurs fils et les autres sur leurs parents.> La reine Sibile s'enfuit ensuite [à l'étranger[1]] avec ses fils[2].

Baudouin remit le roi Guiteclin aux mains de Roland. Dès que le roi vit Roland, il s'inclina devant lui et dit : « Aie pitié de moi, Roland, pour l'amour de ton Dieu, de sorte que je ne sois pas présenté au roi Charlemagne. » Roland répondit : « Tu passeras le Rhin et lorsque nous serons arrivés à Paris, nous déciderons si tu dois vivre ou mourir [, car beaucoup de gens se rendront à cet endroit-là]. »

Les Francs se rendirent alors à leurs tentes, et le lendemain matin[3] ils chargèrent le butin sur leurs chevaux. Le roi Charlemagne établit ensuite des barons pour surveiller ce qu'il avait conquis et il fit christianiser tout le pays. Cela fait, ils firent revenir bon train leur armée en grand équipage vers la France. Le cas du roi Guiteclin fut ensuite jugé et la sentence fut qu'il soit placé dans un donjon et qu'on lui mette aux pieds des chaînes si lourdes que quatre hommes n'eussent pas pu les bouger, et il eût mieux valu pour lui qu'il laisse la vie au combat plutôt que de vivre dans un tel déshonneur et d'avoir la mort en vue.

Il laissa sa vie dans ce donjon et son existence s'y acheva sans s'être améliorée. Il est bon que Dieu se venge ainsi des ennemis qui lui ont été si hostiles[4].

---

1. à l'intérieur du pays (A).   2. et s'y installa (b).   3. ils firent résonner plus de vingt mille cornes et trompettes et chargèrent (a), ils se préparèrent à rentrer en France en grand équipage et avec les honneurs. Le roi Charlemagne fit christianiser la Saxe et établit (b).   4. « améliorée, et le roi Charlemagne se vengea ainsi des offenses qu'il avait subies » (b) – pas de mention finale de Dieu en b.

BRANCHE VI

Otuel

La sixième branche de la *Saga de Charlemagne*, *Otuel,* est la traduction d'une courte chanson de geste française composée sans doute dans la seconde moitié du XIIe siècle. Le traducteur paraît avoir travaillé sur une version très proche de l'*Otinel* français qui est aujourd'hui conservé dans deux manuscrits édités en 1858 par F. Guessard et H. Michelant, et dans un court fragment édité par E. Langlois quelques années après. L'histoire y est point pour point la même, à quelques détails près qui ne modifient pas le sens général de l'histoire. Tout d'abord, le traducteur norvégien, les lecteurs et copistes postérieurs, norvégiens ou islandais, ont visiblement abrégé l'original et la première traduction, notamment dans la dernière partie de la chanson. Le manuscrit a est le plus proche de la version française d'un point de vue quantitatif, ce qui justifie son choix comme manuscrit de base par l'éditeur Unger, auquel nous nous rallions ; les autres manuscrits, B et b surtout, résument très sèchement les dernières phases de l'action. Cette tendance est fréquente dans toutes les traductions norroises de cette époque telles qu'elles ont été conservées dans des manuscrits postérieurs, et tout porte à croire que le premier traducteur n'est pas responsable de toutes les omissions qu'on peut relever aujourd'hui.

D'autre part, quelques différences tiennent à la nature même d'une traduction réalisée au XIIIe siècle : il arrive ainsi que le traducteur ait mal saisi une formule ou qu'il ait cru bon de développer un vers à son goût, ce qui introduit quelques écarts par rapport au texte original. P. Aebischer, il y a presque quarante ans, avait comparé de très près ces différentes versions, et d'autres composées en Grande-Bretagne, et nous n'entendons pas reprendre ici ce minutieux travail. Signalons seulement quelques erreurs manifestes dans ses traductions du norrois en français moderne, qui l'entraînent ponctuellement dans des analyses mal fondées – tout traducteur s'expose et en appelle donc à la mansuétude de son lecteur ! P. Aebischer est pourtant plutôt sévère à l'égard du traducteur norrois, qui n'a pas tout traduit ni tout compris, certes, et qui a parfois affadi une œuvre en soi quelque peu terne.

Enfin, certaines différences tiennent au fait que ce laborieux traducteur n'avait pas exactement sous les yeux la *Chanson d'Otinel* conservée dans les manuscrits français. Quelques noms de païens et quelques détails des combats ne peuvent provenir d'une déformation ou d'une invention, et dérivent donc d'un autre état du texte. La saga a donc au moins le mérite de nous avoir conservé des bribes de la geste française aujourd'hui perdues. Cependant, il demeure que son intérêt majeur n'est pas là, étant donné qu'*Otinel* n'est pas une œuvre tronquée et inaccessible, bien qu'elle n'ait pas été récemment rééditée et traduite. En outre, il n'est pas sûr qu'on puisse apprécier à leur juste prix les œuvres littéraires à partir de critères relevant de la génétique textuelle. Pour les œuvres des XIIe et XIIIe siècles, l'histoire littéraire, victime d'une fascination pour la pureté originelle et d'un grand scepticisme à l'égard du temps qui passe, a trop souvent tendance à privilégier les œuvres les plus anciennes au détriment des plus récentes, quitte à succomber au mythe de la version originelle, matrice parfaite, nécessairement perdue.

Otuel est donc une saga à lire pour elle-même sans préjugé. On constate alors qu'elle possède sa cohérence et qu'elle ne présente pas moins d'intérêt que la chanson française, pas plus non plus. Le lecteur habitué au style caractéristique de la chanson de geste ne retrouvera bien sûr pas le charme du décasyllabe et de l'assonance dans la prose norroise, mais le traducteur a su rendre en norrois quelques-unes des caractéristiques formelles typiques du genre. Les motifs y ont gardé leur netteté et le récit conserve une structure très géométrique : au duel de Roland et d'Otuel répond celui d'Otuel et de Clarel, la scène des fiançailles entre Otuel et la fille de Charlemagne laisse attendre un mariage sur lequel l'histoire s'achève, chaque camp possède son héroïne, modèle de beauté et de courtoisie, Otuel le païen arrogant, mais converti à la foi chrétienne, s'oppose à Clarel, païen tout autant valeureux mais demeurant un mécréant irrécupérable.

Les scènes montrant l'armement des chevaliers ou les combats singuliers se répètent inlassablement, donnant par moments une dimension presque musicale à la ligne narrative. Les nombreuses répétitions de motifs et de formules peuvent surprendre le lecteur moderne et ont dû quelque peu désorienter certains copistes islandais, mais leur fonction poétique s'inscrit parfaitement dans une esthétique épique selon laquelle la grandeur, la beauté et l'émotion caractérisant la prouesse se dévoilent dans un ressassement confinant à la saturation. Les situations se répètent et s'accumulent alors que les phrases sont courtes, moins hachées bien sûr en prose qu'en vers, mais répétitives et pauvres en mots. Nous avons essayé de rendre, comme nous l'avons pu, ce style de chanson de geste transposé en prose, où les liaisons logiques tendent à s'imposer aux dépens de la parataxe alors que le vocabulaire se réduit à quelques formules récurrentes. Nous avons essayé de rester au plus près possible du texte norrois sans essayer de retrouver la phrase française d'origine ; dans de rares cas, il nous a paru indispensable d'oser quelques variations dans le choix des mots afin de ne pas rebuter un lecteur moderne (par exemple les successions : X dit... Y répondit... X répondit... Z répondit).

Accordons qu'*Otinel* n'est pas la plus palpitante ni la plus originale des chansons de geste, car il est clair que le jongleur use et abuse de techniques littéraires déjà maintes fois éprouvées et quelque peu usées. Mais le ressassement est profondément inscrit au cœur de l'histoire et relève autant de la thématique que de la poétique, car ce court texte met en scène la lutte acharnée des chrétiens et des païens au travers de personnages qui n'en sont plus à leurs premières armes, qui se connaissent et partagent un passé commun. L'action se présente en effet comme un épisode secondaire à l'intérieur d'une histoire collective déjà commencée depuis longtemps. Nul besoin de présenter les personnages : Charlemagne apparaît au début de l'histoire entouré de tous ses barons, méditant une nouvelle expédition en Espagne. Pour un lecteur prenant les diverses branches de la *Saga de Charlemagne* dans l'ordre où elles se présentent dans les manuscrits, une certaine logique saute aux yeux. La guerre des chrétiens contre les païens a déjà connu de multiples épisodes dans les branches III-V, le centre de cette collection de gestes étant la guerre contre le roi Agolant (branche IV) qui montre l'affrontement acharné des deux empires. La guerre atteint une ampleur inouïe, nous l'avons vu, dans cette traduction d'*Aspremont*, et après ce summum d'intensité, on peut noter un effet de *decrescendo* dans les branches suivantes, de plus en plus courtes (IV : 76 chapitres, V : 55 chapitres, VI : 26 chapitres, VII : 19 chapitres).

Les armées de Charlemagne ont triomphé et la guerre paraît reprendre sporadiquement au travers d'entreprises qui n'ont plus la même ampleur. Les personnages savent qu'ils rejouent sur un mode mineur un drame dont l'issue est déjà acquise, au travers de soubresauts qui mettent surtout en scène quelques individus tenaces et déterminés. Ils ont d'ailleurs conscience eux-mêmes qu'ils ne font que prolonger une action commencée de longue date, répétant indéfiniment les mêmes gestes avec les mêmes résultats. Ainsi Otuel explique que Roland a déjà tué son oncle Fernagut de Barbarie (chapitre IV) et Clarel a aussi perdu dans les mêmes conditions son frère Salomon (chapitre VIII). De fait, les meilleures armes sont celles qui ont déjà servi et dont le propriétaire antérieur est soigneusement nommé. Peu à peu l'action se met donc en place au premier plan sur un fond de décor plus ancien fait de luttes que tout le monde a présentes à l'esprit, même si personne ne les mentionne. Les répétitions ont donc un sens à l'intérieur d'une histoire du règne de Charlemagne dont le lecteur commence à ressentir concrètement la durée et la richesse.

La *Chanson d'Otinel* paraît bien caractériser une littérature qui se pense comme seconde par rapport à des modèles et qui sait dans quelle histoire littéraire elle se situe. Elle est à ce titre typique des chansons de la seconde moitié du XIIe siècle, et la constitution de cycles ne fait qu'accentuer ce phénomène. La *Saga de Charlemagne*, au XIIIe siècle, est justement caractéristique de cet intérêt pour la diachronie qui peu à peu transforme les légendes en un vaste roman à épisodes. La répétition des motifs et des formules prend donc un sens plein dans ce moment du cycle où l'histoire a tendance à se répéter.

Ce texte montre donc la puissance et l'expérience de Charlemagne et de ses douze pairs qui ont pris la mesure du danger païen et réussissent à maintenir leur empire contre toute menace, quelle qu'en soit la difficulté. La branche suivante (*Le Voyage de Charlemagne à Jérusalem et à Constantinople*) ne présente d'ailleurs pas une nouvelle reprise de la guerre opposant chrétiens et païens, mais nous emmène dans une sorte d'intermède divertissant et exotique. Rien ne laisse donc deviner le coup de théâtre dramatique qui survient dans la branche suivante (*La Bataille de Roncevaux*) et qui va bouleverser les données et le sens de la guerre avec la mort de Roland.

L'intrigue d'*Otuel* est simple et se résume presque à une suite de péripéties entre un projet militaire initial et une victoire finale. Le récit commence en effet par une grande scène de cour située à Paris un jour de Noël, et montre la détermination infatigable de Charlemagne qui est disposé à aller affronter le roi Marsile en Espagne. Survient alors un ambassadeur du roi Garsie, Otuel, venu d'Italie provoquer l'empereur et ses pairs. L'expédition d'Espagne contre Marsile n'est que reportée, nous le savons, et l'épreuve qui se présente sera moins cruelle pour les Francs qui vont réussir à vaincre les païens d'Italie sans trop de dommages. Notons quelques moments particulièrement saisissants dans un récit dont l'issue ne fait pas de doute.

L'ambassade d'Otuel et ses conséquences occupent les neuf premiers chapitres, soit le premier tiers de la saga, et la ligne directrice qui court au travers de l'épisode est la succession de la tension et de la détente. Otuel se vante d'avoir tué un millier de Français et réclame au nom de Garsie la soumission de Charlemagne. L'arrogance d'Otuel lors de cette audition met à mal la patience des Francs qui ne peuvent rien contre lui du moment que Roland s'est engagé à le protéger. À ses provocations grossières les Francs répondent par une violence contenue et un énervement analogue à celui qui doit gagner les auditeurs. On attend donc le moment où l'action vengeresse va enfin faire taire la parole impudente, et le duel de Roland et d'Otuel doit permettre d'apaiser ces tensions oppressantes. Il va en réalité les prolonger et les aggraver.

Le premier duel représente l'un des sommets d'intensité de ce récit. L'épisode débute par une présentation très solennelle de l'armement des deux combattants. Ils revêtent un équipement si précieux que la description de leurs armes nous montre en fait des objets d'art, tel le bouclier de Roland qui occasionne une *ekphrasis* inscrivant définitivement notre texte dans la grande lignée épique remontant à l'*Iliade*. Certes le bouclier de Roland n'est pas celui d'Achille, mais ce décorum majestueux et quelque peu pompeux renvoie à l'art décoratif chrétien du Moyen Âge où abondent les pierreries, l'or et l'argent, les couleurs peintes et les reliefs sculptés. L'instant est grave et ces préparatifs suivent une sorte de lent rituel dont on ne trouverait plus aujourd'hui l'équivalent que dans la préparation d'un torero qui s'apprête à descendre dans l'arène.

Ici, au-delà des combattants, s'affrontent deux empires et plus encore deux religions. Le duel s'engage comme une lutte dure et acharnée dont l'issue incertaine inquiète un double rang de spectateurs. Le suspens est en effet difficile à soutenir pour Charlemagne qui contemple l'action du haut de ses remparts, position que les auditeurs vont naturellement adopter. Si le récit était simpliste, Roland finirait par l'emporter après une lutte indécise, mais le texte contient un message plus subtil. En effet, les individus ne sont pas entièrement déterminés par des structures politiques et religieuses et possèdent une valeur propre indépendamment de celles-ci, même si leurs actions y trouvent leur source et leur fin. L'épreuve montre la valeur égale d'Otuel et de Roland, malgré tout ce qui les sépare. Otuel a tous les défauts en tant que païen, nous l'avons vu, mais en tant qu'homme luttant loyalement pour sa vie, il a les mêmes qualités que Roland. Le duel peut bien faire triompher une cause sur l'autre, mais pas un homme sur son semblable. Malgré son erreur fondamentale, Otuel est un homme de bien, et on croit momentanément repérer dans le récit une vision étonnamment moderne de l'homme : il semble possible de juger un individu pour ce qu'il est en soi, indépendamment de ses convictions et de ses partis pris, au nom de valeurs transcendant les clivages politiques, culturels et religieux. Cette préfiguration de l'humanisme conduit le combat singulier d'Otuel et de Roland dans une aporie qui ne peut aboutir qu'à la mort par épuisement des deux combattants. Au total, Roland ne triomphera pas, car un païen peut être aussi fort et courageux que lui. La prouesse ne s'arrête pas aux frontières de l'empire.

La perspective chrétienne s'impose toutefois, car l'issue consternante d'un match nul est évitée grâce aux prières de l'empereur suivies d'un miracle : le Saint-Esprit descend sur Otuel et le convainc d'écouter Roland en adoptant la foi chrétienne. Un apaisement total gagne enfin l'assistance. L'empire et la chrétienté sortent finalement renforcés de cette épreuve spectaculaire et dangereuse par ses implications philosophiques. Il est finalement rassurant qu'un preux comme le païen Otuel soit facilement récupéré par Dieu et devienne immédiatement l'un de ses meilleurs défenseurs. Il demeure qu'on reste inquiet à l'idée qu'un Otuel puisse exister dans un univers païen présenté comme totalement perverti, et qu'on est en droit de se demander comment ses qualités indéniables ont pu se développer dans un pareil environnement. Mais il est noble, et dans ce récit la noblesse semble donc représenter un critère presque aussi important que la foi pour juger un homme ; son baptême dissipe toute gêne.

Le monde païen est en fait riche en hommes de bien, et la valeur du roi Clarel ne le cède en rien à celle d'Otuel. Quand

Ogier, Olivier et Roland l'affrontent et le capturent, il apparaît qu'ils se réfèrent tous à des valeurs communes constituant en quelque sorte une connivence de classe. Dans les difficultés qu'ils rencontrent, ils préfèrent donc le relâcher plutôt que de l'abattre froidement comme un homme de rien. Une perspective chrétienne s'impose, mais *a posteriori* encore une fois. Si proches que soient ces vaillants chevaliers, le récit fait triompher une vision binaire du monde qui oppose la vraie foi et l'idolâtrie, le Christ et Mahomet, et partant Otuel et Clarel. Leur duel (chap. XXI-XXV) marque la fin de la guerre et prend tout son sens par rapport au premier duel qu'il reprend sur un mode mineur. Comme Otuel auparavant, Clarel est sûr de lui, arrogant et insultant à l'égard de Charlemagne, mais il n'est pas besoin d'un second miracle. Malgré la vaillance hors du commun des deux adversaires, Otuel finit par tuer Clarel que condamne son entêtement dans l'erreur, ce qui donne *a posteriori* du prix à la conversion d'Otuel. Il apparaît en effet que la grâce qui lui a été accordée est exceptionnelle et qu'il n'est pas question de concéder une telle faveur à tout païen courageux. Malgré toutes ses qualités, Clarel ne mérite pas de vivre du moment qu'il rejette et menace la vraie foi. La morale de l'histoire est bien de nature religieuse, et elle justifie la guerre totale contre les ennemis de Dieu.

Les chapitres placés entre les deux duels que nous venons d'évoquer (chap. XI-XX) constituent le cœur de l'histoire et présentent une expédition militaire en Lombardie. Celle-ci n'a pas l'ampleur des expéditions d'Espagne décrites dans les branches IV (*Agolant*) et VIII (*Roncevaux*). Même si Charlemagne rassemble une armée impressionnante, cette fois les aventures de quelques individus isolés intéressent plus l'auteur que le choc de deux mondes. À ce moment de la geste française, les pairs de France sont déjà expérimentés mais restent fougueux et indisciplinés. Ogier, Olivier et Roland font preuve d'une témérité dangereuse en partant seuls à la rencontre des païens. Même s'ils réussissent à l'emporter sur des individus isolés, ils ne peuvent longtemps résister à des troupes entières. Ogier est capturé, et Roland et Olivier doivent se replier et attendre des secours. Malgré la gravité de la situation, ces scènes de combat ne suscitent pas un suspens aussi prenant que les duels, et c'est là que le jeu des répétitions paraît le plus mécanique. En vérité, le protagoniste de cette geste demeure Otuel, et les initiatives d'Ogier, d'Olivier et de Roland ne doivent déboucher sur rien de concluant pour qu'Otuel ait la part belle dans la victoire finale. C'est lui qui prévient l'empereur et part en avant des secours pour venir aider Roland qu'il ne se prive pas de critiquer en se moquant de lui. Il demeure que les deux chapitres (chap. XIX-XX) décrivant la bataille générale ne manquent pas d'allure car nous y retrouvons le grandissement habituel des actes guerriers, de même que le goût de l'exotisme païen, et la victoire est prompte à se dessiner. Cependant la victoire d'Otuel sur Clarel en combat singulier compte plus que ces opérations déclenchées un peu à l'improviste.

Malgré l'importance des armes et des combats au service de la foi, ce texte laisse une petite place à d'autres préoccupations déjà aperçues dans d'autres branches. À côté de la beauté éclatante des équipements militaires, la beauté féminine apparaît plusieurs fois dans le récit. La princesse Bélissent, fille de Charlemagne, surgit dans l'histoire après le baptême d'Otuel (chap. IX), dans un moment d'apaisement. La jeune femme, « aussi belle qu'un bouton de rose et qu'un lis », descend de sa chambre et apprend aussitôt qu'elle sera donnée en mariage par son père à Otuel pour sceller l'intégration de l'ancien païen dans l'entourage le plus proche de l'empereur. La dot élevée complète le don qui lui est fait. Consultée pour la forme, Bélissent accepte sans difficulté un si bon parti. Le statut de la femme dans ce texte est donc conforme à l'imaginaire épique, et son charme possède un caractère détonnant dans un espace aussi masculin. La séparation des sexes est telle, en effet, qu'il est impossible qu'une femme paraisse à la cour sans être immédiatement vue comme un objet de plaisir, de l'aveu même de son père qui commence par lui dire : « Ma fille, tu es bien élevée, et l'homme qui t'aura à sa disposition durant une nuit ... »

Cependant le récit n'est pas aussi misogyne qu'on pourrait s'y attendre, car l'influence des idées courtoises est évidente dès qu'apparaissent des personnages féminins. Ainsi, Bélissent sera une épouse propre à apaiser les désirs charnels de son époux au retour de ses aventures militaires, mais sa beauté et son raffinement sont surtout présentés comme une motivation poussant un chevalier à se surpasser par amour. Charlemagne déclare donc : « ... celui qui t'aura... devrait par la suite être un homme bon et courageux » – affirmation reprise et amplifiée par Otuel : « Dès que j'aurai éprouvé ta bonne volonté envers moi, je réaliserai maintes prouesses par amour pour toi, en enlevant à la fois des cités et des châteaux, des contrées et des villes... » L'honneur, le sens du devoir, la défense de la foi constituent certes les fondements premiers de la prouesse, mais l'amour profane apporte au chevalier une autre raison de se battre : dès lors qu'il connaît l'amour, il n'aura de cesse d'offrir des victoires et du butin à la dame qui l'inspire. Les intérêts supérieurs de la religion et de l'empire paraissent donc s'accorder au mieux avec les exigences de l'amour courtois. *Otuel* apparaît donc comme un texte hybride, marqué à la fois par la tradition épique et par l'influence nouvelle du roman courtois.

Otuel est le protagoniste de cette geste parce qu'il est le seul à exceller dans tous les domaines. La prouesse et la foi des autres pairs de France ne sont pas inférieures à celles d'Otuel, mais il est le seul à être de surcroît guidé par l'amour pour une dame. Toute l'expédition d'Italie est encadrée par la scène des fiançailles et celle du mariage sur laquelle l'histoire s'achève. En outre, la princesse Bélissent ne reste pas sagement à attendre son futur époux en France, car elle le suit à son rythme jusqu'en Lombardie. Cette présence réconfortante et motivante justifie son intervention déterminante dans les opérations militaires qui suivent et qui s'achèvent par sa victoire personnelle contre Clarel en combat singulier. À côté de lui, Ogier, Olivier et Roland apparaissent encore comme des jeunes gens impatients, manquant de la sérénité, du sérieux et de l'équilibre personnel que seul l'amour apporte.

Cet apport courtois s'étend également au camp adverse. Alfamie, la belle geôlière païenne qui est chargée de surveiller Ogier, semble jouer auprès de Clarel le même rôle que Bélissent pour Otuel. Leur affrontement final va donc de soi puisqu'il met aux prises deux modèles de prouesse et de courtoisie. La défaite de Clarel nous permet alors de prolonger l'analyse que nous faisions des valeurs chevaleresques : malgré tout ce qui rapproche ces deux hommes, l'appartenance religieuse apparaît comme restant *in fine* le critère déterminant permettant de juger les hommes. À ce titre, Clarel doit mourir et l'amour pour sa bien-aimée ne peut le sauver. L'amour humain ne saurait brouiller le clair partage entre la vérité et l'erreur en matière religieuse. Ainsi, le preux Galderas se bat en l'honneur de Gagate, fille du roi Golias (chap. XIX), et se considère à ce titre « comme supérieur à tous les païens » ; il meurt pourtant un instant plus tard en déclarant qu'il a agi par amour pour elle. On ne saurait trouver meilleure preuve des limites des pouvoirs de l'amour dans un texte dont les sources d'inspiration premières demeurent l'épopée et l'hagiographie.

Tout rentre dans l'ordre à partir du moment où les chrétiens l'emportent une fois de plus en massacrant les païens. La seule nuance qui point dans ce tableau finalement très manichéen bénéficie à la princesse Alfamie : Ogier lui laisse la vie sauve car elle l'a traité avec la plus grande aménité au cours de sa courte captivité. Ses suivantes ainsi que les gardes qui l'ont amené dans son jardin sont aussi épargnés. Il n'est pas question de leur conversion mais leur bienveillance plaide en leur faveur, et le vernis courtois du texte interdit qu'on s'en prenne à une héroïne aussi séduisante qui n'a pas eu un rôle actif dans l'action. Sa beauté assure donc son salut indépendamment de ses croyances. La foi chrétienne, l'empire et la magnanimité triomphent donc au terme d'une histoire caractéristique de l'apogée du règne de Charlemagne tel que pouvait l'imaginer un auteur de la seconde moitié du XIIe siècle.

Note sur la traduction

La traduction s'appuie sur le texte établi par Unger à partir de a. La branche est conservée dans A, a, B et b (ainsi que dans deux minuscules fragments conservés à Oslo, NRA 62). Unger donne de nombreuses variantes parfois traduites en note, mais dans les manuscrits A, B et b le texte est encore plus abrégé qu'en a ; en outre, B est plus incomplet encore du fait que les sept premiers chapitres manquent. Dans quelques rares cas, nous avons intégré dans la traduction, entre crochets droits ([...]), une variante empruntée à B ou b, que nous jugeons plus intéressante que la version du manuscrit a. Quelques mots entre barres simples (| ... |) correspondent à des variantes de A. Quelques leçons données par tous les manuscrits sauf a sont traduites entre crochets dépareillés (< ... |). Par contre, nous avons laissé de côté toutes les variantes qui ne nous paraissaient pas essentielles d'un point de vue littéraire.

Le problème des noms propres est particulièrement embarrassant dans cette branche car ils apparaissent sous des formes très dégradées, et plus dans A et a que dans B et b. H. Treutler et P. Aebischer ont déjà essayé de retrouver les noms français d'origine ; nous les suivons autant qu'il est possible, et en respectant la normalisation parfois adoptée pour d'autres branches. D'autres noms demeurent impossibles à décrypter et nous les laissons tels qu'ils se présentent en norrois.

Bibliographie particulière à la branche VI

Œuvres apparentées

— Version française :
Otinel, éd. F. Guessard et H. Michelant, in *Les Anciens Poètes de la France*..., publiée sous la direction de F. Guessard [vol. I], Paris, 1858. (Citée sous l'abréviation *Ot.*)

E. Langlois, « Deux fragments épiques : *Otinel, Aspremont* »,

Romania, XII (1883), pp. 433-458. (Citée sous l'abréviation *Ot*. Mende – où ce fragment a été retrouvé.)

— Versions anglaises :

« *The Sege off Melayne* and *The Romance of Duke Rowland and Sir Otuell of Spayne* », éd. S. J. HERRTAGE, in *The English Charlemagne Romances*, part II, *Early English Text Society*, Extra Series, XXXV, Londres, 1880, pp. 55-104.

« *The Taill of Rauf Coilyear...* with the Fragments of *Roland and Vernagu* and *Otuel* », éd. S. J. HERRTAGE, in *The English Charlemagne Romances*, part VI, *Early English Text Society*, Extra Series, XXXIX, Londres, 1882, pp. 63-116.

« *Firumbras* and *Otuel and Roland* », éd. M. I. O'SULLIVAN, *Early English Text Society*, Original Series, n° 198, Londres, 1935, pp. 59-146.

— Versions galloises :

Ystorya de Carolo Magno from the Red Book of Hergest, éd. T. Powell, Londres, 1883 (trad. R. WILLIAMS, *The History of Charlemagne*, in *Y Cymmrodon*, XX, Londres, 1907).

R. WILLIAMS et G. H. JONES, *Selection from the Hengwrt MSS. preserved in the Peniarth library*, vol. II, Londres, 1892.

ÉTUDES

AEBISCHER, Paul, *Études sur Otinel, de la chanson de geste à la saga norroise et aux origines de la légende*, Berne, Éd. Francke, 1960 (« Travaux publiés sous les auspices de la Société suisse des sciences morales », 2).

HIEATT, Constance B., in *Karlamagnús Saga...* Vol. III, Part VI. *Otuel*, Introduction, pp. 103-109 (cf. Bibliographie générale, B).

LE GENTIL, Pierre, « Réflexions sur la *Chanson d'Otinel* », *Cultura neolatina*, XXI (1961), pp. 66-70.

TREUTLER, H., *Die Otinelsage im Mittelalter*, in *Englische Studien* herausg. von Dr. Eugen Kölbing, vol. V (1882), pp. 97-149.

D. L.

Otuel

Chapitre I — Un messager païen vient trouver Charlemagne

On raconte que le roi Charlemagne se trouvait à Paris dans le château qui s'appelle Clermont[1], et il passa là son Noël de façon digne et royale[2]. Il était entouré des douze pairs[3] et de beaucoup d'autres hommes, et il y avait là toutes sortes de divertissements et la [joie[4]] était grande. Il se trouva alors qu'au cours de leurs discussions ils établirent le projet d'une expédition militaire en Espagne contre le roi Marsile[5], le païen, au printemps, dès que l'herbe des prés aurait poussé et que leurs chevaux pourraient s'en repaître. Le même jour, avant la fin des vêpres, le roi Charlemagne dut apprendre la nouvelle qu'il allait perdre vingt mille chevaliers avant d'avoir pu mener l'expédition dont ils avaient parlé, à moins que Dieu ne lui porte secours.

Un païen de Syrie[6], messager du roi qui s'appelait Garsie[7], homme doté de toutes les qualités chevaleresques, arriva en chevauchant impétueusement et ne s'arrêta pas avant d'être arrivé au palais du roi Charlemagne. Il descendit alors de cheval et monta à l'étage trouver le roi Charlemagne. Ensuite il rencontra Ogier le Danois, Gautier et le duc Naimes[8]. Il s'adressa

---

1. Lemunt (a), Lemiunt (A), Leminnt (b) – Cler(e)munt dans la chanson française d'*Otinel* (= *Ot.*), ms. b.   **2.** et il donnait une grande réception (A).   **3.** de vingt rois et vingt ducs (A).   **4.** la pompe (a et A).   **5.** Marsilium.   **6.** Syrland.   **7.** Garsia/Garsie.   **8.** Oddgeir, Gauteri, Nemes.

alors immédiatement à eux et leur dit : « Chers barons, montrez-moi votre seigneur. Je suis le vassal du roi qui estime que vous valez moins qu'un éperon[1]. » |Ogier[2]| répondit alors : « Dès que tu parviendras à la porte du palais, tu pourras voir notre roi assis sur son trône dans sa grande salle, la barbe blanche comme plume de colombe. Roland, paré d'un vêtement de velours, est assis à sa droite, le comte Olivier[3] à sa gauche, et au-delà les douze pairs. »

Le païen prit alors la parole, jura par Mahomet[4] et lui demanda de l'aider de telle façon qu'il puisse prétendre reconnaître le roi Charlemagne à partir de ce qu'ils s'étaient dit, et il ajouta : « Qu'un feu cruel et qu'une flamme brûlante embrasent sa barbe, son menton et tout son corps ! »

Chapitre II — Le païen face aux hommes de Charlemagne

Le païen poursuit alors son chemin et ne s'arrête pas avant d'être parvenu auprès du roi Charlemagne. Il lui dit : « Roi, je suis le messager du plus puissant roi qui ait été dans le monde païen, et celui-ci s'appelle Garsie. Il ne t'envoie aucune salutation car il ne lui a pas semblé que ce soit mérité[5]. Tu as offensé Mahomet. Puisse celui en qui je crois t'abattre avec ton arrogance, ainsi que Roland, ton parent, que je vois assis près de toi ! Je prie Mahomet qu'il m'accorde la faveur d'affronter Roland en un combat, et j'ai bon espoir qu'il sorte vaincu de cette confrontation. »

Roland regarda alors Charlemagne et sourit en entendant ces paroles : « Frère, dit-il[6], tu peux dire ce que tu veux, car aucun Franc ne te fera du mal aujourd'hui, bien que tu ne saches pas

---

1. un éperon non décoré (b). **2.** Oddgeir (A), Gauteri af Valvin (a), Nemes (b). **3.** Oliver. **4.** Maumet. **5.** car tu n'en es pas digne (A). **6.** dit le roi (A).

maîtriser tes propos, et la raison en est que tu es placé sous l'autorité et la protection du roi Charlemagne. »

Le roi répondit alors : « Du fait que tu t'es engagé à répondre de ce qu'il a dit, aucun homme de la cour ne lui fera du mal. » Roland dit alors au païen : « Je t'invite à un duel dans un délai de huit[1] jours. » Le païen répliqua : « Tu parles bien follement, Roland, car je ne crains aucun chevalier au monde tant que je tiens mon épée Courroucée[2] avec laquelle j'ai été adoubé chevalier. Je dois vous dire à présent la pure vérité : huit mois ne se sont pas encore écoulés depuis que j'ai tué mille hommes de votre troupe avec cette épée. »

Roland réagit alors à ses propos en demandant : « Où était-ce ? » Il répond : « Nous en arrivons à présent au neuvième mois après la mise à sac de Rome, la bonne cité dont tu fus, roi Charlemagne, proclamé roi, et nous avons tué là d'innombrables milliers de tes hommes, de sorte que personne n'en réchappa pour venir t'en apporter la nouvelle. J'ai frappé si énergiquement de mon épée Courroucée, que j'ai provoqué un gonflement de ma main, à tel point que neuf jours plus tard je ne pouvais rien faire avec et n'étais capable de rien dans ces conditions. »

Les Francs répondirent en disant qu'il devrait payer cela de sa vie. Estout de Langres[3] était debout[4] et il avait à la main une grosse massue équarrie. Il se jeta sur le païen et voulut le frapper, mais Roland se trouvait placé devant. Il l'en empêcha et dit : « Tu ne lui feras aucun mal par égard pour moi, car il est mon frère de serment et je n'entends pas le laisser maltraiter avant que nous ayons mis à l'épreuve nos qualités chevaleresques. Laissons-le dire tout ce qu'il veut et tout ce qui lui vient sur les lèvres. »

Il y avait dans la troupe du roi Charlemagne un chevalier qui, contrairement à beaucoup, n'était pas de la première jeunesse.

---

   1. sept (a et b).   **2.** Kured (A) – Curcuse/Courouçousse (*Ot.*). **3.** Estor Delangres – Estult de Lengres (*Ot.*).   **4.** Un homme de la suite de Charlemagne se leva ensuite (b).

De plus, il était né dans la cité de Saint-Gilles [1] et avait fait là de |grands| héritages. Les paroles du païen le mirent en colère, il s'approcha de lui, le saisit à deux mains par les cheveux et le fit tomber par terre du fait qu'il l'avait pris par surprise. Le païen se dégagea agilement et prit son épée toute dorée. Il garda bien à l'esprit la honte qu'il lui avait faite et lui asséna un coup si tranchant que sa tête tomba aux pieds du roi. Les Francs dirent qu'il fallait tuer le païen. Il se prépara prestement à se défendre, se mit à l'abri, fronça les sourcils et eut un roulement d'yeux. Il avait l'air d'un animal sauvage qui fait cela avec la plus grande férocité et la plus vive fureur. Il se mit ensuite à crier et demanda l'aide de Mahomet en tant qu'il était sa créature : si quelqu'un avait l'impudence de vouloir l'attaquer, il abattrait plus de cinq mille hommes de leur troupe avant d'être abattu.

Ensuite le roi Charlemagne se leva et s'adressa au païen en termes civils, lui demandant de déposer ses armes avec les honneurs. Il répondit : « Votre proposition visant à me faire déposer les armes ne me paraît pas convenable. » Roland alla alors près de lui et lui dit : « Remets-moi ton épée et si tu as besoin de la prendre, tu l'auras à ta disposition. » Il remit alors à Roland son épée et déclara qu'il ne voulait pas s'en séparer, même contre sept places fortes du royaume du roi Charlemagne, et il ajouta : « Cette épée pénétrera dans ton buste et dans ta tête ! »

Roland rétorqua alors : « Propos inconsidérés si l'expérience montre autre chose ! Mon avis à présent est que tu donnes ton message et que tu cesses de parler follement. » Le païen répondit : « Eh bien, tu n'as qu'à entendre, tendre l'oreille et comprendre. »

---

1. Gileps.

Chapitre III — Le païen transmet son message

Ensuite, il se leva, s'avança devant le roi Charlemagne et dit : « Seigneur, je vais te dire la vérité : je suis le messager du puissant roi nommé Garsie. Il règne sur toute l'Espagne[1], Alexandrie et Bougie, Tyr et Sidonie[2] ; il règne aussi sur la Perse et la Barbarie[3], et son pouvoir s'étend sur tout l'espace qui va jusqu'à Semilie[4]-la-Grande. Par ma bouche, il te fait dire de renoncer à la foi chrétienne, car votre christianisme ne vaut pas un sou[5] ; et celui qui n'en est pas persuadé commet une grande folie et s'aveugle. Si Mahomet qui règne sur le monde entier veut bien nous aider, tu deviendras son vassal demain[6], ainsi que toute ta suite, et par la suite tu te rendras auprès du roi Garsie le puissant, et il te donnera des biens en suffisance et certains lieux de résidence. Il a pensé t'attribuer la Normandie[7] et tous les ports d'Angleterre[8] avec les revenus et les biens qui s'y rattachent. Au comte Roland, ton neveu, il donne la Russie[9] et le comte Olivier aura toute l'Esclavonie[10], mais à aucun prix tu ne pourras t'approcher de la France[11], ni régner sur elle, du fait qu'il a donné la France à l'homme qui se nomme Floriz. Il est le fils du roi Alie le Rouge, il est originaire du pays qui s'appelle Folie[12] et il règne sur le pays qui s'appelle Barbarie. Personne n'est plus courtois que lui et il n'y a pas de chevalier de sa valeur dans tout le monde païen ; nul n'est autant vanté pour toutes les qualités chevaleresques et n'est autant capable de se battre au moyen d'une épée ou de n'importe quelle arme.

---

1. Spanialand. **2.** Alexandrie, Buzie, Tyri (b) : Hine (a et A), Sidonie (a et b) : Sodome (A) – Alixandre, Bucie, Tyre, Sydonie (*Ot.*, selon P. Aebischer, *Études sur Otinel*, p. 90). **3.** Perse, Barbarie. **4.** Semilie (a), Semelie (A), Familieborg (b). **5.** un gant (A), une feuille (b). **6.** le sujet du roi Garsile le Puissant (b). **7.** Norðmandi (a), Normandi (A), Normandiam (b). **8.** England. **9.** Rusia (a), Ruscia (A), Ruzia (b). **10.** Eidauenie (a et A), Esklavenie (b). **11.** Franz. **12.** Polie (a) (Pologne ?), Folie (A), Fulie (b).

Il possédera la France sans être assujetti à aucun tribut durant tout le temps qu'il vivra et que vivront ses héritiers après lui. »

Le roi Charlemagne répliqua alors à ce qu'il avait dit : « Nous n'accepterons jamais ce partage, mais qu'est-ce qu'il vous en semble, chers barons ? » Toute sa troupe répondit comme un seul homme : « Seigneur, nous ne supporterons jamais que les païens aient une seule demeure en France. Tu rassembleras plutôt, à notre avis, tous tes hommes, et nous prendrons la route, si tu le veux bien, jusqu'à ce que nous trouvions cet infidèle. Si nous rencontrons le roi Garsie dans un combat, il n'en repartira pas avec sa tête, pas plus qu'aucun de ses hommes. »

Le païen rétorqua alors : « J'entends là des propos oiseux [1]. Beaucoup menacent maintenant le roi Garsie, alors qu'ils n'oseraient pas le regarder s'il venait ici, et si vous voyiez son armée, le plus courageux d'entre vous préférerait se trouver du côté de la Normandie qu'ici près d'eux. »

Le duc Naimes repartit alors [2] : « Païen, si le roi Charlemagne rassemble son armée, où nous rencontrerons-nous avec votre roi Garsie ? et aura-t-il le courage de livrer bataille au roi Charlemagne ? » Le païen répondit : « Je viens d'entendre dire de grandes sottises [3], comme prétendre qu'il pourrait ne pas avoir le courage de livrer bataille au roi Charlemagne ou à vous, alors que nous sommes cent mille au total, tous bien équipés de broignes et d'armures de toutes sortes, avec une bannière devant chaque centaine ; et ils sont déterminés à ne pas fuir le combat pour échapper à la mort. Nous avons construit pour notre roi une forteresse en Lombardie [4], avec du bois et de solides pierres ; nous lui avons donné un nom et elle s'appelle Atilie [5]. Elle est construite entre deux lacs [6] de sorte que personne ne peut venir nous causer du tort à notre insu, ni chasser ou pêcher, et aucun être vivant ne peut y venir, hormis les

---

1. des choses surprenantes (b).   2. en jurant sur sa barbe (A).
3. Tu poses des questions d'homme insensé (b).   4. Lumbarde (a), Lumbardie (A), Lungbardi (b).   5. Athilia/Attilie (a), Attelia (A), Atelie (b).
6. deux rivières (A), deux criques (b).

oiseaux qui volent. Or si le roi Charlemagne avec sa barbe blanche venait à s'y rendre, il verrait combien de mes amis il aurait là face à lui à affronter. Mais je te conseille, pauvre vieillard, de ne pas y aller et de rester chez toi et surveiller Paris[1] et tes autres cités, de même que tes châteaux, pour éviter que les corbeaux, les pies ou d'autres oiseaux malfaisants n'y viennent, car je vois bien ce qui t'attend : par la suite, jamais plus tu ne livreras bataille ni n'accompliras de prouesses. »

Chapitre IV — Le païen provoque Roland en duel

Il faut dire à présent au sujet de Roland qu'il fut si fâché à cause des paroles haineuses prononcées par Otuel[2] qu'il ne savait plus comment il devait se comporter. Par la suite il se leva, fit trois pas en avant et dit à Otuel : « Tu es un homme de bien et tu as grandement vanté et exalté votre armée devant les Francs[3]. Mais je jure par le Dieu qui souffrit et mourut sur la croix que si tu n'étais pas mon frère de serment, tu devrais maintenant endurer la mort, et si je t'affrontais dans un combat, je te donnerais un tel coup de mon épée que jamais plus tu n'humilierais des preux par tes paroles. »

Otuel répliqua alors : « Je suis ici présent. Si tu veux te battre, que soit tenu pour misérable celui qui s'éloignerait de toi d'un pas, et je t'invite à un duel demain, d'homme à homme, si tu le souhaites. » Roland répondit : « Donne-moi des garanties sur ta foi et ta bravoure que ces conditions seront respectées. » Otuel fut d'accord et il jura sur sa foi qu'il les respecterait tou-

---

1. Parisborg. **2.** Dans les traductions norroises d'œuvres françaises, il est habituel que les noms des protagonistes soient donnés avec retard et incidemment. Nous préférons conserver la forme Otuel que donnent la saga et les versions britanniques, au lieu de restituer Otinel, nom isolé de la chanson de geste française, « forme secondaire » selon P. Aebischer (*op. cit.*, p. 88). **3.** La phrase semble contenir une ironie rentrée. « Enfuis-toi, païen, homme sans foi » (b) est plus explicite.

tes, et ils formulèrent des imprécations à l'encontre de ceux qui pourraient les détourner de leurs résolutions. Ils prirent comme témoins Charlemagne et toute sa troupe, et sur ce il se séparèrent.

Le roi Charlemagne dit alors à Otuel : « Païen, je te conjure sur ta foi de me dire à quel lignage tu appartiens dans ton pays, |et comment tu t'appelles|. Otuel répondit : [je m'appelle Otuel[1] et] je suis le fils du roi Galien le Valeureux. Il a tué de ses mains[2] autant d'hommes qu'il y en a dans ton royaume. Le roi Garsie est un parent et Fernagut de Barbarie[3] était mon oncle[4] ; c'est lui qui régnait sur Nazareth[5], mais Roland l'a tué. J'ai l'intention de le venger demain si Mahomet veut bien m'aider. »

Le roi Charlemagne répondit alors au païen : « Tu es d'une très grande noblesse, et c'est bien dommage qu'un si bel homme n'ait jamais reçu le baptême. » Le roi fit ensuite appeler son écuyer Sandgrimar[6] et lui dit : « Viens ici et emmène cet homme ; conduis-le chez Garnier[7] et fais-lui passer la nuit là-bas. Donne au maître de maison cent pièces[8] pour sa nourriture et autant pour son cheval. Puis tu feras venir ici Richer[9], Gautier de Lion[10] et Ogier le Danois. »

Quand ils arrivèrent devant le roi, il dit : « Je vous confie cet homme ; veillez sur lui comme de braves chevaliers doivent le faire et ne le laissez pas manquer de ce dont il a besoin. »

Otuel se rendit ensuite chez son hôte, et là il ne fut privé ni d'honneurs ni d'affabilité au cours de cette nuit-là.

---

1. Othuel.   **2.** à l'épée en combat (A).   **3.** Fernaguli barbaris. **4.** Feraguli qui régna sur Nadared était mon oncle (A).   **5.** Nazaret/Naudes (a), Nazze (b) dans les manuscrits d'*Otinel*, Nájera en Espagne selon P. Aebischer (*op. cit.*, pp. 92-93).   **6.** Singram (A), Langrimar (b) – Renier (*Ot.*).   **7.** Garnes (a), Garies (A).   **8.** « 100 skillinga ».   **9.** Riker. **10.** Valter af Leon (a), Valteris (A) – Galter de Liuns (*Ot.*).

Chapitre V — Roland se prépare pour le duel

Il faut dire à propos de Charlemagne que dès qu'il se leva au matin, il fit porter un message au comte Roland, et ils se rendirent ensuite à l'église pour prier et écoutèrent toutes les oraisons. L'abbé qui avait autorité sur l'église de Saint-Denis[1] chanta la messe ce jour-là. Le roi Charlemagne avait une coupe d'or qu'il remplit de pièces appelées Parisis[2], et il fit l'offrande de cet objet de valeur ; vingt[3] barons firent comme lui. Roland fit l'offrande de son épée Durendal et il la racheta ensuite contre une somme de sept marcs.

Quand la messe fut finie, ils se réunirent en conseil. Otuel arriva aussitôt et il s'adressa au roi Charlemagne en lui demandant : « Où est Roland, ton parent, que tu aimes plus que tout autre homme ? J'ai entendu dire que tes hommes ont une telle confiance en lui qu'ils ne craignent rien tant qu'ils l'ont avec eux en bonne santé. À présent, je suis venu pour mettre en œuvre l'engagement que nous avons pris en présence de tout le peuple. Or il me semble étrange qu'il soit inconséquent au point que je ne le voie pas en cet instant. »

Juste à ce moment Roland s'avança, de méchante humeur, et il jura sur saint Pierre l'Apôtre qu'il ne voulait pas être appelé parjure pour tout l'or du monde, et dit qu'il poursuivrait l'entreprise jusqu'à ce que l'un des deux reste sur le champ de bataille. Otuel dit alors : « Il est souhaitable que nous revêtions nos armes au plus vite car il y a autre chose à faire ensuite. Si tu ne me trouves pas sur le champ de bataille, je t'autorise à me pendre au plus grand arbre de France. » Olivier ajouta alors : « Ce païen est extrêmement volubile. Il voit que ses paroles ne lui causent aucun tort, mais il m'étonnerait qu'il s'en sorte bien. »

Là-dessus vingt[4] ducs s'avancèrent et entreprirent d'armer Roland. Ils lui passèrent d'abord une broigne ample et longue.

---

1. Ordines (a), Ordinis (A), hins heilaga Dionisii (b). **2.** Parensis (a), Pareses (A et b) – parisez (*Ot.*). **3.** les douze pairs (b). **4.** onze (b).

Celui qui fit cela s'appelait Briktor[1] et c'était un élève du géant Goliant. Celui qui fixa autour de lui les attaches de la broigne s'appelait Estout. Ils placèrent sur sa tête un heaume brillant qui avait appartenu à Goliant. Roland l'avait gagné dans un duel au cours duquel il avait tué Gruant, un grand combattant. On apporta ensuite Durendal, et il est inutile de la décrire du fait que tout le monde sait qu'il n'existait pas d'autre épée de cette qualité en ce temps-là, et encore moins maintenant. Roland se ceignit alors de cette épée[2].

On apporta alors son bouclier qui était grand, solide et d'une épaisseur quadruplée[3]. On le suspendit à son épaule, et il était peint de couleurs multiples. Sur le bord extérieur étaient représentés les quatre parties du monde et des climats de toutes sortes, ainsi que les douze mois et le temps que chacun d'eux amène. Étaient aussi représentés avec grand art le ciel et la terre, le soleil et la lune ; étaient encore représentés l'enfer et l'angoisse des tourments, les oiseaux du ciel et toutes sortes d'animaux terrestres. La courroie et toutes les attaches du bouclier étaient en soie et rehaussées d'or et d'argent. On lui mit ensuite une lance en main, portant une bannière de toutes les couleurs, si longue qu'elle touchait le sol.

Lorsqu'il fut équipé, on lui attacha aux pieds des éperons |d'or|. Ce service lui fut rendu par Gérin[4]. On amena juste après son cheval[5] qui était quasiment le plus agile de tous les chevaux. Sa selle avait été taillée dans la pierre appelée cristal, et elle était toute rehaussée d'or et d'argent. Le tapis de selle avait été confectionné dans le meilleur velours. Les courroies, les étrivières et la sangle de selle avaient été fabriquées avec de l'or et de l'argent de première qualité et travaillées avec grand art[6]. Roland monta alors à cheval sans se tenir ni aux étriers, ni à l'arçon de la selle. Il s'élança à toute vitesse et éprouva la valeur du cheval sous les yeux de toute l'armée. Là-dessus, il

---

1. Brittor (b).   **2.** Pendant qu'il se préparait, le païen l'attendait sur son cheval (A).   **3.** Sur le mot « ferbyrðing » qui est rare, voir trad. C. B. Hieatt, p. 122, note 15.   **4.** Gerin.   **5.** Cheval nommé Brúant en b.   **6.** A et b ajoutent que ce cheval était « recouvert d'une cotte de mailles ».

retourna auprès du roi Charlemagne et lui dit : « Accorde-moi la permission d'affronter Otuel en combat singulier. Je suis certain de le battre en duel. »

Le roi Charlemagne répondit à ces paroles en lui donnant sa permission, et dit : « Puisse le créateur du ciel et de la terre veiller sur toi ! » Ensuite, le roi leva la main et bénit Roland en faisant le signe de la croix. Après quoi il partit et fut accompagné par le peuple tout entier, les jeunes filles et les enfants suivant les hommes adultes. Ils prièrent tous ensemble en sa faveur, demandant à Dieu et à la Sainte Vierge de veiller sur lui. Les vingt ducs tous ensemble le conduisirent sur le lieu du combat qui se trouvait entre deux fleuves, dont l'un se nomme la Seine [1] et l'autre la Grande Marne [2].

Chapitre VI — La princesse Bélissent arme Otuel

Peu après, Otuel s'avança devant le roi Charlemagne et lui demanda de lui prêter des armes, un heaume et une broigne, une lance et une bannière, en ajoutant : « J'ai une bonne épée et un bon cheval. Je ne connais pas de biens plus précieux dans le monde entier, et je jure que j'aurai triomphé de Roland avant que l'heure du déjeuner soit venue. »

Le roi répondit alors : « Païen, ceci ne se produira pas. Tu peux dire ce que tu veux, mais tu ne sais pas ce qui finalement peut se produire au cours de votre rencontre. » À ce moment arriva Bélissent [3], la fille du roi, descendue de sa chambre, et elle était accompagnée de nombreuses jeunes filles. Le roi Charlemagne lui fit signe et lui demanda d'aller lui parler. Elle était parée de façon splendide de sorte que toute la rue était éclairée par son éclat et sa beauté. Le roi lui dit ensuite : « Emmène ce chevalier en prenant avec toi tes suivantes et arme-le.

---

1. Seme. **2.** Marvar hit mikla. **3.** Belesent/Belisent.

Il a provoqué en duel Roland, mon parent. À présent, je te demande qu'il n'ait pas à attendre les armes dont il a besoin, et choisis-les de qualité, car cela donne du courage à tout homme.

— Nous ferons, dit-elle, ce que vous demandez. »

Là-dessus, elles le mènent à l'étage à leur suite, et là elles le revêtent tout d'abord d'une bonne broigne qui descendait bas, laquelle avait appartenu au roi Samuel. Celle qui lui posa le heaume sur la tête s'appelait Flandine [1]. Il avait appartenu au roi Galat [2], il était tout doré et serti de pierres précieuses. Un oiseau d'or était figuré sur le nasal. La princesse le ceignit de l'épée qui avait appartenu au roi Akel [3]. Elle était tranchante comme un rasoir et s'appelait Courroucée [4]. Il était fort probable que Roland recevrait des blessures de cette épée, à moins que Dieu ne lui porte secours. Elles suspendirent ensuite à son épaule un bouclier rehaussé d'or, blanc comme neige et incrusté des pierres les plus précieuses. Elles lui donnèrent alors la meilleure lance de l'armée du roi Charlemagne, avec une bannière blanche comme une neige fraîchement tombée. Un oiseau [5] doré portant un serpent doré dans ses serres était représenté dessus. Rosette de Ruissel [6] lui fixa alors des éperons aux pieds. Ensuite on sella son cheval, il s'appelait Nigratus [7] le Rapide. Dès qu'il vit Otuel, il se mit à hennir, comme s'il savait qu'Otuel allait vouloir le monter. Sur ce, il bondit sur le dos de son cheval et éprouva son agilité sous les yeux de toute l'armée.

Il fit ensuite faire demi-tour à son cheval et ne s'arrêta qu'une fois arrivé devant la princesse. Il la remercia de ce qu'elle l'avait si bien équipé et lui demanda la permission de se rendre sur le champ de bataille, « et si je rencontre Roland, il recevra de mes armes une mort certaine ». La fille du roi répondit | : « Tu parles avec virulence, mais de façon peu avisée [8]. Si | tu ne te

---

1. Blandine (a), Flandina (A), Flandine (b) – Flandrine (de Monbel) (*Ot.*).
2. Galak (a et A), Galaat (b) – Galatiuel (*Ot.*).   3. Zacariel (*Ot.*).   4. Koreþusum (a), Kure (A).   5. un faucon (b).   6. Roset af Vinel (a et b), Rosete af Junel (A) – Rossete de Ruissel (*Ot.*).   7. Nigratus (a), Nagrados (A), Nigradas (b) – Migrados (*Ot.*).   8. répondit avec virulence, mais de façon peu avisée : « Tu parles bien, et si... » (a).

défends pas contre Roland, il y a tout lieu de croire que tu ne livreras plus jamais bataille à tes ennemis. »

Là-dessus, Ogier le Danois et le duc Naimes conduisirent Otuel sur le lieu du duel où se trouvait Roland, lieu situé entre deux fleuves de façon qu'aucun des deux ne puisse s'échapper.

Chapitre VII — Duel d'Otuel et de Roland

Le roi Charlemagne monta au plus haut des remparts, en compagnie de dix barons et de beaucoup d'autres hommes. Le roi demanda à tout le monde de prendre garde à ne pas approcher du combat opposant Roland à Otuel. Aussitôt après, le roi Charlemagne les interpella, leur demandant d'engager le combat. Otuel déclara qu'il était prêt. Roland dit alors : « Je te demande et te conjure de ne pas te battre irrégulièrement.

— Je te le demande également, dit Otuel, sachant que nous n'avons guère d'affection l'un pour l'autre. »[1]

Là-dessus, Roland donne de l'éperon à son cheval Bruant, et Otuel fait de même avec son cheval Nigratus. Il sembla à ceux qui se trouvaient à proximité que toute la terre[2] à l'entour tremblait. Lorsqu'ils furent en contact, chacun alla frapper l'autre de sa lance alors que leurs bannières se déployaient dans leur sillage, et la hampe de l'un et de l'autre se brisa. Ils prirent ensuite leur épée, et chacun assena à l'autre un puissant coup sur son heaume doré. Les deux boucliers se fendirent alors, mais après cela leurs heaumes et leurs broignes résistèrent. Tout le champ de bataille resplendissait de l'or et des pierres précieuses qu'ils arrachaient l'un et l'autre du bouclier de leur adversaire.

Le roi Charlemagne prit la parole et dit : « J'assiste à présent

---

1. Tout ce début de chapitre manque en b.   2. la montagne (A).

à un grand prodige en voyant le païen résister aussi longtemps à Roland. » Bélissent, la princesse, ajouta alors : « La raison en est qu'ils sont tous les deux bien équipés et aussi que la rencontre oppose de vaillants preux. »

Aussitôt après, Roland frappa Otuel en lui assenant un coup de son épée Durendal sur le heaume, et il lui coupa le nasal ; d'un autre coup, il frappa le cheval au-devant de l'arçon de la selle, et le païen dut alors descendre de cheval, qu'il le veuille ou non. Ensuite Otuel s'adressa à Roland en jurant par Mahomet, et il lui dit qu'il avait commis une grande vilenie en tuant son cheval[1]. Il lui dit qu'il n'avait pas à l'attaquer, ajoutant qu'il le paierait avant que l'heure du déjeuner soit venue. Otuel frappa ensuite Roland avec son épée. Il lui coupa le nasal et fendit en deux son cheval par le milieu de sorte qu'il s'effondra en deux morceaux ; l'épée vint se ficher dans le sol. Ils se retrouvèrent alors à égalité et furent tous deux réduits à la marche à pied.

Ensuite Otuel[2] s'écria en disant que ce n'étaient pas des coups d'enfant qu'il lui avait donnés. Le roi Charlemagne prêtait une attention extrême à leur affrontement et parla ainsi : « Puisse Dieu tout-puissant, père de toutes créatures, ainsi que la sainte Vierge Marie, protéger Roland en ce jour, de façon qu'il ne soit pas vaincu par Otuel. » À la suite de cela, Roland assena un coup sur le heaume d'Otuel, lui en arrachant un quart avec l'oreille gauche. L'épée de Roland causa alors une grave blessure à Otuel, ne s'arrêtant que dans la poignée de son bouclier. Roland l'aurait alors emporté sur lui s'il n'avait pas été aussi bon chevalier qu'il l'était.

On doit dire en vérité que le combat est |très| violent désormais. Bélissent, la princesse, dit alors : « C'est un combat difficile, et ils ne tiendront plus très longtemps à présent, mais il est évident qu'ils sont l'un et l'autre de la plus grande vaillance, et aucun d'eux ne mérite des reproches. » Le roi dit alors : « L'état de Roland m'inquiète beaucoup. » Il tomba à terre et

---

1. car il n'avait commis aucune faute à ton égard (b).   2. Roland s'écria (A et b).

adressa[1] une prière à Dieu : « Tu es le seigneur de toutes tes créatures et de toute la chrétienté. Sois le bouclier protecteur de Roland en ce jour, élève le christianisme[2] et abats le paganisme, convertis cet homme en l'ôtant à ses croyances et aux tourments éternels au profit de la foi chrétienne et d'une gloire éternelle. »

Lorsque le roi eut fini sa prière, il monta sur les remparts et de là porta ses regards sur eux. [Chacun d'eux avait tant martelé l'armure de l'autre qu'il ne leur en restait plus le moindre lambeau sur le corps.] Roland dit alors à Otuel : « Païen, renonce à Mahomet et crois en Dieu[3], le fils de Marie, celui qui a souffert les tourments et la mort sur la croix[4] ; deviens le vassal du roi Charlemagne, il te fera de beaux dons et te donnera sa fille. Avec Olivier et moi, nous deviendrons tous les trois frères jurés[5] et nous accomplirons maintes prouesses et prendrons des cités et des châteaux, des régions et des villes, des chevaux, des mules et toutes sortes de biens. »

Otuel répondit alors : « Que celui qui écoute tes leçons soit un misérable ! J'entends plutôt être ton maître. Avant que nous nous séparions aujourd'hui, j'entends te donner un tel coup de mon épée que tu ne pourras plus dire ni oui ni non. »

Les menaces d'Otuel mirent à présent Roland en grande colère, et de son épée il lui donna un coup sur le heaume de telle façon que des étincelles jaillirent lorsque l'acier entra en contact avec le heaume. Le coup se déporta du côté gauche et Roland déchira sa broigne depuis la clavicule jusqu'à la ceinture. Or il n'en fut pas blessé[6] pour autant, bien que le coup ait été lourd, mais il en fut choqué comme on pouvait s'y attendre, de sorte qu'il tomba à genoux complètement assommé, et de grandes clameurs s'élevèrent dans l'armée des Francs qui dirent que c'était là un coup de chevalier. Or beaucoup faisaient l'éloge d'Otuel, disant qu'il ne méritait pas de reproches ; certains pourtant affirmaient qu'il en méritait et qu'il

---

1. en pleurant (A).   2. le christianisme et ton saint nom et abats les païens infidèles (A).   3. Christ (b).   4. par amour pour nous (A).
5. mot à mot « frères de vengeance ».   6. Le manuscrit B recommence ici.

était vaincu sur le champ de bataille, mais ils ne connaissaient pas sa valeur ni ses prouesses, car il était le fils du roi Galien le Valeureux.

Ensuite Otuel s'apprêta à se venger, et il est très probable que Roland n'eût jamais plus conquis de places fortes à moins que Dieu ne lui portât secours, et que c'est seulement dans de telles conditions qu'il se battit alors mieux qu'il n'avait commencé. Otuel frappa alors Roland et Dieu le sauva de sorte que l'épée tomba à plat, autrement il aurait cette fois causé de grands dommages à Roland. Aussitôt il donna un autre coup à Roland et il fit tomber toutes ses protections, heaume et bouclier, et sa broigne fut déchirée, si bien qu'il tomba par terre. Roland était grièvement blessé.

Il interpella ensuite Roland et jura sur Mahomet en disant qu'il avait tiré vengeance des humiliations qu'il avait subies.

Chapitre VIII — Baptême d'Otuel

Ils sont tous deux dans un état critique car ils n'ont plus d'armure ni l'un ni l'autre, et il ne reste même plus de quoi couvrir le revers de leur main. Alors les Francs, une fois de plus, tombèrent en prière et demandèrent à Dieu de secourir Roland et d'avoir pitié de lui, car ils s'inquiétaient énormément pour lui. Ils demandèrent à Dieu de les réconcilier. À cet instant survint une colombe blanche comme neige qui passa dans le champ de vision de Roland et de toute l'armée, et c'était là l'Esprit saint sous l'apparence d'une colombe.

Ensuite, elle dit quelques mots à Otuel : « Approche-toi de Roland et fais ce qu'il te conseille. » Otuel répondit alors : « Je ne sais ce qui est là sous mes yeux, mais mon esprit et mon comportement sont transformés, et ce que j'avais jusqu'ici méprisé me paraît maintenant être la vérité. J'abandonne à présent mon épée de mon propre gré et non par crainte, et dorénavant je ne me battrai plus jamais contre toi, et par égard pour toi je vais me rallier au roi Charlemagne et à ses compagnons, alors que je n'avais pas imaginé que cela m'arrive jamais. Les dieux en lesquels j'ai cru auparavant me paraissent maintenant sans valeur [1], de même que tous ceux qui les servent ; et j'en appelle à présent de tout mon cœur à la sainte Vierge Marie, mère du Christ, pour qu'elle me secoure à l'avenir. »

Roland entendit ses paroles et lui dit en souriant : « Ces résolutions sont-elles profondément ancrées en ton cœur ? » Otuel répondit : « Oui, c'est pure vérité. » Puis ils passèrent leurs bras au cou l'un de l'autre et s'embrassèrent.

Le roi Charlemagne dit alors : « Dieu soit loué ! Nous allons voir à présent de grands prodiges accomplis par Dieu et ses saints : il me semble qu'ils les ont réconciliés. Allez-y au plus vite pour savoir ce qui leur est arrivé. » C'est ce qu'ils font et tous ceux qui le peuvent s'y rendent, considérant que le mieux loti serait celui qui saurait le premier ; Charlemagne était placé en tête du groupe, accompagné de onze barons.

Dès que le roi vit Roland son parent, il lui adressa la parole, lui demandant comment cela s'était passé pour lui [2]. Roland répondit que |cela s'était passé au mieux [3]| : « Je me suis battu contre Otuel, le meilleur des chevaliers avec qui j'aie croisé le fer, et je n'ai jamais rencontré son égal dans l'armée païenne [4]. À présent, Dieu soit loué que nous nous soyons accordés sur un point : il va se faire chrétien et recevoir le baptême. Je veux te donner un conseil salutaire, seigneur ; reçois-le bien et honore-le en tout, et tu te trouveras bien de sa présence. Donne-lui ce qu'il demande. Avant tout, je [5] te prie de lui donner ta fille Bélissent ainsi que de nombreuses cités fortifiées. » Le roi répondit alors : « À présent, ce que je voulais s'est réalisé, et la prière que j'ai faite s'est accomplie. »

---

1. ne sont bons à rien, si ce n'est à brûler dans le feu (A). **2.** pour eux (B), comment ils s'étaient séparés (b). **3.** « que cela s'était passé (?) et "ce qui est parfait, c'est que je te voie sain et sauf" » (a) – rien de tel en B et b. **4.** le plus vaillant chevalier qui soit au monde, et en matière d'exploit chevaleresque il n'a d'égal ni chez les chrétiens ni chez les païens (A). **5.** il (A).

À la suite de cela, on leur retira les équipements qui leur restaient et on amena le cheval de Roland. Il bondit dessus lestement comme s'il n'était pas blessé. Otuel monta sur la meilleure mule de toute l'armée du roi Charlemagne et il se rendit à Paris, à l'église de sainte Marie pour y recevoir le baptême.

L'archevêque Turpin habilla Otuel et le bénit[1], puis il le mena à l'église où il fut baptisé. Un si grand nombre de gens étaient venus là pour voir l'étonnant Otuel qu'il y en avait d'innombrables centaines. Le roi lui-même fut son parrain de baptême, assisté d'Oton[2] et de Girart de Normandie[3].

Otuel est à présent baptisé et il a renoncé à la loi des païens.

Chapitre IX — Fiançailles de Bélissent et d'Otuel

À ce moment arriva Bélissent, la fille du roi, qui venait de ses appartements. Elle était au milieu des femmes, aussi belle qu'un bouton de rose et qu'un lis au milieu des herbes. Elle salua le roi qui la saisit par sa courte manche et lui dit : « Ma fille, tu es bien élevée, et l'homme qui t'aura à sa disposition durant une nuit devrait par la suite être à l'abri de la lâcheté et de toute autre vilenie ; il devrait par la suite être un homme bon et courageux. Et il en sera ainsi si tu vis assez longtemps pour être donnée en mariage. »[4]

Le roi dit alors à Otuel : « À présent tu as reçu la foi, tu as renoncé au paganisme et tu t'es libéré de Mahom et de Mahomet[5]. À présent[6] je te donne Bélissent, ma fille, comme bien-aimée, et pour sa dot je lui donne les contrées qui portent les

---

1. « primsigndi Otuel » : mot à mot, « il lui donna la *prima signatio* ». 2. Otes. 3. Girarð af Norðmandi (a), Girald (A). 4. Le début du chapitre depuis « Elle était au milieu... » manque en B et b. 5. Makon ok Maumet. 6. tu es pleinement devenu mon vassal et (A), tu as reçu le baptême et de ce fait (B et b).

noms suivants : Verceil[1] et Ivrée[2], Aoste[3] et Plaisance[4], Milan[5] et Pavie[6]. Tu seras le chef de toute la Lombardie[7]. »

Otuel remercia le roi pour ce cadeau et tomba à ses pieds. Il se fit très humble et dit : « Seigneur roi, que Dieu te remercie de ton offre et je ne la refuse pas si la jeune fille m'accepte de bon gré. » La princesse déclara à Otuel : « Je pense que je ne serai exposée à aucun danger si je suis mariée avec toi, et je n'entends pas repousser un bon amoureux. Mon amour pour toi ni ma bonne volonté ne disparaîtront jamais. » Otuel répondit à ses paroles : « Dès que j'aurai éprouvé ta bonne volonté envers moi, je réaliserai maintes prouesses par amour pour toi, en enlevant à la fois des cités et des châteaux, des contrées et des villes, devant les portes de la forteresse qui se nomme Atilie, et j'abattrai de mon épée des centaines de païens. Ils sont tous condamnés s'ils refusent d'être baptisés[8]. »

Otuel dit encore : « Seigneur roi, prends soin de ma bien-aimée jusqu'à ce que nous ayons conquis la Lombardie et Atilie[9], lorsque j'aurai tué le roi Garsie et toute son armée, qui ne veulent pas se faire baptiser ni adopter le christianisme. »

Leur conversation s'acheva ainsi, et là-dessus le roi Charlemagne se rendit dans son palais pour manger et chacun se rendit alors chez lui. Il ne manquait ni nourriture ni boisson de la meilleure qualité, et il y avait de quoi rassasier parfaitement un homme avec le plus modeste des plats. Ensuite ils burent comme de coutume, puis allèrent se coucher pour la nuit.

---

1. Vernilest – Vercels (*Ot.*), Verceles (*Ot.* Mende). Pour ces noms, nous suivons les conclusions de P. Aebischer (*op. cit.*, p. 93). 2. Morie – Inorie (*Ot.* a), Morie (*Ot.* b), Inorie (*Ot.* Mende). 3. Kaste – Chaste (*Ot.* a), Auste (*Ot.* b), Chaste (*Ot.* Mende). 4. Plazente – Placence (*Ot.* a), Plesence (*Ot.* b), Placence (*Ot.* Mende). 5. Melant – Tuela (*Ot.* a), Melan (*Ot.* b), Tuela (*Ot.* Mende). 6. Pame – Pauie (*Ot.* a), Paure (*Ot.* b), Pauie (*Ot.* Mende). 7. Lumbarðaland. 8. « en enlevant... d'être baptisés » manque en A, B et b. 9. Attelie ok Romelle (A).

Chapitre X — Charlemagne lance une expédition contre Garsie

Au point du jour, le roi Charlemagne se rendit à l'église pour écouter les matines et tout l'office. Il avait ensuite réuni les hommes les plus éminents. Il était assis sur son trône et tenait dans sa main une baguette d'or, et ses lois étaient aussi droites que son bâton. Il s'adressa alors à tous les gens qui étaient là : « Prêtez attention et écoutez-moi ! Conseillez-moi bien, chers amis, car c'est ce que vous devez faire à juste titre. Quelle attitude allons-nous adopter à l'égard du roi Garsie ? un chien de païen qui a envahi mon royaume contre mon gré, comme vous l'avez entendu, détruisant nos châteaux, brûlant nos cités et nos villes, et s'assujettissant une grande partie de notre royaume et la Lombardie. Il y a tout lieu de présager la ruine du monde chrétien s'il poursuit ainsi. Souhaitez-vous aller l'attaquer maintenant ou au printemps ? »

Les Francs répondirent alors, disant qu'ils seraient prêts quand il le voudrait. L'issue de leur discussion fut que tous furent d'avis qu'ils devraient être prêts au début du mois qui s'appelle avril, et ils donnèrent tous leur accord pour cela au roi.

Dans l'intervalle, le roi Charlemagne eut beaucoup à faire pour son expédition : il fit écrire des lettres et les fit apporter par ses messagers dans tout son royaume, et il décréta la mobilisation générale du peuple de façon qu'aucun chevalier ou fantassin ne reste à l'arrière. Et ceux qui ne pouvaient pas venir pour cause de maladie devaient donner quatre deniers à l'église de l'évêque saint Denis.

Chapitre XI — Charlemagne rassemble ses troupes

Le mois d'avril est maintenant arrivé et le temps commence alors à s'améliorer. Le roi Charlemagne est à Paris, et Roland avec lui ainsi que les douze pairs et une si grande quantité d'hommes que nul n'aurait pu décompter les centaines. Il advint alors qu'un jour ils étaient montés sur les remparts et ils virent arriver à la cité tout le peuple mobilisé venant d'Allemagne[1] et de Bavière[2], et de Lorraine[3], des hommes farouches ; arrivent alors de tous les pays les hommes sur lesquels règne le roi Charlemagne. Il y en avait là une telle quantité qu'on n'aurait pas pu décompter les centaines[4], avec leurs boucliers peints en quartiers, leurs chevaux de qualité et toutes sortes d'équipements.

Au premier jour d'avril, alors que l'herbe avait poussé, le roi se rendit de Paris à Saint-Denis et il prit congé pour aller faire la guerre au roi Garsie. Les femmes alors pleuraient et maudissaient le roi Garsie en demandant à Dieu que le roi Charlemagne abatte le roi Garsie en combat, ainsi que toute son armée.

Chapitre XII — L'expédition d'Italie

Le roi Charlemagne était maintenant prêt à partir pour la Lombardie. Roland et sa troupe partirent les premiers, et le duc Naimes resta surveiller le pays. Otuel ne laissa pas sa bien-aimée à l'arrière : on lui donna une mule pour la route, la

---

1. Almania.   2. Beuers (a), Beauers (A et B), Bealver (b).   3. Leoregna (a et b), Leeregna (A), landi Regna (B).   4. Cette formule s'applique plus adéquatement aux foules de combattants arrivant de toutes les parties du royaume qu'aux hommes entourant Charlemagne (cf. *supra*). Elle est pourtant répétée, comme nous le traduisons, dans tous les manuscrits.

meilleure qui soit et venant de Hongrie. Sa progression fut légèrement plus lente que celle d'une galère sur la mer, mais trois cents chevaliers voyagèrent avec elle, et ils étaient tous très expérimentés.

Quittant la France, ils firent alors route vers la Bourgogne[1] et passèrent les Alpes[2]. Maintenant le cap pour toute leur troupe, ils parvinrent à la cité qui s'appelle Ivrée. Près de Verceil[3], ils franchirent le lac en bateau et traversèrent ensuite Mons[4], et parvinrent alors aux abords de la cité d'Atilie où se trouvait le roi païen Garsie, au pied de la montagne qui s'appelle Monpoün[5]. Ils installèrent là leurs quartiers de nuit et y restèrent quatre[6] nuits. Ils se reposèrent car ils étaient épuisés par leur course impétueuse ; ils firent engraisser leurs chevaux et soignèrent les hommes malades.

Pendant ce temps, le roi Charlemagne avait mis la main à l'œuvre. Au-dessus du lac qui se trouvait là, il établit un pont au moyen d'énormes poutres qu'il fit enfoncer sous l'eau à coups de marteau de forgeron, et sur lesquelles il construisit le pont.

Le pont était à présent construit et l'on pouvait maintenant aller où l'on voulait. Le jour où le pont fut achevé, dans l'après-midi, chacun retourna à sa tente pour manger. À ce moment Roland alla revêtir ses armes à l'insu de tous, hormis Olivier et Ogier le Danois. Ces trois hommes revêtirent leurs armes sous un olivier, bondirent sur leur cheval et passèrent le pont pour se rendre à la cité. Avant qu'ils reviennent, le plus expérimenté des hommes eût préféré rester chez lui[7] et recevoir un tonneau rempli d'argent d'une contenance de vingt mesures, |plutôt que de participer à cette expédition|.

---

1. Burgunia. **2.** Mundíufjall – terme désignant les Alpes ; au sens propre : Mons Jovis, soit le col du Grand-Saint-Bernard. **3.** Vermerz (a), Vermies (A) – Vergels (*Ot.*), Uerceles (*Ot.* Mende). **4.** Mons (a), Monz (A) – Muntferant (*Ot.*), Munferant (*Ot.* Mende). **5.** Munton (a), Muntuon (A), Mont (B et b) – Monpoun (*Ot.*), Munpounc (*Ot.* Mende). 6. sept (B et b), vingt (*Ot.*). **7.** Les manuscrits B et b s'arrêtent ici jusqu'à la fin du chapitre suivant.

Chapitre XIII — Quatre chevaliers païens impressionnants

On raconte qu'à l'extérieur de la cité d'Atilie, à une distance d'un mille, quatre grands chevaliers de valeur et très expérimentés montaient la garde. Ils étaient bien armés, chacun suivant ses souhaits, et il faut connaître leurs noms : l'un se nommait Barsamin[1], roi de la cité qui s'appelle Ninive[2] ; le deuxième se nommait Corsable[3], roi de la tribu Oneska, il ne tenait jamais sa parole ni ses engagements envers personne ; le troisième se nommait Ascanard[4], il était puissant et très doué, il avait tué un millier d'hommes de son épée ; le quatrième se nommait Clarel[5] le Réjoui, il n'y avait pas d'homme aussi séduisant dans l'armée païenne et nul homme n'échangeait des coups avec lui sans avoir le dessous.

Ces quatre preux s'éloignaient de la cité à cheval et représentaient une menace pour Roland et Olivier. Ils jurèrent par Mahomet que s'ils chevauchaient au point de parvenir jusqu'à l'armée des Francs, le roi Charlemagne ne s'adjugerait plus ni l'or ni l'argent, mais qu'ils fixeraient la part des douze pairs du roi Charlemagne suivant leurs souhaits.

« Chers barons, dit Clarel, avec une telle distribution nous gagnons peu. J'ai entendu beaucoup d'éloges au sujet du comte Roland, à savoir que nul homme au monde ne l'égalait en qualités et en bravoure, et qu'il n'y avait pas de remède pour l'homme qu'il blessait de son épée. À présent, je demande à Mahomet et à Terogant de l'affronter en combat et de pouvoir lui asséner un coup de mon épée sur le heaume. Son heaume est extrêmement dur si je ne lui fends pas la tête jusqu'aux dents, car ma cause est juste, et je le |hais[6]| parce qu'il a tué

---

1. Balsamar/Balsamon/Barsamin – Barsamin (*Ot.*), Balsami (*Ot.* Mende).
2. Minan/Nineue/Ninivent – Ninivent (*Ot.*), Niniuant (*Ot.* Mende).
3. Kossables (a), Korsabels (A), Korsablin(a)/Korsablin(A)/Korsoblin(b et B) – Corsabre (*Ot.*), Curables (*Ot.* Mende).   4. Askaner (a) – Escorfant (*Ot.*), Ascanard (*Ot.* Mende).   5. Klares/Clares – Clarel (*Ot.* et *Ot.* Mende).
6. je le frappe (a).

mon frère Samson à la bataille de Fansalon[1]. C'est pour cette raison que je suis triste, et je mourrai de chagrin si je ne venge pas mon frère, mais Roland a pourtant dû me réserver un tel sort. »

Chapitre XIV — Les chevaliers païens face aux Francs

Il faut à présent parler de Roland et de ses compagnons. Ils chevauchèrent prestement[2] près de la forêt qui s'appelle Forestant[3]. Il se trouva alors que Roland regarda à droite[4] et vit ces païens, puis il dit à ses compagnons : « Il convient maintenant que nous nous défendions efficacement et courageusement. J'ai vu des païens sur ce rocher qui est près de nous. Ils sont quatre en tout à ce qu'il m'en semble, et Dieu en soit loué. »

Ensuite ils dirigèrent leurs lances vers l'avant et chevauchèrent à l'assaut des païens. Le roi Clarel regarda dans leur direction, vit les Francs et dit : « Bons chevaliers, je vois trois hommes venir à notre rencontre[5], et il convient que trois d'entre nous aillent à leur rencontre pour savoir ce qu'ils cherchent. »

Ils chevauchèrent alors en direction des Francs[6], et leur rencontre intervint bien vite, mais je n'ai pas entendu dire qu'ils se soient parlé. Le roi Ascanard frappa Roland avec sa lance et elle passa au travers de son bouclier au niveau des attaches, mais sa broigne était solide et ne se déchira pas ; au contraire, c'est la hampe d'Ascanard qui se brisa. Roland lui passa sa lance au travers du corps et le fit tomber de son cheval, mort, aussi loin que sa lance portait. Roland dit ensuite au païen : « Tu as

---

1. Pampelune (*Ot.* et *Ot.* Mende).   2. en cachette (B et b).   3. Forest grant (*Ot.*), Forestant (*Ot.* Mende).   4. à gauche (B et b).   5. faisons-leur face bravement (b).   6. et les Francs dans leur direction (A), les uns contre les autres (B et b).

passé ta journée à menacer Roland, mais à présent tu l'as trouvé et tu ne le félicites pas ! »

Le roi Corsable donna un coup de lance à Ogier le Danois, sur son bouclier incrusté d'or ; celui-ci se tourna du côté gauche et ne reçut pas de blessure. Mais Ogier passa sa lance au travers de son bouclier espagnol de telle façon qu'elle ressortit dans son dos, et il le fit tomber de cheval sur le sol, mort, et expédia son âme en enfer. Il lui dit ensuite : « Tu as trouvé Ogier le Danois et je suppose que tu n'applaudiras guère ce qu'il a fait ! »

Olivier échangea des coups avec Barsamin, lequel régnait sur la grande cité de Ninive. C'était un chevalier extrêmement énergique. Il frappa violemment le bouclier d'Olivier, sur lequel était représenté un lion d'or. Il arracha à Olivier son bouclier mais ne lui infligea aucune blessure. Olivier passa sa lance au travers de son bouclier et la broigne ne résista pas. Il le transperça et le renversa au sol, mort ; de méchants esprits s'emparèrent de son âme.

À présent, Clarel voit ses compagnons morts et il en est ulcéré. Il vient en chevauchant et il est plus que probable qu'il cherche à se venger sur Olivier de la mort des trois rois, s'ils se rencontrent. Roland se porte contre lui et Clarel lui donne un coup de lance qui renverse à terre Roland aussi bien que son cheval. Il crie ensuite d'une voix puissante, et levant sa bannière déclare qu'il vengera ses camarades.

Il retourna ensuite vers la cité, mais Ogier le Danois se trouvait sur sa route et chevaucha à sa rencontre. Il lui donna de puissants coups et en grand nombre, mais ne le blessa pas, et ils eurent un violent échange de coups. Ils se séparèrent après que Clarel eut été désarçonné.

Ogier prit alors son cheval et le mena à Roland en disant : « Voilà un cheval, monte-le, je te l'offre. » Olivier dit : « Il est meilleur que celui que tu as perdu. » Roland le prit, bondit sur son dos et le remercia beaucoup.

Il nous faut à présent parler de Clarel. Il bondit prestement sur ses pieds, tira son bouclier devant lui et se défendit efficacement et courageusement. Mais Roland l'attaqua et lui donna de grands coups, aidé d'Ogier et d'Olivier.

Ils l'attaquaient à présent rudement, et il aurait eu assez à faire même s'il n'avait fait face qu'à l'un d'entre eux. Il considéra alors que demander une trêve était la solution la plus adaptée et la plus rapide pour assurer son salut, et il leur dit : « J'abandonne mes armes et je viens me placer sous votre autorité en signe de trêve. Maintenant, vous pouvez constater que vous avez accompli aujourd'hui une grande prouesse, et démontré un grand courage. »

Roland prit ensuite son épée, après quoi ils lui donnèrent le cheval qui avait appartenu au roi de Ninive. Ils quittèrent alors le champ de bataille, considérant qu'ils avaient fait œuvre utile, ce qui était le cas. Ils détenaient le roi Clarel prisonnier et comptaient le remettre au roi Charlemagne. Mais je pense qu'avant d'être parvenus |loin| de là, ils seront en route pour d'autres affaires.

Chapitre XV — Libération de Clarel

Il n'y eut pas longtemps à attendre avant qu'ils rencontrent mille chevaliers et cent sept hommes [1]. Ils entendent à présent la sonnerie de leurs cornes et de leurs trompettes, et voient leurs bannières, leurs heaumes et leurs broignes incrustés de pierres rutilantes. Roland les voit le premier et dit aussitôt à Ogier le Danois et à Olivier : « Le seigneur qui est le vrai Dieu m'est témoin qu'aujourd'hui je compte me défendre et infliger de si grands dégâts aux païens qu'on en entendra parler dans chaque pays, et je vais en tuer une telle quantité de mon épée que nul ne pourra les décompter. »

Olivier réplique alors : « Roland, cher camarade, j'ai entendu

---

[1]. mille païens (B et b).

dire par des hommes sages que personne ne peut se garder de tous les maux, que personne n'est sage au point de ne jamais commettre de faute et qu'un homme est tout heureux quand les difficultés sont toutes proches. »

Ogier répond alors à ses paroles[1] : « Il est vrai qu'à présent les difficultés nous attendent, et qu'il n'y a pas moyen d'éviter de se battre avec les païens car ils nous ont encerclés et nous devons maintenant nous frayer un chemin au travers de leurs lances ; chacun de nous doit redoubler de bravoure, montrer sa valeur et ne pas perdre courage tant que nous pouvons faire face. Mais nous détenons prisonnier un roi puissant et vaillant, même s'il est païen, et mon avis est que nous relâchions le roi Clarel et le laissions partir en paix. C'est un piètre exploit pour des hommes tenus pour valeureux que d'abattre un homme alors que toute son existence est entre nos mains, et il pourra nous le rendre si nous avons besoin de lui. »

Clarel répond aux paroles d'Ogier : « Je sais que ces paroles ont été dites par un homme d'une grande prouesse et d'une grande valeur ; puisses-tu en être récompensé au moment qui te paraîtra le mieux venu. » Ils acceptèrent ce qu'Ogier souhaitait et Clarel alla alors son chemin.

Ogier dit alors à Roland : « Je sais que tu es un preux qui a démontré sa bravoure en toute action valeureuse, aussi bien au combat qu'en toute autre situation ; il en est de même pour Olivier et j'ai survécu moi-même à de nombreuses batailles. Maintenant, nous voyons de nombreux païens et nous ne devons pas nous cacher que nous ne pouvons attendre aucun secours, hormis de Dieu lui-même. Misérable soit celui qui manifestera de la lâcheté ! »

Ils sonnèrent alors de leurs trompettes et s'exhortèrent l'un l'autre à marcher de l'avant.

---

1. En B et b, la première phrase du chapitre précède cette réplique d'Ogier, moyennant une longue lacune.

Chapitre XVI — Les trois chevaliers francs affrontent les païens

Là, une rude bataille s'engagea alors et maint homme dut y laisser la vie. Roland fonça sur un païen qui était bien plus noir qu'une soupe de fèves, et il le fit tomber de son cheval en le jetant à terre, mort. Olivier tua Balsan de Montpellier[1], et Ogier le Danois échangea des coups avec un homme qui s'appelait Motier[2] et il lui donna la mort au milieu de plusieurs milliers de païens ; ils en tuèrent trois autres d'un coup de lance, après quoi ils dégainèrent leurs épées et tuèrent les païens l'un après l'autre. Les païens trouvèrent qu'Olivier était très expérimenté, car avec son épée Hauteclaire[3] il se fraya en peu de temps un si large chemin que quatre voitures à la fois auraient pu s'y rencontrer. Ogier ne méritait aucun reproche pour avoir tué trente chevaliers de son épée Courtain[4] au premier assaut.

À cet instant arriva Carmel de Tabarie[5], c'était un chien de païen et il régnait sur tous les païens de là-bas ; il était bien équipé et il était monté sur un cheval nommé Pennepie[6]. Il s'exclama à haute voix en disant à ce moment-là à ses hommes : « Que faites-vous ? Que Mahomet se mette en colère contre vous ! Que vais-je dire au roi Garsie ? Qu'avez-vous gagné, alors que trois hommes vous ont vaincus sur le champ de bataille et que vous êtes incapables de leur résister ? Je vais abattre l'un d'entre eux. »

Là-dessus, il alla attaquer Ogier et lui donna un coup de lance dans le bouclier et la broigne ; il lui infligea une grave blessure et le fit tomber de cheval en le renversant à terre, qu'il le veuille ou non. Roland vit la scène et en fut très peiné. Il alla attaquer le païen et lui porta un coup fatal de telle façon que personne ne puisse le soigner. Roland dit alors : « Misérable, que le Dieu du ciel se mette en colère contre toi ! Tu m'as privé de la com-

---

1. Basan af Montfellens.   2. Mauter.   3. Hatakler (a), Hautocler (A).
4. Kurtein(e).   5. Karmel af Sabarie (a), Barbarie (A), Karvel af Zarabie (B et b) – Carmel de Tabarie (*Ot.*).   6. Nement/Penne – Pennepie (*Ot.*).

pagnie de cet homme et j'aimerais mieux mourir que de renoncer à le venger ! »

Voici que s'avance l'homme qui s'appelle Alfage |de Nubie| [1]. Il est parent de la princesse qui s'appelle Esclavonie [2]. Le jour même, elle lui avait donné une bannière brodée d'or en signe d'affection, et il lui avait promis de réaliser mainte prouesse. Si Dieu, le fils de Marie, veut bien y consentir, ce qu'il peut refuser, Roland l'abattra dans la souffrance. Le païen vient donner un coup de lance dans le bouclier d'Olivier, mais sa broigne est solide et par la grâce de Dieu il reste en vie. Il désarçonne Olivier, mais ne le blesse pas du tout pour autant.

Olivier bondit prestement sur le dos de son bon cheval Pennepie, qui avait appartenu à Carmel [3] de Tabarie ; il appela ensuite son camarade Roland et dit : « Ne crains pas les païens, nous sommes frères par serment, et je ne t'abandonnerai pas tant que je vivrai. »

À présent, les vils païens se lancent dans une nouvelle offensive et les difficultés des Francs vont croissant.

Chapitre XVII — Ogier obtient une trêve

Au sujet d'Ogier |le Danois|, il faut dire à présent qu'il est à pied et qu'il se défend avec efficacité et agilité, et la foule des païens qui l'entourent est nombreuse. [Il regarde alors] [4] son épée Courtaine et dit : « J'ai eu beaucoup d'affection pour toi, et tu as été célébrée à la cour du roi Charlemagne ; à présent, il est probable que nous devions nous séparer, mais avant que cela arrive, je vais t'essayer. »

Ensuite il assena sur la tête d'un païen un coup qui traversa son heaume pour venir buter sur ses dents [5]. Puis il appela

---

1. af Nubid (A) – « l'alfage de Nubie » (*Ot.*). 2. Esklauenie (a), Eslauenie (A) – Alfamie (*Ot.*), cf. chap. XVII. 3. Kneri. 4. Il frappe avec (a). 5. un coup qui partage un païen en deux, lequel tombe au sol, mort (A).

Roland[1], mais celui-ci ne l'entendit pas car il avait tant à faire qu'il ne savait pas de quel côté il devait se tourner en premier.

Ogier est à présent à pied et il se défend efficacement et vaillamment, mais des gens de toutes sortes l'attaquent. Le roi Clarel, à qui Ogier et Roland ont accordé la vie, voit qu'Ogier est dans une situation difficile, et qu'il se défend efficacement avec son épée, donnant de grands coups aux païens. Il crie en direction des païens et leur demande de laisser Ogier le Danois tranquille, puis il dit à Ogier : « Dépose tes armes, [tu peux avoir confiance en moi]. Si tu suis mes conseils, les païens n'auront pas l'audace de te faire du mal du moment que tu es en mon pouvoir. »

Le chef qui se nomme Moables répondit alors : « Tu ne l'aideras pas et tu ne lui porteras pas secours, Clarel. À présent, tu vas le voir mort et démembré. » Clarel prit mal ces menaces ; il donna de l'éperon à son cheval, sortit son épée de son baudrier, frappa le païen et lui décolla la tête du buste de telle manière que chaque partie tomba au sol de son côté. « Je pense, dit Clarel, qu'il te laissera en paix aujourd'hui ! »

Ogier remit alors son arme dans les mains de Clarel car il n'y avait pas d'autre possibilité. Ensuite, le roi Clarel fit amener le meilleur cheval qui soit dans toute l'armée et il le donna à Ogier [pour qu'il le monte, et il fit venir vingt païens dans lesquels il avait une entière confiance et remit Ogier entre leurs mains] en disant : « Chers amis, emmenez Ogier auprès de ma bien-aimée et dites-lui qu'elle veille sur lui et lui procure tout ce qu'il demandera, sauf elle-même ! »

Ils le conduisirent à la cité, mais sa blessure l'affaiblissait beaucoup de sorte qu'il perdit conscience.[2] Or la princesse Alfamie[3], la plus belle des jeunes femmes, s'était rendue dans un verger pour se rafraîchir, accompagnée de ses suivantes qui s'appelaient Guaïte et Belamer[4]. Elles virent les païens venir à la cité et ils échangèrent des propos. La princesse leur dit :

---

1. il appelle Roland à son secours (b).   2. Une lacune importante de B et b débute ici.   3. Alfanis/Alfania.   4. Gaute ok Belamer (a), Bealamer (A).

« Bons chevaliers, dites-nous les nouvelles : qui est ce chevalier ? a-t-il été pris alors qu'il fuyait ou dans le combat ? »

Le vieil Amalons[1] répondit alors à ses questions : « Pour l'amour de Mahom, pourquoi te moques-tu de nous ? Nous sommes si tristes que nous n'avons pas envie de rire. » Elle reprit alors : « Qui est le responsable de cela ? » Ils répondirent : « Ce fou et deux autres, ses compères, ont tué cent hommes[2] devant nous. Mais Clarel, ton bien-aimé, te fait dire de veiller sur cet homme par amour pour lui. »

La jeune femme dit alors : « Allez chercher les deux autres et amenez-les-moi. » Le païen répliqua : « L'été passera avant qu'on aille les chercher ! »

La jeune femme dit alors à Ogier : « Tu es le bienvenu auprès de nous. Je te promets que tu seras bien logé, mais comment t'appelles-tu et de quel lignage es-tu issu ? » Il répondit : « Je m'appelle Ogier le Danois, et le roi Charlemagne connaît ma famille. »

La jeune femme reprit alors : « Maintenant je te connais, bien que je ne t'aie jamais vu auparavant. »

Ensuite les jeunes femmes le conduisirent dans une belle prairie sous un olivier. Elles prirent alors son cheval et ses armes, l'une d'elles prit le heaume, la deuxième l'épée, la troisième la broigne. Elles lavèrent ensuite sa plaie et lui firent un lit, et elles lui donnèrent à manger de douces plantes que Dieu plaça dans le jardin qui se nomme Onguent curatif[3]. Comme il était fatigué, il s'endormit ; et quand il s'éveilla, il était guéri.

À présent, nous allons cesser de parler d'Ogier.[4]

---

1. Amalunz – « li velz almafez » (*Ot.*). **2.** plus de cent hommes, ainsi que trois rois et maint autre chef (A). **3.** Heilivagr – ce passage de la traduction norroise est visiblement confus. **4.** b résume le passage ainsi : « La belle jeune femme accueillit bien Ogier et soigna sa blessure, lui donnant aussi tout le reste dont il avait besoin, conformément au message de Clarel. »

Chapitre XVIII — Roland et Olivier tiennent bon

Il faut maintenant parler de Roland et d'Olivier. Ils étaient à présent engagés dans une grande bataille, et il y avait un millier d'hommes contre eux. Ils ne mériteraient aucun reproche même s'ils avaient pris la fuite.

Ils vont maintenant se mettre à l'abri et ils se défendent efficacement et vaillamment. Mais les païens les attaquent, et pourtant ils tuent quatorze grands preux.

Chapitre XIX — Rencontre des deux armées

D'autre part, il faut parler d'Otuel. Il se lève de bonne heure et demande après Roland, Olivier et Ogier le Danois. Mais comme on ne les trouve pas, il comprend qu'ils sont partis affronter les païens. Il revêt ses armes, ainsi que toute sa troupe, sept mille jeunes gens, chacun d'eux ayant l'apparence et les capacités d'un roi.

Là-dessus, Otuel se rend auprès du roi Charlemagne et dit : « Dispose ton armée et attaquons les païens. Roland, ton parent, me tient pour un lâche. Il est parti affronter les païens à mon insu ; or si la situation tourne mal pour lui, à qui va-t-il le faire savoir ? Il fait trop de choses par lui-même, se considérant comme supérieur à tous les guerriers d'élite[1]. Je jure par le Dieu véritable que si je rencontre des païens aujourd'hui, je leur donnerai de si grands coups de mon épée qu'ils ne parleront plus de Roland ni de sa hargne. »

---

[1]. « berserkir ». *Berserkr* désigne un guerrier redoutable, mais dans les représentations de l'époque païenne, le terme est souvent péjoratif, notamment dans les sagas islandaises, car il désigne un guerrier brutal, sujet à de brusques accès de fureur incontrôlée. Cf. R. Boyer, *Le Monde du double : la magie chez les anciens Scandinaves*, Paris, Berg International, 1986, pp. 46-48.

Charlemagne fit alors sonner ses trompettes et suite à cela les Francs s'armèrent et franchirent le pont. Samson portait l'enseigne du roi Charlemagne. On pouvait voir là maintes enseignes, une pour chaque section de cent hommes. Ils avaient une grande confiance l'un dans l'autre et ils s'exhortaient l'un l'autre à attaquer les païens. Les chevaliers de la princesse Bélissent étaient sept cents[1]. Otuel donna de l'éperon à son cheval et s'avança à une portée de flèche au-devant de ses hommes, bien équipé comme il sied à un guerrier d'élite[2]. Il portait par-dessus son armure un vêtement qui avait été taillé dans une étoffe de velours, et celui qui pourrait en payer le prix n'est pas né, car elle a un pouvoir de telle nature que ni le feu ni la flamme ne pourrait la brûler ; mais pour celui qui pourrait en obtenir un lambeau de la valeur d'un sou, s'il était blessé à mort et que son corps en soit touché, ce serait la guérison immédiate. La fille du roi Charlemagne lui avait donné une bannière qui avait appartenu à Gautier.

Ils allèrent alors leur chemin et trouvèrent Roland près d'un ruisseau poissonneux qui se trouvait là. Otuel le tança vivement pour être allé affronter les païens avec si peu d'hommes. Otuel dit alors à Roland : « As-tu fini ta partie de pêche à présent, ou comptes-tu maintenant à toi tout seul dévorer[3] tous les païens ? Je pensais que nous aurions assez à ronger pour tous les deux. Retirons-nous maintenant et vengeons-nous des païens. Tous ceux qui t'ont poursuivi sont condamnés[4]. »

Otuel regarde à présent à gauche et il voit un homme qui s'appelle Encubes[5], un grand chef. Il poursuivait Olivier et avait infligé sept blessures à son cheval, il était suivi d'un millier de païens. [Olivier] était alors dans un état très critique et il avait besoin du secours d'hommes valeureux. Otuel donna de l'éperon à son cheval, brandit sa lance et vint donner à Encubes[6] un coup qui passa au travers de son bouclier par la poignée ;

---

1. cinq cents (A).   2. « bersek », mais « góðum riddara » (« bon chevalier ») en b.   3. tuer (b).   4. morts (A et B).   5. Enkubes/Enkupes (a), Encubes (A), Enkuber (B et b).   6. Toute la fin de ce chapitre et le début du suivant manquent en B et b.

sa broigne ne lui procura pas un secours de la valeur d'un sou. Otuel baigna la bannière de sa lance dans sa poitrine[1] et il le fit tomber par terre, mort, à un carrefour.

Estout de Langres abattit le païen qui s'appelle Klater[2], puis ils firent sonner leurs trompettes et dirent : « Frappons, frappons ! » C'est ce qu'ils firent et chacun donna le meilleur de lui-même. On pouvait entendre là le fracas et le choc de leurs armes, et voir ainsi s'engager une grande bataille : maintes hampes brisées, boucliers fendus, broignes déchirées, et tant de païens abattus qu'on ne peut les compter.

Le comte Engelier[3] pénétra au cœur de l'armée païenne en arrivant par un bataillon et en ressortant par un autre. Il avait brisé sa hampe et il tenait à la main son épée tout ensanglantée. Il vit Damadors[4] le païen qui régnait sur le pays de Numie[5]. Il échangea des coups avec lui, le fit tomber de cheval, s'empara du cheval et le garda pour lui. Puis il frappa le païen sur son heaume brillant de sorte qu'il lui fendit la tête jusqu'aux dents. Le corps du païen tomba au sol et les démons emportèrent son âme.

S'avança ensuite Galderas qui régnait sur Tire-la-Grande. C'était le bien-aimé de Gagate[6], la fille du roi Golias. Il portait son gant attaché à sa lance comme bannière par amour pour elle. Il se considérait comme supérieur à tous les païens. Il brandit sa lance et s'élança ; il donna de l'éperon à son cheval et vint frapper Engelier dans son bouclier. La lance déchira la broigne sur une longueur d'un empan de chaque côté de l'impact, et grâce à l'aide de Dieu elle ne pénétra pas plus loin, mais ni ses étrivières ni sa sangle de selle ne purent le maintenir bien qu'elles fussent en or, et malgré qu'il en eût il tomba au sol. Galderas invoqua ensuite Gagate sa bien-aimée et déclara qu'il avait fait cela par amour pour elle.

Engelier est à présent à pied et il se défend efficacement et

---

1. lui donna un coup de lance qui traversa le bouclier et la broigne et descendit jusqu'au cœur (A).   2. Maugier (*Ot.*).   3. Engiler – Engillers (*Ot.*).   4. Damadors (a), Adan (A).   5. Numia (a), Munie (A).   6. Gagato (a), Gagate (A).

vaillamment, mais son bouclier est détruit et il pourrait saisir son cheval si une masse de païens ne se portait contre lui. Un homme qui se nomme Talot[1] vient à l'encontre du comte, accompagné de soixante-dix chevaliers. Depuis qu'il est devenu chevalier, il a tué quantité d'hommes. C'est un Turc et un homme très prétentieux. Ils harcèlent Engelier de leurs lances et de leurs flèches ; le voici dans une situation critique : sa broigne est déchirée en trente endroits, et il est inespéré qu'il ne soit pas blessé à mort, mais c'est la pure vérité que de dire qu'il se défend si bien qu'ils ne lui infligent aucune blessure. Une grande quantité de païens l'entoure et pourtant il ôte la vie à beaucoup d'un coup d'épée.

À ce moment viennent le secourir Ysoré[2] et Gautier, David le ***[3], Girart d'Orléans[4] et le duc Liberes, et chacun d'eux est prêt à venger l'autre. Ils firent sonner leurs trompettes et se rendirent à l'endroit où Engelier se trouvait à pied. Ils allèrent d'abord chercher son cheval et s'arrêtèrent le temps de le mettre en selle. Engelier chevaucha alors avec eux et ils allèrent tous leur chemin.

Là-dessus, Ysoré et Talot échangèrent des coups. Ils frappèrent si fort que le bouclier de l'un et de l'autre se fendit sur toute sa longueur, et des étincelles jaillissaient de leurs heaumes et de leurs broignes sous le choc de l'acier. Mais à quoi bon s'étendre : ne peuvent les soutenir ni leur selle, ni leurs étrivières, ni leurs sangles de selle, ni les courroies qui les tiennent ; tout a cassé, de sorte qu'Ysoré et Talot furent tous deux désarçonnés, qu'ils le veuillent ou non. Talot bondit prestement, mais Ysoré s'interposa, et chacun d'eux, au comble de la fureur, frappa l'autre sur son heaume doré de sorte qu'ils auraient l'un et l'autre dû s'incliner s'ils n'avaient pas été séparés.

Gautier échangea des coups avec l'homme qui s'appelait

---

1. Talat/Tolot (a), Talad (A) – Talos (*Ot.*). **2.** Izoris (a), Isoriz (A) – Ysorez (*Ot.*). **3.** « longverski », adjectif désignant certainement un nom de peuple, mais qui reste ininterprétable du fait que les noms propres sont très déformés dans le texte norrois et que ce nom est absent d'*Otinel*. **4.** Girarð af Orliens.

Margonce[1] et il le fit tomber à terre, mort ; tous les démons[2] s'emparèrent de son âme. Les Francs sont à présent en bonne position : ils fendent les boucliers, frappent sur les heaumes, déchirent les broignes, et les païens tombent par centaines l'un sur l'autre ; à présent pourtant, des hommes tombent des deux côtés, et c'est la plus valeureuse des batailles. Le champ de bataille est maintenant recouvert de sang et de cadavres de païens et de chrétiens.

Chapitre XX — Suite de la bataille

Il y avait un païen, un Turc originaire du pays qui s'appelle Floriant[3], qui se nommait Drafanz. Il venait de la cité qui se trouve au-delà du pays de la Grande-Inde. Il chevaucha en direction du roi Clarel et saisit sa bride : « Seigneur roi, dit-il, que vas-tu faire ? Vois-tu les Francs qui progressent grandement à nos dépens ? À présent, Mahomet en est témoin, seigneur roi de Perse, hourra ! secourons-les ! »

Le roi Clarel répond alors : « Maintenant tu vas voir ce que je vais faire. » Il appelle à présent sa bannière qui se nomme Nanant[4]. Arapater[5] souffle dans sa trompette qui s'appelle Flovent, et il est rejoint par des Perses, par le peuple nommé Mors[6] et par cent Arabes[7]. Aucun d'entre eux n'est dépourvu de lance, de bannière et d'un arc turc, mais les Francs avancent sous la pluie de leurs flèches.

Le roi Clarel échangea des coups avec Droon l'Allemand[8] et il transperça son bouclier, sa broigne et son corps, et il lui

---

1. Amargunz (a), Margunz (A) – Margot (*Ot.*) ? **2.** « tröll », êtres surnaturels hideux. Cf. R. Boyer, *La Mort chez les anciens Scandinaves*, Paris, Les Belles Lettres, 1994 (« Vérité des mythes »), pp. 52-56. **3.** Florient (a), Florent (A) – Florianz (*Ot.*). **4.** « En haut s'escrie s'enseigne mescreant » (*Ot.*, v. 1197). **5.** Arapa (a), Arapa/Ar(r)apans (A), Arapias (B et b) – Arapater (*Ot.*). **6.** Mors (a), Ros (A). **7.** Rabita. **8.** Foladralemane (a), Drolafalemanne (A) – Droon l'Alemant (*Ot.*).

donna la mort au milieu de nombreux païens. Arapater frappa Girart d'Orléans et lui donna la mort, et par la suite il se vanta de l'avoir tué.[1]

Otuel chevaucha à son encontre. Il avait son épée dans une main et son bouclier dans l'autre. Arapater le frappa avec une grande force et fendit[2] son bouclier, mais son épée se brisa sur le heaume d'Otuel ; autrement, il aurait accompli sa volonté. Otuel lui assène en retour un coup qui lui traverse les épaules. Le tronc tombe au sol depuis la selle, et les démons s'emparent de son âme. Otuel lui dit ensuite : « Nous étions [parents][3], mais tu as reçu le salaire de ton impudence. »

Le roi Clarel est très triste, il voit ses hommes tomber ensemble par centaines en tous lieux. Il chargea en direction de l'armée des Francs et au cours de cet assaut il tua Girart de Géant[4] et deux autres barons, Gunangsæis de Darfent et Hugon. Il avança à l'encontre de l'armée des Francs de telle façon que personne ne lui résista, et il retourna auprès de ses hommes sans être blessé. Il souffla alors dans sa corne pour égayer sa troupe et il fut rejoint par un millier d'hommes.

Il s'échappa ensuite avec sa troupe en direction de la cité, mais les Francs les pourchassèrent et tuèrent tous ceux qu'ils purent. Là-dessus, le roi Clarel rencontra la troupe du roi suprême, Garsie. Elle était constituée de vingt mille hommes et la bataille devait reprendre s'il faisait encore jour, mais les vêpres étaient déjà dites. Le roi Clarel brandit sa bannière et reprit alors le combat.

---

1. Les manuscrits B et b reprennent le récit ici.   2. À partir d'ici, quelques phrases du texte norrois ont été conservées dans l'un des fragments d'Oslo (NRA 62).   3. frères (a).   4. Girarð af Gians (a), Girarð af Gi – (NRA 62), Gerað af Geans (A) – nom résultant probablement d'un croisement entre Girart d'Orliens (déjà mort) et Garnier d'Angiers.

Chapitre XXI — Clarel provoque Otuel en duel

En cet instant, il rencontre Otuel et lui dit : « Qui es-tu ? Puisse Mahomet diriger sa colère contre toi, tant tu as causé de dommages à nos hommes aujourd'hui. Dis-moi ton nom, et je le ferai connaître au roi Garsie. » Otuel répond alors : « Si tu es curieux de le savoir, je vais te le révéler. Je me nomme Otuel, fils de Galien le Valeureux, et ma mère s'appelle Ludie[1]. J'ai reçu le baptême et j'ai renoncé à la folie. Je crois au Christ, fils de Marie, et le roi Charlemagne m'a donné toute la Lombardie ainsi que sa fille Bélissent ; jamais plus de toute ma vie je n'aimerai les païens. »

Clarel lui réplique alors[2] : « J'entends là une chose stupéfiante : tu as perdu ta foi en Mahomet et tu as laissé tes domaines sans héritier, mais vais-je croire ce que tu dis ? Renonce à ta folie et donne réparation à Mahomet pour ces offenses et pour l'aveuglement dont tu as fait preuve en le reniant, lui et ses amis, et j'obtiendrai une réconciliation entre toi et le roi Garsie. Je te donnerai la moitié d'Almarie et la moitié de mon royaume. »

Otuel rétorque alors : « Je ne serai pas d'accord[3]. Je souhaite plutôt ceci : que ton amitié soit maudite une bonne fois pour toutes, et je jure par la foi que je dois au fils de Marie que si je pouvais mettre la main sur toi ou sur le roi Garsie, je vous pendrais[4] dans la vallée de Gatanie. »

Le roi Clarel répond alors : « Tu dis des sottises sur la situation d'hommes qui sont les meilleurs de tout le monde païen, alors que tu es un homme sans foi et un trompeur. Je suis prêt à t'affronter en un combat qui se fera un contre un. Je m'avancerai avec mon épée tranchante, et j'ajoute que ton baptême et le christianisme, de même que les messes que chantent les prêtres, ne valent rien, et vous n'avez pas d'argument qui ait même

---

1. Dia-Ludie (*Ot.*). **2.** À partir d'ici, B et b présentent une version très abrégée sur une demi-page. **3.** Je refuse violemment (A). **4.** au plus haut gibet (A).

la valeur du jacassement de l'oiseau qui s'appelle la pie contre ma loi selon laquelle Mahom[1] est supérieur au fils de Marie. »

Otuel rétorque : « Des esprits malfaisants t'habitent, Clarel, puisque tu compares le Christ, fils de Marie, et Mahom. |Si tu veux soutenir cette cause, fais-toi le champion de Mahom, et je serai celui du Christ ; je défendrai la loi de Dieu et toi celle de Mahom. » Ils confirmèrent cet accord en se serrant la main dans les conditions qui viennent d'être dites.|[2]

La roi Clarel se rendit à la cité avec sa troupe. Otuel partit avec ses hommes, et les Francs établirent leurs quartiers de nuit[3] : ils montèrent leurs tentes et leur campement, et allumèrent du feu. Ils y amenèrent les blessés et s'occupèrent de leurs blessures, et ils enterrèrent les morts. Otuel n'eut de cesse qu'il se présente devant le roi Charlemagne. Le roi et la princesse Bélissent vinrent à sa rencontre, et elle tint son étrivière pendant qu'il descendait de cheval. Il s'assit au milieu d'eux et elle passa la main dans son dos et sur ses côtés pour savoir s'il avait reçu quelque blessure, puis elle passa ses bras autour de son cou et l'embrassa par trois fois.

Le roi dit alors : « Cher fils, tu as une bien-aimée séduisante. Dieu soit loué ! » Otuel répond : « Sa beauté est telle que les païens paieront très cher avant que l'été soit passé ! »

Au cours de cette nuit, Hugon et les gens venus d'Allemagne[4] gardèrent le roi Charlemagne. Le roi Charlemagne passa la nuit tranquille. Les païens se tinrent sur leurs gardes et ils ne cessèrent de faire sonner leurs cornes durant toute la nuit jusqu'au lever du soleil.

---

1. Makon.   **2.** Nous préférons la leçon de A à celle de a où le passage paraît développé de façon filandreuse.   **3.** À partir d'ici, B et b ne donnent pas la fin du chapitre.   **4.** Almanie (A et a), Alimanie (NRA 62) – Alemant (*Ot.*).

Chapitre XXII — Clarel se prépare au combat

Le roi Clarel se leva avec le jour et il s'arma au plus vite. Ganor de Melonis[1] et Arafinz[2] le Grand – il était de quatre pieds plus grand qu'un géant – armèrent Clarel. Ils lui donnèrent une broigne large et longue qui avait été fabriquée dans la cité de Kvadare[3] qui se trouve dans une vallée sur une côte. Celui qui porte cette broigne n'a rien à craindre : elle est si solide qu'aucune arme ne peut l'endommager. Mais je pense que si Otuel peut s'approcher de lui au point de le toucher avec son épée Courroucée[4] l'aiguë, la broigne ne pourra pas résister.

Ils placèrent sur sa tête un heaume qui avait appartenu au roi Priant. Il n'était fait ni en fer ni en acier, ni en or ni en argent, mais en dures dents de serpent. Étaient représentés dessus Jovis et Terogant, Mahom, Mahomet et Jupiter[5] sous la forme d'un enfant. Ce sont les divinités des païens et leur plus grand soutien, et ils croient qu'elles les aideront en cas de besoin.

Ils lui donnèrent ensuite un bouclier. Il était fait en cuir sans armature de bois, et dix-huit boules d'or étaient accrochées après. On lui donna ensuite une lance avec une bannière |rouge[6]| en velours, brodée avec grand art, la hampe était taillée dans le bois qui s'appelle segun[7], avec lequel fut construite l'arche de Noé. On lui ceignit ensuite son épée qui s'appelait Melde l'aiguë, dont il n'eût pas voulu se séparer pour mille marcs d'or. On lui amena ensuite son cheval qui s'appelait Turnifent, lequel avançait à peine moins vite qu'une hirondelle qui vole, quand il sentait les éperons. Il sauta sur le dos de son cheval prestement.

Aussitôt il fit sonner sa corne et tous les païens qui se trouvaient dans la cité s'armèrent ; là-dessus, il alla son chemin. La

---

1. Gauor af melonis (a et A), Ganor af melonis (NRA 62). **2.** Arifinz (a et A), Arafinnz (NRA 62). **3.** Kvadare (a), Kuaderare (A). **4.** Kurit (a), Kurere (A). **5.** Jubiter – A ne donne que Maumet et Terogant. **6.** d'or rouge (a). **7.** Segun (a), Sechim (A).

princesse Alfamie lui dit alors : « Que Mahomet t'assiste ! Écoute, seigneur Apollin, sois le bouclier protecteur de ton ami [en ce jour], de façon que tout le monde te célèbre comme il se doit, et je te donnerai cent marcs d'or. »

Alors le roi Clarel quitta la cité, et il fut suivi d'une grande foule composée de Sarrasins[1] et de Persans, d'Arabes, de Turcs et d'Africains[2]. Ils confectionnèrent une voiture, y installèrent Mahomet et lui firent traverser le fleuve. La voiture était faite en marbre et ils attachèrent Mahomet avec des liens qui étaient d'or et de soie, de façon qu'il ne tombe pas de la voiture même s'il se mettait en colère. Puis les païens se mirent à prier, lui demandant humblement de réaliser des miracles en ce jour, et de manifester sa puissance. Là chaque homme, si pauvre soit-il, offrit un besant d'or.

Le roi Clarel était maintenant arrivé à un endroit d'où il voyait l'armée du roi Charlemagne tout autour de lui, et elle lui parut effrayante – ce qu'elle était. Il se dit à lui-même : « Seigneur Mahomet, cette armée est effrayante. Ces hommes vont attrister le roi Garsie. »

Chapitre XXIII — Dialogue de Charlemagne et de Clarel

Après que Charlemagne se fut levé de bon matin et eut écouté les offices, il se rendit sur le champ de bataille, et Roland, Olivier, Otuel et un grand nombre d'hommes allèrent avec lui. Dès que le roi Clarel les vit, il s'écria à haute voix en disant : « Tu es venu ici, roi Charlemagne à la barbe blanche ? »[3]

---

1. B et b résument en une phrase tout ce qui précède dans ce chapitre, et ne donnent pas la suite.   **2.** Tarazis, Persanis, Rabitar, Tyrkir, Affrikar (A et a) ; même liste en NRA 62, sauf Tarazins et Affricar.   **3.** En B et b, le récit s'interrompt ici et ne reprend qu'à la fin du chapitre XXIV ; les deux derniers chapitres s'y présentent ensuite de façon très abrégée.

Il répliqua alors : « Je suis venu ici, c'est certain. Que me veux-tu et pourquoi me questionnes-tu ? »

Clarel répondit alors : « Je peux te dire la nouvelle suivante : tu aurais mieux fait de rester chez toi car tu es venu ici sans justification cette fois. Tu as longtemps cherché l'occasion de nous rabaisser, nous et nos pays, tu occupes maintenant notre royaume contre notre gré, et tu as aboli nos lois et notre droit. Mahomet m'est témoin, dans la voiture où il est attaché, que ton dernier jour est maintenant arrivé et que tu ne reverras jamais plus la France. Notre roi a donné ta couronne et ton royaume au meilleur chevalier qui ait jamais vu le jour sur la terre ; il se nomme Florient de Sulie[1], il portera la couronne et le titre de roi, que tu portes à présent.

— Païen, dit le roi Charlemagne, tu en as plein la bouche et tu sais bien mentir. Tu peux dire ce que tu veux, mais tu ne sais pas comment va ensuite tourner notre affrontement avant qu'il s'achève. Je suis sur mon cheval en bonne santé et apte au service militaire, et toi tu me menaces sans raison, mais par la grâce de Dieu, je vais triompher de toi et aussi de votre roi ; et je jure par ma foi que je ne m'arrêterai qu'après que vous aurez été vaincus et que vos pays se seront soumis à mon autorité. »

Otuel ajouta alors : « Païen, cesse tes railleries, nous défendrons la cause du roi par les armes. »

Chapitre XXIV — Préparation d'Otuel en vue du combat

À présent, les Francs habillaient Otuel, le plus courtois des chevaliers, sous un olivier. Le comte Roland lui apporta une broigne à double épaisseur, et Olivier lui plaça un heaume sur

---

1. Subalis (a), Subali (A) – Sulie (*Ot.*).

la tête, le meilleur qui soit dans toute l'armée de Charlemagne. Puis on avança son cheval, Flore, et il bondit sur son dos. Le comte Engelier lui ceignit l'épée qui se nommait Courroucée [1], le duc Beuve [2] lui fixa des éperons aux pieds.

Ensuite, après avoir reçu le congé du roi et de la princesse, il se rendit sur le champ de bataille pour y rencontrer le roi Clarel, de façon à montrer qui était le plus fort, de Dieu tout-puissant, fils de Marie, ou de Mahomet. On lui mit ensuite en main une |lance [3]|, la meilleure qui soit dans la troupe du roi ; elle avait une bannière blanche comme neige, toute brodée d'or et décorée avec grand art avec des animaux et des oiseaux de toutes sortes. Elle brillait de tous côtés.

Il fut ensuite amené au champ de bataille par les douze pairs [4], Roland et Olivier, Gérin et Gérier [5], Oton et le comte Bérenger, Samson et Anseïs [6], Ive [7] et Ivorie [8], le comte Engelier et Girart [9].

Chapitre XXV — Duel d'Otuel et de Clarel

Quand Otuel est arrivé sur le champ de bataille, à l'endroit même où Clarel lui fait face, il lui dit : « Maintenant je suis venu ici pour mettre en œuvre l'accord que nous avions passé entre nous. Tu dis que Mahom est plus puissant que le Christ, fils de Marie, et je suis prêt à réfuter cela par la grâce de Dieu. À présent, je te donne un conseil salutaire : reconnais Dieu, fils de Marie, et renie Mahom et tous ses associés. »

Clarel répondit alors : « Je rejette ce conseil. » Il donna

---

[1]. Korenz (a), Kurere (Λ). [2]. Bovi. [3]. hampe (a). [4]. Cette liste est un peu différente de celle donnée à la fin de la branche I (chap. LIX) : Anseïs et Girart remplacent ici Turpin et Gautier ; elle ne correspond pas non plus à celle que contient la *Chanson d'Otinel* aux vers 695-699. P. Aebischer pense à une influence de la *Chanson de Roland*, traduite dans la branche VIII (*Études sur Otinel*, pp. 77-79). [5]. Geris. [6]. Angsijs (a), Anxies (A). [7]. Ivi. [8]. Ivorie. [9]. Girarð.

ensuite de l'éperon à son cheval et chargea Otuel alors qu'Otuel l'attaquait. Ils se donnèrent l'un à l'autre un coup de lance et leurs deux hampes se brisèrent ; il n'y avait rien d'autre à faire que prendre l'épée. Ils se donnèrent alors l'un à l'autre de grands coups sur leurs boucliers dorés |et colorés|, et il est impossible de compter tous les coups qu'ils se donnèrent l'un à l'autre. Tout le champ de bataille brillait de l'éclat des éléments décoratifs et des pierres précieuses qu'ils faisaient tomber des armes l'un de l'autre.

Clarel frappa alors Otuel et lui assena un grand coup sur le bouclier, lui infligeant une grave blessure, mais Otuel se mit en position de se venger. Il frappa Clarel sur son heaume et le coup en emporta une partie, ainsi que la pommette avec le menton, et l'épée termina sa course dans le sol. Puis Otuel se félicita de son coup et Clarel dit alors : « Tu ne vas pas te féliciter si vite de |notre combat| ! À présent, tu vas voir ma volonté. »

Il assena alors à Otuel un coup qui transperça son bouclier et sa broigne, et il lui infligea une grave blessure, son épée ne terminant sa course que dans le pommeau de sa selle. Maintenant leur combat est âpre. Otuel frappa Clarel et il lui rendit un service dont il pouvait fort bien se passer : il lui décolla la tête du buste, et son âme partit pour l'enfer.

Or celui qui était encore le roi des païens, Garsie, avait envoyé trois chevaliers sur le champ de bataille pour qu'ils capturent Otuel. L'un s'appelait Aganor, l'autre Melones et le troisième Alapin[1] le Grand. Ils attaquèrent Otuel. Mais quand Charlemagne vit cela, il dit : « Bons chevaliers, allez voir Otuel et portez-lui secours. À présent aucun, païen n'en réchappera ! »

Roland et Olivier allèrent alors porter secours à Otuel. Roland échangea des coups avec Alapin le Grand et le tua

---

1. Alapin (a), Alapis (A). Ces hommes sont vraisemblablement les mêmes que ceux qui ont armé Clarel au début du chapitre XXII. Ils étaient alors deux, nommés Ganor de Melonis et Arafinz le Grand. Nous conservons toutes ces graphies faute de moyens de recoupement.

immédiatement. Olivier tua Aganor et Hermoen[1] abattit Melones. Ils les quittèrent en les laissant morts. Le roi Charlemagne dit alors : « Rendez-vous dans la cité ! »

Les Francs donnèrent l'assaut aux païens et ceux-ci firent demi-tour. Ceux qui reçurent un coup furent les plus mal lotis. Le roi Garsie et Otuel se rencontrèrent. Le roi Garsie dit alors : « Qui es-tu, toi qui avances si fougueusement ? »

Il répondit : « Je m'appelle Otuel. Adopte le christianisme et la foi en Dieu, fils de Marie, et voici un conseil salutaire : deviens le vassal du roi Charlemagne ; je te réconcilierai avec lui et présenterai ta cause favorablement. Dieu t'acceptera bien que tu aies longtemps adhéré à une fausse religion. » Le roi Garsie répliqua : « Je ne suivrai pas ton conseil de renier Mahomet, notre secours et notre créateur, et il me semble surprenant que tu aies trahi ! » Otuel reprit : « Tu vas bien voir si Mahomet peut te protéger ! »

Ils échangèrent ensuite des coups et l'issue de l'affrontement fut que le roi Garsie tomba à terre, et peu de païens purent s'échapper.

Chapitre XXVI — Retour à Ogier et noces d'Otuel et de Bélissent

Il faut maintenant parler d'Ogier le Danois. Il fit grâce à la princesse Alfamie et aux jeunes femmes qui la suivaient, ainsi qu'à ceux qui l'avaient amené à la cité lorsque les païens l'avaient capturé. Il alla ensuite trouver le roi Charlemagne qui l'accueillit avec joie, tout comme l'ensemble de sa cour.

Quand ce fut terminé, |le roi| fit célébrer le mariage et commanda des provisions dans toute la Lombardie. Il donna sa fille Bélissent à Otuel et tous jugèrent que c'était un bon choix. Ces

---

1. Ermoen.

noces se déroulèrent en présence d'une grande assistance et durèrent un demi-mois. Il y avait là des boissons de toutes sortes et des divertissements splendides, tels qu'on en voit rarement dans les pays nordiques. À l'issue de ces fêtes, le roi Charlemagne rentra chez lui en France, mais Otuel demeura là en compagnie |de la princesse| et d'un grand nombre de bons chevaliers.[1]

---

[1]. Dans tous les manuscrits, les deux derniers chapitres de cette saga présentent une version sensiblement raccourcie du texte de la *Chanson d'Otinel* ; le texte du manuscrit a paraît encore le moins abrégé.

BRANCHE VII

Le Voyage de Charlemagne à Jérusalem et à Constantinople

La septième branche de la *Saga de Charlemagne* est la traduction d'une courte chanson de geste composée au milieu du XIIe siècle et connue sous le nom de *Voyage* (ou *Pèlerinage*) *de Charlemagne à Jérusalem (et à Constantinople)*. Le titre de la branche dans le manuscrit A est exactement : *För Karlamagnús til Jórsala*, soit *Le Voyage de Charlemagne à Jérusalem*. Dans le manuscrit B, le titre est : *Geipunar Þáttr*, soit *Le Dit des gabs*, et le titre des versions dérivées a le même sens. Le traducteur semble avoir travaillé sur un texte extrêmement proche de celui de la chanson de geste que nous connaissons par un manuscrit anglo-normand du XIIIe siècle, transcrit au XIXe siècle et perdu depuis plus d'un siècle. De ce fait, la lecture de la saga norroise n'enrichit pas sensiblement notre connaissance de la chanson française. Cependant, il était impensable de sauter une branche dans une présentation complète de la *Saga de Charlemagne*, et nous avons d'ailleurs été devancé par A. Patron-Godefroit dans le domaine français.

La traduction norroise du cycle a pour caractéristique, en effet, de relier des chansons de geste isolées et composées dans des circonstances et des lieux différents. La liaison s'accompagne d'une certaine harmonisation de la matière dans la mesure où toutes les chansons ont été traduites dans la même langue et dans la même prose, malgré quelques différences stylistiques et linguistiques d'une branche à l'autre. En tout cas, pour un lecteur moderne, la traduction française d'une de ces sagas n'est pas l'équivalent exact d'une traduction française moderne de la chanson de geste correspondante. Les structures de la phrase et du style n'ont plus rien à voir avec le décasyllabe, et le goût de la juxtaposition et la raideur syntaxique qui caractérisent l'original anglo-normand et transparaissent encore dans la traduction moderne de Mme Tyssens ont disparu. La phrase norroise en prose se caractérise naturellement par plus d'ampleur et plus de souplesse, et notre traduction essaie de rendre au mieux ce rythme plus fluide sans chercher à retrouver l'œuvre originale.

Dans une présentation récente de la *Saga de Charlemagne*, J. Kjær note à propos de la branche VII : « [...] on s'étonnera peut-être de son inclusion dans la *Kms [Saga de Charlemagne]*. Car il s'avère que *Af Jórsalaferð [Le Voyage à Jérusalem]* parodie justement nos trois thèmes [*i. e.*, religion, courtoisie, figure du roi] en les travestissant, et risque de saper par là le genre même des textes sur Charlemagne contenus dans le reste du recueil [1]. » Certes, à moins que les choix des traducteurs norvégiens ne nous invitent à réexaminer la nature même de ce récit, qui ne leur a pas semblé mettre en péril leur entreprise visant à donner une image complète des aventures de Charlemagne et de ses pairs.

Une traduction française moderne permet donc de lire cette œuvre telle qu'elle apparaît dans la continuité d'un cycle comprenant des moments sérieux, didactiques, dramatiques ou pathétiques, et quelques plages moins graves où il est question de plaisanterie. L'ordre des branches nous semble signifiant, étant donné que le *Voyage* prend place entre une victoire obtenue sans trop de mal par les Francs (VI. *Otuel*) et un désastre inattendu et cruel (VIII. *La Bataille de Roncevaux*). Le *Voyage* apparaît donc comme un divertissement qui revêt *a posteriori* un goût amer, les Francs ayant profité d'un moment d'insouciance avant d'être rattrapés par la dure réalité des combats qu'il n'est pas possible d'oublier longtemps, tant la suprématie des chrétiens sur leurs ennemis est difficile à maintenir et implique sans cesse de nouveaux efforts.

Rien ne permet en tout cas de supposer que le *Voyage* ait été considéré comme un récit mal intégré à la geste de Charle-

---

1. J. Kjær, « *Karlamagnús saga* : la saga de Charlemagne », *Revue des langues romanes (Traductions norroises de textes français médiévaux)*, t. CII, 1998, n° 1, p. 18.

magne – c'est bien le cas par contre de la branche II, tardivement ajoutée au recueil. En effet, la branche VII est présente dans tous les manuscrits conservés, et toujours à la même place, c'est-à-dire après une longue suite de succès militaires et diplomatiques de Charlemagne et avant la catastrophe de Roncevaux. L'intégration de ce texte dans l'ensemble des aventures de Charlemagne a d'ailleurs été améliorée en Islande par l'ajout de formules de liaison entre les branches que contiennent les manuscrits de la famille B. Ainsi quelques lignes ajoutées au début du *Voyage* précisent que Charlemagne se trouve en France après sa victoire contre les païens d'Italie. Il projetait déjà une expédition en Espagne au début de la branche VI quand l'arrivée du païen Otuel a attiré son attention en Italie. Au début de la branche VII, Charlemagne est toujours à l'apogée de sa puissance, mais pense plus à sa renommée qu'à la défense de la chrétienté. Dès la fin du chapitre II, le patriarche de Jérusalem le rappelle à ses devoirs et Charlemagne fait le serment de s'occuper de l'Espagne dès son retour en France. Une magnifique anticipation nous annonce déjà l'issue tragique de la bataille de Roncevaux : « Là-bas il perdit Roland, Olivier et tous les pairs. » Enfin, les derniers mots de la branche présentent Marsile comme le futur adversaire de l'empereur.

Ces quelques formules ajoutées à la chanson française maintiennent en arrière-plan les préoccupations des autres branches, qui paraissent simplement suspendues pendant le temps d'une récréation aux conséquences bénéfiques. Le texte traite en fait de questions sérieuses, mais sur un ton humoristique. Bien que Charlemagne soit parvenu au faîte de sa gloire, son ambition et son appétit pour le pouvoir et la richesse sont toujours dévorants ; et dans son entreprise de conquête, il peut compter ici sur la loyauté et l'efficacité de tous les pairs et sur l'aide de Dieu. Les chevaliers français sont ici plus nombreux et plus unis que jamais puisque même des personnages sortant de l'entourage de Guillaume d'Orange assistent Charlemagne (outre Guillaume, on note parmi les pairs Aïmer, Bernard, Bertrand, Ernaut). Fort de ces appuis nombreux, rien ni personne ne saurait lui résister et à la fin du *Voyage* il est une fois encore plus puissant et plus riche qu'avant, car il se retrouve victorieux d'une épreuve qu'il n'a pas recherchée et dont il est sorti vainqueur « sans livrer bataille ».

Rien ne semble impossible pour les Francs, même les exploits les plus inouïs et les plus vains, et le monde leur appartient ; le texte fait d'ailleurs apparaître clairement une fascination pour l'Orient qui est caractéristique de l'époque des Croisades. Or si l'affrontement avec les païens peut être frontal, acharné et violent, la lutte d'influence entre les chrétiens d'Occident et ceux d'Orient se déroule de façon plus latente, euphémisée et hypocrite. Mais derrière les sourires et les politesses de Charlemagne et de l'empereur de Constantinople, la rivalité est féroce pour s'imposer comme le souverain le plus éminent du monde chrétien. L'enjeu politique et religieux du *Voyage* est patent, et dans le contexte particulier de la *Saga de Charlemagne* tout au moins, ce récit ne nous semble pas parodique, même si le divertissement est l'une de ses finalités.

Le rire [1] qui irrigue tout le texte est d'ailleurs plus subtil qu'il n'y paraît à la seule lecture des hâbleries primaires des pairs de France. Le roi Charlemagne apparaît tout d'abord comme un personnage un peu ridicule, préoccupé par les aspects les plus superficiels de sa gloire : qui porte la couronne ou l'armure mieux que lui ? Le texte se fait ici persifleur à l'égard d'un souverain plus vaniteux qu'orgueilleux, qui ne trouve que la reine comme adversaire contre qui diriger sa colère, quand par un mouvement d'humeur un peu vif elle a prétendu connaître un autre souverain plus prestigieux, Hugon, l'empereur de Constantinople. À partir de là, Charlemagne paraît obnubilé par le désir d'aller vérifier sur place ce qu'il en est, mais son hypocrisie est telle qu'il préfère déclarer à ses compagnons qu'il a reçu en songe l'ordre d'aller visiter les Lieux saints. On soupçonne

---

[1]. Nous ne pouvons qu'effleurer ici le sujet ; voir Ph. Ménard, *Le Rire et le sourire dans le roman courtois en France au Moyen Âge (1150-1250)*, Genève, Droz, 1969 (« Publications romanes et françaises », CV) – en particulier pp. 22-25.

alors un mensonge de l'empereur, cependant le texte ne semble pas faire la satire de la figure royale. Il demeure que les motivations de l'empereur restent ambiguës car elles répondent à des impératifs très divers, mais l'opportunisme de Charlemagne et l'aide sans faille apportée par Dieu permettent au souverain, tout compte fait, de rentrer chez lui avec les honneurs. Ses travers ne sont finalement pas de grands péchés car ses intentions restent pures, bien qu'il soit content de lui et intéressé, et son dévouement à son empire et à sa foi est total. Le patriarche de Jérusalem lui rappelle ses obligations et l'ange qui vient lui apporter le soutien de Dieu le met en garde contre les excès commis par les Francs qui ont tourné Hugon en dérision, mais la leçon ne va pas au-delà. Rien n'est refusé à Charlemagne tant il a la faveur de Dieu.

Charlemagne se rend donc tout d'abord à Jérusalem puisque le but avoué de son voyage en Orient est religieux. L'épisode est encore traité sur un mode humoristique puisque les Francs, entrés un peu par hasard dans une église, se sont assis sur les sièges sacrés utilisés par le Christ et les apôtres. Un juif passant par là les prend pour ceux-là, va prévenir le patriarche et se convertit immédiatement. Sa méprise est comique car il ne saurait être question de prendre au sérieux le point de vue naïf de ce juif, mais il reste vrai que sous l'apparence d'un quiproquo risible, l'utilisation fortuite de ces sièges est interprétable comme un signe d'élection divine : Charlemagne se révèle au travers de ce séjour à Jérusalem comme le maître du monde chrétien, que le patriarche désigne solennellement comme le souverain de tous les autres rois de ce monde. Sa supériorité est donc ici de nature spirituelle et il récupère quantité de reliques qui seront emportées en France. À partir de là, Charlemagne devient un roi thaumaturge qui opère des miracles sur son passage. « Ils n'obtinrent rien de plus », dit le narrateur après l'énumération des reliques offertes aux Francs, dans une formule ambiguë dont le contenu ironique paraît un trait d'esprit de quelque copiste islandais. Rien que cela, mais que reste-t-il à Jérusalem ? Charlemagne était déjà le chef d'un vaste empire chrétien, il est maintenant reconnu comme le premier protecteur de la chrétienté, et les reliques seront distribuées dans diverses églises de France.

Le *Voyage* n'est cependant pas un texte de propagande primaire car plusieurs couches référentielles s'y mêlent : fonds carolingien, résurgences de schémas idéologiques indo-européens, préoccupations contemporaines, exercice littéraire à l'intérieur du genre de la chanson de geste [1]. Il reste qu'en fin de compte, le principal bénéficiaire de ce voyage en Orient est Charlemagne à titre personnel, ainsi que la figure de roi des Francs qu'il incarne. Au-delà, l'enjeu est encore plus vaste car l'Occident l'emporte sur l'Orient. Charlemagne repense tout à coup, au début du chapitre III, à Hugon de Constantinople, son seul rival possible dans le monde chrétien. Sous des dehors courtois et souriants, nous assistons à une rivalité implacable entre les deux hommes, et leur affrontement se déroule en deux phases successives.

Hugon l'emporte tout d'abord en prestige par ses préoccupations simples et pacifiques (il laboure), par le raffinement de sa cour (vêtements, repas, représentations musicales) et par ses richesses prodigieuses (sa charrue est en or). Son palais, par sa beauté, son originalité et les merveilles techniques qu'il recèle, illustre à lui seul l'aura incomparable de ce souverain [2]. C'est en ce lieu également qu'il joue un tour aux Francs en faisant tourner le palais sur lui-même, ce qui fait trébucher ses invités et les époustoufle. « Le roi Charlemagne fut stupéfait et il comprit alors que son épouse avait dit vrai. » Hugon a seulement gagné la première manche.

À côté de tout ce luxe et de cette courtoisie, les Francs apparaissent comme des rustres envieux et jaloux. Guillaume a envie de briser la charrue et la beauté de la décoration de la chambre de Hugon où dorment les Francs les incite à prier Dieu pour que Charlemagne puisse s'emparer militairement de

---

1. Voir les remarques de D. Boutet à l'intérieur de sa vaste somme sur la figure royale : *Charlemagne et Arthur, ou le Roi imaginaire*, Paris, Champion, 1992, pp. 219-220, 224-225, 448-449, 458-461 et *passim*.   2. Voir les remarques d'A. Labbé dans sa non moins vaste somme : *L'Architecture des palais et des jardins dans les chansons de geste. Essai sur le thème du roi en majesté*, Paris-Genève, Champion-Slatkine, 1987, pp. 341-350.

la ville. Les Francs sont saouls et Olivier est travaillé par le désir de posséder la fille du roi. Leur rapport à ce qu'on leur offre est donc essentiellement celui de la consommation immodérée et destructrice. Le vin leur donne alors de l'inspiration pour se vanter d'exploits farfelus et inutiles, au travers desquels ils cherchent à ridiculiser Hugon, moyen dérisoire pour recouvrir le sentiment d'infériorité qui sous-tend leur agressivité. Trancher un homme en deux, posséder cent fois la fille du roi en une nuit, sauter sur des chevaux en train de courir et jongler avec des pommes, abattre le palais ou les remparts, détourner un fleuve de son cours et inonder la ville, etc., toute une fantasmatique virile de soldat au repos se déploie complaisamment. Les pairs de France apparaissent pour ce qu'ils sont, des hommes de guerre et non des hommes de culture. Mais l'imaginaire épique préfère les premiers aux seconds, et ces hâbleries n'ont pas dû rendre leurs auteurs antipathiques au public, car ils se sont divertis sans penser à mal en buvant et parlant trop, comme ils en ont l'habitude. Face à leur comportement primaire, excessif mais bon enfant, Hugon apparaît comme un homme cauteleux, qui prend les devants en faisant espionner les Francs.

La scène au cours de laquelle les pairs de France prétendent réaliser des exploits extraordinaires est centrale dans le *Voyage* et a dû contribuer au premier chef à rendre cette chanson populaire. Dans le manuscrit B, la branche s'appelle d'ailleurs *Dit des gabs* ; par la suite, des *rímur,* longs poèmes strophiques islandais et féroïens, ont repris les données essentielles du *Voyage* sous le titre de *Geiplur* et *Geipatáttur (Gabs)*. Il faut rappeler que de telles scènes de fanfaronnades destinées à tourner quelqu'un en dérision existent aussi dans la littérature scandinave autochtone et éclairent la popularité de ce passage qui finit par éclipser dans le récit le séjour à Jérusalem. Certains historiens [1] ont même risqué l'hypothèse que le *Voyage* ait été

---

1. K. Togeby, « L'influence de la littérature française sur les littératures scandinaves au Moyen Âge », *Grundriss der romanischen Literaturen des Mittelalters*, vol. I : Généralités, B, chap. VI, Heidelberg, 1972, p. 336.

connu en Scandinavie avant la *Saga de Charlemagne*, et que la scène des gabs ait pu influencer quelques textes comme la *Jómsvíkingadrápa*, poème composé par Bjarni Kolbeinsson (vers 1150-1223), dans lequel des Vikings ivres se vantent d'exploits mirobolants.

Quoi qu'il en soit, les fanfaronnades appartiennent à toutes les sociétés guerrières et elles constituent ici le grand moment de divertissement d'un récit qui aborde des thèmes épiques pour les traiter sur un mode comique. Par jeu, les Francs imaginent des exploits à peine moins croyables que certains hauts faits réalisés pour de bon dans un contexte sérieux, quand Dieu leur prête une force surhumaine. Les amateurs de ces prodiges ne peuvent qu'apprécier leurs plaisanteries. Le passage est traité en laisses parallèles dans la chanson française, et même si le découpage en chapitres brouille quelque peu cet agencement, les structures narratives fondées sur la répétition et la variation demeurent très clairement visibles dans la traduction norroise, car les hâbleries se succèdent sur un mode répétitif, ponctuées par les remarques de l'espion. Au-delà, la scène est encadrée par le motif de la réception fastueuse offerte par Hugon que l'on rencontre avant et après cette nuit de beuverie. La géométrie de la scène est donc respectée de même que l'identité des pairs qui prennent part aux gabs, puisque dans le texte norrois on note seulement que Bernard et Turpin ont échangé leur gab. Il a dû paraître plus convenable qu'un archevêque détourne un fleuve, réalisant un prodige d'allure biblique, et qu'un chevalier saute à cheval et jongle avec des pommes. Ces prouesses chimériques ne sont pas des exploits en l'air, car chacune révèle l'agressivité des Francs à l'égard du roi Hugon ; elles représentent pour eux un exutoire leur permettant de contrebalancer les merveilles de Constantinople par des prodiges imaginaires, tout en relevant du pur plaisir de l'exagération fantaisiste sans conséquence pratique.

L'empereur Hugon va, en effet, être victime de lui-même, car c'est lui qui, informé par son espion, met les Francs au défi de réaliser leurs fanfaronnades. Son émotion est légitime, étant donné qu'il se sent bafoué et ridiculisé alors qu'il accueillait les Francs à bras ouverts, mais il aurait mieux valu pour lui qu'il ait plus d'humour. Sa colère lui est mauvaise conseillère, car elle transforme une rivalité contenue en affrontement ouvert. À partir du moment où Charlemagne se sent pris au piège, le texte bascule dans le sérieux. Il prie et Dieu lui répond favorablement par l'intermédiaire d'un ange, tout comme on l'a vu à plusieurs reprises dans les autres branches. Certes les apparences de la morale sont ménagées, car l'ange fait la leçon à Charlemagne, qu'il invite à ne plus plaisanter inconsidérément, mais l'essentiel est que Dieu accomplisse malgré tout des miracles pour permettre aux Francs de ne pas perdre la face et de réaliser leurs exploits inouïs.

Malgré la continuité de la thématique du miracle, ceux de Constantinople sont autrement impressionnants que les prodiges opérés par les reliques prises à Jérusalem. De ce fait, la nature profondément guerrière des gabs se révèle, car Guillaume abat une partie des remparts et Turpin inonde Constantinople. La guerre brutale avait jusqu'ici cédé la place à des formes euphémisées et humoristiques de lutte pour le pouvoir entre Charlemagne et le reste du monde ; elle resurgit ici comme une menace préoccupante. La peur et la sagesse de Hugon l'incitent à se soumettre immédiatement à Charlemagne, et les conséquences diplomatiques sont capitales : sans chercher l'épreuve de force, Charlemagne a réussi à obtenir la soumission de l'empereur de Constantinople ! Les effets du vin sur les relations internationales apparaissent donc comme extrêmement bénéfiques aux Francs à qui tout sourit, et ceux-ci peuvent rectifier la première impression ressentie en arrivant à la cour de Hugon : « Notre reine s'est trompée sur le compte du roi Charlemagne. Personne n'est aussi éminent que lui en ce bas monde. »

Il reste difficile de dégager l'intention du poète qui composa cette chanson de geste comique. Cette conclusion est-elle crédible ou prête-t-elle seulement à rire ? Des légendes portant sur une expédition militaire de Charlemagne en Orient ont sans doute existé, car la première branche de la *Saga de Charlemagne*, la *Vie de Charlemagne*, raconte rapidement au chapitre L[1] un épisode militaire au cours duquel Charlemagne, après un passage à Jérusalem, vient prêter main-forte au roi des Grecs en lutte contre les païens. La victoire coûte alors cher aux Francs qui perdent de nombreux hommes au combat, dont Huidelon, beau-père de Charlemagne. En remerciement, le roi des Grecs propose à l'empereur des Francs de lui offrir Constantinople et de se soumettre à lui. Charlemagne refuse, mais demande des reliques qu'il emportera en France. On a bien l'impression d'être dans les deux cas en présence de la même légende qui est résumée à l'essentiel dans la branche I, puis qui reparaît sur un mode humoristique et peut-être burlesque dans la branche VII. Le triomphe sur Hugon dans les vapeurs d'alcool pourrait être une invention de l'humoriste qui a composé le *Voyage*, dont l'effet est de permettre au roi de sauver la face, car celui-ci ne saurait donner penaudement raison à sa femme à son retour d'Orient.

En comparaison du drame qui attend les pairs de France, le *Voyage* paraît donc comme une comédie dans laquelle les implications idéologiques réelles sont traitées sur un mode plaisant et où tout finit bien sans dégât pour personne. En effet, dans la traduction norroise, le comportement d'Olivier ne peut même pas susciter de réserve étant donné qu'il n'apparaît pas comme un rustre sans souci de raffinement courtois. Il est trivial certes quand, pris de vin, il prétend posséder cent fois la fille du roi au cours d'une nuit, mais en présence de la jeune femme, la brute assoiffée de sexe se transforme en ami délicat qui embrasse cent fois la femme qu'il aime et dont il sollicite la collaboration. Cet amour est partagé et la jeune femme n'est pas qu'un objet de concupiscence momentanée. Les manuscrits où cette branche est conservée témoignent tous d'une volonté manifeste de modifier

---

[1]. Cf. notre traduction pp. 128-129.

la rude fin de cette histoire d'amour. Dans la chanson de geste française, par contre, quand la jeune femme demande à partir pour la France avec son bien-aimé, Olivier répond implacablement :

> « Bele, dist Olivier, m'amur vus abandon :
> Jo m'en irrai en France od mun seignur Carlun[1] ! »

L'auteur du manuscrit a a préféré masquer une fin aussi triste : « le livre ne précise pas si elle l'accompagna cette fois-là. »

Ceux des manuscrits de la famille B se refusent à faire d'Olivier un goujat : « Ma bien-aimée, dit-il, tu as bien raison, et il est certain que je respecterai les engagements pris entre nous. »

Les traits d'influence courtoise déjà relevés dans *Otuel* ont donc également déteint dans un récit pourtant dominé par des idéaux épiques passablement misogynes, comme en témoigne l'agressivité de Charlemagne à l'égard de son épouse, qui n'a fait que tenir des propos partiellement confirmés par la suite. Ce type d'infidélité à l'égard du texte original semble en tout cas témoigner du succès de la politique culturelle du roi de Norvège Hákon Hákonarson qui encouragea la traduction des œuvres littéraires alors appréciées en Angleterre, sous forme de sagas de chevaliers, afin d'introduire dans son pays l'idéal courtois en vogue dans l'entourage des Plantagenêts – à moins que ce ne soient les Islandais qui n'aient pas goûté tout l'humour grossier des pairs de France. D'ailleurs, dans la *Jómsvíkingadrápa* que nous mentionnions tout à l'heure[2], ceux qui se flattent d'exploits hors du commun ne sont pas des héros recommandables mais des Vikings barbares et arrogants, tel un certain Vagn qui prétend vouloir coucher avec la fille d'un chef norvégien.

Puisque dans cette branche VII tout est bien qui finit bien,

---

1. *Voyage*, vv. 856-857. 2. À notre connaissance, il n'existe pas de traduction française récente de ce poème.

Charlemagne mérite assurément quatre mois de repos après ces vacances mouvementées en Orient, car la branche suivante nous fera passer de la comédie à la tragédie avec le désastre de Roncevaux.

Note sur la traduction

La branche VII est conservée dans A (jusqu'au milieu du chapitre XVI), a (à partir du milieu du chapitre IX), B, b[1] et b[2], ainsi que dans des fragments recueillis à Oslo, NRA 62 proche de A, et NRA 63 proche de B. Unger a établi le texte en prenant pour base A et a que peu de différences séparent, mais en y intégrant des variantes prises dans B et b, de telle façon qu'il est parfois difficile de s'y retrouver, car si toutes ces versions se recoupent sur l'essentiel, elles présentent cependant d'innombrables différences de détail. Les deux groupes de manuscrits ont été récemment réédités par Agnete Loth et nous avons ponctuellement eu recours à ses lectures. Un éditeur, comme un traducteur, se trouve constamment confronté à des choix délicats : soit il s'en tient à un manuscrit unique même dans ses variantes les moins intéressantes, soit il s'appuie sur un manuscrit de référence en y intégrant des variantes empruntées à d'autres manuscrits. Contrairement à Annette Patron-Godefroit qui a traduit en parallèle les deux manuscrits A et B en français moderne, en délaissant d'ailleurs les variantes de a, b[1] ou b[2], nous avons préféré nous en tenir à un manuscrit de base comme l'ont fait l'éditeur Unger et la traductrice nord-américaine C. B. Hieatt, mais en l'abandonnant ici et là en fonction de l'intérêt des autres manuscrits. Nos choix recoupent d'ailleurs le plus souvent ceux de nos deux prédécesseurs en la matière, qui s'en rapportèrent généralement au texte de la chanson anglo-normande comme un critère de choix.

Les principes que nous avons adoptés sont les suivants : quand nous constatons que B et ses copies contiennent des éléments intéressants totalement absents de A ou a, nous les ajoutons dans la traduction. Quand A ou a présentent une leçon concurrente de celle de B et de ses copies, nous conservons généralement le texte de notre manuscrit de référence et donnons la variante en note. Plus rarement nous remplaçons la leçon de A ou a par une leçon de B, et donnons en note la variante rejetée. Les passages ajoutés apparaissent dans la traduction entre crochets droits ([...]) quand ils sont empruntés à B et entre barres obliques (/ ... /) quand ils proviennent de NRA 63 (ou 62).

Les variantes traduites en note sont suivies de l'indication du manuscrit d'où elles sont tirées. Les autres, en très grand nombre, nous paraissent annexes et sont négligées. À côté de la tendance générale à l'abrègement, les manuscrits de la famille B contiennent de nombreuses formules qui paraissent rajoutées *a posteriori* étant donné qu'on ne les trouve ni dans les manuscrits de la famille A ni dans le *Voyage* (du moins sous la forme où nous le possédons). Nous ne traduisons pas systématiquement en note ces développements assez plats et lourds qui nous paraissent quelque peu affadir le texte.

Nous désignons les manuscrits par leur nom habituel ; nous nous en tenons parfois à l'indication B quand les copies b[1] et b[2] sont identiques à leur source, et b désignera b[1] et b[2] quand rien ne les distingue.

Nous transcrivons et normalisons les noms propres à partir du texte anglo-normand et de l'usage français le plus courant.

Bibliographie particulière à la branche VII

Œuvres apparentées

— Version française :
Le Voyage de Charlemagne à Jérusalem et à Constantinople, éd. P. AEBISCHER, Genève, Droz, 1965 (« Textes littéraires français », 115). (Cité sous l'abréviation *Voy.*)
Le Voyage de Charlemagne à Jérusalem et à Constantinople, trad. M. TYSSENS, Gand, Éd. scientifiques E. Story-Scientia, 1977 (« Ktemata », 3).
— Versions en gallois, moyen français, islandais et féroïen :
KOSSCHWITZ, Eduard, *Sechs Bearbeitungen des altfranzösischen Gedichts von Karls des Grossen Reise nach Jerusalem und Constantinopel*, Heilbronn, 1879.

Études

La bibliographie consacrée au *Voyage de Charlemagne à Jérusalem et à Constantinople* est très vaste. Nous n'entendons pas la reprendre ici – voir par exemple la traduction de M. TYSSENS, pp. XI-XVII. Nous recensons seulement quelques études globales :

COULET, Jules, *Études sur l'ancien poème français du* Voyage de Charlemagne en Orient, Montpellier, 1907 (« Publications de la Société pour l'étude des langues romanes », XIX).
HORRENT, Jules, *Le Pèlerinage de Charlemagne. Essai d'explication littéraire avec des notes de critique textuelle*, Paris-Liège, 1961 (« Bibliothèque de la faculté de philosophie et lettres de l'université de Liège », CLVIII).
RIQUER, Martín de, *Les Chansons de geste françaises*, 2e éd., trad. I. Cluzel, Paris, Nizet, 1957, pp. 194-205.

QUELQUES ÉTUDES PLUS PARTICULIÈRES PORTANT SUR LA TRADUCTION NORROISE

AEBISCHER, Paul, *Les Versions norroises du « Voyage de Charlemagne en Orient ». Leurs sources*, Paris, Les Belles Lettres, 1956 (« Bibliothèque de la faculté de philosophie et lettres de l'université de Liège », CXL).

ÁLFRÚN Gunnlaugsdóttir, « Jórsalaferð – Le Voyage de Charlemagne en Orient », *Studia in honorem prof. M. de Riquer*, III, Barcelone, Quaderns Crema, 1988, pp. 561-600.

HALVORSEN, Eyvind Fjeld, « Problèmes de la traduction scandinave des textes français du Moyen Âge », *Les Relations littéraires franco-scandinaves au Moyen Âge*, Actes du colloque de Liège (avril 1972), Paris, Les Belles Lettres, 1975 (« Bibliothèque de la faculté de philosophie et lettres de l'université de Liège », CCVIII), pp. 247-274.

HIEATT, Constance B., in *Karlamagnús Saga...* Vol. III, Part VII. *The Journey to Jerusalem,* Introduction, pp. 168-180 (cf. Bibliographie générale, B).

TOGEBY, Knud, « La chronologie des versions scandinaves des anciens textes français », *Les Relations littéraires franco-scandinaves au Moyen Âge...*, pp. 183-191.

D. L.

Le Voyage de Charlemagne à Jérusalem et à Constantinople

Lorsque l'excellent seigneur empereur Charlemagne, au cours des événements qui viennent d'être racontés, eut vaincu et battu le roi païen Garsie, massacrant la plus grande partie de l'armée qui le suivait, il arriva qu'un jour, au milieu des guerres qu'il menait contre les peuples païens, il se trouvait à Paris, la puissante cité de France... [1].

---

1. Cette liaison entre la branche VI et la branche VII est un ajout postérieur qui n'apparaît qu'en b où elle se substitue aux phrases d'introduction présentes dans les autres manuscrits. Elle montre que les copistes tardifs ont eu le souci de présenter un recueil aussi cohérent que possible.

Chapitre I — Charlemagne vexé par la reine

L'histoire commence ici par l'explication des circonstances dans lesquelles le roi Charlemagne alla visiter Jérusalem[1] et le saint sépulcre de Notre-Seigneur.

On rapporte qu'il se trouvait cette fois-là à Paris et qu'il avait réuni tous les rois, ducs et comtes qui détenaient le pouvoir avec lui. Il y avait là tous les nobles qui dépendaient de lui. Au cours de la réunion, le roi s'assit sous un olivier avec la reine à ses côtés et tous les barons autour de lui.

Il demanda alors à la reine en plaisantant : « Connais-tu quelque autre roi dans le monde à qui la couronne convienne autant qu'à moi, ou qui porte aussi bien l'armure que moi ? » Or elle était d'un caractère emporté[2] et lui répondit de façon irréfléchie[3] : « Roi, on ne doit pas tant se couvrir de louanges soi-même. Je connais un homme qui a plus fière allure au milieu de ses hommes et qui porte plus haut sa couronne ! »

Dès que le roi entendit ces mots, il se mit en colère contre elle et dit : « J'en appellerai à toute ma cour pour savoir si cela est vrai ou non. S'ils le confirment, je le croirai, mais si tu as menti, tu [le paieras cher et] y perdras la vie !

[– Roi, dit la reine, tu ne dois pas te mettre en colère pour

---

1. Jorsalaborg.   2. La reine se hâta de prendre la parole et dit (B).
3. À partir d'ici, a s'interrompt car des pages manquent. Unger adopte alors A comme base.

une telle raison. C'est un roi qui est plus riche que toi en biens et en or, mais il n'est pas si bon chevalier ni si vaillant au combat.] »

Mais lorsqu'elle vit le roi dans une telle colère, elle tomba à ses pieds et dit : « Aie pitié de moi pour l'amour de Dieu ! Tu sais bien que je suis ta femme. Je souhaite me soumettre à une épreuve pour démontrer que je ne t'ai pas dit cela pour te déshonorer ni te faire honte. [Je monterai au sommet d'une haute tour et sauterai dans le vide ; je me justifierai de la sorte.]

— Non, dit le roi, il n'en sera pas ainsi. Donne-moi le nom de ce roi. »

La reine répondit : « Je ne peux le retrouver. » Le roi dit alors : « Par ma foi, tu vas le dire maintenant, ou alors [tu le paieras de ta vie ![1]] »

Elle vit alors qu'elle ne pouvait éviter de le dire et dit : « J'ai entendu parler du roi qui s'appelle Hugon [le Fort]. Il est empereur de Constantinople[2] et de tout ce qui s'étend jusqu'au pays appelé Cappadoce[3]. D'ici jusqu'à [la cité d'Antioche[4]] personne n'est aussi puissant et aussi beau que lui, et aussi bien entouré, hormis toi seul. » Le roi Charlemagne jura alors qu'il tirerait cela au clair et dit à la reine : « Tu m'as vraiment mis en colère et tu as ruiné[5] mon [amitié[6]] pour toi ! »

Le même jour, lorsque le roi eut porté sa couronne[7] et écouté les offices, il se rendit à son palais en compagnie de son neveu Roland, ainsi que d'Olivier, du duc Naimes, d'Ogier le Danois, de Guillaume d'Orange, de Gérin et de Bérenger, du comte Aïmer, de Bernard de Bruscan /et de Bertrand le Rude/, et de maint autre Franc[8].

---

1. ou alors l'autre est inférieur (A). 2. Miklagarð – mot à mot : la Grande Cité. 3. Capadocia. 4. Mundiufjall (les Alpes) (A), Antiochiaborg (B et b) – Antioche (*Voy.*). 5. L'un des fragments d'Oslo, assez long, commence ici (NRA 63). 6. affection (A), amitié (B, b et NRA 63) – « M'amisted e mun gred » (*Voy.*). 7. sa couronne de honte (NRA 63). 8. Rollant, Oliver, Nemes, Oddgeir, Villifer af Orenge, Bertram, « le neveu du duc Naimes », Turpin, Gerin, Bæringr, Eimer, Bernard af Bruskam (A) ; Olifer, Villifer, Oddgeir, Turpin (B et b), sauf Oliver (b[1]), Tyrpijn/Tyrpin (b[2]) ; Oliver, Villifer af Ringe, Nemes, Odgeir (Unger)/Otgeir (Loth), Gerin,

Le roi les prit ensuite tous à part et leur dit ce qu'il avait en tête : « J'ai dans l'idée de partir en voyage à l'étranger et d'aller visiter la cité[1] de Jérusalem[2], la sainte croix et le sépulcre de Notre-Seigneur ; cela m'a été demandé par trois fois dans mon sommeil[3]. En outre, je veux aller trouver le roi dont la reine m'a parlé. Nous emmènerons avec nous sept cents chameaux chargés d'or et d'argent et nous resterons là-bas[4] sept ans durant s'il est besoin. »

Chapitre II — Le voyage à Jérusalem

Le roi Charlemagne fit équiper la troupe qui devait l'accompagner et il leur donna de l'or et de l'argent en suffisance. Ils abandonnèrent leurs armes et prirent des bâtons ferrés, / des besaces[5]/ et des affaires de pèlerin. Puis ils préparèrent leurs chevaux et leurs mules en les chargeant de toutes sortes d'objets de valeur qui étaient de qualité.

À la cité de Saint-Denis[6], le roi Charlemagne prit la croix[7], de même que tous ses chevaliers ; l'archevêque Turpin célébra cette messe pour eux. Ils quittèrent ensuite la cité et la reine y demeura, sombre et amère.

Lorsque chemin faisant les Francs eurent atteint une plaine vaste et plate, le roi fit venir le vaillant comte Bertrand et lui

---

Bæringr, Turpin, Eimer, Bernardr af Bruscan (Unger)/Bruscam (Loth), Bertam hinn hardi (NRA 63). La liste est visiblement abrégée en B, alors que A et NRA 63 sont très proches. Nous suivons le fragment d'Oslo pour la seule variante touchant Bertram en suivant le *Voy.* ; on ne sait pourquoi Ernalz a disparu de la liste.

1. les saintes reliques (B et NRA 63).   **2.** Hierusalem (A), Jorsala (B et NRA 63).   **3.** deux fois en rêve (B et NRA 63).   **4.** auprès de lui (B et NRA 63).   **5.** des bâtons ferrés (à la main, A) et des affaires de pèlerin (B).   **6.** Sendinis borg (A), Kirkiu (« église ») (B et NRA 63), Kirkju hins heilaga Dionisii (b).   **7.** C'est-à-dire qu'il fait vœu de se rendre à Jérusalem.

parla ainsi : « Vois combien cette troupe de pèlerins que nous avons est magnifique, quatre-vingts [mille][1] hommes assurément. Celui qui a la charge de diriger une telle troupe doit avoir de l'autorité et de la sagesse. »

Ils se hâtèrent ensuite de faire route et parvinrent en Bourgogne[2] ; ils traversèrent la Lorraine, la Bavière, la Lombardie, la Pouille, la Perse et la Turquie[3], puis ils parvinrent à la mer et firent traverser toute leur troupe. Ils parvinrent à Jérusalem et s'y installèrent.

Le roi Charlemagne, accompagné des douze pairs, se rendit immédiatement à l'église qui s'appelle Patenôtre. C'est dans cette église que Notre-Seigneur chanta lui-même la messe en compagnie de ses douze apôtres. Là se trouvent les douze sièges sur lesquels s'assirent les apôtres du Seigneur, et le treizième sur lequel il s'assit lui-même.

Quand le roi Charlemagne eut terminé sa prière, il s'assit sur le siège où Notre-Seigneur s'était assis, entouré des douze pairs. Le roi vit maintes images peintes sur le plafond de l'église : les tortures des saints, le soleil et la lune, le ciel et la terre. Un juif survint alors, et dès qu'il vit le roi, il fut épouvanté au point presque de perdre l'esprit. Il s'enfuit et alla trouver le patriarche, lui demandant de se rendre rapidement à l'église et de le baptiser. Il dit qu'il avait vu douze chefs et encore un treizième, lequel était le plus inquiétant. « Je sais parfaitement, dit-il, que c'est là Dieu lui-même et ses douze apôtres. »

Quand le patriarche eut pris connaissance de ces faits, il fit venir tous les clercs de Jérusalem, leur fit revêtir les ornements sacerdotaux et il partit en procession trouver le roi Charlemagne. Le roi se leva et le salua, et il se pencha vers lui[4]. Le patriar-

---

1. 80 (A), 80 000 (B et b), 30 000 (NRA 63) – 80 000 (*Voy.*). 2. Burgun. 3. Leoregua (Unger)/Leoregna (Loth), Beiferi, Lungbardi, Pul, Perse, Tulka (A) ; B, b et NRA 63 ne présentent qu'un résumé : « ils firent route en traversant tous les pays qui se trouvaient devant eux, jusqu'à la mer » – Loheregne, Baivere, Hungerie, Turcs, Persaunz (*Voy.*). 4. et l'embrassa (b).

che demanda /d'où il venait/ et qui il était, et il ajouta : « Tu es le premier à être venu dans cette église sans ma permission[1]. »

Le roi répondit : « Je suis un roi originaire de France et mon nom est Charlemagne[2]. Je me suis assujetti douze rois et maintenant j'en cherche un treizième ; mais le but de mon voyage est de voir des reliques. »

Le patriarche reprit : « Tu es le bienvenu ici dans la paix heureuse et la joie des saints ; tu es un magnifique preux et tu viens de t'asseoir sur le siège où Notre-Seigneur s'est assis. Pour cette raison, tu seras nommé [Charlemagne], roi souverain de tous les autres rois de ce monde. »

Le roi Charlemagne le remercia beaucoup et lui demanda de lui donner quelques reliques avec lesquelles il pourrait embellir son pays. Le patriarche y consentit et lui donna le bras de saint Siméon[3], la tête de Lazare, du sang de saint Étienne[4], un morceau du drap qui couvrait la tête de Notre-Seigneur quand il fut mis au tombeau, un des clous avec lesquels le Christ fut crucifié, une partie de sa couronne[5], le calice que le Seigneur bénit[6] lorsqu'il chanta la messe dans cette église, le couteau et l'assiette qu'il utilisa le soir du jeudi saint lorsqu'il mangea en compagnie de ses apôtres[7], de la barbe et des cheveux de l'apôtre saint Pierre, du lait de sainte Marie, mère de Notre-Seigneur[8], un morceau de la chemise qui était en contact avec la peau et la chaussure que les Juifs prirent[9] lorsque les anges l'emmenèrent dans le ciel. Ils n'obtinrent rien de plus.

Le roi fut très content[10]. Les saintes reliques firent alors de

---

[1]. à oser s'asseoir dans ce siège (B et b), NRA 63 s'interrompt à « oser ». [2]. Karlamagnus (A), Karl (B), Carlamagnus (b). [3]. Tous les noms des saints sont donnés en latin. [4]. saint Étienne protomartyr (B et b). [5]. la couronne de feuillage que les Juifs placèrent sur sa tête lorsqu'ils le torturèrent (B). [6]. bénit de sa main (B et b). [7]. l'assiette même dans laquelle il mangea le soir du jeudi saint en compagnie de ses disciples et le couteau qu'il tint lui-même dans sa main à table (B et b). [8]. du lait de sainte Marie mère de Dieu, dont le seigneur but (B et b). [9]. prirent du pied de sainte Marie (B et b). [10]. très content comme on pouvait s'y attendre ; il prit cela avec joie et remercia Marie, la sainte mère de Dieu (B).

grands miracles par la grâce de Dieu. On amena un homme qui était paralysé depuis sept ans et il recouvra immédiatement la santé. Le roi Charlemagne fit alors fabriquer une châsse de mille marcs d'or et la fit cercler de nombreuses ceintures d'argent. Il confia ensuite à l'archevêque Turpin la charge de l'emporter avec lui.

Le roi Charlemagne fit ensuite bâtir une église que les gens du pays nomment Sainte-Marie la Latine [1]. Lorsque l'église fut construite et que le roi eut séjourné quatre mois dans la ville, il demanda au patriarche la permission de rentrer dans son pays et proposa de lui offrir cent marcs d'or et d'argent [2]. Le patriarche répondit en lui demandant de prendre tout ce qu'il voulait dans ses richesses. « Mais je voudrais, dit le patriarche, que tu sois un solide pilier de la chrétienté de Dieu face à l'agression des païens [3]. »

Le roi dit [4] que telle serait son action et il ajouta qu'il irait en Espagne [5] dès son retour chez lui. C'est ce qu'il fit et là-bas il perdit Roland, Olivier et tous les pairs.

Chapitre III — Le voyage à Constantinople

Le roi Charlemagne repense alors aux paroles de son épouse. Il part à présent à la recherche de ce roi qu'on lui a tant vanté et il veut absolument le rencontrer.

Au matin, le roi quitta la ville avec toute sa troupe pour se rendre à Jéricho [6], et là ils prirent des palmes. Le patriarche les

---

1. Scelatine (A), Letanie (B), Letania (b[1]), Lethamamm (b[2]) – la Latinie (*Voy.*). 2. cent chameaux chargés d'or (B et b selon Unger) ; selon Loth : cent mille (B), cent (b). 3. que tu te préoccupes d'aller affronter les païens qui abattent la sainte chrétienté (B). 4. lui répondit : « C'est ce que je ferai », et il s'engagea solennellement à aller en Espagne dès qu'il serait rentré de son voyage (B). 5. Hispanialand. 6. Jherico (A), Herico (B), Hjericho (b[1]), Jericho (b[2]).

accompagna et passa la nuit avec le roi. Il ne leur manqua rien de ce dont ils avaient besoin.

Le lendemain au point du jour, ils montèrent à cheval et se rendirent directement à Constantinople. Le patriarche prit congé pour rentrer chez lui ; ils se saluèrent l'un l'autre, puis se séparèrent.

Partout où le roi passait, des miracles se produisaient grâce aux saintes reliques : des aveugles recouvraient la vue, des paralytiques la marche, des muets la parole[1], et tous les fleuves étaient à sec au-devant d'eux où qu'ils aillent.

Chapitre IV — Charlemagne rencontre le roi Hugon

Maintenant le roi Charlemagne est en route et il ne s'arrête qu'une fois parvenu à Constantinople.

À un demi-mille de la ville se trouvait le jardin du roi, garni de toutes sortes de plantes. Le roi trouva là vingt mille chevaliers, tous vêtus d'étoffe précieuse garnie d'hermine et de martre[2]. Certains jouaient aux échecs, d'autres au trictrac ; certains portaient un autour au poing, d'autres un faucon. Quatre mille[3] jeunes filles faisaient là une ronde, elles étaient vêtues d'étoffe précieuse[4], plus belles les unes que les autres, chacune tenant l'autre par la main ainsi que son bien-aimé.

Le roi Charlemagne dit alors à Roland : « Voilà une grande foule ! Qui nous guidera auprès du roi ? » Un chevalier vint alors à la rencontre du roi, et il lui demanda où se trouvait leur roi. « Notre roi, dit-il, est assis sous le dais de velours qui est tendu là-bas. »

---

1. « et [tous recouvraient immédiatement la santé (b[1] et b[2])] quel que fût le mal dont ils étaient affligés avant qu'ils rencontrent les saintes reliques » (B) – dans tout ce passage, la version de B et b est légèrement différente. **2.** d'étoffe de velours ou de pourpre (B et b). **3.** Mille (B et b). **4.** de la meilleure soie et du velours le plus précieux (B et b).

Le roi Charlemagne s'y rendit ensuite[1] et y trouva le roi [en train de labourer] avec une charrue. [Sa charrue était toute en or rouge, de même que toutes les pièces qui vont avec.] Il ne labourait pas comme les autres hommes : il était assis sur un siège d'or et tenait à la main une verge d'or avec laquelle il menait ses bœufs, mais sa charrue avançait aussi droit que si l'on avait tendu une corde.

Le roi Charlemagne salua ensuite le roi de façon convenable et courtoise, [et le roi Hugon posa son regard sur lui. Il vit que c'était un homme à l'allure princière] et il lui demanda [qui il était et] d'où il venait. Le roi Charlemagne répondit : « Je m'appelle Charlemagne, roi de France et empereur de Rome[2] ; je suis allé à Jérusalem et maintenant je suis venu te rendre visite. »

Le roi Hugon reprit alors : « Il y a sept ans de cela, j'ai entendu dire qu'aucun roi n'était aussi renommé que toi. » Il l'invita ensuite à demeurer là pendant douze mois et à prendre autant de richesses qu'ils en voulaient, « et à présent, dit Hugon, je dois ôter le joug à mes bœufs en raison de ta venue ».

Le roi Charlemagne ajouta alors : « Cette charrue est d'un grand prix et il est prudent de bien la surveiller. » Le roi Hugon répondit : « Même si elle restait là pendant sept ans[3], personne ne l'abîmerait. »

[Guillaume d'Orange[4] dit alors : « Dieu veuille que j'aie la charrue en France ; Bertrand et moi, nous la mettrions toute en morceaux[5] à coups de marteau. »]

Le roi Hugon retourna alors dans son palais[6], accompagné de Charlemagne et de toute sa troupe. [Ils trouvèrent là] sept mille[7] chevaliers[8], tous vêtus de soie et d'étoffe précieuse. [Tous allèrent à la rencontre du roi Charlemagne et de ses chevaliers,] ils prirent leurs chevaux et les menèrent à leurs stalles.

---

1. Le chevalier s'en alla ensuite et lui montra le chemin qui menait à l'endroit où se trouvait le roi (B et b).   2. Rómaborg.   3. douze mois (B et b).   4. Olifer af Oronge (B), Villifer af Oringe (b) selon Loth.   5. Débute ici un nouveau fragment de NRA 63.   6. Lorsqu'ils eurent ainsi conversé, le roi Hugon (B et NRA 63).   7. six mille (B, b et NRA 63) – sept mille (*Voy.*).   8. (Sept mille chevaliers) suivaient le roi Hugon (A).

Le palais était extraordinaire[1]. Le plafond était décoré de motifs tirés d'histoires diverses. Ce palais était rond et avait un pilier central sur lequel reposait l'ensemble ; autour de lui il y avait cent autres piliers, tous dorés, et chacun portait une sculpture d'airain représentant un enfant. Chaque statue avait une corne d'ivoire à la bouche[2]. Les piliers étaient tous creux à l'intérieur et un vent passait par-dessous le palais et remontait dans les piliers ; et[3] les enfants soufflaient grâce à ce vent de diverses manières toutes agréables. Chacun d'eux pointait l'autre du doigt [en souriant tout] comme s'ils étaient vivants.[4]

Le roi Charlemagne fut stupéfait[5] et il comprit alors que son épouse avait dit vrai. Un vent cinglant [venant de la mer[6]] se leva alors et fit tourner le palais comme [une roue de moulin[7]]. Les enfants se mirent alors à souffler et chacun souriait vers l'autre ; cela leur sembla beau à entendre [comme si c'était chanté par les anges[8]]. Toutes les fenêtres étaient en cristal[9] [, et quoique le temps à l'extérieur fût exécrable, à l'intérieur il était excellent[10]].

Le roi Charlemagne fut stupéfait de voir le palais tourner, et il ne put tenir sur ses jambes, tout comme ses hommes. Ils croyaient [qu'ils étaient victimes[11]] d'actes de sorcellerie. « Les portes du palais sont ouvertes, dirent-ils, et la plus grande merveille est que nous ne puissions pas partir[12] ! »

Le roi Hugon vint alors les trouver[13]. Il leur demanda de ne pas avoir peur, précisant que le temps s'améliorerait vers le

---

1. Le palais que possédait le roi Hugon était extrêmement beau (B et b), bien construit (NRA 63).   **2.** et chaque statue était dorée (B, b et NRA 63).   **3.** c'était construit avec tant d'habileté que (B, b et NRA 63).   **4.** Débute ici un fragment de NRA 62.   **5.** Lorsque le roi Charlemagne vit cet art et ce raffinement, il fut stupéfait (B).   **6.** Tous manuscrits sauf A.   **7.** comme tourne un moulin (A et NRA 62), comme une roue de moulin (B, b et NRA 63).   **8.** Tous manuscrits sauf A.   **9.** Il faut ajouter à propos de ce palais que toutes les fenêtres étaient faites dans la pierre qui s'appelle cristal (B, b et NRA 63).   **10.** NRA 62, NRA 63 et B. **11.** Tous manuscrits sauf A.   **12.** Ils parlèrent ainsi entre eux : « Les portes du palais sont ouvertes et nous ne pouvons pas tenir sur nos jambes ! » (B, b et NRA 63).   **13.** NRA 62 s'interrompt au milieu de cette phrase.

soir. C'est ce qui se produisit et le palais s'arrêta plus tôt qu'on ne pouvait s'y attendre.

Chapitre V — La réception du soir

[Le repas du soir était prêt] et les tables furent apportées. L'empereur s'assit alors sur son trône et le roi Charlemagne auprès de lui. De l'autre côté se trouvaient la reine et la fille de l'empereur. Roland et les douze pairs étaient assis après le roi Charlemagne. La jeune femme était aussi belle qu'une fleur de rosier ou de lilas[1]. Olivier tourna souvent ses regards vers l'endroit où la jeune femme était assise ; il se prit d'un grand amour pour elle et dit : « Dieu veuille que je t'aie en France ! Je pourrais alors faire de toi ce que je désire. »

Il y avait sur la table [toutes sortes de plats délicats à base de gibier à poil et d'oiseaux : il y avait là des cerfs et des sangliers, des grues et des oies, des poules et des paons au poivre, des canards, des cygnes et toutes sortes d'oiseaux sauvages. Il y avait à boire de l'hydromel et du vin, du piment et du clairet, de l'alcool fort[2] et toutes sortes de bonnes boissons[3]. Il y avait là des divertissements de toutes sortes : vielle et harpe, violon, gigue et toutes sortes d'instruments à cordes[4]].

Lorsqu'ils furent rassasiés, chacun gagna son logis. L'empereur prit le roi Charlemagne par la main et le conduisit à sa

---

1. son teint avait aussi belle apparence qu'un dégradé mêlant la fleur rouge sang du rosier et le lis blanc comme neige (b). **2.** « cuzar » (NRA 63), « buzar » (B) – mot apparenté à l'anglais « booze » selon C. B. Hieatt, mais P. Skårup est sceptique (« Contenu, sources, rédactions », *Karlamagnús Saga. Branches I, III, VII et IX*, Copenhague, 1980, p. 354). **3.** NRA 63 s'arrête là pour ce fragment. **4.** Ces énumérations sont absentes de A, mais présentes en B et NRA 63 (jusqu'à interruption) et dans *Voy.* ; on peut soupçonner le traducteur ou un copiste de les avoir légèrement allongées ; enfin, en b, seuls les instruments de musique sont énumérés.

chambre¹, en compagnie des douze pairs. La [pièce] était surmontée d'une voûte et décorée au moyen de pierres précieuses incrustées et de peintures, et illuminée par une escarboucle [dont les propriétés étaient telles qu'elle brillait autant de nuit que de jour]. Il y avait là douze lits d'airain et le treizième au milieu. Tous étaient dorés. Dans ces lits se trouvaient des draps de toutes sortes qui étaient de qualité. Comme ils s'étaient longuement divertis au cours de la soirée, chacun alla dans son lit. L'empereur leur souhaita alors bonne nuit et il alla ensuite se coucher.

Chapitre VI — Hugon fait épier les Francs

Dans cette pièce se trouvait un pilier en pierre, creux à l'intérieur. L'empereur [leur tendit un piège] et plaça un homme dans ce pilier afin qu'il observe et entende ce que disaient et faisaient les Francs. Cet homme espionna tous leurs faits et gestes durant la nuit.

Lorsqu'ils se furent mis au lit, ils bavardèrent en plaisantant et badinant comme les Francs en ont l'habitude. Ils admiraient beaucoup [la décoration qu'il y avait là, et prièrent Dieu qu'il fasse que le roi Charlemagne puisse prendre d'assaut au cours d'une bataille cette puissante ville, ainsi que tout l'art et le raffinement qu'il y avait là²]. Le roi Charlemagne demanda ensuite³ à chacun d'eux de dire l'exploit qu'il pourrait réaliser. Ils lui demandèrent d'être le premier à dire son exploit⁴.

[Le roi Charlemagne dit alors] : « Que demain matin l'empe-

---

1. dans la chambre à coucher où il avait l'habitude de dormir lui-même (B et b). 2. cette résidence, et ils prièrent Dieu que le roi Charlemagne pût conquérir ce royaume par sa bravoure (A). 3. Un nouveau fragment de NRA 62, très abîmé, commence ici. 4. Le roi demanda ensuite à chacun d'eux de se choisir un exploit et de se divertir de la sorte. Ils répondirent ainsi : « Nous voulons bien faire cela pour te divertir, seigneur, ainsi que nous tous. » (B).

reur prenne dans sa cour le chevalier le plus agile[1], qu'il lui passe deux broignes et place deux heaumes sur sa tête, qu'il lui donne le meilleur cheval qu'on puisse trouver à sa cour, tout recouvert d'une armure, et qu'il me donne ensuite son épée. Je frapperai sur la tête de cet homme, le pourfendrai en deux ainsi que son cheval recouvert d'une armure et enfoncerai l'épée dans le sol aussi loin que porte une hampe de lance – à moins que je ne veuille la retenir avant ! »

L'espion qui se trouvait dans le pilier de pierre dit alors : « Tu es grand et fort, et l'empereur a agi imprudemment en vous offrant l'hospitalité. Il saura cela avant le point du jour demain matin. »

Roland commença alors à exposer son exploit : « Que demain matin l'empereur prenne sa corne d'ivoire et me la donne ; ensuite, je sortirai de la ville et soufflerai si fort que toutes les portes de la cité s'ouvriront et se refermeront, et avec elles toutes les portes se trouvant dans la ville. Si l'empereur [a l'audace de[2]] sortir, mon souffle emportera alors ses cheveux, sa barbe et tous ses vêtements. »

L'espion dit alors : « C'est là un exploit incroyable, et l'empereur a agi imprudemment en vous offrant l'hospitalité. »

Chapitre VII — Hâbleries d'Olivier et de Bernard

Là-dessus Olivier dit son exploit : « Que demain matin l'empereur prenne sa belle fille, qu'il la conduise dans ma tente et me permette de coucher près d'elle. Si avec elle je ne satisfais pas mon désir cent fois au cours d'une nuit, sous la foi de son témoignage, alors[3] l'empereur disposera de ma tête.

— Par ma foi, dit l'espion, [tu seras exténué avant !] Tu dis de grandes sottises et tu auras perdu l'amitié de l'empereur. »

---

1. Un nouveau fragment de NRA 63 commence ici.   **2.** Tous manuscrits sauf A.   **3.** NRA 63 s'arrête là pour ce fragment.

Bernard dit alors [son exploit] : « Que demain matin l'empereur prenne les trois meilleurs chevaux de sa cour et qu'il les fasse courir aussi fort que possible. Je courrai à leur rencontre et sauterai par-dessus les deux premiers pour retomber sur le troisième, et je jonglerai avec quatre pommes pendant qu'ils feront la course. Si l'une d'elles tombe par terre, l'empereur aura ma tête.

— Par ma foi, dit l'espion, voilà une fanfaronnade peu ordinaire, mais par celle-ci l'empereur n'est ni déshonoré ni avili. »

Chapitre VIII — Hâbleries de Guillaume et d'Ogier

Après cela, Guillaume d'Orange commence son exploit : « Vois la [grosse] sphère d'or qui est là. Elle est en or et en argent. Souvent trente hommes viennent là sans pouvoir la soulever, tant elle pèse. Mais demain matin je la soulèverai d'une main, puis je la jetterai contre le rempart de la ville et l'abattrai sur une longueur de [quarante[1]] brasses de chaque côté. »

L'espion de reprendre : « Par ma foi, [je ne vais pas croire cela possible ![2]] /et l'empereur passera pour un misérable s'il ne te met pas au défi. Il sera mis au courant de cela avant que tu sois habillé demain matin[3]/. »

Là-dessus Ogier dit son exploit : « Demain matin au point du jour, j'irai me saisir du pilier qui soutient le palais ; je le casserai en morceaux et abattrai le palais.

— Par ma foi, dit l'espion, tu es insensé ! Que Dieu t'empêche de jamais réaliser cela ! L'empereur a agi à la légère en vous offrant l'hospitalité. »

---

1. « quatre » tous manuscrits sauf b – « quarante » (b), confirmé par tous les manuscrits au chap. XVI et par *Voy.* **2.** tu dis de grosses bêtises ! (A). **3.** Le passage n'est présent qu'en NRA 62 qui n'est pas intégralement lisible. La reconstitution est due à Unger.

Chapitre IX — Hâbleries de Naimes, de Bérenger et de Turpin

Ensuite, le vieux duc Naimes dit son exploit : « Que demain matin l'empereur prenne deux broignes et me les donne pour que je les mette ; puis[1] je m'assiérai près de l'empereur[2] avant qu'il s'en aperçoive, [et je me secouerai si violemment[3]] que chaque anneau[4] se détachera des autres comme de la paille brûlée. »

L'espion réplique alors : « Tu es vieux et chenu, [mais tu es musclé et résistant !] »

Bérenger se mit alors à dire son exploit : « Que demain matin l'empereur prenne toutes les épées qui se trouvent dans la ville et qu'il les enterre par la poignée, pointe en l'air, en les installant le plus [près[5]] possible du rempart du château. Ensuite, je monterai sur la plus haute tour et me jetterai sur elles de telle façon qu'elles se briseront et que je m'en irai indemne.

— Par ma foi, dit l'espion, si tu réalises cet exploit, c'est que tu es en fer ou en acier ! »

L'archevêque Turpin dit alors son exploit[6] : « [Demain matin, j'irai jusqu'au fleuve qui coule près de la ville. Je le ferai sortir de son lit, se répandre sur la ville et sur tous les châteaux[7]], et inonder chaque maison. L'empereur en personne en sera si effrayé qu'il se réfugiera dans la plus haute tour et n'en redescendra jamais, à moins que j'y consente.

— Par ma foi, dit l'espion, cet homme est fou ! Que Dieu ne

---

1. puis je sauterai quatre toises plus loin (/plus haut) que la largeur (/la hauteur) du château, et ensuite (B/b). 2. je m'assiérai sur le château (B). 3. de telle façon que (A et NRA 62). 4. Un nouveau fragment de NRA 63 commence ici. 5. « le plus vite possible près du rempart » (A). Tous les manuscrits s'accordent contre A. 6. Après des pages perdues, le manuscrit a reprend au milieu de cette phrase ; Unger le prend dorénavant pour base. 7. « J'irai en ville jusqu'au fleuve qui s'appelle Iber. Je le ferai sortir de son lit, se répandre sur tout Constantinople et inonder chaque maison » (a et A, NRA 62 et NRA 63 partiellement). Sur la fin de ce passage s'achève le fragment de NRA 62.

te permette jamais de réaliser cela. L'empereur a agi à la légère en vous offrant l'hospitalité, mais demain il vous mettra tous dehors. »

Chapitre X — Hâbleries d'Ernaut et d'Aïmer

Ernaut[1] dit alors son exploit : « Que demain matin l'empereur prenne quatre charges de plomb et [qu'il transvase le métal bouillant en le versant des chaudrons dans une cuve[2]]. Ensuite, j'irai m'asseoir dedans jusqu'à ce que le plomb soit refroidi, puis je me lèverai et me secouerai de façon à me débarrasser de tout le plomb, et il n'en restera pas après moi pour la valeur d'un sou[3] ; pourtant j'y resterai assis depuis le matin jusqu'à none.

— Voilà un exploit extraordinaire, dit l'espion, je n'ai jamais entendu parler d'un homme aussi résistant[4] que celui-ci ; il est en fer s'il accomplit cet exploit ! »

Aïmer dit alors son exploit : « J'ai une capuche taillée dans un poisson de mer. Lorsque je l'aurai sur la tête demain au déjeuner, j'irai devant l'empereur et je mangerai sa nourriture et boirai son vin. Puis [j'irai derrière son dos et] lui donnerai un coup de poing tel qu'il sera projeté sur la table, et ensuite je ferai battre [ses hommes] entre eux et s'arracher la barbe et la moustache.

— Par ma foi, dit l'espion, cet homme est fou ! L'empereur a agi horriblement en vous offrant l'hospitalité. »

---

1. Ernaldr (Unger) / Ernalldr (Loth) (B), Arnalld (b) (Loth) – Ernalz de Girunde (*Voy.*) ; mais Gerin (A), Berarð (a).   **2.** qu'il les verse bouillantes dans des chaudrons ou une cuve (A et a), dans une cuve (b).   **3.** d'une échalote (B et b²).   **4.** exécrable (B).

Chapitre XI — Hâbleries de Bertrand et de Gérin

Ensuite, Bertrand dit son exploit : « Que demain matin l'empereur prenne quatre boucliers et me les donne ; j'irai parcourir les vallées et les forêts et [je ferai voler les boucliers si haut et crierai en outre si fort[1]] qu'on m'entendra de tous côtés à une distance de quatre milles. S'enfuiront alors de ces forêts tous les cerfs, biches et animaux de toutes sortes, de même que les poissons de toutes les rivières.

— Par ma foi, dit l'espion, voilà une grande fanfaronnade et l'empereur en sera très fâché s'il l'apprend. »

Gérin se mit alors à dire son exploit : « Que demain matin l'empereur me donne une lance d'un poids suffisant à constituer la charge d'un homme[2] et dont le fer ait la longueur d'une aune, puis qu'il dépose deux pièces d'argent sur la tour du château. Ensuite, je m'éloignerai de la ville d'un demi-mille et [jetterai alors la lance à l'endroit où les pièces se trouveront, en visant si juste que l'une des pièces tombera alors] que l'autre derrière ne sera pas touchée du tout. Puis je courrai avec une telle agilité que je rattraperai la lance en l'air avant qu'elle tombe par terre.

— Par ma foi, dit l'espion, cette fanfaronnade en vaut trois autres, mais par celle-ci l'empereur n'est ni couvert de honte ni avili. »

Lorsqu'ils eurent terminé leur discussion, ils s'endormirent.

Chapitre XII — L'espion fait son rapport à Hugon

L'espion alla ensuite trouver l'empereur. Dès que l'empereur le vit, il lui dit : « Dis-moi ce que tu sais. As-tu entendu le roi

---

[1]. je volerai si haut en criant que (A et a).   [2]. Ici débute un nouveau fragment de NRA 63.

Charlemagne dire en quelque manière qu'il désirait rester avec nous ?

— Dieu m'est témoin, dit l'espion, que je ne lui ai jamais entendu dire qu'il désirait rester avec toi ; ils ont passé la nuit à te tourner en dérision et à se moquer de toi[1]. »

Il raconta alors à l'empereur tout ce qu'ils avaient dit et comment ils s'étaient comportés, et l'empereur en fut très courroucé.

« Par ma foi, dit l'empereur Hugon, le roi Charlemagne a agi de façon insensée[2] à mon égard en me tournant en dérision. Je l'ai reçu par amour pour Dieu et je l'ai accueilli de façon hospitalière, et il m'a tourné en dérision ! S'ils ne réalisent pas leurs fanfaronnades comme ils l'ont dit[3], je les ferai décapiter de mon épée au fil tranchant ! »

Le roi Hugon fit parvenir à [cent] mille[4] chevaliers l'ordre de venir le trouver entièrement armés, et ils vinrent aussitôt auprès de lui.

Chapitre XIII — Hugon s'en prend à Charlemagne

Le roi Charlemagne sortait alors de l'église en compagnie des douze pairs[5] après avoir entendu la messe et tous les offices. Le roi Charlemagne marchait devant eux et il tenait à la main un rameau d'olivier. L'empereur Hugon vint à sa rencontre et

---

1. « ils ont passé la nuit à se moquer de nous, et de toi tout particulièrement. Ils ont proféré de telles railleries et moqueries sur ton compte que je n'en ai jamais entendu de pareilles » (NRA 63) – le fragment s'arrête ici. **2.** inamicale (a). **3.** en nous menaçant et en se moquant de nous, et en nous infligeant un si grand affront en contrepartie de notre bonne volonté, alors que nous l'avons reçu avec ses compagnons par amour pour Dieu et que nous l'avons grandement honoré. Je jure que s'ils ne réalisent pas ces fanfaronnades qu'ils nomment leurs exploits (B et b). **4.** mille (A et a). **5.** Après cette nuit, le roi Charlemagne s'éveilla, se leva et alla à l'église en compagnie des douze pairs (B et b).

s'adressa à lui en le prenant violemment à partie [1] : [« Roi Charlemagne, pourquoi t'être moqué de moi cette nuit, m'avoir tourné en dérision et avoir ainsi récompensé mon hospitalité ?] Si à présent vous ne réalisez pas vos exploits, vous devrez tous supporter les affres de la mort ! »

Le roi Charlemagne fut très affecté par ces paroles. Il regarda les Francs et leur dit : « Nous étions très saouls cette nuit à cause du vin et du clairet, et je pense qu'on nous a espionnés. » Là-dessus le roi Charlemagne dit à l'empereur Hugon : « Nous avons passé la nuit chez toi et avons bu ton vin. Or les Francs de Paris et de Chartres [2] ont l'habitude de beaucoup parler quand ils vont se coucher, que ce soient des propos sages ou insensés. À présent, je vais m'informer auprès de mes hommes pour savoir ce qu'ils ont dit et de quoi nous devons vous rendre raison [3]. »

Le roi Hugon répondit : « [Vous m'avez grandement insulté par vos paroles et vous m'avez récompensé ainsi de l'aimable hospitalité [4] que nous vous avons offerte [5] !] Lorsque vous serez partis de chez moi, vous ne tournerez jamais plus en dérision quelqu'un d'autre de la sorte, tant vous allez le payer cher avant que la nuit tombe ! »

---

1. il lui adressa des reproches au sujet des moqueries qu'ils avaient proférées à son encontre au cours de la nuit (A). **2.** París ok Karteis. **3.** Nous étions passablement saouls hier soir, mais je veux te dire que telle est la coutume des Francs que nous parlons beaucoup lorsque nous nous mettons à boire, tenant propos sages et insensés le plus souvent. À présent, si tu es en colère contre nous, roi, comme cela me semble, je dois alors m'informer auprès de mes hommes de ce qu'ils ont dit sur votre compte (B et b – à quelques détails près). **4.** Un nouveau fragment de NRA 63 commence ici. **5.** Vous ne m'avez pas du tout insulté par vos paroles, mais (A et a).

Chapitre XIV — Charlemagne en appelle à l'aide de Dieu

Le roi Charlemagne s'en alla sous un olivier en compagnie des douze pairs pour tenir conseil et il dit : « Chers barons, notre situation a pris une tournure fâcheuse quand cette nuit nous nous sommes retrouvés tellement saouls que nous avons tant parlé, ce dont on aurait bien pu s'abstenir. »

Il fit ensuite avancer les saintes reliques et tomba en prière, de même que tous les Francs, et ils demandèrent à Dieu d'amender leur affaire de telle façon que l'empereur Hugon, tout courroucé contre eux qu'il était, n'ait pas raison d'eux. Un ange envoyé par Dieu vint alors trouver le roi Charlemagne ; [il le prit par la main, le releva] et lui dit : « Ne sois pas affligé ! Les forfanteries que vous avez dites cette nuit furent une grande folie. Dieu te fait dire de ne jamais plus tourner quelqu'un en dérision[1]. Allez-y et commencez à réaliser vos exploits ; pas un ne restera inachevé si vous voulez les accomplir. »

Le roi Charlemagne s'en réjouit[2] comme on pouvait s'y attendre et dit aux Francs : « N'ayez crainte, Dieu va arranger notre affaire. »

Chapitre XV — Olivier mis à l'épreuve

Après cela, ils se rendirent auprès de l'empereur Hugon, et le roi Charlemagne lui dit : « Je veux te dire mes intentions. Tu as agi de façon ignoble : quand tu nous as quittés cette nuit, tu as placé un espion auprès de nous pour écouter nos conversations, et tu t'es personnellement déconsidéré au plus haut

---

1. « dérision, car ce que vous avez dit est une grande folie » (a) – la formule nous paraît une redondance adventice.   2. Fin du fragment de NRA 63.

point en faisant cela. Mais nous n'allons pas ravaler nos paroles devant toi et nous allons tenter de maintenir ce que nous avons dit. Que s'avance pour réaliser son exploit le premier, celui que tu choisis. »

L'empereur Hugon répondit : « C'est Olivier. Il s'est vanté en disant qu'il coucherait cent fois avec ma fille en une seule nuit, et ce fut une parole fort insensée. Mais [que je sois [1]] tenu pour misérable s'il n'essaie pas [2] ! Cependant s'il s'en faut d'une seule fois, il y perdra sa tête, et les douze pairs avec lui. » Le roi Charlemagne sourit à ses paroles et répondit qu'il lui serait désagréable qu'il en vienne là.

Ce jour-là, ils s'amusèrent sans arrêt jusqu'au soir et ils eurent à foison ce qu'ils demandèrent. Lorsque la nuit arriva, le roi Hugon fit préparer sa [chambre [3]] et y fit mener sa fille, et cette chambre était toute parée au moyen des meilleures étoffes de luxe. La jeune fille était belle, douce et aussi plaisante à voir qu'une fleur de rosier ou de lis. Olivier entra dans le lit et se mit à rire.

Quand la jeune fille le vit, elle lui dit courtoisement : « Seigneur, es-tu venu de France dans le but de déshonorer les femmes à Constantinople ? » Olivier répondit : « N'aie pas peur, ma bien-aimée ; si tu veux suivre mes conseils, tu sortiras d'ici sans déshonneur. » Olivier était couché dans le lit auprès de la fille de l'empereur, il se tourna vers elle et l'embrassa cent fois.

La jeune fille lui dit alors : « Je t'en prie pour l'amour de Dieu, accorde-moi le bénéfice de ta gentillesse au lieu de me faire payer l'égarement de mon père. » Olivier lui répondit : « Si tu m'aides à m'en sortir en confirmant mes propos, tu seras alors ma bien-aimée et je t'aimerai plus que toute autre femme. »

La jeune fille y consentit et lui jura sur sa foi et la religion chrétienne de le soutenir et de confirmer ses propos. Leur discussion s'acheva ainsi.

---

1. Tous manuscrits sauf a : je suis tenu pour (A). 2. si je n'essaie pas. 3. sa tente (A et a).

Chapitre XVI — Guillaume et Turpin mis à l'épreuve

Au matin, une fois le soleil levé, l'empereur Hugon arriva, appela sa fille et lui demanda si Olivier avait accompli ce qu'il avait dit. Elle répondit en disant qu'il l'avait accompli. Il n'est pas utile de demander si l'empereur fut mécontent !

Il alla alors trouver le roi Charlemagne à l'endroit où il résidait et lui dit : « Olivier a réalisé son exploit. Je veux à présent voir comment cela va tourner pour les autres. » Le roi Charlemagne répondit : « Tu n'as qu'à choisir celui que tu veux voir à l'œuvre.

— C'est Guillaume, le fils du comte Aïmer. Qu'il prenne la sphère en or qui se trouve ici dans ma chambre. S'il ne réussit pas à la jeter comme il l'a dit l'autre nuit, il y laissera la vie [1] et le dernier jour sera arrivé pour les douze pairs. »

Là-dessus, Guillaume alla prendre la sphère d'or ; il la souleva d'une main de façon tout à fait prodigieuse et la projeta si fort contre le rempart de la ville, sous les yeux de toute l'assistance, que le rempart de la ville s'effondra sur quarante brasses de chaque côté. Ce n'était pas l'effet de sa force mais un miracle que Dieu fit apparaître pour ses amis et surtout par amour pour le roi Charlemagne.

L'empereur Hugon est à présent mécontent de voir son rempart abattu et il dit à ses hommes : « Voilà un triste exploit ! Ce sont des sorciers et des enchanteurs qui sont venus dans notre pays et [qui veulent nous déposséder de notre pays et de notre pouvoir [2].] »

Là-dessus, le roi Charlemagne dit au roi Hugon : « Veux-tu encore d'autres de nos exploits ? Ce sera le tour de celui que tu veux. » Le roi Hugon répondit [3] : « C'est l'archevêque Turpin.

---

1. il mourra et y laissera sa tête de façon déshonorante et très honteuse, et j'entrevois l'espoir certain que ce soit le dernier jour pour tous les douze pairs (B et b).   **2.** venus dans notre pays et notre royaume (a).   **3.** Le manuscrit A s'interrompt ici. La fin de la branche VII est perdue, de même que les suivantes en intégralité.

Il prétend qu'il pourrait détourner le fleuve de son lit, le faire couler dans la ville et inonder toutes les maisons. Quant à moi, je serais tellement effrayé que je me réfugierais dans la plus haute tour[1] ! »

Turpin dit alors au roi Charlemagne : « Adresse tes prières à Dieu pour que j'y parvienne. » Puis il s'y rendit et bénit l'eau. Un grand miracle se produisit alors : ce grand fleuve sortit de son lit pour se répandre dans les terres labourées et les pâturages, [et enfin entrer dans la ville] et inonder toutes les maisons. Les habitants de la ville se mirent à s'inquiéter et à s'étonner. L'empereur Hugon fut si effrayé qu'il se réfugia dans la plus haute tour afin de s'y mettre à l'abri. Le roi Charlemagne était à l'extérieur de la ville dans une plaine sous un arbre, en compagnie des douze pairs et de leur troupe. Ils entendirent les paroles de l'empereur Hugon disant qu'il redoutait beaucoup cette eau et croyait qu'il allait y trouver la mort, de même que son armée.

Là-dessus, l'empereur Hugon dit : « Roi Charlemagne, quelles sont tes intentions à mon égard ? Es-tu déterminé à me noyer dans cette eau ? Je deviendrai volontiers ton vassal, tiendrai de toi mon royaume et te paierai un tribut, et je te donnerai tout mon bien et mes richesses de même, si tu éloignes de nous ce fléau. »

Le roi Charlemagne dit ceci : « Tout homme qui demande qu'on prenne pitié de lui est digne de miséricorde. » Puis le roi Charlemagne adressa à Dieu la prière que le fleuve retourne dans son lit, et Dieu accomplit alors un grand miracle par amour pour le roi Charlemagne.

---

[1]. et cette nuit vous disposeriez de tous nos biens (B).

Chapitre XVII — Charlemagne et Hugon se réconcilient

Le roi Hugon descendit alors des remparts et se rendit auprès du roi Charlemagne en allant à l'arbre sous lequel il était assis. Le roi Hugon dit alors : « Je constate que Dieu t'aime et que le Saint-Esprit est avec toi. Je vais maintenant devenir ton vassal en prenant à témoin toute l'armée qui se trouve ici.

— Veux-tu voir d'autres de nos exploits, dit le roi Charlemagne, toute la journée durant ?

— Non, non, dit-il, pas avant que sept nuits soient passées ; s'ils étaient tous réussis, j'en serais affligé pour toujours. »

Le roi Charlemagne dit alors : « Tu es maintenant devenu mon vassal sous les yeux de tous les membres de ta cour. À présent, nous allons célébrer notre fête aujourd'hui et porter tous les deux notre couronne. »

Le roi Hugon répondit : « C'est avec plaisir que je porterai ma couronne [1] et irai en procession. »

Les rois allèrent alors à l'église. Le roi Charlemagne portait sur la tête sa précieuse couronne. Le roi Hugon portait la sienne bien en dessous étant donné que le roi Charlemagne était plus grand d'un pied et trois empans. Les Francs s'en aperçurent parfaitement et chacun dit à l'autre : « Notre reine s'est trompée sur le compte du roi Charlemagne. Personne n'est aussi éminent que lui en ce bas monde, et nous ne sommes jamais allés dans un pays où nous ne recevions pas des éloges de tout le monde. »

La reine portait également sa couronne en ce jour et elle mena avec elle sa fille, la belle jeune femme. Olivier concentra le plus souvent son attention sur l'endroit où elle était, et la jeune femme aurait avec plaisir accédé à ses désirs si elle avait pensé pouvoir le faire devant son père.

---

1. pour t'apporter honneur et gloire (B et b).

Chapitre XVIII — Charlemagne prend congé de Hugon

Lorsque la procession fut achevée, les rois se rendirent à l'église. L'archevêque Turpin se trouvait être là le plus important des clercs et il chanta la messe ce jour-là ; les rois allèrent à l'offrande de même que tout le peuple. Quand l'office fut terminé, les rois revinrent au palais. Là, un repas avait été préparé et tout le monde se mit à table. Ils eurent à foison tout ce qu'ils demandèrent. Il y avait là beaucoup de gibier : des cerfs et des sangliers, des grues, des cygnes et des paons au poivre, et toutes sortes de plats délicats, ainsi que les meilleures boissons : du vin, du clairet et du piment, et toutes sortes de jeux qui étaient habituels et coutumiers.

L'empereur Hugon dit alors au roi Charlemagne : « Que les Francs prennent autant de mes richesses qu'ils le souhaitent. » Le roi Charlemagne répondit alors à ses propos : « Les Francs ne prendront pas de ton bien pour la valeur d'un sou. Ils ont déjà suffisamment reçu au point qu'ils ne peuvent en emporter davantage. » Là-dessus on enleva les tables.[1]

Pourquoi prolonger ? On en arriva à ce que le roi Charlemagne prenne congé du roi Hugon pour rentrer chez lui. Le roi Hugon lui donna de nombreux objets de valeur et chacun d'eux en offrit à l'autre. Le roi Hugon tint l'étrier du roi Charlemagne pendant qu'il montait à cheval, et de même ses hommes tinrent les étriers des Francs pendant qu'ils sautaient à cheval, et ils se saluèrent alors l'un l'autre. La princesse s'approcha d'Olivier et lui dit : « Mon amour et mes bonnes dispositions pour toi ne cesseront jamais. À présent, je veux aller avec toi en France. » Mais le livre ne précise pas si elle l'accompagna cette fois-là[2].

Le roi Charlemagne alla ensuite son chemin et il était heu-

---

1. Tout ce début de chapitre n'est présent qu'en a.   2. « Ma bien-aimée, dit-il, tu as bien raison, et il est certain que je respecterai les engagements pris entre nous » (B et b).

reux en son cœur de s'être assujetti un si puissant roi sans livrer bataille. Ils passèrent par maints passages difficiles et routes dangereuses avant de revenir chez eux, et ils prirent connaissance de nombreuses choses au cours de ce voyage.

Chapitre XIX — Retour de Charlemagne à Paris

Lorsque le roi Charlemagne parvint à Paris, la bonne ville, tout le peuple se réjouit de son arrivée. Il alla ensuite à l'église de Saint-Denis et y fit l'offrande de la couronne de Notre-Seigneur, du clou avec lequel Notre-Seigneur a été crucifié et de mainte autre relique, et il en distribua certaines dans son royaume aux endroits où cela lui paraissait judicieux.

La reine lui demanda de lui pardonner[1] pour ses mauvaises paroles ; le roi répondit favorablement à sa prière et lui pardonna en l'honneur de la sainte croix et des lieux saints qu'il avait visités. Il resta ensuite chez lui pendant une période de quatre mois[2].

[Il alla ensuite en Espagne affronter le roi Marsile[3], et il se produisit beaucoup d'événements au cours de cette expédition, dont certains vont être racontés ; mais cette histoire s'achève ici.]

---

1. On dit aussi que dès que la reine put lui parler, elle lui demanda avec beaucoup de gentillesse et d'humilité, comme il se devait, de lui pardonner et de lui faire grâce de sa colère contre elle pour (B et b).   **2.** Après cela, le roi Charlemagne resta chez lui pendant sept mois ainsi qu'il est dit (B et b).   **3.** Marsilio.

BRANCHE VIII

La Bataille de Roncevaux

La huitième branche de la *Saga de Charlemagne*, *La Bataille de Roncevaux*, est la traduction de la *Chanson de Roland*, la chanson de geste la plus célèbre du cycle du roi et de toute la production épique médiévale. La traduction norroise suit d'assez près le texte du *Roland* dit d'Oxford (où le manuscrit est conservé), qui représente la plus ancienne et la plus belle version de la légende. Comme les développements de celle-ci sont par ailleurs nombreux, cette branche pose des problèmes d'histoire littéraire épineux qui ont suscité des hypothèses multiples [1]. Les ouvrages de synthèse de P. Aebischer et E. F. Halvorsen (cités ci-dessous) ont déjà soigneusement examiné cette question.

Quelques faits semblent incontestables. Le traducteur a travaillé à partir d'une version proche du *Roland* d'Oxford (parfois du manuscrit Venise IV), et pour beaucoup de chapitres l'on peut suivre vers à vers son travail, comme l'a fait P. Aebischer quand il a pour la première fois donné une traduction française de cette branche. Notre perspective n'étant pas génétique, notre traduction vise à donner une image plus globale et moins négative de la branche VIII, et s'adresse à un lecteur abordant l'ensemble de la *Saga de Charlemagne* dans la continuité, comme une œuvre qui a acquis son autonomie à l'égard de ses sources. Certes, il est facile de comparer ces deux versions et de démontrer la supériorité du *Roland* d'Oxford. Par rapport à l'original qu'a pu utiliser le traducteur, *La Bataille de Roncevaux* est un texte très abrégé, dans lequel les subtilités de construction inscrites dans l'art de la laisse ont souvent disparu : dans la plupart des cas, les laisses similaires

---

1. Voir P. Skårup, « Contenu, sources, rédactions », in *Karlamagnús Saga. Branches I, III, VII et IX...*, pp. 333-355 (cf. Bibliographie générale, A).

ont été fusionnées et les récits de bataille composés en laisses parallèles apparaissent sous une forme très condensée[1]. Dans le détail, on s'aperçoit également que diverses formules ont été mal saisies ou délaissées par le traducteur, mais E. F. Halvorsen a nuancé les critiques de P. Aebischer en replaçant notamment cette traduction dans son horizon littéraire, ce qui fait ressortir la cohérence d'un certain nombre de choix du traducteur.

D'ailleurs, à mesure que l'histoire avance, il devient plus difficile de suivre en parallèle les deux versions, car la traduction est moins abrégée au début, dans le récit de la trahison de Ganelon, que par la suite. La bataille, comme la mort des pairs de France, sont beaucoup plus rapidement racontées et on a l'impression que les répétitions nombreuses dans cette partie de l'histoire ont embarrassé le traducteur (ou un remanieur de la traduction ?). On suit tout de même à peu près le récit des événements jusqu'au vers 2569 du *Roland* d'Oxford, c'est-à-dire jusqu'aux rêves prophétiques de Charlemagne qui annoncent la suite de l'histoire, à savoir les épisodes de l'émir Baligant et du procès de Ganelon. Or, ces épisodes sont absents de la saga. Le récit saute tous les préparatifs de l'armée de Baligant pour accorder deux courts chapitres aux honneurs rendus aux morts par Charlemagne, avant de s'achever par une brève évocation du châtiment de Ganelon.

Il est bien difficile d'éclaircir les conditions dans lesquelles ces épisodes ont disparu de la saga sous la forme où nous la possédons aujourd'hui, mais l'alternative est simple : soit ils n'ont jamais été traduits et manquaient déjà dans le manuscrit qui a servi au traducteur, soit ils ont été supprimés par le traducteur ou un remanieur. Il nous semble peu probable qu'ils se soient simplement perdus car le récit semble soigneusement découpé de façon à faire disparaître toute trace de l'épisode de Baligant. En tout cas, en leur absence, les rêves prémonitoires de Charlemagne n'ont plus de sens, ce qui prouve que sous cette forme réduite l'histoire est tronquée. En fait, on a l'im-

---

[1]. Ces procédés formels sont définis par J. Rychner dans *La Chanson de geste. Essai sur l'art épique des jongleurs*, Genève, Droz / Lille, Giard, 1955.

pression que le traducteur a eu du mal à comprendre le contenu de ces songes symboliques, car ce passage est très peu clair dans le texte norrois, et il est donc possible que l'épisode de Baligant ne figurât pas dans sa version. On voit mal, d'ailleurs, pour quelle raison tel ou tel clerc aurait choisi de couper cet épisode tout en laissant en place le passage qui l'annonce et qui apparaît dès lors totalement incompréhensible. La traduction danoise postérieure de la *Saga de Charlemagne* contient en outre des chapitres supplémentaires relatifs à la mort de la belle Aude et à une guerre de Libye qui semblent attester l'existence d'une version plus complète de cette branche VIII, mais pas forcément plus proche du *Roland* d'Oxford.

Nous constatons donc que *La Bataille de Roncevaux* donne de la *Chanson de Roland* une image conforme au *Roland* d'Oxford dans les grandes lignes, mais singulièrement réduite dans le détail. Il est possible, en outre, que le traducteur ait utilisé une ou des versions momentanément différentes de la légende. En effet, après le récit des songes de Charlemagne, les chapitres XXXIX-XL racontent comment l'empereur fait rechercher et enterrer les morts. Or, ces chapitres ne semblent pas dériver d'une version analogue au *Roland* d'Oxford. Par rapport au passage correspondant (soit les vv. 2845-2973 du *Roland*), des différences montrent qu'on a ici affaire à une autre tradition : l'empereur apparaît comme un homme âgé, profondément troublé et presque incapable de faire face au désastre, le duc Naimes jouant un rôle prépondérant pour le soutenir et le guider, et même le rappeler à ses devoirs (un peu à l'image de Geoffroi d'Anjou dans le *Roland*, laisse 211). La saga est ici plus proche d'une tradition représentée par le *Roncesvalles* espagnol et le manuscrit Venise IV que du *Roland* d'Oxford.

D'autre part, la saga contient au chapitre XXXIX un épisode intéressant qui est totalement absent du *Roland* : les Francs ont le plus grand mal à arracher à Roland son épée Durendal car il est mort en la tenant, et seul Charlemagne y parvient ; après quoi il récupère les reliques contenues dans le pommeau de l'épée, puis la jette à l'eau, considérant que nul après

Roland n'est digne de l'utiliser. On trouve un équivalent de ces scènes dans le *Ronsasvals* occitan, et cet acte fait aussi penser à celui d'Arthur qui fait jeter son épée Escalibour dans un lac à la fin de *La Mort le roi Artu*, roman qui clôt le cycle du *Lancelot-Graal* composé vers 1230-1240[1]. Il est difficile de supposer une influence directe de ce roman sur la branche VIII de la *Saga de Charlemagne*, même en imaginant un ajout postérieur à la traduction, car les romans arthuriens en prose sont contemporains des premières traductions norvégiennes, et n'ont pas été traduits en norrois. Il est aussi possible que ce motif ait été emprunté par l'auteur de *La Mort le roi Artu* à quelque texte épique apparenté à la source du chapitre XXXIX de notre saga.

Il demeure que dans toutes ces œuvres, le motif de l'abandon de l'épée revêt à peu près la même valeur : c'est le signe de la fin d'un monde. Certes, l'empire de Charlemagne n'est pas vraiment menacé après la mort de Roland, mais les meilleures années du règne relèvent désormais du passé. Du strict point de vue génétique, il est possible, comme le pense P. Skårup, que ces divers éléments absents du *Roland* d'Oxford proviennent de bribes de la *Vie de Charlemagne* détachées de la branche I et replacées à la fin du cycle, en vertu d'un souci de cohérence chronologique. La branche suivante qui est constituée d'une traduction très abrégée d'une autre chanson de geste relèverait alors de la même analyse, de même que les passages relatant la mort de Charlemagne dans la dernière branche.

En outre, les deux familles de manuscrits A et B présentent quelques différences qui témoignent de l'influence d'autres textes sur la *Saga de Charlemagne*. En effet, dans la famille B, le personnage de Turpin ne participe pas à la bataille de Roncevaux et ses paroles et ses actes ont été attribués à d'autres personnages. Ce changement s'explique par l'autorité en Islande du

---

1. *La Mort le roi Artu*, éd. J. Frappier, Genève, Droz / Paris, Minard, 1964 (« Textes littéraires français », 58), chap. 192-193, pp. 246-250. Trad. française : *La Mort du roi Arthur*, trad. M.-L. Ollier, Paris, UGE, 1992 (10/18, « Bibliothèque médiévale », n° 2268), pp. 291-295.

Speculum historiale de Vincent de Beauvais, compilation datant du milieu du XIIIe siècle, qui connut un grand succès dans toute l'Europe et dont on repère également l'influence sur les branches IV et X de la saga. Nous sommes donc en présence de modifications postérieures de la *Saga de Charlemagne* et dues à l'intervention de clercs islandais. Le *Speculum historiale* est cité à la fin du chapitre XLVI comme une référence garantissant la présence de Turpin auprès de Charlemagne au moment de la bataille de Roncevaux, et le remanieur introduit à cet endroit du récit un passage de la *Michaels saga* (*Saga de saint Michel*), texte marqué par l'influence du *Speculum historiale*. Nous donnons une traduction partielle de ces ajouts en note.

Pour toutes ces raisons qui donnent à la branche VIII de la *Saga de Charlemagne* un aspect à la fois fragmentaire et composite, un lecteur moderne peut donc légitimement préférer se reporter à la version originale. Il demeure cependant que les images saisissantes qui font le charme de la première moitié du *Roland* d'Oxford conservent ici toute leur force. Tel est le cas des affrontements tendus de Roland et de Ganelon sous les yeux de Charlemagne, au moment où les Francs s'interrogent sur ce qu'il convient de répondre aux messagers de Marsile, le roi des païens, qui a proposé une trêve (chap. VI), et par la suite quand Charlemagne laisse un détachement de preux à l'arrière, à la frontière espagnole, alors qu'il rentre en France, soupçonnant une trahison (chap. XVI-XVII). Ganelon apparaît comme un des personnages les plus impressionnants de cet ensemble légendaire, à la mesure des héros de certaines sagas islandaises, grand seigneur puissant et séduisant, manœuvrier habile et convaincant, qui n'hésite pas à jurer par la loi de Mahomet et de Terogant au moment de trahir Roland et Charlemagne (chap. XII). Le drame se déroule alors plus rapidement que dans la version d'Oxford car les fanfaronnades des païens sont abrégées (chap. XIX-XX), mais l'opposition tranchante de l'orgueil de Roland et de la sagesse d'Olivier transparaît nettement juste avant le début des hostilités. Les différentes phases de la bataille sont aussi condensées (chap. XXIII-XXX), mais gardent tout leur relief et le suspense est poignant pour un public amateur d'emphase épique. Peu à peu l'échec des Francs se précise, et la polémique entre Roland et Olivier devient plus vive (chap. XXX). Le moment est critique et la tragédie se précise au travers de cette phrase fatidique de Turpin, qui est absente du *Roland* d'Oxford : « Il a été trouvé dans de vieux livres que nous devions tomber sous le joug des païens. » Ainsi, le texte suggère l'idée qu'une sorte de fatalité tragique menaçait depuis le départ l'empire de Charlemagne [1], malgré tous les efforts et les succès de l'empereur glorieux, ce qui nous invite à relire rétrospectivement les branches montrant des Francs victorieux, mais le passage reste isolé et manque de clarté pour qu'on puisse en tirer des commentaires plus poussés.

En vérité tout de même, *La Bataille de Roncevaux*, comme les autres branches de la saga, doit être lue dans la continuité du cycle qui retrace le règne légendaire de Charlemagne. La défaite des Francs a été annoncée dans la branche précédente et correspond à un moment de la carrière de Charlemagne où l'empereur vieillissant n'a plus la même capacité à réagir et à commander que par le passé. Le parallèle avec les branches IV-V-VI, moment de l'apogée de la puissance de Charlemagne, est saisissant : cette fois, les Francs se divisent et l'empereur semble désemparé devant la trahison, alors que dans les autres branches le prestige de Charlemagne et de la foi chrétienne était tel que seuls les païens trahissaient leur souverain pour se mettre au service des Francs ; après la mort héroïque qui a emporté un à un les pairs de France (chap. XXXIII-XXXVI), Charlemagne arrive sur les lieux d'une amère victoire (chap. XXXVII) et a du mal à faire face à la catastrophe tant il est éprouvé. Les païens n'avaient pas tort de miser sur l'affaiblissement et le vieillissement de l'empereur qui se dessinent dans les derniers chapitres de la branche et vont se confirmer dans la suivante. En fait, l'empereur paraît quelque peu dépassé par les événements et le duc Naimes devient alors son soutien prin-

---

1. Le conflit opposant Ganelon et Roland dégénère dans la branche VIII, mais il naît dès le début du règne de Charlemagne. Cf. branche I, chap. LXVI-LXVII, et nos notices pp. 14 et 45-50.

cipal, sans lequel il ne peut plus décider de rien (chap. XXXVII-XLI) ; celui-ci est ainsi le seul à demander publiquement le châtiment de Ganelon.

La lecture de cette branche nous invite enfin à réfléchir à l'œuvre de Charlemagne que nous pouvons désormais contempler avec plus de recul. Le bilan est en fait contrasté malgré les nombreux succès obtenus sur les païens au fil des campagnes militaires. Les péchés de jeunesse de Charlemagne (vol et inceste, branche I) semblent bien loin et déjà pardonnés, puisque dans chaque épreuve Dieu a manifesté son soutien à l'empereur qui a pu poursuivre sans relâche une noble entreprise visant à la défense et à l'expansion de la chrétienté. Mais cette cause était défendue par une poignée d'hommes qui ont avancé en âge et dont aucun n'est invincible, et Charlemagne lui-même est bien désarmé après que les pairs ont succombé à Roncevaux. L'empire chrétien a connu de nombreux succès que rappelle et revendique Roland, mais après la disparition de ces combattants d'exception, on se demande si une nouvelle génération de preux saura préserver un tel héritage. *La Bataille de Roncevaux* apporte plus de craintes que de motifs d'espoir, et toute la fin du texte est assombrie par la souffrance de Charlemagne qui a du mal à se relever de ce revers de fortune. En outre, ses songes prémonitoires ne débouchent pas ici sur l'attaque de Baligant et le procès de Ganelon, et sont d'autant plus inquiétants qu'on ne sait pas quels obscurs malheurs à venir ils annoncent, et qu'ils ne sont suivis d'aucune victoire éclatante de l'empereur. À ce titre, *La Bataille de Roncevaux* diffère notablement de la *Chanson de Roland* par une conclusion beaucoup plus funeste.

Il se peut que le traducteur ait disposé pour les branche I et VIII de sources dans lesquelles l'œuvre de Charlemagne faisait l'objet d'une appréciation en demi-teinte, à moins que cette coloration pessimiste ne soit due à des remanieurs postérieurs, ou aux circonstances fortuites ou voulues qui ont amené la disparition de l'épisode de Baligant et du procès de Ganelon. Les circonstances particulières dans lesquelles les Francs périssent invitent en tout cas à réfléchir à la valeur morale des barons de

Charlemagne. Certes les responsabilités de Ganelon sont accablantes, mais à l'opposé Roland lui-même est mis en cause. Roland est progressivement devenu dans la *Saga* le principal soutien de l'action de l'empereur, et son absence rendra désormais plus difficile la tâche de celui-ci ; mais le portrait du héros est ici nettement contrasté, preuve que le meilleur des Francs n'était pas lui-même moralement parfait. Face à une victoire militaire acquise au prix d'un sacrifice complet, Olivier affirme avec force les responsabilités de Roland qui a été orgueilleux jusqu'à l'aveuglement (chap. XXX) : « "C'est ta faute ; avoir un noble cœur et faire preuve de sagesse, ce n'est pas de la folie ; il vaut mieux être modéré que présomptueux. Les Francs sont morts à cause de toi, et jamais plus Charlemagne ne recevra tes services, alors que si mon avis avait prévalu, le roi Charlemagne serait venu ici et le roi Marsile aurait été soit tué, soit capturé. À présent, c'est ton obstination qui a produit ce résultat, car il ne naîtra plus jamais d'homme tel que toi jusqu'au jour du Jugement dernier." »

Charlemagne lui-même finit par prendre la mesure de la faute de Roland (chap. XXXIX) : « Il se rendit ensuite au milieu des morts, chercha les chrétiens et trouva les douze pairs étendus l'un à côté de l'autre ; il prit conscience que Roland était la cause de cela. » Cette notation suit immédiatement l'épisode au cours duquel l'épée de Roland est jetée à l'eau. Si le rapprochement avec *La Mort le roi Artu* doit faire sens, le texte suggère alors l'idée que l'empire de Charlemagne n'est pas à l'abri du péché et que sa puissance repose sur un concours de circonstances peut-être unique et sans égal dans le futur. Certes, l'empereur Charlemagne reste tant qu'il vit un souverain incontesté, mais l'avenir de ce vaste royaume paraît bien incertain. Le dernier succès diplomatique de Charlemagne a donc à tous points de vue un goût très amer, et c'est peut-être en fonction de telles considérations que le traducteur initial ou un remanieur islandais a volontairement abrégé le récit des combats et neutralisé toute euphorie guerrière – le parallèle avec la branche IV est une nouvelle fois parlant.

À partir d'observations proches des nôtres, J. Kjær parvenait dans un article récent (voir ci-dessous) à des conclusions assez différentes [1]. On peut admettre que l'enjeu politique et idéologique de la chanson originale n'ait pas présenté un intérêt majeur pour la cour du roi Hákon, mais tout compte fait, l'image des Sarrasins reste très négative au travers de la *Saga de Charlemagne* et le récit n'évite pas toutes les scènes de massacre (notamment dans la branche IV). Marsile et sa troupe représentent toujours l'ennemi qui menace dangereusement l'empire chrétien, et rien ne vient nuancer le bien-fondé des entreprises militaires de Charlemagne. La branche VIII ne traite d'ailleurs que de questions diplomatiques et militaires sur un ton grave et, contrairement à ce qu'affirme J. Kjær, nous n'y trouvons guère d'influences courtoises comme dans la branche VI par exemple. Pour apprécier la façon dont la description des combats a été abrégée, nous pensons aussi qu'il ne faut pas perdre de vue les difficultés formelles qu'a rencontrées le traducteur face à une œuvre appartenant à un genre littéraire qui n'existait pas dans la littérature norroise autochtone : la répétition de scènes stéréotypées paraît relever d'une esthétique difficile à apprécier pour un public qui n'a accès qu'à une traduction en prose, alors que les conditions de production et de diffusion de ces traductions n'ont plus rien à voir avec l'art des jongleurs.

Par contre, si l'on veut interpréter en termes idéologiques la disparition de nombreuses phases du combat, et notamment de l'épisode de Baligant qui s'achève sur une victoire personnelle de l'empereur, la conclusion que nous tirons de l'ensemble de la branche est que la paix dont jouit enfin le royaume de Charlemagne paraît très cher payée et ne suscite pas d'enthousiasme débordant, et que l'image du souverain vieilli n'est

---

[1]. J. Kjær affirme que le traducteur a escamoté « dans la mesure du possible le fanatisme religieux des croisades et la faiblesse du roi devant ses conseillers [...] ». Elle pense aussi que « la traduction se termine [...] sur une note plus optimiste, laconique, mais pleine de confiance dans le personnage du roi » (*op. cit.,* pp. 64 et 65).

plus aussi éclatante qu'elle l'a été : « Après quoi, le roi Charlemagne délivra et fortifia son royaume et mit en place dans ses domaines des hommes chargés de les gouverner et de les administrer, en chassant ses ennemis [1] et ses opposants. On raconte que l'empereur Charlemagne livra par la suite mainte bataille et obtint peu de victoires, mais resta pourtant à la tête de son royaume jusqu'à sa mort. »

Charlemagne vivant, l'empire ne paraît pas en danger, mais qu'en sera-t-il après sa mort ? Même avant celle-ci, la branche IX nous montrera à quel point l'empereur Charlemagne est seul face à l'adversité dans la dernière partie de son règne, quand il n'a plus le soutien des pairs tombés à Roncevaux. La mort de Roland assombrit définitivement les vieux jours de l'empereur, et l'intérêt de la saga est de nous donner une version de la légende de Charlemagne dans laquelle les personnages sont restés des hommes avec leurs qualités et leurs défauts, et ne sont pas devenus des surhommes caricaturaux. À partir de la bataille de Roncevaux, Charlemagne apparaît en effet comme un être marqué par la peine et la solitude, et le contraste est saisissant entre l'image triomphante des Francs à leur retour d'Orient (branche VII) et le retour à Paris d'un roi contenant la douleur de son deuil : « Il était très affligé en son cœur bien que peu de gens le perçoivent en lui. »

Note sur la traduction

La branche VIII est conservée dans les manuscrits a (hormis l'extrême fin du dernier chapitre), B et b, et NRA 61 (deux fragments de parchemin datant du milieu du XIIIe siècle et conservés aujourd'hui à Oslo, qui représentent le plus ancien manuscrit connu de la *Saga de Charlemagne*). Unger a pris pour base a, étant donné que de nombreux passages font l'objet d'un résumé ou de remaniements dans les manuscrits de la

---

1. À partir d'ici, la suite n'est contenue que dans les manuscrits de la famille B, et peut avoir été ajoutée *a posteriori*.

famille B. Nous empruntons cependant à B quelques leçons qui sont soit traduites en note, soit intégrées dans la traduction entre crochets droits ([...]). Nous ne traduisons pas systématiquement tous les résumés, parfois très secs, que présentent ces manuscrits, ni toutes les modifications qu'on y relève, notamment celles qu'entraîne l'absence de Turpin à Roncevaux.

Nous ne pouvons comparer a et NRA 61 que pour quelques passages des chapitres V-IX. La plus ancienne version est plus proche du *Roland* d'Oxford, car elle n'est pas encombrée de formules souvent un peu lourdes et redondantes, qui semblent avoir été ajoutées après la traduction initiale. Nous préférons toutefois nous en tenir à notre manuscrit de base afin de présenter une traduction plus cohérente. Par exemple, les formules servant à introduire les paroles des personnages au style direct sont beaucoup plus développées dans le manuscrit a, mais nous préférons les conserver pour éviter toute impression de rupture au fil de la lecture. Nous faisons cependant apparaître entre barres obliques inclinées à gauche (\ ... \) tous les passages de a absents de NRA 61. Quelques leçons empruntées à ce même manuscrit sont aussi intégrées à la traduction entre barres obliques inclinées à droite (/ ... /), comme nous l'avions fait pour les fragments NRA 62 et NRA 63 dans d'autres branches.

Bibliographie particulière à la branche VIII

Œuvres apparentées

Nous nous limitons au domaine français et aux versions mentionnées ci-dessus ou en note dans la traduction :

La Chanson de Roland, éd. C. Segre, revue et trad. de l'italien par M. Tyssens, Genève, Droz, 1989 (« Textes littéraires français », 368), 2 vol. (éd. critique du *Roland* d'Oxford, avec un examen systématique de toutes les autres versions en annexe, mais sans traduction). (Version citée dans les notes sous l'abréviation *Rol.*)

La Chanson de Roland, éd. et trad. I. Short, Paris, Le Livre de Poche, 1990 (« Lettres gothiques », n° 4524). (Éd. récente accompagnée d'une traduction française – il en existe plusieurs autres.)

Les Textes de la Chanson de Roland, éd. R. Mortier, Paris, 1940-1944, 10 vol. (Chaque volume contient une version différente, notamment : t. I. Oxford, t. II. Venise 4, t. III. *Ronsasvals*, t. IV. Châteauroux, t. V. Venise 7, t. X. *Ruolandes Liet* de Konrad.)

Horrent, Jules, *Roncesvalles. Étude sur le fragment de cantar de gesta conservé à l'Archivo de Navarra*, Paris, 1951 (« Bibliothèque de la faculté de philosophie et lettres de l'université de Liège », CXXII).

Le Roland occitan. Roland à Saragosse ; Ronsasvals, éd. et trad. G. Gouiran et R. Lafont, Paris, Christian Bourgois, 1991 (10/18, « Bibliothèque médiévale », n° 2175).

Guides bibliographiques généraux

La bibliographie touchant *La Chanson de Roland* est immense et nous renvoyons aux guides les plus complets ; à ceux cités dans la Bibliographie générale, il convient d'ajouter :

Duggan, Joseph J., *A Guide to Studies on the* Chanson de Roland, Londres, Grant et Cutler, 1976 (« Research Bibliographies and Checklists », 15).

Quelques ouvrages importants sur la *Chanson de Roland*

Aebischer, Paul, *Préhistoire et protohistoire du* Roland *d'Oxford*, Berne, Francke, 1972.

— *Rolandiana et Oliveriana, Recueil d'études sur les chansons de geste*, Genève, Droz, 1967 (« Publications romanes et françaises », XCII).

BEDIER, Joseph, *Les Légendes épiques*, t. 3, Paris, 1912 (3ᵉ éd., 1925).

— *La Chanson de Roland commentée*, Paris, Piazza, 1927 (nouv. éd. 1968).

BURGER, A., *Turold, poète de la fidélité. Essai d'explication de la* Chanson de Roland, Genève, Droz, 1977.

DUGGAN, Joseph J., *The* Song of Roland *: Formulaic style and Poetic Craft*, Berkeley, University of California, 1973.

KELLER, Hans-Erich, *Autour de Roland : Recherches sur la chanson de geste*, Paris, Champion, 1989.

LE GENTIL, Pierre, *La Chanson de Roland*, 2ᵉ éd., Paris, Hatier-Boivin, 1967.

MANDACH, André de, *Naissance et développement de la chanson de geste en Europe.* I, *La Geste de Charlemagne et de Roland*, Genève, Droz, 1961.

— *Naissance et développement de la chanson de geste en Europe.* VI, *Chanson de Roland. Transferts de mythe dans le monde occidental et oriental*, Genève, Droz, 1993.

MENÉNDEZ-PIDAL, Ramón, *La Chanson de Roland et la tradition épique des Francs*, 2ᵉ éd., trad. I. Cluzel, Paris, Picard, 1960.

RIQUER, Martín de, *Les Chansons de geste françaises*, 2ᵉ éd., trad. I. Cluzel, Paris, Nizet, 1957, pp. 13-121.

TRADUCTIONS ANTÉRIEURES DE LA BRANCHE VIII DANS SON INTÉGRALITÉ

En français : in AEBISCHER, Paul, *Rolandiana Borealia* (cf. *infra*).

En allemand : in KOSSCHWITZ, Eduard, « Der altnordische Roland », *Romanische Studien*, III, 1878, pp. 295-350.

En anglais : in *Karlamagnús Saga*... Vol. III, Part VIII. *The Battle of Runzival,* trad. C. B. HIEATT, pp. 221-286 (cf. Bibliographie générale, B).

Quelques études plus particulières portant sur la traduction norroise

AEBISCHER, Paul, *Rolandiana Borealia. La* Saga af Runzivals bardaga *et ses dérivés scandinaves comparés à la* Chanson de Roland. *Essai de restauration du manuscrit français utilisé par le traducteur norrois*, Lausanne, Rouge et Cie, 1954 (Université de Lausanne, « Publications de la faculté des lettres », XI).

HALVORSEN, Eyvind Fjeld, *The Norse Version of the* Chanson de Roland, Copenhague, Ejnar Munksgaard, 1959 (« Bibliotheca Arnamagnæana », XIX).

HIEATT, Constance B., in *Karlamagnús Saga...* Vol. III, Part VIII. *The Battle of Runzival,* Introduction, pp. 213-219 (cf. Bibliographie générale, B).

KJÆR, Jonna, « La réception scandinave de la littérature courtoise et l'exemple de la *Chanson de Roland/Af Rúnzivals bardaga*. Une épopée féodale transformée en roman courtois ? », *Romania*, t. 144, 1996, pp. 50-69.

SKÅRUP, Povl, « La fin de la traduction norroise de la Chanson de Roland », *Roland loin d'Oxford*, *Revue des langues romanes*, t. XCIV, 1990, 1, pp. 27-37.

STEIZ, Karl, « Zur Textkritik der Rolandüberlieferung in den skandinavischen Ländern », *Romanische Forschungen*, XXII, 1908, pp. 631-673.

Études portant sur les points de rencontre entre la geste de Charlemagne et le monde arthurien

BOUTET, Dominique, *Charlemagne et Arthur, ou le Roi imaginaire*, Paris, Champion, 1992, pp. 593-601.

GRISWARD, Joël-H., « Le motif de l'épée jetée au lac : la mort d'Arthur et la mort de Batradz », *Romania*, t. 90, 1969, pp. 289-340 et 473-514.

MICHA, Alexandre, « L'épreuve de l'épée », *Romania*, t. 70, 1948, pp. 37-50.

WAIS, K., « Über themengeschichtliche Zusammenhange des versenkten Schwertes von Roland, Arthur, Starkad und anderen », *Germanisch-romanisch Monatsschrift*, t. 26, 1976, pp. 25-53.

D. L.

La Bataille de Roncevaux

Chapitre I — Charlemagne conquiert l'Espagne

Après ces événements, le roi Charlemagne prépara son expédition en Espagne comme il l'avait promis lors de son voyage à Jérusalem. Il fut accompagné des douze pairs et des meilleurs éléments de son armée qu'il y avait dans son royaume.[1]

Le roi Charlemagne resta sept ans d'affilée en Espagne et il conquit tout le pays le long de la mer de telle sorte qu'il n'y avait pas cité ni château qu'il n'eût conquis, ni contrée ni ferme, hormis Saragosse[2] qui se trouve sur une montagne. Régnait là le roi Marsile[3], le païen qui n'aimait pas Dieu, mais croyait en Mahomet et Apollin[4] qui devaient le trahir.

Chapitre II — Marsile tient conseil

Il arriva qu'un jour le roi Marsile était allé sous un olivier, à l'ombre, et s'était assis sur un bloc de marbre, entouré de [plus de] cent mille hommes. Il appela ses ducs et ses comtes, et dit : « Chers barons, quel péché pèse sur nous ? Le roi Charlemagne est venu nous anéantir et je sais qu'il veut nous livrer bataille.

---

1. Il est dit dans ce livre que le roi Charlemagne (B et b). **2.** Saraguze. **3.** Marsilius. **4.** Maumet ok Apollin (a), Maumet (B), Machon ok Terogant (b).

[Appliquez-vous et faites en sorte de me conseiller en hommes sages, et protégez-moi de la honte et de la mort comme il vous appartient de le faire.] »

Mais aucun païen ne lui répondit un mot, hormis Blancandrin[1] du château de Valfonde[2]. C'était le plus sage des hommes[3], chenu et réputé pour ses qualités chevaleresques, et de bon conseil pour son seigneur. Il dit au roi : « Ne crains rien, envoie un message au roi Charlemagne, le hautain, pour lui offrir tes services distingués et ton amitié fidèle. Fais-lui cadeau de lions, d'ours, de grands chiens et de faucons, de sept cents chameaux, de mille autours sortis de mue, de quatre cents mulets chargés d'or et d'argent et des voitures remplies d'objets précieux ; et [il y aura là tant de besants qu'avec cela Charlemagne pourra payer leur solde] à tous ses chevaliers. À présent, il a passé ici sept années d'affilée et il devrait maintenant rentrer en France où il mènera une vie très paisible. Or tu devrais aller le trouver pour la fête de saint Michel, te convertir au christianisme, devenir son vassal en montrant de la bonne volonté et tenir de lui toute l'Espagne. S'il veut que nous lui fournissions des otages, il faut envoyer dix ou vingt hommes pour sceller notre amitié : l'un de tes fils et l'un des miens. Il vaut mieux qu'ils soient tués plutôt que nous perdions l'Espagne, toute notre puissance et nos biens, puisque nous en sommes là. »

Les païens répondirent : « Voilà un excellent plan ! »

Blancandrin dit alors : « Si l'on fait cela, je mets ma tête en gage que le roi Charlemagne retournera en France avec toute son armée et que chacun de ses hommes rentrera chez lui. Le roi Charlemagne sera à sa chapelle d'Aix et y célébrera sa fête. Le temps passera, mais le roi Charlemagne n'entendra plus parler de nous car nous n'irons pas lui rendre visite là-bas. Le roi

---

1. Blankandin. 2. Valsundi. 3. « Il y avait un hommme qui s'appelait Blancandrin. C'était un grand chef puissant. Il venait du château qui s'appelle Valfonde. C'était le plus sage des hommes » (B et b). Cet ajout fait apparaître le pur style de la saga islandaise, comme le fait remarquer C. B. Hieatt dans sa traduction, p. 223.

Charlemagne s'en courroucera et fera tuer ses otages, mais il vaut mieux qu'ils perdent la vie plutôt que nous perdions la bonne terre d'Espagne. »

Les païens répondirent : « Voilà un excellent plan ! » Leur réunion se termina ainsi.

Chapitre III — Marsile envoie des messagers

[Après ce conseil, le roi Marsile convoqua ses amis dont je vais maintenant donner les noms : Claris de Balaguer, Estormaris et Eudropis son compagnon, Priam, Greland, Batiel et son compagnon Matthieu, Joël, Mabriant[1] et Blancandrin.[2]] Il dit à Blancandrin, leur chef, de commencer le discours[3] que le roi veut faire entendre au roi Charlemagne. C'étaient [dix des plus malintentionnés et] des plus retors d'entre eux.

Le roi Marsile leur dit ensuite : « Vous irez porter mon message au roi Charlemagne. Il fait en ce moment le siège de la cité de Cordres[4]. Vous aurez à la main un rameau d'olivier, c'est un signe de paix et d'humilité ; et si vous parvenez à réaliser un accord entre nous, vous recevrez de moi de l'or et de l'argent, des terres et des vêtements. »

Les païens répondirent : « Tu as bien parlé, et nous ferons encore mieux que cela ! »

Le roi Marsile dit : « Demandez au roi Charlemagne de m'accorder son pardon et dites-lui expressément que je veux devenir son vassal, aller le trouver avant la fin de ce mois avec mille de mes meilleurs hommes, adopter la foi chrétienne et accomplir sa volonté. »

---

1. Klargis af Balagued, Estomariz, Eudropiz, Priamus, Greland, Batiel (B)/Batuel (b), Mattheu, Joel, Mabriant.   **2.** Le roi Marsile convoqua alors dix hommes des plus malintentionnés (a).   **3.** La fin du vers 68 de *Rol.* (« por la raisun cunter ») n'a apparemment pas été comprise. Le passage, peu clair, a disparu en b.   **4.** Acordies.

Blancandrin répondit : « Tu y trouveras ton intérêt. » Le roi fit alors amener dix mulets blancs. Leurs brides étaient en or et leurs selles en argent. Chacun monta ensuite sur son [mulet] et ils cheminèrent jusque chez le roi Charlemagne. Il ne pourra pas empêcher qu'ils le trompent en quelque manière.

Chapitre IV — Charlemagne reçoit les messagers

L'empereur Charlemagne avait à cette époque conquis la cité de Cordres[1] et abattu ses murs, et il avait pris là de grandes richesses, de l'or, de l'argent et des vêtements de prix. Il n'y avait personne dans la cité[2] qui n'ait été tué ou converti au christianisme.

Le jour même où les messagers du roi Marsile parvinrent auprès du roi Charlemagne, il était assis dans un jardin et se divertissait [en compagnie de ses amis Roland et Olivier, Samson, Anséïs, Oton le Fort, Bérenger, le bon duc Naimes et le comte Richard, Ganelon, Engelier[3], et beaucoup d'autres hommes se trouvaient à l'endroit où ils étaient. Il y avait là quinze mille Francs[4]] et tous étaient assis sous des tissus luxueux pour se tenir au frais. Ils jouaient aux échecs et d'autres au trictrac, les jeunes comme les vieux. Les tables étaient alternativement en or et en argent pur, et il en était de même des cases sur les échiquiers, alternativement dorées et recouvertes d'argent blanc[5]. Certains joutaient pour se divertir, d'autres s'affrontaient à l'épée. L'empereur Charlemagne était assis à l'ombre d'un arbre.

---

1. Cordes (B et b).   **2.** dans la cité de Sarraguzin ni ailleurs (B). **3.** Rollant, Oliver, Samson, Auxiens, Hotun, Bæringr, Nemes, Rikarðr, Guinelun, Engiler.   **4.** en compagnie de ses favoris, Roland, Olivier et les douze pairs, ainsi qu'une grande quantité d'autres hommes (a).   **5.** Phrase absente de B et b, provenant d'une mauvaise compréhension des vv. 99-100 de *Rol.* : « Mult grant eschech en unt si chevaler / D'or e d'argent e de guarnemenz chers » – « eschech » signifiant ici butin.

Sur ce, les messagers du roi Marsile arrivèrent là. Ils descendirent de leurs mulets et se rendirent auprès du roi Charlemagne à l'endroit où il était assis. Blancandrin prit le premier la parole et salua courtoisement le roi Charlemagne : « Seigneur roi, que Dieu te garde, lui qui a créé le ciel et la terre, et qui fut crucifié pour nous libérer des tourments de l'enfer, lui que nous devons servir – et personne d'autre. Le roi Marsile t'envoie ce message : il souhaite venir te trouver et devenir chrétien, si tu le veux. Il te donnera de l'or et de l'argent selon ta volonté. Il te donnera des lions, des ours, des chiens, des chevaux rapides méritant les plus grands éloges, sept cents chameaux, mille autours, des voitures chargées d'objets de luxe et de tissus précieux, quatre cents mulets portant de l'or et de l'argent ; avec cela tu pourras payer une solde à tous tes hommes et à tous tes chevaliers. Tu as passé ici sept années et il est maintenant temps pour toi de rentrer en France. Notre roi ira t'y retrouver, se fera baptiser, deviendra ton vassal et tiendra de toi toute l'Espagne tout en étant assujetti à un tribut tant que tu vivras [1]. »

Lorsqu'il eut exposé tout son message et qu'il eut fini de parler, le roi Charlemagne répondit à ses propos de cette façon : « Dieu soit loué si le roi Marsile agit comme tu viens de l'exposer à l'instant ; je ne demande rien de plus. » Le roi Charlemagne inclina sa tête un moment et réfléchit, puis il releva la tête et son visage était tout particulièrement altier. Il ne se précipitait pas pour parler, son habitude étant de s'exprimer lentement. Il apporta alors une réponse aux propos des messagers de cette façon : « Vous savez que Marsile, votre roi, est mon pire ennemi. Comment puis-je croire qu'il respectera ce que vous m'avez dit ? »

Blancandrin répondit : « Nous allons le garantir par [des] otages d'ici à la fête de saint Michel. À ce moment-là, le roi Marsile viendra te trouver pour adopter le christianisme. » Le roi Charlemagne dit alors : « Dieu peut encore lui apporter son aide, s'il veut agir ainsi. »

---

1. qu'il vivra (B et b).

À présent, le soir tombait, et quand le soleil fut couché, le roi Charlemagne fit mener à l'étable les mulets de ces messagers. Puis on monta des tentes et les messagers y furent ensuite conduits avec [douze[1]] hommes préposés à leur service. Il ne manquait là ni nourriture ni boisson d'aucune sorte. Lorsqu'ils furent rassasiés, ils allèrent se coucher et dormirent toute la nuit jusqu'au jour.

Chapitre V — Charlemagne examine les propositions de Marsile

Lorsque la nuit fut passée, le roi Charlemagne se leva au matin et écouta les matines, la messe et tous les offices. Le roi Charlemagne convoqua alors sa noblesse car il voulait s'en remettre aux conseils des Francs. Au cours de la matinée, après que l'empereur Charlemagne fut venu à table, se fut assis sur son trône et eut appelé ses barons, les douze pairs[2], pour qui le roi Charlemagne avait beaucoup d'affection, arrivèrent, ainsi que plus de mille autres Francs. Il y avait là aussi le comte Ganelon, qui commit la trahison. Ils déterminèrent alors un plan, mais celui-ci tourna mal – il était pire que cela[3].

Quand ils furent tous à ce conseil, le roi Charlemagne prit la parole de cette façon : « Chers barons, formulez de [bons] conseils pour moi et pour vous-mêmes. Le roi Marsile a dépêché ici ses messagers, comme vous le savez, et il m'offre de grandes richesses : de nombreux lions, de bons chevaux[4], /sept[5]/ cents chameaux chargés d'or d'Arabie[6] et cent mulets ; il veut aussi

---

1. quatre (a) – douze (*Rol.*). **2.** Roland, Olivier et les douze pairs (B). **3.** « comme on pouvait s'y attendre » (B) ; la phrase, peu claire, manque en b. **4.** Début du fragment NRA 61, le plus ancien manuscrit connu de la *Karlamagnús saga*. **5.** « quatre cents » (a) ; l'énumération est absente de B et b. **6.** Arabialand.

me donner cinquante voitures chargées de trésors. Il veut venir me trouver en France, tenir de moi l'Espagne, et me servir durant toute sa vie. Il veut me fournir des otages pour garantir que ces promesses seront tenues, mais je ne sais pas ce qu'il a en tête. » Charlemagne avait terminé son discours.

Les Francs répondirent : « Il y a là matière à réflexion ! »

Roland se leva alors, /s'adressa au roi/ et dit : « Tu fais confiance au roi Marsile de façon irréfléchie. Sept années se sont écoulées depuis que nous sommes venus dans ce pays, et j'ai subi de nombreuses tribulations en te servant. Pour ton compte, j'ai conquis Nobles et Morinde, Valterne et Pine, Balaguer, Tudèle, Séville, Port et Paillart[1] qui se trouve à la frontière. Mais le roi Marsile s'est souvent montré traître et sans parole envers toi. Il t'a naguère dépêché /quinze[2]/ de ses barons, comme il a fait cette fois-ci ; chacun d'eux avait à la main un rameau d'olivier et ils t'ont apporté des nouvelles semblables à celles que les messagers t'ont données hier soir : leur roi voulait se convertir au christianisme. Tu as alors consulté les Francs, mais ils t'ont donné des conseils malavisés. Tu as envoyé deux de tes comtes au roi Marsile, Basan et Basile[3], mais il s'est comporté en vil traître et leur fit alors perdre la vie. Poursuis tes destructions, seigneur, dit Roland, et va à Saragosse avec toute ton armée, puis assiégeons la cité et n'ayons de cesse de la prendre. Vengeons ainsi nos hommes, ceux que le traître alors a fait tuer.[4] »

L'empereur Charlemagne baissa la tête et passa la main sur sa barbe et ses moustaches, sans répondre un mot. Les Francs se tinrent tous silencieux[5], hormis le comte Ganelon ; il se leva, avança devant le roi Charlemagne et prit la parole : « Cher empereur, tu ne dois pas te fier au conseil d'un homme

---

1. Nobilisborg, Morinde, Valterne, Pine, Balauigie, Rudile, Sibili, Port, Aulert (a) ; Nobles, Morinde, Valterne, Piue, Balague, Crudele, Sibilie, Pórt, Páilart (NRA 61) ; énumération absente en B et b ; Noples, Commibles, Valterne, Pine, Balasguéd, Tüele, Sezilie/Sebilie (*Rol.*). **2.** douze (a). **3.** Basan, Basilies (a et NRA 61). **4.** Tout le discours de Roland est très résumé en B et b. **5.** Fin du fragment NRA 61 recto.

insensé, ni au mien ni à celui d'un autre, sauf si cela t'est profitable. Mais si l'on considère que le roi Marsile t'a envoyé un message disant qu'il veut se convertir et devenir ton vassal, l'homme qui refuse ces propositions fait peu de cas de la mort que nous allons connaître. Or il n'est pas juste qu'un mauvais conseil se réalise ; rejetons la déraison et prenons des résolutions salutaires. »

Après ces paroles du comte Ganelon, Naimes s'avança devant le roi Charlemagne, il n'y avait pas d'homme meilleur que lui dans toute la cour du roi Charlemagne. Il prit la parole : « Roi Charlemagne, tu entends la réaction du comte Ganelon ; ce serait parfait si l'on pouvait persévérer dans la voie qu'il a indiquée. À présent, le roi Marsile a perdu son royaume, tu lui as pris châteaux et cités, campagnes et fermes, et quasiment tout son royaume t'est soumis. L'homme dont il implore la pitié doit se montrer charitable, et ce serait une grande infamie s'il n'honorait pas ta gloire. Tu devrais maintenant lui pardonner pour l'amour de Dieu et de ta gloire ; envoie-lui à présent l'un de tes barons. Il veut manifester sa bonne foi en te livrant des otages comme il te l'a promis, c'est bien, et il est judicieux de ne pas engager les hostilités. »

Un grand nombre de Francs répondirent : « Tu as bien parlé, duc ! »

Chapitre VI — Ganelon est désigné pour mener l'ambassade

L'empereur dit alors : « Qui allons-nous envoyer là-bas ? »[1] Naimes répondit : « J'irai, si tu le veux, roi, si tu me confies le gant et le bâton[2]. »

---

1. Tout le chapitre est fortement résumé en B et b.   2. Ce sont des symboles d'autorité représentant la main et le sceptre de l'empereur.

Ganelon est désigné pour mener l'ambassade

Mais[1] l'empereur le regarda et dit : « Tu es un homme sage, mais par ma barbe et mes moustaches, je te dis ceci : tu ne t'éloigneras pas tant de moi dans les douze prochains mois \parce que ce serait pour moi une trop grande perte s'il t'arrivait malheur.\ Va t'asseoir, dit-il, personne ne te désigne pour cette expédition. \Mais ce qu'il faut dire à ce sujet, ajouta-t-il, c'est\ qui nous désirons à présent envoyer là-bas. »

Roland répondit à ses paroles[2] : « Je suis prêt pour ce voyage, si tu le veux, roi. » Olivier lui répliqua : « Il n'en sera rien![3] Tu es d'un tempérament trop emporté, et je crois que tu pourrais plutôt ruiner nos accords. Mais si le roi le veut, je suis prêt à accomplir ce voyage. »

Le roi Charlemagne dit alors : « Aucun de vous deux n'en prendra le chemin, ni aucun d'entre vous, les douze pairs. » L'archevêque Turpin s'avança alors devant le roi et dit : « Donne-moi /le bâton, le gant/ et les gages[4] de foi et j'irai trouver le roi Marsile. Je lui dirai un peu ce que je pense et j'aurai vite fait de savoir ce qu'il a en tête. »

Le roi Charlemagne lui répondit en disant[5] : « Tu n'iras pas là-bas dans les douze prochains mois. N'en dis pas plus, à moins que je ne te le demande. Chers barons, dit le roi Charlemagne, choisissez un de mes barons, de haut rang et de grand mérite, qui transmette intégralement mon message au roi Marsile, qui mène à bien mon ambassade et qui ait l'expérience du combat. »

Roland répondit : « Ce sera le comte Ganelon, mon beau-père. » Les Francs ajoutèrent : « Nous ne connaissons personne qui convienne aussi bien et qui soit aussi sage que lui. \Cela nous semble être le plus judicieux des avis,\ si le roi veut qu'il y aille. »

Le roi Charlemagne dit alors : « Comte Ganelon, avance-toi pour prendre mon bâton et mon gant, puisque les Francs veu-

---

1. Début du verso du fragment de manuscrit NRA 61. **2.** « Je suis prêt pour ce voyage, dit Roland,... » (NRA 61). **3.** « Il n'en sera rien, dit Olivier,... » (NRA 61). **4.** Ce sont des objets convenus garantissant un message. **5.** Charlemagne répondit (NRA 61).

lent que tu mènes cette ambassade. » Le comte Ganelon répondit alors[1] : « Voilà le résultat voulu par Roland ! Je ne lui pardonnerai jamais et jamais plus[2] il n'aura mon amitié. Maintenant je déclare rompus tous les accords et arbitrages établis entre nous, de même qu'avec Olivier et tous les douze pairs, du fait qu'ils font cause commune avec lui. Mais si je reviens de cette ambassade, je vengerai mes tourments. »

Le roi Charlemagne répondit alors : « Tu es trop menaçant, et maintenant tu dois assurément y aller ! » Le comte Ganelon ajouta alors : « Je vois à présent, seigneur, que votre volonté est que je fasse ce voyage, mais je n'en reviendrai pas plus que Basile qui partit avec son frère Basan. »

Le roi Charlemagne dit : « Tu vas partir maintenant. » Le comte Ganelon répondit : « À présent, je dois partir pour Saragosse, mais celui qui va là-bas n'en reviendra pas. » Il ajouta : « C'est pour ton malheur que tu as vu Roland et sa morgue, car il détruira tout ton royaume ! Oui, oui, dit-il, mais sais-tu que ta sœur est ma femme ? Tu n'aurais pas dû m'envoyer en mission désespérée à cause des enfants que nous avons. Je déclare à présent laisser à mon fils Baudouin[3] tous mes biens en héritage. »

Le roi Charlemagne dit alors : « Tu as le cœur trop tendre, Ganelon, et tu es tellement anxieux ! » Le comte Ganelon ne répondit rien et fut très affligé. Il s'avança immédiatement en direction de Roland, son beau-fils, jeta son manteau par terre et se plaça devant lui. Tous les douze pairs le regardèrent très attentivement car c'était le plus séduisant des hommes. Il dit alors à Roland : « Traître que tu es, pourquoi perds-tu la raison ?[4] Des démons vivants habitent en toi. Les Francs s'accordent pour te haïr. C'est à cause de toi seul que vous restez ici si longtemps. Chaque jour tu leur apportes des difficultés et des ennuis, et ils

---

1. En supplément en a par rapport à NRA 61, sous forme abrégée « við R. » : « en colère » (suggestion de Unger), « à Roland » (C. B. Hieatt).
2. Fin du fragment NRA 61.   3. Baldvini.   4. La suite des reproches formulés par Ganelon ne se trouve pas dans *Rol*. Cependant, d'autres versions les contiennent ; cf. éd. Segre, t. II, pp. 40-41 (note au vers 286 *bis*). Ces paroles sont absentes de B et b.

doivent prendre les armes à cause de toi sans que cela soit nécessaire. C'est pour son malheur que tu as vu le roi Charlemagne ! Pour satisfaire ton arrogance, ton goût du commandement et ton esprit pervers, tu m'éloignes de mon seigneur, le roi Charlemagne, et de maint autre homme de valeur. À présent, tu as réussi à obtenir que je doive aller chez le roi Marsile, le chien de païen. Par ma foi, si je reviens de ce voyage, ce sera ton deuil – il pèsera sur toi jusqu'à la fin de tes jours ! »

Lorsqu'il eut si longuement tenu des propos acerbes, Roland répondit en disant : « Dis ce que tu veux ; je rejette tes menaces. Mais il appartient à un homme aussi sage que toi de porter un message d'un roi à un autre, et je te redis que je veux bien accomplir cette mission à ta place, si le roi Charlemagne, mon parent, a la volonté de me le permettre. »

Le comte Ganelon répondit : « Je ne t'en confie pas la charge ; considérant que le roi Charlemagne me l'a confiée en premier, je mènerai son ambassade à Saragosse. Or celui qui y va n'en reviendra pas ; je sais qu'il me fera assassiner comme il a fait assassiner Basan et Basile. Mais s'il m'est donné de revenir, il est sûr que je commettrai quelque folie à l'encontre de ceux qui m'ont désigné pour ce voyage. »

Lorsque Roland entendit ces paroles du comte Ganelon, il se tut et eut un éclat de rire. Quand le comte Ganelon vit que Roland se moquait de lui, il le prit très mal, à tel point qu'il ne savait plus ce qu'il faisait ; pourtant il dit au roi : « Je suis là ! Donne-moi le bâton et le gant, puis je m'en irai à Saragosse. Mais si Dieu me fait revenir ici, je vengerai mes tourments. »

Charlemagne répondit : « Tu es bien trop menaçant. Si à présent tu vas à Saragosse, informe le roi Marsile, le païen : il doit adopter le christianisme, devenir mon vassal sans aucune traîtrise, venir me trouver et implorer ma pitié, et recevoir de moi la moitié de l'Espagne alors que Roland aura l'autre moitié. S'il refuse, dis-lui que je viendrai à Saragosse [1] sans tarder et ne m'en irai pas avant d'avoir conquis la cité. Ensuite, il viendra avec moi

---

1. Début d'un nouveau fragment NRA 61 recto.

en France, enchaîné, et là il sera condamné et mis à mort. Eh bien, comte Ganelon, tu vas lui remettre cette lettre de la main à la main, ainsi que ce bâton et ce gant \que je te confie\. »

Au moment où le comte Ganelon fut sur le point de prendre l'écrit[1], celui-ci lui tomba des mains. Les douze pairs le remarquèrent et éclatèrent de rire. Le comte Ganelon se baissa et ramassa la lettre ; il le prit très mal et ressentit cela comme une si grande honte qu'il n'aurait assurément pas voulu être là pour tout l'or du monde. Il dit ensuite ces mots[2] : « Que Dieu lui-même tire vengeance de ceux qui m'ont causé ces ennuis ! »

Les Francs répondirent en disant : « Seigneur Dieu tout-puissant, \toi qui connais toute chose,\ qu'est-ce que cela peut signifier ? Cela annonce des malheurs et des souffrances. »

Ganelon \répliqua en disant\ : « Vous en entendrez parler ! » Il dit ensuite au roi Charlemagne : « Seigneur, donne-moi le congé \de partir au plus vite. Considérant que je suis maintenant tenu d'accomplir cette expédition[3],\ je ne veux pas rester ici plus longtemps. » Le roi \Charlemagne lui\ répondit : « Que Dieu hâte ton voyage, \et va comme tu le veux\. »

Chapitre VII — Départ de Ganelon[4]

Le comte Ganelon se rendit[5] alors à son campement ; se préparèrent avec lui /sept cents[6]/ de ses hommes, et tous voulaient

---

1. Dans le *Rol.* Ganelon laisse échapper le gant et non pas la lettre, mais d'autres versions corroborent le texte de la saga ; cf. éd. Segre, t. II, pp. 49-50 (note à la laisse XXV) ; E. F. Halvorsen, *The Norse Version of the Chanson de Roland*, Copenhague, 1959, pp. 169-175.   2. Il dit ceci (NRA 61).   3. ... congé. Si je dois partir, je ne veux pas... (NRA 61).   4. Dans le manuscrit NRA 61, la partie qui commence ici est intitulée : Trahison du comte Ganelon à l'encontre de Roland et des douze pairs.   5. À présent, il faut dire au sujet du comte Ganelon qu'il se rendit (NRA 61).   6. quatre cents (a), sept mille (B et b).

le suivre \et refusaient de se séparer de lui, même pour une grande quantité d'or. Comme on pouvait l'escompter, il en voulait beaucoup aux Francs et ressentait une violente haine à leur égard.[1]\ Il revêtit ensuite les meilleurs équipements qui puissent être : des éperons d'or furent fixés à ses pieds et il était ceint de son épée \nommée\ Murgleis[2]. \Lorsqu'il fut prêt à partir,\ il monta sur son cheval qui s'appelle Tachebrun[3]. La selle sur laquelle il prit place était en argent et la couverture de selle était faite dans le plus précieux des tissus. L'homme nommé Guinemer[4], qui était un de ses proches parents, tint son étrier.

À présent, l'homme est particulièrement majestueux et impressionnant à voir dans son armure, et son apparence ne cache pas le fait qu'il va concevoir un piège. Ses hommes s'adressèrent à lui : « Emmène-nous avec toi, comte Ganelon. » Le comte Ganelon dit : « Dieu ne le veut pas. Il vaut mieux que je sois seul à mourir plutôt que de nombreux hommes de bien soient tués. Ayez la bonté, hommes de ma troupe, si vous entendez dire à l'avenir que j'ai été tué, de vous souvenir de mon âme dans vos prières, et saluez bien mon parent Pinabel et mon fils Baudouin ; venez-lui en aide tant que vous pouvez. »

Là-dessus, le comte Ganelon se mit en route, et ils se quittèrent dans ces conditions. Mais ses hommes étaient très peinés de cette séparation et prenaient extrêmement mal son départ. Ils se disaient l'un à l'autre : « À présent, un malheur s'abat sur nous si nous devons perdre ainsi notre seigneur et maître. Jusqu'ici, nous avons été très appréciés par le roi Charlemagne à cause de notre seigneur, le comte Ganelon, mais nous avons peu d'amitié à offrir à celui qui a rompu notre amitié. Il s'est comporté en ennemi à l'égard de notre seigneur, le comte Ganelon, et celui-ci a été trahi malgré la parole donnée.[5] »

---

1. a, B et b (pour l'essentiel) s'accordent contre NRA 61. **2.** Miraginnais (a), Muraglais (NRA 61 et B) – Murglies (*Rol.*). **3.** Taskabrun (a), Teskabrun (B et b), Tescabrunn (NRA 61) – Tachebrun (*Rol.*). Le fragment NRA 61 recto s'achève ici. **4.** Guinimus (a). **5.** La seconde moitié du chapitre est très résumée en B et b – ou plus développée en a.

Chapitre VIII — Ganelon complote avec Blancandrin

À ce sujet, il faut dire maintenant que les messagers du roi païen se tenaient sous un olivier et s'apprêtaient à partir. Le comte Ganelon fit route avec eux. Blancandrin avait été désigné comme leur chef, il chevaucha à l'arrière en compagnie du comte Ganelon, et ils eurent de longs entretiens au cours de la journée. Leur conversation en vint au point que Blancandrin s'adressa au comte Ganelon en ces termes : « Le roi Charlemagne est un grand homme d'action. Il a soumis à son autorité tout le royaume de Rome, la Pouille et la Calabre, Constantinople, la Saxe, l'Angleterre et l'Irlande [1]. Maintenant il est en outre âgé, au point qu'il n'a pas moins de trois cents ans. »

Le comte Ganelon répliqua : « Son armée est si bonne et si vaillante, et c'est un chef si glorieux qu'il n'y aura jamais de roi semblable après lui ; il n'y en avait pas avant et il n'y en aura pas par la suite. » Blancandrin répondit : « Les Francs ont beaucoup d'expérience, mais ils lui donnent de tels conseils [2] ! Je crois qu'ils surpassent tous les peuples ! »

Le comte Ganelon répliqua : « Les bons Francs n'y sont pour rien. Roland seul est la cause de tout ce qui ne va pas, et tu peux juger ici de son caractère à partir de ce que je vais t'en dire à présent. Hier, dit-il [3], le roi Charlemagne était assis sous un arbre [4] et il y avait une très grande foule autour de lui. Survint alors Roland, \son parent,\ et il tenait à la main une très grosse pomme. \Il dit au roi Charlemagne :\ "Seigneur empereur, prends cette pomme ; je te promets la couronne de tous les rois qui s'opposent à toi !" Telle est sa morgue, il veut chaque jour être malfaisant. Mais s'il lui arrivait malheur, nous vivrions tous en paix. »

---

1. Rómaríki, Púl, Calebre, Constancie ok Nobile, Saxland, England, Irland (a) ; *idem* en B et b sauf Constantz Nobile (B), Constantinobile (b). 2. « et il me semble qu'ils lui donneraient tous un avis semblable » (a). Passage assez confus en raison de l'ironie de Blancandrin. 3. Le verso du second fragment NRA 61 commence ici. 4. un olivier (B et b).

Blancandrin dit : « Roland se prétend un homme, mais il veut s'assujettir tous les rois et un jour les choses tourneront mal pour lui. » Le comte Ganelon repartit : « Roland voudrait qu'aucun accord ne soit réalisé cette fois-ci, et il voudrait s'assujettir l'Espagne. Ensuite, il voudrait aller à Babylone[1] et tuer le roi Amiral, s'il refuse de se faire baptiser ; et il ne compte pas s'arrêter avant d'avoir soumis tous les peuples. »

Qu'est-il besoin de prolonger leur conversation ? Finalement, ils parvinrent tous deux à un accord. Voilà que se serrent la main Blancandrin et le comte Ganelon, pour confirmer leur décision de trahir Roland contre la parole donnée, et de faire en sorte de le tuer.

Chapitre IX — Ganelon rencontre Marsile

Après cela, ils allèrent leur chemin et ne s'arrêtèrent pas avant d'avoir atteint la cité de Saragosse, où ils trouvèrent le roi Marsile. \Dès qu'ils furent arrivés là,\ le comte Ganelon porta son message, et tous les païens l'écoutèrent \durant la réception\.

Blancandrin s'avança alors devant le roi Marsile, tenant le comte Ganelon par la main, et il prit la parole[2] en ces termes : « Seigneur roi, que Mahomet, Apollin et Jupiter[3] te protègent ! Nous avons porté ton message au roi Charlemagne. Il s'est réjoui de ces nouvelles et rendit grâces à Dieu. Il t'a envoyé cet homme de bien. C'est un comte de haut rang et de grande expérience, et tu vas apprendre de lui des informations exactes. »

Le roi Marsile répondit : « Qu'il parle donc et nous l'écouterons. »

Le comte Ganelon se mit alors à parler de façon très avisée :

---

1. Babilon (a), Babilonia (NRA 61). 2. Fin du dernier morceau de NRA 61. 3. Mahomet seul en B et b.

« Roi, l'empereur Charlemagne t'envoie ses salutations et te fait dire de reconnaître le nom du Christ et de renier Mahom et Mahomet[1]. Il veut te donner la moitié de l'Espagne à gouverner et à Roland l'autre moitié. Si tu rejettes cet accord, il te dépouillera de la cité de Saragosse avec l'aide de son armée et tu iras ensuite en France enchaîné, et là tu recevras la mort dans la honte et le déshonneur. »

Le roi Marsile fut très courroucé par ces paroles. Il avait un bâton à la main et il voulut le frapper, mais il ne le fit pas car on l'en empêcha. Le comte Ganelon dégaina son épée et voulut engager le combat. Il dit à haute voix : « Le roi Charlemagne n'entendra jamais dire que j'aurai été le seul à périr ici. J'aurai vaincu le plus haut placé[2] avant de succomber. »

Mais les païens leur demandèrent de se séparer. Le roi Marsile se mit alors en fureur, [mais ses hommes le tancèrent] pour l'emportement dont il faisait preuve dans ses propos ; il se rangea à leurs arguments et reprit place sur son siège.

Chapitre X — Discussion entre Ganelon et Marsile

Un homme jeune, sage et apprécié du roi, qui se nommait Langalif[3], prit alors la parole : « Seigneur roi, tu as mal agi quand tu [as voulu[4]] frapper l'homme français ; tu pourrais plutôt écouter ses paroles. »

Le comte Ganelon répondit : « Il devra le supporter bon gré mal gré, mais je ne renoncerai assurément pas à transmettre le message du roi Charlemagne, ni par peur de la mort ni pour tout l'or du monde. » Il se débarrassa alors du manteau en peau de zibeline qu'il portait sur lui et qui était doublé en étoffe précieuse d'Alexandrie. Blancandrin ramassa le manteau. Le comte Ganelon garda son épée à la main.

---

1. Makon, Maumet.   **2.** parmi ceux qui se trouvent devant moi (B et b).   **3.** Méprise pour l'« algalifes » (calife) (*Rol.*, v. 453).   **4.** as dû (a).

Les païens se dirent alors entre eux : « Voilà un chevalier énergique ! »

Le comte Ganelon s'approcha du roi et lui dit à haute voix : « Tu t'es mis en colère contre des réalités. À présent, si cela ne te plaît pas, prends-en ton parti. Le roi Charlemagne te fait dire d'adopter le christianisme et de devenir son vassal. Il veut te donner la moitié de l'Espagne et l'autre moitié à Roland, son parent. Tu as là un camarade rude et injuste. Or si tu ne veux pas accepter cet accord, le roi Charlemagne viendra à Saragosse, détruira toute la cité et te mettra aux fers. Tu n'auras plus ni palefroi, ni cheval, ni mulet ; tu seras placé sur une bête de somme et emmené en France. Là, tu passeras en jugement et tu perdras la tête. Le roi Charlemagne t'envoie cette lettre. Prends-la. »

Le roi Marsile était un bon clerc et il connaissait bien les livres païens. Il prit la lettre et brisa ensuite le sceau qui était dessus. Quand il lut l'écrit, il versa des larmes et se tira la barbe, il se leva ensuite et s'écria à haute voix : « Écoutez, bons chevaliers, combien grande est l'inimitié du roi Charlemagne à notre égard. Il rappelle à présent le meurtre de Basan et de Basile que j'ai fait assassiner pour le couvrir de honte, et si je veux me réconcilier avec lui je dois lui envoyer mon oncle Langalif qui fut la cause de leur meurtre[1]. Mais si je ne le lui envoie pas, notre réconciliation ne se fera pas. »

Pas un païen ne lui répondit un mot.

Langalif dit alors : « Seigneur roi, le comte Ganelon a dit de grandes folies devant toi et il mérite la mort. Livre-le-moi, et je le punirai pour ses paroles présomptueuses. » Mais quand le comte Ganelon entendit cela, il brandit son épée et s'apprêta à se défendre.

---

1. L'ambassade de Basan et Basile est évoquée dans la partie espagnole de la branche I de la *Saga de Charlemagne*, mais rien n'y est dit du rôle tenu par l'oncle de Marsile ; cf. I, chap. LIII, pp. 132-133.

Chapitre XI — Ganelon dévoile ses intentions

Le roi Marsile, sous l'effet de sa colère, fit brûler l'écrit et il dit ensuite aux païens : « Attendez ici. Je veux aller m'entretenir en privé avec les meilleurs de mes hommes. » Langalif le suivit, de même que son frère Falsaron, Adalin[1] et Nufalon[2], Malpriant[3], Valdabrun, Climboris[4] et Clargis[5], Bargis et Blancandrin, lequel dit au roi Marsile : « Fais venir ici le comte Ganelon. Il s'est engagé envers moi à me suivre et à épouser notre cause. » [Le roi[6]] répondit : « Va le chercher si tu le souhaites. »

Il s'en alla et vint le trouver. Il le prit par la main[7] et le conduisit devant le roi. Le roi Marsile dit alors au comte Ganelon : « Cher ami, j'ai beaucoup parlé contre toi et j'ai fait preuve de beaucoup de déraison à ton égard lorsque j'ai voulu te frapper, mais je vais maintenant t'en donner réparation avec bonne volonté. Je te donne mon manteau qui a été fabriqué hier[8]. Il coûte cent livres d'argent. »

On lui passa ensuite le manteau, puis [le roi le fit asseoir[9]] près de lui. Le roi dit alors au comte Ganelon : « Je vais racheter mon tempérament emporté de telle façon que tu sois honoré. » Le comte Ganelon répondit : « Je ne refuse pas, et que Dieu te récompense de ta bonne volonté. La réparation est toujours la meilleure solution. »

Le roi Marsile dit alors au comte Ganelon : « Tu dois savoir que je t'honorerai en toutes choses et nous prendrons les décisions ensemble. Soyons amis, toi et moi ! L'état du roi Charlemagne m'intrigue. Je pense qu'il a bien deux cents ans. Il a fait de longs voyages, a conquis les royaumes de nombreux rois et les a vaincus eux-mêmes. »

Le comte Ganelon répondit : « L'empereur Charlemagne

---

1. Abalin (b). **2.** Nufulun (a), Nufalon (B et b). **3.** Malbruant (B et b). **4.** Klimberis (a), Blumboris (B), Klunboris (b) – Climborins (*Rol.*). **5.** Klargis. **6.** Langalif répondit (a). **7.** le fit lever et lui parla en termes bien tournés (a). **8.** aujourd'hui (B et b). **9.** il fit asseoir le comte Ganelon (a).

excelle en toutes choses et Dieu lui a donné un grand peuple à diriger. Personne ne doit dire du mal de lui et personne ne peut dire ou décrire toute sa valeur. Je préfère endurer le trépas plutôt que d'être privé de son amitié ou de la perdre. Mais aussi longtemps que Roland vivra, le roi Charlemagne ne se tiendra jamais en repos, s'abstenant de dévaster les pays des autres rois. On doit dire en toute certitude qu'à ma connaissance Roland est sans égal sur terre, et il en est de même pour Olivier ; et les douze pairs veilleront sur le pays dès que le roi Charlemagne ira en France. Or ce sont de si grands preux que le roi Charlemagne ne craint rien tant qu'ils sont en vie. »

Chapitre XII — Ganelon trahit Roland

Le roi Marsile dit alors au comte Ganelon : « J'ai une belle armée bien équipée, quatre cent mille chevaliers. Je te demande à présent si je peux livrer bataille au roi Charlemagne. » Le comte Ganelon répondit : « À aucun prix pour le moment ! Si tu livres bataille, ce sera ta perte, car les païens ne peuvent rien contre les chrétiens. Donne plutôt des richesses au roi et livre-lui des otages, et il s'en ira en France alors que Roland restera en arrière pour veiller sur le pays. Ensuite tu iras les attaquer et leur livreras bataille, et il y a plus de chance que tu l'emportes sur eux. S'il en va ainsi, ce sera la chute de l'empire du roi Charlemagne et il ne portera jamais plus de couronne sur la tête après cela. Par la suite, l'Espagne connaîtra la paix. »

Le roi Marsile le remercia beaucoup de son conseil. Il ordonna ensuite qu'on ouvre ses trésors et cela fut exécuté. Il donna alors au comte Ganelon de nombreux objets précieux qu'il n'est pas possible d'énumérer maintenant. Il posa encore une autre question : « Allons-nous vaincre Roland de cette façon ?

— Oui, oui, je vais t'expliquer comment tu vas procéder. Si Roland reste pour veiller sur le pays, comme je te le disais, en compagnie de vingt mille hommes, tu lanceras contre eux cent mille chevaliers, mais tu les perdras tous. Envoie une nouvelle fois autant de chevaliers, mais tu les perdras tous. Cependant la troisième fois, tu accompagneras la troupe et il y a plus de chances que Roland cède face à cet assaut. »

Le roi Marsile répondit aux propos du comte Ganelon en disant : « Cela me paraît être un excellent plan. À présent, tu vas prêter serment pour garantir que tu respecteras ce que nous avons dit, et en retour je vais te donner ma parole [de tuer Roland même si je péris au combat. » Ganelon répondit : « Ce sera comme tu voudras]. »

On apporta alors un grand livre qui était posé sur un bouclier blanc. Ce livre contenait la loi de Mahomet et de Terogant. Le comte Ganelon alla ensuite jurer sur ce même livre de trahir Roland de la façon dont ils étaient convenus. En retour, tous les païens firent le serment de livrer bataille à Roland et de faire en sorte de le tuer.

Le plus désolant est que Roland n'en doive rien savoir et qu'il ne puisse pas engager les opérations le premier.

Chapitre XIII — Ganelon est comblé de cadeaux

Valdabrun se leva alors et remercia le comte Ganelon pour ses conseils ; il lui donna son épée. Sur cette épée, l'image de Mahomet était représentée. Puis il dit au comte Ganelon : « Je te donne cette épée par amitié avec bienveillance, dans le but que tu nous aides à tuer Roland et sa troupe. » Ils se saluèrent ensuite.

Se leva alors Climboris[1]. C'était un grand chef chez les

---

1. Falsaron (b).

païens. Il dit : « Comte Ganelon, je te donne mon heaume par amitié – tu n'en as jamais vu de meilleur. Ce faisant, je te demande de nous tenir informés sur le fait que Roland doive rester surveiller le pays. Si cela se produit, alors nous rabattrons son arrogance et sa morgue. » Le comte Ganelon répondit : « Auquel cas ce serait parfait ! »

La reine Bramimonde[1] dit au comte Ganelon : « Le roi t'apprécie et il est bien disposé à ton égard, de même que toute sa cour. Je veux envoyer deux broches à ton épouse – elles sont incrustées de nombreuses pierres, améthystes et hyacinthes. Elles valent plus cher que tout l'or de Rome, et le roi Charlemagne n'en vit jamais d'aussi belle, si loin qu'il soit allé.[2] » Il prit ensuite les broches, les plaça dans ses coffrets et remercia la reine pour ses cadeaux.

Là-dessus, le roi Marsile s'adressa à Valdenisis[3] ; il était trésorier du roi, c'était l'homme le plus âgé d'Espagne. Le roi Marsile lui demanda si les trésors qui devaient être envoyés au roi Charlemagne étaient prêts. Il répondit qu'ils l'étaient. Le roi Marsile fit alors apporter les trésors et les confia au comte Ganelon pour qu'il les porte au roi Charlemagne afin de sceller leur accord. En fait, la trahison couvait au-dessous.

Le roi Marsile dit alors au comte Ganelon : « Tu vas maintenant rentrer auprès du roi Charlemagne et lui porter les trésors, et tous les douze mois je te donnerai dix[4] mulets chargés d'or, de pierres précieuses et de bijoux de prix. » Il dit encore : « Prends donc les clés de la cité et ces grands trésors, et porte-les au roi Charlemagne pour faire naître entre nous une amitié vraie et sûre. Fais en sorte d'obtenir que Roland reste à l'arrière pour veiller sur le pays. »[5]

---

1. Bamundi (a), Haimbunde (B et b).   **2.** « et tous les douze mois tu recevras des objets précieux de ma part. » Le comte Ganelon dit : « Si nous vivons, nous te récompenserons, toi et tes hommes. » Ces phrases sont absentes de B et b, et de *Rol.*   **3.** Malduit (*Rol.*).   **4.** dix (a), douze (B), vingt (b) – dix (*Rol.*).   **5.** B et b ajoutent ici : « sur le pays, et ensuite je lui livrerai bataille. » Le comte Ganelon dit : « Le succès me paraît loin, mais je ne renoncerai pas avant d'y être parvenu. » À présent...

À présent ils se séparent dans ces conditions, et Ganelon va son chemin.

Chapitre XIV — Ganelon retrouve Charlemagne

Le roi Charlemagne était alors parvenu à la cité qui se nomme Valterne. C'est là que le comte Ganelon vint le trouver cette fois. Cette cité était restée détruite pendant sept ans. Le matin suivant, le roi Charlemagne se rendit à l'église pour y écouter les offices. Lorsque ce fut terminé, il alla se mettre à table en compagnie de Roland et d'Olivier, du duc Naimes et de quantité d'autres barons. Survint alors le comte Ganelon qui présenta son rapport au roi Charlemagne.

Il commença ainsi son rapport : « Seigneur roi, béni sois-tu ainsi que toute ton armée ! J'ai maintenant accompli la mission que tu m'as demandé d'accomplir, et j'ai ici de grands trésors à te remettre. Voici les clés de Saragosse, et le roi Marsile t'envoie ses meilleures salutations avec beaucoup d'affection et d'amitié. Il t'enverra vingt otages et tu devras les faire convenablement garder. Je peux t'annoncer les nouvelles suivantes concernant Langalif : avant-hier, fuyant la foi chrétienne, il s'est dirigé vers la mer avec cent mille hommes. Là il embarqua [ainsi que toute sa troupe], puis une tempête s'abattit sur lui dans le port et tout le monde se noya. S'il n'avait pas pris la fuite, il serait maintenant venu ici. Je peux t'annoncer les nouvelles suivantes concernant le roi : il veut devenir chrétien et accomplir ta volonté en tout point. »

Lorsque le comte Ganelon eut fini de parler, le roi Charlemagne prit la parole et dit : « Dieu soit loué qu'il en soit ainsi ! Si tu as achevé ta mission, tu en retireras avantage. » Les tentes et le camp du roi Charlemagne furent ensuite levés, et ils se mirent en route, ne s'arrêtant qu'une fois parvenus à Roncevaux[1] où ils installèrent leurs quartiers de nuit.

---

1. Runzival.

Mais il convient maintenant de raconter une autre histoire : les païens préparaient leur armée de quatre cent mille hommes et avaient l'intention d'attaquer les Francs à l'improviste ; et il est désolant que les Francs n'aient pas su que cette trahison couvait.

Chapitre XV — Désignation de Roland à l'arrière-garde

Le matin suivant, le roi Charlemagne fit sonner les trompettes pour convoquer un conseil et il tint une réunion avec ceux qui devaient rester en arrière surveiller le pays. Le comte Ganelon fut prompt à montrer son visage et à répondre, et il dit que Roland serait le plus indiqué en raison de son dynamisme et de ses capacités. Le roi Charlemagne lui jeta un regard courroucé et agressif, [ne le remercia guère[1]] pour ses paroles et lui dit : « Tu as perdu la raison et tu es possédé par des démons. Si Roland reste en arrière, qui mènera notre armée ? » Le comte Ganelon répondit : « Ogier le Danois, il n'y a pas de chevalier plus actif dans toute ta cour. »

Lorsque Roland entendit ces mots, il se mit en grande colère et dit au comte Ganelon : « J'ai à te faire part de ma grande amitié, puisque tu es responsable du fait que je reste en arrière surveiller le pays ! Si tel est le cas, personne n'aura l'audace de venir nous attaquer, et le roi Charlemagne ne perdra ni mulet, ni cheval, ni rien qui ait de la valeur. » Le comte Ganelon répondit : « Nous savons que c'est la vérité. »

Roland dit alors : « Roi Charlemagne, donne-moi l'arc que tu as en main, et je te promets en retour qu'il ne tombera jamais de mes mains sous l'effet de la peur, à la différence du gant[2]

---

1. le remercia beaucoup (a).   **2.** En fait, au chapitre VI, Ganelon laisse tomber le message écrit et non le gant (ni le bâton). *Rol.* présente une inconséquence du même type (il est question d'abord du gant, puis du bâton). Cf. P. Aebischer, *Rolandiana Borealia*, Lausanne, 1954, p. 140.

qui tomba des mains du comte Ganelon, la dernière fois qu'il partit exécuter ta mission auprès du roi Marsile. »

À ces mots, le roi Charlemagne baissa la tête, et il prit si mal que Roland dût rester en arrière qu'il versa des larmes. Le duc Naimes s'avança alors devant le roi Charlemagne et lui dit : « Seigneur roi, donne l'arc à Roland du moment qu'il l'a demandé. »

Le roi Charlemagne accèda à sa demande et remit l'arc à Roland. Celui-ci le prit avec joie et remercia le roi de ce don ; je n'ai jamais entendu dire que l'arc lui soit tombé des mains. Le roi Charlemagne dit alors à Roland : « Je prends maintenant acte du fait que la charge de rester en arrière surveiller le pays t'a été attribuée. À présent tu vas avoir avec toi la moitié de notre armée, et nous serons alors tous à l'abri de la crainte. »

Roland répondit : « Il n'en sera rien. Vingt mille hommes resteront en arrière, constituant une troupe d'élite, chacun d'eux étant plus vaillant que l'autre. Quant à toi, seigneur, tu rentreras chez toi sans nourrir la moindre inquiétude pour notre armée[1]. »

Chapitre XVI — Les pairs restent avec Roland

Suite à cela, Roland monta sur une hauteur et s'arma : il se glissa dans sa broigne, posa un heaume sur sa tête, se ceignit de l'épée qui se nomme Durendal[2], suspendit son bouclier à son épaule, prit en main sa lance à laquelle était attachée une bannière blanche comme une neige fraîchement tombée, si longue qu'elle touchait le sol. Lorsqu'il fut ainsi équipé, il apparut comme un homme à l'allure particulièrement altière et

---

1. pour notre vie (B et b).   2. Dýrumdali.

déterminée. Il monta ensuite sur son cheval qui se nommait Veillantif[1].

Il veut maintenant éprouver ses amis pour savoir lequel veut le suivre pour l'assister. Les Francs disent alors entre eux [comme d'une seule voix] : « Que soit tenu pour misérable celui qui compte te faire défaut ! » S'avancèrent alors le comte Olivier et l'archevêque Turpin, Gérin le Puissant et Gérier[2], Oton[3] le Fort et Bérenger, le duc Samson et Anséïs le Fougueux, Ive et Ivorie[4], tous deux pleins de fougue, Engelier de Gascogne[5] le Français, Girart[6] le Vieux, le comte Gautier[7]. Tous ces barons sont à présent laissés en arrière en compagnie de Roland afin de veiller sur le pays, et avec eux vingt mille guerriers.

Roland dit alors à Gautier : « Va monter la garde. Prends avec toi mille chevaliers et surveille tous les chemins et tous les passages pour éviter que les païens n'arrivent jusqu'à nous par surprise, car il n'est pas bon de se fier à eux. » Il passa son chemin et fit immédiatement la rencontre d'Almaris[8], roi de Belferne[9], avec qui il combattit.

Roland, Olivier et les douze pairs sont à présent à Roncevaux avec leur troupe, et le temps de se battre approche pour eux. Il n'y a pas lieu d'en dire plus. Là-dessus, le roi Charlemagne s'en revint chez lui en France. [10]

---

1. Velantif (a), Velientif (B), Vellantif (b). **2.** Geris (a), Gerel (B), Geres (b). **3.** Hatun (a), Hoton (B). **4.** Ivore. **5.** Engiler af Gaskon (a), Gaskonia (B et b). **6.** Girarð. **7.** Valtere. **8.** Amalre. **9.** Balverne. **10.** B contient en outre ici une relance narrative absente de l'édition d'Unger, mais que donne et commente E. F. Halvorsen, car on en trouve un équivalent partiel dans la version de Venise IV : « On commence ici à parler de l'expédition que Charlemagne mena en Espagne contre le roi Marsile et au cours de laquelle il s'empara de la meilleure part de son pays : à cette époque, il a laissé à la frontière où la France et l'Espagne se touchent, Rolant, son neveu, pour surveiller le pays, en compagnie de onze autres pairs qui ont été nommés ci-dessus ; avec ces douze pairs se trouvaient vingt mille guerriers » (*The Norse Version of the Chanson de Roland*, *op. cit.*, pp. 184-185).

Chapitre XVII — Charlemagne rentre en France très inquiet

Le roi Charlemagne fit route vers la France avec [toute] son armée. [Il chevaucha] en traversant de hautes montagnes, des vallées sombres et extrêmement étroites, de telle façon que le fracas des armes de leur armée pouvait être entendu à une distance de quinze milles français. Mais au moment de leur séparation, personne n'avait eu le cœur dur au point de pouvoir retenir ses larmes, en raison de l'affection qu'ils avaient pour Roland. Le roi Charlemagne était le plus triste de tous parce qu'il soupçonnait que le comte Ganelon pût prendre part à une trahison dirigée contre Roland, son neveu, et tous ceux qui avaient été laissés en arrière.

Le duc Naimes s'approcha tout près de lui et lui demanda pourquoi il était si triste. Le roi Charlemagne répondit : « Celui qui me demande cela agit mal. J'ai une peine si grande que je ne peux la supporter. [Je te dis en vérité qu'à cause du comte Ganelon toute la France sera privée d'héritiers.[1]] Durant la nuit, ceci m'est apparu : un ange de Dieu vint vers moi et brisa[2] la hampe de ma lance entre mes mains. Je sais par là que Roland, mon neveu, a été trahi. Si je le perds, je ne m'en remettrai pas [de toute ma vie, car aucun autre preux ayant ses qualités chevaleresques n'a été engendré depuis dans le monde. À présent, je crois savoir que le roi Marsile et le comte Ganelon sont convenus de le trahir, de même que toutes les autres personnes qui sont restées en arrière avec lui afin de veiller sur le pays. Pour cet acte, le comte Ganelon a reçu de riches présents en or et en argent, en velours et en soieries, en mulets de qualité, chevaux, puissants chameaux, lions et maint objet précieux. »

---

1. Phrase présente en b seulement.   **2.** Le passage manque de clarté à cause d'une erreur du traducteur norrois : dans *Rol.* (v. 837), Charlemagne rêve que Ganelon brise son épée, ce qui alimente aussitôt ses soupçons. Dans la saga, c'est l'ange qui la brise, et la suite paraît de ce fait mal fondée.

Il est inutile de prolonger le récit des propos de l'empereur : il alla son chemin comme auparavant et ne voulut pas faire demi-tour parce que d'un autre côté il ne se résolvait pourtant pas à y croire, quoiqu'il eût quelque soupçon à ce sujet. Il ne croyait pas que le comte Ganelon, qui avait été son très cher ami et un proche parent, pût vouloir se comporter comme un chien au point de le trahir ainsi.

Charlemagne était à présent malheureux, comme on pouvait s'y attendre, pour la raison qu'il était très partagé intérieurement. Ce qui peut surprendre, c'est que Dieu ait voulu que soient séparés Charlemagne, Roland son parent, tous les douze pairs et leur armée tout entière [1]].

Chapitre XVIII — Marsile rassemble ses troupes

En un autre lieu, venons-en au moment où le roi Marsile, le païen, rassemble toute son armée : des rois, des comtes, des ducs, des barons et toutes sortes d'hommes puissants, si bien qu'au bout de trois jours ils étaient quatre cent mille. On fit alors résonner trompettes et tambours, et il fit dresser ses idoles sur la plus haute tour ; il n'y eut pas de chevalier, si éminent fût-il, qui ne déposât là son offrande. Tous jurèrent de livrer bataille à Roland et à sa troupe. [2]

---

1. Ce long passage n'est présent qu'en B (et b moyennant quelques variantes et formules en moins). Cependant, quelques mots semblent traduire le début de la laisse 68 de *Rol.* et la formule « il est inutile de prolonger le récit... » peut laisser penser qu'une partie de la traduction originale a été ici abrégée *a posteriori.* Enfin, la version suédoise contient un passage analogue.
2. B et b ajoutent : « Maintenant, il faut bien savoir que dans cette grande armée il devait y avoir beaucoup de vaillants preux, et nombre d'entre eux devaient désirer participer à cette expédition pour se divertir, prouver leurs qualités chevaleresques et y gagner ainsi de la renommée, de la gloire et de la richesse. Rien ne leur serait aussi facile à obtenir, croyaient-ils, que de reconquérir l'Espagne, de tuer Roland, les douze pairs et leur troupe. Il est

Le neveu[1] du roi païen s'avança devant tous les autres ; il interpella son oncle[2] et lui dit : « Seigneur roi, je t'ai longuement servi et j'ai enduré maint tracas et tribulation pour ton compte aussi bien en combat singulier qu'en bataille rangée ; or je te demande à présent une faveur, c'est de m'accorder le cou[3] de Roland, car je le tuerai de mon épée au fil aigu, si Mahomet nous soutient, et tu pourras ensuite à tout jamais profiter de la paix et de la sécurité durant tout le reste de ta vie. »

Le roi le remercia et lui remit son gant pour garantir que les paroles qu'il avait dites seraient respectées. Le neveu du roi Marsile[4] avait son gant à la main et il dit à son oncle : « Tu m'as fait aujourd'hui un beau cadeau, cher parent. À présent, je te demande de me donner douze pairs pris dans ton armée, qu'affronteront Roland et ses douze pairs. »

Aussitôt se leva un homme appelé Falsaron, il était frère du roi Marsile. Il dit à son parent : « Nous allons tous les deux partir et chercher à obtenir cette bataille, car je sais que tous nos adversaires sont condamnés à périr. »

Chapitre XIX — Hâbleries des chefs païens

S'avança alors un homme nommé Corsable[5]. C'était un grand preux, courageux et très versé dans la sorcellerie. Il avait dit, comme il sied à un vaillant homme, qu'il ne voulait pas être traité de lâche pour tout l'or du monde. Il dépassait en

---

dit qu'avant le départ de leur expédition, le neveu de Marsile, le roi des païens, s'avança devant tous les autres ; il se nommait Adalroth... »

1. Le terme en norrois est plus précis : « le fils de la sœur » – comme Roland donc. **2.** le frère de sa mère ». **3.** En vertu d'une méprise, le traducteur a confondu au vers 866 de *Rol.* « colp » (coup) et « col » (cou) – B et b : « tête ». Erreur aussi pour « espiet » (v. 867) qui est un épieu et non pas une épée. **4.** Adalroth avait (B et b). **5.** Kossablin (Korsablin, Korsoblin, Korsabels).

courant le plus rapide des chevaux. Il s'écria à haute voix : « J'irai personnellement affronter Roland, et si je le trouve, je le vaincrai ! »

Un propriétaire libre[1] du pays nommé Balaguer[2] – il a un corps bien bâti, un visage joli et lumineux, et un caractère difficile. Il est assis sur son cheval et il tient beaucoup à porter les armes. On fait l'éloge de sa bravoure, et s'il était chrétien, il serait très puissant[3]. Il est venu devant le roi Marsile [et lui a dit : « Je compte aller à Roncevaux pour y chercher Roland[4].] Si je le trouve, il ne lui restera plus beaucoup de jours à vivre, de même pour Olivier et tous les douze pairs. Les Francs périront dans la honte suprême et l'affliction. Le roi Charlemagne, le grand, est dément et abruti ; il nous abandonnera notre terre d'Espagne et nous nous emparerons tous deux de la France. » Le roi Marsile se leva et le remercia pour ses paroles.

Un puissant baron du pays qui s'appelle Buriane[5] – il n'est pas d'homme plus malfaisant que lui dans toute l'Espagne[6] – s'écria à haute voix et parla de façon très déraisonnable : « Je veux me rendre à Roncevaux avec ma troupe, ce qui ne représente pas moins de vingt mille hommes équipés de boucliers et de lances. Or, si je trouve Roland, j'affirme que sa mort est assurée, de même que celle d'Olivier et de tous les douze pairs. Les Francs périront et la France restera sans héritier ; les tourments du roi Charlemagne ne connaîtront pas un jour de répit. »

Voici d'un autre côté un comte qui se nomme Turgis de Tortelose[7] ; il veut faire aux chrétiens tout le mal qu'il peut. Il a parlé au roi Marsile de cette façon : « N'aie aucune crainte, roi, car notre Dieu Mahomet est plus puissant que Pierre, l'apôtre

---

1. un champion valeureux (B), un grand champion (b) – uns amurafles (émir) (*Rol.*).   2. son nom n'est pas donné (B), il se nommait Malpriant (b).   3. on trouverait difficilement son égal (b).   4. dans le but d'aller chercher Roland (a).   5. Eyriana (a), Bursana (B), Burlana (b) – Moriane (*Rol.*), Buriane (Venise IV). P. Aebischer défend cette forme (*Rolandiana Borealia, op. cit.*, p. 152).   6. il s'appelait Modan (b).   7. Turgis af Turkulus (a), Turgilser, Kurkulus af Turtulasa (B), Kurkulus af Turkulosa (b) – Turgis de Turteluse (*Rol.*).

de Rome, et si tu crois vraiment en lui, tu obtiendras la victoire dans cette bataille. Je me rendrai à Roncevaux et porterai mon épée contre Durendal, l'épée du comte Roland ; tu sauras alors lequel d'entre nous porte son bouclier le plus haut [1]. Les Francs périront s'ils se présentent contre nous, et le roi Charlemagne vivra dans la honte et le malheur, et ne portera plus jamais la couronne sur sa tête. »

Voici que se lève le baron nommé Escremis [2], originaire du pays qui s'appelle Valterne [3] ; c'est un homme puissant et un chien de païen. Il s'adressa au roi Marsile : « Je me rendrai à Roncevaux et j'abattrai l'arrogance de Roland, d'Olivier et des douze pairs, car ils sont condamnés à mort, ceux qui se dressent contre nous, et le roi Charlemagne aura perdu là quantité de braves preux. »

Chapitre XX — Les hâbleries se poursuivent

Il convient maintenant de parler du baron qui se nomme Estorgant ; un autre homme, son camarade, se nomme Estormaris [4]. Ce sont les pires des hommes, traîtres et perfides. Le roi Marsile leur dit : « Dirigez-vous [vers Roncevaux, chers barons, suivant mes ordres, et soutenez notre armée. »

Ils répondent tous deux comme d'une seule voix : « Conformément à ta volonté, nous allons assurément aller attaquer] Roland, Olivier et tous les douze pairs ! Nos épées sont éclatantes, sombres et tranchantes, et nous les teindrons dans le sang des Francs. Ils périront et le roi Charlemagne en sera malheureux. Quant à notre terre, qui est vouée à nos idoles, nous la

---

1. l'on pourra voir alors lequel des deux fuit devant l'autre (B et b). 2. Eskrement (a), Eskarmeth (B), Eskremet (b) – Escremiz (*Rol.*). 3. Valterna (B), Malterna (b). 4. Estormariz (a), Estormaris (B et b) – Estramariz (*Rol.*).

récupérerons pour nous[1]. Viens donc, sire, tu pourras pleinement le constater, et nous te remettrons l'empereur en personne après l'avoir défait. »

Voici qu'arrive en courant le baron nommé Margaris[2], de la cité de Séville[3]. Il règne sur le pays qui s'appelle Catamarie[4]. Aucun païen n'est aussi bon chevalier que lui, ou plus beau. Aucune femme ne le voit sans le désirer ; qu'elle soit bien ou mal disposée, elle a envie de lui sourire[5]. Dans cette grande armée, il s'écria alors plus fort que tous les autres : « Ne crains rien, seigneur, j'irai à Roncevaux tuer Roland, Olivier et tous les douze pairs. Voici mon épée que le roi suprême Amiral[6] m'a donnée ; elle deviendra si rutilante dans le sang des Francs que Charlemagne [le vieux, l'homme à la barbe blanche,[7]] ne nous livrera plus jamais bataille. Avant que douze mois se soient écoulés à partir de maintenant, nous dormirons dans le château où saint Denis repose en France ! » Le roi le salua et le remercia pour ses paroles.

Un excellent homme se nommait Gernuble, il était de la cité appelée Valniger[8]. Il pouvait porter un fardeau supérieur à la charge de sept chameaux[9] lorsqu'ils sont bâtés. Dans le pays [où il est né], le soleil ne peut pas briller ni le blé pousser ni la pluie tomber ni la fleur éclore. Là, il n'y a pas de pierre [qui ne soit noire[10]] et les démons y abondent. Il dit au roi : « J'irai affronter Roland et m'emparer de Durendal au moyen de mon épée[11]. »

---

1. pour toi (B), pour vous (b). **2.** Margare (a), Margariz (B et b) – Margariz (*Rol.*). **3.** Sibiliborg (a), Sibilia (B), Sibil (b) – Sibilie (*Rol.*). **4.** Katamaria – Cazmarine (*Rol.*). **5.** En B et b le fantasme du séducteur païen irrésistible est développé plus précisément : « c'était le plus charmant et le plus séduisant des hommes, et la preuve de son charme est que toutes les riches femmes l'aimaient à cause de sa beauté et de sa courtoisie. Aucune femme ne le voyait sans le désirer ; qu'elle le veuille ou non, elle avait envie de coucher avec lui. » **6.** B et b précisent : « Ammiral, roi du pays qui s'appelle Danubius ». **7.** le roi Charlemagne en mourra et (a). **8.** Gernublus, Valniger (a), Valterne (b) – Chernubles de Muneigre (*Rol.*), Cornuble de Valnigre (Venise IV). **9.** mulets (B et b). **10.** pas de pierre et il n'y en a pas, sinon noires (a). **11.** J'irai à Roncevaux, m'em-

Sont à présent énumérés les douze pairs païens en face des douze pairs chrétiens. Toute la troupe qui se trouvait là s'équipa au moyen d'armes de toutes sortes, et ils lancèrent à l'assaut une armée irrésistible hors de l'Espagne[1] à l'encontre de Roland et de sa troupe.

Chapitre XXI — Désaccord entre Roland et Olivier

Il convient maintenant de parler de leurs adversaires. Olivier se tenait debout sur une hauteur et regardait la pente à sa droite. Il vit l'immense armée des païens et dit à Roland, son camarade : « Je vois beaucoup de preux venant d'Espagne, compagnon Roland, avec des broignes sombres, des boucliers blancs[2] et des enseignes rouges[3]. Cela est conforme au plan élaboré par Ganelon. »

Mais Roland l'arrêta, déclarant qu'il refusait d'entendre de telles paroles, et Olivier ajouta : « Les païens ont une force importante et nous avons une petite troupe en face d'eux. Sonne donc de ta corne et le roi Charlemagne entendra et fera faire demi-tour à son armée. »

Roland répond alors : « Je me comporterais comme un fou si la bonne France devait perdre son renom à cause de moi. J'assènerai plutôt de grands coups avec Durendal, mon épée, et je la couvrirai de sang depuis la pointe jusqu'à la garde ; les païens tomberont dans la honte et le déshonneur complet, car ils sont tous condamnés à mourir. »

Olivier dit encore : « Compagnon, sonne ta corne qui s'ap-

---

parerai de Durendal, l'épée de Roland, et je le tuerai lui-même avec celle-ci » (B et b).

1. en direction de Roncevaux, et qu'ils aillent maintenant leur chemin (B), laissons-les maintenant aller leur chemin et parlons un peu de Roland et de ses compagnons (b).   **2.** rouges (B et b).   **3.** blanches (B et b).

pelle Olifant[1], et le roi Charlemagne fera faire demi-tour à son armée et viendra nous secourir. » Roland répond : « Mon parent ne sera jamais blâmé à cause de moi, ni aucun autre homme en France ; je donnerai et recevrai plutôt de grands coups, car ils sont tous condamnés à mourir. »

Olivier dit encore une troisième fois : « Roland, sonne ta corne, et le roi Charlemagne fera faire demi-tour à son armée et viendra nous rejoindre dans ce pays inconnu[2]. » Roland répond : « Qu'il ne plaise à Dieu ni à sainte Marie, sa mère, que je sois si effrayé devant les païens que la France doive perdre son renom à cause de [moi[3]]. »

Olivier répond alors : « On ne peut blâmer un homme qui sait raison garder pour lui-même et pour sa troupe[4], car je vois une si grande quantité de païens que toutes les montagnes et les vallées en sont couvertes et toutes les vallées en sont remplies[5]. C'est pourquoi je voulais que tu sonnes ta corne pour que nous obtenions du secours de la part du roi Charlemagne. »

Roland est vaillant et Olivier est sage[6]. Tous deux sont d'excellents chevaliers et ils ne veulent pas fuir la bataille par peur de la mort[7].

Chapitre XXII — Les Francs s'apprêtent à livrer bataille

À présent, ces deux comtes[8] discutent :
« Tu vois, Roland, dit Olivier, que cette armée est parvenue

---

1. Olivant. **2.** viendra nous secourir (B et b). **3.** de toi (a). **4.** sa vie (b). **5.** « toutes les vallées et toutes les montagnes sont couvertes et remplies par une armée irrésistible » (B) ; « et remplies » manque en b. **6.** La phrase célèbre est précédée en B et b par des formules introductives différentes, mais proches : « À présent, on peut véritablement dire que... » **7.** bien que l'ampleur de l'armée soit grande (B et b). **8.** compagnons (B).

près de nous, et tu peux maintenant percevoir l'abattement gagner notre troupe en raison du nombre colossal de nos adversaires. » [Roland répond, indigné, en disant :] « Par ma foi, Olivier, ne parle pas ainsi, malheur au cœur lâche dans la poitrine d'un preux ! »

Roland comprend maintenant que la bataille va être importante et il appelle ses hommes originaires de France : « Chers amis, le roi Charlemagne nous a placés ici dans le but de veiller sur le pays et il [nous] a choisis dans l'élite de son armée. On doit supporter de grandes épreuves pour son seigneur[1], le chaud et le froid, si cela doit être profitable, et y perdre de sa chair et de son sang. Donnez des coups de vos lances et je frapperai avec Durendal mon épée, de façon que tous les Francs sachent qu'elle appartient à un excellent preux. »

Voici d'un autre côté l'archevêque Turpin sur son cheval, qui dit aux Francs : « Le roi Charlemagne vous a placés ici afin de surveiller le pays avec Roland, et vous devez supporter la mort avec constance pour votre seigneur et pour soutenir la sainte chrétienté. Vous allez maintenant livrer bataille car vous voyez une grande armée de païens sous vos yeux. À présent, mettez-vous à genoux et invoquez gracieusement Dieu ; je secourrai votre âme si vous succombez, de sorte que vous serez de saints martyrs et obtiendrez un titre dans le bon paradis. »

Les Francs descendirent de cheval et s'étendirent par terre. L'archevêque leva la main et les bénit, et il leur demanda de se battre à titre de juste pénitence. À présent, les Francs se relevèrent et se mirent debout. Ils revêtirent de bonnes armures et furent prêts pour la bataille[2].

[Roland dit à présent à Olivier[3] :] « Il est évident que le comte Ganelon nous a vendus pour de l'or, de l'argent et des biens précieux. Le roi Charlemagne devrait bien nous venger si nous ne pouvons pas. »

---

1. Dieu (B et b).   **2.** Le personnage de Turpin a disparu de B et b. Ses actes et ses paroles sont donc attribués à d'autres (ici Roland) et réduits.   **3.** « Olivier dit à Roland » (a), mais *Rol.* confirme B et b.

Roland est parvenu jusqu'aux portes [1] de l'Espagne, monté sur son cheval Veillantif qui est caparaçonné ; il est pourvu des armes qu'il lui convient de porter et il s'adresse à tous les païens en termes rageurs, mais à ses hommes avec bienveillance et prévenance : « [Chers compagnons], nous allons avancer, car ces hommes qui veulent nous attaquer cherchent leur mort. Sonnez de vos cornes et que chacun d'entre vous encourage l'autre à donner l'assaut. »

Olivier dit la même chose et ces paroles réjouissent beaucoup les Francs. Chacun chevauche aussi [fort] qu'il peut pour aller au combat. [2]

Chapitre XXIII — La bataille s'engage

Le neveu du roi Marsile – celui qu'ils appellent Adalroth [3] – chevauche maintenant à l'avant en première ligne et adresse aux Francs de méchantes paroles : « Pour quelle raison [, misérables rustres,] avez-vous l'impudence d'oser vous battre avec nous ? Le roi Charlemagne déraisonnait pour vous laisser ici en arrière, car à cause de vous la France perdra sa renommée. »

Roland fut très irrité par ses insultes ; il se précipita sur lui, lui asséna un coup de son épée, fendit en deux son bouclier et sa broigne, enfonça la pointe de son fer dans sa poitrine et le fit choir de son cheval, mort. Il lui dit ensuite : « Vil païen, tu as passé la journée à proférer des menaces, mais le roi Charlemagne n'est pas fou et la France ne perdra pas sa renommée à cause de nous. Attaquez bravement, Francs, car nous avons donné le [premier] coup ! »

---

1. Au vers 1152, le traducteur norrois a confondu « porz » (cols) et portes. **2.** B et b ajoutent : « Les païens déchaînent leur fureur contre les chrétiens et chevauchent à toute vitesse. » **3.** Altoter (a), Adalroth (B et b) – Aëlroth (*Rol.*), Adalrot (*Ruolandes Liet*).

Il y avait un duc parmi les païens, qui se nommait Falsaron ; c'était le frère de Marsile, le roi païen. Il régnait sur le pays qui avait appartenu à Datân et Abiram[1] – ils étaient si méchants que la terre s'ouvrit sous eux[2]. Falsaron était un méchant homme[3], une mesure d'un pied séparait ses deux yeux. Il fut très affecté de voir tomber son neveu. Il sortit ensuite du bataillon et défia le danger, mais le comte Olivier chevaucha vivement à son encontre, le frappa de son épée et le renversa de son cheval [de telle sorte qu'il ne revit plus jamais le soleil]. Il lui dit ensuite : « Vil païen, tes menaces ne valaient pas grand-chose. À l'attaque, Francs, nous aurons le dessus ! »

Ils firent retentir leurs trompettes et se réjouirent de ces paroles.

Il y avait un roi païen nommé Corsable. Il régnait sur le pays qui s'appelle Barbarie[4]. Il s'avança et dit aux païens : « Nous sortirons vainqueurs de cette bataille du fait que l'armée des chrétiens est peu nombreuse. » L'archevêque Turpin entendit ses paroles, chevaucha dans sa direction et lui porta un coup de lance ; il déchira sa broigne et le fit tomber de son cheval, mort, à une hampe de distance. Il lui dit ensuite : « Tes belles paroles n'ont servi à rien, car les Francs t'ont tué, et ils tueront de même toute votre armée. »

Sont maintenant tombés trois [preux parmi les douze] qui avaient été désignés pour faire face à Roland et aux douze pairs.

---

1. Datan, Abiron – Dathan, Abirun (*Rol.*).   **2.** et les engloutit tous les deux, et ils allèrent [tout vivants (b)] en enfer (B et b).   **3.** Cet homme était pourvu d'une haute stature mais d'une méchante nature (B et b). **4.** Barbare.

Chapitre XXIV — Poursuite des combats

Voici que s'avance Gérin[1] le Français à l'encontre d'un baron[2]. Il met en pièces son bouclier, lui inflige une blessure mortelle et le renverse à terre, mort ; le démon qui se nomme Satan[3] s'empare de son âme.

Voici que de la troupe des Francs s'avance Gérier[4] à l'encontre d'un des païens qui est propriétaire libre ; il lui assene un coup d'épée et le fait tomber de cheval, mort. Il interpelle ensuite à haute voix ses compagnons d'armes : « Attaquez bravement et faites retentir vos trompettes, car nous sortirons vainqueurs de cette bataille ! »

Le duc Samson s'avance vers un païen et vient le frapper ; il met en pièces son bouclier et le fait tomber de cheval, mort. L'archevêque Turpin dit alors : « Voilà un coup donné par un preux ! »

Voici que de la troupe des Francs s'avance Anséïs[5], et il va attaquer Turgis de Tortelose ; ils eurent un violent échange de coups et l'issue de leur affrontement fut que Turgis eut le dessous.

Après quoi, de la troupe des Francs s'avance Engelier [, comte de Bordeaux[6],] et Escremis de Valterne chevauche à son encontre. Chacun des deux frappe l'autre, et le païen a le dessous dans cet affrontement[7].

S'avance ensuite [du côté des Francs Oton[8] le Fort, et venant de l'armée païenne Estorgant vient s'opposer à lui. Oton frappe le païen de son épée, met en pièces son bouclier] et déchire sa broigne. Il le fait tomber de son cheval, mort, puis il lui dit : « Tu ne trouveras pas en Espagne de médecin qui te guérisse ! »

Bérenger s'avance et [Estormaris[9]] vient à son encontre.

---

1. Geris (a), Gerin (B et b).   **2.** d'un païen qui se nomme Donreg (B) [Amreg (b)].   **3.** Satanas.   **4.** Gerir (a), Geres (B et b).   **5.** Engiler (a), Auxiel (B), Auxies (b).   **6.** Bordal.   **7.** « et ils s'infligent de graves blessures ; cependant l'issue de leur duel est qu'Eskremet eut le dessous... » (B) – b est proche mais pas identique.   **8.** « Estorgant contre un païen... » (a) – Otes (*Rol.*). B est donc plus logique et plus proche de *Rol.*   **9.** Estormant (a).

Bérenger l'abat de son cheval, mort, au milieu de nombreux milliers de païens.

Voilà maintenant dix comtes morts du côté païen[1], et deux sont encore en vie : il s'agit de Gernuble et du comte Margaris, lequel est un excellent chevalier, tout à la fois beau et fort, agile et juste[2]. Il s'avance à l'encontre d'Olivier et lui porte un coup de lance qui traverse son bouclier et sa broigne, mais qui, grâce à l'aide de Dieu, ne pénètre pas dans sa poitrine, car la hampe de Margaris se brise alors et il ne désarçonne même pas Olivier.

Chapitre XXV — Exploits des pairs de France

La bataille est maintenant rude et violente. Le comte Roland se démène comme un lion. Il donne et reçoit de grands coups, tenant dans sa main son épée Durendal. Il frappe le comte Gernuble et pourfend son heaume doré et tout incrusté de pierres précieuses, sa tête et son buste, de telle sorte que le coup descend jusqu'à la selle, et il lui dit : « Un coup comme celui-là ne vous apportera pas une victoire rapide ! » Roland chevauche maintenant au milieu de l'armée ; il abat les païens l'un sur l'autre, morts, et il a les bras couverts de sang jusqu'aux épaules. Olivier ne tarde pas à le suivre et aucun des douze pairs ne mérite des reproches. L'archevêque Turpin dit alors : « Puisse Dieu secourir notre troupe ! Elle est petite au milieu d'une si grande armée. »

Olivier s'avance alors et frappe à la tête un païen qui se nomme Malsaron, avec un tronçon qui reste de sa hampe, de telle sorte que les deux yeux lui sortent de la tête, de même que la cervelle s'en va par les tempes. Roland dit alors à Olivier : « Que fais-tu, camarade ? On doit se servir de fer et d'acier

---

1. dix barons parmi les douze qui ont été nommés (B et b).   **2.** et humble ; et lorsque Margaris constate que leurs hommes tombent l'un après l'autre, il en est très courroucé et (B).

au combat, mais pas se battre avec des bâtons ! Dégaine ton épée [qui s'appelle Hauteclaire[1] et bas-toi avec]. » Olivier répond : « Je n'ai pas pris le temps de brandir mon épée, tant j'étais pressé de le frapper. »

Il brandit alors l'épée et frappa le païen qui se nommait Justin[2]. Il lui pourfendit le heaume, la tête et le buste, tout du long jusqu'à la selle. Roland dit alors : « Un coup comme celui-là vous apportera une piètre victoire, et grâce à de tels coups nous aurons les honneurs du roi Charlemagne ! » Ils firent ensuite résonner leurs trompettes et firent ainsi plaisir à toute leur troupe.

Le comte Gérin[3] et son compagnon Gérier étaient montés sur leurs chevaux et ils frappèrent tous deux un païen qui se nommait Timodès[4], l'un atteignit son bouclier et l'autre sa broigne, et leurs épées s'enfoncèrent dans sa poitrine ; ils le firent choir par terre, mort, et les démons s'emparèrent de son âme.

L'archevêque Turpin tua Sikoras[5], puis les démons s'emparèrent de lui et le menèrent en enfer. L'archevêque dit alors : « Cet homme a mal agi envers nous, et il en est à présent convenablement rétribué. »

La bataille est maintenant rude et violente. [Les uns frappent et les autres se défendent.[6]] Encore et toujours, les plus à l'avant sont Roland, Olivier et l'archevêque Turpin, ainsi que les douze pairs qui les suivent. Ainsi aucun d'eux n'encourt de reproche[7].

---

1. Hatukleif.   2. Justin (a), Justinus (B et b).   3. Bérenger. 4. Timund (a), Timodes (B et b) – Timozel (*Rol.*), Timodés (Venise IV).   5. Siglorel (*Rol.*, v. 1390) – le nom de ce païen varie beaucoup selon les versions ; cf. édition Segre, p. 176.   6. Les uns qui les suivent périssent (A).   7. B et b contiennent quelques formules supplémentaires, dont la seule intéressante est : « ils ne craignent rien tant que Roland est en vie » (b).

Chapitre XXVI — Des prodiges ont lieu en France

À présent, de grands prodiges ont lieu en France, suscitant une grande dévotion et beaucoup d'étonnement : à partir du milieu de la journée, il fit aussi noir que durant la nuit, et le soleil ne pouvait pas briller ; la plupart des hommes croyaient qu'ils allaient mourir. Mais il est écrit dans l'histoire de saint Denis que tout cela s'est produit à cause de Roland qui avait accompli tant de hauts faits et qui était un si bon chevalier que personne ne l'avait désarçonné. Le comte Roland était si bon chevalier qu'on parle de lui partout, de même que d'Olivier et de tous les douze pairs[1].

Un si grand nombre de païens sont morts maintenant que sur cent mille un seul a pu en réchapper. Il s'agit de Margaris. Il ne mérite pas de reproche car il a vu les grands prodiges lui-même, est retourné en Espagne et a informé Marsile de ce qui se passait.

Seul le comte Margaris s'est échappé. Sa hampe est brisée, sa broigne déchirée, son bouclier brisé, son heaume fendu, et il a été blessé par quatre épées. Il eût été preux s'il avait été chrétien.

---

[1]. B et b présentent une version plus développée dans le détail – nous traduisons le plus intéressant : « Il est dit qu'au moment où Roland se battait avec ses camarades à Roncevaux, à savoir les douze pairs et d'autres compagnons d'armes, il arriva en France qu'au milieu de la journée il fit aussi sombre que pendant la nuit [...] ces prodiges eurent lieu à cause de la mort de Roland et des compagnons qui périrent avec lui, car Roland était un chevalier si bon et remarquable [...] qu'il n'y eut jamais un défenseur de Dieu tel que lui pour la valeur et le courage, épée et bouclier en main, car aucun homme au monde ne sait comme lui donner des coups d'épée tranchants et tenir en selle, et c'est pourquoi l'on parlera de lui tant que le monde durera, et tout autant d'Olivier, son cher compagnon, et de tous les douze pairs. »

Chapitre XXVII — Début de la seconde bataille

Une nouvelle bataille débute maintenant. Le roi Marsile possède dix bataillons, et il en envoie dix autres pour se battre une nouvelle fois. Les Francs voient à présent cette armée et l'archevêque Turpin leur dit alors : « Braves chevaliers, chargez audacieusement, vous porterez la couronne au paradis. » Les Francs répondent : « Nous endurerons le trépas ici dans cet endroit même, plutôt que de voir le bon pays de France perdre sa renommée. »

À présent, les païens et les chrétiens se rencontrent une nouvelle fois. Un païen appelé Clibanus [1] a dit qu'il ne fuirait devant personne, ni païen ni chrétien. Il s'est engagé envers Ganelon : ils doivent trahir Roland, Olivier et les douze pairs, et ôter la couronne de la tête du roi Charlemagne. Clibanus est monté sur son cheval nommé Barbamouche [2], qui est plus rapide que l'hirondelle quand elle vole à toute vitesse. Il donne un coup de lance à Engelier, lui transperce la poitrine, et le fait tomber de cheval, mort, aussi loin que sa hampe peut l'emporter.

Les Francs disent : « C'est là un grand dommage que d'avoir perdu un vaillant preux ! » Roland dit alors à Olivier : « Tu vois, frère, la chute du comte Engelier ; nous n'avons plus avec nous de si bon preux. » Olivier répond : « Que Dieu me permette de le venger aux dépens de ce vil païen. »

Il s'avança, tenant à la main son épée Hauteclaire tout ensanglantée, et il frappa Clibanus, le pourfendant par le milieu ainsi que son cheval ; puis il se tourna d'un autre côté et coupa la tête du duc nommé Alphaïen [3]. Roland lui dit alors : « Tu es en colère maintenant, camarade ! Pour de tels coups, le roi Charlemagne nous estimera beaucoup. »

---

1. Klibanus (a), Saragiz af... Saraguz (B) – Climborins (*Rol.*). Les autres versions présentent ce païen sous des noms très variables, cf. édition Segre, p. 199 (v. 1528). **2.** Amus (a et B), Amer (b) – Barbamusche (*Rol.*). **3.** Alfien (a), Alfiter (B et b). Alphaïen (*Rol.*).

Il dit ensuite à ses hommes : « Sonnez vos trompettes et attaquez bravement ! »

Chapitre XXVIII — Les pairs sont mis à mal

De l'autre côté se trouvait un païen nommé Valdabrun[1]. Il avait l'habitude de se lever devant le roi Marsile et de lui fixer aux pieds des éperons d'or. Il était le chef de quatre cents dromonts. Il s'était traîtreusement emparé de Jérusalem et du temple de Salomon[2] en tuant à l'intérieur le patriarche devant l'autel. Il s'était engagé auprès du comte Ganelon à trahir Roland, Olivier et tous les douze pairs.

Il est à présent monté sur son cheval nommé Gradamont[3], qui est plus rapide que le faucon. Il donne un coup de lance à Samson, un duc de France, et le fait tomber de son cheval à la distance d'une hampe, le projetant à terre, mort. Les Francs disent : « C'est là un grand dommage que d'avoir perdu un vaillant preux ! »

À présent Roland voit la chute du duc Samson ; il éperonne son cheval, charge ensuite énergiquement et frappe le païen Valdabrun. Il pourfend sa tête et son cheval par le milieu, et le jette à terre, mort. Les païens disent alors : « Voilà un coup formidable ! » Le comte Roland répond : « Je suis mal disposé envers vous, car notre cause est juste et vous avez tort. »

Il y a un puissant roi originaire d'Afrique[4], fils du roi qui se nomme Malcus[5]. Ses habits sont entièrement faits d'or et ils brillent comme le soleil. Il est monté sur son cheval qui s'appelle Saut Perdu[6] – il n'est pas d'animal qui puisse rivaliser avec lui à la course. Il frappe Anséis et pourfend son heaume ; il

---

1. Valdebros.   **2.** Salamon (a), Salomon (B et b).   **3.** Gradamunt (a), Gradamund (B), Gvadamund (b) – Gramimund (*Rol.*).   **4.** nommé Affrikanus (B et b).   **5.** Malkus (a) – Malcud (*Rol.*).   **6.** Salpdunt (a), Kapandr (B et b) – Salt Perdut (*Rol.*).

lui inflige une blessure mortelle, le jette à terre et l'abandonne, mort[1].

Chapitre XXIX — Les pairs rétablissent la situation

À présent, l'archevêque Turpin[2] voit sa chute – aucun prêtre n'a jamais chanté la messe comme lui. Il dit au païen : « Puisse Dieu tout-puissant se mettre en colère contre toi ! L'homme que tu as abattu ici, je préférerais endurer la mort plutôt que de ne pas le venger. » En grande colère, il frappe le païen et le partage en deux de telle sorte que le coup vient buter dans la selle, et il le fait tomber de son cheval, mort.

S'avance maintenant un païen, celui qui se nomme Grandone[3]. C'est le fils du roi de Cappadoce[4], qui s'appelle Capuel[5]. Il est monté sur son cheval appelé Marmoire[6] – il est plus rapide qu'un oiseau en vol. Il charge et vient frapper Gérin de toutes ses forces ; il lui enfonce son épée dans la poitrine et il le renverse de son cheval, mort. Sur-le-champ il abat également son compagnon Gérier ; le troisième est Bérenger, [le quatrième le comte de Saint-Antoine[7] et le cinquième[8] est le comte Anchore[9]] – il règne sur la cité qui s'appelle Valence[10]. Les païens en sont tout réjouis et ils sonnent tous de leurs trompettes. Roland est assis sur son cheval et il tient son épée Durendal, sanglante, dans sa main, et il dit au païen [avec une grande véhémence] : « Puisse Dieu se venger de toi, et je me vengerai de toi si je peux. »

---

1. Durant tout le chapitre, B et b présentent de menues variantes de détail. **2.** Étant donné que Turpin est absent de B et b, le discours qui suit y est attribué à Valtari (Gautier). D'autres différences de détail en découlent également. **3.** Grandonis (a), Grandonies (B et b) – Grandonies (*Rol.*). **4.** Kappadocie. **5.** Kapuel – Capuel (*Rol.*). **6.** Marmore – Marmorie (*Rol.*). **7.** Sanitun (a), Satiri (B et b). **8.** Il y a un mort de moins en a car Bérenger est le comte de Saint-Antoine. **9.** Ankore (a), Anchora (B et b) – Austorje (*Rol.*). **10.** Valenta (a), Valencia (B et b) – Valeri (*Rol.*).

Grandonies est un bon chevalier, puissant, agile et courageux. Roland s'avance maintenant pour l'attaquer, brandissant son épée dont les deux bords sont couverts de sang, mais Grandonies s'échappe. À cet instant Roland le frappe en le poursuivant et lui pourfend la tête de telle sorte que le coup vient buter sur ses dents, et il lui assène un autre coup à l'épaule de telle sorte que le fer déchire toutes ses protections, passe au travers de son buste et tranche par le milieu son cheval caparaçonné si bien que chaque moitié tombe [à terre]. Les païens en sont très affligés maintenant. Les Francs disent : « Notre chef frappe bien ! »

La bataille est maintenant rude et violente, et les païens[1] tombent par centaines. Roland s'avance au milieu de leur armée et frappe des deux côtés de telle sorte que personne ne peut résister, et il leur dit ensuite : « Nous allons maintenant savoir quelles sont les ressources ou les moyens du démon en face de l'apôtre Pierre[2]. À l'attaque, Francs, donnez de grands coups ! »

On pouvait alors voir là [des boucliers fendus, des broignes déchirées, des lames ensanglantées] et des hampes brisées. Les païens dirent alors : « Les Francs sont rudes et difficiles à combattre, et nous devons maintenant nous échapper et fuir pour rentrer chez nous en Espagne afin d'apprendre au roi Marsile ce qui se passe. » À présent, les païens tombaient l'un sur l'autre, et Roland, Olivier, les douze pairs et leur troupe l'avaient emporté dans les deux batailles alors que dix divisions de païens avaient pris part à chacune d'elles.

---

1. les chefs et les païens (a).   2. vous saurez ce que peuvent pour vous Mahomet et les autres idoles contre Dieu et ses hommes (B et b).

Chapitre XXX — Début de la troisième bataille

[Les fuyards échappés de Roncevaux vinrent trouver le roi Marsile et lui racontèrent leurs malheurs.] Le roi Marsile apporta son appui pour la troisième bataille.

Il quitte maintenant l'Espagne avec une grande armée constituée à la fois d'Espagnols et d'hommes noirs. Les chrétiens et les païens se rencontrent alors et l'archevêque Turpin engage le premier cette bataille. Il s'avance sur le cheval qui [lui] a été envoyé du Danemark[1] – il est plus rapide que tout autre animal. Il chevauche vers l'homme qui se nomme Abisme[2] et il vient le frapper. Il pourfend son bouclier rehaussé d'or et incrusté de pierres précieuses, et le fer traverse son buste en passant sous une omoplate et ressort de l'autre côté. Il le désarçonne et le laisse mort. Les Francs disent alors : « Voilà un grand coup donné par un preux, la charge qu'occupe l'archevêque est bien tenue[3] ! » [Ils sonnent puissamment dans leurs trompettes,[4]] et s'encouragent ensuite pour partir à l'assaut.

À présent, Roland dit à Olivier : « L'archevêque est un très bon chevalier, il se bat bien avec la lance et avec l'épée. Dieu veuille qu'il y en ait beaucoup comme lui. Allons-y et prêtons-lui main-forte. » Au cours de cet assaut de nombreux chrétiens périssent, de sorte qu'il ne reste pas plus de sept cents[5] hommes en mesure de combattre dans leurs rangs. Le roi Marsile dit alors en invoquant ses idoles Mahom et Mahomet et en leur demandant de l'aider : « Le roi Charlemagne à la barbe blanche et ses hommes ont obtenu de grands succès sur nous et nos hommes, mais si Roland tombe, nous nous emparerons du pays et de l'empire. Dans le cas contraire, nous aurons perdu le pays et l'empire. »

Les méchants païens engagent maintenant une nouvelle

---

1. Danmörk.   **2.** Ambles (a), Abison (B et b).   **3.** preux, Dieu veuille qu'il y en ait beaucoup comme lui ! (B et b).   **4.** « ils sonnèrent » (?) que nous corrigeons en « [il sonna] dans sa trompette qui avait appartenu au roi Charlemagne et qui s'appelait Mundide » (a).   **5.** cent (B et b).

phase du combat, donnant des coups de lance, frappant avec l'épée, pourfendant les heaumes et déchirant les broignes. On peut voir là maint vaillant preux perdre la vie. Mais Roland voit le malheur de ses hommes, il s'élance alors [impétueusement] au milieu de l'armée païenne et frappe des deux côtés, tuant quarante hommes au cours de cette charge. Olivier se tourne d'un autre côté et obtient contre les païens le plus grand succès possible.

Roland interpelle maintenant Olivier : « [Cher compagnon,] viens ici et reste près de moi, car le jour est maintenant arrivé où le soutien du roi Charlemagne nous manque[1]. » L'archevêque Turpin[2] dit alors : « Il a été trouvé dans de vieux livres que nous devions tomber sous le joug des païens. » Roland dit alors à Olivier : « À présent, comme nous avons une troupe qui ne comprend pas plus d'une demi-centaine[3] d'hommes[4], faisons payer le prix fort aux païens avant qu'ils nous prennent. Je veux maintenant sonner de ma corne, et le roi Charlemagne entendra et viendra nous chercher avec sa troupe. »

[Olivier[5]] répond alors : « Tu en retireras de grands reproches. Quand je t'ai demandé de sonner, tu n'as pas voulu, et maintenant tu as les deux bras couverts de sang. » Roland réplique alors : « C'est l'effet des coups puissants et pourtant nombreux. Maintenant la bataille est rude et je veux sonner de ma corne. » Olivier répond : « Il ne faut pas le faire à mon avis, et

---

1. B et b ajoutent : « Invoquons donc Dieu et ses saints pour ne pas voir une troupe de démons triompher de l'honneur de l'empereur. »   **2.** « Il (Roland) dit alors à l'archevêque Turpin : » (a) ; « Roland dit encore à Olivier : » (B), « Roland dit encore : » (b) – rappelons que Turpin est absent de B et b. Les paroles qui suivent semblent dériver du vers 1684 de *Rol.*, qui a été visiblement mal saisi par le traducteur norrois, et l'idée d'une prophétie mentionnant la défaite des Francs paraît propre à la saga. En tout cas, la vraisemblance veut que la connaissance des livres soit l'apanage de Turpin ; en conséquence nous préférons lui attribuer les paroles qui suivent en nous référant aux versions suédoise et danoise (cf. P. Aebischer, *Rolandiana Borealia, op. cit.*, pp. 191-192).   **3.** La centaine étant de 120 dans la Scandinavie ancienne, la demi-centaine équivaut à 60.   **4.** alors que les païens nous entourent (B et b).   **5.** L'archevêque Turpin (a).

je suis sûr que si je pouvais rencontrer ma sœur Aude[1], tu ne coucherais jamais entre ses bras. » Roland dit alors : « Tu es très en colère, camarade ! » Olivier répond : « C'est ta faute ; avoir un noble cœur et faire preuve de sagesse, ce n'est pas de la folie ; il vaut mieux être modéré que présomptueux[2]. Les Francs sont morts à cause de toi, et jamais plus Charlemagne ne recevra tes services[3], alors que si mon avis avait prévalu, le roi Charlemagne serait venu ici et le roi Marsile aurait été soit tué, soit capturé. À présent, c'est ton obstination qui a produit ce résultat, car il ne naîtra plus jamais d'homme tel [que toi] jusqu'au jour du Jugement dernier. »

Ils s'écartent alors l'un de l'autre, très émus.

Chapitre XXXI — Roland appelle à l'aide

L'archevêque Turpin entend leur conversation et leur parle en ces termes : « Mes chers amis, évitez de vous mettre en colère, car aujourd'hui est arrivé le jour où nous devons endurer le trépas. Sonner la corne ne nous servira à rien car c'est fait trop tard. Cependant, il vaut mieux que tu sonnes et que le roi Charlemagne t'entende et vienne tirer vengeance pour nous du roi Marsile et de son armée. Ensuite il rassemblera nos corps et les fera mener dans un lieu saint[4] de façon que des loups, des chiens ou des animaux sauvages ne nous dévorent pas. » Roland répond alors : « Tu as bien parlé, évêque, et donné de sages conseils. »

Roland plaça alors sa corne [Olifant] à sa bouche, y laissa entrer sa respiration et souffla vivement, si bien qu'on put l'en-

---

1. Auða. **2.** C'est à cause de toi et du noble cœur dont tu as longtemps fait preuve avec sagesse et bravoure ; à présent pourtant ton excès de zèle nous a ruinés (B), Ce n'est pas sans raison, car ton excès de zèle et ton noble cœur nous ont ruinés (b). **3.** leurs services (B et b). **4.** une église et un lieu saint (B et b).

tendre à une distance de quinze [1] milles français. Le roi Charlemagne l'entendit immédiatement, de même que toute son armée, et il dit : « Nos hommes sont en train de se battre ! » Mais le comte Ganelon alla contre : « Tu déraisonnes en ce moment, roi ! »

Roland souffla dans sa corne une nouvelle fois, avec tant d'énergie que son sang gicla hors de sa bouche et sa cervelle sortit par ses tempes. Le roi Charlemagne dit alors : « Roland ne sonnerait pas si fréquemment s'il n'était pas en grande difficulté. »

Quand il entendit cela, il sortit au-delà des remparts de la cité. Le duc Naimes l'accompagnait. Le roi dit alors : « Roland ne sonnerait pas s'il n'était pas en train de se battre ! » Le comte Ganelon répliqua : « Tu es naïf bien que tu sois vieux et chenu, et tu parles comme les enfants, car tu connais la valeur et l'arrogance de Roland, et [il est très étonnant [2]] que Dieu veuille tolérer qu'il ait pris Nobles sans ton consentement ; il a chassé de la cité tous les païens qui s'y trouvaient et il rendit [3] certains aveugles, en pendit d'autres et en mena d'autres encore à la décapitation, et il n'y eut personne pour oser se battre contre lui. Il doit passer sa journée à chevaucher et à sonner [par plaisir, en chassant le lièvre, plutôt qu'en raison de quelque crainte]. »

Roland plaça alors la corne à sa bouche toute sanglante une troisième fois, et il souffla [de façon si énergique et si prolongée que les gens s'étonnèrent d'entendre une si longue sonnerie [4]]. Le roi Charlemagne dit alors : « Cette corne sonne bien longuement ! » Le duc Naimes répondit : « La cause en est qu'un preux est en train de souffler dedans. À présent, tu peux être certain, roi, qu'ils sont au combat et que Roland n'a plus longtemps à vivre. »

Le roi Charlemagne fit alors retentir ses trompettes et équiper ses hommes. Ses ordres furent exécutés. Le roi Charlemagne fit alors appréhender le comte Ganelon ; il le remit à son

---

1. douze (B et b). 2. c'est pour cette raison (a). 3. brûla (B et b). 4. avec la plus grande énergie (a).

maître queux et lui ordonna de le surveiller comme un méchant traître à son seigneur. Il s'empara de lui et le fit installer sur son cheval de somme, la tête tournée vers la queue, et le fit battre à coups de fouet et à coups de poing, à coups de baguette et de bâton ; il le fit mener au cachot dans ces conditions.

Ensuite, Charlemagne sortit de la ville et s'en alla avec une grande armée. Il avait dans l'idée de porter secours à Roland s'il le pouvait, au cas où Roland serait en vie quand ils se rencontreraient.

Chapitre XXXII — Roland met en fuite l'armée de Marsile

À présent, il convient de parler des hommes qui se trouvent à Roncevaux. Roland dit à Olivier : « Il est clair maintenant que les chrétiens ont péri[1] et qu'il nous faut laisser la vie ici à côté d'eux. » Roland s'élança alors au milieu d'une grande masse de païens et tua parmi eux un excellent homme nommé Fabrin[2] et vingt-quatre autres hommes ; il les abattit l'un sur l'autre et leur dit ensuite : « Fuyez, misérables chiens, ou vous endurerez tous ici le trépas ! »

À présent, le roi Marsile voit les païens tomber en grand nombre, il s'élance alors à vive allure sur son cheval nommé Gaignon[3] et vient donner un coup de lance à l'homme qui s'appelle Bégon[4], homme excellent ; il pourfend son bouclier et sa broigne, et il le projette au bas de son cheval aussi loin que sa hampe peut aller, en le jetant à terre, mort.

Le comte Roland se trouvait non loin de là et il dit au roi

---

1. à cause de nous (B et b). 2. Faldrun (*Rol.*), Fabrin (mss. de Châteauroux et Venise VII). 3. Guenun (a), Burmon (B), Benion (b) – Gaignun (*Rol.*). 4. Begun (a), Gesson – c'était le duc de Blasma – et Begon (B et b) – Bevon (*Rol.*), Begon (Venise IV).

païen : « Puisse Dieu diriger son courroux sur toi, païen ! Tu paieras cher pour celui que tu as tué ici et tu recevras des coups de cette épée dont tu connais le nom[1] ! » Il lui coupa la main droite mais au même moment le roi Marsile s'échappa, autrement il n'avait plus besoin de rien. Ensuite il trancha la tête de son fils qui s'appelait Jurfalon[2].

Les païens s'écrièrent alors tous ensemble et invoquèrent leurs dieux, chacun disant à l'autre : « Fuyons, fuyons, Roland nous a tous vaincus. » À présent, le roi Marsile [s'enfuit[3]] chez lui en Espagne ; un millier d'hommes le suivirent et il n'y en avait pas qui n'ait une ou deux blessures.

Chapitre XXXIII — Mort d'Olivier

À présent, le sort a tourné en défaveur du roi Marsile : il a perdu sa main droite et toute sa dignité, son fils a été tué et il a subi de grandes pertes en hommes de toutes sortes. Mais restait encore dans l'armée des païens le chef qui s'appelait Langalif. Il commandait soixante mille[4] hommes noirs et régnait sur les pays qui se nomment Carthage et Afrique, Éthiopie et Garmalie[5]. Ces pays sont maudits, de même que tous ceux qui s'y trouvent. Ils ont un grand visage et des sourcils hideux. Ils s'avancèrent à toute vitesse et firent retentir leurs trompettes.

Roland dit alors à Olivier : « À présent, je sais que nos meurtriers arrivent. Que soit tenu pour lâche celui qui ne vendra pas sa vie au plus haut prix, et faisons en sorte que les hommes noirs, quand ils reviendront en Espagne, disent qu'ils ont rencontré Roland et sa troupe ! » Roland voit maintenant cette

---

1. B et b précisent « Durendal ».   2. Mezalun (B), Virzalin (b) – Jurfaleu (*Rol.*).   3. a perdu sa main droite et son fils, et il s'en retourne (a).
4. mille (B et b).   5. Kartagia, Affrika, Etiopia, Gamaria (a) – Kartagene, Alfrere, Garmalie, Ethiope (*Rol.*).

troupe d'hommes noirs. Ils étaient cent fois plus noirs que les autres.

Langalif était monté sur son cheval ; [il le frappa de ses éperons et] fonça sur Olivier, et lui donna un coup de lance entre les deux épaules, de telle sorte que l'arme pénétra dans sa poitrine. Il lui dit ensuite : « [Le roi Charlemagne t'a inconsidérément confié la garde de cette terre [1]] et jamais plus il ne recevra ton aide. » Olivier savait maintenant qu'il avait reçu une blessure mortelle ; il tenait à la main son épée Hauteclaire et il asséna un coup à Langalif, qui lui pourfendit le heaume et le crâne pour venir buter sur ses dents, et il le renversa de son cheval, mort, en lui disant : « Jamais tu n'iras raconter dans ton pays ce que tu as fait ici ! »

Olivier s'élança au milieu des païens tel un lion [qui bondit avec la plus grande férocité au milieu des autres animaux], et il frappa de toutes ses forces à droite et à gauche. Roland chevauchait à présent dans la direction d'Olivier, et Olivier dans la sienne ; il était si aveuglé [par le sang qui jaillissait] qu'il ne vit rien [du tout], et donna un coup de son épée à Roland, lui pourfendant le heaume, mais sans le blesser. Roland demanda : « Cher ami et compagnon, pourquoi as-tu fait cela ? » Olivier répondit : « Que Dieu te voie, cher ami, mais moi je ne t'ai pas vu. Pardonne-moi donc. » Roland répond : « Je te pardonne volontiers et que Dieu te pardonne ! »

Olivier savait à présent qu'il ne vivrait plus longtemps. Il descendit alors de cheval et se tourna vers l'est, tomba à genoux, [frappa sa poitrine, demanda à Dieu son pardon et dit : « Dieu du ciel, aide-moi et pardonne-moi mes péchés. » Et il dit encore : « Béni sois-tu [2],] roi Charlemagne, ainsi que la bonne France et le comte Roland, mon camarade, [plus que tout homme au monde [3]]. » Ensuite il se coucha par terre et mourut.

---

1. Tu es venu imprudemment surveiller cette terre (a).   **2.** pria Dieu en sa faveur et dit : « Béni soyez-vous, Dieu et » (a).   **3.** camarade. Et il se dit à lui tout seul : « Tu n'as pas d'égal, Roland, dans le monde entier » (a).

[Roland vit alors qu'Olivier, son cher compagnon, était mort, il en[1]] fut pris d'évanouissement, mais il était si solidement tenu par ses étriers qu'il ne pouvait pas tomber de cheval.

Chapitre XXXIV — Dernière résistance des Francs

Tous les Francs sont tombés à présent, sauf Roland, Turpin et Gautier son neveu, le fils de l'homme qui se nommait Dragon[2] – on l'appelait Dragon le Vieux et à la barbe blanche. Il appela Roland : « Viens ici et aide-moi, je n'ai jamais eu peur au combat lorsque tu étais près de moi. À présent, ma hampe est brisée et mon bouclier fendu, maintes lances m'ont transpercé et les païens diront qu'ils ont payé cher pour ma vie. »

À présent, Roland recommença à combattre et les païens dirent alors : « Ne les laissons pas s'échapper : Roland est vaincu, mais l'archevêque Turpin est avisé et Gautier est brave et modeste[3]. » En peu de temps, ces trois hommes abattirent un millier de chevaliers.

Gautier est maintenant tombé, et quand l'archevêque Turpin vit cela, il s'approcha de Roland, et ils restèrent alors tous deux ensemble. L'archevêque Turpin dit alors : « Attendons le roi Charlemagne si nous pouvons. » Peu après ils entendirent sonner un millier de trompettes et comprirent que c'étaient le roi Charlemagne et les Francs.

Les païens dirent alors : « Le roi Charlemagne est en route et nous pouvons maintenant entendre leurs trompettes ; fuyons au plus vite ! À présent, si Roland est en vie, il reprendra le combat et nous aurons alors perdu toute notre armée et la terre

---

1. Mais quand Roland vit que son cher ami était mort, et dès qu'il vit cela, il fut pris (a). **2.** Droün (*Rol.*), qui est son oncle et non son père. **3.** « Roland n'est pas hors de combat et Gautier » (B) ; phrase absente de b, qui semble peu claire.

d'Espagne. » Puis quatre cents[1] des plus vaillants hommes de l'armée païenne chevauchèrent contre Roland. Il les attendait assis sur son cheval et il avait bien assez à faire quoiqu'il ne prît garde qu'à l'un d'entre eux. Il avait à la main son épée Durendal. L'archevêque Turpin le suivait et ils se dirent l'un à l'autre : « Tenons-nous ici tous les deux ensemble et attendons le roi Charlemagne. Et si cela n'arrive pas et que nous mourions, nous serons récompensés par Dieu. »

Ils avaient maintenant pris position et ne voulaient pas se séparer, à moins que la mort ne les sépare. Roland et l'archevêque Turpin frappèrent des deux côtés avec leurs épées et tuèrent alors vingt païens. L'archevêque Turpin dit alors : « Honni soit celui qui maintenant fuirait l'autre ! »

Les païens dirent alors : « Nous sommes venus ici inconsidérément ; à présent, nous entendons les trompettes du roi Charlemagne, et si nous les attendons, nous n'en réchapperons pas. Roland est si valeureux et si puissant que personne ne le surpasse en ce bas monde. Fuyons ! »

Au cours de cet assaut, ils ont fendu son bouclier et [déchiré] sa broigne, et abattu son cheval. Les païens fuient en disant : « Roland nous a tous vaincus ! »

Chapitre XXXV — Mort de Turpin

À présent, Roland était à pied et il était malheureux. L'archevêque Turpin se précipita vers lui en toute hâte et lui prit son bouclier, sa broigne, son heaume et déchira sur lui sa tunique de soie ; il le tourna face au vent pour le rafraîchir et lui dit ensuite : « Que soit loué le saint Dieu du ciel de ce que nous avons obtenu la victoire dans cette bataille, toi, Roland, et nous avec toi.

---

1. sept cents (B et b).

— Avec tristesse, cher compagnon, dit Roland, je puis te demander de m'accorder la permission d'aller parmi les morts pour chercher mes[1] compagnons que j'ai beaucoup aimés, et que tu les absolves comme Dieu t'en a donné le pouvoir. »

Roland partit alors chercher ses compagnons et il [les trouva au milieu des morts, ainsi que son camarade Ivorie ; il trouva Gérier et Gérin, Bérenger et Oton, Engelier et Girart de Roussillon[2], et il porta tous les corps en un seul endroit.[3]] Il les étendit devant l'archevêque et repartit à la recherche d'Olivier ; il le trouva enfin à l'abri d'un relief, le prit dans ses bras et l'embrassa, mort, en disant : « Olivier, mon cher ami, tu étais le fils d'un puissant duc, Renier[4], qui régna sur sept pays. Tu savais rompre les lances et pourfendre les boucliers, déchirer les broignes et abaisser l'arrogance, aider un homme de bien et donner de bons conseils. Tu naquis sur cette terre pour accomplir cela. À présent, il n'y aura pas de chevalier meilleur que toi vivant en ce bas monde. »

L'archevêque vit alors que Roland avait une si grande peine qu'il perdit connaissance. Il prit alors la corne Olifant et se dirigea vers un cours d'eau qui passait là, mais il était si épuisé par les blessures et les pertes de sang qu'il ne put y parvenir et s'effondra. Il rendit alors l'âme et alla vers Dieu.

Roland revint alors à lui et vit l'archevêque Turpin étendu sur la plaine devant lui. Roland leva ses mains vers le ciel et appela sur lui la miséricorde [divine] en disant : « Tu as longtemps été un grand preux adversaire des païens ! » Roland dit encore : « Le roi Charlemagne devrait venir et voir le dommage que les païens lui ont causé[5]. Le roi Marsile a envoyé contre nous trente fois neuf païens contre chacun d'entre nous. »

Roland vit alors l'archevêque Turpin étendu devant lui sur la plaine. Il dit alors : « Tu es un honorable chef, archevêque, un preux vaillant et humble à l'égard de Dieu, et depuis qu'il existe

---

1. mes douze compagnons (B et b). **2.** Ivora, Gerel, Gerin, Baering, Hatun, Engiler, Geirarð af Roseleun. **3.** il trouva tous les pairs, hormis Olivier (a). **4.** Reiner (a), phrase absente en B et b – Reiner (*Rol.*). **5.** alors que nous avons tué beaucoup d'hommes de Marsile (b).

des apôtres de Dieu, il n'y a pas eu d'homme plus ardent que toi à maintenir la loi de Dieu. À présent, je prie Dieu qu'il tienne le royaume du ciel ouvert pour toi le jour du Jugement dernier [1]. »

Roland sentit alors que la mort approchait. Sa cervelle sortit par ses tempes. Il pria Dieu de lui envoyer son ange Gabriel et se tourna vers l'Espagne. Il monta sur une hauteur où se trouvaient quatre [2] blocs de marbre et où des arbres avaient poussé. Il s'assit et perdit connaissance.

Chapitre XXXVI — Mort de Roland

Il faut parler du fait qu'un païen était étendu parmi les morts. Il vit Roland et fit semblant d'être mort, alors qu'il allait bien. Il prêta attention au déplacement de Roland et vit qu'il gisait inconscient. Il se leva, courut à toute vitesse et dit à Roland : « Le neveu du roi Charlemagne est vaincu ! » Il prit l'épée Durendal dans sa main et dit : « J'emporterai cette épée en Arabie ! »

Il prit sa corne dans sa main et lui tira la barbe. Roland revint alors de son évanouissement, ouvrit les yeux, vit l'homme et dit : « Je crois que tu n'es pas des nôtres ! » Il lui prit la corne Olifant des mains, le frappa aussi fort qu'il put et l'atteignit à la tête de telle sorte que ses deux yeux jaillirent hors de son crâne ; et il le renversa au sol, mort. « Vil païen, dit-il, pourquoi as-tu osé m'attaquer vivant, à tort ou à raison ? Personne ne t'entendra dire cela sans te traiter de fou. »

Roland sentit alors que la mort venait. Il alla jusqu'au rocher qui se trouvait près de lui et frappa le rocher d'un coup d'épée. Il désirait briser celle-ci s'il le pouvait, mais il ne put pas. Il dit alors : « Tu es une bonne épée, Durendal ! Je t'ai tenue en

---

[1]. qu'il accueille ton âme quand tu en auras le plus besoin (B et b).
[2]. trois (B et b).

maintes batailles, mais maintenant il me reste peu de temps avant de mourir et désormais je n'aurai plus besoin de toi ; je voudrais que Dieu m'accorde que tu ne tombes pas aux mains d'un homme qui craigne d'affronter seul un autre homme. »

Il frappa de nouveau le rocher sans pouvoir la briser et dit de nouveau : « Tu es une bonne épée, [Durendal,] et j'ai conquis de nombreuses terres sur lesquelles s'étend l'empire de Charlemagne. Le Dieu du ciel lui envoya cette épée par l'intermédiaire de ses anges en lui demandant de la transmettre au comte de Catanie[1]. Depuis j'ai conquis grâce à toi les domaines suivants : Constantinople, l'Anjou, la Slavonie, le Poitou, la Bretagne, la Provence, la Montagne[2], la Lombardie, la Romagne, la Bavière, la Flandre, l'Irlande et l'Angleterre[3] que Charlemagne appelle sa chambre. C'est pourquoi j'aurais beaucoup de peine si un homme vil devait te porter, car tu es à la fois efficace et sainte : il y a dans ta poignée une dent de l'apôtre Pierre, du sang de l'évêque saint Blaise et des cheveux de l'évêque saint Denis. Il serait injuste que tu te trouves au milieu des païens ; tu dois plutôt te trouver au milieu des hommes de bien, des chrétiens et des sages. »

Roland se souvint alors des biens nombreux et splendides qu'il avait conquis pour le roi Charlemagne, son parent, mais il ne voulut pas s'oublier lui-même. Il se repentit de ses péchés et demanda pardon à Dieu tout-puissant en disant ceci : « Toi, véritable père céleste, qui jamais ne mentis et qui ressuscitas Lazare d'entre les morts, toi qui sauvas le prophète Daniel des nombreux lions de Babylone[4], sauve mon âme des tourments de l'enfer et des péchés que j'ai commis depuis mon enfance jusqu'à aujourd'hui. »

---

1. Katanie – « cataignie » (*Rol.*, v. 2320), mais au sens de capitaine ! 2. C. B. Hieatt propose : le Maine. 3. Miklagarð, Angio, Livonie, Peitu, Bretanie, Provenz, Montanie, Lumbardie, Romanie, Bealvarie, Flasanie, Irland, England (a) – la liste en B et b est la suivante : « Constantinople (Miklagarð) et Rome (Rómaríki), l'Anjou (Angiam), la Provence (Provinciam) et l'Allemagne (Alemaniam), le Poitou (Peitu) et la Bretagne (Brittaniam), l'Aquitaine (Eqvitaniam), la Lombardie (Lungbardi) et la Bavière (Bealver) ». 4. à Babylone (B et b).

Il leva sa main droite vers le ciel avec son gant comme gage[1] et en cet instant même il rendit l'âme. Aussitôt Dieu envoya ses anges Michel, Gabriel et Raphaël, et ils conduisirent son âme au paradis[2].

Chapitre XXXVII — Charlemagne arrive à Roncevaux

Peu après, le roi Charlemagne parvint à Roncevaux et il ne pouvait pas s'avancer à une distance d'une aune ou d'un pied sans trouver des chrétiens ou des païens morts. Il s'écria alors à haute voix : « Où êtes-vous, Roland, Olivier ou archevêque Turpin ? Où

---

1. Dans le droit féodal, ce geste signfie que le vassal demande pardon à son seigneur pour une faute ; en outre, il marque ici l'allégeance de Roland à Dieu.   2. Ce dernier paragraphe est remplacé en B et b par un long ajout édifiant dû à quelque clerc familier de la *Michaels saga* (*Saga de saint Michel*) : Roland prolonge sa prière par des formules latines, puis le narrateur développe une leçon inspirée des psaumes portant sur la différence entre la mort d'un saint et celle d'un pécheur, enfin il se réfère au *Speculum historiale* pour justifier l'absence de Turpin auprès des pairs à Roncevaux – cf. notre notice d'introduction et E. F. Halvorsen, *The Norse Version*..., *op. cit.*, pp. 48-49. Nous traduisons seulement un extrait de la dernière partie de cette digression : « Le livre qui se nomme *Speculum historiale* atteste que l'honorable seigneur Turpin, archevêque de Reims, n'assista pas à la bataille qui se déroula à Roncevaux et qu'il était plutôt avec le roi Charlemagne, bien qu'un certain livre norvégien prétende autre chose sur ce sujet. Ainsi le livre susnommé atteste que le jour même où se tint la bataille de Roncevaux, l'archevêque Turpin chanta un requiem dans la très belle prairie où Charlemagne avait installé sa tente, ignorant entièrement les dangers qui assaillaient ses parents et chers amis. Tandis que l'archevêque était debout en train de servir la messe, il fut saisi par une vision... [Turpin voit alors passer deux convois : le premier est constitué d'une armée en route vers le ciel et le second de créatures vouées à l'enfer.] Par cette apparition, l'archevêque sut ce qui se passait en vérité (à Roncevaux, b), et il dit à l'empereur ce que Dieu lui avait révélé. Peu après arriva Baudouin, le frère de Roland, sur un cheval fourbu, apportant des nouvelles confirmant ce que l'on savait déjà – nous allons en rester là sur ce sujet puisqu'il est maintenant attesté que des anges de Dieu mènent les hommes de Dieu influents vers une joie éternelle. »

sont les douze pairs que j'avais placés à l'arrière avec la charge de surveiller le pays ? Je les aimais tous beaucoup. »

Le roi Charlemagne déchira ses vêtements, se tira la barbe et tomba de cheval sous le coup de la peine. Il n'y eut alors aucun homme qui [pût s'abstenir de verser des larmes pour la mort de parents ou d'amis, certains pour leurs fils, d'autres pour la perte de chefs et d'autres hommes influents[1]]. Le duc Naimes y avait sa part comme tous les autres, et il alla près du roi et dit : « Lève-toi et regarde devant toi sur une distance de deux milles, et tu verras un nuage de poussière soulevé par l'armée des païens qui sont[2] ici. Il serait plus digne d'un preux de venger ses parents que de se lamenter sur les morts. »

Le roi Charlemagne répondit ainsi : « Ils sont loin maintenant, mais je veux pourtant vous demander de me prêter main-forte. » Il préposa ensuite à la garde des morts trois comtes – ceux-ci se nommaient Bégon, Oton et Milon[3] – et dix mille[4] chevaliers avec eux. Le roi fit ensuite retentir la sonnerie de ses trompettes, chevaucha en toute hâte à la poursuite des païens et eut vite fait de les talonner.

Quand le soir les surprit, le roi Charlemagne descendit de cheval et s'étendit par terre, demandant à Dieu que le jour se prolonge et que la nuit soit brève. Dès qu'il eut fait cette prière, un ange de Dieu descendit du ciel et dit : « Dieu a accédé à ta prière et il va te donner de la lumière solaire et du jour en suffisance. Chevauche donc en toute hâte à la poursuite des païens [et venge tes hommes aux dépens de cette vile nation]. » Lorsque le roi Charlemagne eut entendu ces paroles, il se réjouit et bondit sur son cheval.

À présent, les païens fuyaient vers l'Espagne, mais les Francs les poursuivirent ardemment et en abattirent de tous côtés. Les païens arrivèrent maintenant à un grand fleuve et invoquèrent leurs dieux pour qu'ils les secourent – ceux-ci se nomment Terogant, Apollin et Mahomet. Ils sautèrent ensuite dans l'eau et coulèrent au fond ; certains regagnèrent la berge en flottant,

---

1. qui ne versât pas des larmes sur ses amis (a).   2. ont été (b et B).
3. Begun, Hatun, Melun (a) / Milun (B et b).   4. mille (B et b).

morts, et d'autres qui restèrent en arrière furent tués. Les Francs poussèrent alors un cri et dirent qu'ils avaient payé cher pour Roland et sa troupe.

Alors, le roi Charlemagne arriva, vit que tous les païens avaient été tués et dit à ses hommes : « Descendez de cheval, il est trop tard dans la nuit pour faire demi-tour. Installons-nous ici [pour la nuit et reposons-nous tous ensemble jusqu'à l'aube. » Les Francs répondirent : « Tu parles bien, seigneur ! » Ainsi firent-ils et ils passèrent la nuit là.]

Chapitre XXXVIII — Charlemagne fait des rêves symboliques

Le roi n'enleva pas son armure. Il mit son bouclier sous sa tête, garda sa broigne sur lui et son épée à sa ceinture – une bonne épée nommée Joyeuse [1], qui était chaque jour de trente couleurs, et il y avait dans le pommeau de l'épée un clou qui servit à la crucifixion de Notre-Seigneur, et la pointe de la lance dont il fut blessé [; grâce à cette puissance divine, Charlemagne obtenait la victoire dans chaque bataille].

Après cela, il alla dormir empli de tristesse comme un homme épuisé. Mais un ange de Dieu vint le trouver et resta assis à son chevet toute la nuit. Puis il rêva : il voyait de grandes perturbations dans le ciel, une violente tempête, de la pluie, de la neige et des feux ardents. Suite à cela, ce prodige s'abattit sur ses hommes de sorte qu'ils prirent peur, crièrent tous à haute voix et appelèrent à l'aide le roi Charlemagne ; sous ce déluge, leurs armes furent sérieusement endommagées.

Là-dessus, quantité de loups et de lions apparurent au roi Charlemagne, ainsi que de nombreux oiseaux qui s'appellent vautours et des bêtes horribles de toutes sortes ; il lui semblait

---

1. Jouis.

qu'ils voulaient dévorer ses hommes, mais que lui-même désirait aider sa troupe. Survint immédiatement un lion [qui bondit vers lui] et prit ses deux jambes dans sa gueule, faisant comme s'il voulait se battre avec lui ou dévorer ses hommes[1]. Il ne sut pas lequel des deux succombait.

Le roi ne s'éveilla pas encore. Il fit alors un troisième rêve. Il se croyait chez lui en France, dans son palais, et il lui semblait qu'il avait des chaînes aux pieds. Il vit trente hommes se diriger vers la cité qui se nomme Ardenne[2], chacun d'eux parlant à l'autre et disant : « Le roi Charlemagne est vaincu et jamais plus il ne portera la couronne en France. »[3]

Chapitre XXXIX — Charlemagne cherche les morts

Après cela, le roi s'éveilla et réfléchit à ses rêves. Ils [lui] semblèrent horribles, ce qu'ils étaient. Puis ses hommes préparèrent leurs chevaux, et lorsqu'ils furent équipés, ils s'en allèrent à Roncevaux. Quand ils y parvinrent, ils cherchèrent les morts et trouvèrent Roland étendu au milieu de quatre[4] belles pierres. Son épée était sous sa tête ; il la tenait de sa main droite par le milieu de la poignée et il tenait la corne Olifant de sa main gauche.

Lorsque Charlemagne découvrit ce qui s'était passé, il descendit de cheval, s'approcha de son neveu avec une immense peine et le prit entre ses bras, mort. Il s'effondra par terre et dit ensuite : « Béni sois-tu, Roland, mort comme vivant, par-dessus tous les chevaliers de ce monde[5], car l'on ne trouvera jamais ton égal sur la terre du fait que tu es à la fois l'ami de Dieu et des hommes. »

---

1. ou le dévorer (B et b). **2.** Ardena. **3.** Ces rêves ainsi abrégés conservent peu de sens dans la saga, d'autant qu'elle ne contient ni l'épisode de Baligant ni le procès de Ganelon. **4.** trois (B et b). **5.** qui ont existé depuis le premier jour du monde jusqu'à aujourd'hui (B et b).

Le roi s'évanouit alors et ses hommes crurent qu'il était mort, mais il était en vie. Le duc Naimes se trouvait près de lui et le vit. Il se précipita vers un cours d'eau, prit de l'eau et la jeta sur le visage du roi ; il lui dit ensuite : « Lève-toi, seigneur roi, personne n'aime à ce point un mort qu'il ne doive pas se soucier avant tout de soi-même, un être vivant. »

Quand Naimes dit cela, le roi écouta ses paroles et se releva. Il dit à son plus puissant chevalier de prendre l'épée de Roland et de la lui apporter. Le chevalier se déplaça mais ne put pas s'en saisir. Il envoya alors un autre chevalier, et il ne fut pas plus possible de la bouger. Il envoya ensuite cinq chevaliers de façon que chacun d'eux tienne l'un de ses doigts, et il ne leur fut pas plus possible de la bouger. Le roi Charlemagne dit alors qu'aucun homme n'aurait pu réussir rapidement à s'emparer de l'épée de Roland tant qu'il vivait, « si maintenant vous ne parvenez pas à vous en emparer alors qu'il est mort ! [La perte d'un tel parent est considérable.] » Après quoi, il s'évanouit [de nouveau].

Le duc Naimes lui demanda de faire preuve de courage et dit : « On doit continuer à vivre après la mort d'un homme et se soucier de soi-même avant tout, parce que Dieu a ordonné qu'il en soit ainsi. » Le roi Charlemagne écouta son conseil et chassa sa peine, et il demanda comment ils allaient prendre l'épée de Roland.

« Il me semble sage [,dit le duc,] de demander à Dieu tout-puissant qu'il soit avec eux en cette affaire, mais je crois deviner qu'il ne sera jamais possible de prendre l'épée de Roland, à moins qu'un preux aussi vaillant que lui ne s'en saisisse par la poignée[1]. » Le roi Charlemagne se mit alors à prier longuement à voix basse. Lorsqu'il eut terminé sa prière, il se mit debout, alla à l'endroit où gisait Roland et se saisit de l'épée qui pour lui fut libre d'accès.

Le roi comprit alors que ce que lui avait dit le duc Naimes était vrai. Il enleva la poignée de l'épée en raison des saintes reliques

---

1. Il me semble sage, dit le duc, que nous nous adressions à Dieu pour pouvoir prendre l'épée, étant donné qu'un homme aussi brave que Roland ne la saisira jamais par la poignée (B et b).

qu'elle contenait et il jeta la lame à l'eau loin de la berge, car il savait qu'il ne conviendrait pas que quelqu'un la porte après Roland. Il se rendit ensuite au milieu des morts, chercha les chrétiens et trouva les douze pairs étendus l'un à côté de l'autre ; il prit conscience que Roland était la cause de cela.

Chapitre XL — Charlemagne fait enterrer les morts

Le roi Charlemagne fit ensuite prendre et envelopper dans de beaux linceuls les corps des douze pairs. Lorsque ce fut fait avec de grands honneurs, il médita longuement au sujet de ses autres hommes qui avaient trouvé la mort, et il lui parut déplorable de ne pas pouvoir séparer les corps de ses hommes de ceux des païens. [Le roi Charlemagne s'entretint ensuite avec le duc Naimes et avec tous ses hommes sur la façon dont il pourrait reconnaître ses hommes parmi les morts.] Le duc Naimes lui répondit de façon sensée, sage et sublime en lui disant ceci : « Maintenant comme c'est souvent le cas face à une situation difficile, il convient de s'en remettre à Dieu tout-puissant qui sait et veut tout au mieux. À présent, nous suggérons en l'occurrence d'invoquer Dieu tout-puissant de tout cœur afin qu'il nous éclaire sur ce sujet. »

Le roi Charlemagne considéra que c'était là un excellent avis, ce qui était le cas ; il resta éveillé toute la nuit [en compagnie de toute son armée, et ils restèrent en prière], demandant à Dieu tout-puissant qu'il leur permette de distinguer qui était qui entre les chrétiens qui avaient trouvé la mort et les méchants païens qui les avaient combattus. Le matin suivant, lorsqu'ils allèrent une nouvelle fois reconnaître les morts, Dieu tout-puissant avait entendu leur prière de telle sorte que quelque chose distinguait les chrétiens et les païens : des buissons avaient poussé sur les corps des païens alors que ceux des chrétiens en étaient exempts comme s'ils venaient de mourir.

Charlemagne fait enterrer les morts

Le roi Charlemagne fit ensuite aménager de nombreuses et vastes tombes à l'endroit même où ils avaient trouvé la mort, et y fit ensuite enterrer les corps de ses hommes. Il y fit mener chacun d'eux, au plus près, en fonction de l'endroit où il se trouvait, hormis Roland et les douze pairs. La nuit suivante, les anges de Dieu dirent à Charlemagne en rêve que tous ceux de la troupe de Charlemagne qui étaient tombés étaient sauvés.

Le roi fit ensuite fabriquer de grandes bières parfaitement parées et [il y fit déposer] les corps de Roland et des douze pairs et barons qui avaient trouvé la mort là ; il fit mettre en bière les corps des douze hommes et partit en compagnie de sa troupe en grande pompe et avec les honneurs. Ils emmenèrent avec eux ces douze corps et firent route jusqu'à ce qu'ils parviennent à la cité nommée Arles [1] – c'est la capitale du pays appelé Provence [2]. Il y avait là de nombreux prêtres, valeureux et estimables, et ils allèrent au-devant de ces corps les couvrant de gloire et d'honneurs.

On chanta des messes de requiem dans toutes les églises de la ville. Le roi Charlemagne fit des offrandes aux messes qui furent chantées en cette occasion d'une voix puissante et dans un grand décorum. On dit que douze cents marcs d'argent furent donnés là en offrande avant que leurs corps soient enterrés. De même il attribua de grands domaines au sanctuaire où reposeraient les douze pairs et il octroya d'importantes prébendes pour cela, lesquelles y restèrent toujours attachées par la suite.

Après quoi, le roi Charlemagne rentra chez lui dans sa bonne cité de Paris avec toute sa troupe. Il était très affligé en son cœur [3] bien que peu de gens le perçoivent en lui.

---

1. Arsis (a), Arsers (b). **2.** Proventa (a), Provincia (B et b). **3.** au sujet de son parent Roland (B et b).

Chapitre XLI — Mort de Ganelon

Lorsque le roi Charlemagne fut resté chez lui un certain temps, se reposant de cette expédition, il fit circuler un ordre de mobilisation dans tous ses domaines et royaumes. Il réunit tous les barons de son royaume et tous les hommes en état de combattre et de porter les armes. Ils devaient venir le trouver pour lui apporter de judicieux conseils sur ce qu'il convenait de faire du comte Ganelon, qui avait trahi Roland et les vingt mille hommes qui avaient trouvé la mort avec lui à Roncevaux.

Lorsque cette troupe fut rassemblée en un endroit, cette affaire fut exposée et discutée par des sages, puis présentée devant tout le peuple. Tous trouvèrent alors délicat de juger en pareille matière et aucune décision ne fut prise en cette affaire. Les choses en vinrent comme toujours au point où le duc Naimes se leva face à la foule et fit un discours long et particulièrement éloquent. Il conclut son propos en disant qu'à son avis le comte Ganelon devait mourir de la façon la plus horrible et la pire qu'on puisse imaginer. Cet avis parut excellent au roi Charlemagne et à tout le peuple.

Le comte Ganelon fut ensuite tiré du cachot où il avait été précédemment mis aux fers, après que Roland et ses compagnons furent partis pour Roncevaux[1]. Le comte Ganelon fut ensuite attaché entre deux chevaux sauvages qui le traînèrent au loin à travers la France, jusqu'à ce que sa vie s'éteigne dans ses conditions : les os de son corps ne tenaient plus les uns après les autres et les chevaux ne furent pas plus cruels qu'il ne convenait.

Après quoi, le roi Charlemagne délivra et fortifia son royaume et mit en place dans ses domaines des hommes char-

---

1. « pendant que l'empereur était parti à la recherche des corps de Roland et de ses compagnons » (B et b) – par ailleurs, dans tout ce chapitre, B et b présentent des variantes de détail peu significatives.

gés de les gouverner et de les administrer[1], en chassant ses ennemis[2] [et ses opposants. On raconte que l'empereur Charlemagne livra par la suite mainte bataille et obtint peu de victoires, mais resta pourtant à la tête de son royaume jusqu'à sa mort.

Ainsi se termine cette histoire[3].]

---

[1]. Après quoi, le roi pacifia son royaume et chargea ses barons de le surveiller et de l'administrer (B et b).   [2]. Le manuscrit a s'achève ici.
[3]. Ici se termine *Roncevaux* (b).

BRANCHE IX

Guillaume au Court Nez

La neuvième branche de la *Saga de Charlemagne*, *Guillaume au Court Nez*, est la traduction d'une version du *Moniage Guillaume*, sur lequel se clôt la geste de Guillaume d'Orange, héros de nombreuses chansons de geste : après une longue vie d'aventures, Guillaume se retire dans un monastère pour expier ses fautes, mais il a du mal à s'intégrer à l'univers des moines, et en diverses occasions il est amené à reprendre son rôle antérieur de combattant. La branche IX de notre saga suit approximativement le contenu des deux rédactions françaises en vers du *Moniage Guillaume*, chansons de geste composées au XIIe siècle. Ces deux œuvres sont assez différentes, par leur longueur à tout le moins, car le *Moniage I* comprend 950 vers (la fin manque), et le *Moniage II*, mieux conservé, plus de 6 600. Il est difficile de savoir laquelle de ces chansons françaises est la plus ancienne et toutes deux pourraient provenir d'une même version antérieure. La version norroise n'est la traduction directe d'aucun de ces deux textes et elle dérive sans doute d'une autre œuvre aujourd'hui perdue. On doit noter combien le récit du *Moniage Guillaume* est écourté dans la saga. Certes, du fait que cette branche n'est conservée que dans les manuscrits de la version B, il se peut que la traduction originale ait été un peu plus longue, mais on peut également supposer que les traducteurs norrois aient choisi d'intégrer à l'histoire de Charlemagne un épisode relativement bref de la geste de Guillaume. On voit mal comment un assez long récit autonome consacré à Guillaume aurait pu trouver sa place à la fin du règne de Charlemagne, après la catastrophe de Roncevaux.

Nous avons déjà expliqué que la branche I de la *Saga de Charlemagne* se présente comme une compilation d'épisodes empruntés à diverses chansons de geste, dont la fin semble manquer. En effet, cette branche s'interrompt avant la fin du règne, en B plus tôt qu'en A, pour laisser place aux récits racontant les diverses campagnes de Charlemagne (branches III-VIII). On peut donc imaginer que les branches IX et X contiennent des éléments provenant de la fin de ce texte qui aurait été démembré au moment de la constitution d'un recueil complet consacré à l'œuvre de Charlemagne (voir la notice de présentation de la branche I). Cette hypothèse de Povl Skårup pourrait ainsi rendre compte de la brièveté de cette branche IX et de son caractère de résumé qui la différencie des versions françaises. Mais l'existence d'une *Vie romancée de Charlemagne*, en français ou en norrois, reste entourée d'incertitudes. Il est par contre presque certain qu'un *Moniage Guillaume* précédait le récit de la mort de l'empereur dans la version A. En effet, la *Karl Magnus Krønike* danoise qui en dérive conserve aussi cet épisode, à la suite duquel Charlemagne nomme son fils Lodarius à sa place et meurt après une ultime vision de Turpin ; la branche X paraît donc propre à la version B remaniée en Islande.

En fait, l'épisode du *Moniage Guillaume* n'a de sens dans notre saga que sous une forme abrégée car il n'est pas destiné à éclairer le parcours personnel de Guillaume, personnage par ailleurs absent de la saga ou presque, mais la fin du règne de Charlemagne. Ce récit apparaît comme un conte pieux témoignant de l'influence de l'hagiographie sur l'épopée à la fin de notre saga, comme si le désastre de Roncevaux avait définitivement modifié les données du règne de Charlemagne. Le temps des succès militaires faciles est passé et peu à peu d'autres valeurs ont remplacé le culte de la prouesse juvénile. Le début de la branche nous montre de façon saisissante et plaisante le vieillissement des personnages à la fin du cycle, au travers des cheveux gris de Guillaume : sa jeune femme ne le trouvant plus à son goût, Guillaume en colère renonce brusquement à la vie active et part à la recherche d'un cloître où il compte se retirer.

Les rapports entre les moines et l'ancien héros d'épopée sont difficiles, et la branche laisse apparaître des traits d'un conflit opposant les clercs et le militaire en retraite. Au-delà des personnages, nous entrevoyons l'opposition de deux façons presque rivales d'aborder la religion chrétienne : il y a d'un côté le clergé dont les pratiques semblent impénétrables et douteuses du point de vue d'un homme d'action qui, de l'autre, a l'habitude de défendre la cause de Dieu les armes à la main. Ainsi, Guillaume commence par dénoncer les égarements des moines : « il trouva qu'ils se préoccupaient davantage des profits de ce monde que du parfait respect de la règle monastique » (chapitre I), puis il s'assure du soutien direct que Dieu peut lui apporter au cours des épreuves qu'il a à surmonter. Alors qu'il affronte des brigands sans hésiter à donner la mort quand la nécessité l'y pousse, il arrache une épaule à son âne pour s'en faire une arme. Son attitude violente s'accompagne cependant d'une volonté de vérifier le soutien de Dieu à l'égard de ces rudes combattants qui ont passé leur vie à suer sang et eau pour défendre le christianisme : « Il remit alors l'épaule dans l'état où elle était et pria Dieu. Quand il eut terminé sa prière, l'âne se leva, sain et sauf » (chapitre II). Dieu et les amis de Charlemagne sont donc bien toujours en contact direct, et Dieu se manifeste régulièrement à eux en accomplissant des prodiges, même gratuits, à leur demande. Cette critique du clergé régulier au profit des combattants de Dieu avait plus de portée dans les sources françaises ; elle n'apparaît plus dans la saga que sous forme dégradée et quelque peu obscure, car ce propos reste extérieur à la thématique dominante.

En fait, ce n'est pas le sujet du « moniage » à proprement parler qui peut justifier l'inclusion de ce récit dans la saga, mais la réapparition du thème de la guerre contre les païens, qui après Roncevaux se présente sous un jour tout à fait nouveau. Fait sans précédent, en effet, l'empereur n'a plus les moyens de résister aux attaques païennes : « Les nouvelles sont mauvaises, dit Grimaldus, la peur s'est répandue dans tout le peuple, le roi Charlemagne vit dans une grande crainte, les barons le déçoivent, et il paraît probable qu'il aille à la défaite – on doit s'attendre à la chute d'un vieil arbre. Il s'épuise à rechercher

Guillaume au Court Nez mais ne trouve jamais trace de lui. Nous avons reçu l'ordre de rejoindre sa troupe mais les gens considèrent qu'il n'est pas bon d'y aller » (chapitre IV). La thématique d'un déclin de Charlemagne se précise alors clairement et souligne la gravité de la folie de Roland à Roncevaux, qui prend alors toute sa force tragique. L'absence de l'épisode de Baligant dans la branche VIII, et donc de toute vengeance des Francs exercée contre leurs ennemis, montre avec un relief saisissant que le massacre de Roncevaux marque la fin de la toute-puissance de Charlemagne. Dans la saga, du moins dans la version B, juste après Roncevaux, l'empereur se retrouve vieux et fragile : il est encore puissant, craint et respecté, mais c'est en vertu d'exploits passés qu'il ne peut plus renouveler et la première menace le met en difficulté. La victoire lui revient bien sûr encore une dernière fois, de justesse, mais c'est en tant que souverain chrétien et thaumaturge qu'il est célébré dans la branche suivante, et non plus comme un combattant victorieux. Charlemagne n'est plus certain de s'imposer sur un plan quantitatif, en hommes et en puissance, mais il reste supérieur à tout autre par sa supériorité morale, en Orient comme en Occident.

Pour l'instant, dans la branche IX, le pathétique et l'inquiétude gagnent le récit, notamment lors de la magnifique évocation d'un Charlemagne vieux, esseulé et regrettant amèrement le passé. Il est assuré que ces formules ont été ajoutées par un remanieur islandais, car elles ont pour effet de relier étroitement entre elles les diverses branches de la saga : « Il était très triste que ses preux chevaliers soient loin de lui : Roland et les douze pairs, décédés ; Ogier le Danois, parti, de même qu'Otuel ; lui-même, très âgé ; Guillaume, disparu. » Le renversement des perspectives par rapport aux branches antérieures et aux sources françaises, notamment la *Chanson de Roland*, atteint ici un comble : non seulement l'empereur ne venge pas la mort des pairs de France en écrasant les armées païennes, celle de Baligant ou d'un autre, mais c'est au contraire le roi Madul, frère de Marsile, qui espère se venger de Charlemagne !

Tout semble donc reposer sur les épaules de Guillaume, vieil homme en retraite devenu moine, et l'avenir de l'empire n'a jamais été aussi sombre.

Peu à peu, la situation sera rétablie et Madul, comme jadis Aumont dans la branche IV, finira avec la tête tranchée, mais l'exaltation des valeurs guerrières n'est plus de mise et la victoire des Francs suit un cheminement plus complexe, ne suscitant ni jubilation ni euphorie. Certes le discours de mobilisation prononcé par Charlemagne ne manque pas d'allure (chapitre IV), et il rappelle par sa solennité, sa dignité et sa retenue les grands morceaux de rhétorique dont l'empereur a gratifié ses troupes par le passé dans les moments les plus critiques, notamment lors de la campagne espagnole d'Aspremont (branche IV). Mais l'enthousiasme des Francs n'est plus le même et Charlemagne lui-même est submergé par l'émotion tant la situation est critique : « Le roi était bouleversé et il versa des larmes. » Guillaume ne peut laisser les païens menacer à ce point Charlemagne et l'empire, et grâce à son soutien la victoire est assurée, mais la description des combats est réduite au minimum et centrée uniquement sur le duel qui l'oppose à Madul. Ce succès militaire inespéré permet alors à l'empereur de rentrer chez lui en triomphateur, mais ne s'accompagne pas de festivités particulières et ne refonde pas une communauté de barons autour de l'empereur. La victoire ne régénère donc pas l'entourage de Charlemagne qui reste tout aussi seul qu'auparavant, du moment que Guillaume reste désespérément absent, et aucun nouveau pair de France n'a réussi à s'illustrer dans cette épreuve.

De même, Guillaume a apporté son aide à l'empereur mais tout en refusant de retrouver son statut antérieur, puisqu'il ne revient pas auprès de l'empereur à visage découvert mais sous l'apparence d'un certain Grimaldus, et repart sitôt la victoire acquise. Ainsi, la vaillance de Guillaume assiste bien l'empereur en difficulté, mais le héros lui-même est absent. Cet échange des identités amène d'ailleurs la perplexité de Charlemagne qui n'arrive pas à croire que le pacifique Grimaldus ait pu se transformer aussi vite en héros irrésistible. En effet, Guillaume a d'abord choisi Grimaldus pour le remplacer à cause de sa haute stature, mais à part cette similarité physique, les deux personnages sont fort différents, car Grimaldus est un homme de la campagne attaché à son épouse, prospère et timoré, qui n'est pas fait pour le métier des armes. En l'absence de héros relevant de la deuxième fonction dumézilienne, c'est donc sous l'apparence d'un représentant de la troisième fonction que Guillaume consent à paraître dans l'armée impériale ! Le temps des guerriers triomphants et sûrs d'eux-mêmes est donc bien révolu en cette fin de règne, mais la (fausse) victoire de Grimaldus et la façon dont Guillaume utilise celui-ci apportent en tout cas une touche plaisante dans un récit par ailleurs assez sombre, d'autant que l'ordre de la société n'est pas vraiment perturbé puisque l'empereur récompense Grimaldus sans être dupe, devinant une intervention occulte de Guillaume.

En fait, si l'optique strictement guerrière qu'illustraient les branches antérieures apparaît dorénavant comme insuffisante, le vrai renouvellement des perspectives que révèle la fin de la *Saga de Charlemagne* se fait au profit des valeurs chrétiennes, notamment celles de l'érémitisme. Contrairement à Roland, Guillaume ne meurt pas les armes à la main, débordant de prouesse, d'ambition et d'orgueil. À l'image d'un Girart de Roussillon qui renonce finalement aux valeurs guerrières, Guillaume passe vingt-cinq ans loin des attachements terrestres, sous un abri rocheux au pied d'une montagne, et c'est là que Charlemagne le retrouve enfin, après sa mort, entouré d'une odeur de sainteté qui ne trompe pas sur l'accueil que Dieu a réservé à sa foi. Guillaume est en effet le seul baron de Charlemagne qui n'ait pas trouvé la mort à Roncevaux et dont nous connaissions la vieillesse, et son parcours exemplaire illustre successivement deux aspects de la religion chrétienne proposés aux laïcs dans la littérature épique : tout d'abord le christianisme militaire des croisades qui a assuré le triomphe de l'empire de Charlemagne, idéal ébranlé après Roncevaux car personne n'est plus en mesure de l'incarner tant il est exigeant ; puis, sur la fin de sa vie, Guillaume préfère approfondir sa foi loin du monde, non pas auprès d'une communauté ecclésiastique décevante, mais dans la solitude et le silence de l'ermite tout entier voué à la méditation et à la prière.

Une thématique hagiographique succède donc à celle de l'épopée (comme dans la *Chanson de Girart de Roussillon* par exemple), et celle-ci va s'imposer dans la branche suivante. Ce glissement d'une certaine conception de la religion chrétienne à une autre semble bien avoir été accentué par les remanieurs islandais qui ont constitué la version B de la saga. Les récits rassemblés à la fin de leur recueil attestent assurément d'un changement d'orientation, car les sources des derniers chapitres ne sont plus des chansons de geste ; cependant, indépendamment de ces remaniements postérieurs, le choix du *Moniage Guillaume* comme dernier épisode précédant la mort de Charlemagne, semble prouver que les auteurs premiers du recueil qu'est la *Karlamagnús saga* tenaient déjà à illustrer cette idée : les valeurs guerrières, si nobles et pieux que soient leurs représentants, suscitent certes des hauts faits glorieux et utiles, mais insuffisants en soi pour l'homme chrétien. Charlemagne ne peut combler le vide qui l'habite après la mort des pairs de France à Roncevaux qu'en se retournant vers Dieu selon l'exemple que lui montre son ami Guillaume.

Note sur la traduction

Le récit consacré à Guillaume au Court Nez n'est conservé que dans la version B de la *Saga de Charlemagne*, étant donné que les manuscrits A et a, fragmentaires, ne contiennent pas les dernières branches de celle-ci. Les éditions Unger et Loth s'appuient donc sur le manuscrit B en donnant les variantes de b (b^1 et b^2 dans l'édition Loth). Nous traduisons quelques-unes de celles-ci en note. D'autres sont insérées dans la traduction de B entre crochets droits ([...]). Quand nous avons choisi b contre B, nous traduisons B en note.

Bibliographie particulière à la branche IX

Œuvres apparentées

Les deux rédactions en vers du Moniage Guillaume, éd. W. CLOETTA, Paris, SATF, 1906-1911, 2 vol.

Voir dans la même édition la présentation d'autres œuvres apparentées, étrangères ou non, t. II, pp. 186-198.

Traduction partielle dans *Le Cycle de Guillaume d'Orange*, anthologie constituée par D. BOUTET, Paris, Le Livre de Poche, 1996 (« Lettres gothiques », n° 4547) – à consulter aussi pour des références bibliographiques concernant ce cycle.

Quelques études récentes consacrées aux versions françaises

ANDRIEU-REIX, Nelly, « De l'honneur du monde à la gloire du ciel : Guillaume ermite au désert », *Miscellanea Medievalia. Mélanges offerts à Philippe Ménard*, Paris, Champion, 1998, t. I, pp. 37-49.

GALENT-FASSEUR, Valérie, *L'Épopée des pèlerins. Motifs eschatologiques et mutations de la chanson de geste*, Paris, PUF, 1997, pp. 156-188.

MOISAN, André, « Guillaume et Rainouart sous l'habit monastique : une rencontre singulière du spirituel et de l'humain », *Burlesque et dérision dans les épopées de l'Occident médiéval* (colloque international, Strasbourg, 16-18 septembre 1993), Besançon, *Annales littéraires de l'université de Besançon*, 558 (Série *Littéraires*, vol. 3), 1995, pp. 93-110.

— « L'abbé Henri et ses moines dans le "Moniage Guillaume" et le "Moniage Rainouart", ou la perfidie dans l'état monastique », *Le Clerc au Moyen Âge*, Aix-en-Provence, *Publications du CUER. MA* (*Senefiance*, 37), université de Provence, 1995, pp. 435-447.

TYSSENS, Madeleine, *La Geste de Guillaume d'Orange dans les manuscrits cycliques*, Paris, Les Belles Lettres, 1967, pp. 299-324 («Bibliothèque de la faculté de philosophie et lettres de l'université de Liège», CLXXVIII).

WOLEDGE, Brian, «Remarques sur la valeur littéraire du "Moniage Guillaume"», *La technique littéraire des chansons de geste* (colloque international, Université de Liège, 4-6 septembre 1957), Paris, Les Belles Lettres, 1959, pp. 21-35 («Bibliothèque de la faculté de philosophie et lettres de l'université de Liège», CL).

Les Chansons de geste du cycle de Guillaume d'Orange. III. Les Moniages-Guibourc. Hommage à Jean Frappier, Paris, SEDES, 1983 (contient six études consacrées au *Moniage Guillaume*).

TRADUCTIONS ANTÉRIEURES DE LA BRANCHE IX

En allemand : in BECKER Philipp August, *Der Quellenwert der Storie Nerbonesi*, Halle, 1908.

En anglais : in SMYSER, H. M., et MAGOUN Jr, F. P., *Survivals in Old Norwegian of Medieval English, French, and German Literature...*, Baltimore, Waverly Press, 1941 («Connecticut College Monograph», 1), pp. 3-27.

En français : in *Karlamagnús saga. Branches I, III, VII et IX*, éd. bilingue, trad. A. PATRON-GODEFROIT, pp. 303-319 (cf. Bibliographie générale, B).

ÉTUDES PARTICULIÈRES PORTANT SUR LA BRANCHE IX

BECKER, Philipp August, *Die altfranzösische Wilhelmsage und ihre Beziehung zu Wilhelm dem Heiligen*, Halle, 1896, pp. 73 *sqq*.

HIEATT, Constance B., «Vilhjalm Korneis in the *Karlamagnús saga*», *Olifant*, V, 1977-1978, pp. 277-284.

— *Karlamagnús Saga...* Vol. III, Part IX. *Vilhjalm Korneis*, Introduction, pp. 291-298 (cf. Bibliographie générale, B).

D. L.

Guillaume au Court Nez

Chapitre I — Guillaume au Court Nez

On raconte que lorsque le roi Charlemagne[1] eut tué un puissant roi et conquis une riche cité fortifiée[2], ce roi laissa une jeune et belle femme et deux fils jeunes et prometteurs. L'homme nommé Guillaume au Court Nez[3] suivait alors Charlemagne ; c'était le plus excellent des hommes et du meilleur lignage. Il convient de dire à son sujet qu'il n'y a pas eu de plus grand preux aux côtés de Charlemagne, hormis Roland, son parent. Guillaume était un chevalier si grand, si fort et si valeureux, qu'il n'eut jamais d'égal. Charlemagne l'aimait beaucoup et à ce moment-là il lui attribua le royaume dont il venait de prendre possession ; il lui donna la femme dont il a été question précédemment, ainsi que tout le royaume avec le titre de roi. Après cela, il rentra chez lui en France couvert d'honneurs et victorieux, et Guillaume dirigea son royaume en y gagnant beaucoup de gloire et de popularité.

Il arriva un jour que Guillaume avait posé sa tête sur les genoux de son épouse et qu'il s'endormit profondément. Elle passa les doigts dans ses boucles et les peigna, et vit un cheveu gris sur sa tête ; elle repoussa sa tête et dit stupidement : « Beuh, tu es vieux ! » Cela le réveilla et il entendit ce qu'elle

---

1. dans une bataille qu'il livra (b).   2. qu'il gouvernait (b).
3. Vilhjálmr korneiss (B), korneis (b¹), korneys (b², *passim*).

disait et répliqua : « Il se peut que tu viennes de rejeter ce[1] dont tu prieras bientôt le retour, en larmes. » Et il bondit sur ses pieds.

Elle dit alors : « Seigneur, c'était une plaisanterie ! » Guillaume répondit : « Dans l'heure présente, je vais t'abandonner, ainsi que tes fils et tout ce royaume, car je vais désormais servir Dieu. » Elle dit alors : « Ne fais pas cela, mon seigneur ! »

Il se fit apporter ses armes, plaça son heaume sur sa tête et ceignit son épée. La dame se mit à pleurer. Guillaume dit : « Ne pleure pas, sois heureuse avec tes enfants et reste dans ton royaume. Fais prévenir l'empereur Charlemagne de façon qu'il envoie ici ton frère Renaut[2] pour surveiller le royaume avec toi. Désormais tu ne dois pas espérer mon retour dans le royaume. »

Il se fit amener son cheval, puis il embrassa sa femme et les gens de sa maison ; il monta ensuite à cheval et demanda que personne ne cherche à obtenir de ses nouvelles. Ils restèrent alors tous dans l'accablement et pendant longtemps on n'apprit rien à son sujet.

Il parvint finalement à un cloître au sud du pays, le long d'une forêt, et les responsables de l'endroit lui firent préparer un logement. L'abbé lui demanda son nom et il dit qu'il était étranger. Quand la nuit fut passée, il dit à l'abbé qu'il voulait rester là. L'abbé déclara qu'à son idée il devait être un grand personnage, et ils furent d'accord pour qu'il reste là. Ses armes furent déposées dans le monastère et il revêtit l'habit de moine.

« Étant donné, dit Guillaume, que j'ai commis beaucoup d'actes contraires à Dieu, je propose mes services partout en ce monastère. » L'abbé dit qu'il acceptait. Guillaume vaqua à ses occupations et lorsqu'il fut resté là quelque temps, il trouva qu'ils se préoccupaient davantage des profits de ce monde que du parfait respect de la règle monastique. Guillaume en parla à l'abbé, mais celui-ci se mit en colère et le traita d'impudent.

Il en alla ainsi durant quelques années, mais à chaque fois

---

1. la tête (b).   **2.** Reinald (Unger)/Reinalld (Loth) – Rainoart *(Moniage Guillaume II)*.

que des étrangers venaient, Guillaume restait seul ; les frères en parlaient peu et supposaient que ce devait être à cause de ses mauvaises actions.

Chapitre II — Guillaume va au marché

Un hiver, à l'approche de Noël, l'abbé dit aux frères qu'on allait manquer de provisions au monastère. Il y avait deux routes pour aller à la ville : une longue, et une autre courte et bonne, mais des brigands s'y tenaient ; en outre le temps manquait.

Guillaume dit alors : « Je suis prêt, si vous voulez bien m'y faire aller. » Les frères dirent que cela tombait bien. L'abbé répondit : « Pourquoi ne conviendrait-il pas que tu y ailles ? »

Guillaume dit : « Me permettrez-vous de prendre la route qui m'agrée ? » L'abbé déclara qu'il le lui permettrait.

« Me permettez-vous, dit Guillaume, de défendre les biens du monastère ?

— Cela, je ne le permets pas », dit l'abbé.

Guillaume dit : « Dois-je rester en dehors si je suis détroussé ?

— Tu ne dois pas te défendre en te battant », dit l'abbé.

Guillaume dit alors : « Me permets-tu [d'opposer une résistance] si l'on m'attaque et me dépouille de mes vêtements, ou bien dois-je m'éloigner tout nu ? »

L'abbé répondit : « Il ressort clairement de ces propos et de tes demandes que tu as été un homme belliqueux. Je te permets de ne pas te laisser dépouiller de ta chemise, mais tu dois te laisser faire pour les autres vêtements. »

Guillaume répondit : « Demande à ton orfèvre de me confectionner une ceinture de braie et de la rehausser d'or. »

C'est ce qui fut fait. Ensuite on lui procura un guide. Ils avaient deux ânes et ils prirent la plus longue route. Ils parvinrent à la ville et achetèrent du malt et du blé ; mais lorsqu'ils furent prêts, Noël était si proche qu'ils ne pouvaient pas rentrer pour Noël s'ils prenaient la route la plus longue.

Quand ils parvinrent à l'endroit où les routes se séparaient, Guillaume dit : « À présent, nous allons passer par la route la plus courte. » Le guide répondit : « À présent, je trouve que tu es fou de vouloir causer ta destruction [et la mienne, et celle de tout ce que nous rapportons]. » Guillaume dit : « J'ai appris en ville que les brigands étaient partis. »

Ils prirent le plus court chemin, firent route de nuit et de jour et ne s'aperçurent de rien. Ils cheminèrent ainsi jusqu'à ce qu'ils arrivent en vue du cloître le jour de la veille de Noël, et ils pensaient être hors de danger. Guillaume allait devant ; il portait un manteau avec un capuchon sur la tête et il avait un bâton à la main. Son compagnon de route le suivait et conduisait les ânes. Au moment où Guillaume s'y attendait le moins, l'homme qui le suivait se précipita à sa hauteur, disant que les brigands les poursuivaient. Guillaume dit : « Va jusqu'au cloître, et je resterai les attendre. »

Survinrent alors douze hommes revêtus d'une broigne et ils demandèrent qui était ce rustre. Il donna son nom et demanda qui était leur chef. Celui-ci dit qu'il se nommait Dartiburt[1], « et nous voulons disposer des produits que tu transportes ». Guillaume dit : « Ceci appartient au monastère et pour l'amour de Dieu laissez-nous tranquilles, vous vous en trouverez bien, sinon l'affaire tournera vite mal pour vous. » L'un d'eux bondit alors sur lui et le frappa sur les épaules du plat de son épée. Guillaume dit alors : « Puisse la chère dame Marie me préserver de la tentation et que j'y résiste. »

Ils lui dérobèrent ensuite tous les produits qu'il transportait, puis s'éloignèrent. L'abbé se tenait dehors avec les frères, et ils virent la scène. Mais lorsque les brigands eurent l'intention de s'en retourner, Guillaume dit : « Vous êtes de drôles de gens, vous prenez des vivres que l'on trouve partout en délaissant les

---

1. Darziburt (b) – Gondrain *(Mon. Guill. II)*.

objets de prix que vous pouvez voir ici. » Ils dirent : « Tu es assurément fou et des démons te font beaucoup sortir la langue de la bouche ! »

Ils se retournèrent ensuite contre lui et l'attaquèrent. Guillaume dit : « Ne me maltraitez pas, ne me torturez pas, soulevez plutôt mon manteau et prenez l'objet précieux qui se trouve là. » La ceinture était fixée autour des braies. L'un [d'eux] saisit alors la ceinture et la lui arracha en disant : « Il est sûr que c'est là l'objet le plus précieux ! » Il le frappa ensuite à la tête. Guillaume se mit alors en colère. Il n'avait pas d'arme. Il bondit alors vers l'âne restant et lui donna un coup de pied de telle façon qu'il tomba aussitôt. Guillaume lui arracha l'épaule ; il bondit sur l'homme qui était le plus proche de lui et le frappa à mort, et aussitôt il s'en prit à un autre. Ceux qui restaient s'enfuirent et gagnèrent immédiatement la forêt.

Guillaume alla alors voir l'âne et dit : « J'ai commis une très grave méchanceté à l'encontre de cette créature de Dieu qui a été torturée par ma faute. » Il remit alors l'épaule dans l'état où elle était et pria Dieu. Quand il eut terminé sa prière, l'âne se leva, sain et sauf.

Il rentra alors au cloître. Il était minuit. Les portes étaient closes ; il les força et ne vit personne. L'abbé et les moines s'étaient enfermés dedans et croyaient que cet homme était un démon. Guillaume leur demanda alors de se montrer et lorsqu'il les trouva, il les fustigea tous à mesure qu'il les rencontra. Il trouva l'abbé dans l'église devant l'autel et le fustigea là en disant : « L'homme qui vous sert est un pauvre homme ! Vous manquez de zèle [auprès des hommes] et d'amour pour Dieu. Puisse cette punition vous être profitable ! »

Il s'en retourna ensuite et personne n'entendit plus parler de lui[1].

---

1. de longtemps (b).

Chapitre III — Les ennemis de Charlemagne se mobilisent

Lorsque le roi Charlemagne apprit le départ de Guillaume, il en fut peiné et ordonna qu'on cherche à retrouver sa trace ; personne n'apprit rien et l'affaire en resta là. Sans cesse il essaya de retrouver sa trace, et n'y parvint pas. Il était très triste que ses preux chevaliers soient loin de lui : Roland et les douze pairs, décédés ; Ogier le Danois, parti, de même qu'Otuel[1] ; lui-même, très âgé ; Guillaume, disparu.

Ses ennemis se rassemblèrent alors[2] et décidèrent de se venger, eux et leurs parents. Le roi Madul prit la tête de cette armée. C'était le frère du roi Marsile qui combattit contre Roland à Roncevaux. Il rassembla une grande armée et envahit les contrées depuis le sud. Il détruisit des cités, brûla des châteaux et tua des hommes au détriment du roi Charlemagne.

Charlemagne était alors devenu si puissant que tous les rois de ce côté de la mer lui étaient soumis. Quand il apprit la nouvelle de ces actes de guerre, il fit prévenir tous les rois, ducs et comtes, et tous hommes tenant un domaine de lui. D'autre part, il envoya des gens à la recherche de Guillaume, aussi bien sur mer que sur terre, mais ils ne trouvèrent aucune trace de lui, ni vivant ni mort.

Beaucoup d'hommes viennent à présent renforcer l'armée du roi qui réunit ses troupes contre les païens. Il a pourtant une armée beaucoup plus petite qu'eux.

---

1. Othuel.   **2.** pour cette raison (b).

Chapitre IV — Guillaume et Grimaldus

[Après cela, il faut dire[1]] qu'il y avait un homme qui vivait avec son épouse. C'était dans les contrées méridionales. Il s'appelait Grimaldus[2]. C'était en bordure d'une forêt, [à quelque distance[3]] des autres hommes. Il était d'une stature supérieure aux autres, très barbu et tenu pour plutôt pusillanime. Il était extrêmement riche. Il possédait quantité de bons chevaux et des armes en suffisance. Il avait l'habitude de mener lui-même son troupeau dans la forêt.

Un jour qu'il était dans la forêt, un homme vint le trouver. Ce dernier portait un manteau à capuche et dépassait Grimaldus d'une tête. L'homme dit : « Quel homme si digne de respect dois-je saluer ici ? » Grimaldus tortilla sa barbe et dit son nom, et en retour demanda qui l'avait [si noblement] salué. Il répondit : « Tu le sauras certainement plus tard ; il ne m'est pas permis de le dire aujourd'hui, mais je suis ton voisin et nos habitations sont proches l'une de l'autre. Qu'y a-t-il de nouveau dans le pays ? dit l'homme en capuche.

— Les nouvelles sont mauvaises, dit Grimaldus, la peur s'est répandue dans tout le peuple, le roi Charlemagne vit dans une grande crainte, les barons le déçoivent, et il paraît probable qu'il aille à la défaite – on doit s'attendre à la chute d'un vieil arbre[4]. Il s'épuise à rechercher Guillaume au Court Nez mais ne trouve jamais trace de lui. Nous avons reçu l'ordre de rejoindre sa troupe mais les gens considèrent qu'il n'est pas bon d'y aller. »

L'homme en capuche dit : « Il est indispensable d'y aller et pourtant je vois que tu en es incapable, alors que la gloire est promise à ceux qui iront. » Grimaldus dit : « Certains disent que le roi n'ose pas se battre et je sais que je suis personnellement

---

1. Le début de mon récit dit que (B).   2. Grimalldus, selon A. Loth.
3. non loin (B).   4. C. B. Hieatt signale que cette dernière expression est un proverbe bien attesté ; cf. Finnur Jónsson dans *Arkiv för nordisk filologi*, 30 (1914), p. 192 (article tré).

très peu enthousiaste à l'idée d'aller me battre et de me séparer de ma femme. »

L'homme en capuche dit : « Nous pouvons nous répartir les rôles ainsi : équipe-moi pour combattre à ta place et toi, tu m'assureras de bonnes relations de voisinage. Je désire faire ce voyage au point de ne plus guère pouvoir trouver le sommeil. » Grimaldus dit : « Je veux bien, car je veux vivre longtemps. »

L'homme en capuche dit : « As-tu de bons chevaux ? » Il répondit : « De bons chevaux, oui. »

L'homme en capuche dit : « As-tu de bonnes armes ?

— Elles me semblent bonnes », dit Grimaldus.

L'homme en capuche dit : « Nourris le cheval avec du grain pendant une quinzaine, et retrouvons-nous au jour fixé. »

Ainsi fit Grimaldus et ils se retrouvèrent au jour fixé.

L'homme en capuche dit : « À présent, je vais te sauver la vie, mais n'en parle à personne. » Il se précipita alors vers lui et le souleva en l'air en lui demandant des nouvelles du roi. Grimaldus répondit : « Il a maintenant l'intention d'aller se battre. »

L'homme en capuche dit alors : « Veux-tu respecter notre marché ?

— Oui, oui », dit-il.

Il alla alors voir le cheval et lui donna un coup de pied, mais il ne broncha pas. Puis il empoigna la selle et saisit le harnais. Il dit alors : « C'est un bon cheval. » Ensuite, il se colla une barbe noire, plaça le heaume sur sa tête et son visage fut entièrement recouvert, hormis les yeux. Il se ceignit de l'épée, prit la lance dans sa main et monta à cheval. Il avait l'air tout à fait martial. Grimaldus dit alors : « Il serait bon que tous rejoignent le roi ainsi équipés. »

Il alla alors trouver l'armée du roi Charlemagne et rejoignit le bataillon auquel Grimaldus avait été affecté. Le roi était en train de tenir une assemblée en présence de son armée, il se leva dans l'assemblée et dit : « Les preux savent les dommages et les pertes en hommes que nous ont infligés les païens ; or Dieu a si bien ordonné les choses qu'une personne s'est toujours levée pour en remplacer une autre, mais avec Roland nous avons subi une telle perte qu'elle demeurera toujours irréparable pour nous. À présent, Guillaume, le plus valeureux de mes preux, est également parti et il n'y a maintenant plus d'espoir qu'il revienne puisqu'on l'a cherché partout et qu'on n'a pas retrouvé sa trace. Nous allons à présent nous battre contre les païens. Marchons contre eux le plus farouchement possible, et rappelons-nous que le Christ nous a toujours donné la victoire. Si quelqu'un peut me donner des informations sur Guillaume, il gagnera en venant me trouver son poids en or, et celui qui causera la perte du roi Madul recevra de moi le titre de comte et la main de ma fille, et s'il est déjà comte ou duc, il deviendra alors roi. Montrez-vous vaillants et attendez-vous soit à être récompensés, soit à périr. »

Le roi était bouleversé et il versa des larmes. L'assemblée se dispersa alors et les trompettes résonnèrent. Chacun se prépara [au mieux]. Grimaldus se tenait sur son cheval au-devant des autres et il encourageait vivement son détachement à l'assaut. On s'étonna qu'il se montre si intrépide, étant donné qu'il n'était pas réputé pour être un homme intrépide. Il fit glisser son détachement dans le bataillon mené par le roi en personne. Les païens avaient une armée supérieure d'un tiers. Grimaldus était beaucoup plus grand que les autres et son heaume s'élevait par-dessus la foule.

Le roi païen fit avancer son étendard en face de celui du roi Charlemagne. Neuf preux qui s'avançaient au-devant du roi Charlemagne lui ouvraient la route. Grimaldus se trouvait en première ligne du bataillon et quand les armées se rencontrèrent, ce fut une grande bataille. Grimaldus frappa alors son cheval de ses éperons, et il s'élança et [chargea] de telle sorte que l'ennemi céda des deux côtés de la ligne de front. Il s'avança auprès du roi si vivement et en l'approchant de si près que le cheval broncha [sous lui] et le roi chancela sur sa monture en portant son regard vers lui ; ils se regardèrent l'un l'autre droit dans les yeux. Grimaldus ne s'arrêta pas et pénétra ainsi dans le bataillon des païens, et le roi sourit.

Grimaldus frappa de tous côtés et continua de progresser

jusqu'à ce qu'il parvienne sous l'étendard du roi païen, et il tua le porte-étendard et sept[1] autres chevaliers qui comptaient parmi les meilleurs. Il échangea ensuite des coups avec le roi païen. Chacun des deux vint frapper l'autre de sa lance : le roi frappa Grimaldus violemment et sa hampe se brisa, et Grimaldus frappa alors le roi et le coup traversa le bouclier et la broigne à double épaisseur, mais malheureusement passa à côté de ses côtes et la hampe se brisa. Ils étaient si fermement assis sur leur selle qu'ils ne furent ni l'un ni l'autre désarçonnés.

Le roi se replia alors et frappa un chevalier [franc] ; l'épée s'enfonça dans sa poitrine et le fer passa au travers du cheval. Grimaldus avait continué sa progression et tué deux chevaliers, et à présent chacun des deux chargeait l'autre : lorsque Grimaldus eut remarqué les dégâts causés à ses hommes, il fit demi-tour en direction de l'endroit où se trouvait le roi païen et il le frappa aussitôt[2] au cou de telle sorte qu'il lui coupa la tête. Il la brandit en l'air et proclama que les païens étaient vaincus.

Là-dessus, ils se mirent à fuir, et le roi [Charlemagne] les poursuivit dans leur fuite. Il fit ensuite demi-tour et quand il revint auprès des cadavres, la tête du roi païen avait disparu alors que son corps n'avait pas bougé. Il fit transporter le corps dans sa tente et déclara qu'il tiendrait sa parole. De nombreux chevaliers vinrent lui porter une tête en disant qu'elle avait appartenu à ce corps, mais le roi ne prêta pas attention à leurs propos et dit qu'il reconnaîtrait l'homme qui avait tué le roi.

Chapitre V — Grimaldus devient comte

Il faut dire à présent que l'homme à la capuche et Grimaldus se retrouvèrent. Quand ce dernier vit la tête, il demanda[3] : « Pourquoi as-tu porté cette tête ici ? » L'homme à la capuche

---

1. six (b).   **2.** dès qu'ils se rencontrèrent (b).   **3.** il devint complètement livide et dit (b).

dit : « Tu en retireras beaucoup d'honneurs. Prends tes armes, va trouver le roi et demande-lui de te faire comte tout en [continuant] à aimer ta femme. Sois prêt à me suivre quand je reviendrai te chercher [1]. »

Il [2] monta alors à cheval, s'avança dans l'armée et parvint auprès du roi à qui il dit : « Dieu vous bénisse, seigneur ! Reconnaissez-vous cette tête qui a appartenu au roi Madul ? » Le roi regarda la tête, la plaça sur le corps et dit : « Cette tête est ici à sa place, mais qui est ce chevalier ?

— Je m'appelle Grimaldus », dit-il – et il baissa la tête.

Le roi dit : « Je n'ai vu ce cheval qu'une seule fois, de même que le bon chevalier qui le montait, mais où est-il maintenant ? » Grimaldus répondit : « Jamais un chevalier autre que moi n'a monté ce cheval et personne d'autre ne s'est assis sur cette selle. Mais je vous réclame ce que vous avez promis. »

Le roi dit : « Sachez que j'ai vieilli, mais l'âge rend ma vue bien basse si tu es l'homme qui m'a heurté et qui a abattu deux preux. Pour ton mensonge, tu jouteras contre l'un de mes chevaliers, ou alors tu me diras qui a accompli cet exploit. J'ai cru un instant que j'allais reconnaître Guillaume. » Grimaldus répondit alors : « Je reformule ma demande, mais sans votre fille, car je suis déjà marié. »

Le roi lui demanda de s'avancer devant lui, il le fixa et dit : « J'ai eu peur lorsque ces yeux me parurent être ceux de Guillaume. Dis-moi donc qui t'a donné cette tête. » Il répondit : « Je l'ai attrapée au vol quand elle fut séparée du corps. »

Charlemagne resta un moment silencieux, puis il dit : « Il se peut que celui qui t'a cédé cette tête se juge digne de prendre une décision [conforme à ma promesse], mais que me demandes-tu ? » Grimaldus dit : « Le titre de comte et les honneurs qui s'y rattachent. »

Le roi répondit : « Je vais te faire comte d'une cité. » Le roi leva ensuite le camp et rentra chez lui en triomphateur. Il attri-

---

1. tu prendras alors avec toi cette tête (b). **2.** Il s'agit maintenant du vrai Grimaldus.

bua le titre de comte à Grimaldus, mais c'était le plus modeste de ses comtes.

Chapitre VI — Rêve de Grimaldus et mort de Guillaume

Quelques années plus tard, il arriva une nuit que Grimaldus rêva qu'un homme venait le trouver et il crut reconnaître l'homme à la capuche. Celui-ci demanda au comte de se lever, d'aller trouver le roi et de lui parler : « Vous irez tous deux dans la forêt où nous nous sommes rencontrés, et au sud de la zone, là où la forêt est très épaisse, vous trouverez un petit passage. Quand tu seras sorti de la forêt, tu verras une verte plaine s'étendant au pied d'un versant de la montagne, avec de la forêt tout autour. Une haute cime s'élève au-dessus de la chaîne des monts, et au bas il y a une vallée et une grotte sous un surplomb. C'est là-dessous que vous trouverez mon corps et c'est là que j'ai vécu durant vingt-cinq ans. Je veux que Charlemagne [y] fasse construire une église et qu'il y amène des hommes pour servir Dieu. Tu seras alors libéré de toute dette à mon égard. »

Après quoi, il disparut. Grimaldus s'éveilla et raconta le rêve à sa femme. Elle dit : « Lève-toi vite et dis-le au roi. Il ne convient pas de tarder.

— Tu me presses inconsidérément : si je donne au roi de fausses informations, dit-il, je serai alors banni du royaume. »

Il se rendormit et le même homme vint le trouver, très en colère, et lui dit : « Tu ne te souviens guère du bien que je t'ai fait, et tu le paieras de ta vie si tu n'y vas pas. » Il s'éveilla et dit cela à sa femme. Elle le pria de ne pas se voiler la face. Ses paroles le mirent en colère et il s'endormit une troisième fois.

L'homme lui apparut immédiatement et il était alors furieux ; il lui donna un coup de son bâton sur la tête et dit : « Lève-toi maintenant, misérable ! C'est maintenant pire qu'avant, tu recevras aussi quelque chose pour ton entêtement : l'un de tes yeux sera arraché ! » Après quoi, il disparut.

[Le comte] se leva précipitamment et partit à cheval avec ses hommes pour aller trouver le roi. Il lui raconta en détail toute cette apparition. Le roi partit aussitôt et ils se dirigèrent en suivant les indications du comte. À l'endroit indiqué ils trouvèrent un homme mort depuis peu, qui était tourné vers l'est. Il y avait là une odeur de sainteté telle que tous ceux qui s'y trouvaient pensèrent qu'ils étaient parvenus au paradis.

L'empereur reconnut là son cher ami Guillaume au Court Nez et s'en réjouit grandement. Il fit enterrer son corps en ce lieu avec de grandes marques d'honneur. Il y fit bâtir une église et y rattacha de grandes propriétés et maint autre bien. Il retira ensuite à Grimaldus son titre de comte et l'établit intendant du domaine. Il y servit Dieu en compagnie de sa femme aussi longtemps qu'ils vécurent, avec beaucoup d'autres personnes.

Le roi Charlemagne rentra chez lui en France avec ses hommes [, et il gouverna son royaume entouré d'estime et d'honneurs. Il s'établit alors dans cette moitié de la France qui se nomme Lotharingie [1].]

---

1. Lotharingia (b). Le manuscrit b[2] contient une phrase supplémentaire : « Nous terminons ici de cette façon l'histoire de Court Nez. »

BRANCHE X

*Miracles et signes divers
Mort de Charlemagne*

La dixième branche de la *Saga de Charlemagne*, *Miracles et signes divers. Mort de Charlemagne,* est constituée de récits de diverses provenances que les auteurs de la version B de la saga ont placés à la fin de l'œuvre. Les huit chapitres ne se présentent sous la forme adoptée ici dans aucun des manuscrits, et ne constituent donc pas à proprement parler une branche. Nous avons cependant suivi l'ordre adopté par l'éditeur Unger et par la traductrice nord-américaine C. B. Hieatt, car celui-ci nous semble le plus satisfaisant pour qui veut lire la totalité des récits rattachés tardivement en Islande à la geste de Charlemagne. L'ensemble reste bien sûr hétérogène et, en dehors de la mort de Charlemagne, les autres chapitres de la branche ne devaient pas faire partie de la traduction originale ni de la version A.

Les manuscrits A et a s'arrêtent avant la fin de la saga, mais la *Karl Magnus Krønike* danoise qui dérive de la version A nous donne une idée de la façon dont celle-ci devait s'achever : Charlemagne désigne son fils Lodarius comme son successeur, puis meurt, et ses funérailles sont décrites, mais cette description ne correspond pas à celle que nous trouvons dans la version B (ou dans la *Chronique du Pseudo-Turpin,* source de certaines parties de notre saga). Il se peut donc que cette fin provienne d'une *Vie romancée de Charlemagne*, source présumée de la branche I de la *Saga de Charlemagne* (voir la notice introductive à cette branche), dont les derniers chapitres auraient été replacés à la fin de l'œuvre au moment de la constitution du recueil.

Les sources de la dernière branche de la version B sont plus faciles à cerner, mais il convient de préciser le contenu très divers de cette fin de manuscrit :

— Après *Guillaume au Court Nez*, le manuscrit B contient les chapitres numérotés ici VII et VIII ; ceux-ci correspondent à des chapitres de la *Tveggja postola saga Jóns ok Jacobs* (*Saga des deux apôtres Jean et Jacques*), eux-mêmes traduits du *Speculum historiale* de Vincent de Beauvais (lui-même dérivé de la *Chronique du Pseudo-Turpin*). L'influence du *Speculum historiale* est importante dans toute la version B (elle explique par exemple que Turpin soit absent de la bataille de Roncevaux et présent à l'extrême fin de la vie de l'empereur), mais les raisons pour lesquelles la fin de la version A a été à ce point modifiée restent incertaines ;

— La suite est tout d'abord constituée d'un récit indépendant consacré à Olive et Landri (notre branche II) ;

— Suivent enfin les chapitres classés ici dans la branche X sous les numéros I-V, qui relatent des miracles et prodiges divers. Les chapitres I-III contiennent une nouvelle version du voyage de Charlemagne en Orient (après le récit bref contenu dans les chapitres XLIX-L de la branche I et le récit plus développé de la branche VII), et les chapitres IV et V racontent des épisodes de la vie de l'évêque Salvius. Ce récit ne se rattache à l'œuvre de Charlemagne que par l'intervention finale de l'empereur, qui accorde à l'évêque des funérailles dignes de sa sainteté dans l'église Saint-Martin de Valenciennes. Ces récits semblent provenir indirectement de Vincent de Beauvais au travers d'un recueil islandais d'*exempla*. On repère aussi dans ces chapitres l'influence sans doute indirecte d'autres œuvres (telle la *Descriptio* citée plus bas à laquelle une partie du chapitre I fait aussi écho) ;

— Le chapitre VI sur lequel s'achève la *Karlamagnús saga* dans le manuscrit B contient un hommage général à l'empereur suivi de remarques regrettant la décadence actuelle. La source doit en être le *Speculum historiale*, mais au travers de sagas portant sur des sujets pieux, telles que *Tveggja postola saga, Maríu saga* (*Saga de la Vierge Marie*)*, Guðmundar saga biskups* (*Saga de l'évêque Guðmundr*) ;

— Le manuscrit s'achève enfin sur un autre récit exemplaire consacré au moine Vallterus et provenant de la *Maríu saga*. Celui-ci n'ayant aucun rapport avec la geste de Charlemagne,

Unger ne l'a pas édité et nous ne l'avons pas traduit. Ce texte semble avoir été placé ici du fait qu'il contient un miracle de la Vierge.

L'éditeur Unger n'a pas suivi l'ordre que nous venons de présenter, car le manuscrit contient après la branche IX une note précisant qu'*Olive et Landri* doit constituer la branche II, et que l'ordre des derniers chapitres doit être modifié (soit I-V, VI et VII-VIII). Le manuscrit b^1 (de même que b^2) a apparemment suivi ces recommandations, de même qu'Unger et les traducteurs modernes, mais il est incomplet : après le chapitre V commence un récit supplémentaire dont la fin manque, consacré à la façon dont la Vierge Marie apprécie l'église construite à Aix par Charlemagne – nous le traduisons à la fin du chapitre V et avant les chapitres VI-VIII. La source de ce récit tronqué est méconnue, mais s'apparente à un passage de la *Maríu saga*.

Il apparaît donc que cette branche ne trouve sa vraie signification que par les chapitres VII et VIII qui racontent la mort de l'empereur. La suite est un ajout qui rassemble, dans un ordre ou dans un autre, des récits de miracles plus ou moins reliés à la vie et à l'œuvre de l'empereur Charlemagne. Cette compilation finale a peut-être été réalisée en plusieurs étapes et a pu connaître différentes formes. Elle n'a plus aucun rapport avec le recueil de chansons de geste qui forme l'essentiel de la saga. La branche IX témoignait déjà d'une influence hagiographique sur cette œuvre mais conservait un sujet épique. Pour finir le cycle, les remanieurs islandais, des clercs travaillant sans doute à la fin du XIIIe siècle, ont préféré insister sur la dimension religieuse de l'empereur qu'on voit tour à tour défendre les Lieux saints, recevoir des reliques, obtenir des guérisons miraculeuses, venger les saints maltraités et construire une église appréciée de la Vierge Marie. Ces œuvres pieuses montrent un personnage dégagé des tracas que lui causaient ses entreprises militaires et la fréquentation de ses barons.

Il reste que cet ensemble d'épisodes est si peu cohérent et sa composition si aléatoire qu'il est bien difficile d'en tirer des réflexions quant à un projet littéraire d'ensemble. Les auteurs de la version B telle que nous la connaissons n'ont visiblement pas cherché à constituer une dernière partie destinée à conclure la saga, mais ont ajouté à la fin de celle-ci des compléments divers vaguement rattachés à la geste de Charlemagne. La branche X reste donc un fourre-tout mal organisé qui ne justifie pas une interprétation globale, mais elle propose tout de même au lecteur quelques passages saisissants qui éclairent la toute-puissance de Dieu manifestée au travers de nombreux prodiges.

Le premier chapitre débute avec une idée fréquemment reprise par les clercs de cette époque et qui dérive d'une lecture de la parabole évangélique des talents (Matthieu, 25, 14-30) : le contenu de certains livres gagne à être répété dans de nouveaux ouvrages. L'œuvre de Charlemagne fait partie de ces sujets qu'il est toujours loisible de reprendre, car ils sont à la fois édifiants et fondés sur la vérité, « même s'il n'est pas clairement établi à quel moment du règne de l'empereur les événements dont nous allons maintenant parler se sont passés ». Le sens moral importera donc plus que les précisions chronologiques. De fait, le récit est parsemé de références à l'histoire à l'intérieur d'un certain flou et nous flottons un peu au travers des lieux et des temps, du réel et de l'imaginaire. Il est sûr que les traducteurs scandinaves ou leurs successeurs n'ont pas pu ou pas voulu éclaircir leurs sources.

L'épisode du voyage en Orient est assez précisément daté : le pape Léon le Grand doit être le pape saint Léon III (750-816, pape de 795 à 816), celui-là même qui couronna l'empereur historique le jour de Noël de l'an 800 ; quant aux Byzantins cités, Constantin doit être Constantin VI (771-805, empereur de 780 à 797), mais c'est son père et non son fils qui s'appelait Léon (Léon IV le Khazar, empereur de 775 à 780) – à moins qu'il ne s'agisse d'une confusion avec Léon V l'Arménien (empereur de 813 à 820), d'autant que c'est son prédécesseur, Michel Ier Rhangabé (empereur de 811 à 813) qui reconnut en 812 le titre impérial de Charlemagne. Pour le reste, nous retombons dans la légende. L'épisode traite du thème du transfert des reliques depuis l'Orient jusqu'en Occident, qui n'est pas propre au IXe siècle et trouvera une actualité nouvelle lors des croisades des XIIe et XIIIe siècles. La puissance politique et religieuse des deux empires d'Orient et d'Occident se mesure symboliquement au travers de la possession de ces reliques.

Or, l'empire de Charlemagne devient peu à peu le phare de la chrétienté et, malgré qu'ils en aient, les Byzantins n'y peuvent rien dans la mesure où ils n'ont plus les moyens de défendre le pays de Jérusalem contre les agressions dites « païennes ». Toutes les circonstances sont donc réunies pour que Charlemagne, qui seul peut rétablir la situation, soit reconnu comme le seul défenseur de toute la chrétienté. Son succès militaire est rapide et total, mais n'intéresse pas beaucoup l'auteur par rapport aux autres qualités dont l'empereur fait montre ici : il est habile diplomate, modeste et non cupide, et surtout saint homme reconnu par Dieu lui-même – ce qui n'exclut pas l'habileté, car quand le roi des Grecs insiste pour le récompenser, il opte pour des reliques précieuses qui vont aussitôt accroître son prestige et sa célébrité, notamment chez lui, à Aix, où les miracles se multiplient.

Le schéma général est le même dans les trois versions de ce voyage présentes dans notre saga. Ce qui fait l'intérêt de la dernière, dans la branche X, est que la perspective n'y est plus épique et Charlemagne n'est plus ce souverain ambitieux et retors qui parvient à ses fins par tous les moyens avec l'aide de pairs de France sûrs d'eux et arrogants. Les grandes scènes ne reposent pas ici sur le spectacle d'une cour exotique ou sur la force du rire, mais correspondent aux moments où Dieu se manifeste par des signes. Ces trois chapitres contiennent en effet plusieurs prodiges consistant en un spectacle inouï.

La première de ces images grandioses (chapitre I), la plus forte et la plus belle, est assurément le songe que fait Constantin après qu'il a invoqué l'aide de Dieu. La vision est celle d'un homme de toute beauté qui lui recommande de faire appel à Charlemagne ; il lui montre aussi un chevalier qui doit lui prêter main-forte, et c'est en fait une image du chevalier chrétien idéal consacré par Dieu qui apparaît. Le spectacle est saturé de lumière et les cheveux blancs du chevalier attestent qu'il est revenu des impatiences et des excès de la jeunesse, dont le reste de la saga nous donne maint exemple. Il s'agit bien entendu de Charlemagne.

À côté de cette image de la force et de la beauté chevaleresques, la toute-puissance divine peut avoir recours aux plus humbles créatures pour venir en aide aux chrétiens. Ainsi, quand Charlemagne est perdu dans la forêt au moment où il se rend à Jérusalem (chapitre II), le roi passe la nuit à veiller et à chanter des psaumes, et au milieu de l'obscurité inquiète surgit le miracle : un oiseau chante, se fait entendre, réveille les Francs et parle au roi ! L'oiseau les guide ensuite sur le chemin et les Francs sont tirés d'embarras.

La cérémonie religieuse qui marque la fin du séjour de l'empereur des Francs à Constantinople (chapitre III) se place au degré supérieur dans le miraculeux spectaculaire. En effet, le don des reliques de la Passion s'accompagne de prodiges multiples : tout d'abord, quand on ouvre la châsse contenant la couronne d'épines qui doit être offerte à Charlemagne, le parfum du paradis se répand et une rosée descendue du ciel vient redonner vie au bois de la couronne qui refleurit aussitôt. Par un jeu d'effets en chaîne, les fleurs nouvelles, une fois coupées, exhalent encore plus de parfum et les guérisons miraculeuses se multiplient. Charlemagne est ému aux larmes et, par méprise, lâche un gant qu'il avait rempli de ces fleurs, mais Dieu le tient suspendu en l'air pour qu'il ne tombe pas, et le gag burlesque semble évité. L'empereur réussit tout de même à vider son gant dans un reliquaire et les fleurs coupées y sont devenues une manne ou farine céleste. Mais l'odeur s'est répandue hors de l'église, ce qui fait alors dire aux gens du peuple : « C'est aujourd'hui Pâques, c'est le jour de la résurrection ! »

Au travers de ces péripéties, l'aura de Charlemagne, porteur de reliques de la Passion, grandit et un charisme nouveau l'apparente encore plus qu'avant aux grands rois de la Bible, tel Moïse conduisant les fils d'Israël dans le désert, et secouru par le Seigneur qui distribua la manne à ses fidèles affamés (Exode, 16, 14-16). Cette même manne, Charlemagne l'emporte cette fois dans son royaume, signe de sa victoire politique et religieuse, mais dont l'envers est l'impuissance des Francs et des Byzantins à défendre la tradition chrétienne au Proche-Orient. Laissons ces soucis aux rois qui succéderont à Charlemagne. La saga laisse deviner une fin de règne euphorique, marquée par la venue de foules nombreuses dans les lieux détenteurs de reliques nouvelles. Les guérisons s'y multiplient là aussi et Charlemagne apparaît plus que jamais comme un souverain bienfaiteur et protecteur des chrétiens en général, mais également de ses sujets en particulier.

Sans transition donc, un copiste a ajouté deux chapitres consacrés à un certain évêque Sallinus (saint Salvius, ou saint Salve, mort en 768), qu'il a trouvés dans des œuvres dérivées du *Speculum historiale* nommément cité. Le sujet du récit n'est pas facile à saisir de prime abord car nous commençons par voyager dans les temps et les lieux depuis l'empereur romain Antonin le Pieux (empereur de 138 à 161), jusqu'à Valentinien Ier (empereur d'Occident de 364 à 375) et son fils Gratien (empereur d'Occident de 375 à 383), puis Théodose (empereur de 394 à 395) et Arcadius (empereur d'Orient de 395 à 408). La première étape importante se situe donc au IVe siècle, et le passage fait allusion assez précisément à la vogue à cette époque de l'arianisme, doctrine hérétique professée par Arius qui contestait l'égalité des trois personnes dans la Sainte Trinité, et contre laquelle Salvius lutte encore en son temps. Parmi les adversaires de l'hérésie figurent, outre l'évêque Salvius, saint Amphiloque, évêque d'Iconium, auteur d'un *Traité du Saint-Esprit* aujourd'hui perdu, et saint Basile de Césarée – pour ne reprendre que les noms cités dans la saga. Ce développement sur les ariens ressemble à une leçon compilée par quelque clerc, mais la suite présente un peu plus d'intérêt.

En effet, Amphiloque recourt à des arguments astucieux dans sa lutte contre l'empereur Théodose qui était influencé par l'arianisme. Avec une ironie typique du genre de la saga, bien que le trait d'esprit soit ici d'origine étrangère, l'évêque invité à la cour choisit de ne saluer que Théodose et d'ignorer son fils Arcadius, lui-même roi. Cette impolitesse voulue heurte Théodose, mais la leçon porte et l'empereur, piqué, comprend qu'il n'est pas possible de retirer quoi que ce soit au Christ, fils de Dieu.

Survolant la géographie et l'histoire, nous retrouvons ensuite saint Salvius à Valenciennes, dans un espace plus familier qui nous ramène justement sous le règne de Charlemagne ! La fin du chapitre IV est donc consacrée à un *exemplum*, soit un petit récit édifiant comme on en trouve dans toute la chrétienté médiévale. Salvius sert la messe un dimanche de Pâques, vêtu de magnifiques ornements sacerdotaux parés d'or et de pierres précieuses. Cette richesse qui manifeste la gloire de Dieu aiguise aussi la cupidité d'un gouverneur de la ville, Girard, de son fils Winegard et d'un serf complice, Wingar. Nous avons donc là un petit échantillon de mécréants et de pécheurs allant de l'homme riche au plus déshérité. Une fois invité chez eux, l'évêque est pris dans un piège dont il ne pourra réchapper vivant. Ses ornements sont volés, séparés et vendus, et Salvius est mis au cachot. Les rôles les plus noirs sont tenus par le maître et son fils, car le serf hésite à abattre l'évêque, mais celui-ci s'offre au martyre et son corps est jeté dans un trou creusé dans un enclos où paissent les bêtes de la ferme.

Cette fin sobre et pudique contraste avec la mort bruyante et spectaculaire des héros militaires, et nous percevons une nouvelle fois ici la différence entre l'inspiration épique des autres branches et la tonalité sublime qui paraît dans les grands moments de la dixième. Comme pour les miracles d'Orient, la mort de Salvius entraîne des images saisissantes qui se dégagent vivement d'un récit par ailleurs plutôt laborieux et terne. Le miraculeux provoque ici l'admiration mystique par des images qu'une littérature humoristique pourrait reprendre à son compte, comme précédemment avec le petit oiseau braillard ou le gant figé en l'air ; cette fois, les prodiges entourant la tombe improvisée de Salvius sont d'une part un gros taureau qui défend farouchement la tombe à coups de cornes et de l'autre une colonne lumineuse dressée vers le ciel. Alertée par ce spectacle, une paysanne finit par prévenir à l'église les prêtres, qui visiblement ne sont au courant de rien.

Leur absence montre par contraste l'efficacité de Charlemagne qui paraît enfin dans ce récit pour y démontrer toute sa majesté. C'est à lui, au bout du compte, qu'il incombe de châtier les coupables sévèrement et d'octroyer une tombe décente à Salvius. C'est finalement Charlemagne qui a l'honneur d'enterrer un saint dont les bonnes œuvres ont débuté par la lutte contre les ariens ! En effet, c'est lui seul, une fois de plus, qui perçoit la volonté de Dieu quand le chariot portant les restes du saint évêque ne peut être bougé, car il comprend que le transport et l'enterrement de Salvius relèvent d'une opération surnaturelle. Puis, souverain justicier à l'image d'un Salomon, il règle un litige opposant une sœur et son frère en demandant au frère qu'il soupçonne de mentir d'aller prêter serment sur le corps de saint Salvius. Dieu répond en châtiant le parjure, et Charlemagne reste donc bien jusqu'au bout son interlocuteur privilégié parmi les hommes. Les restes du saint déposés dans l'église Saint-Martin de Valenciennes jouent finalement le même rôle que les reliques rapportées d'Orient et déposées dans d'autres églises du royaume.

Les chapitres V-VII, enfin, semblent constituer la véritable conclusion de la *Saga de Charlemagne*, après ces longues digressions. Force est de constater que ces quelques pages ne parlent guère de l'empereur de légende – qui en tant que tel n'a jamais cessé de traquer les païens dans toutes les parties de la chrétienté, puisqu'on a continué de chanter ses exploits jusqu'au xxe siècle de la Belgique à l'Italie, et dans les terres espagnoles et portugaises de part et d'autre de l'Atlantique. Les trois derniers chapitres de la saga sont comme toute la branche X des textes de clerc, un peu insipides à force de se vouloir édifiants. Après un hommage général adressé à l'empereur dans la perspective étroite des responsabilités extraordinaires que l'Église lui a concédées, le chapitre V mentionne la maladie et l'affaiblissement de l'empereur, mais au lieu de nous montrer ses derniers instants, le récit nous transporte à Vienne où nous retrouvons l'archevêque Turpin.

L'instant du trépas de l'empereur est donc raconté au travers d'un dispositif qui ne manque pas d'originalité tout de même. Loin de tout pathos inopportun et de toute préoccupation réaliste anachronique, la mort de Charlemagne est connue au travers d'une dernière vision. En effet, Turpin lit des psaumes de très bon matin, mais il s'arrête au beau milieu de certains passages pour somnoler. Cette faute vénielle lui donne la chance de voir passer dans une vision une troupe de démons en route pour Aix où ils veulent récupérer l'âme de l'empereur. L'archevêque les salue au passage, puis reprend ses activités : lecture et sommeil. La troupe repasse et leur chef raconte, dépité, qu'ils n'ont rien pu obtenir à cause de l'intervention de saint Jacques en faveur de Charlemagne. À partir de là, Turpin sait à la fois que l'empereur est mort et que son âme est au paradis.

Nous laisserons encore une fois de côté des traits humoristiques qu'il faudrait aller rechercher dans les sources latines mais qui ont dû être perçus des lecteurs islandais de la saga. La beauté du passage tient au voile de douceur qu'il tend entre nous et la mort du roi. Turpin est bien loin d'Aix où l'empereur se meurt au petit matin, il dort tout en lisant des psaumes, activités chéries pour un clerc ! et en l'espace de quelques secondes les mouvements aller et retour de la troupe démoniaque encadrent le dernier soupir de Charlemagne. La scène est dominée par la sérénité et un éclairage religieux original : un psaume et le salut de l'âme de l'empereur annulent toute tristesse. Nous sommes donc bien loin du thème épique du *planctus* qui surgit immanquablement lorsqu'un héros de chanson de geste meurt au combat. Charlemagne meurt de sa belle mort et son enterrement n'entraîne aucune scène d'excès.

Il est intéressant, pour finir, de lire de près le récit des démons. Charlemagne, nous l'avons bien vu au cours des autres branches, reste un humain capable de faiblesses et de fautes, et à ce titre son bilan personnel apparaît comme partagé, ce qui donne momentanément quelques faux espoirs aux démons. En effet, son âme est définitivement sauvée grâce à l'intervention de saint Jacques, ce que le clerc auteur du passage interprète en fin de chapitre de façon assez plate : il attribue principalement à Charlemagne le mérite d'avoir bâti des églises, ce qui ouvrirait les portes du paradis. Sans doute, mais si l'on accorde quelque authenticité à ces chapitres, il est dès lors indispensable de réinterpréter l'intervention du saint par rapport à l'œuvre militaire de l'empereur.

L'auteur du recueil, qui a choisi ces chapitres pour les mettre à la fin d'un récit comportant par ailleurs des parties telles que *Le Roi Agolant* ou *La Bataille de Roncevaux*, pouvait voir autrement la présence finale de saint Jacques auprès de son ami décédé. Ainsi, saint Jacques joue un rôle capital dans les premiers chapitres de la branche IV, qui s'inspirent de la *Chronique du Pseudo-Turpin*, et toutes les forces chrétiennes ont dû alors collaborer pour triompher des païens d'Espagne et d'Afrique. Cette guerre d'Aspremont reste la plus grande des campagnes de Charlemagne, car elle décide de la liberté de l'Espagne. Le texte semble suggérer l'idée que Charlemagne est récompensé certes en tant que pieux souverain, mais également en tant qu'homme d'action efficace, et à travers lui ce sont aussi les autres pairs, depuis longtemps au paradis, qui sont honorés.

Il ne reste donc plus que Turpin, qui survit à l'empereur. Il est chargé de la tâche de tout consigner par écrit pour que ces événements extraordinaires demeurent connus à tout jamais. C'est sans doute le personnage qui a dû sembler le plus proche aux divers clercs, traducteurs, copistes, remanieurs, humanistes, érudits, passionnés et curieux qui depuis le Moyen Âge ont donné de leur temps pour que cette histoire ne sombre pas dans l'oubli.

NOTE SUR LA TRADUCTION

Les récits qui suivent la branche IX, n'ont été conservés, tout comme celle-ci, que dans la version B de la *Saga de Charlemagne*. L'éditeur Unger a suivi l'ordre des chapitres prescrit par une note insérée après la branche IX, comme l'a fait le copiste de b. Nous conservons cet ordre même si sa légitimité est discutable. La branche X est éditée à partir du manuscrit B avec les variantes de b données en note. Nous traduisons quelques-unes de celles-ci en note également. D'autres sont insérées dans la traduction de B entre crochets droits ([...]). Quand nous avons choisi b contre B, nous traduisons B en note. Le manuscrit b² n'était pas connu d'Unger et nous n'avons pas eu accès à ses variantes.

Cette branche, par son contenu et son style, s'apparente aux autres œuvres à teneur religieuse traduites du latin. La langue y est influencée par le latin des clercs et se différencie nettement de celle qu'on rencontre dans les parties épiques de la saga – la branche IV, par contre, contient des passages écrits dans le même style. Ce style est ici omniprésent et se repère par exemple aux longues périodes, aux figures de rhétorique, aux constructions elliptiques ou encore aux citations latines. Il en résulte que certains passages sont assez difficiles à saisir dans le détail et en tout cas à rendre en français moderne. Nous avons volontairement conservé dans la traduction quelques hardiesses de construction qui peuvent désorienter le lecteur, mais il nous a semblé artificiel et risqué d'expliciter ce qui reste parfois obscur ou confus dans l'original norrois.

BIBLIOGRAPHIE PARTICULIÈRE À LA BRANCHE X

ŒUVRES APPARENTÉES

Bibliotheca Mundi seu Speculi Majoris Vincentii Burgundi, praesulis Bellovacensis, Speculum quadruplex, Tomus Quartus, qui Speculum Historiale inscribitur, Graz, Akademische Druck- und Verlagsanstalt, 1965 (réimp. de l'éd. dite « de Douai 1624 »).

Descriptio qualiter Karolus Magnus clavum et coronam Domini a Constantinopoli Aquisgrani detulerit, éd. G. RAUSCHEN, dans *Die Legende Karls des Grossen im XI. und XII. Jahrhundert*, Leipzig, 1890 (« Publikationen der Gesellschaft für Rheinische Geschichtskunde », VII), pp. 103-125.

— ou éd. F. CASTETS, « *Iter Hierosolymitanum* ou *Voyage de Charlemagne à Jérusalem et à Constantinople* », *Revue des langues romanes*, t. XXXVI, 1892, pp. 417-474.

Íslendzk æventýri, 2, éd. H. GERING, Halle, 1882-1883, pp. 343-346.

Maríu saga, éd. C. R. UNGER, Christiania, 1871.

Tveggja postola saga Jóns ok Jakobs, éd. C. R. UNGER, dans *Postola Sögur*, Christiania, 1874.

ÉTUDES PARTICULIÈRES PORTANT SUR LA BRANCHE X

AEBISCHER, Paul, « Le Voyage en Orient de la dixième branche de la *Karlamagnús saga* », *Les Versions norroises du « Voyage de Charlemagne en Orient ». Leurs sources*, Paris, Les Belles Lettres, 1956 (« Bibliothèque de la faculté de philosophie et lettres de l'université de Liège », CXL), pp. 126-151.

FOOTE, Peter G., *The Pseudo-Turpin Chronicle in Iceland. A Contribution to the Study of the Karlamagnús saga*, Londres, University College, 1959 (« London Mediæval Studies », 4).

HIEATT, Constance B., « Charlemagne in Vincent's Mirror : The *Speculum historiale* as a source of the Old Norse *Karlama-*

gnús saga », *Florilegium, Carleton University Annual Papers on Classical Antiquity and the Middle Ages*, 1, 1979, pp. 186-194.

— *Karlamagnús Saga...* Vol. III, Part X. *Miracles and Signs,* Introduction, pp. 320-325 (cf. Bibliographie générale, B).

JAKOBSEN, Alfred, « Er Kap. 1-5 i del X av Karlamagnus saga lånt fra en samling æfintýr », *Maal og Minne*, 1959, pp. 103-116.

WIDDING, Ole et BEKKER-NIELSEN, Hans, « The Virgin bares her breast, an Icelandic version of a miracle of the blessed Virgin », *Opuscula*, II, 1, Copenhague, 1961 (« Bibliotheca Arnamagnæana », XXV, 1), pp. 76-79.

D. L.

Miracles et signes divers
Mort de Charlemagne

Chapitre I — Vision du roi de Constantinople

À aucun prix on ne doit oublier ou laisser perdre ce qui se trouve écrit dans des textes véridiques au sujet de la gloire et de l'honneur que Notre-Seigneur Jésus-Christ accorda tout de suite ici-bas à l'illustre empereur Charlemagne en raison des souffrances qu'il endura durant toute sa vie au profit de la chrétienté de Dieu ; au contraire, il faut l'écrire et le dire en toute vérité, même s'il n'est pas clairement établi à quel moment du règne de l'empereur les événements dont nous allons maintenant parler se sont passés.

À l'époque où monseigneur le pape Léon[1] le Grand gouvernait la chrétienté de Dieu, du temps de Constantin[2], roi de Constantinople[3], le père de Léon[4], et alors que Jean[5] était le patriarche de Jérusalem[6], l'honorable seigneur Charles[7] prit le titre d'empereur de l'Empire romain[8]. Le roi de Constantinople fut très dérangé par le fait que les Romains se soient donné un nouvel empereur, car il n'y avait jamais eu dans la chrétienté qu'un seul trône d'empereur, situé à Constantinople, jusqu'à ce que les Romains se dégagent du joug des Grecs et offrent pour la première fois à Charlemagne, roi des Francs, le titre d'empereur. Mais Charles supporta tous les désagréments que le roi de Constantinople lui causa avec une sainte patience et il [fit] même

---

1. Leo.   2. Constantinus.   3. Miklagarðr (La Grande-Porte).
4. Leo, empereur de Byzance, différent du pape qui vient d'être cité.
5. Johannis.   6. Jórsala.   7. Karolus.   8. Romania.

plus : lorsqu'on lui eut rapporté que le roi de Constantinople craignait quelque peu que le nouvel empereur ne veuille s'assujettir son royaume, Charlemagne envoya des messagers porteurs de lettres amicales exprimant ses intentions résolument pacifiques, de sorte qu'il apaisa par sa bonne volonté toute l'agitation qu'il y avait auparavant, et il réconcilia les pays [dans une paix véritable]. Et l'on peut voir dans ce qui suit combien il plaisait à Dieu que Charlemagne soit devenu empereur.

À peu près au moment où ces événements arrivèrent à Rome, des païens de la pire espèce vinrent porter la dévastation dans le pays de Notre-Seigneur à Jérusalem avec des forces plus importantes que jamais, au point qu'ils avaient presque conquis le pays et Jérusalem[1] tout autant, de telle sorte que le patriarche Jean ne put leur résister et abandonna le pays dans une fuite par la mer qui le mena à Constantinople. Maint homme réputé le suivit, mais parmi eux il y en avait deux qui s'appelaient Jean le prêtre de Neapolis[2] et David l'archiprêtre de Jérusalem. Le patriarche se dirigea vers Constantinople[3] afin de rencontrer Constantin qui régnait à ce moment-là. Il avait alors libéré sept fois Jérusalem des païens, c'est pourquoi il sembla à monseigneur Jean[4] que [là] il aurait encore quelque espoir de rétablir la situation. Il fut extrêmement bien reçu par le roi de Constantinople, mais le caractère consternant des nouvelles dont ils avaient à discuter diminua grandement la joie de leur rencontre, de sorte que lorsque le roi eut appris plus précisément ce qui se passait, il comprit parfaitement que les païens disposaient pour cette entreprise d'une force trois fois supérieure à celle de la précédente, tant en nombre d'hommes qu'en machines de guerre. Ainsi, il lui accorda toute son attention en réfléchissant [à la conduite qu'il convenait d'adopter[5]].

Il se retourne maintenant vers sa foi, adoptant la meilleure attitude possible, et demande à Notre-Seigneur aide et secours. C'est pourquoi il lui apparaît ceci une nuit dans son sommeil : un homme remarquablement beau se tient près de son lit. Il

---

1. Jerusalem.   2. af Neopoli, Naples ou Naplouse.   3. Constantinopolin.   4. Jón.   5. à l'endroit où il convenait d'intervenir (B).

tape contre un des piliers du lit comme pour signifier que le roi doit s'éveiller et écouter ce qu'il dit. Là-dessus, il adresse des paroles aimables au roi en lui disant : « Constantin, tu as bien fait [d'en appeler] à l'aide de Dieu dans tes difficultés, et je suis à présent envoyé pour te dire la volonté de Dieu : tu devras faire appel à Charles, roi des Francs, pour qu'il libère le monde avec toi, car il a été consacré comme supérieur à tous les autres hommes et choisi par Dieu pour être le bouclier et la broigne de la sainte chrétienté. »

Après avoir ainsi parlé, il amène devant le roi un excellent chevalier. Celui-ci baisse la face et pourtant son teint déborde de luminosité. Il a des yeux aussi beaux que l'éclat d'une étoile brillante, une barbe blanche qui s'étale sur sa poitrine ; ses cheveux luisent magnifiquement sur son éclatante tête chenue. Il est armé aux bras et aux pieds. En haut, il est revêtu d'une cotte de mailles blanche comme neige, et en bas, de chausses de mailles étincelantes. Il porte au côté un bouclier rouge et il est ceint d'une épée dont la garde et la poignée sont si belles qu'on les dirait de couleur pourpre. Cet homme est extrêmement puissant, bien découplé de corps et de membres, c'est pourquoi sa hampe de lance est à la fois grande et grosse, et de la pointe de la lance le roi voit plus d'une fois jaillir une flamme brillante. Il tient dans l'autre main un heaume d'or rouge et se tient devant le roi tête nue. Le jeune homme dit alors au roi : « Regarde bien, Dieu a choisi et consacré cet homme, prends en considération ce dont il est capable avec l'aide de son Seigneur. »

La vision a disparu sans tarder et le roi s'éveilla, sachant parfaitement ce qu'il allait faire ; aussi remercia-t-il Dieu pour cette apparition, et il en fit part à monseigneur Jean. Tous les avis s'accordaient maintenant sur le projet d'écrire à l'empereur Charlemagne. Monseigneur Jean demanda d'abord au roi de composer lui-même la lettre et d'écrire les phrases de sa propre main en utilisant les formules dont il savait qu'elles étaient appréciées des Romains[1]. Le roi fit ainsi : il décrit d'abord tout

---

1. Romani.

avec une belle clarté mêlée de pathétique, expliquant comment le tombeau de Notre-Seigneur et la sainte cité de Jérusalem[1] sont sous le joug du paganisme, et comment le patriarche lui-même a pris la fuite. Quand ce sujet est clos, avec les salutations et la signature de Jean, le roi ajoute sous son nom, à la fin de la lettre, le récit complet de l'apparition qu'on a pu lire plus haut ; après quoi, il ajoute un passage et cinq vers en latin[2] : « Réjouis-toi en la personne du Seigneur et demeure en sa louange. Agis en fonction de ce qu'il demande car par des paroles sublimes il a montré des signes devant toi. Que Dieu soit avec toi et t'honore de la dignité que tu mérites en ceignant tes reins d'une ceinture de justice et en parant ta tête d'une couronne éternelle. »

C'est ainsi que la lettre est terminée et scellée, puis des légats sont désignés pour l'apporter au roi Charles. Ces légats étaient les précédemment nommés messires Jean de Neapolis et David de Jérusalem, accompagnés de deux autres hommes : Isaac[3] et Samuel, tous deux hébreux. Ils firent bonne route et ne s'arrêtèrent que quand ils eurent trouvé le roi Charles à Paris même, en France. Lorsqu'il eut ouvert et lu toute la lettre, il versa des larmes en sa sublime bonté, tout particulièrement en pensant à la tombe du Seigneur et aux autres témoignages de son séjour ici-bas. Voici ce qu'il fit de la lettre : il demanda à l'archevêque Turpin de l'expliquer au peuple tout entier en utilisant la langue qui soit la plus intelligible pour chacun. Quand le peuple français apprit ce malheur, tous poussèrent un cri à l'adresse du roi, lui demandant en une prière qu'il lève la main et abatte les ennemis de Dieu. Cela n'était guère nécessaire, car le roi était plus que quiconque désireux de bien agir.

---

1. Hierusalem.   2. tout cela peut être traduit ainsi en norrois (b).
3. Isaach.

Chapitre II — Charlemagne se rend à Jérusalem

Il envoie ensuite dans tout son royaume un ordre de mobilisation générale stipulant que tout homme en mesure de porter les armes doit se préparer et que ceux qui se soustrairaient à cette expédition seraient traités comme des esclaves de naissance, de même que leurs fils, et seraient condamnés à payer chaque année à la Couronne une amende de quatre deniers [1]. Se rassemble alors une si grande armée, forte en chevaliers et en hommes de troupe, que le roi Charles n'avait jamais disposé d'une telle puissance auparavant pour une expédition. Si grande est la miséricorde que Dieu leur accorde par les très difficiles routes terrestres et maritimes, que le livre ne mentionne aucun obstacle jusqu'à ce qu'ils aient traversé la mer et soient parvenus dans le pays de Jérusalem.

Une grande forêt s'étend alors devant eux. Ce bois périlleux est peuplé de nombreux animaux sauvages : vautours et ourses, lions, tigres et quantité d'autres. L'armée ne possède pas de guide sûr pour traverser cette forêt et le roi pense qu'ils peuvent la traverser au cours de cette journée. Mais il n'en va pas ainsi car la traversée de la forêt ne prend pas moins de deux jours. La nuit tombe maintenant sur eux et ils se perdent dans l'obscurité. Le roi donne l'ordre de dresser le camp, disant qu'il ne veut pas errer dans l'obscurité. L'armée s'installe tout autour sous le ciel nu.

Le roi veille au cours de la nuit et chante ses psaumes. Au moment où il lit le chapitre *Legem pone* et le verset *Deduc me in semita mandatorum tuorum* [2], un oiseau se met à chanter sous le poteau de la tente, juste au-dessus de l'endroit où se trouve le roi. Son chant est si aigu qu'on l'entend dans toute l'armée et que chacun s'en éveille. Le roi poursuit sa lecture jusqu'à l'endroit où plus en avant dans le psautier il dit le verset

---

1. quatre deniers brillants (b).   2. Psaume 119 (118), versets 33 et 35 : « Seigneur, indique-moi le chemin de tes décrets... Conduis-moi sur le sentier de tes commandements... »

Educ de custodia /mandatorum tuorum[1]/ *animam meam ad confitendum nomini tuo*[2]. Quand il en est arrivé là, la lumière du jour apparaît. L'oiseau se remet à chanter et gazouille sur un ton si aigu qu'il réveille toute l'armée. Contrairement à la nature des oiseaux, l'on entend maintenant sa voix prononcer des mots distincts. Par deux fois, il dit ceci au roi : « Français[3], que dis-tu ? »

À ces mots, le roi s'habille, et comme son armée est prête, tous voient que le petit oiseau qui a chanté se propose de les guider. Il volette le long d'un vieux chemin et sur l'ordre du roi toute l'armée le suit jusqu'à ce qu'ils arrivent à une grande route dégagée. Ils étaient alors tirés d'embarras comme il en était besoin. Les pèlerins disent que depuis ce passage du roi Charlemagne, les chants des oiseaux dans cette forêt comportent des paroles intelligibles.

Le livre ne précise pas de quelles forces disposait le roi des Grecs pour libérer le pays de Jérusalem, mais l'on sait que Charlemagne amena dans la contrée de si grands moyens de guerre qu'il chassa [les païens[4]] des positions dont ils s'étaient emparés pour les expédier en enfer. Il tua et massacra tant ce misérable peuple qu'il laissa cette terre, possession héréditaire de Dieu tout-puissant, dans la meilleure situation qu'elle ait jamais connue. Au cours de cette expédition, il visita Jérusalem, célébrant Dieu humblement. De là, il se dirigea vers le nord, gagnant Constantinople en traversant la mer. Cela montre bien que les Grecs avaient pris part à la même campagne, car le roi Charlemagne ne serait pas allé à Constantinople sans y être invité. Monseigneur le patriarche s'y trouvait déjà.

Nous laissons de côté la description de la façon dont la cité a été animée par des réjouissances joyeuses et une liesse générale à la venue d'un tel homme. Après quelques jours, ce seigneur béni manifesta sa courtoisie en demandant à monseigneur le patriarche la permission de rentrer chez lui. Cela fait, le roi des

---

1. Formule absente de b. **2.** Psaume 142 (141), verset 8 : « Tire mon âme de sa prison afin que je célèbre ton nom. » **3.** Franseis. **4.** les chefs (B).

Grecs ordonna de grands préparatifs pour accompagner le roi, car à un certain endroit, au-devant d'eux, il avait fait déposer une grande quantité de ce qui fait la gloire de ce monde, avec de l'or et des pierres précieuses, des habits de différents types et des objets de toutes sortes que les gens attachés à ce monde aimeraient convoiter plus que la vie même. Mais il agit de la sorte parce que [l'empereur Charlemagne] était mal connu des Grecs, comme il apparut rapidement. En effet, sans délai, au moment où les dons furent présentés, l'empereur prit congé en silence et appela ses nobles à un conseil, prenant la parole en ces termes : « Que conseillez-vous, chers barons ? Me conseillez-vous que nous acceptions ces dons ? » Ils furent prompts à répondre, car ils connaissaient bien l'état d'esprit du roi, bien qu'il les eût interrogés : « Notre avis est que nous avons pris de la peine uniquement par amour pour Dieu, répondant à son attente à lui et non à celle d'un homme mortel. »

Ce conseil ravit l'empereur qui interdit à ses hommes de regarder ces fanfreluches. Le roi des Grecs et toute sa cour se sentirent offensés de ce que l'empereur, lors de la cérémonie de départ, ne veuille pas recevoir leurs dons, et on en vint à décider qu'on le pousserait en l'adjurant au nom du Seigneur à accepter toute faveur. Le roi choisit alors ce qui lui convenait le mieux : que lui soit donnée quelque sainte relique de la Passion du Seigneur. Comme cela fut accepté avec joie, le patriarche décréta trois jours de jeûne pour tous les Français. En retour, douze notables furent choisis parmi les Grecs pour assister au service divin et l'exhausser, et ils devaient jeûner avec les Français.

Chapitre III — Dieu se manifeste par des signes

Au troisième jour du jeûne, Charles se confessa à son confesseur particulier, l'évêque Ebroïnus [1]. Au point du jour, tous les

---

1. Ebronus (B), Ebroinus (b).

hommes de haut rang se confessèrent dans l'église principale de la ville. Un double chœur avait été placé là pour chanter les litanies de façon que les louanges ne cessent pas durant la messe. L'officiant principal chargé de sortir les saintes reliques de leur châsse était le glorieux père Daniel, évêque de Neapolis[1], et lorsqu'il ouvrit la châsse dans laquelle était conservée la couronne d'épines de Notre-Seigneur, un parfum si prenant se répandit dans l'église que tous ceux qui se trouvaient proches se crurent au paradis. En outre, il en émanait une telle lumière que tous crurent avoir revêtu des habits célestes à cause de l'éclat qu'ils en recevaient.

Comme notre Sauveur l'a établi pour son honneur, Charlemagne se prosterna sur le sol, demandant à Notre-Seigneur de renouveler les prodiges de sa Passion, et tout de suite après cette prière, une rosée descendit du ciel sur le bois d'épine de telle sorte qu'en un clin d'œil elle revint tout entière à la vie et devint souple au point de se remettre à pousser, si bien qu'aussitôt elle se couvrit de belles fleurs.

L'évêque Daniel prit alors l'honorable trésor et coupa les fleurs nouvelles pour les déposer dans un reliquaire de bois, magnifiquement habillé à l'intérieur, que Charlemagne avait fait préparer. Et tandis que l'évêque accomplissait cette sainte tâche, il faut dire combien la gloire du Seigneur croissait de plus en plus. Tandis que les fleurs poussaient, elles exhalaient de nouveau leur parfum de telle sorte que les malades dans l'église retrouvaient la santé. L'un d'eux était resté muet, aveugle et sourd pendant vingt[2] ans et quatre mois, mais le Seigneur lui rendit à présent la santé de telle sorte qu'à la première senteur apparue, quand la couronne fut sortie, il retrouva [une vue claire ; et lorsque les fleurs poussèrent, il recouvra] la parole. Et quand l'évêque y porta un fer, il entendit de nouveau distinctement. C'est pourquoi il faut grandement admirer le paradis qui se trouvait alors sur la terre tant la miséricorde de Dieu était rayonnante.

---

1. Neapolitanus.   2. trois.

Lorsque l'évêque eut coupé les fleurs dans le reliquaire, il remit cela au roi Charles. Celui-ci avait préparé une nappe blanche comme une neige pure et un gant, et il mit les fleurs dedans. Il rendit le reliquaire à l'évêque car à présent il allait recevoir un morceau de la branche d'épine [elle-même]. Il tenait pendant ce temps le gant rempli de fleurs, tout de dévotion pour Dieu tandis que ses larmes coulaient, et quand le don de l'épine fut tendu à l'empereur, il avait préparé l'autre gant et voulut lui donner une forme creuse comme il l'avait fait pour les fleurs ; il eut l'idée de donner le premier à l'évêque Ebroïnus, son confesseur. Or, il leur arriva qu'aucun des deux ne vit ce que faisait l'autre à cause des larmes ; le roi lâcha le gant et l'archevêque ne le prit pas, mais il ne tomba pas pour autant par terre et resta suspendu en l'air pendant une heure. Apparut bien alors, au moment où le roi tendit l'autre gant à l'archevêque – car maintenant il voyait le premier gant (et tous deux aussi bien) –, que Dieu tout-puissant le tenait en l'air.

Suite à cela, il convient de dire que lorsque le roi enleva les fleurs du gant pour les mettre dans la châsse qui avait été préparée [avant cela], celles-ci dans la gloire et la bénédiction du ciel se transformèrent en une manne, ce que nous nommons farine céleste. Gloire à Notre-Seigneur Jésus-Christ qui sous le regard des hommes montra de si grands prodiges en cette poussée de vie ! En effet, le livre explique tout d'abord que lorsque l'évêque coupa les fleurs, elles se multiplièrent immédiatement, et maintenant cet autre prodige accompagné de guérisons miraculeuses de toutes sortes : elles se transforment en manne comme ce fut dit plus haut !

La cérémonie étant arrivée à ce point, un grand tumulte se répand dans le peuple et dans l'église, car les petites gens de la ville se sont mis en route ; ils approchent de l'église en poussant des cris et en disant : « C'est aujourd'hui Pâques, c'est le jour de la résurrection ! » En effet, l'odeur parfumée s'est répandue à l'extérieur et s'est insinuée dans chaque maison et chaque masure de la ville, provoquant des guérisons miraculeuses : trois cents malades courent à présent tout heureux en louant Dieu !

Le benoît Charlemagne reçut d'autres dons du Seigneur, car Daniel ouvre maintenant la châsse d'albâtre contenant un clou de la Passion du Seigneur et l'offre à l'empereur avec un morceau de la croix du Seigneur, ses langes [ainsi que son suaire], la chemise de Notre-Dame Marie, mère de Dieu, le bras de Siméon qui porta Notre-Seigneur. À présent, il se peut que quelques personnes avisées trouvent intéressant de se demander pourquoi le livre dit que les plus précieuses reliques de Notre-Seigneur le Sauveur ont été conservées à Constantinople et non dans le pays de Jérusalem. Mais il y a une raison évidente à cela : les saintes reliques du Seigneur avaient fui devant l'agression et les attaques du peuple païen.

Charles quitta la Grèce [1] dans des conditions telles que beaucoup pouvaient louer Dieu de sa venue, car celui qui auparavant se lamentait sur son lit buvait maintenant tout heureux. Mais il ne nous appartient pas de dire combien de miracles se produisirent au cours de son voyage, car dans un château où il demeura six mois, cinquante hommes furent guéris et un fut ressuscité. À son retour en France, il choisit, comme souvent pour des honneurs éminents, la ville qui s'appelle Aix [2] – certains la nomment Achis ou Tachin. C'est en cette ville qu'il porta les saintes reliques. Se produisirent alors de nouveau dans cette ville des guérisons en grand nombre. Le livre en mentionne quelques-unes, certaines étant selon lui impossibles à décompter : les aveugles et les malades de fièvre ne furent pas comptés, les possédés furent douze, les lépreux huit, les paralytiques quinze, les boiteux quatorze, les estropiés du bras cinquante, les bossus cinquante-deux, les épileptiques vingt [3] – sans prendre en compte tous ceux qui aux alentours habitaient des villes proches.

À présent, du fait que Notre-Seigneur illumina ainsi sa chrétienté par le moyen de ces reliques, le saint père Léon, pape, établit avec l'assentiment du roi Charles et l'accord d'Achille,

---

1. Grecia. 2. Aqvisgranum. 3. soixante (b).

évêque d'Alexandrie[1], et de Théophile, évêque d'Antioche[2], et de maint autre évêque, abbé et clerc, que chaque année, le dernier jour des ides de juin, ces reliques seraient honorées en particulier au cours d'une fête. Le Seigneur approuva cette décision de telle sorte qu'au cours de ce concile d'évêques un mort ressuscita.

Les livres en viennent à parler de la façon dont le roi Charles répartit dans son royaume ces bienfaits de Dieu. Il est dit dans les *Miracles de la Vierge* qu'il donna la chemise de Notre-Dame à Chartres[3] ; la farine céleste que nous avons mentionnée, il la donna à son ami Denis à Saint-Denis[4] – beaucoup pensent qu'elle provient de la manne que le Seigneur donna aux Israélites. À Aix, Charlemagne fit construire une église magnifique en l'honneur de Marie, qu'il appela Marie-la-ronde[5] ; cet édifice est merveilleusement construit d'une façon qui passe l'imagination, et bâti en rond avec une habileté hors pair.

Chapitre IV — L'évêque Salvius

Le *Speculum historiale* raconte que du temps dudit Charles un honorable évêque nommé Salvius[6], de la cité qui s'appelle Amiens[7], s'illustra dans la chrétienté. Cette cité avait été construite autrefois par l'empereur Antonin[8] surnommé le Pieux, et il lui avait donné le nom du fleuve qui passe à proximité en l'appelant Lambon. Par la suite, quand Gratien[9], le fils de Valentinien[10], prit le pouvoir et établit son trône dans cette cité, il lui donna un autre nom qui s'appuie sur le fait que l'eau coule tout autour de la ville, et c'est pourquoi il l'appela Ambianis. Salvius était l'évêque de cette cité, grand thauma-

---

1. Achilleus Alexandrinus. 2. Theophilus Antiocenus. 3. Carnotum. 4. Dionisius í Sendenis. 5. Maria rotunda. 6. Sallinus – Salvius *(Sp. hist.)*. 7. Ambianis/Ambionis. 8. Antonius. 9. Gracianus. 10. Valentinianus.

turge au point de redonner la vue aux aveugles, l'ouïe aux sourds et la parole aux muets.

À la même époque, se trouvait à Amiens le roi nommé Chilpéric[1]. Il prétendait être chrétien, mais était en réalité arien, comme il apparut quand il adopta des vues nouvelles : il pensait que les chrétiens devaient sans réticence affirmer que l'on doit proclamer sa foi en un Dieu unique, mais selon lui il était inutile de proclamer que Dieu est trois personnes dans la Sainte Trinité, Père, Fils et Saint-Esprit ; et il demanda à l'évêque Salvius de l'approuver personnellement. Mais quand le contenu de son message fut connu, l'évêque déclara qu'il l'approuverait d'autant moins que s'il pouvait mettre la main sur la lettre traitant de ce sujet, il la déchirerait et la brûlerait dans le feu, car l'homme de Dieu comprit que cette conclusion s'appuyait sur le vieux fondement de l'hérésie. En effet, les ariens cherchent à rabaisser notre Sauveur Jésus et prétendent qu'il est inférieur en nature à Dieu le Père et à l'Esprit saint. Il voulait, le maudit roi, que les trois personnes ne soient pas distinguées de façon que le fils de Dieu ne paraisse pas digne des mêmes honneurs que le Père et le Saint-Esprit.

Un évêque nommé Amphiloque d'Iconium[2] montra clairement aux chrétiens combien cette hérésie est monstrueuse. Il vécut sous le règne de Théodose[3] et de son fils Arcadius[4]. Cet évêque était un grand personnage et un excellent clerc, car il composa en latin le récit de la vie et des miracles de saint Basile, évêque de Césarée[5]. Il éprouvait une haine farouche et sainte à l'encontre des ariens, si bien qu'il souhaitait ruiner leur succès autant qu'il le pouvait ; pour ce faire, on lit qu'il alla trouver l'empereur Théodose pour lui dire de promulguer dans tout l'Empire romain une loi stipulant qu'aucun concile œcuménique ou assemblée de grande ampleur ne devait accueillir les hérétiques de cette sorte, car selon l'évêque les rencontrer ne serait rien d'autre qu'offenser Dieu. Mais du fait que le roi était doté tout à la fois d'une foi sans faille et d'une grande

---

1. Hisperich – Chilpericus *(Sp. hist.)*.   **2.** Amphilotus Iconiensis.   **3.** Theodosius.   **4.** Archadius.   **5.** Basilius Cesariensis.

sagesse, il lui sembla tout d'abord qu'il serait cruel de les [rejeter[1]] si durement et il n'accéda pas à la requête. De ce fait, l'évêque s'en retourna en silence et se prépara aussitôt à quitter sa cour.

Lorsqu'il est prêt, il entre dans le palais où les deux rois se tiennent face à face ; arrivé là, il s'incline devant le roi Théodose avec une parfaite courtoisie, mais fait comme s'il ne voyait pas Arcadius et se tourne pour partir dans ces conditions. Théodose pense que la cause en est une négligence de l'évêque, et il l'interpelle en lui demandant pourquoi il s'en va comme cela. L'évêque revient sur ses pas et lui demande ce qui lui déplaît. Le roi lui dit alors qu'il n'a pas salué ni embrassé son fils. L'évêque répond : « Je t'ai témoigné du respect et cela lui suffit puisque tu es son père. »

Le roi déclare que nul ne lui témoigne du respect s'il n'en manifeste pas au roi Arcadius avec les honneurs dus à sa position. L'évêque hausse à présent la voix : « Ah oui, si toi, un mortel, tu considères comme dégradant que ton fils ne reçoive pas les mêmes honneurs royaux que toi-même, qu'en sera-t-il alors pour Dieu, le Père éternel, et appréciera-t-il, si son fils unique, son égal en toute gloire, doit abandonner ses honneurs dans la mécréance des ariens ? »

Face à ces sublimes raisons, l'empereur reste coi, car au fond de son cœur il sait quelle doctrine est juste. Il fait ensuite circuler dans son royaume une proclamation stipulant que les ariens ennemis de Dieu ne doivent pas recevoir la moindre marque d'honneur, et donnant tout le détail du réquisitoire de l'évêque qui vise à leur rejet.

Après cela, il convient maintenant de revenir à l'évêque Salvius, car l'évêque Amphiloque se tenait à son côté pour l'encourager par le bel exemple de sa conduite à mépriser les ariens et à les fouler aux pieds. L'évêque Salvius était animé d'une ardente bonne volonté pour éclairer l'âme des chrétiens par son œuvre de prédication, et c'est pourquoi il parcourut le pays de long en large afin d'offrir à Dieu tout-puissant une belle

---

1. châtier (B) – si « hegia » doit être corrigé en « hegna ».

récolte. Aussi lit-on qu'au premier jour de Pâques il se trouvait dans la cité nommée Valenciennes[1], qui est un lieu de résidence royale et un bien appartenant au roi Charlemagne. Or, du fait que le roi ne résidait pas là, hormis à certaines périodes, il avait mis à la tête de cette cité un chevalier nommé Abbon. Cet Abbon exerçait une autre charge à l'extérieur pour son propre compte et il avait confié l'administration de la ville à un homme nommé Girard[2].

Dans ce lieu de résidence royale se trouvait la magnifique église de saint Martin et Salvius chanta là la messe le jour même de Pâques. À son sujet, il convient tout particulièrement de dire que les vêtements qu'il portait en accomplissant le service divin le rendaient plus beau que toute autre chose[3], car ils étaient à la fois blancs comme la neige et doublés d'or ; en particulier la ceinture[4], qui sied à la dignité d'évêque, comportait de l'or rouge tressé et était rehaussée de pierres précieuses. Il portait sur lui des vêtements aussi précieux au cours de tous ses déplacements, et il chanta la messe le jour de Pâques ainsi habillé. Bien qu'une foule de gens soient venus se rassembler là en un même endroit, tous ne partageaient pas les mêmes convictions comme il apparut ensuite ; en effet, autant l'homme bon devient meilleur, autant le méchant s'abîme dans une chute vers le pire.

Lorsque la messe est terminée et que l'évêque a enlevé ses vêtements, Girard, le gouverneur de la cité, que nous avons nommé antérieurement, vient le trouver et l'invite à ses festivités pour la journée. L'évêque accepte volontiers et l'accompagne à sa demeure, et il fait amener là tous ses biens, y compris ses vêtements, pour les surveiller. Mais cette fête de Pâques tourne aux pleurs et à l'affliction profonde de cette façon : le maître de maison a un fils nommé Winegard[5]. C'est un homme sinistre et débordant d'appétits matériels. Il a remarqué la

---

1. Valent – Valentianus *(Sp. hist.)*. 2. Geirarðr/Girarðr – Genardus *(Sp. hist.)*. Nous préférons conserver ici un nom issu de la tradition épique, et présent par ailleurs dans la saga. 3. tout autre évêque (b). 4. cingulum. 5. Vinigarð – Vuinegardus/Vuinegradus *(Sp. hist.)*.

grande beauté des vêtements de l'évêque, et du moment que celui-ci s'est placé sous leur autorité, il va au-devant de son père et attire la colère de Dieu en s'emparant de ceux-ci, ce qui provoque leur affrontement avec l'évêque. La situation ne débouche pas sur une issue meilleure que celle-ci : le père et le fils se poussent l'un l'autre dans les flammes, car le maître est complice du forfait et Winegard jette l'évêque dans un cachot ; il y est accompagné d'un de ses serviteurs, le plus précieux de tous les enfants. Dans cette entreprise, le fils du maître est suivi par un serf nommé Wingar [1].

Le sort des vêtements est décidé et le gain est très important : ils sont dispersés et découpés. En outre, un joli calice en or rouge allait avec ; le fils du maître l'abandonne au foyer d'une forge pour en faire des incrustations et de belles roses pour sa selle. Quand les choses en sont parvenues à ce point, il veut assurer sa sécurité de façon que l'évêque ne puisse pas le discréditer ; c'est pourquoi il envoie le serf tuer l'évêque et ce misérable serf voué au diable accomplit les ordres. Mais quand il voit l'évêque, son bras lui fait défaut. Devant l'apparence et l'armement de cet homme, le serviteur de Dieu comprend immédiatement quelle est sa mission ; aussi s'offre-t-il au nom du Seigneur, lui demandant de ne pas hésiter à accomplir l'ordre de son maître. Une seule issue : ils revêtent tous deux au même instant la couronne du martyre.

Suite à cela, le fils du maître et son maudit serf réfléchissent maintenant à l'endroit où ils vont enterrer les corps, car il veut obtenir un meurtre parfait recouvrant un assassinat. Ils décident de creuser une tombe dans le grand enclos où le troupeau de bétail de son père passe la nuit, et d'y faire rouler le corps de l'évêque et de l'autre homme. Ils réalisent cela sans retard ni rebondissement apparent.

Mais il faut grandement louer la majesté de Dieu pour la façon dont immédiatement elle apporta l'honneur et la béatitude à ses amis sous les yeux des mortels. Tout d'abord, un

---

1. Vingar – Vuinegarius *(Sp. hist.)*.

taureau du troupeau entreprit de lui-même de surveiller cette partie de l'enclos où étaient enterrés ces témoins de Dieu, de telle sorte qu'il n'épargnait ni ses cornes ni sa hardiesse si l'un de ses compagnons voulait rester là pour se mesurer à ses capacités. De même, si quelque chose tombait ou venait se poser à l'endroit de la tombe durant la journée, ce qui lui déplaisait, en revenant de sa pâture le soir venu, il passait une longue partie de la nuit à dégager la place avec ses pieds et ses cornes.

En outre, il se produisit ceci qui est encore plus glorieux : une colonne céleste s'élevait chaque nuit de l'enclos, si brillante qu'on pouvait la voir de loin. Il arrive de ce fait qu'une nuit, dans le village qui se nomme Beuvrage [1], une maîtresse de maison qui vivait là sort vaquer à sa tâche, et elle voit devant elle, dans la direction de la ville, ce rayon céleste qu'elle interprète [aussitôt] comme un miracle. De ce fait, elle se rend sur-le-champ à la ville et se dirige vers le pied de la colonne. Quand elle parvient à la porte de l'enclos, il lui semble alors qu'à l'intérieur sont allumées deux lampes qui projettent une lumière éclatante, comme on l'a décrit plus haut [2]. Elle admire ce spectacle tout étonnée et rentre chez elle sans en dire un mot. Elle le surveille même bien d'autres nuits et voit toujours la même lumière jusqu'au jour où elle n'ose plus se taire devant Dieu, et va donc trouver les prêtres à l'église et leur dévoile cette affaire.

Chapitre V — Les funérailles de l'évêque

À présent, il convient de reprendre l'histoire de l'empereur Charlemagne. On peut rapidement en arriver au fait que durant trois nuits d'affilée tous les événements que l'on vient de lire lui furent révélés de la part de Dieu, avec des précisions sûres touchant l'identité de ceux qui assassinèrent l'évêque et dissi-

---

1. Berenticum – Breuiticus *(Sp. hist.)*.   2. La description en question a disparu de la saga.

mulèrent le corps de façon barbare. De ce fait, à la demande de Dieu, il se mit en route pour Valenciennes [1].

Il va au plus vite et fait arrêter Girard, son fils Winegard et le serf Wingar, et il leur intime l'ordre de révéler où se trouve la tombe de l'évêque Salvius en les menaçant de les tuer et de les démembrer. Cela fait, le roi ordonne qu'on les rende tous aveugles et fait châtrer le père et le fils. Puis le roi fait exhumer les saintes reliques et les fait placer dans un chariot avec grand soin, puis il fait atteler devant de nombreux bœufs puissants et pense les emmener de la cité. Mais c'est absolument impossible car le chariot est immobilisé de sorte qu'il ne peut être déplacé nulle part.

Le roi saisit alors – comme il en a constamment l'habitude – la volonté de Dieu ; il fait dételer tous les bœufs sauf deux, et sans qu'un homme les conduise ils vont tirer le chariot sous l'égide de la providence divine. Ils cheminent tout droit sans obstacle par la route la plus directe jusqu'à la ferme qui se trouve devant l'église Saint-Martin, où l'évêque Salvius a chanté la messe pour la dernière fois. Le roi comprend ainsi que Dieu veut que l'évêque saint Salvius soit enterré là, ce qui est réalisé avec tous les honneurs. Ensuite il attribue à l'évêque Salvius un tiers du domaine royal avec tous les biens immobiliers et mobiliers qui s'y rattachent.

Au cours de son séjour en cet endroit, il arriva qu'une femme se présenta à lui avec une plainte à l'encontre de son frère : dans le partage de leur héritage il n'avait pas été juste et l'avait dépossédée de sa part. Le roi enjoignit à l'homme de répondre. La femme reprit alors son propos et se prétendit lésée. Contre ces affirmations, la réponse est qu'il conteste absolument les faits, disant qu'elle ment et le couvre de calomnies devant leur seigneur ; en outre, il propose de prêter serment pour prouver son innocence. Quand les choses en sont arrivées là, le roi dit ceci : « Du fait que vos positions sont très éloignées et à cause de la distance qui vous sépare, le recours à des témoins est impossible – qu'un homme sachant lequel de vous deux dit la

---

1. Valention.

vérité puisse apporter un témoignage pour vous départager. Nous décidons ceci : toi, l'homme, tu iras à l'église Saint-Martin et prêteras serment sur le corps de l'évêque Salvius, en disant que tu es dans ton droit comme tu viens maintenant de le plaider. » Il y consent volontiers et va à l'église avec joie, se rend sur la tombe de l'évêque béni et prête serment. Cela fait, à sa sortie, la colère de Dieu s'abat sur lui : ce parjure est déchiré en deux par le milieu de telle sorte que ses entrailles jaillissent au jour et une mort rapide s'ensuit.

Cette affaire connut un tel retentissement que la gloire de l'évêque en devint d'autant plus éclatante. Les honnêtes gens en louaient d'autant plus Dieu et les criminels tremblaient d'autant plus à cause de leurs forfaits, tout particulièrement ceux qui étaient responsables du sang versé par cet homme glorieux, et de sa mort.

À propos de Girard, il faut dire que dans sa propre demeure il restait prostré dans la souffrance de ses tourments pitoyables et de sa repentance. [Son fils[1]] fut plus audacieux, au point de se rendre à l'église Saint-Martin pour prier l'évêque de lui pardonner et de lui apporter la guérison. Mais quand il parvint à l'église, son arrivée la fit remuer comme si elle allait être toute secouée et se briser dans une terrible explosion, si bien que l'assassin prit la fuite et gagna le cloître qui avait été dédié à l'évêque Amant[2]. Il comprit à sa réponse qu'il devait rester là alité dans des tourments quotidiens à cause de son forfait.

Au sujet du serf Wingar, on lit qu'il se rendit en hâte à l'église Saint-Martin prier l'évêque de lui accorder sa douce miséricorde pour son crime, l'avouant dans les larmes et prosterné, ajoutant qu'il pensait avoir commis cet acte offensant Dieu contre son gré. Ses propos se conclurent de telle façon que l'évêque béni lui donna en gage de paix un œil doté d'une claire vue. En retour, Wingar lui témoigna une si grande affection qu'il déclara que désormais il ne servirait plus aucun mortel, mais seulement l'évêque Salvius qui avait montré à son égard une si grande miséricorde[3].

---

1. Il (B).   **2.** Amandus.   **3.** Le manuscrit b s'achève ensuite sur un développement absent de B, dont la fin est perdue. Nous en donnons la traduction ci-après.

[Afin que les hommes soient illuminés par la façon dont Notre-Dame sainte Marie apprécia l'œuvre de l'empereur Charlemagne qui fit bâtir pour elle une église à Aix, il faut dire comment cette femme bénie voulut consacrer ses soins à l'ordination de cette église. Le motif de son attitude est double : premièrement, un excellent évêque avait par le passé vécu dans la cité en question. Il se nommait Servais[1], c'était un grand thaumaturge et un homme assurément saint à en juger par sa vie. Il avait été enterré dans la cité qui se nomme Mast[2], située à trois milles d'Aix. Trente ans après sa mort, est achevée à Aix cette excellente demeure qui doit être l'église nouvelle de la mère de Dieu, et ainsi le récit la trouve prête, l'associant à un second motif.

Un évêque eut la vision suivante : dans le royaume céleste, la bienheureuse mère de Dieu s'est avancée devant son fils Jésus-Christ en disant : « Mon fils, une demeure a été bâtie pour moi à Aix, et une fois achevée, elle est tout à fait magnifique ; l'évêque de cet endroit envisage de la consacrer, c'est pourquoi je voudrais que cette ordination soit menée avec des honneurs tout particuliers... »]

Chapitre VI — Charlemagne, le plus intègre des empereurs

Un livre sacré atteste[3] que le pape Adrien[4] avait accordé à l'empereur Charlemagne le premier un privilège valant pour toute la France et la Saxe[5] : il pouvait choisir tous les dirigeants de la sainte chrétienté pour l'honneur de l'Esprit saint. Le même livre explique que ni avant ni après l'église ne fut si pure en la personne de ses dirigeants que du temps de Charlemagne, car ni l'argent ni les belles paroles ne pervertissaient

---

1. Servas.   **2.** Peut-être Maastricht (?).   **3.** Les trois derniers chapitres ici traduits n'apparaissent qu'en B.   **4.** Adrianus. Adrien Ier, pape de 772 à 795.   **5.** Saxland.

jamais son choix. Une longue période passa durant laquelle tous les empereurs conservèrent le même privilège jusqu'à ce que Grégoire VII[1] le replace sous la responsabilité de l'Église romaine ; on vit alors que les puissants en ce monde s'intéressaient plus à l'argent des corrupteurs qu'à la probité et à la crainte de Dieu, et jamais par la suite les souverains du monde n'eurent autorité sur l'Église. On peut aussi remarquer par là à quel point le bienheureux empereur Charlemagne fut honnête et droit, au point que le plus haut dignitaire de l'Église confia à son autorité et à sa prévoyance un si grand pouvoir sur une prérogative de l'Église, qu'il devait dans tout son royaume choisir les clercs à tous les rangs et toutes les places qui dépendaient de la juridiction ecclésiastique.

À présent que le gracieux empereur Charlemagne, dans sa grande vieillesse, commence à décliner nettement, il contracte une vilaine maladie dans la cité nommée Aix, de sorte qu'il va vers la mort ; et alors qu'il est tout proche de sa fin, se produit un événement dont il faut maintenant parler.

Chapitre VII — Vision de Turpin

L'archevêque Turpin vécut plus longtemps que tous les autres barons du roi Charlemagne[2], comme il l'affirme lui-même dans ses lettres. Dans les derniers temps de la vie de l'empereur, il se trouvait dans la cité du royaume qui se nomme Vienne[3], et alors qu'il disait ses prières un matin de bonne heure à l'intérieur de l'église devant l'autel, lisant l'un des psaumes du nocturne du cinquième jour, *Deus in adiutorium*

---

1. Gregorius septimus. Saint Grégoire VII (1073-1085) remplace dans notre saga le pape Grégoire VI (1045-1046) nommé dans ses sources. 2. Dans la version B de la saga, Turpin n'est pas présent sur le champ de bataille de Roncevaux et n'y trouve donc pas la mort. 3. Vienna.

meum intende [1], il fut pris par le sommeil comme il commençait, et juste après il eut la vision d'un endroit où s'avançait une grande foule d'esprits démoniaques, et en dernière position venait à leur suite un homme noir à l'air très important comme s'il dirigeait le convoi.

L'archevêque Turpin se tourne vers lui en disant ces mots : « Où allez-vous ? » L'homme noir répond : « Nous sommes en route pour aller à Aix en Lotharingie, dans le but de prendre l'âme de Charlemagne et de l'emporter avec nous en enfer. » L'archevêque réplique : « Je vous conjure, au nom de Dieu le très-haut, de reprendre cette route en revenant et de me dire l'issue de votre mission. » L'homme noir accepte.

Un petit moment s'écoule de sorte qu'il a à peine le temps de lire le psaume *Deus in adiutorium* dans l'intervalle avant que les esprits corrompus reviennent par le même chemin, très sombres et abattus. Cela paraît être de bon augure à l'archevêque, même si au contraire ils sont tristes, et il se tourne immédiatement vers le même homme noir que précédemment, qui marche en dernière position, et il lui dit ceci : « Comment cela s'est-il passé pour vous ? Quelle a été l'issue de votre mission ? »

Il répond : « Les choses se sont mal passées pour nous, car nous n'avons rien obtenu. Il en a même été tout autrement que ce que nous avons envisagé durant un temps, du fait que nous avons bénéficié au départ de quelque équité. En effet, mes compagnons et moi, et les autres qui étaient venus là pour la rencontre, devions loyalement peser si c'est le bien ou le mal qui prédomine en la personne du roi Charlemagne, et nous avons tous cru momentanément être proches du but, jusqu'au moment où un homme sans tête venant de la Galice à l'ouest s'est glissé vers l'avant. Il traînait avec lui une telle quantité de pierres et de débris de bois que je crois n'en avoir jamais vu autant de ma vie. Il déversa tout cela dans le plateau de Charlemagne de telle sorte qu'aussitôt il resta collé au sol ; et ce dont nous disposions pour la rencontre ne put rien y faire. Ainsi,

---

1. Psaume 70 (69) : « Ô Dieu, hâte-toi de me délivrer ! Éternel, hâte-toi de me secourir ! »

nous avons compris que nous avions affaire à plus fort que nous et que nous n'avions rien à y gagner [1] ; nous sommes donc partis rapidement, et nous arrivons à présent ici. »

Après quoi, l'archevêque revient à lui et remercie Notre-Seigneur Dieu tout-puissant du fait que le roi Charlemagne ait été libéré du pouvoir des démons et uni à ses amis dans le royaume même du ciel. Suite à cette vision, l'archevêque Turpin annonça la mort de l'empereur à ses concitoyens de Vienne, de façon aussi convaincante que s'il y avait assisté. Et qu'est-il besoin de se demander qui était cet homme que les démons appelaient l'homme sans tête, outre qu'il est notoire que saint Jacques fut décapité par le roi Hérode ? À présent, il s'est manifesté pour aider son ami Charlemagne dans la construction d'églises, ce qui montre bien que l'homme qui fonde et édifie une église, se forge une place dans le royaume du ciel.

Chapitre VIII — Mort de Charlemagne

Le très célèbre seigneur Charlemagne, l'empereur, trouva le repos auprès de Dieu à un âge avancé aux calendes de février. Assistèrent à sa mort et à son enterrement les hommes les plus nobles du monde, au premier rang desquels figuraient l'évêque de Rome, l'honorable seigneur Léon, le pape, et avec lui les plus distingués des dignitaires venus de Rome même, puis les archevêques et les évêques suffragants, puis les abbés et toutes sortes de dirigeants avec une foule innombrable qui de toutes provenances afflua à Aix dès qu'on entendit parler de la grave maladie de l'empereur.

Ainsi, dans cette cité, cet homme décédé eut droit à un enter-

---

1. Le passage contient une formule ininterprétable ; « que nous n'avions rien à y gagner » est une lecture proposée par C. B. Hieatt ; la correction retenue par l'éditeur Unger aboutit à : « que nos forces nous faisaient défaut ».

rement si prestigieux qu'on n'en connut pas de tel dans toute la France avant lui. En effet, cette chair bénie qu'il n'avait jamais épargnée en combattant pour Dieu était si digne d'honneur aux yeux du pape et de tous les autres hommes et chefs présents qu'ils n'osaient pas recouvrir son corps de terre ni poser dessus la moindre poussière, mais ils le parèrent de vêtements royaux et l'installèrent dans un siège doré, aussi droit que s'il était un juge vivant. Ils posèrent sur sa tête une couronne en or très pur et firent descendre dans son dos deux chaînes d'or depuis la couronne jusqu'aux montants du siège de façon qu'elles maintiennent la tête droite pour que le corps ne s'incline pas. Ils mirent dans sa main droite le texte sacré des quatre Évangiles écrit en lettres d'or, et dans sa main gauche ils placèrent des écritures de la même forme que celles qu'il utilisait en annotant les livres de loi lorsqu'il siégeait pour rendre la justice. De l'autre côté, face à lui, ils installèrent sa précieuse tenue de combat. Ils creusèrent ensuite une tombe aussi large qu'il convenait à cette sépulture, très profonde et en forme d'arc, si solidement fermée de tous les côtés que la main d'un homme ne puisse y trouver aucune voie d'accès.

Puis la tombe fut recouverte d'or à l'extérieur et travaillée avec tout le soin possible, comme il convenait tout particulièrement à un si excellent seigneur, car le texte du saint Évangile montre clairement combien il a respecté scrupuleusement les lois de Dieu durant sa vie ; en effet, monseigneur le pape a jugé bon qu'une fois mort il ait avec lui le livre le plus saint qu'on puisse trouver et le plus élevé dans toute l'Église.

Nous avons parlé pendant quelque temps du très excellent seigneur Charlemagne, l'empereur, et de ses barons, pour rendre joyeux les gens de bien, et à présent, à la suite de cela, nous allons clore de la sorte ce récit : puisse Dieu récompenser celui qui l'a écrit et celui qui l'a fait mettre par écrit, celui qui l'a raconté et tous ceux qui l'ont écouté. La saga de Charlemagne s'achève à présent ainsi sur cette conclusion.

INDEX DES NOMS PROPRES

Les noms propres relevés en index sont ceux qui paraissent dans la traduction de la *Saga de Charlemagne* et ont fait l'objet d'une normalisation (voir nos explications dans l'Introduction). Nous avons ainsi relevé tous les noms de personnes et tous les noms de lieux ; par contre, nous avons laissé de côté les noms de peuples et les noms attribués aux armes, objets ou chevaux. Les noms des saints sont pris en compte, mais les noms des êtres divins ne le sont pas (Dieu, Christ, Saint-Esprit, Marie ; Mahomet, Mahom, Terogant, Apollin). Seuls les noms portés par plusieurs personnages différents font l'objet d'un commentaire particulier.

Abbon 876
Abilant 437, 438, 501, 505, 508, 509
Abiram 788
Abisme 797
Abraham d'Ivin 121, 122
Achar de Flor 437, 438, 449, 466, 467, 484, 485, 486, 487, 489
Achart de Mesines 99
Achille 872
Achis 872
Acre 73
Adalin 770
Adaliz 67, 78, 84, 107, 127
Adalrad 133
Adalroth 787

Adam 585, 588
Adoe 594
Adrien 881
Aflen 111
Afrique 311, 314, 315, 317, 318, 320, 347, 365, 387, 404, 416, 426, 429, 437, 445, 449, 489, 500, 590, 794, 802
Aganor 686, 687
Agapie 317, 342
Agen 338, 339, 340, 341
Aglavia 170
Agolant 311, 312, 313, 315, 316, 317, 318, 320, 324, 325, 326, 327, 328, 329, 330, 331, 332, 333, 334, 335, 336, 337, 338, 339, 340, 341, 342, 343, 345, 346, 347, 348, 350, 353, 354,

358, 360, 366, 369, 385, 387, 398, 403, 418, 419, 426, 427, 428, 429, 430, 431, 433, 434, 435, 436, 437, 438, 440, 441, 442, 443, 444, 445, 446, 447, 448, 449, 450, 455, 458, 459, 460, 461, 462, 463, 464, 465, 466, 467, 468, 469, 471, 474, 478, 479, 480, 484, 490, 497, 498, 499, 500, 501, 505, 506, 507, 508, 509, 512, 513, 514, 515, 516

Aien 105

Aiglent 108, 112, 113, 133, 321, 336

Aïmer 711, 723, 729

Aix-la-Chapelle 64, 71, 72, 79, 81, 82, 83, 84, 86, 87, 88, 92, 103, 104, 105, 106, 108, 109, 112, 122, 124, 126, 127, 130, 134, 299, 300, 310, 319, 754, 872, 873, 881, 882, 883

Akel 654

Alain le Bavarois 205

Alapin le Grand 686

Albasan 590

Albra 572

Alcain 579, 580, 589, 590, 591, 592, 593, 594, 595, 596, 607

Alexandre 151

Alexandrie 317, 647, 768, 873

Alfage de Nubie 671

Alfamie 672, 687

Alfens 617

Alfing 317

Alie 647

Aliman le Vaillant 587

Alle 561

Allemagne 62, 65, 90, 97, 610, 663, 681

Almace 123, 134, 137

Almarie 579, 595, 680

Almaris 777

Alori 207, 209, 210, 211, 212, 213, 214, 215

Alpes 205, 206, 214, 245, 566, 664

Alphaïen 793

Alpre 440

Altumaior 347, 348, 350, 352

Amalon 547

Amalons 673

Amandras 369

Amant 880

Amauri 372

Ambianis 873

Amiens 101, 105, 873, 874

Amiral 204, 207, 209, 215, 220, 221, 222, 223, 224, 225, 229, 230, 231, 234, 235, 236, 237, 238, 239, 240, 241, 242, 243, 244, 245, 246, 247, 248, 249, 250, 251, 252, 253, 254, 255, 260, 261, 262, 264, 265, 270, 589, 767, 783

Amphiloque d'Iconium 874, 875

Amustene 431, 432, 438, 441, 499, 500, 501, 506

Anchore 795

Andefroi 399, 412, 413

Andror 73

Angalion 392

Angels 73

Angleterre 610, 647, 766, 808

Anjou 65, 90, 91, 92, 111, 137, 239, 613, 808

Anquetin (baron franc) 211

Anquetin de Normandie 384, 393, 400

Anséïs 685, 756, 777, 789, 794

Anselin (baron franc) 99

Anselin de Varègne 397

Anselin (chef bourguignon) 453

Ansers 111

Antelme le Rouge 373, 374
Antioche 245, 710, 873
Antoine 514
Antonin 873
Anzeals 65, 69, 74, 94
Anzeis 74
Aoste 661
Aquin 432
Aquitaine 303, 321, 597
Arabie 314, 315, 317, 358, 470, 588, 758, 807
Arafinz 682
Arapater 678, 679
Arastang 321, 345
Arcadius 874, 875
Ardennais 586
Ardenne 61, 80, 127, 216, 573, 812
Arga 347
Arieborg 106
Arles 815
Arneis 164, 165
Arnulf (fils de Baudouin Serens) 86, 110
Arnulf (fils de Gérard de Defa) 111
Arnulf (fils du comte de Los) 111
Arnulfus de Blancea 74
Arras 85
Ascanard 665, 666
Aspenon 608
Aspin 317
Aspremont 111, 355, 370, 371, 376, 380, 382, 445, 474
Atilie 648, 661, 664, 665
Auberi de Bourgogne 110
Aubespin 345
Aude (fille de Huidelon) 62, 127
Aude (sœur d'Olivier) 119, 120, 121, 135, 799
Aufart 553, 571, 615, 619
Aufiri 501

Auguste 321
Aumeri 110
Aumont 311, 313, 315, 324, 329, 336, 337, 338, 343, 347, 353, 354, 355, 356, 357, 359, 360, 361, 362, 363, 364, 365, 366, 368, 369, 370, 371, 375, 376, 378, 383, 384, 385, 387, 392, 393, 394, 395, 396, 397, 399, 400, 403, 404, 405, 407, 408, 409, 410, 411, 415, 416, 417, 418, 419, 420, 421, 422, 423, 424, 425, 426, 427, 428, 429, 430, 432, 433, 434, 435, 436, 437, 438, 439, 440, 441, 442, 443, 444, 445, 446, 448, 449, 459, 463, 464, 465, 466, 467, 468, 469, 471, 476, 480, 516
Auvergne 114, 117
Avit 317

Babylone 204, 209, 260, 269, 270, 589, 615, 767, 808
Bacales 317
Balaguer 755, 759, 781
Balan 325, 326, 327, 328, 329, 336, 337, 338, 352, 353, 365, 369, 386, 389, 390, 395, 396, 397, 403, 407, 414, 416, 417, 418, 419, 427, 446
Baldan 370
Balsan 670
Bandolum 614
Barbares 243
Barbarie 647, 650, 788
Bargis 770
Bari 244
Barsamin 665, 667
Bartholomeus 73, 80
Basan 759, 762, 763, 769
Basile 132, 759, 762, 763, 769
Basile de Césarée 874

Basin (voleur) 62, 63, 64, 66, 67, 68, 70, 71, 72, 75, 77, 79, 85, 90, 94, 97, 98
Basin (frère de Basile en I, nommé Basan en VIII) 132
Baudouin (parent de Tebun de Mansel) 73
Baudouin comte de Flandres (le même que Baudouin Serens ou son fils ?) 73
Baudouin de Vino 74
Baudouin Serens 85, 89, 90, 92, 96
Baudouin (fils de Baudouin Serens, cousin de Charlemagne) 86, 94, 110
Baudouin (clerc) 99
Baudouin de Blesborg 110
Baudouin (fils de Ganelon, demi-frère de Roland) 133, 586, 587, 588, 589, 591, 592, 593, 594, 595, 596, 600, 602, 603, 606, 607, 612, 616, 617, 619, 620, 623, 624, 625, 762, 765
Baudouin (fils d'Ogier) 203
Baudouin (chevalier) 464
Baudouin le Flamand (le même que le comte de Flandres, ou Baudouin Serens ou son fils ?) 572, 576
Bavière 65, 70, 73, 90, 92, 107, 110, 127, 321, 336, 418, 663, 712, 808
Bayonne 322, 324, 326, 329, 338, 418, 427
Beatrix 62
Beaulande 100, 345, 346
Beauvais 65
Beduers 73
Bégon 801, 810
Beisborg 73
Belamer 672
Belferne 777
Bélissent (sœur de Charlemagne) 61, 98, 106
Bélissent (belle-mère d'Ogier) 204
Bélissent (fille de Charlemagne) 653, 656, 659, 660, 681, 687
Benaris 444
Benzalin 111
Bérard (palefrenier) 68
Bérard de Peduers 100,
Bérard (chevalier franc) 586, 587, 593, 594, 596, 598, 599, 600, 602, 603, 607, 612, 616, 620
Bérenger 99, 138, 377, 380, 381, 405, 406, 452, 488, 503, 504, 509, 510, 685, 711, 722, 756, 777, 789, 790, 795, 806
Berin 613
Bern 110
Bernard de Markun 72
Bernard de Gunel 73
Bernard de Romeis 92
Bernard (fils d'Otram de Pursals) 110
Bernard d'Auvergne 114, 115, 116, 117
Bernard (fils de Girart) 360, 379, 381
Bernard de Bruscan 711, 721
Berri 321, 372
Berthe 61, 70, 75, 78, 165
Bertrand de Henaug 86
Bertrand de Bordeaux 110
Bertrand de Mutir 374
Bertrand le Rude 711, 716, 724
Beuve-sans-Barbe 74, 99, 106, 107, 125, 126, 128, 359, 586, 587, 594, 599, 604, 607, 612, 685

Beuve (baron franc — le même que le précédent ?) 211
Beuvrage 878
Biterne 207
Bjarkö 151
Bjarni Erlingsson 151
Blaise 123, 808
Blalensk 572
Blancandrin 754, 755, 756, 757, 766, 767, 768, 770
Blancea 74
Blesborg 110
Boidant 393
Boillus 587
Boniface 72
Bordant 399, 429
Bordeaux 110, 208, 789
Boson 360, 363, 379, 380, 381, 401, 404, 447, 479, 483, 496, 514
Bougie 317, 342, 647
Bourgogne 72, 110, 322, 359, 382, 453, 613, 664, 712
Bovin 573
Bramimonde 773
Bretagne 65, 72, 73, 79, 85, 89, 90, 96, 107, 109, 114, 321, 345, 354, 457, 597, 808
Breteuil 65, 73, 101, 104
Briktor 652
Brugier 436
Brunamont 246, 247, 251, 253, 254, 255, 256, 257, 258, 259
Bruxelles 111
Bruzals 74
Buluini 86
Buriane 781
Buten 621
Butran 365, 397

Cador 369
Calabre 355, 766

Calides 449, 467, 487, 488, 489
Cappadoce 710, 795
Capuel 795
Caraheu 215, 216, 217, 218, 220, 221, 222, 223, 224, 225, 226, 227, 228, 229, 230, 231, 235, 236, 237, 238, 239, 240, 241, 242, 243, 249, 250, 251, 252, 253, 254, 255, 256, 259, 260, 261, 262, 263, 264, 265, 266, 268, 269, 270
Carmel 670, 671
Carthage 66, 561, 802
Castra 385
Catamarie 783
Catanie 808
Céa 324, 327
Césarée 874
Champagne 99
Charente 342
Charlemagne 68, 69, 70, 71, 72, 74, 75, 77, 78, 79, 80, 81, 82, 83, 84, 85, 86, 87, 88, 89, 90, 91, 92, 93, 94, 95, 96, 97, 98, 99, 100, 101, 102, 103, 104, 105, 106, 107, 108, 109, 110, 112, 113, 114, 115, 116, 117, 118, 119, 120, 121, 122, 123, 124, 125, 126, 127, 128, 129, 130, 131, 132, 133, 134, 136, 137, 138, 165, 168, 180, 181, 183, 184, 185, 187, 203, 205, 206, 207, 208, 209, 210, 211, 212, 213, 214, 215, 216, 217, 219, 220, 221, 222, 223, 224, 225, 230, 232, 233, 234, 235, 237, 238, 239, 240, 241, 242, 244, 245, 246, 249, 251, 254, 256, 260, 261, 262, 263, 269, 270, 271, 299, 300, 302, 303, 304, 305, 306, 307, 308, 309, 310, 311, 312, 316, 317, 318,

319, 320, 321, 322, 324, 325, 326, 327, 328, 329, 330, 331, 332, 333, 334, 335, 336, 337, 338, 339, 340, 341, 342, 343, 344, 345, 346, 347, 348, 349, 350, 351, 352, 353, 354, 357, 359, 360, 367, 370, 371, 372, 374, 375, 377, 380, 382, 383, 385, 386, 387, 390, 394, 395, 396, 397, 399, 405, 411, 412, 413, 415, 416, 417, 418, 419, 420, 421, 422, 423, 424, 426, 428, 429, 430, 443, 445, 446, 447, 448, 450, 451, 452, 453, 454, 458, 459, 461, 462, 463, 464, 465, 466, 467, 468, 469, 470, 471, 472, 474, 478, 479, 484, 491, 492, 493, 496, 498, 499, 501, 502, 503, 504, 505, 509, 514, 515, 516, 517, 543, 544, 545, 546, 547, 548, 549, 550, 551, 552, 554, 555, 556, 557, 558, 559, 560, 561, 564, 565, 566, 567, 568, 569, 570, 572, 573, 574, 575, 576, 577, 578, 579, 580, 581, 583, 584, 585, 588, 591, 593, 595, 596, 597, 602, 605, 607, 608, 609, 610, 611, 612, 613, 614, 615, 616, 618, 619, 620, 621, 622, 625, 643, 644, 645, 646, 647, 648, 649, 650, 651, 653, 654, 655, 656, 657, 659, 660, 661, 662, 663, 665, 668, 674, 675, 680, 681, 683, 684, 685, 686, 687, 688, 707, 709, 710, 711, 712, 713, 714, 715, 716, 717, 718, 719, 725, 726, 727, 728, 729, 730, 731, 732, 733, 753, 754, 755, 756, 757, 758, 759, 760, 761, 762, 763, 764, 765, 766, 767, 768, 769, 770, 771, 773, 774, 775, 776, 777, 778, 779, 781, 782, 783, 784, 785, 786, 787, 791, 793, 797, 798, 799, 800, 803, 804, 805, 806, 807, 808, 809, 810, 811, 812, 813, 814, 815, 816, 817, 831, 832, 836, 837, 838, 839, 841, 842, 843, 863, 864, 865, 868, 869, 870, 872, 873, 876, 878, 881, 882, 883, 884, 885

Charles 61, 62, 63, 64, 66, 67, 68, 70, 75, 76, 110, 168, 310, 863, 865, 866, 867, 869, 871, 872, 873

Charlot 216, 217, 218, 219, 220, 221, 222, 223, 224, 226, 227, 229, 231, 232, 233, 240, 242, 243, 263, 264, 266, 269

Chartres 726, 873

Châteaulandon 99, 134

Châtelain 137

Chemin de saint Jacques 310

Chernuble 210

Chilpéric 874

Claires 360, 363, 364, 379, 381, 382, 392, 401, 404, 447, 479, 481, 483, 514, 515

Clairvaux 603

Clarel 665, 666, 667, 668, 669, 672, 673, 678, 679, 680, 681, 682, 683, 684, 685, 686

Clargis 770

Claris 755

Clermont 72, 74, 110, 117

Clermont (château) 643

Clibanus 793

Climboris 770, 772

Cologne 73, 77, 90, 92, 94, 110, 127, 543, 554, 556, 579, 582

Compiègne 129

Compostelle 302, 307, 308

Constant 240

Constantin de Dullo 73
Constantin (préfet) 344
Constantin (roi de Constantinople) 863, 864, 865
Constantinople 128, 129, 245, 710, 715, 728, 766, 808, 863, 864, 868, 872
Corbeil 133
Cordes 132, 137
Cordoue 110, 244, 262, 264, 267, 348, 350, 352
Cordes 755, 756
Coroscane 225
Corsable (païen) 665, 667
Corsable (païen) 780, 788
Courtain 256, 258, 269
Courte 122, 134, 137

Damadors 676
Damas 265
Danemark 65, 99, 134, 218, 797
Danemont 207, 209, 210, 213, 224, 231, 232, 236, 237, 240, 242, 244, 245, 264, 265, 268, 269
Daniel (prophète) 808
Daniel (évêque) 870, 872
Darfent 679
Dari 74
Dartiburt 834
Datân 788
David (archiprêtre de Jérusalem) 864, 866
David le *** 677
Dax 310
Defa 111
Defred 545, 558
Denis 205, 263, 309, 310, 619, 621, 662, 783, 792, 808, 873
Difa 122
Domin 475, 485, 503

Dorgant 558, 559, 565, 578, 581, 609, 611, 612
Drafanz 678
Dragon le Vieux 804
Drefia 61, 62, 63, 69, 73, 75, 77, 78, 79, 80, 81, 88, 89, 94, 95
Dreia 72, 89, 90, 91, 92, 96, 100, 107, 108, 110
Dreia le prévôt 97, 109
Droon le Vieux 211
Droon 354, 358, 371, 375, 376, 384, 399, 412, 413, 414, 457, 492, 503
Dukames 65,
Dullo 73
Dynhart 163
Dyrbo 74

Ebrahim 317, 347, 348, 350
Ebroïnus 869, 871
Écosse 151, 566
Édouard 512
Efrard 133
Efrard (fils d'Efrard) 133
Effrin 237
Egidius 108, 109
Égypte 236
Eisa 103
Éléon le Fort 256
Eleus 384
Eli 616
Eliadas 450, 467, 490, 491, 492, 493, 494, 498, 500
Elmidan 557, 564, 568, 612, 613, 615, 621, 622, 623, 624
Emalrat 577
Empire romain 863
Encubes 675
Engelier de Gascogne 74, 99, 138, 321, 676, 677, 685, 756, 777, 789, 806
Engelier (écuyer) 413, 452

Enissent 454
Enser 458
Erber 134
Éric 151
Ermasteis 80
Ernaut de Beaulande 100, 345, 346
Ernaut le Sage 218
Ernaut (pair de France) 723
Erpes 74
Esclandart 553, 563, 584, 587, 588, 609, 616
Esclavonie (nom de lieu) 647
Esclavonie (nom de personne) 671
Escremis 782, 789
Espagne 124, 130, 132, 135, 137, 299, 300, 301, 302, 303, 304, 307, 308, 309, 310, 312, 313, 315, 316, 317, 318, 319, 320, 327, 331, 343, 344, 348, 353, 358, 360, 375, 428, 429, 457, 500, 516, 517, 543, 577, 592, 643, 647, 714, 733, 753, 754, 755, 757, 759, 763, 767, 768, 769, 771, 773, 781, 784, 787, 789, 792, 796, 797, 802, 805, 807, 810
Espalrat 577
Esperant 370, 403, 428, 429, 430, 432, 436, 437, 440, 499
Espolice 107, 111
Estant 110
Estor 413, 452, 488
Estorgant 583, 608, 609, 611, 619, 624, 782, 789
Estormaris 755, 783
Estout de Langres 322, 345, 645, 652, 676
Estvendil 72
Étampes 554
Éthiopie 802

Étienne 713
Eudropis 755
Ève 585, 588
Eysa 74

Faber 122
Fabrin 801
Facundus 330
Fagon 377, 383, 385, 458, 495, 502, 511
Falsaron (païen) 213
Falsaron (païen) 770, 780, 787, 788
Famenne 98
Fansalon 666
Fantin 317
Féridant 244, 264, 265, 266, 267, 268, 269
Fernagut 650
Flandine 654
Flandre 73, 77, 79, 85, 99, 127, 808
Floriant 678
Florient 684
Floriz 647
Folie 594, 647
Foma 98
Forestant 666
Foriades 449
Forré 124, 131, 132, 137, 348, 349
Fouquart 65, 69, 73, 85, 94
Fouquin de Testanbrand 73, 74
Fouquin de Kretest 74
Fouquin (fils du roi d'Espolice) 111
France 61, 92, 98, 111, 127, 128, 129, 133, 137, 152, 153, 213, 216, 226, 233, 245, 249, 251, 263, 269, 271, 299, 308, 310, 317, 318, 320, 343, 344, 365, 385, 514, 543, 544, 558, 559,

574, 576, 583, 584, 602, 605, 614, 617, 625, 647, 651, 664, 688, 707, 713, 716, 728, 754, 757, 759, 764, 768, 769, 771, 777, 778, 781, 783, 784, 785, 786, 787, 792, 793, 794, 803, 812, 816, 831, 843, 866, 872, 881, 885
Fremikin 572
Frémont le Vieux 74
Frémont (clerc) 86
Frémont (homme de Charlemagne) 614
Fréri (archevêque) 75, 92, 94, 99, 127
Fréri (cité) 359
Fridmont 74
Frise 65, 106, 303, 321, 345, 384, 457, 551, 598
Fromont (fils d'Alfen) 111
Fromont (duc) 208
Fulbert 74

Gabriel 108, 123, 130, 807, 809
Gadamont 208
Gafer 553, 615
Gagate 676
Gaifier de Bordeaux 208
Gaignon 801
Gajadum 85
Galacie 434
Galant 121
Galat 654
Galatien 240
Galderas 676
Galice 88, 97, 98, 100, 102, 105, 127, 300, 302, 303, 304, 307, 348, 883
Galien 650, 658, 680
Galilée 304
Galindre 432, 433, 460, 461, 462, 463, 464, 465, 466, 467, 468, 469, 470, 480
Gandie 454
Ganelon 73, 99, 133, 134, 135, 136, 756, 758, 759, 760, 761, 762, 763, 764, 765, 766, 767, 768, 769, 770, 771, 772, 773, 774, 775, 776, 778, 779, 784, 786, 793, 794, 800, 816
Ganelon (gardien d'Ogier) 204
Ganelon le Français (le même que le précédent ?) 208
Ganor 682
Garmalie 802
Garmasie 556, 557, 562, 566, 580
Garnier (seigneur franc) 384
Garnier (baron chrétien, le même que le précédent ?) 617
Garnier (maître de maison) 650
Garsant 434
Garsie 643, 644, 647, 648, 650, 661, 662, 663, 664, 670, 679, 680, 683, 686, 687, 707
Gascogne 74, 99, 303, 331, 354, 384, 411, 457, 597, 613
Gatanie 680
Gaufroi de Danemark 134, 203
Gaule 303, 309
Gautier de Termes 99, 110, 138, 643, 675, 677
Gautier (fils de Gautier de Termes) 110
Gautier de Salastis 412, 413, 482
Gautier (païen) 558
Gautier de Lion 650
Gautier (de l'Hum) 777, 804
Géant 679
Geddon de Bretagne 73, 85, 89, 90, 92, 96
Geluviz 134, 135
Genève 321

Geofrey d'Orléans 99
Geofrey de Korlin 111
Geofrey (chevalier) 575
Georges 475, 476, 483, 485, 503
Geosner 241
Gérard de Homedia (le même que Gérard de Nimègue ?) 73
Gérard comte de Drefia (ou Defa) 73, 111
Gérard de Nimègue 75, 77, 79, 85, 86, 90, 94, 103, 104, 105, 109, 110, 111, 126, 128
Gérard (frère de Teorfi) 111
Gérier 99, 138, 685, 777, 789, 791, 795, 806
Gérin 99, 138, 652, 685, 711, 724, 777, 789, 791, 795, 806
Germanie 303
Gernuble 783, 790
Gile 61, 95, 107, 108, 110, 111, 112, 133, 4
Gilemer 586, 596, 599, 600
Gilles 96, 99, 100, 109, 128
Gillibert 73
Gimen 72
Gines 86
Girard 876, 879, 880
Girart — fils de Beuve, nommé :
— le Vieux de Roussillon 74, 685, 777, 806
— de Vienne 106, 108, 112, 114, 117, 118, 119, 120, 121, 122
— de Bourgogne 359, 360, 361, 362, 363, 364, 371, 378, 380, 382, 383, 386, 389, 391, 392, 395, 401, 402, 403, 404, 405, 408, 412, 415, 428, 447, 448, 450, 453, 457, 463, 471, 478, 480, 481, 482, 483, 497, 505, 507, 513, 514, 515
Girart le Cygne 127, 128

Girart (fils de Girart de Bourgogne) 360, 453, 454
Girart de Normandie 660
Girart d'Orléans 677, 679
Girart de Géant 679
Gironde 130
Gizarid 407
Gloriande 220, 224, 226, 227, 228, 237, 238, 242, 249, 251, 252, 253, 254, 256, 257, 258, 260, 262, 268, 269
Godefroi (fils du comte de Bruxelles) 111
Godefroi le Vieux 372
Godefroi (baron franc) 616
Godfrei 85
Goduel 594
Goliant 652
Golias 676
Gondebeuf 112, 321, 345, 384, 457, 503
Gondoleas 244
Gondrin 436, 501, 503, 508
Goran 365, 415, 417
Gordiant 434
Gothsvin 80
Gozon 545
Graelent 413, 488, 489, 491, 509, 510
Grande-Inde 564, 678
Grandonies 795, 796
Gratien 873
Grèce 561, 872
Grégoire VII 882
Greland 755
Grimaldus 837, 838, 839, 840, 841, 842, 843
Gruant 652
Guadix 307
Guaïte 672
Guazer 73
Guiart 572

Guichart 554
Guielin 217
Guillaume (d'Orange ou au Court Nez) 711, 716, 721, 729, 831, 832, 833, 834, 835, 836, 837, 839, 841, 843
Guinemer 765
Guiteclin le Saxon 124, 125, 126, 134, 543, 545, 546, 547, 549, 550, 551, 552, 553, 554, 555, 556, 557, 558, 559, 560, 562, 563, 564, 565, 567, 568, 571, 572, 573, 574, 578, 579, 580, 581, 582, 583, 584, 585, 588, 592, 595, 597, 598, 600, 601, 602, 606, 607, 608, 609, 610, 611, 612, 615, 616, 617, 618, 619, 620, 621, 623, 624, 625
Guiteclin (nom de baptême du païen Balan) 428, 446, 447, 448, 450, 458
Gunangsæis 679
Gunel 73

Haim de Bordeaux 110
Hamne 363
Hamon de Galice 87, 88, 90, 94, 97, 98, 100, 101, 102, 104, 105, 127
Hector 357, 367, 469
Heimir 73
Hémars 614
Henaug 86
Herburt 72
Herfi 73, 75, 77, 78, 79, 83, 84, 90, 92, 94, 95, 96, 99, 127
Herman 73
Hermenjart 108
Hermoen 552, 553, 554, 566, 567, 572, 612, 687
Hérode 301, 304, 884

Heudri 65, 69, 73, 83, 89, 94, 95
Hirson 65, 100, 101, 102, 103, 105
Hoël de Nantes 73, 99
Hoenborg 65, 74
Hollande 73
Hollonin 73
Homedia 73
Hongrie 664
Hugon (duc) 73
Hugon duc de Paris (le même que le précédent ?) 92, 101
Hugon (roi de Munon, époux d'Olive) 152, 153, 156, 158, 159, 163, 165, 167, 169, 170, 171, 178, 184, 185, 187
Hugon (baron franc) 679, 681
Hugon (roi de Constantinople) 710, 716, 717, 725, 726, 727, 728, 729, 730, 731, 732
Hugues (serviteur) 68
Hugues de Lombardie 72
Hugues de Moren 72
Hugues (neveu de Bernard de Markun) 72
Hugues (fils de Gautier de Termes) 110
Hugues de Puntis 111
Hugues (fils de Hugues de Nenza) 111
Hugues de Nenza 111
Huidelon de Bavière 62, 63, 70, 71, 77, 78, 80, 81, 84, 90, 92, 94, 97, 100, 127, 128, 129, 233, 241, 247, 248
Huidelon le Vieux 213
Huon 384, 390, 411, 457, 484, 485, 486, 488, 489, 491, 503

Imlla 73
Ingelbert 155, 163, 164
Ingelrafn 65, 69, 73, 94

Intreitt 77
Irlande 766, 808
Isaac 866
Isenbard 65, 69, 74, 94
Isidore 308
Italie 303, 304, 321, 344, 463, 482
Ive 74, 99, 138, 685, 777
Ivi 73
Ivin 121, 122
Ivorie 74, 99, 138, 685, 777, 806
Ivrée 661, 664

Jacques 299, 300, 301, 302, 303, 304, 305, 306, 307, 308, 309, 310, 318, 319, 320, 330, 331, 336, 338, 339, 341, 342, 343, 346, 347, 349, 351, 355, 359, 360, 372, 375, 376, 383, 389, 390, 394, 398, 401, 412, 414, 884
Jadunet 69, 75
Jafert 481
Jaskomin 265, 266
Jean le Baptiste 299, 387, 470
Jean l'Évangéliste 304
Jean (patriarche de Jérusalem) 863, 864, 865, 866
Jean (prêtre de Neapolis) 864, 866
Jérusalem 128, 181, 236, 301, 311, 407, 429, 709, 709, 711, 712, 716, 753, 863, 864, 866, 867, 868, 872
Jocelin 110
Joceran 572
Joël 755
Jofrey de Suz 73
Jofrey de Thuns 74
Jofroi d'Anjou 90, 91, 92, 137
Jofroi (le même que le précédent ?) 247, 248, 384

Jofroi du Mans 614
Jozeran 111
Jumièges 473
Jurfalon 802
Justamont 608, 620
Justin 791

Kaparia 307
Kasena 73
Kemeren 556
Klater 676
Korlin 111
Kormilie 205
Kornelia 100
Kretest 74
Kun 473
Kvadare 682

La Loi 454
La Mecque 317
Lambert de Monfort 74
Lambert (frère d'Aumeri de Bern — le même que Lambert le Berruier ?) 110
Lambert le Berruier 117, 118, 119, 120, 121, 321
Lambert (chef chrétien — le même que Lambert le Berruier ?) 384
Lambon 873
Lamburg 106
Lampal 370
Landres d'Anzeis 74
Landri 154, 167, 168, 171, 172, 173, 174, 175, 176, 177, 178, 179, 180, 181, 182, 183, 184, 185, 187
Langalif 768, 769, 770, 774, 802, 803
Langres 322
Laon 101, 103, 112
Laramel 120

Index des noms propres 899

Lazare 713, 808
Lens 74
Leofrandus 299, 300
Léon (nom de lieu) 611, 613
Léon (pape) 863, 872, 884
Léon (empereur) 863
Leons 65
Leutice 563, 618
Leutizia 205
Liberes 677
Librarum Domini 302
Ligger 109
Lingeraf 99
Lion 650
Lödfer 111
Lodver 73
Lofagio 74
Lohier 128, 134
Lombardie 65, 72, 207, 210, 648, 661, 662, 663, 687, 712, 808
Lorraine 572, 663, 712
Los 73
Lotharingie 843, 883
Lucrina 307, 308
Ludie 680
Lunard 594

Mabriant 755
Macabrès 402
Macédoine 545
Maceran 545, 558
Macharius 81, 94, 107
Macre 407
Madul 836, 839, 841
Magnus (surnom du roi Charles) 63, 64, 66, 67, 68
Magnus (roi de Norvège) 151
Magon 370, 403, 428, 429, 432, 436, 437, 440, 499
Maimon 317
Maine 65
Majorque 317

Makin 111
Maladient 459, 460
Malalandri 171, 174, 183, 184
Malaquin d'Ivin 121, 122
Malcus 794
Malo 457
Malpriant 770
Malsaron 790
Manaser 110
Manases 105
Mandequin 325, 441, 445, 449, 459, 463, 466, 475, 476, 477, 484, 498
Mans 208, 321
Mansel 73
Manuel 449
Margamar 557, 558, 562, 579, 580, 594, 595, 616, 618, 620, 624
Margaret 151
Margaris 783, 790, 792
Margonce 678
Marie-la-ronde 873
Marie Madeleine 123
Marke 100
Markis 74
Markun 72
Marne 653
Maroc 317
Marsen 614
Marsile 132, 133, 643, 733, 753, 755, 756, 757, 758, 759, 760, 761, 763, 767, 768, 769, 770, 771, 772, 773, 774, 776, 778, 779, 780, 781, 782, 787, 788, 792, 793, 794, 796, 797, 799, 801, 802, 806, 836
Marter 72
Martin 876
Masan 217
Mast 881
Mathusalem 512

Matthieu 755
Mauri 472
Maurienne 123
Maurus 72
Means 74
Melkiant 438, 440
Melones 686, 687
Melonis 682
mer Rouge 602
Mercure 129, 475, 485, 503
Mesines 99
Meuse 98
Michel 754, 757, 809
Milan 661
Miliens 661
Milon (pape) 72, 74, 89, 90, 207, 208, 556, 560, 566, 611
Milon de Pouille 72
Milon d'Aiglent 108, 109, 110, 111, 112, 113, 321, 330, 336
Milon (traître) 152, 155, 156, 157, 158, 159, 160, 161, 162, 163, 164, 166, 167, 168, 169, 170, 171, 174, 178, 183, 184, 185, 186
Milon (beau-frère de Girart) 360
Milon (fils de Girart) 360, 453, 454
Milon (frère de Bérenger) 405, 406
Milon de Valres 576
Milon (comte) 810
Miran 129
Misera 74
Moables 672
Moadas 429, 501, 505, 507, 508, 511, 512
Moïse 561
Monfort 74
Monjardin 132, 244, 348
Monpoün 664
Mons 664
Mont 74
Montpellier 670
Montagne 808
Mora 572
Morant (baron franc) 211
Morant (païen) 393, 406, 407
Mordanturus 433
Mordoan 415, 417
Moren 72
Morie 572
Morinde 759
Morlant 232
Motier 670
Mundio 72
Munon 152, 178
Muntasaragia 108
Muntolin 241
Mutersborg 124
Mutir 374
Mystur 76, 77

Nabor 498
Nabuchodonosor 256
Naimes 62, 63, 69, 70, 71, 72, 75, 77, 78, 79, 80, 81, 88, 89, 90, 91, 92, 94, 95, 97, 98, 100, 102, 103, 104, 105, 106, 109, 110, 113, 115, 116, 119, 120, 121, 122, 126, 127, 128, 133, 135, 136, 208, 209, 211, 213, 217, 223, 229, 233, 234, 241, 247, 248, 321, 336, 337, 338, 365, 377, 380, 381, 382, 384, 411, 416, 417, 418, 419, 424, 425, 427, 457, 503, 509, 510, 511, 544, 546, 547, 548, 560, 564, 643, 648, 655, 663, 711, 722, 756, 760, 774, 776, 778, 800, 810, 813, 814, 816
Namur 98
Nantes 73, 99, 205
Navarre 303, 348, 349, 604

Nazareth 650
Neapolis 864, 866, 870
Nenza 111
Nido 73
Nimègue 75, 85, 86, 90, 103, 109, 126, 128
Ninive 665, 667, 668
Nobles 124, 131, 132, 543, 552, 554, 565, 566, 759, 800
Noé 577
Noeas 620
Nord 245
Normandie 65, 73, 89, 90, 92, 111, 239, 393, 610, 613, 647
Norvège 151
Nufalon 770
Nubie 671
Numie 676

Oda 307
Odda 572, 576
Odun 100
Ogier le Danois 134, 136, 137, 203, 204, 205, 207, 208, 212, 213, 214, 215, 216, 217, 218, 219, 220, 222, 223, 224, 225, 226, 227, 228, 229, 230, 231, 232, 233, 234, 235, 236, 237, 238, 239, 240, 241, 243, 250, 251, 252, 253, 254, 255, 256, 257, 258, 259, 260, 261, 262, 263, 264, 266, 268, 269, 270, 321, 345, 377, 380, 381, 382, 385, 391, 393, 397, 398, 399, 410, 411, 416, 417, 418, 424, 425, 427, 458, 474, 475, 477, 484, 485, 486, 488, 489, 491, 503, 509, 510, 511, 643, 644, 650, 655, 664, 667, 668, 669, 670, 672, 673, 674, 687, 711, 721, 775, 836
Ogier de Castra 385

Olive 152, 153, 154, 155, 157, 159, 161, 166, 167, 170, 177, 179, 180, 181, 184, 186, 187
Olivier 117, 118, 119, 120, 121, 122, 124, 125, 126, 127, 128, 131, 135, 138, 321, 556, 561, 562, 569, 570, 571, 572, 579, 608, 611, 613, 644, 647, 651, 664, 665, 667, 668, 669, 670, 671, 674, 675, 683, 684, 685, 686, 687, 711, 714, 718, 720, 728, 729, 731, 732, 756, 761, 762, 771, 774, 777, 781, 782, 783, 784, 785, 786, 787, 788, 790, 791, 793, 794, 797, 798, 799, 801, 802, 803, 804, 806, 809
Oneska 665
Orfanie 449, 487
Orient 205
Orléans 65, 73, 94, 99, 101, 104, 105, 110, 112, 129, 135, 238, 579
Örnolf 582
Oton d'Allemagne 62, 70, 71, 75, 77, 78, 80, 90, 92, 94, 99, 100, 106, 107, 108, 110, 127, 128, 138, 600, 685, 756, 777, 789, 806, 810
Oton de Champagne 99
Oton d'Espolice 106
Oton (écuyer) 413, 452, 488, 509
Otram 111
Otuel 649, 650, 651, 653, 654, 655, 656, 657, 658, 659, 660, 661, 663, 674, 675, 679, 680, 681, 682, 683, 684, 685, 686, 687, 688, 836

Padrón 307
Paillart 759

Palsborg 86
Pampelune 306, 307, 342, 343, 345
Pantalis 435, 436, 437, 450, 467, 468, 490
Paris 65, 92, 101, 110, 127, 205, 207, 238, 245, 269, 309, 310, 574, 625, 643, 649, 660, 663, 707, 709, 726, 733, 815, 866
Pavie 661
Pays basque 303
Peduers 100
Peitena 114
Pépin (père de Charlemagne) 61, 64, 66, 75, 78, 85, 92, 106, 152, 153, 165, 166, 167, 180, 299, 385, 413, 421, 583
Pépin (fils du duc de Cologne) 110
Péron (nom de lieu) 86
Péron (païen) 556
Perse 225, 228, 647, 678, 712
Pevin 72
Pharaon (païen) 435
Pharaon (souverain d'Égypte) 561
Philippus 74
Pierre (l'apôtre) 84, 105, 107, 123, 546, 551, 561, 566, 574, 617, 618, 713, 796, 808
Pierre (fils de Robert de Serun) 111
Pierre (évêque) 543
Pierrepont 65, 73, 85, 101, 103, 104, 105
Pinabel 765
Pine 759
Pizara 124
Plaisance 661
Poer 73
Poitiers 70, 72, 76, 77, 89, 90, 91, 96, 107, 108, 110, 127

Poitou 65, 613, 808
Port 759
Pouille(s) 72, 207, 244, 245, 385, 473, 712, 766
Priam 755
Priant 682
Primitivus 330
Provence 74, 96, 110, 808, 815
Prumeth 80
Prümm 70
Puer 572
Puleis 75
Puntis 111
Pursals 111

Quinquennas 598, 599, 600, 601, 602, 603, 604, 605, 606, 607, 608

Raimbaud le Frison 73, 87, 88, 90, 94, 97, 98, 100, 102, 103, 104, 105, 106
Raimon de Toulouse 74
Raimon (père de Fagon) 511
Rainfroi 63, 64, 69, 71, 73, 78, 83, 89, 94, 95, 97
Ralf 111
Ranzeon 72
Raphaël 809
Rasel 73
Regard 594
Reims 101, 107, 108, 299, 305, 321, 473, 556, 574
Reinar (fils du duc de Paris) 110
Reinar (fils de Hugues de Nenza) 111
Reiner (traître) 65
Reiner de Bruzals 74
Reinir de Mont 74
Rémond 254
Renaut d'Aubespin 345

Renaut (beau-frère de Guillaume) 832
Renier (père d'Aude et d'Olivier) 120, 321, 806
Rénier (baron franc) 205, 208
Rénier (fils de Girart) 360, 379, 381, 382
Rénier (baron franc) 558, 560
Rensalin 73
Rhin 126, 544, 545, 546, 554, 556, 559, 560, 562, 565, 567, 568, 569, 570, 571, 572, 573, 579, 581, 582, 586, 587, 597, 606, 608, 614, 617, 618, 621, 624, 625
Richard le Vieux de Normandie 73, 89, 90, 92, 111, 756
Richard comte de Provence 74
Richard (clerc) 108
Richard (fils de Richard de Normandie) 111
Richard du Mans 208
Richer 371, 372, 384, 406, 407, 411, 464, 512, 650
Rigaut 587, 593, 594
Rise 429, 513
Robert de Clermont 74
Robert (frère de Drefia) 80, 100
Robert de Péron 86
Robert (archevêque) 107
Robert (fils de Robert d'Anjou) 111
Robert d'Anjou 111
Robiens 243
Rodenborg 65, 73
Rodoan 236, 241, 369, 409, 411
Roger (archevêque) 68, 69, 70, 72, 77, 79, 84, 90, 92, 97, 98
Roger d'Hirson 65, 69, 85, 94
Roger d'Orléans 65, 69, 73, 94
Roger d'Andror 73
Roger de Nido 73

Roger (comte) 73
Roland 109, 110, 111, 113, 114, 115, 116, 117, 118, 119, 120, 121, 123, 124, 125, 126, 127, 128, 131, 132, 133, 134, 135, 136, 137, 138, 321, 330, 342, 370, 385, 391, 394, 399, 400, 411, 416, 419, 423, 424, 425, 452, 453, 457, 458, 472, 474, 475, 476, 477, 484, 485, 486, 487, 488, 489, 490, 491, 492, 494, 495, 496, 498, 502, 505, 509, 510, 511, 515, 543, 544, 552, 554, 555, 556, 557, 558, 559, 560, 561, 562, 563, 565, 566, 567, 568, 569, 570, 571, 572, 573, 574, 576, 579, 582, 585, 586, 587, 588, 591, 596, 600, 602, 603, 604, 605, 606, 607, 608, 611, 613, 614, 617, 621, 622, 623, 625, 644, 645, 646, 647, 649, 650, 651, 652, 653, 654, 655, 656, 657, 658, 659, 660, 663, 664, 665, 666, 667, 668, 670, 671, 672, 674, 675, 683, 684, 685, 686, 711, 714, 715, 718, 756, 759, 761, 762, 763, 766, 767, 768, 769, 771, 772, 773, 774, 775, 776, 777, 778, 779, 780, 781, 782, 783, 784, 785, 786, 787, 788, 790, 791, 792, 793, 794, 795, 796, 797, 798, 799, 800, 801, 802, 803, 804, 805, 806, 807, 808, 809, 811, 812, 813, 814, 815, 816, 831, 836, 838
Romagne 808
Roman 556
Romaric 322
Rome 66, 72, 77, 79, 84, 100, 106, 107, 124, 127, 128, 132, 204, 205, 207, 209, 213, 216,

220, 222, 223, 234, 238, 242, 243, 245, 248, 254, 256, 260, 264, 271, 303, 304, 338, 343, 344, 457, 463, 465, 645, 716, 766, 773, 782, 884
Romeis 92
Romenia 73
Roncevaux 777, 781, 782, 783, 797, 801, 809, 812, 816, 836
Rosette 654
Rougemont 74
Roussillon 74, 685, 777, 806
Rozalin 73
Ruissel 654
Russie 647

Sadome 215, 223, 224, 226, 227, 229, 230, 231, 240
Saer 73
Sævini (comte de Dari) 74
Sævini (chef saxon) 125, 126
Saint-André 245
Saint-Antoine 795
Saint-Denis 300, 310, 583, 651, 663, 711, 873
Sainte-Marie la Latine 714
Saintes 341, 342, 343
Saint-Gilles 646
Saint-Jean de Sorde 310
Saint-Martin (château) 245
Saint-Martin (église) 879, 880
Saint-Omer 203
Salatiel 369, 409, 410, 411
Salomon (baron franc) 205, 208, 211, 214, 354, 358, 371, 372, 373, 374, 375, 376, 384, 399, 411, 457, 484, 486, 487, 488, 491, 492, 503, 509, 510
Salomon (roi biblique) 794
Salvius 873, 874, 875, 876, 879, 880
Salzbourg 65, 97

Sambre 98
Samson (baron franc) 99, 138, 211, 213, 321, 503, 675, 685, 756, 777, 789, 794
Samson (archevêque) 374, 375
Samson (païen) 666
Samuel (roi) 654
Samuel (juif) 866
Sandgrimar 650
Sarabla 598, 602, 607, 608
Saragarie 589
Saragosse 132, 753, 759, 762, 763, 767, 768, 769, 777
Saxe 75, 77, 79, 86, 107, 124, 126, 128, 549, 558, 582, 583, 584, 607, 616, 617, 619, 766, 881
Sebastia 432
Segbert de Salzbourg 65, 69, 74, 94
Segbert de Breteuil 73
Segrin 111
Segris 457
Segun (fils du comte de Vegia) 111
Segun (païen) 615, 617, 618
Seine 653
Semilie 647
Serun 111
Servais 881
Séville 317, 347, 352, 759, 783
Sibile 557, 559, 563, 579, 580, 583, 589, 591, 592, 593, 595, 596, 598, 600, 601, 602, 606, 607, 611, 614, 624, 625
Sicile 385
Sidonie 647
Sikoras 791
Siliven 172, 179, 180, 181
Siméon 713, 872
Simon (comte) 205
Simon (saint) 561

Index des noms propres

Sinapis 440, 441
Slavonie 808
Sobin 238
Sonora 307
Sorelandes 589, 591, 611, 612
Sulie 684
Susabran 217
Sutre 207, 216
Suz 73
Svef 244, 267, 268
Syrie 643

Tabar 74
Tabarie 670, 671
Tachin 872
Talmer 74
Talot 677
Tamer 65, 69, 73, 94, 99
Tangber 74
Tankemar 65, 69, 73, 94, 99
Tebun 73
Tempier 436
Teorfa 137
Teorfi 111
Tere 233
Termes 99
Terus 73
Testanbrand 73
Texphin 317
Thedbald 111
Theobald 73
Théodose 874, 875
Théophile 873
Thierry d'Ardenne 216, 586, 596, 598
Thoilus 265, 266
Thuns 74
Tibre 221, 224, 232, 243, 247
Timodès 791
Tire-la-Grande 676
Todbert 111
Tokum 248

Tongres 63, 65, 95, 97
Torquatus 307
Tortelose 781, 789
Totea 72
Toulouse 74, 310
Trabia 545
Trémoigne 126, 134, 617
Trèves 65, 68, 74, 92, 97, 125, 127
Triamodès 353, 365, 369, 405, 406, 407
Tudèle 759
Turgis 781, 789
Turin 547
Turme 550
Turon 572
Turpin 100, 102, 103, 104, 108, 127, 128, 137, 138, 299, 301, 305, 308, 321, 322, 330, 473, 474, 477, 485, 486, 489, 493, 502, 556, 569, 570, 571, 572, 573, 660, 711, 714, 722, 729, 730, 732, 761, 777, 786, 788, 789, 790, 791, 793, 795, 798, 799, 804, 805, 806, 809, 866, 882, 883, 884
Turquie 610, 712
Tyr 647

Ulien 313, 325, 434, 435, 436, 441, 442, 460, 462, 463, 464, 465, 466, 467, 479, 480, 481, 482, 483, 496, 497, 498, 501, 506, 507, 512
Umant 106
Utili 454
Utrecht 73, 111

Vadalin 65, 69, 85, 94
Vaduin 73
Vafa 604
Vaker 100

Valbrun 554
Valterne 759, 774, 782, 789
Valdabrun 770, 772, 794
Valdebrun 442, 443, 444, 445
Valdenisis 773
Valence 795
Valenciennes 876, 879
Valentinien 873
Valfonde 754
Valniger 783
Valres 576
Valtir de Beisborg 73
Valtir (évêque) 77, 78
Varègne 397
Varin de Poer 73
Varin (abbé) 109
Varner de Muntasaragia 108
Varner de Pierrepont 85, 101, 102, 103, 104, 105
Varun 74
Vauclère 125, 126
Vazalin d'Utrecht 73
Vazalin de Flecken 74
Vazer 111
Vazier 73
Vegia 111
Veillantif 619
Veisa 99
Veisus 73

Veler 110
Vensoborg 65
Venzosa 307
Verceil 661, 664
Verdun 616
Verte Vallée 307
Vibald 99
Vidon 233
Vienne 106, 108, 112, 113, 114, 117, 119, 120, 121, 122, 300, 882, 884
Vigard 74
Vilbald 75
Vildimer 72
Vinant 81, 94
Vino 74
Visa 347
Vizstur 72

William de Clermont 72
William (évêque) 78
William (fils de Dreia) 110
Winegard 876, 877, 879
Wingar 877, 879, 880
Wurtzbourg 97

Ysoré 677

Zabulon 265, 266, 267
Zébédée 301, 304

Table

Introduction 9
Bibliographie générale 27

BRANCHE I. – VIE DE CHARLEMAGNE

Notice 36
Chapitre I – Mort du roi Pépin 61
Chapitre II – Trahison du comte Rainfroi 63
Chapitre III – Confirmation de Charles 67
Chapitre IV – Les traîtres sont découverts 69
Chapitre V – Mission de l'archevêque Roger 70
Chapitre VI – Charlemagne invite toute la noblesse à son couronnement 70
Chapitre VII – Préparation du sacre 74
Chapitre VIII – Réception à Poitiers 77
Chapitre IX – Charlemagne consulte ses barons 78
Chapitre X – Charlemagne part pour Aix 79
Chapitre XI – Charlemagne s'installe à Aix 81
Chapitre XII – Les constructions réalisées à Aix 82
Chapitre XIII – Rainfroi et Heudri viennent à Aix 83
Chapitre XIV – Naissance d'Adaliz 84
Chapitre XV – Le voyage de l'archevêque Roger chez le pape 84
Chapitre XVI – Le voyage de Basin 85
Chapitre XVII – Le voyage de Gérard 85

Chapitre XVIII – Hamon de Galice et Raimbaud le Frison deviennent frères jurés	87
Chapitre XIX – Dernières arrivées à Aix	89
Chapitre XX – Charlemagne loge ses barons	89
Chapitre XXI – Charlemagne révèle la conspiration à ses barons	91
Chapitre XXII – Sacre de Charlemagne	91
Chapitre XXIII – Échec de la conspiration	94
Chapitre XXIV – Les traîtres sont décapités	96
Chapitre XXV – Charlemagne récompense ses barons	97
Chapitre XXVI – Autres récompenses octroyées par Charlemagne	98
Chapitre XXVII – Les barons rentrent chez eux	100
Chapitre XXVIII – Varner se rebelle contre Charlemagne	101
Chapitre XXIX – Varner met en cause Charlemagne	102
Chapitre XXX – Varner persiste	103
Chapitre XXXI – Raimbaud se prépare pour le duel	103
Chapitre XXXII – Raimbaud l'emporte sur Varner	104
Chapitre XXXIII – Décès de la reine Berthe	105
Chapitre XXXIV – Beuve-sans-Barbe vient à la cour	106
Chapitre XXXV – Charlemagne est sacré empereur	107
Chapitre XXXVI – Conception et naissance de Roland	108
Chapitre XXXVII – Une réception en l'honneur de Roland	110
Chapitre XXXVIII – Girart de Vienne défie Charlemagne	112
Chapitre XXXIX – Rixe entre Roland et Bernard d'Auvergne	114
Chapitre XL – Charlemagne et Roland assiègent Vienne	117
Chapitre XLI – Olivier prépare son duel contre Roland	118
Chapitre XLII – Roland et Olivier deviennent frères jurés	119
Chapitre XLIII – Malaquin d'Ivin offre des épées à Charlemagne	121
Chapitre XLIV – Charlemagne essaie les épées	122
Chapitre XLV – Charlemagne offre Durendal à Roland	123
Chapitre XLVI – Rébellion du roi Guiteclin	124
Chapitre XLVII – Roland et Olivier conquièrent Vauclère	125
Chapitre XLVIII – Girart le Cygne épouse Adaliz	126

Chapitre XLIX – Charlemagne prépare son mariage et un pèlerinage	127
Chapitre L – Charlemagne à Constantinople	128
Chapitre LI – Charlemagne se prépare à partir pour l'Espagne	130
Chapitre LII – Olivier tue le roi Forré	131
Chapitre LIII – Le roi Marsile tue Basin et Basile	132
Chapitre LIV – La sœur de Charlemagne se remarie deux fois	133
Chapitre LV – Charlemagne reçoit de mauvaises nouvelles de France	133
Chapitre LVI – Roland en France	134
Chapitre LVII – Ganelon calomnie Ogier	136
Chapitre LVIII – Ogier et Teorfa sont adoubés chevaliers	137
Chapitre LIX – Charlemagne choisit les douze pairs	138

BRANCHE II. – Olive et Landri

Notice	140
Prologue	151
Chapitre I – Hugon épouse Olive	152
Chapitre II – Naissance de Landri	153
Chapitre III – Le roi s'en va dans la forêt	154
Chapitre IV – Le traître Milon à l'œuvre	155
Chapitre V – Retour du roi	159
Chapitre VI – La reine se défend	161
Chapitre VII – Échec de l'ordalie. Hugon s'adresse à Pépin	163
Chapitre VIII – Olive est répudiée	165
Chapitre IX – Olive est emmurée vivante	168
Chapitre X – Hugon épouse la fille de Milon	169
Chapitre XI – Landri est chassé par son père	170
Chapitre XII – Landri apprend à rendre coup pour coup	173
Chapitre XIII – Landri se retire dans la forêt	174
Chapitre XIV – Landri retrouve sa mère	176
Chapitre XV – La reine s'en prend à Landri	180

Chapitre XVI – Landri tue la reine et son fils 184
Chapitre XVII – Olive est sauvée, Milon est châtié 185
Chapitre XVIII – Conclusion de l'histoire 186

BRANCHE III. – Ogier le Danois

Notice 190
Chapitre I – Inimitié entre Charlemagne et Gaufroi 203
Chapitre II – Charlemagne menace de s'en prendre à Ogier 203
Chapitre III – Charlemagne veut faire pendre Ogier........ 204
Chapitre IV – Charlemagne rassemble ses troupes........... 205
Chapitre V – Charlemagne franchit la montagne............ 206
Chapitre VI – L'exécution d'Ogier est suspendue 207
Chapitre VII – Naimes prend Ogier à son service............. 207
Chapitre VIII – Les Francs se préparent à combattre 209
Chapitre IX – Danemont exhorte ses troupes 210
Chapitre X – Traîtrise d'Alori.. 210
Chapitre XI – Ogier arrive avec sa propre troupe 212
Chapitre XII – Ogier attaque les païens 213
Chapitre XIII – Ogier est honoré par Charlemagne 214
Chapitre XIV – Charlot vient rejoindre son père............. 216
Chapitre XV – Charlot et les païens se préparent au combat.. 216
Chapitre XVI – Charlemagne fait un rêve 217
Chapitre XVII – Combat opposant Charlot et les païens... 218
Chapitre XVIII – Caraheu défie Ogier en duel................. 220
Chapitre XIX – Charlot accepte un duel contre Sadome .. 221
Chapitre XX – Double duel à Rome................................. 223
Chapitre XXI – Machination de Danemont..................... 224
Chapitre XXII – Le duel s'engage entre Ogier et Caraheu 225
Chapitre XXIII – Duel opposant Charlot et Sadome 226
Chapitre XXIV – Retour au duel opposant Ogier et Caraheu... 227

Chapitre XXV – Retour au duel opposant Charlot et Sadome	229
Chapitre XXVI – Intervention de Danemont et de ses hommes	230
Chapitre XXVII – Fuite de Charlot	231
Chapitre XXVIII – Ogier prisonnier	232
Chapitre XXIX – Peut-on sauver Ogier ?	233
Chapitre XXX – Amiral refuse de libérer Ogier	234
Chapitre XXXI – Caraheu menace Amiral	236
Chapitre XXXII – Gloriande plaide pour Ogier	236
Chapitre XXXIII – Caraheu va trouver Charlemagne	238
Chapitre XXXIV – Amiral reste inflexible	240
Chapitre XXXV – Bataille entre Charlot et les païens	241
Chapitre XXXVI – Amiral reçoit du renfort	243
Chapitre XXXVII – Intervention de Brunamont	246
Chapitre XXXVIII – Réaction d'Ogier et de Gloriande	250
Chapitre XXXIX – Rencontre de Gloriande et de Brunamont	251
Chapitre XL – Brunamont défie Ogier en duel	252
Chapitre XLI – Ogier prévient Caraheu	253
Chapitre XLII – Caraheu revient à Rome	254
Chapitre XLIII – Caraheu prépare Ogier pour le duel	255
Chapitre XLIV – Brunamont se prépare pour le duel	256
Chapitre XLV – Ogier et Brunamont s'affrontent en duel.	257
Chapitre XLVI – Ogier rejoint Charlemagne	260
Chapitre XLVII – Caraheu refuse de se convertir	261
Chapitre XLVIII – Caraheu reçoit un message de Gloriande	262
Chapitre XLIX – Rêve prémonitoire de Caraheu	263
Chapitre L – La bataille s'engage contre les païens	264
Chapitre LI – Combat contre Jaskomin et ses fils	266
Chapitre LII – Intervention du roi Svef	267
Chapitre LIII – Mort de Danemont et de Svef	268
Chapitre LIV – Ogier tue Féridant	269
Annexe – Chapitre dernier dans le manuscrit A. – Ogier rejoint Charlemagne et la saga se termine	270

BRANCHE IV. – Le Roi Agolant

Notice	274
Prologue	299
Chapitre I – Saint Jacques apparaît à Charlemagne	303
Chapitre II – Charlemagne accomplit sa mission en Espagne	305
Chapitre III – Charlemagne remercie saint Denis	309
Chapitre IV – Saint Denis apparaît à Charlemagne	310
Chapitre V – Présentation du roi Agolant	311
Chapitre VI – Agolant prend conseil auprès de ses hommes	312
Chapitre VII – Agolant et son fils reçoivent des conseils...	315
Chapitre VIII – Agolant prépare son expédition en Espagne	315
Chapitre IX – Le succès d'Agolant et ses raisons profondes	317
Chapitre X – Charlemagne rassemble ses hommes	319
Chapitre XI – Énumération des barons de Charlemagne ..	320
Chapitre XII – Leçon de charité	322
Chapitre XIII – Agolant tient conseil	324
Chapitre XIV – Balan va trouver Charlemagne	326
Chapitre XV – Balan rend compte de sa mission à Agolant	328
Chapitre XVI – Charlemagne et Agolant conviennent de se rencontrer	329
Chapitre XVII – Rencontre de Charlemagne et d'Agolant .	331
Chapitre XVIII – Nouvelle rencontre de Charlemagne et d'Agolant	333
Chapitre XIX – Balan sauve Naimes	336
Chapitre XX – Charlemagne rend visite à Agolant déguisé	338
Chapitre XXI – Combats entre Charlemagne et Agolant ...	341
Chapitre XXII – Le pape prête main-forte à Charlemagne	343
Chapitre XXIII – Victoire de Charlemagne sur Agolant	346
Chapitre XXIV – Victoire de Charlemagne sur Forré	348
Chapitre XXV – Victoire de Charlemagne sur Ebrahim et Altumaior	350
Chapitre XXVI – Aumont organise son armée	353

Table   913

Chapitre XXVII – Charlemagne envoie des espions 354
Chapitre XXVIII – Sévère défaite d'Aumont 355
Chapitre XXIX – Les Francs se réjouissent de leur victoire   358
Chapitre XXX – Girart vient épauler Charlemagne............ 359
Chapitre XXXI – Aumont prépare sa revanche 361
Chapitre XXXII – Aumont est vaincu par Girart 362
Chapitre XXXIII – Colère d'Aumont 364
Chapitre XXXIV – Tirade d'Aumont 366
Chapitre XXXV – Salomon cherche un messager 371
Chapitre XXXVI – Samson va chercher Charlemagne....... 375
Chapitre XXXVII – Girart rassemble ses troupes 378
Chapitre XXXVIII – Rencontre de Girart et de
   Charlemagne.. 380
Chapitre XXXIX – Charlemagne dispose ses troupes 382
Chapitre XL – Portrait de Charlemagne 385
Chapitre XLI – Discours de Charlemagne et du pape 387
Chapitre XLII – Les armées se rencontrent....................... 389
Chapitre XLIII – Girart attaque 391
Chapitre XLIV – Ogier le Danois affronte Aumont 393
Chapitre XLV – La bataille dure jusqu'au soir 394
Chapitre XLVI – Balan critique Aumont 395
Chapitre XLVII – La bataille reprend 396
Chapitre XLVIII – Autres aspects de la bataille 401
Chapitre XLIX – Mort du duc Milon................................... 405
Chapitre L – Désespoir d'Aumont 406
Chapitre LI – Mort de Salatiel et de Rodoan 408
Chapitre LII – Gautier vient trouver Charlemagne 411
Chapitre LIII – Charlemagne lance une nouvelle attaque . 413
Chapitre LIV – Fuite d'Aumont.. 415
Chapitre LV – Duel de Charlemagne et d'Aumont 419
Chapitre LVI – Charlemagne remercie Dieu 424
Chapitre LVII – Baptême de Balan 425
Chapitre LVIII – Agolant retrouve Magon et Esperant....... 429
Chapitre LIX – Le conseil délibère 431
Chapitre LX – Témoignage de Valdebrun 442
Chapitre LXI – Guiteclin alerte Charlemagne 446

Chapitre LXII – Charlemagne obtient des renforts............ 450
Chapitre LXIII – D'autres renforts arrivent 455
Chapitre LXIV – Agolant envoie des messagers 458
Chapitre LXV – Agolant apprend la mort d'Aumont......... 466
Chapitre LXVI – Intervention de Turpin 471
Chapitre LXVII – Le combat s'engage....................... 475
Chapitre LXVIII – Girart affronte Ulien 478
Chapitre LXIX – Recul général des païens 484
Chapitre LXX – Percée de Roland 490
Chapitre LXXI – Agolant apprend l'ampleur du désastre.. 496
Chapitre LXXII – Charlemagne progresse notablement 501
Chapitre LXXIII – Le duc Girart lance une attaque 505
Chapitre LXXIV – Mort d'Ulien.............................. 508
Chapitre LXXV – Mort d'Agolant 513
Chapitre LXXVI – Repos de Charlemagne................... 516

BRANCHE V. – Guiteclin le Saxon

Notice 520
Chapitre I – Guiteclin envahit le royaume de
  Charlemagne.. 543
Chapitre II – Charlemagne dévoile un plan d'action en
  Saxe... 544
Chapitre III – Rencontre de Charlemagne et de Guiteclin 546
Chapitre IV – Charlemagne se réfugie dans un château.... 547
Chapitre V – Guiteclin assiège le château 549
Chapitre VI – Charlemagne tente de desserrer l'étau....... 550
Chapitre VII – Charlemagne envoie un messager à Roland 552
Chapitre VIII – La mission d'Hermoen...................... 553
Chapitre IX – Roland s'empare de Nobles................... 555
Chapitre X – Défaite des Francs 557
Chapitre XI – Rénier confirme la défaite des Francs 560
Chapitre XII – Prise de Garmasie 561
Chapitre XIII – Margamar rejoint Guiteclin 562
Chapitre XIV – Origine de la corne Olifant 563

Chapitre XV – Le roi Guiteclin se retire	565
Chapitre XVI – Charlemagne décide de construire un pont	565
Chapitre XVII – Rencontre d'un ermite	569
Chapitre XVIII – Bataille entre les chrétiens et les païens	570
Chapitre XIX – Rêve de Charlemagne	572
Chapitre XX – Les fils de Guiteclin rapportent des nouvelles	574
Chapitre XXI – La construction du pont est difficile	574
Chapitre XXII – La construction du pont avance	577
Chapitre XXIII – Invectives entre Alcain et Margamar	579
Chapitre XXIV – Rapport de Dorgant	580
Chapitre XXV – Guiteclin va rencontrer Charlemagne	581
Chapitre XXVI – Réponse de Charlemagne	583
Chapitre XXVII – Roland réagit	584
Chapitre XXVIII – Rencontre de Roland et de Baudouin	586
Chapitre XXIX – Exploits de Baudouin	587
Chapitre XXX – Sibile et Alcain	589
Chapitre XXXI – Alcain va chercher Baudouin	590
Chapitre XXXII – Baudouin consulte ses compagnons	592
Chapitre XXXIII – Les Francs l'emportent sur les païens	594
Chapitre XXXIV – Conversation d'Alcain et de Sibile	594
Chapitre XXXV – Charlemagne accueille Baudouin	596
Chapitre XXXVI – Le pont est achevé	597
Chapitre XXXVII – Apparition du païen Quinquennas	597
Chapitre XXXVIII – Quinquennas ne fait que des mécontents	599
Chapitre XXXIX – Désaccord entre Quinquennas et Guiteclin	600
Chapitre XL – Discussion entre Quinquennas et Sibile	601
Chapitre XLI – Roland passe à l'action	603
Chapitre XLII – Roland rencontre Quinquennas	603
Chapitre XLIII – Roland triomphe de Quinquennas	604
Chapitre XLIV – Rencontre de Sibile et de Baudouin	605
Chapitre XLV – Guiteclin apprend l'échec de ses hommes	607
Chapitre XLVI – Mission de Dorgant auprès des Francs	608

Chapitre XLVII – Dorgant rend compte de sa mission 611
Chapitre XLVIII – Charlemagne met ses troupes en place   613
Chapitre XLIX – Les préparatifs se poursuivent 614
Chapitre L – Les païens sont prêts 615
Chapitre LI – La bataille s'engage 616
Chapitre LII – Les combats se poursuivent 618
Chapitre LIII – Roland l'emporte sur Elmidan 621
Chapitre LIV – Guiteclin se rend à Baudouin 623
Chapitre LV – Suite et fin de la vie de Guiteclin et des siens 624

BRANCHE VI. – Otuel

Notice 628
Chapitre I – Un messager païen vient trouver Charlemagne 643
Chapitre II – Le païen face aux hommes de Charlemagne 644
Chapitre III – Le païen transmet son message 647
Chapitre IV – Le païen provoque Roland en duel 649
Chapitre V – Roland se prépare pour le duel 651
Chapitre VI – La princesse Bélissent arme Otuel 653
Chapitre VII – Duel d'Otuel et de Roland 655
Chapitre VIII – Baptême d'Otuel 658
Chapitre IX – Fiançailles de Bélissent et d'Otuel 660
Chapitre X – Charlemagne lance une expédition contre Garsie 662
Chapitre XI – Charlemagne rassemble ses troupes 663
Chapitre XII – L'expédition d'Italie 663
Chapitre XIII – Quatre chevaliers païens impressionnants 665
Chapitre XIV – Les chevaliers païens face aux Francs 666
Chapitre XV – Libération de Clarel 668
Chapitre XVI – Les trois chevaliers francs affrontent les païens 670
Chapitre XVII – Ogier obtient une trêve 671
Chapitre XVIII – Roland et Olivier tiennent bon 674

Chapitre XIX – Rencontre des deux armées	674
Chapitre XX – Suite de la bataille	678
Chapitre XXI – Clarel provoque Otuel en duel	680
Chapitre XXII – Clarel se prépare au combat	682
Chapitre XXIII – Dialogue de Charlemagne et de Clarel	683
Chapitre XXIV – Préparation d'Otuel en vue du combat	684
Chapitre XXV – Duel d'Otuel et de Clarel	685
Chapitre XXVI – Retour à Ogier et noces d'Otuel et de Bélissent	687

BRANCHE VII. – LE VOYAGE DE CHARLEMAGNE À JÉRUSALEM ET À CONSTANTINOPLE

Notice	690
Chapitre I – Charlemagne vexé par la reine	709
Chapitre II – Le voyage à Jérusalem	711
Chapitre III – Le voyage à Constantinople	714
Chapitre IV – Charlemagne rencontre le roi Hugon	715
Chapitre V – La réception du soir	718
Chapitre VI – Hugon fait épier les Francs	719
Chapitre VII – Hâbleries d'Olivier et de Bernard	720
Chapitre VIII – Hâbleries de Guillaume et d'Ogier	721
Chapitre IX – Hâbleries de Naimes, de Bérenger et de Turpin	722
Chapitre X – Hâbleries d'Ernaut et d'Aïmer	723
Chapitre XI – Hâbleries de Bertrand et de Gérin	724
Chapitre XII – L'espion fait son rapport à Hugon	724
Chapitre XIII – Hugon s'en prend à Charlemagne	725
Chapitre XIV – Charlemagne en appelle à l'aide de Dieu	727
Chapitre XV – Olivier mis à l'épreuve	727
Chapitre XVI – Guillaume et Turpin mis à l'épreuve	729
Chapitre XVII – Charlemagne et Hugon se réconcilient	731
Chapitre XVIII – Charlemagne prend congé de Hugon	732
Chapitre XIX – Retour de Charlemagne à Paris	733

BRANCHE VIII. – La Bataille de Roncevaux

Notice 736
Chapitre I – Charlemagne conquiert l'Espagne 753
Chapitre II – Marsile tient conseil 753
Chapitre III – Marsile envoie des messagers 755
Chapitre IV – Charlemagne reçoit les messagers 756
Chapitre V – Charlemagne examine les propositions de Marsile 758
Chapitre VI – Ganelon est désigné pour mener l'ambassade 760
Chapitre VII – Départ de Ganelon 764
Chapitre VIII – Ganelon complote avec Blancandrin ... 766
Chapitre IX – Ganelon rencontre Marsile 767
Chapitre X – Discussion entre Ganelon et Marsile 768
Chapitre XI – Ganelon dévoile ses intentions 770
Chapitre XII – Ganelon trahit Roland 771
Chapitre XIII – Ganelon est comblé de cadeaux 772
Chapitre XIV – Ganelon retrouve Charlemagne 774
Chapitre XV – Désignation de Roland à l'arrière-garde 775
Chapitre XVI – Les pairs restent avec Roland 776
Chapitre XVII – Charlemagne rentre en France très inquiet 778
Chapitre XVIII – Marsile rassemble ses troupes 779
Chapitre XIX – Hâbleries des chefs païens 780
Chapitre XX – Les hâbleries se poursuivent 782
Chapitre XXI – Désaccord entre Roland et Olivier 784
Chapitre XXII – Les Francs s'apprêtent à livrer bataille ... 785
Chapitre XXIII – La bataille s'engage 787
Chapitre XXIV – Poursuite des combats 789
Chapitre XXV – Exploits des pairs de France 790
Chapitre XXVI – Des prodiges ont lieu en France 792
Chapitre XXVII – Début de la seconde bataille 793
Chapitre XXVIII – Les pairs sont mis à mal 794
Chapitre XXIX – Les pairs rétablissent la situation 795
Chapitre XXX – Début de la troisième bataille 797

Chapitre XXXI – Roland appelle à l'aide	799
Chapitre XXXII – Roland met en fuite l'armée de Marsile	801
Chapitre XXXIII – Mort d'Olivier	802
Chapitre XXXIV – Dernière résistance des Francs	804
Chapitre XXXV – Mort de Turpin	805
Chapitre XXXVI – Mort de Roland	807
Chapitre XXXVII – Charlemagne arrive à Roncevaux	809
Chapitre XXXVIII – Charlemagne fait des rêves symboliques	811
Chapitre XXXIX – Charlemagne cherche les morts	812
Chapitre XL – Charlemagne fait enterrer les morts	814
Chapitre XLI – Mort de Ganelon	816

BRANCHE IX. – GUILLAUME AU COURT NEZ

Notice	820
Chapitre I – Guillaume au Court Nez	831
Chapitre II – Guillaume va au marché	833
Chapitre III – Les ennemis de Charlemagne se mobilisent	836
Chapitre IV – Guillaume et Grimaldus	837
Chapitre V – Grimaldus devient comte	840
Chapitre VI – Rêve de Grimaldus et mort de Guillaume	842

BRANCHE X. – MIRACLES ET SIGNES DIVERS
MORT DE CHARLEMAGNE

Notice	846
Chapitre I – Vision du roi de Constantinople	863
Chapitre II – Charlemagne se rend à Jérusalem	867
Chapitre III – Dieu se manifeste par des signes	869
Chapitre IV – L'évêque Salvius	873
Chapitre V – Les funérailles de l'évêque	878
Chapitre VI – Charlemagne, le plus intègre des empereurs	881
Chapitre VII – Vision de Turpin	882
Chapitre VIII – Mort de Charlemagne	884
Index des noms propres	887

Dépôt légal éditeur : 6849 - 11/2000
Edition 1
ISBN 2 - 253 - 13228 - 4
Imprimé en Italie par «La Tipografica Varese S.p.A.» - Varese